omnibus

JEANNE BOURIN

Chroniques du temps passé

Les Pérégrines
Les Compagnons d'éternité
La Dame de Beauté
Les Amours blessées

Préface de Jeanne Bourin

OMNIBUS

Les Pérégrines © Editions François Bourin, 1989. *Les Compagnons d'éternité* © Editions François Bourin, 1992. *La Dame de Beauté* © Presses de la Cité, 1970; © La Table Ronde, 1982. *Les Amours blessées* © La Table Ronde, 1987

© Omnibus, 1997, pour la présente édition
ISBN : 2-258-04806-0   N° Editeur : 6593
Dépôt légal : septembre 1997

Sommaire

Préface..   I

Les Pérégrines..................................   7
Les Compagnons d'éternité..................... 373
La Dame de Beauté............................ 671
Les Amours blessées........................... 837

Cartes
Première Croisade (1095-1099)................   12
Siège d'Antioche (1097-1098)................. 224
Plan de Jérusalem............................ 378
Plan de Chartres............................. 566
La France de la Dame de Beauté.............. 674

Préface

Après un volume qui rassemblait quatre de mes ouvrages d'inspiration médiévale (*Le Grand Feu, Très Sage Héloïse, La Chambre des Dames* et *Le Jeu de la tentation*), en voici un second réunissant deux autres romans médiévaux (*Les Pérégrines, Les Compagnons d'éternité*) et deux biographies romancées (*La Dame de Beauté* et *Les Amours blessées*).

Dans *Les Pérégrines* et leur suite, le Moyen Age est encore présent, plus précisément les dernières années du onzième siècle et les toutes premières du douzième. Les événements qui s'y trouvent évoqués et en constituent l'armature comptent parmi les plus extraordinaires et les plus déterminants de notre Histoire. Je parle là de la Première Croisade. Elle fut provoquée par le pape Urbain II quand celui-ci, au concile de Clermont, en 1095, annonça avec douleur et colère que l'accès au tombeau du Christ à Jérusalem était interdit aux Chrétiens depuis que les Turcs s'étaient emparés, quelques années auparavant, de la Ville Sainte. Un mouvement spontané d'indignation souleva l'Occident et, bientôt, lança sur les routes et les mers, en direction du Proche-Orient, des milliers de fidèles accourus de toute part et appartenant à tous les rangs de la société : grands féodaux, riches seigneurs, modestes marchands, gens des villes et des campagnes, moines et prêtres, jeunes et vieux, femmes, enfants... Des familles entières ! Portés par la même foi, la même espérance, ils ne doutaient pas, ces pérégrins et ces pérégrines, d'atteindre au but et de vaincre, mais ils ignoraient à quelles épreuves ils allaient être soumis. Savaient-ils même où se trouvait Jérusalem ?... Rien ne leur fut épargné : ni la longueur du trajet, ni la faim, ni la soif, ni le froid, ni le chaud, ni les maladies, ni l'épuisement, ni la violence inouïe des combats. Nul péril, cependant, ne les arrêta. Certains doutaient-ils ? Un miracle réveillait leur ardeur, et toujours ils avançaient... C'est ainsi que le 15 juillet 1099 les Croisés conquirent Jérusalem.

Nombre d'historiens ont rapporté cette stupéfiante expédi-

tion. Mais personne encore ne l'avait écrite au féminin. Et
personne non plus, avant moi, n'avait montré quelle place et
quel rôle y tinrent les femmes au cours des trois années que
dura cette longue marche. Elles le méritaient bien pourtant !
Epouses, mères, sœurs, filles, mêlées aux hommes qui
portaient les armes, elles pansaient les blessures, soignaient
les malades, préparaient les repas quand il n'y avait pas
disette, et aussi, par leur présence, adoucissaient la rude vie
des camps, allant jusqu'à stimuler les défaillants aux heures
où le découragement menaçait. On raconte même qu'au cours
de certaines batailles, on les vit courir parmi les combattants
en criant : « Dieu le veut ! Dieu le veut ! », pour réchauffer
les cœurs.

Afin de ressusciter avec fidélité cette épopée dont, dans
mon roman, les héroïnes sont les trois filles d'un parcheminier
de Chartres, j'ai réuni, comme pour mes précédents ouvrages,
une abondante documentation. Outre de nombreuses études
historiques, j'ai consulté les huit chroniqueurs francs qui ont
parlé de cette première croisade, soit qu'ils y aient participé,
soit qu'ils en aient recueilli le récit auprès d'anciens combattants ; consulté aussi deux chroniqueurs arabes, car l'un de
mes personnages est arabe lui-même (sarrazin, disait-on alors),
et, de surcroît, le journal tenu par la fille de l'empereur de
Byzance, Anne Comnène, qui avait assisté à l'arrivée des
Francs sur les rives du Bosphore, où fleurissait alors une
civilisation beaucoup plus raffinée que la nôtre, et décrit
sans grande indulgence nos ancêtres, se plaignant de leurs
bavardages, de leur indiscipline, de leur rusticité et même...
de leur odeur d'ail ! Enfin, je voulus voir de mes propres
yeux certains des lieux où allaient se dérouler divers épisodes
de mon livre. Je me rendis donc trois fois à Jérusalem et
deux fois à Istanbul, l'ancienne Byzance.

La Dame de Beauté nous transporte en un tout autre temps.
Agnès Sorel, dont cette biographie romancée évoque la vie
et les amours avec le roi Charles VII, vécut au quinzième
siècle. Lorsqu'elle naît, vers 1422, la guerre, sur le sol de
France, dure depuis près de cent ans. Elle ne s'achèvera
qu'une trentaine d'années plus tard et tout le royaume est
exténué par les malheurs et les misères qu'ont accumulés les
combats incessants, les pillages, les ruines, les famines, la
mort partout présente. En verra-t-on jamais la fin ? C'est alors
que, peu à peu, sous l'influence de l'Italie, une civilisation
nouvelle va voir le jour. Ce sera la Renaissance. Elle favorisera
la beauté des corps, le luxe, les plaisirs, la jouissance. Elle

retirera Dieu du centre du Monde et l'homme, orgueilleuse-
ment, prendra sa place. Celui-ci se montrera aventureux,
conquérant, avide de percer les secrets de l'Univers, fier de
ses pouvoirs et de sa domination. Cependant, au milieu de
ce changement total des valeurs, subsisteront un temps, dans
les esprits, quelques vestiges du Moyen Age.

Agnès Sorel incarna parfaitement la dualité de ce siècle
charnière. Encore médiévale par sa foi et sa gaieté, elle
apparaît déjà moderne par son goût du confort et ses appétits
matériels. Première maîtresse royale reconnue officiellement,
mais objet de scandale au regard du peuple qui l'appelle « la
putain du roi », comblée de titres et de biens, somptueusement
parée, elle se trouve promue première femme mannequin et
utilisée comme telle par l'argentier du roi, le fastueux Jacques
Cœur, qu'on pourrait regarder comme le créateur de la société
de consommation, laquelle ne portait pas encore ce nom, mais
ne demandait qu'à éclore ! Agnès Sorel se prêta volontiers à
ce rôle ; sa rayonnante beauté, son goût de plaire l'y poussaient. Elle n'en perdit pas pour autant une certaine simplicité
de cœur, une générosité qui se traduisit par d'innombrables
dons à des œuvres charitables, et un bon sens que n'entamèrent
pas ses succès et grâce auquel elle sut toujours se montrer
sage conseillère auprès de son royal amant. La blonde Agnès
savait séduire. Elle séduit encore.

Séduction... Le mot revient sous ma plume pour parler de
Cassandre, l'héroïne de mes *Amours blessées*. Lorsque Pierre
de Ronsard évoque, dans un de ses poèmes, le jour où il la
vit pour la première fois (c'était en 1545, au cours d'une fête
donnée au château de Blois par François Ier), il écrivit ce vers
fulgurant : « Je la vis, j'en fus fou. » Un cri d'amour ! L'éveil
d'une passion qui n'allait jamais s'éteindre en dépit des années
et de nombreuses autres amours. Mais longtemps on ignora
quelle fut la vie de Cassandre, qui elle fut, et l'on alla même
jusqu'à penser qu'elle n'avait jamais existé, n'était qu'une
figure mythique imaginée par un poète pétrarquisant. Aujour-
d'hui, la vie de Cassandre, Cassandre Salviati, fille d'un riche
banquier florentin venu en France à la suite de la reine
Catherine de Médicis, nous est bien connue, et c'est cette vie
que j'ai voulu retracer dans cette nouvelle biographie
romancée.

Romancée, oui, mais qui s'appuie, comme tous mes autres
livres, sur une rigoureuse documentation. Je dois celle-ci aux
découvertes faites par d'éminents chercheurs, depuis l'histo-
rien Pierre Champion et Gustave Cohen jusqu'à Henri

Longnon, dont les travaux érudits furent repris après sa mort, ordonnés et publiés par François Hallopeau. Ce dernier, lui-même disparu aujourd'hui, était le propriétaire du château de la Possonnière, où naquit Ronsard. J'y fus souvent reçue. Cette belle demeure est située dans le Vendômois, sur les bords du Loir, à quelques kilomètres seulement de la Garenne où s'écoulèrent tous les beaux jours de mes jeunes années. Autant dire que le poète des *Amours* était un peu mon voisin de campagne ! N'est-il pas naturel alors que je me sois inté-ressée à lui, si proche, et, à travers lui, à celle qui lui « enflamma l'âme » ?

En les suivant tous deux, pas à pas, au long de leur existence si tourmentée, je me suis trouvée amenée à évoquer leur époque, bien différente des grands siècles médiévaux. Le seizième siècle, s'il jouit d'un incontestable éclat artistique et littéraire, n'en est pas moins plein de bruit et de fureur. C'est le temps des guerres de Religion ; c'est aussi celui où le sort des femmes se dégrade, où elles se voient retirer leurs précieux acquis médiévaux, où elles vont devenir mineures à vie — jusqu'à notre siècle ! De tous ces bouleversements, on retrouvera l'écho dans ce livre, et dans la vie même de Cassandre.

Cassandre, chère à mon cœur, comme toutes mes héroïnes : Héloïse, Agnès Sorel, les Pérégrines, toutes enfin.

Jeanne BOURIN.

LES PÉRÉGRINES

*Qui n'a pas vu la route de l'aube,
entre ses deux rangées d'arbres, toute
fraîche, toute vivante, ne sait pas ce que
c'est que l'espérance.*

G. BERNANOS.

Principaux personnages

I. LES FRANCS

Personnages romanesques

GARIN LE PARCHEMINIER, 39 ans
   artisan de Chartres ; veuf.
BERTHE LA HARDIE, 55 ans
   sa mère.
BRUNISSEN (prononcer Brunissène), 18 ans
   fille aînée de Garin.
FLAMINIA, 16 ans
   deuxième fille de Garin.
ALAÏS, 15 ans
   la benjamine.
LANDRY, 15 ans
   jumeau d'Alaïs.
ALBÉRADE, 31 ans
   servante partie avec la famille de Garin.
HERBERT CHAUFFECIRE, 25 ans
   cirier à Chartres ; voisin de Garin.
LE PÈRE ASCELIN, 46 ans
   notaire épiscopal, attaché à l'évêque de Chartres ; beau-frère de Garin.
MATHIEU DE NANTERRE, dit Mathieu le Barbier, 28 ans
   barbier sur la nef, puis tout au long de la route.
ANSEAU LE BEL, 21 ans
   parcheminier, fiancé de Brunissen.
GUIBOURG et LIÉBAULT
   selliers chartrains ; amis de Garin.
BIÉTRIX, 15 ans
   jeune orpheline, trouvée à Constantinople.

Personnages historiques

BOHÉMOND DE TARENTE, 40 ans
  chef des Normands de Sicile, et son neveu Tancrède.
MABILLE
  une des sœurs.
PIERRE BARTHÉLEMY
  Provençal, valet d'un tonnelier de Narbonne ; découvreur
  de la « sainte lance ».
FOUCHER DE CHARTRES, 38 ans
  moine de l'abbaye de Saint-Père-en-Vallée, chroniqueur ;
  d'abord dans la suite du comte de Blois, puis chapelain de
  Baudouin de Boulogne.
GODEFROI DE BOUILLON, 36 ans
  duc de Basse-Lotharingie, chef des troupes de la Meuse et
  du Rhin.
BAUDOUIN DE BOULOGNE
  frère de Godefroi de Bouillon, avec sa femme et ses enfants.
RAYMOND DE SAINT-GILLES, 55 ans
  comte de Toulouse, et sa femme Elvire.
RAIMOND D'AGUILERS
  leur chapelain.
ADHÉMAR DE MONTEIL
  évêque du Puy, légat du pape.
ÉTIENNE DE BLOIS ; ROBERT DE FLANDRE ; HUGUES DE VERMAN-
  DOIS, dit le Maisné
  frères du roi de France Philippe Iᵉʳ.
ROBERT COURTEHEUSE
  duc de Normandie, fils de Guillaume le Conquérant.

2. LES BYZANTINS

Personnages romanesques

THÉOPHANE DANIÉLIS, 54 ans
  parfumeur de la cour impériale.
ANDRONIC DANIÉLIS, 35 ans
  son fils ; parfumeur, travaille avec son père.
ICASIA DANIÉLIS, 32 ans
  femme d'Andronic.
MARIANOS DANIÉLIS, 17 ans
  leur fils ; aurige dans la faction des Bleus à l'Hippodrome
  de Constantinople.

PASCHAL DANIÉLIS, 12 ans
   fils adoptif d'Andronic et d'Icasia.
MORPHIA, 50 ans
   nourrice d'Icasia.
JOANNICE, 32 ans
   fille de Morphia, sœur de lait d'Icasia.
GABRIEL ATTALIATE, 36 ans
   frère d'Icasia ; eunuque, préfet du Caniclée, confident et
   conseiller de l'empereur.
CYRILLE AKRITAS, 18 ans
   aurige, ami de Marianos ; il fait partie de la faction des
   Verts.

Personnages historiques

ALEXIS Ier COMNÈNE, né en 1056
   empereur de Constantinople de 1081 à 1118.
IRÈNE DOUKAS
   impératrice, femme d'Alexis Comnène.
ANNE COMNÈNE, née en 1083
   leur fille aînée ; historienne. A fait dans son livre *Alexiade*,
   écrit à la gloire de son père, le récit de la première croisade.

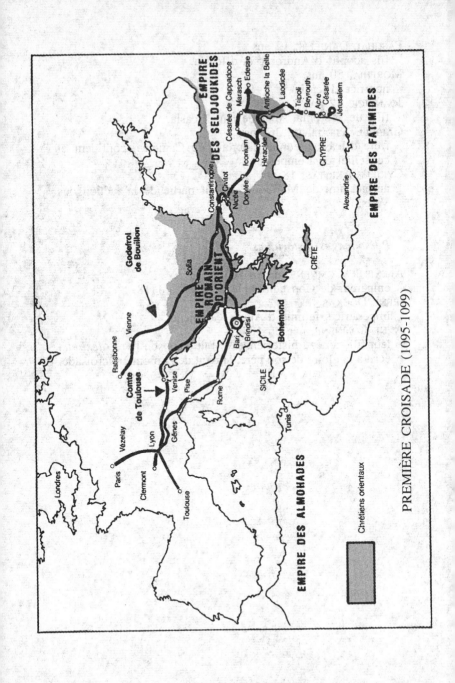

PREMIÈRE CROISADE (1095-1099)

Chrétiens orientaux

PREMIÈRE PARTIE

5-8 avril 1097

1

Garin le Parcheminier hocha plusieurs fois avec conviction son chef frisé où, par endroits, le poil roux virait au blanc.

— Je vous en donne ma foi, assura-t-il, je l'ai vu de mes propres yeux et bien d'autres que moi l'ont également constaté. Sur les épaules des victimes de ce malheureux naufrage, on pouvait voir, comme gravées dans leur chair, des marques représentant la Croix ! Oui, sur mon âme, la Croix du Christ !

— Je peux en témoigner moi aussi, confirma Foucher de Chartres, assis sur le sable de la grève à côté du maître parcheminier. Le Seigneur a sans doute voulu que ces noyés, morts pour Son service en ce jour de la sainte fête de Pâques, conservent à même le corps, telle l'empreinte de leur foi, la croix cousue sur leurs vêtements. Depuis la prestation du vœu d'engagement, au moment du départ huit mois plus tôt, ils ne s'en étaient jamais séparés.

Enrouée par l'émotion, la voix du bénédictin attaché à la suite du comte de Blois fit frissonner ceux qui l'écoutaient.

Un vent d'avril allègre, frais, redevenu innocent, soufflait sur le port et le rivage de Brindisi. Là s'étaient élevées pendant quelques jours les tentes des deux armées du duc de Normandie et du comte de Blois, environnées l'une et l'autre par les campements des pèlerins. Ce matin, on les avait démontées. Le moment d'embarquer était arrivé.

La foule des croisés, rassemblée depuis la fin de la grand-messe pascale dite sur la plage avant l'appareillage des nefs, s'était groupée par famille, rue, paroisse ou village.

Après que, sous leurs yeux consternés, une des premières nefs sorties du port eut été rejetée sans raison apparente sur des rochers où elle s'était brisée, les pèlerins vivaient dans l'angoisse. Ils avaient allumé des feux de bois où ils se réchauffaient en silence. Eux, d'ordinaire si bruyants, toujours prêts à commenter le moindre événement, se taisaient. Seuls, quelques enfants en bas âge couraient entre les foyers jusqu'aux vagues à peine agitées au bord desquelles ils jouaient ou ramassaient des coquillages. Espoir et crainte mêlés, les plus âgés attendaient de savoir si l'embarquement allait reprendre. On tremblait, on priait à bouche close...

— Depuis que nous avons quitté Chartres et le royaume de France, nous avons, hélas ! déjà vu pas mal de morts et de mourants, reprit à mi-voix le parcheminier, mais, Dieu m'assiste, jamais encore en aussi grand nombre ni dans un tel état ! Sans mentir, la mer en a rejeté plusieurs centaines... et je ne compte pas chevaux et mulets !

— Quelle pitié ! soupira Berthe la Hardie en posant une main sur l'épaule de son fils. Non seulement ce malheur nous endeuille tous, mais il a effrayé les plus craintifs. Beaucoup ont décidé de nous quitter, au mépris de leur engagement et du serment prononcé à l'instant de prendre la Croix. Ils seront à jamais mis hors la loi, comme l'a solennellement annoncé notre Saint-Père le pape !

— Renoncer après un si long voyage, un tel cheminement ! s'écria Flaminia dont les nattes brillaient comme cuivre rouge au soleil. C'est de la folie ! Ont-ils oublié que ceux qui sont partis pour cette guerre sainte auront tous leurs péchés remis s'ils meurent en route ? Nous sommes en marche pour aider à la délivrance du saint sépulcre. Celui qui ne se battra pas avec l'épée se battra par la prière ! Rien ne doit nous décourager.

— Oui, Dieu nous attend à Jérusalem, affirma sobrement Brunissen de sa voix chantante, les yeux fixés sur l'horizon.

— Si la gent Notre-Seigneur se désespère et s'amenuise à chaque épreuve, combien resterons-nous aux portes de la Ville sainte ? demanda Foucher de Chartres en passant plusieurs fois, d'un geste qui lui était habituel, sa main sur la tonsure qui sanctifiait ses cheveux bruns et indisciplinés. Beaucoup ont déjà vendu leurs armes et repris leur bâton pour rentrer chez eux. Ils n'ont pas eu le courage de poursuivre le voyage après la lutte fratricide qu'il nous a fallu soutenir à Rome contre les hommes de l'antipape Guibert ! Et pourtant seul notre nombre fait notre force !

— Ne serait-ce pas plutôt notre foi ? s'enquit Alaïs en levant sur le moine un regard pers, rempli de malice.

Les trois filles du parcheminier conjuguaient sur leurs têtes toutes les nuances fauves qui couronnaient leur père. L'aînée, Brunissen, que ses dix-huit ans et une nature discrète paraient d'une certaine sagesse, laissait voir sous son voile des bandeaux couleur de pain brûlé qui s'harmonisaient avec ses prunelles brunes et douces comme les ailes de certains papillons de nuit. Flaminia, de deux ans sa cadette, était dotée d'une crinière de feu, frisée, si violemment rousse qu'on pouvait s'étonner que ses nattes flamboyantes ne crépitent pas comme flammes sur braises. A son approche, on ne voyait que cet embrasement. Quant à la plus jeune, Alaïs, âgée de quinze ans tout juste, elle était casquée d'un blond ardent où l'or s'ensoleillait.

Assis auprès d'elle, son frère jumeau, Landry, arborait la même toison dorée. Osseux et musclé comme un jeune poulain qui n'a pas encore atteint sa stature définitive, il promettait de devenir un fier colosse ! Pour l'heure, il était assombri par la cruelle besogne que venait de lui imposer le naufrage. En compagnie de son père et de tous les hommes disponibles, soldats, clercs et pèlerins, il lui avait fallu aider à relever les corps que les vagues rejetaient sur la côte. Ainsi que de grandes algues monstrueuses et navrantes, à chacune des respirations de la mer, de nouveaux cadavres, aux chevelures épandues, aux membres flottants, venaient s'échouer parmi les débris du bateau perdu, planches, coffres, fûts et besaces éventrées. Les parents, les amis, les compagnons, qui avaient quitté ces malheureux si peu de temps auparavant, les reconnaissaient avec épouvante. Ce n'étaient que pleurs, cris, désolation...

Il avait fallu prendre l'une après l'autre ces pauvres dépouilles par les épaules et par les pieds, les arracher à ceux qui refusaient de s'en séparer, et les transporter dans plusieurs des églises de Brindisi où leurs corps bleuâtres ainsi que leurs habits gorgés d'eau jonchaient les dalles de pierre. L'office des morts et leur ensevelissement seraient assurés plus tard par le clergé de la cité.

Une épouvante sans bornes s'était emparée de certains croisés. Ils attendaient dans l'effroi de monter à leur tour sur les nefs qui devaient les conduire sur l'autre rive de l'Adriatique, en territoire byzantin. Ils auraient ensuite à gagner Constantinople où était fixé le grand rendez-vous des différentes armées de Dieu, accourues de partout avec les foules qui les suivaient pour délivrer le saint sépulcre.

Cette première découverte de la mer, de ses perfidies, de

ses violences, avait de quoi apeurer et décourager des terriens dont beaucoup n'avaient jamais vu une pareille étendue d'eau avant d'aborder la côte italienne.

— Sait-on à quel moment l'embarquement va reprendre ? demanda Berthe la Hardie, qui n'avait peur de rien, aimait à faire savoir que ses cinquante-cinq ans demeuraient vaillants, et connaissait par expérience le pouvoir de l'exemple.

En dépit de quelques douleurs dans le ventre, sans doute dues aux nourritures hasardeuses du voyage, elle avait tenu à aider au transport des noyés dont elle avait arrangé pieusement, avec d'autres femmes, les bliauds, les chemises, les haubergs, les chausses, les capes marquées de croix de tissu rouge ou blanc, déchirés par les rochers et malmenés par les flots. Son courage naturel ne l'avait pas empêchée de pleurer comme les autres sur les corps menus des enfançons aux lèvres décolorées, encore emmaillotés dans leurs langes retenus par des bandelettes de toile que l'eau salée avait rétrécies et plus étroitement resserrées autour d'eux.

A présent, tout en égrenant de la main gauche son chapelet à gros grains de buis, Berthe la Hardie ne voulait plus songer qu'au départ.

— D'après les bruits qui courent, nous devrions monter à bord sans tarder, annonça d'un air entendu Herbert Chauffecire, un jeune voisin de la rue de la Cathédrale à Chartres. Cirier de son état, il faisait partie de ceux qui tournaient depuis quelque temps autour de Garin et de ses jolies filles. Nos montures nous y ont déjà précédés. Pendant que nous rendions les derniers devoirs, ce matin, à tous ces pauvres noyés, les marins ont embarqué chevaux, mules et mulets.

— Par saint Thibault, patron des parcheminiers, dit Garin, je regrette de n'avoir pu assister à cette opération !

— Je crois que tout s'est bien passé, assura le cirier. Je me suis renseigné auprès d'un des patrons des nefs huissières qui nous attendent au port. Elles sont munies de larges portes ouvertes dans leurs flancs, juste au-dessus de la ligne de flottaison. De grandes planches posées en plans inclinés permettent de faire passer directement les chevaux du quai à l'intérieur de la cale.

— C'est ingénieux mais bien audacieux !

— Certes. Aussi, durant la traversée, par précaution, le panneau formant huis ainsi que les coutures seront solidement chevillés et calfatés.

— Je vais tout de même voir ce qu'il en est. Je serai plus tranquille, décida le parcheminier.

Comme il se dirigeait avec sa famille vers les nefs huissières, il rencontra soudain son beau-frère, le père Ascelin.
Notaire épiscopal mandé par l'évêque de Chartres pour
accompagner en Terre sainte les pèlerins de son diocèse et
le tenir au courant des événements, le frère de feu Haumette
la Parcheminière était un homme de taille moyenne. Ses yeux
vifs, embusqués sous des sourcils hirsutes, son grand nez
charnu traduisaient une intelligence et une curiosité d'esprit
toujours en éveil. Garin faisait entière confiance à celui qu'il
considérait comme son frère par le sang et qui n'avait jamais
cessé de veiller sur le foyer de sa sœur. C'était aussi le père
Ascelin qui avait appris à lire et à écrire à son neveu et à
ses nièces et c'était grâce à lui s'ils savaient le latin.

Depuis le départ des pèlerins chartrains au mois d'août
précédent, à la suite de leur suzerain le comte de Blois et
Chartres, le père Ascelin avait eu mainte occasion de prouver
son habileté. A Rome, il avait su manœuvrer entre les partisans
de l'antipape Guibert et les fidèles du véritable pontife
Urbain II. La petite troupe de ses ouailles n'avait guère eu à
souffrir des provocations des uns ni des représailles des autres,
et grâce à ses qualités de persuasion, on y avait compté moins
de défections qu'ailleurs après ce si décevant contact avec la
Ville éternelle.

Une dizaine d'années plus tôt le père Ascelin était déjà
parti pour la Terre sainte, sans pouvoir l'atteindre. Arrêté en
chemin par les musulmans qui interdisaient aux chrétiens de
se rendre au tombeau du Christ, il avait dû rester à Constantinople dans l'espoir, sans cesse différé, d'un changement de
situation. Pendant les mois de ce séjour dans la capitale de
l'Empire romain d'Orient, il s'était créé d'utiles relations. Il
avait même noué une véritable amitié avec un homme de foi
et de qualité, parfumeur de la cour impériale. Après son
retour en France, il avait réussi à maintenir quelques échanges
épisodiques avec lui grâce à des messages remis à des moines
itinérants. Aujourd'hui qu'il retournait à Constantinople, il
comptait bien avoir recours à son ami pour loger Garin et
les siens.

Les deux hommes s'entretinrent un moment du naufrage
qui les avait bouleversés.

— Je m'en vais à présent voir comment nos chevaux ont
été installés dans la cale, expliqua ensuite Garin. Leur transport
me donne bien du souci !

Une lueur amusée traversa les petits yeux foncés du
notaire épiscopal.

— Vous n'êtes pas le premier, mon frère, dit-il, à faire traverser la mer à des chevaux. Dans l'ensemble, ils semblent ne pas trop mal supporter le voyage. Il n'en est pas moins vrai que ces pauvres animaux sont à plaindre. Ils restent suspendus durant des jours au-dessus de leur litière par des sangles qui les entravent et les tiennent à demi soulevés. Ils oscillent selon le tangage, se voient approchés ou éloignés de leur mangeoire et de leur râtelier suivant le roulis, se débattent, s'écorchent parfois, en dépit de la paille qu'on y glisse, là où les sangles de lin usent leur peau fragile. Que voulez-vous, Garin, ils sont faits pour courir et galoper sur terre, non pour être ballottés sur les flots. Mais le service du Seigneur requiert de tous abnégation et courage, même et y compris des chevaux qui sont aussi ses créatures... Le plus surprenant c'est qu'un bon nombre d'entre eux en réchappe !

— Vos chevaux et nos mules ne sont pas tout, mon fils, dit Berthe la Hardie. Il y a aussi nos coffres et tout ce qu'ils contiennent : nos effets, nos nattes de paille pour dormir et les vivres que j'ai pu acheter ici même, hier au soir, car il ne nous restait rien de nos provisions de route en arrivant à Brindisi.

— Mais nous serons nourris sur la nef, ou plutôt sur la nave, comme on dit dans ce pays, fit remarquer Landry. Je me suis renseigné auprès du scribe qui nous a inscrits sur le registre du bord. Nous sommes assurés de manger à notre faim durant la traversée.

— A votre faim, voulez-vous dire ! s'écria Flaminia en riant, qui est celle d'un ogre !

— Tout fait corps ! lança avec assurance son frère. Il me faut prendre des forces si je veux me battre un jour contre la maisnie [1] Judas !

— Paix ! ordonna Berthe la Hardie. Paix, vous deux ! On ne peut pas se fier à un scribe. Au cas où nous n'aurions pas à notre suffisance, j'ai fait remplir un grand panier de chair salée, de fromages. de biscuits et de poissons séchés.

— Par tous les saints, on peut se demander ce que nous deviendrions sans vous ! fit remarquer non sans une certaine impatience Brunissen.

Chacun savait qu'elle supportait avec difficulté le caractère entier et autoritaire de sa grand-mère qui se vantait, pour sa part, de n'avoir jamais obéi à quiconque.

La perte d'une mère morte en couches à la naissance des

---

1. Maisnie : troupe attachée à un seigneur.

jumeaux avait toujours été sensible à l'aînée des orphelins. L'ascendant de l'aïeule sur Garin lui donnait quelquefois le sentiment d'avoir été dépouillée de son droit d'aînesse, des responsabilités qu'elle se sentait tout à fait capable de remplir et qui, normalement, auraient dû lui incomber.

— Sans doute, sans doute, répondit Berthe, insensible à l'ironie et trop persuadée de l'exactitude de cette remarque pour mettre un instant en doute sa sincérité. Vous savez bien, ma fille, que dans notre parentèle je passe pour être la forte tête de la famille !

En prononçant cette phrase qu'elle aimait à répéter, la parcheminière releva avec défi un menton volontaire, tandis que ses yeux d'un bleu dur étincelaient de satisfaction

— De mon côté, j'ai apporté un petit flacon de sirop violat au confit de roses, chuchota à l'oreille d'Alaïs la servante de Garin.

Visage, nez et yeux ronds, c'était une créature placide qui vivait au foyer de son maître depuis l'âge de douze ans. Elle était entrée à cette époque en service chez les jeunes époux qui venaient tout juste de se marier. Fille d'un pauvre brassier qui n'avait que ses bras à louer, elle se nommait Albérade.

— Il se pourrait bien qu'il y en ait qui soient heureux de le trouver, reprit-elle en voyant qu'on l'écoutait. Il aidera à remettre les estomacs en place si le bateau bouge trop fort !

— Que Dieu nous en préserve ! s'écria Flaminia. Une tempête gâcherait une traversée dont je me fais une telle joie !

— Prions pour que Celui qui nous a indiqué la voie de la Croix nous protège durant notre cheminement ! intervint le père Ascelin en se signant. N'oublions jamais que ce pèlerinage, si différent de ceux qui l'ont précédé depuis les origines de la chrétienté, et qui unit barons et prêtres, preux chevaliers et vilains, clercs et laïcs, est d'abord une guerre sainte !

— Si Dieu le veut, elle sera aussi la dernière ! déclara Foucher de Chartres avec force. Qu'elle nous donne la paix ! Qu'elle nous rende Jérusalem, notre Jérusalem, image de la Cité céleste où doit se produire, à la fin des temps, la Parousie du Christ !

Ses auditeurs se signèrent à leur tour. Les ferventes paroles du moine traduisaient le rêve immense qui les poussait tous en avant et les avait lancés depuis de si longs mois sur les routes, avec un cœur brûlant et une foi capable de franchir les montagnes...

Tout en parlant, le petit groupe était parvenu, sur les pas de Garin, jusqu'au port. Plusieurs grosses nefs attendaient, peintes de couleurs vives, à coques rondes, munies chacune d'une large voile carrée de toile écrue, jaunie par l'usage.

— Regardez, vous autres, l'énormité du mât qui la porte ! s'exclama Landry. Un seul tronc n'y a pas suffi ! Il a fallu assembler plusieurs lourdes pièces de bois tenues par je ne sais combien de cercles de fer !

Pendant que son jeune frère s'émerveillait, Flaminia humait avec délices l'odeur marine qu'elle avait découverte, en dépit de la mauvaise saison, quelques mois auparavant. C'était au début de décembre, lorsque les troupes du duc de Normandie, des comtes de Blois et de Flandre, étaient arrivées jusqu'à Bari avec l'espoir de s'embarquer sur-le-champ. Malheureusement, l'état de la mer était si mauvais qu'aucun patron, aucune galère, aucune nef n'avait voulu tenter l'aventure. Un vent de tempête soufflait avec furie, bousculant devant lui des nuages gorgés de pluie et de menaces, qui crevaient dans des déferlements sans fin. Ce n'était certes pas ainsi qu'on s'était imaginé la mer d'Italie ! Il avait fallu hiverner à l'intérieur des terres, dans un pays inconnu et assez peu accueillant. Là encore, un certain nombre d'entre les moins courageux, craignant les intempéries et la misère pour l'avenir, avaient repris leurs bourdons, leurs besaces et s'en étaient retournés d'où ils étaient venus à si grand-peine... Dans l'entourage du parcheminier, on avait blâmé et déploré ces désertions. Le comte de Flandre, lui, s'était obstiné. Il avait fini par trouver le moyen de traverser les flots, à ses risques et périls, à grand renfort d'argent et de promesses. Robert Courteheuse, duc de Normandie, ainsi qu'Etienne de Blois étaient restés sur place. Ils avaient préféré attendre en compagnie de l'ost[1] le retour du beau temps. Avec le début du printemps le moment avait enfin paru favorable à un nouveau départ, et les pèlerins s'étaient retrouvés à Brindisi avec les deux armées et leurs chefs.

Flaminia avait déjà aimé la mer hivernale, elle fut éblouie par sa beauté printanière. Une sorte de griserie s'était emparée d'elle lorsqu'elle s'était sentie caressée par la brise marine et qu'elle avait respiré les senteurs du large. Il lui avait semblé que, sous son bliaud de toile verte, défraîchi, usagé, dont elle était lasse, son jeune corps, dru et neuf, était revigoré, nettoyé des sueurs du chemin et comme purifié par ce vent si vif, si gai, qui crêtait d'écume les vagues joueuses... C'était comme respirer l'haleine suave de Dieu... Ce bain vivifiant lui donnait

---

1. Ost : armée.

l'impression de participer de tout son être à la splendeur de la Création.

« A présent, je comprends mieux le sens sacré de notre voyage, s'était-elle dit le jour où elle s'était trouvée pour la première fois sur la grève de Brindisi. Cette immensité-là donne une idée admirable de l'œuvre du Créateur. C'est plus vaste, plus beau, plus impressionnant que notre plaine beauce-ronne, que les terribles montagnes qu'il nous a fallu franchir l'automne dernier pour passer de France en Italie, que Rome et que tout ce qu'il m'a été donné de voir depuis que nous avons quitté Chartres... C'est l'image même de l'éternité ! »

A cette pensée, toute de ferveur, était bientôt venue s'ajouter une sensation de plaisir sensuel. Flaminia aimait le goût salé qui imprégnait ses lèvres et sa peau, la violente odeur que dégageaient à la fois le sable humide, les vagues doucement agitées et les pins du rivage sous le soleil. Soleil dont elle se protégeait en abaissant son voile sur ses yeux afin de ne pas gâter son teint, mais dont la tiédeur l'alanguissait...

— Les femmes et la mer ont en commun semblable senteur saline, lui avait soudain murmuré à l'oreille Herbert Chauffe-cire, surgi à ses côtés, avec son air de matou éternellement en chasse. Votre arôme naturel n'en sera que plus troublant...

Certaines des femmes du groupe le trouvaient à leur goût et il semblait en avoir courtisé plus d'une avec succès depuis le début de la route. Flaminia devait reconnaître qu'il était assez joli garçon, blond, mince, bien bâti, mais elle n'aimait pas son regard vairon, sa bouche aux épaisses lèvres luisantes.

Ce jour-là, elle s'était contentée de hausser les épaules et de s'éloigner sans un regard vers lui, mais, par la suite, elle s'était arrangée pour éviter sa présence aux heures où elle se rendait sur la grève. Elle n'entendait pas renoncer à cause de lui aux longues stations émerveillées, aux joies pures et fortes que lui procurait l'approche de l'eau vivante aux arômes amers.

Dans le port, les effluves marins étaient malencontreuse-ment mêlés à des relents de goudron, de toile, de saumure, de déchets de toutes sortes qui en atténuaient beaucoup l'attrait. Un bon nombre de gens s'était approché des nefs pour voir de plus près cet instable assemblage de planches sur lequel il allait falloir se lancer au-dessus des abîmes habités, d'après certains récits, par des monstres affreux et cruels...

Brunissen, elle aussi, les contemplait. Sans appréhension véritable, mais non sans mélancolie. Il lui avait fallu, contre son gré, laisser à Chartres son fiancé Anseau le Bel, qui n'avait pu prendre la route avec eux tous. Fils unique d'une veuve chargée de cinq filles en bas âge, le jeune parcheminier, qui travaillait avec Garin, s'était vu confier par son maître la petite entreprise dont il avait accepté la charge durant l'absence des pèlerins partis avec celle qu'il aimait. En avait-il souffert autant qu'il l'avait dit ? Autant qu'il l'aurait dû ? Saurait-il lui rester fidèle durant une absence dont nul ne pouvait prévoir la durée ? Brunissen n'ignorait pas qu'autour d'elle on nommait « souffle-tisons », « mange-vite » ou bien « outres-à-vin » ceux qui avaient refusé de partir pour la Terre sainte à l'appel du pape. Anseau n'était pas de ceux-là. Son devoir de fils aîné ne lui avait pas laissé le choix. Tant qu'il demeurerait seul soutien de sa famille et qu'il lui faudrait veiller sur ses sœurs, il ne serait pas libre de lui-même.

Tout au long des jours et des étapes, Brunissen avait marché avec les foules rassemblées derrière les bannières de leurs seigneurs sans cesser de penser à Anseau. Parmi les piétons, les cavaliers, les mulets, les chevaux de somme tirant d'invraisemblables chariots, des charrettes ou des basternes[1] sur lesquels s'entassaient coffres, sacs, barils et paquets, au milieu de cette troupe où hommes et femmes, pauvres et riches, enfants et vieillards, marchands et gens d'armes, filles sages et filles follieuses, paysans et citadins, malades et bien-portants, voleurs et honnêtes artisans se coudoyaient, Brunissen avançait, le cœur tiré en arrière. Elle priait, chantait des cantiques ou des chansons de route, s'entretenait avec sa famille ou ses voisins, tout en songeant à celui qu'elle aimait. Quand le reverrait-elle, si toutefois Dieu permettait qu'elle le revît un jour ? Le trajet lui avait déjà paru si long qui, depuis huit mois, à chaque pas, à chaque tour de roue, l'éloignait davantage de son bel ami... Traverser la mer serait une séparation encore plus déchirante.

De l'autre côté de l'eau, l'inconnu s'annonçait redoutable : ce ne serait plus en pays chrétien que l'immense foule des croisés se retrouverait après avoir atteint puis dépassé Constantinople pour franchir le Bosphore, ce serait en territoire occupé par les païens, les Sarrasins, ces ennemis de Dieu ! Ceux-là mêmes qui avaient interdit depuis une cinquantaine d'années l'accès du saint sépulcre aux gens d'Occident, qui avaient chassé et torturé les chrétiens de Jérusalem, opprimé les populations syriennes ou arméniennes restées fidèles au Christ et

---

1. Basternes : chariots à roues de bois pleines, sans rayon.

soumises à la persécution des musulmans, ces mécréants qui avaient détruit un si grand nombre d'abbayes, d'églises, de sanctuaires que c'en était pitié ! Lors du concile de Clermont, le pape avait évoqué les souffrances endurées par les chrétiens des terres lointaines, les supplices infligés aux pauvres pèlerins qui, bravant tous les périls, avaient tenté de se rendre aux Lieux saints, la menace sans cesse grandissante que la race impie des dévastateurs faisait peser jusqu'aux portes de Constantinople... Ces paroles, emportées par le vent de la foi bafouée, de l'indignation, avaient volé de clocher en donjon, de cité en chaumière, de bouche à oreille, comme volent les flammèches d'un incendie, le propageant partout alentour, l'activant sans cesse. Les cœurs de la chrétienté s'étaient enflammés. Les difficultés innombrables, les peines, les séparations et les maux à prévoir ne faisaient pas obstacle à l'embrasement irrépressible que l'appel d'Urbain II, véritable boute-feu, avait allumé sur son passage.

Alors, comme autant de sceaux ardents, on avait vu flamber sur les poitrines ou les épaules de ceux que rien ne pouvait plus retenir une multitude de croix en drap, en soie, en futaine, en métal. Symbole du choix qu'ils avaient fait de suivre le Christ en portant sa Croix, c'était aussi un signe de ralliement, le signe sacré d'obédience au Dieu-Seigneur au service duquel on vouait son existence en espérant sa protection. Ces croix étaient sanctification, viatique, pouvoir enchanté...

Garin le Parcheminier et tous les siens les avaient adoptées dans l'enthousiasme. Dès que l'écho des propos du pape leur était parvenu, ils avaient décidé, en un parfait accord, de se joindre aux troupes armées et aux pèlerins qui partaient délivrer Jérusalem captive, Jérusalem souillée par les pratiques démoniaques des suppôts de Satan !

— A quoi songez-vous, ma sœur ? demanda une voix claire à Brunissen. N'êtes-vous point impatiente de quitter ce rivage ? Vous me semblez bien triste pour une chrétienne prête à faire voile vers la terre où Jésus souffrit et ressuscita pour nous !

— Alaïs, vous êtes un ange. Que voulez-vous, moi, je n'en suis pas un !

— Je ne sais si je suis un ange, mais je sais qu'aucun beau parcheminier ne m'attend en notre ville de Chartres, répondit en souriant la plus jeune des trois sœurs. Votre mélancolie, avouez-le, n'a pas d'autre origine.

Brunissen inclina en signe d'assentiment son visage aux traits fins, au front haut et lisse comme un galet, visage sage, encadré par le souple voile de lin blanc qui lui couvrait la tête et les épaules.

— Il est dur de vivre loin de celui qui a conservé mon cœur par-devers lui, reconnut-elle avec sincérité. Non pas que je regrette, Dieu m'en préserve ! d'être partie avec vous tous, mais les routes se succèdent, le temps passe et je ne sais plus rien d'Anseau... Peut-être m'a-t-il déjà oubliée...

— Vous n'êtes pas une pucelle si facile à oublier que vous paraissez le croire ! intervint Landry qui n'était jamais loin de sa jumelle. Depuis que nous avons cheminé de compagnie, il y en a eu beaucoup, à ma connaissance, qui n'auraient pas été fâchés que vous vous intéressiez davantage à eux !

Une fois encore Brunissen songea que son jeune frère avait quelque chose de solaire. Une chaleur, une force, un éclat insolent donnaient à son comportement bouillant et rieur un charme désarmant.

Passant un bras autour des épaules d'Alaïs, il se pencha pour frotter sa joue contre celle de sa sœur.

— Savez-vous ce que je viens d'apprendre ? reprit-il en s'adressant à l'aînée comme à la plus jeune. Il y a divers endroits où dormir sur cette nave. D'abord sous le gaillard d'avant où logent le patron, le navigateur et le pilote côtier, plus certains passagers, mais il paraît que la position en surplomb de ce château le rend très sensible au tangage et, donc, gare au mal de mer ! Le second endroit, situé sous la dunette, se trouve à l'arrière. Il est plus agréable et donc plus recherché. C'est là que s'installent les gouverneurs, ceux qui dirigent le bateau, les hommes de barre, les consuls de mer et quelques autres. Enfin, il reste, au milieu de la nef, en plein air, sur la couverte, des places où s'entassent, hélas ! presque tous les pèlerins. On peut y déposer ses nattes de paille ou de jonc, une fois la nuit venue...

— Avec tout ce monde ! s'écria Brunissen. Mais nous serons serrés comme moutons en bercail !

— Par la foi que je vous dois, ma sœur, vous ne croyez pas si bien dire ! Des cadres de bois ont été prévus à cet effet où chacun pourra déposer et disposer sa literie tête-bêche, et nul n'aura le droit de s'en écarter. Or, ils ne sont guère grands ! Mes pieds dépasseront de beaucoup, je vous le garantis ! Il ne faudra pas que mon vis-à-vis ait le nez trop fin !

— Les gens du Sud sont plus petits que nous. Ils n'ont pas prévu des géants de votre espèce ! remarqua Alaïs en riant.

— De toute manière, nous n'aurons pas le choix. En dehors

des emplacements dont je viens de parler, on ne peut que coucher dans la cale ou dans l'écurie entre les pieds des chevaux et des mulets !

— Il nous faudra donc dormir tout habillés et enveloppés dans nos manteaux, dit Flaminia. Heureusement que la traversée doit être courte.

— On peut apporter des couvertures si on le veut, reprit son frère, mais elles risquent d'être mouillées par les embruns, les paquets de mer ou la pluie, si jamais survient un orage.

— Nos vêtements et nos affaires le seront donc aussi...

— Tout dépendra des vents.

— Prions Notre-Dame pour qu'ils soufflent du bon côté !

— Du bon côté, sans doute, mais pas trop fort, s'il vous plaît. Rien que d'y songer me met le cœur au bord des lèvres.

— Comment vous êtes-vous si bien renseigné ? demanda Brunissen. Vous me paraissez tout savoir de cette nef.

Landry sourit en balançant d'un pied sur l'autre son grand corps dégingandé.

— Hé bien ! j'ai pensé qu'il pourrait ne pas être inutile de rester en bons termes avec le scribe. C'est lui l'homme de confiance du patron. Il tient le registre de bord et ses écrits font foi. Rien de ce qui se passe sur la nave ne lui échappe. Il s'occupe des entrées, des chargements comme des déchargements qui s'effectuent au port, c'est lui enfin qui règle les achats. Bien entendu, il a la garde du fameux registre et conserve nuit et jour sur lui les clés du coffre où il l'a enfermé. Personne d'autre n'y peut prétendre car le coffre ne doit jamais demeurer ouvert hors de sa présence. C'est un personnage !

— Et il vous a pris en amitié ?

— Je lui ai apporté quelques petits présents auxquels il ne s'est pas montré insensible...

— Cependant, d'après vos dires, il nous a tout de même parqués comme les premiers venus !

— On ne peut faire autrement. Mais il m'a conseillé de choisir des places aussi proches que possible du château arrière, pour avoir une petite chance de nous trouver à l'ombre. Dans cette région et en ce pays, le soleil est déjà chaud dès le matin. J'en ai aussitôt parlé à notre père. Il est allé le trouver pour s'entendre avec lui et pour lui graisser de nouveau la patte au besoin.

— Grâce à Dieu, tout est donc réglé ! s'exclama Alaïs. Nous allons pouvoir monter à bord !

Ses yeux brillaient d'excitation et on la sentait sur le point de battre des mains comme la petite fille qu'elle était il n'y avait pas encore si longtemps.

— Allons rejoindre grand-mère, dit Landry.

Ils la trouvèrent en compagnie de Flaminia et d'Albérade la servante, en train de parler avec le patron de la nef, un homme de petite taille, gras, vêtu d'une tunique assez courte et délavée, de chausses rouges et d'un bonnet de laine. Tout en écoutant d'un air impatient la grande femme qui le dépassait d'une tête, il surveillait du coin de l'œil l'embarquement des barils de vin, d'eau ou de cervoise, des sacs de farine, des paniers de fruits et de légumes frais que ses hommes apportaient en une longue file affairée sous la direction d'un contremaître.

Berthe la Hardie se retourna vers ses petits-enfants.

— Je me suis assurée que nous ne manquerions ni de poules ni de chapons, et qu'il y aurait du lard en suffisance. Ce bateau comporte aussi un moulin à bras pour faire du bon pain et non pas des bouillies, dit-elle avec autorité. J'ai reçu toutes les assurances possibles. Soyez sans crainte, Landry, nous pourrons survivre à la traversée même si, à Dieu ne plaise ! elle se révèle plus longue que prévu !

Des ordres lancés à pleine voix et le son éclatant des busines annoncèrent l'arrivée des armées ducale et comtale. Elles passaient en premier pour embarquer avant les pèlerins. Barons, chevaliers, écuyers, archers, simples soldats, valets défilèrent sous les yeux des Chartrains, fendant la foule qui ne s'écartait pas toujours aussi vite qu'ils l'auraient souhaité, à la suite du duc de Normandie, Robert Courteheuse, et d'Etienne de Blois, comte de Champagne, Brie et Chartres.

« On ne peut rêver deux êtres plus dissemblables que ces deux grands seigneurs ! » songea Brunissen.

Depuis que l'ost du comte avait rejoint à Pontarlier celle du duc, les pèlerins ne cessaient de s'entretenir des faits et gestes de leurs chefs, si différents l'un de l'autre et pourtant assez bons amis. Chacun s'accordait à reconnaître que Robert Courteheuse méritait bien son surnom avec ses jambes courtes et lourdes soutenant son tronc puissant. Ce n'était cependant pas son manque d'attrait physique qui détournait de lui tant de gens, mais sa personnalité. Fils aîné de Guillaume le Conquérant, il tenait de celui-ci une nature violente et dominatrice, ce qui ne lui aurait pas nui si son goût pour les intrigues, les complots, sa vie dissipée et turbulente ne l'avaient déconsidéré aux yeux de l'auteur de ses jours comme à ceux de beaucoup d'autres. On ne comptait plus ses reniements. Passé dans le camp du roi de France alors ennemi du Conquérant, il avait été jusqu'à se battre en combat singulier contre son propre père, l'avait blessé et avait occis son cheval sous lui ! Maudit, renié pendant un temps, puis pardonné, il avait fini par se réconcilier avec Guillaume pour marcher en sa compagnie sus à leur adversaire commun, le roi d'Ecosse. Sur son lit de mort, Guillaume, de nouveau trahi par ce fils devenu un insupportable trublion, l'avait écarté du trône que semblait lui assurer son droit d'aînesse. Le cadet, Guillaume le Roux, pourtant guère plus recommandable, était devenu roi du royaume d'Angleterre récemment conquis, alors que Robert ne recueillait que la Normandie en héritage. C'était là un cadeau lourd à porter. Mal géré, délaissé au profit de l'Angleterre, le duché normand périclitait et n'était pas loin de sombrer à cause des incessantes guerres féodales qui le déchiraient.

— Il a fallu l'intervention personnelle du pape pour que les frères ennemis se décident enfin à signer un traité de paix, assura Berthe la Hardie à une petite femme maigrelette qui se trouvait à ses côtés dans la foule et qu'elle prit à témoin de son indignation. Savez-vous que, grâce à la garantie de l'Eglise, le duc de Normandie a touché un prêt de dix mille marcs d'argent du nouveau roi d'Angleterre, à condition de lui laisser son duché en gage durant cinq ans ! Voilà comment nos seigneurs livrent leurs terres après les avoir laissées dépérir !

— Moi, je trouve la suite du duc fort brillante, murmura avec timidité l'interpellée qui ressemblait à une fourmi et dont les yeux saillants détaillaient le cortège d'un air ravi. Voici maintenant le duc de Bretagne suivi de ses meilleurs barons... les évêques d'Evreux et de Bayeux, si beaux, si dignes, beaucoup d'autres encore... On parle de mille chevaliers et de sept ou huit mille hommes de pied. Ce n'est pas là mince contribution à l'armée du Christ !

Berthe la Hardie haussa les épaules.

— C'est beaucoup de monde en effet, concéda-t-elle, mais les autres chefs de troupe qui sont partis de tous les coins du royaume, à ce qu'on dit, en ont tout autant avec eux et souvent même davantage, sans avoir eu à gager leurs domaines !

— Voici le comte de Blois ! lança Flaminia qui s'amusait beaucoup. Il est magnifique ! Il vaut cent fois son beau-frère Courtheuse ! Adèle, sa femme, a de la chance de posséder un tel époux ! On le dit pacifique, pieux, aussi généreux que

puissant, goûtant la poésie et la musique comme la chasse et
les joutes ! Presque parfait, enfin !

Brunissen se mit à rire.

— Par tous les saints, comme vous vous emballez aisément,
ma sœur ! Vous me faites penser à notre pouliche que le
moindre bruit, la plus légère ombre lançaient au galop à
travers le pré !

— A seize ans, on ne peut pas lui demander pondération
et réserve, trancha l'aïeule qui ne cachait pas sa prédilection
pour la deuxième de ses petites-filles dont le tempérament
fougueux lui rappelait les entraînements de sa propre jeunesse.

Avant de disparaître, les bannières des différentes troupes
flottèrent les unes après les autres sur les ponts des nefs qui
leur étaient réservées. Les sons guerriers des cors et des
busines s'éloignèrent à leur tour. Seuls, les valets portant les
hauberts de mailles, les broignes de cuir recouvertes d'écailles
de fer et les armes des chevaliers continuèrent à défiler devant
la foule des pèlerins amassés.

— A présent, nous allons pouvoir franchir à notre tour les
planches qui conduisent à notre bateau, assura Berthe la Hardie
en entraînant les siens vers une nef qui se nommait la
Maria-Virgine.

— J'espère qu'elles ne sont pas trop branlantes, soupira
Alaïs.

— Les jolies demoiselles comme vous trouvent toujours
quelques mains vigoureuses autant que secourables pour les
soutenir et les guider, lança un garçon de haute taille, aux yeux
clairs, et habillé comme un marin, qui venait de descendre de
la nave.

— Merci, l'ami, merci ! On n'a point besoin de vous !
lança Landry en repoussant l'homme, qui se mit à rire.

— Par les cornes de Satan ! Je ne voulais pas offenser ces
belles pucelles, répondit-il avec bonne humeur. Tout comme
vous, je viens de France. Je faisais partie de la suite du frère
de notre roi, monseigneur Hugues de Vermandois, autrement
dit, Hugues le Maisné. Sur mon salut, c'est la vérité ! J'étais
même son barbier !

— Alors, que faites-vous ici ? demanda Berthe la Hardie.
D'après les bruits qui circulent, le frère du roi, qui a cheminé
avec nous au début de notre départie, doit être à présent
rendu depuis beau temps à Constantinople ! Il nous a quittés
justement pour arriver là-bas dans les premiers.

— Vous êtes bien renseignée, ma commère. Il est vrai que
tout se sait dans les rangs des pèlerins... Vous avez raison.

Nous nous sommes embarqués à Bari au début du mois des vendanges de l'année écoulée. Mais Dieu n'était sans doute pas avec nous. A peine avions-nous gagné le large qu'une terrible tempête a coulé et éparpillé nos bateaux. Celui sur lequel je me trouvais a sombré corps et biens. Heureusement, je portais sur moi une médaille miraculeuse qui m'a sauvé. J'ai pu regagner le rivage à demi mort... mais à demi seulement !

De nouveau, il partit d'un grand rire joyeux qui découvrit de larges dents blanches et gourmandes. Flaminia remarqua qu'il avait une cicatrice sur la joue gauche.

— J'étais blessé, continua le barbier, et fort mal en point. Grâce au ciel, un brave marchand de légumes m'a recueilli, soigné, guéri et, comme j'avais tout perdu, il m'a hébergé, pris en amitié et enseigné la langue qu'on parle ici, ce qui peut toujours servir.

— Qu'est devenu le frère du roi ? demanda Brunissen.

— A ce qu'on m'a dit, son embarcation a été jetée sur la côte d'en face, chez les Byzantins, où elle s'est échouée. Recueilli par des guetteurs postés là par leur empereur, il a été conduit au duc de Dyrrachium, le propre neveu du basileus, chargé par celui-ci de venir à sa rencontre pour le recevoir avec les honneurs dus à sa personne. Au fond, tout s'est bien terminé... sauf que c'est en naufragé et en fort piteux état qu'Hugues le Maisné, si fier et si imbu de sa naissance, a été conduit devant le représentant de l'empereur de Constantinople ! Pauvre Seigneur ! Lui qui estimait que seule une grandiose réception était digne de son rang !

Le rire sonore éclata une fois encore.

— On dirait que vous n'aimez guère votre ancien maître, remarqua Landry qui considérait d'un œil critique le nouveau venu.

— Il n'est pas toujours tendre avec ses serviteurs, répondit le barbier en faisant une grimace, bien qu'il ait, je le sais, la réputation d'être affable et de bonne compagnie... Mais tout cela est fini pour moi. Comme je parle à présent la langue du pays, j'ai réussi à me faire engager en tant que barbier sur cette nef où, justement, il n'y en avait pas. Je pensais bien avoir l'occasion d'y rencontrer des gens de chez nous, puisqu'il ne cesse d'en arriver de tous les coins de France !

— Nous-mêmes venons de Chartres, dit Berthe la Hardie, de Chartres, où mon fils est parcheminier de Monseigneur l'évêque.

— C'est un beau métier. Mais je m'aperçois que je ne

vous ai pas encore dit mon nom. Je m'appelle Mathieu et suis né à Nanterre, près de Paris.

— Si nous embarquions ? suggéra Alaïs qui s'ennuyait.

— Vous n'avez plus peur des planches branlantes, demoiselle ?

L'adolescente lança au grand garçon blond un regard perplexe et se contenta de secouer la tête sans répondre avant de prendre le bras de son jumeau pour monter à bord de la *Maria-Virgine*.

On se bousculait à l'entrée de la passerelle faite de longs morceaux de bois mal équarris et posés en plan incliné entre le quai et la nef. Parmi ceux qui attendaient là, un homme barbu, entre deux âges, sale, revêtu d'une cape verdie par l'usure, lui dédia une sorte d'affreux sourire lubrique.

— Toi, il faudra qu'on te viole... grommela-t-il d'une voix avinée, assez enrouée pour que Landry ne l'entendît pas.

Alaïs frissonna et se cramponna à son frère qui, ne se doutant de rien, mit ce mouvement sur le compte du premier contact avec le balancement du bateau.

L'adolescente savait que, parmi ceux qui avaient pris la croix avec tant de ferveur, et parmi les jongleurs, conteurs, musiciens ambulants qui les accompagnaient, s'étaient glissés des éléments douteux, aventuriers de tout poil, sans parler des voleurs appâtés par l'espoir du butin toujours possible en une telle aventure. Il y avait aussi des pèlerins pénitents qui ne s'étaient mêlés aux autres que dans l'intention de racheter de lourds péchés ou qui y avaient été contraints par leur évêque ou leur confesseur afin d'expier un crime particulièrement grave. Sans parler des quéreurs de pardon, ces professionnels du pèlerinage qui les effectuaient pour le compte d'un autre et contre rémunération. Ces mercenaires de la pénitence cumulaient assez souvent leurs singuliers services avec le commerce des reliques qui était des plus fructueux... Le père d'Alaïs et sa grand-mère l'avaient maintes fois avertie, ainsi que ses sœurs, du danger que représentaient ces faux marcheurs de Dieu. Heureusement, Landry l'entraînait avec sa vigueur habituelle et elle se retrouva sur la nef en quelques enjambées.

De l'autre côté de la passerelle de planches, Garin attendait sa famille.

— Tout est arrangé avec le scribe, dit-il en caressant sa barbe rousse d'un air satisfait. Nos coffres sont sous la dunette, là où nous dormirons. On y est à l'abri du soleil et de la pluie, ce qui est déjà bien. Comme en cette saison le temps est beau par ici, nous ne devrions pas être trop mal. Reste l'étroitesse des cadres de bois prévus pour nos nattes. Quand je les ai vus, j'ai protesté, mais il n'y a rien d'autre et il faudra nous en contenter.

— Si Dieu le veut, nous ne demeurerons que peu de temps sur cette nave, dit Landry.

— Le but du voyage seul compte ! Nous allons voguer vers Jérusalem ! Qu'importe le reste ? Le vent nous lavera de nos sueurs nocturnes et la compagnie de cette immense étendue d'eau élèvera nos âmes au-dessus de nos petites misères ! déclara Flaminia qui respirait l'air du large à pleines narines.

— Je vois que la bonne volonté règne parmi les Beaucerons ! constata Mathieu le Barbier qui avait rejoint le groupe. Ce n'est pas toujours le cas, tant s'en faut ! Beaucoup de gens ne cessent de se plaindre.

— Il faut savoir ce que l'on veut, déclara Berthe la Hardie. Quand on a choisi de traverser la moitié des terres connues pour aller aider à la délivrance du saint sépulcre, on ne va pas gémir parce qu'on se trouve un peu à l'étroit sur un bateau !

— Bien dit ! approuva son fils. Puisque je vous vois tous en de si bonnes dispositions, je vais enfin pouvoir me rendre auprès de nos chevaux que je n'ai pas encore trouvé le temps d'aller examiner.

La nef se remplissait lentement. Après les soldats enchemisés de fer venaient les pèlerins. Vêtus de bliauds courts retenus à la taille par une ceinture de cuir, enveloppés dans de longs manteaux à capuchon ou coiffés de chapeaux à larges bords pour les préserver des intempéries, les hommes portaient presque tous la barbe par commodité. Seuls les clercs et les plus jeunes, comme Landry, s'en dispensaient. Les femmes avaient la tête recouverte de voiles de lin protégeant leurs cheveux tressés, leur cou et leurs épaules. Pour marcher, elles relevaient les pans de leurs manteaux, ce qui permettait de voir les couleurs vives et gaies de leurs bliauds longs, parfois ornés de galons ou de broderies au bas de l'ourlet. Tous les pèlerins arboraient avec fierté la croix de tissu cousue sur l'épaule, le bourdon et la besace de cuir ou de toile, consacrés l'un et l'autre par un prêtre avant leur départ. Le mauvais temps, la boue, l'usure avaient à la longue noirci, déformé, poli le bâton de marche comme la besace qu'on portait en bandoulière, mais ces objets bénits n'en étaient que plus chers au cœur de leurs propriétaires qui voyaient dans ces métamorphoses le témoignage d'une fidélité comparable à la leur.

Des enfants, des vieillards, des infirmes se trouvaient mêlés à la foule qui s'installait autour de la famille du parcheminier. Avec l'application de celui dont le but est lointain, de celui pour qui le temps ne compte pas, chacun cherchait sa place, en prenait possession, disposait ses affaires.

La couverte ne tarda pas à être totalement occupée. Agiles, des marins couraient à droite et à gauche avant l'appareillage, enjambant les corps allongés, évitant les coffres, les paquets, les pèlerins assis ou debout.

Des ordres fusèrent. Quelques hommes de l'équipage se mirent en devoir de hisser la lourde voile, d'autres levaient l'ancre. Sur le quai, dans les fumées d'encens, des prêtres venus en procession bénissaient chaque nef. Puis, d'une seule voix, gens de mer et gens de terre entonnèrent le cantique réservé au voyage vers la Terre sainte que tous connaissaient par cœur.

Flaminia chantait avec enthousiasme, Brunissen avec ferveur, Alaïs souriait en regardant son frère.

> *Que le très saint sépulcre*
> *Soit notre sauvegarde !*
> *C'est au nom du Très-Haut*
> *Que nous sommes sur l'eau !*
> *Qu'Il nous accorde sa grâce,*
> *Qu'Il nous donne sa force !*

On se signa avec recueillement, l'activité reprit et on entendit soudain la voix du patron :

— Faites voile, de par Dieu !

A l'arrière de la nave, des bannières multicolores claquaient dans la brise... C'est alors que, tout d'un coup, avec brutalité, éclata la fanfare des trompettes droites. Leurs sons rauques et stridents déchirèrent l'air soyeux comme aurait pu le faire le cri d'un animal marin inconnu.

— Quel vacarme ! s'exclama Berthe la Hardie, qui avait horreur de la musique quelle qu'elle fût. C'est pire que le criaillement des mouettes ! J'en ai la tête rompue !

— Il est vrai que ces trompettes sont épouvantables, admit Flaminia. On se croirait sur un champ de bataille !

La nef quittait lentement le quai, s'éloignait avec majesté

du port d'où ceux qui n'étaient pas encore partis et attendaient leur tour lançaient des adieux. Dans sa course, le vent qui gonflait la lourde voile carrée emportait leurs paroles.

On frôlait de petites barques dont les occupants saluaient le départ des croisés en agitant à bout de bras bonnets et écharpes.

Sous les pieds des passagers, le pont du bateau bougeait un peu plus fort.

— Je n'aime pas la mer, même par beau temps, remarqua Berthe la Hardie en pinçant les lèvres. Non, par ma foi, je ne l'aime pas ! Si ce n'avait pas été pour le service du Tout-Puissant, jamais je n'aurais mis le pied sur un bateau !

Toute la famille, sauf Garin, se trouvait réunie sous la dunette.

— En attendant l'heure du dîner, asseyons-nous sur nos coffres, proposa Landry. Ce sont les seuls sièges disponibles.

Habituée à ne jamais demeurer inactive, Albérade, la servante, vérifiait l'état des nattes de paille, inspectait la propreté des cadres en bois qui les recevraient pour la nuit.

— Tout a été lessivé à l'aube, des châteaux à la cale, dit encore Landry. Je l'ai appris de ce scribe providentiel qui parle notre langue. Il faudra que je vous le fasse connaître. Tenez ! le voici ! C'est lui, là-bas, qui court de ce côté.

— On dirait même qu'il vient vers nous, s'étonna Alaïs.

Petit, mince, mais robuste, l'homme qui se frayait un chemin à travers la cohue donnait l'impression d'une force nerveuse contenue. Un nez aquilin, des mâchoires sans cesse crispées et des prunelles sombres lui composaient un masque dont Brunissen pensa qu'il avait quelque chose de tragique. Il ne semblait pas destiné à sourire souvent. Le scribe s'approcha de Landry.

— Venez, dit-il avec un très fort accent italien, par la Croix du Christ, venez, venez vite !

— Serait-il arrivé quelque chose à Garin ? demanda Berthe la Hardie en fronçant les sourcils.

L'homme lui jeta un regard troublé, parut hésiter, puis, sans plus attendre, attrapa l'adolescent par le bras pour l'entraîner à sa suite.

— Votre père, souffla-t-il quand ils furent assez loin de la famille stupéfaite. Votre père...

Il s'interrompit un instant en voyant l'expression bouleversée du jeune homme, puis secoua la tête en un geste d'impuissance.

— Que vous dire ? reprit-il. Comment vous le dire ?

— Par Dieu, parlez !

— Votre père est blessé. Grièvement... Quand les trompes ont éclaté, il était penché sur le jarret d'un de ses chevaux qui semblait écorché par sa sangle arrière. Vous savez, c'est ce magnifique bai de Norvège qu'il préfère à tous les autres, d'après ce qu'il m'a confié... Affolé par le bruit des busines, le cheval a rué brutalement. Votre père n'a pas eu le temps de se garer. Il a reçu un coup de sabot sur la tempe droite, si fort qu'il s'est effondré aussitôt... Avec l'aide d'un palefrenier qui se trouvait là, je l'ai étendu sur des bottes de paille. Il a perdu connaissance. Il est sans couleur et sans pouls... L'empreinte du fer marque sa tempe qui commence à gonfler de vilaine façon... Et il ne revient pas de sa pâmoison...

2

Depuis le matin, la *Maria-Virgine* était immobilisée avec cinq autres nefs sur une mer calme, sans houle, qui miroitait à l'infini autour des lourdes coques arrondies aux couleurs éclatantes. Après une nuit de navigation tranquille, le vent était tombé et les naves, avec leurs voiles flasques, ressemblaient à de grosses mouettes aux ailes cassées. Trois d'entre elles comptaient à leur bord les hommes d'armes, chevaliers, barons et serviteurs du comte de Blois et du duc de Normandie. Tout ce monde bouillonnait d'impatience. Les prêtres et les moines qui les accompagnaient, dont Foucher de Chartres, avaient beaucoup de mal à calmer leur irritation...

Etendu sur un lit de camp que le patron de la *Maria-Virgine* avait fait monter pour ce blessé dont la famille semblait fort aisée et comportait parmi ses membres un notaire épiscopal, Garin s'était enfoncé dans un sommeil pesant. Le maître de la nef avait poussé l'obligeance jusqu'à céder au parcheminier le recoin le mieux protégé de la couverte, sous la dunette. Des courtines de rude toile à voile l'isolaient des autres couches et permettaient aux siens de se tenir près de lui en évitant la curiosité compatissante, souvent maladroite, de leurs compagnons de route.

Consternés, sa mère, ses enfants, sa servante, le père Ascelin entouraient Garin depuis qu'on l'avait remonté, encore privé de connaissance, de la cale où il avait été blessé. Assez vite sorti de sa pâmoison, il s'était aussitôt plaint de souffrir de la tête dont le côté droit, à hauteur de la tempe, avait beaucoup enflé.

Mathieu le Barbier avait lavé la plaie tuméfiée avec de l'huile d'olive et du vin, avant d'y appliquer un onguent de sa composition dont il vanta l'excellence. Une bande de toile tenait cet emplâtre fixé sur le visage d'une pâleur cendreuse.

— Je vais aussi vous faire une saignée, avait dit le barbier. C'est une bonne façon de dégager le cerveau en évacuant le sang vicié et les autres humeurs.

Après avoir massé le bras droit du blessé avec une pommade composée, d'après ses explications, de baies de peuplier, il avait noué un garrot au-dessus du coude et, d'un coup de lancette, ouvert la veine. Un sang noir s'était écoulé dans le bassin tenu par Albérade. Quand l'émission sanguine avait paru suffisante, avec la célérité d'un habitué, Mathieu avait dénoué le garrot pour le remettre dans sa besace avec la lancette, puis il avait bandé la mince coupure saignante.

Ces soins reçus, Garin s'était entretenu avec sa famille. En dépit de douleurs qui le taraudaient cruellement, il avait cherché à rassurer les siens. Cependant, il n'avait pu rester debout. Il ne parvenait plus à conserver son équilibre et ses jambes le trahissaient. Son entourage fut également frappé de voir, par moments, ses prunelles se révulser et basculer, comme égarées, sous ses paupières. Il avait dû renoncer à lutter davantage contre ces malaises et s'était recouché sur le lit prêté par le patron de la nef. Puis il avait commencé à vomir...

Assise au chevet de son fils, Berthe la Hardie le soignait avec un mélange de décision et de tendresse inquiète qui rappelait son enfance à Garin. Secondée par la servante qui pleurait sans retenue, elle lui lotionnait le visage avec un linge imprégné d'eau de senteur, lui présentait une cuvette quand de nouvelles nausées survenaient, essuyait la sueur qui coulait du front jusqu'à la barbe rousse souillée, lui parlait à mi-voix quand il ouvrait les yeux. Ainsi que toutes les fois où des maladies avaient immobilisé un de ceux dont elle avait la charge, Berthe abandonnait momentanément son autorité souveraine pour se transformer en la plus attentive, la plus avisée des gardes-malades...

Debout autour du lit sur lequel leur père avait fini par s'endormir, les enfants scrutaient avec des alternatives d'espoir et d'appréhension les traits creusés de celui dont la présence demeurait leur plus sûre protection. Ils avaient besoin de lui et s'en apercevaient au moment où leur père se trouvait en péril. Parce qu'il se trouvait en péril... Pour apprendre à vivre, ils avaient sans cesse compté sur lui. Près de la couche d'infortune qui le portait, ils mesuraient soudain à quel point leur jeunesse pouvait encore se sentir fragile, démunie...

— Il guérira, avait assuré le barbier et chacun d'eux ne demandait qu'à le croire.

Partagés entre l'angoisse et la confiance, les filles et le fils de Garin se refusaient à envisager une éventualité qui les dépouillerait de la chaleur paternelle pour les laisser, frileux, dénués de défenseur, devant un avenir sans visage puisqu'il n'aurait plus celui de leur père... Le voir, pour la première fois de leur vie, éprouvé si durement dans sa chair, réduit à merci, leur était insupportable. A toute force, il leur fallait croire qu'il allait guérir...

Quand ils cessaient de contempler le blessé qu'ils éventaient à tour de rôle afin de chasser les mouches bourdonnant autour de son pansement, c'était pour s'étonner que, sur la nef, l'existence des passagers ne fût pas davantage perturbée par ce qu'ils venaient de vivre.

Si l'émotion soulevée à la suite de l'accident survenu à l'un des pèlerins les plus estimés pour sa foi et son activité fraternelle avait été très vive, elle n'avait pas empêché, à bord, le cours des choses de reprendre avec ses découvertes, ses difficultés, ses accommodements... Au rythme des « clameurs », ces oraisons psalmodiées du haut de la hune par le grumète, un jeune marin utilisé pour une quantité de besognes très variées, le temps s'écoulait. Il était partagé entre les repas pris en groupe, les corvées, les conversations, les divertissements assurés par les musiciens ambulants, les chanteurs improvisés, sans compter les soins à donner aux enfants, aux malades, les allées et venues, enfin les récitations des prières de l'aube à celles du soir.

Avec le sentiment qu'il fallait, de façon impérative, obtenir du Seigneur une aide toute spéciale, confinant peut-être au miracle, la famille de Garin reprenait, non sans une sourde insistance, les paroles d'invocation prononcées aux différentes heures du jour, par le patron, ses passagers, son équipage, agenouillés tous ensemble sur la couverte. C'était plus qu'une requête qu'ils adressaient alors au Ciel, c'était un pressant appel au secours.

Entre-temps, personne de la famille ne quittait le recoin protégé par les courtines de toile où Garin dormait d'un sommeil de plomb, si ce n'était pour aller donner de ses nouvelles aux amis les plus proches, un teinturier de Chartres veuf et ses deux fils, dont l'aîné, Gauthier, était du même âge que Landry, et un couple de selliers dont l'épouse, stérile, n'en aimait que davantage les enfants des autres. Elle s'était beaucoup occupée de ceux que la mort de leur mère avait rendus si précocement orphelins. Grosse, toujours essoufflée, elle se nommait Guibourg, ne passait pas pour briller par l'esprit mais, en beaucoup de circonstances, s'était montrée bonne et dévouée. En plus, elle était gaie. On allait donc la voir pour puiser un peu de courage auprès d'elle.

— Par le Dieu tout-puissant, j'ai envie de hurler quand je vois tous ces gens jouer aux dés, aux échecs, faire de la musique ou se divertir en regardant sauter des monstres marins dans le sillage de la nave, alors que notre père souffre tant ! s'écria, vers la fin du jour, Landry en rapportant une cruche d'eau à l'intention de sa grand-mère tandis qu'Albérade le suivait avec un panier de pain et de fromages.

Berthe s'était en effet refusée à quitter le chevet de son fils pour aller rejoindre les autres autour des tables installées non loin d'eux à l'abri du château arrière. C'étaient de simples tréteaux fixés au plancher en prévision des glissades provoquées par le tangage ou le roulis et surmontés de longues planches recouvertes de nappes. Les bruits des conversations qui parvenaient jusqu'à Berthe l'exaspéraient. Elle craignait que Garin ne fût tiré de son repos par ces rumeurs intempestives et, en demeurant tout près de lui, elle avait l'impression de mieux l'en protéger. Elle se détourna un moment du blessé pour considérer son petit-fils, qui venait de s'exprimer avec une telle virulence. Comme ses sœurs, l'adolescent avait les traits tirés, les paupières rouges et gonflées, et elle lui trouva dans l'expression une gravité qui lui conférait une sorte de maturité insoupçonnable quelques heures plus tôt.

— Nous ne pouvons pas demander à ceux qui ne sont pas des nôtres de partager notre inquiétude, remarqua Brunissen. Pour eux, rien n'est changé. Tout continue comme avant... avant...

Elle éventait son père avec une feuille de parchemin prise dans son coffre. Sa voix, aux inflexions d'ordinaire caressantes, se brisa sur les derniers mots qu'elle venait de prononcer. Cette manifestation de faiblesse entraîna aussitôt une protestation de sa cadette. Agenouillée à côté de sa grand-mère qu'elle aidait quand c'était nécessaire, Flaminia reprenait ensuite le fil de sa prière avec une sorte de violence intime que traduisait son regard. Semées d'une mosaïque de points gris, verts, bleus, dorés, roux, ses prunelles, le plus souvent lumineuses, pouvaient aussi varier selon l'heure, la lumière, les reflets de l'eau, la couleur du temps. Changeants comme le ciel immense de sa Beauce natale, ces yeux-là n'étaient jamais tout à fait les mêmes et Garin aimait à dire qu'aucun enlumineur, même le plus habile, n'en aurait pu saisir la diversité chatoyante... Troublée dans son oraison par les propos de Brunissen, Flaminia tourna vers elle une face enfiévrée où séchaient des traces de larmes.

— N'oubliez jamais que la désespérance est un terrible péché ! s'écria-t-elle. Nous n'avons pas le droit de douter de Dieu, ni de sa miséricorde. Priez-Le ! Priez-Le !

— Par les saints Evangiles, je ne fais rien d'autre et vous n'avez aucune raison d'en douter, ma sœur ! répondit Brunissen dont le calme habituel avait été trop fortement ébranlé par le choc éprouvé un moment plus tôt pour ne pas avoir volé en éclats. Qui peut donc, ici-bas, juger de la prédominance d'une supplique sur une autre ?

— Taisez-vous toutes deux ! ordonna Berthe la Hardie. Il ne faut pas troubler le sommeil de votre père !

Ce sommeil, tellement immobile, si pesant que rien ne semblait pouvoir en extraire le dormeur, les tourmentaient tous de plus en plus. La veille au soir, quand il s'était endormi après avoir rendu tripes et boyaux, on s'était d'abord félicité de voir le blessé enfin en paix après tant d'efforts. Un bon repos, pensait-on, permettrait à l'état de Garin de s'améliorer au fil des heures... Peu à peu, chacun avait été frappé et même impressionné par le sentiment que c'était plutôt dans une sorte d'engourdissement, d'enlisement profond que s'enfonçait le blessé. Le soulagement avait alors fait place à un regain de souci.

Au coucher du soleil, juste avant l'Angélus du soir, leur ami le scribe était monté sur le château arrière pour psalmodier une longue mélopée en italien, puis des litanies en latin. Sa voix grave et un peu nasillarde passait au-dessus des têtes inclinées des passagers assemblés au pied du mât pour arriver jusqu'à la couche de Garin, entourée de tous les membres de sa famille. Agenouillés comme chacun en cette heure déchirante de l'adieu au jour, la mère et les enfants du parcheminier ressentirent comme plus émouvants que nulle part ailleurs les mots incantatoires des litanies qui s'égrenaient durant ce premier crépuscule vécu par eux en mer. Tant de nostalgie passait dans ces appels insistants, répétés, tant d'espérance mais aussi tant de crainte !

Tous ensemble, ensuite, ils avaient entonné d'un seul cœur,

d'un seul vœu, avec une tremblante confiance, les paroles du *Salve Regina*.

A peine les mots destinés à la Vierge Marie avaient-ils fini de tressaillir dans l'air léger qu'un coup de sifflet avait déchiré le recueillement des pèlerins. Le valet du maître de la nave avait alors brandi à bout de bras l'image sacrée de la Sainte Patronne du bateau au pied de laquelle on récita trois *Ave Maria*. Puis il avait souhaité à tous, de la part de son maître, une nuit paisible et s'était retiré.

Dans l'obscurité qui envahissait le ciel, la mer, les nefs, des groupes s'étaient formés qui ne se décidaient pas encore à rompre la magie de cette heure vespérale vécue entre ciel et mer, et par un si beau temps, comme un baptême marin et nocturne à la fois. Lointaines lumières célestes, des étoiles scintillaient à l'infini et les lanternes que tous avaient apportées avec eux, allumées les unes après les autres, brillèrent un moment, elles aussi, frêles lumignons humains répondant par leur humble lueur au brasillement des astres.

Puis tout le monde s'était égaillé pour aller se coucher. On avait entendu des rires aigus ou étouffés, les éclats sans suite de quelque dispute d'ivrognes, des chuchotis, des froissements de paille...

— Si père n'avait pas reçu cette horrible blessure, cette soirée aurait pu être si heureuse, chuchota Alaïs à l'oreille de Landry, tout en appuyant ses deux mains croisées sur l'épaule fraternelle. Je n'ai jamais rien vu d'aussi beau que la mer, si douce. Elle semble bercer nos grosses nefs ainsi que des œufs de Pâques géants...

Ayant chaque soir un rapport à écrire sur un rouleau de parchemin qu'il avait mission d'adresser à son évêque dès l'étape suivante, le père Ascelin s'était isolé un long moment à l'une des tables desservies après le dernier repas. Son travail achevé, il revint vers la couche de Garin, le considéra un moment, puis proposa à Berthe la Hardie de prendre, quand elle le souhaiterait, la relève d'une garde qui risquait d'être éprouvante.

Lèvres serrées, front têtu, la mère du parcheminier avait secoué la tête.

— Ce soir, les enfants dormiront auprès de leur père, dit-elle d'un air résolu. Si c'était nécessaire, je les réveillerais pour m'aider, mais j'ai sous la main Albérade qui dormira ici et ne me quittera pas. Moi, je ne me reposerai point. Je veillerai mon fils comme jadis, durant ses maladies de petit garçon.

Le père Ascelin s'inclina avant de poser une main sur l'épaule de Berthe.

— Nos oraisons, nos intentions seront les mêmes, assura-t-il seulement avant de s'éloigner pour gagner le cadre où son valet avait déroulé sa natte de jonc tressée.

Puis la nuit s'était écoulée sous la surveillance des hommes de veille, des hommes de barre, ponctuée de ronflements, de hennissements lointains, des allées et venues de ceux que le mal de mer ou les besoins naturels travaillaient. C'était sur la poulaine, à l'avant du bateau, là où le tangage était le plus sensible, qu'étaient situées les jardines, sièges percés édifiés au plus près du vide. Pour les gagner, il fallait enjamber les dormeurs, les coffres, les cordages, les besaces closes sur leurs minces secrets. Ce parcours ne s'effectuait pas toujours sans chutes, jurements, exclamations, protestations...

Cependant, le chant alterné que les marins de quart se renvoyaient afin de lutter contre la somnolence calmait les esprits et, tant leur harmonie se révélait apaisante, amenait peu à peu les pèlerins au repos.

Au mitan de la nuit, l'appel du grumète : « Tout est calme, demeurez en paix », puis le branle-bas de la grande relève en réveillèrent certains qui ne se rendormirent qu'en grommelant...

Le sommeil ne sembla pas apporter de changement dans l'état du blessé. Il ne se plaignait pas, gisait sans faire le moindre mouvement et sa respiration était à peine perceptible. Penchée vers lui, sa mère écoutait ce souffle de vie... Roulés dans leurs manteaux à même le plancher, son fils et ses filles, écrasés d'émotion, s'étaient couchés hors des cadres munis de nattes qui les attendaient plus loin. Ils avaient préféré y renoncer pour demeurer près de Garin. Leur jeunesse ne se souciant guère de confort les tenait assoupis sur la couverte qui bougeait de moins en moins... Le vent tombait...

A leur réveil, la nef n'avançait presque plus. Seul, un doux mouvement de houle la berçait encore. La voile pendait et, vers l'Orient, l'aube blanchissait le ciel.

Un coup de sifflet retentit alors, comme la veille au soir, et la voix du grumète s'éleva une nouvelle fois, claire et vibrante :

Bénis soient la lumière
Et la Sainte Croix,
Le Seigneur de la Vérité
Et la Sainte Trinité.

Bénis soient notre âme
Et le Seigneur qui nous la donna,
Bénis soient le jour
Et le Seigneur qui nous l'envoie.

Des réponses enrouées de gens mal réveillés s'élevèrent de tous les coins du bateau : « Pater Noster, Ave Maria. »

Il fallut ensuite se lever, reprendre pied dans une réalité surprenante, s'ébrouer. On s'étirait, on secouait ses vêtements froissés, on se grattait, on se peignait la barbe, on lissait des tresses dont la nuit avait dérangé l'ordonnance...

Le valet du maître de la nef réapparut, siffla encore, éleva l'image peinte de la Vierge, et on se mit fraternellement à genoux pour réciter la prière du matin. Les derniers mots de l'invocation à peine prononcés, on se précipita aux jardines où certains attendaient déjà...

Munis de balais de genêt et de seaux d'eau emplis jusqu'à ras bord, des marins s'avancèrent aussitôt pour laver vigoureusement la couverte, ce qui força les attardés à ranger et à rouler avec précipitation leur literie pour éviter de la laisser mouiller.

— Regardez ! s'écria Landry. On hisse la bannière en haut du mât !

Ses sœurs jetèrent un regard dans la direction signalée mais leur attention était ailleurs. Avec la lumière du jour qui revenait, l'anxiété montait autour de la couche de Garin. A l'écoute de son fils depuis la fine pointe de l'aurore, Berthe, qui s'était assoupie un bref moment, vers la fin de la nuit, en dépit de son désir de rester éveillée, se mit à lui parler à voix contenue sans obtenir la moindre réponse.

Revenu dès son lever auprès de son beau-frère, le père Ascelin essaya à son tour de se faire entendre de lui. Vainement.

— Sa respiration est toujours perceptible, constata-t-il, mais son sommeil semble si lourd ! On dirait qu'il ne peut en sortir.

Flaminia s'était inclinée sur le visage sans couleur et ses nattes flamboyantes, comme deux liens de feu, avaient encadré la tête blessée du parcheminier.

— Père, supplia-t-elle d'une voix pressante, père, pour l'amour de Dieu, pour l'amour de nous, parlez ! Dites un mot, un seul mot ! Ne nous laissez pas dans cette attente intolérable !

Des larmes plein les yeux, Brunissen frottait une de ses joues contre la main droite de Garin dont les doigts demeuraient inertes sur la couverture de futaine prêtée par le patron.

— Il semble parti si loin..., gémit Alaïs. Pourra-t-il jamais nous revenir ?

On entendait, de l'autre côté des courtines, les marins distribuer la nourriture matinale composée de pain, fromage, biscuits, poisson fumé, figues sèches, noix, amandes...

Mais personne n'avait faim à l'intérieur de l'espace protégé. Les timides propositions d'Albérade pour aller chercher à manger furent repoussées par tous.

Un des pans de toile se souleva soudain :

— Comment se porte notre ami, ce matin ? demanda Mathieu le Barbier en entrant. A-t-il dormi ?

— Il n'a fait que cela, soupira Berthe en jetant un regard sévère au jeune homme qui surgissait au cœur de leur tourment d'un air guilleret et avec un sourire qu'elle jugea déplacé.

— Voyons un peu, reprit le barbier sans se départir de son assurance, tout en prenant le poignet de Garin. Où en est ce pouls ?

Très vite, son expression changea.

— Et l'urine ? interrogea-t-il en reposant à côté de son patient le bras dont les pulsations étaient insaisissables. En avez-vous gardé dans le flacon que je vous ai confié hier au soir ?

— Le voici.

Mathieu éleva devant ses yeux la fiole à demi remplie d'un liquide assez foncé, fit la grimace et la rendit à la mère du blessé.

— Je vais lui refaire son pansement, décida-t-il. Il faut le réveiller. Par ma foi, nous n'allons pas le laisser dormir ainsi toute la journée !

Il défit les bandelettes qui maintenaient l'emplâtre, sans obtenir la moindre réaction de Garin. Il souleva la compresse collée aux cheveux et à la peau tuméfiée, la détacha avec précaution, mit à nu la tempe violacée et gonflée sur laquelle était marquée, sous la forme d'une empreinte noirâtre, la trace du sabot qui l'avait frappée.

Alors, sans qu'il ouvrît les yeux, sans qu'aucune chaleur ne ranimât ses traits exsangues, soudain, d'une voix embarrassée et lointaine, d'une voix à peine audible et après quelques mots balbutiés, on entendit Garin murmurer :

— Jérusalem... ô Jérusalem...

Autour du lit de camp, chacun retenait son souffle.

Brunissen émit une sorte de cri étouffé où l'émotion se colorait d'espérance. Ces mots tant attendus redonnaient à tous confiance.

Mathieu lava une seconde fois la blessure avec le même mélange d'huile et de vin, étendit une autre couche d'onguent, refit un pansement propre et reposa doucement sur l'oreiller la tête qui paraissait lasse, si lasse, comme si l'effort fourni pour s'exprimer l'avait anéantie...

— Son état me déconcerte, avoua le barbier d'un air soucieux. Je lui aurais bien fait une deuxième saignée, mais je crois plus sage de m'en abstenir tant il me paraît exténué. Tirer du sang affaiblit toujours car on évacue à la fois les esprits et la chaleur du malade... Il est dommage que nous n'ayons pas de médecin à bord alors que nous ne sommes pas si loin de Salerne. Un des doctes personnages formés par cette école saurait sûrement mieux soigner votre parent que moi.

Cette humilité soudaine alerta le père Ascelin. Il fit signe à Mathieu et l'entraîna loin de la famille de Garin, au-delà des courtines qu'aucune brise ne soulevait plus.

— Est-ce tellement grave ? demanda-t-il sans élever la voix.

— Par Côme et Damien, patrons des médecins, je n'en sais rien ! répondit le barbier en faisant une grimace d'ignorance. Son pouls est si faible qu'on ne le sent pas et ses urines sont fort troubles ; cependant, il vient de parler alors que je n'y comptais plus. C'est peut-être bon signe.

— Vous ne voyez rien d'autre à tenter ?

— Rien de plus que ce que j'ai fait. J'ai sauvé des tas de gens en les saignant et mon onguent est d'habitude souverain contre les coups. J'y perds le latin que nul ne s'est donné la peine de m'apprendre ! Qu'est-il arrivé à votre beau-frère ? Il n'est pas impossible qu'une veine se soit rompue sous son crâne. Si c'est le cas, je n'y peux rien. Un mire pourrait sans doute ouvrir la tempe pour en tirer le sang mort, mais ce genre d'opération n'est pas de ma compétence... J'ai essayé tout ce qui était en mon pouvoir...

Le père Ascelin paya le barbier pour son travail et le remercia de ses soins, puis il retourna auprès de Garin.

Le vent était complètement tombé. Plus un souffle d'air sur l'étendue étale des flots n'agitait la moindre vague. C'était le calme plat.

Puisqu'on se voyait obligé d'attendre le bon plaisir d'un élément des plus capricieux, on s'organisa. Les jeux reprirent, on se mit à raconter des histoires, à chanter, à danser au son des flûtes, pipeaux, musettes ou tambourins surgis d'un seul coup des coffres et des besaces. D'autres pèlerins préférèrent les devinettes, les charades, boire ou agacer les filles.

Certains priaient pour que le vent se levât.

Au chevet de Garin on priait également, non pour le réveil de la brise mais pour ce fils, ce père, ce frère aimé qui, lui aussi, comme les souffles du ciel, semblait privé de mouvement, frappé d'une immobilité pétrifiante... Brunissen, Flaminia, Alaïs, Albérade et Landry, à genoux autour de la couche où le blessé était là sans être, joignaient leurs supplications à celles de leur grand-mère, toujours assise à la même place. Ils égrenaient sans fin leurs lourds chapelets tout en récitant les Litanies de la Vierge.

Ils se refusaient à reconnaître au fond de leur cœur que l'étrange absence du vent était comme un signe de mauvais augure...

D'un coup, Landry se leva. Il n'en pouvait plus. Sans donner d'explication, il sortit sur la couverte et traversa les groupes de pèlerins occupés à se divertir. Il échangea quelques mots avec son ami Gauthier, long garçon maigre et blond comme la paille, fils aîné du teinturier de Chartres, qui jouait aux osselets avec son petit frère, donna une réponse évasive à la grosse Guibourg qui s'informait de l'état de Garin et reprit son chemin vers le gaillard d'avant.

Un homme de garde y était posté. En temps normal, quand on voguait, c'était lui qui criait les indications dont avait besoin le navigateur, qui les transmettait à son tour, par un orifice découpé dans le plancher de la dunette, au gouverneur qui tenait la barre.

En cet endroit élevé régnait un silence relatif. On entendait le bruit léger, comparable à celui d'une étoffe de soie froissée, que produisait la respiration de la mer, ainsi que les cris des oiseaux qui survolaient la nave. Certains accords musicaux montaient aussi de la couverte. Dans l'air trop calme, leurs notes résonnaient, s'étiraient, paraissaient s'attarder, comme hésitant à se fondre en un ciel aussi indifférent...

Landry resta un long moment debout, non loin du marin qui scrutait l'horizon. Les cinq autres nefs, parties un peu avant ou un peu après la *Maria-Virgine* et qui partageaient son infortune, stationnaient à quelques encablures les unes des autres, paralysées. Des signaux étaient échangés de bord à bord à l'aide de pavillons de couleurs mais, de toute évidence, chacun d'eux ne pouvait que transmettre à ses voisins les mêmes nouvelles de navrante immobilisation...

Plongé dans une méditation anxieuse, Landry tentait d'apporter un peu d'ordre dans le chaos qui lui tenait lieu de pensées. Ni la beauté de la lumière d'une mer printanière, ni la vue d'une jeune femme qui allaitait son enfant, juste sous ses yeux, au pied de l'échelle qu'on empruntait pour atteindre le poste d'observation où il s'était installé, ne le détournaient de son obsession...

Telle une chimère éperdue, une question rôdait dans sa tête, s'imposait à lui, ne le lâchait plus : si son père demeurait dans l'état présent, s'il s'y enlisait, ou, pire encore, s'il mourait, s'il les quittait pour aller rejoindre son épouse dans les demeures célestes, qu'allait-il advenir d'eux tous, sa mère, ses filles, son fils ? Seul garçon parmi la descendance du parcheminier, il lui reviendrait de guider, de protéger les autres. Mais sa jeunesse, son inexpérience l'effrayaient. Il y avait bien leur oncle, le père Ascelin, homme de bon sens et de décision, mais, en dépit de toutes ses qualités, comment pourrait-il jamais remplacer l'absent ? Et le pèlerinage ? A l'exemple de tant d'autres, faudrait-il l'interrompre en chemin, renoncer au terme sacré que lui et sa famille s'étaient fixé depuis si longtemps comme l'unique quête à mener ici-bas, sans jamais se laisser décourager ?

Landry secoua la tête avec énergie. Sa grand-mère n'accepterait jamais cette démission ni de renier le vœu solennel qui les avait tous engagés à poursuivre coûte que coûte une route, un combat, dont le seul objet était la délivrance du saint sépulcre...

Une boule d'angoisse montait de la poitrine à la gorge de Landry, le suffoquait... Non ! leur père n'allait pas les quitter ainsi, les abandonner en route, loin, si loin encore de Jérusalem !

Jérusalem, dernier mot prononcé par le blessé ! En dépit de la difficulté qu'il avait eue pour l'exhaler, son fils y avait perçu l'écho d'une espérance intacte, émerveillée, en même temps que la trace d'une déchirante consternation.

Des pleurs coulaient sur les joues de l'adolescent, suivaient le dessin de son menton encore arrondi par des restes d'enfance, tombaient sur l'étoffe laineuse de son bliaud rouge.

« Et s'il parlait de nouveau, s'il allait mieux pendant que je suis ici à me chagriner... ou, au contraire, s'il venait à passer sans que je sois auprès de lui ! »

Telle une lame, cette pensée le traversa tout à coup. Il se précipita vers l'échelle, la dégringola comme un fou, croisa le regard étonné de la jeune mère dont le sein gonflé, veiné de bleu, lui parut l'image même du bonheur, et s'éloigna, les yeux embués de larmes.

Devant les toiles qui isolaient Garin, une appréhension irrépressible lui fouailla le ventre. Il prit une longue aspiration et souleva la courtine.

Rien ne semblait avoir changé depuis son départ. Les femmes priaient en égrenant leur chapelet. Debout à la tête du lit, le père Ascelin était plongé dans un recueillement profond.

Avant l'heure de sixte, les pèlerins d'alentour s'installèrent une nouvelle fois pour un repas pris, comme celui de la veille, sur des coffres ou les tables de la couverte, non loin de la couche où le temps paraissait suspendu à la respiration du blessé...

— Il faut vous nourrir à présent, mes enfants, dit Berthe la Hardie. Allez, allez. Je resterai auprès de lui.

Personne ne protesta. Dans l'attente sans cesse repoussée d'un événement imprévisible, si lourd d'inconnu, il y avait tant de tension secrète, une incertitude si pénible à soutenir, qu'un évident soulagement, où entraient un peu de lâcheté et beaucoup d'accablement, poussa les plus jeunes à fuir un moment ce recoin de cauchemar.

Le vent ne revenait toujours pas...

Le repas se déroula sans incident. La garde reprit auprès de Garin qui donnait l'impression de s'éloigner de manière insensible mais, hélas ! certaine.

La journée s'écoula, immobile...

Le soleil était encore haut sur l'horizon. Une douceur insidieuse annonçait cependant qu'il ne tarderait pas à baisser lorsque Brunissen, qui était revenue s'agenouiller près du blessé, le front posé sur une des mains de son père, sentit que le peu de vie subsistant encore en lui s'en était allé. Elle ne comprit pas ce qui l'en avait avertie, mais elle le sut de façon indiscutable par la sensation déchirante d'une absence, d'un vide soudain creusé...

— Père ! cria-t-elle en se redressant avec effroi. Père !

Tous la dévisagèrent, éperdus...

Le beau-frère du parcheminier s'agenouilla près de Brunissen. Il posa son oreille contre la bouche entrouverte par où l'âme venait de s'échapper.

— Que Dieu lui soit miséricordieux ! dit-il en se relevant et en se signant. C'est fini.

Les cris des femmes éclatèrent. Landry se mit à sangloter avec la violence d'un enfant perdu... Berthe se jeta sur le corps de son fils et elle lui parlait... Albérade, la servante, glissa sur le sol, évanouie...

Sur la nef, très vite, pleurs et lamentations se répandirent parmi les compagnons de route du parcheminier et même parmi ceux qui le connaissaient moins. Gauthier, son père, son frère, se frappaient la poitrine, gémissaient en appelant l'ami défunt. Guibourg, qui ne souriait plus, s'était abattue sur l'épaule de son mari qu'elle inondait de larmes.

Brunissen, Flaminia, Alaïs continuaient à hurler leur chagrin tout en se meurtrissant le front contre le rebord du lit mortuaire...

Le patron de la nave arriva sans tarder. Après des paroles de sympathie adressées à la famille qui ne l'écoutait pas, il prit le père Ascelin à part :

— Nous ne pourrons pas le garder à bord bien longtemps, dit-il en soupirant. Si nous étions sur le point d'accoster, j'aurais préféré le faire enterrer en parvenant au port, mais nous sommes encore loin de la côte et le vent peut tarder à revenir... Avec la chaleur, ce serait vite intenable. Puis il y a les rats...

Le père Ascelin ferma les yeux.

— Que fait-on en pareil cas ? demanda-t-il d'une voix douloureuse.

— Il n'y a qu'un moyen : le coudre dans un sac, y mettre une poignée de terre bénite et le jeter à la mer !

— Dieu Seigneur ! dame Berthe n'acceptera jamais une telle fin pour son fils !

— Elle y sera bien obligée, déclara le patron en haussant les épaules avec fatalisme. C'est là une obligation à laquelle marins comme passagers doivent satisfaire. Votre parent ne sera ni le premier ni le dernier à être enseveli dans l'eau plutôt que dans la terre. Et puis, quelle différence ? N'est-ce pas l'âme seule qui importe ?

— Je vais tâcher d'en convaincre sa famille, murmura le notaire épiscopal d'un cœur navré.

Jamais les enfants du parcheminier ne devaient oublier l'affreuse cérémonie qui s'était déroulée ensuite dans la quiétude du soir. L'absoute dite par le père Ascelin qui, en dépit de sa maîtrise et de l'accoutumance, ne pouvait s'empêcher de pleurer sur la perte d'un beau-frère tendrement aimé ; la toilette du mort à laquelle Berthe la Hardie, fermée comme un poing, tint à présider elle-même avec l'aide de Guibourg et d'Albérade, pendant que les siens, tenus éloignés, subissaient les consolations des pèlerins compatissants... Le plus insoutenable restant la vision de cette forme molle, cousue dans un large sac de toile écrue, cette forme longue et lourde, lestée de terre chrétienne, portée par deux marins jusqu'à la hune, saisie, jetée, tombant enfin vers l'eau si calme où elle s'enfonça lentement, au milieu d'un cercle d'écume... pendant que, à genoux, les passagers, l'équipage psalmodiaient le *Libera Me*...

La mère de Garin n'assista pas à cette abominable immersion. Comme pétrifiées, ses jambes s'étaient refusées à la porter quand il avait fallu quitter l'espace protégé d'où l'on venait d'enlever le corps de son fils unique. Ce fut Brunissen, en qualité d'aînée, qui, menant le deuil, accompagna en tête du cortège la dépouille de son père jusqu'à ce tombeau liquide que les rayons du soleil couchant laquaient de reflets vermeils. Quand la mer se fut refermée sur le sinistre sac et que les cercles concentriques s'effacèrent à la surface de l'eau, la jeune fille s'écroula d'une pièce sur le plancher de la nef...

Pendant deux autres longues journées, la bonace demeura étalée et le beau temps rayonna. De l'heure de tierce jusqu'à complies la chaleur montait, culminait, s'estompait peu à peu. La vie du monde semblait s'être interrompue avec celle du chef de famille...

Epuisés de larmes, les enfants de Garin entouraient leur grand-mère dont le comportement les surprenait. Après avoir gardé un silence farouche, elle s'était soudain mise à parler, à parler sans fin de son enfant disparu. Aux siens, bien sûr, mais aussi au teinturier de Chartres, Roger, et à ses fils, à la chère Guibourg, à son mari, à Herbert Chauffecire, au scribe, au patron, à Mathieu le Barbier, à tous elle contait le courage, la bonté, l'habileté, la hardiesse, la charité inépuisable du parcheminier. On l'écoutait avec plus ou moins de déférence, on approuvait, on s'éloignait. Herbert, le galant cirier, en profitait pour s'attarder auprès des adolescentes dont il essuyait les larmes avec beaucoup de componction en tentant de les consoler du plus près possible.

Chaque matin, à bord, pèlerins et marins assistaient à une messe sèche qu'on célébrait sans procéder à la consécration. Dans la crainte de voir les saintes espèces répandues ou rejetées au hasard des mouvements du bateau par des communiants malades, y compris par des prêtres, l'Eglise interdisait la communion en mer.

Le matin du troisième jour, après l'office, le père Ascelin sollicita un entretien privé de Berthe la Hardie.

Le patron de la nef ayant repris sa place accoutumée, la famille du parcheminier se retrouva sur la couverte avec les autres pèlerins qui continuaient à lui témoigner égards et bienveillance. Sans doute par véritable sympathie, mais aussi parce que certains se donnent aisément bonne conscience en offrant leur aide à ceux que le malheur vient de visiter... C'était du moins ce que pensait Brunissen qui se voulait lucide.

Berthe accepta de marcher un moment aux côtés du notaire épiscopal. Elle le respectait et l'admirait pour son intelligence, sa connaissance du latin et des saintes Ecritures. Et Garin ne le considérait-il pas également comme un frère ?

— Si j'ai tenu à vous parler seul à seule, dit-il, c'est parce que je devine combien vous cachez de tourments sous l'apparente vaillance dont vous faites montre depuis votre deuil. Je ne suis pas dupe du flot de paroles sous lequel vous tentez de dissimuler le vide creusé dans votre cœur par la fin si imprévue de votre fils. Je voudrais vous aider.

Il l'entretint pendant un moment de soumission et de sagesse. Le front barré de longues rides fraîchement apparues, Berthe l'écoutait en silence. Ils croisaient des groupes ou des individus isolés qui vaquaient tous à des occupations déjà coutumières et les saluaient. Ils passèrent ainsi près de la cuisine dont la fumée, qui voilait l'odeur marine présente à chaque instant de leur vie, les contraignit à s'éloigner. L'âtre de terre et de briques, construit dans un coin de la couverte, était protégé des courants d'air éventuels, mais inexistants ce jour-là, sur trois côtés, par des panneaux mobiles qui avaient également pour objet d'intercepter la fumée. Mais le bois dont se servait le cuisinier devait être vert. Le feu prenait mal et des volutes aussi piquantes que suffocantes s'élevaient vers le ciel bleu.

Au bout d'un moment, Berthe et le père Ascelin s'accoudèrent au bord d'une des parois de la nef, face à la mer. Après avoir jeté un regard douloureux, rancunier, à ces flots dans lesquels le corps de son fils s'était abîmé, Berthe leur tourna le dos pour s'appuyer au bois dont la peinture blanche s'écaillait.

— Pourquoi le Seigneur a-t-Il voulu rappeler si tôt mon pauvre enfant auprès de Lui ? demanda-t-elle, en abandonnant le ton, digne des chansons de geste, qu'elle avait adopté depuis deux jours. Si tôt et si loin de la Terre sainte, quand ce n'était que pour aller baiser la pierre du tombeau du Christ et offrir son âme au Sauveur, que Garin avait entrepris ce voyage... pas pour mourir en mer et y être englouti !

Un sanglot sec, le premier, lui déchira la gorge.

— Je sais, dame Berthe, je sais, répondit le père, mais connaissons-nous les desseins de Dieu ? Dans l'Ancien Testament il est dit : « Mes pensées ne sont pas vos pensées, mes projets ne sont pas vos projets »... Nous ne savons rien sur rien. Nous jugeons en aveugles.

— Ce n'est pas, vous le savez, que j'aie jamais redouté la mort pour personne, pas davantage pour Garin que pour quiconque. Il était bon chrétien, bon fils, bon père. Il n'a jamais cessé de se conduire avec loyauté même s'il se montrait parfois un peu faible à mon gré... Il a pu se présenter sans crainte devant Celui qui sonde cœurs et reins...

— Il est vrai. N'oubliez pas non plus que le pape a accordé à l'avance la remise de leurs péchés aux croisés. De plus, Garin venait de se confesser et de communier. C'était le matin de Pâques. Nous avions relevé sur la grève les corps de nos compagnons qu'il est allé maintenant rejoindre en paradis. Les croix gravées dans leur pauvre chair l'avaient bouleversé. Ses pensées étaient tout entières tournées vers les signes qui nous sont si souvent envoyés sans que nous sachions les déchiffrer. La mort l'a pris durant un moment de réflexion, de retour sur lui-même.

— Il était parti avec un tel élan, un tel enthousiasme, vers la Palestine !

— Songez à Moïse, dame Berthe. Lui aussi est mort avant d'avoir atteint sa Terre promise. Trépasser veut dire passer ailleurs. Or, il n'y a pas d'endroit où se rendre plus désirable que le ciel !

Ils se turent tous deux. Les criaillements des oiseaux qui survolaient la nef déchiraient le calme ciel d'avril.

La chape noire du notaire épiscopal semblait écraser ses épaules de clerc plus habituées à se pencher sur des manuscrits qu'à pratiquer des exercices physiques. Près de lui, grande, massive dans son bliaud violet que recouvrait un manteau de drap gris, tenant d'une main la chaînette d'argent qui le fermait au col, Berthe la Hardie faisait penser à la femme forte de l'Evangile.

— Mais je voulais vous poser une question, reprit le père Ascelin. A présent que le chef de notre famille s'en est allé, comptez-vous poursuivre ce pèlerinage ? Bien des nôtres y ont déjà renoncé sans avoir d'aussi bonnes raisons que vous.

Si vous nous quittiez maintenant, nul n'oserait vous en blâmer et je suis sûr que le pape lui-même...

La mère de Garin redressa son menton de lutteuse.

— Vous vous trompez ! Sur mon âme, quelqu'un me le reprocherait : mon fils ! Mon fils, du haut du ciel où il nous voit !

Ses yeux eurent l'éclat dur que ses proches lui connaissaient.

— Il tenait plus que tout à poursuivre jusqu'à son terme le chemin qui nous mène au saint sépulcre, continua-t-elle avec fermeté. Il allait parmi nous, éclairé de l'intérieur par une lumière qui n'était pas d'ici. Je n'ai pas le droit de mettre sous le boisseau une telle clarté. Je m'en saisirai comme d'une torche et la brandirai à mon tour pour en illuminer ma route et celle des enfants qui me sont confiés. Tous ensemble, nous continuerons la marche vers Jérusalem ! Les derniers mots de celui qui nous a devancés là-haut ne vont-ils pas dans ce sens ?

Elle passa sur ses paupières des doigts qu'elle ne pouvait empêcher de trembler, se mordit les lèvres, puis, après un instant de silence, continua :

— Quand j'ai rangé le coffre où Garin serrait ses affaires, j'y ai trouvé le rouleau de fin vélin, préparé par lui avec tant de soin, teint en pourpre et calligraphié de sa main en lettres d'or, où il avait transcrit la formule de vœu prononcée au moment du départ. Ses enfants l'ont signé après lui. Comme je ne sais pas écrire, j'y ai tracé une croix. En tenant cet engagement sacré entre mes mains, j'ai compris que c'était là le plus précieux des héritages : la volonté ineffaçable d'un pèlerin de Dieu, le témoignage de sa promesse, de sa foi... Je n'y faillirai pas !

Le père Ascelin acquiesça.

— Je m'attendais à cette réponse, reconnut-il. Si vous le voulez bien, je resterai près de vous et tâcherai de vous assister, sans avoir trop d'illusions sur ce que je pourrai faire pour remplacer auprès de vous tous celui qui est parti.

— Nous aurons besoin de votre aide, répondit Berthe avec conviction. Non pas que ma condition de femme m'embarrasse. Vous savez que beaucoup d'entre nous sont parties comme les hommes, d'un cœur assuré, au cri de « Dieu le veut ! » Elles sont souvent en famille mais certaines sont toutes seules. On a même parlé de mettre sur pied des troupes féminines. J'ai entendu dire que c'était les évêques, effarouchés par ce projet, qui l'avaient empêché.

— Vous avez raison, tout au moins pour un cas : celui du comté de Toulouse. Il m'est revenu qu'Isarn, l'évêque de cette ville, l'avait en effet interdit.

— Sur mon salut, il a eu tort ! Bien qu'au bout du compte sa décision n'ait pas changé grand-chose aux événements... Mais merci de votre offre. Votre expérience, votre affectueuse sollicitude, et les relations que vous avez à Constantinople pourront nous rendre de grands services.

— Je suis heureux que vous me fassiez confiance, dame Berthe. J'agirai en conséquence. Nous verrons sur place la façon dont on nous logera à Constantinople. Si, comme je le crains, il s'agit d'un campement précaire, je vous conduirai chez mon ami Théophane Daniélis. Son fils Andronic et lui sont parfumeurs de la cour impériale.

Ils conversèrent encore longtemps. Pour la première fois depuis la mort de son enfant, Berthe, devenue chef de famille malgré elle, émergeait de sa douleur. La nécessité où elle se trouvait de faire des projets retrempait un caractère qui méprisait la faiblesse et tirait sa force de l'estime qu'elle avait pour son propre courage. Désormais, elle accepterait de faire face à un avenir dont elle avait admis les vicissitudes futures en prenant la croix.

De leur côté, ses petits-enfants, après s'être concertés, avaient eux aussi décidé de réagir, de ne pas se laisser écraser par leur lourde peine.

— Si nous voulons continuer l'œuvre de notre père, nous devons surmonter notre chagrin, expliqua Brunissen à ses sœurs et à son frère, en cette fin de matinée. Il n'aurait pas aimé nous voir abattus et se serait opposé de toutes ses forces à ce que nous renoncions à notre pèlerinage.

Assis sur leurs coffres, les enfants du parcheminier portaient tous quatre sur leurs visages défaits les marques du deuil qui les laissait orphelins pour la seconde fois.

Après avoir soupiré, Landry releva la tête qu'il tenait penchée, les yeux sur le plancher fraîchement lavé de la couverte.

— Justement, dit-il, j'ai pensé cette nuit que, depuis le matin de notre embarquement, aucun de nous ne s'était soucié d'aller voir les chevaux dont notre pauvre père se préoccupait tant !

— Dieu les maudisse ! s'écria Flaminia. Ils sont la cause de notre malheur !

— Peut-on rendre de simples animaux responsables de ce qui est arrivé à notre père ? demanda Brunissen.

Landry se leva avec vivacité, entraînant dans son mouvement Alaïs qui caressait d'un air triste un des chats de la nef. Elle en avait rarement vu avant de prendre la mer, mais savait que celui-là, comme tous ses congénères, devait venir d'Egypte. Elle n'ignorait pas non plus la méfiance suscitée auprès de beaucoup de gens par leur origine païenne, donc maléfique. Chargés de chasser les rats et les souris qui dévoraient les provisions et le grain du bord, ils remplaçaient peu à peu les belettes, employées auparavant à cet office. L'animal au pelage lustré glissa avec souplesse sur le sol, miaula d'un air mécontent puis s'éloigna après avoir manifesté son désaccord sans rien perdre de son élégante dignité.

— Allons, allons, trancha Landry, il est inutile de discuter ! Tout ce que je sais, c'est que notre père tenait à s'occuper en personne de nos montures. J'entends faire la même chose que lui.

— Allez-y donc sans moi. La vue de ces chevaux m'est insupportable ! assura Flaminia en secouant avec énergie ses tresses de cuivre rouge.

— Je n'irai pas non plus, annonça Alaïs d'un ton boudeur. Votre brusquerie a mis en fuite mon bel ami le chat. Vous n'êtes qu'un maladroit !

— Je reste aussi sur la couverte, dit Brunissen. Je préfère l'odeur de la mer aux pestilences de la cale.

Elles demeurèrent assises sur leurs coffres, près d'Albérade qui filait la laine en maniant sa quenouille d'un air misérable.

En dehors de l'ombre fournie par la dunette ou le gaillard d'avant, la foule des pèlerins se protégeait du soleil comme elle le pouvait. On avait tendu des toiles de tente, accroché des manteaux à des bâtons entrecroisés, rabattu les larges bords des chapeaux sur les visages. Beaucoup somnolaient en attendant l'heure du repas. Des effluves de cuisine, d'ail, de sueur, flottaient au-dessus de tout ce monde qu'aucun air venu du large n'éventait. Selon l'habitude, les marins s'affairaient dans l'indifférence générale. Leurs occupations n'intéressaient plus les passagers de la nave, qui les voyaient entretenir la voilure, nettoyer les ampoulettes, ces sabliers pleins de coquilles d'œufs broyées qui servaient à mesurer le temps, ou grimper aux cordages, sans plus aucune curiosité...

Dès qu'on parvenait à mi-hauteur de l'échelle menant à l'écurie, l'odeur des chevaux et des mulets, déjà forte en temps normal, prenait à la gorge. On était assailli par des relents de crottin, d'urine, d'échauffement, qui suffoquaient.

Landry eut un mouvement de recul, d'autant plus que c'était

là, sur la paille souillée des litières, qu'étaient relégués les voyageurs de la dernière catégorie, les indésirables, ceux qui formaient la lie toujours inquiétante des troupes en déplacement : mendiants de profession, filous, vagabonds, condamnés pénitents, histrions, faux pèlerins, ivrognes...

L'arrivée du nouveau venu, propre et bien nourri, fut saluée d'apostrophes railleuses, de sifflements insultants, de remarques obscènes. Figé sur les derniers échelons, Landry hésitait sur la conduite à suivre lorsqu'un des hommes vautrés sur des bottes de paille éparpillées se leva en titubant. C'était un grand échalas au dos voûté, à la barbe sale, à la face congestionnée et boursouflée. Il ramassa quelque chose par terre, s'approcha d'une démarche incertaine de Landry et, avec un rire aviné accompagné d'une bordée d'injures, lui envoya une poignée de fumier à la figure.

— Voilà qui te fera davantage ressembler aux pauvres de Dieu ! proféra-t-il en ricanant. Ici, on n'aime pas ceux qui prennent l'air sur la couverte !

Landry s'essuya le visage avec sang-froid. L'autre, s'énervant, lui lança un crachat qui s'écrasa sur son épaule. D'une brusque poussée, le fils du parcheminier projeta son agresseur au sol. Sitôt par terre, le gueux se mit à geindre afin d'alerter ses compagnons qui n'attendaient qu'un geste de lui pour intervenir. Avec des menaces, ils s'approchèrent de Landry dont le cœur battait jusque dans la gorge, l'encerclèrent et fondirent sur lui.

Dans la demi-obscurité de l'écurie qu'éclairaient faiblement des lanternes aux parois de corne accrochées à des poteaux, au milieu de remugles puants, des horions furent échangés un peu au hasard. Inquiets, maintenus par leurs sangles, les chevaux bottaient, hennissaient...

Des coups de sifflet, l'apparition de plusieurs marins dévalant les échelons sous les ordres du contremaître mirent assez vite fin à l'échauffourée. D'une poigne vigoureuse, on sépara les combattants.

Landry se retrouva hors de portée de ses assaillants, avec une lèvre fendue, une épaule endolorie, des égratignures et des traces de coups qui viraient déjà au bleu. L'homme qui était à l'origine de toute l'affaire se releva lui aussi, la mâchoire en mauvais état, s'ébroua, cracha une dent, grommela et s'en retourna en boitillant vers la paille qui lui servait de couche. Il lança un regard fielleux à son adversaire en recommençant à bafouiller de nouvelles injures. Excédé,

Landry se serait peut-être précipité sur lui une seconde fois, en dépit de ses contusions, si une main ferme ne l'avait retenu.

— Croyez-moi, ami, dit le scribe qui était survenu sur les pas des marins, croyez-moi, ne vous frottez plus à ces brigands. Il n'y a pas que de pieux pèlerins sur cette nave. Certains de ceux qui se tiennent ici peuvent être dangereux. Surtout lorsqu'ils ont bu. Venez. On va vous soigner là-haut.

Quand ils émergèrent sur la couverte, ce fut pour se trouver entourés par une nombreuse assistance. Le bruit de l'agression et du combat avait attiré beaucoup de passagers.

— Par tous les saints, faut-il être mécréant pour s'en prendre ainsi, en maudits félons, à un honnête garçon encore tout endeuillé par la mort de son père ! disait Herbert Chauffe-cire qui se tenait auprès de Flaminia comme s'il faisait déjà partie de la famille.

Prévenue, alors qu'elle s'en revenait au bras du père Ascelin, Berthe la Hardie interrogea du regard son petit-fils sali et meurtri, puis elle secoua la tête.

— Décidément, remarqua-t-elle, décidément, le Mal est sur nous ! Il nous attaque sans merci. Eh bien ! Le Seigneur me voit ! Nous ne nous laisserons pas démonter. Nous le combattrons autant qu'il le faudra !

Avant de se tourner vers le barbier qui s'approchait pour soigner son épaule douloureuse, Landry sourit d'un air complice à sa grand-mère.

— Ce n'est certes pas le Malin qui nous empêchera de marcher sur Jérusalem, assura-t-il du ton qu'aurait eu son père. Par le Dieu tout-puissant, nous poursuivrons notre route, quoi qu'il advienne !

— Commençons par atteindre Constantinople, corrigea avec calme le père Ascelin. Là est fixé notre premier grand rendez-vous, au pied des murs de la Nouvelle Rome. Les autres armées du Christ doivent déjà nous y attendre. Une fois tous regroupés sous les ordres du chef suprême que nous a donné le pape, Adhémar de Monteil, évêque du Puy, nous serons le plus important rassemblement de forces chrétiennes jamais vu au service de Dieu ! C'est alors que tout commencera vraiment !

Peu après, l'homme de quart cria. Le vent se levait !

On allait pouvoir repartir. Des ordres fusèrent. Avec une joie d'enfants, les pèlerins virent la voile se gonfler progressivement. La *Maria-Virgine* s'ébranla, craqua de tous ses bois, puis, en compagnie des autres nefs porteuses des soldats de la Croix, quitta enfin l'endroit où Garin reposait sous les eaux profondes, dans quelque abîme bleuté où venait mourir la lumière du jour...

D'instinct, à travers la presse des passagers excités par l'événement, Berthe et ses deux petites-filles gagnèrent le côté de la nave d'où le corps du parcheminier avait été immergé. Les yeux brouillés, elles s'appuyèrent contre le rebord du bateau pour contempler la mer festonnée d'écume...

Soudain, Berthe la Hardie serra les lèvres et porta les mains à son ventre. Une nouvelle fois, les douleurs dont elle avait souffert par intermittence depuis plusieurs semaines, sans jamais vouloir s'y attarder, lui labouraient les entrailles. Elle devint fort pâle et la sueur coula de la racine de ses cheveux à son front obstiné. Elle l'essuya avec sa manche.

— Ce n'est rien, dit-elle à ses deux compagnes. Ce n'est rien. J'ai l'habitude. Ce sont les ennuis de l'âge ajoutés à ceux du voyage. Je supporte de plus en plus mal nos continuels changements de nourriture.

La nef prenait à présent de la vitesse. Le tangage s'accentuait.

— Retournons vers nos coffres, proposa Flaminia. Vous pourrez vous y asseoir.

— Ce n'est pas un vulgaire mal de ventre qui va me réduire à merci ! s'écria l'aïeule en se redressant de toute sa taille. Dieu le sait, j'ai de l'énergie à revendre ! Je saurai m'accommoder de ce nouvel ennui comme de tous ceux qui l'ont précédé.

Brunissen gardait les yeux fixés sur la mer sans mémoire. Son cœur était gonflé d'une double tristesse : l'adieu à Garin et le sentiment de l'immense fossé qui la séparait désormais d'Anseau le Bel, son lointain fiancé... Il lui semblait tout à coup qu'en cet endroit maudit elle avait perdu à la fois les deux amours de sa jeune vie. Aussi, dans un geste d'offrande spontanée, avant de s'éloigner en soutenant sa grand-mère, jeta-t-elle dans les flots le léger chapelet d'ivoire sculpté que son père lui avait jadis offert.

Elle le vit flotter un court moment sur les vagues ensoleillées avant que la distance et son chagrin ne le lui fissent perdre de vue.

DEUXIÈME PARTIE

14 mai — 24 mai 1097

1

De son pas allongé qui évoquait la foulée d'un lévrier, Gabriel Attaliate traversa le triclinos ombreux et frais, vide de ses occupants. La belle demeure où vivaient sa sœur et son beau-frère chez le père de ce dernier, Théophane Daniélis, comportait, comme toute maison opulente de Constantinople, précédée d'un vestibule dallé de marbre et décoré de devises pieuses, une immense pièce de réception réservée aux hommes. Haute de la taille même de l'édifice et couvrant tout le rez-de-chaussée, remarquable par les fresques décorant ses murs de scènes de l'hippodrome, par ses proportions, son plafond de bois de cèdre odorant et son sol pavé de mosaïques à sujets de chasse, la superbe salle commandait le cœur du logis. Les nombreuses chambres, la salle à manger, la bibliothèque, les cabinets particuliers, tous les autres coins et recoins s'ordonnaient autour d'elle, sur deux étages supportés par des colonnes de marbre jaune.

Gabriel respira avec satisfaction le parfum d'encens qui s'échappait en volutes grises des cassolettes accrochées aux murs, et se félicita de ne rencontrer personne en ce milieu d'après-midi. Il était surtout content de ne pas trouver chez lui Andronic Daniélis, son beau-frère. C'était en effet pour voir sa sœur Icasia, et elle seule, qu'il avait quitté le Palais de l'empereur. Sa charge de préfet du Caniclée [1], entraînant celle de conseiller et même de confident du basileus Alexis Ier Comnène, l'y retenait presque constamment. Il lui fallait

---

1. Charge confiée à un dignitaire du Palais impérial qui ne s'occupait que de veiller à l'entretien de l'encrier de l'empereur. Sorte de secrétaire de confiance.

profiter des absences du souverain pour trouver le temps de rendre visite à Icasia dont l'état le préoccupait.

Sans s'attarder à admirer l'architecture « à la romaine » de la façade intérieure ornée de stuc bleu et ocre, il emprunta à grandes enjambées l'escalier extérieur, aux marches de pierre ensoleillées, qui menait au premier étage, l'étage du gynécée. Il suivit un couloir, écarta une portière, traversa une pièce réservée à la musique, se trouva derrière une seconde tenture de tapisserie et la souleva avec circonspection.

Grande et très claire, la chambre d'Icasia comportait plusieurs fenêtres donnant sur le jardin. Deux d'entre elles étaient ouvertes. Les autres, aux petits carreaux de verre supportés par des châssis de plâtre, demeuraient fermées.

La sœur de Gabriel se balançait d'un air mélancolique sur un large lit de bois précieux incrusté d'argent et d'ivoire. Assise sur l'épais matelas brodé de fils d'or, soutenu par des cordons de soie azurée et tressée qui permettait ce balancement, elle était occupée à faire passer d'une main dans l'autre, en un mouvement machinal et lent, un œuf de porcelaine rempli d'aromates aux exhalaisons si puissantes qu'on en respirait la suavité dès le seuil. Ce n'était pas en vain que les Daniélis étaient parfumeurs en titre de la cour impériale !

Gabriel serra les lèvres, puis se décida à entrer.

— La dernière vague de l'immense marée humaine que l'Occident ne cesse de déverser sur nous depuis une dizaine de mois ne va pas tarder à parvenir sous nos murs, lança-t-il d'un trait en traversant la pièce meublée de coffres de bois rares, de quelques sièges sans dossier, aux pieds croisés, et d'une table en marbre polychrome. Comme le dit notre princesse Anne, ces barbares semblent aussi nombreux que les grains de sable ou que les étoiles ! Par les saints Chérubins, on dirait que tout ce qu'il y a de Francs, de Celtes ou de Latins dans les pays situés entre l'autre rive de l'Adriatique et les Colonnes d'Hercule, émigre en masse, par armées, villages, familles entières, pour cheminer en direction de l'Asie !

Une fois de plus, l'emphase naturelle du préfet du Caniclée servait adroitement son propos ainsi que ses intentions. Il voulait distraire Icasia, l'arracher à la tristesse qui s'emparait d'elle par moments, depuis des années, pour faire place ensuite à une activité presque fébrile. Mais il avait aussi des événements d'importance à lui communiquer. Afin de l'aider durant ces crises d'abattement et connaissant le goût naturel de sa sœur pour les rumeurs, il avait décidé de devenir son informateur attitré. Chaque fois qu'il la savait tourmentée, il passait l'entretenir des dernières nouvelles qui parvenaient au Palais. Sa diction parfaite, légèrement affectée et qui butait avec distinction contre des dents fort bien entretenues, donnait à ses récits un tour précieux et confidentiel qui déridait Icasia.

Avant d'aller s'asseoir auprès de sa sœur, l'eunuque salua avec vénération l'icône peinte sur fond d'or placée dans un angle de la pièce et devant laquelle brûlait une lampade à huile parfumée. Il se signa, se redressa après s'être baisé le pouce et se dirigea vers Icasia.

Elle tourna vers lui un visage dont l'expression chagrine indiquait qu'elle ne se trouvait pas dans un de ses bons jours. Sans sourire à l'arrivant, elle lui désigna d'un simple geste une place à ses côtés sur le matelas que recouvrait un tapis d'Alexandrie dont la laine d'une souplesse moelleuse alliait tous les dégradés du bleu au vert. Gabriel s'y assit avec plaisir et se pencha vers sa sœur pour l'embrasser sur le front.

— La princesse Anne m'a chargé de te transmettre ses amitiés, reprit-il alors. Mais il n'est en réalité question au Palais que du nouvel arrivage de croisés auquel il va nous falloir faire face une fois de plus. On annonce comme imminente la venue des armées du duc de Normandie et du comte de Blois. Décidément, c'est l'Occident entier qui bouge et qui nous envahit !

— Après le passage l'année dernière de ce fou de Pierre, qui se disait ermite et traînait une foule hétéroclite sur ses pas, remarqua Icasia avec un mélange de lassitude et de mépris, nous pouvions espérer ne plus avoir à faire qu'à des armées. C'est de combattants que nous avons besoin pour nous aider à lutter contre les infidèles, non pas de familles, de malades, d'enfants et même d'estropiés !

La sœur de Gabriel était belle. Elle ressemblait à une dryade. Cheveux de miel, teint de blonde, bouche fine, mais, surtout, longs yeux qui avaient l'exacte nuance de la feuille de l'olivier. De cette couleur, elle avait fait son emblème. Toujours vêtue de tuniques de soie vert-de-gris rehaussées d'argent, elle affectionnait les broderies reproduisant les branches de son arbre préféré ou celles du saule, et allait jusqu'à accepter des algues ou des plantes aquatiques. Même avant le temps de ses angoisses, il se dégageait d'elle une impression d'étrangeté végétale que sa réserve et ses fréquents silences ne faisaient qu'accentuer. Comme d'un arbre que quelque procédé magique aurait transformé en femme...

— Nul ne pouvait prévoir ce qui nous arrive, affirma

Gabriel en disposant avec soin autour de lui les longues et larges manches de son débétésion.

Ce geste amena Icasia à songer que l'élégance de son aîné s'ennoblissait encore d'être ainsi moulée dans cette étroite tunique. La riche étoffe soyeuse, incrustée de bandes de pourpre, descendant jusqu'aux talons, sculptait le corps racé... Puis elle se reprit à l'écouter.

— Le basileus lui-même ne l'avait pas prévu. Il l'a reconnu devant moi, disait l'eunuque. Dieu sait pourtant s'il est pourvu d'expérience et de subtilité ! Les Celtes que nous attendions arrivent bien tous en grand arroi guerrier avec troupes, armes et cavalerie, mais ils trouvent normal d'être suivis d'une multitude de gens désarmés qui portent des croix de tissu en guise d'épées et de boucliers ! Qui aurait pu imaginer cela : des gens d'armes escortés de pèlerins qui marchent comme on prie et n'ont qu'une seule pensée, un but suprême, aller vénérer le sépulcre du Seigneur à Jérusalem et L'adorer aux Lieux saints !

— Nous ne pouvons pas les en blâmer, certes, et parmi ces marcheurs de Dieu, comme on les nomme parfois, il y en a certainement beaucoup de sincères. Mais qu'ils ne viennent pas s'interposer entre défenseurs et ennemis de la vraie foi ! Ils devraient le comprendre ! En dépit des dissensions survenues entre l'Eglise grecque et l'Eglise latine, ces croisés sont chrétiens comme nous. Ils savent que l'Empire est menacé sur toutes ses frontières, que nous sommes le dernier bastion de la chrétienté face aux infidèles. Par leur désordre, leur inaptitude au combat, ces multitudes risquent de tout compromettre, de tout faire échouer. Une telle crainte me désespère.

— Si certains conseillers du basileus estiment que, grâce à leur nombre, ces foules, disciplinées ou non, suffiront à mettre en déroute les Sarrasins, beaucoup d'autres, à ton exemple, redoutent les Francs pour leur instabilité, leur fougue excessive, la cupidité et l'ambition de leurs chefs, et ce qu'il faut bien appeler leur sauvagerie ! Sans parler des mauvais présages qui annoncent à chaque fois leur venue. On ne cesse de le répéter dans la ville : quand une de leurs troupes parvient jusqu'à nous, des nuées de sauterelles les devancent, dévorant, ravageant, anéantissant les vignes qui se trouvent sur leur passage. Ce n'est pas là un signe favorable, quoi qu'on puisse en dire !

Tout en continuant à manipuler l'œuf aromatique qui les baignait de parfum, la jeune femme laissa son frère parler.

Les yeux perdus au-delà d'une des fenêtres ouvertes sur le jardin fleuri de roses, de myrtes, de jasmins, elle poursuivait ses réflexions amères sans prêter attention aux esclaves coiffés de larges chapeaux de paille qui s'affairaient autour des massifs sous la surveillance d'un jardinier grec.

— Je sais bien que les sauterelles épargnent étrangement les moissons pour ne s'en prendre qu'aux vignobles, reprit l'eunuque. Il effleura d'un geste révérencieux la croix tutélaire contenant de saintes reliques qu'il portait au cou, suspendue à une lourde chaîne d'or. Quelques devins en ont déduit que cette énorme armée celte n'interviendrait pas dans les affaires de l'Empire, mais accablerait les Sarrasins qui sont des suppôts du paganisme, donc de l'ivresse. Ils ajoutent que le froment est partout considéré comme le symbole du christianisme parce qu'il figure l'aliment par excellence et ne peut égarer les esprits comme le jus du raisin. Ainsi que la manne, autrefois, dans le désert, il préfigure sur terre la nourriture céleste qui alimente à la fois l'âme et le corps... On pourrait se sentir réconforté par les apaisantes interprétations de nos mages. Cependant, bien qu'il se montre des plus accueillant envers ses hôtes francs, l'empereur n'en reste pas moins circonspect à l'égard de ces agités. Quant à la princesse Anne, qui les trouve bavards et ennuyeux, elle ne m'a pas caché qu'elle redoutait les visées que ces barbares venus de l'Ouest ont sur notre cité. Elle croit que l'expédition vers Jérusalem n'est qu'un prétexte et que certains chefs croisés veulent en réalité détrôner le basileus et s'emparer de sa capitale !

— Comment pourraient-ils y songer ? demanda Icasia. La plupart d'entre eux ont prêté serment d'allégeance à notre souverain.

— Ce ne fut pas sans mal ! Rappelle-toi ce Godefroi de Bouillon, au nom imprononçable comme tant des leurs, ce seigneur qui est parvenu devant Constantinople en décembre dernier. Il a attendu les calendes d'avril pour se décider à accepter les exigences si légitimes de notre empereur et pour lui rendre hommage. Nous avons été obligés de couper les vivres à ses troupes ! Et encore n'avons-nous pas pu éviter une sérieuse empoignade entre les nôtres et ces fous de croisés qui ne respectaient pas même la trêve sacrée du jeudi saint ! Parmi les princes barbares il y en eut bon nombre pour faire montre d'une mauvaise volonté affirmée quand ils ont été mis devant l'obligation d'obéir aux injonctions de l'autocrator. Non, vraiment, ces Celtes ne sont pas sûrs. Ils sont brutaux et fantasques !

— Andronic n'est pas de notre avis. Il leur fait confiance.

— Ton mari est trop enthousiaste. Il se fie à ces étrangers parce que son père a naguère noué une solide amitié avec un certain prêtre franc qu'il estime fort. Très bien. Mais un cas isolé ne prouve rien. On rencontre de braves gens n'importe où et celui-là est sans doute un honnête homme. En revanche, il se trouve des individus de toutes provenances et de toutes espèces parmi leurs troupes et leurs pèlerins !

— Le plus dangereux restant Bohémond de Tarente, remarqua Icasia que son frère était parvenu à distraire un moment de ses amertumes. Ces Normands de Sicile ont toujours été nos ennemis, et quels ennemis ! Son père et lui n'ont eu de cesse de nous attaquer pour nous prendre nos possessions italiennes. Bohémond dispose d'un grand pouvoir sur les foules... il séduit jusqu'à des personnes prévenues pourtant contre lui comme notre princesse Anne ! On le redoute à la cour, mais il semble aussi qu'il fascine.

Gabriel eut un geste d'agacement.

— Un aventurier normand de la pire espèce, voilà ce qu'est ce maudit Bohémond ! Je ne comprendrai jamais l'envoûtement qu'il paraît exercer. Et tu as raison de remarquer que la princesse Anne, qui partage cependant la défiance de son père envers les Normands de Sicile en général et leur chef en particulier, ne peut s'empêcher de parler de lui avec une sorte d'émerveillement.

— La docilité, pour ne pas dire l'empressement qu'il a témoigné envers le fameux serment de vassalité dont l'orgueil des autres chefs francs s'est si mal accommodé, m'amènerait presque à voir dans cette attitude, si nouvelle chez notre adversaire d'hier, une ruse de plus à l'actif d'un homme aussi indomptable et turbulent que lui !

En un geste élégant, Icasia se cacha la bouche derrière sa main couverte de bagues.

— Voilà qu'à notre tour, nous nous laissons aller à parler de Bohémond, remarqua-t-elle d'un air ironique. Décidément, cet homme possède un pouvoir singulier. On dirait qu'il occupe à lui seul une bonne partie des conversations de la cour et de la ville !

— Son aspect physique y est pour beaucoup, assura Gabriel. Sous prétexte qu'il est grand, beau, blond et bâti comme Achille, toutes les femmes en sont folles !

— Pas moi, Seigneur ! Pas moi ! protesta Icasia.

— Non, pas toi, bien sûr, ma petite sœur...

Ils se turent tous deux. La vaste maison de pierre et de

marbre restait silencieuse en cette heure de l'après-midi où les serviteurs, respectant le repos de leur maîtresse, s'activaient dans les cuisines ou les autres parties des bâtiments, sans aborder le gynécée.

— Nourrice n'est pas ici ? demanda Gabriel au bout d'un moment. Où peut-elle bien se cacher ? Ne pas la voir surgir d'un coin de tes appartements est véritablement invraisemblable ! Ta sœur de lait ne paraît pas non plus. Je n'en crois pas mes yeux !

— Morphia souffre des jambes. Elle a dépassé cinquante ans, tu sais ; la goutte la tourmente de plus en plus souvent. Joannice et elle sont allées consulter un guérisseur arabe qui connaît les secrets des plantes et fabrique des baumes connus de lui seul.

— Mais c'est le sel de Saint-Grégoire qui guérit la goutte ! Chacun sait cela et les ingrédients qui le composent ne sont un mystère pour personne : gingembre, ammoniaque, nard, poivre, silphium, persil...

— Oh ! toi, tu es au mieux avec le docteur Kalliklès, le médecin personnel de l'empereur ! Il te divulgue même, à ce qu'on dit, certaines formules qu'il ne daigne confier à personne d'autre ! Notre pauvre nourrice ne peut pas s'abreuver à une source aussi savante.

— Morphia ne le peut sans doute pas, en effet, mais toi non plus, tu ne veux pas avoir affaire à lui. Tu préfères prendre conseil de ton astrologue égyptien, cet Alexandreus qui est tellement en vogue parmi la jeunesse. J'ai entendu dire que le basileus songe à l'exiler pour l'empêcher de continuer à troubler tant de bons esprits dans le genre du tien ! Je sais bien, hélas, que mes remontrances ne serviront à rien ! Têtue comme tu l'es, tu t'es entichée de ce personnage et tu n'en démordras pas !

Le frère et la sœur échangèrent un demi-sourire. Autrefois, ils riaient souvent au même moment, à propos de choses qu'ils étaient les seuls à trouver drôles. Le rire avait disparu mais pas la connivence. Entre l'eunuque et sa cadette, une complicité remontant à l'enfance subsistait. Le mariage d'Icasia ne l'avait pas effacée. Née d'une famille de hauts fonctionnaires pourvus d'un titre nobiliaire puisqu'à Constantinople les fonctions publiques d'une certaine importance entraînaient d'office l'anoblissement, Icasia, en épousant Andronic Daniélis, riche parfumeur il est vrai, mais plébéien malgré tout, avait eu le sentiment de se mésallier. Amoureuse comme elle l'était à l'époque de ses noces, elle avait voulu ignorer cette différence. Les mœurs de son pays l'y poussaient aussi. Les Romains — c'était ainsi que les héritiers de l'ancienne Rome se désignaient eux-mêmes par mépris des Grecs dont ils parlaient cependant la langue —, les Romains, donc, se piquaient de ne pas avoir de préjugés de classe. En dehors des esclaves, prisonniers étrangers, ils prétendaient avoir aboli toute arrogance dans les rapports sociaux. Devant Dieu, les hommes n'étaient-ils pas frères ? L'Evangile avait assuré que les derniers seraient les premiers. Une telle affirmation donnait à réfléchir. Gabriel et Icasia avaient été habitués à considérer que les êtres humains étant égaux aux yeux de l'Eternel, les habitants de Byzance étaient égaux au regard de la loi. Ils constataient que les dignités n'étaient pas transmissibles et, autour d'eux, on ne voyait pas de lignées héréditaires. On avait élevé ces enfants en leur répétant qu'aucune considération de rang, d'ancêtres, de fortune ne devait compter. Seul, le mérite personnel importait. Bien des empereurs étaient eux-mêmes sortis des plus humbles couches populaires et, pour devenir basileus, il suffisait d'être élu par l'Armée, le Sénat et le Peuple... On le disait, on le proclamait, on l'écrivait, on le codifiait... mais c'était négliger les mouvements de vanité de la nature humaine : qui pouvait, par exemple, empêcher une jeune fille de quinze ans, jolie, riche, courtisée, une jeune fille dont le père était maître des cérémonies impériales, de considérer qu'avec le don de sa personne elle avait accordé une grande grâce à un homme qui, en dépit de tout, n'était qu'un commerçant ?

Il était vrai qu'Andronic dégageait un charme auquel beaucoup étaient sensibles, que, malgré sa jeunesse, il pouvait prétendre être un des plus beaux partis de la ville, tant la fortune de son père et la sienne, associées l'une à l'autre, pesaient lourd, mais, enfin, il n'était pas noble et tenait boutique ! Une belle et élégante boutique, bien sûr, où il vendait de l'ambre, du nard, du musc, de l'encens, de la myrrhe, de l'aloès et mille autres parfums rares ou précieux à la cour et aux Romains les plus raffinés... Il aurait cependant fallu un profond bonheur conjugal pour réussir à oublier, au long de toute une vie, une différence si essentielle.

— Où en sont tes relations avec ton mari ? s'enquit l'eunuque.

— Tu le sais bien. Je suis sans doute la femme la plus incomprise de toute la ville...

Depuis la naissance de leur fils Marianos, qui avait à présent dix-sept ans, les rapports des deux époux n'avaient cessé de se détériorer. Un accouchement atroce, qui l'avait conduite fort près de la mort, avait à jamais dégoûté Icasia, qui n'en était déjà pas tellement férue, des jeux de l'amour charnel. Pendant des années, elle avait subi comme un supplice les assauts d'un mari dont le tempérament ardent ne pouvait se contenter d'une chaste tendresse. Petit à petit, la jeune femme était devenue mélancolique, renfermée, silencieuse et, chaque nuit, plus crispée, plus distante... Certains matins, elle pleurait sans vouloir s'expliquer, durant des heures, en dépit des enfants et de ses femmes occupées à la baigner, à l'épiler, à la farder, à la vêtir...

Dans l'espoir de renforcer leur union en y associant un nouvel élément, alors qu'Icasia savait ne plus pouvoir enfanter, le couple, selon une coutume fort répandue dans tout l'Empire, avait cru bien faire en adoptant, une dizaine d'années auparavant, un second fils, Paschal, qui avait maintenant douze ans. Elevés comme des remparts de protection autour de l'union chancelante de leurs parents, les deux enfants n'avaient pas suffi à enrayer la désagrégation d'une entente si compromise.

Gabriel, qui n'ignorait pas que sa sœur aimait à se faire plaindre, passa un bras autour des épaules d'Icasia.

— Ma pauvre chérie, dit-il, tu sais le souci que je me fais pour toi... pour vous deux à vrai dire. Vous êtes l'un et l'autre victimes et bourreaux à la fois... Ton mari se conduit loyalement. En dépit de vos divergences, il te reste fidèle.

— Il ne manquerait plus qu'il me trompe !

— Il ne le fait pas. Les eunuques sont au courant de tout ce qui se passe à la cour comme à la ville. Andronic se conduit en époux respectueux de ses engagements. Il est, d'ailleurs, fervent chrétien.

Icasia ne répondit rien. Elle regardait fixement le sol pavé de mosaïques représentant un semis de fleurs. Son frère connaissait la tiédeur de ses convictions religieuses. Toutes de convention, elles ne pouvaient pas lui être d'un grand secours.

— Heureusement que Marianos se couvre de gloire à l'hippodrome et que Paschal se montre de plus en plus doué pour les études, dit-elle au bout d'un moment. Ils sont mes réconforts.

L'eunuque secoua un front assombri sous d'épais cheveux noirs, à demi longs, bouclés avec soin et coupés droit au-dessus des sourcils.

— Vos fils ne vous suffiront pas toujours, remarqua-t-il en soupirant. Ni à ton mari, ni à toi.

— Que veux-tu, il faut bien que je me console avec ce

qui me reste. Mes illusions d'autrefois sont loin à présent...,
déclara Icasia en baissant la tête d'un air désabusé. Andronic
se montre sans cesse plus exigeant envers lui-même, envers
les enfants qu'il a voulu élever avec sévérité, et envers moi.
Il ne nous passe plus rien et ne me permet même pas de
protester contre une telle rigueur. J'en suis à me demander si
ce n'est pas par devoir, uniquement par devoir, qu'il continue à
assurer ses responsabilités familiales.

— Tu te trompes, Icasia, tu te trompes ! J'en suis certain.
Andronic vous demeure très attaché. Il se préoccupe beaucoup
de l'avenir de vos garçons. On ne peut vraiment pas dire de
lui que c'est un père indifférent !

— Ce serait plutôt le contraire ! Mais comprends-moi bien :
cet excès de discipline auquel il nous soumet tous, et lui le
premier, est un exercice dénué de sens. Il a perdu toute
spontanéité. Andronic, si gai jadis, est devenu austère. Il ne
rit plus jamais avec moi et semble s'ennuyer en ma compagnie.
C'est sans aucun plaisir qu'il tient son rôle d'époux, de père,
de maître de maison. Il fait ce qu'il faut faire comme si je
n'existais pas. J'ai parfois l'impression qu'il ne me voit plus.
Je serais de verre que son regard ne me traverserait pas
autrement... J'en arrive à me sentir étrangère chez moi ! Quand
il me parle, c'est avec indifférence ou ironie. Va, il ne
m'aime plus !

Gabriel avait l'âme pitoyable.

— Il est clair que l'érosion du temps jointe à vos ennuis
intimes n'arrangent rien. Ce n'est pas une raison pour capituler, dit-il. Pour ma part, je continue à penser qu'Andronic
te conserve tendresse et respect.

— A trente-cinq ans, il parvient à un âge où beaucoup
d'hommes font retour sur eux-mêmes, remettent tout en
question : femme, engagements, jusqu'à leur foi en Dieu !

— De ce côté-là, il n'y a rien à craindre. Andronic est un
vrai chrétien.

— Il est certain qu'il s'occupe sans cesse de secourir les
pauvres, de venir en aide aux déshérités... A tel point que
j'en arrive à me demander parfois s'il n'y a pas quelque
chose d'excessif dans ce souci constant, obsédant, des autres.
Jadis, il ne s'inquiétait pas tant du destin des malheureux et
songeait davantage à nous, au bonheur de notre couple... Ses
œuvres charitables ne seraient-elles pas un prétexte commode
pour s'éloigner de son foyer, de moi ? Une manière égoïste
de se persuader que ses bienfaits envers les indigents, les

malades, les orphelins, le dispensent de me témoigner attention et douceur ?

— Toi aussi, tu as changé, Icasia ! Comme te voici devenue dure envers un époux autrefois si cher !

Elle ne répondit pas. Parvenant du Bosphore proche, une brise légère faisait ondoyer les portières en tapisserie persane qui séparaient la chambre des autres pièces du gynécée.

— Je comprends de moins en moins le caractère d'Andronic, reprit la jeune femme après un court instant. Il décide, tranche, m'impose ses projets, ses goûts, fait preuve d'une autorité presque tyrannique.

— Là, tu exagères !

— Non pas, et je t'en donne un exemple : sur les conseils de son père, dont l'influence sur lui ne cesse de s'accroître, et qui ne m'aime guère, tu le sais, parce qu'il me reproche ce qu'il nomme ma morgue d'aristocrate, sur ses conseils, donc, Andronic m'a informée hier qu'il me faudrait héberger ici certains de ces Celtes qui me déplaisent tant ! Sans m'avoir consultée, il a accepté de loger sous notre toit, durant son séjour à Constantinople, la famille du père Ascelin, ce notaire épiscopal dont nous parlions voici un moment.

— Seront-ils nombreux ?

— Je ne sais pas au juste. Mon beau-père, qui a reçu une lettre par courrier, a parlé de cinq ou six personnes, me semble-t-il.

— La maison est grande. Tu n'auras aucun mal à les loger. Tu pourras même les ignorer, si tu y tiens.

— Mais je n'ai nulle envie de voir s'installer sous notre toit, dans notre intimité, des éléments de ces hordes barbares que tous nos amis méprisent ! Ces gens-là sont grossiers, sans-gêne et sentent l'ail !

— Vous ne serez pas les seuls à accueillir des hôtes de cette sorte ! Tu le sais, on a interdit aux croisés de pénétrer dans notre cité. L'empereur a donné l'ordre de ne pas les laisser s'installer dans la ville. Ils campent du côté de la porte des Blachernes et jusqu'aux abords de la Corne d'Or, sous les remparts du Nord. Mais quelques privilégiés, qui ont déjà des amis ou des relations parmi les habitants, ont reçu la permission de loger chez ceux qui consentent à les recevoir. Dans les camps, les conditions d'existence ne sont guère favorables. Si j'en crois les rumeurs, beaucoup de pèlerins se plaignent et cherchent à se faire inviter de ce côté-ci des murs.

— Je ne suis pas surprise qu'ils protestent : non seulement ils sont rustres, mais aussi querelleurs !

L'eunuque se leva.

— Allons, ma chère, arme-toi de patience. Ces Francs ne s'attarderont pas longtemps ici.

— Sait-on jamais ? Constantinople les éblouit. Ils ont compris pourquoi on l'appelle la Nouvelle Rome. Ils n'imaginaient même pas, dans leurs brumes froides de l'Ouest, qu'une pareille splendeur pouvait exister !

— Sans doute. Il n'en demeure pas moins que leur unique désir reste de passer sur la rive orientale de l'Empire pour marcher ensuite vers Jérusalem !

— Grand bien leur fasse ! Qu'ils y aillent donc le plus tôt possible ! Qu'ils nous débarrassent de leurs troupes de soudards et de gueux !

Gabriel hocha la tête.

— Tu me chagrines, Icasia, quand tu parles ainsi. Je n'aime pas te voir en de si mauvaises dispositions à l'égard de gens dont il ne faut pas oublier qu'ils s'apprêtent à nous rendre service en combattant les Sarrasins.

— Leurs soldats nous seront utiles, il est vrai. Mais ce n'est pas à eux que je vais avoir à faire. Cette maison va être envahie de pèlerins inconnus, sales et grossiers...

Gabriel se mit à rire en renversant avec élégance la tête en arrière. Il n'ignorait pas que ce geste mettait en valeur le modèle très pur de son menton rasé de près, comme il était de rigueur chez les eunuques.

La portière se souleva alors et la nourrice attendue pénétra dans la chambre, accompagnée de sa fille.

— Te voilà donc, Morphia ! Que de temps tu as mis à te faire soigner ! s'écria gaiement Gabriel. Je pensais partir sans avoir pu t'embrasser.

— Par le ventre de la Vierge, c'est que je deviens une pauvre vieille dont la carcasse commence à craquer de toute part ! soupira la nourrice avec une grimace fataliste. Voilà que mes jambes ont à présent du mal à me porter.

— Il ne faut rien exagérer, corrigea sa fille Joannice en laissant retomber la portière. Grâce aux baumes et élixirs du guérisseur qui vient de te soigner, on peut espérer que cette crise de goutte te laissera bientôt en repos. Rien ne t'interdira plus ensuite de recommencer à tout régenter dans le gynécée.

L'eunuque approuva.

— Comme toujours, remarqua-t-il d'un air satisfait, comme toujours, le bon sens s'exprime par ta bouche, Joannice. Dieu te garde et te conserve longtemps auprès d'Icasia ! En ta

compagnie, elle ne manquera jamais d'aide ni de sages
conseils.

— A condition qu'elle consente à les écouter et à en tenir
compte, dit la mince jeune femme brune dont les traits,
dessinés avec une grande netteté, évoquaient certains portraits
de l'art crétois...

Tout en parlant, elle se dirigeait vers un des coffres en bois
de cèdre sculpté où étaient rangés les vêtements, le linge, les
affaires de sa sœur de lait. Elle l'ouvrit et en tira une boîte
à fards qu'elle apporta à Icasia.

— Il convient, pour commencer, de ne pas oublier d'entretenir sa beauté, reprit-elle avec assurance. Je te trouve bien
pâle, ce matin. Nous allons y remédier sans tarder.

Gabriel admirait en silence l'aisance de la démarche, la
sûreté des gestes de Joannice. Sans être jolie, elle était intéres-
sante. Ses traits aigus, presque acérés, dénotaient une
intelligence lucide. Sa peau brune, ses lourdes paupières
bombées, son nez aquilin, sa mâchoire sans une once de
graisse accusaient un caractère fermement trempé. Il n'était
pas jusqu'à la discrétion voulue de son maintien, de ses habits,
qui ne trahît une forte personnalité qu'on ne tenait pas à
mettre en avant.

Gabriel soupira. Si cela lui avait été permis, il n'aurait
certes pas refusé de goûter à cette petite chèvre noire... Il est
des accommodements avec la nature, même quand elle se
trouve empêchée par certaine ablation... Il se signa précipitamment. Que Dieu le protège d'une pareille tentation, d'une
semblable pensée, même s'il ne s'agissait que d'un simple
effleurement de l'esprit ! Ayant le grand honneur de faire
partie des jeunes gens choisis pour composer la sainte cohorte
chargée d'évoquer, auprès du basileus, les anges entourant le
trône du Seigneur, il ne pouvait se laisser aller à aucune
incartade. Si son père avait décidé jadis de le faire émasculer,
c'était dans l'unique but de lui assurer une brillante carrière.
Il s'en félicitait depuis lors. A Constantinople, tout le monde
savait qu'il fallait d'abord procéder à cette opération pour
préparer son fils à un avenir de haute volée à la cour... C'était
là un de ces rites que les barbares méconnaissaient et dont
ils se moquaient. Qu'importaient aux élus qui représentaient
ici-bas l'élite céleste, les railleries des étrangers ? Les « officiers sans barbe », comme on les nommait parfois dans
l'Empire, bénéficiaient d'une position privilégiée sur toute
l'étendue des possessions romaines. Certaines charges parmi
les plus insignes leur étaient réservées et l'empereur se trouvait

presque exclusivement entouré d'eunuques, comme Dieu l'est par ses légions angéliques. Sous les ailes des chérubins, se cachait le pouvoir...

Redevenu serein, Gabriel se pencha vers sa sœur que Joannice fardait avec art.

— Je vais te quitter, Icasia. Ma fonction, tu le sais, dépasse de loin le simple entretien de l'encrier dans lequel notre basileus trempe sa plume pour écrire à l'encre pourpre. Je ne puis m'attarder davantage. Je reviendrai te voir dès que possible.

— Ne tarde pas. J'ai besoin de toi...

En reprenant en sens inverse le chemin parcouru un moment plus tôt, l'eunuque se disait qu'une aussi belle demeure aurait mérité de ne renfermer que des gens heureux et qu'il était des infortunes secrètes sur lesquelles personne ne songeait à s'apitoyer, faute de les soupçonner.

Il descendit l'escalier de pierre, traversa la cour pavée de larges dalles et encadrée par deux ailes de bâtiments qui rejoignaient de part et d'autre le mur aveugle longeant la rue. En son milieu, elle était ornée d'un puits où serviteurs et servantes s'activaient à remplir de nombreuses amphores et cruches de grès.

Comme il s'approchait du porche d'entrée aux doubles battants de fer garnis de gros clous à cabochons, Gabriel vit soudain surgir son neveu, Marianos, cocher à l'hippodrome dans la faction des Bleus. Le jeune homme montait un magnifique étalon noir de Thessalie et était suivi de plusieurs compagnons de son âge. En apercevant Gabriel, il sauta aussitôt de cheval pour s'élancer vers son oncle.

« S'il n'était cocher, quel eunuque n'aurait-il pas fait ! » se dit celui-ci pour la centième fois en regardant venir vers lui l'athlète souriant qui évoquait de façon irrésistible un jeune dieu païen.

« Un dieu qui tirerait davantage parti de ses muscles que de ce que recouvre ce front d'Apollon ! » compléta furtivement le frère d'Icasia. Il répondit au salut de son neveu dont la tunique mi-courte, ornée de broderies somptueuses, et les cheveux bouclés, bleutés à force d'être noirs, dégradés comme le voulait la mode jusqu'aux épaules, témoignaient d'un grand souci de sa personne. Au demeurant, rieur et bon vivant, Marianos avait beaucoup d'amis. Il était fort apprécié des dirigeants des Bleus et ne comptait pas trop d'ennemis dans la faction des Verts, ce qui était remarquable.

Il rendit avec chaleur son accolade à Gabriel.

— Les courses prévues pour la semaine prochaine promettent d'être superbes ! annonça-t-il d'un air joyeux. On va bien s'amuser ! Ce sera sans pitié. Il faut absolument que nous gagnions contre les Verts !

— Dieu t'entende ! Le basileus tient à séduire les chefs des armées croisées qui campent sous nos murs, et plus les courses seront disputées avec âpreté, mieux ce sera pour son prestige !

— Sois tranquille ! Nous le satisferons. Nous montrerons à tous ces barbares de quoi sont capables les successeurs de l'ancienne Rome !

En terminant sa phrase, Marianos s'était tourné pour les prendre à témoin vers ses compagnons qui l'acclamèrent vigoureusement. Leur naïve suffisance amusa l'eunuque.

— Je fais confiance à ta faction, dit celui-ci en posant une main amicale sur l'épaule musclée du jeune cocher, mais tout spécialement à toi dont les prouesses à l'hippodrome honorent si hautement notre famille !

Ils se séparèrent assez vite, pressés de retourner chacun vers ses propres occupations.

Dans la rue, devant le portail, la litière de Gabriel attendait. Conduit par deux mules blanches aux crinières tressées de rubans de soie multicolores terminés par des pompons et harnachées de cuir bleu clouté de cuivre, l'attelage, peint et doré, était gardé par des valets. Ces derniers portaient livrée jaune et violet, aux couleurs de leur maître. Aidé par deux d'entre eux, Gabriel s'installa sur les coussins qui garnissaient le siège.

L'artère que suivit la litière était calme, peu animée. Elle était bordée de galeries couvertes et de riches demeures dont on apercevait au passage, par l'entrebâillement d'un portail, derrière de hauts murs blanchis à la chaux, les façades en brique et en moellon ou tout en pierre, décorées de stuc, de marbre et surmontées de coupoles dorées, rouges ou vertes. Les passants y circulaient sans bousculade malgré la proximité de la plus grande, de la plus belle place de Constantinople sur laquelle elle débouchait : la place de l'Augusteon. Centre du monde pour les habitants de la ville aux cent merveilles, cette place était sans pareille.

Ainsi que chacun de ses concitoyens, Gabriel Attaliate la considérait comme l'ensemble architectural le plus parfait réalisé de main d'homme. Même à Rome, on n'avait rien construit d'aussi grandiose ! Aussi, en dépit de l'habitude et malgré la foule qui y circulait constamment, n'y passait-il jamais sans ressentir un sentiment d'admiration qui le conduisait toujours à la même évidence : la suprématie des Nouveaux Romains en toute chose !

Agora de l'antique Byzance, construite en marbre et bordée de portiques, la place avait changé de nom sur ordre de l'empereur Constantin (Dieu ait son âme !). C'était en effet en mémoire de l'auguste Hélène, sa mère, morte avant l'inauguration de la ville nouvelle élevée par lui au rang de capitale de l'Empire romain d'Orient, qu'il l'avait fait appeler Augusteon. Du haut d'une colonne de porphyre, la statue d'Hélène faisait face à une autre statue qui, elle, occupait le milieu de la place. Beaucoup plus grande encore, on y admirait, couronné de la haute coiffure emplumée des rois de l'ancienne Perse, une main dressée et ouverte, l'autre soutenant un globe surmonté d'une croix, un personnage jeune et impérieux, chevauchant un coursier à la crinière ondoyante. Il s'agissait de Justinien, l'époux de la fameuse Théodora, le souverain qui avait fait connaître à la ville, bien des siècles auparavant, un âge d'or auquel on rêvait toujours...

Gabriel ne manquait jamais de saluer les deux statues d'un discret signe de tête. Ce jour-là, tout en s'emplissant une nouvelle fois les yeux de la beauté harmonieuse de cet endroit privilégié, il songea à la stupeur saisissant les chefs des armées croisées, ces Celtes incultes, lorsqu'ils parvenaient, chacun à leur tour, au cœur de l'admirable place qu'on avait la grâce de leur laisser contempler...

— Plus vite, plus vite, à présent ! cria-t-il à ses valets qui se servaient de bâtons pour écarter la foule bariolée et cosmopolite où se coudoyaient, dans leurs costumes si divers, Grecs, Hongrois, Vénitiens, Turcs, Russes, Germains, Bulgares, Syriens, Perses, Arméniens, Juifs, Géorgiens, Arabes ou Éthiopiens.

Babel éclatée, mélange de races et de langues, Byzance était bien le centre du monde !

— Place ! place ! criaient les serviteurs de Gabriel en jouant du bâton autour d'eux pour dégager le passage devant les mules blanches nullement effarouchées par une telle foule.

— Plus vite ! plus vite ! s'impatientait l'eunuque qui venait soudain de décider qu'il avait encore le temps de se rendre à la boutique de son beau-frère, Andronic Daniélis, pour lui parler des répugnances qu'éprouvait Icasia à l'idée de recevoir la famille du père Ascelin.

La place de l'Augusteon était parée de monuments comme une femme l'est de ses bijoux : au nord, Sainte-Sophie, le chef-d'œuvre des chefs-d'œuvre, l'église mère ! Sainte-Sophie à la coupole vertigineuse, suspendue en plein ciel comme par miracle et sommée d'une gigantesque croix d'or dont l'éclat éblouissait sous les rayons du soleil.

« L'empereur Justinien la voulut telle que, depuis Adam, il n'y en eût jamais et qu'il n'y en aurait jamais plus, songea Gabriel. Il y a réussi. Nous possédons ici la Grande Eglise chrétienne qui s'élève, dans sa robe de pierre, de marbre, de mosaïques et d'or, comme un hymne à Dieu, à la Vierge, aux saints ! C'est le temple de la lumière terrestre offert en hommage à la Lumière incréée ! »

Une fois de plus, l'eunuque sentait une profonde exaltation le gagner devant tant de splendeurs réunies là par ses ancêtres.

Au sud, face à l'église, il retrouvait avec bonheur le Palais où lui-même était logé comme les autres officiers sans barbe par leur souverain. Il en connaissait les multiples détours aussi bien que possible, c'est-à-dire encore très imparfaitement. Ville dans la ville, avec ses trente mille serviteurs et militaires, c'était, à l'intérieur d'une haute enceinte élevée au Xe siècle, un ensemble monumental construit au cours des âges, selon leurs besoins et leur humeur, par les différents empereurs. Ils y avaient accumulé un nombre prodigieux de bâtiments : salles d'apparat, dont celle du trône, où l'unique matériau employé avait été l'or ; églises et chapelles scintillantes de mosaïques de verre et embrumées d'encens ; oratoires secrets emplis de reliques saintes, d'icônes inestimables ; bibliothèques, galeries, colonnades de marbre polychromes ; cours couvertes ou à ciel ouvert, fontaines d'argent d'où jaillissaient des eaux de rose, fins portiques, terrasses donnant sur des jardins aux fleurs rares et aux arbustes odorants. Bien d'autres constructions fréquentées par Gabriel s'y voyaient encore : un manège, un jeu de paume à cheval, une piscine, un stade. Des allées de sable blanc conduisaient à l'éperon rocheux qui dominait un des plus beaux paysages du monde : La Corne d'Or, le Pont-Euxin, le Bosphore et la Propontide, baignant de leurs eaux bleues, réconciliées, le promontoire prédestiné sur lequel se dressait, entre ses triples remparts de brique et de pierre blanche, la Ville la plus grandiose de l'univers !

Gabriel tourna les yeux vers le Sénat, érigé à l'est de l'Augusteon, en surplomb de la mer. Les sénateurs étaient en froid avec Alexis Comnène qui avait rogné leur pouvoir à tel point qu'on pouvait dire qu'entre lui et eux régnait un climat de guerre larvée. Aussi l'eunuque appréciait-il moins que les autres monuments de la place l'imposante bâtisse ornée d'un portique de marbre agrémenté de statues aux visages polis par les ans et le dôme majestueux qui protégeait, comme une poule l'aurait fait de ses poussins, ironisait-il, l'assemblée ennemie du basileus.

La litière parvenait à l'ouest de l'Augusteon, là où se dressait l'arc du Million d'Or, non loin de l'Hippodrome et des bains de Zeuxippe. Gabriel se rappela avec fierté que c'était à partir de cette arche de marbre monumentale qu'étaient comptées toutes les distances menant aux frontières de l'Empire et, plus loin encore, à celles du monde connu...

— Place ! Place !

Conduisant les mules dociles, les serviteurs se frayaient un chemin jusqu'aux boutiques des parfumeurs toujours fort bien achalandées et autour desquelles l'air embaumait. Seuls marchands à avoir été admis par l'administration de la ville à loger sur l'Augusteon avec les cérulaires, vendeurs de cierges, les libraires, diffuseurs de la pensée écrite, et les vestioprates qui vendaient des étoffes de soie précieuse, les parfumeurs jouissaient du privilège exorbitant de se tenir sous les portiques, tout près du Palais impérial dont les portes étaient gardées par des soldats armés d'arcs d'or.

« Ils prétendent, songea l'eunuque, que cet insigne honneur leur a été accordé à cause des suaves arômes de leurs parfums qui s'élèvent, tel l'encens devant les saints autels, vers l'image du Christ dominant le porche monumental du Palais. Si c'est vrai, je vois là un raffinement bien digne de Byzance et qui me plaît assez, mais il est sans doute plus juste de penser que la proximité des bains de Zeuxippe n'y est pas étrangère ! »

Parmi ces boutiques, et en dépit des contraintes très strictes apportées par la loi au développement de chacune d'elles, celle des Daniélis était la plus importante, la mieux pourvue, celle dont la mode s'était emparée pour en faire le haut lieu de l'élégance.

Soutenu par ses valets, l'eunuque sortit de la litière et pénétra dans la boutique de son beau-frère. Mais Andronic n'était pas là. Seul, au sein d'un obsédant bouquet de parfums, d'arômes, de fragrances, d'exhalaisons, si puissant qu'il s'imposait comme une présence, Théophane Daniélis surveillait ses commis tout en s'entretenant avec ses nombreux clients.

Une ronde immatérielle d'effluves embaumés s'échappait des différents récipients posés sur des étagères, des tables, des trépieds de bronze. Flacons en pâte de verre aux nuances opalescentes scellés à la cire vierge, fioles délicates recelant entre leurs flancs étroits le précieux ambre d'Orient, cruchons de grès où reposaient les eaux de lis, de rose, de violette, de narcisse, de nénuphar ; pommes d'ambre gris, bâtonnets d'encens originaire de l'Arabie Heureuse, sachets contenant certaines poudres parfumées à la racine d'iris ou à la cannelle de Ceylan, burettes d'huile de jasmin, vases de porphyre, d'agate ou de terre émaillée, décorés avec un goût exquis et remplis d'essences aromatiques de cèdre, de santal, d'huiles de palme odorante ou de myrrhe, petits pots d'albâtre contenant le précieux nard indien, le plus apprécié des Hébreux qui l'avaient chanté dans le Cantique des Cantiques, et qu'on faisait venir depuis des siècles à Byzance à l'intention des hommes élégants, soucieux d'en oindre barbe et cheveux. D'un œil curieux, Gabriel dénombrait les nouveautés arrivées depuis son dernier passage dans la boutique, et qui le tentaient toujours : boîtes de talc provenant de Crète, barillets d'ivoire ronds comme des outres, pleins de civette, de bette odorante ou de fleurs de safran dont les étamines rouges dégageaient un parfum âcre et brûlant, brassées d'herbes odoriférantes présentées sur des claies de jonc finement tressé, coffrets d'aromates et jusqu'au mastic de Chio qu'il avait le désir de mâcher selon la mode afin de se parfumer l'haleine...

Ne partageant pas les rancœurs d'Icasia, l'eunuque était bien trop raffiné pour ne pas aimer à la folie cette boutique où son odorat se permettait de suaves orgies.

Par ailleurs, il conservait toute son estime à un homme capable de faire venir parfois de si loin, puis de choisir et de savoir imposer à la capricieuse capitale qu'était Byzance d'aussi délectables harmonies olfactives. Il se plaisait aussi à reconnaître la finesse d'esprit, le goût, la mesure et le sens artistique de ce riche marchand qui aurait fort bien pu se contenter de gagner beaucoup d'argent, alors qu'il se plaisait à l'employer avec intelligence. Théophane Daniélis possédait chez lui une bibliothèque d'ouvrages en langues grecque et latine que bon nombre de nobles auraient pu lui envier. Il s'entourait d'objets rares achetés avec discernement parmi les innombrables trésors récoltés, enlevés, accumulés puis négociés par les Nouveaux Romains.

Grâce à sa situation sans égale entre l'Orient et l'Occident, Byzance n'était-elle pas au carrefour même des routes venues des Indes, de Chine, de Russie, de Perse, d'Arabie et d'Europe ? Pays proches ou pays du bout du monde, ils déversaient tous dans ses entrepôts soie, épices, pierreries, fourrures, perles, tapis, cire, caviar, miel, bois précieux, métaux de toute espèce et de toute valeur. Du désert au Grand Nord, tout ce qui pouvait se vendre et s'acheter passait par la capitale de l'Empire !

Délaissant ses clients pour aller au-devant de son noble visiteur, le maître parfumeur se porta vers Gabriel. Les deux hommes se saluèrent amicalement.

— Andronic est absent, à ce que je vois, remarqua l'eunuque aussitôt.

— Il s'est rendu au Palais où la basilissa[1] l'a fait appeler. Elle souhaitait le consulter sur de nouvelles pastilles à flammes odorantes à base de musc du Tibet qu'on venait de lui livrer.

— Une telle preuve de confiance de la part de l'impératrice est un fort grand honneur pour votre maison, dit Gabriel en s'inclinant en connaisseur. Chacun est au fait de l'estime dans laquelle vous tiennent Leurs Majestés impériales !

Ils s'entretinrent un moment des nouvelles qui circulaient à la cour. Théophane Daniélis apprit à son interlocuteur qu'Andronic s'occupait toujours davantage de l'hôpital fondé par le souverain à la Corne d'Or.

— Il s'y rend à présent presque chaque jour et ressent un grand bienfait à secourir directement des indigents et des malades, dit-il avec satisfaction. Nous sommes, hélas, bien forcés de reconnaître qu'à côté de ses splendeurs notre ville abrite aussi d'innombrables misères !

Gabriel en convint et glissa de ce sujet à celui des croisés qui ne cessaient d'affluer sous les murs de Constantinople.

— J'étais justement venu entretenir votre fils, enchaîna-t-il, de l'appréhension éprouvée par Icasia à l'idée de voir s'établir sous son toit, ou plutôt, sous le vôtre, certains de ces Francs dont la réputation l'inquiète peut-être à juste titre...

Théophane Daniélis sourit à demi. Sous de légers cheveux blancs, il avait un visage fin, un long nez charnu d'épicurien et des yeux noisette qui savaient aussi bien rire que refléter ses mouvements d'humeur ou ses colères.

— Il va de soi que ma belle-fille est maîtresse chez nous, dit-il sans chercher à dissimuler une légère nuance d'agacement. Mon veuvage m'a tout naturellement conduit à lui confier la marche et l'organisation de notre maisonnée. Aussi, vous le pensez bien, je ne souhaite en rien lui déplaire. Mais, en l'occurrence, il s'agit de la famille d'un ami qui, bien

---

1. Basilissa : impératrice.

qu'étranger, m'est très cher. Vous vous souvenez sans doute d'avoir rencontré il y a quelques années, alors qu'il séjournait dans un monastère de notre ville, le révérend père Ascelin ?

Un soupçon d'ironie traversa le regard de Théophane Daniélis, où se lisait une détermination solidement ancrée.

— C'est un homme remarquable, reprit le maître parfumeur. Docteur en droit et en théologie, il n'en demeure pas moins des plus simples et n'écrase personne de sa science. S'entretenir avec lui est des plus enrichissant pour l'esprit... Je ne vois vraiment pas en quoi sa présence et celle des siens pourraient déranger Icasia. Avec des hôtes de cette qualité, nous n'aurons pas à redouter la fameuse grossièreté celte dont on se complaît ici à accentuer les apparences afin de justifier les moqueries dont on accable nos alliés dès qu'ils ont le dos tourné !

Gabriel savait que Théophane Daniélis ne partageait pas le mépris qu'il était de bon ton d'afficher à Constantinople envers les croisés. Il faisait partie des rares Byzantins qui respectaient les chrétiens latins envoyés par le pape.

— Le basileus lui-même a pourtant donné l'exemple de la plus extrême bienveillance à leur égard, continua le parfumeur. Il n'a pas hésité à envoyer au-devant des Francs les meilleurs officiers de son armée avec leurs troupes pour accueillir les arrivants, les guider, et leur assurer des vivres en suffisance durant leur traversée de l'Empire. En politique avisé, Alexis a mesuré de quelle importance était pour nous leur aide. En outre, depuis que certains de leurs chefs se trouvent parmi nous, l'empereur n'a cessé de les combler de présents magnifiques. Ce qui amène beaucoup des nôtres à dauber sur la cupidité des « barbares », bien entendu ! Pour moi, je vois les choses autrement et il ne me semble guère adroit d'adopter un comportement différent de celui du basileus... Par ailleurs, le devoir d'hospitalité ne doit-il pas être sacré entre chrétiens ?

— Sans doute, convint Gabriel qui se sentait soudain assez mal à l'aise. Il est vrai que notre souverain traite les Francs le mieux du monde. Mais il ne voit que les chefs et les principaux nobles. Les armées composites qui les suivent ne paraissent pas toujours animées de sentiments fraternels à notre endroit.

— Les choses ont mal débuté de part et d'autre, j'en conviens, mais on ne saurait nier qu'en dépit des réconciliations annoncées il reste chez nous quantité de préjugés contre les Latins. On les critique sans retenue et ce manque de charité envers des étrangers aussi providentiels vient malheureusement de très haut !

Comme il y avait toujours autant de monde dans la boutique et qu'on ne pouvait parler sans risquer d'être entendu par des curieux, les deux hommes préférèrent se taire plutôt que de continuer à évoquer un sujet trop brûlant.

— De toute façon, j'ai promis mon hospitalité au père Ascelin et à sa famille, conclut Théophane Daniélis. Je ne saurais remettre ma parole en question pour un caprice de ma belle-fille.

Sous l'urbanité du ton, il était aisé de sentir poindre une réprobation nuancée d'impatience envers Icasia.

— Vous savez combien ma sœur est fragile...

L'expression du maître parfumeur se durcit.

— Permettez-moi de ne pas partager vos vues quant à l'état de ma bru, coupa le père d'Andronic. Nous connaissons tous deux nos positions à propos de cette triste histoire. Est-il utile de revenir là-dessus une fois de plus ?

Gabriel soupira. Il avait horreur des discussions qui tournaient à l'épreuve de force et n'appréciait que les formes les plus souples de la diplomatie. Il se prit à regretter qu'Icasia l'eût incité à affronter un homme dont il estimait trop le jugement et la loyauté pour risquer d'envenimer leurs rapports, demeurés cordiaux jusqu'à présent.

— Tenez ! s'écria au même moment Théophane Daniélis, tenez ! Voici mon fils qui revient ! Faites-lui donc part directement des récriminations de son épouse !

Dès qu'Andronic entrait dans un lieu, on le remarquait. Il dépassait d'une tête tous ceux qui l'entouraient et il était impossible de ne pas l'apercevoir, quelle que fût la foule. Parmi les Méditerranéens de taille moyenne ou petite, il était un des rares habitants de Constantinople bâti comme les Germains, les Slaves ou les Celtes. Avec sa haute stature, sa fine barbe sombre coupée près du menton, ses cheveux noirs, épais et frisés, qui commençaient à s'argenter aux tempes, son teint mat et le regard direct de ses yeux bleus comme l'eau du Bosphore, Andronic Daniélis n'était pas homme à passer inaperçu, même dans une cité aussi cosmopolite que Byzance !

— Les armées du duc de Normandie et du comte de Blois commencent à parvenir sous nos murs ! lança Andronic en abordant son père et Gabriel. Il paraît qu'il y a une cohue indescriptible au-delà des remparts, du côté de la porte des Blachernes ! On ne sait plus où mettre les arrivants. Le monas-

tère des Saints-Cosme-et-Damien où on les loge est plein
à craquer !

— Par la sainte Théotokos, mon fils, il faut partir sans
tarder à la recherche de nos amis, décida le maître parfumeur.
Ils risquent de se sentir perdus dans cette bousculade.

— J'y ai songé, mon père. Aussi, suis-je passé à la maison
pour faire activer les préparatifs de leur réception. J'ai aussi
pris sur moi d'amener à ma suite les plus robustes parmi nos
serviteurs pour les encadrer ou les protéger au besoin.

— As-tu une voiture pour les femmes ?

— J'ai fait atteler une litière remplie de coussins et un
chariot où déposer leurs coffres et leurs effets. Il y a également
des chevaux sellés pour les hommes. Bref, j'ai là toute une
escorte. Il ne nous reste plus qu'à aller au-devant des voyageurs !

Sous l'effet de l'intérêt qu'il portait aux croisés et de
l'excitation que leur venue provoquait en lui, Andronic rayonnait. Ses prunelles brillaient d'un tel éclat qu'elles rappelèrent
à l'eunuque les reflets de lames d'épées miroitant au soleil...

— Je vous laisse, dit-il alors aux Daniélis. Ma charge me
réclame au Palais.

Posée sur une petite table qu'il lui fallait contourner, Gabriel
avisa tout à coup une longue boîte d'ivoire qui avait échappé
à son attention. Elle contenait des cure-dents en bois parfumé :
cyprès, romarin, myrte, lentisque ou pistachier.

— Voilà ce qu'il me faut, dit-il en se retournant vers le
père et le fils. Je n'en ai presque plus. Je compte sur vous
pour m'en faire livrer un assortiment chez moi.

— Dès notre retour, nous vous en enverrons plusieurs
paquets, assura Andronic, manifestement préoccupé de tout
autre chose.

L'eunuque regagna sa litière. Une réflexion inquiète s'imposait à lui : « Si Icasia voyait son époux en cet instant, elle
ne le reconnaîtrait pas. Il semble si joyeux d'agir, de prendre
part à ces événements qui viennent bouleverser nos habitudes...
Il y a deux hommes en lui : le mari insatisfait, morose,
autoritaire, et l'être encore jeune, avide de dépaysements et
d'activités nouvelles. Combien de temps le premier résistera-
t-il au déferlement venu d'Occident ? Ne va-t-il pas se sentir
tenté, lui aussi, de se joindre aux marcheurs de Dieu ? De
tout quitter pour s'en aller délivrer, en même temps que lui-
même, Jérusalem captive ? »

2

Flaminia était étendue sur l'herbe d'un jardin.

De preux chevaliers passaient non loin de là sur des destriers noirs, luisants, piaffants. Ils portaient lances roides et fortes, écus oblongs peints d'ornements violemment coloriés, épées brunies, haumes clairs et scintillants, blancs hauberts, chausses à mailles serrées...

Flaminia sentit soudain quelque chose remuer sur sa poitrine contre son cœur. Elle se souleva un peu et aperçut un serpent lové entre ses seins nus. Il bougeait paresseusement. La tête plate, dessinée en forme de V, se dressait, se tournait vers le visage de la jeune fille. Elle voyait de tout près les étroits yeux jaunes, fixes, miroitants, vides d'expression...

Pétrifiée d'horreur, elle voulut crier, appeler à l'aide, mais elle pensa qu'en parlant elle effraierait le reptile et qu'il l'attaquerait... Un temps hors du temps s'écoula... Puis le serpent se déroula sans hâte, avec précaution, glissa contre la hanche frissonnante de dégoût, se faufila dans l'herbe, disparut dans un trou... Pour calmer son cœur qui battait comme un forcené, Flaminia y porta la main. Alors, sous ses doigts, à la place où s'était tenue la bête immonde, elle sentit une entaille. Elle regarda à nouveau sa poitrine et vit, gravée dans sa chair, une croix assez profonde d'où sourdaient des gouttes de sang... Elle poussa un hurlement qui la réveilla.

Epouvantée, éperdue, ne sachant plus ce qui était rêve, ce qui était réalité, elle demeura un instant égarée...

— Eh bien ! ma sœur, que vous arrive-t-il ? Pourquoi criez-vous ? Etes-vous malade ?

Brunissen qui couchait à la droite de sa cadette se dressait sur un coude, se penchait vers elle.

— Je ne sais pas... sur mon âme, ce n'est rien... un affreux cauchemar...

De l'autre côté de Flaminia, à demi tirée de son sommeil, Alaïs s'agitait, soupirait, se rendormait en se pelotonnant.

Les trois filles du parcheminier partageaient un vaste lit dans une des chambres de la petite maison que leur avaient prêtée les Daniélis. Après tant de jours passés sous des tentes précaires, dans des campements de fortune, elles avaient retrouvé avec délices la douceur des draps de lin, le moelleux d'un matelas bourré de laine cardée.

— Vous êtes sûre de ne pas avoir de fièvre ? s'enquit à voix basse Brunissen, que le trouble de sa sœur inquiétait.

— Non, non... je vais bien. J'ai simplement fait un rêve si horrible que je ne parviens pas à l'oublier.

L'aînée attira contre elle la tête rousse, la posa à l'appui de son cou, là où battait le sang fraternel, l'y garda un moment, puis embrassa Flaminia sur le front.

— Tout doux... tout doux... calmez-vous, sœur amie. La nuit est tranquille. Tout dort autour de nous. Grand-mère elle-même, dans la chambre voisine, semble reposer mieux qu'à l'ordinaire. La boisson de lait miellé et de suc de pavot confectionnée par la nourrice de notre hôtesse paraît avoir heureusement opéré.

Tant de quiétude alentour agissait enfin sur l'adolescente, l'apaisait. Son cœur ralentissait ses battements.

— Je suis sotte, chuchota-t-elle, bien sotte de prendre au sérieux un simple songe... mais il était abominable.

— Racontez-le-moi si vous pensez qu'en parler vous soulagera.

— Il n'en vaut pas la peine. Je ne sais pas pourquoi j'en ai été tellement impressionnée. Qu'est-ce de plus que la mauvaise haleine de la nuit ? Je m'en veux de vous avoir réveillée. Tâchez de vous rendormir aussi vite que possible.

Sans tarder, le souffle régulier de son aînée prouva à l'adolescente qu'elle seule demeurait les yeux ouverts dans la maison étrangère. Contrairement à ce qu'elle avait affirmé, la hideuse sensation que lui avait laissée son cauchemar ne se diluait pas totalement dans la sérénité nocturne. Elle sentait encore sur elle le poids écailleux, froid, perfidement souple du reptile.

« J'ai croisé son regard, pensa-t-elle, son regard jaune, maléfique. C'est le regard de Satan ! »

Tout en essayant de se raisonner, elle tressaillait pourtant d'effroi. Cette croix, dans sa chair vive, cette croix teintée de son sang, que signifiait-elle ? Épreuve ou rédemption ? Les deux, sans doute... Chacun savait que les mois à venir seraient faits de luttes, de méchefs, de vicissitudes, que la terre des infidèles, bientôt abordée, préfigurerait une sorte d'enfer avant l'approche puis la conquête et la possession de Jérusalem, image du paradis... Quel avenir l'attendait dans ces contrées inconnues, hostiles ? Quel combat aurait-elle à y livrer ? Et contre qui ?

Pourquoi, aussi, ce rêve, à ce moment précis, en cette première nuit de leur séjour à Constantinople ? Ils étaient tous si heureux d'avoir enfin rejoint les autres armées du Christ après avoir débarqué sur la côte ouest des Balkans, avoir traversé à pied, en un peu plus d'un mois, la péninsule jusqu'à Constantinople. Jours de marche épuisante à travers un pays montagneux ou désertique, peuplé de bêtes féroces et de démons, sillonné de torrents bouillonnants qu'il fallait franchir à gué au risque de s'y noyer ou d'être emporté par leurs eaux en folie. Jours d'épreuve et de souffrance que les pèlerins ne souhaitaient plus, maintenant, qu'oublier.

A partir de Salonique, ils avaient pu progresser en suivant des vallées moins farouches et, peu à peu, la proximité de Constantinople avait cessé d'enflammer uniquement leurs imaginations pour devenir imminente réalité.

La veille, on était enfin parvenu en vue des hautes murailles qui encerclaient la ville de leurs triples ceintures de remparts de pierre blanche et de brique rose.

Beaucoup de croisés étaient alors tombés à genoux. Etre arrivés jusque-là leur semblait déjà miraculeux et prouvait l'aide sans faille du Seigneur... Une nouvelle fois, au cri de « Dieu le veut ! » ils s'étaient élancés vers cette cité dont on leur parlait depuis si longtemps comme de la première véritable étape de leur quête. Le légat du pape, Adhémar de Monteil, évêque du Puy, les attendait devant la porte fortifiée des Blachernes. C'était à ce grand prélat que le souverain pontife avait confié la prodigieuse mission de regrouper à Constantinople, puis de guider cet essaim d'âmes vers la ruche divine qu'était Jérusalem.

Après, tout s'était bien passé pour Flaminia et les siens. Les amis du père Ascelin les avait pris en charge avec beaucoup de bonté et les avait emmenés jusque chez eux. Pendant le trajet qui les conduisait du monastère où avaient eu lieu les retrouvailles jusqu'à la demeure des Daniélis, les croisés avaient cheminé à travers la ville prodigieuse, la ville incomparable, le long d'une large et somptueuse avenue, surpeuplée, pavée de marbre, bordée de portiques, de palais, d'églises, qu'on nommait ici la *Mesê*...

Flaminia finit par s'endormir et, dans un nouveau rêve, elle vit briller les coupoles innombrables de Byzance comme autant de bulles d'or dansant dans la lumière, au-dessus des maisons...

Le lendemain matin, à l'aube, une pluie tiède arrosait le jardin des Daniélis qui jouxtait les remparts dominant le

Bosphore. C'était en un endroit écarté, au bout de parterres fleuris et de bosquets d'orangers ou de citronniers, que la famille de Garin le Parcheminier avait été logée. Le maître parfumeur et son fils les avaient accompagnés la veille jusqu'à une bâtisse de briques et de moellons, pourvue d'une terrasse à balustres comme il y en avait tant dans cette ville. Elle comportait une grande salle et trois chambres séparées les unes des autres par des portières de tapisserie. Non loin de là s'élevaient les thermes privés de leurs hôtes. Autrefois logement des nourrices et des enfants dont elles avaient la charge, la petite habitation, abandonnée depuis le déménagement de ses occupants vers la grande demeure, abritait maintenant, et pour quelque temps, ces Francs si peu désirés par Icasia.

Toutes les chambres étaient sommairement installées. En revanche, au lieu des brassées habituelles d'herbe fraîche, de joncs ou de foin, dont les Chartrains faisaient usage chez eux, ils avaient découvert avec émerveillement les nombreux tapis de Perse, chatoyants et moelleux, qui couvraient les dalles de la petite maison. Ceux de la grande salle étaient particulièrement colorés et agrémentaient beaucoup la pièce aux murs chaulés où trônait une large table entourée de banquettes recouvertes de tapisserie aux teintes vives. Il ne s'y trouvait par ailleurs qu'un vaisselier et une vaste cheminée. Destiné à faire cuire les aliments des nourrices et de leurs nourrissons, ce foyer ne servait cependant plus à rien. Les Daniélis avaient en effet décidé que leurs amis francs ne feraient point de cuisine durant leur séjour. Ils leur enverraient aux heures des repas des couffins ou des plateaux regorgeant de mets aux saveurs fortement épicées qui ne dépaysaient guère la famille du parcheminier accoutumée à l'emploi d'épices, sans doute moins variées, mais toujours présentes dans les plats préparés en France. Il y en avait seulement d'inconnues à découvrir.

Balayés par une brise venue de la mer, les nuages se dispersèrent bientôt. La pluie cessa et le soleil revenu sécha les gouttes d'eau qui emperlaient fleurs et feuilles L'odeur de la terre mouillée, de la végétation printanière ; des roses et du jasmin, s'épanouit, se répandit, se mêla à la senteur salée que le vent apportait avec lui du large.

— Sur mon salut, remarqua Landry ce lendemain matin, nous avons été fort bien accueillis par vos amis, père Ascelin, nous devons vous en remercier. C'est une grande grâce que Dieu nous fait de nous permettre d'être logés de la sorte. Sans votre recommandation, nous n'y serions jamais parvenus.

A l'ombre légère d'un faux poivrier, les deux hommes attendaient les femmes qui finissaient de se préparer pour la messe quotidienne.

— Je savais pouvoir compter sur les Daniélis. Même si notre séjour ici doit être bref, et je sais qu'il le sera, cette étape nous permettra de refaire nos forces. Nous en aurons besoin sur la rive orientale où nous aborderons prochainement. D'après ce que j'ai entendu dire hier au camp d'arrivée, nos chefs se méfient des Grecs. Ils n'entendent pas s'attarder longtemps sous leurs murailles.

— La défiance doit être réciproque puisque, dans leur ensemble, les Francs n'ont pas reçu l'autorisation d'habiter à l'intérieur de la ville. On ne les y admet que par petits groupes, puissamment encadrés... Nous imaginions tout autre l'accueil de nos frères d'Orient. C'est une déception pour beaucoup.

— Que voulez-vous, les Nouveaux Romains nous considèrent comme des barbares ! De notre côté, nous estimons qu'ils sont efféminés et leurs mœurs nous paraissent dégénérées quand nous les comparons à celles qui faisaient la grandeur de l'ancienne Rome !

Landry approuva.

— Eh bien, tant pis ! reprit-il. Ce n'est pas non plus Constantinople que nous sommes partis délivrer, mais Jérusalem, et ce désappointement ne change en rien nos intentions. En attendant de reprendre la route, je suis tout de même bien content de notre hébergement. Quand je songe à la manière dont nos compagnons sont parqués sous de simples tentes dans le cloître ou aux alentours du monastère comble qui nous était assigné comme asile, je me dis que nous vous devons une fière chandelle ! Ce qui n'est guère charitable, je le reconnais !

Son sourire, son innocence, sa satisfaction évoquaient le jeune chiot qu'il restait encore à demi.

— Mon seul regret, ajouta-t-il en s'assombrissant soudain, est que notre père ne voie rien de tout cela !

D'un geste large, il désignait le jardin, la grande maison dont on apercevait, au-delà des massifs de fleurs et d'arbres toujours verts, la façade de marbre avec ses frises, ses corniches à feuilles d'acanthe ornant les deux étages jusqu'à la coupole dorée qui la surmontait, mais aussi, plus loin, la ville, la ville tout entière...

La veille au soir, durant la traversée de Constantinople, qu'il avait faite sur le bai de Norvège si cher à Garin, les autres chevaux étant restés dans les écuries du monastère,

Landry n'avait cessé de s'émerveiller. Si l'accueil des habitants de l'éclatante cité lui avait semblé un peu froid, les splendeurs architecturales entrevues dépassaient tout ce que ses rêveries les plus chimériques lui avaient laissé supposer.

— Un endroit comme celui-ci, jamais, mon oncle, jamais je n'aurais cru qu'il pût en exister de semblable sur terre. Au ciel, bien sûr, il est des demeures célestes aux beautés encore plus éblouissantes... mais, ici-bas, je ne pensais pas que c'était chose possible. Une ville si grande, si belle, si puissante, si peuplée, si riche...

— Vous n'êtes pas le premier a être pareillement enthousiasmé par Byzance, mon garçon ! Elle n'a jamais cessé de séduire, d'enchanter ceux qui l'ont fréquentée... du moins au premier abord. Car cette cité admirable est aussi cruelle qu'elle est fascinante. C'est le lieu de tous les contrastes : les richesses les plus inouïes s'y entassent en provenance du monde entier, alors que, dans les taudis des ruelles puantes du port, de misérables créatures crèvent de faim sur des paillasses pourries. On y parle de théologie à tous les coins de rue, mais les criminels y pullulent. L'empereur se dit représentant du Christ et gouverne en son nom, mais une grande partie de ses prédécesseurs sont morts assassinés d'atroce façon. On s'y veut pieux et respectueux des choses sacrées jusqu'à la superstition, mais, pour une place à l'Hippodrome, on s'y bat durant les courses de chars avec une violence insensée... et les prostituées y sont plus nombreuses que nulle part ailleurs ! Voyez-vous, Landry, Byzance elle-même est une hétaïre ! Sous ses voiles de pourpre et d'or, sous ses perles et ses pierreries, elle dissimule des faiblesses, des tares, des vices, des tragédies, des fureurs immenses.

— Mais elle est sainte ! Ne m'avez-vous pas dit hier qu'on y dénombrait plus d'églises que de jours dans l'année, dont une bonne soixantaine dédiées à la Vierge Marie ?

— Enfant que vous êtes ! Les églises, les chapelles, les monastères qui sont légion ici, il est vrai, ont parfois été élevés pour le rachat d'une faute ou d'un crime, ou pour adresser au ciel une supplique durable, le plus souvent pour tenter d'obtenir ainsi son salut, mais en réalité, n'est-ce pas également par orgueil ? Oh ! un orgueil voilé de piété, cela s'entend !

Landry cassa un rameau de poivrier et s'en éventa sans plus rien dire. Il n'aimait pas qu'on détruisît ses rêves... En dépit des propos de son oncle, il ne cessait de comparer en esprit Chartres, si chétive, si mince cité, avec la métropole radieuse dont rien ne pourrait jamais détruire le prestige à ses yeux.

La porte de la petite maison s'ouvrit. Berthe la Hardie, suivie de ses petites-filles et d'Albérade, parut sur le seuil. Par souci d'honorer leurs hôtes qui devaient les accompagner à la messe et aussi de ne pas déchoir devant ces Byzantins qu'on disait si élégants, les cinq femmes avaient revêtu leurs plus beaux bliauds. Ornés de broderies de couleurs vives au col, aux poignets, en bas de l'ourlet, ils étaient blancs pour les adolescentes, hyacinthe pour l'aïeule, vert pour la servante. Les longues nattes de Brunissen et d'Alaïs étaient tressées de rubans assortis à leur vêtement. La chevelure de Flaminia, librement épandue sur ses épaules, brillait de tous ses cuivres. Un voile léger couvrait leurs têtes.

Le soleil matinal accusait l'éclat des visages juvéniles mais aussi l'altération récente des traits de l'aïeule dont il accentuait les cernes bistres qui creusaient son regard. Berthe avait maigri, mais elle ne s'en tenait pas moins droite qu'auparavant, redressée de toute sa haute taille.

— Une litière nous attend, dit le père Ascelin après avoir salué les arrivantes.

— Ne pouvons-nous pas nous rendre à l'église à pied ? demanda Flaminia qui, depuis son réveil, s'efforçait de ne plus penser à son cauchemar et ressentait le besoin de marcher un moment.

— Non pas. Il est peu convenable pour une femme de sortir ici dans la rue sans voiture, ou, tout au moins, sans s'être enveloppée dans un voile épais. Seules, quelques servantes s'y hasardent quand elles doivent faire des achats pour leur maîtresse, répondit le père Ascelin. Les Nouveaux Romains, puisqu'ils souhaitent qu'on les nomme ainsi, pensent que le regard des hommes ne doit pas se poser sur celles qui ne sont ni leur mère, ni leur épouse, ni leur fille.

— On ne va tout de même pas jusqu'à les enfermer ! s'écria Alaïs en rougissant d'indignation.

— Bien sûr que non ! Les appartements féminins, appelés ici gynécées, ne sont nullement clôturés comme chez les musulmans. Les femmes n'y sont pas recluses non plus. Elles sont libres, à Byzance. La loi, beaucoup plus large à leur égard depuis Justinien que dans l'ancienne Rome, les considère comme les égales des hommes. Elles disposent de droits importants et peuvent gérer leurs biens comme elles l'entendent.

— Pourquoi, alors, ne pas les laisser sortir à leur guise ?

s'enquit Brunissen. Hier, en soulevant à demi les rideaux de notre litière, j'avais remarqué que les fenêtres donnant sur la rue étaient toutes grillagées et la foule presque uniquement composée d'hommes. Cela m'avait intriguée.

— C'est une simple question de convention et de bienséance, ma fille, rien de plus, répondit le prêtre. La basilissa elle-même s'y soumet. A l'Hippodrome, par exemple, elle assiste aux courses de chars à travers un grillage aux mailles serrées. Il faut un événement extraordinaire, comme son couronnement ou ses couches, pour qu'elle se montre en public.

— L'impératrice, passe encore, admit Berthe la Hardie. Mais empêcher de simples commères de sortir ou de se promener librement est révoltant !

— Les coutumes étrangères nous paraissent toujours surprenantes, dit le père Ascelin en riant. Il est cependant nécessaire de s'y conformer si on tient à se conduire convenablement. Sachez toutefois que dans ce pays, les femmes ne vont pas en prison. Ce qui n'est pas un mince avantage ! En cas de faute, on se contente de les mettre au couvent... Quant à vous, dites-vous bien que, tout à l'heure, dans l'église où nous nous rendons, vous serez séparées de nous. Une galerie vous y est réservée.

— Décidément, ces gens de Byzance, tout romains qu'ils se veulent, sont bien des Grecs schismatiques, dit Brunissen. Heureusement que Dieu demeure le même pour tous !

— Leurs façons de prier vont sans doute vous déconcerter, mais les chrétiens sont toujours des chrétiens, conclut le notaire épiscopal. En définitive, face aux infidèles, cela seul importe.

Le petit groupe se dirigea vers l'allée de palmiers au bout de laquelle se trouvait la porte que le maître parfumeur leur avait indiquée la veille comme donnant sur la rue la plus proche.

— Par ma sainte patronne, vous ne m'empêcherez pas de trouver curieux que la belle-fille de maître Daniélis ne soit pas venue, au moment de notre arrivée, nous saluer en personne comme s'y sont conformés les autres membres de sa famille, dit Berthe avec son franc-parler habituel. Nous avons fait la connaissance de ses fils, de sa nourrice, de sa sœur de lait, mais pas de la maîtresse du logis elle-même. C'est étrange, ne trouvez-vous pas ?

— D'après ce que m'a dit Théophane Daniélis, dame Icasia est souffrante. Elle garde la chambre.

— Je ne me porte pas fort bien, moi non plus, mais cela ne m'aurait pas détournée de mon devoir d'hôtesse si j'avais été à sa place, grommela la parcheminière en haussant les épaules. S'il fallait toujours s'écouter, on passerait son temps à se dorloter au lit ! Ces Grecs sont mous et sans véritable courage. C'est tout à fait ce qu'on m'avait dit !

— Ne jugez pas si vite, dame Berthe. Vous parlez de gens que vous ne connaissez pas encore. Attendez de vous faire une opinion personnelle. Vous n'êtes pas femme à vous laisser influencer par des racontars, que je sache ! Je puis vous assurer que les habitants de ce pays ne manquent pas de vaillance lorsque c'est nécessaire. Il est également vrai qu'ils n'ont pas le culte des vertus guerrières poussées au même degré que chez nous. Ils préfèrent toujours un traité à un combat hasardeux ou une négociation adroite à une bataille incertaine.

La mère de Garin ne répondit pas. Elle sentait s'éveiller en elle la souffrance qui l'habitait à présent si souvent. De colère, elle serra les lèvres. Elle tenait à se rendre à Sainte-Irène, l'église la plus proche, mais avant même d'atteindre la rue, tordue par la douleur, elle dut s'asseoir sur un banc de pierre, près de la porte.

Ses petites-filles et sa servante l'entourèrent. Brunissen lui fit respirer un flacon de senteur qu'elle conservait toujours dans son escarcelle. Flaminia lui essuya le visage avec un linge dont elle ne se départait plus. Alaïs et Albérade la soutenaient.

Ce fut à ce moment que Théophane et Andronic Daniélis sortirent des thermes où ils venaient de faire leurs ablutions, suivies d'un savant massage exécuté par des serviteurs spécialement formés à cet usage. Les cheveux et la barbe parfumés, vêtus de tuniques de soie teintes de nuances délicates et surbrodées de motifs symétriques encadrés de cercles ornementaux représentant des plantes et des animaux affrontés, les deux hommes offraient l'image d'un monde parvenu à son plus extrême raffinement. Découvrant le groupe formé par leurs invités, ils se dirigèrent vers eux. Le père Ascelin se porta à leur rencontre.

— Dame Berthe vient d'être prise d'un nouveau malaise, dit-il en latin à ses hôtes. Je crains qu'elle ne puisse se rendre à la messe en notre compagnie.

— Nous allons lui envoyer des servantes, répondit le maître parfumeur dans la langue employée par son interlocuteur.

Flaminia, qui ne s'était jamais autant félicitée d'avoir appris le latin grâce à son oncle, se mêla à la conversation.

— Ne vous donnez pas cette peine ! s'écria-t-elle. Je

resterai ici avec ma grand-mère. Je sais m'occuper d'elle. Vous autres, allez à l'église sans nous. Dieu, qui nous voit, nous pardonnera cette absence forcée.

Sa voix vibrait d'émotion. Encadré de ses cheveux d'or rouge, son visage rayonnait. Ses prunelles évoquaient les yeux de mosaïques de la Vierge Théotokos à Sainte-Sophie...

— Nous avons parfois recours aux soins d'un guérisseur arabe que la nourrice de ma belle-fille tient en haute estime, dit Théophane Daniélis. Je pourrais l'envoyer chercher.

Dès que le père Ascelin eut traduit à Berthe la Hardie la proposition qui lui était faite, elle se récria.

— Un Arabe ! Un mécréant ! Un futur damné ! Jamais. Nous faisons partie de la gent Notre-Seigneur partie pour délivrer le saint sépulcre de ces malfaisants. Pour rien au monde je n'accepterai d'être approchée par un représentant de cette espèce maudite !

En écoutant la traduction des propos de la malade, le maître parfumeur la considéra avec étonnement.

— Nous autres, chrétiens de l'Eglise d'Orient, sommes moins partiaux que vous, à ce que je vois, remarqua-t-il. La situation de l'Empire entre l'Occident et l'Orient nous a habitués à frayer avec tant de races et de populations que la plupart d'entre nous n'éprouvent plus aucun préjugé à l'égard des étrangers, d'où qu'ils viennent. Il suffit qu'ils se convertissent au christianisme pour être aussitôt admis comme citoyens romains. Une fois baptisés, ils font partie de notre Etat au même titre que s'ils y étaient nés.

— Il y a donc des Sarrasins qui se convertissent ? demanda Brunissen avec surprise.

— Il y en a peu, je vous l'accorde, mais il s'en trouve tout de même quelques-uns. Le guérisseur dont je viens de parler est de ceux-là, expliqua Théophane Daniélis.

— Dans ces conditions, reprit le père Ascelin, nous pourrions peut-être lui demander de venir soigner dame Berthe.

Dès qu'elle sut quel projet on formait pour elle, la mère de Garin secoua la tête.

— Il sera toujours temps d'avoir recours à lui si la bonne nature, avec l'aide de Dieu, n'agit pas en ma faveur, trancha-t-elle. En attendant, allez, vous autres, allez prier pour moi. Toi aussi, Albérade. Je vais retourner à la maison avec Flaminia. La nourrice de votre belle-fille, messire Daniélis, m'a donné hier soir un breuvage qui m'a permis de dormir en paix. Si elle pouvait passer me voir de nouveau...

— Je vais la chercher, intervint alors Andronic lorsqu'il

eut compris les derniers mots de Berthe la Hardie. Partez sans moi suivre la messe à Sainte-Irène. Je vous y rejoindrai sans tarder.

La parcheminière et sa petite-fille s'en revinrent à pas comptés à travers le jardin. Dans la perspective d'une allée, elles aperçurent un bassin de marbre blanc dans l'eau duquel poussaient à foison des lotus qu'Andronic leur avait signalés au passage, la veille. Elles n'avaient jamais vu ces mystérieuses fleurs charnues importées à grands frais d'Egypte et s'arrêtèrent un instant pour les admirer tout en ménageant un bref repos à Berthe. De la couleur même de la crème du lait, nuancés de rose carminé, les boutons turgescents, gonflés de sucs, et les larges coupelles aux pétales cireux surmontés d'étamines dorées se balançaient mollement à plus d'une coudée au-dessus de la surface transparente. Leurs feuilles drues, d'un vert émeraude, épaisses, luisantes, achevaient de donner à ce luxuriant bouquet aquatique on ne savait quoi de charnel qui troubla Flaminia...

Un peu plus loin, des bouffées de jasmin leur parvinrent, si violentes que les deux femmes éprouvèrent l'étrange impression d'être frôlées au passage par une créature invisible, divinement parfumée.

— Que ce pays est séduisant, qu'il sent bon ! soupira l'adolescente. Chez nous, il n'y a pas de senteurs comparables !

— Mais si, ma petite fille, mais si... Souvenez-vous des aubépines et des genêts en mai, des tilleuls en juin... Que les charmes de la nouveauté ne vous fassent pas renier les douceurs de notre coin de terre... Ici même, tout n'est pas aussi plaisant que dans ce jardin. Hier soir, au pied des remparts, ce n'étaient pas odeurs de fleurs qui dominaient.

Berthe la Hardie s'efforçait de parler avec naturel, mais ses entrailles la torturaient et elle se mit à hâter le pas.

Parvenue à la petite maison, elle dut se précipiter sur la seille qui se trouvait dans la chambre qu'elle occupait avec Albérade. Elle s'aperçut alors, pour la première fois, que du sang tachait son linge.

— Mon mal est plus grave qu'une simple colique, reconnut-elle en s'asseyant sur son lit auprès de Flaminia. Je crois bien avoir attrapé ce flux de ventre dont beaucoup de nos compagnons ont souffert depuis notre départ. Si je veux arriver à Jérusalem, il me faut demander aide et secours au Seigneur afin qu'il me tienne en sa sainte garde.

Là-dessus, elle se mit à égrener son chapelet de buis avec

une sorte de ferveur violente et confiante à la fois qui fit penser à Flaminia que sa grand-mère entendait, par l'ardeur de ses oraisons, forcer Dieu à l'écouter puis à l'exaucer... Le cœur serré, la jeune fille suivit l'exemple qui lui était offert et commença à réciter des prières jaculatoires.

Par la fenêtre ouverte, qui ne comportait pas de grillage puisqu'elle donnait sur le jardin, les deux femmes virent bientôt s'approcher Andronic Daniélis en compagnie de Morphia dont la marche était ralentie par la goutte.

— Comme cet homme est beau, remarqua Berthe avec une sorte de nostalgie où s'attardaient quelques souvenirs. Beau et avenant. Mais comme il a l'air nerveux, tourmenté sous ses apparences de bonne compagnie. On dirait d'un cheval trop étroitement enrêné !

Flaminia leva les yeux, mais demeura silencieuse.

La nourrice pénétra la première dans la pièce. Comme elle parlait grec et n'entendait rien au latin, Andronic servit d'interprète. Il s'exprimait parfaitement dans une langue classique très proche de celle que les enfants du parcheminier avaient apprise eux aussi.

Quand Morphia eut connaissance de ce qui venait de se produire, elle fit la grimace, grommela quelques mots qui ne furent pas traduits, puis posa une question.

— Elle voudrait voir les urines de la malade, expliqua Andronic.

— Ma grand-mère n'en a pas gardé, répondit Flaminia. Mais je pourrai en porter dans peu de temps à la grande maison...

Tout en parlant, l'adolescente pensait qu'il était fort étrange d'avoir une pareille conversation avec un inconnu qui paraissait aussi gêné qu'elle.

— A mes heures de liberté je m'occupe d'un hôpital fondé par Alexis Comnène, notre basileus, reprit son interlocuteur dans l'intention de donner du liant à leurs propos. C'est un établissement très important, situé près de la Corne d'Or. Il peut contenir jusqu'à sept mille patients. On ne s'y occupe pas seulement des malades mais aussi des soldats blessés, des aveugles et des orphelins. Je pourrais y faire transporter votre grand-mère. Elle y serait beaucoup mieux soignée que nous ne parviendrons jamais, malgré tous nos efforts, à le faire ici.

— Dieu Seigneur ! Elle n'y consentira à aucun prix ! On ne pourrait la conduire là-bas que réduite à la dernière extrémité ! répondit Flaminia avec feu. Bien qu'elle ne soit plus jeune, elle est restée fière et courageuse. Elle serait capable d'en

remontrer à des femmes de vingt ou trente ans ! Sur mon
salut, c'est la créature la plus vaillante que je connaisse !

— J'en suis convaincu.

— Je l'aime beaucoup. Entre nous deux, il y a toujours
eu une entente instinctive. Nous nous comprenons sans même
parler. Nous sommes de la même espèce : celle des lutteuses !

La nourrice intervint en quelques phrases d'un grec très
rapide, salua, tourna les talons et sortit. La portière retomba
derrière elle avec un bruit mou.

— Morphia va quérir du sel de Jamblique dilué dans du
bouillon de poule, traduisit Andronic, mais elle pense que
seul un médecin pourrait soigner convenablement la malade.

— Votre père avait parlé d'un guérisseur arabe...

— Je ne suis pas certain qu'il suffise. Je connais à l'hôpital
un maître arménien réputé. Je puis aller le trouver et lui
demander de venir visiter votre grand-mère. D'ordinaire, il
ne se déplace guère, mais il nous connaît bien, mon père et
moi. Il fait partie de nos clients. Nous lui vendons de l'origan,
du poivre des Indes, de l'anis, de la myrrhe et du baume
d'Arabie, du camphre d'Asie, de l'aloès de Chine et beaucoup
d'autres substances qui entrent dans la composition de ses
remèdes.

— Que ces noms sont beaux : on dirait que vous récitez
une litanie bienfaisante... Mais, chez vous, les parfumeurs
vendent donc aussi des épices ?

— Bien sûr. Il n'en est pas de même dans votre pays ?

— Non pas. A Chartres, ce sont les épiciers qui vendent
des parfums.

Oublieux durant un instant de la raison de leur entretien,
ils éclatèrent ensemble du même rire amusé. Leur joie fut
brève. L'expression douloureuse et surprise qu'ils lurent
aussitôt sur le visage crispé de Berthe les ramena à la réalité.
Elle était parvenue à taire ses souffrances durant cet échange
de propos en latin, incompréhensibles pour elle, mais un
gémissement avait fini par lui échapper.

Flaminia se précipita vers elle.

— La nourrice est allée chercher un remède qui vous
soulagera, dit-elle en posant une main caressante sur le front
couvert de sueur. Toutefois, si ce breuvage ne suffisait pas à
calmer vos douleurs, messire Andronic Daniélis propose de
se rendre auprès d'un docte maître en médecine de sa connaissance, dont la science, à ce qu'il dit, est des plus réputées...

Elle se retourna pour prendre leur hôte à témoin, mais

s'aperçut qu'il était sorti pendant qu'elle s'adressait à sa grand-mère.

Peu de temps après, Morphia revint. Elle portait un petit pot en grès rempli d'un liquide ambré et un bol de faïence.

Les deux femmes aidèrent Berthe à boire la préparation dont le bouillon fumait encore. Une fois son service terminé, sans un mot, la nourrice repartit.

— Il nous faut remercier le Seigneur de nous trouver ici, remarqua Flaminia. Vous allez être mille fois mieux soignée que vous n'auriez pu l'être dans nos campements, le long des routes.

— Je ne sais pas quelle mauvaiseté j'ai attrapée, dit l'aïeule, mais ce que je sais, c'est que je n'ai nullement l'intention de me laisser réduire à merci par un flux de ventre ! Je vais me comporter de façon que le Seigneur se voie obligé d'ajouter Son propre secours aux efforts que j'accomplirai. A nous deux, rien ne nous résistera ! Je tiens à être de ceux qui verront Jérusalem !

Berthe fut interrompue dans sa déclaration de guerre à la maladie par le retour de sa famille. La messe était finie et chacun commentait les différences constatées entre le culte oriental et celui d'Occident. Cependant, dès que tout le monde se retrouva groupé au chevet de la malade, ce fut de sa santé qu'on s'inquiéta d'abord. Le remède de la nourrice aidant, Berthe assura se sentir un peu mieux et beaucoup moins souffrir.

Une fois rassuré sur l'état de sa grand-mère, Landry tint à rapporter aux siens les nouvelles que certains compagnons, rencontrés après la messe, lui avaient apprises.

— Il paraît que les armées croisées parvenues à Constantinople avant nous, et il y en a qui sont sur place depuis plusieurs mois, ne nous ont pas attendus pour franchir le bras de mer qui nous sépare de la rive orientale, lança-t-il. Elles campent en un lieu appelé Pélékan. Il y a là-bas une force considérable. On n'attend plus que nous pour marcher sus aux Sarrasins et gagner la Terre sainte ! Sur mon âme, en dépit de toutes les merveilles de cette cité sans pareille, je refuse de m'attarder plus longtemps entre ses murs !

— Par le Dieu de Vérité, prenons le temps de souffler un moment avant de repartir ! s'exclama Flaminia avec irritation. Grand-mère a besoin de soins qu'on ne peut lui donner que dans une ville pourvue de médecins et d'hôpitaux. Disons-nous bien aussi qu'après la guérison, il lui faudra du repos.

— Ne parlons pas sans savoir, conseilla alors Brunissen

de sa voix chantante. Les bruits les plus contradictoires circulent. Nous ignorons ce qu'ont décidé ceux qui nous dirigent. Pour connaître leurs intentions, attendons le retour du père Ascelin qui est parti, dès la fin de l'office, s'informer au monastère où campe une partie des nôtres. Il espère y voir le légat du pape, Monseigneur de Monteil, évêque du Puy. On raconte que ce prélat est revenu de l'autre rive pour s'entretenir en personne avec le duc de Normandie et le comte de Blois. Ils devraient tous trois être reçus ce jourd'hui par Alexis Comnène. L'empereur témoigne un grand respect à l'égard du légat pontifical, chef des armées croisées. C'est du moins ce qu'il semble. Mais que savons-nous des véritables desseins de cet autocrator grec ? La sagesse est de patienter sans chercher à influencer ni à deviner l'avenir.

— Vous êtes trop raisonnable, ma sœur ! Moi aussi, j'ai envie de reprendre la route ! avoua Alaïs en souriant à son frère.

Il était le seul à qui elle eût osé confier l'admiration émerveillée que lui avait inspirée Bohémond de Tarente. Après une rencontre fortuite lors d'une étape, sur le pénible trajet qui les avait amenés à Byzance, la plus jeune fille de Garin le Parcheminier ne rêvait plus que de cet aventurier de quarante ans. Comme tant d'autres femmes de tous âges et de toutes conditions dont il peuplait les songes, il avait subjugué Alaïs, sans même le vouloir, sans même le savoir... Il était reparti bien avant les armées franques, lui le Normand de Sicile qui menait son destin à sa guise, mais il galopait toujours dans la tête de l'enfant blonde... Elle l'avait vu passer, à l'aube d'un matin de marche, sur le chemin tortueux d'une montagne sauvage. La façon dont il avait enlevé son cheval pour franchir un torrent, le grand rire de ce colosse blond et superbe l'avaient éblouie. Bien après que les éclats de sa gaieté eurent retenti puis rebondi d'écho en écho à travers les combes encaissées, l'adolescente était restée sous le charme, ensorcelée... En un instant, Bohémond était devenu pour elle le preux exemplaire, comme Roland, le neveu de Charlemagne, dont la chanson était sur toutes les lèvres, dans tous les cœurs.

Le père Ascelin ne revint qu'assez tard dans la journée.

— L'effervescence est grande dans notre camp, dit-il après s'être informé de l'état de santé de Berthe la Hardie. En dépit de la très bonne entente entre nos chefs et l'empereur, armées et pèlerins francs piaffent comme des chevaux avant le départ pour la chasse. Etienne de Blois a beau s'extasier sur les mérites du basileus, sur la manière princière dont il l'a reçu au Palais, il ne convainc personne. Les splendeurs de Constantinople, ses richesses, non plus que ses très saintes reliques ne suffisent pas à ralentir le zèle de nos compagnons, ni à briser leur élan. Ils ne rêvent toujours que de Jérusalem et ne parlent que du retard que nous avons déjà pris sur les autres troupes croisées. On prétend que certaines d'entre elles auraient déjà attaqué la ville de Nicée.

— Par la Croix, ils ont bien raison ! approuva Landry. Je suis des leurs !

— Vous êtes tous devenus fous ! s'écria Flaminia. La plus élémentaire sagesse ne veut-elle pas que nous restions ici quelque temps pour nous remettre des tribulations du voyage avant d'aller affronter les Sarrasins ? Pourquoi tant de précipitation ?

— Parce que nous n'avons pas quitté nos foyers et notre pays pour nous endormir dans les délices de la nouvelle Capoue ! répondit Brunissen, avec ce mélange d'ardeur secrète et de raison qui la caractérisait. Nous vous croyions plus ardente, ma sœur, à vouloir poursuivre vers le saint sépulcre une marche que vous avez entreprise avec tant de fougue. Moi, je partage l'avis des autres pèlerins et suis désireuse de partir dès que la santé de grand-mère nous le permettra.

— J'ai pu, grâce à Dieu, rencontrer au milieu de la cohue notre ami Foucher de Chartres, continua le père Ascelin après avoir écouté son neveu et ses nièces. Il est toujours très bien informé et ne parle pas à la légère. D'après lui, nous n'allons pas nous attarder longtemps en cette place.

— Vous n'avez donc pas eu la possibilité d'aborder comme vous le souhaitiez le légat du pape ? demanda Brunissen.

— Il était déjà reparti pour Pélékan. Par chance, Foucher s'était entretenu un bon moment avec lui. D'après Monseigneur du Puy, seules les cérémonies de prestation d'hommage, et le temps nécessaire à l'équipement des troupes grecques qui accompagneront les nôtres sous le commandement d'un certain général Tatikios, nous obligent à attendre encore un peu.

— Des soldats grecs vont donc se joindre aux croisés ? s'enquit Landry, méfiant. Avons-nous besoin de renforts, et surtout de renforts aussi peu valeureux ? Ne sommes-nous pas assez nombreux et assez vaillants pour lutter contre ces chiens de mécréants ? Par ma foi, je ne vois pas ce que ces Grecs peuvent nous apporter que nous n'ayons de par nous !

— En mésestimant le courage de nos alliés qui se battent

depuis des lustres sur toutes leurs frontières contre des ennemis innombrables et sans cesse renaissants, vous faites preuve d'ignorance et d'injustice, Landry, reprit le père Ascelin avec fermeté. Vous l'ignorez sans doute, mais les soldats grecs ont subi de telles pertes depuis le début de ce siècle que les empereurs successifs, faute de pouvoir continuer à enrôler leurs propres sujets qui faisaient défaut, ont dû engager sous leurs étendards de plus en plus de mercenaires. Il n'y a pas jusqu'à leurs pires ennemis de la veille qu'ils n'aient été amenés à payer à prix d'or pour obtenir leurs services. Ces guerriers stipendiés sont devenus une des plaies de l'Empire, mais le basileus ne peut se passer d'eux.

— Si ce sont des mercenaires qui défendent les Grecs, il n'est pas surprenant que les Sarrasins les aient écrasés il y a déjà plus de vingt ans, à ce que je me suis laissé dire ! Cette défaite au nom imprononçable les a forcés à abandonner la Romanie, et a conduit les infidèles à quelques journées de marche du Bosphore. Il n'y a vraiment pas de quoi se vanter !

— Ne jugez pas de façon si tranchante des faits et des coutumes qui vous sont mal connus, mon neveu. Vous risquez de vous tromper du tout au tout. Contrairement à ce qu'on se complaît à répéter parmi nous, les Grecs sont de bons soldats et leur armée, toute composite qu'elle soit, tient en respect les barbares aux frontières comme le long des côtes. Les batailles continuelles qu'il leur a fallu livrer sur terre et sur mer les ont conduits à élever les fortifications les plus sûres qu'on puisse concevoir. Leur flotte de guerre s'est imposée comme la plus nombreuse et la mieux équipée de toute la Méditerranée. Vous vous apercevrez aussi, en les voyant à l'œuvre sur le terrain, que leurs armes et les nombreuses machines qu'ils ont inventées pour combattre et assiéger leurs adversaires sont souvent plus ingénieuses que les nôtres. Il ne faut pas oublier, enfin, qu'ils détiennent le fameux feu grégeois dont la composition, jalousement gardée, reste leur plus sûre défense !

Landry secoua la tête comme un cheval harcelé par des taons.

— Tout cela est bel et bon, reprit-il, obstiné, mais vos Grecs laissent à des étrangers, pire, à d'anciens ennemis, le soin de se battre en leurs lieu et place ! Et, Dieu me pardonne, contre monnaie sonnante et trébuchante ! Non, non, mon oncle, vous ne me convaincrez jamais, malgré la supériorité possible de leurs armements, que la valeur guerrière de ces Nouveaux Romains égale celle qui nous anime ! Nous, les

Francs, nous sommes les soldats du Christ ! Pour Lui, nous avons tout quitté : pays, biens, amis, amours, maisons, souvenirs... sans autre contrepartie que l'honneur de Le servir ! Nous méprisons l'argent et ses séductions. Nous ne voulons avoir d'autre intérêt que celui de la cause de Dieu !

Tout échauffé par cette gloire qu'il revendiquait avec tant de chaleur, Landry apparut aux siens comme éclaboussé de lumière. Il se tourna vers sa grand-mère, qui s'était redressée sur un coude et l'écoutait avec fierté, en silence. Il se dirigea vers elle et mit un genou en terre devant sa couche.

— Je comptais vous en parler un peu plus tard, reprit-il, mais j'éprouve dès à présent le besoin de vous le dire. Il me semble que je dépérirais s'il me fallait attendre davantage. J'ai l'intention de quitter la troupe des pèlerins pour demander à porter les armes dans l'ost du comte de Blois qui est notre suzerain. Puisque mon père est mort et que notre oncle est prêtre, je suis le seul homme de la famille à pouvoir livrer combat. Je le ferai pour Dieu et pour notre salut à tous !

Berthe ferma un instant les yeux, soupira, mais rouvrit très vite les paupières sur un regard bleu et brillant.

— Soyez béni, dit-elle. Vous êtes le digne fils de mon Garin. Il n'aurait pas parlé autrement. Vous brûlez tous deux de la même ardeur !

Des sanglots l'interrompirent. Pâle, appuyée contre le mur de la chambre comme si elle craignait de se laisser choir, Alaïs s'abandonnait à un chagrin qui les émut tous. Landry se redressa d'un bond, courut vers sa jumelle, la prit entre ses bras, la berça ainsi qu'un enfançon pendant qu'elle pleurait sur son épaule, à grand bruit, sans parvenir à se calmer.

— Belle douce sœur, amie, douce amie, je vous en prie par Notre-Dame, cessez de vous chagriner... Ne saviez-vous pas qu'un jour ou l'autre le service du Christ m'occuperait tout entier ? Que je ne pourrais m'y refuser sans faillir ? Tous les garçons de mon âge doivent aller se battre contre les mécréants pour délivrer Jérusalem livrée, souillée... Notre Jérusalem qu'il nous faut reconquérir !

— Que deviendrai-je sans vous ? murmura Alaïs sans vouloir entendre le plaidoyer de son frère. Je ne vous ai jamais quitté. J'ai besoin de vous...

Le père Ascelin s'était assis sur un des coffres qui les avaient suivis tout au long du voyage et que Théophane Daniélis avait fait transporter dans la petite maison. Avec son pouce et son index, il se frottait la base du nez, signe d'émotion ou de perplexité.

— Si la maladie de dame Berthe se prolonge, dit-il au bout d'un moment, nous serons sans doute amenés les uns et les autres à accepter une séparation provisoire. Elle nous coûtera beaucoup, c'est certain, mais je ne vois pas comment l'éviter. Dieu merci, nous n'en sommes pas là ! La solide nature et la détermination de dame Berthe laissent à penser que sa guérison sera prochaine. Il suffit d'attendre un peu. De toute façon, Robert Courteheuse et Etienne de Blois ne comptent pas lever le camp dans l'immédiat. Nous disposons de plusieurs jours devant nous.

— Je guérirai, affirma la malade. Nous ne nous séparerons pas !

Alaïs, qui avait cessé de pleurer, se haussa sur la pointe des pieds pour atteindre l'oreille de son frère.

— Quoi qu'il advienne, je ne vous quitterai pas, chuchota-t-elle. Je viens d'avoir une idée qui nous épargnera une insupportable séparation.

Le regard interrogatif de Landry se heurta à une mine énigmatique. Tout en essuyant d'un revers de main les larmes qui n'avaient pas encore eu le temps de sécher sur ses joues, Alaïs secoua le front d'un air entendu et mit un doigt sur ses lèvres.

— Nous en reparlerons plus tard, murmura-t-elle. Le moment venu.

La portière qui fermait la pièce se souleva, et une tête blonde, frisée, étonnée, apparut dans l'entrebâillement de la tapisserie. C'était Paschal, le second fils d'Andronic Daniélis, qui hésitait sur le seuil.

— Entre, petit, entre, lui dit en latin le père Ascelin. N'aie pas peur.

L'enfant sourit et pénétra dans la chambre.

— Mon père m'envoie vous dire qu'il a vu le médecin arménien dont il vous a parlé tantôt, dit-il lui aussi en latin. Il viendra demain matin.

— Vous le voyez, Dieu veille sur ses créatures en difficulté, conclut le prêtre après avoir traduit la nouvelle. En de si bonnes mains, dame Berthe sera bientôt remise !

— J'ai aussi à vous demander si vous accepteriez d'assister dans trois jours aux courses de chars que Marianos, mon frère aîné, va gagner avec son talent habituel, reprit le jeune garçon d'un ton où l'on pouvait déceler une certaine jalousie admirative.

— Avec plaisir, répondit le notaire épiscopal. Nous sommes ici encore pour quelque temps, et vos courses sont célèbres

et célébrées bien au-delà des frontières de l'Empire. Je pense
que chacun ici sera heureux d'y assister.

Ce fut l'avis général. Qui n'aurait eu envie de découvrir
un spectacle dont on parlait en effet dans tout le monde connu
et dont on savait l'importance qu'il avait prise depuis des
siècles à Byzance ?

Le père Ascelin remercia au nom des siens.

Flaminia s'approcha alors de Paschal. Elle aurait souhaité
le prier de transmettre à son père sa gratitude personnelle,
mais elle ne sut comment le lui dire. Alors, d'un mouvement
spontané, elle se pencha et embrassa l'enfant sur le front.

3

D'ordinaire si bruyante, la ville, dépeuplée de la plupart
de ses habitants, paraissait ce matin-là silencieuse. Chantiers,
ateliers, boutiques, échoppes, tout était fermé. On ne travaillait
pas à Constantinople un jour de courses. C'était à l'Hippodrome que battait le cœur de la cité.

Un vacarme composé de clameurs, de vociférations, de
moqueries, d'interpellations, de huées, de jactances, d'acclamations, s'élevait au-dessus des murailles de l'immense
amphithéâtre, vers le ciel serein.

— Sur mon salut, on dirait que toute la population s'est
rassemblée ici ! remarqua Brunissen en s'adressant à son
voisin, le père Ascelin.

Sa voix se perdit dans le tumulte de la foule bariolée,
cosmopolite et impatiente, qui avait pris place dans l'enceinte
monumentale et entourait les invités des Daniélis.

Si les Francs n'avaient pas su qu'ils étaient venus assister
à des jeux, ils auraient pu se sentir inquiets. Rien en Occident
ne les avait préparés à la frénésie des spectateurs byzantins.
Ni les joutes, ni la quintaine, ni les concours de tir à l'arc,
ni les luttes, ni même la chasse...

Le père Ascelin songeait que, régentés par des lois strictes
dans leur vie de marchands, de fonctionnaires ou de citoyens,
les Nouveaux Romains se libéraient au Cirque de toutes leurs
contraintes. Autour de lui, on mangeait, on buvait, on hurlait,
on s'agitait, certains suppliaient à haute voix Dieu de donner
la victoire à leur cocher favori, d'autres injuriaient ses rivaux ;
on se jetait à la figure gaillardises, quolibets, sarcasmes,

plaisanteries, impertinences... Transportées par la tiède haleine
du Bosphore, des senteurs de corps échauffés, de parfums
bon marché, de mangeaille fumée, salée, rôtie ou frite à
l'huile, voguaient au-dessus de l'arène et se mêlaient à la
forte odeur des écuries... C'était un spectacle de folie.

Sur les gradins de marbre blanc, accoudés aux barres
d'appuis qui les contenaient ou bien assis sur des coussins
rembourrés de feuilles et de barbes de jonc, les assistants
s'interpellaient, se défiaient, brûlants qu'ils étaient de surexcitation et de chaleur.

Le soleil de mai était déjà ardent à Constantinople. Ses
rayons tombaient sur les crânes, les voiles, les couvre-chefs
ou les petites ombrelles des dizaines de milliers de gens qui,
depuis la veille, avaient âprement disputé la place à laquelle
leur donnait droit un précieux jeton d'entrée. Ils y avaient
dormi, s'y étaient restaurés et se protégeaient à présent comme
ils le pouvaient des ardeurs solaires.

Seul le côté noble, situé à l'est de l'Hippodrome et jouxtant
les bâtiments de la résidence impériale, bénéficiait de la
protection d'un ample vélum de soie frissonnant au souffle
de la brise venue de la mer. En son centre, la loge du basileus,
le Cathisma. Prolongement architectural du Palais sacré,
auquel le reliait un escalier intérieur à vis, dissimulé aux yeux
de tous, il dominait l'arène de plusieurs étages. Supporté
par de hautes colonnes, entouré de murailles fortifiées, isolé,
précédé d'une plate-forme où se posterait la garde impériale,
le Cathisma ressemblait davantage à un donjon qu'à une
tribune de courses, même officielle.

Une galerie promenoir, encombrée de statues antiques,
surmontait tout autour de l'amphithéâtre les gradins où s'entassaient les spectateurs.

— Si nous en trouvons le temps entre les courses, proposa
Théophane Daniélis à ses amis, je vous conduirai admirer,
du haut de cette galerie, la vue qu'on a sur notre ville : toits
argentés, palais enfouis dans des jardins dignes de l'Eden,
coupoles rutilantes, rues secrètes, la *Mesê* décorée de portiques
innombrables, les arcs de triomphe, les statues de bronze ou
de marbre et, dominant ces merveilles, Sainte-Sophie. Sainte-
Sophie et ses dômes célestes qui couronnent Byzance de
diadèmes d'or ! C'est une vision éblouissante !

Sans monter jusqu'à cet endroit privilégié, le spectacle
offert par l'Hippodrome était déjà saisissant. De chaque côté
du Cathisma, profitant aussi de l'ombre dispensée par le
vélum, s'alignaient les factions. Les Bleus à droite, les Verts

à gauche. Egalement à l'abri puisque la fête était donnée en leur honneur, avaient pris place le duc de Normandie, cramoisi et transpirant, le comte de Blois, digne et souriant, leurs barons et les principaux dignitaires de la cour d'Alexis Comnène. S'y ajoutaient quelques invités favorisés, dont les Daniélis et leurs amis francs. Leurs places avaient été réservées, ce qui leur avait permis d'éviter l'énervement d'une trop longue attente. Les princes et leur suite, la diversité si surprenante des costumes provenant de toutes les provinces de l'Empire, la foule des citadins aux vêtements multicolores, la richesse des broderies portées par les courtisans, les dorures, l'éclat des lourds bijoux d'or couverts de gemmes, la chute cassante et cependant douce des tissus de soie, tout ce chatoiement, où trésors de l'Orient et faste de l'Occident se confondaient, composait le plus éclatant des tableaux.

Les filles et le fils du parcheminier ouvraient de larges yeux sur un monde insoupçonnable quelques semaines plus tôt. En dépit de leur fierté, ils ne parvenaient à dissimuler ni leur admiration ni leur étonnement.

— Je croyais cet Hippodrome rond comme le Colisée que nous avons vu au passage à Rome, chuchota Alaïs, assise entre son frère et le maître parfumeur.

— Eh non, mon enfant ! L'empereur Septime Sévère, qui l'a fait édifier, a été obligé de tenir compte de la conformation du terrain, répondit Théophane Daniélis. Notre ville est bâtie sur un éperon rocheux au sol accidenté. Aussi est-ce à main d'homme que l'on a dû créer une surface plane pour y construire cet amphithéâtre. Il a fallu élever des piliers et prévoir de solides voûtes pour supporter le poids de la terre transportée jusqu'ici, puis inventer une nouvelle configuration pour ce Cirque hors du commun. Coincé entre l'emplacement réservé au Palais impérial et le relief têtu de notre promontoire, l'architecte a adopté l'unique forme possible : un long ovale dont la façade donne, comme vous l'avez vu, sur la place de l'Augusteon. Par ailleurs, notre Hippodrome est contigu à la chapelle palatine de Saint-Etienne-de-Daphné où, pour ne pas être vue du public, se tient, durant les courses, la basilissa.

— Mais les autres femmes et même les nobles sont bien venues ici, remarqua Brunissen, et elles ne portent pas toutes le voile. Il s'en faut même de beaucoup !

— Ce lieu étant fermé, nos coutumes admettent que puisse y régner une certaine liberté d'allure pour celles qui assistent aux courses, expliqua Théophane Daniélis en riant. Bien entendu, c'est là pure hypocrisie !

Des airs de cithare interrompirent le maître parfumeur. Leurs harmonies parvinrent à apaiser le tapage qui emplissait l'amphithéâtre.

— Voici les démarques, reprit Théophane Daniélis au bout d'un moment. Ce sont les organisateurs des jeux et les chefs des deux factions rivales que vous voyez sur les gradins. A l'origine, elles étaient quatre : les Bleus, les Blancs, les Verts et les Rouges. Mais les Blancs et les Rouges, plus faibles, ont peu à peu été incorporés aux deux autres.

Les démarques sortaient des Carceres, bâtiment qui fermait le Cirque au nord. C'était une longue bâtisse surmontée d'une tour à chacune de ses extrémités. En son milieu, une troisième tour s'élevait au-dessus de la voûte qui permettait de passer de la cour précédant les écuries à l'arène. Un quadrige de bronze couronnait l'ensemble et ses coursiers solaires dressaient leur beauté parfaite sur l'azur vibrant. Derrière les murs de pierre blonde, les chars attelés de quatre chevaux, les véritables quadriges, bien vivants ceux-là, attendaient le signal du départ.

— En l'honneur des seigneurs francs que nous recevons aujourd'hui, dit encore le maître parfumeur, vous ne verrez que des courses de chars à quatre chevaux. D'ordinaire, on commence par les biges, qui n'en comportent que deux.

Toutes les têtes s'étaient tournées vers les deux hommes aux cheveux courts, à la barbe taillée avec le plus grand soin, qui venaient d'apparaître. De taille moyenne, très bruns, ils avaient l'un et l'autre un type grec prononcé. Sur leurs tuniques de lin blanc, ils portaient des écharpes aux couleurs de leurs factions respectives. Chacun d'eux gagna sa travée et salua les siens d'un triple signe de croix. Des acclamations jaillirent, louanges entonnées à pleine voix par les chantres, soutenues par les accords des orgues en argent, des cymbales et des flûtes de l'orchestre.

Puis, brusquement, un grand silence tomba sur les gradins.

Un autre personnage, vêtu de soie blanche décorée de bandes de pourpre, pénétra dans la loge impériale.

— Voici à présent l'actuarios, murmura Théophane Daniélis. C'est le régisseur du Cirque.

D'un ample geste protocolaire, fixé par le cérémonial de la fête, le nouveau venu adressa aux assistants le salut dit « de bon augure ». Aussitôt, les factions reprirent le récitatif des louanges adressées à la Sainte Trinité, à Dieu, au Christ, à la Vierge Théotokos, à l'empereur Alexis ainsi qu'à l'impératrice Irène, son épouse, tous deux bénis par le Seigneur.

Succédant à ces glorifications, le roulement brutal des tambours, le rythme saccadé des cymbales et des tambourins, les sonneries déchirantes des timbales et des trompes de cavalerie éclatèrent au-dessus des têtes frémissantes.

Des soldats de la garde impériale, aux courtes tuniques multicolores, aux cuirasses d'or, firent alors leur apparition dans l'arène. Ils étaient armés de haches d'armes à double tranchant, d'arcs en bois d'olivier munis de cordes de soie, de longues lances aux bouts ferrés triangulaires et de boucliers ronds. Certains d'entre eux faisaient flotter à bout de bras, d'un air martial, des bannières, des oriflammes, des étendards aux teintes bigarrées. Ils rejoignirent les degrés conduisant à la plate-forme surélevée par des piliers de marbre qui défendait la tribune impériale, puis les gravirent d'un pas mesuré afin de s'y poster.

Il y eut comme un moment suspendu par l'émoi de tout ce peuple qui, maintenant, attendait son empereur.

La large porte intérieure du Cathisma s'ouvrit enfin.

Avec une majesté imposante, Alexis Comnène, le basileus tant respecté, franchit l'espace d'ombre qui le séparait encore de la pleine lumière. Les plus hauts dignitaires de la cour le suivaient. Couronné du stemma d'or à pendeloques sommé d'une croix étincelante, revêtu de la chlamyde tissée et brodée de jaune, de pourpre, de violet et d'or, qu'une fibule de pierreries attachait à l'épaule, tenant son sceptre de la main gauche, il gardait la main droite enveloppée dans un pan de son vêtement d'apparat.

Cet homme, qui n'était pas grand, mais trapu et même un peu lourd, avait un visage intelligent, aux yeux vifs accentués par d'épais sourcils noirs, une barbe fournie, des cheveux qu'on devinait drus sous la coiffure qui le couronnait. De cet homme dont les traits reflétaient la volonté et l'adresse, la pompe byzantine faisait l'incarnation vivante de la divinité du Christ !

— Par ma foi, il est loin d'être aussi beau que notre comte de Blois ! souffla Landry à l'oreille de sa jumelle, qui approuva de la tête sans parler.

Habillés de tuniques longues de lin immaculé, deux eunuques soutenaient avec grâce le basileus sous les bras pour donner l'impression d'un être immatériel, ne touchant pas le sol.

En l'un d'eux, le père Ascelin reconnut le frère de leur hôtesse, Gabriel Attaliate, qu'il avait rencontré une ou deux fois lors de son précédent séjour à Constantinople. C'était lui qui maintenait le lourd et somptueux tissu de la chlamyde autour de la main de l'empereur durant le geste de bénédiction que l'autocrator dessinait largement au-dessus des têtes inclinées de ses sujets.

Un nouveau silence, absolu, s'était abattu sur l'assemblée comme si un vol d'anges avait, d'un trait d'ailes, traversé l'espace. Tous, jeunes et vieux, hommes et femmes, pauvres et riches, depuis le dernier débardeur du port jusqu'aux patrices et aux nobilissimes, tous, debout, immobiles, se tenaient en position adorante, les mains jointes sur la poitrine.

Par trois fois, de sa dextre soutenue par Gabriel, Alexis Comnène bénit l'assistance en commençant par les Bleus, à sa droite ; en continuant par les Verts, à sa gauche ; en terminant par la foule qui lui faisait face, éblouie, de l'autre côté de l'arène.

« Les courses vont sans doute pouvoir enfin débuter ! » songea Landry que tout ce cérémonial ennuyait un peu.

Il lui fallut encore attendre un moment...

Parés des magnifiques vêtements de cour qu'ils venaient d'endosser dans un des vestiaires du Palais sacré où on les conservait précieusement, les grands dignitaires de l'Empire s'avancèrent à la file pour saluer le basileus. Ils s'inclinaient fort bas devant lui avant de gagner les loges auxquelles titres et services donnaient droit.

Ce défilé parut bien long aux Francs qui n'étaient pas habitués à voir faire tant de façons avant de procéder aux joutes offertes par leurs seigneurs.

Après de nouvelles acclamations et d'autres louanges chantées, entonnées par les factions, l'empereur, toujours soutenu par ses eunuques, prit enfin place sur son trône, puis, d'un geste solennel, il donna le signal attendu.

Un linge blanc tomba sur le mélange de sable fin et de sciure de cèdre qui recouvrait la piste.

L'instant tant espéré arrivait !

Flaminia eut une pensée pour sa grand-mère. Trop peu sûre d'elle pour se mêler à la foule en cette journée de fête, Berthe la Hardie avait décidé de rester dans sa chambre en compagnie d'Albérade. Le professeur arménien qui était venu lui rendre visite deux jours auparavant lui avait prescrit un élixir, des purgatifs aux plantes et des bains de siège. Ce traitement avait adouci ses maux. Aussi l'avait-on laissée pour quelques heures sans trop de remords ni de soucis.

Si Flaminia s'accommodait si bien d'apaisements qui, en temps ordinaire, n'auraient sans doute pas suffi à calmer les scrupules de sa conscience passionnée, c'était qu'une autre personne accaparait toute son attention.

La jeune fille se trouvait assise entre son frère Landry et Paschal, le second fils des Daniélis. Au-delà de l'enfant, Icasia, aux côtés d'Andronic, se tenait droite, tendue vers l'arène, crispée d'angoisse. Marianos, son fils aîné, allait apparaître d'un instant à l'autre pour prendre part à une course où, une fois de plus, sa vie se trouverait en danger. L'appréhension si visible de cette femme, qui se montrait par ailleurs tellement froide envers ses hôtes depuis qu'elle les avait rejoints à l'Hippodrome, fascinait Flaminia. Elle n'avait encore jamais eu l'occasion de rencontrer dans le vaste jardin de sa demeure la maîtresse d'un logis où les Francs n'avaient pas été conviés à pénétrer. Ils se cantonnaient dans la petite maison, groupés autour de Berthe et des à-coups de sa santé. Si Landry était parti visiter la ville avec le père Ascelin, les filles du parcheminier avaient préféré rester auprès de leur aïeule, qu'elles ne quittaient que pour ouïr la messe à l'église voisine.

Pour les trois sœurs que cette perspective avait beaucoup excitées, les courses se trouvaient être, depuis leur arrivée, la seconde occasion d'une promenade dans Constantinople. Aussi s'y étaient-elles préparées avec soin et portaient-elles de beaux bliauds de toile fine, galonnés d'orfroi au col, aux poignets et sur l'ourlet du bas. Mais qu'étaient ces simples vêtements auprès de la richesse écrasante de certaines tuniques arborées par les jeunes femmes de la cour !

Les jeux, qui duraient toute la journée, commençaient assez tôt. Une voiture était donc venue les prendre au début de la matinée. Théophane Daniélis était seul à attendre le petit groupe, près de la porte franchie chaque jour pour se rendre à l'office.

— Andronic, Icasia et Paschal nous rejoindront plus tard dans leur propre équipage, avait brièvement expliqué le maître parfumeur.

Ainsi, cette femme mystérieuse, qu'aucun des membres de la famille du parcheminier n'avait encore réussi à apercevoir, allait enfin honorer ses invités de sa présence. Sa prétendue indisposition ne semblait rien d'autre qu'un prétexte aux adolescentes qui avaient surpris des allées et venues de litières souventes fois renouvelées, les bruits d'une réception et les échos incessants d'activités variées. Leur curiosité était naturellement fort aiguisée, un moment plus tôt, quand elles avaient vu arriver à l'Hippodrome le trio annoncé.

Andronic avait un visage fermé. Ses grandes mains se crispaient avec nervosité sur la boucle d'argent de sa ceinture de soie torsadée. Son regard était dur. Paschal semblait mal à l'aise, beaucoup moins spontané que lorsqu'il était passé voir les habitants de la petite maison. Mais ce n'était pas l'enfant qui attirait les regards. C'était Icasia. Mince, presque maigre, avec des formes androgynes, des jambes courtes, elle avait revêtu une précieuse tunique vert pâle, brodée de fleurs et de feuillages alliant toutes les nuances de sa couleur préférée, du plus clair au plus foncé. Ses cheveux blonds, nattés et torsadés, étaient coiffés, selon la mode grecque, en un échafaudage compliqué où rubans et perles se mêlaient aux mèches soigneusement ouvragées et relevées en forme de tour évasée. Quand elle s'était assise, l'œil attentif d'Alaïs avait remarqué qu'elle portait les lanières de cuir entrecroisées qui faisaient office de bas-de-chausses à Constantinople.

« Elle a trop de rouge sur les joues, s'était fugitivement dit Flaminia, mais ses yeux verts sont beaux bien qu'ils ne soient pas gais. Leur expression est celle d'un guetteur qui surveille un horizon peu sûr. »

D'une simple inclinaison de tête, l'épouse d'Andronic avait salué les Francs que Théophane Daniélis lui avait présentés l'un après l'autre. A la suite d'un échange de paroles banales avec le père Ascelin, elle s'était assise sans témoigner davantage d'intérêt aux amis de son beau-père. Dès lors, son attention s'était tournée vers les personnes de sa connaissance qui se trouvaient près d'elle. Elle s'était soudain animée. Enjouée et même bavarde, elle avait parlé d'abondance en semblant prendre plaisir à des conversations tenues en grec, langue que le fils et les filles de Garin ignoraient.

— Peut-être est-elle timide envers les étrangers que nous sommes, avait soufflé Landry à l'oreille d'Alaïs.

— Peut-être sait-elle mal le latin, avait répondu celle-ci.

Les deux suppositions étaient possibles. Pourtant, Flaminia semblait sentir une nette prévention dans le comportement adopté par Icasia à l'égard de ses hôtes. Pourquoi ? Intriguée, l'adolescente n'avait plus cessé d'observer Icasia.

Quand, au milieu d'un silence haletant, le linge blanc tomba sur le sol sablé de l'arène, Flaminia saisit le tressaillement de la femme d'Andronic. En suivant son regard, elle vit les grilles des Carceres s'ouvrir d'un seul coup, les barrières s'abaisser et quatre chars lancés à folle allure surgir dans un halo de soleil et de fine poussière. Quatre chevaux aux crinières tressées, aux queues relevées, roulées et attachées par de solides nœuds de rubans afin qu'elles ne se prennent pas dans les roues, étaient attelés aux légères voitures.

Le silence vola en éclats. Des clameurs, des encouragements, des conseils hurlés par des milliers de bouches criardes couvrirent de leur déferlement le grondement de la course.

Vêtus de courtes tuniques aux couleurs de leurs factions, serrés dans une haute ceinture qui leur maintenait fortement la taille et le buste, bottés, casqués d'un bonnet cerclé d'argent et retenu sous le menton par une jugulaire, un poignard à la ceinture, les rênes enroulées autour du corps et le fouet entre les dents, les quatre cochers debout, penchés en avant, n'étaient plus que regards acérés et mains de fer.

Chacun savait dans l'amphithéâtre qu'avant le départ de la course les auriges étaient allés déposer, dans l'oratoire situé à l'entrée de l'Hippodrome, devant l'icône de la Vierge, un cierge qui brûlerait jusqu'à extinction pour demander aide et protection. De cette flamme ardente comme la prière qu'elle représentait, les quatre cochers auraient le plus grand besoin. Leur vie tenait à si peu de chose : une roue brisée, un écart du cheval de gauche, celui qui serrait au plus près le virage, un accrochage avec un autre char ou avec une des deux bornes trilobées qui marquaient l'endroit où il fallait tourner, la perte d'un casque, celle d'un fouet...

Le long ovale de l'arène était divisé en deux par un étroit muret de pierre, la spina, tronçonné lui-même en plusieurs segments. Il était orné de deux obélisques pris à l'Egypte et, en son centre, d'une colonne de bronze formée de trois serpents entrelacés aux têtes dardées vers les spectateurs. Fameuse dans tout l'Empire, c'était la Colonne serpentine, que les Nouveaux Romains considéraient non sans effroi et répugnance. Ils soupçonnaient ce vestige du paganisme d'être un objet maléfique sournoisement utilisé par certains démons afin de régner sur les esprits.

— En dépit de l'hydromel, du lait et du vin que déversent leurs gueules béantes durant les jours de fête, nos contemporains se méfient tous de la Colonne serpentine. Ils l'ont même en horreur, avait indiqué Théophane Daniélis au père Ascelin. Vous savez combien on est superstitieux à Constantinople !

— Par tous les saints, pourquoi alors la conserver ?

— Parce que nous sommes également respectueux des traditions ! Cette illustre colonne en forme de dragon a été coulée dans le bronze des armes prises aux soldats de Xerxès après la victoire de Platée, avait répondu en souriant le maître parfumeur dont les connaissances étaient multiples.

Il avait expliqué aux Francs que les chars devaient accomplir sept fois le tour de la spina avant d'en terminer avec la course. Tracée à la craie devant la loge du basileus, la ligne d'arrivée représentait pour chaque cocher la gloire et la fortune... Seulement, pour y parvenir le premier, il fallait dépasser des rivaux tout aussi désireux de réussir, diriger ses chevaux avec adresse, fermeté, courage et, surtout, prendre garde aux virages ! Lancés comme l'étaient les auriges, à une vitesse d'enfer, au milieu d'un nuage de poussière, sous la chaleur qui leur faisait couler la sueur dans les yeux, il semblait déjà malaisé de diriger quatre coursiers galopant de front. Si la ligne droite offrait tant de difficultés, que dire des tournants ! Combien de fois la foule, toujours alléchée par les accidents, n'avait-elle pas vu verser, s'écraser, disparaître sous les roues impitoyables des suivants qui s'y abîmaient à leur tour, un attelage déséquilibré ! En ces moments-là, un vertige où se confondaient terreur et jouissance malsaine s'emparait des spectateurs horrifiés et comblés à la fois...

Flaminia se laissa, elle aussi, prendre au jeu. Parmi les conducteurs, elle avait très vite distingué le fils d'Andronic. Il était certainement le plus jeune de tous, mais n'en déployait pas moins une énergie téméraire. Penché sur le devant de son char, les jambes coincées contre le bord en forme de bouclier, le fouet virevoltant, traits contractés, mâchoires serrées sous son casque d'argent, Marianos conduisait son attelage avec une maîtrise, une habileté et un mépris du danger saisissants. On sentait que son intelligence, sa force, sa fierté le poussaient en avant, plus vite, toujours plus vite, dans l'unique intention de gagner, d'assurer un triomphe qui lui paraissait en cet instant plus important que tout.

« On dirait qu'il est possédé », se dit Flaminia.

— Il est fou ! il est fou ! répétait Icasia d'une voix blanche.

Andronic se taisait, mais son visage crispé ressemblait soudain à celui de son fils.

Les chars tournaient autour de la piste à une telle allure que le directeur des jeux et les arbitres eux-mêmes, du haut de leurs loges, risquaient de se tromper. Aussi, afin d'éviter les contestations, avait-on chargé un auxiliaire de l'Hippodrome, grimpé sur une échelle, de retirer à chaque passage un des sept dauphins de bronze posés sur une petite bâtisse proche des Carceres et visibles de partout.

Durant ce temps, les factions soutenaient leur candidat par des acclamations, des encouragements, d'étranges incantations chantées où les noms du basileus et de la basilissa se voyaient étroitement associés aux prières adressées à Dieu et à la Vierge Marie, adjurés de se manifester en faveur des Bleus, pour les uns, des Verts, pour les autres.

— Comment peut-on supplier ainsi le Seigneur de venir en aide à tel ou tel cocher ? demanda au père Ascelin, à mi-voix, Brunissen, qu'une semblable pratique heurtait dans sa foi. N'est-il pas profanatoire d'implorer le secours divin pour une simple course ?

Le notaire épiscopal eut un sourire qui le fit ressembler à un goupil plein de sagacité mais aussi de malice.

— Ne bénissons-nous pas nos chiens avant certaines chasses et les bateaux de nos pêcheurs ? répliqua-t-il tranquillement. Sans compter que ce que vous voyez ici dépasse de beaucoup en importance un amusement ordinaire de joute ou de quintaine. Chez les Grecs, il y a une tradition séculaire de grands Jeux olympiques. A Rome, les Jeux capitolins et palatins enfiévraient le peuple jusqu'à la démence. Ici, à Constantinople, où l'empereur règne en monarque absolu sur des sujets écartés de toute consultation publique, cette arène reste le seul lieu où la population puisse se livrer en complète liberté à ses élans d'enthousiasme ou de colère. Regardez-les ! Ils adhèrent totalement à la cause de l'aurige qu'ils ont élu. Sa faction est la leur. Ils l'ont choisie pour des raisons obscures, peu compréhensibles à nos yeux d'Occidentaux, mais décisives pour eux. La victoire ou la défaite de cette faction sera la victoire ou la défaite du moindre portefaix, du plus petit cordonnier de la ville. Nous n'avons pas affaire à un public ordinaire mais à des partisans, et à des partisans acharnés ! Sur ces gradins, dès que la course commence, une sorte de vertige s'empare d'eux, d'eux tous, et les jette dans les transes que vous voyez. Ne dirait-on pas qu'on les a ensorcelés ?

Comme il ne restait plus que deux tours à accomplir avant l'arrivée, la foule se déchaînait. Vociférant, acclamant follement l'habileté d'un cocher, conspuant un autre avec la même outrance, les spectateurs gesticulaient, se levaient, mimaient les gestes des auriges, le train des chevaux, suivaient avec des larmes, des cris, des torsions de mains ou des hurlements de joie, telle ou telle action bien ou mal menée...

— Un dicton, très populaire chez nous, affirme que Sainte-Sophie est à Dieu, le Palais à l'empereur et l'Hippodrome au peuple, dit Théophane Daniélis que le vacarme n'avait pas empêché de recueillir quelques bribes de la conversation tenue auprès de lui. C'est bien ainsi que le comprennent ceux qui participent aux courses. Dans cet amphithéâtre, ils sont chez eux. C'est leur lieu de réunion préféré. Que de choses se sont produites autour de cette arène ! A propos d'un rien — un casque qui tombe à terre, un tournant un peu trop serré, un cheval dont l'allure déplaît —, on voit des assistants devenir furieux et sortir de leurs bottes le poignard qu'ils y ont dissimulé ! Certaines disputes ont parfois dégénéré en rixes, en bagarres, en mêlées sanglantes et même en véritables émeutes. Les gardes qui circulent autour de la piste sont là pour intervenir en cas de besoin. Munis de sabres, de fouets, de bâtons, ils ont bien du mal à maintenir l'ordre ou à le rétablir ! Il est arrivé au trône de nos souverains d'être ébranlé, parfois gravement, à la suite d'un incident né d'une course..., incident dont, souvent, l'insignifiance était ridiculement disproportionnée avec ses conséquences. Mais nos gens sont ainsi faits que l'Hippodrome leur tient lieu de forum ou d'agora, comme vous voudrez. Ils y viennent pour s'y libérer avec passion des astreintes, hélas ! pesantes, de l'ordre impérial...

Pour prononcer cette dernière phrase, le maître parfumeur avait baissé la voix. Ce fut une précaution inutile. Au même moment, une clameur horrifiée, jaillie de dizaine de milliers de poitrines, s'éleva au-dessus des gradins.

Le char qui tenait la corde, un Vert, venait de heurter une des bornes trilobées placées au fatal tournant. Le cheval de gauche tomba sur les genoux. Cinglé de coups de fouet par son cocher, il tenta de se relever, n'y parvint pas, retomba, entraînant ses compagnons d'attelage dans sa chute. Ce char, qui menait la course depuis deux tours, se renversa. Le cocher, un bel homme brun, bondit hors de la voiture alors qu'elle n'était pas encore couchée et sauta sur la spina. Il lui fallait éviter ses concurrents qui arrivaient sur lui dans des nuages de poussière jaune, les claquements des fouets tourbillonnants, l'écume projetée autour d'eux par les coursiers lancés au galop. Le premier à se présenter était Marianos.

« Dieu Seigneur ! Aidez-le ! »

Née d'une peur aussi violente que si le jeune homme avait fait partie de sa propre famille, la prière avait jailli comme un cri dans le cœur de Flaminia.

Avec une maîtrise et une hardiesse saisissantes, il profita de ce que le char gisait au nord de la piste, du côté des Carceres et non au sud, là où il y avait moins de place ; se penchant légèrement sur la droite, il parvint à faire dévier son quadrige sans verser et à passer au ras du confus amas qui se débattait autour de la borne. La fermeté et la souplesse avec lesquelles il maniait les rênes firent l'admiration de la foule pétrifiée.

Une sorte d'immense soupir collectif s'éleva au-dessus des spectateurs quand ils le virent frôler l'attelage défait et les chevaux renversés sans les toucher. Ayant élargi son virage, ni trop ni trop peu, il passa comme une flèche de l'autre côté de la spina. Une folle acclamation salua son exploit.

Les deux chars qui suivaient celui de Marianos, imitant son exemple, parvinrent également à contourner l'obstacle.

Ce fut du délire ! Les spectateurs lançaient sur la piste leurs couvre-chefs, leurs écharpes, leurs rubans, leurs peignes... Ils sautaient, hurlaient, se tapaient dans le dos, s'embrassaient, prenaient Dieu à témoin de l'habileté des Bleus et L'en remerciaient.

Au milieu de ce tumulte, Flaminia avait cependant perçu un cri étouffé, tout proche. Prise par le spectacle, elle avait cessé depuis un moment d'observer le comportement d'Icasia. Détournant les yeux de l'arène, elle vit Andronic penché sur sa femme qui s'était évanouie. Il lui soutenait la tête pendant que Paschal prenait dans l'escarcelle de sa mère un petit flacon qu'il déboucha avant de le donner à son père. Ce dernier passa plusieurs fois la fiole taillée dans un précieux cristal de roche devant les narines pincées d'Icasia. Elle ouvrit les yeux au moment où Marianos franchissait en vainqueur la ligne blanche de l'arrivée.

— Il est sauvé et il est victorieux ! s'écria Andronic en se redressant et en se signant. Dieu soit loué !

Il s'était exprimé en grec, mais il n'était pas besoin de comprendre cette langue pour deviner le sens de ses paroles. Flaminia lui sourit. Elle avait cependant eu le temps de surprendre le regard échangé entre les deux époux au moment où Icasia avait repris connaissance. Méfiance nuancée de crainte chez l'une, attention polie et distante chez l'autre, malaise commun...

Autour d'eux, l'effervescence était indicible. Les Bleus, debout, remerciaient la Sainte Trinité et entonnaient des hymnes triomphants.

Marianos avait arrêté ses chevaux couverts d'écume devant la loge du directeur des jeux qui lui remit, en se penchant hors de sa tribune, la palme d'or de la victoire.

Le jeune homme salua, descendit de son char dont les palefreniers se saisirent aussitôt et reprit à pied le chemin du Cathisma. Sous les yeux de l'empereur qui souriait avec bienveillance, trois courriers remirent alors au vainqueur trois sous d'or, un lourd collier du même métal, une mante de soie rayée de pourpre et la couronne de lauriers qui lui revenait de droit.

En témoignage de gratitude, Marianos se prosterna sur le sol devant son souverain, la face dans le sable et la poussière de cèdre.

— C'est ainsi qu'on salue le basileus, précisa Théophane au père Ascelin qui paraissait surpris. C'est une obligation protocolaire.

Redressé, Marianos dessina de sa main où brillaient les pierres fines de plusieurs bagues reçues en d'autres occasions pour d'autres succès, trois signes de croix en direction de l'empereur. Ensuite, il retourna vers son char, y monta, repassa devant la tribune d'honneur avant d'accomplir trois tours de piste sous les ovations, les cris de joie, les actions de grâce chantées par les Bleus triomphants.

Durant ce temps, on avait relevé les chevaux empêtrés dans les débris de leur attelage, puis déblayé l'arène. Le cocher des Verts accidenté, couvert de poussière, s'en tirait avec quelques écorchures sans importance.

Les arbitres palabraient. Le public était heureux : il avait eu peur et pouvait à présent commenter à son aise un accident qui, pour ne pas avoir été mortel, s'était cependant montré fertile en émotions.

Les commérages allaient bon train autour des Francs auxquels tous ces propos tenus en grec finissaient par tourner la tête.

On remettait l'arène en état pour la deuxième course. Le maître parfumeur annonça qu'il y en avait quatre par matinée et qu'elles se succédaient d'assez près. Il y aurait ensuite une interruption consacrée à des intermèdes comiques, à des exhibitions d'animaux savants, puis un repas. Le peuple des gradins le prendrait sur place alors que les Bleus et les Verts se rendraient, chacun de leur côté, dans des salles de banquet qui leur étaient réservées. L'après-midi était consacré à d'autres courses.

— Et l'empereur ? demanda Landry. Que fait-il durant la pause ?

— Il est servi dans une salle à manger privée située dans le Cathisma. Les plus importants personnages de la cour l'y rejoindront. Le frère de ma belle-fille, l'eunuque Gabriel Attaliate, partage ce grand honneur avec un certain nombre de dignitaires.

Au moment où Théophane Daniélis terminait ses explications, une rumeur attira son attention.

— Par la sainte Théotokos, voici notre Marianos ! s'exclama-t-il d'un air satisfait.

Le front ceint de sa couronne de lauriers, pailleté de sable et de sciure jusque dans les cheveux et la barbe, le vainqueur de la première course semblait poudré d'or. Il était entouré d'amis de la faction des Bleus dont la joie se manifestait encore par une exubérance bruyante et démonstrative.

« Avec ce costume d'aurige et ces lauriers autour du front, Marianos ressemble davantage à un dieu païen qu'à l'un de nos preux chevaliers, songea Brunissen. Dans un pays où on se veut tellement préoccupé de pure doctrine chrétienne, il me semble au contraire, Dieu me pardonne, que le paganisme affleure à chaque occasion ! »

Alaïs souffla à son frère qu'elle trouvait le jeune homme beau, certes, mais trop sûr de lui et de son prestige. Il évoquait pour elle un vaniteux coq de basse-cour. Au fond de sa mémoire, un Normand de Sicile, blond et magnifique, cravachait son destrier pour lui faire franchir un torrent... Le rire conquérant qui avait accompagné le saut résonnait encore à ses oreilles avec de si mâles accents qu'elle en frissonna délicieusement en le retrouvant intact dans son souvenir.

Marianos s'était jeté dans les bras de sa mère, de son père, de son grand-père. Paschal l'embrassa non sans une certaine retenue qui cherchait à passer pour du sang-froid. Les spectateurs du voisinage, qui le connaissaient tous, assaillaient le héros de compliments de plus en plus outrés.

Parmi la cohorte de jeunes auriges qui entouraient le vainqueur, un cocher se distinguait des autres : il portait la couleur verte du clan rival. Flaminia le reconnut. C'était le malheureux conducteur du char qui avait versé. Mince, bien découplé, très brun ; en dépit de quelques meurtrissures et de sa tunique maculée de sueur et de poussière, il avait gardé toute sa prestance.

— Mon cousin, Cyrille Akritas, qui, Dieu merci, est sorti sain et sauf de ce stupide accident, dit en latin Marianos. Il a manifesté le désir de venir saluer nos hôtes francs.

Les deux garçons échangèrent un coup d'œil complice. Le nouveau venu s'inclina devant Flaminia. Ses prunelles étaient si noires qu'elles en avaient des reflets bleutés, mais, en dépit de cette douceur soyeuse, l'adolescente y décela une telle ardeur qu'elle s'empourpra. Sa fine peau de rousse la trahissait toujours.

Le compagnon des Verts prononça quelques mots en grec.

— Cyrille trouve que vous ressemblez à la fille du soleil. Vous l'avez séduit, traduisit Marianos. Il regrette beaucoup de ne pouvoir vous le dire lui-même, mais il ignore le latin.

— Dites-lui de ma part que, dans mon pays, le soleil n'est pas censé avoir de filles ! lança Flaminia, furieuse d'avoir rougi sous le regard d'un inconnu.

Marianos éclata de rire. Sans lui laisser le temps de parler, la fille du parcheminier continua :

— Comment se fait-il que vous puissiez vous entendre avec les cochers de la faction adverse ? Je croyais qu'entre Bleus et Verts vous vous détestiez quand vous ne vous méprisiez pas.

— Par la Sainte Trinité, vous n'avez pas tout à fait tort, répondit l'interpellé. Seulement, voyez-vous, il y a des exceptions. Cyrille et moi sommes de lointains cousins, et, surtout, nous sommes de vrais amis. Nous avons été élevés ensemble. Si nous faisons partie de factions ennemies, nous n'en avons pas moins tenu à sauvegarder notre amitié. Elle a prouvé qu'elle était plus solide que nos rivalités.

S'adressant alors à Cyrille Akritas qui paraissait très malheureux de ne rien comprendre à ce qui se disait devant lui, Marianos se mit à parler en grec avec volubilité.

Flaminia se détourna ostensiblement des deux jeunes gens. Si insignifiant fût-il, l'incident qui venait d'avoir lieu à son propos l'irritait. Qu'avait-elle à faire des intentions de ce cocher Vert ? S'il croyait que les filles venues de l'Ouest, de pays dont il ne savait rien et envers lesquels il ne devait ressentir que condescendance, étaient prêtes à lui tomber dans les bras, il se trompait ! Il se trompait gravement ! Elle allait lui montrer, elle, la barbare, ce qu'était la vertu d'une jeune Franque !

Comme elle relevait le menton d'un mouvement où se lisaient défi et détermination, elle croisa le regard attentif d'Andronic Daniélis. Alors qu'Icasia discourait avec passion, en compagnie des Bleus, de la course gagnée par leur fils, c'était lui à présent qui observait Flaminia. Ils restèrent un instant à se regarder, puis Andronic sourit à son tour. Tout son visage s'en trouva rajeuni, adouci, éclairé comme si un rai de soleil, faufilé entre deux pans du vélum, était venu l'illuminer.

L'adolescente rougit à nouveau, s'en voulut et, d'un geste instinctif, se tourna du côté opposé.

Non loin de là, le duc de Normandie et le comte de Blois,

entourés de leur suite et de certains dignitaires de la cour parlant latin, devisaient avec animation. Ils paraissaient enchantés du spectacle qui leur était offert. A leur expression réjouie, il était aisé de deviner qu'ils se répandaient en témoignages de gratitude et en compliments.

Cette constatation acheva d'exaspérer Flaminia.

— Je me demande bien ce que nous sommes venus faire ici ! dit-elle à son frère. Nous ne sommes pas partis de chez nous depuis des mois, nous n'avons pas fait tout ce dur chemin et notre père n'est pas mort pour que nous nous retrouvions dans un Cirque à regarder courir des quadriges Bleus ou Verts !

Landry haussa les épaules.

— Voyons ! Voyons ! Quelle mouche vous pique ? Personne n'a jamais prétendu que nous avions atteint le bout de la route en parvenant à Constantinople. Nous savons tous que des centaines de lieues nous restent à parcourir. Nul n'ignore non plus que notre unique pensée est la délivrance du saint sépulcre. Mais puisque nous devons attendre quelques jours dans cette belle ville, pourquoi ne pas profiter de ce qu'elle nous offre : la douceur de vivre dans un site admirable et les plus célèbres jeux du monde ? Quand nous repartirons, nous n'en serons que plus allants et plus décidés !

Alaïs, qui écoutait, se pencha vers Flaminia.

— Heureusement que les Daniélis ne comprennent pas notre langue, chuchota-t-elle d'un air réprobateur. Ils seraient blessés par votre ingratitude, ma sœur. Oubliez-vous qu'ils nous ont accordé une grande faveur en nous permettant d'assister à ce spectacle ?

Flaminia fut dispensée de répondre. D'une seule voix, soutenue par l'orgue d'argent, la faction victorieuse reprenait ses los chantés : « Gloire à la Trinité, au Christ né de la Vierge, gloire à l'empereur, à l'impératrice, élus du Seigneur ! Gloire aux auriges vainqueurs ! Gloire aux Bleus ! Que triomphe la fortune de l'Empire et des Bleus ! »

Marianos, ses amis et Cyrille Akritas, qui n'avait plus obtenu un regard de Flaminia, s'en retournèrent vers les travées qui leur étaient réservées. Ce faisant, ils croisèrent une femme voilée qui se faufilait entre les gradins avec une célérité extrême.

La souplesse élégante de sa démarche, son allure étaient facilement reconnaissables.

— Mais voici Joannice qui vient vers nous ! remarqua Andronic.

La jeune femme parvint assez vite jusqu'au groupe qu'elle cherchait à joindre. Elle se pencha vers Icasia et lui parla à mi-voix. Son voile glissa alors et Flaminia vit les yeux noirs, brillants et soucieux, qui se tournaient vers elle et les siens. Les explications qu'elle fournissait semblaient contrarier sa sœur de lait et émouvoir Andronic. Quand elle en eut fini, le fils du maître parfumeur se leva pour aller informer le père Ascelin.

— Après notre départ, lui dit-il en latin, dame Berthe a été prise par de nouvelles douleurs particulièrement violentes. La nourrice de ma femme, prévenue par votre servante, a demandé à Joannice d'alerter le professeur arménien qui avait déjà soigné votre malade. Il était absent. Sans doute assiste-t-il aux courses ici même. Dans la cohue, on ne peut le retrouver. Joannice a songé au guérisseur que consulte d'ordinaire sa mère. Cet homme est venu, a constaté l'intensité des souffrances subies par dame Berthe et a prescrit une potion de sa composition, sans obtenir de résultats appréciables. Devant l'état de la patiente, Joannice a décidé de venir nous trouver pour nous mettre au courant. Je crois qu'elle a bien fait.

Brunissen se leva.

— Partons, dit-elle, partons tout de suite ! Allons rejoindre grand-mère. Nous n'aurions pas dû la laisser sans aucun de nous auprès d'elle !

Le père Ascelin, Flaminia, Alaïs, Landry l'imitèrent sur-le-champ.

— Je vais vous accompagner, dit Andronic. Nos serviteurs risquent de mener trop mollement votre voiture. Je dois être là pour les activer.

— Je peux m'en occuper à votre place, proposa Joannice.

— Merci. Reste auprès de ta maîtresse. Elle s'est pâmée durant la première course et peut encore avoir besoin de tes services.

— Tu vas donc me laisser pour te précipiter au secours de ces Celtes ? s'écria en grec Icasia avec véhémence. Tu préfères prendre soin d'étrangers que de ta propre épouse !

Quelques têtes se tournèrent dans leur direction.

— Obéis-moi, Joannice, reprit Andronic dont l'expression s'était à nouveau durcie. Je reviendrai vous retrouver dès que j'aurai accompli les obligations que m'imposent les plus élémentaires devoirs de l'hospitalité.

Sans intervenir dans la courte discussion, Théophane Daniélis approuva cependant d'un geste ce que venait de dire son fils. Les Chartrains s'en allaient déjà en direction des Carceres, vers la sortie. Andronic les suivit.

4

Des baguettes d'oliban se consumaient en volutes au-dessus du pot de terre vernissée qui les contenait. Posées sur un coffre appuyé à l'un des murs de la chambre, elles dégageaient de si puissants effluves que les relents de la maladie en étaient tenus en respect. Une bougie de cire vierge, teintée de safran, brûlait sur un trépied installé à la tête du lit de Berthe la Hardie, qui dormait. En y dessinant des ombres, la lumière, à peine mouvante, accentuait les cernes des yeux, la ride qui creusait le front entre les sourcils et celles qui encadraient la bouche en lui conférant une expression de lassitude enfin avouée. Les tisons de l'âtre et la lampade à huile, qui animait de sa lueur vermeille l'icône occupant le coin le plus en vue de la pièce, constituaient avec la bougie le seul éclairage nocturne.

Par respect pour les habitudes pieuses des Daniélis, la famille du parcheminier avait adopté l'icône dont le visage mystérieux, patiné et doré, présidait aux destinées de ceux qui logeaient sous ce toit. Chaque soir, des servantes venaient en renouveler le combustible.

Le silence régnait dans la petite maison enveloppée de nuit. Le père Ascelin et Landry n'étaient pas encore rentrés de leur visite quotidienne au camp des croisés, qui demeuraient parqués, pour peu de temps espérait-on, au-delà des trois cents tours aux mille créneaux des remparts byzantins. A leur retour, ils donneraient des nouvelles des amis demeurés éloignés, des chevaux, des bruits qui couraient, de l'effervescence qui agitait le peuple de Dieu. On saurait peut-être s'il était vrai que la ville de Nicée, dont on parlait tant sans en rien connaître, avait réellement été attaquée par les armées franques déjà parvenues sur la rive orientale. On apprendrait sans doute enfin à quelle date avait été fixé le départ des soldats et des pèlerins qui attendaient avec tant d'impatience l'ordre de plier bagage et de franchir à leur tour le bras de mer qui les séparait d'un au-delà rêvé...

« C'est alors que tout deviendra difficile pour nous, songeait Alaïs, assise sur un coussin contre la couche de son aïeule endormie. Avec la maladie de grand-mère, qu'allons-nous pouvoir faire ? Qui partira ? Qui restera près d'elle puisqu'il faudra bien en venir à nous séparer ? Pour moi, je sais ce que je souhaite. Pourrai-je y parvenir ? Que Dieu nous garde en des moments si malaisés ! »

Elle soupira et se remit à égrener le chapelet en bois d'olivier que son frère lui avait rapporté d'une de ses sorties en ville.

Les trois sœurs et Albérade, qui filait à la lueur de l'âtre, entouraient la couche où Berthe se reposait, comme un soldat blessé sur un champ de bataille.

Depuis le retour précipité de la veille, où on l'avait retrouvée recroquevillée sur son matelas souillé de sanglantes déjections, les lèvres à vif tant elle les avait mordues pour ne pas hurler, sa famille ne l'avait plus quittée. Durant une nuit qui lui avait apporté tour à tour moments de crise et de rémission, ses petits-enfants et sa servante s'étaient relayés, deux par deux, pour la changer, la laver, la soigner...

Dès avant l'aube, Andronic était revenu s'enquérir de l'état de la malade. Mis au courant, il avait aussitôt fait demi-tour pour aller chercher une seconde fois le professeur arménien. Et c'est alors que le calme nocturne commençait à être rompu par les bruits du réveil de l'immense agglomération, qu'ils étaient réapparus tous deux.

Le tintement si particulier des simandres, ces plaques de métal et de bois assemblées entre elles en une sorte de carapace qui faisait office de cloches dans les églises de Constantinople, déchirait soudain la paix matinale pour appeler les fidèles à l'office.

Le professeur arménien avait prescrit un électuaire, recommandé la diète et ordonné l'application de compresses tièdes trempées dans un récipient apporté avec lui. Il contenait une mixture foncée, qui devait demeurer au chaud près des braises d'un foyer entretenu, en cette saison, pour les seuls besoins de la malade.

— Il faudra veiller à changer les compresses dès qu'elles cesseront d'être à la bonne température, avait traduit Andronic avant de repartir avec le mire, dont, sous le chapeau à larges bords, on voyait seulement briller les petits yeux noirs, vifs, observateurs, et s'épandre une épaisse barbe poivre et sel.

Reprise par de fortes douleurs en fin de matinée, Berthe ne s'était endormie qu'après avoir bu une décoction de pavot plus forte que les précédentes, que la nourrice d'Icasia, venue s'informer, avait fini par lui confectionner. On approchait alors de l'heure de none.

Depuis, le silence régnait.

A genoux sur un coussin, Brunissen priait au chevet de sa grand-mère. Sa prière était entremêlée de réflexions. Elle demandait au Seigneur où se trouverait son devoir quand il serait devenu clair pour tous que la malade ne pourrait repartir avec les siens. Son mal paraissait à présent trop grave, trop douloureux, pour qu'il lui fût encore possible de prendre la route. Jusqu'à une guérison dont l'éventualité semblait chaque jour davantage s'éloigner, il lui faudrait demeurer à Constantinople.

« Où ? Où, Dieu de bonté ? Les Daniélis accepteront-ils de garder chez eux, même en un logis dissimulé dans un coin lointain de leur jardin, une vieille femme si durement atteinte ? Et si, par sollicitude, ils continuaient à l'héberger ici, qui veillerait sur elle ? Lequel d'entre nous, chargé de cette tâche, se verrait contraint à renoncer au pèlerinage sacré de Jérusalem ? Qui resterait dans cette ville étrangère, si différente de nos bourgs, si inquiétante à l'abri de ses splendeurs ? Moi ? Serait-ce moi ? Un pareil renoncement me sera-t-il imposé ? O mon Seigneur, vous me connaissez : en dépit de son caractère indompté, vous savez que j'aime mon aïeule. Mais je ressens un tel désir de continuer mon chemin vers Votre saint sépulcre ! Pour aller vers Vous, n'ai-je pas quitté l'homme auquel j'étais destinée, que j'aimais, que j'aime sans doute encore ?... Bien que le temps et la distance estompent sans cesse un peu plus l'image de mon fiancé au fond de mon cœur... et jusqu'au souvenir de son image. C'est comme si une main invisible, une main obstinée, effaçait un dessin tracé dans le sable... O Dieu d'Amour, cette main n'est-elle pas la Vôtre ? N'êtes-Vous pas en train d'occuper en moi toute la place disponible ? Votre présence n'abolit-elle pas toute autre présence ? Ne suis-je pas sur le point d'oublier en Votre faveur celui que je ne me souviens plus d'avoir ou de ne pas avoir véritablement chéri ? »

Déjà, quand la nef s'était éloignée de l'abîme où gisait le corps de son père, Brunissen avait pressenti que son attachement pour Anseau le Bel pourrait bien se voir usé, comme un tissu trop longtemps porté, par les heures, les jours, les mois de pérégrination qui l'entraînaient plus loin, toujours plus loin de lui... La distance, les rencontres, les pays si nombreux, si nouveaux, la navigation et l'accident survenu à

Garin, enfin, qui l'avait ébranlée jusqu'au tréfonds d'elle-même, tout avait concouru à modifier ses sentiments.

Au fil de ce long et lent pèlerinage, son esprit avait changé, mûri. De réflexions en raisonnements, d'examens de conscience en retours sur elle-même, la jeune fille en était venue à se détacher de l'attrait qu'exerçait naguère sur elle son fiancé. Ses sentiments d'alors lui paraissaient puérils, superficiels. Elle s'interrogeait également sur les chances de survie du penchant que lui avait témoigné Anseau. Il n'était guère aisé pour un jeune et beau garçon comme lui de demeurer fidèle à une amie partie aussi longtemps, pour des régions incertaines, sans même qu'on sût quand il lui serait possible de revenir... si, toutefois, elle revenait un jour ! Des phrases, des attitudes lui remontaient à la mémoire. Son promis n'était-il pas plus égoïste que généreux, plus préoccupé de lui que d'elle ? Sans compter les jolies filles restées à Chartres, qui devaient tourner autour du bel esseulé dans l'espoir de le consoler sans plus attendre ! Il apparaissait maintenant à Brunissen qu'une aussi longue séparation ne pouvait qu'anéantir un engagement de prime jeunesse, comme l'était le leur.

Elle soupira, changea de position en faisant porter le poids de son corps d'un genou sur l'autre et tira un peu le tissu de son bliaud de toile bleu vif. Les légers plis de l'étoffe la gênaient dans son agenouillement. Elle releva la tête pour regarder sa grand-mère endormie. En dépit de ses souffrances et de son amaigrissement, les traits de Berthe conservaient l'aspect volontaire, hardi, qui lui avait valu un tel surnom.

« Avec ce menton accusé, ces mâchoires un peu lourdes, ces fortes pommettes et le nez qui paraît plus pointu depuis qu'elle a maigri, se dit la jeune fille, grand-mère ressemble parfaitement à ce qu'elle est : une femme courageuse, résolue, sans davantage de mansuétude envers les faiblesses d'autrui qu'envers les siennes propres. Une personne parfois tyrannique et assez dure, mais avec un cœur capable d'une violente tendresse. Un seul être a su la lui inspirer : son enfant unique, notre cher père... Du ciel, à présent, il doit veiller sur elle. La mort a transformé le fils en protecteur de sa mère... Que peut-il demander pour elle au Seigneur Dieu ? De lui laisser accomplir jusqu'au bout un pèlerinage dont la sainteté n'est pas niable mais dont la réussite décuplera son orgueil et son esprit de domination, ou bien de la reprendre en cours de route, dépouillée de sa force, réduite à l'essentiel, c'est-à-dire à la foi toute nue, qui est renoncement ? »

Avec un frôlement léger, la portière qui fermait la chambre se souleva.

Flaminia, qui faisait face à l'entrée de la pièce, redressa un visage enfoui jusque-là entre ses mains jointes. Ses yeux, si semblables aux scintillantes mosaïques de smalt, étaient fixes. Leur regard, tout entier tourné vers l'intérieur, semblait ne pas voir. Il lui fallut un bref instant pour devenir à nouveau présente...

Joannice se tenait debout sur le seuil.

— Dieu vous garde, dit-elle à mi-voix, avec affabilité, en latin.

Puis elle laissa retomber la portière derrière elle avant de s'avancer de quelques pas.

— Entrez, dame, entrez, proposa avec un peu de retard Brunissen, tirée, elle aussi, de sa méditation par l'arrivée inattendue d'une personne qui ne s'était jamais encore rendue chez les Francs depuis leur aménagement.

La sœur de lait d'Icasia remercia d'un sourire et d'une inclinaison de tête avant d'aller s'incliner devant l'icône, de se signer puis de se baiser le pouce.

— J'espère ne pas vous déranger, reprit-elle ensuite en employant toujours le latin avec aisance. Mais je n'ai pas encore eu l'occasion de venir jusqu'à vous.

Sur un signe de Brunissen, Albérade débarrassa des écheveaux de laine qu'elle avait entassés sur un siège sans dossier, aux pieds croisés. Avec une petite table, le lit et le trépied sur lequel était posée la bougie, il était un des rares meubles trouvés sur place par les voyageurs. Leurs coffres avaient dû fournir le plus clair de l'ameublement.

— Je souhaitais prendre des nouvelles de votre malade, dit Joannice tout en s'asseyant.

Ses gestes étaient mesurés, élégants, sa voix douce et ses prunelles de gazelle observaient avec un intérêt qui ne pouvait être qu'amical les trois sœurs qui l'entouraient.

— Dieu sait combien nous vous sommes reconnaissants de nous héberger comme si nous faisions partie de votre parentèle, reprit Brunissen. Nos pauvres compagnons de route logent pour la plupart dans des conditions fort précaires ! Que le Seigneur vous bénisse tous et protège votre maison !

Souple comme le chat égyptien qu'elle s'était vue contrainte, à son grand regret, de laisser sur le bateau, Alaïs se pencha, prit la main de la visiteuse et la baisa. La jeune femme retira prestement ses doigts de la légère étreinte qui les retenait.

— Ainsi que vous l'a fait remarquer Andronic à l'Hippodrome, nous ne faisons qu'obéir aux lois sacrées de
l'hospitalité, dit-elle tout en considérant tour à tour chacune
des adolescentes assises autour d'elle sur des coussins éparpillés.

Alaïs sourit, Brunissen inclina le front en signe d'assentiment, Flaminia détourna la tête.

— Icasia ne s'est guère manifestée à vous depuis que vous
nous faites l'amitié de loger ici, reprit Joannice, mais il faut
que vous lui pardonniez : elle mène une vie des plus occupées.
A la cour, elle fait partie des personnes très en faveur auprès
de la basilissa et de sa fille aînée, la princesse Anne. Vous
avez sans doute déjà entendu parler de notre princesse qui,
en dépit de son jeune âge (elle a quatorze ans), fait montre d'un
savoir exceptionnel, dû à une instruction tout particulièrement
soignée. Elle est mariée à un homme lui aussi remarquable,
Nicéphore Bryenne, qui est à la fois un illustre guerrier, un
grand diplomate et un fin lettré. Ils s'adorent. Les autres
enfants du couple impérial sont encore trop petits pour pouvoir
être comparés à leur illustre sœur ! Ils n'ont aucune influence
à la cour, où la princesse Anne règne sur les esprits et les
cœurs. Toute dévouée à l'impératrice, Icasia l'est donc de la
même façon envers sa fille. Elle se voit souvent mandée au
Palais afin d'y être reçue, avec les rares privilégiées admises
à participer aux réceptions ou aux fêtes données par notre
souveraine, dans l'intimité du gynécée impérial. Grâce à la
profession des Daniélis, elle occupe une place toute particulière auprès de la basilissa, qui s'en remet à elle avec la plus
entière confiance quand il s'agit du choix de ses fards,
onguents, huiles et autres parfums.

Un bref silence suivit ces explications.

— Pour nous qui venons de si loin, par des chemins souvent
éprouvants et meurtriers, poussés par une foi qui est notre
unique viatique, remarqua au bout d'un instant Brunissen d'un
air songeur, cette existence de fastes et de raffinements que
vous nous décrivez demeure si éloignée de nos pensées qu'elle
nous paraît presque irréelle. Par le Dieu tout-puissant, nous
avons tout quitté à l'appel du pape afin d'aller avec nos
armées délivrer le tombeau du Christ ! Comment voulez-vous
que nous puissions comprendre l'importance de tout ce que
vous venez d'évoquer devant nous ?

— N'en veuillez pas à ma sœur, murmura Alaïs en inclinant
la tête comme pour demander merci. Elle ne veut pas le moins
du monde vous blesser, mais il est vrai que Constantinople est

sans doute trop séduisante, trop brillante, trop riche pour les simples pèlerins que nous sommes...

Joannice sourit, hocha sa tête brune et changea de conversation.

— Et vous, belle amie, dit-elle en s'adressant pour la première fois directement à Flaminia, que pensez-vous de tout cela ? Je n'ai pas encore entendu le son de votre voix.

— C'est une bien grande merveille, par ma foi, que ce silence ! s'écria Alaïs, heureuse de la diversion qui leur était offerte. Dans notre famille, ma sœur Flaminia passe pour la plus bouillante, la plus passionnée de nous trois !

— Mais pas la plus bavarde ! C'est plutôt à vous que cet emploi est réservé, corrigea vivement Brunissen. Vous savez aussi combien elle est attachée à grand-mère, combien sa maladie la tourmente...

Flaminia s'empourpra.

— Sur mon âme, cessez donc de parler de moi comme si je n'étais pas là ! protesta-t-elle d'une voix sourde. Si je me tais, c'est sans doute que je n'ai rien à dire !

Comme elles avaient toutes un peu élevé le ton en se laissant emporter par des propos qui succédaient si curieusement au silence précédent, Berthe la Hardie, troublée dans son sommeil, gémit plusieurs fois de suite.

D'un bond, Flaminia se releva pour s'élancer vers le lit sur lequel était couchée la malade. Penchée au-dessus d'elle, l'adolescente demeura un moment à l'écoute, guettant ses plaintes inarticulées et les contractions de ses traits.

— La décoction de pavot qu'a bue votre grand-mère est assez forte pour que rien ne puisse la tirer de son sommeil, assura alors Joannice d'un air tranquille. Moi aussi, je connais un peu les propriétés des plantes et leurs effets. Votre grand-mère va dormir longtemps et rien ne pourra la déranger durant plusieurs heures, croyez-moi !

Elle se retourna alors vers Alaïs.

— Puisque vos sœurs et votre servante veillent si bien votre aïeule, pourquoi ne viendriez-vous pas un moment avec moi visiter la maison des Daniélis que vous ne connaissez pas encore ? lui demanda-t-elle. Icasia est absente. Elle ne rentrera pas avant matines. Une fête est donnée ce soir au Palais en l'honneur de Mabille, une des sœurs du seigneur Bohémond de Tarente qu'il a amenée en campagne avec lui. Ce sera une belle réception. Elle durera au moins jusqu'à la moitié de la nuit. La route est libre... N'êtes-vous pas tentée de découvrir la manière de vivre des Byzantins qui vous reçoivent ?

Alaïs hésitait quand un bruit de voix masculines se fit soudain entendre dans la salle voisine qu'il fallait traverser pour parvenir auprès de Berthe la Hardie.

La portière se souleva de nouveau. Le père Ascelin, Théophane Daniélis, qui venait souvent voir ses invités, et Landry pénétrèrent dans la chambre où stagnait l'obsédante odeur de l'encens. En découvrant la présence de Joannice près des trois sœurs, le maître parfumeur parut surpris. Il n'eut cependant le temps de faire aucune remarque. Brunissen s'était prestement retournée. Désignant d'un geste la malade endormie, elle posa un doigt sur ses lèvres et entraîna tout le monde hors de la chambre.

Flaminia et Albérade restèrent seules avec l'aïeule.

Dans la vaste pièce éclairée par un grand lustre de bronze en forme de couronne où brûlaient deux douzaines de bougies, il faisait moins lourd. L'air était plus léger.

— Quelles nouvelles nous apportez-vous ? demanda Brunissen dès que tout le monde eut pris place sur les banquettes de tapisserie multicolore qui entouraient la table.

Le père Ascelin rejeta sa chape noire sur le dossier de son siège avant de prendre la parole.

— Tout bouge dans le camp, dit-il ensuite. Tout se met en place. J'ai longuement parlé avec le comte de Blois. C'est un seigneur sage et prudent. Eh bien, Dieu le sait, il est, lui aussi, décidé à ne plus attendre davantage ! En dépit de la forte impression produite sur son esprit par l'empereur, dont il ne cesse de louer la bienveillance et l'empressement à son égard, il veut partir. Notre traversée est imminente.

— Alléluia ! Alléluia ! s'écria Landry qui ne se lassait pas d'ouïr de telles paroles. Ce n'est pas trop tôt ! Le diable m'étripe si toutes mes pensées ne tendent pas vers le moment béni du départ ! Tout au long du chemin, je n'ai cessé de rendre grâce au Seigneur pour une si bonne nouvelle !

— Calmez-vous donc, jeune étourneau, ordonna le prêtre. Ce qui va débuter sur la rive orientale de l'Empire ne sera pas une partie de plaisir, loin de là ! Ce sera la plus considérable aventure que la chrétienté ait connue depuis qu'elle a échappé, voici des siècles, aux persécutions romaines et depuis les grandes invasions. Les Sarrasins sont de redoutables ennemis. Il faut le savoir. Ils tiennent, pour les avoir prises aux Nouveaux Romains, toutes les places fortes nous séparant de Jérusalem. Nous aurons à les reconquérir les unes après les autres. Ils occupent l'ensemble du territoire et connaissent parfaitement une contrée que nous ignorons dans son entier... Ils sont plus nombreux aussi que nous ne pourrons jamais parvenir à l'être malgré nos cinq armées...

— Pourtant, chacun s'accorde à reconnaître que nulle part, en aucun pays, on a dénombré un tel afflux d'hommes d'armes ! coupa Landry. Pensez donc : en plus de nos Francs, il y a les Flamands, les Lorrains, les Normands, les Provençaux et les Normands de Sicile ! A la tête de ces troupes, ne trouve-t-on pas à foison des seigneurs valeureux, preux entre les preux ? Monseigneur de Monteil, à qui le pape nous a tous confiés, bien sûr, mais aussi Hugues le Maisné, frère de notre roi Philippe, Godefroi de Bouillon, ses frères Eustache et Baudouin de Boulogne, leur cousin Baudouin du Bourg... Robert de Flandre, Raimond de Saint-Gilles, le fameux comte de Toulouse dont on vante la ténacité et la sagesse, sans parler de Bohémond de Tarente, dont nul n'ignore qu'il est audacieux jusqu'à la témérité, et son neveu Tancrède, le plus jeune, mais non pas le moins courageux de nos chefs... Il ne faut pas omettre pour autant la multitude des bons chevaliers, durs à la bataille, eux aussi. Solidement encadrés, entraînés par ces hauts barons comme par les seigneurs de moindre importance, nos soldats vont se ruer au combat qu'ils livreront sous le regard de Dieu !

Théophane Daniélis soupira.

— Tous ces vaillants guerriers ne seront pas de trop pour venir à bout de nos adversaires communs, dit-il. Comme le Mal, les Sarrasins sont légion ! Ils se sont rendus maîtres de l'ensemble de nos anciennes possessions d'Asie Mineure. Ils contrôlent routes, montagnes, points d'eau, ravitaillement et jusqu'à la mer ! N'oublions pas que les Turcs vivent depuis des lustres en pays conquis, ce qui les a amenés à rester toujours sur leurs gardes ! Ce sont, d'abord, des envahisseurs et des conquérants !

— Dieu merci, ils ne s'entendent guère entre eux, remarqua Joannice en intervenant avec à propos dans la conversation. Les princes Seldjoukides s'entre-déchirent. Après la disparition du sultan Malik chah, ses héritiers n'ont pas cessé de se livrer à de constantes luttes intestines. Il n'y en a pas un qui ne veuille le pouvoir. Il me semble que vous avez eu de la chance ou, plutôt, que le Seigneur vous a guidés. Vous arrivez ici au moment opportun, celui où il est probablement possible pour une expédition déterminée comme la vôtre de jeter bas la puissance haïe des mécréants !

On la considéra avec étonnement. Comment cette jeune femme raffinée, qui ne quittait guère la maison et son gynécée, était-elle au courant de tant de choses ?

Consciente de l'effet produit, elle se mit à rire.

— Que n'apprend-on pas grâce aux eunuques ? expliqua-t-elle de son air mi-amusé, mi-provocateur. Il n'est que d'écouter les propos de Gabriel Attaliate pour ne rien ignorer de ce qui se passe sur toute l'étendue de l'Empire.

— Il est vrai que Gabriel est admirablement renseigné, reconnut le maître parfumeur. Pour une fois son bavardage se sera exercé avec utilité, et vous avez raison de dire, Joannice, que la main de Dieu dirige cette colossale entreprise. Mes amis, votre venue témoigne d'un si heureux concours de circonstances qu'elle ne peut être que d'inspiration divine !

— Alors, quand partons-nous ? reprit Landry. Sur mon salut, nous n'avons déjà que trop perdu de temps !

— Notre départ est fixé aux premiers jours de la semaine prochaine. Nous rejoindrons à Pélékan le gros des cinq armées, bien que Godefroi de Bouillon et les siens se soient mis en marche dès la fin des calendes d'avril. Il semble même, chose que je vous ai tue jusqu'à présent, mon beau neveu, que la rumeur selon laquelle ils auraient attaqué Nicée soit justifiée.

— Sans nous attendre ! Sans nous attendre ! répéta avec indignation Landry. Mais c'est une trahison..., une véritable trahison !

— Soyez tranquille, assura avec gravité le père Ascelin, ils n'ont pas encore pris Nicée ! Il y aura du sang et des souffrances pour tout le monde. Vous ne manquerez pas de coups à donner ni même, hélas ! à recevoir...

— Dieu veuille que ce ne soient que des coups sans gravité, soupira Brunissen. Oui, Dieu le veuille, Lui qui a dit : « Tu ne tueras pas. »

Il y eut un silence. Joannice se leva.

— Je vais rentrer, dit-elle. Je dois aller surveiller les servantes.

Alaïs remarqua qu'elle ne lui renouvelait pas l'offre de visiter la grande demeure. Elle mit cette omission sur le compte de la présence de Théophane Daniélis, opinion confirmée par la remarque du maître parfumeur quand le bruit des pas de la jeune femme se fut éloigné.

— Je crois que je ne saurai jamais que penser de Joannice, avoua-t-il avec un mouvement de sourcils plein de fatalisme. Comme je ne m'entends guère avec ma belle-fille dont elle est la sœur de lait, je me suis longtemps méfié d'elle. Durant les premières années du mariage d'Andronic et d'Icasia, je la soupçonnais même de m'espionner, d'espionner tout ce qui se passait chez moi. Maintenant je me demande si je ne me suis pas trompé... à moins qu'elle n'ait beaucoup changé... Depuis un certain temps, il m'a été donné de faire à son sujet des remarques qui tendraient à prouver qu'elle considère Icasia avec plus de clairvoyance que sa mère, la nourrice que vous connaissez. Joannice est intelligente et avisée, mais j'ignore ses sentiments, tant à notre égard, à mon fils et à moi, qu'à celui de ma bru. Elle me semble très mystérieuse.

— Je voudrais bien savoir pourquoi elle est venue nous voir, dit Brunissen. Jamais, jusqu'à ce jourd'hui, elle n'avait mis les pieds ici. J'ai eu l'impression qu'elle cherchait à se renseigner. Mais je ne vois pas sur qui ni sur quoi.

Flaminia sortit de la chambre où elle était demeurée près de sa grand-mère.

— J'étouffe, lança-t-elle. Après tant de mois passés sur les routes ou sous les tentes, en pleine nature, je supporte mal de rester enfermée dans une pièce close et remplie de fumée d'encens !

Elle eut un sourire d'excuse envers leur hôte.

— Non pas que ce parfum me déplaise le moins du monde, reprit-elle, je l'aime même beaucoup parce qu'il me rappelle notre église... ; mais il alourdit à tel point l'air que j'ai l'impression d'avoir la poitrine pleine de brume.

— Si nous allions un moment dans le jardin ? proposa Alaïs. Je marcherai volontiers dehors, moi aussi.

— Mes enfants, il fait nuit..., hasarda le père Ascelin, et nous allons bientôt souper.

— Par Dieu ! Soupons d'abord, décida Landry. Nous irons ensuite nous promener...

Le maître parfumeur quitta ses amis pour rentrer chez lui.

Apporté par ses serviteurs, le souper fut bientôt achevé.

— Sortons à présent dans le jardin, proposa l'adolescent. Il fait si doux et la lune est magnifique ce soir... Allons, mes sœurs, je vous emmène. Ne craignez rien pour nous, mon oncle. Nous connaissons à présent le domaine dans ses moindres recoins.

Comme leur grand-mère dormait toujours, les filles du parcheminier la laissèrent sous la garde d'Albérade et acceptèrent de sortir.

Dehors, une brise légère froissait les feuillages, véhiculait des parfums de fleurs, apportait dans sa traîne les rumeurs assourdies de la ville dont on savait que certaines rues, la nuit, étaient particulièrement bruyantes, dangereuses, livrées à la fête la plus licencieuse. Au loin, on entendait le cri espacé des sentinelles qui veillaient sur les remparts.

Les quatre promeneurs respiraient avec délices l'air nocturne que la pleine lune teintait de ses reflets de cendres bleues.

— Dans ce pays, le ciel semble plus proche, les astres plus nombreux, plus gros, plus brillants que chez nous, remarqua Flaminia. Les nuits de Constantinople sont plus belles que les nôtres !

— Je ne sais, murmura Alaïs. En été, nous avons de bien douces vesprées...

— Alaïs a raison, dit Landry. Je trouve, ma sœur, que vous faites montre d'une admiration excessive envers cette ville. Elle est magnifique, certes, mais vous apportez à la louer une sorte de ferveur qui me surprend de votre part. Naguère, vous ne rêviez que de Jérusalem. Il me semble, à présent, que vous vous attarderiez volontiers entre ces murs...

— Que voulez-vous, j'aime les rivages qui bordent la mer Méditerranée, répondit la jeune fille avec une sorte d'acceptation rêveuse fort étrangère à ses habitudes.

Brunissen s'arrêta au bout d'une allée.

— Je vais retourner auprès de grand-mère. Vous autres, continuez à vous promener, à profiter d'une tranquillité dont nous serons bientôt privés.

Alaïs se pendit au bras de son frère.

— Je dois vous parler d'une idée qui m'occupe, chuchota-t-elle. Il s'agit de Bohémond. J'ai besoin de vos conseils et de votre aide...

Flaminia se détacha d'eux. Seule, elle se dirigea vers le bassin aux lotus qu'elle préférait à tous les autres coins du jardin. Pour l'atteindre, il lui fallait suivre une allée de cyprès, fraîche, ombreuse, protectrice dans la journée mais fort sombre la nuit. Les grands résineux y formaient une double haie géante, infranchissable, dont les feuillages persistants vêtaient les troncs élancés de longues chapes vert foncé. Sous les branches, qui formaient en se rejoignant à leurs cimes un sanctuaire de verdure, l'air était tellement imprégné de l'odeur de résine qu'il en devenait plus suave que si on y avait répandu les plus précieux aromates... Cependant, comme la lumière fragile de la lune n'y pénétrait pas, Flaminia longea les arbres en marchant sur les pelouses, souples sous ses semelles comme les tapis persans de leur nouveau logis. Afin d'en mieux profiter, elle retira même ses chaussures de cuir ponceau, achetées au passage en Italie. Pieds nus sur l'herbe rase qu'elle foulait avec volupté, elle avançait sans bruit, silencieuse comme l'ombre projetée derrière elle par la clarté lunaire.

Des éclats de voix, les échos d'une violente altercation l'immobilisèrent soudain. Dans l'allée qu'elle avait préféré éviter, dissimulés par l'épaisse muraille végétale élevée par les cyprès, deux hommes se querellaient. Ils parlaient grec. Flaminia ne pouvait pas les comprendre ni savoir de quoi il s'agissait, mais elle reconnut la voix d'Andronic, vibrante de fureur et d'amertume.

Figée par l'émotion, son cœur heurtant si durement sa poitrine qu'il en étouffait une partie des farouches accents de la dispute, Flaminia demeura un moment immobile, incapable de faire un geste... Pourtant, elle voulait comprendre. Tout doucement, elle reprit sa marche et glissa sans bruit vers l'extrémité de la pelouse. Elle savait déboucher près du bassin où fleurissaient les lotus.

Elle gagna sans difficulté le rond-point dont ils ornaient le centre, puis elle se faufila derrière la vasque de marbre que surmontaient les longues tiges charnues, foisonnantes, mollement balancées par un faible vent du sud qui venait du large... Accroupie à l'abri de la haute margelle couronnée de fleurs encloses et de boutons rendus opalescents par les reflets lunaires, Flaminia attendit... Bousculée par de brusques incursions de bouffées résineuses, une fade odeur d'eau stagnante l'enveloppait, évoquant les lointains marais chartrains de son enfance...

Au bout d'un moment, courant, bondissant ainsi que ses coursiers, Marianos apparut. Il semblait au comble de la colère et traversa en quelques foulées rageuses l'espace éclairé où trônait le bassin, puis disparut.

Après un long silence, l'adolescente perçut le bruit d'un autre pas qui se dirigeait dans sa direction. Andronic sortit à son tour de la voûte odorante qui l'avait abrité jusque-là. Il avançait avec lenteur, la tête inclinée sur la poitrine. Son allure trahissait une profonde affliction. Il demeura un instant devant les lotus, sans un regard pour eux, les bras pendants, sa haute taille courbée par un tourment qui infléchissait sa nuque et ses épaules.

Quand il releva le front, Flaminia, de sa cachette, vit qu'Andronic pleurait. Avant de se perdre dans la barbe brune et bouclée qui devait être si douce, les larmes qui coulaient sur son visage y laissaient des traînées qu'argentaient les rayons de lune. Sans bruit, en un silence qui rendait plus

poignant ce chagrin d'homme, Andronic s'abandonna à une
sorte de désespoir convulsif. Il épouvanta et déchira celle qui
assistait malgré elle à une crise intime qui ne lui était pas
destinée. Eperdue de gêne, d'émoi, de curiosité mais aussi
d'une sorte d'ivresse qui lui montait du cœur à la gorge, elle
resta tapie à l'abri des souples tiges complices...

Du tréfonds de son être naquit alors, s'enfla, déferla une
vague amoureuse qui la suffoqua comme si elle était réellement engloutie dans une mer vertigineuse, au vif de l'eau...
Elle pensa à son père immergé, submergé, enseveli dans les
flots... En le perdant, elle avait cru que, désormais, son avenir
n'aurait plus de visage. Voici que, d'un seul coup, en comprenant enfin ce qui l'agitait depuis son arrivée à Constantinople,
elle découvrait qu'à partir de cet instant son destin venait de
revêtir une autre apparence, d'emprunter de nouveaux traits.

Elle leva les yeux et vit les lotus dont les boutons, gonflés
de sève, se dressaient vers le ciel nocturne. Elle frissonna.
Un instinct viscéral, sans merci, lui laissa deviner que, de
l'adolescente qui venait de s'abîmer dans les eaux violentes
de l'amour, une femme était née à qui rien ne serait épargné
mais à qui rien non plus ne serait dérobé... Un cri la traversa :
« Seigneur ! donnez-le-moi ! Même si je passe le reste de ma
vie à expier ce péché ! »

Elle éprouva le désir forcené de se relever, de marcher vers
cet homme qui souffrait, d'entourer de ses bras les épaules
dont les tressaillements lui rappelaient ceux des plus nobles
chevaux de Garin quand ils frémissaient sous la morsure du
fouet... Elle n'en fit cependant rien et maîtrisa l'élan qui l'y
poussait. Même si elle pressentait qu'elle n'aurait pas été
rejetée par Andronic en un tel moment, elle savait aussi que
la fierté nous retient de révéler nos plus amers secrets, et que
l'orgueil viril demande toujours à être ménagé... Plus tard,
Andronic aurait pu en vouloir à celle qui serait devenue pour
lui le témoin d'un instant de prostration volontairement celé.

Le temps s'écoulait sans que Flaminia y prît garde... Elle
était pétrifiée, la tête bourdonnant comme une ruche, hors
d'elle...

Ce furent les appels des jumeaux qui rompirent le charme
qui unissait de manière furtive, par des voies souterraines et
à l'insu d'un des intéressés, deux êtres encore étrangers l'un
à l'autre si peu de jours auparavant.

En entendant leurs cris, Andronic se redressa, regarda autour
de lui, essuya avec hâte et maladresse ses yeux clairs, comme
un enfant pris en faute, et s'éloigna à grands pas...

Flaminia attendit un peu avant de quitter son abri, puis elle s'élança en courant vers son frère et sa sœur dont les voix se rapprochaient.

— Me voici, dit-elle en les rejoignant. Me voici. Mais, par la Sainte Mère de Dieu, taisez-vous ! Si vous continuez, vous allez ameuter tous les serviteurs des Daniélis !

Landry et Alaïs furent surpris de son air singulier et de l'éclat de son regard.

— Que diable faisiez-vous au bout de cette sombre allée ? demanda le garçon étonné.

— J'ai tout simplement rendu visite aux lotus, répondit-elle avec un sourire. Ce sont des fleurs enchantées, des fleurs fées, capables de métamorphoses, et qui détiennent de bien surprenants pouvoirs...

Le lendemain matin, Berthe la Hardie se trouva mieux. Le long sommeil dont elle émergeait l'avait apaisée ; ses douleurs à leur tour paraissaient endormies.

Ses petites-filles et sa servante procédèrent à sa toilette. Elles s'émerveillaient de bénéficier d'eau courante jusque dans cette maison de nourrices. Ainsi que toutes les autres riches propriétés de la ville, la demeure du maître parfumeur était équipée de canalisations de poterie à travers lesquelles circulaient les eaux captées au loin, dans les montagnes. Théophane Daniélis avait expliqué à ses amis que plusieurs aqueducs fournissaient en eau la cité impériale qui comportait, par ailleurs, d'innombrables sources et fontaines. Les établissements de bains y étaient nombreux et très fréquentés. De plus, il avait fort obligeamment offert à ses invités de se rendre autant qu'ils le jugeaient bon aux thermes privés, situés non loin de leur logement. Landry et le père Ascelin s'y étaient rendus à la première heure avant de partir visiter le quartier du port qu'ils ne connaissaient ni l'un ni l'autre.

Une fois sa toilette achevée, Berthe la Hardie, heureuse de se sentir propre et reposée, décida aussitôt de reprendre les événements en main.

— Par ma foi, si les remèdes de ce professeur arménien réussissent à me remettre sur pied, dit-elle, je partirai bientôt avec vous pour continuer notre pèlerinage !

Flaminia, qui enroulait des bandes de charpie d'un mouvement machinal, suspendit son geste.

— Dieu sait que nous sommes heureux de constater ce matin l'amélioration de votre état, dit-elle en se rapprochant du lit où sa grand-mère, bien accotée à plusieurs oreillers, était installée dans des draps frais. Mais elle est encore toute récente. Songer si vite à vous relancer sur les routes me semble un peu aventuré.

— Ne sommes-nous pas engagés, justement, dans la plus grande des aventures possibles ? interrogea l'aïeule. Et ne savez-vous pas, vous qui me ressemblez en tant de choses, qu'il ne faut jamais renoncer à un projet qui tient à cœur ?

Brunissen, qui venait de la chambre des demoiselles où elle était allée elle-même se laver et s'habiller, intervint.

— Pourquoi vouloir à tout prix prendre des décisions précipitées ? demanda-t-elle paisiblement. Si, dans un jour ou deux, vous vous sentez rétablie, vous viendrez avec nous, grand-mère, et nous nous en réjouirons tous. Dans le cas contraire, nous aviserons.

— J'ai beaucoup réfléchi depuis que nous sommes parvenus à cette étape, reprit Berthe. Je me suis fait bien du tracas à l'idée de la gêne que je vous occasionnais. Si, par malheur, et Dieu m'en garde, la mauvaiseté qui me tourmente me retenait encore dans cet endroit, il vous faudrait partir sans moi. Je demeurerais céans avec Albérade comme garde-malade. Elle suffirait à me soigner. Vous pourriez tous continuer le pèlerinage. Dès que je serais guérie, je vous rejoindrais.

— Que le Seigneur me maudisse si je vous abandonne dans cette ville étrangère, avec une servante comme unique soutien ! s'écria Flaminia. C'est impossible ! Je vous aime trop pour consentir à une semblable lâcheté !

Brunissen, qui finissait d'arranger son voile autour de son cou, interrompit l'enroulement de la légère étoffe pour considérer sa sœur.

Alaïs, elle, courut embrasser Flaminia.

— Comme je vous admire ! lança-t-elle avec émerveillement. Vous êtes la meilleure de nous tous ! Il faut un tel courage pour renoncer à notre marche vers Jérusalem, que je ne sais pas si j'en serais capable.

Berthe la Hardie opina.

— Je vous comprends tout à fait, petite, et pour une fois, je me sens plus proche de vous que de votre sœur. A sa place, je brûlerais moi aussi du désir de partir !

Brunissen achevait de nouer les deux extrémités de la longue ceinture de cuir clouté d'argent qu'elle avait enroulée autour de sa taille très mince, puis de ses hanches, avant de la ramener sur le devant de son bliaud d'où elle lui retombait jusqu'aux pieds.

— Je suis heureuse, grand-mère, de vous voir en de telles dispositions, affirma-t-elle. En parlant comme vous venez de le faire, vous nous rendez grand service. Pour ma part, je me sens poussée par une force divine vers la Cité sainte... vers cette unique Espérance...

Flaminia serra les lèvres. Ses prunelles brillaient d'un éclat orageux qui les fonçait tout à coup.

— Cessons de parler sans savoir, trancha-t-elle d'un ton qui rappelait celui de son aïeule en ses heures de colère. Nous verrons ce que le professeur arménien qui doit revenir cet après-dîner dira de votre santé. D'ici-là, nous ne pouvons que clabauder !

Brunissen sembla vouloir faire une remarque, mais elle se passa lentement une main sur les lèvres et se tut.

— Par tous les saints ! s'écria alors Berthe la Hardie, on pourrait croire que vous ne souhaitez pas véritablement ma guérison, Flaminia ! Pourquoi semblez-vous préférer me voir tramer ce maudit mal plutôt que d'envisager gaiement notre départ en commun après que je serai rétablie ?

Avec une soudaineté qui surprit tous les siens, pourtant accoutumés à sa fougue, l'adolescente éclata en sanglots. Elle se jeta avec violence sur le lit de sa grand-mère, saisit celle-ci entre ses bras, la serra contre elle.

— Ne dites pas de si affreuses choses ! cria-t-elle. Je vous en supplie au nom très haut du Christ ! Vous savez combien je tiens à vous, combien je vous aime, comme je prie de tout mon cœur pour que le Seigneur vous ait en Sa sainte garde ! Ne doutez jamais de ma tendresse ! Je vous le défends !

Elle couvrait de baisers les mains amaigries sur lesquelles saillaient des veines violettes.

Berthe sourit et retint entre ses paumes le visage bouleversé, autour duquel la chevelure rousse moussait de tous ses cuivres.

— Vous me rappelez à tel point mon Garin, dit-elle en secouant sa tête enserrée dans un linge blanc, vous lui ressemblez tant que je ne puis jamais vous en vouloir bien longtemps ! Vous possédez la même ardeur au cœur et la même toison de feu. Allons, je vous pardonne. Mais ne recommencez plus à vouloir me retenir ici contre ma volonté, ou je me verrai forcée de vous mettre à la raison !

Les enfants du parcheminier conservaient tous le souvenir des solides fessées jadis administrées par leur grand-mère. La phrase qu'elle venait de prononcer précédait presque toujours les corrections de ce genre. Elle amena un sourire sur les lèvres des trois sœurs.

Ce fut ainsi que les surprit Paschal qui venait, comme il aimait à le faire parfois, leur rendre visite. L'enfant se plaisait chez les Francs. Il leur racontait tout ce qui lui passait par l'esprit et même certains événements survenus chez lui.

— Je suis bien ici, dit-il au bout d'un moment de bavardage dans un latin déjà assez assuré. Savez-vous pourquoi ? Parce que personne ne s'y dispute devant moi. Mes parents, eux, se querellent souvent.

— On se chamaille dans tous les ménages, assura Berthe la Hardie après que Flaminia lui eut traduit la remarque de l'enfant. Certains prétendent même que rien n'est meilleur que les réconciliations qui suivent les brouilles conjugales.

— Moi, j'ai peur, reprit Paschal naïvement. Peur quand ils se font des scènes et qu'ils crient comme ce matin... J'ai quitté la maison parce que je n'aime pas les voir comme ça !

Brunissen eut un sourire plein de compréhension.

— Ne vous disputez-vous jamais vous-même avec vos amis ? demanda-t-elle. Il n'y a ni famille, ni groupe, aussi unis soient-ils, sans orage.

— Je ne sais pas, répondit l'enfant, mes parents ne sont jamais d'accord sur la façon de nous élever, Marianos et moi. Mon père est sévère. D'après ce que j'ai compris, il s'est fâché avec mon frère. Ma mère, comme toujours, soutient Marianos contre mon père...

Flaminia prit Paschal par la main.

— Venez, oublions toute cette histoire, dit-elle avec un entrain subit. Ensemble, nous allons faire de la charpie... Ensuite, pour vous consoler, je vous donnerai un gâteau de fleur de farine parfumé à l'anis... Je suis sûre que vous n'en avez jamais mangé de pareil. Il a été confectionné au camp des croisés par une amie à nous qui a chargé Landry de nous en rapporter plusieurs. Ils sont très bons.

Elle sortit avec l'enfant.

Quand Landry et son oncle rentrèrent de leur visite au port, qu'ils avaient souhaité voir en songeant au prochain embarquement pour Civitot, ils se montrèrent frappés par l'extrême pauvreté du quartier et la saleté de certaines des ruelles qu'il leur avait fallu suivre pour parvenir aux quais.

— Dieu Seigneur ! Quelle curieuse ville, s'exclama Landry. On y voit des palais admirables et, non loin d'eux, à quelques portées de flèche, des taudis qui bordent des ruelles sordides jonchées d'ordures ! Le long de leur fameuse avenue, la *Mesê*, les maisons sont en marbre, comme les portiques qui la décorent, ce ne sont que façades sculptées et enjolivées, mais aux approches du port, les pauvres logis sont en bois à demi pourri et certains ne tiennent debout que par habitude. Il paraît que la nuit les rues pullulent de voleurs et deviennent de véritables coupe-gorge !

— Ce que vous dites là, mon neveu, est vrai pour toutes les grandes villes, corrigea le père Ascelin. Vous refusiez de me croire quand je vous parlais des contradictions de Byzance. Maintenant vous êtes bien obligé de reconnaître que j'avais raison, mais ne tombez pas dans le travers opposé et ne soyez pas indigné de ce que vous venez de voir. Il en est de même à Rome et ailleurs.

— Vous avez sans doute raison, admit Landry avec son sourire désarmant. Mais cette matinée m'a cependant un peu dégoûté de Constantinople. J'ai maintenant envie de m'en aller encore plus vite !

— Sur ma foi, vous avez bien raison, approuva sa grand-mère. Nous perdons notre temps dans cette ville. Notre courage et notre foi risquent pareillement de s'y affadir. Puisque je me sens en voie de guérison, je suis toute prête, comme vous, à reprendre la route en votre compagnie.

Pour signaler sa présence, quelqu'un frappa alors dans ses mains, derrière la portière qui séparait la salle de la chambre de Berthe. Alaïs, qui se trouvait avec Landry près du passage reliant les deux pièces, souleva la tapisserie. Ce qu'elle vit la surprit tellement qu'elle poussa un léger cri et recula contre le mur.

Un homme apparut sur le seuil. Grand et mince, le visage glabre, la chevelure noire bouclée avec art, il était vêtu d'une tunique étroite et longue de soie chatoyante où se jouaient toutes les nuances du rose, du mauve et du violet, brodée de plumes et de fleurs stylisées. Au bout d'une longue et lourde chaîne, brillait sur sa poitrine, comme un œil de cyclope, une grosse médaille d'or dans laquelle était enchâssé un verre taillé de couleur rouge qui lançait des reflets d'incendie.

Le père Ascelin fut le premier à retrouver ses esprits. Il se dirigea vers le nouveau venu et le salua aussitôt.

— Nous sommes fort honorés, sire préfet du Caniclée, que vous rendiez visite aux pauvres pèlerins que nous sommes..., dit-il.

Gabriel Attaliate leva une main chargée de bagues.

— Du haut de la Croix, toutes les têtes ne sont-elles pas à la même hauteur ? dit-il avec un sourire aimable. Sans compter que votre marche pour la délivrance du saint sépulcre vous rend sans doute plus saints que beaucoup d'entre nous.

Il s'inclina devant Berthe la Hardie qui trônait dans son lit comme si elle s'était trouvée sous un dais, et présenta un compliment adroit à chacune des trois sœurs. Il se mit ensuite à parler du Palais impérial où il logeait et de ses innombrables merveilles.

Assis sur un des sièges à pieds croisés, il s'exprimait en un latin parfait, avec une affectation si distinguée qu'il aurait fallu beaucoup de grossièreté pour s'en offusquer.

Le père Ascelin et lui menaient la conversation. Berthe ne comprenait goutte à ce qui se disait et les autres écoutaient. Au bout d'un moment, l'eunuque se leva.

— L'heure du repas ne va pas tarder, dit-il. Je dois me retirer. Toutefois, avant de vous quitter, bien à regret, croyez-le, j'ai à vous présenter de la part de ma sœur une requête que je ne vous transmets que sur son insistance. Son fils Paschal, qui n'est encore qu'un enfant, préfère parfois venir vous voir plutôt que de travailler avec le précepteur qui a charge de l'instruire à domicile, en dehors de ses heures d'école. Il trouve plus amusant de bavarder en votre compagnie que d'apprendre Homère par cœur. Certes, il y a de riches enseignements à recevoir de personnes qui ont tant voyagé et tant vu, mais Icasia veut que son second fils se prépare à la grande carrière qu'elle ambitionne pour lui. Elle souhaite donc que vous ne receviez plus Paschal chez vous.

Une gêne comparable à un filet plombé s'abattant sur un vol de perdrix s'appesantit sur les occupants de la pièce.

— Jamais plus ? demanda Flaminia.

— Hélas, non !

— De toute manière, nous partons dans quelques jours, dit Berthe la Hardie en relevant un menton agressif quand, sur sa demande, Brunissen lui eut traduit les propos de leur visiteur. Nos préparatifs de voyage suffiront à nous occuper. Assurez votre sœur que désormais nous n'entraverons plus les études de son fils par des racontars intempestifs !

Le père Ascelin reconduisit Gabriel Attaliate jusqu'à la porte de la grande salle.

— Mes nièces s'étaient attachées à l'enfant, murmura-t-il en parvenant sur le seuil de la petite maison. L'éloignement où elles se trouvent de leurs habitudes, de leur voisinage et de la plupart de leurs amies, les incite à rechercher l'affection partout où elle se présente...

— Justement ! répondit l'eunuque en regardant son interlocuteur droit dans les yeux. Justement ! Toute la question est là ! Il s'en fut à grands pas.

Les serviteurs qui apportaient les paniers et les plateaux du repas de midi le croisèrent comme il abordait le premier tournant de la longue allée conduisant à la demeure interdite aux Francs.

Ceux-ci mangèrent sans enthousiasme la cuisine apportée de la part d'Icasia.

— J'ignore ce que cette femme a contre nous, remarqua Brunissen au bout d'un assez long temps de silence, mais rien ne semble pouvoir l'amadouer. Que Dieu me pardonne, elle nous traite comme des pestiférés !

— Sans doute en sommes-nous à ses yeux, admit Landry, le seul à qui cette scène n'avait pas coupé l'appétit. Des pestiférés, peut-être, des barbares, certainement ! Eh bien, tant pis ! Nous n'avons que faire d'elle et de ses préjugés !

— Elle est la seule de sa famille à se comporter comme elle le fait, corrigea vivement Flaminia. Il ne serait pas juste d'oublier les bontés des autres.

— Personne ne songe à les nier, répondit Brunissen. Mais il n'en reste pas moins que, dorénavant, je me sentirai mal à l'aise sous ce toit. Dieu merci, nous en partirons bientôt.

— Il faudra taire cette vilenie à Théophane Daniélis, dit le père Ascelin. Il en voudrait trop à sa belle-fille.

Deux jours plus tard, les douleurs reprirent Berthe la Hardie. Un flux de ventre sanglant et de cruelles souffrances l'éveillèrent à l'aube.

Sur la demande d'Andronic, le professeur arménien revint et prescrivit la diète la plus sévère. Pendant six jours, la patiente ne boirait que de l'eau de marc de raisin doux.

Anxiété et accablement s'abattirent sur la famille du parcheminier : le départ des croisés devenait imminent.

La veille du jour fixé pour l'embarquement des troupes et des pèlerins, il fallut bien prendre une décision.

On se réunit en conseil autour du lit de la malade afin d'envisager l'avenir. Chacun exposa à son tour sa façon de voir. Quand arriva celui de Flaminia qui s'était arrangée pour intervenir en dernier, elle tourna vers sa grand-mère un visage durci par une détermination farouche.

— Tous, ici, constata-t-elle d'une voix sourde, souhaitent persévérer, continuer le pèlerinage vers la Terre sainte. Vous

le savez et vous le comprenez, grand-mère. Moi aussi. Mais
il se trouve que mon cœur me retient céans, près de vous.
Je resterai à Constantinople. Je vous soignerai avec Albérade.
Je suis persuadée que Théophane Daniélis ne s'opposera pas
à ce que nous demeurions toutes trois dans ce logis. Par le
Dieu tout-puissant, il est chez lui, et c'est lui qui décide !
Nous ne nous en irons que lorsque vous serez tout à fait
remise, capable de reprendre la route de Jérusalem !

TROISIÈME PARTIE

25 juin — 30 octobre 1097

1

Sous la tente où l'on soignait les blessés, la chaleur de juin était malfaisante. Une odeur lourde de sang, de fièvre, de sanie, de déjections, stagnait derrière les toiles aux couleurs vives. Sans discontinuer, il fallait chasser les mouches qui bourdonnaient autour des hommes étendus. On avait demandé à des enfants de remplir cet office à l'aide de chasse-mouches empruntés aux Grecs ou pris aux ennemis.

Sous la direction de trois nobles dames, des religieuses, des moines-médecins et plusieurs femmes croisées s'affairaient.

Brunissen et Guibourg, la fidèle et grosse amie retrouvée avec tous les autres compagnons depuis le départ de Constantinople, en faisaient partie. Alaïs, qui avait réussi à se faire admettre dans l'entourage de Bohémond de Tarente, était là, elle aussi, mais dans un but moins désintéressé que celui de son aînée. Grâce à l'entremise de Landry, qui s'entendait mieux que tout autre aux négociations de cette espèce, elle était parvenue à se faire nommer lectrice de Mabille, la demi-sœur emmenée avec lui par le chef des Normands de Sicile.

— Regardez, ma douce, dit Brunissen à sa cadette alors qu'elles marchaient ensemble, les bras chargés de pansements, regardez bien ce qui se passe en ce moment. N'est-ce pas une grande merveille que de voir de si hautes et puissantes dames, venues de régions si diverses, se prêter la main pour nous conseiller et nous aider en un tel lieu ? N'est-ce pas la meilleure preuve de la solidarité des croisés ? Et n'est-ce pas un spectacle rare que cet accord accompli dans le dévouement et l'amour du prochain ?

Alaïs sourit et baissa les yeux. Mieux que Brunissen elle était au courant des rivalités qui opposaient quelques-unes des pérégrines, mais elle préférait se taire. Il était également vrai que, face aux Turcs et à leurs cruautés, l'unanimité contre l'ennemi s'était faite dans le camp des chrétiens. Avec un simple geste d'assentiment, elle se glissa vers un pauvre garçon qui souffrait âprement d'une flèche reçue dans la poitrine.

Malgré les plaintes, les gémissements, le sang qui se répandait avec une affreuse abondance et maculait linges, vêtements, mains et jusqu'aux visages de ceux qui soignaient les blessés, malgré l'appréhension lancinante éprouvée pour Landry servant dans le corps des arbalétriers, malgré les amers souvenirs de la séparation d'avec sa grand-mère, d'avec Flaminia, demeurées ensemble à Constantinople, malgré la grande pitié éveillée en elle par les victimes d'un siège sans merci, Brunissen n'était pas malheureuse. Des premiers combats victorieux remportés devant Nicée par l'armée du Christ, elle tirait une joie sourde, une gratitude qui l'aidaient en ces débuts de vie guerrière à supporter tourments et afflictions.

Au passage, elle salua la comtesse de Toulouse, brune, jeune et jolie épouse de Raimond de Saint-Gilles. Fille d'une concubine d'Alphonse VI, roi de León et de Castille, cette Elvire était la troisième femme du comte qui avait largement dépassé la cinquantaine mais séduisait encore par son allure patricienne et sa grande prestance. On affirmait cependant que cette dernière conquête serait sans doute l'ultime, tant le comte en était épris.

Non loin d'elle, Godvère de Toeni, belle-sœur de Godefroi de Bouillon, le bon duc de Basse-Lotharingie, inclinait vers un homme à la main tranchée son visage pâle qu'encadraient des nattes d'un blond cendré, tressées de rubans bleus. Elle avait suivi son mari Baudouin de Boulogne avec leurs jeunes enfants, mais ne semblait guère heureuse auprès d'un homme dur et ambitieux qui lui reprochait, parfois en public, de ne pas savoir se montrer autant que lui endurante au mal. D'une bravoure tenace, aussi acharné sur le champ de bataille qu'intelligent et avide, ce cadet, qui ne possédait pas le rayonnement de son frère Godefroi, avait d'abord été destiné à la prêtrise avant d'abandonner l'état ecclésiastique pour se consacrer au métier des armes. On disait dans le camp que, s'il avait emmené avec lui femme et enfants, c'était parce qu'il avait en vue quelque fructueux établissement en Terre sainte. Mais c'était peut-être pure médisance...

La troisième dame, Mabille, la demi-sœur de Bohémond, grande et bien en chair, éclatait de santé. Alaïs suivait avec une toute nouvelle docilité cette Normande de Sicile, belle et hardie, dont les longues tresses, d'un blond si clair qu'il en avait des reflets argentés, trahissaient les origines Vikings encore proches. C'était une créature de passion, de violence, de coups de cœur, aux colères aussi dévastatrices qu'étaient entreprenants ses caprices amoureux. La servir n'était certes pas de tout repos, songeait Alaïs, mais en revanche on ne s'ennuyait jamais en sa compagnie, et puis elle permettait d'approcher Bohémond !

Jeunes toutes trois, ces nobles dames avaient tenu à partir avec leur mari ou leur frère. Comme beaucoup d'autres, de toutes conditions, elles participaient autant que faire se pouvait aux actions et aux épreuves des hommes.

Pour l'heure, en compagnie des moines-médecins, elles prodiguaient aux blessés et aux malades soins et dévouement. Armées de longues aiguilles d'or avec lesquelles elles sondaient les plaies, elles se faisaient suivre d'aides portant des plateaux chargés à ras bord. S'y trouvaient bandes de toile, paquets de charpie, pinces, brocs d'eau chaude, coffrets à onguents, à élixirs, à aromates, à éponges imprégnées de suc de plantes aux propriétés narcotiques destinées à endormir les patients avant les opérations, et flacons de vinaigre tiédi utilisé pour les réveiller ensuite.

Parmi les paillasses posées sur des sangles tendues entre deux pièces de bois, des prêtres circulaient également. Ils étaient venus non point pour les corps meurtris mais pour les âmes en détresse. Ils s'entretenaient avec certains blessés, priaient avec d'autres, confessaient ceux qui en éprouvaient le besoin. Foucher de Chartres se trouvait parmi eux. Assis sur un escabeau auprès d'une couche où gisaient trois blessés côte à côte, il les écoutait raconter, avec l'excitation que procure la fièvre, les heurs et malheurs du siège de Nicée qui durait depuis plus de cinq semaines.

Les troupes de Robert Courteheuse, d'Hugues le Maisné, frère du roi de France, et celles d'Etienne de Blois étaient parvenues en dernier au camp que les croisés avaient établi autour des remparts superbes et impressionnants de la ville que les Byzantins nommaient « la perle de la Bithynie ». Après y avoir rejoint les autres corps d'armée, ils avaient occupé à l'est de Nicée l'emplacement qui leur avait été assigné, entre les soldats de Robert de Flandre et ceux de Raimond de Saint-Gilles, comte de Toulouse et époux d'Elvire, qui commandait plus de dix mille hommes de pied et plus de mille chevaliers. Le basileus, lui, était resté en arrière, à Pélékan.

Venus du Nord ou du Midi, des brouillards flamands ou des terres ensoleillées du Rouergue, tous les croisés étaient à présent au coude-à-coude pour assiéger « leur » première citadelle ennemie. C'était d'un même regard décidé et vengeur qu'ils contemplaient les deux cent quarante tours ponctuant les murailles de pierre ocrée et de brique rose artistement appareillées, qui se miraient dans les eaux limpides du lac Ascanius. Situé à l'ouest de la ville, du côté où le crépuscule embrasait chaque soir les flots paisibles qui protégeaient la cité turque, ce lac avait, au début, empêché les assiégeants de boucler leur encerclement comme il l'aurait fallu.

— Force m'est de reconnaître, mon père, dit à Foucher de Chartres un des blessés, âgé d'une trentaine d'années, noir comme une grolle et qui avait un pansement autour du front, que sans les Grecs, nous n'aurions jamais réussi à investir Nicée ! Ce sont leurs bateaux qui nous ont tirés d'affaire !

— Figurez-vous, mon père, continua son voisin, un gros meunier au teint blafard, comme si la farine de son moulin s'était à la longue infiltrée sous sa peau, et qui souffrait d'un coup d'épée dans l'épaule, figurez-vous cette ruse ! Une nuit, il fut décidé en commun conseil d'envoyer jusqu'au port le plus proche, celui de Civitot, bon nombre de cavaliers et de piétaille. Ils étaient chargés de ramener par voie de terre, sur des chariots attachés les uns aux autres par trois ou quatre, selon les besoins, les navires cédés à nos troupes par le basileus. Ce fut une vraie prouesse que de traîner sur sept milles de routes, au moyen de câbles, de cordes de chanvre, de courroies en cuir, ces gros bateaux pouvant chacun contenir cent guerriers ! Hommes, bœufs et chevaux ont fourni là un effort qu'on a peine à imaginer !

— Des navires qui marchaient ! Il faut avoir assisté à une chose pareille pour y croire ! lança le troisième blessé, un beau garçon à la figure sabrée de la tempe à la mâchoire par la lame d'un cimeterre turc qui l'avait défiguré de la plus hideuse façon. Au lever du soleil, quand ils virent ces nefs mises à flot sur le lac, nos croisés furent transportés de joie. Les Sarrasins, eux, étaient stupéfaits !

— Après cet exploit, continua avec fièvre l'homme noiraud qui semblait bavard, nos seigneurs décidèrent de faire construire des machines de siège : tours de bois des plus hautes, tortues, ces abris aux carcasses d'osier recouvertes de peaux fraîchement écorchées pour qu'elles ne s'enflamment point, balistes et mangonneaux servant à lancer des pierres sur les remparts. Tous les moyens disponibles ont été employés.

Foucher de Chartres apprit assez vite que l'homme qui lui parlait se nommait Pierre Barthélemy. Il était valet d'un tonnelier de Narbonne qui, à l'en croire, le payait mal, ce qui justifiait à ses yeux un penchant avoué pour les jeux de dés ou de tables...

— Nous avons aussi commencé à saper les murailles, mais beaucoup de tentatives visant à s'emparer de la ville ont déjà échoué, reconnut le jeune homme au visage balafré dont l'affreuse blessure commençait à peine à se cicatriser.

— Si les Grecs nous ont aidés pour le transport des bateaux, reprit à son tour le meunier d'un air rancunier, en revanche, l'an dernier, ils ont lâchement abandonné à leur sort les compagnons de Pierre l'Ermite et de Gautier Sans Avoir ! Pour venir jusqu'ici, nous avons suivi, au-delà de Nicomédie, la route qu'ils avaient empruntée en automne. Quelle épouvante ! Des tas d'ossements blanchis jalonnaient notre chemin. Ce n'était que membres décharnés, têtes coupées, squelettes dépecés par les bêtes sauvages ! Tant de chrétiens massacrés par les Turcs et laissés sur place, sans sépulture, comme des chiens !

— Dieu de pitié, prenez leurs âmes en Votre paradis ! implora le balafré. Il ne reste presque rien de cette foule de va-nu-pieds, de pauvres hères, que Petit-Pierre, qui, lui, a échappé à la tuerie, traînait derrière ses chausses depuis le royaume de France ! Des innocents, des gens simples, partis sans préparation, ignorant l'art de se servir d'une bonne épée ou d'une solide arbalète. Ils ont été occis comme des agneaux sans défense, avec sauvagerie, par les ennemis du Christ... Quand, un peu plus tard, sur ordre de leur empereur, les navires grecs chargés de chasser les Turcs parvinrent à Civitot, au bord de la mer, ils n'y trouvèrent que quelques rescapés. Sur des milliers et des milliers de pèlerins, bien peu, voyez-vous, bien peu de nos malheureux frères avaient échappé à la tuerie... Quelques belles filles ou de trop jolis garçons avaient, seuls, été épargnés et emmenés ailleurs. Inutile de se demander pour quel emploi !

Avec fureur et dégoût, le blessé cracha par terre.

— Hélas ! soupira Foucher de Chartres, j'ai appris que certaines religieuses aussi avaient été enlevées par les infidèles ! Ici même, à Nicée, emprisonnées ou soumises à des traitements qu'on n'ose imaginer, il doit encore se trouver de ces tristes victimes que les Turcs n'ont pas cru bon d'évacuer plus loin.

— Nous les délivrerons avec nos autres frères, ces chrétiens d'Orient, ces chrétiens indigènes récemment conquis par les

Sarrasins et qui les haïssent tout autant que nous. Ils nous
appellent à leur secours et nous accueilleront comme des
libérateurs ! s'écria le soldat défiguré, qu'une grande ardeur
animait.

— Nicée n'a été perdue par les Byzantins que depuis peu,
reprit le meunier. Une quinzaine d'années, m'a-t-on dit. Mais
pour les Grecs, cette défaite reste un jour de deuil et de désolation !

Foucher de Chartres leva une main véhémente :

— Nicée est bien autre chose qu'une cité ordinaire, défaite
ou conquise ! s'écria-t-il avec feu. Nicée est une ville sacrée !
Plusieurs conciles s'y sont jadis tenus. Tout particulièrement,
voici huit siècles, durant les ides de juin 325, le concile par
lequel fut confirmée la Sainte Trinité !

Il se signa et ses auditeurs l'imitèrent avec dévotion.

— Par la même occasion, continua-t-il, les Pères de l'Eglise
définissaient notre Credo et l'empereur Constantin le proclamait loi d'Empire ! C'est le résumé de toute notre foi, appelé
à présent Symbole de Nicée, qui a vu le jour en cette place.
Nous le savons par cœur. Tous. Eh bien ! mes frères, mes amis,
je propose que nous le récitions ensemble, soldats et pèlerins
confondus, quand sera donné le signal de l'assaut final !

Sa voix vibrante s'était élevée, dominant les bruits qui
l'entouraient. En l'entendant, chacun sous la tente s'était
immobilisé, comme frappé par le passage de l'Esprit.

— Nicée occupée par les Turcs est une blessure à l'âme
de tout chrétien digne de ce nom ! assura de son côté Mabille,
la sœur de Bohémond de Tarente. Tant pis pour les Grecs
qui acceptent de la voir soumise à l'islam ! A nos yeux, ce
doit être un scandale. Un tel scandale que seul le sang, un
sang impur versé par nous, parviendra à en laver la trace sur
terre et dans les cieux !

Elle avait un regard d'un vert d'eau qui, dans ses moments
d'indignation, devenait d'une dureté de glace.

— Par mon saint patron, je ne souhaite à personne de
tomber entre les pattes de cette tigresse, murmura le meunier
à l'oreille de Foucher de Chartres, qui sourit mais ne
répondit pas.

— Son frère et tous les membres de sa famille sont de la
même espèce, souffla Pierre Barthélemy d'une voix prudente.
Chez nous, les Provençaux, on n'aime guère ces Normands
de Sicile. Rien ne borne leur insatiable convoitise. En plus,
ce sont de redoutables guerriers qui n'ont peur de personne.
Le basileus les craint autant, sinon davantage, que les Turcs

et les Arabes réunis ! Mais maintenant qu'ils sont devenus alliés, il est obligé de composer avec eux et de laisser ses troupes combattre à leurs côtés. C'est en vérité un bien curieux miracle que l'hommage rendu par Bohémond à l'empereur. Il y a là quelque chose de louche et même peut-être de diabolique... Enfin, par ma foi, nous sommes tous piégés... A présent que ces gens-là ont pris la croix comme nous, il ne nous reste qu'à les admettre tels qu'ils sont...

— On raconte dans le camp que le seigneur Bohémond, avant de se croiser, était décidé à pousser plus outre les conquêtes de son père, ce Robert Guiscard venu de Normandie sans sou ni maille pour se tailler un royaume en Sicile, en Pouilles et en Calabre, reprit à mi-voix le balafré. D'après certains ragots, Bohémond songerait à détruire la puissance byzantine pour fonder en ses lieu et place un empire normand englobant une bonne partie des rives et des îles de la Méditerranée. Pour moi qui viens de Calais, où cette famille est inconnue, de telles histoires me paraissent tout à fait invraisemblables.

— Peut-être ne le sont-elles pas autant que vous le croyez, dit Foucher de Chartres. Quand on connaît Bohémond d'un peu près, on le sait capable de bien des choses... Il est intelligent, ambitieux, brave et rusé... Par ailleurs, il a de sérieuses revanches à prendre... Un de ses demi-frères et son oncle règnent déjà en Sicile et dans le sud de l'Italie. Il se trouve lui-même être le fils unique d'une première épouse, modeste Normande qui n'était point noble, alors que les autres enfants de Robert Guiscard sont nés d'une princesse lombarde épousée en secondes noces, tellement plus flatteuses que les premières ! Une jalousie féroce a poussé Bohémond à se battre contre son cadet auquel son père, à sa mort, avait laissé le duché d'Apulie. Il l'a vaincu et a pris Tarente, d'où il tient son nom, plus un morceau non négligeable du talon de la botte italienne. Leur oncle Roger a eu toutes les peines du monde à faire accepter une trêve aux deux frères. Ils étaient donc réconciliés lorsque Bohémond a eu vent de l'immense mouvement qui lançait sur les routes de l'Orient nos soldats du Christ. Il a aussitôt décidé de se croiser et de se joindre, avec ses Lombards, à nos troupes.

— Est-il bon chrétien ? chuchota le meunier. Je me suis laissé dire que, s'il était l'allié du pape en Italie, il pouvait tout aussi bien traiter avec les Turcs, ici, s'il y trouvait son intérêt.

Foucher de Chartres posa un doigt sur ses lèvres pour

recommander le silence au bonhomme. Depuis un certain temps, il avait remarqué qu'Alaïs s'attardait à faire boire un blessé non loin de leur groupe. La récente appartenance de la jeune Chartraine à la suite de Mabille, sœur de ce même Bohémond dont on jasait tant sous les tentes de toile, l'avait vite intrigué. Il observait le manège de la jeune fille en se demandant si Mabille ne l'avait pas engagée afin d'obtenir des renseignements sur les divers courants d'opinion qui pouvaient se manifester durant le siège de Nicée pour ou contre son frère. Il connaissait le mutuel attachement de Mabille et de Bohémond mais, en revanche, ne comprenait pas les raisons ayant pu pousser Alaïs du côté de cette maison de Sicile dont il se méfiait lui-même pour en avoir beaucoup entendu parler par le comte de Blois et le duc de Normandie, en des termes qui n'étaient pas toujours confiants, tant s'en fallait !

Alaïs se redressa, sourit au moine avec toute l'innocence possible et s'éloigna d'un pas léger. Au fond de son cœur, elle se moquait des critiques qu'elle parvenait à saisir au sujet de son héros. Le mal qu'on pouvait en dire ne relevait pour elle que de la basse envie qu'un homme aussi exceptionnel suscitait forcément autour de lui.

Depuis les quelques jours qu'elle appartenait à la maison de Mabille, elle avait déjà eu maintes occasions de rencontrer celui dont son imagination était pleine. Il n'avait pas semblé s'intéresser à elle, mais cette constatation était fort égale à l'adolescente et la rassurait plutôt. Pour être contente, il lui suffisait de le voir de loin, de le croiser, d'entendre la voix qui lui poignait le ventre... Qu'importait qu'il la remarquât ou non, du moment qu'elle pouvait se repaître de sa présence.

Certaines gens, hommes jaloux ou femmes dédaignées, songeait Alaïs, colportaient, il était vrai, de bien curieuses histoires sur Bohémond, mais elles se trouvaient compensées par l'admiration dont il était l'objet de la part de beaucoup d'autres. On vantait son courage, sa force, son ardeur au combat comme au lit, son habileté, ses qualités de chef, son ascendant sur ses troupes, son expérience jamais en défaut, son audace un peu folle parfois, souvent justifiée, ses dons de stratège et d'organisateur... N'était-ce pas lui qui avait trouvé le moyen de ravitailler l'armée croisée alors que les vivres, au début du siège, manquaient de façon tellement cruelle ?

Si son neveu, Tancrède, qui lui aussi plaisait aux filles, était plus jeune, combien il paraissait moins puissant, moins viril, moins protecteur à Alaïs ! Chaque rencontre avec

Bohémond faisait lever dans son corps neuf des ondes de plaisir et d'effroi confondues...

— Eh bien, mon enfant, nous rêvons ?

Mabille apostrophait en riant sa nouvelle lectrice qui tressaillit, s'excusa et se précipita vers la bassine d'eau claire qui lui était demandée.

Les pans de toile qui fermaient la tente s'ouvrirent brusquement.

— Les combats reprennent devant les portes de Nicée ! cria un homme qui repartit en courant.

— Hélas ! soupira Godvère de Toeni, l'épouse de Baudouin de Boulogne, hélas ! pendant combien de jours encore nous faudra-t-il entendre cet appel !

Douce et paisible, la belle-sœur de Godefroi de Bouillon semblait souffrir plus que bien d'autres des violences entraînées par le siège.

— Prions Notre-Dame que les archers turcs ne réussissent point, cette fois, à blesser trop des nôtres, dit gravement la comtesse de Toulouse en joignant les mains. A l'abri de leurs meurtrières, ils s'acharnent en tirs croisés sur nos soldats qui, eux, ne peuvent les atteindre, et c'est là félonie ! Quand accepteront-ils un nouveau combat à découvert comme le jour où mon époux et seigneur livra bataille, en compagnie de Robert de Flandre et de Godefroi de Bouillon, à l'armée du sultan et la mit en déroute !

C'était un étrange spectacle que celui de cette jeune et jolie femme aux traits purs comme ceux d'une icône, aux longues tresses lustrées s'échappant du léger voile blanc qui lui couvrait la tête, debout dans une attitude orante parmi les lits de camp où gisaient des hommes ensanglantés.

A cause de la chaleur qui régnait sous la tente, la comtesse Elvire portait, comme toutes ses compagnes, une simple tunique de dessous, en lin, à manches longues et amovibles qu'on recousait chaque matin afin de pouvoir les retirer ou en changer selon les besoins de l'heure. Pour un temps, les bliauds avaient été abandonnés au profit de ces chainses [1] dont on ne voyait d'ordinaire dépasser que le bas et les poignets. Attachés par des cordons autour des tailles sveltes ou épaisses, de larges devanteaux de toile rude, éclaboussés de traînées brunes ou rouges, protégeaient les tuniques. Ils dessinaient aussi, de façon plus précise que les bliauds, les formes de celles qui s'en étaient enveloppées.

---

1. Genre de chemises longues portées sous le bliaud.

Ce détail n'avait pas échappé à Pierre Barthélemy qui s'intéressait beaucoup à la gent féminine. Au moment où Alaïs passait à nouveau près de lui, il tendit la main et agrippa un pan de son devanteau.

— Eh ! douce amie, dit-il en louchant vers les jolis seins révélés par l'étoffe que la sueur collait au corps de l'adolescente, douce amie, j'ai soif. Voulez-vous bien me donner à boire ?

— Je n'ai jamais refusé un peu d'eau à qui me la demandait ! répondit en souriant la jeune fille. Je vais vous en quérir.

Elle avait déjà remarqué ce blessé occitan, noir de poil, au long nez de chien de chasse, aux petits yeux sombres mais rieurs, que son pansement autour du crâne ne semblait pas empêcher de reluquer toutes les filles un peu avenantes passant à sa portée. Aussi chargea-t-elle un des enfants de Godvère, qui tournaient autour des seaux, de puiser de l'eau et d'en porter un gobelet à l'assoiffé. Puis elle retourna vers Mabille qui aidait un moine-médecin à extraire de la cuisse d'un blessé la pointe d'une flèche qui y était restée fichée.

Comme toutes ses compagnes, Alaïs avait dû s'aguerrir, s'habituer à la vue et au contact journalier de la souffrance, des plaies, des corps meurtris, écorchés, tailladés, ébouillantés, écrasés... Au début, elle s'était trouvée mal plusieurs fois. A présent, quand l'horreur la saisissait, elle priait la Sainte Mère de Dieu de lui donner force et courage pour venir en aide à ceux qui œuvraient pour le Christ en affrontant sans répit les ennemis de la Vraie Foi.

Au moment où elle se redressait après avoir posé une compresse de pétales de lys confits dans du vin, chargée de panser les chairs déchirées d'où on venait de retirer la pointe de fer aiguë, des cris provenant de l'entrée la firent sursauter. Elle se retourna.

Debout sur le seuil, tenant de la main gauche un pan de toile relevé, Bohémond brandissait de la droite une tête de Sarrasin, tranchée net au col.

— Par tous les diables qui sont ses amis, voici encore un suppôt de Satan qui ne nous criera plus d'insultes ni de blasphèmes à l'abri de ses remparts ! s'écria-t-il en riant. Ces chiens-là ne cessent d'insulter notre Christ !

Chacun le regardait, pétrifié. On savait que, lors de la première bataille victorieuse, livrée quelques jours plus tôt contre les Turcs par le comte de Toulouse et les autres barons croisés, certains soldats avaient coupé les têtes des morts et sans doute aussi des blessés. Ils les avaient ensuite attachées aux courroies de leurs selles pour les ramener au camp. On en avait fiché quelques-unes au bout des lances pendant qu'on catapultait les autres au-delà des remparts de Nicée, chez les ennemis, pour les impressionner et leur faire payer les massacres de chrétiens commis par eux auparavant. Un des chefs, mais on ne savait au juste lequel, avait même eu l'idée d'envoyer à l'empereur Alexis, en présent et comme témoignage de victoire, des sacs de cuir contenant mille autres têtes de leurs adversaires communs, proprement décollées... Ce macabre cadeau avait été expédié par chariots puis par bateaux jusqu'au basileus. On ignorait encore ce qu'il en avait pensé...

— Dieu me pardonne, mais vous avez bien fait, mon frère ! s'écria Mabille, dont les prunelles vertes s'étiraient comme celles d'une chatte. Il faut venger nos martyrs ! Hier matin, j'ai vu l'un des nôtres qui s'était imprudemment approché de leurs maudites murailles en luttant contre un cavalier turc. Alors qu'il venait de s'écrouler, blessé par les coups de son assaillant, il fut saisi par ces abominables crocs de fer qui sont œuvres du démon. Du haut des fortifications, les Sarrasins l'ont hissé avec des cordes jusqu'à eux, l'ont dépouillé de ses vêtements, et jusqu'à sa chemise, avant de rejeter dans le fossé son pauvre corps déchiqueté et nu qui palpitait encore !

Bohémond cracha et lança sur le sol jonché de paille souillée la tête hagarde qui roula vers un des lits, dont le pied arrêta son mouvement...

— Il faudra la donner à nos molosses pour qu'ils s'en amusent, dit-il simplement dans le vaste silence brusquement survenu.

Brunissen se signa en demandant à Dieu de pardonner au mécréant son opiniâtreté et à Bohémond la férocité de son comportement... Médusée, Alaïs contemplait son héros. Si sa sensibilité se révulsait comme celle de sa sœur devant une si grande cruauté, la certitude où elle se trouvait d'être du côté des justiciers, dans le camp dont la cause sacrée était celle-là même du Christ Seigneur, l'inclinait vers une acceptation teintée d'indulgence. En outre, une autre part d'elle-même, la plus instinctive, défaillait, troublée par un profond attrait charnel qui la poussait vers Bohémond de manière irrésistible, au-delà des frontières du Bien ou du Mal...

Cet homme exerçait sur elle une fascination contre laquelle elle se découvrait sans défense. Il la captivait...

Les yeux dilatés, elle se repaissait de sa vue. Il était de si haute taille qu'il dépassait presque d'une coudée les plus grands de ses compagnons. Mince, avec le cou, les épaules, la poitrine et les bras superbement musclés, sous le haubert de mailles qui lui tombait jusqu'aux genoux et sous la broigne de cuir garnie de plaques en métal, d'anneaux, de têtes de clous, qui le recouvrait, il apparaissait à Alaïs fort comme un chêne et souple comme un pin sylvestre. L'épée au côté, un poignard glissé dans sa large ceinture, un court manteau d'écarlate agrafé sur l'épaule gauche par un fermail d'or, il avait tout du preux. De teint clair, avec des lèvres rouges, bien dessinées, il portait courts, coupés au-dessus des oreilles, des cheveux d'un blond-blanc semblables à ceux de sa demi-sœur. Comme il avait retiré son heaume d'acier bruni, ses mèches claires, ainsi que paille après la moisson, brillaient dans les rayons du soleil qui se faufilaient à travers les toiles mal jointes. Rasé de près, contrairement aux guerriers francs qui portaient tous la barbe, il y gagnait, en dépit de ses quarante ans, un certain air de jeunesse grâce à ses joues lisses et polies comme le marbre des statues antiques. Son nez droit, ses narines mobiles, son menton volontaire composaient un visage digne des plus célèbres sculpteurs grecs. Mais cette harmonie des traits se trouvait éclairée par un regard bleu ou vert, selon les cas, qui pouvait se faire séduisant comme celui d'un jouvenceau ou dur comme un éclat de verre. Sauvagerie et charme, sensualité et intelligence, courage et habileté le définissaient tour à tour. Bohémond était ainsi fait, corps et âme, que ses contradictions étaient devenues ses meilleures chances.

Il partit soudain d'un grand rire qui fit frémir Alaïs, l'arrachant à l'étrange ascendant que cet homme, depuis le premier instant où elle l'avait aperçu, exerçait sur elle.

— J'ai faim, dit-il. Le combat de ce tantôt m'a mis en appétit. Allons, Mabille, allons, ma gente dame, quittez ces pauvres gens. Venez souper avec moi.

On ne discutait pas un ordre de Bohémond. Bien qu'il fût le seul à les obtenir d'elle, sa demi-sœur non plus ne savait pas lui refuser obéissance et soumission, du moins tant qu'il ne s'agissait pas de ses caprices amoureux. Le plus souvent elle acceptait de se plier à ses décisions.

Alaïs, que son service retenait dans la suite de Mabille, s'approcha de Brunissen pour lui souhaiter le bonsoir. Elle la rejoignit près du lit d'un enfant qui avait reçu un jet de pierres du haut des remparts. Ecorché de partout, avec un bras rompu en deux endroits, il faisait pitié à voir.

— Je dois m'en aller avec dame Mabille, dit l'adolescente,

tout en retirant son devanteau maculé de taches sombres.
J'aurais aimé vous aider à panser ce petit, mais je ne le puis...

— Guibourg est libre, répondit Brunissen. Je vais lui
demander assistance si j'en ai besoin.

Elle eut un sourire un peu triste.

— Toute notre famille est dispersée, reprit-elle avec mélancolie. Vous voici passée chez les Normands de Sicile, Landry
a rejoint l'armée, Flaminia et grand-mère sont demeurées à
Constantinople, si loin de nous... Dieu merci, il nous reste
notre cher oncle pour nous regrouper autour de lui chaque
fois que c'est possible et pour écrire aux absentes.

Elle soupira, puis se força à changer de ton.

— Allez, allez, ma douce. Il ne sied pas de faire attendre
une si puissante dame...

Alaïs l'embrassa et la laissa en train de fixer autour du
bras cassé des bandes de toile trempées dans du blanc d'œuf
qui durcirait en séchant et maintiendrait en place les os brisés,
consolidés par des attelles de bois.

Dehors, la chaleur s'apaisait. Avec l'approche du soir, une
douceur de lait frais descendait du ciel sans nuages dont le
bleu commençait à changer de couleur. Elle soulageait soldats
et pèlerins brûlés tout le reste du jour par le soleil de juin
dont on se défendait comme on pouvait.

Le gigantesque camp des chrétiens, composé de centaines
de milliers d'individus, était dressé en forme de fer à cheval
sur la rive est du lac Ascanius et encerclait Nicée. Ceinturée
de douves profondes, la ville était isolée de ses assaillants,
mais le camp, lui aussi pour sa propre défense, était entouré
d'un fossé rempli d'eau.

Avec la fin du jour, les combats cessaient. On s'affairait
un peu partout à préparer le repas du soir. En provenance des
cuisines volantes établies en plein air, s'élevaient des fumées.
Des odeurs de viandes grillées, d'épices, de rôtis, d'huile
chaude, de beignets imprégnaient l'air... Suspendus au-dessus
des feux de bois à des bâtons soutenus par des pieux entrecroisés, chaudrons et marmites bouillonnaient doucement.
Parmi les braises, on avait disposé des landiers ou des trépieds
sur lesquels mijotaient poêlons et pots en terre vernissée. On
rôtissait porcs et agneaux entiers, poulets et oisons, enfilés
sur des broches actionnées avec lenteur et précaution par des
enfants chargés de les faire dorer.

Autour des tentes de couleurs vives et mêlés à la foule,
chiens, poules avec leurs poussins, cochons noirs, moutons
et chèvres suivis de leurs agnelets et chevreaux se repaissaient

de tout ce qu'ils pouvaient trouver : touffes d'herbe, graines, os, épluchures, miettes, n'importe quels détritus bons à prendre et à se disputer. Bohémond, Mabille et leur suite se frayaient un passage à travers cette cohue en écartant avec impatience animaux et mendiants quêtant une provende hasardeuse.

Les chariots à provisions, chargés de sacs de blé, d'orge, de farine, de barils d'huile, de poissons fumés, de viande séchée, de tonneaux de vin, de lardiers, de paniers de légumes secs ou frais et de fruits, de petits fûts remplis de miel, de vinaigre, de verjus, formaient un rempart nourricier entre les pèlerins, l'armée et les troupeaux mouvants des chevaux, des mulets et des ânes. Séparés les uns des autres, destriers de race et humbles bêtes de somme se partageaient plusieurs vastes enclos encordés, à l'herbe jaunie et foulée, qui jouxtaient les limites du camp. Limites immenses entre lesquelles se coudoyaient, s'interpellaient, se disputaient enfants courant entre les piquets des tentes, porteurs d'eau remontant du lac en soutenant sur leurs épaules de longues perches pourvues d'un seau ruisselant à chaque extrémité, hommes pris de boisson qui hurlaient des chansons à boire, forgerons faisant jaillir des étincelles de leur enclume, joueurs de dés ou d'autres jeux de hasard, interdits mais impossibles à supprimer, filles follieuses aux yeux alourdis de khôl traînant dans les coins les plus ombreux et qui offraient à la dérobée aux passants leurs seins dénudés, avec des regards avides et provocants... Limites immenses, camp immense, cohue immense. A perte de vue, autour de Nicée, l'armée de Christ et ses pèlerins faisaient songer à l'exode du peuple hébreu à travers le désert. Les uns comme les autres s'étaient lancés, dans le désordre, l'obéissance, la foi et l'espérance, vers cette Terre promise qui, à travers les âges, demeurait la même pour tous, éternellement convoitée et sans fin disputée...

— Alaïs ! cria une voix juvénile.

Perdue dans la suite nombreuse qui entourait Mabille et Bohémond, Alaïs se retourna. Elle aperçut Landry, une arbalète sur l'épaule, qui revenait de l'une des séances d'entraînement journalier imposé aux nouveaux arbalétriers.

Il n'était pas seul. A sa droite, se tenait, moqueur, Mathieu de Nanterre, le barbier de la nef qui avait soigné Garin, et à sa gauche, Herbert Chauffecire qui semblait s'être désintéressé de la famille du parcheminier depuis que Flaminia était restée à Constantinople.

— Dieu m'assiste ! Vous voilà en bien étrange compagnie, mon frère ! remarqua-t-elle en riant.

— A travers ce camp, si grand soit-il, on finit toujours par se rencontrer, lança le barbier d'un air réjoui.

— Je vous croyais encore sur la nave italienne où nous vous avions laissé. Vous sembliez si heureux d'avoir de nouveau trouvé à exercer votre art !

— Par mon saint patron, je m'y suis vite ennuyé ! La vie à bord n'était guère à mon goût. J'ai préféré venir rejoindre mon ancien maître, Hugues de Vermandois, le Maisné.

— Et il a bien voulu de vous qui l'aviez si bellement abandonné ?

— Il faut croire que mes soins lui manquaient ! lança le barbier dans un grand éclat de rire.

Bohémond s'était arrêté pour s'entretenir avec le général en chef de l'armée grecque mise par l'empereur à la disposition des barons francs. Le général Tatikios était le frère de lait du basileus, qui savait pouvoir compter sur son dévouement comme sur sa sagacité.

Parmi les troupes croisées, on se méfiait de lui. On l'appelait Estatin l'Esnasé ou l'Homme au nez d'or. Il avait en effet, durant une bataille déjà ancienne, subi une grave blessure qui l'avait défiguré. Son rang et sa fortune lui avaient permis de se faire confectionner un nouvel appendice nasal en métal précieux qu'il attachait sur son visage mutilé au moyen de rubans en cuir doré. Au mitan du jour, quand le soleil dardait au zénith, l'éclat de ce nez étincelant éblouissait ses interlocuteurs. Il n'était pas impossible, pensaient certains, que ce miroitement fût pour quelque chose dans ses succès.

Le chef des Normands de Sicile et l'homme brun, sec, secret, qui lui arrivait à peine à l'épaule, conversèrent durant un bon moment avant que le général s'éloignât vers son propre camp.

Bohémond le suivit un instant des yeux avec un air dur et concentré, puis il haussa les épaules et se dirigea vers le groupe que formaient Alaïs et les trois arbalétriers.

— J'aime bien qu'on rie autour de moi, dit-il, mais je préfère en connaître la cause. De quoi vous amusiez-vous donc, vassal ?

Il s'était adressé à Landry dont Alaïs venait, d'instinct, de se rapprocher.

— D'une rencontre, messire, répondit le fils de Garin. D'une double rencontre : celle d'un ami trouvé naguère sur la nef qui nous amenait d'Italie en Grèce, et celle de ma jumelle que je cherchais depuis un certain temps.

Bohémond considéra Alaïs avec plus d'attention.

— Par sainte Sophie, comme dirait Tatikios, par sainte Sophie, n'êtes-vous point, belle pucelle, la nouvelle lectrice de ma sœur que voilà ?

— Si fait, messire, balbutia l'adolescente dont tout le sang parut refluer au visage.

Bohémond sourit. Il connaissait le pouvoir de ses sourires et n'avait pas pour habitude de les galvauder.

— Décidément, le Seigneur fait bien les choses, ce jour-d'hui, remarqua-t-il, l'air amusé. Tantôt, j'ai tué une bonne dizaine de mécréants et voici que je croise la plus avenante demoiselle du camp ! Loué soit Dieu pour tant de bienveillance !

Son grand rire s'éleva, retentit, domina un instant les rumeurs foisonnantes qui montaient de la foule tumultueuse, lasse et cependant énervée par l'approche du soir.

— Allons ! reprit-il ensuite, allons ! J'ai faim, par tous les diables, et mon cuisinier n'aime pas plus que moi avoir à attendre !

Alaïs fit une grimace d'impuissance à l'adresse de son frère et rejoignit les autres suivantes de Mabille.

Les trois garçons la regardèrent s'éloigner vers le campement des Normands de Sicile.

— Je veux bien être pendu si votre jumelle n'est pas dévorée toute crue par ce Minotaure, dit le barbier d'un air dépité. Il n'en fera qu'une bouchée !

— Flaminia à Constantinople, Alaïs à Nicée, vous semez vos sœurs, Landry, à chaque étape de votre route, comme les grains d'ambre d'un chapelet rompu ! lança Herbert Chauffe-cire avec amertume. Le chemin est encore long jusqu'à Jérusalem et il ne vous reste que Brunissen. Veillez bien sur elle si vous ne voulez pas la perdre à son tour !

— Flaminia et Alaïs ont plus de défense que vous ne semblez le croire, mes amis, répondit avec une belle assurance l'interpellé. Je ne doute pas de leur vertu !

Devant les plus vastes tentes, surmontées d'enseignes, on dressait des tables pour les nobles et puissants seigneurs qui n'allaient pas tarder à souper. Partout ailleurs, assis sur des bottes de paille, des sacs empilés, des pierres, ou à même l'herbe qui roussissait chaque jour davantage, le tout-venant des pèlerins et des soldats trempait d'épaisses tranches de pain dans des écuelles où fumaient ragoûts, potages ou brouets...

— Je vais souper avec mon oncle, le père Ascelin, Brunissen, Guibourg et son mari Liébault, qui étaient voisins et amis de notre famille, à Chartres. Ils se sont joints à nous depuis que nous avons quitté Constantinople, dit Landry qui était libre en dehors des heures dues au service armé. Si le cœur vous en dit à tous deux...

Mathieu le Barbier et Herbert Chauffecire acquiescèrent.

Devant la tente rayée de vert et de rouge occupée par la famille du parcheminier, une jeune servante, trouvée à Constantinople en remplacement d'Albérade, dressait trois planches sur deux tréteaux en manière de table. Une nappe blanche les recouvrit bientôt. Biétrix y déposa écuelles, pain, tranchoir, couteaux, un pichet de vin, un autre d'eau claire.

Les trois garçons prenaient place sur les bottes de paille empilées en guise de sièges, quand le père Ascelin, suivi de Brunissen, de Guibourg et de Liébault, arriva à son tour. On se retrouva avec plaisir mais on ne s'étonna guère. Séparations, rencontres, pertes et retrouvailles faisaient partie de la vie quotidienne des pèlerins.

— Voici bien la meilleure heure de la journée, dit le père Ascelin, quand tous se furent assis et après le *Benedicite*. L'heure douce où la fureur des combats est oubliée, où l'on peut contempler le ciel sans craindre de le voir traversé de flèches ou de carreaux d'arbalète, et où cessent enfin les cris des soldats qui tuent ou se font tuer... L'heure de rémission...

— Tant que nous ne serons pas arrivés à Jérusalem, nous ne connaîtrons que des rémissions temporaires, remarqua Brunissen. La véritable paix de l'âme, c'est là-bas que nous la découvrirons.

— Sans doute, sans doute, répondit Mathieu le Barbier, vous êtes dans le vrai, demoiselle, mais il est des instants de grâce comme celui que nous sommes en train de vivre, où on se retrouve entre bons amis, qui ne sont pas à dédaigner. Je suis de ceux, voyez-vous, qui essayent toujours de tirer le meilleur parti de ce qui nous est accordé et, par tous les saints, je m'en suis souventes fois félicité !

— Dieu vous a doué d'une heureuse nature, constata Guibourg avec un large sourire. Je suis comme vous, c'est tout naturellement que je m'accommode des choses et des gens. Mon mari que voilà est beaucoup plus nerveux que moi. Depuis vingt ans que nous sommes mariés, je cherche à lui faire prendre les événements du bon côté. Ce n'est pas toujours facile !

Elle se mit à rire. Ses grosses joues, son double menton et son opulente poitrine la faisaient ressembler à un douillet édredon de duvet. moelleux et accueillant.

Liébault le Sellier eut un rire amer.

— Si vous croyez que je ne le souhaite pas autant que vous, dit-il, vous avez tort. Mais à voir ce que l'on voit tous les jours, il est malaisé de ne pas se laisser aller à l'anxiété. La guerre n'est pas belle à regarder. Par la Croix de Dieu, je crains bien que ce qui nous attend soit encore pire que ce que nous avons connu jusqu'à présent.

— Parmi nous, il y a une personne qui a déjà payé un lourd tribut aux malheurs du temps, fit remarquer le père Ascelin. C'est Biétrix. Eh bien, je peux vous l'assurer, elle n'a point perdu pour autant la foi en l'avenir. N'est-il pas vrai, mon enfant ?

La petite servante, qui n'avait pas seize ans, inclina sa tête blonde en signe d'assentiment.

— Rien ne me fera renoncer à la marche de délivrance entreprise par mes parents, affirma-t-elle avec conviction. Nous étions partis ensemble pour nous rendre au saint sépulcre. Quoi qu'il puisse advenir encore, je m'y rendrai quand même. Seule. En sachant leurs âmes proches...

Son menton tremblait et sa voix s'enrouait, mais elle retenait les larmes qui montaient à ses yeux gris et serrait les lèvres pour rester digne de ceux qu'elle avait perdus.

Le père Ascelin l'avait trouvée au moment où les pèlerins quittaient pour la plupart Constantinople sans regret. Au milieu de la foule agitée, Biétrix, solitaire et triste, évoquait un agneau égaré loin de son bercail. Cette comparaison s'était si fortement imposée au prêtre qu'il avait hésité à l'aborder : « Il ne faudrait pas qu'elle me prenne pour quelqu'un cherchant qui dévorer... » Mais la détresse de la toute jeune fille était si flagrante qu'il n'avait pas tardé à surmonter ses scrupules. Il l'avait interrogée pour apprendre que son père et sa mère étaient morts durant la traversée de la Hongrie par l'armée de Godefroi de Bouillon. Artisans tisserands à Cambrai, ils étaient partis avec ferveur à la suite de leur suzerain, le duc de Basse-Lotharingie, que tous respectaient et admiraient. Attaqués par une horde de brigands alors qu'ils traversaient un défilé montagneux, les pèlerins avaient vu massacrer la faible escorte chargée de les convoyer en pays réputé neutre, avant de tomber à leur tour aux mains des détrousseurs. Dépouillés, assommés, abattus en cherchant à défendre leurs biens, presque aucun d'entre eux n'en avait réchappé... Cachée sous le corps de ses parents, Biétrix s'était retrouvée orpheline. Se refusant de toutes ses forces à retourner en arrière ou à interrompre son pèlerinage, elle avait décidé de continuer le chemin entrepris à trois. Elle s'employait, selon les demandes, à garder de jeunes enfants ou à soigner des vieillards impotents.

Quand le père Ascelin l'avait rencontrée à Constantinople, elle était sans ressources et ne savait comment reprendre la route. Aussi avait-elle accepté sans hésiter de remplacer Albérade dans les soins à donner à la famille du prêtre...

Elle apporta du poisson pêché dans le lac et grillé sur des braises, des fruits achetés à un marchand du pays, un quartier de porc aux pruneaux, des fromages de brebis et des noix. Puis elle s'assit auprès de Brunissen.

Tout en mangeant, chacun donnait son avis sur l'avenir du siège.

— Par Dieu, Nicée ne devrait pas tarder à tomber, dit Landry. Archers et arbalétriers tirent sur tout ce qui bouge au-dessus des créneaux. Les mangonneaux et les catapultes ruinent petit à petit les murailles. Les tours-abris permettent de protéger ceux de nos hommes qui sapent le pied des fortifications, et les lourds béliers hérissés de fer qui battent sans trêve les parties déjà ébranlées devraient venir à bout du reste.

— Grâce à Dieu, nous prendrons la ville un jour ou l'autre, remarqua Brunissen, mais, en attendant, nos soldats reçoivent pierres, flèches, huile bouillante et torches d'étoupe enduites de poix qui tombent sur eux comme feux du ciel et les blessent affreusement. Pour moi, qui les vois arriver tout au long des heures en si piteux état, j'en ai le cœur fendu !

Le père Ascelin hocha la tête.

— Ce siège, reconnut-il douloureusement, aura coûté cher en vies humaines à l'armée du Christ. Mais, à présent, les choses devraient aller assez vite. J'ai appris ce tantôt que la femme, la sœur et les deux fils du sultan, Qilidj-Arslân, qu'il avait laissés dans cette ville par mépris de nos forces et de nos moyens, se sont embarqués la nuit dernière. Ils voulaient s'enfuir par le lac. Vus par un bateau grec, ils ont été capturés. Il paraît qu'on les a conduits au camp de l'empereur, à Pélékan.

— Quand les rats quittent la nef, c'est qu'elle ne va pas tarder à sombrer ! s'écria Mathieu le Barbier. Par tous les saints, voilà une bonne nouvelle ! Nous allons bientôt nous retrouver à l'aise derrière ces maudites murailles !

— J'ai entendu dire que l'homme de confiance de l'empereur Alexis, un certain Boutoumitès, se trouverait dans les parages, dit Herbert Chauffecire qui n'avait pas encore parlé. Il semblerait qu'il soit envoyé par le basileus en vue de tractations secrètes avec les Turcs.

— L'empereur est fin diplomate, assura le père Ascelin. Il

sait manier la ruse là où la force piétine. De sa part, on peut
s'attendre à bien des surprises...

Au même moment, un peu plus loin dans le camp,
Bohémond et Mabille, entourés de leur suite, terminaient eux
aussi leur souper.

De bonne humeur, ayant bu et mangé à son gré, le Normand
de Sicile quitta la table dont il occupait le haut bout, pour
se diriger d'un air négligent vers la place où Alaïs se tenait
modestement assise. Il posa une main assurée sur l'épaule de
l'adolescente qui tressaillit. Tournant la tête vers les doigts
qui la tenaient sous leur emprise, elle n'osa pas lever les yeux
vers l'homme debout derrière elle. Ce fut lui qui, se penchant,
lui souleva le menton d'un index impérieux et la força à
croiser son regard. Un instant, ils demeurèrent ainsi à se
dévisager. Bohémond lut tant de candeur, d'effroi mais en
même temps de trouble dans les prunelles affolées qui le
fixaient, qu'il eut un moment d'incertitude...

— Allez, ma fille, allez, ne jouez pas les effarouchées,
souffla alors Mabille, souriante et complice, qui s'était elle
aussi levée de table pour se rapprocher d'un jeune écuyer dont
elle caressait tranquillement la nuque. Allez ! Ne sommes-nous
pas parvenus à l'heure du coucher ?

Bohémond tendait déjà le poing à Alaïs afin qu'elle y posât
une main pour quitter la compagnie à sa suite et se rendre
là où il entendait la mener. Elle se levait, quand un chevalier
se précipita en courant vers lui :

— Vous êtes convoqué d'urgence, messire, au grand
pavillon du conseil des barons où vous êtes requis de venir
dans la plus grande hâte, s'écria-t-il, hors d'haleine. Monseigneur Adhémar de Monteil a un message d'une extrême
importance à vous communiquer !

— Par le sang du Christ ! Quelle plus grande urgence peut-
il y avoir à cette heure tardive que celle de caresser une belle
fille ? demanda Bohémond en riant.

— Messire ! Il ne convient pas de faire attendre vos pairs !
protesta le chevalier, indigné.

— Tout beau, l'ami, tout beau. On vient... on vient...

Il se retourna vers Alaïs. Une sorte de sourire léger aux
lèvres, elle se rasseyait doucement. Il fronça les sourcils,
hésita, puis, avec un geste d'impatience, s'écarta sans rien
ajouter. D'un pas nerveux, il s'éloigna sur les traces du
messager qui le devançait.

Mabille suivit son frère des yeux, eut un petit rire de gorge et prit le bras de l'écuyer qu'elle entraîna vers une tente dont les pans de toile retombèrent aussitôt derrière eux.

Alaïs laissa échapper un faible soupir dont elle préféra ignorer les raisons, trop confuses pour être démêlées...

Le lendemain matin, les croisés s'élancèrent à l'assaut de Nicée. Il avait été décidé, durant le conseil de la nuit, de déclencher une attaque décisive. Poussant de grandes clameurs guerrières, accompagnées du fracas des trompettes et des buccins, et aux cris véhéments de : « Dieu le veut ! Saint sépulcre ! Saint sépulcre ! », les Francs se ruèrent vers les murailles, franchissant les fossés comblés par leurs soins de fagots empilés...

Une effervescence joyeuse et libératrice les habitait. Finis l'attente, les escarmouches, les engagements sans conséquences. Cette fois-ci, il fallait vaincre l'ennemi maudit !

La déconvenue suivit de près la glorieuse ruée vengeresse.

Ce qu'ils découvrirent, alors qu'ils brandissaient déjà leurs échelles pour escalader les remparts et que des milliers de flèches sifflaient à leurs oreilles comme une nuée d'essaims déchaînés, ce fut Boutoumitès, l'envoyé de l'empereur, debout sur les créneaux, qui plantait, en signe de victoire, l'étendard impérial !

— Trahison ! Trahison ! hurlaient à présent les croisés.

Mais qu'y pouvaient-ils ? A la face du monde, les Grecs venaient de reprendre et d'occuper Nicée.

On était le 26 juin 1097. Ce soir-là, soir d'amère victoire, quand le père Ascelin tailla sa plume d'oie pour envoyer à son évêque le compte rendu habituel, il écrivit que les Byzantins, au mépris de la parole donnée, avaient négocié en secret avec les assiégés. Ils leur avaient promis, disait-on, une amnistie générale, de l'argent et des dignités rémunératrices pour les habitants turcs de la ville qui accepteraient de se mettre au service de l'empereur. Quant à la femme et aux fils du sultan, que le basileus détenait avec prudence auprès de lui, ils étaient assurés de se voir traités avec les plus parfaits égards. En outre, et comble de duplicité, Boutoumitès, qui avait monté toute l'affaire en incitant les Francs à se lancer à l'assaut d'une cité déjà conquise par les artifices de sa diplomatie, Boutoumitès, l'homme d'Alexis, venait de faire savoir qu'il refuserait aux croisés l'entrée de Nicée. Eux qui, par leur courage, leur endurance et leur foi en la promesse de Dieu, étaient les véritables vainqueurs, s'étaient vus maintenus à distance des maisons blanches entraperçues de loin, blotties à l'abri des remparts au pied desquels tant d'entre eux avaient péri... Les Grecs les retenaient hors les murs, dans leur camp. L'autorisation de visiter les sanctuaires sacrés qu'ils venaient d'arracher aux griffes des mécréants ne leur était octroyée que de la plus parcimonieuse façon. On ne les laissait pénétrer en cet endroit où avait soufflé l'Esprit saint que par groupes de dix, surveillés par les alliés qui leur comptaient le temps...

« La colère de nos troupes est à la dimension de leur déception, écrivait le notaire épiscopal. Hostilité et fureur se donnent libre cours. Je crains bien que cette félonie n'entraîne chez les nôtres le sentiment d'avoir été trahis par ceux-là mêmes qu'ils étaient venus secourir. Une telle défiance risque de compromettre gravement l'entente souhaitée entre nous et les Grecs, ainsi que la collusion de nos armées. Pour se disculper, les Byzantins font valoir que, nos seigneurs ayant prêté hommage à l'empereur, il était naturel, en reconnaissance des engagements pris, que Nicée, première ville reconquise sur les Turcs, fût remise entre ses mains. Par ailleurs, avec son habileté coutumière, Alexis a invité nos chefs à se rendre à Pélékan où il campe toujours. Il veut fêter en leur compagnie cette victoire et les remercie de l'aide apportée. Le plus surprenant est que presque tous ont répondu avec empressement à l'offre ainsi faite. Appâtés par des promesses de partage, selon leur rang et leur qualité, d'or, d'argent, de pierreries, de magnifiques chevaux, de riches vêtements ou d'autres objets précieux pris dans le somptueux butin saisi à Nicée, ils s'y sont précipités sans pudeur.

« Durant ce temps, les officiers grecs, à travers tout le camp, procédaient avec beaucoup de largesse, je dois le reconnaître, à une distribution de Tartarons, cette monnaie de cuivre frappée à l'effigie d'Alexis. Le peuple en est toujours friand. Des vivres de toutes sortes ont également été répartis entre les pèlerins et les soldats. Bref, nous nous trouvons là devant une manœuvre de grande envergure destinée à compenser chez nos Francs l'humiliation subie. C'est tout de même un peu grossier, me semble-t-il. Peu en sont dupes. Comprendre qu'ils ne se sont battus que pour enrichir l'Empire byzantin, en lui permettant de réoccuper une ville jadis perdue par sa faute, ne peut que renforcer chez les nôtres la défiance déjà vive ressentie envers les Grecs. Leurs riches présents n'y changeront rien. En outre, il est à prévoir que l'empereur va profiter de sa rencontre avec les barons pour leur faire renouveler un serment d'allégeance, qu'il va essayer de transformer en main-mise sur nos futures victoires. Tout cela m'inquiète énormément. Je ne suis pas le seul. Tantôt, en effet, j'ai eu l'occasion de m'en entretenir avec le comte de Toulouse, sage entre les sages. Il a refusé de se rendre à Pélékan avec les autres seigneurs, comme il avait repoussé à Constantinople l'éventualité de prêter hommage au basileus, disant « qu'il n'était pas venu pour reconnaître un autre seigneur, ni afin de combattre pour un autre que Celui à l'intention duquel il avait renoncé à son pays et à ses biens ». Vous savez qu'avant de quitter ses terres, il a fait vœu de partir sans esprit de retour... Etienne de Blois et lui ont tous deux préféré demeurer au camp. Ils le gardent ainsi et préviennent les surprises toujours possibles de la part des Turcs... Or, le comte de Toulouse partage mes craintes. Seul Etienne de Blois conserve admiration et confiance à l'égard de l'empereur. Il y a chez notre suzerain une inépuisable bonne foi, doublée d'une tendance à prendre pour argent comptant les assurances d'amitié dont Alexis n'est point avare. Ne peut-on discerner dans ce comportement plus de naïveté qu'il ne siérait ? Je ne sais. Quoi qu'il en soit, Monseigneur, priez, je vous en conjure, priez pour nous et pour nos morts, sans omettre de faire prier vos ouailles dans les mêmes intentions. Priez sans répit. Nous abordons à présent le plus dur de la route. La grande épreuve va commencer. Il va nous falloir traverser la Romanie puis la Cappadoce, au cœur de terres ennemies, dans un pays inconnu où le danger surgira de partout... Priez, Monseigneur, priez pour que Dieu veille de près sur nous... »

Le père Ascelin soupira. Il réfléchit un moment, tête basse, en considérant d'un air absent ses ongles, puis il roula le parchemin, le cacheta avec soin, en prit un second, saisit une autre plume, la trempa dans l'encrier de voyage qu'il portait pendu à sa ceinture et se mit à rédiger une seconde missive.

Cette fois-ci, il écrivit à Berthe la Hardie. Profitant du courrier adressé à l'évêque de Chartres et des moines qui se chargeaient d'assurer les relais de couvent en couvent, par-delà plaines et montagnes, mers et contrées étrangères, le prêtre envoyait de temps en temps, à celle qui demeurait pour lui le chef de la famille dispersée, des nouvelles de sa mesnie. Qu'importait qu'elle ne sût point lire : Flaminia lui déchiffrerait la lettre qui les reliait les uns aux autres en une chaîne de fidélité qui ne devait pas se voir rompue.

2

Des flèches cuisantes du soleil ou de celles des Sarrasins, pressées comme grêle, les hommes d'armes ne savaient desquelles ils souffraient le plus. Sous le haubert de mailles lacé et le heaume de fer brûlant, la chaleur était un supplice sans fin. Quant aux traits acérés lancés, vague après vague, par les archers turcs, ils causaient de dolentes blessures et des centaines de victimes.

La poussière, les cris, le hennissement furieux des chevaux, le sang, les invocations à Dieu lancées par les prêtres et les moines, les éclairs des épées frappant de taille plus souvent que d'estoc, les craquements des os rompus, le choc des lances sur les écus, tout ce bruit de guerre et de mort tourbillonnait au creux du val d'où montait, mêlée à celle des corps pourfendus, une puissante odeur d'herbe et de roseaux écrasés sous les sabots des destriers ou le piétinement des soldats.

« Depuis la première heure du jour jusqu'à celle-ci, qui doit être proche de la sixième, les mécréants n'ont pas cessé de nous harceler », pensait Brunissen. Elle se hâtait une fois de plus vers la source où, avec les autres femmes, elle remplissait cruches, cruchons, pots et brocs rassemblés à la sauvette, pour repartir abreuver et panser les combattants. Ils avaient besoin d'aide et pouvaient compter sur leurs filles, épouses, sœurs ou amies. Sans relâche, elles allaient vers eux, criant des encouragements, en appelant à l'aide de Dieu, soutenant les hommes de toutes leurs forces, défiant le danger, apportant avec leur présence réconfort et secours.

La veille au soir, Bohémond s'était séparé d'une partie de l'armée. Il avait résolu de ratisser plus largement la région à la recherche de vivres et avait établi son camp dans une vallée aux prairies protégées sur certains côtés par des marécages que signalaient des touffes de joncs. L'eau y affluait en ruisseaux, ruisselets et fontaines.

Partis de Nicée depuis deux jours, les croisés s'étaient temporairement divisés en deux groupes. Sous le commandement de Bohémond, secondé par son neveu Tancrède, se trouvaient réunis les Normands de Robert Courteheuse, les troupes d'Etienne de Blois, celles de Robert de Flandre et le détachement grec du général Tatikios. Ils approchaient de

Dorylée. Le reste de l'ost Notre-Seigneur cheminait un peu plus au sud, sous le commandement d'Adhémar de Monteil.

On n'ignorait pas que les ennemis étaient restés à proximité. Leur sultan avait une revanche à prendre sur ces guerriers francs et grecs qui avaient capturé sa femme et ses fils avant de conquérir Nicée, sa capitale. On savait les Turcs proches, mais on ne les avait pas encore vus lorsque, soudain, dans une explosion de buccins retentissants et de tambours, sous un soleil levant déjà radieux qui faisait étinceler les armes et les harnachements des infidèles, leur armée était apparue sur les hauteurs dominant le val. Au-dessus des dizaines de milliers de guerriers qui l'invoquaient de leurs voix rauques, l'étendard vert du Prophète, marqué du croissant, claquait dans le vent de la course.

Galopant devant le front des preux et des hommes d'armes qui allaient se battre, Bohémond les avait brièvement harangués : « Sires et vaillants chevaliers du Christ, voici que, de tous côtés, nous attend une bataille difficile. Partez donc droit devant vous, avec courage ! »

D'un regard, il s'assura du bon ordre de ses troupes : massés autour des chariots formant le camp des pèlerins, à l'intérieur duquel palpitait une foule fascinée et orante, trois ordres de guerriers se distinguaient. D'abord, les chevaliers. Suant déjà sous les haubers à capuchon dont les fines mailles serrées recouvraient des vestes rembourrées, coiffés de heaumes peints munis chacun d'un nasal ciselé ou serti de verre coloré, ils ressemblaient à des statues équestres de fer et d'acier. Armés de solides épées au pommeau reliquaire, ils tenaient sous le coude des lances en bois de frêne à l'extrémité triangulaire et tranchante. Leurs destriers noirs et luisants, pommelés ou blancs comme neige, richement harnachés, se différenciaient par des tapis de selle décorés de motifs héraldiques aux teintes vives. Des gonfanons multicolores, attachés à la hampe des lances, frémissaient, toutes franges déployées, au moindre mouvement des montures que l'attente énervait. Protégés par des écus oblongs portés sur l'avant-bras et découpés de façon à couvrir leurs corps du col jusqu'aux talons, chaussés de longs éperons terminés par une pointe aiguë, les cavaliers lourds et roides pesaient sur les larges étriers en demi-cercle qui assuraient leur équilibre.

Derrière eux, les sergents à cheval arboraient haubergeons de mailles plus courts, boucliers ronds, chapeaux de fer, haches danoises ou épieux, arcs en bois d'if, en corne ou en métal, arbalètes et carquois.

Les gens de pied, enfin, vêtus de la broigne renforcée d'écailles de fer, d'un couvre-chef en cuir bouilli, étaient équipés d'armes diverses : arcs, arbalètes, frondes, masses d'armes hérissées de pointes de fer, couteaux nommés miséricordes parce qu'ils servaient à achever les ennemis abattus, piques, bâtons ferrés et redoutables crochets destinés à faire choir les montures des adversaires ou à tirer au sol les cavaliers sous lesquels on s'était glissé... Landry et ses compagnons faisaient partie de ce corps où ils servaient comme arbalétriers.

De nombreuses bannières aux nuances bariolées, dont certaines s'ornaient de broderies représentant la Croix du Christ ou le visage de la Vierge, flottaient au-dessus des têtes encapuchonnées de fer.

Avec le grondement hurleur de la tempête et soulevant une immense nuée de poussière, le galop des chevaux turcs fondit en rafale sur les Francs.

Flèches s'abattant si nombreuses qu'elles en obscurcissaient le ciel, javelots fendant l'air avec un sifflement de mort, déferlement de ce torrent humain qui se dérobait après chaque assaut avec une rapidité, une souplesse diaboliques, la mêlée tourna vite à l'avantage des assaillants. Aux cris indéfiniment répétés de : « *Allah akbar ! Allah akbar !* » ce fut tout d'un coup comme si l'enfer, ayant ouvert ses portes, lâchait en direction des chrétiens ses plus vifs émissaires.

Les archers turcs, archers d'élite s'il en fut, décochaient leurs flèches sur la masse compacte, semblable à une vivante forteresse, qui avançait en une progression lourde et confuse. Ils virevoltaient, lançaient de nouveaux traits, repartaient, revenaient, recommençaient sans jamais paraître devoir se lasser.

Les charges des croisés, décontenancés, se heurtaient maladroitement à ces actions répétitives et tourbillonnantes.

Pendant toute la matinée, le sort demeura suspendu.

A un moment, les Sarrasins pensèrent venir à bout de leurs adversaires. En face d'eux, les troupes franques fléchissaient... La chaleur, qui s'accentuait à l'approche de midi, les blessures innombrables, le harcèlement des flèches qui tombaient comme une épaisse pluie semant la mort, les cris de détresse de ceux dont les chairs étaient transpercées, l'effroi des pèlerins menacés, eux aussi, au centre du creuset où bouillonnait le carnage, tout semblait servir les assaillants.

Etant parvenus à contourner les marais, certains Turcs se faufilèrent jusqu'aux abords du camp, là où les chariots formaient barrière. Ils commencèrent à massacrer, en bordure de ce dernier obstacle, tout ce qu'ils rencontraient : femmes porteuses d'eau ou de pansements, blessés, malades, moines, enfants, vieillards...

Ceux qui se trouvaient regroupés au cœur du dispositif de défense, mieux abrités pour quelque temps encore, se tenaient immobiles, figés de terreur, pressés les uns contre les autres comme moutons en bergerie. Ils priaient. Le sentiment d'avoir offensé Dieu par leur conduite luxurieuse, orgueilleuse ou vénale, les accablait. Plusieurs évêques et des prêtres qui, en cette extrémité, voulaient mourir en aidant leurs frères, avaient revêtu leurs ornements blancs. Ils psalmodiaient avec force et priaient avec ardeur en dépit des larmes qui, parfois, brisaient leurs voix. Réclamant confessions et absolutions, un grand nombre de pèlerins se jetaient à leurs genoux, implorant pour qu'on les entende...

Dans un coin, à l'abri d'un empilement de toiles de tentes roulées, Foucher de Chartres confessait Mabille, qui lui parla longtemps.

Brunissen, Guibourg, Alaïs, ainsi que bien d'autres femmes, se voyant dans l'impossibilité de continuer à abreuver et à soutenir les combattants qui se démenaient dans la lutte fracassante, recommandaient leurs âmes au père Ascelin. Ces aveux, ces repentirs, ces contritions, ces appels, jaillis en un pareil moment du plus profond des êtres, comportaient une gravité, une intensité qui conduisait chacun à sonder sans complaisance sa propre conscience, à approfondir une quête dépassant de loin ses préoccupations ordinaires. La mort imminente les conduisait à un besoin de vérité absolue. En se reconnaissant pécheur, chacun d'eux implorait la grâce divine et s'en rapprochait...

Ce fut en cet instant où nul ne pouvait plus se mentir à soi-même que Brunissen sentit naître et s'affirmer en elle une évidence éblouissante : elle survivrait à tant d'horreurs, mais, désormais, sa vie ne lui appartiendrait plus. Elle serait toute donnée, livrée à Celui qui se manifestait si puissamment à sa servante au sein de tous les dangers. Elle sut qu'elle serait préservée d'une fin dont l'heure n'était pas encore venue, mais que ce serait pour se voir à jamais attachée au Sauveur... La lumière de l'Espérance la traversait ainsi qu'une lame pour rayonner dans cet enfer de peur et de violence au moment précis où tout paraissait perdu...

Comme une réponse à son attente, un événement imprévisible se produisit alors, prenant tout le monde au dépourvu : un groupe de pèlerins, pourchassés par d'autres Turcs, reflua en hurlant vers le noyau encore intact de leurs compagnons.

Imaginant qu'ils se trouvaient devant une contre-attaque hardie des Francs, les assaillants, subitement inquiets, firent demi-tour aussi brusquement qu'ils étaient parvenus jusque-là.

Au même moment, surgissant à bride abattue sur l'arrière des Sarrasins, Godefroi de Bouillon, alerté dès le début de la matinée par un message de Bohémond, se rua dans la bataille. Près de lui se tenaient son cadet, Baudouin de Boulogne, et Hugues de Vermandois, le frère du roi de France. Les chevaliers de leurs suites attaquaient avec eux.

Surpris par ce renfort subit, les Turcs se replièrent autour de leur sultan. Cette manœuvre redonna courage et pugnacité aux troupes sur le terrain. Connu pour son endurance, sa force et sa vaillance, le duc de Bouillon fondit sur ses adversaires dans un déploiement de boucliers d'or, de heaumes d'argent, d'oriflammes, d'enseignes chatoyantes fixées aux lances, teintes en pourpre et ornées de métaux précieux qui étincelaient dans la lumière du grand soleil de juillet.

Une telle arrivée fit merveille et redonna confiance aux Francs malmenés.

Survinrent presque aussitôt Adhémar de Monteil et Raimond de Saint-Gilles, comte de Toulouse, qui se joignirent aux troupes fraîches pour encercler les Turcs.

Reconstituée, l'ost Notre-Seigneur chargea enfin avec furie l'ennemi pris à revers entre ces redoutables tenailles de fer.

Le fracas des coups assenés avec une rage renouvelée, les cris de : « Dieu le veut ! Dieu le veut ! Saint sépulcre ! Toulouse ! Toulouse ! » répondant aux « *Allah akbar ! Allah akbar !* » des musulmans, les galops affolés des chevaux, le sifflement des carreaux d'arbalète, celui des flèches, plus aigu, le choc des lances et des épieux sur les écus reprirent une ampleur terrifiante. Les Francs se battaient avec exaltation : ils devaient vaincre ou connaître à leur tour le sort horrible des compagnons de Pierre l'Ermite...

Landry, qui luttait depuis des heures et que la lassitude gagnait, se sentit soudain nanti d'un nouveau courage. Il reprit sa place au combat avec une sourde colère qui le soutenait mieux que le simple espoir de sauver sa vie.

Les tuniques aux couleurs fraîches des femmes réapparurent de tous côtés aux abords du champ de bataille. Elles se remirent à panser les blessés, à consoler les mourants, à distribuer de l'eau et des paroles d'espoir à chacun. Décidées à poursuivre leur mission d'entraide, elles quittèrent leur abri pour donner aux hommes, avec l'appui de leur présence, le sentiment qu'ils ne pouvaient sortir que victorieux d'un engagement dont l'enjeu, en plus de leur propre existence, était le sort de familles entières.

Epouvantés par la violence de l'attaque appuyée par des renforts qu'ils n'avaient pas prévus, les Turcs, dominés à leur tour par ces ennemis enchemisés de fer qui maniaient l'épée comme bûcherons leurs cognées et que rien ne semblait désormais pouvoir faire reculer, ne trouvèrent de salut que dans la fuite. Une fuite éperdue, irrépressible...

— C'est la débandade ! hurla une voix. Sus ! sus ! Ne les laissons pas nous échapper !

Poussant alors des clameurs de victoire, les Francs s'élancèrent derrière les infidèles, les talonnant à travers monts et vallées jusqu'à leur propre camp. Les fuyards ne s'y attardèrent pas. Ils continuèrent leur course égarée...

On apprit par la suite que les Turcs, pris de panique et impossibles à rassembler, avaient continué à fuir durant deux pleines journées. Sentant la terreur que leur énergie bardée de fer avait causée aux musulmans, ayant aussi tout avantage à les écraser une fois pour toutes, les croisés souhaitaient pousser leur traque jusqu'au bout. Ce furent leurs chevaux, fourbus, hors d'haleine, aux flancs fumants et aux jambes tremblantes, qui les forcèrent à s'interrompre. Après une nuit de chasse à l'homme, il fallut arrêter la poursuite, revenir d'où l'on était parti.

— Dieu nous a donné en cette occasion une très grande grâce, proclama Foucher de Chartres le lendemain matin, à l'aube, après que les combattants eurent regagné leurs campements. Nous venons de participer à la première véritable victoire des soldats du Christ sur les mécréants. Cette fois-ci, les Grecs ne peuvent rien revendiquer pour eux. C'est une victoire totale, alors même que nous étions moins nombreux que les assaillants et, en outre, divisés en deux corps d'armée assez éloignés l'un de l'autre. Oui, en vérité, Dieu était avec nous !

Les pèlerins qui entendirent les paroles du moine entonnèrent des chants de reconnaissance et d'allégresse qui se répandirent aussitôt par tout le camp. On se signait, on s'embrassait, on s'interpellait avec des explosions de joie. Mais on n'était pas véritablement surpris. Chacun vivait dans l'attente constante du miracle, du signe surnaturel, de l'aide du Seigneur. Si, au plus fort du péril, les croisés avaient eu peur, quelque chose, au fond de leur âme, n'avait jamais cessé d'espérer et d'attendre l'intervention divine...

Sur ces entrefaites, Bohémond revint, lui aussi, avec sa suite, de la course frénétique à laquelle il s'était livré durant des heures.

— Amis ! frères ! cria-t-il. Réjouissez-vous ! Notre triomphe est complet ! On en parlera dans le reste de l'univers ! Nous avons défait les ennemis du Christ. Nous les avons chassés comme gibier forcé, et ils courent encore !

— Par tous les saints, il y a de quoi pavoiser ! assura Mathieu le Barbier qui avait accompagné jusqu'au bout la troupe des Normands de Sicile. Le sultan et ses alliés ont détalé en abandonnant sur place toutes les richesses qu'ils possédaient. Qilidj-Arslân n'a même pas eu le temps de prendre son trésor personnel, coffres, armes, bijoux, pièces d'or, qu'il transporte toujours avec lui durant ses déplacements. Nous avons fait main basse sur un butin considérable. Des chariots pleins à ras bord nous suivent et ne vont pas tarder à arriver !

Landry, Herbert Chauffecire et Pierre Barthélemy, qui se partageait depuis le départ de Nicée entre son maître tonnelier et le tir à l'arbalète, échangèrent un sourire. Eux aussi émergeaient de la lutte avec une sorte d'ivresse épuisée.

A présent qu'ils se retrouvaient parmi les leurs, assis sur l'herbe, à l'abri de la mort et du soleil, entourés de femmes qui s'occupaient d'eux, les abreuvaient, les lavaient, les faisaient rire, tout leur semblait merveilleux. En premier lieu, de n'avoir reçu que quelques coups ou estafilades sans importance là où tant de leurs compagnons avaient laissé la vie, un bras ou toute autre partie de leur pauvre corps tailladé sans pitié ainsi que viande de boucherie.

Brunissen et Alaïs, débordées par les soins à donner, étaient pourtant venues en courant serrer leur frère contre leur cœur avant de retourner en hâte s'occuper de la multitude d'éclopés qu'il fallait panser tant que leurs blessures étaient fraîches.

Les quatre amis buvaient de la cervoise et de l'eau, détaillaient avec joie leurs faits d'armes et récapitulaient avec complaisance les avantages matériels de la victoire.

— N'avez-vous pas été frappés comme moi par l'opulence des tentes turques ? demanda Landry, tout en massant son poignet endolori d'avoir tant lancé de carreaux d'arbalète. Ce sont de véritables maisons de toile, d'un travail et d'une décoration admirables. Elles comprennent plusieurs pièces séparées les unes des autres par des panneaux mobiles, comme dans les chambres de nos meilleurs donjons.

— Tout cela est à nous, maintenant ! jubila Herbert, qui avait les pieds en sang et se les lotionnait avec des feuilles et de l'herbe trempées dans un seau d'eau. Quel butin, mes amis : or, argent, soieries, chevaux, chameaux, mulets, ânes, brebis, bœufs et beaucoup d'autres choses dont j'ignore le détail ! Nos chefs les ont saisies comme prises de guerre et les distribueront selon leur bon plaisir. Personne ne connaît encore la quantité et l'importance exactes de ce trésor, mais ce sera de toute façon plus que nous ne pouvions espérer ce matin !

— Il y avait aussi des vivres à foison, remarqua Pierre Barthélemy, qui ne portait plus de pansement mais arborait à la racine des cheveux une grosse cicatrice en forme d'étoile. C'est sans doute de cette nourriture que nous aurons le plus besoin dans les jours à venir.

Il fut interrompu par des clameurs. Au centre du camp, auprès des sources, les barons victorieux sortaient des tentes où avaient été regroupées les dépouilles prises à l'ennemi. Couverts de poussière, de traces sanglantes, cabossés et ternis, leurs heaumes comme leurs hauberts disaient avec quelle vaillance ils avaient lutté. Godefroi de Bouillon, dont l'intervention providentielle arrachait des acclamations de reconnaissance à tous, son frère Baudouin de Boulogne, véritable colosse de fer que chacun venait de voir en action, Robert de Normandie qui s'était, lui aussi, battu avec une audace digne de son illustre père Guillaume le Conquérant, Raimond de Saint-Gilles que l'âge n'avait pas entravé durant la bataille, Etienne de Blois, calme et souriant en dépit du courage déployé et des coups reçus, Hugues de Vermandois, le Maisné, qui avait dignement représenté le roi de France, Bohémond de Tarente, le plus populaire des preux, et son neveu Tancrède, tout aussi intrépide, Robert de Flandre enfin et tous les autres seigneurs, unis dans une seule et même auréole de gloire, étaient fêtés par leurs troupes et par tous les pèlerins.

— De par Dieu et Notre-Dame, Sa très Sainte Mère, moi, Godefroi, je vous annonce, amis, frères, que nous avons remporté une victoire décisive pour l'avenir de nos armes, s'écria le duc de Bouillon après que les buccins eurent retenti trois fois pour réclamer le silence de la foule. La race d'excommuniés que nous combattons dans l'espoir de délivrer de nos mains le tombeau de Notre-Seigneur aura du mal à s'en remettre. Après la chute de Nicée, cette deuxième défaite que nous avons imposée à leurs meilleures troupes va leur porter un coup terrible. Notre prestige s'en verra accru auprès des populations et des soldats turcs. Vous pouvez compter sur vos chefs qui sauront toujours, si Dieu le veut, se montrer dignes de votre confiance et vous conduire sans défaillance jusqu'au saint sépulcre !

— Il convient de célébrer un tel triomphe ! s'écria aussitôt Bohémond. Pour commencer, baignons-nous dans les ruisseaux qui abondent par ici. Nous nous y débarrasserons de la poussière, de la sueur, de la crasse et du sang dont nous voilà couverts. Ensuite, nous ensevelirons pieusement nos morts et prierons pour le salut de leurs âmes qui doivent déjà jouir des extases célestes au paradis... Après seulement, nous aurons droit au grand festin qui doit conclure dignement une telle victoire et refaire nos forces. Enfin, nous danserons et nous divertirons durant toute la nuitée à venir.

— On peut compter sur vous, mon frère, s'écria Mabille en riant. Vous saurez apporter à ces festivités l'éclat que méritent tant d'actions glorieuses !

Entourée de ses femmes, et délaissant pour un moment les blessés dont elle avait la charge, Mabille était venue au-devant des vainqueurs en compagnie de Godvère de Toeni, encadrée de ses enfants, et de la comtesse de Toulouse, la belle Elvire, que son époux accola tendrement contre sa poitrine encore couverte de fer ensanglanté...

— Notre duc Godefroi a raison, dit le comte. La déroute que nous venons d'infliger aux infidèles va avoir un immense retentissement à travers l'Islam. La pitoyable fin des pauvres hères qui suivaient l'an passé Pierre l'Ermite sur ce même chemin avait donné aux Turcs et aux Arabes une piètre idée de notre valeur et de nos forces guerrières. La victoire des armées du Christ, obtenue contre les forces du sultan Qilidj-Arslân associées à celles de son ennemi de la veille, l'émir Ghazi, avec lequel il s'était hâtivement réconcilié, cette victoire éclatante contre des troupes supérieures en nombre aux nôtres va frapper les esprits. Que les deux premiers princes turcs de ce pays, unis pour nous écraser, aient subi ensemble un pareil revers va retourner en notre faveur l'opinion des peuples asservis par eux, et plonger dans l'effroi et le respect de nos armes l'ensemble des musulmans.

— En premier lieu, il nous faut remercier Dieu pour son aide et sa protection ! proclama d'une voix forte l'évêque du Puy. Ce triomphe est le sien. Mes fils, à genoux !

Après que l'on eut décemment enseveli les morts sous une

butte que l'on surmonta d'une grande croix, un *Te Deum* fut dit en plein air.

Puis, comme l'avait souhaité Bohémond, on se détourna des voies du ciel pour s'adonner aux plaisirs de la terre.

Le festin eut lieu le lendemain soir, au creux de la vallée herbue et fraîche où l'eau vive coulait de tous côtés.

Les barons et leurs suites se trouvaient réunis en plein air, sous des vélums pris à l'ennemi et tendus avec soin afin de protéger du soleil le teint des dames qui avaient tant de mal à se défendre du hâle qu'elles honnissaient...

On mangea, on but, on dansa...

Brunissen avait vu, non sans inquiétude, sa sœur conviée à la table de Bohémond et de Mabille. Alaïs avait accepté une place auprès du Normand de Sicile et se comportait à son égard avec une docilité ravie.

— Mon oncle, chuchota Brunissen au père Ascelin vers la fin du souper, mon bel oncle, ne pensez-vous pas que nous devrions aller chercher notre brebis égarée pour la ramener dans le troupeau familial ?

Le prêtre secoua la tête en soupirant.

— Qui donc, Dieu tout-puissant, aurait la témérité d'aller quérir une proie entre les serres de l'aigle des montagnes ? Vous ? Moi ? Personne, vous le savez bien, personne ne l'oserait. Bohémond de Tarente n'est pas homme à renoncer à son caprice. Cet homme est une force en marche. Se mettre en travers de sa route, c'est se condamner à périr écrasé... Qui sait, par ailleurs, si Alaïs n'est pas une victime consentante ? Regardez-la : elle contemple ce Normand comme s'il était le grand empereur Charlemagne en personne ! Si nous commettions l'imprudence d'aller lui demander de venir nous rejoindre, elle refuserait de nous écouter. Notre seul recours est en une fervente prière à Notre-Dame pour la supplier de prendre pitié de cette enfant et de son fol engouement...

Une sourde tristesse, comme un brouillard noyant de ses écharpes de brume la fin d'un beau jour, étouffa soudain la joie de Brunissen et l'euphorie causée par la victoire. A une autre table, Landry buvait et riait avec les archers de sa compagnie. Il semblait indifférent au sort de sa jumelle ou, tout au moins, ne paraissait pas disposé à intervenir pour l'empêcher de suivre ses démons... Deux ivresses, celle du vin et celle de la gloire partagée avec tous ceux qui avaient combattu, désarmaient le frère alors qu'était venu le moment de tout tenter pour sauver l'imprudente... Leur oncle capitulait aussi et renonçait à son rôle de mentor par peur avouée de Bohémond. Elle-même ne se sentait pas de force à lutter contre un homme comme celui-là... et puis la soirée se montrait complice, la nature pactisait avec la chair. Main du vent, invisible et musarde, une brise qui ne transportait plus que des senteurs d'herbe, d'eau paisible, de fleurs, jouait avec les vélums et les voiles des femmes dont la bonne chère et les libations enflammaient les joues, avivaient les regards... Après la terreur ressentie, après les larmes et le sang répandus, un profond besoin de jouissance naissait parmi la foule allégée de ses craintes. Estomacs repus, satisfaction dispensée par une glorieuse soirée, douceur des approches de la nuit, tout était accord, tout était connivence... La vie, animale mais masquée de tolérance, brutale mais séductrice, s'éveillait d'instinct dans les corps, à présent que les cœurs et les esprits venaient, pour un temps, de déposer leur fardeau.

Si elle voulait être totalement sincère avec elle-même, Brunissen, qui avait accepté d'emprunter la porte étroite et de suivre le chemin escarpé des félicités spirituelles, ne se sentait-elle pas, elle aussi, et en dépit de ses réprobations, alanguie par la bonne chère, l'heure vespérale, la gaieté ambiante ?

Présente comme une oriflamme royale au-dessus de tant de têtes rieuses, la béatitude des instants d'apothéose ne flottait-elle pas, superbe, sur le camp des vainqueurs ? Qui aurait pu s'opposer à de telles tentations ?

Quand Brunissen émergea de sa rêverie, elle s'aperçut que beaucoup de croisés s'étaient levés de table et avaient quitté leur place pour s'égailler aux alentours. On dansait, on organisait des jeux... Bohémond et Alaïs avaient disparu.

Guibourg, qui se trouvait placée entre son mari et Brunissen, se pencha vers elle.

— Un soir comme celui-ci, Dieu sera indulgent, chuchota-t-elle après avoir intercepté le regard éperdu de la sœur aînée en direction des sièges vides. Il pardonnera... De toute façon, je connais certaines herbes qui peuvent empêcher un moment de folie d'avoir de fâcheuses conséquences...

Brunissen eut un frisson et posa vivement la main sur le bras de sa voisine.

— Pour l'amour du ciel ! Taisez-vous, dit-elle avec tant d'autorité dans la voix que Guibourg s'en montra toute déconcertée. Taisez-vous ! Je vous en conjure !

Elle se leva. Les accents des flûtes, des pipeaux, des rotes, des chalumeaux, rythmés par les tambourins et les timbres, prenaient possession de la vallée qu'illuminaient torches et flambeaux. Elle se tourna vers le père Ascelin qui la considérait avec inquiétude et lui adressa un sourire rempli de mélancolie.

— Il fait si beau, reprit-elle, si beau... Voulez-vous bien, mon oncle, venir vous promener avec moi jusqu'aux collines...

Le lendemain matin, quand Alaïs s'éveilla sous la tente pourpre de Bohémond, elle était seule sur la couche aux coussins malmenés. Debout à la tête du lit de camp, une jeune servante attendait qu'elle ouvrît les yeux.

— Voici un cuvier plein d'eau chaude parfumée aux aromates, dit-elle. J'ai ordre de vous baigner, de vous coiffer, de vous habiller et de vous reconduire à votre tente.

— Je ne resterai pas céans à attendre le retour de mon seigneur ?

— Non pas. Il préfère que vous rejoigniez votre famille et que vous repreniez votre vie habituelle. Quand il désirera votre présence, il vous le fera savoir.

Alaïs sauta du matelas de feuilles sèches que recouvraient plusieurs peaux de léopards assemblées avec art. Une colère impuissante l'agitait. La veille, dans l'entraînement du désir et de la fête, elle avait suivi Bohémond sans qu'il ait eu beaucoup à insister. En se donnant à lui, c'était à un héros, à un preux, à la victoire incarnée, à son rêve enfin réalisé qu'elle avait livré son corps souple et blanc, neuf comme une lame vierge. Il l'avait déflorée avec emportement, puis lui avait enseigné des jeux auxquels elle s'était vite laissé prendre... Son ami était si beau, si ardent, si habile... Elle n'avait pas osé parler d'amour, mais la manière dont il la caressait paraissait traduire une passion partagée, un entraînement mutuel...

Alaïs s'aperçut soudain qu'elle était nue et que la servante la considérait avec jalousie.

Au milieu d'un jaillissement d'eau parfumée, elle se jeta dans le cuvier doublé d'un drap de toile épaisse pour éviter les échardes, frotta avec rage sa peau où des traces de suçons et de meurtrissures témoignaient de l'embrasement nocturne...

Quand elle fut séchée et vêtue, elle essuya rageusement les pleurs qu'elle ne pouvait retenir, serra les dents, redressa le menton à la manière de Berthe la Hardie, et sortit de la grande tente seigneuriale dans la tendre lumière du matin.

Bohémond l'avait prise comme n'importe quelle femelle

fraîche passant à sa portée, puis il s'en était allé, sans un mot, sans un geste. Il la rappellerait quand l'envie lui en prendrait, comme il sifflait sa meute pour courre le gibier... Folle qu'elle avait été ! Qu'attendait-elle de ce grand baron dont tant de femmes, jour après jour, guettaient un signe pour se précipiter aux ordres et lui apporter le plaisir qu'il goûtait à son gré ? Elle n'avait été qu'une proie de plus dans cette chasse ininterrompue qu'était l'existence conquérante de Bohémond...

« Je ne retournerai plus jamais avec lui, se promit Alaïs tout en marchant à pas précipités vers la petite tente rouge et verte de sa famille. J'accomplirai une dure pénitence après m'être confessée de ce péché... Je demanderai au Seigneur et à Notre-Dame de me pardonner une faute que je regrette déjà, et je l'expierai... »

Elle ne trouva personne au logis de toile. Comme, déçue, elle en sortait un peu désorientée, elle rencontra Pierre Barthélemy. Il lui sourit avec entrain.

— Dieu vous bénisse, belle Alaïs, dit-il en l'abordant. Grâce à vos soins me voici sur pied et, en outre, décoré au front d'une étoile ! Pour un signe, c'est un signe !

— Savez-vous où se trouve ma sœur ? demanda l'adolescente avec une nervosité qui surprit le nouvel arbalétrier.

— Ma foi, non. Elle doit s'occuper des blessés avec les autres dames. Permettez-moi de vous dire, en mon nom et en celui de mes compagnons, que c'était une grande merveille, hier, durant la bataille, que de vous voir, les unes et les autres, courant de tous côtés pour nous donner à boire, nous encourager, nous passer des armes neuves s'il en était besoin et nous soigner sur place comme de saintes nonnes.

— N'offrons-nous pas toujours aux hommes la meilleure part de nous-mêmes ? répondit Alaïs sur un ton amer que son interlocuteur ne comprit pas, venant d'une si douce et si aimable personne.

Sans plus d'explication, elle fit demi-tour et se dirigea vers l'endroit où on prodiguait aux victimes du combat victorieux les soins nécessaires...

Durant deux jours, les croisés s'attardèrent dans la vallée heureuse, pansèrent leurs plaies, se reposèrent dans une quiétude que ne partageait plus Alaïs, tout entière livrée à un chagrin d'autant plus lourd à porter qu'il était silencieux. Elle n'avait rien dit à Brunissen dont le regard brun, doux et

pensif, se posait sur elle avec la plus attentive affection, sans
qu'aucune question gênante ne vînt forcer des aveux qui se
refusaient. Landry, le père Ascelin, Guibourg avaient adopté
la même discrétion... Chacun pouvait constater que la jeune
fille se tenait farouchement à l'écart de Bohémond qui ne
semblait plus se soucier le moins du monde d'elle. Il s'amusait
comme à l'accoutumée avec d'autres filles, et son grand rire
éclatait ainsi qu'une provocation constante d'un bout à l'autre
du camp. Alaïs conservait les lèvres closes sur la nuit de fête
passée loin des siens tandis que ceux-ci l'entouraient, comme
une convalescente, de ménagements et de sollicitude...

Le surlendemain de la victoire de Dorylée, à l'aube de la
Saint-Martin d'été, les pèlerins, l'armée, les barons abandon-
nèrent le val béni de Dieu et reprirent la route. Il fallait quitter
les accueillantes prairies où les croisés s'étaient illustrés et
repartir vers l'inconnu. Jérusalem les attendait.

Les interminables files composées de soldats, d'hommes,
de femmes, d'enfants, dont certains à la mamelle, de vieillards,
de blessés, de chariots utilisés comme infirmeries, garde-
manger, transports de tentes et de matériel, de charrettes qui
renfermaient le butin pris à l'ennemi ou qui véhiculaient les
coffres, les armes, les vêtements, suivies par les troupeaux,
les bêtes de somme chargées de bâts, tout ce peuple en marche
s'étira de nouveau à l'infini sur les pistes de sable ou de
pierrailles. On entonnait le *Veni Creator,* on reprenait en
chœur les mélopées, les chants de pèlerinage que tous connaissaient, les prières et les psaumes qui les aidaient à progresser
en une déambulation persévérante, obstinée, tenace, vers la
Ville sacrée, vers le saint sépulcre, si lointains mais si proches
de leurs cœurs, situés aux confins d'un horizon dont ils ne
savaient rien, sinon qu'au-delà du désert roux et gris le Christ-
Roi les espérait et qu'Il les guiderait jusqu'à Lui...

En outre, les colonnes de pèlerins se trouvaient désormais
dans la nécessité d'avancer en ordre serré, sous la protection
des armes. Nomades et menaçantes, des bandes inconnues
apparaissaient parfois sans qu'on parvînt à les repérer avec
exactitude.

Telles les nuées de l'Ancien Testament, un lourd nuage de
poussière s'élevait sous les milliers de pas, de roues, de sabots,
qui foulaient la terre inhospitalière et rocailleuse du plateau
anatolien dévasté. Très vite on s'était aperçu que les Turcs
avaient ravagé les régions situées au pied des Montagnes
Noires par lesquelles les chrétiens étaient obligés de cheminer.
Puits comblés ou empoisonnés, récoltes incendiées, cités

pillées et vidées de leurs habitants ajoutaient leur empreinte de désolation à la rudesse de la contrée, au climat sans merci. Les cours d'eau étaient à sec. Le soleil dévorait, desséchait, brûlait tout ce qui lui était offert sans protection. Sur les corps torturés par la soif, les vêtements trempés de sueur collaient à la peau comme des suaires. Sous leurs hauberts de fer chauffés à blanc, les chevaliers et les hommes d'armes enduraient un supplice constant.

Des semaines de misère et de calamité s'écoulèrent. Petit à petit, les vivres s'épuisèrent. On voyait avec angoisse les chariots s'alléger davantage à chaque étape.

L'eau commença de manquer. Les superbes destriers des cavaliers venus de l'ouest ou du nord, habitués à boire jusqu'à plus soif, résistèrent mal à la chaleur torride du désert, au rationnement puis au manque d'eau qui suivit. L'écume à la bouche, les flancs haletants, bruyants comme des soufflets de forge, ils s'écroulèrent les uns après les autres, battant de leurs sabots l'air embrasé. A voir ainsi mourir leurs chevaux de combat, leurs compagnons des pires mais aussi des plus beaux moments de leur vie, certains chevaliers pleuraient avec les femmes...

Lorsque Landry vit tomber le bai de Norvège que Garin avait tant aimé, il lui sembla revivre l'agonie de son père. Il se coucha dans le sable brûlant contre le coursier exténué, lui passa les bras autour du col et sanglota comme un enfant. Alors qu'il avait risqué sa vie sans trop de frayeur et vu périr à ses côtés, sur le champ de bataille, quelques-uns de ses proches voisins, traversés par les flèches turques ou pourfendus par les cimeterres, la fin du destrier, qui était devenu son dernier héritage paternel, le terrassa. Il tint à l'enterrer de ses propres mains sous le sable meurtrier. Quand il en eut fini, une tempête sèche et ardente se leva. En quelques instants, elle effaça le pauvre tertre sous lequel gisait le bel étalon.

Les bêtes de somme, les mulets, les ânes, plus résistants et plus sobres, supportèrent mieux les privations, mais beaucoup finirent par abandonner à leur tour leurs maîtres navrés...

Démontés, bien des chevaliers se virent contraints d'aller à pied, de rejoindre la piétaille que, d'ordinaire, ils regardaient du haut de leur monture.

On se partagea le peu de nourriture qui restait, puis on en fut réduit à dépouiller les figuiers de Barbarie et les aloès de leurs fruits épineux, de leurs feuilles qui déchiraient les mains. On mâchait longuement les résines amères des uns, la chair glaireuse et insipide des autres. Les flux de ventre se multiplèrent et torturèrent les plus endurcis. Les gens âgés, les malades, les enfants fragiles succombèrent les uns après les autres.

A perte de vue, le désert, les cailloux, quelques marécages fétides et des étangs à l'eau imbuvable, à l'eau saturée de sel...

— L'enfer doit ressembler à ce pays, dit un jour le père Ascelin, amaigri, parcheminé, mais toujours déterminé. Nous traversons là un des chaudrons de Satan !

Brunissen, Alaïs, Guibourg et la petite Biétrix, qui ne les quittait plus, approuvèrent. Cahotées toutes ensemble dans le mauvais chariot bâché de toile verte que le prêtre avait obtenu pour sa famille et ses amis, elles se sentaient rapprochées par le malheur. Et ce qui était vrai pour le petit groupe des Chartrains l'était pour l'ensemble des croisés. Tant d'épreuves endurées côte à côte, tant d'horreurs partagées les avaient soudés bien davantage que les heures moins difficiles vécues auparavant. En dépit des langues différentes, des habitudes, des coutumes, des cuisines, des vêtements si divers, une fraternité était née et s'était développée entre eux. Une même foi, un but commun, un idéal unique, l'acceptation de tous les sacrifices pour parvenir à leurs fins les assemblaient ainsi que les membres d'un seul corps.

Depuis la victoire de Dorylée et l'intense fierté qui s'en était suivie, une solidarité routière, composée de méditations semblables scandées par le pas de marche, de renoncement forcé aux biens de ce monde, de détachement vis-à-vis des vicissitudes d'une mission sacrée, les conduisait de compagnie vers une forme d'ascèse évangélique à laquelle bien peu se dérobaient. Parmi les éléments douteux mêlés dès le départ aux pèlerins, un grand nombre avaient renoncé. Ils étaient, pour la plupart, demeurés à Nicée avec certains malades ou infirmes trop faibles pour continuer une pérégrination qui s'annonçait plus malaisée qu'ils ne l'avaient prévu. Ceux qui avaient tout de même voulu suivre l'armée ne faisaient plus parler d'eux. Seuls les Grecs et leur général au nez d'or étaient tenus à l'écart. On les traitait avec froideur, car on leur reprochait d'avoir engagé la gent Notre-Seigneur sur une voie aussi inhumaine et désertique. On estimait que, connaissant les inconvénients d'un tel itinéraire, ils auraient dû les épargner à leurs alliés..., sans trop se demander si une troupe aussi nombreuse et aussi hétéroclite aurait pu se frayer par ailleurs un chemin.

Malgré ces sourdes rancunes, la conscience d'un accord fraternel, profond, durable, régnait sur l'esprit des Francs et les soutenait. Sans elle, ils n'auraient sans doute pas eu le

courage de franchir ces semaines abominables qui en couchè-
rent tant sous le sable ou les éboulis de petites pierres noirâtres
qu'il leur fallait traverser.

Une grande partie des chevaux étant morts, on dut utiliser
en guise de monture des bœufs, plus durs à la peine. On vit
parfois des chevaliers, trop las pour continuer à pied, enfourcher avec réticence certains bovidés au pas lourd... Les
chèvres, les moutons et jusqu'aux chiens de chasse furent
employés à porter les bagages. Quelques gros cochons noirs,
bâtés et grognons, traînaient en protestant des charges qui
leur blessaient le dos.

— Tâchons d'en rire, dit un jour Landry en contemplant
ce piteux spectacle. Les pires mésaventures restent souvent
comiques.

— On pourrait en rire, il est vrai, admit Foucher de
Chartres, maigre et desséché comme tout un chacun. On
pourrait en rire... mais peut-être aussi en pleurer...

Les chaussures étaient en lambeaux, les vêtements réduits
à quelques pans d'étoffe dans lesquels on se drapait plus par
pudeur que par nécessité. On s'arrangeait cependant pour que
les croix cousues sur l'épaule ou sur la poitrine fussent
toujours visibles : c'était le signe d'appartenance au Christ,
le signe aussi de la protection qu'Il accordait aux siens... et
on en avait grand besoin.

Le principal ennemi restait le soleil. Du matin au soir, il
ne cessait d'arder, de gercer les corps mal défendus qui ne
pouvaient plus l'éviter que sous les bâches et les toiles. La
soif, plus encore que la faim, devenait une obsession, une
idée fixe, un besoin lancinant et jamais assouvi. On buvait
le sang des chevaux morts avant de les manger...

— Le plus terrible, dit un soir, à l'étape, Brunissen, dont
la chevelure pain brûlé s'était éclaircie en dépit des voiles et
dont la peau avait pris la nuance dorée des miches bien cuites
dévorées autrefois à belles dents, le plus terrible est le sort
des femmes enceintes. Qui d'entre nous n'en a pas vu, rendues
comme folles par le manque d'eau et de nourriture, par la
fatigue et ce soleil d'enfer que rien, jamais rien, ne vient
masquer, qui n'en a vu accoucher au long de la route, ainsi
que des bêtes ? Ce matin même, sur le bord du chemin, j'ai
assisté une pauvre créature hagarde qui a mis au monde avant
terme, comme elles le font toutes à présent, un misérable
petit être. Elle l'a ensuite abandonné sans un regard, dans la
poussière. J'ai tenté de le sauver, mais il est mort presque
aussitôt...

— Cette chaleur de damné dessèche à la fois les entrailles
et le cœur, dit gravement le père Ascelin. Il y a peu, ces
mères auraient pris soin avec amour de leur petit. Elles ne
sont pas fautives et nous devons nous garder de les juger.
Dieu leur pardonne, j'en suis certain.

— Il y en a qui sont sans doute encore plus à plaindre,
soupira Guibourg qui avait tellement maigri qu'elle en paraissait presque rajeunie. Oui, sur mon âme, ce sont celles qui
n'ont plus de lait pour nourrir leur enfant. Elles pressent en
vain leurs seins taris et sont obligées de laisser leur nourrisson
périr de male faim. C'est horrible. Pour celles-là, qui ont eu
le temps de s'attacher à l'enfantelet, leur détresse est sans
bornes. J'en ai vu qui se roulaient par terre en hurlant, en
proie à d'indicibles souffrances, à côté des menus corps privés
de vie dont elles n'étaient plus capables d'assurer la subsistance. Pour une mère, y a-t-il pire que de voir mourir entre
ses bras son enfant affamé ? Je me sens si affreusement
impuissante devant de telles douleurs...

Assis sur des cailloux, dans un crépuscule rose qui ombrait
chaque pierre, chaque dune, chaque sommet d'un creux
d'ombre bleue, les pèlerins s'apprêtaient, une fois encore, à
dormir à la belle étoile. Les nuits restaient leurs seuls moments
de répit. On ne montait plus les tentes le soir afin de bénéficier
au maximum de la fraîcheur nocturne. On se contentait de
dérouler les paillasses ou les nattes de jonc autour des feux
qu'il fallait bien allumer et entretenir avec des broussailles
épineuses pour faire cuire les pauvres restes des animaux de
somme sacrifiés, les quelques serpents, lézards, oiseaux de
proie ou sauterelles capturés et tués au hasard du chemin.
Les flammes servaient aussi à éloigner les bêtes sauvages que
la mort attirait.

Rien, cependant, ne parvenait à abattre suffisamment le
courage des pèlerins pour les amener à renoncer à la mission
qu'ils s'étaient imposée. Ils devaient continuer leur route
quelles qu'en fussent les difficultés et les misères. Par-delà
les ombres du malheur, une lumière éblouissante les éclairait,
leur traçait la voie, les soutenait...

Ils chantaient des cantiques, des psaumes, mais aussi des
chants de marche gaillards et des cantilènes épiques ou sentimentales, selon les occasions et l'humeur du moment.

Rien, non plus, ne paraissait susceptible d'empêcher certains
hommes, certaines femmes, aussi las, aussi harassés qu'on
pût les voir dans la journée, de s'aller rejoindre dès que la
lune remplaçait de sa douceur laiteuse l'ardeur du soleil. A

l'abri d'une grosse roche, d'un buisson d'épineux, d'un tronc renversé, des chariots dételés, ils s'accouplaient avec détresse.

— On dirait que la fatigue vous livre encore davantage aux besoins amoureux, remarqua un soir Mathieu de Nanterre à Herbert Chauffecire, alors que ce dernier s'en revenait justement d'un rendez-vous dans les dunes.

Le Chartrain eut un sourire contrit.

— Désir charnel est impérieux tout autant que faim ou sommeil, chuchota-t-il pour ne pas gêner ceux qui dormaient. J'ai remarqué fort souvent que je n'étais jamais aussi disposé à l'amour qu'après un dur travail ou une longue chevauchée... Vous-même ne reposez pas, à ce que je vois. Quel mal vous tient donc éveillé ?

— Un mal qui vient du cœur, il est vrai, soupira le barbier d'un air mélancolique que sa face amaigrie et sa barbe poussiéreuse ne faisaient qu'accentuer. Mais j'aime une femme, moi, pas n'importe laquelle !

Herbert eut un rire entendu.

— Par tous les saints, celle dont la pensée vous tourmente ainsi ne se soucie guère de vous ! Elle hante plus volontiers les hauts et puissants seigneurs que les petites gens de notre espèce, dit-il entre ses dents. A votre place, je chercherais ailleurs.

— Le puis-je, Dieu de Bonté, le puis-je ? soupira Mathieu qui semblait, pour un temps, avoir perdu sa gaieté. Tel que vous me voyez, je rêve d'elle en attendant qu'elle retombe de son septième ciel sur notre sol ingrat. Ses yeux s'ouvriront peut-être à ce moment-là. Elle m'apercevra alors, les bras ouverts, tout prêt à l'y recevoir.

— Rêvez, ami, rêvez et que Dieu vous entende, reprit Herbert, sceptique. Mais Bohémond de Tarente est un rival des plus redoutables. Il ne doit pas être aisé de le remplacer...

Alaïs, tel le chien de l'Ecriture, était en effet retournée à son vomissement... Durant une nuit, alors qu'elle dormait auprès des siens, sous les étoiles, une ombre immense s'était approchée de sa natte, s'était penchée sur elle, l'avait soulevée encore endormie et emportée à quelque distance en lui appliquant une main autoritaire sur la bouche pour l'empêcher de crier. Puis Bohémond l'avait étendue sur un lit de paille aménagé au creux d'un chariot vidé de ce qu'il avait contenu. Des odeurs d'épices, d'huiles, de viande fumée y rôdaient vaguement...

— J'ai choisi le moins malodorant, un des rares que les malades et les infirmes n'occupent point encore. Je me le

garde, avait murmuré le Normand en guise de mots tendres.
Allons, dépêchons-nous ! Par tous les diables, j'ai une violente
envie de toi !

Les rancœurs, les contritions, les rages dissimulées, la fierté
bafouée, tout s'était évaporé au contact de ce corps d'homme
chaud et exigeant. Une seconde fois, Alaïs s'était livrée, chair
et âme, à celui qu'aucune trahison, aucun délaissement ne
parvenaient à lui faire haïr. Elle l'avait pourtant vu en courtiser, en embrasser, en caresser d'autres jusque sous ses yeux ;
mais il suffisait qu'il vînt, qu'il la touchât, pour l'amener au
pardon, à l'assentiment éperdu. Rien n'existait plus que lui,
lui sur elle, lui en elle, et le grand ciel d'Orient brasillant
au-dessus de leurs corps affolés...

Il était revenu chaque fois que la fantaisie lui en prenait.
Toujours à l'improviste. Sans jamais chercher à contrefaire
l'amour ou la tendresse. Avec son immense appétit de vie, il
consommait Alaïs ainsi qu'il dévorait les morceaux de
chevaux morts, cuits sur la braise, ou les petits rongeurs
dépouillés et enfilés sur des baguettes avant d'être rôtis.

Les matins qui suivaient ces nuits délirantes, quand l'adolescente retournait vers sa famille, Brunissen retirait en silence
les brins de paille demeurés accrochés à la chevelure de sa
cadette, puis refaisait les épaisses tresses blondes, sans un
reproche, sans un commentaire. Elle l'embrassait seulement
sur la joue, comme pour lui signifier l'inébranlable permanence de son attachement. Alaïs reprenait ensuite, comme si
de rien n'était, son service auprès de Mabille qui la considérait
parfois d'un air narquois ou complice, selon les cas. L'ascendant de Bohémond sur les siens était tel que personne, même
pas sa sœur, ne se permettait d'adresser la moindre remarque à
celle qu'il avait choisie un soir... De son côté, Landry se taisait.

Après des jours et des jours d'une sécheresse infernale, une
pluie torrentueuse s'abattit tout à coup sur les pèlerins. Salués
d'abord avec un soulagement indicible, les nuages noirs qui
succédaient au ciel blanc se montrèrent vite aussi cruels que
la chaleur. Quand on eut fini de danser sous l'averse, de tendre
vers elle un visage cuit et des mains desséchées, de boire à
bouche grande ouverte cette eau tant attendue, de se laver
sous la douche céleste et de remplir cruches, tonnelets, pichets,
amphores, cuveaux et gobelets de toutes tailles, on commença
à grelotter. La pluie glacée ne s'arrêtait plus.

Les vivres substantiels faisant toujours défaut et le froid

accentuant le besoin que chacun éprouvait de se nourrir afin de se réchauffer, on se mit à tuer pour les faire cuire les ânes, les chameaux que les Grecs avaient conservés jusque-là avec eux, et jusqu'aux chèvres à la chair filandreuse... Depuis longtemps, il n'y avait plus de cochons ni de moutons à se mettre sous la dent.

Certains pèlerins découvrirent alors, au hasard de leur marche, quelques villages désertés. Dans des champs cultivés poussaient de curieuses plantes, sorte de roseaux dont les tiges creuses contenaient une sève semblable à du miel liquide. Ils le firent savoir, et on se rua sur ces *cannae mellis* que l'on arrachait et dévorait avec délices à cause de leur saveur miellée. Malheureusement il y avait peu de cultures et cet expédient ne fut que d'un faible secours.

Les torrents de pluie entraînaient des coulées de boue où il fallait patauger en glissant, en tombant et en tremblant de froid...

Durant près de cinq longs jours, les cataractes du ciel se déversèrent sans discontinuer sur les files de soldats et de pèlerins, trempés, transis, sans autre défense devant ce nouveau fléau que les chariots dont les bâches usagées laissaient filtrer d'un peu partout gouttes, filets glacés, buées impalpables ou brusques déversements de poches crevées. Bien des croisés, déjà très affaiblis, en succombèrent.

— Après ceux que le soleil a fait périr, nous ensevelissons à présent, le long de notre route, ceux que cette pluie diluvienne a conduits eux aussi à la mort, remarqua tristement Foucher de Chartres en aidant une famille à reboucher une nouvelle fosse. Ce que nous subissons maintenant ressemble au déluge. Faut-il que nos péchés soient graves pour que le Seigneur nous impose de semblables châtiments !

— Si notre cœur nous accuse, Dieu est plus grand que notre cœur, murmura Brunissen, venue prier avec la veuve du mort, tout en secouant son front encapuchonné d'où tombait un rideau de pluie. Je ne suis pas de votre avis, mon père, et ne vois pas la main de Dieu mais celle de l'Adversaire dans tous nos malheurs. Le Seigneur n'est pas à l'origine de nos souffrances et de nos peines. Il est avec ceux qui souffrent et qui peinent. Il est souffrance et peine.

Le moine jeta à la jeune fille enveloppée de sa chape pluviale un regard intéressé et réfléchit un moment. Comme l'endroit ne se prêtait guère à une conversation, il conduisit alors Brunissen sous une tente hâtivement dressée entre plusieurs chariots rapprochés. Bien des gens s'y étaient réfugiés en attendant de repartir après l'ensevelissement de leurs compagnons. Les deux nouveaux arrivants trouvèrent néanmoins une place où on avait étendu quelques brassées de paille sèche et s'y assirent.

— Tant que la créature humaine est heureuse, comment savoir si elle est désintéressée dans son service de Dieu ? demanda le moine, qui aimait la discussion. C'est l'épreuve qui révèle le fond du cœur. Rappelez-vous le Livre de Job. Dieu donne à Satan entier pouvoir sur les possessions de ce juste, à condition, toutefois, qu'il évite de porter la main sur lui. Job se voit dépouillé de tous ses biens et même de ses enfants. Il sera conduit jusqu'à l'abjection. C'est alors, et alors seulement, que son renoncement l'amène à contempler Dieu, à s'entretenir avec Lui de cet éternel sujet de scandale qu'est pour nous l'affliction du juste et de l'innocent.

— Dans le Livre de Job, vers la fin, si je me rappelle bien, dit Brunissen, le Seigneur demande à l'homme auquel Il vient d'accorder cette faveur inouïe : un long et fécond dialogue avec son Créateur : « Où étais-tu quand je fondais la terre ? As-tu commandé au matin ? » Job reconnaît alors son ignorance et sa petitesse face aux merveilles suscitées par Dieu. A cause de notre propre insuffisance à pouvoir comprendre l'inaccessible mystère de la Création, les secrets du monde demeureront à jamais tenus éloignés de nous durant notre passage ici-bas. Nous n'approchons de l'Eternel que par foi et amour... C'est par eux que nous serons sauvés. Malgré nos petites cervelles et nos grandes fautes, Dieu, qui est Amour, nous a envoyé de par Lui le Porteur de nos maux et détresses... Voilà, mon père, pourquoi j'ai protesté contre vos paroles : je me méfie des interprétations que fournissent les hommes de la volonté du Tout-Puissant !

Ils furent interrompus par l'arrivée du notaire épiscopal, de ses nièces et des autres Chartrains qui les cherchaient.

— Les Grecs, qui connaissent bien cette contrée, pensent que nous ne devrions pas tarder à atteindre Antioche de Pisidie, ville n'ayant rien à voir avec Antioche la Belle qui sera notre dernière étape importante avant Jérusalem, dit le père Ascelin. Il paraît que les montagnes qui se profilent à l'horizon signalent l'endroit. Réjouissons-nous-en. La pluie qui semble s'apaiser nous laissera peut-être un peu de répit dans cette antique cité où saint Paul et saint Barnabé ont jadis prêché les Evangiles. Vous voyez que nous mettons nos pas dans des pas vénérables. Ils nous montrent le chemin. Courage, enfants, courage ! La lumière va succéder au noir tunnel !

— Il n'était que temps, grogna Herbert Chauffecire qui souffrait depuis quelques jours d'un flux de ventre tenace. A force, on en vient à se lasser, et tout le monde n'a pas l'étoffe d'un saint !

— Taisez-vous, malheureux ! s'écria Pierre Barthélemy en se signant avec précipitation. Taisez-vous donc ! Le diable vous guette. S'il vous entend, il ne va pas tarder à dévorer votre âme !

Brunissen se releva de la paille où elle était assise.

— Vous voyez, mon père ! lança-t-elle, souriante, à Foucher de Chartres, vous voyez ! Nous ne sommes pas les seuls à nous préoccuper de pareilles questions : chacun les résout à sa façon !

Le moine passa plusieurs fois une main indécise sur sa tonsure, mais ne répondit pas.

Le lendemain matin, le soleil apparut de nouveau. Après les terribles chutes d'eau qui les avaient transpercés, les croisés l'accueillirent avec d'autant plus de soulagement qu'ils étaient parvenus sur les flancs de la montagne dont avait parlé la veille le père Ascelin. Quelques résineux y poussaient. On décida de s'y arrêter pour prendre le repas de la mi-journée et un peu de repos à l'ombre. Une senteur salubre de résine et de terre mouillée balayait le ciel au-dessus des têtes débarrassées de leurs capuchons et chapes pluviales.

Plusieurs barons décidèrent alors de tenter une expédition en forêt. Trouver du gibier autre que les serpents, lézards et menus rongeurs dont il leur avait bien fallu se contenter dernièrement était la pensée de tous. En plus d'un divertissement, la chasse était pour eux une nécessité.

Si beaucoup de chiens courants et de faucons étaient morts de chaleur ou de froid depuis le départ de Nicée, il en restait cependant encore quelques-uns pour seconder leurs maîtres. Plusieurs bêtes sauvages, rousses ou noires, furent tuées et, ce soir-là, les croisés mangèrent à leur faim.

Après un court arrêt à Antioche de Pisidie où ils ne trouvèrent guère de ressources, l'armée et les pèlerins repartirent une fois de plus...

Ce fut le jour de la Dormition de la Vierge, au cœur du mois d'août, que la multitude harassée des vagabonds de Dieu pénétra dans la ville d'Iconium. Située au centre de larges plaines fertiles que les Turcs n'avaient pas eu le temps de ravager complètement, la cité les accueillit comme ils ne l'avaient encore jamais été depuis qu'ils foulaient le sol rébarbatif des anciennes provinces byzantines d'Anatolie.

— Chrétiens et, en majeure partie du moins, Arméniens, les habitants d'Iconium vont nous recevoir comme des frères, avait prévu le père Ascelin dont le courage confiant ne s'était jamais démenti.

Les événements lui donnèrent raison.

Reçus dans les maisons blanches aux toits en terrasses, les croisés purent s'y délasser, s'y laver, s'y nourrir en toute tranquillité. Les Turcs les avaient désertées à l'approche des chrétiens.

— Nos victoires et notre opiniâtreté font, paraît-il, trembler les populations les plus éloignées, constata Godefroi de Bouillon lors de la première réunion du conseil des barons dans la ville. Nous passons pour invincibles. Demandons au Seigneur de nous aider à parachever cette renommée.

Ce fut à Iconium que la première lettre de Berthe la Hardie, dictée à Flaminia, parvint enfin à sa famille. Par le truchement des moines qui s'étaient relayés tout au long du parcours, le rouleau de parchemin scellé de cire vierge avait fini par rejoindre ses destinataires.

« Mes bien-aimés, disait l'écriture appliquée de Flaminia, mes chers enfants et frère, il n'est de jour ni d'heure où nos pensées ne s'envolent vers vous. Où en êtes-vous de la marche sacrée vers Jérusalem ? Peut-être y serez-vous déjà parvenus quand vous recevrez ce message ? Par les Daniélis, qui continuent à s'occuper de nous comme de véritables parents, nous avons appris la conquête de Nicée et ses importantes conséquences. Une missive de notre cher père Ascelin nous a, par la suite, fait part de la victoire glorieuse de Dorylée, emportée sur les infidèles. Gloire à Dieu qui nous soutient et nous protège de si éclatante façon !

« Pour moi, je ne suis pas satisfaite de ma santé qui connaît encore des hauts et des bas, me laissant en grande fatigue. Le mal qui me tient ne semble pas vouloir me lâcher. Le professeur arménien continue à me soigner mais, hélas ! sans résultats sensibles. Mon ventre est tantôt desséché, tantôt relâché à l'excès. Je n'ai guère faim et j'ai beaucoup maigri. Je n'arrive pas non plus à me débarrasser d'une petite fièvre qui me mine. Elle est sans doute causée par les douleurs et les gonflements de mes entrailles sujettes à des sortes de crampes fort pénibles. Je trouve parfois du sang vif dans mon linge et je n'aime pas ça. Que Dieu ait pitié de moi ! J'ai beaucoup changé, et je ne sais si vous me reconnaîtriez en me rencontrant au coin d'une rue. De vache que j'étais, je suis en train de devenir chèvre !

« Je subirais cette épreuve d'un cœur soumis si elle ne retardait le moment de vous rejoindre. Je désire tant parvenir en même temps que vous au saint sépulcre pour que nos yeux découvrent d'un seul regard la vision céleste du lieu où est mort et a été enseveli Notre-Seigneur !

« Flaminia va bien et me soigne avec tout le dévouement possible, mais j'ai de grands scrupules à la maintenir ainsi à mes côtés à Constantinople alors qu'elle souhaite si ardemment se rendre à Jérusalem ! Par délicatesse, elle évite de se plaindre, mais je la devine.

« Quand nous reverrons-nous ? Que Dieu et Sa sainte Mère vous gardent, mes bien-aimés, qu'Ils vous protègent à chaque instant.

« Votre grand-mère, dont les pensées ne vous quittent pas. »

Le message était signé d'une croix et Flaminia avait ajouté en dessous : « Son état me donne bien du souci. Priez pour elle. »

Brunissen, Landry et Alaïs pleurèrent après que le père Ascelin se fut tu.

— Par tous les saints, il faut qu'elle guérisse ! s'écria Landry.

— Je veux croire que nous les verrons arriver toutes deux un jour où nous ne les attendrons pas, murmura Alaïs.

— Si nous prions de toutes nos forces, nous parviendrons sans doute à obtenir que le mal dont souffre grand-mère desserre son étreinte, dit Brunissen.

— Je suis surpris de la durée de cette maladie, déclara le notaire épiscopal. D'ordinaire, les flux de ventre tuent le patient ou disparaissent comme ils sont venus. Il y a longtemps que Berthe devrait être guérie. J'espérais qu'elle pourrait nous rejoindre ici, en cette bonne ville où nous avons trouvé si franc accueil.

Iconium ne fut pas qu'une agréable étape. Le comte de Toulouse y bénéficia d'un miracle qui frappa les esprits...

Epuisé par les difficultés du trajet et sans doute aussi par son âge, Raimond de Saint-Gilles tomba gravement malade chez l'habitant qui le logeait ainsi que son épouse, la belle Elvire, leurs jeunes enfants et quelques-unes des personnes de leur suite. Une terrible fièvre le prit le jour de son arrivée. Elle le tenait si fort qu'il brûlait comme fer au feu. Des maux de tête incessants l'accablaient. Son état parut si alarmant à sa femme et aux barons qui venaient prendre de ses nouvelles que l'évêque d'Orange décida de lui administrer les derniers sacrements.

Comme le comte venait de recevoir l'extrême-onction, un seigneur allemand, qu'on ne connaissait pas, demanda à s'entretenir avec le malade.

— J'ai eu tantôt une vision, dit l'étranger dès son entrée dans la chambre. J'ai vu saint Gilles, le saint patron de votre famille. Il m'a chargé de vous annoncer qu'il veillait sur vous, qu'il ne vous abandonnerait pas en ce moment critique. Il a obtenu du Seigneur un délai de grâce. Vous allez vous remettre. Dieu y consent.

Parmi les croisés, tout le monde savait de quelle façon le comte de Toulouse avait fait don de sa vie à la cause du Christ. Il avait été le premier à prendre la croix et à faire serment de mourir en Terre sainte, laissant tous ses biens à son fils aîné. Aussi personne ne s'étonna d'une telle intervention divine... Elvire et ses enfants tombèrent à genoux en remerciant à la fois le messager du saint, saint Gilles en personne et Celui qui s'était laissé fléchir...

Le comte se rétablit presque aussitôt et, dès le lendemain, put reprendre ses activités.

Durant les deux jours où la gent Notre-Seigneur demeura à Iconium, se rafraîchissant à ses sources, dans ses vergers et ses jardins, on parla beaucoup du miracle qui venait de s'accomplir aux yeux de tous, et les cœurs s'en trouvèrent affermis...

Brunissen avait fait amitié avec l'Arménienne qui recevait chez elle la famille de Garin. C'était une femme menue et douce, dont le mari avait été emmené comme esclave par les Turcs. Quelques jours après l'enlèvement de son époux, elle avait adopté deux enfants devenus orphelins à la suite d'un massacre durant lequel leurs parents avaient été occis.

— Avant votre arrivée, nous vivions dans la terreur, avoua-t-elle le matin du départ, alors que les deux nouvelles amies se tenaient sur la terrasse, à l'ombre d'une vigne proliférante dont les rameaux chevelus formaient un toit de feuilles et de grappes presque mûres. Nous n'avions jamais de répit et tremblions sans cesse. Mais maintenant tout a changé. Vous nous avez sauvés de nos oppresseurs !

Comme beaucoup de chrétiens fervents, elle savait un peu de latin. Assez en tout cas pour se faire comprendre.

Bien d'autres témoignages de reconnaissance furent prodigués de la sorte aux croisés par les habitants d'Iconium. Ils leur conseillèrent, entre autres, de se munir, avant leur départ, du plus grand nombre possible d'outres en peau de chèvre remplies d'eau.

— Puisque vous vous dirigez vers Héraclée, expliqua l'Arménienne aux Chartrains, vous en aurez grand besoin. La route est des plus arides. On n'y rencontre nulle source.

Lestés de nouvelles provisions et d'une quantité impressionnante d'outres pleines, l'armée et les pèlerins reprirent leur pérégrination sur les pistes de la steppe anatolienne. Confiants en Celui qui les guidait, ils allaient, les pieds dans la poussière et le chapelet aux doigts...

Les Turcs fuyaient devant eux. Les Francs s'emparaient au passage des petites cités rencontrées, des places fortes, des citadelles, et y laissaient de minces garnisons. Partout, les chrétiens grecs ou arméniens, soulagés, joyeux, les accueillaient comme des amis et des libérateurs.

Ils avaient bien besoin de ces brèves étapes qui, à chaque fois, leur permettaient de se refaire un peu à l'ombre d'un toit.

Le soleil était redevenu l'ennemi. Longeant l'interminable chaîne des monts Taurus, au centre d'un paysage de fin du monde, d'une pauvreté absolue, où s'ouvraient çà et là, yeux hagards du désert, des marais saumâtres, bordés de roseaux ou de grèves au sable blanc ponctué de roches noires, les files obstinées se frayaient lentement un passage au sein de la chaleur torride. Des bourrasques de vent, brutales comme des gifles de géant, leur coupaient parfois le souffle. A d'autres moments, des nuages de poussière s'élevaient et brouillaient l'horizon sans limites. Quelques minces torrents issus de la montagne leur apportaient de temps en temps une illusion de fraîcheur.

Cependant, rien ne semblait en mesure de les arrêter. Rien. Ils marchaient, ils chantaient, ils priaient, ils passaient...

L'armée turque elle-même, reformée sous le commandement du sultan et de l'émir désireux de réparer dans l'esprit de leur peuple le désastre de Dorylée, y échoua. Aux environs immédiats d'Héraclée, les troupes musulmanes tentèrent de barrer le passage aux chrétiens. En vain. Les Francs les assaillirent avec tant de fougue et de témérité que, affolés par cet élan que personne ne pouvait entraver ni briser, ils lâchèrent prise. En cette occasion, Bohémond se distingua une fois de plus par son intrépidité en pourchassant le sultan qu'il tenait à occire de sa main... La nouvelle déroute des infidèles fut rapidement expédiée. Ce fut encore en vainqueurs que les croisés pénétrèrent à Héraclée de Cappadoce.

On était à la mi-septembre quand l'ost opéra son entrée dans la ville. La chaleur cédait un peu. La proximité des montagnes apportait avec elle un air léger, revigorant. Chrétiens eux aussi pour la plupart, les habitants offrirent une généreuse hospitalité aux soldats victorieux et aux milliers de pèlerins qui les suivaient. Cette étape était décisive. Héraclée se trouvait placée à la croisée des chemins. Cité carrefour, elle imposait un choix entre deux itinéraires qui avaient chacun leurs partisans.

Pour gagner la Syrie, emprunterait-on la route du sud, ancienne voie des conquérants de l'Antiquité, plus rapide mais si dangereuse avec ses à-pics vertigineux et ses sommets couverts de neiges éternelles ? Ou prendrait-on celle du nord-est, plus longue, il était vrai, mais moins redoutable ? Elle remontait vers Césarée et Marasch, en contournant la chaîne montagneuse et en suivant une voie jadis fort connue qui reliait Byzance à Antioche la Belle. En outre, ce deuxième trajet permettrait de libérer au passage la Cappadoce où tant de chrétiens s'étaient réfugiés depuis des siècles pour fuir l'islam et ses persécutions. Elle n'éviterait pas la traversée de l'Anti-Taurus, mais offrait des passes moins périlleuses pour franchir les montagnes.

— Nos barons sont réunis en conseil, annonça Herbert Chauffecire en rejoignant sous la tente rouge et verte les Chartrains qui s'apprêtaient à souper. Si j'en crois les éclats de voix dont j'ai perçu quelques échos à travers les pans de toile, ils sont loin d'être d'accord !

On avait établi aux portes d'Héraclée un camp où s'étaient regroupés les plus solides des croisés. En dépit de sa bonne volonté, la ville n'était pas assez vaste pour recevoir l'ensemble, encore impressionnant malgré tant de disparus, de la fourmilière chrétienne en marche vers Jérusalem.

— Les plus jeunes doivent pencher pour passer par le sud, dit le père Ascelin. Ils sont toujours les plus ingambes et les plus pressés. Les hommes d'expérience choisiront certainement la voie qui remonte vers Césarée, et cela pour toutes sortes de raisons... Peu importe, au fond. L'essentiel est de ne pas nous séparer.

Foucher de Chartres opina du chef :
— Ces monts du Taurus sont une gigantesque barrière

naturelle dressée par le Malin pour décourager les pèlerins. De quelque côté qu'on les aborde, on trouve difficultés et peines, assura-t-il. Mais n'y sommes-nous pas habitués ? N'avons-nous pas déjà traversé tant d'épreuves que c'est un constant miracle que de les avoir surmontées ?

— Je n'imaginais pas la Terre sainte si lointaine, avoua Landry qui soupait plus volontiers avec les siens qu'avec les soldats. Voici un an que nous avons quitté nos terres, un an de marche presque ininterrompue, et il semble que nous soyons encore à une très grande distance de Jérusalem ! Combien de temps nous faudra-t-il donc pour y parvenir ?

— Dieu seul connaît le temps et l'heure, répondit le père Ascelin. Nous devons accepter de nous en remettre à Sa sagesse.

A peine finissait-il de parler qu'une immense clameur, jaillie de milliers de poitrines, les arracha à leur conversation et les précipita hors de la tente.

— Regardez ! Par la Croix de Dieu, regardez ! hurlait la foule.

Dans le ciel nocturne où pointaient les premières étoiles, une lueur brillante, d'une blancheur resplendissante, une lueur qui épousait la forme d'un glaive venait d'apparaître et rayonnait. La pointe de l'épée céleste était tournée vers l'Orient, comme un signe, comme une réponse, comme un guide fidèle envoyé aux croisés.

Chacun tomba à genoux et adora.

Quand tous se relevèrent, alors que le glaive de blanches flammes s'effaçait progressivement, la voix de Foucher de Chartres s'éleva dans la pénombre :

— Ce que ce signe annonce, nous l'ignorons, dit-il avec un accent de vénération. Nul n'oserait se risquer à l'interpréter. Remettons tous notre sort entre les mains de Dieu !

Alaïs se tenait non loin du moine. Se sentant souffrante, elle avait demandé ce soir-là à être dispensée de son service auprès de Mabille. Soudain, dans le silence qui suivit l'apparition, elle perdit connaissance et glissa sur le sol comme une fleur coupée. On se précipita, on la releva et son frère la porta à l'intérieur de la tente. Il l'étendit sur une natte de paille tressée où sa famille ne tarda pas à l'entourer.

— Que vous arrive-t-il, ma douce ? lui demanda-t-il dès qu'elle ouvrit les yeux. Est-ce ce glaive de lumière qui vous a effrayée ?

Alaïs secoua doucement sa tête blonde enveloppée d'un voile de lin très fin.

— Non, dit-elle en portant une main sur son ventre en un geste de protection et d'émerveillement. Non, Landry, ce n'est pas un signe venu du ciel qui m'a fait pâmer. J'attends un enfant. Un enfant de Bohémond !

3

Non loin de la petite maison occupée jadis par les nourrices de la famille Daniélis, se trouvait un vieux figuier. Son tronc épais, gris argent, couturé de nombreuses cicatrices, était entouré d'un banc de marbre blanc en face duquel trois autres banquettes en forme de demi-lune avaient été disposées pour la conversation. Ses épaisses frondaisons couvraient tout le voisinage de larges feuilles charnues, ressemblant à des mains vertes dont le sang aurait été une sève laiteuse fleurant bon la figue fraîche.

Durant l'été, Berthe la Hardie, Flaminia et Albérade étaient venues s'asseoir matin et soir à cet endroit, après la sieste ou avant la nuit, en profitant des moments de rémission que la maladie accordait à l'aïeule. La touffeur estivale ne parvenait pas à transpercer complètement la voûte protectrice de l'arbre où de gros fruits vert-jaune, et non point violets comme certaines autres espèces plus petites, mûrissaient, gonflés de sucs, dans l'ombre du feuillage. Les trois femmes aimaient ce lieu paisible dont le calme n'était rompu que par le chant d'oiseaux bleutés dont elles ignoraient le nom...

En septembre, l'état de la malade s'aggrava. Elle marchait avec de plus grandes difficultés et avait beau serrer les lèvres sur ses souffrances, elle ne réussissait pas à empêcher ses traits de se creuser toujours davantage. Malgré le ballonnement de son ventre, sa maigreur s'accentuait. Sa fatigue s'accroissait aussi. Des vomissements bilieux, qui se renouvelaient de façon inquiétante, la laissaient sans force mais non pas sans courage. Elle luttait. Contre ce mal humiliant, contre la trahison de son propre corps qui l'enrageait, contre le temps perdu, contre le risque de désespérance.

En dépit de l'insistance déployée par sa petite-fille pour obtenir qu'elle restât dans la maison où il était plus aisé de la soigner, Berthe la Hardie tenait à venir chaque après-midi sous le figuier. A petits pas douloureux, cramponnée plus qu'appuyée au bras de Flaminia ou d'Albérade, elle gagnait, à force d'obstination, son endroit préféré. Sans pouvoir toujours retenir un rictus de souffrance, elle s'asseyait, accotait sa tête au tronc argenté, fermait les yeux et respirait à petits coups l'air à senteur de figue, puis demeurait un long moment immobile à se remettre de son effort.

Heureusement, la chaleur allait s'atténuant. Elle devenait supportable durant la journée, et les soirées se montraient d'une poignante douceur...

C'était également sous l'ombrage tutélaire que les quelques familiers reçus par les esseulées se tenaient durant leurs visites. Théophane Daniélis était de ceux-là. Il arrivait de sa boutique avant l'heure du souper, apportant presque chaque fois un nouveau présent pour ses amies : gâteaux de miel, vessies pleines de musc afin de chasser les miasmes de la maladie, soieries pour tailler des tuniques neuves ou des voiles de tête. Il prenait place sur une des banquettes face au banc circulaire et, pour distraire ses interlocutrices, parlait un peu de tout. Flaminia traduisait. On commençait toujours par faire le point sur l'avance de l'armée croisée et sur ses victoires. On tentait d'évoquer la vie de chacun des membres de la famille de Garin, tout au long d'un chemin qu'on avait quelque peine à imaginer. Les lettres du père Ascelin restaient rares et on manquait de nouvelles récentes. Les courriers parvenant à la cour du basileus n'étaient lus que par quelques privilégiés et on devait le plus souvent se contenter de ouï-dire invérifiables. Aussi le parfumeur se rabattait-il sur les rumeurs qui couraient la ville : complots tramés contre l'empereur, intrigues sans fin à la cour et dans le gynécée impérial, manœuvres ou spéculations des eunuques, mais aussi récits des menaces jamais conjurées à la frontière de l'Est. Il concluait générale-ment ses visites par la peinture des difficultés éprouvées dans l'exercice de son commerce. Il se plaignait des réglementa-tions, trop rigoureuses à son gré, qui régissaient la profession de parfumeur : interdiction de constituer des réserves d'épices en prévision de disettes futures, interdiction d'utiliser d'autres poids et mesures que ceux dûment estampillés par les agents du tout-puissant préfet de la Cité, l'éparque ; présence obsé-dante des logothètes, ces inspecteurs qui pouvaient survenir de jour comme de nuit afin de contrôler les marchandises emmagasinées dans sa boutique ou ses différents entrepôts ; impossibilité de se procurer à sa guise les matières premières dont il avait besoin pour la composition de ses parfums et de ses poudres, sans parler de mille autres tracasseries... Ce préfet était sa bête noire. C'était lui, en effet, qui fixait les quantités maximales de produits à acheter, indiquait les fournisseurs, arrêtait les limites des bénéfices à réaliser. L'éparque disposait même du pouvoir d'imposer de fort lourdes amendes et du droit de bannissement !

— Par le Christ Pantocrator ! cet homme exerce une autorité exorbitante ! s'écriait Théophane. Tout ce qui se vend et s'achète à Constantinople doit être marqué de sa bulle ! Cette bulle de plomb de l'éparque est l'idée fixe de tous nos marchands ! Nous autres, parfumeurs, en sommes obsédés ! Par-dessus le marché, il peut envoyer n'importe lequel d'entre nous en exil s'il vend des produits interdits ou n'accepte pas de s'installer là où son tourmenteur l'a décidé ! Il lui est également loisible de nous faire fouetter en place publique, raser la tête ou bien encore promener à dos d'âne ou de chameau à travers rues, places et carrefours, la face tournée vers la queue de l'animal pour la plus grande joie de la foule déchaînée !

Ses auditrices riaient ou souriaient, et Théophane Daniélis en tirait une sorte de mélancolique satisfaction. Il aurait préféré poursuivre les longues conversations qu'il avait entretenues, quand il l'avait pu, avec le père Ascelin sur des sujets théologiques comme le fameux *Filioque*[1] qui avait divisé l'Eglise d'Orient et l'Eglise d'Occident, mais le départ de son ami lui avait laissé charge d'âmes. Il tenait à s'acquitter de son devoir, selon l'idée qu'il se faisait de l'amitié.

Il n'était pas seul à venir voir Berthe et Flaminia. Dès le mois de juillet, Joannice était réapparue. La petite chèvre noire, comme l'appelait Gabriel Attaliate, avait l'air de s'être prise d'affection pour la jeune Celte à la nature passionnée. Seule ou en compagnie de Théophane, elle arrivait, à certains moments de la journée, alors qu'elle était libérée de son service auprès d'Icasia, elle-même appelée au Palais impérial. Elle se préoccupait de la santé de l'aïeule, lui apportait des simples afin de confectionner de nouvelles infusions, lui recommandait des onguents fabriqués par sa mère, la nourrice d'Icasia, qui se déplaçait de moins en moins facilement durant les chaleurs à cause de l'enflure de ses jambes.

Toute occasion lui était bonne : elle tint à surveiller elle-

---

1. En 1054, l'Eglise romaine accusa l'Eglise d'Orient d'avoir retiré du Credo de Nicée le mot *Filioque* qui signifie « et du Fils » dans la formulation latine : « Il (l'Esprit saint) procède du Père et du Fils. » Cette expression ne figurait pas dans le texte original et y avait été ajoutée par Rome. D'où le schisme qui divisa et divise toujours les deux Eglises.

même les esclaves chargés de la cueillette des figues mûres, quand le moment en fut venu, puis s'attarda pour faire goûter à Flaminia les lourds fruits fragiles, aux formes de gourdes souples, aux gorges roses d'où perlait un jus sucré et blond comme le miel. Elle lui expliqua comment on les conservait en prévision de l'hiver : on les faisait d'abord sécher au soleil avant de les tremper dans un bain d'eau bouillante salée qui les amollissait, ce qui les rendait plus propres à la consommation.

— La figue, dit-elle enfin en s'asseyant sur un des bancs de marbre après le départ des esclaves, la figue possède une particularité : c'est une fleur qui, une fois qu'elle est fécondée, cesse de s'épanouir à l'extérieur. Elle se referme sur ses akènes, se replie en sa tendre chair. C'est une fleur-fruit ! Elle est dotée, en outre, d'une double signification. Obscène, bien sûr, à cause de sa forme, mais aussi honorable. A travers tout l'Orient, elle est élevée au rang de symbole religieux. Le mystère de ses graines enfouies au cœur de sa pulpe est assimilé à celui de la foi germant dans l'âme du croyant. Et ce n'est pas tout ! La figue possède des propriétés fortifiantes qui en font un aliment conseillé aux athlètes, aux convalescents. Et les femmes enceintes en mangent le plus possible quand approche leur terme, tant elles sont persuadées de bénéficier ainsi de couches plus rapides et plus aisées...

Elle se mit à rire, et ses petites dents aiguës semblaient vouloir mordre ces fruits qui avaient de telles vertus.

— Platon recommandait aux philosophes de son entourage une nourriture dont il pensait qu'elle pouvait renforcer l'intelligence, termina-t-elle avec une grimace amusée. S'il était dans le vrai, il y a bien des gens à qui on devrait suggérer de manger des figues !

Flaminia la considérait avec une bienveillance nouvelle.

— Vous en connaissez des choses ! remarqua-t-elle amicalement. Mon père était comme vous. Il aimait nous enseigner ce qu'il savait.

Berthe la Hardie, à qui sa petite-fille devait traduire chaque phrase, se fatiguait de toutes ces paroles bruissant à ses oreilles et demandait assez vite à sa servante de la reconduire dans sa chambre. Elle insistait cependant pour que l'adolescente demeurât encore un moment avec Joannice, dont les visites lui étaient de toute évidence une distraction. En crispant les poings jusqu'à s'enfoncer les ongles dans les paumes pour tenter de surmonter les spasmes qui lui tordaient les entrailles, elle regagnait pesamment le petit logis de son exil.

— Votre grand-mère ne paraît pas se remettre de sa

maladie, dit, un autre jour, vers la fin des calendes de septembre, Joannice à Flaminia qui suivait d'un regard navré la douloureuse démarche de son aïeule. Le médecin arménien que vous a amené Andronic est pourtant un maître réputé, et je sais qu'il soigne bien ses patients de l'hôpital. Il se peut que, cette fois-ci, le mal ne relève pas de la médecine humaine mais plutôt de l'intervention divine. Pourquoi ne pas essayer une méthode des plus vénérées ici ? On dit chez nous que pour guérir un malade sur lequel la médecine ne peut plus rien, il suffit de lui donner à toucher les clés de la grande porte de Sainte-Sophie. Afin d'apaiser certaines douleurs, nous avons aussi coutume d'appuyer le membre infecté contre l'une des colonnes de notre Grande Eglise. Vous pourriez tenter cet appel à l'aide de Dieu. En définitive, n'est-ce pas la foi qui sauve ?

— Si fait, admit Flaminia, mais grand-mère est-elle en état de sortir, de monter en litière, d'être cahotée ensuite à travers les rues encombrées menant au sanctuaire, puis d'en gravir les marches ? J'en doute.

— On pourrait la faire porter par un ou plusieurs esclaves.

— Je lui en parlerai. Vous savez qu'elle n'en fait jamais qu'à sa tête.

— On dirait que notre ville vous fait peur.

— Peut-être... N'est-elle pas immense avec ses quatorze quartiers, ses centaines de milliers d'habitants qui, pour moi, sont tous des étrangers ? Dieu me pardonne, je m'y sens perdue ! Sa rumeur ne parvient céans qu'assourdie, mais je sais qu'en dehors des murs de ce domaine, tous les péchés capitaux se donnent libre cours à travers rues et ruelles... S'y aventurer seule serait fort dangereux pour une femme... Je viens d'une petite ville tranquille, tellement moins importante que Constantinople, je ne le nie pas, mais aussi bien plus sûre que cette Reine des cités aux multiples visages !

— Il est vrai, reconnut Joannice en souriant. Il est vrai. Je n'avais pas songé que vous étiez si dépaysée...

Un bruit de pas sur le sable l'interrompit. Flaminia ne détourna pas la tête. Elle avait été trop souvent déçue... Ce n'était d'ailleurs qu'un serviteur qui passait.

Andronic ne venait qu'assez peu rendre visite aux protégées de son père. S'il accompagnait parfois celui-ci jusque chez elles, il lui arrivait de moins en moins de passer seul s'enquérir de l'état de la malade et de rester par la suite un moment à s'entretenir avec Flaminia. Quand il s'y trouvait contraint par la politesse, il paraissait toujours pressé, tendu, préoccupé.

Ses prunelles bleues comme les eaux du Bosphore se détournaient sans cesse, ses grandes mains étreignaient nerveusement sa haute ceinture de cuir, et il ne s'attardait pas sous le figuier.

Fidèle à son attitude, Icasia demeurait lointaine. On apercevait parfois, entre les frondaisons, la maîtresse du logis et quelques-unes de ses amies, aux tuniques fluides et bigarrées, assises au cœur du jardin sur des coussins, des tapis amoncelés ou des sièges pliants en cuir, et environnées d'une nuée de servantes. Installées devant des tables basses couvertes de pâtisseries au miel, de pâtes de fruits, de dattes ou de figues, elles buvaient des laits d'amande ou des vins résineux. Elles bavardaient tout en brodant à l'aiguille de riches étoffes de soie, tissaient sur de légers métiers déposés devant elles par des esclaves, ou enroulaient des fils multicolores autour de leurs fuseaux. Leurs rires, leurs propos légers jaillissaient, résonnaient sous les branches. La trame devinée de ces existences somptueuses et futiles ne rendait que plus amers pour Flaminia l'isolement, l'incertitude, l'angoisse du lendemain...

Paschal se conformait à l'interdiction qui lui avait été faite de se rendre du côté des étrangères. On ne l'y avait pas revu. Pas plus que sa mère, Marianos ne songeait à se manifester. Au dire de son grand-père, la vie du Cirque l'occupait totalement. En revanche, son ami Cyrille Akritas avait insisté, deux fois de suite, pour rencontrer Flaminia. L'attitude réservée de la jeune Franque ne l'avait pas incité à revenir.

— Votre admirateur, ce cocher des Verts qui ne jure que par vous, brûle du désir de vous revoir, avait dit un jour Joannice en riant. Votre froideur ne l'a pas découragé, mais il a sans doute préféré attendre afin de ne pas vous indisposer. Vous lui plaisez, ma chère, et je parierais qu'il a des visées sur vous.

— Grand bien lui fasse ! avait répondu Flaminia avec insouciance. Si je lui plais, il ne me plaît pas.

— C'est pourtant un beau garçon qui ne manque pas de succès.

— Puisque vous le dites, vous devez avoir raison. Mais il perd son temps en pensant à moi... Je n'ai qu'un but à présent : voir guérir grand-mère. Les histoires de sentiment m'importent peu !

« Le Malin m'a aussi appris à mentir, se disait-elle ensuite quand elle se retrouvait seule. Je suis habitée par le péché puisque l'idée du péché est déjà le péché... Que ne puis-je oublier Andronic et l'enchantement dans lequel il me tient... »

Combien de temps cette vie qui n'en était plus une allait-elle durer ? Il n'y avait pas que sa foi en Dieu, son amour pour un homme marié et la maladie de sa grand-mère qui taraudaient Flaminia, il y avait aussi sa jeunesse...

De la petite maison, on entendait parfois, le soir, l'écho de fêtes données par Marianos dans la demeure de ses parents. Des accords de lyre, de cithare, de flûte, de sistre, de cymbales, des cris, des rires, des poursuites à travers les buissons troublaient le calme habituel du domaine jusqu'au mitan de la nuit. Parfois certains compagnons entraînaient vers quelque coin discret du jardin de jeunes personnes aux joues fardées avec outrance, aux hautes coiffures échafaudées ainsi que des tours-abris, qui ne devaient pas résister bien longtemps aux joutes amoureuses dont le remue-ménage parvenait jusqu'à Flaminia sous forme de soupirs, de froissements, de chuchotements, de fous rires et de gémissements... Ensuite, dans un grand piétinement de chevaux, dans une rumeur confuse d'adieux et de remerciements entrecoupés de chants bachiques, les convives du jeune aurige prenaient congé.

Après leur départ, il fallait un certain temps à la paix nocturne pour renaître sous les arbres, parmi les massifs pillés et les fleurs effeuillées... Par les rues devenues silencieuses, on n'entendait plus que les cris des veilleurs de nuit, dont la régularité scandait le sommeil des Nouveaux Romains jusqu'à l'aube. Les oiseaux matinaux prendraient alors le relais et entameraient de nouvelles trilles, fraîches et joyeuses comme les premiers rayons du soleil sur la mer miroitante...

Seule sur sa couche, Flaminia pleurait. Elle songeait au bassin des lotus auprès duquel, jamais, elle n'avait voulu retourner, pas plus que dans l'allée de cyprès à l'haleine de résine d'où elle avait vu surgir Andronic un certain soir d'été.

« Je subis une punition secrète pour expier une faute secrète, songeait l'adolescente en se retournant entre ses draps. J'ai souhaité rester dans cette ville sous prétexte de soigner grand-mère. J'ai feint de me sacrifier, mais Dieu, qui connaît les âmes, sait pourquoi je désirais si fort demeurer à Constantinople. Il n'est pas dupe, Lui, de nos menteries et, moins encore, de celles qui revêtent le blanc manteau du dévouement. Alors que tout le monde me félicitait et m'admirait pour mon abnégation, le Seigneur fermait le cœur d'Andronic et l'éloignait de moi. Ce n'est que justice. N'allais-je pas me laisser souiller par un projet d'adultère ? N'étais-je pas en danger de péché mortel ? »

Elle osait à peine formuler ces mots affreux porteurs de damnation... Dès qu'ils l'effleuraient, elle se jetait au bas du lit déserté par ses sœurs, courait s'agenouiller devant l'icône et passait des heures en prière pour demander à la sainte Mère du Christ d'écarter d'elle les évocations qui la bouleversaient.

Mais il suffisait, le lendemain, que le pas d'Andronic ou sa voix retentissent dans le jardin pour que le cœur égaré s'affolât. De ce cœur dénué de sagesse, le sang affluait jusqu'aux extrémités de tout le corps alerté, raidi dans l'attente d'un geste, d'un mot, du moindre signe espéré et redouté à la fois. En dépit de sa volonté impuissante, Flaminia se mettait alors à frissonner comme les feuilles des trembles de son pays quand le vent se levait... Un exigeant besoin d'amour la tenait sous sa poigne de feu.

En dehors de Berthe la Hardie, elle n'avait plus auprès d'elle personne sur qui déverser ce trop-plein de sentiment. Elle ne s'y résignait pas. Durant l'été étouffant, puis avec les premières langueurs de l'automne, tout son être appelait au secours. Appelait quelqu'un à qui se livrer, corps et âme confondus. Elle demeurait cependant trop droite, trop honnête envers elle-même pour faire semblant d'ignorer le nom de ce quelqu'un : Andronic !

Elle se répétait ces trois syllabes au rythme de sa marche, de ses occupations les plus journalières, du mouvement de sa quenouille, de son aiguille à broder, de l'enroulement des bandes de charpie qu'il lui fallait sans cesse renouveler, de la préparation des différentes décoctions, infusions ou tisanes, que le professeur arménien, qui ne les abandonnait pas, s'acharnait à prescrire lors de ses visites. Flaminia l'entendait, ce prénom, dans le crissement des feuilles du figuier qui tombaient à présent avec lourdeur sur le sol où elles se recroquevillaient bientôt et jusque dans le chant des oiseaux inconnus qui hantaient encore l'arbre chaque jour un peu plus dénudé.

Elle avait appris qu'Andros, en grec, signifiait « homme » et pour elle, Dieu le savait, il n'y avait en effet qu'un homme, un seul, pour l'intéresser, l'occuper, l'habiter, aimanter chacune de ses pensées et ses moindres rêveries... Mais cet élu ne semblait pas remarquer la jeune franque rousse dont le regard, si semblable aux yeux de mosaïque de la Vierge Théotokos, ne parvenait que bien rarement à croiser le sien.

N'ayant plus ni sœurs ni amies vers qui se tourner, aucun prêtre parlant sa langue à qui se confesser, n'étant pas sûre de Joannice dont elle ne parvenait pas à considérer l'affection comme tout à fait claire, l'adolescente ne pouvait compter que sur elle-même. Quant à Berthe la Hardie, auprès de laquelle, normalement, elle se serait sans doute épanchée, il n'était pas question de lui apporter une nouvelle charge, un souci de surcroît, alors que son état, au fil des mois, ne cessait d'empirer.

Les confidences interdites n'empêchaient pas les longues conversations quotidiennes que l'aïeule et la petite-fille entretenaient depuis toujours. Seulement, une entente tacite s'était établie entre elles : Berthe se refusait à parler de son mal, sauf en cas de nécessité absolue, et Flaminia ne soufflait mot d'Andronic. Avec Albérade, elles devisaient toutes trois des absents, du pèlerinage, de Garin, de Jérusalem... et de Constantinople où elles vivaient comme des recluses en se contentant d'en imaginer les splendeurs entraperçues et les ombres décrites par Landry ou le père Ascelin. Semblables une fois encore, les deux femmes, qui se trouvaient pourtant placées aux extrémités de la vie, s'accordaient pour taire des sentiments trop intimes qui les auraient conduites à des attendrissements dont ni l'une ni l'autre ne voulaient...

Quand elle se retrouvait seule, Flaminia se demandait comment elle parvenait à celer ainsi son secret à celle qui l'avait élevée et qu'elle aimait tendrement. Ne pas accepter de troubler la malade ne lui paraissait pas une explication suffisante. Elle voyait là le don d'une grâce qui lui avait été octroyée pour affermir son âme et tremper son caractère. L'attention que le Seigneur semblait lui porter la troublait plus que tout. Avoir écarté d'elle l'objet d'un désir qui ne pouvait que les perdre tous deux était, pensait-elle, la preuve d'un souci divin de son salut, dont elle remerciait Dieu. Mais elle ne réussissait cependant pas à étouffer au fond d'elle-même le regret d'un remords dont les prémices auraient été si douces...

Puisque le chemin à suivre lui était clairement désigné, il lui restait à assurer de la meilleure façon possible sa propre sauvegarde. Aussi décida-t-elle de s'atteler à une tâche qui lui occuperait l'esprit et pas seulement les doigts. Durant les longues soirées que l'hiver, proche maintenant, lui réserverait, elle recopierait les Évangiles dont son père lui avait offert un manuscrit calligraphié avec le plus grand soin par un moine bien connu de Foucher de Chartres, puisqu'il appartenait comme lui à l'abbaye de Saint-Père-en-Vallée. Sur un vélin d'un grain très fin, dû à une peau de veau mort-né d'une qualité exceptionnelle, le copiste avait tracé à l'encre d'épines des lettres brunies à l'aspect transparent en même temps que laqué.

Flaminia ne disposait pas de jeunes rameaux de prunellier

pour fabriquer une encre semblable, ni de vélin aussi beau que ceux, poncés, reponcés, frottés ensuite avec une laineuse peau d'agneau par Garin, qui aimait son métier à la passion et l'exerçait avec raffinement. De crainte de les gâter, elle ne voulait pas non plus employer les quelques rouleaux de parchemin vierge apportés par son père dans son coffre personnel, que Berthe avait gardé.

Ce fut encore sous le figuier, à présent dépouillé et nu, après que sa grand-mère s'en fut allée parce qu'elle avait jugé trop frais le vent d'automne, que l'adolescente parla de sa résolution à Joannice, qui savait toujours se tirer avec adresse des difficultés quotidiennes.

— On trouve à Constantinople de nombreux pergamenos (vous savez que c'est ainsi que nous nommons, ici, les parchemins qui ont été d'abord inventés à Pergame), et il y en a de diverses provenances, dit la sœur de lait d'Icasia. Vous en obtiendrez sans mal. Beaucoup de peaux différentes sont utilisées : mouton, truie, chèvre et même bouc, pour les plus grossiers. Quand il s'agit de livres de valeur, on choisit des peaux d'antilope, de gazelle ou de bubale. Nous disposons aussi d'encres de toutes les couleurs. Par exemple, le basileus confirme et signe uniquement à l'encre de pourpre les documents officiels de grande importance, nommés chrysobulles. La charge de préfet du Caniclée qu'occupe Gabriel Attaliate n'a pas d'autre origine : il doit nettoyer, emplir, surveiller, entretenir l'auguste encrier contenant le cinabre impérial...

L'arrivée de Théophane interrompit Joannice. Le maître parfumeur s'enquit de la santé de la malade, puis écouta avec intérêt l'exposé du projet de Flaminia. Il l'approuva aussitôt.

— Il n'est pas bon pour une personne intelligente comme vous de rester l'esprit inoccupé, reconnut-il avec la sympathie qu'il ne manquait jamais de témoigner à ses invitées franques. Nous vous procurerons tout ce dont vous pourrez avoir besoin, cela va sans dire...

Il sourit à ses interlocutrices. Depuis un certain temps, il semblait accorder davantage de confiance à Joannice et la dévisageait à présent avec une cordialité qui ne devait pas être étrangère aux nombreuses visites qu'elle rendait, en dépit des liens de subordination qui l'attachaient à Icasia, aux occupantes de la petite maison des nourrices.

— Savez-vous, reprit-il, que quelques érudits arabes écrivent sur des livres composés de peaux provenant des plus rares et belles gazelles du désert, à l'aide de roseaux taillés nommés calames ? Les meilleurs viennent de Mésopotamie et sont durs comme de l'acier. On les plonge dans du brou de noix en guise d'encre.

— Chez nous aussi il arrive qu'on emploie parfois des tiges de roseaux pour écrire, répondit Flaminia. Je leur préfère pourtant toujours les plumes d'oiseaux : canards, corbeaux, cygnes, vautours, mais ce sont surtout celles des oies qui restent mes favorites. Vous n'ignorez pas que les oies dormant la tête enfouie sous leur aile droite, les rémiges du côté gauche demeurent courbées, ce qui leur donne une inclinaison parfaite pour écrire. Mon père ne cessait de les vanter ! J'aimerais également, puisque vous avez la bonté de me laisser choisir, une bonne encre au carbone, obtenue à partir de noir de fumée, de gomme d'arbre et de mica pulvérisé pour lui fournir brillant et éclat...

Théophane et Joannice échangèrent un regard de connivence.

— On voit bien que vous êtes fille de parcheminier ! s'exclama le maître parfumeur. Personne ne peut vous en remontrer pour ce qui touche les secrets des métiers du livre !

Le pas qui fit soudain crisser le sable de l'allée, pour une fois, était bien celui d'Andronic.

— Il m'a semblé de mon devoir de vous apporter la lettre qu'un moine de passage vient de déposer à notre boutique, dit-il après avoir salué Flaminia. Je sais avec quelle impatience vous attendez des nouvelles de votre famille.

Il lui tendait un rouleau frappé du sceau du père Ascelin.

Théophane Daniélis se méprit sur les raisons de la pâleur de la jeune fille et sur le tremblement qui agitait ses mains.

— Lisez ! Lisez sans plus attendre, conseilla-t-il aussitôt. Il vous arrive si rarement de lire un message comme celui-ci !

Ce n'était en effet que la troisième missive reçue par les invitées du maître parfumeur depuis le départ des croisés au début de l'été, alors qu'on parvenait à la fin des calendes d'octobre.

Flaminia remercia d'un pauvre sourire et rompit le cachet de cire...

Quand elle eut fini de déchiffrer le long parchemin où courait l'écriture soignée de son oncle, elle releva le front.

Théophane, Joannice et Andronic l'observaient. Elle rougit. Ses nattes de cuivre et sa peau rutilaient tout autant.

— Pardonnez-moi, dit-elle, mais, Dieu le sait, ces lettres représentent l'unique lien qui nous rattache encore à notre famille dispersée. Il y a si longtemps qu'ils s'en sont tous allés, me semble-t-il...

Elle soupira, serra les lèvres comme sa grand-mère, puis se redressa.

— Ils vont aussi bien que possible, reprit-elle. Landry n'a pas reçu de blessure grave durant les combats qu'il a livrés aux Sarrasins. Comme tous leurs compagnons, mes sœurs ont beaucoup souffert de la soif et de la faim dans le désert. Grâce à Dieu, au moment où cette lettre était écrite, à Césarée, les nôtres mangeaient de nouveau à leur suffisance. Ils devaient repartir dès le lendemain et se préparaient à franchir une haute montagne, les monts du Taurus à ce qu'en dit notre oncle, avant de redescendre vers Antioche en passant par Marasch. D'après leurs renseignements, une telle traversée risquait de ne pas être aisée...

Tant de jours s'étaient écoulés entre l'instant où le père Ascelin avait composé son épître et l'instant où elle était lue... Flaminia ressentait cruellement la rareté et l'insuffisance des courriers, qui lui parvenaient toujours longtemps après que les événements à venir s'étaient transformés en péripéties dépassées...

— Bonnes et mauvaises nouvelles se partagent cette lettre, reprit-elle. L'armée s'est divisée en deux lors de son passage dans une ville nommée Héraclée. Baudouin de Boulogne et Tancrède, le neveu de Bohémond de Tarente, ont choisi de gagner la Syrie, avec une petite troupe d'hommes armés et sans pèlerins, par la route la plus courte mais aussi la plus difficile. Le gros de l'ost a préféré rejoindre Césarée de Cappadoce par une ancienne piste qui paraissait plus sûre. Néanmoins, le lendemain, le duc Godefroi de Bouillon a failli y laisser la vie...

Joannice et Théophane se signèrent. Andronic joignit les mains.

— Alors que la gent Notre-Seigneur faisait étape au pied des grandes montagnes dont je vous ai déjà parlé, continua la narratrice, plusieurs pèlerins quittèrent le camp établi dans des prés pour aller quérir, en la forêt toute proche, du bois pour faire le feu. Le duc Godefroi, parti de son côté en quête de gibier pour le souper, entendit soudain appeler à l'aide. En approchant, il vit un ours énorme qui attaquait un pauvre homme chargé d'un fagot. Tirant son épée, le duc s'élança au secours du malheureux. L'ours se retourna brutalement vers lui et jeta à terre cavalier et cheval tant sa force était monstrueuse. Il mordit avec sauvagerie le duc à la cuisse, tout en cherchant à le tuer. Bien que blessé, celui-ci lutta avec courage contre le fauve et parvint à l'occire en lui enfonçant jusqu'à la garde son épée dans le corps. Mais il était lui-même en piteux état et perdait beaucoup de sang... Alertés par le pèlerin qu'il avait arraché aux griffes de l'ours, les barons et autres guerriers, qui avaient déjà regagné le camp après une chasse fructueuse, s'élancèrent en grande hâte vers le duc qu'ils trouvèrent écroulé sur le sol, tout pâle et sans force. Ils le déposèrent sur un brancard de branchages, le ramenèrent sous sa tente et firent venir les mires pour le soigner. Mon oncle dit que le duc a échappé de peu à une mort affreuse. Cependant, il ne peut plus chevaucher ni marcher, et il a fallu le porter durant un certain temps.

— Dieu le guérira, assura Andronic qui avait suivi ce récit avec passion. L'armée ne peut se passer d'un seigneur si loyal et si courageux.

Flaminia observa un instant, en silence, celui qui venait de s'exprimer avec tant de fougue, puis reprit sa chronique.

— Par la suite, nos croisés ont délivré plusieurs places fortes, ce dont les habitants, Arméniens et chrétiens, les ont remerciés avec effusion, dit-elle du ton de quelqu'un qui pense à autre chose qu'aux propos tenus.

— Que la Vierge Théotokos vous bénisse, vous et les vôtres, pour d'aussi bonnes nouvelles ! s'écria Joannice. Grâce aux Francs, nous allons recouvrer nos provinces perdues de Romanie !

Théophane lui sourit avec indulgence mais ne fit pas de commentaires.

— Une nouvelle, triste celle-là, est que la douce Godvère de Toeni, l'épouse du seigneur Baudouin de Boulogne, parti, lui, comme je vous l'ai appris, par une autre route, semble être fort malade, continua Flaminia. Je ne sais de quoi elle souffre, mais on a jugé bon d'envoyer un chevaucheur à son mari pour lui dire de revenir au plus vite vers elle et leurs enfants... Je la connais un peu : c'est une femme pleine de bonté...

— Que d'épreuves, que de maux, que de deuils tout au long de ce chemin de Jérusalem ! soupira Théophane. C'est grande pitié qu'une pareille hécatombe... Notre consolation doit être la certitude que ces âmes dévouées au service du Christ sont déjà reçues par Lui en Son paradis.

— Comme ce fut le cas pour mon père, murmura Flaminia. Je sais qu'il fait maintenant partie des bienheureux !

Elle leva vers ses interlocuteurs un regard où brillaient, à travers les mêmes larmes, chagrin et espérance.

— Enfin, les croisés ne cessent de prendre et d'occuper

cités et places fortes, ajouta-t-elle au bout d'un moment. Les Turcs s'enfuient sans demander leur reste, du plus loin qu'ils voient approcher l'ost.

— Ces Turcs, qui passaient pour les meilleurs guerriers de tout l'Orient, sont à présent taillés et mis en pièces, constata Andronic avec un enthousiasme qui dissipa pour un temps sa nervosité. En quittant leurs pays, les croisés avaient raison de le proclamer : Dieu est avec eux !

Flaminia lui adressa un sourire plein de reconnaissance, auquel il répondit, puis elle termina son propos par les remerciements d'usage :

— *In fine,* mon oncle me charge, avec sa gratitude pour l'hospitalité que vous continuez si généreusement à nous offrir, à grand-mère et à moi, de vous transmettre ses très fidèles amitiés en Notre-Seigneur Jésus-Christ.

— Dieu le garde ! affirma avec chaleur Théophane Daniélis. Votre oncle est un saint homme.

Ce soir-là, à la veillée, devant un feu qu'on tenait à présent allumé tout le jour et autour duquel on commençait à se sentir heureux de se serrer quand tombait une nuit devenue plus fraîche, les trois esseulées commentèrent jusqu'à une heure tardive les nouvelles apportées par la longue épître du père Ascelin. A la lueur des flammes, puis des tisons, jointe à la lumière dorée de la lampade à huile qui brûlait devant l'icône, elles parlèrent des leurs, perdus là-bas, au loin, dans une buée mythique de chaleur et de tourbillons de sable où s'égaraient leurs pensées...

— Par la faute de ce mal que le diable a sans doute été autorisé à m'octroyer pour mes péchés, je vous empêche de participer au plus saint et au plus admirable pèlerinage jamais entrepris de mémoire de chrétien ! s'exclama avec une fureur sourde Berthe la Hardie, qui se sentait un peu mieux depuis le matin. Je ne me le pardonne pas !

— C'est moi, grand-mère, qui ai voulu demeurer près de vous, répondit Flaminia. Vous n'y êtes pour rien. Cessez de vous tourmenter à tort.

Albérade, qui raccommodait du linge près du foyer, leva brusquement la tête et fit signe aux deux femmes de se taire. On entendit le feulement du vent sous les portières de tapisserie et, peut-être, un bruit de pas écrasant avec précaution le sable de l'allée qui contournait le petit bâtiment.

— Voici plusieurs soirs qu'il me semble ouïr comme le passage de quelqu'un près de notre logis, dit la servante. J'ai peur...

Avec ce qui lui restait de force, Berthe haussa ses épaules amaigries.

— Veux-tu me dire qui viendrait dans ce coin retiré du jardin à la nuit tombée ? demanda-t-elle avec le mépris du danger qui la caractérisait. Il n'y a pas grand-chose à voler céans, Dieu le sait ! En tout cas, les innombrables serviteurs des Daniélis montent la garde aux portes du domaine et font des rondes jusqu'à l'aube. Ce ne sont pas d'humbles voyageuses comme nous qui pourraient attirer les malfaiteurs, mais plutôt la riche demeure de nos hôtes ! Allons, cesse de rouler des yeux affolés. Il n'y a aucune raison de s'inquiéter pour si peu de chose.

— Si jamais on venait par ici, reprit Flaminia en s'efforçant de dissimuler le trouble qu'elle ne pouvait s'empêcher de ressentir, ce ne serait, justement, qu'un serviteur ou un esclave. Or, ils sont étroitement surveillés. Il n'y a rien à en craindre.

— Que la Vierge Marie vous entende ! murmura Albérade en se tournant vers l'icône, en une salutation fervente. Il n'y a pas que des voleurs pour sortir après minuit. Il y a aussi certains démons qui rôdent en quête d'âmes à emporter...

— Tais-toi donc ! ordonna Berthe avec mauvaise humeur. Tu es peureuse comme une hase et tu racontes des histoires de nourrices ! Va te coucher au pied de mon lit et prépare mes remèdes. Je te rejoins sans tarder.

Dès que la souffrance cessait de la broyer, comme elle retrouvait aussitôt son énergie et son ton de commandement, Berthe la Hardie ! Flaminia lui sourit et lui offrit le bras pour conduire jusqu'à sa chambre cette femme de fer que la maladie atteignait sans parvenir cependant à la réduire à merci...

Demeurée ensuite seule auprès du feu qui s'éteignait, l'adolescente se rassit et demeura sans bouger un bon moment. Elle aussi avait remarqué depuis quelques jours, une fois la nuit tombée, le crissement du sable sous des pas qui se déplaçaient silencieusement autour de la maison.

« Serait-ce lui ? M'aurait-il remarquée malgré son air lointain ? Dieu Seigneur ! est-ce que je lui plairais ? Mais non. Je deviens folle ! Ce ne peut être lui. Que signifient, alors, ces tours et ces détours ? »

Flaminia se dit qu'elle aussi avait peur, mais pour de toutes autres raisons qu'Albérade. Elle ne redoutait ni voleurs ni démons, mais un maraudeur d'amour inspiré par l'Adversaire, toujours attaché à détruire la vertu partout où elle se trouvait..., surtout quand elle était mal défendue, assaillie de tentations, à demi consentante de surcroît...

Flaminia passa des doigts hésitants sur ses paupières, alla s'agenouiller sur le coussin posé devant l'icône et pria furieusement. Ce fut une longue oraison...

N'entendant plus de bruit, dévorée de curiosité et décidée à dissiper toute incertitude, elle se releva, resserra son voile autour de ses épaules et s'enveloppa dans son mantel, puis elle ouvrit doucement la porte de la grande salle.

Dehors, il faisait un peu frais, mais cette fraîcheur-là ne ressemblait que de fort loin au froid piquant qu'en ces jours d'avant la Toussaint on devait ressentir du côté de Chartres...

Flaminia fit quelques pas en direction du figuier. Son nom, prononcé tout bas, ne la fit même pas tressaillir. Pourquoi serait-elle sortie si ce n'était pour l'entendre ?

Tout d'un coup, sans qu'elle l'ait vu approcher, elle se retrouva entre les bras d'Andronic. Serrée, écrasée contre lui.

Ils restèrent un moment ainsi, aussi étroitement enlacés que le chèvrefeuille au tronc de l'arbre qu'il étreint. Sans un mot échangé. Sans un geste. S'être enfin rejoints leur suffisait. Leur sang charriait le même effroi émerveillé... Appuyé contre la barbe sombre et soyeuse de l'homme qu'agitait un tremblement semblable au sien, le front de Flaminia apprenait à connaître une douceur qui n'était auparavant que pressentie...

Quand Andronic se pencha pour l'embrasser, elle mit une main épouvantée sur les belles lèvres offertes.

— Non ! dit-elle dans un souffle, non !

Ce n'était pas une supplique mais une résolution.

— Pourquoi ? murmura Andronic.

— Tu le sais bien. Tu le sais depuis toujours. Je suis une croisée, et je n'ai qu'un Seigneur !

— Dieu t'a pourtant mise sur mon chemin...

— Dieu ou l'Autre ? De toute façon, il s'agit de nous éprouver. Nous n'allons pas nous laisser piéger comme des bêtes...

— Je t'aime !

— Je t'aime aussi. Cependant, je ne serai jamais à toi que par le cœur. Nous ne commettrons pas le péché d'adultère.

— Je divorcerai ! Il y a des lustres qu'entre Icasia et moi il n'y a plus que scènes et incompréhension.

— Le divorce n'existe pas pour nous.

— Il existe pour moi ! s'écria Andronic avec une soudaine violence. Tu ne peux pas savoir comme je suis malheureux !

Flaminia écarta d'un geste plein de fermeté les bras qui la tenaient.

— Accepterais-tu de me condamner au feu éternel ?

— Aie pitié !

— Le Christ a dit à la femme adultère : « Va et ne pèche plus ! » Je ne dois pas céder.

Egarée, déchirée, elle recula d'un pas.

— Dieu ! Comme l'amour est fort en moi, gémit-elle. On dirait d'un cheval fou... Il faut que je te quitte...

— Quand te reverrai-je ?

— Je ne sais. Je ne sortirai plus le soir.

— Je t'attendrai sous le figuier chaque nuit.

— L'hiver t'en chassera !

— Mon amour est plus chaud que l'hiver !

Flaminia mit ses mains sur ses oreilles et se sauva en courant tout de travers, comme une femme ivre, vers la maison où elle s'engouffra.

Deux jours passèrent, deux nuits. Vécus dans un tourment de l'âme, une agitation de ses pensées qui se tordaient en elle et sifflaient comme un nœud de vipères. Elle se souvint du rêve qu'elle avait fait la première nuit de son arrivée chez les Daniélis.

« Voici les serpents, pensa-t-elle. Ils logent dans ma chair, dans mon cœur... »

Il lui arrivait, brièvement, d'envisager sa souffrance comme si elle lui était imposée de l'extérieur, non pas comme si elle faisait partie inhérente d'elle-même. Elle la jugeait, la soupesait.

« Comment ai-je pu résister à Andronic alors que j'avais un tel besoin de lui ? se demandait-elle avec stupéfaction. Où en ai-je puisé le courage ? Ce n'est pas ma force qui s'est manifestée alors, c'est une autre force, tellement plus assurée que celle que j'aurais pu avoir... »

Le troisième jour, il se mit à pleuvoir le matin, après que Flaminia fut revenue de la messe quotidienne.

Berthe la Hardie, qui avait passé de nouveau une mauvaise nuit, était assise dans sa chambre, au creux d'un fauteuil à haut dossier que Théophane Daniélis avait fait apporter de chez lui tout exprès pour elle. Enfouie au milieu des nombreux coussins qui le garnissaient, elle paraissait affreusement diminuée avec son corps amaigri, desséché, ses tempes creusées, semblables à celles des vieux chevaux voués à l'écorcheur, les cernes bistres au milieu desquels ses yeux brillaient de fièvre comme deux flaques d'eau cernées de boue argileuse et reflétant pourtant le ciel... Et puis, il y avait l'odeur. En dépit des lavages, des soins constants qui lui étaient prodigués, il traînait autour de la malade, ainsi que d'obsédants et irréductibles fourriers de la mort, des relents d'urine, de vomissures, de déjections. On ne pouvait les ignorer en pénétrant dans la chambre où les parfums d'encens, de musc, d'ambre gris, offerts par les Daniélis, ou les brassées de fleurs odoriférantes séchées et répandues avec prodigalité à travers la pièce ne parvenaient plus à combattre une présence déjà installée.

Malgré le courage de l'aïeule et l'immense désir qu'avait sa petite-fille de la voir vivre, qui pouvait encore croire à la guérison de Berthe la Hardie ?

C'était ce que se disait Flaminia qui venait de reconduire jusqu'au seuil de leur logis le professeur arménien, fidèle à ses consultations qui ne débouchaient sur aucun progrès. Il avait pratiqué une saignée, prescrit un nouveau bain de siège et des suppositoires composés de miel et de bile de taureau. En outre, il avait conseillé une diète durant laquelle il ne faudrait absorber que de la mercuriale mêlée à une décoction d'orge et beaucoup de vin doux coupé d'eau.

— Nous devons parvenir à la libérer de l'humeur noire qui la fait vomir, avait dit le médecin. Si nous y réussissons, vous lui administrerez ensuite un lavement dont voici la formule qui est entièrement nouvelle. Peut-être ira-t-elle mieux après. Sinon, il vous restera toujours la possibilité de la conduire à Sainte-Sophie afin de lui faire toucher les clés miraculeuses. Grâce à elles, j'ai vu des malades guérir...

Il s'en était allé en hochant sa longue barbe.

« Il ne nous reste donc que le miracle, songea Flaminia. Mais le miracle existe ! Nous irons à Sainte-Sophie ! »

De toutes ses forces, elle se refusait à envisager l'éventualité d'un avenir d'où Berthe serait absente. Un avenir qui la contraindrait à prendre un parti : s'en aller, poursuivre la route, quitter Andronic, les folles joies espérées..., ou demeurer sur place, dans le péché.

La pluie cessa. Peu de temps après, on frappa à la porte.

Albérade alla ouvrir et se trouva devant Gabriel Attaliate. Elégant comme toujours, il portait une étroite tunique de soie grège, serrée à la taille par une ceinture à mailles d'or, et brodée de médaillons représentant la famille impériale. A cause du temps incertain, il avait revêtu par-dessus une longue chlamyde parée, elle aussi, de somptueuses broderies de feuillages verts et violets. Par l'entrebâillement du riche vêtement, on distinguait la chaîne d'or à laquelle pendait la médaille ornée en son centre de l'œil de verre sanglant. Plusieurs bagues de prix étincelaient à ses doigts.

Interdite, la servante oubliait de faire entrer ce visiteur qui produisait chaque fois sur elle une très forte impression.

— Qui est-ce ? interrogea de loin Flaminia.

Avec un geste résolu, l'eunuque écarta Albérade et pénétra dans la salle.

— Au nom très haut du Christ, salut, commença-t-il en s'inclinant légèrement devant la jeune fille. Je suis heureux de vous trouver ici. C'est justement vous que je venais voir.

Il semblait agité et moins affable que de coutume.

— Que peut une humble fille comme moi, étrangère et isolée, pour le préfet du Caniclée, confident de l'empereur ? demanda l'adolescente après une brève révérence d'accueil, en désignant au nouveau venu un siège près de la cheminée.

Il refusa d'un geste.

— Je suis venu vous chercher, dit-il abruptement. Prenez votre manteau et suivez-moi.

Flaminia releva le menton et fronça les sourcils.

— Me ferez-vous la grâce de m'expliquer pourquoi ? dit-elle en croisant les bras sur sa poitrine.

D'un geste qui traduisait un certain agacement, l'eunuque gratta du pouce son menton glabre où se jouaient des reflets noirs bleutés en dépit du soin avec lequel son barbier l'avait rasé quelques heures plus tôt.

— Ma sœur vous attend dans sa litière, à la porte du jardin, répondit-il. Elle tient à vous parler.

— Puis-je savoir de quoi ? s'enquit Flaminia, sentant qu'elle se trouvait devant un faible, poussé à intervenir par une volonté autre que la sienne et mécontent d'avoir cédé.

— Selon sa détestable habitude, Icasia s'est rendue ce matin de bonne heure chez son astrologue, soupira Gabriel. Elle en est revenue bouleversée. Cet imposteur lui a prédit qu'une vierge solaire, venue du pays où le soleil se couche, risquait d'incendier sa demeure. Elle a aussitôt pensé à vous et à votre chevelure de feu...

— Par tous les saints, je ne vois pas comment je pourrais incendier une maison où je n'ai jamais eu l'occasion de seulement pénétrer ! s'exclama avec un détachement apparent l'adolescente dont le cœur cognait à coups violents contre ses bras toujours croisés. C'est une grande merveille que vous me contez là !

— Histoires de femmes ! laissa tomber avec mépris le frère d'Icasia. Pures histoires de femmes ! En dépit de tout ce que j'ai pu lui dire pour la ramener à la raison, Icasia n'en démord pas. Elle tient à vous entretenir sur-le-champ.

— Je ne suis pas à ses ordres !

Contrarié, l'eunuque secoua vivement la tête, ce qui eut pour effet de balancer, au risque de les déranger, les épaisses boucles noires coupées avec art au niveau des épaules qu'elles ne touchaient pourtant pas.

— Il n'est pas question non plus de vous ordonner quoi que ce soit, reprit-il en s'efforçant de retrouver une urbanité naturelle. Je vous prie simplement de bien vouloir me suivre.

— Si elle souhaite me rencontrer au plus vite, pourquoi votre sœur n'est-elle pas venue céans, en personne, afin de s'expliquer avec moi ?

— Parce que ses fonctions de conseillère en fards et en parfums auprès de l'impératrice l'appellent au Palais. C'est pour elle un devoir absolu. Si elle y manquait sans raison grave, elle risquerait le bannissement ou même l'aveuglement...

Flaminia savait que ce supplice était fort souvent appliqué à Constantinople...

— Elle devait s'y rendre directement en sortant de chez son maudit astrologue, continuait Gabriel, mais la voici qui a changé d'avis... Par les saints Chérubins, ce fou lui a tourné la tête ! Elle a tenu à revenir ici pour vous prendre au passage et s'entretenir avec vous dans sa litière durant le temps qu'il lui faudra pour gagner le Palais. Elle vous y fera même peut-être entrer. Elle y dispose d'une pièce spécialement aménagée où sont entreposés les innombrables produits de beauté utilisés par la basilissa et sa fille, la princesse Anne.

— Moi, au Palais !

— Au palais des Blachernes que notre empereur Alexis préfère à présent aux merveilles élevées autrefois par ses prédécesseurs. Au lieu d'être située au cœur de notre ville, cette résidence, dont le basileus a fait une forteresse imprenable, se dresse au nord de Constantinoble, à l'endroit où la muraille construite par Théodose jouxte la Corne d'Or. Un côté des bâtiments donne sur de vastes étendues réservées à la chasse, ce qui explique sans doute pourquoi les séjours de la famille impériale s'y multiplient..., à moins que ce ne soit pour des raisons de sécurité.

En écoutant ces explications, Flaminia tirait d'un geste nerveux sur ses nattes rousses.

— Qu'irai-je faire au Palais ? répéta-t-elle. Que ce soit le Palais sacré dont mon frère m'a longuement entretenue ou celui du nord ? Ma place ne se trouve ni dans l'un ni dans l'autre. Je dois demeurer dans ce logis à soigner ma grand-mère.

— Une fois qu'elle vous aura parlé et se sera convaincue que vous êtes incapable de lui nuire, Icasia pourra vous faire reconduire jusqu'ici dans sa propre litière...

Tout d'un coup, Flaminia se décida. Une triple curiosité l'y poussait : savoir ce que lui voulait l'épouse d'Andronic ; comprendre qui était cette femme qu'elle avait si peu et si mal vue jusqu'à ce jour ; enfin, sortir de son confinement, et retrouver les rues, les monuments, les palais de cette cité qui se proclamait sans pareille !

— Grand-mère repose, dit-elle alors en s'adressant à la servante. Laisse-la dormir. Si elle se réveille avant mon retour et me demande, dis-lui que je suis dans le jardin, que je ne vais pas tarder à revenir.

Une odeur légère de feuilles flétries et d'humus mouillé flottait dans l'air, montait du sol sablé que Gabriel Attaliate et Flaminia foulèrent à pas pressés. C'était comme un rappel discret de l'automne chartrain, si différent pourtant de celui-ci, tellement plus frileux...

« Chez nous, les saisons sont bien marquées, songea l'adolescente. A Constantinople, il fait trop beau, trop doux... on ne sait pas trop où on en est... »

Il n'y avait pas que les différences de climat pour provoquer en elle remous et désordres ; il y avait aussi sa conscience... Une peur soudaine lui mordit le ventre, lui serra la gorge comme un garrot...

Peinte en vert d'eau et or, la litière attendait à l'endroit indiqué. Deux mules gris perle, harnachées comme des idoles, y étaient attelées.

Dès que les nouveaux venus eurent passé la porte du jardin, les rideaux de soie s'ouvrirent. Une servante les tint écartés pendant qu'ils montaient dans l'élégant véhicule.

A l'intérieur, on se serait cru dans une grotte tiède, moelleuse et parfumée. Tout y était de la couleur glauque qu'aimait Icasia. Coussins, tentures, tapis, cuirs et jusqu'à la tunique qu'elle portait. Frisés sur le front, ses cheveux, séparés par une raie et retenus par des peignes de jade ouvragé, retombaient en boucles serrées sur les oreilles ornées de longues larmes de jade qui remuaient à chaque mouvement de la petite tête blonde. Couverte de bijoux, maquillée avec art, Icasia était si outrageusement imprégnée de senteurs que les arômes confondus de myrte, de nard, de lis, de jasmin, de safran, de rose, de narcisse qui se dégageaient de sa personne, produisaient dans l'étroit espace clos de la litière un bouquet suffocant.

Ce fut ce qui sauva Flaminia. Passer de l'air libre à cette boîte étouffante lui fut insupportable. Elle sentit soudain sa tête tourner et s'affaissa, sans connaissance.

— Nous voilà bien ! s'écria avec irritation Icasia en voyant la jeune fille pâmée sur ses coussins. Je croyais les Franques solides comme le roc.

— Ce sont sans doute les parfums dont tu t'inondes qui l'auront trop violemment assaillie, répondit avec mauvaise humeur Gabriel. Il règne dans cette litière une touffeur outrancière.

— Faites-lui respirer des sels, ordonna Icasia aux deux femmes qui l'accompagnaient. Il faut qu'elle se réveille. J'ai à lui parler.

En revenant à elle, Flaminia avait oublié ses peurs. Il lui restait le besoin de savoir.

A travers les légères courtines de soie à demi transparentes qui fermaient la caisse de l'équipage, on distinguait sans mal l'agitation de la rue, fort large et pavée de marbre, dans laquelle on venait de déboucher. Carrosses dorés et peints, cavaliers aux costumes éclatants, surchargés de broderies, traversaient la cohue. Des serviteurs en livrée, semblables à ceux d'Icasia, frayaient la voie à leur maître à l'aide des lourds bâtons avec lesquels ils écartaient les passants à grand renfort de moulinets. La foule, elle, envahissait tout. Jamais Flaminia n'avait vu chaussée pareillement grouillante de monde. En plus des Grecs, vêtus sans excessive ostentation, elle découvrait une population étrange et bariolée, venue de tous les horizons : Germains de haute taille à l'air farouche sous leurs épaisses fourrures, Syriens aux barbes annelées, riches marchands vénitiens portant de longs manteaux de brocart, Turcs enturbannés que les hostilités avec les croisés ne semblaient gêner en aucune façon pour commercer, Hongrois dont les pelisses couvertes de grelots tintinabulaient comme le harnachement des mules, Varangues, mercenaires scandinaves réputés pour leur bravoure sauvage, Russes arborant bottes à revers et moustaches flottantes, Bulgares aux crânes rasés de si près qu'ils brillaient autant que des boules d'ivoire jauni, Éthiopiens aux formes fines, drapés dans des étoffes aux couleurs flamboyantes...

Mêlés à ces étrangers, colporteurs, mendiants, jeunes gens juchés sur des échasses, marchands de petit-lait, boisson fort prisée à Byzance, porteurs d'eau soutenant en équilibre sur leurs épaules de lourds seaux clapotants, prostituées fardées et aux tuniques fendues jusqu'à l'aine, moines en robe noire, groupes de prêtres, prélats environnés de gardes armés et protégés des intempéries par des dais de soie blanche...

— Nous remontons à présent la Voie royale ; c'est la plus belle partie de la fameuse *Mesê* dont vous avez entendu parler, expliqua Gabriel Attaliate pour rompre le silence gêné qui s'était établi à l'intérieur de la litière. Avec la place de l'Augusteon et les quatre grands forums impériaux, elle fait partie des hauts lieux de notre capitale.

Tout au long de la somptueuse avenue, d'harmonieux portiques de marbre, surmontés de terrasses agrémentées de statues et de vases antiques, protégeaient les boutiques étincelantes des orfèvres, les comptoirs des argentiers sur les tréteaux desquels s'empilaient différentes pièces de monnaie de taille, poids, métal, provenance divers, que surveillaient des cerbères armés, constamment aux aguets. Plus modestes, mais jugées également précieuses, les échoppes des écrivains publics voisinaient avec ce déploiement de richesses. Les changeurs avaient préféré installer leurs bancs et leurs tables volantes au coin des rues et sur les places.

— Voici le Palais de l'éparque, préfet de notre ville, détesté et craint par les marchands qu'il terrorise, reprit l'eunuque en désignant un monument imposant par son importance et les statues aux visages sévères qui le décoraient.

Flaminia inclina la tête sans mot dire. Elle attendait les explications d'Icasia.

— Ce n'est point pour vous promener, vous le pensez bien, que je vous ai demandé de venir me rejoindre, commença presque aussitôt après, en latin, la femme d'Andronic dont le regard vert d'eau, devenu de pierre dure, semblait soudain s'être opacifié. C'est parce que mon astrologue, un savant en la science duquel j'ai la plus entière confiance, m'a troublée et même effarée ce matin en me prédisant des catastrophes liées à votre présence sous notre toit.

— Votre frère m'en a déjà touché deux mots, répondit Flaminia d'un ton neutre. Je vous avouerai que je suis trop bonne chrétienne pour attacher beaucoup d'importance aux prédictions des astrologues, qui me paraissent souvent bien aventurées. Pour ce qui est du vôtre, qui est sans doute un grand savant, je me demande bien où il a puisé l'idée que je risquais de mettre le feu à votre maison. Je n'y suis jamais entrée et me tiens sagement à ma place dans notre petit logis.

— Il reste que Seth, éminent astrologue égyptien s'il en est, venu spécialement d'Alexandrie pour nous faire profiter de ses remarquables découvertes, n'ignore rien des astres ni de leurs effets sur nos existences. Or, je le répète, ses affirmations sont formelles !

— Comment pourrais-je vous vouloir du mal alors que vous et les vôtres nous hébergez si obligeamment durant la maladie de ma grand-mère ?

Icasia haussa des sourcils qu'elle avait épilés et finement redessinés au noir d'antimoine.

— Chacun sait que la gratitude est un fardeau lourd à porter, dit-elle du bout des lèvres. En admettant même votre sincérité, comment interpréter les prophéties que je viens d'entendre ?

— Dieu sait que je souhaite tout le bien possible à votre famille ! s'écria Flaminia en demandant tout bas au Seigneur de lui pardonner une formule aussi ambiguë.

— Je sais, je sais..., lança Icasia qui demeurait songeuse.

« Elle ne sait rien, se dit l'adolescente. Sinon elle aurait tout de suite compris ce que signifiait cette histoire d'incendie... »

Le silence retomba dans la voiture close.

Après le forum de Constantin, immense, on arrivait à celui qui lui succédait. Gabriel expliqua qu'il se nommait Amastrianum, et que c'était là que la *Mesê* se divisait en deux branches. Au sud, celle qui allait rejoindre la fameuse Porte Dorée sous laquelle étaient passés tous les empereurs triomphants au retour de leurs victoires, et, au nord, celle qui conduisait à la porte d'Andrinople d'où l'on gagnait le palais des Blachernes.

— Ne gaspillons pas un temps qui nous est compté, reprit Icasia. Je suis sans détour et aime aller droit au but. Si vous n'accordez pas crédit aux prédictions des astrologues, il n'en est pas de même pour moi. Je fais totalement confiance au mien.

Gabriel leva les yeux vers le toit de la litière, capitonné d'un camaïeu de soies vertes, et poussa un soupir désapprobateur.

— Je pense donc que votre présence chez nous représente un danger inconnu mais certain pour tous les membres de notre famille, continua sa sœur sans se laisser influencer. Et je me vois dans l'obligation de vous demander de quitter la petite maison des nourrices le plus rapidement possible.

— Icasia ! s'écria l'eunuque. Tu perds l'esprit ! Comment peux-tu, sur de simples vaticinations de ton imposteur d'Egyptien, songer à expulser une malade gravement atteinte comme l'est la grand-mère de cette jeune fille !

— Je lui trouverai un autre logement, bien entendu. Parmi mes amies, j'en dénicherai certainement une ayant assez de place pour héberger trois personnes.

— Votre beau-père, Théophane Daniélis, est-il au courant de votre décision ? demanda avec calme Flaminia. C'est lui qui nous a invités lors de notre arrivée à Constantinople. C'est encore lui qui a insisté pour nous garder auprès de lui après le départ des nôtres vers la Terre sainte quand nous avons su que grand-mère ne pourrait pas reprendre la route. N'est-il pas le maître, Dieu me pardonne, dans la maison où vous demeurez ?

Icasia froissa avec irritation les chaînes d'or ouvragées qu'elle portait autour du cou. Elle secoua le front comme si une mouche l'avait importunée. On la sentait déterminée, inaccessible aux arguments qui contredisaient ses projets.

— Je suis persuadée que mon beau-père partagera mes vues lorsque je l'aurai mis au courant de ce qui m'a été révélé tantôt, dit-elle d'un ton sec.

— J'en suis moins sûre que vous, dame Icasia. Je crois que Théophane Daniélis nous porte une amitié sincère, et qu'en outre il respecte notre état de croisés partis pour délivrer le tombeau de Notre-Seigneur.

— Voilà le grand mot lâché ! s'écria l'épouse d'Andronic en frappant avec emportement ses mains l'une contre l'autre. J'étais à l'avance certaine que vous vous en serviriez ! Les véritables croisés, sachez-le, ceux qui pourront peut-être, si Dieu les y aide, reprendre le saint sépulcre aux infidèles, ce sont vos soldats, les barons et les troupes qui composent l'armée franque ! Ce ne sont en aucune façon les pauvres pèlerins, femmes, enfants, malades, vieillards, infirmes qui ne font qu'encombrer de leur foule informe et inutile vos campements surpeuplés !

— Il y a, en effet, ceux qui combattent, ceux qui travaillent au maintien des troupes, mais il y a aussi ceux qui prient. Contrairement à ce que vous semblez croire, ce ne sont pas les moins importants, loin de là, répondit Flaminia avec fermeté. Les trois ordres ainsi formés sont indispensables à la bonne marche de notre entreprise. Voyez-vous, dame, la prière peut aussi devenir une arme. Une arme puissante. Mon père disait qu'elle parvenait, parfois, à forcer la main de Dieu !

Il y eut un silence. Icasia réfléchissait. Rien ne réussirait jamais à entamer son obstination, mais elle se trouvait sans l'avoir prévu devant un caractère mieux trempé qu'elle ne l'avait imaginé. Il lui fallait donc, sans perdre de temps, chercher d'autres moyens d'attaque.

La litière passait alors devant une basilique majestueuse, élevée sur le plan d'une croix grecque. Ses cinq coupoles la couronnaient d'un or assourdi par les rayons du soleil automnal.

— Vous voyez là une des plus belles églises de Byzance, dit Gabriel, assez satisfait de trouver une diversion et toujours disposé à prôner les merveilles de sa cité chérie. C'est celle des Saints-Apôtres. Depuis Constantin, nos empereurs y dorment de leur dernier sommeil avant la Résurrection générale qui nous est promise. Sous ces précieuses coupoles, reposent, vêtus de pourpre et de marbre, tous les souverains qui ont présidé en leur temps aux destinées de la Ville aux cinq cents merveilles !

Pressés comme moutons autour de leur berger, les monastères foisonnaient aux environs de la nécropole. Flaminia avait d'ailleurs été impressionnée par le nombre d'églises, de couvents, de chapelles, d'édifices religieux en tous genres qui jalonnaient l'embranchement nord de la fameuse *Mesê* suivie par la litière.

Mais on franchissait déjà les anciennes fortifications créées autrefois par l'empereur Constantin.

— Elles sont abandonnées depuis que Théodose II, au Ve siècle, a décidé d'en bâtir de nouvelles qui englobent dans l'arc prodigieux de leurs triples et gigantesques murailles de pierre le promontoire dominant l'Hellespont tout entier, reprit l'eunuque qui, décidément, aimait pontifier. Défendue de la sorte, la ville est imprenable. Beaucoup s'y sont déjà cassé les dents ! Reste la côte. Elle comporte au-dessus de la mer des à-pics qui se sont révélés au cours des âges d'excellentes défenses naturelles. Aussi ne possède-t-elle qu'une seule ligne de remparts ponctués tout de même d'énormes tours carrées. Quant à la Corne d'Or, qui aurait pu, bien entendu, devenir notre point faible puisqu'elle facilite les infiltrations, nous l'avons barrée par notre fameuse chaîne qui est célèbre, semble-t-il, dans le monde entier !

Négligeant les regards mécontents de sa sœur, il se mit à rire derrière sa main droite chargée de dissimuler la bouche ouverte qu'il n'était pas de bon goût de laisser apercevoir.

— Il est vrai que depuis l'Italie j'entends parler de cette chaîne. On la dit énorme, reconnut Flaminia, point fâchée, elle non plus, d'échapper pour un temps aux questions d'Icasia.

— Elle l'est, en vérité ! Imaginez un chapelet pour géants composé de colossaux grains de bois arrondis, tenus ensemble à l'aide de crochets et de chaînons de fer cyclopéens, fixé par des anneaux monumentaux aux remparts du côté de la cité et, sur l'autre rive, à une tour de l'enceinte dite de Galata. Grâce à la chaîne, la Corne d'Or, déchirure béante dans le flanc de Constantinople, se voit interdite à tout envahisseur de la mer. Cette chaîne bénie se montre notre plus sûre gardienne !

Icasia leva la main pour faire taire son frère.

— Pourquoi tenez-vous si fort à rester chez nous ? demanda-t-elle sans tenir compte des interruptions de Gabriel et en se penchant en avant pour mieux distinguer le jeune visage encadré de ses tresses rousses.

— Sous le ciel de Dieu, il ne doit pas exister de créature plus entêtée que toi ! protesta l'eunuque en secouant avec agacement ses doigts couverts de bagues.

— Pour la simple raison que je vous ai déjà dite : la maladie de grand-mère est des plus graves, et votre famille est la seule que nous connaissions ici, reprit Flaminia dont on sentait qu'elle commençait à s'énerver. Nous avons toujours pensé que notre état de croisés nous mettait à l'abri de toute suspicion de la part des chrétiens que vous êtes !

La litière s'immobilisa.

— Nous voici arrivés au palais des Blachernes, annonça Icasia d'un air mécontent. Je ne sais rien de plus qu'au départ de la maison. Pourtant, je dois être renseignée... Voulez-vous me suivre afin que nous puissions continuer à parler ? Je vous introduirai sans difficulté dans la salle réservée aux fards et aux parfums. J'y suis un peu chez moi.

— La princesse Anne, qui n'a guère eu jusqu'à ce jour l'occasion de rencontrer de simples croisées, sera certainement curieuse de faire votre connaissance, ajouta Gabriel en déployant autour de lui, pour la déchiffonner, sa chlamyde aux longs plis soyeux. Elle s'intéresse à tous ceux qui ont la chance de l'approcher.

— J'aurai justement à la farder et à la parfumer ce matin, remarqua Icasia qui, aidée par ses femmes, sortait de la litière. Je pourrai vous présenter à elle. Mais, pour l'amour du ciel, parlez peu ! Elle s'est souvent plainte en ma présence de l'intarissable bavardage de vos Francs !

Flaminia rougit violemment et voulut aussitôt rejeter l'offre si peu avenante qui lui était ainsi adressée. Elle pensa également à son aïeule... mais Berthe devait encore dormir, et rencontrer la princesse Anne Comnène était un rare privilège. Pénétrer dans un palais excitait en outre sa curiosité...

Ce fut plutôt dans une forteresse qu'elle entra en compagnie d'Icasia et de Gabriel. Une fois franchis le pont-levis protégé par la garde impériale, puis la porte double à gonds inversés, précédée d'une herse et surmontée d'une loge de défense, on parvenait dans la place. Une très vaste cour-jardin, fleurie en dépit de la saison tardive et entretenue avec le plus grand soin, environnait des bâtiments de tous ordres au centre desquels se dressait le Palais proprement dit. Massif, imposant, plus austère que le Palais sacré, beaucoup moins vaste, il était aussi plus sûr.

Par une petite porte de côté dont Icasia possédait une clé, on évitait la salle où veillait la garde personnelle d'Alexis. On pénétrait directement dans une belle antichambre pavée de marbre noir. Des colonnes de porphyre vert soutenaient un plafond peint de scènes représentant la vie de l'empereur Théodose. Des chaînes d'argent ciselé le décoraient également. Sur les murs, des mosaïques évoquaient des récits de l'Ecriture.

Un couloir tout en plaques de marbre polychromes conduisait aux appartements impériaux.

Sur un large cartouche d'albâtre encadré d'or fin, Flaminia avisa, gravée en lettres latines, une inscription monumentale : *Christo Basileus*. Son oncle lui avait expliqué que l'empereur de Byzance était censé être une incarnation du Christ lui-même, venu gouverner l'Empire en personne à travers un homme choisi par Lui. Son apparence charnelle changeait bien entendu avec chacun des monarques élus, mais son pouvoir de roi et de prêtre lui donnait la possibilité de transformer en objet sacré tout ce qui se rapportait à sa fonction impériale. Cette sacralisation d'un souverain avait beaucoup choqué les croisés... Une fois encore, Flaminia se sentit remplie d'indignation inexprimée...

Après une série de salles majestueuses dans lesquelles évoluait une foule de courtisans, de prêtres, de secrétaires, d'eunuques, d'officiers, de serviteurs qui se déplaçaient comme dans un sanctuaire, le trio gravit les deux étages d'un escalier de marbre rose qui menait au gynécée.

Icasia monta la première, d'un pas vif, martelé, sa tunique vert Nil relevée d'un geste précis, le visage incliné sur la poitrine en une attitude méditative et crispée à la fois. De toute sa petite personne, menue, nerveuse, se dégageait une impression que Flaminia ne savait comment qualifier. Elle la devinait tourmentée, mais également nouée, butée, dans l'incapacité de s'épancher, de donner ou de recevoir. On devinait en Icasia une porte fermée, verrouillée, derrière laquelle elle se tenait prisonnière en se refusant à l'ouvrir...

« Si je le voulais, je pourrais plonger cette femme au sein d'une tempête dont elle ne soupçonne même pas la violence, se dit Flaminia qui, derrière la parfumeuse, franchissait les degrés, de son allure souple, allongée, de marcheuse endurcie. Dieu fasse que je n'y consente jamais, qu'elle n'ait rien à craindre de moi en dépit de son astrologue et de la couleur de mes cheveux ! »

Gabriel suivait ses deux compagnes, saluant de temps à autre, avec son aisance naturelle et un soupçon de désinvolture, certaines des personnes rencontrées. Il connaissait tout le monde mais choisissait ses relations. Dans le gynécée impérial, il se sentait à l'aise : seuls les eunuques et les femmes disposaient en principe du droit d'y circuler. Bien des dérogations cependant étaient admises. Moines et pèlerins avaient reçu l'autorisation d'y être parfois conviés...

Une porte d'ivoire, dissimulée sous une draperie de soie glissant sur des tringles d'argent, s'ouvrit tout d'un coup à l'embranchement de deux couloirs. Une bouffée d'air, remplie de suavité, enveloppa les arrivants.

— Nous voici dans mon repaire, dit Icasia.

— Puisque vous êtes parvenues à bon port, je vous y laisse pour aller rejoindre le basileus, annonça le préfet du Caniclée. A ce soir !

Il s'éloigna d'un air affairé.

D'un coup d'œil, Flaminia découvrait la pièce d'angle, carrée, assez spacieuse, dont les murs étaient recouverts de marbre de Thessalie, vert comme la mer, moiré d'ondulations semblables à celles des vagues et, aurait-on dit, en mouvement. Eclairée par quatre fenêtres qui donnaient sur un jardin rouillé par l'automne, elle était baignée de la lumière assourdie, languide, des derniers beaux jours. Un éclat embué, une douceur blonde nimbaient les arbres aux feuilles persistantes, les bosquets ornés de leur dernière parure de graines jaunes ou rouges, et les massifs attardés derrière lesquels s'élevaient les hauts remparts palatins où pierres et briques étaient appareillées avec un art qui tendait à en dissimuler la vocation guerrière.

Il n'y avait encore personne dans la pièce dédiée à la

beauté. De grands lampadaires d'or suspendus au plafond azuré, des tapisseries brodées d'or et de soies aux teintes les plus exquises, des mosaïques représentant des prairies constellées de fleurs, un pavement de marbre blanc, jonché de bleus tapis en provenance de la Perse, composaient un écrin pour princesse de légende.

Des tables de différentes formes, tailles, hauteurs, y étaient disséminées. Mais on les voyait à peine tant elles se trouvaient chargées, encombrées, envahies, recouvertes, embarrassées par une multitude de boîtes, de coffres, de vases, de fioles, de récipients aux aspects les plus familiers comme les plus inattendus, en or, argent, agate, nacre, écaille, ivoire, ébène, corne, jade, verre de couleur, cristal de roche ou malachite... De hautes armoires peintes de motifs floraux s'adossaient aux murs. Par quelques-unes de leurs portes entrouvertes on voyait qu'elles regorgeaient aussi de produits de beauté.

Alors qu'Icasia s'apprêtait à reprendre sa conversation avec Flaminia, deux dames d'atour entrèrent en grande pompe.

— Son Altesse porphyrogénète la princesse Anne, annoncèrent-elles d'une seule voix.

Icasia saisit Flaminia par le poignet.

— Agenouillez-vous, ordonna-t-elle tout en entraînant l'adolescente dans sa propre génuflexion.

Suivie d'un essaim de dames d'honneur, la fille du basileus fit son apparition dans la pièce, sourit à Icasia ainsi qu'à sa compagne et leur fit signe de se relever.

— Voici donc cette jeune Franque dont tu m'as souvent entretenue, dit-elle dans un latin parfait à sa parfumeuse. Que la bienheureuse Mère de Dieu la prenne en Sa sainte garde, elle et les siens, ajouta-t-elle en se signant.

Toutes l'imitèrent.

Elle alla ensuite s'incliner devant l'icône enveloppée de volutes d'encens et éclairée par trois lampades d'albâtre, puis vint prendre place devant une table en forme de croissant, tout incrustée de nacre qui, elle, était disponible.

— Je sors de mon bain et j'ai grand besoin de tes services, continua la princesse dont le corps massé et parfumé était revêtu d'une simple tunique d'épaisse soie blanche.

Flaminia savait que seuls les membres de la famille impériale avaient le privilège d'user de savon gaulois, fabriqué à Marseille, et dont l'emploi était interdit à toute autre personne. Icasia l'avait poussée vers le fond de la salle, là où elle pouvait, sans risquer de déranger, s'asseoir sur un trépied recouvert de peaux de léopard, avait posé un doigt sur ses lèvres, puis était retournée diriger les soins donnés à la princesse.

De taille moyenne, svelte, aisée dans son maintien, avec un cou long et souple qui semblait ployer soudain sous le poids de l'épaisse chevelure noire et lustrée qu'une des dames d'honneur venait de dérouler sur ses épaules, Anne Comnène ressemblait trop à son père pour être vraiment jolie. Ses traits traduisaient un esprit vif, de l'intelligence, du caractère, une once de formalisme et, sans doute, un penchant à la susceptibilité, mais point de beauté réelle. Un nez trop busqué, de petits yeux enfoncés sous l'arcade sourcilière, un front étroit mangé par des cheveux plantés bas l'empêchaient d'être belle. Cependant, une autorité aimable, de la grâce, le feu d'un regard attentif paraient la fille de l'empereur, bien qu'elle n'eût pas quinze ans, d'une maturité, d'une maîtrise de femme déjà accomplie.

Avec le plus grand soin, Icasia enveloppa la princesse dans une sorte de drap froncé autour du cou. Puis, prenant avec une spatule une touche de crème à base de céruse et de talc, elle en enduisit le visage brun afin de le blanchir.

Des aides épilèrent ensuite, avec des pinces d'or, les sourcils trop fournis avant qu'Icasia ne revînt pour les redessiner d'un long trait aussi mince que possible, à l'aide d'une baguette d'ivoire ointe de noir d'antimoine. Munie d'une petite brosse en poil de chameau, une autre des assistantes s'employa à retrousser les cils, qu'elle enduisit aussitôt après, d'un air grave et appliqué, de khôl originaire de l'Arabie Heureuse. Icasia traça elle-même, sur les tempes fragiles, un lacis de veines bleues fort appréciées à la cour. Une autre dame d'atour, dont ce devait être la spécialité si on en jugeait d'après son air important, encercla l'œil de la jeune femme d'un trait sombre destiné à l'arrondir. Chacune des personnes présentes savait que la mode en faisait fureur...

Icasia peignit ensuite de carmin et au pinceau les lèvres d'abord soulignées par un trait de sanguine. Cinq autres touches de carmin furent successivement déposées sur les lobes des oreilles, au coin de la paupière gauche et sur le bout des seins menus, un instant découverts.

— Le bouillon de talons de jeunes taureaux, cuit pendant quarante jours et quarante nuits, puis décanté, est un excellent produit contre les rides, dit Icasia, tout sourire. Mais vous n'êtes pas de celles qui en ont besoin, princesse Anne ! En revanche, pour effacer le hâle dont vous avez horreur à juste titre, j'ai cru bon de me munir d'une nouvelle pâte, composée de graisse de veau, de moelle de cerf et de feuilles d'aubépins, apportées dans leurs bagages par les Francs.

— Laisse-moi cette boîte ; je l'emploierai quand mon mari sera en mission...

Dans l'entourage de la famille impériale, nul n'ignorait le tendre amour qui unissait la fille du basileus à son époux, le césar Nicéphore Bryenne. Aussi les dames d'honneur sourirent derrière leurs mains d'un air complice.

Pour achever le maquillage, Icasia étendit du bout des doigts, sur les joues blanchies, un onguent d'une extrême finesse, composé de poudre de santal rouge, de graisse extraite de la moelle d'un mouton et d'huile de nard.

Flaminia contemplait ce déploiement de soins et de raffinement avec un sentiment où voisinaient amusement et réprobation. Ces femmes, dont la futilité l'aurait simplement divertie en temps normal, lui paraissaient presque criminelles quand elle songeait aux épreuves endurées par les croisés durant les mois de disette qu'ils avaient supportés en traversant un désert sans merci. Comment leurs alliés pouvaient-ils continuer à se vautrer dans le luxe et le gaspillage alors que leurs frères chrétiens subissaient la faim, la soif, les carnages, les maladies et la mort ?

Comme si le silence de la jeune Franque avait été éloquent, la princesse, qui avait peu parlé durant ce minutieux maquillage, se tourna soudain vers elle.

— On va à présent me coiffer, dit-elle. Ma coiffure, que nous appelons ici propoloma, est si compliquée, si élaborée, qu'il faut une heure pour en venir à bout. Venez donc près de moi pendant ce temps. J'ai quantité de questions à vous poser.

Flaminia s'approcha et, sur un geste d'Icasia, s'agenouilla aux pieds d'Anne Comnène.

Sous l'œil critique de la parfumeuse qui ponctuait de brèves remarques sèches le travail de ses assistantes, les femmes brossaient, peignaient, frisaient, dressaient la fameuse tour de mèches bouclées et torsadées.

La princesse interrogeait avec attention Flaminia qui s'efforçait de lui répondre de la manière la plus nette et concise à la fois : qu'était ce lointain pays de l'ouest d'où venaient les Francs (qu'elle nommait d'ailleurs Celtes ou Latins, indifféremment) ? A quoi ressemblait-il ? Climat, végétation, mœurs, maisons, religion, mode et même cuisine y passèrent tour à tour...

La princesse avait des idées fausses, auxquelles elle semblait tenir : elle croyait par exemple que Pierre l'Ermite était

l'instigateur et le principal meneur du pèlerinage vers Jérusalem. Les dénégations de son interlocutrice ne suffirent pas
à l'en dissuader.

— Nous l'avons vu arriver sous nos murs l'an dernier,
accompagné d'une foule considérable qui le traitait comme
un saint ! Presque tous ses compagnons ont été anéantis par
les Turcs, du côté de Civitot, mais lui a pu regagner Constantinople, retrouver les autres Celtes qui parvenaient ici et de
nouveau se joindre à eux. Cela prouve son immense prestige
et son influence !

Flaminia n'osa pas la détromper. Qu'importaient d'ailleurs
ses erreurs et toutes les aberrations d'une cour qui n'avait
pas compris les raisons profondes, essentielles, et si sincères
pour la plupart, d'un voyage auquel les Grecs cherchaient,
sans trop l'avouer, des causes vénales, là où la foi, la foi
seule avait jeté des foules sur les routes...

— J'ai beaucoup appris, dit la fille du basileus quand
sa coiffure fut terminée. Les femmes franques parlent plus
sobrement et plus clairement que les hommes de cette race !
Il vous faudra revenir !

Elle se leva. Chacun se prosterna et elle disparut dans un
tourbillon de parfums.

— Nous allons rentrer maintenant, déclara Icasia. Venez,
suivez-moi.

Quand elles se retrouvèrent dans la litière, la femme
d'Andronic pencha vers Flaminia son petit visage obstiné.

— Puisque vous semblez vous plaire à Constantinople au
point de ne pas vouloir quitter notre maison, pourquoi n'épou-
seriez-vous pas Cyrille Akritas, le cocher des Verts, qui est
aussi le meilleur ami de Marianos ? demanda-t-elle. Il est
amoureux de vous et les mariages entre Francs et Nouveaux
Romains sont vus d'un bon œil par l'empereur. Vous y gagne-
riez un agréable mari, une belle demeure, un protecteur et un
soutien quand votre grand-mère ne sera plus avec vous.

Elle se signa et attendit la réponse de l'adolescente.

— Grâce au ciel, grand-mère est encore bien vivante !
s'écria Flaminia avec vivacité. Si Dieu le veut, elle peut
guérir... Sinon, je ne resterai pas dans cette ville. Je quitterai
Constantinople avec un de ces petits groupes qui ne cessent
de passer ici... Par terre ou par mer, je trouverai le moyen
de rejoindre les croisés. Je tiens à revoir les miens. Je veux
être avec eux quand ils parviendront à Jérusalem !

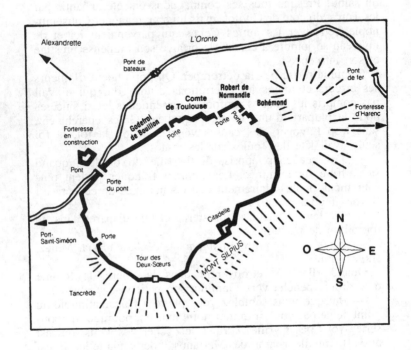

SIÈGE D'ANTIOCHE (1097-1098)

QUATRIÈME PARTIE

28 décembre 1097 — 28 juin 1098

1

Il pleuvait sur le camp des croisés. Il pleuvait sur Antioche la Belle. Il pleuvait sur les montagnes, la plaine, le fleuve Oronte qui menaçait de déborder, il pleuvait depuis des jours... On ne distinguait plus que de façon indécise, à travers l'eau ruisselante, les remparts colossaux d'Antioche et leurs tours plus nombreuses que les jours de l'année... Poussée par des bourrasques glaciales, une pluie sans pitié s'acharnait contre les tentes de toile dont les moins solides s'écroulaient dans la boue ou se déchiraient.

Las de patauger dans un tel cloaque, les plus pauvres des pèlerins et les simples combattants s'étaient construit des cabanes de planches et de branchages couvertes de peaux de bêtes sauvages fraîchement écorchées. En grelottant, des familles entières, resserrées autour d'un feu sans joie, s'y encaquaient comme harengs en baril. Les bûches mouillées prenaient mal, fumaient, et les yeux rougis ne cessaient de couler.

Sous les coups de boutoir du vent, semblables à ceux d'une harde de sangliers, des pièces de bois se détachaient une à une, dénudant les misérables abris. Certaines toitures de fortune s'abattaient au bout de quelque temps sur leurs habitants, qu'il fallait alors conduire sous les grandes tentes qui faisaient office d'hôpitaux et de maisons-Dieu à la fois.

Les barons et les prêtres s'étaient trouvés devant la nécessité de multiplier les lieux d'accueil. En ces derniers jours de décembre, avec le froid qui doublait de ses maux ceux de la pluie, on en était à six grandes tentes, robustement charpentées, arrimées, protégées des intempéries par l'épaisseur de leurs toiles et isolées du bourbier par une accumulation de nattes en cordes ou en joncs qui tapissaient le sol.

Alaïs, enceinte de cinq mois mais encore alerte, soignait les blessés de la première tente. Brunissen et elle avaient tenu à rester ensemble. A grand-pitié, elles pansaient les hommes rompus, ensanglantés et dolents que les flèches et les cimeterres des Turcs entaillaient si affreusement au cours des engagements quotidiens... Dans la troisième tente, Guibourg, leur amie, s'occupait des malades accablés de maux de poitrine ou de ventre, tandis que Biétrix, la petite servante recueillie à Constantinople, s'était vue affectée aux familles sans feu ni lieu qui occupaient la cinquième tente.

Mabille, toujours impétueuse, et la comtesse de Toulouse, la belle Elvire, avaient à présent, toutes deux seules, la haute main sur l'organisation des secours, avec l'aide des moines-médecins et des infirmiers. La pauvre Godvère, épouse de Baudouin de Boulogne, n'avait pas résisté à la terrible traversée des montagnes du Diable...

Durant le franchissement des passes les plus élevées, beaucoup de soldats et de pèlerins avaient péri. Les uns en roulant avec leurs montures dans des précipices, d'autres écrasés par les éboulis. Avec le vertige aux tripes, il avait fallu surplomber des gorges abruptes qu'on devait parfois longuement côtoyer... Même les plus braves se sentaient comme attirés par la force d'un pouvoir maléfique vers ces gouffres dont on ne distinguait pas le fond... Le tonnelier de Narbonne, maître grippe-sou de Pierre Barthélemy, avait ainsi disparu avec sa mule et le cheval de bât qui lui était attaché, sans que son valet horrifié ait rien pu faire pour le retenir.

Godvère, elle, avait eu une jambe cassée. Mal soignée durant le reste du terrible trajet, elle était parvenue à l'étape de Marasch avec une forte fièvre et en proie au délire. En dépit de tous les soins prodigués, il avait été impossible de la sauver. L'éloignement de son mari et la mort de ses enfants durant la traversée des monts l'avaient trop abattue. Elle n'avait pas défendu sa vie. Baudouin de Boulogne était arrivé in extremis pour recueillir le dernier regard de son épouse. Il était presque aussitôt reparti, emmenant avec lui Foucher de Chartres, devenu son chapelain après s'être séparé de la suite d'Etienne de Blois. Ses amis chartrains avaient vu s'éloigner le moine avec regret, mais rien n'avait pu le faire changer d'avis. Il s'était attaché à ce nouveau maître dont l'autorité, la gravité, la culture ecclésiastique reçue autrefois, du temps où on le destinait à une haute position dans l'Eglise, l'avaient conquis. En compagnie de quelques chevaliers et d'hommes d'armes aguerris, Baudouin de Boulogne et le bénédictin s'en allèrent donc vers un destin que des alliances, des promesses, une ambition obstinée et violente devaient assurer. Ils se dirigeaient vers l'est. Le comté d'Edesse, riche proie à demi acquise, était au bout de leur route... Dans ces conditions, que pesait le souvenir discret de la male mort de Godvère dans le cœur du veuf déjà consolé par de si brillantes espérances ?

— J'ai faim, murmura Alaïs à l'oreille de sa sœur aînée durant un des courts répits où elles se retrouvaient pour boire un peu de vin chaud, aromatisé et épicé.

— Dieu sait que je vendrais volontiers ma croix de baptême pour vous acheter à manger si c'était nécessaire, dit Brunissen avec élan, tout en relevant d'un geste tendre une mèche de cheveux blonds glissée hors du voile qui enveloppait la tête et le cou de sa cadette. Mais ce jourd'hui nous n'avons vu apparaître au camp ni Arméniens ni Syriens pour nous vendre à prix d'or, ainsi qu'ils en ont la désastreuse habitude, les vivres qu'ils vont récolter dans la vallée ou la montagne proche. Ces pluies dignes d'un nouveau déluge ont dû les décourager.

— Depuis plus de huit semaines que l'armée assiège Antioche, murmura tristement Alaïs, notre état ne cesse de se dégrader. Dieu me pardonne, nous pourrissons tous aux pieds de ces monts diaboliques !

Brunissen posa les deux mains sur les épaules de la jeune femme et lui sourit.

— Amie, sœur, courage ! Courage pour vous, mais aussi pour le petit que vous portez. Avec un père comme le sien, il ne pourra être que preux et rempli de hardiesse. Ne lui léguez pas l'affliction en héritage maternel !

Alaïs acquiesça et posa ses doigts tachés de sang sur son ventre.

— Il me donne déjà de petits coups sous l'estomac, dit-elle en retrouvant fierté et assurance par l'effet de ce réconfort. Pourvu que ce soit un garçon ! Si Dieu m'en envoie un, je suis certaine que Bohémond s'y attachera !

— Sans doute, admit Brunissen en s'efforçant d'avoir l'air convaincue. Sans doute... mais, fille ou garçon, c'est toujours un présent de Notre-Seigneur. Avec ou sans père, cet enfant sera nôtre...

— Je le sais, ma sœur, je le sais, assura la jeune femme. C'est pour cette raison que je le porte sans appréhension.

Elle se pencha pour prendre la main de son aînée, souillée

comme les siennes par des traces sanglantes, mais, habituées toutes deux au maniement des blessés, elle n'y prêta pas attention et appuya sa joue contre les doigts fins et chauds.

— Puisque Dieu m'en offre l'occasion, je vais vous dire ce que depuis un certain temps je cherchais à vous exprimer : je vous ai grande gratitude pour la façon dont vous avez pris l'annonce de ma grossesse. Dois-je vous l'avouer ? Votre vertu m'effrayait un peu..., mais depuis des mois vous me témoignez tant d'attention, tant d'amitié, que vous êtes devenue comme ma mère. Aussi, douce sœur, sachez-le, mon enfant sera votre enfant !

Brunissen attira contre elle Alaïs et l'embrassa tendrement.

— Nulles paroles au monde ne pouvaient me toucher davantage, murmura-t-elle avec émotion. Merci de les avoir prononcées. Ce nouveau-né aura donc deux mères pour l'aimer et le défendre s'il en est besoin !

Comme tous les pèlerins de leur voisinage, elle avait pu constater, depuis que la taille d'Alaïs s'était alourdie et que sa fraîcheur, sa souplesse, s'en étaient trouvées compromises, combien Bohémond traitait avec désinvolture celle qui avait été sa gente amie...

— Je n'aime pas les femmes grosses, avait-il proclamé un matin, en public, au sortir d'une nuit passée avec Alaïs sous sa tente. Elles sont décidément moins excitantes au déduit ! Attendons un peu avant de nous revoir, ma chère. Quand vous serez débarrassée de votre fardeau, nous reprendrons nos ébats. D'ici là, soignez-vous bien et faites-moi un beau petit mâle, bien membré, qui sache plus tard se battre à mes côtés !

Il lui avait gaillardement tapé sur les fesses et s'en était allé vers d'autres aventures, amoureuses sans doute, mais aussi guerrières. Depuis quelque temps, de très précises visées territoriales excitaient son appétit. Une première fois déjà, en cours de route, il s'était séparé de l'ost pour courir s'emparer de places fortes, que son audace de risque-tout avait vite soumises à sa loi. Dans le camp, chacun savait à présent qu'il visait beaucoup plus haut et bien plus loin !

« Pour quelques-uns d'entre nous, et non des moindres, songea Brunissen, le temps du pur élan vers la délivrance du saint sépulcre est révolu. Le diable les a rejoints dans le désert. Du haut des montagnes, comme il l'avait fait pour le Christ, il leur a montré le monde et leur a soufflé : « Tout cela, je vous le donnerai si vous vous prosternez pour m'adorer ! »

Elle se signa d'un geste rapide.

« Je n'imagine pas que nos croisés consentent jamais à adorer Satan, mais il en est qui estiment possible d'allier foi et pouvoir, puissance et service de Dieu. Malheur, malheur à nous si nous ne savons nous soustraire à l'une des pires compromissions du démon : celle qui prétend concilier Dieu et Mammon ! »

Elle passa une main inquiète sur ses paupières, comme pour effacer une vision douloureuse, se redressa et sourit à sa cadette.

— Nous ne nous sommes que trop attardées, dit-elle. On a besoin de nous là bas !

Elles se séparèrent pour retourner chacune soigner le lot de blessés dont elles avaient la charge. Le froid et l'humidité avivant leurs souffrances, les soldats et les pèlerins victimes des traits, des jets de pierres et des armes blanches des Sarrasins, ne s'en montraient que plus douloureusement exigeants.

Autour des tentes-hôpitaux, l'armée s'était disposée selon un ordre longuement mûri durant les préparatifs du siège : Bohémond et ses hommes, au pied des fortifications, à l'est, devant une des portes d'Antioche. Robert de Normandie, le comte de Flandre, Etienne de Blois et Hugues de Vermandois, dit le Maisné, regroupés selon leur habitude en forces françaises, s'étaient postés plus à l'ouest, entre deux autres portes qu'ils contrôlaient. Le légat du pape et le comte de Toulouse, avec les Provençaux, nombreux et bien armés, venaient ensuite. Le général grec Tatikios et son discret corps auxiliaire les secondaient. Enfin, pour achever un encerclement d'ailleurs partiel, tant la cité possédait de défenses naturelles, montagnes, fleuve et marécages, se trouvait Godefroi de Bouillon. Le duc de Basse-Lotharingie avait établi son propre campement jusqu'au pont qui franchissait l'Oronte et conduisait directement à la porte nord de la ville, si bien gardée par ses énormes murailles et par le site même où elle avait été bâtie...

En dépit de la guérison de la blessure que lui avait infligée l'ours furieux combattu en forêt, le duc souffrait de fortes fièvres qui l'éprouvaient durement. Devant rester couché, il n'était pas d'un grand secours, et on s'en inquiétait parmi les croisés...

Dans le camp des Francs, Landry, Herbert Chauffecire, Mathieu le Barbier et Pierre Barthélemy s'étaient rassemblés ce même jour sous une tente prise à l'ennemi lors d'un précédent combat. Tissée en poil de chameau, elle résistait mieux à la pluie et à l'humeur maussade du vent que celles apportées par l'armée des Francs. Les quatre compagnons occupaient leur temps à enlever rouille et taches de moisissure sur les armes et les harnais gâtés par l'humidité.

— L'hiver syrien, qu'on nous avait décrit comme clément, se montre tout aussi désagréable et rude que les nôtres, constata Mathieu le Barbier en soufflant sur ses doigts. Si cela continue, je vais avoir du mal à raser mes pratiques !

— Tu en as si peu ! lança Landry d'un air ironique, tout en se grattant vigoureusement la tête que la froidure lui empêchait de se laver autant qu'il était nécessaire pour détruire les vermines qui l'assaillaient. A part Bohémond et certains de ses Normands de Sicile, qui donc songerait à se priver d'une bonne barbe qui tient chaud et protège la poitrine du vent glacé ?

Non sans une certaine mélancolie, il passa alors ses doigts sur son menton à peine orné de rares poils roux... puis se remit à fourbir son coutelas.

Assis autour d'un feu malingre qui survivait avec difficulté entre quelques pierres rassemblées au centre de la tente pour constituer le foyer, les quatre amis attendaient ainsi que des milliers d'autres que quelqu'un trouvât un moyen de s'emparer d'Antioche. Ville clé, porte d'accès à la Palestine, on ne pouvait pas lever le siège et continuer la route vers Jérusalem en gardant dans son dos ce repaire d'infidèles, ce nid de vautours accroché à ses rocs, inexpugnable et menaçant.

— Que d'illusions nous nous faisions en parvenant ici ! observa Herbert Chauffecire dont le caractère ne cessait de s'assombrir au fil des jours et qui ressemblait de moins en moins au galant compagnon qui courtisait Flaminia sur la nef... Rappelez-vous, amis, quand nous sommes arrivés dans cet endroit à la saison des vendanges, comme la plaine fertile nous parut accueillante. Nous sortions de l'enfer, de ces défilés où tant des nôtres avaient trouvé une fin abominable. Nous avions échappé aux gouffres, au vertige, aux chutes, nous nous imaginions sauvés parce que nous n'étions pas restés dans ces régions exécrables... Au passage, nous délivrions villes et villages. Nous fraternisions avec les Arméniens et les Syriens chrétiens, qui nous traitaient en libérateurs... Tout semblait enfin s'arranger.

— Sur mon salut, tu dis vrai, approuva Landry. Je croyais Jérusalem à quelques jours de marche ! Lorsque les seigneurs Baudouin de Boulogne et Tancrède nous ont rejoints à

Marasch après leur équipée, nous pensions tous que le plus dur était fait. Quelle erreur !

— Notre joie a pourtant été grande au début de notre séjour dans cette même vallée où nous voici retenus, dit Pierre Barthélemy. Il faut être sincères : nous avons été émerveillés par Antioche ! Une si belle cité, comme il n'en existe pas d'autres au monde, avec ses deux lignes de fortifications couvrant quarante-huit lieues et dressant leurs quatre cent cinquante tours ainsi qu'autant de piliers pour soutenir le ciel ! Ses palais, ses églises, ses jardins, ses moutiers, ses aqueducs, ses vergers...

— Et la citadelle, coupa Landry. La citadelle, bâtie au-dessus de la cité, sur le mont qui se nomme, paraît-il, Silpius, comme l'aire d'un aigle dominant l'ensemble pour le protéger.

— Paix, l'ami, paix, avec ta citadelle ! s'écria Herbert Chauffecire. Ou je me trompe fort, ou c'est elle qui nous donnera le plus de fil à retordre !

— Nous devons faire confiance et non pas sans cesse prévoir le pire comme tu le fais ! affirma Pierre Barthélemy, dont les petits yeux noirs brillaient d'excitation pieuse. Faire confiance à Celui qui nous guide. Je ne suis qu'un pauvre hère qui n'a même plus de maître, trop poltron pour être demeuré dans le corps des archers comme vous autres, mais je crois en notre victoire !

Il s'interrompit un instant. Le vent soufflait en hurlant, et son haleine glaciale s'insinuait sous les toiles, faisait frissonner les maigres flammes qui léchaient à grand-peine le bois vert.

— Antioche nous reviendra, reprit le petit homme en resserrant autour de ses épaules la peau de mouton qu'il ne quittait plus depuis des jours. Saint Pierre en a été le premier évêque. Saint Luc y est né avant d'en occuper, lui aussi, le siège épiscopal. C'est à Antioche également que les premiers disciples de Jésus se sont donnés le beau nom de chrétiens ! Avec un passé pareil, cette ville ne peut nous échapper !

— Dieu t'entende ! dit Landry. Pour l'heure, elle est turque et fort bien défendue ! Personne n'a jamais vu de fortifications si épaisses, parées de pierres de taille si énormes, liées en plus par un ciment inconnu et inentamable comme celui-là ! C'est la plus gigantesque des enceintes dues à la main de l'homme ! Les maîtres d'œuvre de l'empereur Justinien qui l'ont bâtie autrefois devaient être de fiers compagnons ! On ne pourra, selon l'avis de tous, en venir à bout que par surprise ou par ruse. C'est d'ailleurs ainsi que les Turcs l'ont enlevée aux Grecs.

— Au début, on n'était pas fâché de la voir si bien isolée, remarqua Mathieu le Barbier. Souvenez-vous de notre installation au sein de cette belle campagne qui borde l'Oronte. Nous étions comme des coqs en pâte. Il n'y avait rien d'autre à faire qu'à chasser et à fortifier nos positions à l'aide de pieux bien aigus. Personne ne se manifestait derrière ces remparts imposants. Nous allions de découverte en découverte dans ce val fertile : vignes, blé, figuiers, orangers, palmiers, que sais-je ?... Les plus beaux arbres fruitiers semblaient avoir été rassemblés dans ces parages, tout exprès pour nous, comme un avant-goût du paradis ! Nous y avons passé deux semaines heureuses.

— Parce que l'émir d'Antioche se terrait et craignait que nous ne prenions sa ville d'assaut, sans plus attendre ! rétorqua Landry tout en astiquant avec vigueur l'arbalète dont le bon entretien répondait de sa vie. Par saint Thibault, c'est bien là ce que nous aurions dû faire ! Lancés comme nous l'étions et avec le bruit qu'avaient produit nos précédentes victoires, notre ruée aurait réussi. J'en suis persuadé.

— Dieu seul le sait, grommela Herbert Chauffecire qui graissait avec soin le cuir de sa ceinture. D'après ce qu'on raconte, il semblerait que certains de nos seigneurs le souhaitaient aussi. Ce serait Bohémond de Tarente qui s'y serait opposé en prétendant que les troupes étaient exténuées et avaient besoin de repos. Par les cornes du Malin, beau repos, en vérité, que cet enlisement dans la boue et le froid !

Ayant constaté le laisser-aller du camp chrétien et compris que les Francs s'installaient pour un long siège et non pour une brève et brutale action comme ils en avaient l'habitude, les Turcs s'étaient enfin décidés à passer de l'inertie à l'agression. Ils s'étaient mis à harceler leurs assiégeants. Guets-apens, embuscades, coups de mains, combats, échauffourées avaient remplacé la tranquillité des deux premières semaines. Depuis, les croisés demeuraient sans cesse sur le qui-vive, prêts à livrer bataille.

— J'avais espéré que le Seigneur se manifesterait le jour de la Noël, que nous venons de célébrer si dignement et même avec une certaine pompe, en dépit de nos misères, murmura Pierre Barthélemy. Mais aucun signe d'amélioration de notre pitoyable situation ne semble nous avoir été envoyé.

— Il ne faut pas tenter Dieu ! lança le barbier avec fatalisme. Soyons patients.

— Je ne le suis guère de nature et les choses ne cessent de se détériorer, grommela Herbert Chauffecire. Quand je songe aux têtes décapitées de nos frères chrétiens que l'émir d'Antioche a osé faire lancer dans nos rangs par ses bandes d'excommuniés, j'étouffe de rage !

Landry leva une main violette de froid et noircie par la poudre à nettoyer les pointes en fer, à quatre pans acérés, de ses carreaux d'arbalète.

— J'étais aux côtés de Bohémond quand il a mené son expédition punitive contre la forteresse musulmane d'Harenc, dit-il. Je puis t'assurer que les morts chrétiens ont été bien vengés. Il s'est passé là-bas une véritable tuerie, mais elle n'était certes pas volée !

Avec une centaine de chevaliers et des arbalétriers, Bohémond était en effet parti soumettre un château voisin qui appartenait aux Turcs. Une nouvelle fois vainqueur après un très sévère engagement, il avait ramené assez de prisonniers pour faire trancher autant de têtes que l'émir en avait auparavant envoyé chez les Francs. Puis, par-delà les remparts, au moyen de catapultes, il les lui avait fait expédier séance tenante...

— Cet horrible échange a mis fin à nos rapports avec les chrétiens d'Antioche qui suivaient les émissaires turcs chaque fois qu'ils venaient nous rencontrer, reprit Mathieu le Barbier. Ils nous donnaient toutes sortes de renseignements sur la ville et ses habitants et nous vendaient bien des choses dont nous manquions durant l'automne...

— Ce sont leurs allées et venues, justement, qui ont éveillé l'attention de Yaghi-Siyan (le diable emporte cet émir !), fit remarquer Herbert. Et ce sont eux, les pauvres gens, qui ont payé de leur vie la revanche de Bohémond. Ils ont eu le chef décollé par les infidèles !

— Ces fils de chiens ne s'en prennent pas qu'aux hommes qui peuvent se défendre, renchérit le barbier. Ils s'attaquent aux chevaux. Si beaucoup de nos montures périssent de froidure, bien d'autres sont capturées ou tuées par ces suppôts de Satan !

— Heureusement que nous avons pu construire deux bastions pour surveiller leurs sorties et le fameux pont de bateaux qui donne accès à la rive droite de l'Oronte, ajouta Landry. Grâce à lui nous gardons le contrôle de toutes les barques turques qui apportent renforts et vivres à Antioche...

— Et nous en interceptons quelques-unes..., souffla d'un air satisfait le barbier.

— Remercions également le Seigneur d'avoir permis à la flotte génoise d'aborder à Port-Saint-Siméon, continua Pierre

Barthélemy avec son ardeur coutumière. Depuis son arrivée, peu après la Saint-Martin, l'embouchure de l'Oronte nous demeure ouverte et abordable. Que ferions-nous sans ces courageux marins qui ont pris la croix à l'appel du pape ? Non seulement ils gardent le port, mais souventes fois ils nous font parvenir armes et nourritures à la barbe de l'émir qui n'y peut mais...

— Cet émir est un monstre ! déclara Herbert. Après avoir décapité nos informateurs, il a chassé d'Antioche tous les hommes chrétiens qui s'y trouvaient. Il les a séparés de leurs femmes et de leurs enfants qu'il a conservés comme otages dans sa ville, derrière ses infranchissables remparts.

— Cet émir est aussi un malin ! lança Landry. Il a profité de cette occasion pour mêler aux expulsés quelques espions à sa solde qui vont et viennent sous le couvert de fausses apparences, tout à leur aise, dans notre camp. La nuit venue, ils retournent en cachette lui rendre compte de nos agissements.

— A chiennaille, chiennaille et demie ! grogna Herbert. Je ne comprendrai jamais pourquoi les espions turcs pris sur le fait ne sont pas pendus haut et court !

— Il y en a déjà eu plusieurs d'exécutés...

— Tant qu'il en restera parmi les réfugiés, nous serons à la merci de ce maudit émir, admit Mathieu. Il faudrait pouvoir s'en débarrasser. Mais comment ? Allez les reconnaître au milieu des autres ! Tous les gens de par ici ont le poil noir et le teint basané...

Un cri déchirant perça soudain le ruissellement de la pluie. D'autres cris retentirent bientôt, puis une agitation inaccoutumée se produisit vers le campement de Bohémond.

Les quatre amis se précipitèrent dehors en rabattant sur leur tête leur capuchon.

Non loin des tentes des Normands de Sicile, on courait, on pleurait, on s'activait.

En approchant, Landry vit une foule qui entourait un corps étendu dans la boue.

— Dieu ! s'écria-t-il. C'est Guibourg !

— Elle a reçu une flèche en pleine poitrine ! dit quelqu'un. Elle sortait de la tente des malades pour aller chercher je ne sais quel baume auprès de dame Mabille...

— Un archer ennemi qui s'est sans doute glissé dans le camp en profitant de la pluie et de l'obscurité l'a tirée comme un gibier, gémit une femme qui se tenait accroupie à côté de Guibourg inanimée.

Landry souleva la tête de leur amie entre ses mains. Elle

avait les yeux fermés, et un râle sortait des lèvres entrouvertes d'où coulait une mousse sanglante.

Deux hommes arrivèrent avec un brancard, chargèrent et transportèrent la blessée vers les tentes-hôpitaux.

— Conduisez-la dans la première, demanda Landry. Mes sœurs s'y trouvent. C'est une amie à nous.

Giflés par le vent, trempés par l'eau, glissant dans la glaise molle, les porteurs parvinrent tout de même à la tente désignée.

Dès qu'ils eurent déposé le brancard sur les nattes, on vit que le pauvre corps transpercé par la flèche ne respirait plus. De ses vêtements ruisselants s'écoulait un mélange de sang encore vif et de traînées boueuses.

— Brunissen ! appela Landry. Brunissen !

Le moine-médecin accouru le premier se pencha pour écouter le cœur, se redressa, se signa, et se mit en devoir de retirer le trait enfoncé dans la plaie qu'on apercevait par la déchirure du bliaud de laine verte.

Brunissen survenait avec des pansements. De son côté, dame Mabille se dirigeait également vers l'attroupement. La comtesse de Toulouse se trouvait parmi les malades d'une tente voisine...

— Prions, mes frères, prions, dit le moine-médecin.

Notre sœur que voici est partie rejoindre nos autres martyres. Dieu l'en récompense en son âme et la conduise en paradis.

Toutes les personnes valides tombèrent à genoux autour de la lourde forme éclaboussée de fange et de sang... Brunissen pleurait. Landry serrait les lèvres, mais des soubresauts faisaient tressaillir ses épaules. En apercevant Alaïs, retenue jusque-là à l'autre bout de la tente par un blessé dont elle s'occupait, il se redressa et s'élança vers elle.

— Au nom du ciel, ma douce sœur, ne vous approchez pas ! Ne regardez pas ! Ce serait mauvais pour l'enfant que vous portez !

Alaïs n'avait pas besoin de voir pour comprendre. Les murmures de ceux qui gisaient tout autour d'elle sur leurs paillasses, recrus de souffrance, l'avaient avertie de ce qui se passait. Elle se laissa aller, lourde et sanglotante, entre les bras de son frère...

— Nous devons prévenir son mari, dit Mabille qui reprenait en main, après une courte oraison, la direction des événements. Landry, je vous charge de cette démarche. Vous connaissez bien le pauvre homme. N'est-il pas chartrain, lui aussi ?

Elle considérait le groupe formé par les jumeaux avec un

intérêt inhabituel, et elle détourna les yeux pour que personne ne pût y lire la montée d'un nouveau désir...

Ce même soir, sous la tente des Chartrains, le chagrin de Liébault faisait pitié. Le sellier avait été obligé de se soumettre à la loi implacable qui voulait qu'on ensevelît les morts sans tarder. Après une brève cérémonie, une bénédiction et la présence orante de ses amis, le corps de Guibourg avait été inhumé sous ses yeux. Il fallait en effet mettre en terre au plus vite les cadavres des tués et de ceux que les diverses maladies sévissant depuis l'hiver emportaient chaque jour. On redoutait les épidémies. Une tranchée avait été ouverte à cet usage de l'autre côté du fleuve, sur la rive droite de l'Oronte, afin de tenir la mort à distance des vivants.

Assis auprès du feu allumé au centre de l'étroit espace, le sellier, l'époux de Guibourg, le compagnon de Garin, gardait les yeux fixés sur la marmite qui bouillait à petit bruit. Il ne pleurait plus mais demeurait hébété, comme étranger parmi les fidèles voisins qui l'entouraient.

— C'est trop de malheur, dit-il au bout d'un long moment. Votre père, d'abord, qui s'en est allé le premier, Berthe la Hardie clouée à Constantinople, dame Godvère et tous ceux, toutes celles que nous avons portés en fosse durant cette interminable route...

Ses épaules s'affaissèrent.

— Je m'en vais retourner chez nous, si jamais je puis y arriver, continua-t-il d'un timbre atone. Je renonce. Je suis à bout. Nous nous sommes sans doute trompés. Dieu n'était pas avec nous... Il ne voulait pas cette misère et ces deuils..., ou alors, nous n'avons pas pris le bon chemin... le chemin de délivrance...

— Vous ne pourrez pas rejoindre Port-Saint-Siméon, dit Brunissen avec une grande douceur. Les Turcs ont massacré les derniers pèlerins qui ont tenté de gagner l'embouchure de l'Oronte pour s'embarquer sur les nefs génoises. De ce côté-là, il n'y a aucune chance de passer.

Le père Ascelin se leva de son tabouret et vint se placer derrière Liébault. Il posa une main sur l'épaule de leur ami.

— Demain, jour des Saints-Innocents, dit-il de sa voix sourde, j'ai appris que Bohémond de Tarente et Robert de Flandre doivent partir en expédition avec des cavaliers et des hommes d'armes pour tenter de trouver des vivres dont nous avons le plus pressant besoin, des armes également et, si possible, des chevaux dont nous manquons aussi. Ils ont l'intention de remonter le cours du fleuve afin de tromper les ennemis. Peut-être pourriez-vous vous joindre à eux.

— Je les encombrerais...

— Vous ne seriez pas le seul. Plusieurs des nôtres, trop affaiblis, trop malheureux, s'en iront en leur compagnie. Ils comptent accomplir un large détour et rallier, plus au sud, le port de Laodicée, d'où ils s'embarqueront pour le royaume de France...

— Je connais un moyen plus sûr, expliqua Landry en prenant alors la parole. Le duc de Normandie, Robert Courteheuse, qui n'aime ni le froid ni l'enlisement que nous subissons pour nos péchés en cette maudite vallée, va prendre du champ. L'an dernier déjà, souvenez-vous, il avait fixé ses quartiers d'hiver en Italie du Sud en attendant que la mer s'adoucît... Cette fois encore, il a trouvé un bon prétexte : un appel à l'aide que lui a lancé une troupe anglaise débarquée, justement, à Laodicée. Il nous quitte pour aller à sa rencontre. Douze mille hommes seraient arrivés dans ce port. Anglais, Normands, gens du Nord, à ce qu'on m'a dit, sous le commandement d'Edgar Aetheling, roi sans couronne, exilé par ses propres sujets... Ils sont venus se battre contre les Sarrasins et ont rejoint à Laodicée un pirate de Boulogne qui nous a déjà secondés.

— Le fameux Guinemer, sans doute, ajouta le père Ascelin. J'ai entendu parler de lui à plusieurs reprises. Il appartenait aux troupes du comte Eustache de Boulogne, le frère aîné de Godefroi et de Baudouin. C'est un pirate célèbre de la mer du Nord. Il a offert le secours de ses bateaux et de ses marins au seigneur Baudouin alors qu'il se trouvait à Tarse après s'être séparé une première fois de l'ost. On dit que l'homme est brave, téméraire même. Il a réussi à prendre Laodicée, mais les Grecs ne l'ont pas entendu de cette oreille. Ils ont réoccupé la ville on ne sait trop comment et ont emprisonné Guinemer. Seulement, les Turcs, à leur tour, se sont manifestés. Ils font à présent peser sur ce port une telle menace que les Anglais s'en sont inquiétés.

— D'où la demande d'aide présentée à Robert Courteheuse, acheva Landry. Ravi de cette aubaine, le duc va partir sans regret en nous laissant tous mariner ici dans notre bourbier ! Je connais certains de ses soldats, et je sais qu'il ne tardera pas à prendre la route, en grand arroi, selon son habitude. Il descendra le cours de l'Oronte pour rejoindre la côte et la suivre vers le sud. Dans cette direction, le trajet est moins dangereux. Si vous le voulez, je vous présenterai à un mien compagnon qui vous escortera.

— Je partirai. Soyez-en sûr, dit le sellier. Pardonnez-moi, amis, la faiblesse dont je fais montre en cette triste occasion, mais sans Guibourg je n'ai plus cœur à rien... Et puis, Dieu m'assiste, Jérusalem est vraiment trop loin !

Brunissen l'assura que tout le monde le comprenait, et Landry se chargea de le conduire à l'un des hommes du duc de Normandie dont il avait parlé.

Le jour des Saints-Innocents, Bohémond et Robert de Flandre quittèrent le camp avec leurs troupes.

Alaïs était parmi ceux qui regardaient défiler les barons, les chevaliers, accompagnés d'écuyers à pied tenant leurs destriers de la main droite, et les soldats, marchant derrière la bannière aux flammes écarlates de Bohémond... La pluie tombait un peu moins fort, mais le fier tissu rouge et or ne flottait pas. Il pendait tristement au-dessus des têtes protégées par des heaumes que la rouille, par endroits, commençait à ronger...

En voyant s'éloigner vers une nouvelle expédition incertaine celui qu'elle n'avait jamais pu cesser d'aimer et d'admirer malgré ses trahisons et sa légèreté, Alaïs songea que, sans l'enfant qu'elle portait, elle n'aurait plus aucun courage. Sous sa chape pluviale, elle caressa doucement son ventre arrondi. Ainsi qu'il lui arrivait à présent assez souvent, elle se prit à parler tout bas à celui dont les traits inconnus représentaient pour elle le visage même de l'espérance.

Le lendemain matin, les Turcs attaquèrent le camp. Par leurs espions ils avaient su le départ d'un grand nombre de ses défenseurs et entendaient en profiter. Ils se heurtèrent aux Provençaux qui luttèrent avec vaillance sous les ordres du comte de Toulouse, pourtant malade, et du légat du pape, évêque du Puy. Celui-ci ne maniait pas l'épée mais réconfortait ceux qui l'entouraient. D'abord victorieux des infidèles, les chrétiens se virent en fin de journée infliger un cuisant revers à la suite d'une fausse manœuvre provoquée par un cheval fou qui avait perdu son cavalier. En se repliant sur leurs positions, beaucoup de gens d'armes périrent noyés dans les flots de l'Oronte que les pluies avaient sensiblement grossis.

En plus d'une défaite partielle, ce malencontreux engagement allongea la liste déjà si longue des blessés et des morts. Parmi d'autres le porte-bannière de l'évêque perdit la vie sur le champ de bataille. En tombant, il laissa sur le terrain la bannière qui représentait la Vierge du Puy. Trouvé et ramassé par les Turcs, ce précieux trophée, considéré par eux avec mépris et dérision, fut aussitôt planté sur leurs remparts, la tête en bas, au milieu des huées et des sarcasmes, de façon à être visible de tout le camp chrétien.

Les croisés en furent bouleversés. Leur vénération à l'égard de la Mère du Christ était tendre, confiante, infinie.

A genoux dans la fange mêlée de paille et de débris du combat, face à la profanation indicible, Landry pleurait comme beaucoup d'autres guerriers. Il se frappait la poitrine en s'accusant à haute voix de ne pas avoir su défendre l'image de la Vierge très pure à qui, tous, ils devaient le Sauveur...

— Cela ne leur portera pas bonheur ! prophétisa Pierre Barthélemy, le soir de ce triste jour. Notre-Dame sera vengée !

Le lendemain, au crépuscule, les pèlerins aperçurent dans le ciel un instant dégagé, une grande croix blanche qui dérivait en direction de l'Orient. L'esprit rempli de présages, de prodiges, de crainte et d'espérance, ils allèrent se coucher sur les nattes ou les paillasses humides où ils avaient tant de mal à se réchauffer depuis qu'ils ne mangeaient plus à leur faim.

Dans la nuit, un tremblement de terre les arracha au sommeil inquiet qui les tenait en un mauvais repos. Sous les riches tentes comme dans les plus pauvres cabanes, le sol trembla, des objets chutèrent et se brisèrent avec fracas, les pieux et les perches de soutien oscillèrent sur leurs bases, les toiles se déchirèrent et les branchages craquèrent sinistrement. Les enfants se mirent à pleurer, les chiens qui n'avaient pas encore été mangés hurlèrent à la mort et chacun fut épouvanté dans le secret de son âme.

Encordés dans leurs enclos, les rares chevaux, mulets, ânes, qui demeuraient sur place après le départ des troupes, se mirent à hennir, à braire, à se cabrer, affolés.

Sous la tente à rayures rouges et vertes délavées, le père Ascelin avait allumé une chandelle et invité tous les siens à prier avec lui. Enveloppés d'épaisses capes de berger achetées aux pasteurs anatoliens rencontrés durant leur voyage, agenouillés sur leurs nattes, ils supplièrent le Seigneur d'avoir pitié d'eux et de faire cesser au plus vite ce phénomène inconnu qui les terrorisait.

Le tremblement de terre dura un certain temps, sans jamais provoquer de secousses graves, avant de s'apaiser. Après une attente angoissée et voyant que rien d'anormal ne se produisait

plus, on adressa des actions de grâce à Dieu, puis on se mit
en devoir de ramasser les objets éparpillés un peu partout.

Ce fut alors que le pan de toile qui fermait la tente se
souleva et que Pierre Barthélemy apparut. Il couchait à bonne
distance des Chartrains, avec les Provençaux, dans une cabane
de planches et de peaux qu'il s'était fabriquée. Il y vivait
seul afin, disait-il, d'éviter les promiscuités nocturnes qui le
gênaient. Certains soupçonnaient ce goût pour la solitude de
dissimuler des activités peu avouables... En effet, depuis
quelque temps, sous l'effet du découragement, du désœuvre-
ment aussi, entraînés par les marchands arméniens, grecs ou
syriens qui venaient des environs, les croisés se laissaient de
nouveau aller à boire, à jouer aux dés, à forniquer sans
vergogne dès que la nuit s'annonçait. En dépit des mises en
garde, des sévères avertissements répétés par moines, prêtres
et évêques, la gent Notre-Seigneur avait, une fois de plus,
permis à la lie un moment refoulée — les plus louches, les
plus affamés de ses membres —, de remonter à la surface.

Certains racontaient donc que Pierre Barthélemy, sans
maître, sans sou ni maille dans son escarcelle, sans beaucoup
de caractère, était lui aussi retombé dans de répréhensibles et
anciennes habitudes, dont le jeu de dés faisait partie...

Cependant, au moment où son maigre visage s'encadra
dans l'ouverture de la tente, chacun comprit qu'il se trouvait
alors à mille lieues de toutes ces opérations clandestines. Une
sorte d'émerveillement craintif illuminait ses traits noirauds
et ingrats. C'était comme un reflet de ciel sur un étang cerné
de bois sombres... Accroché des deux mains aux montants qui
soutenaient les toiles, il fixait sur l'assistance un regard ébloui.

— Que t'arrive-t-il, Pierre ? demanda le père Ascelin. Il
était le seul homme présent depuis que Landry, sur ordre de
ses chefs, avait rejoint le corps des arbalétriers, afin de garder
le camp en l'absence des principaux barons.

— Il m'arrive... il m'arrive... balbutia le Provençal, il
m'arrive une aventure extraordinaire, inouïe, miraculeuse !
Mais vous n'allez pas me croire, moi qui ne suis qu'un
lamentable pécheur, moi qui, par peur, ai quitté les arbalétriers,
moi qui joue de temps en temps aux dés pour gagner
quelques deniers...

Tête baissée, épaules affaissées, il était dérisoire et pitoyable.

— Entre et ferme la toile derrière toi, dit le prêtre. Viens
t'asseoir, puis raconte-nous ce qui t'est advenu.

Comme Pierre Barthélemy n'était vêtu que d'une simple

chemise et qu'il grelottait, Brunissen l'enveloppa dans une couverture en laine fourrée de loup. Il s'assit sur un coin de châlit en bois et fronça les sourcils.

— C'est difficile à dire et c'est tout autant difficile à admettre, commença-t-il en soupirant. Mais il faut que je parle. Comment garder une pareille chose par-devers moi ? A qui me confier, sinon à vous ? Les soldats se gausseraient sans pitié et, parmi les pèlerins, je n'ai de véritables amis que céans...

Il y avait quelque chose de pathétique dans le désarroi du petit homme, et tout ce qui se passa par la suite fut marqué du sceau de l'étrangeté. Après l'effroi causé par le tremblement de terre, les âmes se tenaient en alerte, les esprits demeuraient ébranlés... Avec les paillasses disposées en rond autour des pierres du foyer où des braises rougeoyaient encore entre les cendres, avec la lueur frémissante de la chandelle placée à même le sol près de la couche du père Ascelin, l'intérieur de la tente s'était transformé en un cercle de chaleur, de lumière et d'ombre, sorte de lieu d'asile, de retraite secrète où il semblait que dût se produire un événement mystérieux.

Penchés vers leur visiteur, le prêtre, Brunissen, Alaïs et Biétrix, la petite servante, l'observaient non sans une attention aiguisée et un peu réticente. Les reflets diffus des tisons et de la mince flamme jaune tiraient de l'obscurité, sans pour autant les éclairer franchement, mais plutôt en les patinant, les figures amaigries et brunies qu'ils tendaient vers lui.

— Il faisait nuit dans ma cabane, j'étais couché, la terre tremblait et je ressentais une grande frayeur, reprit Pierre Barthélemy. Deux hommes en vêtements éclatants se tinrent tout à coup devant moi. L'un, le plus âgé, les cheveux blonds et roux, les yeux noirs, le visage avenant, la barbe blanche, longue et abondante, me parut de taille moyenne. L'autre était plus jeune, fascinant..., le plus beau des enfants des hommes... Le premier m'interrogea : « Que fais-tu ? » J'étais effaré, car je savais qu'il n'y avait personne avec moi. J'ai répondu : « Qui es-tu ? » Il m'a dit : « Lève-toi, n'aie pas peur. Ecoute ce que j'ai à te mander. Je suis l'apôtre André. Va trouver l'évêque du Puy et le comte de Saint-Gilles et dis-leur : "Pourquoi l'évêque néglige-t-il de prêcher, d'exhorter et de bénir chaque jour le peuple avec la croix qu'il porte ? Cela lui ferait grand bien..." » Puis il me demanda de les suivre tous deux. Je me suis donc levé et, en chemise, tel que me voici, je me suis trouvé transporté à l'intérieur d'Antioche, dans l'église de l'Apôtre-Saint-Pierre. Il y avait deux lampes dans le sanctuaire qui donnaient de la clarté comme si on avait été en plein midi. L'apôtre André a repris : « Attends ici. » Il m'a fait asseoir contre la colonne la plus proche des degrés par lesquels on monte à l'autel du côté sud. Son compagnon se tenait non loin, devant ces mêmes degrés. Saint André est entré sous terre, en a retiré une lance et me l'a mise entre les mains. Il m'a dit : « Voici la lance qui a ouvert le côté d'où est sorti le salut du monde. » Tandis que je la tenais, pleurant de joie, je lui proposai : « Seigneur, si tu veux, je vais la porter et la remettre au comte. » Il m'a répondu : « Plus tard, bientôt, car la ville sera conquise. Tu viendras alors avec douze hommes et tu la chercheras là où je l'ai prise et où je la cache de nouveau. » Puis il remit la lance au même endroit. Cela fait, il me reconduisit par-dessus les murailles de la cité dans mon logis. Ils se retirèrent alors tous deux et je restai seul... Comme je ne pouvais pas supporter cette solitude, je me suis précipité chez vous.

Un long silence suivit le récit. On entendait, aux abords du camp, les pas et les voix des hommes de garde.

— Es-tu bien sûr de ne pas avoir rêvé tout cela ? s'enquit au bout d'un moment le père Ascelin avec gravité.

— Comment aurais-je pu dormir avec le tremblement de terre qui faisait s'entrechoquer sans arrêt mes pauvres affaires et la crainte que j'avais d'être englouti dans quelques crevasses soudain ouvertes sous ma cabane ? Je priais et suppliais le Seigneur de venir à mon aide... Voilà ce que je faisais !

— Il est vrai, admit le prêtre, il est vrai que nul ne pouvait dormir tant que la terre était agitée de soubresauts.

— Il faut aller tout rapporter à l'évêque du Puy ! s'écria Alaïs dont les yeux brillaient d'excitation. Il faut y aller tout de suite !

— Jamais ! Jamais de la vie ! protesta Pierre Barthélemy. Vous me voyez, moi, pauvre et perdu de réputation comme je le suis, me rendre auprès de Monseigneur de Monteil pour lui révéler que je me suis entretenu avec saint André ? Comment pourrais-je lui ordonner de prêcher, d'exhorter et de bénir le peuple avec la croix qu'il porte ? Il me prendrait pour un fou ou pour un farceur et me ferait fouetter !

— Je crains bien, en effet, que le légat du pape ne refuse de t'écouter, remarqua Brunissen de sa voix chantante. Comment accorderait-il foi à ton récit, mon bon Pierre, alors que notre oncle que voilà hésite à te faire confiance ? N'ai-je pas raison, mon oncle ?

Le père Ascelin inclina la tête avec un demi-sourire.

— Vous n'avez point tort, ma fille. Je ne suis pas totalement convaincu de la véracité de cette histoire...

— Par Notre-Dame, j'en étais certaine ! s'écria Brunissen. Personne ne consentira à te prêter attention, ami ! Personne. Sauf moi.

Le petit homme tourna vers la jeune fille un visage d'où s'effaçait peu à peu l'émerveillement qui l'illuminait un moment plus tôt. C'était comme si on avait tiré un rideau sur un reflet de soleil entré par la fenêtre. Il paraissait embarrassé et déçu.

— Vous croyez, vous, à ce que je vous ai rapporté ? demanda-t-il d'un air étonné.

— Je crois que tout est possible à Dieu, répondit Brunissen avec fermeté. Tout. Y compris de t'envoyer saint André et le plus beau des enfants des hommes pour t'amener à agir selon Sa volonté. N'est-ce pas toujours aux plus humbles, aux plus faibles, qu'Il s'est manifesté ?

Un nouveau silence tomba sur tous ceux qui étaient réunis là. Le père Ascelin tirait sur son nez. Pierre Barthélemy se grattait la joue...

— Je pense, reprit enfin le prêtre, qu'il serait sage de laisser passer la nuit sur de si étonnantes révélations. Demain nous aviserons. De toute façon, l'essentiel de cette prophétie est l'annonce de l'emplacement où gît la sainte lance. Or, d'après tes explications, pour aller la chercher, il faudra attendre qu'Antioche soit tombée. Mais il ressort aussi de ton récit que nous allons la prendre, cette ville. Ce n'est pas là une mince affirmation ! Il semble cependant, mon garçon, que tu n'aies été chargé d'en avertir ni les barons, ni les moines, ni les soldats...

— Que saint André me pardonne, mais je ne me sens pas davantage de taille à ébruiter cette nouvelle que l'autre... Qui me prendrait au sérieux ?

— Il faudrait que tu sois en mesure d'apporter une preuve, suggéra le père Ascelin. Or, tu n'en détiens aucune.

— La sainte lance, murmura Biétrix qui s'était tenue jusqu'alors silencieuse. Il sait où se trouve la sainte lance !

— Sans doute, soupira le prêtre, sans doute... Comment en être certain ? Nous autres qui ne passons pas à travers les murailles fortifiées ne pourrons nous rendre dans l'église de l'Apôtre-Saint-Pierre qu'après la prise d'Antioche... Nous n'en sommes pas encore là, hélas ! Pour le moment, je répète ce que j'ai déjà proposé : il n'est que d'attendre... D'autant plus qu'à Constantinople, le patriarche détient une autre lance qui passe pour être la véritable, celle avec laquelle les soldats romains ont percé le flanc du Christ !

Cette remarque ne parut nullement altérer la certitude du Provençal, mais elle produisit une certaine impression sur les trois jeunes filles qui se tinrent silencieuses un moment.

Brunissen se secoua la première et déclara que leur oncle avait sans doute raison, et que la prudence était de mise quoi qu'on pût en penser...

Pierre Barthélemy prit alors congé de ses amis. Il retourna vers sa cabane avec le sentiment de porter sur les épaules une charge trop lourde pour lui...

Le lendemain, jour de la Saint-Sylvestre, les barons, Bohémond, Tancrède et les autres seigneurs partis avec quelques éléments de l'ost, rentrèrent de leur expédition, plus chargés de gloire que de butin.

En remontant la vallée de l'Oronte, ils avaient appris qu'une importante armée sarrasine, à laquelle s'étaient joints des éléments envoyés de Damas, Alep et même Jérusalem, se rendait à Antioche pour soutenir les assiégés qui leur avaient demandé aide et secours. Sans hésiter, Bohémond avait aussitôt décidé de barrer la route à ce nouveau danger. Robert de Flandre s'était porté en avant pour attaquer les ennemis pendant que les autres croisés, demeurés en retrait, préparaient une charge de toutes leurs forces agglutinées, selon la coutume franque tant redoutée des Turcs...

Après avoir en vain tenté de s'opposer à ce mur de fer qui leur présentait une masse aussi unie que menaçante, les infidèles s'étaient à nouveau débandés et avaient pris la fuite en laissant sur le terrain un grand nombre de morts. Craignant de les voir se reformer un peu plus tard pour une seconde passe d'armes et considérant qu'eux-mêmes étaient peu nombreux et loin de leur camp, les chrétiens s'étaient décidés à rentrer avec les chevaux des vaincus et une modeste prise.

Bien que, par cette action défensive, Bohémond et ses troupes aient préservé la vie ainsi que la sécurité des Francs, on ne leur en eut guère de reconnaissance. Les ventres creux se montrèrent plus sensibles au manque de nourriture qu'à la vaillance déployée pour leur sauvegarde. Le dernier jour des calendes de décembre fut un triste jour.

— Sur mon salut, en ce soir de la Saint-Sylvestre, j'avoue que ce qui me manque le plus ici, c'est le bon et copieux repas auquel nous avions droit chez notre père, même au cœur de l'hiver, confia Alaïs à Brunissen, en soupirant.

Elles se tenaient assises avec Biétrix sous leur tente et faisaient cuire dans la marmite, posée sur les pierres du maigre foyer, une sorte de brouet de pois chiches. Il y nageait quelques maigres morceaux de mouton, vendus en cachette et à un prix exorbitant par des Syriens apparus durant la matinée.

— Où sont les tendres agneaux d'antan ? déplora un peu plus tard Landry, qui avait reçu licence de rejoindre les siens pour souper en l'honneur de la victoire remportée malgré tout sur les Turcs.

Ses sœurs eurent le même geste d'impuissance navrée. On se prit à évoquer les absentes. C'était devenu une sorte de rite. Chaque fois que les membres de la famille du parcheminier se trouvaient réunis, ils commençaient par parler de Berthe la Hardie et de Flaminia dont ils étaient sans nouvelles depuis si longtemps. Une seule lettre écrite par la jeune fille, et acheminée jusqu'au camp par un moine arrivé avec un petit groupe, leur était parvenue, tout au début du siège. Depuis lors, plus rien. Les périls de la route expliquaient un tel silence mais n'en consolaient pas. L'organisation de courriers ecclésiastiques, créée par les évêques et relayée par les monastères situés sur le parcours, ne fonctionnait plus puisqu'on était en pays musulman. Seuls quelques chevaucheurs réussissaient à rejoindre les ports côtiers où des bateaux génois assuraient le courrier à destination du pape. Le père Ascelin obtenait parfois la permission d'y ajouter ses propres missives pour son évêque.

Cependant, malgré ou plutôt à cause de ce manque de renseignements, on ne pouvait s'empêcher de songer sans cesse aux esseulées. La moindre allusion, la plus infime réminiscence éveillaient souvenirs, regrets, inquiétudes. L'unique missive reçue de Constantinople avait appris que la santé de l'aïeule ne s'améliorait pas. En dépit des précautions prises par Berthe pour ne pas alarmer outre mesure les siens, chacun avait deviné l'aggravation de son état et le peu de chances qui demeuraient jamais de la voir apparaître parmi les pèlerins afin de continuer la route en leur compagnie... et même, semblait-il, de la retrouver vivante...

— Avec un aussi mauvais temps, un chemin dont nous connaissons les traîtrises et les cruautés, tant de dangers et tant de risques, comment une femme âgée et à peine remise, en admettant qu'elle le soit un jour, réussirait-elle à atteindre Antioche ? demanda le père Ascelin. Dieu sait que je souhaite sa venue ainsi que celles de Flaminia et d'Albérade ; mais, plus le temps passe, plus il me paraît impossible qu'elles puissent franchir toutes trois les innombrables lieues qui les séparent à présent de nous !

— Grand-mère est indomptable, remarqua Brunissen.

— La maladie et la mort en ont dompté d'autres, murmura dans un souffle Landry.

Repris sans fin, ces propos trahissaient par leur répétition même l'incapacité à venir en aide aux absentes. Ceux qui avaient continué le pèlerinage en laissant les trois femmes derrière eux ne pouvaient plus rien pour elles... C'était comme une déchirure dans le cœur de tous...

Il fallait parler d'autre chose. On se demanda pourquoi Pierre Barthélemy avait refusé le souper qu'on lui avait offert et pourquoi on l'avait si peu vu depuis la nuit du tremblement de terre et ses fameuses révélations.

— Il se cache, dit Landry. Je suis allé lui rendre visite dans sa cabane après mon service, mais je l'ai trouvé étrange. Il semble accablé par son secret et incapable de se décider à obéir aux ordres qui lui enjoignaient d'agir. Il est vrai que j'étais absent quand il vous a raconté ses visions. C'est peut-être pourquoi il préfère ne pas s'en ouvrir à moi. A moins qu'il doute lui-même de leur réalité...

— Je croirais plutôt que c'est la misère qui l'éloigne de nous, déclara Brunissen. Il a honte de faire partie de la frange des pauvres hères acculés à se livrer au jeu et à toutes sortes d'échanges douteux pour arriver à survivre. Nous en rencontrons de plus en plus, Dieu le sait, autour des tentes de secours où ils n'osent même pas pénétrer !

— Leur dénuement fait peine, mais il leur reste assez de fierté pour se refuser à mendier, confirma Alaïs. Nous leur distribuons de la soupe chaude, du pain et du fromage pour les aider. C'est tout ce que nous pouvons faire. Au-delà, ce serait les humilier, les blesser dans ce qu'ils ont de plus sensible : la conscience d'appartenir aux libres enfants de Dieu !

Le père Ascelin hocha un visage soucieux.

— Notre pitance n'est peut-être pas bien fameuse, reprit-il, mais nous n'avons pas le droit de nous plaindre. Autour de nous bien des pèlerins n'ont que des détritus à se mettre sous la dent. On raconte que certains mangent des herbes, les tiges des fèves qu'ils parviennent à dénicher dans les champs d'alentour, des chardons qui leur piquent la langue parce qu'ils n'ont pas assez de bois pour les faire cuire le temps nécessaire... Chevaux, chameaux, mules, ânes et jusqu'aux chiens ou rats sont tués furtivement puis dépecés, partagés, dévorés en cachette quand les plus affamés peuvent s'en saisir sans être vus ni pris.

— J'ai entendu dire chez les arbalétriers que les plus pauvres de nos compagnons en étaient réduits à mâcher les peaux des animaux abattus par d'autres et laissées de côté en attendant qu'on les tanne, ajouta Landry. Enfin, plus affreux encore, la faim en a conduit certains à fouiller jusque dans les excréments pour tenter d'y découvrir quelques grains à ronger !

— Une des conséquences les plus détestables de cette disette, constata avec inquiétude Brunissen, c'est l'importance qu'a prise l'argent. Qui n'a ni sou, ni denier, ni besant grec, n'a qu'à garder l'estomac vide ! C'est révoltant !

— Les évêques, les prêtres, les barons, font répartir entre les plus miséreux tout ce qu'ils peuvent encore acquérir eux-mêmes. Leurs soldats partent par petites formations armées à travers la campagne..., mais ils reviennent, hélas ! avec de moins en moins de provende chaque jour, renchérit Landry. Si les choses continuent à s'aggraver, par le ventre de la Vierge, ils n'auront bientôt plus rien à donner ! Et, comme vous le faites remarquer, ma sœur, c'est le diable qui l'empor-tera une fois encore par ce triomphe de l'or sur la charité !

— Fasse le ciel que mon petit enfant à naître n'ait jamais à éprouver pareille détresse, murmura Alaïs en posant ses mains sur la bosse qui gonflait son bliaud. Je voudrais telle-ment qu'il soit fort et heureux de vivre comme l'est son père en dépit de tout !

— Il le sera, ma nièce, affirma le père Ascelin avec solen-nité. Nous y veillerons, croyez-moi, nous y veillerons !

Cependant, les premiers jours de janvier n'apportèrent aucune amélioration. La pluie, le froid, la faim, les fièvres, les maladies accablaient le camp sans discontinuer.

Sous les tentes-abris, les femmes ne savaient plus comment subvenir à tant de besoins, à tant de maux... Afin d'échapper à l'angoisse si épaisse qui engluait les âmes et les cœurs, il y eut de nouveau des pèlerins pour recourir à l'éternelle panacée humaine : la luxure. On aurait dit que la famine et la mort aiguisaient leurs sens, les énervaient...

Un soir, un écuyer vint chercher Landry sous sa tente et le conduisit avec les plus extrêmes précautions jusqu'à celle de Mabille dont il entrebâilla aussitôt les courtines de toile pour laisser entrer le jeune Chartrain. Afin de ne pas éveiller l'attention de ceux qui passaient au-dehors, deux chandelles seulement éclairaient l'intérieur de la chambre close où pénétra le jeune homme. C'était suffisant pour apercevoir les somptueux tapis, les accumulations de coussins et les fourrures épaisses qui jonchaient le lit où la sœur de Bohémond, enfouie sous ses couvertures doublées de peaux d'écureuils du Nord ou de zibelines, attendait celui qu'elle avait choisi... D'un lourd brûle-parfum de bronze s'élevaient des volutes d'aloès, d'encens, de myrrhe... Mabille, qui avait éloigné ses femmes en leur donnant congé pour la nuit, se trouvait seule avec Landry. Elle lui sourit et lui fit signe d'approcher.

— Vous êtes beaucoup trop couvert. Défaites-vous, doux ami, dit-elle avec le plus parfait naturel. Puis venez vous réchauffer céans.

En parlant, elle entrouvrait ses draps de soie de Thessalie, et son corps parfumé apparut dans sa maturité dénudée. Ses cheveux dénoués étaient son unique parure.

A la pâle lueur des chandelles qui y accrochait des reflets d'argent, leur blondeur éblouit le garçon.

— Belle dame, commença-t-il...

Elle mit un doigt sur ses lèvres, accentua son sourire, se pencha et attira Landry vers elle, entre ses bras, dans son odeur de femme préparée à l'amour.

— Nous n'avons plus grand-chose à manger, ni les uns ni les autres, chuchota-t-elle en découvrant ses dents d'ogresse, mais il nous reste, Dieu merci, des appétits que nous pouvons encore combler...

Deux jours plus tard, Adhémar de Monteil, évêque du Puy, chef spirituel de l'armée, prit une grande décision. Il réunit les membres du clergé, les barons et les nobles hommes de toute importance afin de les prévenir que si le Seigneur permettait l'envoi aux chrétiens de tant de maux, c'était à cause du relâchement des mœurs qui sévissait parmi eux depuis des mois.

— Le vice, le brigandage, le vol, la débauche, le jeu, le goût de l'argent, l'orgueil ont remplacé l'élan désintéressé, le dépouillement, le don de soi, le dévouement que nécessite notre pèlerinage. Faites un retour sur vous-mêmes ! Ressaisissez-vous ! Réformez-vous ! Songez au but sacré de notre expédition ! Soldats et pèlerins du Christ, bannissez de vos vies impuretés, injustices et souillures ! Je décrète qu'à partir de ce jourd'hui, chacun de vous devra faire pénitence et se racheter. Nous allons unir nos âmes en faisant à Dieu notre sire des prières publiques afin de Le supplier de nous pardonner et d'alléger nos souffrances !

On décida de punir avec sévérité les voleurs, ceux qui profitaient de la faim torturant leurs frères pour gagner les fameux besants grecs si recherchés dans l'Empire. Ceux qui se faisaient les entremetteurs de vivres et de provisions en s'abouchant avec les marchands grecs, syriens ou arméniens des montagnes voisines. On chassa les filles follieuses de l'armée. On menaça de décollation les hommes ou les femmes surpris alors qu'ils commettaient adultère ou copulation... Mabille fit dire à Landry de suspendre, durant un certain temps, ses visites nocturnes... Pour leur commun salut, il était préférable de faire pénitence et d'attendre... Les ivrognes, les blasphémateurs, les joueurs se virent également menacés.

— Gare à toi, Pierre Barthélemy ! s'écria Herbert Chauffe-cire un matin où il croisait le petit homme qui errait à travers le camp. Gare à toi ! Les dés te conduiront en enfer !

Pour compléter ses décisions, l'évêque du Puy décréta un jeûne de trois jours, accompagné de processions et de prières. Il convenait de soumettre ces corps qui préoccupaient trop les croisés et de permettre aux âmes de s'élever avec plus de vigueur vers l'oraison, recours suprême...

Certains puisèrent un regain de courage dans cet appel à l'aide accompagné de tant de manifestations offertes à Dieu. D'autres se laissèrent aller au découragement.

Des bruits couraient entre les tentes et les cabanes :

— Pierre l'Ermite et Guillaume le Charpentier, compagnons du frère du roi de France, Hugues de Vermandois, ont tenté de fuir, cette nuit ! Tancrède, dont le jeune sang est bouillant, s'est lancé à leurs trousses. Il les a rattrapés et ramenés au camp, sous une pluie d'injures aussi drue que celle qui tombe du ciel !

— Pierre l'Ermite n'est plus rien depuis la tuerie de ses compagnons à Civitot. Il a perdu l'Espérance !

— Bohémond a accablé de sa fureur Guillaume le Charpentier et l'a forcé à demeurer toute la nuit sous sa tente, couché par terre, au pied de son lit, comme un vaincu !

Pour sa part, le père Ascelin s'efforçait de conserver intacte sa vaillance tranquille. Il veillait sur ses neveux comme il l'aurait fait pour des enfants nés de sa propre chair... Il essayait de préserver leur vie de chrétiens engagés dans un combat sans répit contre les tentations, tout en ne cessant de se préoccuper de leur subsistance. Grâce aux deniers laissés par

Garin et que lui avait confiés Berthe la Hardie, grâce aussi à ses propres économies, il parvenait à assurer tant bien que mal leur ordinaire... On mangeait médiocrement, mais enfin on mangeait sous la tente aux couleurs délavées des Chartrains.

Un matin où il gelait, après la messe quotidienne célébrée en la chapelle de toile qui suivait partout les croisés, le père Ascelin trouva à acheter à prix d'or un quartier de sanglier. Il l'apporta à Alaïs.

— Ma fille, dit-il, j'ai pensé à votre état. Je ne veux pas voir naître un pauvre enfant tout chétif. Ne mangez-vous pas pour deux ?

— Grand merci, mon oncle, répondit la jeune femme. Soyez béni pour votre bonté ! Si mon petit a des chances de venir au monde sans avoir souffert en moi de la faim, ce sera à vous qu'il le devra ! Sans vous...

Elle soupira.

— J'aurais tant souhaité la présence de grand-mère à mon chevet, quand le moment de mes couches sera arrivé... Je l'ai si fort désiré... A présent, je sais qu'il faudra me contenter d'une des sages-femmes que je connais... Elles sont habiles et expertes, Dieu sait, mais enfanter loin de chez soi, loin de tout secours maternel...

— Attendez, ma douce nièce, ne cessez pas encore d'espérer. Tout est possible sur cette terre. Berthe la Hardie sera peut-être guérie lorsque vous serez sur le point d'accoucher. En tout cas, je tiens à ce que vous parveniez à cet instant sans avoir dépéri ni souffert de male faim...

Mathieu le Barbier ne semblait pas, lui non plus, manquer de l'essentiel. A défaut d'argent, il possédait l'art de se rendre utile et savait échanger ses services contre du pain, du poisson séché, des fèves ou de la farine. Il s'arrangeait pour obtenir le strict nécessaire sans avoir à vendre son âme au diable... Des trois amis de Landry, il était le plus adroit et le plus estimé.

Pierre Barthélemy, qui n'osait plus jouer aux dés, serait sans doute mort d'inanition si les Chartrains, troublés par la vision qu'il leur avait racontée, ne s'étaient ingéniés à nourrir, sans paraître lui faire l'aumône, l'élu de saint André.

Herbert Chauffecire se faisait une amère gloire de maigrir sans se plaindre et de ne consommer que ce qui était distribué aux troupes des arbalétriers, afin de les conserver en point trop mauvais état. Depuis quelque temps, il semblait cependant un peu moins rechigner.

— Par les saints Evangiles, je crois bien qu'Herbert est en

train de tomber amoureux de toi ! remarqua un soir, en riant, Alaïs en s'adressant à Biétrix.

La jeune servante cousait auprès d'elle, à la veillée, des peaux de chèvre blanche afin de confectionner un pelisson à l'intention de Brunissen. L'aînée s'épuisait en effet à soigner blessés et malades sans désemparer, ce qui l'amenait à rentrer souvent fort tard et grelottante des tentes-hôpitaux.

— C'est bien possible, répondit paisiblement Biétrix, mais il ne me plaît pas, à moi !

— Le pauvret ! Si tu le repousses, tu vas le replonger dans la sombre affliction qui le tenait depuis qu'il avait dû se séparer de ma sœur Flaminia dont il était épris. Il redeviendra atrabilaire comme il n'a pas cessé de l'être ces derniers mois.

— Tant pis pour lui ! Il a trop triste figure !

Elles se mirent à rire. Il fallait bien combattre l'accablement qui pesait sur tant de leurs compagnons. Il fallait tenter d'oublier les récits du nouveau massacre perpétré par les Turcs sur une troupe armée de Danois, venus de Constantinople sous les ordres du propre fils du roi du Danemark. Partis pour rejoindre les Francs, les soldats et leur chef avaient été interceptés, attaqués, massacrés jusqu'au dernier... Oublier aussi le groupe de clercs et de fidèles qui avait voulu gagner la montagne pour essayer d'y survivre loin du camp et des épidémies. Trahis par des espions, ils avaient été exterminés par les archers de l'émir d'Antioche... Oublier Baudouin de Boulogne, devenu comte d'Edesse, ville qu'il avait conquise, s'était appropriée, et où il avait déjà épousé en secondes noces une certaine Arda, fille d'un riche Arménien, sans souci de son récent veuvage ni du souvenir si proche de la pauvre Godvère... Oublier la maladie de Godefroi de Bouillon, celle du comte de Toulouse, dont la belle épouse tremblait encore pour la vie... Oublier le départ du général Tatikios, que personne à vrai dire ne regrettait, mais qui, lui aussi, avait déserté à la tête des forces grecques qu'il commandait. Il s'en était allé avec une telle précipitation qu'il avait abandonné ses tentes et tout ce qu'elles contenaient pour gagner Port-Saint-Siméon, sous prétexte de se rendre au-devant du basileus, soudain décidé à rejoindre l'ost des croisés. En réalité, le général était parti sans esprit de retour.

— On chuchote que c'est Bohémond, toujours lui, qui aurait attendu le moment propice pour se débarrasser de ce Grec, rapporta un autre jour Landry à son oncle. On ne l'aimait guère parmi les nôtres.

— Il était devenu pour beaucoup de gens le responsable

de tous nos maux, admit le père Ascelin en plissant ses petits yeux, vifs comme ceux d'un écureuil. Nos chevaliers fulminent, parlent de trahison mais se félicitent d'une fuite aussi peu glorieuse. Le grand primacier, représentant de l'empereur, les a beaucoup déçus depuis le départ de Constantinople. On l'accuse de ne rien avoir fait pour inciter le basileus à intervenir en notre faveur durant ce siège qui s'éternise. Il est vrai qu'Alexis Comnène est bien ingrat. Nous lui avons conquis puis rendu bon nombre des cités que ses prédécesseurs avaient perdues, sans qu'il nous témoigne la moindre gratitude... Toutes ces bonnes villes paraissent lui avoir été dues grâce à l'hommage qu'il a si habilement extorqué à la plupart de nos barons...

Le père Ascelin s'interrompit et se pinça l'arête du nez.

— En y réfléchissant, reprit-il, il n'est pas impossible que Bohémond soit à l'origine de la désertion de Tatikios. Quand nous prendrons Antioche, si nous y parvenons jamais, ce sera sans l'aide des Grecs. Donc, sans la nécessité de la remettre à l'empereur. Alors, Bohémond...

Il hocha la tête d'un air amusé.

— Décidément, ce Normand de Sicile est aussi rusé qu'ambitieux !

Un bruit de pas précipités se fit entendre, et Alaïs entra presque en courant sous la tente. Elle portait une petite boule de pain qu'elle tenait serrée entre ses seins et son ventre arrondi.

— Je viens de l'acheter à un marchand syrien, dit-elle, essoufflée. Une femme a voulu me l'arracher des mains. Voici donc où nous en sommes venus : il faut se battre pour un peu de ce pain quotidien que nous demandons chaque jour au Seigneur de nous accorder !

— Vous n'avez pas pensé à le partager avec cette femme ? demanda le père Ascelin avec une nuance de reproche dans le ton.

— Nous serons cinq à le manger alors qu'il est déjà si peu gros, soupira Alaïs en baissant un front contrit... et puis, vous me recommandez toujours de me nourrir pour deux.

— Il est vrai, ma nièce, il est vrai... Je ne puis cependant m'empêcher de songer qu'entre le besoin animal et la charité chrétienne, il est des moments où ce n'est pas notre foi qui l'emporte.

Landry passa un bras autour des épaules de sa jumelle qui se prit à pleurer doucement en enfouissant son visage contre l'épaule fraternelle.

— Il serait grand temps que Dieu nous envoie la manne qu'Il a jadis prodiguée aux Hébreux ! murmura le garçon.

Il se mit à caresser avec précaution la tête blonde que recouvrait, pour la protéger de la pluie, un voile épais de laine tissée, offert naguère par l'Arménienne d'Iconium en témoignage d'amitié.

— Il interviendra quand le moment fixé par Lui de toute éternité sera arrivé, répondit le père Ascelin. Pour toute chose, Lui seul connaît le jour et l'heure.

Landry approuva.

— Que le Seigneur me pardonne un mouvement d'humeur. Mais tout ce qui arrive à Alaïs me touche de si près...

Celle-ci releva un visage brouillé de larmes.

— J'ai eu tort de ne pas offrir un morceau de mon pain à cette malheureuse, reconnut-elle avec élan. J'en ai grande honte à présent. D'autant que je dois m'accuser de n'y avoir pas même pensé. La hantise de la faim, la misère de tous, le froid, la pluie, la boue qui nous englue, toutes ces infortunes durcissent les âmes et les rendent égoïstes...

— N'en parlons plus, mon enfant, et gardons l'Espérance !

Pour Alaïs, l'espérance portait un nom précis : elle s'appelait Bohémond. L'immense prestige acquis depuis le début du siège par son héros la comblait de fierté. A cause des défections de certains, des maladies des autres, le chef des Normands de Sicile faisait à présent figure de véritable sauveur. Ses pairs eux-mêmes le considéraient implicitement comme le meilleur défenseur de l'armée chrétienne.

— Avec son habileté coutumière, il travaille sans désemparer à sa propre gloire. Toutes les occasions lui sont bonnes, murmura un jour Brunissen à sa cadette...

Toutes deux se trouvaient une fois encore sous la tente des blessés et à une certaine distance de Mabille qui tendait l'oreille afin de surprendre le moindre mot se rapportant à son frère.

Les rapports amoureux que la dame avait, quelques nuits, entretenus avec Landry et que les menaces de l'évêque du Puy n'avaient réussi à interrompre que pour un temps, la rendaient fort sensible à l'opinion des Chartrains sur les derniers agissements de Bohémond. Mais en dépit de son attention, l'entretien des deux sœurs, chuchoté, ne parvint pas jusqu'à elle.

— Je dois vous avouer que la manière dont votre ami vient de nous débarrasser des espions qui, il est vrai, infestaient le camp, me soulève le cœur, rien qu'à en parler ! continua Brunissen.

Alaïs n'ignorait pas que, dans sa famille comme en bien d'autres endroits, on avait durement critiqué la cruelle manœuvre de Bohémond, mais elle savait aussi qu'un certain nombre de croisés l'avaient approuvée.

En effet, quelque temps auparavant, le conseil des barons s'était réuni dans l'intention de trouver une façon de se défaire des multiples traîtres qui s'employaient à renseigner l'émir d'Antioche sur tout ce qui se passait chez les chrétiens.

— Laissez-moi faire, dit alors le Normand de Sicile. Je crois connaître un moyen d'y parvenir...

Ce soir-là, à la nuit tombante, tandis que tout le monde était occupé à préparer les maigres rogatons du souper, Bohémond ordonna qu'on fît sortir de prison les captifs turcs qu'il y détenait. Il les livra au bourreau, les fit égorger, puis commanda qu'on allumât un grand feu. Il exigea qu'on les mît à la broche, qu'on les accommodât avec soin comme pour être mangés. Enfin, il dit aux siens de répondre, si on leur demandait ce que signifiait de semblables apprêts : « Les princes ont décidé qu'à l'avenir tous les ennemis ou les espions capturés seraient traités ainsi et serviraient de nourriture aux seigneurs et au peuple affamés... »

Dans les heures qui suivirent, la plupart des faux croisés, ceux, par exemple, qui s'étaient fait tatouer des croix sur le front, les bras ou la poitrine, à l'aide du suc de certaines plantes, disparurent sans demander leur reste.

— Il a purgé le camp de tous ces félons qui sont responsables de la fin atroce de tant de nos compagnons occis par forfaiture, souffla Alaïs. Pouvons-nous l'en blâmer ?

— Dieu Seigneur ! Avez-vous songé, ma sœur, à la réputation que va s'acquérir auprès des infidèles la Chrétienté tout entière après de tels actes ? Nous allons passer pour des monstres pires que des bêtes sauvages !

— Je ne partage pas votre point de vue. Arméniens, Syriens, Grecs nous connaissent et savent pourquoi nous avons commis pareils crimes. Ils prendront cette... mesure pour ce qu'elle est : une rude mise en garde, sans plus.

Brunissen soupira.

— Sur mon âme, vous lui pardonnerez toujours tout ! Je ne sais ce qu'il lui faudrait perpétrer pour vous contraindre à le condamner !

— Il lui faudrait devenir tout à coup moins beau, moins fort et moins vaillant ! lança Alaïs avec un petit air de défi.

Ce qui serait grand méchef pour tous les nôtres ! Croyez-moi, nous avons bien besoin d'hommes tels que lui ! Je crains, ma sœur, que nous ne soyons encore devant cette maudite place pour longtemps...

2

Théophane Daniélis fournissait en encens et en aromates le patriarche de Constantinople, Nicolas Grammatikos. Le maître parfumeur accompagnait toujours au Patriarcat, vaste palais jouxtant Sainte-Sophie, les serviteurs chargés de livrer les précieux produits de l'arbre à encens, ainsi que des cierges imprégnés du suc parfumé des pommes de mandragore. Ceux-ci étaient destinés à fournir un sommeil réparateur au patriarche, sujet à de nombreuses insomnies.

Reconnaissant du repos ainsi procuré, Nicolas Grammatikos avait accepté qu'un esclave des Daniélis portât dans ses bras Berthe la Hardie jusqu'à la Grande Eglise, afin de lui faire toucher les clés miraculeuses du sanctuaire.

On était au mitan des calendes de février lorsque l'événement eut lieu. Un froid sec et lumineux nimbait de lumière blanche la plus haute coupole d'or du monde et sa croix colossale. Théophane, Andronic, Joannice et Flaminia entrèrent dans le sanctuaire en entourant le corps amenuisé, recroquevillé, douloureusement fragile de l'aïeule qui ne pouvait plus marcher. Venue en litière, elle était tenue comme une enfant par un solide Slavon au teint rouge, aux yeux d'eau, dont la force n'était même pas nécessaire pour soulever et soutenir tant de faiblesse.

Joannice songea fugitivement que ce qui restait de Berthe la Hardie ressemblait aux squelettes desséchés des oiseaux morts durant la mauvaise saison et qu'on retrouvait au printemps, parmi les tas de feuilles sèches poussées par le vent, dans quelque coin oublié...

Les splendeurs qui l'environnaient soudain, sous le dôme prestigieux, si élevé qu'il évoquait la voûte céleste elle-même, furent-elles perçues par la malade ? Flaminia, elle, se sentit écrasée d'admiration, de respect sacré, par tant de beauté. Elle découvrait la nef immense dont un lustre gigantesque illuminait du reflet de ses lampes de cristal les colonnes de porphyre rouge ou de brèche verte, les panneaux de marbre encadrés de baguettes perlées, les tribunes sculptées réservées aux femmes pendant les offices...

Théophane Daniélis lui montra discrètement l'omphalos, cercle de porphyre contenant une mosaïque de marbres polychromes sur lequel on plaçait le trône impérial lors des couronnements. Il lui désigna ensuite le siège du patriarche, tout en vermeil, et la balustrade de précieux métal ciselé défendant l'accès de l'iconostase, haute cloison couverte d'icônes peintes avec les plus riches et délicates nuances, représentant le Christ, la Vierge, les archanges, les prophètes, les apôtres. De lourds rideaux brochés d'or cachaient les trois portes qui séparaient la nef du sanctuaire, renfermant en son sein les mystères rayonnants dans l'ombre sacrée...

Flaminia ne put voir la sainte table en or massif, constellée de pierreries et d'émaux, reposant sur des piliers d'or pur et dont on disait qu'elle irradiait du feu de ses gemmes comme le buisson ardent d'où le Seigneur s'adressa à Moïse... En revanche, elle eut le temps d'admirer les harmonieuses mosaïques de smalte dont les fonds d'or resplendissaient, les innombrables icônes et les croix, étincelantes dans la clarté blanche de ce jour d'hiver qui tombait des quarante fenêtres du dôme ou bien des autres baies ; les candélabres, les lampes brasillant de mille feux à l'intérieur des galeries, des tribunes, des moindres recoins...

L'éclat de tant de magnificence, éblouissant les yeux autant que l'esprit, donnait à croire que l'origine de cet étincellement, irréel à force de naître de tant de sources, jaillissait au sein du Temple de la Sagesse divine, spontanément, et non point du seul génie de ses architectes...

Berthe la Hardie ne soupçonna pas même ces merveilles. Elle ne regarda, ne vit, que les énormes clés de bronze vert qu'on lui présentait. En l'absence du patriarche, c'était un diacre qui avait reçu mission de les apporter à la malade sur un coussin de soie blanche. Par un réveil de ce qui avait été jadis une volonté toujours en action, l'aïeule tendit une main squelettique vers le coussin. S'apercevant qu'elle ne parviendrait pas sans aide jusqu'aux clés, Flaminia soutint le bras décharné afin d'aider sa grand-mère à poser ses doigts sans force sur l'objet de sa foi.

En cet instant, malgré la foule des fidèles, des prêtres aux longues robes noires et aux barbes abondantes, des hauts fonctionnaires qui servaient le patriarche, des dignitaires de tous grades, des membres du clergé attachés à Sainte-Sophie, des évêques de passage et d'autres grands personnages venus accomplir leurs dévotions avec leur suite, en dépit de tout ce monde allant, venant, il y eut, parmi le petit groupe dont Berthe était le centre, un sentiment de foi intense, de violente émotion, d'espérance tremblante... D'un geste où épuisement et extase se confondaient, elle toucha les clés miraculeuses. Un sourire éclaira comme un rai de soleil sa face plombée où la peau se creusait en rides ombreuses entre les os saillants. Tandis que le diacre bénissait la vieille femme dont la mort dessinait déjà le masque d'outre-tombe, autour d'elle, tous avaient le cœur étreint...

Têtes inclinées sur la poitrine, ils prièrent avec une insistante ferveur pour obtenir la guérison de celle qui, venue de si loin, n'acceptait pas de se voir retenue en route et ne demandait qu'à reprendre le chemin du saint sépulcre...

Quand, à la suite de sa farouche oraison, Flaminia redressa son front penché, ce fut pour croiser le regard d'Andronic. Le choc fut si rude qu'elle crut tomber sur les dalles de marbre qui décoraient le sol. Tant d'amour dans ce regard clair, tant de vénération détournée de Celui auquel, Seul, elle aurait dû s'adresser, en un moment pareil, dans un endroit pareil, ce fut comme une épée rougie au feu qu'on lui aurait enfoncée dans la poitrine...

Elle quitta la Grande Eglise avec les siens, dans un état de confusion et de tourment indicible, épouvantée de ses pensées... Alors qu'elle s'apprêtait à monter dans la litière où sa grand-mère venait d'être déposée par l'esclave, Andronic lui tendit la main pour l'aider. De nouveau, alors que leurs paumes frémissantes se touchaient, ils se dévisagèrent un bref moment, puis le mari d'Icasia s'effaça devant Joannice que Théophane soutenait sous le coude pour lui faciliter l'escalade des trois marches qu'on avait abaissées. Des serviteurs amenèrent ensuite au maître parfumeur et à son fils les chevaux qu'ils montaient pour accompagner la litière, et le cortège s'éloigna de Sainte-Sophie dont Dieu devait avoir détourné Sa face...

Dans la nuit, Berthe la Hardie fut saisie de nouvelles douleurs. Distendu comme une outre, ravagé de coliques dont les morsures, disait-elle, étaient comparables à celles des dents de loup fouillant les entrailles de leurs proies, le ventre de la malade n'était plus que souffrance. Elle se tordait sur son lit, sans parvenir à retenir les cris qu'elle tentait pourtant d'étouffer en se mordant les lèvres avec rage.

Pendant de longues heures d'angoisse, Flaminia et Albérade s'efforcèrent de la soigner sans réussir à la calmer. D'abord glacée, elle ne tarda pas à être secouée de mauvais frissons, puis la fièvre se déclara, monta, l'incendia. Ensuite elle vomit d'infectes matières puantes...

Tout en lui soutenant le front pour l'aider, tout en la changeant fort souvent ou en lui lotionnant le visage à l'aide d'eau de senteur, Flaminia se disait avec horreur que le miracle espéré n'avait pas eu lieu. Il avait été refusé à celle dont la petite-fille s'était, dans un lieu saint, laissée aller à imaginer l'adultère dans son cœur...

« La fin approche. Grand-mère ne verra pas Jérusalem ! »

Plus tard dans la nuit, le cœur gonflé de larmes, elle fit à Berthe épuisée une infusion de plantes adoucissantes où elle avait mis un peu de lait de pavot. On ne pouvait plus guérir le mal qui la dévorait. On ne pouvait qu'endormir pour un temps les crises qui la suppliciaient.

Cette certitude implacable s'imposa à l'esprit de l'adolescente : son aïeule était perdue... Jusque-là, elle s'était aveuglée en repoussant vers un lointain sans bornes l'éventualité d'une fin dont elle ne voulait pas. Un chagrin immense tomba sur elle. Elle aimait la mourante et détestait l'avenir qui l'attendait. Sans pouvoir continuer à se dérober, elle allait se voir condamnée à un choix, qui, à l'avance, lui était épouvante... Elle revoyait Andronic, debout devant elle, au cœur de la lumière immatérielle qui émanait de Sainte-Sophie... La façon dont il l'avait dévisagée relevait du sacrilège... La fuite ou le péché d'adultère, tels étaient les deux termes de la décision qu'il lui faudrait prendre.

Si Andronic n'avait pas été marié, tout aurait été simple. Elle se serait réfugiée entre ses bras pour pleurer, puis ils seraient partis tous deux rejoindre les pèlerins du Christ à Antioche. Mais Andronic était marié !

Elle tomba à genoux au chevet de sa grand-mère que la boisson narcotique avait enfin entraînée dans un sommeil agité, troublé de gémissements.

Telle une poche amère remplie d'eau saumâtre et de fiel, sa peine creva d'un coup. Après son père, voici que son aïeule allait mourir ! Celle qui avait toujours représenté la force et l'énergie parmi les siens, cette créature droite, vaillante, tranchante comme une épée, ne serait bientôt plus... Emportant ainsi qu'un viatique la bénédiction reçue à Sainte-Sophie, elle gagnerait le royaume de Dieu où l'attendait son fils bien-aimé. Elle y connaîtrait les joies célestes et ses émerveillements... Mais, sans le tuteur qui les avait toujours soutenus, que deviendraient ses petits-enfants ? Que deviendrait-elle, elle-même, sa petite-fille préférée, divisée dans son âme entre un amour coupable et la nécessité où la plongerait cette perte affreuse de mettre une fin à ses atermoiements ? Longtemps, Flaminia pleura, pria...

Au pied du lit de sa maîtresse, Albérade s'était étendue sur la paillasse où elle couchait chaque nuit. La fatigue l'avait rapidement assoupie et elle ronflait un peu.

Soudain, son nom, presque inaudible, prononcé par la mourante, alerta l'adolescente, interrompit sa sombre méditation.

— Flaminia...

Elle se releva aussitôt, se pencha sur le pauvre corps racorni, émacié, méconnaissable, qui se tenait couché sur le côté droit, tordu de crampes, perclus de douleurs... Où était la femme partie de Chartres au temps des moissons, vibrante d'enthousiasme, si forte et si sûre de parvenir aux Lieux saints ? La femme qui défiait les intempéries, les coups du sort, les faiblesses de chacun et jusqu'aux flots de la mer dévoreuse d'hommes ? La maladie avait rongé les chairs, crispé les muscles, desséché la peau à présent collée à l'ossature jadis si imposante, aujourd'hui si pitoyable... De ce misérable paquet d'os aux relents méphitiques, la voix sans force s'éleva une seconde fois :

— Ma petite-fille...

— Je suis ici, grand-mère, près de vous.

— Je sais.

Un temps. Une plainte arrachée de vive force aux entrailles martyrisées... Un autre temps.

— Je souffre si durement... nul ne peut imaginer... je suis vaincue, mon enfant, vaincue... J'étais invincible jadis... La mort seule sera venue à bout de ma force...

— Par la Croix de Dieu ! Je vous en supplie, ne parlez pas ainsi ! Même si le miracle que nous espérions ne s'est pas réalisé, il ne faut pas abandonner la lutte. Il faut vous battre !

— Tais-toi, Flaminia, ne me berce pas de mots et d'illusions. Ecoute, écoute plutôt : je veux que tu me donnes à boire du suc de pavot.

— Vous en avez déjà pris, tantôt, dans une tisane, avant de vous endormir. C'est suffisant. Le pavot peut être dangereux.

— Justement ! Je ne supporte plus cette bête sauvage qui me ronge les entrailles... Verse-moi du lait de rémission pour que je ne la sente plus me dévorer vivante... Pour que je cesse d'être sa victime... pour que je connaisse le repos...

— Grand-mère !

Inclinée au-dessus du terrible regard bleu qui, de nouveau, exigeait, ordonnait une ultime fois, Flaminia fut saisie de vertige. C'était son aïeule, une chrétienne irréprochable, qui lui demandait d'avancer sa fin ! Qui voulait précipiter la suite naturelle des maux qu'elle endurait pour en raccourcir la durée... qui souhaitait se dérober à l'épreuve dernière !

L'adolescente se rejeta en arrière, secoua la tête.

— Non, dit-elle, toute secouée de rauques sanglots. Non. Jamais. Jamais je ne ferai une chose pareille !

— C'est moi qui te le demande...

— C'est moi qui devrais le faire ! C'est moi qui m'en rendrais coupable, responsable devant le Seigneur !

— Je prendrai la faute sur moi...

— Alors, Dieu me pardonne, nous serions damnées toutes les deux ! Vous pour l'avoir exigé ; moi, pour vous avoir obéi !

Flaminia tomba à genoux à côté de la couche, posa son front sur les draps froissés qui sentaient déjà la décomposition, appuya sa joue contre la tête pathétique où le regard seul demeurait reconnaissable. Ses nattes rousses, comme deux liens de feu, caressèrent la face exsangue qu'agita un frisson...

— Grand-mère ! Grand-mère ! je vous aime et vos souffrances sont miennes, mais je ne puis faire ce que vous me demandez là. Comprenez-moi : vous m'avez toujours affirmé que je vous ressemblais. Auriez-vous consenti, avant votre maladie, à accomplir un tel forfait ? L'auriez-vous fait pour mon père ? Je sais que non. Vous seriez parvenue à surmonter votre peine afin de forcer l'autre à dépasser ses propres faiblesses... Ce qui vous arrive à présent, c'est la tentation suprême, celle que l'Adversaire nous propose quand il a tout essayé, qu'il ne lui reste que cette basse félonie pour nous perdre et voler à Dieu l'âme que nous nous sommes efforcés de sauver tout au long de nos jours ! Je ne vous donnerai pas de pavot parce que je désire de toutes mes forces, de toute ma tendresse, que, le moment venu, vous gagniez le ciel et non point les séjours infernaux !

Il y eut un dernier éclat dans les yeux de l'aïeule. Colère ou fierté ? Puis elle ferma les paupières et se tut.

« Demain matin, j'enverrai quérir un prêtre, songea l'adolescente. Après une telle requête, la bénédiction reçue à Sainte-Sophie ne suffit plus. Grand-mère doit se confesser. »

Flaminia laissa tomber sa tête entre ses mains. Ainsi, tout était dit ! Son aïeule n'avait plus que quelques heures à vivre ! Elle s'en irait, la laissant seule avec son chagrin, ses interrogations et le mélange horrible de ses peines légitimes et de celles qui étaient inavouables... Elle ne voulait pas penser à Andronic. Se relevant, elle considéra la forme amenuisée, repliée sur elle-même et son indicible souffrance, tournée vers le mur comme pour signifier qu'on la laissât tranquille. Elle passa près d'Albérade endormie, prit une épaisse cape de laine et sortit. Il lui fallait, pendant un court moment, respirer un autre air que celui de la chambre où s'éteignait Berthe la Hardie. Elle avait envie de gonfler sa poitrine de l'odeur vivifiante de l'hiver, de rejeter les miasmes de la maladie, de l'insoutenable agonie...

Un étroit croissant de lune éclairait de sa clarté frileuse l'espace dégagé et sablé qui précédait le seuil de la petite maison.

Flaminia fit quelques pas. Elle se sentait brisée comme si elle avait durement lutté contre un ennemi invisible. Il lui semblait flotter, telle une ombre, en cet endroit devenu si cher.

Ainsi que la première fois, elle entendit son nom avant d'avoir aperçu Andronic. Il lui avait bien affirmé qu'il viendrait chaque nuit sous le figuier, mais elle n'avait pas voulu s'en assurer, préférant en rêver et laisser couler les heures.

Or, voilà qu'elle était sortie sans même songer à lui, poussée loin de la chambre par la main hideuse de la mort, et qu'il se tenait là à nouveau devant elle, enveloppé d'un long manteau attaché sur l'épaule gauche par une fibule dont l'or brillait au clair de lune.

— Grand-mère se meurt, murmura-t-elle avant qu'il ne fût trop près.

— J'ai entendu ses gémissements.

— C'est abominable... Elle souffre et je ne puis rien pour elle.

— Son pèlerinage se sera terminé à Sainte-Sophie. Elle n'aura pas atteint Jérusalem, c'est vrai. Mais avant d'aller Le rejoindre là-haut, elle aura pénétré dans la plus belle demeure que le Seigneur ait sur terre.

— Ce n'est pas une consolation...

Ils se dévisageaient avec désespoir et ivresse.

— J'ai de la peine..., commença Flaminia, sans essayer de cacher les larmes qui lui coupaient la parole.

Elle les laissa couler librement. N'était-ce pas sa seule défense ?

— J'en ai pour toi, soupira Andronic. Que comptes-tu faire à présent ?

— Je ne sais...

— Icasia m'a dit que tu avais l'intention de t'en aller retrouver les croisés à Antioche.

— C'est ce que je lui ai répondu quand elle m'a proposé d'épouser Cyrille Akritas.

— Elle est folle !

— Après avoir entendu les prédictions de son astrologue, elle craignait de me voir mettre le feu à votre maison. Elle m'a demandé de la quitter au plus vite, le jour où elle m'a entraînée au palais des Blachernes. Heureusement, sur ma demande, tu ne l'ignores-pas, ton père est intervenu pour que nous restions chez lui. Depuis, Icasia n'a pas cessé de me considérer comme une dangereuse boutefeu !

Andronic haussa les épaules avec irritation.

— L'incendie est allumé depuis que je t'ai vue, tu le sais bien !

— Icasia n'a pas un instant pensé à toi, mais à sa belle demeure.

Il eut un rire étouffé.

— Bien sûr ! Elle n'a jamais rien compris à ce que je ressentais. Ni sentiments, ni désirs...

D'un geste tendre, doux, presque implorant, il attira Flaminia contre lui.

— Si tu pars, je quitte tout pour te suivre, dit-il à son oreille. Je ne puis supporter l'idée de te perdre.

Elle rejeta la tête en arrière.

— Grand-mère se meurt, répéta-t-elle en se dégageant des bras qui cherchaient à la retenir. C'est l'unique chose qui doit m'importer...

— Les portes de la mort sont à Dieu ! La vie est à nous !

L'adolescente glissa hors de l'étreinte trop ardente qui lui faisait partager le feu dont brûlait son ami... En courant, elle s'éloigna dans la lumière bleuâtre qui projetait son ombre devant elle...

Le prêtre mandé le lendemain matin à la pointe de l'aube eut juste le temps de recueillir en un chuchotement épuisé la confession de Berthe la Hardie. Elle mourut vers l'heure de sixte, durant un moment de rémission. Ce fut en appelant Garin qu'elle rendit au Seigneur son âme intrépide, ne laissant de son corps qu'une pauvre dépouille parcheminée...

Théophane Daniélis tint à ce qu'on la mît dans le tombeau de sa famille, parmi les siens.

Flaminia vécut pendant deux jours sans savoir ce qu'elle

faisait. La fin, la sépulture, la disparition de sa grand-mère creusèrent en elle un vide si insupportable qu'elle traversa ces heures de deuil plongée dans une sorte d'hébétude. Noyée de pleurs, elle assista à la cérémonie dans l'église voisine où elle avait l'habitude de suivre chaque matin l'office, mais elle ne vit rien. Ni la compassion affectueuse de Théophane, de Joannice, de Paschal, de Cyrille Akritas qui avait tenu à venir, lui aussi, ni le discret soulagement d'Icasia, ni l'indifférence de Marianos, ni le trouble qui agitait Andronic. Soutenue par Albérade qui se lamentait à haute voix comme une pleureuse à gages, Flaminia ne conserva de la messe qu'une impression confuse. Musique des orgues, balancement obsédant des encensoirs noyant la nef d'épaisses fumées odorantes, présence des prêtres aux longues barbes flottantes, scintillement des ors si généreusement répandus que leur éclat produisait des luisances dorées à travers ses larmes...

Le chemin vers le cimetière, par un froid sec et ensoleillé, l'ensevelissement... « O mère, amie, je te laisse en terre étrangère, loin de nos défunts, loin de notre pays, à jamais exilée comme ton fils, loin aussi de Jérusalem... » Le retour en litière entre Albérade écroulée et Joannice presque trop affectueuse, toutes ces lugubres démarches se déroulèrent pour Flaminia ainsi que dans un songe rempli d'horreur et d'effroi.

Elle ne reprit véritablement ses esprits qu'en se retrouvant dans la petite maison où chaque objet lui était souvenir...

— Je veux m'en aller, dit-elle alors. Partir. Rejoindre ce qui me reste de famille. Continuer le pèlerinage avec eux...

Tout en parlant, elle songeait que ces affirmations lui venaient aux lèvres selon un ordre qui semblait lui être dicté de l'extérieur. C'était comme si une volonté toute-puissante lui imposait avec une implacable douceur de s'exprimer autrement qu'elle ne le pensait. De tout son amour, elle désirait demeurer chez les Daniélis, près d'Andronic, mais elle affirmait qu'elle ne songeait qu'à les quitter, qu'elle en avait décidé ainsi...

Le maître parfumeur, Joannice, Paschal, Marianos, Cyrille et Andronic l'entouraient. Icasia s'en était retournée vers le Palais où la basilissa et la princesse Anne réclamaient ses soins. Elle s'était excusée sans parvenir à dissimuler une indifférence teintée de désinvolture. Son frère, Gabriel Attaliate, retenu auprès de l'empereur, n'avait pu assister à la messe dite pour le repos de l'âme de Berthe.

— Ne serait-il pas préférable pour vous, mon enfant,

d'attendre un peu avant d'entreprendre un aussi long voyage ? s'enquit Théophane Daniélis avec sollicitude.

— Non point. Il me faut poursuivre la route, notre route... Ne croyez pas que c'est ingratitude de ma part. Soyez béni pour vos constantes bontés, pour l'amitié, les soins, l'attention dont vous nous avez entourées toutes trois. Sachez que j'en ai mesuré la générosité, que je ne l'oublierai jamais. Cependant, je ne puis m'attarder davantage parmi vous.

Tout en répondant à Théophane d'un ton ferme, Flaminia n'avait pu empêcher son regard de glisser un instant vers Andronic.

— Le courage dont ma grand-mère a fait preuve durant ces mois de souffrance doit me servir d'exemple, ajouta-t-elle en ressentant encore la sensation déroutante de dire le contraire de ce qu'elle souhaitait. Je ne puis sans faillir me dérober plus longtemps au devoir sacré de notre pèlerinage !

Le temps d'une aspiration, elle ferma ses yeux que les larmes avaient rougis, les rouvrit pour se décider enfin à prononcer les mots qui la blessaient à vif :

— Je sais que des marins génois acceptent de prendre à leur bord des groupes de pèlerins attardés. Ils les embarquent pour les conduire, en longeant les côtes de l'Empire turc, jusqu'à un port situé non loin d'Antioche où certains de leurs compatriotes ont déjà jeté l'ancre depuis des mois. De ce havre, on peut, paraît-il, gagner le camp des nôtres.

— Je vois que vous vous êtes bien renseignée, jeta Cyrille Akritas d'un ton de reproche, en un latin maladroit, récemment appris.

Flaminia se tourna vers le jeune aurige.

— Je dois partir. Reconnaissez que je n'ai jamais encouragé des sentiments que je ne pouvais partager, dit-elle avec bienveillance. Je n'ai cessé de repousser vos avances. N'y voyez ni aversion ni inimitié. Seulement, je ne suis pas libre de moi...

— Il est vrai, reconnut Cyrille. Vous êtes demeurée loyale envers moi, et nous savons quel vœu vous engage sur les pas de Notre-Seigneur... Mais vous ne pouvez m'empêcher de rêver : je crois que je vous aurais rendue heureuse par mon attachement, mais aussi en vous faisant découvrir cette ville, si riche en plaisirs de toutes sortes : courses, bien sûr, mais aussi banquets, théâtres, fêtes multiples, danses...

— Au lieu de chercher en vain à séduire Flaminia qui ne veut pas de toi, viens plutôt à l'Hippodrome avec moi ! s'écria Marianos. A ma connaissance, il n'y a pas de chagrin d'amour qu'un beau quadrige ne puisse dissiper !

Quand les deux cochers des Bleus et des Verts se furent éloignés, suivis de Paschal qui embrassa avec tendresse, et peut-être un peu de regret, Flaminia, le maître parfumeur proposa qu'on s'assît dans la grande salle afin de parler de l'avenir immédiat. En véritable ami, il ne tenta pas de détourner l'adolescente de son projet. Il s'employa même à l'y aider. Ne manquant pas de relations au port, il connaissait l'existence des marins génois. Il proposa de s'entremettre afin de trouver un patron honnête avec lequel traiter du transport de sa protégée.

— Je partirai avec vous, déclara soudain, au milieu de ses larmes et sans cesser de renifler, Albérade en s'adressant à Flaminia. Je n'entends pas vous quitter ni renoncer au pèlerinage.

— Tu ne souhaites pas retourner chez nous, à Chartres, maintenant que grand-mère n'est plus ?

— Point du tout ! C'est trop loin, je me perdrais en route ! Et puis j'ai promis à notre maîtresse d'aller poser mes lèvres sur le bord du saint sépulcre en lieu et place du baiser qu'elle n'aura pas pu lui donner elle-même.

Elle se remit à pleurer à petit bruit, en s'essuyant les yeux avec son devantier. D'un élan, Flaminia se leva pour aller l'embrasser, et elle resta debout près de la servante, une main appuyée sur son épaule.

— Si Dieu le veut, nous irons ensemble à Antioche, déclara la petite-fille de Berthe la Hardie en maîtrisant mal son émotion. Nous louerons deux places sur la nef qui voudra bien de nous, traduisit-elle à Théophane Daniélis qui n'avait pu comprendre les propos d'Albérade.

— A condition de payer, on est toujours accepté par les Génois ! remarqua celui-ci avec réalisme. Ce sont des marchands. En dépit des dépréciations que le basileus n'a pas cessé de faire subir à notre monnaie depuis le début de son règne, les étrangers restent fortement attachés à notre or !

— Je peux payer ! affirma la jeune fille avec une fierté où se reconnaissait l'héritage grand-maternel. En plus de nos personnes, il faudra également charger nos coffres.

— Ne vous souciez pas de ces détails, dit le maître parfumeur avec un geste de la main qui écartait de telles tracasseries. Je m'occuperai de tout.

Flaminia, qui était parvenue jusque-là à détourner les yeux du siège où s'était installé Andronic depuis leur entrée dans la salle, ne put s'empêcher davantage de regarder dans sa direction. La tête penchée, le visage durci, il jouait avec une

bague qu'il portait au doigt. Il s'agissait de son alliance...
Sentant ses jambes trembler sous elle, l'adolescente regagna
son fauteuil à haut dossier et s'y laissa choir. Renversant la
tête en arrière pour y appuyer sa nuque, elle ferma les
paupières d'un air las.

— Vous n'en pouvez plus, amie, constata Joannice. Nous
allons vous laisser. Reposez-vous. De toute manière, votre
départ ne pourra avoir lieu que dans quelques jours. D'ici là,
prenez bien soin de vous. Durant la traversée, et aussi pour
suivre le pèlerinage jusqu'à Jérusalem, vous aurez besoin de
toutes vos forces.

Elle s'était levée pour se rapprocher de son amie et se
pencha pour effleurer d'un baiser léger le front encadré de
cheveux roux que recouvrait un voile blanc.

— Joannice parle sagement, reconnut Théophane Daniélis
en considérant la sœur de lait d'Icasia avec satisfaction et
peut-être même tendresse. Comptez sur moi. Je vais faire
pour le mieux. Dans peu de temps les choses seront réglées
à votre convenance. Que Dieu vous garde, mon enfant !

Andronic, son père et Joannice s'éloignèrent à leur tour...

— Je vais presque les regretter, ces gens-là ! soupira
Albérade en quittant sa place près du foyer pour gagner la
chambre qui avait été celle de la malade. J'ai du linge à laver
et du ménage à faire si nous voulons partir de céans en
laissant tout en ordre derrière nous.

Flaminia n'avait pas bougé. Restée à sa place, elle s'était
contentée de rouvrir les yeux pour suivre, à travers les petits
carreaux de la fenêtre, ceux qui s'en retournaient chez eux...
Elle ne fut pas surprise de voir, au bout de l'allée, Andronic
faire demi-tour et revenir à grands pas vers le logis qu'il
venait de quitter.

Il entra rapidement et vint jusqu'à elle.

— Je dois te parler. Seule. Sans l'entrave d'autres
présences, jeta-t-il en inclinant sa haute taille vers la forme
enfouie dans le creux du fauteuil. J'ai tant à te dire !

— Crois-tu ? murmura Flaminia d'une voix lasse. Je sais
à l'avance les mots que tu vas prononcer.

— Je ne le pense pas. Tu as autant besoin de moi que moi
de toi, mais tu feins de l'ignorer !

— Ce que je n'ignore pas, c'est qu'un sacrement nous
sépare, dit-elle en se redressant.

Il la saisit aux épaules, appuya son front contre le sien et
resta un moment ainsi, en silence. La chaleur de ses mains
traversa l'étoffe de laine du bliaud et du chainse de lin qu'elle

portait en dessous. Une bouffée de désir s'empara d'eux, si violente qu'un même égarement les fit trembler.

— Je viendrai cette nuit sous le figuier, dit Andronic.

— Non ! Pas la nuit ! Pas ici ! Cette maison où est morte grand-mère est sacrée !

— Tu vois ! Tu consens enfin à imaginer...

Elle écarta les mains qui l'étreignaient, fit un pas de côté, puis recula lentement.

— Tu te trompes. Je ne veux pas imaginer une trahison qui nous perdrait l'un et l'autre en nous vouant à la damnation éternelle.

— Mon amour...

— Tais-toi, je t'en supplie !

Elle marcha jusqu'à la cheminée, s'immobilisa devant le feu, y jeta une bûche qui l'environna d'un crépitement d'étincelles.

— Puisque tu tiens à ce que nous nous voyions seuls, une dernière fois, avant mon départ, j'y consens, reprit-elle après avoir fixé un moment son regard sur les flammes qui se tordaient comme des bras désespérés. Mais pas sous ce toit, je le répète. Ailleurs, en plein jour.

Elle se retourna vers lui, nimbée de rousseurs violentes.

— Demain, vers l'heure de none, dans l'allée des cyprès.

Il voulut revenir vers elle, sans doute la prendre contre lui... Elle étendit les bras pour repousser la tentation.

— Il te faut repartir. Que penserait ton père si tu restais davantage avec moi ? Que lui as-tu dit pour justifier ta volte-face ?

— Que j'avais perdu ici mon alliance...

Il se tint à distance mais tendit ses grandes et belles mains afin qu'elle pût le constater : il ne portait plus de bague à l'annulaire.

— Qu'en as-tu fait ?

— Qu'importe ? Elle ne représente plus rien pour moi à présent.

— Sur mon âme, Andronic ! cet anneau est le symbole d'une chaîne que nul ne peut briser ici-bas !

— Nul, sauf le divorce qui est reconnu ici par l'Eglise, ma douce amie... et, crois-moi, je divorcerai !

D'un mouvement brusque, elle se détourna de lui pour contempler à nouveau le feu. Il parut hésiter, puis s'en alla. Avec un bruit d'ailes froissées, la portière retomba sur ses talons.

Le lendemain, après une nuit de cauchemar, Flaminia

s'enveloppa dans une épaisse cape de laine, en rabattit le capuchon sur son voile de tête et sortit à l'heure de none.

Il neigeait un peu. C'était une chute de flocons, bien légers à côté des épaisses neiges qu'apportaient parfois avec eux les hivers chartrains. Le ciel était couleur de perle, le sol à peine saupoudré, l'air vif.

En approchant de l'allée de cyprès, noirs, ponctués de blanc, la jeune fille se demandait encore si elle n'avait pas eu tort d'accorder cet ultime rendez-vous à Andronic. Entre eux, tout n'était-il pas dit ?

Elle pénétra sous la voûte sombre et frissonna. L'haleine sans chaleur de février atténuait le parfum familier d'encens et d'aromates exhalé par les beaux arbres élancés. Elle ne reconnaissait pas leur odeur insinuante, douce, pénétrante qu'elle était si souvent venue, seule, respirer durant les jours clairs... Les plumes neigeuses qui tombaient du ciel avec mollesse n'avaient pas traversé le berceau des branches aux entrelacs serrés. Sous l'immuable dais de leur feuillage, le sol demeurait fauve, jonché d'écailles et de brindilles sèches qui se montraient souples sous les semelles de ses courtes bottes.

Andronic l'attendait. Il se dirigea vers elle d'un air agité.

— Mon père a fait merveille ! s'écria-t-il d'un ton douloureusement sarcastique, dès qu'il fut à portée de voix. Il a déniché un patron génois qui peut vous prendre à son bord, vos coffres, Albérade et toi, lundi prochain ! Il ne nous reste que deux jours !

— Deux jours pour souffrir l'un par l'autre, murmura Flaminia. Moins ils seront nombreux, mieux cela vaudra.

Contrairement à son habituelle déférence à l'égard de la jeune Franque, Andronic semblait décidé à ne pas tenir compte des défenses qu'elle lui opposait. Il saisit à pleins bras cette fille qui le repoussait sans cesse, la retint de force contre sa poitrine et baisa ses lèvres avec emportement. Elle voulut l'écarter, ou, du moins, crut le vouloir, mais ses sens l'emportèrent... Affolée, elle sentit soudain son sang s'échauffer dans ses veines, dans son ventre, en tout son être...

Quand Andronic reprit sa respiration, il ne desserra pas son étreinte. De tout près, elle voyait l'iris azuré étincelant de désir...

— Je t'enchaînerai par mon amour d'une chaîne aussi solide que celle qui ferme la Corne d'Or ! dit-il d'une voix rauque. Jamais, entends-tu ? Jamais je n'accepterai d'être séparé de toi !

— Je pars après-demain, répondit-elle dans un souffle.

— Je partirai avec toi ! Tu le sais. Je t'en ai déjà avertie. Rien ni personne ne me fera changer d'avis. Je t'aime. J'ai soif de ta présence, de ton amour, de ton cœur, de ton corps...

Il se reprit à l'embrasser comme un fou sur le visage, le cou, sous le capuchon, et, à travers la rude étoffe de laine, sur les seins dressés qui se soulevaient au rythme d'un cœur qui galopait comme un cheval emballé...

— Tu ne partiras pas sans avoir été à moi ! Non, sois-en sûre, je ne te laisserai pas monter sur ce maudit bateau sans t'avoir possédée ! Ensuite, je m'attacherai à tes pas et je t'amènerai bien à aimer mon amour ! Nous ne nous quitterons plus. J'irai avec toi jusqu'à Jérusalem !

Prise dans un tourbillon inconnu, Flaminia se sentait perdre pied, emportée, engloutie...

Ce fut l'image soudaine de son aïeule mourante, également livrée à la tentation, aux prises avec un ultime vertige, réclamant du suc de pavot pour hâter sa fin, qui lui donna, au plus fort de l'exquise tempête qui la secouait, la force nécessaire à sa sauvegarde... Elle n'allait pas se laisser renverser sur les écailles sèches des cyprès qui auraient formé une couche si moelleuse, elle n'allait pas se livrer à l'amour ici, comme une ribaude sur un talus !

Dans la chambre de l'agonisante, elle s'était demandé ce que signifiait l'éclat bleu, la dernière étincelle qui avait traversé le regard de Berthe la Hardie : colère ou fierté ? Elle sut de façon certaine que c'était la fierté qui s'était alors manifestée. La satisfaction ultime, en dépit de ses souffrances, d'avoir sauvé l'essentiel, de ne pas s'être reniée à l'instant suprême et, fidèle à son passé, de ne pas avoir capitulé devant l'Ennemi embusqué dans quelques gouttes de narcotique qu'il croyait être ses meilleures armes...

D'un mouvement brutal, Flaminia écarta les bras qui l'enlaçaient. D'un bond, elle s'éloigna d'Andronic. Il lui fallait aussi tenter d'apaiser les mouvements désordonnés de son sang, les frissons qui la parcouraient...

— As-tu songé à ceux qui t'aiment ici, cria-t-elle avec d'autant plus de véhémence qu'elle grelottait au creux de l'âme. As-tu imaginé le chagrin que tu causerais à ton père, à tes fils, en les quittant comme un voleur ? As-tu pensé à celle que tu as épousée devant Dieu ?

— Marianos n'a plus besoin de moi depuis des années et il a toujours préféré Icasia... Mon père se dispose à se remarier avec Joannice qui a tout fait pour parvenir à ce résultat, y

compris se lier d'amitié avec toi et les tiens. Ce qui lui a,
d'ailleurs, réussi. Je crois que mon père et elle peuvent encore
être heureux ensemble : ils s'estiment l'un l'autre, et cette
union permettra à « la petite chèvre noire », comme l'appelle
Gabriel, de régner enfin sur une maison où, jusqu'à ce jour,
sa place fut des plus limitées... Ce sera sans doute mon petit
Paschal le plus atteint par mon absence. Je ne me le dissimule
pas et me suis promis de ne jamais cesser de m'occuper de
lui, même à distance... Peut-être aussi le ferai-je venir vivre
près de nous, si, toutefois, cela me semble possible... Il connaît
ma tendresse pour lui... Quant à Icasia, voici des lustres
qu'elle n'est plus heureuse auprès de moi et ne manque jamais
de me reprocher ce que je suis : c'est-à-dire à la fois un
homme trop sensuel pour son goût et, surtout, un marchand !
Tu sais que son père a été anobli par le basileus. Bien que
cet honneur ne soit pas héréditaire ici, les enfants en tirent
gloire. En réalité, elle a toujours pensé que j'étais indigne
d'elle et n'a cessé de me rappeler ses titres... Elle considère
m'avoir fait un grand cadeau en consentant à devenir ma
femme. Elle estime tenir de sa seule ascendance, alors qu'elle
nous le doit, l'office qu'elle occupe au Palais. Si mon père
n'aime guère Icasia, c'est qu'il a été exaspéré depuis le
premier jour par l'attitude de supériorité que ses parents, de
leur vivant, elle-même et Gabriel par la suite, n'ont jamais
manqué d'afficher envers nous... Enfin, en partant, je ne fais
que suivre l'exemple de beaucoup d'hommes qui s'en sont
allés vers la Terre sainte en laissant derrière eux femme,
enfants, famille, maisonnée entière.

— Au nom très haut du Christ ! Tais-toi ! Tu blasphèmes !
Les motifs des croisés sont purs, alors que les tiens ne le
sont pas !

— L'amour vient de Dieu.

— Pas l'amour adultère !

Haletante comme si elle avait couru, elle pressait contre sa
poitrine ses poings serrés qui retenaient les pans de sa cape.

— Je croyais les Grecs plus raffinés, plus policés que nous
autres, Francs, dont on ne se fait pas faute, ici, de railler les
mauvaises manières ! remarqua-t-elle pour dresser entre eux
une barrière de mots. Je m'aperçois qu'il n'en est rien et que
tu es d'aussi mauvaise foi que ceux de mon pays quand
l'envie les prend d'une femme !

— Flaminia !

Debout face à face, ils tremblaient du même désir douloureux, du même élan brisé.

— Tu ne peux méconnaître ainsi la force de mon amour, sa sincérité, sa détermination mais aussi le respect infini qu'il m'inspire, reprit Andronic, sans pour autant tenter de se ressaisir d'elle. Tu ne le peux, parce que tu m'aimes, toi aussi, et que tu sais que je dis vrai !

Flaminia baissa la tête.

— Je t'aimerai toujours, avoua-t-elle d'une voix rompue. Toujours. Mais je partirai seule pour Antioche où m'attendent mes frères croisés. Ta présence à mes côtés, dans mon lit, souillerait une innocence qui demeure notre vraie force. Ce ne sont pas nos armées, moins nombreuses que celles des Sarrasins, ce sont nos prières, issues de nos âmes inviolées, qui nous assureront la victoire. Si nous voulons délivrer le tombeau du Christ, chacun de nous doit se garder du Mal.

— Dans votre foule de soldats et de pèlerins, les prostituées abondent, les gens de sac et de corde coudoient les fidèles sincères et le stupre a fait, dès le début, des ravages parmi vos rangs ! Tu ne me feras pas croire qu'en me cédant, en m'accordant enfin cette preuve d'amour que j'attends comme un mendiant, depuis des mois, en silence, dévoré d'une fièvre que tu ne peux imaginer, toi qui es vierge, non, tu ne me feras pas croire que tu compromettrais le moins du monde le succès de votre marche de délivrance !

Andronic avait parlé en se penchant vers Flaminia comme pour la persuader autant par la puissance de conviction qui se dégageait de tout son être que par ses arguments.

— Je ne peux accepter que tu viennes avec moi en Syrie, répéta-t-elle en secouant le front. Je ne peux pas non plus t'appartenir à présent.

Il lui semblait qu'en refusant à Berthe la Hardie d'abréger son temps de souffrance, elle s'était elle-même engagée à ne pas faiblir. C'était comme un pacte solennel et secret, le renouvellement du vœu de pèlerinage prononcé par eux tous, transcrit par son père en lettres d'or sur le vélin pourpre qu'elle conservait avec piété dans son coffre et signé par chacun d'eux. On ne pouvait trahir un tel accord sans commettre un lourd péché et perdre à jamais sa propre estime...

Elle tomba soudain à genoux devant Andronic en se prenant la tête entre les mains. Ecrasée, déchirée, elle se sentait sans force pour se déprendre de l'amour qu'il lui inspirait, mais aussi incapable de lui céder. En un mouvement répété dont elle n'avait pas même conscience, elle se balançait lentement, d'un côté sur l'autre, ainsi que font les berceuses pour calmer un enfant dans la peine...

Saisi, Andronic se pencha, la releva avec précaution, l'appuya contre lui sans oser l'enlacer de nouveau.

— En dépit de tout, il m'est impossible de te voir t'éloigner à jamais de moi, reprit-il à mi-voix en s'emparant de l'une des tresses de cuivre qu'il baisa avant d'en entourer son poignet gauche. Je m'embarquerai donc comme je te l'ai dit, sur ton bateau. Mais, puisque tu y tiens, je ne te toucherai pas. Tu me seras sacrée aussi longtemps que tu le souhaiteras. Je te protégerai de moi et des autres comme une sœur. Je demeurerai dans ton ombre à me repaître de ta seule présence tant que tu n'en auras pas décidé autrement...

Flaminia releva la tête. De son regard semblable à celui des mosaïques de smalte, elle considéra un moment, sans mot dire, avec une intensité où elle risquait son cœur, celui qui venait de parler si bellement... Puis elle libéra sa natte, toujours enroulée autour du poignet de son ami, se détacha de lui, s'en éloigna.

— Nous ne devons plus nous revoir d'ici l'instant où nous monterons sur la nef, dit-elle ensuite. Ce serait une épreuve inutile. Par ton père, nous serons informés tous deux de l'heure fixée pour l'embarquement. Que Dieu nous garde !

D'un mouvement brusque, elle se détourna de l'homme qu'elle aimait en offensant la loi divine et s'enfuit en courant...

Dans la soirée, elle envoya Albérade demander à Joannice s'il lui était possible de passer la voir.

A l'abri des murs de la petite maison silencieuse que ne troublaient plus les plaintes ni l'agitation qu'avait entraînées pendant des mois la présence d'une malade, Joannice et Flaminia causèrent ensemble un long moment.

Deux jours plus tard, à la fine pointe de l'aube, la nef génoise quitta le port, en même temps que plusieurs autres bâtiments.

Lorsque Andronic, sur les indications de son père, que Joannice avait efficacement entretenu la veille au soir, parvint sur le quai, après le lever du jour, pour monter à bord, on lui apprit que la *Sainte-Marie-Madeleine* avait déjà levé l'ancre. On ne distinguait même plus à l'horizon les voiles carrées qu'un vent favorable n'avait pas cessé de gonfler...

En voyant s'éloigner les pontons où se tenaient les prêtres venus bénir et encenser les nefs lors de leur départ, Flaminia avait éclaté en sanglots. Elle laissait son âme dans l'admirable ville à laquelle il lui avait fallu s'arracher... Le port, les coupoles dorées, les toitures argentées, les frontons des palais, les maisons aux façades colorées, les murailles de brique et de pierre surplombant la mer, les dômes altiers et protecteurs de Sainte-Sophie qui étincelaient dans la froide lumière matinale, tout lui était devenu cher et tout était perdu ! Dans son corps, dans son cœur, elle sentait se produire une lente, longue, irréparable déchirure. La trame de sa vie était entamée, lacérée, tranchée par des griffes sans pitié qui s'acharnaient... Sur le plus beau promontoire du monde, elle laissait la dépouille de celle qui l'avait élevée, qui était devenue sa véritable mère depuis la disparition, engloutie dans la nuit immémoriale, de la femme sans visage qui lui avait donné le jour. Elle y abandonnait aussi l'homme dont le seul souvenir déchaînait en elle les folles rafales d'un amour ébloui...

Enveloppée dans le dernier présent de Théophane Daniélis, un manteau de laine blanche doublée d'agneau gris, elle enroula son voile autour de son visage afin de pleurer tout son soûl. Près d'elle, attentive, silencieuse, impuissante, Albérade ne cherchait pas à dissimuler ses larmes aux autres pèlerins embarqués sur la nef en même temps qu'elles.

C'était un groupe de charpentiers catalans, partis avec retard de leur pays pour contribuer à la délivrance de Jérusalem. Embarrassés de leur nombreuse famille, ils avaient erré et subi bien des mésaventures avant de gagner Constantinople. Cependant, rien n'était venu à bout de leur détermination. Ils voulaient retrouver les autres pèlerins, ceux qui avaient pu arriver les premiers en Syrie. Ils montraient leurs mains et les outils qu'ils avaient emportés, en tâchant d'expliquer dans une langue rocailleuse et incompréhensible que leur habileté, leur connaissance du travail du bois seraient de grand secours pour construire machines de guerre et maisons fortes. Leurs femmes, leurs enfants considéraient avec curiosité et intérêt les deux voyageuses franques, si tristes, qui s'étaient jointes à leur groupe et s'exprimaient d'une façon qu'ils n'entendaient pas...

Les jours, les nuits, les jours, les nuits coulèrent...

Le temps n'était point trop mauvais, le froid supportable, la mer calme, la lune favorable...

Les cinq bateaux formant convoi voguaient sans à-coups. Les chants retrouvés des marins, les heures clamées du haut de la hune, les corvées, les jeux, les repas, les prières reprises par tous dans un mauvais latin, les menus maigres des jours de carême et les inévitables nécessités de la vie quotidienne suffisaient à occuper le temps.

Si Flaminia avait cessé de pleurer, son affliction n'avait pas diminué pour autant. Les larmes qui ne coulaient plus de ses yeux continuaient à se répandre à l'intérieur de son âme. C'était un ruissellement secret qui noyait ses pensées en deuil...

Une nuit, en rêve, elle vit Berthe la Hardie. Non point malade, mais forte et impérieuse comme au temps de sa maturité. L'aïeule inclina vers sa petite-fille un visage qu'on aurait dit de marbre, tant il était ferme et lisse. Des veines bleutées y couraient, semblables à celles que l'adolescente avait vues dessiner sur les tempes de la princesse Anne Comnène.

— Le temps du chagrin est passé, dit la voix inchangée de l'apparition. Celui des combats approche. Ressaisissez-vous, ma fille ! Les attendrissements ne sont plus de saison. Vous allez agir à présent. Fortifiez votre foi ! Courage ! Rappelez-vous qu'on a davantage besoin d'énergie que de regrets sur la route que vous suivez. Priez ! On ne prie jamais assez ! Demandez aide et secours : ils vous seront accordés.

La haute silhouette se pencha et sa main dessina une croix sur la poitrine de Flaminia, à la place du cœur. Puis le visage sans ride, parfaitement serein, s'effaça peu à peu, se dissipa, disparut dans l'ombre.

L'adolescente s'éveilla, s'assit sur la natte déroulée près de celle où Albérade dormait, non loin du gaillard d'avant. Le pont était tranquille, sans mouvement. Sa grand-mère, pourtant, était là quelques instants plus tôt... Flaminia leva les yeux vers le ciel très pur qui coiffait de sa coupole étoilée le semis d'îles le long desquelles les bateaux génois faisaient du cabotage. Elle sourit à la nuit, sans s'apercevoir tout de suite qu'elle pleurait aussi. Quand elle sentit couler des larmes sur ses joues, d'un geste rageur elle les essuya.

— Je vous promets, mère, amie, de ne plus m'attendrir sottement sur moi et mes peines. Je suivrai vos conseils. Je prierai le Seigneur et le requerrai de me venir assister en ce tourment qui est mien. Je m'efforcerai également de soumettre mon cœur...

Mars débutait quand les nefs mouillèrent un matin à Port-Saint-Siméon.

Une grande animation régnait dans le petit port auquel la proximité du camp des croisés conférait une importance qu'il n'avait jamais eue auparavant. Des bateaux anglais et génois venaient d'y accoster un peu plus tôt. Une foule d'hommes d'armes et de pèlerins, parlant des langues différentes, s'y coudoyaient. Ils parvenaient cependant à se comprendre en employant des mots de latin mélangés d'italien, de grec, de turc et d'autres idiomes étrangers. Le tout formait une sorte de langage universellement admis sur les bords de la Méditerranée.

Ce fut au milieu de ce tumulte étourdissant que Flaminia, Albérade et leurs coffres se retrouvèrent sur un quai encombré et exigu. Des odeurs d'ail, de goudron, d'eau saumâtre, de friture, de cordage, leur rappelèrent l'embarquement de Brindisi. Tentée de se laisser émouvoir par cette évocation, l'adolescente se contraignit à repousser ses souvenirs. Elle avait consacré les derniers jours passés en mer à se chapitrer afin de suivre sans faiblesse les recommandations reçues au cours du songe dont elle conservait une ineffaçable impression.

— Sainte Marie, valeureuse Dame, gémit Albérade ! Que de monde ! Quel désordre ! Qu'allons-nous devenir ?

— Dieu nous guidera ! répondit Flaminia avec autorité. Il ne nous abandonnera pas sur une terre si proche de Jérusalem ! Théophane Daniélis m'a assuré que les Francs venaient souvent ici pour chercher des vivres ou des armes. Il n'est que d'attendre. Nous en verrons certainement arriver.

— Où loger durant ce temps ?

— Chez les habitants. Il doit bien y avoir dans ce port des gens habitués à héberger les voyageurs...

— Par les cornes du diable, voici des femmes que j'entends et que je comprends ! s'écria auprès d'elle un soldat chemisé de fer qui s'était avancé jusqu'à la file des arrivants.

— De par Dieu, d'où venez-vous, la belle ? s'enquit un autre homme d'armes, surgissant à côté du premier.

— Nous arrivons de Constantinople, répondit Flaminia, cédant d'instinct au plaisir de parler sa langue. Nous y avons été retenues par la maladie et la mort de mon aïeule. Mais nous faisons partie des pèlerins qui suivent l'ost de Monseigneur Etienne de Blois. Tout ce qui nous reste de famille se trouve toujours en sa compagnie.

— Eh bien ! Vous pouvez remercier votre sainte patronne ! reprit le premier, un garçon maigre et blond qui semblait avoir le rire facile. Tels que vous nous voyez, nous sommes attachés à la bataille [1] d'Hugues de Vermandois, frère du roi de France, et nous sommes unis comme les doigts de la main

---

1. Bataille : formation de combat.

avec les troupes du comte de Flandre et de votre comte de Blois !

— Dieu soit loué ! Nous sommes sauvées ! s'écria Albérade.

— Tout doux, tout doux ! lança avec réserve le second soldat qui, lui, était roux, mais d'une nuance moins ardente que celle de Flaminia. Vous ne savez pas ce qui vous attend au camp ! Nous sommes venus à Port-Saint-Siméon chercher du renfort en hommes, en vivres et en matériel de construction car la situation, là-bas, est pitoyable... N'est-ce pas, Rambaud ? Autant que vous le sachiez sans plus tarder.

— Pour sûr, Chaucebure, répondit l'interpellé. On manque de tout chez les croisés, et les infidèles nous mènent la vie dure ! Nos pauvres panses sonnent le creux et, en fait de pitance, il n'y a que plaies et bosses à recevoir !

— A Constantinople, on parlait surtout de vos victoires, de votre avance, de votre courage, fit remarquer l'adolescente qu'une sensation d'angoisse envahissait tout à coup.

— Les Grecs, qui nous ont lâchement abandonnés, ont beau jeu, à distance, de louer nos mérites ! jeta Rambaud avec dédain. Si nous n'avions eu qu'eux pour nous seconder, il y a longtemps que nous serions transformés en ossements blanchis par le soleil ou les pluies de ce charmant pays !

Flaminia frissonna. Levant les yeux, elle découvrit de lourds nuages noirs qui pesaient sur le port comme un couvercle de marmite. Durant la traversée, le temps avait été assez frais mais dégagé. Au-dessus de la côte où elles avaient accosté, les nuées chassées par le vent marin semblaient s'être accumulées. Bien qu'il ne plût pas, la jeune fille se sentit soudain plus sensible à l'humidité et au froid dont son chaud manteau la préservait pourtant jusque-là.

— Par le ventre de la Vierge, la gent Notre-Seigneur aurait péri en son entier si nous n'avions, pour nous mener au combat, des barons forts et preux ! continua le soldat blond.

— Tu l'as dit ! approuva Chaucebure. Dieu les assiste ! Surtout le seigneur Bohémond de Tarente. C'est bien le plus vaillant de tous. Il a déjà occis quantité de Sarrasins à lui tout seul !

— C'est justement avec lui et le comte de Toulouse que nous sommes venus dans ce port chercher du bois, des outils et des bras dont nous avons besoin pour bâtir une nouvelle forteresse devant le pont qui conduit à Antioche. Il faut que nous contrôlions l'entrée de cette maudite ville. Il en est diablement temps !

— Nous parlons, nous parlons, et la journée s'avance, remarqua Rambaud. Venez avec nous. Nous vous conduirons aux nôtres.

— Et nos coffres ? s'inquiéta Albérade. Comment les transporter ?

— Avec une charrette, tiens ! répondit Chaucebure. Nous en avons plusieurs. Vous réussirez bien à glisser vos affaires entre les planches et les outils !

Quelques autres pèlerins arrivés sur le même bateau se joignirent aux deux femmes. Ce fut tout un groupe que les soldats convoyèrent jusqu'au lieu du rassemblement. Ils y trouvèrent des marins, des charpentiers, parmi lesquels les Catalans de la nef génoise, et d'autres ouvriers. De grands chariots remplis de poutres et des voitures plus légères, déjà chargés de sacs de farine, de barils d'huile et de vin, de quartiers de viande séchée ou de poisson fumé, attendaient le départ.

S'improvisant le protecteur des voyageuses qu'il avait rencontrées en premier, Rambaud le Blond prit sur lui de les faire grimper dans une charrette où il avait pu disposer leurs coffres sous les banquettes, puis il prit les guides de l'attelage.

— Nous allons repartir sur-le-champ, annonça-t-il. Tout est prêt et nous avons une longue route à faire avant le soir.

A la tête des troupes, chevauchait le comte de Toulouse. Près de lui, un homme d'une taille et d'une beauté hors du commun surveillait l'ordre et la marche de ceux qui composaient leur suite. Ce devait être le fameux Bohémond.

En un lent ébranlement, la colonne quitta le port. Des hommes d'armes la précédaient et la suivaient, alors que pèlerins et ouvriers, à bord de voitures et de chariots, avaient été placés au milieu.

Flaminia découvrait avec curiosité un pays nouveau : la route s'élevait en lacets à travers combes et versants couverts d'arbustes et de buissons qu'un début de printemps reverdissait.

Tout semblait calme. Le grincement des roues, le pas des chevaux, le cliquetis des armes, dominés par les chants de route et les cantiques des pèlerins, étaient renvoyés par le versant montagneux en un écho sonore et familier. Des odeurs de verdure se mêlaient en fraîches bouffées au fumet dominant de crottin, de cuir et de sueur. Des oiseaux aux larges ailes planaient, très haut, au-dessus du chemin encaissé où progressait le convoi.

Assises sur la banquette de devant, à côté du conducteur

de la charrette, alors que les autres voyageurs s'étaient installés à l'arrière sur les sacs ou les barils, les deux voyageuses ne parvenaient pas à se défaire d'une appréhension confuse. Les commentaires des soldats les tourmentaient. Dans quel état allaient-elles retrouver une famille quittée depuis de si longs mois ? Découvriraient-elles des malades, des blessés, parmi ceux qu'elles aimaient chacune à leur façon ? La faim et les privations les auraient-ils affaiblis ? Les quelques provisions apportées dans les coffres ne sembleraient-elles pas dérisoires comparées aux besoins dont on venait de leur parler ?

Plongées dans leurs pensées, elles oubliaient le temps. Après deux bonnes heures de trajet, soudain, comme les croisés suivaient un défilé sinuant entre des monts point encore trop élevés, des hurlements, suivis du bruissement d'une nuée de flèches, rompirent la paix fragile du moment.

Rambaud le Blond immobilisa l'attelage.

— Par tous les diables, c'est une embuscade ! s'écria-t-il avec rage. Il faut quitter la charrette ! Les Turcs nous attaquent ! Sautez ! Courez jusqu'au fossé, suivez-le en vous courbant le plus possible, puis égaillez-vous dans la nature...

— Nos affaires..., gémit Albérade.

Le soldat haussa les épaules.

— Si vous sauvez vos vies, vous pourrez déjà porter un cierge à Notre-Dame ! Allez ! Allez ! Partez ! Partez ! Au nom de Dieu, dépêchez-vous !

Surgies de la montagne, des hordes de cavaliers sarrasins dévalaient vers le convoi aux cris de « Allah akbar ! Allah akbar ! » dans un tourbillon de couleurs, de cuivres, d'acier luisant, d'herbe arrachée et projetée avec des cailloux par les sabots de leurs petits coursiers nerveux. Ce galop forcené ne les empêchait pas de décocher des flèches qui passaient en sifflant comme des serpents au-dessus des pèlerins.

D'un bond, Flaminia sauta sur la chaussée, tira Albérade par la main et l'entraîna vers le fossé où elles se précipitèrent, suivies par les occupants de la voiture. Les charpentiers, leurs familles et certains ouvriers les imitèrent. Ce fut une ruée éperdue au milieu des plaintes, des prières, des sanglots et des hennissements des chevaux affolés.

Chevaliers et soldats tentèrent de s'opposer à cette débandade, mais en vain. Ils ne purent non plus endiguer le déferlement des Turcs qui balayaient tout sur leur passage. Il ne s'agissait pas d'une simple embuscade, mais de l'arrivée d'une armée puissante et bien organisée.

Comprenant que le nombre des assaillants et la panique

des pèlerins qui paralysait leurs modestes troupes, les livraient à leurs adversaires, Bohémond et le comte de Toulouse, piquant des deux, entraînèrent leurs hommes vers la forteresse en construction, qui n'était plus qu'à deux lieues.

Cachés à mi-pente et à bonne distance, derrière des buissons épais, Flaminia, Albérade et quelques Catalans virent disparaître, sous le tir ininterrompu des ennemis, ceux qui étaient chargés de les escorter et de les protéger.

— Il ne nous reste plus qu'à nous confier à Dieu et à Notre-Dame, pensa l'adolescente en se souvenant des conseils que son aïeule lui avait prodigués en rêve. Prions.

Dans le défilé, parmi les chariots immobilisés et délaissés avec tout ce qu'ils contenaient, les Turcs massacraient à l'arme blanche les pèlerins qui n'avaient pas eu le temps de fuir.

En une clameur qui les épouvantait, hurlements, appels au secours, vociférations, râles et cris de triomphe montaient jusqu'à ceux qui, de loin, tremblaient de frayeur et de pitié à la vue de tant d'horreurs.

Pour la première fois, Flaminia se trouvait mêlée à un engagement meurtrier. Elle vibrait d'effroi, de compassion, de révolte aussi, et sentait naître en elle un sentiment jamais encore éprouvé. Il lui semblait que si elle avait été un homme, elle n'aurait pas craint de se mesurer en un combat sans merci avec ces assaillants. Le sang de Berthe la Hardie s'enflammait dans ses veines, et elle songeait qu'une femme, elle aussi, pouvait participer activement à la lutte contre les infidèles. Tous les chrétiens ne devaient-ils pas défendre le Seigneur des offenses infligées au tombeau de Son fils et à Ses serviteurs ?

Le carnage se terminait. Les Turcs pourchassaient encore quelques victimes éparses qu'ils avaient débusquées dans leurs abris précaires, mais se souciaient surtout de prendre les chariots et charrettes demeurés sur place. Ils remplaçaient ceux des chevaux que leurs flèches avaient atteints, enfourchaient à deux la même monture, puis repartaient dans une grande effervescence accompagnée de rires victorieux et d'interjections que leurs voix gutturales lançaient triomphalement aux échos de la montagne.

Quand l'agitation soulevée par leur troupe encombrée et, à son tour, alentie, se fut dissipée, que le bruit de leur cortège eut disparu, on vit sortir de tous les coins où l'on pouvait se cacher, des pèlerins hésitants, hagards, éperdus...

Lentement, ils se rejoignaient par petits groupes, parlaient bas, désignaient avec terreur les corps éparpillés dans le sang et la boue, là où la mort les avait saisis...

— Il y a peut-être des blessés parmi ces pauvres gens, dit Flaminia. Il faut aller voir si nous pouvons les secourir.

— Par le Dieu tout-puissant, je n'irai pas, gémit Albérade. Mes jambes sont de laine...

— J'irai donc sans toi !

Flaminia courut vers le lieu du guet-apens. Quand elle se trouva au milieu du chemin jonché de cadavres percés de flèches, égorgés ou assommés, quand elle vit de près l'atrocité de la tuerie, elle tomba à genoux et ne put se retenir de pleurer, de se lamenter, de s'adresser aux morts avec deuil et tendresse :

— Frères, mes doux frères, doux amis, disait-elle, voici donc ce que vous êtes devenus ! Ce qu'ils ont fait de vous ! Comme ils vous ont traités... Dieu de pitié, prenez soin d'eux, accueillez-les, bercez-les : ils ont beaucoup souffert...

Des femmes, quelques enfants, des hommes gisaient alentour, désarticulés. Regroupés par les Turcs, des corps s'amoncelaient sur le bord de la route en tas monstrueux d'où s'écoulaient de longues traînées rougeâtres... Parmi les tués, des chevaux et des mulets abattus restaient empêtrés dans les brides ou les harnais que les Sarrasins avaient tranchés pour s'emparer des voitures. Les noyés rejetés par les vagues et marqués du signe de la croix qu'elle avait vus à Brindisi, lavés par la mer, n'offraient pas cet aspect de suppliciés. Ils paraissaient calmes comme des statues de pierre... Ceux-ci étaient effrayants. Il y en avait partout. Certains visages gardaient les yeux ouverts, d'autres étaient balafrés de hideuse façon, beaucoup étaient tombés sur la face, avec une flèche entre les deux épaules...

Du fossé où il leur avait conseillé de se réfugier au début de l'attaque, le soldat maigre et blond émergea tout à coup. Deux cadavres le recouvraient, qu'il écarta. Puis il se mit debout avec difficulté.

— Je suis couvert de sang, remarqua-t-il d'un air surpris, mais ce ne doit pas être le mien. Dieu me pardonne, ce sont les morts qui m'ont sauvé la vie !

Pétrifiée, Flaminia le regarda s'avancer vers elle en chance-lant.

— Comment peut-on massacrer ainsi de pauvres pèlerins ? demanda-t-elle d'une voix sans timbre. Je n'ai jamais rien vu d'aussi horrible...

— Cela prouve que c'est la première fois que vous assistez à un combat contre les infidèles ! lança avec rudesse Rambaud qui avait perdu son air aimable. Pour nous, c'est fort souvent, depuis Nicée, que nous avons eu à les affronter ! Par les cornes du diable, ces Sarrasins nous haïssent autant que nous les haïssons.

Flaminia se releva. L'odeur insinuante de la mort, du sang, des ventres ouverts, lui soulevait le cœur. Elle courut vomir loin des tués.

— Bon, dit ensuite Rambaud, vous voici aguerrie à présent. Il nous reste à nous regrouper et à regagner le camp.

— Et Chaucebure, votre compagnon ? demanda Albérade qui s'approchait avec un groupe de femmes. L'avez-vous vu ? Où peut-il être maintenant ?

Le soldat eut un geste d'indifférence.

— Il montait un solide cheval normand et a suivi nos barons dans leur retraite, dit-il. Partons. Rejoignons les autres.

— Où allons-nous, s'inquiéta Albérade. Est-ce loin ? Nous avons déjà perdu nos coffres, faudra-t-il aussi laisser nos vies sur cette route ?

— La forteresse que nous bâtissons n'est guère éloignée. Nous n'en avons plus pour longtemps si nous ne musons pas en chemin.

— Parmi ces corps, il doit y avoir des blessés, reprit Flaminia. On ne peut les abandonner sans secours...

— Justement, assura Rambaud, justement. S'il y en a, il nous faut aller quérir de l'aide. Nous ne pouvons rien faire par nous-mêmes. Là-bas, nous avons des moines-médecins et des femmes expertes à soigner blessés ou malades. Nous les ramènerons ici et, si Dieu le veut, ils en sauveront quelques-uns.

On eut beaucoup de mal à détacher de leurs morts ceux des rescapés qui avaient perdu un être aimé dans l'embuscade. Ce n'était que gémissements, pleurs, lamentations...

— Allons, allons, dit Rambaud. Il ne faut pas risquer que la nuit nous gagne. Les Turcs peuvent toujours revenir... sans parler des bêtes sauvages...

La frayeur aida les éplorés à se séparer des victimes aux mains nues qui ne se relèveraient plus... La petite troupe s'éloigna du lieu sinistre au-dessus duquel commençaient à planer les vautours.

Flaminia marchait en tête, à côté du soldat, sans mot dire.

« Le temps des combats approche », lui avait annoncé Berthe la Hardie. Il était venu. Ce ne serait plus contre elle-même et son propre cœur, ni contre l'homme qu'elle aimait qu'elle aurait à lutter désormais, mais contre les ennemis du Christ, contre les infidèles... Ce serait plus simple. Une force intime toute neuve gonflait son âme. Pour cette bataille-là, elle se sentait capable de vaillance. Peut-être cette nouvelle lutte l'aiderait-elle à moins mal supporter les affres d'une séparation qui la consumait ?

Elle ne sut jamais combien de temps ils avaient cheminé. Tirée de ses pensées par un bruit de galop qui se dirigeait vers eux et qui se rapprochait rapidement, elle se tourna vers Rambaud.

— Faut-il se cacher dans le fossé ? lui demanda-t-elle avec sang-froid.

Il secoua la tête. Son heaume cabossé et fendu lui donnait l'air féroce.

— Non point, répondit-il au bout d'un instant d'écoute. Ceux qui arrivent me semblent peu nombreux. Deux ou trois, pas davantage, j'en gagerais mon salut !

Il avait raison. A vive allure, deux cavaliers débouchèrent bientôt d'un tournant.

— Ils sont des nôtres... commença le soldat...

— Landry ! cria Flaminia en s'élançant vers les arrivants.

— Victoire ! Victoire ! hurlaient ceux-ci. Nous vous avons vengés ! Vive Dieu Saint-Amour ! Vive Notre-Dame !

Mathieu le Barbier et Landry eurent beaucoup de mal à se faire entendre. Leurs propos avaient déchaîné un tumulte où actions de grâce, manifestations de douleur, plaintes et acclamations fusaient de tous côtés.

Flaminia se jeta dans les bras de son frère, descendu en hâte de sa monture, et pleura contre sa poitrine.

— Vous voici, vous voici donc ! répétait-il, stupéfait. Et Albérade ! Mais où est grand-mère ? Où se trouve-t-elle ? Je ne la vois point. Par malheur, serait-elle du nombre des malheureux tués par les infidèles ?

— Non, non, mon frère, non... Elle est à Constantinople, dans le tombeau des Daniélis où elle repose en paix. Après de terribles souffrances, elle a regagné la maison du Seigneur...

Landry éclata en sanglots, mais on ne lui laissa pas le temps de s'adonner à sa peine. Pressé de questions par tous ceux qui ne pouvaient entendre le récit que Mathieu, trop éloigné d'eux et fort entouré, avait entamé sans même mettre pied à terre, le jeune arbalétrier essuya ses larmes et prit la parole à son tour.

— Dieu me pardonne si je ne dis pas la vérité, commença-t-il en se signant, mais tout a été très vite. Comme il fallait que vous le sachiez, nous avons été choisis, Mathieu et moi, pour venir vous porter la bonne nouvelle.

— Les Turcs ? demanda Rambaud sobrement.

— Défaits, écrasés, taillés en pièces... Lorsque Bohémond et le comte de Toulouse sont parvenus à folle allure devant la forteresse en construction avec ce qui leur restait de troupes, ils nous racontèrent le guet-apens dont ils avaient été victimes en même temps que vous. Nous avons été horrifiés. Le récit de cette félonie nous a enflammés de fureur. L'indignation et l'humiliation ressenties par chacun décuplaient nos courages. Quand les Turcs sont arrivés tantôt, messire Godefroi de Bouillon, bel et bien remis de sa maladie, les attendait. Il avait regroupé autour de lui tous les hommes valides et les soldats demeurés au camp. Nous brûlions du désir de prendre notre revanche, de vous venger, d'anéantir ces mécréants !

— Dieu guidait vos cœurs, murmura Flaminia. Ceux qui ont été si déloyalement occis ne l'auront pas été en vain !

Landry approuva.

— Les Turcs, qui pensaient triompher sans mal de la gent Notre-Seigneur, sont tombés de haut ! Un Provençal de la bataille du comte de Toulouse s'est élancé le premier vers eux en criant : « En avant, chevaliers du Christ ! » Une sainte colère nous animait, du moindre homme de pied au plus haut baron. Le combat fut acharné des deux côtés. Mais le duc de Bouillon semblait habité par un souffle sacré. Il nous entraînait et nous communiquait sa vaillance. Nous nous sommes battus comme des forcenés sous sa bannière, à grands renforts d'invocations au nom du Seigneur, Dieu du ciel et des armées... Encombrés par le butin qu'ils vous avaient pris, les infidèles s'écrasèrent sans tarder à l'entrée du pont que nous voulons fortifier. Comme l'émir de cette ville, dans son aveuglement, avait ordonné à sa garnison de sortir, puis décidé de faire refermer derrière elle les portes de la cité, les Turcs furent alors pris dans un véritable piège, comme des rats ! Point de quartier ! Nous luttions pour Dieu et pour vous venger ! Avec rage, nous pressions l'ennemi, nous le poussions vers le fleuve et l'y avons précipité. Teintées de sang, les eaux tumultueuses de l'Oronte, grossies par la fonte des neiges, engloutissaient soldats et cavaliers. Ceux qui cherchaient à grimper sur les piles du pont ou s'efforçaient de gagner la terre à la nage, étaient rejetés dans le courant par les nôtres qui occupaient les rives. Les essaims de flèches et de traits d'arbalètes étaient si nombreux qu'ils obscurcissaient la clarté du jour...

— Seigneur, soupira Flaminia, partagée entre l'effroi et l'enthousiasme, Seigneur, ayez pitié !

— Ce n'est plus le moment d'implorer, mais, au contraire, de remercier le Tout-Puissant ! s'écria Rambaud. Il nous a donné là une bien belle victoire !

Landry considéra avec un regard fraternel le soldat qui accompagnait les survivants du massacre.

— Il est vrai, ami, reprit-il. Depuis Dorylée, nous n'avons jamais infligé aux mécréants une défaite aussi totale. Par le fer ou dans les eaux du fleuve, des dizaines d'émirs et leurs archers à foison ont trouvé une mort éternelle... Nous les avons envoyés rejoindre le diable et ses mauvais anges...

Flaminia contemplait son frère. Il avait changé, maigri ; ses traits s'étaient marqués. Un reflet de la joie farouche des batailles durcissait une expression qu'elle avait connue, quelques mois plus tôt, encore puérile et indécise... Sa broigne de cuir bardée d'anneaux de métal tordus et arrachés, son heaume en mauvais état, couvert d'éraflures et de traînées sanglantes, disaient assez les raisons de cette transformation : Landry avait souffert, s'était forgé une âme de guerrier et avait perdu sa fraîcheur durant ce pèlerinage aventureux, souvent meurtrier, où la faim, les dures conditions d'existence et les épreuves de toutes sortes avaient fait d'un jouvenceau un homme et un combattant.

— Avant de repartir vers les nôtres, reprenait-il, sachez que le seigneur Godefroi a accompli, sous nos yeux, un fait d'armes dont on parlera longtemps : au plus fort de la mêlée, il a abattu d'un coup de sa longue épée à double tranchant un cavalier turc. Ce ne serait qu'un fait glorieux parmi d'autres, s'il ne l'avait pourfendu en deux jusqu'au nombril, heaume et haubert compris ! Une moitié du corps chut à terre alors que l'autre, toujours en selle, disparut, avec ceux qui nous avaient échappé, à l'intérieur d'Antioche, dont l'émir, épouvanté par un tel désastre, avait précipitamment fait rouvrir les portes !

Flaminia ne put réprimer un frisson. Comment son frère, qu'elle avait connu sensible et bon, pouvait-il raconter avec une pareille légèreté un épisode si cruel ? Les soldats du Christ en étaient-ils venus à oublier la trêve de Dieu ? Durant tout l'Avent, les fêtes de la Nativité, celles de l'Epiphanie, pendant les quarante jours du Carême, où, par malheur, on se trouvait, au moment de chaque fête religieuse et, enfin, selon la formule connue de tout chrétien : « Dès mercredi soleil couchant jusqu'au lundi suivant soleil levant », l'Eglise avait interdit de se battre... Il était vrai pourtant que la guerre contre ceux qui souillaient le saint sépulcre n'offensait pas

Dieu. Elle lui était même agréable, puisqu'elle lui était consacrée, et la croix que chacun portait sur la poitrine, l'épaule
ou le dos, en était à la fois signe et témoignage. Des prodiges
célestes fort nombreux, inouïs, que tous avaient pu voir avant
de prendre la route, comètes, pluies d'étoiles, apparitions,
éclipses, signes de Dieu multipliés à l'infini, n'avaient-ils pas
confirmé la sainteté de l'expédition des croisés ? La route de
Jérusalem préparait les chemins du Seigneur... A l'avance,
tous étaient absous des actes belliqueux qu'ils pourraient
accomplir durant le pieux pèlerinage. Peut-être ne fallait-il
pas trop s'émouvoir d'un récit comme celui qu'elle venait
d'entendre... En la détournant du seul but qui aurait dû occuper
ses pensées, en la faisant choir dans les délices et les affres
de l'amour, son séjour à Constantinople avait amolli son cœur,
mis son âme en péril.

Comme l'y avait engagée Berthe la Hardie, il lui fallait se
ressaisir. « Dieu le veut ! » se répéta Flaminia avec de plus
en plus d'ardeur tandis qu'elle montait en croupe derrière
Landry pour se rendre au camp. Après un assez long détour
imposé aux pèlerins afin de leur éviter de traverser le champ
de bataille, les deux voyageuses et leurs compagnons pénétrèrent dans l'enceinte fortifiée de solides pieux. Des centaines
de tentes s'y dressaient, dont beaucoup avaient durement
souffert des intempéries hivernales.

Une grande effervescence régnait parmi les croisés. La
victoire, succédant à l'accablement qui l'avait précédée,
donnait un regain de courage aux plus abattus. On chantait,
on dansait au milieu des convois de blessés, des transports
de cadavres roulés dans des draps, d'une invraisemblable
cohue qui se partageait, avec des cris de plaisir, les dépouilles
des vaincus. On apercevait des hommes de pied, fort pauvres
d'apparence, qui marchaient d'un air ravi, les bras chargés
de vêtements de soie, d'armes turques, de boucliers ronds
et damasquinés...

— Le plus intéressant, remarqua Mathieu le Barbier qui
avait tenu à accompagner les voyageuses jusque « chez elles »,
ce qui va nous rendre le plus service, ce sont les nombreux
chevaux capturés. Nous avions grand besoin d'une telle
remonte !

— Sans parler du bois, des poutres, de tout le matériel
retrouvé, ajouta Landry. Nous allons pouvoir enfin reprendre
et achever la forteresse qui surveillera le pont.

— Dieu veuille qu'on nous rapporte aussi nos coffres,
chuchota Albérade.

— Nous avons remis la main sur tout ce qui nous appartenait en plus de ce que nous avons pris à l'ennemi, assura le
barbier. Ce serait bien le diable que vos affaires se soient
égarées... mais il est vrai que certains des nôtres se sont servis
d'abondance et qu'ils ne sont pas toujours très respectueux
du tien et du mien...

Le petit groupe parvenait devant la tente où vivaient les
enfants de Garin et leur oncle. Ce fut lui qui aperçut en
premier les arrivantes parce qu'il se tenait devant l'entrée du
logis de toile.

— Flaminia ! Mon enfant ! Vous voici donc enfin parmi
nous ! s'écria-t-il. Que le Seigneur soit béni !

— Qu'il vous garde, répondit l'adolescente qui avait les
yeux pleins de larmes. Mais vous nous voyez seules toutes
deux, Albérade et moi. Grand-mère n'est plus.

A ce moment, Alaïs souleva la portière d'accès à la tente
et se précipita vers sa sœur.

— Comment grand-mère est-elle morte ? demanda-t-elle,
la voix tremblante.

Flaminia lui fit le récit des derniers moments de Berthe la
Hardie, et les deux sœurs restèrent longtemps embrassées,
sans pouvoir rien dire tant elles pleuraient.

— Brunissen se trouve présentement dans la tente-hôpital
où elle soigne les blessés, expliqua le père Ascelin, ému lui
aussi plus qu'il n'aurait souhaité le laisser voir.

— Savez-vous si on est allé chercher dans le défilé où
nous avons été attaqués les pauvres gens que les Sarrasins
n'avaient pas exterminés ? demanda Flaminia tout à coup.

— On y a envoyé des moines-médecins, des dames et
plusieurs charrettes, dit le barbier. Mais je crains fort qu'il
n'y ait pas grand monde à ramener...

— Si nous avions pu soupçonner que vous faisiez partie
des pèlerins tombés dans cette embuscade, que d'angoisses
n'aurions-nous pas ressenties ! dit Alaïs en secouant la tête
d'un air accablé.

Elle relâcha son étreinte et fit quelques pas en arrière.

— Nous avons perdu grand-mère, reprit-elle tandis que sa
peau de blonde s'empourprait, mais nous aurons en avril un
nouveau petit être à accueillir dans notre famille...

Flaminia recula, regarda sa sœur au ventre. Un trouble et
une interrogation muette changèrent son expression.

— Seigneur ! Vous êtes grosse ! dit-elle. Quel que soit
votre ami, Dieu nous garde !

— Bâtie comme vous l'êtes, remarqua Mathieu le Barbier

en s'adressant à Alaïs, vous ressemblez à une couleuvre qui aurait avalé un œuf !

Cette remarque provoqua une détente. Chacun était partagé entre le deuil et la joie des retrouvailles.

— Votre arrivée le jour même où nous venons de remporter une si éclatante victoire, avec l'aide de Dieu, me semble de fort bon augure, assura le père Ascelin. Peut-être allons-nous enfin prendre Antioche que nous assiégeons depuis si long-temps ?

— Ce serait à souhaiter pour mille raisons, dit Landry. Entre autres, pour influencer favorablement les ambassadeurs du vizir fatimide d'Egypte qui sont venus parmi nous observer la façon dont se déroule le siège.

— Des Sarrasins ici, dans ce camp ! s'écria Flaminia. Je n'aurais jamais pensé qu'une telle chose fût possible !

— Les Egyptiens haïssent les Turcs qui leur ont pris une bonne partie de l'empire qu'ils avaient conquis sur les Grecs, expliqua le père Ascelin. Leurs chefs sont enchantés de nous voir battre leurs ennemis. Ils souhaitent connaître nos inten-tions. On dit même qu'ils ne seraient pas opposés à un partage des territoires de l'ancienne Romanie entre eux et nous. Nos barons les ont reçus avec bienveillance, et leur séjour dure déjà depuis un certain temps.

— On parle d'alliance, confirma Landry. On dit aussi qu'ils nous livreraient Jérusalem en échange de contrées reconquises par nous sur les Turcs.

— Ces ambassadeurs sont adroits, admit le père Ascelin. Ils ont été jusqu'à parler de se convertir au christianisme si, après étude des textes et débat public, la précellence de notre foi sur la leur parvenait à être démontrée. Bien entendu, peu de croisés sont dupes de pareilles propositions et moi moins que tout autre, mais elles témoignent de leur désir de nous amadouer.

— Dieu seul sait comment tout cela finira, soupira Alaïs. Ce que je sais, moi, c'est que je voudrais bien que mon enfant naisse à Jérusalem !

— Les Egyptiens ne vont pas tarder à repartir, continua le notaire épiscopal. Des pourparlers sont sans doute engagés. L'avenir s'éclaire. Après cet affreux hiver, le printemps qui s'annonce nous permettra de nous ravitailler avec moins de difficultés. Pâques approche... De toute manière, la victoire de ce jour va redonner force et courage à nos troupes.

— Mon fils aura donc une chance de venir au monde à Jérusalem ! lança Alaïs. Bohémond sera content !

Flaminia considéra sa sœur avec tendresse et un peu d'envie. Sa cadette avait, elle aussi, connu l'amour durant le voyage vers les Lieux saints. Eprise d'un homme libre, elle avait pu s'abandonner à sa passion sans péché grave, et la voici qui attendait un enfant de lui... Le souvenir d'Andronic la traversa comme une très fine aiguille. Elle porta la main à son cœur.

— Nous vous tenons là, debout, dit le père Ascelin, alors que vous devez être épuisée ! Venez, entrons, asseyez-vous toutes deux...

Flaminia accepta. Une fois assise, elle regarda autour d'elle l'intérieur de la tente où elle avait vécu durant des mois mais où tout lui semblait à la fois étranger et familier.

« Je n'ai passé à Constantinople que quelques saisons, songea-t-elle tout en déposant sa besace auprès d'elle, et, pourtant, je me sens ici, dans notre camp, parmi les miens, comme une exilée... N'est-il pas dit dans les Ecritures : "Là où est votre cœur, là est votre trésor" ? Mon trésor, c'est Andronic... Partout où je me trouverai désormais, je serai amputée de la meilleure part de moi-même... »

Elle but le gobelet de lait de chèvre que lui offrait sa sœur, puis soupira.

— Je vais aller voir Brunissen, décida-t-elle. J'ai envie de lui parler. Ensuite, je me mettrai avec elle au service de nos frères souffrants...

— De mon côté, dit le père Ascelin, je vais demander à Monseigneur l'évêque du Puy que la messe de demain matin soit dite pour le repos de l'âme de votre grand-mère, Berthe la Hardie. Nous ne la reverrons plus ici-bas, mais elle intercède pour nous, à présent, au-delà des portes que nous franchirons tous un jour...

3

A la fin des calendes d'avril, l'armée du Christ assiégeait toujours Antioche.

Le printemps syrien, qui n'avait ni la douceur mouillée, ni les hésitations de ceux de la Beauce, était passé d'une humidité torrentielle à une forte chaleur, qui pesait.

Le jour de la Saint-Marc, vers l'heure de tierce, Alaïs accoucha d'une petite fille. Pour donner un peu d'air à la femme en gésine, on avait entrouvert les pans de toile fermant d'ordinaire l'entrée de la tente familiale.

Brunissen, Flaminia, Albérade et une des sages-femmes du camp, envoyée par dame Mabille, assistaient la future mère. En dépit de ses hanches assez étroites, elle ne souffrit qu'une couple d'heures, et chacune des assistantes fut étonnée de la rapidité de sa délivrance.

Quand la matrone lui présenta la nouveau-née, qui criait avec vigueur, Alaïs détourna la tête et se mit à pleurer.

— Bohémond ne me pardonnera pas, gémit-elle. Il ne me pardonnera jamais ! Il lui fallait un fils !

— Nous sommes bien obligés de prendre ce que Dieu nous envoie, remarqua la sage-femme tout en coupant le cordon ombilical. Ce n'est pas à nous de choisir.

C'était une personne grande et sèche, au visage sévère entre les pans du voile qui lui enserrait la tête jusqu'au front.

Flaminia contemplait, avec une nostalgie qui lui tordait le cœur, la jolie petite créature à laquelle sa sœur venait de donner le jour.

— Vous devriez être heureuse, dit-elle doucement. Votre fille est belle et gente. De plus, elle est née les yeux ouverts, ce qui, dit-on, est de bon augure.

— Elle ressemble à son père, constata Brunissen qui aidait la sage-femme à laver l'enfant dans un cuveau d'eau tiède avec un savon au miel sauvage. Elle a déjà de longues jambes de future cavalière. Elle sera grande et bien faite.

— Peu m'importe, souffla Alaïs. Bohémond ne s'en souciera pas plus que d'une guigne !

— Eh bien, sur mon âme, il aura tort ! s'écria Flaminia. S'il refuse de s'en occuper, nous le remplacerons auprès d'elle !

— Vous avez raison, sœur, amie, dit Brunissen. Je sens déjà que je vais l'aimer tendrement, cette petite-là. Si elle n'a pas de père, elle aura trois mères. Ceci vaut bien cela !

Devant l'entrée de la tente, on avait placé Biétrix afin qu'elle barrât le passage à tout homme qui aurait, par inadvertance, essayé de pénétrer sur les lieux où se déroulaient les couches. Par l'entrebâillement des toiles, on l'apercevait qui tendait le cou pour distinguer ce qui se passait à l'intérieur. On lui fit signe et elle vint admirer un instant le nourrisson.

— Comment allez-vous nommer votre fille ? s'enquit la sage-femme tout en s'affairant à sécher dans un grand molleton le menu corps qu'elle avait sorti de l'eau.

— Je ne sais... J'étais tellement certaine d'avoir un fils que j'aurais appelé Bohémond...

— En souvenir de grand-mère, ne pourrait-on pas lui donner le nom de Berthe ? proposa Flaminia.

— Faites comme il vous plaira, murmura Alaïs.

— Souhaitons qu'elle ait le courage et la générosité de notre aïeule, mais non pas son côté autoritaire et volontiers tyrannique, reprit Brunissen en apportant de la poudre de racine d'iris que lui avait offerte Théophane Daniélis durant le séjour des Chartrains à Constantinople.

Afin de parfumer et de protéger la peau si tendre de l'enfantelet, la matrone l'en saupoudra d'abondance avant de verser dans chaque œil bien fendu deux gouttes de vinaigre rosat dont elle transportait toujours avec elle, dans sa trousse de cuir, l'étroit flacon.

— Dame Mabille m'a chargée de mettre ce collier de grains d'ambre autour du cou de son neveu... ou de sa nièce, ajouta-t-elle en sortant un rang de perles irrégulières et ambrées de son devantier souillé de sang. C'est une bonne protection contre les convulsions et les coliques.

Elle passa le cadeau au col sans force entre les plis duquel s'attardait une certaine moiteur.

— Vous remercierez dame Mabille, chuchota Alaïs en pleurant derechef. Mais je sais bien que, tout comme son frère, elle ne tirera aucune satisfaction de cette naissance...

— N'est-elle pas femme et heureuse de l'être ? lança Flaminia avec irritation. Elle serait mal venue de bouder notre petite fille.

— Elle ne la boudera ni ne la cajolera, trancha l'accoucheuse tout en emmaillotant la nouveau-née dans des langes de lin retenus par des bandelettes entrecroisées. Elle est bien trop occupée ce jourd'hui par le riche butin dont messire Tancrède, son neveu, vient de s'emparer !

— Il est vrai, dit Brunissen. Dans tout le camp, on ne parle que de cette aubaine providentielle. Si le chevalier Tancrède a accepté de prendre beaucoup de risques en allant enlever de force à l'ennemi une vieille bastille remise vaille que vaille en état, ce service a reçu sans tarder rétribution et dédommagement !

Quelque temps auparavant, afin de contrôler la dernière voie d'accès encore libre vers Antioche, les barons avaient décidé d'occuper un fort situé à l'ouest de la ville, près d'un monastère en ruine, du nom de Saint-Georges. Le nord, l'est et le sud de la cité étant déjà interdits par les nouvelles maisons fortes de Malregard et de la Mahomerie ou bien par la montagne abrupte, il ne restait aux Turcs que ce passage pour se faire ravitailler. Au grand dam des croisés, les assiégés défiaient les assiégeants en recevant encore par là armes et vivres. Tancrède, neveu de Bohémond et de Mabille, avait consenti, si on l'aidait à régler ses nombreuses dettes en lui versant quatre cents marcs d'argent, à s'emparer, puis à tenir cette position aussi périlleuse qu'essentielle. Il était aussitôt passé aux actes et avait été récompensé de sa vaillance : une importante caravane de blé, vin, orge, mil, huile et autres denrées, qui rejoignait Antioche par la piste habituelle, s'était vue interceptée, dès l'installation des croisés dans le fort. A l'immense soulagement des pèlerins, cette provende inespérée avait été dirigée sur le camp. L'arrivée quasi miraculeuse de tant d'aliments, dont ils avaient le plus urgent besoin, n'était-elle pas un don du Seigneur ?

Pendant qu'Albérade et la sage-femme procédaient à la toilette de la jeune accouchée, la lavant puis la parfumant, Flaminia et Brunissen se penchaient côte à côte sur le berceau d'osier tressé où était couchée leur nièce. Si elles la considéraient avec une tendresse déjà possessive, elles éprouvaient l'une et l'autre une émotion dont elles n'avaient pas imaginé qu'elle éveillerait tant de résonance en elles.

« Jamais je ne posséderai pareille merveille, se disait Brunissen. Le service du Très-Haut remplacera les joies de la maternité par celles, plus ardues mais plus exaltantes, de l'amour divin. J'ai toujours su qu'après avoir choisi une route on devait en accepter les ombres aussi bien que les clartés... Je n'aurai pas d'enfant d'Anseau le Bel, mais je serai la servante du Christ Jésus ! »

Flaminia n'était que déchirement et regret.

« Si je l'avais voulu, songeait-elle, si j'avais consenti, fût-ce une fois, à céder aux prières d'Andronic, je pourrais, moi aussi, tenir dans mes bras un fils ou une fille bien à moi ! Un être tout neuf à aimer, à protéger, à voir grandir... Un petit qui participerait de nous deux, qui serait mon soutien dans l'épreuve si dure qu'est pour moi une séparation à laquelle je ne parviens pas à m'habituer... Un enfançon qui ressemblerait peut-être à son père, lui aussi, qui pourrait avoir plus tard son regard bleu..., qui demeurerait un lien indestructible entre nous... »

Elle serra les lèvres

« Je deviens folle, se reprit-elle aussitôt. Folle et pécheresse... par la pensée ! L'enfant que j'aurais conçu, porté, en de telles conditions, ne serait-il pas le fruit de l'adultère ? Quoi qu'en ait pu dire Andronic, pour l'Eglise romaine, un

mariage ne peut être rompu du fait de la volonté humaine...
Notre enfant aurait été celui de la trahison, du reniement des
principes qui me sont sacrés, des commandements auxquels
j'ai soumis ma vie... »

Des bruits, des paroles venant de l'extérieur, toute une
agitation l'arrachèrent à ses pensées.

Suivie de quelques-unes de ses femmes, Mabille, qui ne
semblait pas se désintéresser de la naissance attendue, entra
sous la tente.

— Dieu me damne, s'écria-t-elle, si votre servante ne
voulait pas m'interdire de pénétrer jusqu'à vous !

Elle jeta un rapide coup d'œil autour d'elle pour distinguer,
dans la pénombre qui régnait sous les toiles, l'endroit où se
trouvait Alaïs. Elle s'approcha du lit, se campa auprès de la
jeune maîtresse de son frère, la considéra non sans curiosité.
Avec sa carnation éclatante, son bliaud vermeil, le voile vert
brodé de soieries diaprées qui lui enveloppait la tête, Mabille
irradiait de présence charnelle et triomphante. A travers ses
riches vêtements, son corps s'imposait avec une sorte de
tranquille impudeur animale qui en faisait, songea Brunissen,
la plus femelle de toutes les femelles du camp !

— Au nom très haut du Christ, comment vos couches se
sont-elles passées ? Je brûlais d'impatience et me suis décidée
à venir voir par moi-même... Il semble que tout soit allé bon
train et pour le mieux.

— Vous êtes dans le vrai, dame, intervint d'un air important
la sage-femme. L'enfant se présentait bien et n'a pas souffert
au passage... Il était aussi, soit dit sans me vanter, en des
mains qui ne sont pas manchotes !

— Eh bien, voilà une excellente chose de faite ! s'exclama
Mabille qui aimait l'amour mais pas ses conséquences et qui
se trouvait assez satisfaite de n'avoir encore eu à connaître
ni les fatigues de la grossesse ni les souffrances de l'enfantement. Ce petit, comment est-il ? Par Dieu, montrez-le-moi !

Brunissen s'avança, fit une brève révérence.

— Ma sœur a mis au monde une fille, dit-elle à la place
d'Alaïs qui, pâle et les yeux de nouveau pleins de larmes,
cachait son visage entre ses mains.

— Comment cela, une fille ? lança Mabille avec colère.
Une fille ! Alors, elle n'est pas de Bohémond ! Jamais un
homme comme lui n'aurait procréé autre chose qu'un garçon !

— Dame, je vous en supplie, gémit Alaïs du fond de
ses draps...

La mousse de ses cheveux blonds en désordre dépassait seule à présent des courtines.

Flaminia lui coupa la parole. Flamboyante d'indignation, elle s'approcha de la visiteuse.

— Par tous les saints, comment une femme peut-elle parler comme vous le faites ! s'écria-t-elle sans se soucier du rang de celle à qui elle s'adressait de la sorte. N'en êtes-vous pas une, vous aussi, dame, et contente de l'être, semble-t-il ! A Constantinople d'où je viens, comme à Chartres et à Blois, où la comtesse Adèle de Normandie a donné le ton, on respecte et révère nos pareilles. Est-ce donc les nouveaux maîtres de la Sicile et de l'Italie du Sud qui perpétuent l'exécrable coutume qui veut que seule la naissance d'un garçon soit digne d'attention et de réjouissances ? La mère de Notre-Seigneur Jésus-Christ ne faisait-elle pas partie de cette gent féminine que certains se permettent encore de mépriser ? N'est-ce pas grâce à elle que l'humanité a pu être sauvée ? Dieu me pardonne, mais c'est se montrer mauvais chrétien que de ne pas estimer, honorer et entourer d'égards nos semblables, nos sœurs, dont, un jour, la Vierge Marie a partagé le sort !

Un silence, que ne rompaient que les sanglots étouffés d'Alaïs, s'établit autour du lit où elle se blottissait peureusement.

Mabille avait commencé par foudroyer du regard celle qui l'apostrophait avec un tel aplomb. Puis son expression se transforma peu à peu. Elle parut réfléchir et finit par sourire.

— Bohémond n'aurait pas détesté votre mouvement d'humeur, remarqua-t-elle enfin. Il a un goût prononcé pour les amazones de votre espèce. Seulement, s'il les apprécie au déduit, il a besoin de garçons pour le suivre au combat. Ce n'est pas une fille, aussi déterminée soit-elle, qui pourra plus tard le seconder sur un champ de bataille.

— Qui sait ? reprit Flaminia avec plus de calme. Qui sait ? Sous l'habit d'homme, plus commode pour porter les armes, n'y a-t-il pas, ici même, quelques femmes qui luttent contre les Sarrasins ? Si je n'en ai pas encore rencontré, je n'en ai pas moins ouï parler souventes fois depuis mon arrivée au camp.

— Vous ne doutez de rien, ma belle ! lança la visiteuse qui semblait à présent se divertir. Pour peu que notre commune nièce tienne de vous, elle aura des chances de plaire à son père !

Et, se tournant vers ses femmes :

— Distribuez les cadeaux que j'ai apportés. Bien qu'il ne s'agisse pas d'un mâle, je prends sur moi de les offrir à Alaïs et à son enfant. A condition, toutefois, d'être la marraine de cette petite qui portera de la sorte mon nom.

On ne pouvait refuser. Alaïs, qui venait de passer de la crainte à la stupeur, puis de la stupeur au ravissement, acquiesça, en dépit d'un certain regret. Sa fille se nommerait donc Mabille.

Des pièces de soie de couleurs vives, des sandales de cuir tressé, une coupe en argent incrustée de perles, des flacons de nard, des sachets de pétales de roses furent alors répandus sur la couche de la jeune mère.

— Pour le nouveau-né, j'ai fait mettre dans ce sac de toile des langes de lin très fin et des couvertures en laine d'agneau, expliqua Mabille. Je ne veux pas que ma filleule fasse pitié.

— Elle ressemble déjà à l'illustre seigneur qui l'a engendrée, murmura la sage-femme, soulagée de constater que l'orage s'éloignait.

— Montrez-la-moi donc, que je la voie un peu ! ordonna la sœur de Bohémond.

Brunissen la conduisit jusqu'au berceau dont elle souleva le voile.

— Par le Dieu de vérité, vous n'avez pas tort, admit la future marraine après avoir longuement considéré la petite fille endormie. Elle est bien de notre côté. Je tâcherai de flatter mon frère avec cette ressemblance. Rien ne dit cependant qu'il y sera sensible...

Il ne le fut sans doute pas. S'il passa rapidement, au cours de la soirée, pour visiter ce qu'il appelait avec son grand rire impudent « mon petit harem », il ne s'attarda guère et ne manifesta aucun attendrissement envers l'enfançon qu'il regarda à peine.

— Il faudra m'en faire un autre et ne pas vous tromper, cette fois-ci, sur le sexe ! dit-il à Alaïs en se penchant pour lui poser à la volée un baiser entre les seins. Je vous retrouverai avec plaisir après vos relevailles !

Durant le baptême qui eut lieu le lendemain, le nouveau père, magnifique selon son habitude, se montra pourtant distrait et s'en alla dès la fin de la cérémonie intime à laquelle la jeune mère n'assistait pas. Elle devait rester couchée une quinzaine de jours et ne sortir de la tente qu'au bout de quarante jours pour assister, dans la chapelle de toile, à une messe de purification.

— Espérons qu'elle se verra obligée de quitter sa couche

plus tôt que prévu pour entrer avec nous dans Antioche, dit le père Ascelin au cours du repas familial qui suivit le baptême. Nous n'allons tout de même pas, Dieu juste, demeurer autour de cette ville indéfiniment !

— Maintenant que les Turcs ne peuvent plus recevoir de ravitaillement de l'extérieur, ni mener paître leurs troupeaux dans la montagne, la faim ne devrait pas tarder à les faire capituler, ajouta Landry. J'espère que nous n'en avons plus pour longtemps à nous morfondre devant cette maudite place !

— J'aurais tendance à la trouver bien plus plaisante depuis quelque temps, lança Herbert Chauffecire qui avait cessé de courtiser Biétrix dès le retour de Flaminia. Je ne sais si cela tient à la venue du printemps ou à une autre venue...

— Dites plus justement que l'élection, par le conseil des barons, de notre comte, Etienne de Blois, au rang de chef suprême de l'ost a redonné espoir à chacun de nous, corrigea tranquillement l'adolescente en paraissant ignorer les avances de son éternel soupirant. Cette gloire a rejailli sur tous ses vassaux, et nos Chartrains ont repris courage.

— Ils sont même gonflés d'orgueil, remarqua Brunissen en souriant. Chacun d'entre eux y a gagné en importance.

On rit. Une sorte de trêve semblait s'être installée depuis quelques jours entre les assiégés et les assiégeants. Lassitude ou piège ? On l'ignorait et on priait le Seigneur de dénouer au plus vite une situation dont le prolongement pouvait devenir périlleux.

Les vivres pris aux infidèles s'épuisèrent rapidement. La faim rôda de nouveau à travers le camp. Avec elle le découragement ne tarda pas à revenir, accentué par l'attente toujours vaine des renforts grecs qui ne se manifestaient pas.

L'unique aide que reçurent l'armée et les pèlerins durant ce nouveau printemps fut l'envoi d'or, d'argent, d'étoffes de soie fort belles et de chevaux avec leur harnachement, que fit aux Francs le frère de Godefroi de Bouillon, ce Baudouin qui était devenu prince d'Edesse...

— Nos gens auraient préféré du pain, de la viande ou n'importe quelle autre denrée à se mettre sous la dent, dit avec amertume Landry à Brunissen, un soir où il était passé voir Alaïs et sa fille. Nous n'avons point besoin d'or, puisqu'il n'y a plus rien à acheter par ici.

— La fertile vallée de l'Oronte nous fournit peu de nourriture, admit Mathieu le Barbier en faisant la grimace. Nous en avons, semble-t-il, épuisé les ressources. Par le Créateur, il faut reconnaître qu'elle a été tondue comme un œuf !

Des amis de Landry, il était le seul à présent à se voir admis chez les filles du parcheminier. Herbert Chauffecire en avait été définitivement évincé après la gifle que lui avait octroyée Flaminia, un jour où il la serrait de trop près.

Assise devant l'entrée de la tente d'où Alaïs n'avait toujours pas le droit de sortir, l'aînée de la famille, revenue de la tente-hôpital, cousait pour sa nièce une petite chemise de toile.

Avec le soir, la fraîcheur descendait. L'après-souper était l'heure bénie où le ciel dispensait enfin un bien-être auquel l'esprit participait tout autant que le corps.

Aux pieds de la jeune fille, Landry et Mathieu buvaient des gobelets de vin coupé d'eau tirée de l'Oronte. Ils avaient été s'y baigner une fois leur service terminé, selon l'usage établi par beaucoup de croisés pour se débarrasser de la crasse, de la sueur, de la poussière qui leur collait à la peau comme une gangue, dont l'odeur fétide et âcre imprégnait leurs vêtements usés, malmenés par les intempéries. Ils avaient remonté du fleuve plusieurs outres en cuir de chèvre remplies à ras bord et ruisselantes.

Un peu en retrait, le père Ascelin écrivait sur un tronc d'arbre scié, où il avait posé son écritoire.

Biétrix ravaudait des chausses.

Flaminia et Albérade, demeurées à l'intérieur de la tente, tenaient compagnie à la jeune mère en berçant chacune à leur tour son enfantelet...

Autour de cet îlot de paix, le bruit, la fumée, les fortes exhalaisons du camp s'élevaient vers le crépuscule ainsi que chaque soir, comme le témoignage de la présence têtue, assurée, indéracinable, des soldats et des pèlerins du Christ...

— Qu'est donc devenu Pierre Barthélemy ? s'enquit soudain Brunissen.

— Pierre est un étrange bonhomme, affirma Landry en posant près de lui, sur le sol pelé où l'herbe ne poussait plus depuis longtemps, son gobelet vide. Il est toujours en mouvement. Il s'est d'abord rendu à Edesse, où il assure avoir été gratifié, le mercredi des Cendres, d'une seconde vision semblable sur beaucoup de points à la première, puis il est reparti pour un port de la côte avec l'intention de gagner Chypre, pensant y trouver de la nourriture... Là encore, il m'a confié que saint André s'était manifesté à lui en le tançant pour sa désobéissance. Il va jusqu'à laisser entendre que si le bateau qu'il avait emprunté pour s'éloigner d'ici avec quelques autres affamés en quête de subsistance s'est vu forcé de rentrer au port d'où il était parti le matin, c'est parce que saint André aurait suscité une tempête dans l'intention de l'amener, lui, Barthélemy, à accomplir la mission dont il l'avait chargé ! Je ne demande qu'à croire à une intervention divine mais, je ne sais pourquoi, Pierre ne m'inspire qu'une confiance mitigée.

Brunissen suspendit le mouvement de son aiguille.

— Comment savez-vous tout cela, mon frère ? demanda-t-elle.

— J'ai rencontré notre compère vers l'heure de tierce. Il m'a longuement parlé de tous ces événements avant de repartir pour une nouvelle destination qu'il a tenu, Dieu seul sait pourquoi, à garder secrète...

— Nous vivons innocemment au centre d'une véritable toile d'araignée de dissimulations et d'intrigues, soupira le père Ascelin en interrompant son travail. On dit que Bohémond de Tarente, lui aussi, se livre à de mystérieuses menées... Il serait entré en relation avec un certain Arménien d'Antioche, converti jadis de force à l'islam et dont on ne sait rien, sinon qu'il a de fréquentes entrevues avec le père de notre petite-nièce. Comme nous connaissons l'habileté, l'ambition, le peu de scrupules aussi qui distinguent Bohémond, il nous est permis de nous interroger. Tout est possible de sa part.

— Ces manœuvres souterraines expliquent sans doute le peu d'empressement qu'il apporte à venir visiter Alaïs et leur enfant, suggéra Brunissen. Il doit avoir bien d'autres choses en tête qu'une jeune femme, qu'il ne peut approcher tant qu'elle n'a pas été purifiée par la cérémonie des relevailles, et qu'une petite fille dont la naissance lui a causé une profonde déconvenue.

— Croyez-vous qu'il ait, sincèrement, l'intention de reconnaître sa fille et de renouer un jour avec Alaïs ? demanda Landry en baissant la voix pour ne pas être entendu sous la tente. Il se montre tellement inconstant...

— Mais elle est si jolie ! murmura Mathieu qui ne cherchait pas à dissimuler l'attrait exercé sur lui par la plus jeune des sœurs depuis qu'il l'avait vue à Brindisi.

On lui connaissait de brèves aventures, mais on savait aussi qu'il continuait à espérer que viendrait le moment où sa belle, lassée par l'indifférence de Bohémond, s'apercevrait enfin de sa présence fidèle à ses côtés.

Au cours des jours qui suivirent, une chose apparut vite

comme certaine à la famille d'Alaïs : Bohémond caressait à présent des projets qui n'avaient rien à voir avec les femmes... C'était d'une ville qu'il s'était épris. C'était Antioche qu'il voulait posséder.

Ceux qui l'observaient, dont le père Ascelin, le virent procéder par étapes, en dépit des violentes oppositions qu'il rencontrait sur sa route, afin de parvenir coûte que coûte à la réalisation de son désir. Selon son habitude, il mêla astuce, force et désinvolture.

Pour commencer, on apprit qu'il avait proposé aux autres seigneurs, durant un conseil des barons, que la cité fût acquise à celui qui, d'une manière ou d'une autre, parviendrait à la conquérir. Bien entendu, ses pairs s'y refusèrent. « Nul ne recevra seul et en propre cette métropole, mais nous l'aurons à part égale, affirmèrent-ils. Nous avons supporté tous les mêmes travaux, nous recevrons tous le même honneur ! »

On certifiait qu'en entendant ces mots Bohémond avait souri et s'était aussitôt retiré.

Entre seigneurs d'abord, dans tout le camp ensuite, on parla beaucoup de ce sourire de Bohémond...

Peu de temps après, les croisés furent avertis qu'une armée redoutable, plus importante que toutes celles déjà réunies par les infidèles, s'était constituée. Sur ordre du sultan de Perse, Barqyarûq, un émir nommé Kerboga, qui passait pour invincible, avait levé des troupes rassemblant, en une sorte de guerre sainte, tous les hommes des terres orientales en âge de porter les armes.

Les maliks de Jérusalem et de Damas s'étaient à leur tour, et pour la première fois, ralliés à eux.

Tous ensemble, ils projetaient d'anéantir les assiégeants chrétiens d'Antioche, dont ils connaissaient le dénuement et les privations.

Devant ce nouveau et imminent péril, les Francs envoyèrent un message de détresse au basileus qui procédait en Romanie à la réoccupation des villes que les croisés avaient libérées du joug turc. La réponse tarda...

— Nous allons être pris entre l'arbre et l'écorce comme des cloportes, annonça sombrement Landry aux siens, un jour de mai. Nous risquons d'y périr tous, broyés entre l'immense cohorte du Prophète qui s'avance vers nous et les occupants d'Antioche qui attendent leur revanche !

— Dieu ne laissera pas périr ses défenseurs, répondit avec sérénité Brunissen, qui s'apprêtait à regagner une fois de plus en compagnie de Flaminia les tentes-hôpitaux. Il y pourvoira.

Les deux sœurs s'éloignèrent vers les blessés et les malades qui les attendaient.

— J'admire votre aînée, dit le père Ascelin à son neveu. Fasse le Seigneur qu'elle ait raison ! Mais notre situation me tourmente chaque jour davantage.

— Vous n'êtes pas le seul, mon oncle. L'émir Kerboga n'a encore jamais été vaincu.

Le beau-frère de Garin se redressa soudain.

— Il n'a, non plus, jamais encore eu affaire aux soldats du Christ ! répondit-il avec dignité. Votre sœur a sans doute raison : Dieu nous aidera une nouvelle fois à vaincre ses ennemis.

— Il se pourrait bien que ce soit Bohémond qui devienne pour ce faire le bras droit du Seigneur, remarqua Mathieu le Barbier, dont la présence chez les Chartrains était devenue familière.

— Que savez-vous ?

— Sur mon salut, je ne sais rien, mais des bruits courent...

— Espérons qu'ils courront plus vite que Kerboga ! rêva le père Ascelin.

Sous la tente, Alaïs entendait ces propos et berçait sa petite fille en songeant à l'avenir qui pourrait être le leur, à toutes deux, si Bohémond devenait prince d'Antioche...

La réalité ramena tout le monde à la raison. Des jours de peur et d'incertitude pesèrent sur le camp durant les semaines chaudes et faméliques des calendes de mai.

En apparence, les croisés vivaient comme d'habitude. Partagés qu'ils étaient entre la recherche hasardeuse de la nourriture, l'entretien de leurs armes, de brefs engagements avec les assiégés, la folie du jeu, le besoin d'amour qu'assouvissaient les filles follieuses, les corvées de toutes sortes, les soins aux patients, les bains dans l'Oronte et les offices, les prières, les invocations ferventes, passionnées, qu'on adressait à Dieu.

A la tête de sa puissante armée, durant ce temps, l'émir Kerboga traversait les monts...

Il s'arrêta une première fois à Edesse, qu'il comptait prendre au passage. C'était méconnaître la tenace vaillance de Baudouin de Boulogne, qui répondit aux conditions draconiennes qu'on lui avait fait parvenir en sortant de la ville avec ses troupes. Il s'en prit hardiment à l'avant-garde de l'émir et rentra ensuite en vainqueur dans sa cité.

Vexé, Kerboga décida d'assiéger Edesse jusqu'à sa reddi-
tion.

Ce fut vers ce temps-là que Pierre Barthélemy revint au
camp avec un nouveau compagnon. Ils se faufilèrent tous
deux jusqu'à sa cabane de bois, et Pierre ne prévint personne
de son retour. L'homme qui partageait son maigre brouet et
son pauvre logis était un moine bénédictin, aussi discret que
son hôte. Grand, maigre, silencieux, il ne sortait jamais sans
avoir rabattu son capuchon sur son visage imberbe.

Mai s'achevait quand les croisés apprirent que Kerboga et
ses alliés avaient abandonné le siège d'Edesse qui se prolon-
geait sans résultat. La puissante armée musulmane se dirigeait
à présent vers Antioche.

— Sur mon âme, j'ai découvert le visage de la peur !
s'exclama tristement Brunissen en revenant un soir de son
travail en compagnie de Flaminia. Beaucoup des nôtres tremblent d'effroi à l'idée du sort qui nous attend si Dieu ne nous
délivre pas de ces mécréants.

— Messires Godefroi de Bouillon, Robert de Flandre, ainsi
que d'autres seigneurs ont offert, dit Flaminia, de sortir
bannières déployées et en bon ordre de bataille dans l'intention
de barrer le passage à l'ennemi. Je crois qu'ils ont raison.

— Ce n'est pas l'avis de tous, intervint le père Ascelin.
Il en est pour les blâmer de risquer ainsi l'aventure. Si l'armée
était scindée en deux, un des corps pourrait rester ici pour
nous défendre tout en tenant en respect les hommes de l'émir
d'Antioche. De toute manière, la situation est grave, mes
enfants. Supplions le Seigneur de nous venir en aide.

La désolation s'intensifia parmi les Francs quand on découvrit, au matin suivant, que le comte Etienne de Blois, élu par
les barons chef suprême de l'armée, avait abandonné son
poste. Prétextant une maladie qui nécessitait qu'il se retirât,
il s'en était allé avec ses soldats pour gagner, à quelques
heures de marche, Alexandrette, où il comptait se soigner.

— Cet abandon face au danger est la plus grande offense
qu'un seigneur ait jamais osé faire à ses vassaux ! s'écria
avec dégoût Flaminia lorsque la nouvelle lui parvint. Il nous
a tous trahis !

— Peut-être le verrons-nous revenir sous peu ? dit Brunissen.

Le père Ascelin secoua un front alourdi. Sous ses épais
sourcils, ses petits yeux vifs étaient remplis d'amertume.

— Il ne reviendra pas, dit-il d'un ton sévère. Non, sur ma
foi, il ne le pourra pas ! Il n'avait pas le droit de nous délaisser

aux jours les plus sombres de notre marche vers les Lieux saints, et il le sait. Il se devait, il nous devait, de rester parmi nous pour partager notre sort : la victoire ou la mort ! Il s'est déshonoré aux yeux de l'ost tout entière. Comment voulez-vous qu'ensuite il ait le front de se présenter devant elle ?

La détresse et l'épouvante ne cessaient de monter dans les cœurs les plus résolus. Chacun se sentait perdu et priait le Seigneur pour connaître une bonne mort... On ne savait même pas si la délégation envoyée à l'empereur était parvenue à le rejoindre pour lui donner l'alerte. Aucun renfort ne semblait pouvoir venir, hormis du ciel...

C'est alors que Bohémond intervint. Au cours d'une séance dont les éclats retentirent alentour, il amena le conseil des barons à s'incliner devant ses exigences, naguère repoussées, que la pression haletante des événements rendait à présent inévitables. En dépit de l'opposition obstinée du comte de Toulouse, les seigneurs francs consentirent enfin à ce qu'Antioche appartînt à celui qui saurait la conquérir, de quelque façon que ce fût.

Godefroi de Bouillon le premier, les autres après lui, et bien à contrecœur, se démirent de toute prétention sur la ville. Ils promirent au chef des Normands de Sicile la souveraineté tant convoitée, à condition que le basileus ne survînt pas auparavant pour les soutenir. Auquel cas, Antioche lui serait remise, selon le serment d'hommage reçu par lui à Constanti-nople.

D'un haussement d'épaule, Bohémond rejeta cette perspective, puis il exposa sa stratégie.

— Si la grâce de Dieu nous favorise, c'est cette nuit même qu'Antioche nous sera livrée, assura-t-il avec une si absolue certitude que chacun reprit courage.

Les barons écoutèrent ensuite ce qu'il avait à leur révéler.

Après toute cette agitation, la nuit, voilée de bleu, descendit sur la vallée de l'Oronte...

Divisée en deux troupes, l'armée chrétienne, promptement rassemblée, se mit en marche. On avait dit aux hommes que le conseil avait décidé d'attaquer à l'improviste les infidèles pour les surprendre en profitant de l'obscurité. Ceux qui feraient bruit ou tumulte de quelque sorte que ce fût seraient exécutés. Il ne fallait pas que les gardes qui veillaient aux remparts d'Antioche eussent l'attention éveillée.

— Ce n'est plus la bourse ou la vie, chuchota Mathieu

qui se tenait parmi les arbalétriers aux côtés de Landry, c'est le silence ou la mort !

On partit. Les gens de pied contournèrent le mont Silpius tandis que les cavaliers, dont les sabots des chevaux avaient été enveloppés de chiffons, suivaient le cours du fleuve. Le vent s'était levé. Il soufflait vers la mer et emportait dans sa course heurts, bris et murmures...

Au camp, on veillait sans lumière afin de ne pas attirer la curiosité des Turcs. On s'était réunis en groupes orants qui soutenaient de leurs prières l'attaque projetée...

Entre l'heure de laudes et l'heure de prime, piétons et cavaliers progressèrent.

— Que le diable m'emporte si nous ne faisons pas tout simplement le tour de cette infernale cité ! souffla Landry à l'oreille de son voisin.

Celui-ci opina de la tête et mit un doigt sur ses lèvres.

Quand l'ordre leur en fut donné à voix basse, les soldats s'immobilisèrent puis se mussèrent contre les murailles méridionales de la ville, près d'une porte qui dépendait d'une imposante tour carrée. Elle faisait partie des quatre cent cinquante tours distribuées tout au long des invincibles fortifications construites jadis par l'empereur Justinien...

Landry et ses compagnons cherchaient à se cacher le mieux possible dans le fossé, lorsqu'on le tira soudain par la manche.

— Qui va là ? demanda-t-il tout bas, non sans inquiétude.

— C'est moi, Pierre Barthélemy. Je suis ici depuis matines, en compagnie d'un moine de mes amis.

— Dieu te garde ! Que fais-tu à pareille heure en cet endroit infernal ? Qu'es-tu devenu ces derniers temps ?

— J'ai voyagé, répondit de façon laconique le petit homme. Mais je suis revenu voici plus de deux semaines et suis au courant de ce qu'on vous a dissimulé tantôt. Je sais ce qui va se passer. Ecoute-moi. Je t'ai cherché car ta famille m'a toujours soutenu et je tiens à te mettre en garde. Veille sur toi. Les heures qui viennent risquent d'être chaudes !

Il se rapprocha encore davantage du jeune homme afin de lui parler de plus près.

— Bohémond s'est mis en rapport avec un Arménien d'Antioche, fabricant de cuirasses, chrétien de naissance mais converti de force par les Turcs, comme beaucoup de ses compatriotes. Ce pauvre homme déteste ses oppresseurs, mais il leur est devenu indispensable. Il se nomme Firûz et a été nommé gardien de la grosse tour des Deux-Sœurs que tu aperçois dans l'ombre et au pied de laquelle on vous a regroupés. Il s'apprête à vous la livrer.

— Par tous les saints, si ce que tu dis est vrai, ce Firûz est un envoyé de Dieu !

— Peut-être. On peut le considérer ainsi. En tout cas, il est d'autant plus monté contre les Turcs que son propre fils a surpris sa mère en train de le cocufier, chez lui, avec un des capitaines de l'émir. Il tient à se venger aussi de cet outrage. Grâce à lui, vous n'allez pas tarder, comme je vous l'avais annoncé dès cet hiver, à conquérir cette ville orgueilleuse, réputée imprenable !

— Que sais-tu encore ?

— Bohémond n'est pas loin de nous. Il attend le signal de son complice. A la première lueur de l'aurore, les événements vont se précipiter... Tiens, écoute ! N'as-tu pas entendu le bruit mou d'une corde lancée du haut de la tour ? Un des nôtres va y grimper pour remettre un gage à l'Arménien (une bague appartenant à Bohémond, à ce qu'on m'a dit) afin de se faire reconnaître et aussi de s'assurer qu'il n'y a pas traîtrise... Il ne faudrait pas tomber dans un guet-apens.

Des frôlements, des chuchotis, quelques jurons étouffés parvenaient maintenant aux hommes du fossé.

— Une longue échelle en cuir de bœuf va être suspendue à la muraille, continua dans un nouveau murmure Pierre Barthélemy. Il ne vous restera plus qu'à y monter.

— Dieu le veut ! lança une voix forte.

Aussitôt des hommes se ruèrent vers l'échelle. Surgis de la nuit qui les avait dissimulés jusque-là et à peine éclairés par l'aube naissante, Bohémond, Godefroi, Robert de Flandre donnaient l'exemple. On les vit commencer l'ascension.

Parce qu'il se trouvait à présent au courant de ce qui se tramait, Landry s'était précipité parmi les premiers pour grimper. Il était suivi du barbier, de Pierre Barthélemy et du moine taciturne qui l'accompagnait, ainsi que de beaucoup d'autres.

A peine ce premier groupe était-il parvenu sur la plateforme de la tour que l'échelle se rompit, entraînant dans sa chute la grappe humaine qui s'y agrippait.

— Dieu juste, sauvez-les, sauvez-nous ! s'écria Landry.

— Venez, dit Pierre. Venez. Je connais un passage qui mène, au bas de la tour, à une poterne dont nous pourrons forcer les ouvertures !

Ils s'élancèrent dans un escalier à vis déserté par les Turcs

— déjà occupés à se battre contre ces assaillants surgis de nulle part —, et parvinrent jusqu'aux portes fermées.

— Rangez-vous derrière moi, ordonna alors le moine resté jusque-là silencieux. Rangez-vous et prenez garde à vous !

Il sortit une hache de sous la bure de sa chape monacale et entreprit, à grand effort, de briser le bois épais qui résistait. Sa fougue était telle que, bientôt, les planches furent défoncées et les portes arrachées.

— Vive Dieu ! Saint sépulcre ! Saint sépulcre ! cria-t-il alors aux soldats francs qui se bousculaient autour de l'échelle brisée. Venez ! Venez ! La route est libre !

Emporté par le flot tumultueux des combattants éblouis par ce qu'ils considéraient comme un nouveau miracle, Landry eut juste le temps de se dire qu'il connaissait cette voix, dont l'accent étranger le surprenait pourtant...

— Dieu le veut ! Dieu le veut !

— Et outre ! Et sus ! Dieu aide !

L'émir d'Antioche fit alors sonner l'appel aux armes.

Mais il était trop tard.

Occupés par les Turcs depuis plusieurs lustres, Arméniens et Syriens avaient rejoint les Francs pour se battre, à l'aide de moyens de fortune, contre leurs oppresseurs, qui luttaient farouchement avant de capituler. Certains coururent se mettre à l'abri dans la citadelle haut perchée sur le plus élevé des quatre monts qu'englobaient les murailles. D'autres s'enfuirent à travers landes et champs, affolés par l'apparition si soudaine et inexplicable de ces « chiens de chrétiens » au cœur de la cité.

— Tue ! Tue !

Les soldats francs se vengeaient de huit mois de misère, de combats meurtriers, de faim, d'humiliation, d'attente vaine. Enfin, enfin, ils pouvaient châtier ces excommuniés, ces infidèles qui, non contents de tuer la gent Notre-Seigneur, souillaient l'image de la Vierge Marie sur la bannière de monseigneur du Puy et avaient enfermé le patriarche d'Antioche dans une cage de fer qu'ils exhibaient en haut des remparts pour insulter les chrétiens.

Landry ne réfléchissait plus à rien ; grisé, il participait de toutes ses forces à la traque des ennemis de Dieu...

Dans le camp, après des heures d'appréhension et de supplications, un immense cri d'allégresse, un hymne au Seigneur, un chant d'amour et de victoire éclata, se répandit, s'éleva vers le ciel que blondissaient les premiers rayons du soleil levant...

Flaminia, qui s'était rongée d'impatience durant cette si

longue nuit, Brunissen, chantant des actions de grâces, leur oncle et la petite Biétrix se précipitèrent vers la ville offerte, sur les remparts de laquelle flottait, dans le vent toujours fort, la bannière aux flammes écarlates de Bohémond de Tarente. Seule Alaïs, sous la garde d'Albérade, resta dans sa tente à allaiter la petite Mabille.

Comme les Chartrains gagnaient une des portes ouvertes, ils virent passer non loin d'eux, à bride abattue, sur un destrier aux yeux fous, l'émir Yaghi-Siyan qui, si souvent, les avait défiés du haut des remparts d'Antioche la Belle. Il s'enfuyait en ayant tout abandonné derrière lui, sa famille, ses fils, ses sujets. Seuls quelques pages de sa suite l'accompagnaient encore...

— Où retrouver Landry dans cette cohue ? demanda le père Ascelin à celles qui le suivaient. Regardez ! Regardez ! Les Turcs se sauvent comme des fourmis dont on aurait détruit la fourmilière d'un coup de pied ! Les nôtres les pourchassent ! Dieu Seigneur, ne permettez pas que Vos soldats se laissent emporter par leur seul instinct !

En pénétrant dans la ville conquise, ils furent autant frappés d'admiration que d'effroi. Eglises admirables et sans nombre, monastères immenses, demeures opulentes, jardins, vergers, thermes et fontaines jaillissantes formaient un cadre créé, semblait-il, pour la douceur de vivre. Au milieu de ces merveilles sévissait une impitoyable chasse à l'homme. Tue ! Tue !

Le sinistre cri de mort s'élevait de partout. Dans les rues, les cours, les maisons, aux carrefours et sur les places, jusque dans les monuments publics, les croisés, aidés par leurs frères chrétiens arméniens et syriens, exterminaient sans merci la race excommuniée.

Emportée par la foule que nul ne pouvait plus maîtriser, Flaminia se sentit détachée du groupe familial, soulevée, entraînée au loin. Sans savoir pourquoi, elle courait avec les autres, droit devant elle, les yeux brillants d'excitation, les narines frémissantes à l'odeur du sang. Du plus profond d'elle-même s'élevait une sorte de tragique enivrement qu'elle partageait avec ceux qui l'entouraient. Son cœur battait jusque dans sa gorge, son corps n'était plus que frémissements, nerfs à vif.

Habituée à soigner les blessés depuis des mois, à voir d'horribles plaies ouvertes, des membres déchiquetés, elle passait comme une somnambule parmi les corps jetés sur le pavé, sans rien tenter pour les panser, sans s'apitoyer, menée ainsi qu'une pouliche emballée l'aurait été par un cavalier dément lui déchirant les flancs avec des éperons de feu...

Comme elle abordait une vaste place plantée d'arbres où abondaient fontaines, sculptures et cadavres, au milieu de laquelle affluaient les croisés, elle s'entendit soudain appeler.

— Flaminia !

Elle regarda autour d'elle et ne vit d'abord que le peuple de Dieu en liesse, qui enjambait les morts pour pénétrer dans les maisons ouvertes où étaient cachés mille nourritures appétissantes et du vin à profusion. De cette masse d'hommes sans remords que la faim livrait, consentante, au Mal qui l'attendait entre un baril plein et une marmite fumante, un moine, brusquement, surgit, la nomma à nouveau :

— Flaminia !

Grand, mince, il se dressait devant elle, lui tendait les bras. Rabattu sur ses épaules, le capuchon de sa chape noire découvrait un crâne tondu, un visage rasé où étincelaient des prunelles de la couleur des eaux du Bosphore...

— Andronic !

Juste à cet instant, quelques soldats turcs, poursuivis par des chrétiens, arrivaient en courant. Voyant le moine, l'un d'eux sortit de sa cotte d'armes écailleuse une courte épée et se rua sur Andronic qui lui tournait le dos.

Avant de voir réellement le geste meurtrier, Flaminia le devina. Plus rapide que le Turc, elle se baissa pour ramasser une des lances qui jonchaient le sol aux mains des cadavres éparpillés, la projeta sans trembler sur celui qui menaçait son amour. L'arme siffla, déchira l'air pour aller se planter dans la poitrine de l'homme, qui trébucha, s'écroula, l'air étonné, tandis que ses compagnons s'enfuyaient pour échapper à leurs poursuivants.

Andronic, qui n'avait pas vu arriver les ennemis derrière lui, imagina Flaminia en danger et s'élança vers elle.

— Toi ! s'écria-t-il les yeux dilatés d'effroi. Toi ! Je te retrouve enfin et, au même moment, je risque de te perdre !

La jeune fille frissonna, recula, buta contre un corps, chancela et tomba sans connaissance sur le sol dallé, taché du sang mêlé des musulmans et des chrétiens...

Quand elle revint de sa pâmoison, elle était étendue sur l'herbe d'une pelouse, dans un jardin inconnu, à l'ombre d'un jeune figuier encore grêle dont les feuilles étaient semblables à d'épaisses mains vertes. Penché au-dessus d'elle, Andronic, anxieux, lui bassinait le visage avec un linge imbibé d'eau fraîche.

— Serais-je au paradis ? demanda-t-elle tout bas...

Le brutal souvenir qui lui revint alors à la mémoire la ramena à Antioche, en ce matin de victoire.

— J'ai tué un homme..., murmura-t-elle avec un mélange d'accablement, d'incrédulité et de repentance. Moi, une chrétienne !

Se découpant sur le feuillage du figuier, le masque amaigri, bruni, éclairé d'azur, la contemplait, éperdu.

— Tu m'as sauvé la vie..., commença Andronic.

D'un geste, Flaminia l'interrompit. Avec sa vivacité coutumière, elle lui ferma la bouche en y posant ses doigts tremblants.

— Je t'en supplie, ne parlons pas de ce que je viens de faire... Dis-moi plutôt comment tu te trouves à Antioche... Je ne sais plus où j'en suis... Je te croyais si loin... Mon âme soupirait après toi, mon cœur était en peine et voici que, sans que je puisse comprendre comment, tu m'apparais tout d'un coup, au milieu de cette furie, de cette folie contagieuse qui s'est d'abord emparée de nos soldats, puis des pèlerins, qui m'a envahie, moi aussi... qui ne semble avoir épargné personne... Personne... sauf toi !

— Je ne suis pas un croisé, rectifia avec douceur le faux moine. Je ne suis pas parti pour délivrer le saint sépulcre ni pour me battre contre les infidèles. Je ne suis qu'un homme amoureux dont l'unique besoin, le constant souci n'a jamais varié : te rejoindre, te retrouver, te posséder enfin ! Tu ne m'as pas cru du temps où je te le répétais à Constantinople... Tu m'as fui en pensant que la distance mise entre nous découragerait ma foi...

Il se pencha davantage.

— Rien ni personne, jamais, ne parviendra à m'éloigner de toi !

Flaminia le repoussa pour s'asseoir dans l'herbe. Passant la main sur son front, elle s'aperçut que son voile avait servi de compresse à Andronic et que ses cheveux, dérangés par lui, s'étaient dénoués. Ils recouvraient d'une vague de cuivre étincelant ses épaules, sa taille, ses reins. Leur odeur de rousse, mêlée à celle de l'huile de jasmin dont elle les massait chaque matin, l'environnait, les enveloppait tous deux.

— Comment es-tu arrivé jusqu'ici ? reprit-elle. Par quel stratagème as-tu trouvé le moyen de venir à Antioche ?

Il sourit.

— Tu ne me laisseras pas en repos, ma belle, ma dorée, tant que je ne t'aurai pas expliqué ma présence ici. Je te

reconnais bien là et, comme je t'aime, j'aime aussi tes entête-
ments... Sache donc que j'ai divorcé. J'ai invoqué le refus du
devoir conjugal auquel je me heurtais depuis des années, la
stérilité qui en découlait pour notre couple, le bizarre état
d'Icasia, son détachement à mon égard, pour ne pas dire son
mépris... Puis je me suis embarqué à mon tour après avoir
jugé plus prudent, plus sûr, de revêtir le froc, la chape à
capuchon et les sandales des bénédictins dont j'avais aussi
adopté le crâne et le menton rasé. Sous cette apparence,
mon désir de rallier Antioche ne pouvait surprendre mes
compagnons de route. Une fois débarqué à Port-Saint-Siméon,
je me suis renseigné. Je savais où te chercher. Après quelques
semaines de quête inutile, j'ai eu la chance de rencontrer sur
la côte Pierre Barthélemy qui te connaissait et savait où vous
trouver, ta famille et toi. Cet étrange petit homme, sujet à de
troublantes visions dont il m'a fait part, a également accepté,
sur ma demande, de commencer à m'enseigner votre langue.
Ce qui m'a été utile par la suite... Il m'a enfin conduit au
camp, dans sa cabane, où je suis resté caché des jours entiers,
craignant que tu me repousses... Ce matin, j'ai pénétré dans
Antioche en même temps que les troupes dont ton frère fait
partie. Sous la bure bénédictine, il n'a pu me reconnaître et
je lui ai parlé un instant sans qu'il songe à établir un rapprochement entre le parfumeur d'antan et le religieux qui a forcé
la poterne de la grosse tour... Dès que j'ai vu, par les autres
portes ouvertes, entrer en grand nombre les pèlerins dans la
ville conquise, je n'ai plus pensé qu'à te retrouver.

— Où sommes-nous donc ?

— Dans le jardin d'une maison abandonnée par les Turcs
et accaparée par des inconnus qui ne semblent préoccupés
que de manger et de boire, sans prêter la moindre attention
à nos faits et gestes.

— Les nôtres ont tellement faim, et depuis si longtemps !

— Je sais, je sais, amie, douce amie... mais moi, c'est de
toi que j'ai faim !

Il voulut passer un bras autour des épaules recouvertes de
la somptueuse chevelure.

D'un bond, Flaminia se redressa, se mit debout.

— Tu es divorcé ! s'écria-t-elle. Pour moi, c'est comme si
tu étais toujours lié à une autre par un sacrement que chez
nous, on ne rompt pas ! Tu n'as pas le droit de me toucher
sans que nous tombions dans l'adultère...

Aussi brusquement qu'elle l'avait écarté, elle éclata en

sanglots, tout en secouant de droite à gauche, en un mouvement de détresse, sa crinière de feu.

— J'ai tant souffert de notre séparation, gémit-elle. Tu
m'as tellement manqué et voici qu'à présent je te retrouve
pour me voir obligée de te tenir à distance...

— Pourquoi une telle intransigeance, mon cher amour ?
Durant votre long cheminement, beaucoup de couples comme
le nôtre ne se sont-ils pas formés à la belle étoile ? Ta sœur,
elle-même, et Bohémond de Tarente...

— Elle était fille, libre d'elle et de son destin. Lui était
également libre. Toi, tu ne l'es pas ! Comment as-tu pu quitter
les tiens, les laisser, sans un regard, sans un remords, à
Constantinople, et partir sur mes traces, avec pour seul guide
l'espoir condamnable du péché ?

— Mon père, auquel j'ai confié mes projets, ne m'a pas
retenu. Marianos m'a déjà oublié. Paschal m'attend, il est
vrai. Je lui ai assuré que je reviendrais, plus tard, pour le
conduire là où nous serions... Quant à Icasia...

Le regard clair s'assombrit, se perdit au loin.

— Elle a d'abord voulu me retenir, puis s'est mise à me
haïr, avant de se réfugier dans une attitude qui préserve son
orgueil : elle me plaint et parle à tout venant de ma folie...

Des cris, des explosions de joie, des rires fusèrent de la
maison dissimulée par un rideau de poivriers au feuillage
léger et frémissant.

Flaminia s'essuya les yeux, empoigna sa chevelure, la tordit
sur sa nuque et l'enveloppa de son voile encore humide.

— La ville va se trouver livrée à la liesse des croisés
durant toute la journée, toute la nuit, dit-elle d'une voix
hachée. Je dois rejoindre ma famille qui s'inquiète sûrement
de ma disparition. Toi, mon amour, rabats ton capuchon et
tâche de retrouver Pierre Barthélemy. En dehors de lui, nul
ne doit être au courant de ta présence à Antioche. Il nous
faut réfléchir, aviser... Au fil des jours, nous verrons mieux
ce que nous devons faire...

— Ce que nous devons faire ? répéta d'une voix sourde
Andronic en ouvrant grand les bras.

Flaminia s'y jeta avec l'élan de tout son être. Comme la
première fois, sous l'autre figuier, ils restèrent rivés l'un à
l'autre, sans un mot, sans un baiser, unis dans une étreinte
farouche par le même tremblement, la même ferveur, le même
désir contenu...

Puis elle se détacha de lui.

— Mon cœur t'appartient sans retour, murmura-t-elle, mais

je ne veux pas perdre mon âme. J'ai déjà gravement péché en tuant un Turc, non pour la défense de la foi, mais pour te protéger de lui, alors que je ne suis ni homme ni soldat. Je vais avoir à m'en confesser et à expier cette faute... Ma pénitence ne peut être que la chasteté contre laquelle tout en moi se révolte.

Il fit un mouvement vers elle. D'un geste, elle l'arrêta.

— Je ne veux pas me trouver un jour, quand nous serons au bout de la route, proche du tombeau où fut déposé Notre-Seigneur et d'où Il ressuscita, sans pouvoir y appuyer mon front, l'embrasser, y pleurer de joie... Si je t'écoutais, ce serait pourtant le cas. Je me rendrais coupable de péché mortel. L'adultère est un péché mortel ! L'adultère est félonie !

Elle recula lentement, sans le quitter des yeux, puis, d'un seul mouvement du corps, se détourna, s'enfuit...

Andronic rabattit le capuchon sur son visage, quitta le jardin et s'éloigna à son tour.

Dans les rues, la foule était déjà moins dense. Beaucoup de croisés, repus, s'étaient attribué des maisons délaissées par leurs occupants turcs et s'y installaient. Les plus prévoyants transportaient déjà, du camp où ils étaient retournés, les objets qui leur appartenaient pour les déposer dans leur nouveau logis. Les autres festoyaient encore, chantaient, buvaient. Certains forçaient les femmes musulmanes qui ne s'étaient pas enfuies à danser pour eux avant de les violer. Un vent de beuveries, de relâchement, de débauche, d'indifférence à la mort, partout présente, soufflait sur la ville conquise pendant qu'une bourrasque envoyée par le ciel en balayait les remparts, les clochers et les toits...

4

Sans hésiter, Flaminia s'était dirigée vers la cathédrale Saint-Pierre où elle pensait retrouver sa famille. Après les révélations de Pierre Barthélemy sur la sainte lance, n'était-ce pas en ce lieu doublement sacré que les siens avaient dû se rendre ?

En approchant du sanctuaire, elle s'aperçut que les Turcs l'avaient transformé en mosquée.

Sur les marches, devant le portail monumental, jetés là par la violence des représailles, les corps de plusieurs Sarrasins gisaient à l'abandon. Des flaques de sang maculaient autour d'eux les degrés de marbre blanc. Parmi les morts, Flaminia vit un enfant d'une dizaine d'années, brun et beau, cramponné au cadavre d'une femme encore jeune qui devait être sa mère. Il offrait aux mouches bourdonnantes un visage balafré du front aux lèvres par une croûte à peine sèche qui avait la forme d'une croix.

Flaminia s'immobilisa. Une honte brûlante, un remords à goût de fiel la submergèrent.

« Dans le désordre général, dans la démence répandue, moi aussi j'ai tué un homme dont je ne savais rien, se dit-elle avec horreur. Il est vrai qu'il menaçait Andronic, mais peut-être aurait-il suffi de crier pour le faire fuir. N'aurais-je pas pu me précipiter devant lui, m'offrir à la place d'Andronic, lui servir de bouclier, donner ma vie, chrétiennement, au lieu d'en prendre une autre ? Femme et, par cet état même, tenue à l'écart des tueries, jamais je n'aurais dû supprimer une existence, fût-ce celle d'un ennemi. Ne sommes-nous pas faites pour la donner, non pour la retrancher ? »

Elle contempla l'enfant mort.

« Ils ont osé le marquer au visage de la croix du Christ ! constata-t-elle avec horreur. Le Seigneur a proclamé : "Celui qui se servira de l'épée, périra par l'épée !" Et en disant cela, Il ne pensait peut-être pas à une quelconque arme humaine mais au glaive de feu de l'archange, chargé, au jour du Jugement, de séparer le bon grain de l'ivraie... »

Flaminia tomba à genoux auprès de l'enfant tué et de sa mère. Elle pleurait et implorait la clémence divine pour elle, pour les croisés, pour tous ceux que la folie guerrière lançait contre des créatures de Dieu...

Une main se posa sur son épaule.

— Vous voici donc ! dit Brunissen avec une grande douceur. Votre disparition nous a tellement inquiétés ! Où étiez-vous ? Par ma foi, nous tremblions tous à l'idée de ce qui aurait pu vous arriver... Je partais à votre recherche... La cathédrale Saint-Pierre ayant été souillée par les infidèles qui en ont fait une mosquée, il faudra la purifier avant de la rendre au culte. En attendant, nous nous sommes réunis, avec quelques autres compagnons du camp, dans une chapelle voisine que les Turcs avaient consenti à laisser aux Arméniens chrétiens, en dépit des brimades dont ils les accablaient... Une partie de nos Chartrains s'y sont rassemblés afin de prier le Seigneur de pardonner aux nôtres la furie vengeresse qui s'est emparée des soldats comme des pèlerins... Le prêtre arménien que nous sommes parvenus à joindre va y célébrer une messe de requiem, mais aussi d'action de grâces, pour la prise d'Antioche. Venez. C'est à côté d'ici.

L'une suivant l'autre, les deux sœurs se rendirent dans le petit oratoire imprégné d'encens.

Durant l'office, Flaminia montra un visage tellement tourmenté que personne ne pouvait l'ignorer, tant il tranchait sur l'expression de soulagement et de reconnaissance qu'arboraient tous ses voisins. Comme Landry ne se trouvait pas parmi les siens, chacun imagina que la jeune fille s'alarmait au sujet de son frère, emporté dans la bataille de rues qui continuait encore dans d'autres quartiers de la ville !

A la sortie de la chapelle, au milieu du flot de pèlerins qui s'écoulait, on vit soudain apparaître Mathieu le Barbier, sa broigne en lambeaux et couvert de sang.

— Bohémond de Tarente est blessé ! cria-t-il aussitôt. Il a reçu une flèche turque au travers de la cuisse, alors qu'il tentait de prendre d'assaut la citadelle qui nous résiste toujours !

Il s'interrompit pour se mettre à pleurer derechef.

— Landry l'accompagnait avec une petite troupe des nôtres dont je faisais également partie, reprit-il en hoquetant. Lui aussi a été atteint par des flèches et abattu par un coup de cimeterre qui a fendu son casque. Il est tombé, pâmé, à mes pieds, sans haleine et, dirait-on, sans vie...

Les cris des femmes de la famille l'interrompirent. Flaminia hurlait, se griffait les joues de désespoir.

— Où est-il ? demanda le père Ascelin, dont le teint, ordinairement coloré, était devenu cireux.

— On l'a transporté dans l'hôpital de la ville que nous avons occupé dès le début de la matinée. C'est un grand bâtiment situé vers l'ouest, non loin du pont...

— Allons-y, dit le prêtre.

Brunissen, Flaminia, Biétrix et quelques voisins de Chartres qui avaient entendu Mathieu s'élancèrent sur ses traces.

Dans l'hôpital envahi par les Francs, régnait un grand désordre. Il fallut poser plusieurs questions aux moines-médecins, aux femmes, aux brancardiers, avant de découvrir le coin où gisait Landry parmi des blessés de toutes sortes, geignant, criant, priant, se lamentant, réclamant aide et secours...

Bohémond ne se trouvait pas dans les trois salles traversées, et on apprit par la suite que sa sœur le soignait dans une petite chambre isolée.

Couché sur une paillasse recouverte d'un drap, en compagnie de deux autres voisins de lit, Landry portait un pansement ensanglanté autour de la tête. Une large bande de toile également tachée de traînées rougeâtres entourait son buste d'où s'échappait une respiration sifflante. Une très forte fièvre le faisait délirer. Il ne reconnut ni son oncle, ni ses sœurs. Il s'agitait en proférant des balbutiements confus, sans ouvrir les yeux, comme perdu dans un cauchemar.

Son compagnon le plus proche, qui se trouvait être Rambaud le Blond, le soldat rencontré par Flaminia à Port-Saint-Siméon, ne souffrait, lui, que d'une blessure au bras.

— La pointe de la flèche est restée au fond, dit-il après avoir reconnu les visiteurs. Il va falloir l'en retirer. Il est question de m'opérer. Ce sera un mauvais moment à passer, mais il y a tant de pauvres gens plus abîmés que moi...

A cet instant, fendant la foule des estropiés, balafrés, éclopés point assez gravement atteints pour avoir droit à un lit, Alaïs apparut. Seule, sans son enfant, le visage durci comme un galet, les yeux fixes, semblable à une somnambule, elle vint jusqu'à la couche de son jumeau, s'immobilisa près de lui.

— J'ai senti que Landry était en danger, dit-elle sans juger utile de fournir d'autre explication à sa famille qui la considérait avec stupéfaction. J'ai laissé pour un temps ma fille à la garde d'Albérade, et je suis venue... Tant pis si je n'ai pas attendu pour sortir la cérémonie des relevailles. Il y avait plus pressé... De toute manière, je suis placée devant un cas de force majeure... On avisera plus tard à procéder à ma purification... quand mon frère sera sauvé... Pour le moment, il a besoin de moi !

Puis, sans plus s'occuper de ceux qui l'entouraient, elle s'agenouilla auprès du corps pantelant. Elle posa ses lèvres sur le front enfiévré, prit entre les siennes une des mains abandonnées sur le drap et se mit à parler tout bas à l'oreille du blessé, en une sorte de litanie mystérieuse dont les mots ne perçaient pas le tumulte plaintif de la salle.

Au pied de la paillasse, bouleversés, les filles et le beau-frère de Garin suppliaient le Seigneur d'épargner Landry, le fils unique, de lui laisser la vie afin qu'il pût participer, ainsi que son père l'avait tant souhaité, à la conquête de Jérusalem.

« Ayez pitié de mon frère, disait en son cœur déchiré Brunissen en priant avec la familiarité obstinée qui lui était devenue habituelle. Prenez-le en compassion ! »

Comme il lui arrivait à présent de temps en temps, elle avait la sensation de dépasser les limites étroites de son enveloppe charnelle ; de parvenir, au-delà du discernable, à une sorte de contact indicible avec une Présence sans réalité matérielle, mais toute attention.

« Vous pouvez tout. Il suffit que Vous acceptiez de le vouloir pour que Landry guérisse. Veuillez donc, ô mon Sauveur bien-aimé, veuillez, je Vous en conjure, que mon frère demeure parmi nous jusqu'au bout de notre route ! S'il est besoin d'une âme en Votre séjour éternel, prenez la mienne. Je Vous l'offre sans aucun mérite. Vous connaissez l'impatience, la curiosité amoureuse, l'ardeur avec lesquelles j'attends de Vous rejoindre ! Il se peut que la violence de ce désir soit en elle-même excessive et déraisonnable. Je n'ignore pas que nous avons des tâches à accomplir sur cette terre avant de pouvoir gagner Votre ciel. Je ne Vous demande pas non plus de prendre ma vie sur place, dans l'instant, mais lorsque je serai parvenue au terme de l'accomplissement qui m'est assigné ici-bas, de Vous en saisir quand Vous voudrez, où Vous voudrez, à l'heure fixée par Vous dans Votre sagesse infinie... Je Vous donne mon être en échange de celui de Landry. Dieu de bonté, Dieu de tendresse, exaucez-moi ! »

Flaminia pleurait. Un accablant sentiment de culpabilité l'étouffait. Parce qu'elle avait tué pour sauver Andronic, parce qu'elle s'était laissée aller à l'aveu renouvelé d'une passion coupable ressentie pour un homme divorcé, elle se jugeait responsable de l'état où se trouvait Landry. Sa complaisance envers un attachement adultérin était cause du malheur survenu à son frère. Dieu l'éprouvait dans une de ses plus vives affections... Quand elle avait refusé le suc de pavot que lui réclamait sa grand-mère afin d'abréger ses souffrances, elle s'était en même temps engagée, devant le seul témoin qui comptât vraiment, à ne pas succomber, elle non plus, à la tentation. Dès cet instant, elle avait su que son attitude entraînait le respect d'un autre interdit. En amenant son aïeule à se dépasser alors qu'elle était aux portes de la mort, elle s'était liée par une chaîne spirituelle indestructible à l'héroïsme imposé à une autre. Son exigence était double. Pour Berthe la Hardie, pas de pavot ; pour elle, pas d'adultère. Accepter l'un était trahir l'autre... Elle se souvenait avoir évoqué un pacte sacré, un engagement aussi solennel que le vœu de pèlerinage..., et voici qu'une fois de plus, elle avait oublié sa promesse et renié sa foi...

« C'est moi qui ai accepté l'idée de la faute, Seigneur. Qu'elle retombe sur moi ! Pas sur un innocent ! Ecoutez-moi ! Exaucez-moi ! Mon frère ne doit pas payer mon péché à ma place. En échange de sa vie sauvegardée, je vous promets de ne plus faillir, de me défendre d'Andronic, de le renvoyer auprès de sa femme... si, toutefois, il y consent... si, toutefois, je puis le voir retourner vers elle sans en mourir... »

Dans la salle où stagnait une chaleur moite, qui sentait la sueur, le sang, les sanies de toutes sortes, les prières des sœurs de Landry montaient vers Celui qui écoute.

Il fallut quitter le blessé, le laisser aux mains des moines-médecins et des femmes qui avaient à le soigner. Ni Brunissen ni Flaminia ne se sentaient capables d'affronter cette épreuve. Si, d'ordinaire, l'une et l'autre s'occupaient sans trembler de leurs patients, elles n'acceptaient plus, quand il s'agissait de leur frère, de risquer dans leur émotion de commettre une faute qui eût pu lui être fatale.

Dehors, ils se retrouvèrent sur une large place dallée de marbre et bordée de colonnades de porphyre rouge. La beauté, l'harmonie de cette grande ville qui leur appartenait soudain les étreignirent tout en les ramenant à la conscience de la victoire sans prix remportée le matin même de ce jour.

— Nous avons donc fini par conquérir cette superbe Antioche dont les remparts passaient pour être les meilleures défenses du monde, remarqua le père Ascelin. Notre famille paye un lourd tribut pour un tel exploit, mais les conditions mêmes de ce succès doivent nous redonner courage. Si, en dépit du piteux état de nos troupes, nous sommes parvenus à un si beau résultat, nous pouvons espérer que Dieu nous aidera aussi, d'une façon ou d'une autre, à prendre Jérusalem. Nous y serons, mes nièces, et Landry sera parmi nous !

Le soir venait. Dans la cité affolée de pillage, de ripaille, de carnage, de débauche, certains continuaient à danser, à boire, à chanter, alors que d'autres enterraient leurs morts ou s'affairaient à soigner les blessés.

Cependant, le temps pressait. La grande armée ennemie, commandée par le redoutable Kerboga, approchait et parviendrait bientôt sous les murs d'Antioche. Il fallait donc vider le camp, charroyer à l'abri des fameuses murailles le peu qu'on possédait encore, faire entrer le plus de vivres possible, se préparer à la défense.

Toute la nuit, d'un commun accord, on démonta, plia, transporta les tentes, où certains pèlerins préférèrent demeurer plutôt que d'occuper des maisons turques. Cependant, le plus grand nombre d'entre eux choisit de troquer les abris de toile contre de solides demeures en pierre, en brique ou en granit.

La famille du parcheminier avait élu un domicile point trop

vaste, vide et accueillant, situé non loin de l'hôpital. Sa façade blanchie à la chaux, ses fenêtres encadrées de peinture bleue lui donnaient un air avenant et paisible. Dans sa cour fermée, entourée d'une galerie couverte à arcades, une fontaine occupait le centre d'un fouillis d'arbustes aux larges palmes, aux feuillages luisants et découpés. Poivriers, palmiers, orangers, citronniers, enlacés par des rosiers grimpants et des jasmins foisonnants, dispensaient fraîcheur, parfum, fruits et fleurs confondus...

Flaminia et Brunissen se relayaient à présent au chevet de Landry, Alaïs, elle, ne le quittait que pour courir allaiter sa fille, et s'en retournait ensuite auprès de lui.

Une nuit, une journée s'écoulèrent dans la bousculade, la hâte, la mise en place des moyens de défense contre le nouvel adversaire qu'on attendait.

Dès le soir suivant, les premières avant-gardes de Kerboga firent leur apparition sur la rive droite de l'Oronte. Le danger n'avait accordé aux croisés qu'un bref moment de répit. Leur sauvegarde n'avait tenu qu'à quelques heures... Si l'émir et ses alliés ne s'étaient pas attardés devant Edesse, c'en était fait de la gent Notre-Seigneur ! En ce providentiel retard, en ces moments suspendus où la vie et la mort s'étaient livrées à une sorte de sinistre jeu d'échecs, en cette défaite des uns, en ce triomphe si parfaitement mesuré des autres, chacun vit la main du Très-Haut.

— Nous l'avons échappé belle ! constata le père Ascelin durant le souper suivant, pris par la famille sous les arcades tapissées d'une treille qui maintenait, grâce à ses feuilles disposées en berceau, une suffisante fraîcheur. Oui, sur mon salut, il s'en est fallu de bien peu que nous ne soyons pris entres les mâchoires d'une impitoyable et cruelle tenaille... Perdus !

— L'habileté de Bohémond a été l'outil dont s'est servi le Seigneur, intervint Alaïs. Il a bien mérité de se voir accorder la principauté d'Antioche !

La jeune femme montrait de nouveau une certaine assurance. Ayant appris qu'elle se tenait au chevet de son frère, dans l'hôpital où il était lui-même soigné, Bohémond, sans doute amolli par l'euphorie de la victoire, avait fait demander à son amie de venir lui rendre visite. Il se remettait vite de la blessure superficielle que Mabille traitait à l'aide de baumes et d'élixirs dont elle détenait le secret. Le nouveau maître de la cité avait reçu Alaïs de la plus galante façon, la complimentant sur sa taille retrouvée et sur l'agréable rondeur de ses seins. Il était allé jusqu'à se permettre de comparer son joli visage à l'affreuse trogne de l'émir d'Antioche, pris et décapité par des bûcherons arméniens. Ceux-ci avaient jugé bon d'apporter la dépouille au marché, dans un sac, pour la vendre.

— Je la leur ai achetée un bon prix, avait dit le géant blond en riant, et ce n'était certes pas pour sa beauté ! Cette face était hideuse à regarder ! Avenante comme vous voici, la vôtre m'aurait coûté un millier de besants !

Sur l'avis de Mabille, sans doute émue par l'état de Landry que, pourtant, elle fréquentait de plus en plus rarement, Bohémond avait poussé l'obligeance jusqu'à expédier au jeune homme, accablé de fièvre, son propre chirurgien.

D'une main experte, ce dernier avait d'abord examiné les os du crâne, lésés par une lame qui avait entamé le casque ainsi que le bonnet de cuir molletonné porté par-dessous.

— Dieu merci, l'acier de son heaume était solide ! avait constaté le mire. La plaie n'est pas trop profonde et, surtout, la tempe a été épargnée !

Il avait alors enduit le trou situé du côté droit de la tête d'une poudre résineuse ocrée, refait le pansement avec de la charpie trempée dans du blanc d'œuf afin de maintenir l'appareil, puis recouvert le tout d'une toile fine et serrée.

Après avoir dénudé la blessure de la poitrine et celle de la jambe, il avait longuement réfléchi, en fronçant le nez.

Gros et lourd, il ressemblait, selon Alaïs, à certains chiens de meute à la truffe épatée, aux longues oreilles, mais aux yeux vifs et remplis de sagesse.

— Les côtes sont tout juste éraflées, avait-il repris au bout d'un moment. Rien à craindre de bien méchant pour elles. En revanche, le genou m'inquiète davantage. Il est percé de part en part, très enflammé, et le pus qui en sort dégage déjà une mauvaise odeur.

Alaïs joignit les mains.

— Dieu Seigneur ! Mon frère ne va tout de même pas perdre une jambe !

— Je n'en sais rien encore. Je repasserai ce soir...

Quand le chirurgien se fut éloigné, Rambaud le Blond, auquel on avait extrait un peu plus tôt, avec succès, la pointe de la flèche fichée dans son bras, tenta de rassurer la jeune fille.

— Ce mire est le meilleur de tous, assura-t-il. Ce n'est pas lui qui m'a opéré, mais un autre, moins réputé. Avec un tel maître, votre frère sera entre les plus habiles mains qui soient. Croyez-moi ! N'ayez pas peur !

Le soir, il fallut se rendre à l'évidence : la putréfaction gagnait les alentours du genou. Si on voulait sauver Landry, l'amputation s'imposait. Comme il demeurait prostré, brûlant de fièvre, ce fut sa famille qui eut, dans l'horreur et le déchirement, à prendre l'affreuse décision.

L'opération se déroula hors de la présence des siens, après que le chirurgien de Bohémond eut endormi son patient en lui appliquant sous les narines une éponge imprégnée du suc de plantes au pouvoir narcotique.

Ce malheur fut noyé dans la panique qui submergea les croisés lorsqu'ils découvrirent, du haut des remparts d'Antioche, la masse innombrable des tentes, des chariots, du matériel ennemi.

Méthodiquement, implacablement, les Sarrasins encerclaient la ville.

— La citadelle, toujours aux mains des Turcs, contient encore une grande quantité de soldats, expliqua Mathieu le Barbier à Brunissen, le deuxième soir après l'installation de ses amis dans la maison blanche et bleue. Ils sont commandés par le propre fils de l'émir décapité et refusent de se rendre depuis qu'ils ont vu arriver Kerboga et ses troupes. Ils crient qu'ils vengeront les leurs !

Pendant la nuit, on avait rejeté par-dessus les fortifications les cadavres des infidèles tués lors de la prise d'Antioche, mais la pestilence dégagée par leurs corps mutilés continuait à flotter entre les murs de la cité, comme un rappel méphitique et vengeur des tueries commises.

— Il est certain qu'ils n'oublieront pas leurs morts, dit la jeune fille. Si l'occasion leur en est jamais fournie, ils exerceront la loi du talion et assouviront leur rancune sur chacun d'entre nous ! Œil pour œil, dent pour dent ! N'est-ce pas la terrible fatalité des combats ?

D'assiégeants devenus assiégés, les chrétiens éprouvaient l'étrange impression que tout recommençait d'une manière semblable et pourtant différente : la peur, les luttes sans trêve, les têtes lancées d'un côté ou de l'autre des fortifications selon le vainqueur du moment, mais aussi la garde de jour et de nuit sur les remparts immenses qui s'étendaient sur plus de quatre lieues, la lourde chaleur de juin et, en plus, les ennemis embusqués dans la citadelle, au cœur d'Antioche, comme des vers dans un fruit...

Dès le premier jour, le conseil des barons organisa la

défense. Godefroi de Bouillon établit ses hommes à l'est, à l'endroit le plus dangereux, et garda le fort de Malregard. Le comte de Toulouse occupa le sud, le pont, la forteresse de la Mahomerie. Bohémond, lui, à peine sorti de l'hôpital, reprit en main l'ensemble du dispositif. Accompagné de son neveu Tancrède, on le voyait partout, boitant à peine, veillant à tout, se multipliant sans relâche.

— Ce n'est pas pour rien que sa bannière flotte, seule, sur les tours de la ville ! lança Rambaud le Blond à Alaïs, le lendemain de l'opération de Landry. Ce Normand de Sicile a le diable au corps ! Il voudrait, sans l'aide de personne, défendre, organiser et gouverner Antioche !

La jeune femme fit un signe d'assentiment, mais demeura penchée sur son frère qui revenait à la vie. L'amputation, suivie de la cautérisation au fer rouge, semblait avoir supprimé, avec la jambe blessée, les causes de l'infection. Il souffrait beaucoup depuis qu'il était sorti de l'épais sommeil où l'avait plongé le suc des plantes, mais la fièvre était moins forte. Il avait repris connaissance, reconnu ses sœurs et pleuré...

— Je ne veux pas rester ici ! avait-il crié entre ses sanglots. Ne m'abandonnez pas !

Alaïs l'embrassait, le lavait, le coiffait, lui essuyait le visage avec des toiles humides et parfumées et lui parlait sans fin à voix basse. On aurait dit que ce fil ténu de mots, évoquant sans doute leur passé jumelé mais également un avenir possible, le reliait à l'existence, le retenait sur le versant lumineux...

Pendant ce temps, très sûrs de leur puissance, de leur nombre, de leur future victoire, les Sarrasins redoublaient d'agressivité. Ils lancèrent une attaque du côté de la citadelle afin d'éprouver la résistance des Francs. Ceux-ci tentèrent une sortie pour repousser l'ennemi et détruire en même temps les tentes de Kerboga, mais ils se virent vite contraints de rebrousser chemin pour réintégrer en désordre leurs positions. On se battit tout le jour, avec acharnement.

Soutenus, encouragés, pansés, abreuvés par les pèlerins et les femmes, les soldats du Christ, encore sur la lancée de la prise d'Antioche, parvinrent à résister à leurs assaillants. Pourtant, c'était à une véritable marée humaine, revenant sur eux, vague après vague, qu'ils avaient affaire.

L'effort fourni fut écrasant. Le combat terminé, les nouveaux assiégés se sentirent, pour la plupart, envahis d'une âcre lassitude.

— Je n'en peux plus ! avoua à la fin de cette dure journée Herbert Chauffecire à Mathieu le Barbier, qu'il avait rejoint après la bataille. Pourquoi avoir tant lutté contre les Turcs, contre le désert, contre la traîtrise des monts avant de parvenir ici, pourquoi avoir pourri sur pied durant cet affreux hiver, en face des murailles qui nous enserrent à présent, si c'est pour nous trouver prisonniers de notre propre victoire, refaits comme des poissons dans une nasse ? Jamais l'empereur Alexis ne nous enverra les renforts que nous attendons... Etienne de Blois ne reviendra pas non plus avec des troupes fraîches, malgré ses promesses qui n'étaient que leurres. Il est bien trop content d'avoir réussi à sauver sa précieuse peau ! Tout le monde nous abandonne... Notre cause est perdue... A mon tour, je vais vous quitter... Que Dieu me pardonne !

Il ne fut pas le seul. Dans la nuit qui suivit, un certain nombre d'hommes d'armes, de chevaliers et même de seigneurs, découragés, fourbus, ayant perdu foi et vaillance, s'évadèrent d'Antioche, Antioche la Belle, Antioche la souricière... Ils se laissèrent glisser le long des cordes rugueuses du déshonneur et de la honte afin de s'aventurer par-delà les rangs ennemis.

Le lendemain matin, quand on découvrit leur fuite dans la ville, ce ne furent que huées, opprobre, honnissement, malédictions.

Flaminia cracha par terre et s'écria que ceux qui venaient de déserter, Herbert Chauffecire compris, ne méritaient même pas qu'on se souvînt de leur nom. Il convenait de les oublier tous, de faire comme s'ils n'avaient jamais existé...

Tandis qu'elle s'exprimait ainsi, une terreur soudaine lui serra le cœur. Elle n'avait pas revu Andronic depuis la prise de la cité, deux jours plus tôt. Où était-il ? Qu'était-il devenu ? Se trouvait-il encore avec Pierre Barthélemy dont on ne savait plus rien ? N'aurait-il pas été parmi ceux qui avaient renoncé ?

A peine cette idée formulée, elle en ressentit un intime scandale. Comment avoir pu, fût-ce un instant, douter de la loyauté, de la fidélité d'Andronic ?

— Qu'avez-vous, ma sœur ? vous semblez tout agitée, s'inquiéta Brunissen qui venait de la rejoindre dans la cour feuillue, après avoir été embrasser leur nièce dans son berceau. Est-ce la lamentable histoire de ceux qu'on nomme déjà, comme vient de me le dire notre oncle, les funambules, qui vous met en pareil état ?

— Ils me font horreur ! Sur mon salut, il aurait mieux valu pour eux mourir que déserter ainsi ! Dieu les maudira !

— Que savons-nous, Flaminia, de la miséricorde du
Seigneur ? Son pardon est toujours plus grand que nos fautes.
Il ne veut pas que meure l'âme du pécheur...

— Vous êtes sans doute une sainte, moi pas ! Tous ceux
qui trahissent notre pèlerinage me révoltent ! Vous ne m'empêcherez pas de vouer ces maudits aux flammes de l'enfer !

Brunissen sourit, glissa son bras sous celui de sa sœur et
l'entraîna vers la rue.

Chacun eut bientôt d'autres raisons de souci. Insidieuse,
grise, obsédante, la faim fit une fois encore son apparition
parmi les croisés. Les provisions qu'ils avaient pu trouver sur
place ou apporter avec eux à Antioche s'épuisèrent vite. Le
siège rigoureux auquel l'immense armée ennemie soumettait
les chrétiens ne laissait que rarement passer les fous assez
téméraires pour se faufiler, à la nuit tombée, hors de la ville
et gagner Port-Saint-Siméon, où marins et marchands génois
leur vendaient quelques vivres. Au péril de leur vie, ils en
rapportaient du poisson ou des quartiers de viande qu'ils
revendaient, fort cher et à la sauvette, avant le retour du jour.
Ceux qui se firent intercepter furent tués par les Turcs.

L'or, l'argent, les bijoux, les meubles incrustés de nacre ou
d'ivoire, les demeures riantes, les frais jardins, où poussaient
plus de fleurs que de légumes, ne servaient de rien contre
la disette.

Pour la première fois, le père Ascelin se demanda avec
angoisse si les besants dont il disposait lui procureraient la
subsistance nécessaire à sa famille. Disparus, les Arméniens
ou les Syriens surgis naguère des plaines fertiles où fructi-
fiaient tant de champs et de riches pâtures, de l'autre côté de
la montagne, au chaud soleil de juin. Les infidèles leur
barraient le passage ou leur achetaient leurs produits. On ne
pouvait plus compter que sur ses propres ressources...

— Une tête de cheval dont la langue a déjà été vendue
par ailleurs coûte deux ou trois sous, des tripes de chèvre
cinq sous, une poule huit ou neuf sous ! gémissait Albérade
en revenant du marché avec un panier à demi vide. J'ai pu
me procurer un peu de lait, du fromage de brebis, deux miches
de pain et des pois chiches. C'est tout pour ce jourd'hui !
Même à ces prix exorbitants, la moindre rave disparaît avant
d'avoir été posée sur l'étal du marchand ! C'est une ruée ! Les
gens font la queue dès matines... Ils sont comme des possédés !

— Demain, j'irai avant l'aube, à votre place, attendre
l'ouverture de la halle, dit le père Ascelin. Il faut absolument
qu'Alaïs mange à sa faim pour allaiter sa petite et Landry,

qui va certainement nous être renvoyé comme beaucoup de blessés qu'on ne peut plus nourrir dans les hôpitaux, aura, lui aussi, besoin de se refaire.

— On m'a raconté que certains des nôtres cueillent des figues encore vertes ainsi que des feuilles de vigne ou des chardons pour les cuire et les céder ensuite au prix fort, reprit la servante avec une lippe de dégoût.

— Si vous allez par là, on dit bien d'autres choses ! soupira le prêtre. De pauvres gens font bouillir du cuir afin de l'assouplir et de le vendre aux plus affamés, contre quelques menues pièces... Et je sais également qu'il se trouve des chevaliers pour tirer chaque jour un peu de sang à leurs chevaux dans le but de le boire sans les tuer pour autant !

Des pèlerins se virent bientôt réduits à mâcher leurs propres chaussures et des os ramassés sur le sol... Une épidémie se déclara sans tarder. Le légat du pape et le comte de Toulouse, plus âgés tous deux et plus fragiles que les autres barons ou prélats, tombèrent de nouveau gravement malades...

Comme l'avait prévu le notaire épiscopal, on en vint, dans les hôpitaux de la ville, à mesurer si chichement la nourriture aux blessés que beaucoup préférèrent rentrer chez eux. Landry fut de ceux-là. A la mi-juin, deux moines le ramenèrent, sur un brancard, dans la maison discrète qu'il ne connaissait pas encore.

— Vous voici de retour parmi nous, lui dit Alaïs quand elle le vit couché dans le lit propre que ses sœurs lui avaient préparé. Nous allons si bien prendre soin de vous que vous ne tarderez pas à guérir.

— Je serai donc un amputé enviable ! répondit Landry en détournant la tête vers le mur blanchi au lait de chaux de sa chambre.

La famille tout entière, réunie autour de son lit, ne pouvait s'empêcher de pleurer, et nul ne s'avisa de lui répondre par quelque fausse consolation.

Mabille fit envoyer à son ancien amant de la viande séchée et des œufs. Bohémond y avait fait joindre deux sacs de farine et un baril de poissons fumés.

Si les barons disposaient encore de quelques réserves, il n'en était pas de même pour les petits pèlerins chez qui la famine causait des ravages. Il vint aux oreilles des Chartrains un récit horrifiant : on racontait en effet que ceux qu'on nommait « tafurs », pauvres entre les pauvres et gens sans foi ni loi, mangeaient de la chair humaine. Celle de certains cadavres turcs conservés, dépecés et séchés au feu...

Les jours passant, Godefroi de Bouillon lui-même dut se contenter de quelques bas morceaux de chameau, qu'il partageait avec amis ou vassaux qui n'avaient plus rien à se mettre sous la dent.

Jamais la gent Notre-Seigneur n'avait connu si profond accablement, n'avait été si près de renoncer : tant de jours, tant de morts, tant de souffrances, tant d'épreuves et de misères pour en arriver à s'éteindre lentement, sous un soleil brûlant, entre les murs inexpugnables d'une cité où la faim régnait en souveraine !

Les ennemis, qui étaient renseignés sur les conditions d'existence des assiégés, attaquaient de-ci, de-là, par surprise, la garnison exténuée.

— Les Sarrasins ont failli prendre pied sur les remparts ! vint un soir annoncer à ses amis Mathieu, toujours fidèle. Ils avaient dressé des échelles contre la tour des Deux-Sœurs, celle-là même par laquelle nous sommes entrés dans Antioche, et, profitant de l'extrême fatigue des gardes, ils ont essayé de s'infiltrer dans la ville. Ce fut pur miracle si, une fois l'alarme donnée par des guetteurs moins épuisés que les autres, plusieurs chevaliers surgirent juste à temps pour les exterminer !

Des plus vaillants, la faim faisait des fantômes hallucinés.

A l'occasion d'une autre agression turque, Bohémond fut contraint de donner l'ordre d'incendier certains quartiers de la cité, afin d'en faire sortir les soldats qui se refusaient à quitter leurs logis. Sur un fond de flammes ronflantes et dévorantes, l'engagement eut lieu, tandis qu'un vent furieux secondait l'action du Normand de Sicile... Vers matines, une fois l'ennemi bouté hors la ville, la bourrasque tomba et le feu s'éteignit...

A quelque temps de là, les Francs virent, dans le ciel velouté de la nuit syrienne, au-dessus d'Antioche, scintiller une belle et large étoile. Elle demeura un moment immobile, puis elle se divisa en trois parties qui tombèrent sur le camp des assiégeants.

— Regardez, mes enfants ! dit le père Ascelin aux femmes de sa maison qui avaient contemplé en même temps que lui cet étonnant prodige. Regardez ! Dieu nous envoie un nouveau signe ! Il ne nous laissera pas périr à l'intérieur d'une ville où les chrétiens, jadis, choisirent leur nom d'après le Sien !

Sur son lit, Landry, sanglotant, suppliait le Seigneur qui Se manifestait à eux si clairement, d'accepter le sacrifice de sa jambe en offrande pour le salut de tous.

Le lendemain, un prêtre vint annoncer au conseil des barons qu'il avait été favorisé d'une vision : adjuré par la Vierge Marie et saint Pierre d'apporter son aide aux croisés, le Christ avait répondu : « Que mon peuple revienne à moi, et je reviendrai à lui. D'ici cinq jours, je lui enverrai un grand secours. »

Ce fut à la fin de ce délai que Pierre Barthélemy survint. Evitant de se rendre d'abord chez ses amis demeurés sans nouvelle de lui depuis la prise d'Antioche, il alla tout droit se présenter à l'évêque du Puy, chef des armées chrétiennes, et au comte de Toulouse, tous deux convalescents. Reçu par eux, ce qui était déjà en soi un événement, il leur parla enfin comme il avait été sommé de le faire depuis longtemps.

— André, apôtre de notre Dieu et Seigneur Jésus-Christ, m'a averti par quatre fois et ordonné de venir vous trouver pour vous faire découvrir, dans cette cité où nous voici, la lance qui ouvrit le côté du Sauveur. Ce jourd'hui même étant sorti d'Antioche avec d'autres croisés durant une action assez vive, je me vis poursuivi par deux cavaliers ennemis et je courus me mettre à l'abri. Hors d'haleine, à demi évanoui, je restai tristement assis sur une pierre. Saint André m'apparut alors une nouvelle fois. Il me fit beaucoup de remontrances et proféra des menaces dans le cas où je n'exécuterais pas ma mission. Aussi, me suis-je décidé à venir...

L'évêque et le comte lui firent raconter en détail les précédentes révélations de l'apôtre. Sans se faire prier, Pierre Barthélemy soulagea sa conscience. Il avoua tout ce qui lui était arrivé et termina son récit en suppliant les deux seigneurs de se plier aux commandements du saint.

Le légat du pape refusa de prêter foi aux visions de Pierre et s'en désintéressa. Le comte de Toulouse, lui, le crut aussitôt. Il décida d'obéir au vœu de saint André en faisant creuser le sol de la cathédrale Saint-Pierre, derrière le maître-autel, là où cela lui avait été indiqué. Le propre chapelain du comte se vit confier le soin de sonder et d'interroger le petit homme sans prestance qui avait été honoré d'une si importante manifestation d'en haut.

En présence du comte, douze hommes, dont Pierre Barthélemy et un ami à lui, moine de haute taille, fort silencieux mais très actif, creusèrent en vain, du matin jusqu'au soir. La fatigue et le découragement commençaient à poindre, lorsque Pierre, tout d'un coup, ôta sa ceinture, ses sandales et, pieds nus, en chemise, descendit dans la fosse déjà deux fois aussi profonde que la taille d'un homme. Ce faisant, il ne cessait

d'exhorter ses compagnons de prier Dieu de leur livrer la
sainte lance pour le réconfort et la victoire de ses fidèles...

Soudain, une pointe de fer apparut...

Le chapelain du comte de Toulouse se précipita dans le
trou pour être le premier à la baiser. Puis on dégagea la lance
entière dans une explosion de ferveur et de joie.

On se rua vers les portes de la cathédrale, on courut à
travers la ville qui se préparait pour la nuit. Comme un raz
de marée, la nouvelle s'engouffra dans chaque logis, força
les portes, déversa une foule bouillonnante sur les chaussées,
suscita un émoi sans pareil : Dieu avait visité son peuple !

Avec la confiance retrouvée, l'ardeur revint au cœur des
soldats du Christ. La faim, la lassitude, le doute se dissipèrent
ainsi que des vapeurs fantasques. Le courage ressuscita d'un
coup chez les plus simples, les plus nombreux, les plus
sincères. On criait : « Dieu aide ! Dieu aide ! » et on s'embrassait sur les places et dans les rues en une sorte d'immense
fête de l'Espérance, spontanée, irrésistible...

Devant l'élan qui soulevait pèlerins et soldats, les barons,
qui venaient de se donner pour chef Bohémond de Tarente,
le plus populaire d'entre eux, en remplacement d'Etienne de
Blois, se réunirent aussitôt. Emportés par l'exaltation générale,
ils jurèrent de poursuivre la lutte, de ne jamais fuir, même
s'ils devaient laisser leur vie sur le chemin de Jérusalem...

Ce même soir, parmi la cohue délirante d'allégresse, un
moine au visage dissimulé par l'ombre de la nuit et celle de
sa capuche se faufila jusqu'à la maison blanche et bleue. Il
en longea les murs, puis, s'aidant d'une borne, il se hissa au
sommet d'une des petites terrasses d'angle qui encadraient la
cour-jardin.

A plat ventre, il rampa vers le muret qui bordait son abri.
Penché au-dessus du vide, il attendit que l'agitation cessât.
Des paroles fiévreuses, des rires, des cris, où se mêlaient
enthousiasme et lamentations sur un frère désormais écarté
des triomphes futurs, fusaient vers lui, montaient en un bourdonnement aussi dense que les parfums confondus des roses
et des jasmins. Une conversation finit par s'en dégager.

— Ce Pierre Barthélemy, disait la voix du père Ascelin,
je n'ai jamais beaucoup cru en ses récits, mais, vraies ou
fausses, ses visions vont changer bien des choses.

— C'est un inspiré, reprenait Brunissen. Il est de bonne
foi. Pourquoi le Seigneur n'aurait-Il pas choisi ce pauvre
Pierre parmi nous tous, afin de lui révéler l'emplacement de
la sainte lance ? Vous ne pouvez nier, mon oncle, qu'on l'ait

bien découverte là où il l'indiquait. A l'endroit qu'il nous avait décrit un certain soir de l'hiver dernier.

— Il est vrai, ma nièce, il est vrai.

— Moi qui n'étais pas des vôtres à ce moment-là, ajouta Flaminia dont la voix fit battre le cœur du moine, moi qui vous en ai seulement entendu parler, je partage l'opinion de Brunissen. Oui ou non, la lance se trouvait-elle derrière l'autel de l'église Saint-Pierre ?

— Elle y était, admit le père Ascelin forcé dans ses retranchements, elle y était, nul ne peut le nier. Mais qui l'y avait mise ? Là réside toute la question... N'oublions tout de même pas qu'une autre sainte lance est exposée à Constantinople, reconnue, révérée comme la seule véritable !

— Allons, mon oncle, nous ne vous convaincrons pas, constata Brunissen avec calme. Tant pis ! Je vais retourner auprès d'Alaïs et de Landry. Dans les jours à venir, je pense qu'il nous faudra redoubler d'attention envers notre blessé. Ne pas pouvoir se battre avec ses compagnons d'armes va le désespérer !

— Je vais avec vous, ma nièce. Pour votre frère, vous avez entièrement raison. Que Dieu lui vienne en aide !

— Je reste un moment dehors à respirer la nuit, dit Flaminia. J'irai vous rejoindre sans tarder.

Elle se dirigea vers la fontaine, revint sur ses pas, longea l'allée qui traversait le fouillis de verdure...

Une glissade, une chute, un bond et elle se retrouva entre les bras d'Andronic.

— Toi ! Ici ! Seigneur, je deviens folle ! Tu m'avais promis de ne jamais...

— Je devais te voir, te parler. D'abord parce que j'ai besoin de toi. Que rester des jours sans ta présence est un supplice d'autant plus douloureux que je te sais toute proche... Mais les événements de ce soir m'y ont aussi conduit. Ecoute-moi. La découverte de la sainte lance a déjà redonné foi et vaillance aux nôtres. Les signes surabondent de nouveau. Ceux qui le crient dans la ville ont raison : Dieu est avec les croisés ! Ils vaincront les Turcs, quitteront Antioche et ses maléfices, marcheront sur Jérusalem. Désormais, je ferai partie des pèlerins. Perdu dans leur nombre, je suivrai le même chemin que le tien. Nul ne pourra m'en empêcher. Ni toi, ni personne... Je vivrai discrètement, sans t'importuner, jamais bien loin mais non plus jamais trop proche... Je respirerai l'air que tu respireras, je partagerai découvertes et déconvenues, heurs et malheurs..., je vivrai dans ton ombre, je souffrirai moins...

Il serra Flaminia contre lui, se pencha, l'embrassa avec passion et se sauva.

Elle l'entendit grimper le long du mur tapissé de jasmin, en casser quelques branches, s'enfuir par les terrasses..., et elle s'évanouit.

En dépit de la réserve du légat et de certains croisés, on célébra avec pompe l'octave de l'invention de la sainte lance, puis les évêques imposèrent à ce peuple d'affamés, qui s'y livra avec ferveur, trois jours de jeûne. Prières et processions se succédèrent à travers la ville réveillée de sa torpeur et prise de frénésie.

Une ambassade, que menait Pierre l'Ermite, réapparu pour la circonstance, fut envoyée à Kerboga afin de lui proposer un traité de paix. Sur le refus hautain et railleur de l'émir, les croisés se préparèrent au combat. Ils n'avaient plus le choix. Vaincre les mécréants ou bien se voir anéantis par eux ou par la famine, telles étaient les seules possibilités qui leur étaient offertes...

On rassembla tout ce qui restait de chevaux, de mulets et même d'ânes. On vendait tout ce qu'on possédait pour acheter une monture qui tînt debout. En dépit de sa gloire et des biens immenses qu'il possédait en Lorraine, Godefroi de Bouillon dut emprunter un destrier au comte de Toulouse, trop malade encore pour participer à la bataille.

Chacun se confessa, communia au corps et au sang du Christ en sachant que la lutte à venir serait peut-être la dernière...

Enfin, arriva le jour. Le jour d'entre les jours.

On était la veille de la Saint-Pierre, patron de la ville, patron aussi du découvreur de la sainte lance...

Une messe fut dite, d'une piété inouïe, exaltée, tangible. Les cloches sonnaient, les yeux brillaient, les cœurs battaient, les pèlerins et les hommes d'armes chantaient en chœur des hymnes au Tout-Puissant.

Rassemblés dès l'aube sur une large place, devant la porte fermée du Pont, à l'ouest de la cité, l'ost, sous la conduite de l'évêque du Puy, attendait, dans une impatience fébrile, de s'élancer sur les infidèles.

Le légat du pape tenait la sainte lance, brandie à bout de bras.

Parmi les pèlerins rassemblés autour de l'armée, le père Ascelin et ses nièces avaient participé dans la plus extrême ferveur à la messe, à la bénédiction, aux ultimes instants qui précédaient l'assaut. Alaïs, seule, était absente. Elle était demeurée auprès de sa petite fille et de son frère qu'il lui fallait consoler ainsi qu'un second enfant.

On ouvrit la porte de la ville et, dans un ordre monastique, comme durant une procession, prêtres et moines, pieds nus, vêtus de robes blanches, chantant le *Veni Creator* et invoquant Dieu, s'avancèrent les premiers, devant les soldats.

La foule se précipita vers les remparts du haut desquels il lui serait possible d'assister au combat.

Brunissen, Flaminia et leur oncle y parvinrent en tête. La multitude qui les environnait, semblable à des chevaux sentant venir l'orage, vibrait à l'unisson. Frémissante, subjuguée, orante, elle ne formait plus qu'une âme, qu'une foi, qu'une même espérance... Suppliant à haute voix le Seigneur de défendre son peuple, d'attester en ce combat, par la victoire des Francs, l'alliance qu'Il avait scellée de son sang avec lui, des prêtres, revêtus de leurs ornements sacerdotaux, sortirent de la cohue pour s'agenouiller sur la muraille et se faire la voix de tous.

Flaminia contemplait ce spectacle avec exaltation. Elle priait avec les prêtres, lorsque la sensation d'être observée lui fit tourner la tête. Debout dans un angle des remparts, un grand moine noir au capuchon baissé l'observait. Appuyé des épaules contre les énormes pierres des fortifications, il ne s'intéressait pas à ce qui se passait dans la plaine, sur l'autre rive de l'Oronte, face aux ennemis. C'était elle qu'il fixait des yeux. Elle frissonna, joignit les mains sur son bliaud vert cru et se détourna sans hâte, pour ne pas attirer l'attention des siens.

Cependant, l'armée franque, que les Sarrasins laissaient miraculeusement sortir sans intervenir, se déployait sous les murs de la ville, bataille après bataille, en toute liberté. Les plus hauts barons, Hugues de Vermandois, frère du roi de France, Robert de Normandie, qui était de retour, Godefroi de Bouillon, Robert de Flandre la commandaient.

A l'écart, Bohémond, prêt à intervenir, se tenait en réserve avec ses Normands de Sicile.

Remplaçant le comte de Toulouse, toujours malade, qui était resté dans la cité pour surveiller les Turcs de la citadelle, l'évêque du Puy avançait à la tête des Provençaux. Devant eux, au-dessus des bannières multicolores, son chapelain élevait, de toute sa haute taille, la sainte lance, scintillante des fines gouttes qu'une pluie rafraîchissante et légère faisait tomber du ciel.

Farouches, résolus, avec dans le regard l'étrange lueur de

ceux qui n'ont rien à perdre, les hommes d'armes, en ligne, marchèrent sur l'ennemi.

Pour enrayer leur progression, les archers turcs décochèrent des milliers de flèches. Les Francs ne parurent pas les sentir...

— Dieu le veut ! Dieu aide ! Saint sépulcre !

Du haut des remparts, la voix des pèlerins faisait écho aux cris des combattants.

Entraînée par la puissance de la certitude qui soulevait tout le monde autour d'elle, Flaminia chantait, hurlait avec ses voisins.

— Regardez ! lança le père Ascelin. Regardez ! Bohémond les prend à revers !

Avec sa fougue coutumière, Bohémond enveloppait les archers turcs, les chargeait, les repoussait. Son audace affola ses adversaires, déjà impressionnés par la détermination d'une armée qu'on leur avait décrite comme épuisée et quasiment rendue... Ils commencèrent à lâcher prise.

Durant ce temps, le gros des troupes franques montait vers les forces ennemies massées sur les hauteurs du cimetière musulman, les obligeant à reculer. Pour tenter d'arrêter une offensive que leurs armes ne semblaient pouvoir briser, les Sarrasins mirent le feu aux herbes folles de la plaine... En vain ! Godefroi de Bouillon regroupa alors ses hommes et les lança en avant. Leur attaque balaya tout devant elle.

Sur les remparts, un grand silence était tombé. On regardait, on priait...

L'élan des soldats de Dieu atteignait le camp de Kerboga. Plusieurs chefs arabes et turcs prirent soudain la fuite. On les vit cravacher leurs chevaux nerveux et s'éloigner à bride abattue... Les dissensions existant entre eux et Kerboga, dont on n'ignorait pas qu'ils lui reprochaient son orgueil et son attitude tyrannique, devaient être à l'origine de ce revirement... Leurs troupes firent aussitôt demi-tour pour les suivre.

Toute l'immense armée sarrasine céda d'un seul coup.

Huées, vociférations, cris de victoire, actions de grâces s'élevaient à présent du haut des murailles où la foule hurlait sa joie.

Quand on aperçut Kerboga tourner bride, lui aussi, et la débâcle devenir générale, on comprit qu'on était exaucé, sauvé ! Les soldats du Christ ne s'attardèrent pas pour autant au pillage des richesses que contenait le camp des vaincus. Ils poursuivirent les fuyards sur plus d'une demie-lieue jusqu'à un pont de fer situé sur la boucle du fleuve et, plus loin encore, vers l'est, de l'autre côté de l'Oronte... Leurs montures mal nourries ne purent les porter plus avant... On vit alors Syriens et Arméniens, accourus de la montagne et des environs afin de seconder les Francs, se précipiter sur leurs anciens oppresseurs pour les exterminer.

Descendant aussitôt des remparts d'où ils avaient suivi la déroute des uns et l'avancée triomphale des autres, les pèlerins s'élancèrent sans plus attendre vers les portes ouvertes... Ils couraient vers les somptueuses tentes du camp déserté où ils savaient trouver de l'or, de l'argent, des pierres précieuses, des meubles de prix, des vases, des tapis, des draps de soie, mais surtout des troupeaux de bœufs qu'ils avaient entendus beugler de loin, des vaches laitières, des moutons, des chameaux, des ânes, sans parler des réserves de blé, farine, vin, huile et tant d'autres denrées dont ils étaient privés depuis si longtemps...

Le père Ascelin et ses nièces, pressés par la foule, emportés par elle, se virent séparés un moment.

Deux bras forts saisirent la taille de Flaminia.

— Dieu soit béni ! dit contre sa joue une voix ardente. En vérité, qu'Il soit béni ! Nos gens aux ventres creux viennent de briser la résistance de la plus importante armée jamais rassemblée contre eux, contre nous, contre Lui ! A présent, plus personne ne nous barrera la route qui mène à Jérusalem... Nous allons partir ensemble, marcher ensemble, vivre ensemble cette montée vers le saint sépulcre dont vous avez tant rêvé tout au long de votre chemin... Et, crois-moi, durant ce temps, je trouverai bien le moyen de t'amener à accepter puis à combler mon amour, ô ma belle amie... mon amour ainsi que mon désir...

Des larmes plein les yeux, Flaminia se retourna vers la rugueuse chape de bure, mais elle leva vers Andronic un visage résolu.

— Dieu ne le voudra pas ! dit-elle sombrement. Non, sur mon âme, Il ne peut le vouloir !... Toute ma vie, j'ai suivi l'exemple de deux guides qu'Il m'avait donnés : mon père et ma grand-mère. Ils ne sont pas morts l'un et l'autre pour que je me livre à la passion d'un homme marié, même si je l'aime, surtout si je l'aime..., mais pour que je continue, pour que je parachève le pèlerinage qu'ils n'ont pas pu mener jusqu'au bout. Je veux, je dois leur demeurer fidèle. Toutes les séductions, tous les appels venus de toi, mon Andronic, je les refuserai, je les écarterai, tant que je ne serai pas parvenue là où m'entraînent les âmes de ceux qui m'ont tracé la voie...

CINQUIÈME PARTIE

8 avril 1099 — 7 juin 1099

1

A la requête de Pierre Barthélemy, on avait entassé, sur une lande assez éloignée du camp, proche des contreforts de la montagne, des fagots de bois sec d'olivier et d'épineux, disposés de part et d'autre d'un étroit passage. Haut de plusieurs coudées, long d'une quinzaine de pieds, ce sentier de l'ordalie était celui de la suprême épreuve pour le petit Provençal, dont tant de croisés mettaient à présent en doute la bonne foi.

« Je veux et je supplie que l'on fasse un très grand feu que je traverserai avec la lance. Si elle est véritablement la lance du Seigneur, je passerai sain et sauf. Sinon, je serai brûlé, car je vois que l'on ne croit plus ni aux miracles ni à leurs témoins ! » avait dit Pierre, poussé à bout par les sarcasmes de beaucoup de ses compagnons.

On était loin des transports suscités, l'année précédente, lors de la prise d'Antioche par la découverte de la sainte lance ! Le temps avait détérioré les ferveurs, miné les confiances.

Poussés par un certain Arnoul Malecorne, chapelain de Robert Courteheuse, duc de Normandie, les incrédules s'étaient dangereusement multipliés au cours des derniers mois.

— Par le Créateur, si nous avions quitté Antioche sans traîner, remarqua le père Ascelin qui assistait en compagnie de ses nièces et parmi la foule accourue au Jugement de Dieu, si nous étions partis dès la Saint-Martin, après un temps de repos nécessaire, ainsi qu'il en avait d'abord été décidé, nous n'en serions pas maintenant arrivés à tant de confusion et de désordre !

Brunissen approuva. Elle tenait serré entre ses doigts le chapelet de sa grand-mère, rapporté à son intention par sa sœur.

— Depuis l'épidémie qui a emporté en août dernier Adhémar de Monteil, le légat que nous avait donné le pape, tout a changé, tout s'est gâté, reconnut-elle avec affliction. Loin de nous être salutaire, la conquête d'Antioche ne nous a apporté que déceptions et chicanes !

— La rivalité scandaleuse, avouée, qui a opposé Bohémond de Tarente et le comte de Toulouse pour la possession de cette ville diabolique, s'est révélée des plus néfastes, dit Flaminia avec rancune. Sans leur hostilité de hauts barons, plus soucieux de se tailler de nouveaux fiefs en Syrie que de progresser vers Jérusalem, il y a beau temps que nous serions parvenus au saint sépulcre !

— Démunie d'un guide incontesté puisque personne, hélas, n'a remplacé l'évêque du Puy, que chacun aimait et respectait, dans la mission que lui avait confiée Urbain II, l'ost Notre-Seigneur ressemble maintenant à la dépouille d'une bête crevée abandonnée au fil de l'eau, ajouta Mathieu le Barbier, seul ami restant des anciens frères d'armes de Landry.

L'arbalétrier fréquentait avec assiduité les Chartrains, en dépit de leur séparation d'avec Landry et d'avec Alaïs, restés tous deux à Antioche, l'un à cause de son amputation, l'autre pour demeurer à la fois avec son frère, sa fille et Bohémond.

— Quand je pense que, pour la troisième fois, nous célébrons le Vendredi saint loin de chez nous, mais toujours loin de Jérusalem, continua-t-il avec véhémence, j'enrage ! Et tout cela par la faute du comte de Toulouse, dont l'ambition nous fait piétiner sans fin aux portes d'Arqa. C'est une honte !

— Le siège d'une ville de mince importance comme celle-ci ne fait pas avancer d'un pouce notre pèlerinage, reprit Brunissen dont la voix chantante résonnait pourtant, elle aussi, d'une nette réprobation. Dieu Seigneur, que faisons-nous ici ?

— Nous flattons les visées du comte ! répondit Flaminia qu'on sentait, comme les autres, à bout de nerfs. De la prise de cette maudite cité dépend notre progression. Ce pauvre Pierre Barthélemy n'a-t-il pas affirmé avoir entendu, au cours d'une nouvelle vision, le Christ en croix lui exprimer personnellement que la maison de Toulouse devait se rendre maîtresse d'Arqa ?

— Que Dieu lui pardonne et prenne pitié de lui, souffla le père Ascelin avec un discret haussement d'épaules. N'a-t-il pas aussi certifié avoir vu l'évêque du Puy, ainsi que l'évêque d'Orange, son éphémère remplaçant, émerger l'un et l'autre en piteux état des séjours infernaux ? Leur refus de croire à la sainteté de la lance trouvée par lui à Antioche aurait été la cause de leurs tourments ! Sur mon salut, les tribulations de la route lui ont fait perdre l'esprit !

Brunissen se signa.

— Il n'est que d'attendre pour savoir qui a raison et qui a tort, fit-elle remarquer en désignant du menton l'arrivée des barons prenant place pour assister à l'ordalie. Bientôt, chacun sera fixé.

— Il est en effet grand temps que cette discorde cesse ! affirma le père Ascelin. Encore un peu et, Dieu nous assiste, gens d'armes comme pèlerins en seraient venus à former deux camps opposés : celui des adorateurs et celui des contempteurs de la sainte lance !

Il se tut avec l'assistance sur laquelle, soudain, passa un frisson. Pieds nus, en vêtements sacerdotaux, les prêtres faisaient leur entrée dans l'immense cercle formé par les croisés. Pierre Barthélemy marchait derrière eux. Ils se placèrent au premier rang, face aux barons.

A l'aide de torches enflammées, les aides du bourreau embrasèrent les premiers fagots. Puis, Raymond d'Aguilers, homme mûr, corpulent et chapelain du comte de Toulouse, qu'il représentait, prononça les paroles attendues :

— Si le Dieu tout-puissant a parlé à cet homme face à face, et si saint André lui a montré la lance du Seigneur tandis que ce pèlerin veillait, qu'il passe à travers le feu sans recevoir aucune atteinte. Sinon, qu'il soit brûlé avec la lance qu'il portera à la main.

En se prosternant, tous répondirent :

— Amen !

Au cœur du silence qui suivit, Pierre Barthélemy, vêtu d'une simple tunique blanche et pieds nus, vint s'agenouiller devant l'évêque qui présidait la cérémonie. Il réaffirma la véracité de ses dires, se confessa publiquement des fautes qu'il avait pu commettre, pria Dieu de les lui pardonner et demanda aux assistants d'implorer pour lui la miséricorde divine.

L'évêque lui remit alors la lance, objet de tant de bruit. Pierre fléchit le genou, fit le signe de la croix et s'approcha du feu qui flambait vif et clair à plus de trente coudées de haut... La lance à la main, il pénétra ensuite dans l'étroit sillon ménagé entre les bûchers crépitants...

La chaleur dégagée était telle que, en dépit de leur immense curiosité, les spectateurs de l'ordalie furent forcés de reculer. Le temps s'immobilisa au-dessus de l'assemblée...

A travers un brouillard de larmes, Brunissen et Flaminia assistaient à l'épreuve réclamée par leur compagnon. Les vapeurs dansantes et embrasées des flammes, ajoutées à la brume humide de leur chagrin, faisaient vaciller devant leurs yeux le cheminement pénitentiel de Pierre... Brunissen priait. Flaminia songeait au dévouement témoigné par Barthélemy à Andronic et à la détresse que devait ressentir celui-ci, sans doute perdu parmi la foule venue assister en masse au jugement de Dieu...

Un bref moment, Pierre resta sans avancer au centre de la fournaise, puis il reprit sa marche et sortit enfin du sentier incandescent. Il tenait toujours la lance qui, elle non plus, n'avait pas brûlé. Il fit aussitôt le signe de la croix sur les pèlerins émerveillés et s'écria à haute voix : « Dieu, aidez-moi ! »

On se rua sur lui. C'était à qui pourrait le toucher, s'emparer d'un morceau de sa tunique, l'embrasser, lui arracher quelques cheveux... Il disparut au sein de la mêlée et tomba, victime de ses zélateurs en transe qui le piétinaient.

Un chevalier provençal réunit quelques soldats, se fraya un chemin au milieu de la foule devenue comme folle, et parvint à lui reprendre le corps pantelant de Pierre qu'il fit transporter aussitôt sous la tente du comte de Toulouse.

— Je vais le soigner ! s'écria Brunissen, qui s'élança en courant à la suite du blessé.

Mathieu le Barbier se précipita derrière elle. Beaucoup de gens en firent autant...

— Il m'a semblé qu'il portait des traces de brûlures aux jambes, remarqua le père Ascelin. Peut-être me suis-je trompé. Il n'en reste pas moins qu'il est sorti vivant de l'enfer !

Il se retourna pour connaître l'avis de Flaminia. Elle avait disparu. Il pensa qu'elle avait peut-être suivi le mouvement qui entraînait le peuple des croisés sur les traces de Pierre Barthélemy, à moins qu'elle ne fût rentrée au camp... Elle y était. Réfugiée entre les bras d'Andronic, elle pleurait sur l'épaule recouverte de la bure des bénédictins... Dissimulés derrière l'une des somptueuses tentes prises l'année précédente aux vaincus d'Antioche et réparties entre les seigneurs victorieux, les deux jeunes gens s'étreignaient.

— Je voudrais essuyer de mes lèvres chacune de tes larmes, murmurait Andronic à son amie, en serrant tendrement contre

le sien le corps secoué de sanglots. Tout doux, mon cher
amour, tout doux... Pierre est sorti sain et sauf de son chemin
de feu. Il a ainsi prouvé sa bonne foi aux yeux de tous. Les
disputes et controverses qui nous ont été si nuisibles vont
cesser d'elles-mêmes, faute d'aliment.

— Je n'en suis pas si sûre, chuchota Flaminia en redressant
sa tête enveloppée d'un voile violet. Par le Dieu qui ne ment,
il avait des brûlures sur les jambes... Je les ai aperçues et
suis certaine de ne pas me tromper. Les fous déchaînés qui
se sont jetés sur lui par la suite risquent fort d'avoir élargi
ses plaies et foulé aux pieds le témoignage qu'ils réclamaient
si cruellement !

— Allons le voir, amie, aimée, nous saurons ce qu'il en est.

— Tu sais bien que je ne puis en aucun cas me montrer
en ta compagnie !

Andronic eut un mouvement d'impatience.

— Ainsi donc, même en un moment comme celui-ci, tu
refuses ma présence ! Sous cet habit, nul ne peut savoir
qui je suis ! Qui songerait, d'ailleurs, à établir le moindre
rapprochement entre l'humble moine que voici et le parfumeur
de la cour impériale ? Hormis ton oncle, ta sœur et Albérade,
qui me connaît dans le camp ? Personne ! Nous ne risquons
rien !

— Brunissen est en train de soigner Pierre. Il ne faut pas
qu'elle puisse t'apercevoir !

Andronic s'écarta. Son visage soudain durci, son regard
assombri disaient son amertume et sa peine.

— Je n'en puis plus, dit-il enfin, les dents serrées. Non,
par tous les saints, je n'en puis plus ! J'ai tout quitté pour
toi. Depuis juin, et nous voici proches de Pâques à présent,
donc depuis des mois et des mois, je te suis comme un chien,
toujours caché, toujours perdu parmi le flot des pèlerins, à
tel point soucieux de ne pas te déplaire en me faisant
reconnaître, que je vis dans l'angoisse, sans cesse ravivée, de
me voir trahi auprès des tiens ! De tant de soins, de privations,
de désillusions, quelle est ma récompense ? Quels témoignages
d'amour ai-je obtenus de ta part ? Des mots affectueux,
quelques baisers, des caresses toujours prudentes, de brèves
étreintes sitôt dénouées...

Il s'appuya des épaules contre un des montants de la tente
vide qui les isolait et se prit la tête entre les mains.

— Combien de temps vas-tu continuer à m'imposer de
vivre comme une ombre et non pas comme un homme ?
reprit-il avec une violence rancuneuse qui toucha Flaminia

au cœur. Tu m'as rendu fou et tu me prêches la sagesse ; tu m'a mis le sang en feu et tu te refuses à moi !

Il se retourna vers elle, la saisit à pleins bras, l'écrasa contre lui.

— Sur mon âme, J'arracherai un de ces jours cette chape trompeuse, je t'enlèverai, je t'emmènerai loin de ce camp, loin de cette ville que l'armée assiège sottement pour le comte de Toulouse, loin de l'ost qui piétine, et je t'épouserai selon le rite de l'Eglise d'Orient ! Le premier prêtre arménien que nous rencontrerons nous mariera si je le lui demande...

— Il ne nous unira pas sans mon consentement ! Jamais, jamais, je n'accepterai de devenir la femme d'un homme qui n'est pas libre de m'accorder sa foi puisqu'il est toujours pour moi le mari d'une autre !

Andronic émit en grec une sorte de sourde imprécation, tourna les talons et s'en alla d'un pas furieux.

« C'est la première fois qu'il me quitte ainsi, pensa Flaminia, et de nouvelles larmes lui jaillirent des yeux. Jusqu'à présent, durant nos discussions, c'était toujours moi qui rompais le dialogue... Commencerait-il à se lasser de moi, de mes scrupules ? »

Sans même songer à essuyer les pleurs qui tombaient sur le devant de son bliaud et humectaient la légère étoffe de lin écru, elle s'élança en courant vers la tente du comte de Toulouse.

« Quel gâchis, se disait-elle en même temps, quel affreux gâchis que ce qui nous est advenu depuis la prise d'Antioche ! Nous avons alors supposé que Jérusalem et le bonheur étaient à portée de la main, mais rien de ce que nous imaginions ne s'est produit comme nous le pensions ! »

Avec la mort du légat, le silence du pape qui n'avait pas répondu au message pressant que lui avaient adressé les croisés pour qu'il prît la tête du pèlerinage, les rivalités éhontées entre les hauts barons, l'éparpillement des hommes entre seigneurs guerroyant chacun pour soi, la faim réapparue et son cortège de maux, d'horreurs, de détresses, l'année écoulée avait été celle de toutes les déceptions. Un jour, pourtant, l'espérance était revenue, en janvier, lorsque le comte de Toulouse s'était enfin décidé à repartir, pieds nus, en chemise, comme un pauvre, sur le chemin de Jérusalem. Il avait fini par céder aux besogneux, aux indigents, aux chétifs, aux humbles qui se révoltaient devant les sordides marchandages et les atermoiements des chevaliers, comtes et ducs, chargés de les conduire en Terre sainte ! C'était ce peuple de crève-la-faim, de petits pèlerins qui, après avoir démoli de ses mains, de ses ongles, les murailles de la ville de Marra que se disputaient les grands seigneurs, c'était ce peuple de chrétiens désarmés, mais forts de leur indignation, qui s'était montré capable d'entraîner tout le monde à sa suite.

Flaminia s'immobilisa un instant à l'ombre d'un maigre épineux. Elle essuya d'un revers de la main la sueur et les larmes mêlées qui ruisselaient sur son visage. Il ne fallait plus pleurer. Elle devait faire preuve de la même ténacité devant l'épreuve que les croisés de Marra !

Le courage têtu, chevillé à l'âme, dont ils s'étaient alors montrés capables, avait amené les hésitants à recouver volonté et espoir. La marche en avant avait repris, sans que rien ne pût l'entraver.

Les uns après les autres, les barons manquants avaient rejoint ces pèlerins que certains d'entre eux considéraient de haut et qui venaient de leur infliger une leçon qu'il ne leur serait plus possible d'oublier...

Vallées franchies, montagnes escaladées, haltes écourtées, assauts livrés aux forteresses récalcitrantes, clémence accordée à celles qui ouvraient leurs portes, sentes après chemins, routes après sentiers, la gent Notre-Seigneur était finalement parvenue non loin de Tripoli, devant Arqa. Arqa, ville funeste sous les fortifications de laquelle, par la faute et l'entêtement du comte de Toulouse, l'armée, une fois encore, marquait le pas ! Les troupes, fort éclaircies, n'avaient plus la même énergie qu'auparavant...

Cependant, des nefs vénitiennes, grecques, génoises, anglaises, suivaient le trajet de l'ost, au plus près des côtes, afin de la ravitailler, et Tortose, l'unique port de la région, était occupé depuis peu par les Francs. Des renforts y abordaient sans cesse. De nouveaux soldats, de nouveaux pèlerins en provenaient presque chaque jour, mais pas assez nombreux pour compenser les énormes pertes subies. Que de morts au long de ce chemin peineux, aventureux, et que d'abandons depuis Rome ! Le comte de Vermandois, frère du roi de France, n'était pas revenu de l'ambassade dont il avait accepté de se charger auprès du basileus, avec un autre chevalier... Etienne de Blois avait honteusement regagné son Blésois. Bohémond lui-même, le valeureux, le rusé, l'audacieux Bohémond s'en était retourné vers Antioche la Belle, au début des ides de mars, tant il se languissait de sa conquête et d'être tenu loin de sa chère ville bien-aimée.

Flaminia soupira, s'arrêta un instant, puis repartit.

Trois des êtres qu'elle aimait le plus au monde se trouvaient toujours à Antioche. Landry, dont l'amputation nécessitait un long repos, Alaïs et sa fille, retenues là-bas par l'inconstant mais impérieux Bohémond qui les visitait parfois, semblait-il, et dont Alaïs ne pouvait se passer... Elle acceptait de ne recevoir que de temps à autre son ami dans la petite maison blanche et bleue. Quand il en avait décidé ainsi et n'avait, cette nuit-là, qu'Alaïs à honorer.

Son frère et sa sœur manquaient beaucoup à Flaminia.

« De notre famille éprouvée, décimée, que reste-t-il à présent ? se demanda-t-elle avec angoisse. Combien parviendront à Jérusalem ? En suis-je digne moi-même, alors que flambe dans mon cœur, dans mon corps, un amour coupable contre lequel je lutte avec de plus en plus de difficultés ? »

Elle arrivait devant la tente où l'on soignait Pierre Barthélemy. Une foule encore assez dense en obstruait les alentours. On continuait à s'y disputer.

— Il n'a pas été brûlé vif, entendit la jeune fille. C'est la preuve qu'il disait vrai : la lance qu'il a trouvée est bien celle qui a percé le flanc de Notre-Seigneur au jour de sa Passion, que nous commémorons justement ce jourd'hui, Vendredi saint !

— Par Dieu et Notre-Dame, je ne suis pas de votre avis, répliqua quelqu'un. Vous dites qu'il n'a pas été brûlé. Faut-il encore s'entendre sur ce qu'on entend par là ! Il portait de fortes traces de roussi aux mollets. Je les ai vues comme je vous vois !

— Des marques légères, fort légères, compère, reprit un autre assistant. Si tu étais passé, toi, dans une pareille fournaise, il ne te serait pas resté une once de chair sur les os !

Flaminia chercha des yeux un visage connu, mais n'en distingua aucun. Ni son oncle, ni Mathieu le Barbier n'étaient là

Brunissen sortit de la tente au bout d'un long moment. On s'élança vers elle pour connaître l'état de Pierre.

— Les chirurgiens du comte de Toulouse s'occupent de lui, dit-elle d'un air préoccupé. Il faut le laisser en paix. Il a besoin de quiétude...

Flaminia la rejoignit. Elles s'éloignèrent de la cohue et prirent, au bras l'une de l'autre, un sentier sinuant parmi les oliviers, qui évitait le large chemin emprunté par le plus grand nombre des pèlerins.

— Qu'en est-il, en vérité ? demanda la plus jeune.

— Il est brisé, répondit tristement sa sœur. Sur les brûlures qu'il portait aux chevilles et aux mollets, de larges blessures se sont ouvertes quand il a été écrasé par la foule. On lui a défoncé les côtes, et il souffre horriblement du dos. Aux dires des chirurgiens, il serait possible que l'exaltation de ses admirateurs lui ait cassé certains os de l'épine dorsale.

— A-t-il parlé ?

— Un peu. Quand le chapelain du comte lui a demandé pourquoi il s'était arrêté à mi-chemin durant un moment, il a répondu que le Seigneur lui était de nouveau apparu en cet instant, pour lui dire que ses doutes et ses hésitations passés l'empêcheraient d'avoir la vie sauve, mais que, néanmoins, il ne connaîtrait pas l'enfer et serait sauvé.

— Malheureux et bienheureux à la fois..., tel aura donc été son destin. Comme cela est étrange...

— Tout ce que nous vivons depuis trois ans n'est-il pas singulier ? demanda Brunissen, songeuse. Allons, amie, sœur, rentrons chez nous et prions Dieu pour notre ami Pierre !

Flaminia laissa son aînée prendre les devants. Peu pressée de regagner le camp où elle craignait à la fois de rencontrer et de ne pas rencontrer Andronic, elle préféra s'asseoir un temps sous l'ombre lumineuse d'un olivier. Elle avait envie d'emplir sa poitrine du vent qui retroussait les feuillages d'argent vert, caressait de son haleine la campagne florissante et collait à son buste l'étoffe légère qui épousait ses formes. Elle s'emplissait les yeux de la beauté que Dieu avait dispensée à ce pays, voisin de celui qu'Il avait élu.

Au pied de la chaîne des monts du Liban, où s'attardaient des neiges printanières cernées d'épaisses forêts de cèdres, des vignes en bon ordre, des orangers, des palmiers, des citronniers, des bananiers occupaient, de sommets en terrasses puis de terrasses en vergers, en prés, en champs cultivés, la plaine fertile environnant Arqa.

Sur le plateau vallonné qui s'élevait doucement au sud de la ville assiégée, une oliveraie sillonnée de petites routes offrait à l'adolescente le manteau gris et bleu, frémissant, de son ombrage.

« C'est là une terre bénie, songea-t-elle. Une terre semblable au pays de Canaan où les Ecritures disent que coulaient le lait et le miel. Il ferait bon s'y attarder. La mer est proche, et cette vallée opulente ressemble à une belle femme féconde, alanguie, aux approches des monts du Liban qui se dressent à ses côtés, grandioses et protecteurs comme de hauts et puissants barons. Tant de séduction explique l'acharnement du comte de Toulouse et pourrait bien en retenir certains. »

Une fois encore, elle sentait naître et s'irradier dans sa chair un appel mystérieux et fort, un élan qui bouleversait ses sens et la livrait, sans défense, à la tentation de l'amour. Ainsi qu'un arbre plein de sève et de chants, sa jeunesse s'épanouissait au contact de la nature avrileuse et réclamait un apaisement...

« O Andronic, si tu te trouvais ici, en ce moment, près de moi, je sais que je n'aurais plus le courage de te résister et que je m'abandonnerais à toi ! »

Elle ferma les yeux, huma longuement les senteurs de ce sol étranger et pourtant si tentateur, et se serait sans doute laissée aller à s'allonger sur l'herbe, sous l'olivier, pour se fondre en cette terre généreuse, si riche de promesses, si une saute de vent ne lui avait apporté tout à coup une odeur. L'odeur de la fumée dégagée par les restes des fagots qui achevaient de se consumer non loin de là, à l'emplacement choisi pour procéder à l'ordalie...

Avec un soupir, Flaminia secoua la tête et reprit le sentier qui menait au camp des croisés.

Douze jours plus tard, Pierre Barthélemy mourut des suites de ses blessures. Certains disaient de ses brûlures.

A son chevet, l'assistant en ses derniers moments, se tenaient, avec le chapelain du comte, bien déconfit par une fin qui ne manquerait pas de rallumer les contestations, le père Ascelin, Brunissen, Mathieu le Barbier et Flaminia. Assez loin de leur groupe agenouillé dans un pan d'ombre, un grand moine au capuchon abaissé priait pour l'ami qui s'en allait.

Durant les visites quotidiennes que les Chartrains avaient faites au pauvre Pierre après l'ordalie, ils avaient parfois vu ce compagnon silencieux dont on savait qu'il n'avait pas quitté Barthélemy depuis Antioche. Mais nul ne semblait avoir jamais entendu le son de sa voix. Il s'inclinait à l'arrivée des pèlerins ainsi qu'à leur départ, sans prononcer un mot.

— Ou bien il est muet, dit un jour le père Ascelin au sortir de la tente, ou il a fait vœu de silence. Ce n'est pas rare parmi les religieux, même s'ils se trouvent éloignés de leur moutier.

— Sans doute, répondit laconiquement Flaminia.

On n'en avait plus parlé. On s'était habitué à cette présence. L'état du blessé demeurait trop préoccupant pour qu'on eût le temps de s'interroger davantage.

— Pierre est allé rejoindre le Seigneur qui lui était plusieurs fois apparu et qui lui avait indiqué où était placée la sainte lance, dit soudain le chapelain en se levant pour fermer du pouce les paupières restées ouvertes sur une dernière vision. Que Dieu lui soit miséricordieux !

Tous tombèrent à genoux et, pleurant amèrement, commencèrent à réciter à haute voix les sept psaumes de la pénitence.

Le moine se releva dès qu'ils eurent fini, se signa aux pieds du corps sans vie et sortit de la tente. Au passage, sa chape effleura les épaules de Flaminia, courbée sur son chagrin...

La mort d'un seul homme, fût-ce celle du découvreur de la sainte lance, ne fit guère de remous. On continua quelques jours à se quereller à son propos, puis on eut d'autres pertes à déplorer.

Les fêtes de Pâques se déroulèrent au milieu de l'énervement et du mécontentement des pèlerins, en dépit d'un ravitaillement satisfaisant. La précocité des récoltes de la plaine et les compléments apportés par les nefs qui déversaient à Tortose blé, vin, orge, huile, viande et même certains fromages, assuraient une abondance de vivres rarement égalée. Une fois encore, le temps des disettes était passé pour faire place à celui de la prospérité. Mais le siège d'Arqa traînait en longueur, se révélait sans cesse plus meurtrier, et le menu peuple de Dieu recommençait à gronder. Il en voulait, cette fois, au comte de Toulouse en personne qui s'acharnait au su et au vu de chacun à vouloir prendre une ville n'intéressant que lui.

— Savez-vous la nouvelle ? demanda un soir de la mi-avril le père Ascelin en regagnant la tente où sa famille l'attendait pour souper. Un messager vient d'arriver au camp. Il annonce la venue prochaine d'une délégation grecque envoyée par le basileus.

— Grand bien lui fasse ! s'écria Flaminia. Nous n'attendons plus rien de cet empereur félon. Il nous a délaissés aux pires heures de notre route !

— Hugues de Vermandois sera peut-être des leurs, supposa Mathieu le Barbier qui se trouvait là. Ce pauvre seigneur n'a jamais eu de chance. Dans quel bourbier sera-t-il encore tombé ?

Et, selon une habitude perdue depuis des semaines, il se mit à rire aux éclats.

On sut bientôt à quoi s'en tenir. Après une traversée meurtrière du désert d'Anatolie, la perte de son escorte tombée sous les flèches turques, ainsi que celle de Baudouin de Hainaut, son compagnon d'ambassade, Hugues de Vermandois s'était présenté une seconde fois en fort piteux état devant le basileus. Outré dans sa vanité et excédé d'une si constante infortune, le frère du roi de France, après avoir délivré son message, s'était empressé de se réembarquer. Il avait préféré retourner vers un royaume où il possédait de riches et solides domaines.

— Bon vent ! lança Mathieu quand il apprit la nouvelle. Ce ne sera certes pas moi qui m'apitoierai sur son sort. Je suis beaucoup plus heureux que lui, tout haut et puissant seigneur qu'il soit, puisque, moi, j'arriverai avec vous tous à Jérusalem !

Le barbier n'était pas le seul à envisager cette proximité de la Ville sainte. Par la voix de ses messagers, l'empereur offrait aux Francs de se joindre en personne et avec ses troupes à l'armée du Christ afin de soutenir leur action pour conquérir la cité de Dieu. Il leur demandait cependant de prendre patience jusqu'à la Saint-Jean-d'Eté. Il comptait employer ce délai à reprendre Antioche à Bohémond qui, selon lui, l'occupait indûment.

— Jamais Bohémond ne consentira à se laisser dépouiller de la ville si douce à son cœur et qu'il a obtenue de haute lutte, dit le père Ascelin. Il aimerait mieux se faire tuer sur place !

— Alexis Comnène ne bougera pas ! répondit Mathieu d'un air assuré. Cet empereur a-t-il jamais rien fait pour venir à notre secours ?

— Vous avez raison, approuva Brunissen qui, aidée par Albérade, était occupée à plumer une poule grasse devant la tente. Sur mon âme, le basileus est bien trop prudent pour participer personnellement à une entreprise aussi périlleuse que la nôtre !

Sans tarder, on apprit que le conseil des barons s'était réuni, avait délibéré et rejeté l'offre de l'empereur en dépit de l'avis contraire du comte de Toulouse, qui, une fois de plus, s'opposait à ses pairs. Mais chacun connaissait ses raisons. Il tenait à s'emparer d'Arqa et de Tripoli avant de marcher vers le saint sépulcre...

— Godefroi de Bouillon, beaucoup plus droit et moins ambitieux que le comte, s'est opposé avec fermeté à la proposition du basileus, raconta, le soir du conseil, Mathieu le Barbier avec sa verve coutumière.

En compagnie des Chartrains, il faisait quelques pas le long d'un ruisseau proche du camp. Malgré le siège qui traînait toujours, l'heure était douce. Le soleil se couchait dans sa gloire couleur d'orange et la campagne exhalait des senteurs de terre cultivée, arrosée et irriguée en tous sens.

Suivie de Biétrix qui cueillait des fleurs, Flaminia marchait en silence auprès de Brunissen. Précédant les deux sœurs, le père Ascelin prenait plaisir à entendre Mathieu, sans cesse à l'écoute des derniers échos répandus parmi les croisés. En plus de son office d'arbalétrier, le jeune homme continuait en effet à exercer son ancien métier de barbier. Ce qui lui permettait de s'introduire dans chacune des tentes seigneuriales afin de prodiguer de menus soins aux barons et à leur maisnie quand le mal était de son ressort, mais également de tailler cheveux, barbes et ongles, l'oreille aux aguets.

— La popularité du comte de Toulouse est en train de s'amenuiser de façon alarmante pour lui et ses tenants, reprit Mathieu. On lui reproche de déployer sa finesse naturelle à retarder le départ tant attendu ! Le charme de la comtesse Elvire ne suffit plus à protéger un époux qui se déconsidère en s'acharnant à soutenir un siège dont, en cas bien improbable de réussite, il serait le seul à profiter.

— Il est vrai. Chacun l'attaque maintenant. La triste fin de notre ami Barthélemy lui a porté un rude coup en amenant bien des gens à douter de la légitimité de ses prophéties.

— Celui de nos barons qui s'impose aujourd'hui, c'est le duc de Basse-Lotharingie, ce Godefroi de Bouillon dont on vante à l'unisson le désintéressement, la foi, le courage et la haute valeur. Dieu le garde ! Il est pour nous un bon chef !

Flaminia se taisait. Elle n'écoutait que d'une oreille distraite les propos des deux hommes. Tout son cœur, toutes ses pensées étaient occupés d'Andronic. Comment vivait-il sans son compagnon de marche ? Où s'était-il réfugié ? Depuis leur altercation, le jour de l'ordalie, elle l'avait uniquement aperçu au chevet de Pierre. Il était resté à distance, évitant le moindre échange entre eux. Puis il s'en était allé, après que leur ami eut rendu son âme au Seigneur. Elle ne l'avait plus revu...

L'avait-elle blessé si gravement ? Se refusait-il à lui pardonner une résistance qu'il n'avait jamais admise, faute de la comprendre ?

Elle frissonna. Il lui semblait sentir encore, sur ses épaules, l'effleurement de la chape noire, ultime caresse avant une séparation dont elle se demandait avec angoisse si celle-là ne serait pas définitive. Tout le monde savait que de nombreux bateaux accostaient à Tortose et en repartaient. Un va-et-vient constant s'était établi dans ce port entre les nefs ou galères du pourtour de la Méditerranée et le camp des chrétiens. De nouveaux pèlerins en profitaient pour rejoindre la gent Notre-Seigneur, d'autres pour fuir.

Andronic aurait-il fait partie de ces derniers ? Lassé par l'inflexibilité de la femme qu'il aimait, se serait-il découragé et voguerait-il désormais vers un pays où il était riche, respecté et libre à présent de se remarier ?

Ces pensées torturaient Flaminia. Jour et nuit, sans trêve, ce doute la taraudait... Elle voyait dans le départ d'Andronic un châtiment à ses péchés : le meurtre du Turc tué pour soustraire son ami aux coups et non pour l'honneur de Dieu... mais, surtout, la faute qu'elle traînait ainsi que des chardons griffus accrochés à sa tunique : l'amour adultère dont elle s'accusait, tout en sachant que rien, jamais, ne parviendrait à l'en détacher...

Elle s'enfonçait dans son tourment comme dans des sables mouvants... Le retour des émissaires francs chargés, l'année précédente, d'accompagner jusqu'au Caire les ambassadeurs égyptiens du calife fatimide, ne parvint pas à l'en distraire. Leur réapparition provoqua cependant un grand remue-ménage parmi les croisés. Ayant passé les fêtes de Pâques à Jérusalem, dans un isolement discret, les messagers chrétiens évoquaient la Ville sainte avec vénération et enthousiasme.

Par Mathieu, jamais en défaut, les Chartrains furent informés de ce qui s'était dit sous la tente du grand conseil où les barons avaient reçu les émissaires.

Après avoir offert à leurs seigneurs assemblés les présents du calife, ils leur avaient exposé ses propositions.

Cha-an-Chah al-Afdal, souverain absolu des territoires égyptiens, était arabe et musulman chiite. Il avait utilisé le temps où les croisés assiégeaient Antioche pour reprendre Jérusalem aux Turcs, divisés entre eux, et même pour les repousser, à la suite d'âpres batailles, hors de Palestine. S'il s'était donné tout ce mal, qui lui avait coûté cher en hommes et en matériel, ce n'était certes pas pour livrer la ville aux chrétiens dont il considérait avec inquiétude les armées réunies aux marches mêmes des contrées nouvellement soumises. Il désirait pourtant garder de bons rapports avec les Francs qui l'avaient si opportunément débarrassé des Turcs. Aussi leur offrait-il un arrangement : les chrétiens conserveraient les pays conquis sur l'ennemi commun et laisseraient à l'Egypte la Palestine et Jérusalem. En compensation, il leur accorderait l'accès libre aux Lieux saints, par groupes de deux ou trois cents pèlerins et chevaliers, sans armes

— Les barons n'ont pas hésité, commenta Mathieu avec

satisfaction. Ils ont repoussé des conditions jugées inaccepta-
bles et, qui plus est, humiliantes pour les croisés. Aussi ont-
ils fièrement répondu qu'ils partiraient sans plus tarder, rangés
en batailles et lances levées, vers Jérusalem, unique but,
unique raison d'une marche qui dure depuis trois ans et ne
peut se terminer qu'aux Lieux saints !

— C'est une déclaration de guerre au sultan d'Egypte,
remarqua le père Ascelin.

— Sans doute, mon oncle ! lança Brunissen, les yeux brillants d'excitation. Mais le moyen de faire autrement ? De
plus, l'époque est bien choisie, le temps point encore trop
chaud et les riches plaines que nous traverserons nous fourni-
ront de quoi nous nourrir.

La famille du parcheminier était, cette fois, attablée autour
d'un plat de fèves nouvelles cuites par Albérade, dont la
récolte en avril avait éberlué les Francs.

— Provende assurée et, aussi, zèle du peuple de Dieu qui
trépigne et n'attend qu'un mot pour se remettre en chemin,
ajouta Mathieu avec conviction.

A la mi-mai, Godefroi de Bouillon, chef à présent incontesté
de l'armée, le duc de Normandie, Tancrède, le neveu de
Bohémond qui avait quitté son oncle pour se rallier aux autres
barons, et Robert de Flandre ordonnèrent qu'on mît le feu à
leurs camps pour qu'il n'en restât rien puis quittèrent le siège
d'Arqa. Ils gagnèrent la côte, sous Tripoli, avant de s'engager,
par une route qui suivait le rivage, vers le sud...

Derrière eux, navré jusqu'aux larmes, le comte de Toulouse,
renié par les humbles comme par les seigneurs, dut se résoudre
à abandonner à son tour la ville assiégée par ses soins et
restée inexpugnable...

Soldats et pèlerins parvinrent en une journée et sans autres
traverses à Tripoli.

Alerté par une action guerrière menée, peu de temps auparavant, aux alentours de sa ville par les croisés qui n'avaient
rien ménagé sur leur passage, l'émir de la cité jugea plus
prudent de composer avec les chefs chrétiens. On sut par
Mathieu qu'il avait, à plusieurs reprises, envoyé aux barons
des émissaires chargés de leur demander d'en finir avec Arqa
pour venir parlementer avec lui.

— Malgré l'échec du siège d'Arqa, dit Mathieu le Barbier,
plusieurs émirs ont déjà préféré traiter avec nous plutôt que
de nous combattre ! Vive Dieu ! Ils jugent plus habile de

s'attirer la bienveillance de ces barbares venus de l'Ouest, comme ils nous appellent, que d'affronter nos armes qui ont déjà vaincu les Turcs seldjoukides !

Les portes de Tripoli s'ouvrirent donc aux croisés.

Elevée sur un promontoire surplombant, à l'est, le fleuve qui coulait à ses pieds, la ville le dominait de ce côté par un à-pic impressionnant. L'autre versant, en revanche, descendait en pente douce vers la mer.

— Voyez, mes amis, dit le père Ascelin, on aperçoit là-bas le port situé aux abords de l'antique ville grecque de Liména. Hélas, il n'en demeure que ces quelques fûts de colonnes brisées que vous pouvez découvrir, si vous avez de bons yeux, couchés dans l'eau claire de la Méditerranée...

Tout courant, Mathieu arriva sur la terrasse d'où les Chartrains contemplaient, dans la fraîcheur de la lumière matinale, l'élégance et l'harmonie d'une cité qui profitait à la fois des monts neigeux du Liban et de la douceur bleutée, à peine agitée, de la mer si proche.

— Par le ventre de la Vierge, la générosité de l'émir est sans bornes ! s'écria le barbier en riant, dès qu'il fut à portée de voix. Il vient de faire libérer trois cents pèlerins chrétiens, capturés par les Barbaresques et rachetés par lui voici peu, comme qui dirait afin de nous les offrir ! Il a aussi distribué à nos seigneurs quinze mille besants pour la route, sans parler des chevaux de grand prix dont il les a gratifiés !

— Si nous allions voir les prisonniers rendus à la liberté ? proposa le père Ascelin. Certains ont peut-être besoin de notre aide.

— Bonne idée, mon oncle, approuva Brunissen. Ils doivent être en piteux état.

Flaminia ne dit rien. Elle espérait, à chaque coin de rue, à chaque carrefour, rencontrer Andronic si, toutefois, il n'était pas encore embarqué. Son cœur tressaillait dès que son regard se posait sur la moindre stature un peu imposante apparaissant au loin. Tout son être était noué d'attente et de crainte.

Dès que le petit groupe se trouva dans les rues étroites, l'aspect de la ville se transforma. Une cohue en costume de toute provenance, de toutes couleurs, se bousculait sur la chaussée. Coincés entre les maisons et les échoppes, des monuments à coupoles, des mosquées, des hammams se succédaient dans un entrelacs de galeries voûtées qui protégeaient du soleil. Des volées d'escaliers menaient à des passages obscurs que vrillait soudain un rayon lumineux révélant de nouvelles boutiques remplies d'objets de toutes sortes, offerts aux clients en un étincelant et odorant fouillis...

— Venez sur la place, devant la grande Bibliothèque de l'émir. C'est là qu'ont été regroupés les prisonniers libérés.

Toujours au courant de tout, Mathieu le Barbier guidait ses amis comme s'il avait vécu à Tripoli depuis des lustres... Ils débouchèrent bientôt sur une place de vastes dimensions que dominait un majestueux et immense monument à façade de marbre et de porphyre. Ce devait être là cette librairie riche de plus de cent mille volumes dont on parlait avec étonnement parmi les Francs. Une grande quantité de gens se coudoyaient aux alentours.

Un certain nombre d'entre eux environnaient un groupe de pauvres hères, maigres, au teint blafard, vêtus de loques et aux membres blessés par les fers qu'on venait de leur retirer.

Fendant l'attroupement des curieux, les Chartrains s'en approchèrent. Des prêtres, des moines leur distribuaient des bliauds courts et propres, de longs manteaux marqués sur la poitrine ou le dos de la croix de tissu rouge, des couvre-chefs à larges bords, des besaces, des bourdons hauts et noueux.

— Il ne se trouve aucune femme parmi eux, remarqua Mathieu.

— La nef tombée aux mains des pirates ne contenait, semble-t-il, que des hommes, répondit un des bénédictins qui distribuaient aux prisonniers libérés du pain et du fromage. Mais il est hélas vrai que les infidèles gardent souvent par-devers eux les femmes captives qu'ils réservent à leur luxurieux usage...

Dans leur grande faiblesse, plusieurs des anciens détenus s'étaient assis par terre où ils restaient prostrés. Leur lassitude, le poids des épreuves subies et la peur avaient encore l'air de peser si lourdement sur eux que les Chartrains hésitèrent d'abord à les accoster pour lier conversation avec eux.

Soudain, le regard de Brunissen se posa, s'arrêta, revint sur l'un des hommes. Penché vers un de ses compagnons d'infortune, il tournait le dos à la foule. Cependant, son port de tête, ses cheveux rasés qui repoussaient comme un duvet dru et blond, son allure souple et élégante évoquèrent tout à coup si précisément quelqu'un à la jeune fille qu'elle tressaillit comme si un vent d'hiver s'était sans prévenir insinué sous son bliaud de toile bleue. Elle serra si fort le bras de sa sœur que celle-ci se retourna vers elle.

— Vous sentez-vous mal, amie ? Etes-vous gênée par tout ce monde ? Incommodée par les odeurs ? demanda Flaminia en découvrant la pâleur et le tremblement des lèvres de son aînée.

Brunissen secoua la tête, ferma un instant les paupières sur ce qu'elle venait de voir, puis, d'un geste du menton, désigna le prisonnier qu'elle avait distingué parmi les autres.

Les yeux de Flaminia s'élargirent.

— Dieu ! dit-elle, Dieu ! ne dirait-on pas... ?

Brunissen pressa ses deux mains sur sa poitrine.

— Venez, dit-elle d'une voix étouffée, venez avec moi, je vous en supplie !

En contournant le rassemblement des captifs libérés, les deux sœurs parvinrent à proximité de l'endroit où se tenait celui qui avait attiré leur attention. Sentant de nouvelles présences non loin de lui, il se redressa sur les genoux, tourna vers elles un visage tanné, creusé, décharné, où les muscles étaient tendus comme des cordes sur les os saillants, mais cependant un visage encore beau.

— Anseau ! cria Brunissen, en tombant à son tour à genoux, face à lui.

— Anseau le Bel ! reprit Flaminia. Par le Dieu vivant, comment vous trouvez-vous en cet état ?

Le fiancé de Brunissen demeurait pétrifié. Les yeux fixés sur elle, il la dévisageait comme le pauvre Pierre Barthélemy avait dû contempler saint André.

— Vous ! dit-il enfin. Vous ! Je ne puis y croire... Depuis tant de temps écoulé, tant de malheurs, par Notre-Dame, j'avais perdu jusqu'à l'espoir de jamais vous retrouver !

— Je ne pensais pas non plus vous revoir un jour, murmura la jeune fille.

De lourdes larmes coulaient à présent sur ses joues, tombaient sur ses mains jointes.

Le père Ascelin, alerté par Mathieu, s'approchait à son tour.

— Seigneur tout-puissant ! s'écria-t-il en levant aussi haut qu'il était possible ses gros sourcils, Seigneur ! c'est bien lui ! C'est bien Anseau ! Anseau de Chartres !

Soutenu par le barbier et l'oncle de sa fiancée, le prisonnier fut entraîné hors du groupe de ses compagnons dont certains étaient en état de marcher seuls. Ils le conduisirent chez un tailleur tout proche que Mathieu avait remarqué parce que, Syrien et chrétien, il entendait un peu de latin et ne savait que faire pour aider les croisés.

Bondée d'étoffes en drap de laine mélangée à du poil de chameau ou de chèvre, sa minuscule boutique dégageait une puissante odeur animale. On étendit Anseau sur la banquette recouverte d'un tapis usagé où les clients du tailleur s'installaient d'ordinaire pour palabrer, puis on lui fit boire un cordial préparé par la femme du marchand. Comme il avait l'air de se sentir mieux, on décida de le ramener sans plus tarder au camp établi sous les murs de Tripoli.

— Je vais chercher un brancard, dit Mathieu.

Quittant les Chartrains qui demeuraient sous l'effet de l'émotion, il sortit pour se renseigner. Pour une fois, il se sentait déconcerté. Qui était donc cet homme sorti des prisons sarrasines en si piteux équipage, qu'on accueillait comme le fils prodigue, et dont il découvrait qu'il était fiancé à Brunissen ? C'était surtout cette nouvelle qui le troublait. Il ne savait que penser de semblables retrouvailles avec un inconnu auquel, soudain, on la disait promise... Lui-même devait bien s'avouer qu'il commençait à la trouver à son goût depuis qu'il s'était vu contraint d'abandonner derrière lui, à Antioche, une Alaïs qui restait, en dépit de tout, éprise de Bohémond.

De prime abord moins ensorcelante que sa cadette, Brunissen avait prouvé en maintes occasions sa délicatesse de cœur, sa fermeté d'âme, ainsi que la tendresse qui rayonnait de toute sa personne. La douceur de son regard brun promettait beaucoup à qui avait, comme lui, l'habitude des femmes, dont certaines sont de si belles garces et d'autres de si aimables compagnes...

Tout en songeant, Mathieu s'était mis en quête d'un brancard. Un boulanger lui en fournit un qui lui servait d'ordinaire à livrer avec son mitron ses pains et ses gâteaux en piles dorées. Ils retournèrent de compagnie chez le tailleur, transportèrent sur le treillis de bois Anseau, que ses jambes, blessées aux chevilles par les anneaux de fer, ne pouvaient pas encore soutenir, puis le cortège s'en revint au camp.

En traversant une seconde fois les rues animées, criardes, violemment colorées et remplies d'odeurs agressives, Brunissen ne voyait rien, ne sentait rien, n'entendait rien. Son esprit n'était plus que bourdonnements et interrogations. Elle marchait comme en songe auprès du brancard sur lequel était étendu Anseau le Bel.

Dès qu'elle l'avait aperçu et reconnu, une évidence s'était imposée à elle : cette épreuve-là serait la plus douloureuse, la plus difficile à surmonter. Elle aurait à faire un choix qui l'épouvantait. Il lui faudrait trancher entre le service de Dieu, l'amour de Dieu, ou la vie conjugale avec un compagnon charmant, il est vrai, mais dont elle avait perdu, au cours de sa route, presque jusqu'au souvenir.

Durant l'attente chez le tailleur syrien, Anseau avait eu le temps d'expliquer que sa mère, remariée avec un voisin, veuf et parcheminier de son état lui aussi, l'avait laissé libre de partir. Son nouvel époux, brave homme sans enfant, qui s'occupait avec bonté des filles de sa femme, ne manquait pas de biens. Leur situation familiale à tous s'en était vue transformée. Peu de temps après, Liébault, le sellier, était revenu, seul. Avec d'affreux détails, il avait conté la mort de Guibourg, les difficultés de la route, les incessantes attaques des infidèles, les périls tendus par Satan pour entraver la marche des croisés, ainsi que la fin prématurée de Garin sur une des nefs du pèlerinage. L'écoute de ces récits cruels avait amené Anseau à mieux comprendre les risques encourus par les pèlerins, et tout particulièrement par sa fiancée. Il avait alors confié pour un temps la parcheminerie à son beau-père et pris la décision de partir à son tour rejoindre la gent Notre-Seigneur.

— Par Dieu ! Le sort de ceux de mon âge demeurés chez eux n'était non plus guère enviable, avait reconnu Anseau avec une triste grimace. On les traitait de lâches, de pleutres ou de souffle-tisons...

Fait prisonnier par des Barbaresques alors qu'il naviguait entre Gênes et Tortose sur un bateau mal escorté, il avait pensé mourir sans avoir revu fiancée ni amis. Mis aux fers avec ses compagnons, il comptait pour miracle d'avoir été libéré par l'émir de Tripoli à l'occasion de l'arrivée des Francs...

Durant tout le temps où Anseau parlait, Brunissen, silencieuse, avait écouté, écouté, écouté...

On parvint au camp assez vite et on transporta le blessé à la tente-hôpital la plus proche.

La comtesse de Toulouse, qui en dirigeait le fonctionnement, accueillit le nouveau venu avec son plus avenant sourire et réclama un moine-médecin. Celui-ci palpa avec soin les jambes couvertes de plaies et de meurtrissures.

— Rien de cassé, Dieu merci, dit-il en se redressant. De simples écorchures. Après quelques applications de thériaque, messire le parcheminier pourra reprendre sa vie d'antan !

Rompu de fatigue et d'émotion, Anseau s'endormit assez vite après avoir bu une tisane de plantes soporifiques.

— Je vais rester près de lui pour le veiller, dit alors

Brunissen aux siens. Vous autres, regagnez notre tente et ne revenez nous voir que demain matin.

— Voulez-vous que je demeure avec vous, ma sœur ? demanda Flaminia. Je peux m'étendre sur une des paillasses inoccupées et vous relayer au chevet de votre fiancé.

Brunissen sourit, refusa et poussa tout le monde vers la sortie.

— Grand merci, amie, dit-elle, mais, après une si étrange aventure, j'éprouve le besoin d'être seule... Bonne nuit et que Dieu vous garde !

Elle aurait eu bien besoin, elle, d'être gardée ! Que lui arrivait-il ?

Tout au long du chemin qui l'avait conduite de Chartres à Tripoli, elle avait cru sentir s'émousser en elle, se déliter, comme des pierres rongées par le salpêtre, un amour de jeunesse qui lui semblait chaque jour plus incertain. Qu'Anseau fût parti à sa recherche par monts et par vaux, qu'il eût souffert pour elle ne pouvaient réveiller un sentiment disparu. Les traits de son fiancé avaient pâli dans sa mémoire, s'étaient estompés jusqu'à s'en être presque totalement effacés... A sa place, le visage du Christ, comme sur le linge de sainte Véronique, s'imprimait dans son cœur, à chaque pas davantage.

Alors que tant de pèlerins regimbaient, se plaignaient, abandonnaient parfois le trajet malaisé qu'ils ne se sentaient plus la force de continuer jusqu'à son terme, elle n'avait jamais été tentée de quitter le troupeau décimé pour rejoindre son bercail..., ni son fiancé ! Jour après jour, elle s'était sentie appelée à un autre destin, distinguée pour une autre tâche... Une joie intime, un apaisement profond en étaient découlés... Et voici que des retrouvailles imprévisibles, inimaginables, remettaient en question des décisions, des choix qui lui paraissaient définitifs et si bons...

Assise sur une botte de foin auprès du lit où reposait Anseau, elle appuya son front sur ses bras repliés et se laissa aller à son chagrin. Ses larmes, cependant, coulaient sans bruit et personne, sous la tente, ne songea à s'étonner de son attitude, tant la fatigue avait habitué les moines-médecins et les femmes qui les aidaient à ces poses qui ne trahissaient d'ordinaire qu'une lassitude un peu plus accentuée... Brunissen pleurait comme jamais encore elle ne l'avait fait. Ni pour la mort de son père, ni pour celle de son aïeule, ni même pour l'amputation de Landry. Elle avait brusquement l'impression d'avoir été précipitée au centre d'un tremblement de terre.

Tout s'effondrait, tout s'écroulait dans son cœur et dans sa tête. Le sol se dérobait, l'air lui manquait, une peur diffuse, instinctive, lui serrait le ventre...

Que faire ? Que décider ? Elle était liée à Anseau par des fiançailles bénies juste avant leur séparation, mais aussi par le clair amour de sa prime jeunesse, par l'estime éprouvée envers un homme qui avait couru de si grands périls, traversé d'affreux moments de détresse pour la rejoindre sur une route devenue, en quelque sorte, la route du bout du monde...

Si elle l'en récompensait, si elle accomplissait simplement son devoir en l'épousant, ainsi que chacun s'y attendait, ainsi que lui, surtout, y comptait, elle aurait désormais un compagnon sûr et tendre pour affronter les dangers du chemin, un bras où s'appuyer, une force protectrice à ses côtés... Elle pourrait aussi avoir des enfants, connaître les joies d'une maternité qu'elle avait tant enviées à la naissance de sa nièce. En imaginant dans son giron un enfant blond et rieur, son cœur fondit...

Elle releva la tête. Tout était calme, Anseau, qui n'avait pas une seule fois tenté de la prendre contre lui, de l'embrasser, depuis qu'il l'avait retrouvée, Anseau dormait du sommeil réparateur et calme de qui se sait assuré de lendemains confiants... Les autres blessés, eux non plus, ne semblaient point trop agités. On devait être au mitan de la nuit. Les femmes volontaires pour veiller les pauvres soldats de l'ost étaient, elles aussi, allées s'étendre afin de se reposer un peu. Des draps suspendus à des cordes formaient un enclos carré où elles pouvaient se retirer quand la fatigue se faisait trop lourde. On y avait disposé des nattes et des paillasses qui leur permettaient de s'étendre, sans que les regards ou les gaillardises des hommes eussent quelque chance de les troubler.

Autour d'elle, des lampes à huile, protégées par de minces grillages à cause du feu et des insectes, tiraient de l'ombre certaines jonchées de paille dont la lumière faisait briller les brins, un cuveau plein de bandages ensanglantés, des pansements propres empilés avec soin sur une table, des coffrets de fer contenant les instruments des chirurgiens, des pots de faïence, des bassins d'étain... Un moine-médecin somnolait sur la banquette où il était de garde.

Décor familier, décor dont la souffrance et la mort n'étaient jamais absentes...

Même mariée, Brunissen continuerait à prodiguer soins et attentions aux malades ou aux blessés qui offraient si généreusement leur vie pour délivrer le saint sépulcre, pour servir le Christ.

Ce nom, impulsivement, la mit debout. Servir le Christ ! Voilà à quel don de soi elle allait se soustraire en renonçant à prendre le voile si elle se décidait à épouser Anseau !

Il lui sembla entendre comme un ricanement venu d'une encoignure.

« C'est le Tentateur, se dit-elle. L'Adversaire. Celui qui nous offre sans fin le fruit appétissant des joies temporelles afin de mieux nous détourner d'une faim plus haute ! J'allais m'y laisser prendre ! Je songeais déjà à l'enfant né de mon union avec Anseau ! C'était donc là, embusqué derrière les douceurs de la maternité, que le Mauvais m'attendait ! »

Elle tomba à genoux sur la paille.

« Seigneur, éclairez-moi ! Secourez-moi ! Montrez-moi la voie que Vous me destinez ! »

Elle se releva. Elle étouffait. S'il avait fallu l'appât d'un enfant pour l'ébranler si profondément, n'était-ce pas la preuve que son amour de fiancée ne suffisait plus à la maintenir en l'état de bonheur que toute promise doit connaître à la seule pensée du bien-aimé ? Pendant ces trois années de séparation, ne s'était-elle pas souvent dit, non sans un inavouable soulagement, qu'Anseau avait dû se consoler de son départ ? Qu'il avait sans doute été séduit par quelque belle fille du voisinage ? En avait-elle souffert ? N'y avait-elle pas découvert, au contraire, une manière d'apaisement au malaise qu'elle ressentait parfois en constatant à quel point elle s'était détachée de lui, après une aussi sérieuse promesse, un tel engagement ? En évoquant un avenir à ses côtés, avait-elle jamais senti son cœur en joie ? S'était-elle jamais figuré trouver en lui autre chose qu'un protecteur, qu'un futur père ?

Une seule interrogation, au fond, se posait à elle : aimait-elle encore un homme inopinément surgi d'un passé où elle l'avait relégué ? De lui ou du Christ, auquel préférait-elle se vouer ?

Elle se sentit défaillir. Il lui fallait sortir de cette tente moite où traînaient des relents de sang, de déjections, de remèdes et de plantes, pour respirer au-dehors, sous le ciel plein d'étoiles, sous le regard de Dieu.

Elle considéra de nouveau, avec une grande attention, Anseau endormi, ne ressentit aucun élan, aucun mouvement du cœur à son endroit... mais, à sa place, en une lente superposition, elle vit se dessiner la face meurtrie du Seigneur humilié, battu, couronné d'épines, dont les yeux fermés s'ouvraient peu à peu, se fixaient sur elle, la dévisageaient avec une infinie nostalgie, un amour infini...

Elle s'élança en chancelant vers la sortie, y parvint, fit deux ou trois pas au-delà des murs de toile et tomba sur l'herbe, sans connaissance.

2

Étendue sur sa natte dans l'obscurité de la tente familiale, Flaminia ne parvenait pas à trouver le sommeil.

Dans la foule qui entourait les captifs libérés peu de temps auparavant, elle avait cru, de loin, reconnaître une haute stature, vêtue de bure. Les événements qui s'étaient produits par la suite l'avaient empêchée de s'en assurer.

Lasse de se tourner et de se retourner sur sa couche et après avoir vérifié que tout dormait aux alentours, elle se glissa hors de son abri.

La nuit était tiède. De son éclat laiteux et pourtant brillant, la lune en son premier quartier éclairait le ciel si vaste et qui paraissait plus proche qu'en terre de France. Les étoiles, elles aussi, semblaient plus grosses, moins lointaines. Les bruits coutumiers du camp au repos tressaillaient dans l'ombre : toux, cris d'enfants, ronflements, plaintes amoureuses, mouvement alenti des corps qui remuaient tout en rêvant, cliquetis des seaux de nuit, appels rauques des gardes veillant sur les remparts très proches de Tripoli et, au loin, le sourd piétinement des chevaux, ânes, mulets et autres bêtes de somme, qui se pressaient entre les cordes les maintenant en servage...

Des relents de foyers refroidis, de marée au goût de sel, de goudron, de parfums d'Orient, de sueurs nocturnes, se confondaient avec des bouffées d'arbres en fleur venues on ne savait d'où...

— Flaminia !

Comme à Constantinople, comme toujours, la voix aimée la fit trembler aussitôt entendue. Chaque fois, c'était comme si la foudre la transperçait.

Sous la clarté lunaire qui baignait les tentes pointues ainsi que les murailles crénelées de la ville voisine, Andronic apparut. Enfin !

— Brunissen s'est pâmée au sortir de la tente-hôpital, dit-il. Il faut venir. Elle a besoin de toi.

Sans se demander comment il se trouvait là, ni comment il savait que sa sœur s'était évanouie, Flaminia suivit Andronic. Elle était trop heureuse de le revoir. Le reste n'importait pas.

En silence, ils parvinrent jusqu'à l'endroit où Brunissen se tenait. Mais elle ne gisait plus, inanimée, sur le sol. A genoux dans l'herbe pelée, la tête levée vers le ciel, elle semblait plongée dans une extase si intense qu'elle ne voyait personne. Des larmes abondantes coulaient de ses yeux. Leur éclat mouillé s'ajoutait à la lumière qui irradiait d'elle comme si une parcelle de soleil l'illuminait de l'intérieur.

Frappés d'émerveillement et de respect, Flaminia et Andronic suspendirent leurs gestes, s'immobilisèrent non loin d'elle, protégés par l'ombre d'un bois de pins d'Alep qui poussaient à la lisière du camp.

Un long moment s'écoula. Brunissen paraissait perdue au sein d'une telle béatitude que les témoins de cette félicité n'osaient, ni l'un ni l'autre, faire un mouvement, proférer une parole.

Soudain, d'une souple détente, elle se mit debout, regarda autour d'elle, aperçut sa sœur qui s'avançait vers elle, seule, et ne sembla pas s'en étonner.

Par discrétion, Andronic s'était insensiblement reculé sous les pins. A l'abri de leurs basses branches, sa longue chape noire s'était fondue dans l'obscurité qui exhalait, ainsi qu'une sueur fraîche, une forte odeur de résine.

— Je me croyais Marthe et j'étais Marie, dit Brunissen sur un ton de certitude absolue. Je n'épouserai pas Anseau. Je me ferai la servante de Celui que j'aime et de ses créatures souffrantes dès que je le pourrai..., dès que nous serons rendus à Jérusalem.

Une fermeté empreinte d'une si parfaite sérénité, de tant de douce autorité, émanait de toute sa personne que Flaminia se tut. Elle sentait qu'aucun argument ne parviendrait désormais à faire changer sa sœur d'avis. Les instants bénis qu'elle venait de connaître avaient sans doute décidé de son existence, à jamais.

— Je vais retourner sous la tente-hôpital m'occuper de mon blessé, reprit Brunissen. J'attendrai le moment opportun pour lui annoncer la rupture de nos fiançailles et mon nouvel engagement. Je crois que je saurai lui parler, comprendre sa déception et aussi sa tristesse, les adoucir toutes deux. Anseau est un garçon pieux. Il s'inclinera devant une décision qui m'a été dictée par le Très-Haut. On ne saurait être jaloux de Dieu !

— Hélas, ma sœur, j'en suis moins persuadée que vous, soupira Flaminia. Vous traitez bien mal un homme qui s'est donné tant de peine pour venir vous rejoindre jusqu'ici. Les fiançailles aussi sont un lien sacré. Il me semble qu'Anseau était en droit d'attendre une autre attitude d'une promise retrouvée au terme d'un si long et difficile voyage !

Avec une gravité souriante, Brunissen acquiesça.

— Parmi les nôtres, je sais que beaucoup vont penser ainsi. Anseau le premier, sans doute. Mais l'amour divin, voyez-vous, est à l'amour humain ce que le mont Liban est à une dune de sable... Ce sera à moi de le lui expliquer et, surtout, de lui en fournir la preuve par une vie tout entière donnée... Si vous saviez, ma sœur ! Si vous pouviez savoir !

Mesurant l'impossibilité où elle était de communiquer à sa cadette, par des mots, une révélation qui laissait encore sur elle un reflet de joie céleste, elle posa un baiser sur la joue de Flaminia, la serra dans ses bras, puis s'éloigna d'un pas rapide vers la grande tente endormie...

L'adolescente demeura sur place, confondue, jusqu'à ce que Brunissen eût disparu derrière les toiles sous lesquelles palpitaient vaguement les lampes allumées. Quand elle ne vit plus le bliaud clair, elle se retourna vers les arbres.

Son cœur bondit. Une fois encore, Andronic avait disparu ! Pourquoi, alors, être venu la chercher, lui avoir redonné espoir ?

C'en était trop pour une amoureuse minée par l'attente et par le doute ! Une peine accablante la jeta par terre, en sanglots. Elle se sentait perdue, abandonnée de tous... Brunissen, tournée vers une révélation à laquelle il ne lui serait jamais donné, à elle-même, d'accéder, Alaïs soumise dans Antioche à une condition amoureuse humiliante pour les siens, Landry devenu infirme, lui, le solaire, l'adolescent avide de se battre pour le Christ ! Sa grand-mère et son père retournés à la maison éternelle ; et l'homme qu'elle aimait à en perdre l'esprit reparti sans rien dire, sans qu'elle pût imaginer où il s'en était allé après être si soudainement réapparu au cours de cette nuit remplie de sortilèges !

Elle sanglotait contre la terre encore attiédie par le soleil de mai, et ses larmes tombaient parmi les touffes de l'herbe nouvelle, drue, printanière...

Ah ! si Andronic s'était trouvé là...

Une main se posa sur son épaule.

— Amie, amour, mon cœur, ma vie, mon désir, mon espoir, toi qui es tout ce que j'aime, au nom de Dieu, pourquoi cette peine qui me tue ?

Flaminia releva la tête.

Il était là, près d'elle, celui dont elle ne pouvait plus se passer pour vivre, celui dont l'absence lui était martyr, celui qu'elle appelait du plus profond de son âme altérée, de sa chair semblable au désert stérile, de tout son être, enfin, vaincu par le déferlement d'un torrent plus fort que sa conscience aux abois...

Elle se releva d'un bond, se jeta contre Andronic.

Ils étaient seuls tous deux, loin des regards, isolés des autres par le sommeil des pèlerins, protégés de tout, sauf d'eux-mêmes, par la nuit bleue...

Andronic buvait la rosée de larmes qui voilait les yeux et les joues amaigries de son amie.

— Pourquoi ce chagrin ? répéta-t-il tout bas.

— Où étais-tu parti durant ce temps ? Ne savais-tu pas que j'aurais pu mourir de ton absence ? demanda Flaminia en guise de réponse, tandis que ses épaules étaient encore secouées d'un tressaillement qui s'apaisait lentement.

Andronic l'enveloppa de ses bras et l'entraîna vers les pins d'Alep et leur ombre complice.

— Je n'ai jamais été bien loin de toi, dit-il tout en aidant son amie à s'asseoir contre un tronc écailleux, sur un tapis de souples aiguilles sèches qu'il avait au préalable recouvertes de sa chape monacale. Caché aux regards de tous, aux tiens aussi puisque tu m'avais blessé jusqu'au tréfonds, je te suivais, je t'accompagnais de loin, je rôdais la nuit autour de vos tentes, je me faisais la plus invisible des ombres...

Il s'assit auprès d'elle, la reprit contre sa poitrine, la berça en continuant à parler à voix basse :

— J'habite chez un client de mon père qui est également un ami. Il est venu plusieurs fois à Constantinople où nous l'avons toujours reçu avec plaisir. Il est grec. S'il est installé à Tripoli depuis fort longtemps, il n'en est pas moins demeuré fidèle à la terre de son enfance. Dès mon arrivée ici, je me suis présenté chez lui. Il m'a accueilli avec générosité, au point de me prier de choisir la chambre qui me conviendrait le mieux dans sa vaste maison... J'ai opté pour une pièce qui donne sur des pins comme ceux-ci. A cause de leur parfum de résine qui me rappelle l'allée de cyprès que tu connais...

Des paupières soumises à ses baisers, ses lèvres glissèrent vers la bouche consentante, descendirent le long du cou dont il déroulait en même temps le voile, parvinrent aux seins dressés comme des grenades... puis il délaça le bliaud, en dénoua la ceinture au triple enroulement, remonta le chainse de lin blanc qu'ornaient de secrètes broderies, caressa les longues jambes que les femmes gardaient à présent nues, à cause de la chaleur...

— Attends, murmura Flaminia.

Nerveusement, les doigts tremblants, elle dénoua ses tresses, défit les nattes serrées et, d'un geste farouche de la tête, épandit sa chevelure de feu sur son corps dénudé. Leur odeur fauve se répandit dans la nuit, sous les branches résineuses.

— Viens, dit-elle ensuite dans un souffle. Viens ! Ne me fais plus languir, mon amour ! Il y a trop longtemps que je me morfonds pour toi !

Le surlendemain, la gent Notre-Seigneur quittait Tripoli. A ses hôtes de passage, l'émir avait fait don de vivres en abondance, de chevaux, d'ânes et de chameaux chargés de roseaux miellés, ces cannes remplies d'un doux suc à goût de fleur que les habitants du pays nommaient zucra. C'était la seconde fois que les croisés rencontraient sur leur chemin cette plante amplement cultivée aux environs de Tripoli. Ils en raffolaient.

L'émir avait poussé l'obligeance, ou le souci de se débarrasser sans esprit de retour d'invités inquiétants, jusqu'à fournir aux Francs des guides syriens et chrétiens qui vivaient sur ses domaines. Ils devaient conduire l'ost à travers un pays aux dangers toujours imprévus, toujours renaissants.

Il restait une centaine de lieues à parcourir avant Jérusalem. Pour ceux qui venaient de si loin, c'était beaucoup et peu à la fois. Une hâte extrême, une immense fébrilité les tenaient. Selon les paroles du Cantique des Cantiques, leurs âmes aspiraient à la rencontre avec la Ville sainte comme la biche des sables soupire après l'eau vive...

Sur les conseils de leurs guides, les barons avaient décidé de suivre la route côtière. Plutôt que les voies qui s'enfonçaient dans les terres, ce chemin du bord de mer leur permettait de demeurer en contact permanent avec les bateaux qui cabotaient le long des rivages et y accostaient chaque fois que c'était possible afin de les ravitailler. Il en arrivait à présent de partout : de Chypre, de Rhodes, de Venise, de Grèce et, toujours, les nefs génoises et anglaises suivaient fidèlement la marche du peuple de Dieu.

— Bien peu de membres de notre famille parviendront en

Terre sainte, dit tristement le père Ascelin à Brunissen, au bras de laquelle il s'appuyait pour progresser sur le chemin étroit et escarpé que suivaient les pèlerins. Je ne me console pas d'avoir dû laisser Alaïs, sa fille et Landry à Antioche !

— Ils nous rejoindront plus tard, soyez-en certain, mon oncle, répondit la future moniale, et puis, maintenant, nous comptons un compagnon de plus parmi nous !

Le prêtre lui pressa le bras.

— Sur mon salut, je ne sais comment vous vous y êtes prise, ma nièce, pour transformer avec une telle célérité un fiancé déçu en ami, remarqua-t-il avec une nuance d'admiration dans la voix. Il est vrai qu'Anseau est un pacifique et que les tribulations récemment subies l'ont abasourdi, mais, tout de même, il ne m'a été donné que bien rarement l'occasion d'assister en si peu de temps à un tel revirement dans le cœur d'un homme !

— Dieu aide, répondit Brunissen avec entrain. Par ailleurs, je crois qu'Anseau, tout comme moi, n'était plus attaché qu'à un souvenir. Il vivait sur le passé, sur l'image de celle qui avait quitté Chartres par un matin d'été et qu'il pensait retrouver inchangée. Quand il m'a revue, il a vite compris son erreur. Les épreuves vécues en chemin ont également contribué à le mûrir, à le détacher de son adolescence et du fragile amour qu'il gardait au cœur. S'il est parti, voyez-vous, ce n'est pas uniquement pour me retrouver, c'est aussi par besoin de s'affirmer aux yeux de ses compagnons chartrains et pour connaître à son tour la gloire attachée à ceux qui prennent la croix... Je ne veux en rien diminuer son courage. Je veux seulement dire que ce voyage l'a amené à considérer nos engagements réciproques avec l'œil d'un homme aguerri et non plus celui d'un jouvenceau Il m'a avoué, depuis que je lui ai fait part de ma décision de rompre, se sentir assez soulagé d'avoir retrouvé sa liberté.

— Aveu qui doit bien arranger votre conscience, ma sœur, dit en riant gaiement Flaminia qui marchait derrière son oncle et Brunissen

Depuis deux jours, elle rayonnait. Elle avait beau tirer son voile sur son visage pour le protéger du soleil de plus en plus chaud, elle ne parvenait pas à cacher l'éclat de ses yeux, l'animation du sang qui rosissait ses joues à l'improviste, sans que l'on sût pourquoi, non plus que la vivacité de son pas bondissant, le souple mouvement de ses hanches...

— Ce séjour à Tripoli a eu sur vous deux, mes chères nièces, de bien étranges effets, remarqua au bout d'un moment le père Ascelin en interrompant son escalade pour souffler un peu. L'une y a rencontré Dieu et l'autre y a abandonné son manteau de tourments pour une tunique de fête !

— C'est l'approche de Jérusalem, affirma Flaminia. Tous les pèlerins sont portés par les mains des anges.

Elle riait, elle riait...

Non loin d'elle, toujours revêtu de sa chape monacale, Andronic la suivait.

Depuis trois nuits, elle s'était faufilée hors de la tente pour le rejoindre sous les pins. Désormais, il faudrait découvrir d'autres caches... Peu importait. Elle flambait de bonheur. Son corps et son cœur, comblés, faisaient taire sa conscience, la réduisaient au silence. Elle ne vivait plus que dans l'attente des moments où elle se retrouvait entre les bras de son ami.

C'était compter sans l'impatience des croisés qui, se sachant à quelques journées de marche de leur but, ne consentaient plus qu'à de très brèves étapes. De jour et même durant certaines nuits, l'armée du Christ cheminait vers la Ville sainte, si proche, à portée de la main, à portée de la foi...

Défilés montagneux de la côte, villes antiques, torrents, vignes, vergers, villages étaient traversés par les Francs qui ne consentaient plus à musarder, le regard fixé dorénavant sur le seul horizon recelant les saintes promesses.

Chevaliers en tête, pour ouvrir la route avec leurs soldats, pèlerins derrière, chantant en chœur des chansons de marche ou des hymnes, ils avançaient, ils progressaient...

Trois jours après avoir quitté Tripoli, on établit le camp sous les murailles de Beyrouth, première ville située sur le territoire des Fatimides d'Egypte, auxquels les barons avaient fait savoir que rien ni personne ne serait plus en mesure de les arrêter.

— Contrairement à nos craintes, cette place ennemie n'a nullement cherché à se défendre, constata Mathieu le Barbier durant le souper qui réunissait autour de la table, dressée sur deux tréteaux devant la tente, les convives habituels, augmentés d'Anseau le Bel. Des émissaires du gouverneur de Beyrouth ont apporté à nos barons des présents qui sont autant de témoignages de soumission. Du moins en apparence... Ils leur ont aussi transmis un message de paix. Si les nôtres s'engagent à ne pas détruire les arbres fruitiers, les vignes, les récoltes sur pied, personne, ici, n'entravera notre démarche.

— Dieu juste ! Voici que même nos adversaires se soucient d'aplanir les chemins du Seigneur ! remarqua gaiement

Brunissen. C'est une preuve de plus de Son attention à notre égard. Ne dit-on pas qu'ils ont même promis de se convertir et de devenir vassaux de nos chefs si nous prenions Jérusalem ?

Anseau la considérait avec un mélange de surprise constante et d'incrédulité, dont il ne se départait plus depuis la longue conversation qu'ils avaient eue ensemble à Tripoli, quand Brunissen lui avait appris la vérité sur ses intentions. Qu'était devenue la jeune fille timide et secrète qui s'était promise à lui des siècles auparavant, semblait-il ? Trois années de pérégrinations en avaient fait une femme ardente à servir Dieu et détachée des amours humaines... Il ne la reconnaissait plus.

Cette nuit-là, quand tout le monde se fut endormi sous l'abri de toile, Flaminia rejoignit Andronic dans la tiède obscurité d'un chariot de foin, seul asile qu'il avait pu trouver. Ils s'y aimèrent avec emportement, sous le clignotement des étoiles, puis, jusqu'aux premières lueurs de l'aube, avec plus de raffinement...

L'ost repartit sans tarder. On traversa des sites verdoyants et cultivés qui évoquaient une certaine douceur de vivre, un climat d'abondance...

Cependant, devant Sidon, les Sarrasins tentèrent une sortie. Elle tourna à leur désavantage. Les barons, chevaliers et écuyers francs dispersèrent à grands coups d'épée les téméraires qui avaient eu la prétention de les empêcher de progresser. Un certain nombre d'ennemis se noyèrent dans les eaux du petit fleuve côtier qui coulait là.

Parce que beaucoup de pèlerins étaient épuisés par la vive allure adoptée depuis Tripoli, on décida de demeurer deux jours près de Sidon, en un endroit charmant et frais, situé entre la mer et le cours de la rivière.

Des détachements de soldats en profitèrent pour piller sans scrupule certains bourgs des environs, afin de donner aux responsables de la ville une leçon sur la manière d'accueillir la gent Notre-Seigneur.

Fut-ce un avertissement ou des représailles venues d'en haut dans le but de faire réfléchir l'ost aux devoirs du chrétien ? On ne tarda pas à s'apercevoir que le campement idyllique était envahi de vipères aux morsures affreusement douloureuses et souvent mortelles.

Sous la tente-hôpital où s'activaient, avec plusieurs autres de leurs compagnes, Albérade, Brunissen et Flaminia, il fallut soigner hommes, femmes et enfants mordus par ces serpents que les habitants de Sidon nommaient tarentas. Gonflés comme des outres, les membres marbrés de taches livides, les malheureux étaient dévastés par une soif qu'aucune boisson, aucun liquide ne parvenait à apaiser. Pour empêcher le venin de se répandre dans le corps, on leur faisait des garrots au-dessus de la morsure, avant d'inciser la plaie pour en faire couler le sang infecté. Mais beaucoup de ceux qui avaient été piqués par ces animaux immondes moururent dans de grandes souffrances.

— Le serpent est le messager de Satan, soupira un des moines-médecins qui tentait de sauver une des victimes des tarentas. Tous les moyens sont bons au Mauvais pour nous retenir loin de Jérusalem !

— Par le Dieu vivant, nous en avons vu d'autres ! s'exclama Albérade. Ce ne sont pas ces vipères qui nous retiendront ici !

On décida de faire du bruit pour effrayer les aspics et les forcer à rentrer dans leurs trous. En heurtant les uns contre les autres pierres, marmites, casques, boucliers et armes de toutes espèces, on déclencha à travers le camp un fracas d'une telle ampleur que les reptiles, affolés par ce tapage, disparurent rapidement.

Malgré des racontars douteux qui prétendaient que le meilleur moyen de lutter contre le venin était encore de coucher aussitôt avec un individu de l'autre sexe, Flaminia ne trouva pas, cette nuit-là, le subterfuge indispensable pour aller rejoindre Andronic. Sa famille, demeurée sur le qui-vive à cause des serpents qui pouvaient profiter de l'ombre pour se faufiler de nouveau sous les toiles, avait en effet décidé de se relayer d'heure en heure autour du foyer afin de monter la garde...

La ruée vers Jérusalem reprit le lendemain.

Les villes passaient ainsi que des mirages : Tyr, Acre, Caïffa, Césarée... Césarée où l'on résolut de faire étape un peu plus longuement pour célébrer dignement la fête de la Pentecôte. Entre les marécages couverts de roseaux qui cernaient un côté de la cité et les monts dont les flancs ruisselaient de cascades d'eau vive, l'ost établit ses campements.

Le comte de Toulouse et le duc de Normandie firent dresser leurs tentes non loin des marais, alors que Godefroi de Bouillon, toujours irrité contre le comte, préféra s'installer, en compagnie de Robert Courteheuse, à proximité des montagnes. Ils choisirent une place ombragée proche d'une source claire.

— Je t'attendrai à l'heure des matines, près de la source,

avait chuchoté Andronic à Flaminia durant la bousculade
qu'entraînait toujours le montage des tentes.

Privés l'un de l'autre depuis plusieurs étapes, ils connurent
durant ces heures nocturnes une faim de leurs corps enfiévrés
qui ne leur laissa aucun répit. Jamais encore l'acuité de leur
jouissance ne les avait portés si loin... La crainte de se voir
surpris, le sentiment de tromper la confiance d'une famille,
le trouble du péché commis en dépit de la loi divine renfor-
çaient de leurs aiguillons chaque caresse, chaque étreinte...
Sous les branches qui les protégeaient des regards, ensorcelés
par le murmure de l'eau qui jasait innocemment dans une
auge de pierre, à quelques pas de leur couche d'herbe fraîche,
Flaminia et Andronic vécurent des heures passionnées et
douces, folles et tendres... Ivres d'eux-mêmes, ils se séparèrent
à l'aube, les reins meurtris, le cœur ébloui...

Ils eurent trois nuits de déchaînement amoureux ardent
comme le feu de l'enfer auquel, peut-être, se disait Flaminia,
ils se condamnaient. Elle ne pensait pas, avant de les éprouver,
qu'il fût possible de ressentir de tels délires, et Andronic avait
oublié qu'il pût en exister...

Quand l'armée et les pèlerins levèrent le camp, les deux
amants, chacun de son côté, se rendirent en cachette auprès
de la source, sous les branches éployées. Ils y pleurèrent de
bonheur et, déjà, de nostalgie, en contemplant l'herbe écrasée
qui conservait pour un temps l'empreinte de leurs corps unis.
Indéchiffrable à d'autres yeux, cet endroit de verdure et d'eau
claire resterait pour eux le lit de toutes les délices et de toutes
les audaces...

On repartit. Afin d'éviter les marais, le port de Jaffa, dont
la garnison égyptienne pouvait retarder l'ost, et aussi les
sables de la côte, les Francs délaissèrent la route côtière pour
s'enfoncer vers l'Orient, à travers les collines de Samarie. Ce
faisant, ils quittaient l'escorte des nefs et des galères qui
n'avaient cessé de les accompagner pour les ravitailler. C'était
un risque de plus à prendre dans un pays que l'on savait
hostile et dont on ignorait tout.

On était en juin. Le soleil était redevenu l'ennemi implacable qu'il avait été durant la traversée de la Romanie. Ses
rayons brûlaient, assoiffaient, desséchaient bêtes et gens.

Crispés sur leur espérance si proche, haletants, le cœur
orienté vers Jérusalem comme vers l'unique bien, les croisés
avançaient toujours.

On passa une nuit sous les remparts de Ramla, ville sacrée où l'empereur Justinien avait fait élever un sanctuaire à la gloire de saint Georges. Sous Dioclétien, ce martyr avait été torturé et décapité pour avoir renversé les idoles du Temple.

Flaminia trouva le moyen de rejoindre Andronic, mais elle était lasse, épuisée par la marche. Il la berça tendrement et la laissa repartir assez vite. Elle avait besoin de se reposer sous la tente où sa famille dormait en paix.

Le lendemain, dès l'aube, plusieurs chevaliers, sous les ordres de Gaston de Béarn, un preux des plus vaillants, et de Robert de Flandre, le fidèle ami de Godefroi de Bouillon, se présentèrent aux portes de la cité. Ils s'aperçurent qu'elle était vide. Epouvantés par l'approche de l'armée franque, ses habitants s'étaient tous sauvés dans les montagnes voisines. Ils étaient partis sans rien emporter et avaient abandonné derrière eux, dans leurs greniers et leurs réserves, du blé et les récoltes déjà engrangées.

— Dieu soit béni ! s'écria Godefroi de Bouillon quand il apprit la nouvelle. En cette ville, sanctifiée par le très précieux tombeau de saint Georges, nous nous arrêterons quelques jours afin de l'occuper, d'y puiser de nouvelles forces, d'y faire oraison dans le vénérable sanctuaire qui nous attend, mais aussi pour procéder sur l'heure à une réunion du conseil. Nous nommerons à cette occasion un évêque qui veillera, avec une solide garde, sur le dépôt sacré que représente pour nous le corps du saint patron de tous les chevaliers.

— Il faudra également établir un plan de combat pour l'investissement et la prise de Jérusalem, dit le comte de Toulouse, mal remis des revers qu'il avait essuyés depuis la mort de Pierre Barthélemy. Il me semble qu'il est temps de s'y préparer.

Selon son habitude, le soir venu, Mathieu le Barbier se rendit à la tente des Chartrains afin de les mettre au courant des nouvelles de la journée. Chemin faisant, il rencontra Anseau le Bel qui avait retrouvé quelques connaissances parmi les Beaucerons du camp et revenait d'en visiter certains. Entre les deux jeunes gens, il y avait eu, au début de leurs relations, méfiance et froideur dues au sentiment de rivalité qui les tenait l'un et l'autre au sujet de Brunissen. La vocation proclamée de la jeune fille avait dissipé ce début de hargne... A présent résignés, ils se rencontraient sans déplaisir à la table de leurs amis communs.

Toujours bavard, Mathieu se mit à raconter à son compagnon le différend qui venait d'opposer, parmi les hauts barons, les tenants de la marche immédiate sur Jérusalem à ceux qui jugeaient plus habile de commencer par détruire dans sa capitale même la puissance fatimide, en allant sans différer attaquer Le Caire.

— Dans leur ensemble, nos seigneurs ont vigoureusement protesté quand le comte de Toulouse leur a soumis cette seconde proposition, continua le barbier. Les troupes sont trop lasses, trop amenuisées, pour entreprendre maintenant une expédition aussi lointaine que hasardeuse. Et puis les pèlerins ne suivraient pas. La stratégie est le moindre de leurs soucis. Leur seul désir, Dieu le sait, est d'aller délivrer au plus vite le saint sépulcre. Hors cette démarche sacrée, point d'aide, point de soutien !

— La prudence l'a donc emporté sur les manœuvres politiques, remarqua Anseau avec satisfaction. J'en suis heureux, voyez-vous, car j'ai hâte de me trouver dans la Ville sainte, d'y accomplir mon pèlerinage, puis de repartir sans traîner vers Chartres où je compte refaire ma vie.

— Par saint Georges, vous avez raison, compère ! Je vous approuve tout à fait. Allons donc chez nos amis. Pour une fois que nous avons de bonnes nouvelles à leur faire entendre...

Lorsqu'ils pénétrèrent sous la tente des Chartrains, Mathieu et Anseau comprirent aussitôt que la chronique coutumière du barbier n'avait aucune chance de retenir ce soir-là l'attention de leurs hôtes. Rassemblés autour de la natte où était allongée Flaminia, ils demeuraient penchés sur elle avec des mines soucieuses.

— Que se passe-t-il céans ? demanda Mathieu en s'approchant de la couche de l'adolescente.

— Ma sœur est en proie à une forte fièvre, dit Brunissen. Biétrix est venue me prévenir à la tente-hôpital. Flaminia souffre d'insupportables maux de tête, de vertiges, d'éblouissements. Elle se plaint aussi du ventre... Je ne sais que faire.

— Vous arrivez bien, constata le père Ascelin en se tournant vers le barbier. Dans votre boîte à simples, vous devez avoir quelques plantes capables d'adoucir les souffrances de ma nièce.

Mathieu se pencha vers Flaminia dont le visage, bouffi et empourpré, ressemblait à un masque. Il lui prit le poignet pour tâter son pouls qui battait comme un tambour.

— J'ai chaud, si chaud, murmura-t-elle, et ne puis me tenir debout sans que tout se mette à tourner autour de moi !

Mathieu se gratta le menton.

— Ne seriez-vous pas sortie sans votre voile sous le soleil du milieu du jour ? demanda-t-il.

— Si fait, répondit Brunissen pour épargner une explication à la malade. Ce matin, après la messe, elle s'est lavé les cheveux. Ils sont si épais, si longs, qu'il lui faut toujours beaucoup de temps pour les sécher. Elle s'est alors installée sur l'herbe, devant la tente, avec un linge blanc sur la figure afin d'épargner son teint. Il a dû glisser durant son sommeil. Albérade vient de me confier qu'elle s'était endormie durant ce temps. De mon côté, je suis partie soigner nos éclopés. Je ne fais que rentrer.

Mathieu savait que, depuis qu'ils étaient en moins grand nombre, les deux sœurs se relayaient chacune à leur tour au chevet des patients dont elles s'occupaient toujours.

— Il ne faut pas chercher ailleurs, dit-il. Le soleil de ce pays n'est pas celui de la Beauce ! C'est une folie de s'y exposer !

— Qu'a-t-elle au juste ? demanda le père Ascelin.

— Par les cornes du diable, ce doit être un satané coup de soleil ! s'exclama le barbier. Beaucoup de pèlerins en attrapent imprudemment. Je vais quérir ma boîte à onguents.

Il revint peu après et oignit d'huile d'amandes douces mélangée d'eau de chaux le visage gonflé et tuméfié.

Il fit ensuite prendre à Flaminia un bain de pieds très chaud, lui conseilla de se recoucher aussitôt après et lui appliqua sur le front une compresse d'eau fraîche coupée de vinaigre. Il lui enveloppa alors les jambes dans une pièce de toile trempée dans de l'eau vinaigrée que Biétrix, sur ses indications, avait fait chauffer. Pendant ce temps, Albérade avait préparé une tisane de feuilles de sauge et de reines-des-prés dont Mathieu possédait encore des réserves dans de grands sacs de toile que son âne portait sur son bât.

— Maintenant, il faut dormir, dit-il à Flaminia quand il en eut fini. Je reviendrai vous voir demain.

Le lendemain, la fièvre n'était pas tombée et l'état de la malade demeurait à peu près le même.

— Il lui faudra plusieurs jours de lit et de soins, dit le barbier d'un air préoccupé.

Chacun savait qu'on devait repartir le jour suivant.

— Je veux suivre le pèlerinage..., balbutia Flaminia.

— Sur mon salut, je ne vous le conseille pas avec la fièvre brûlante qui vous tient ! s'écria Mathieu. On a vu des gens mourir pour une imprudence comme celle-là !

Biétrix s'avança d'un pas.

— Je connais un moine qui garde les malades, dit-elle, les yeux baissés et les joues presque aussi rouges que celles de Flaminia. C'est lui qui s'est occupé de messire Pierre Barthélemy... Je suis à peu près certaine qu'il acceptera de veiller notre maîtresse pendant que vous continuerez votre chemin. Je resterai, moi aussi, auprès d'elle pour la soigner. Nous vous rejoindrons plus tard, quand elle sera guérie... Nous sommes si proches, maintenant, de Jérusalem.

Flaminia s'était tue.

— Que pensez-vous de cet arrangement, ma nièce? s'enquit le père Ascelin. A Ramla, vous serez protégée par la garnison que nos barons ont décidé de laisser sur place afin de monter la garde autour du tombeau de saint Georges et d'assurer la sécurité du nouvel évêque Robert. Ici, vous n'aurez rien à redouter des Sarrasins... Comme toutes les maisons sont vides, il ne sera pas difficile de vous en dénicher une pour vous loger.

Une sorte de sourire entrouvrit les lèvres gonflées de Flaminia.

— Que la volonté de Dieu soit faite, dit-elle faiblement. S'Il le veut, je resterai à Ramla.

Le lendemain, dès la fine pointe du jour, les Chartrains transportèrent Flaminia dans un logis ombreux, délaissé par ses occupants. L'armée et les pèlerins, fous d'impatience, s'apprêtaient à quitter la ville pour repartir vers l'est...

Interrogé par Biétrix, le grand moine qui avait été l'ami de Pierre Barthélemy accepta de s'occuper de la malade. Mais, retenu auprès d'un autre patient, il fit dire qu'il ne pourrait venir qu'après le départ de l'ost.

— Nous parviendrons à Jérusalem avant vous, ma nièce, dit le père Ascelin au moment de quitter Flaminia. Vous ne pouvez savoir combien je déplore ce malencontreux accident. Il réduit encore le nombre de ceux des nôtres qui verront enfin la Ville sainte. Mais votre santé m'est précieuse, vous ne l'ignorez pas. Soignez-vous bien et ne nous rejoignez que parfaitement rétablie.

— Je ferai pour le mieux, promit Flaminia. Adieu donc, mon oncle. A Jérusalem!

Brunissen pleura en quittant sa sœur. Cependant, elle s'élança si vivement vers le rassemblement des croisés, dont les premières colonnes s'ébranlaient, qu'on aurait cru voir une jeune épousée courant vers son époux... Albérade elle-même n'avait pu cacher son impatience.

Quand tout le monde fut parti :

— Tu savais donc ? demanda Flaminia à Biétrix.

— Bien sûr, reconnut la jeune servante en souriant à demi. Vous brilliez comme la lampe des Evangiles... Et puis, vous aviez tant de brins d'herbe, de foin ou de mousse dans les cheveux, le matin, quand je vous coiffais... Je me suis arrangée pour être informée. Je l'ai été sans peine...

— Tu connais donc les raisons de la punition que je subis, que je devais subir...

— Vous vivez en état de péché. Ce coup de soleil est un signe de Dieu !

— Tu as dit vrai. Je me confesserai à l'évêque...

— Dès que nous serons à Jérusalem, je t'épouserai ! dit Andronic qui avait entendu la fin de la conversation en entrant. Je t'épouserai, mon cher amour, devant Dieu et devant les hommes..., selon le rite oriental auquel tu seras bien obligée de te convertir !

Il avait quitté ses vêtements de moine pour revêtir un costume de pèlerin. Une croix rouge était cousue sur son épaule gauche.

— Tu vas guérir sans tarder, reprit-il en souriant. Nous ne sommes qu'à dix lieues du saint sépulcre. Sur un bon cheval, je t'y emmènerai en quelques heures.

— Tu me proposes le bonheur, alors que je devrais m'attendre au châtiment et à la pénitence !

— Par la Sainte Théotokos, ne sera-ce pas une fort douce pénitence que la nôtre ? demanda-t-il, tandis que Biétrix se retirait avec discrétion.

Sous le soleil de Judée, ce même soleil que Jésus avait éprouvé, les croisés marchaient comme des hallucinés. Dans le silence et la prière.

La soif, la chaleur écrasante de juin, l'austère paysage, l'aridité et l'âpreté des lieux qu'il fallait traverser afin de mériter la suprême récompense ne décourageaient plus personne. On avançait, on approchait...

La dernière nuit, on campa à Emmaüs, que les infidèles nommaient Qubéiba. Qu'importait ? N'était-ce pas ici que d'autres pèlerins, les premiers de l'histoire chrétienne, L'avaient rencontré, reconnu à la fraction du pain ?

Brunissen, Albérade, le père Ascelin, Anseau et Mathieu se déchaussèrent afin de poser leurs pieds nus dans la poussière qu'Il avait foulée. Chacun fit de même...

On apprit que les Sarrasins, toujours invisibles, avaient

chassé les chrétiens de Jérusalem qu'ils étaient décidés à défendre jusqu'au bout. Hé bien ! on se battrait donc !

Afin de protéger de sévices possibles les frères de Bethléem, également menacés, Godefroi de Bouillon envoya en avant-garde Tancrède et cent chevaliers.

Personne ne pouvait dormir. Une exaltation indicible tenait les yeux ouverts, les cœurs en émoi, les âmes en adoration. Au comble de la plus fébrile ferveur et en attendant l'aube à venir, l'ost pria à voix haute et chanta des cantiques autour des feux du camp qui brûlèrent toute la nuit.

Tout à coup, dans le ciel nocturne, Brunissen aperçut la lune qui disparaissait à l'ombre d'une nuée pourprée. Alertés, les pèlerins entonnèrent aussitôt des actions de grâces. Cet ultime présage ne pouvait les tromper : les infidèles seraient battus, détruits, étouffés dans leur sang...

— Jamais tant de chrétiens n'ont respiré ensemble l'air respiré par le Seigneur, dit, dans l'ombre traversée de lueurs, la voix du père Ascelin, grave et lente. Nous voici enfin sur les lieux où Il a vécu... N'est-ce pas un peu comme s'il nous était donné, à nous qui sommes sans vrai mérite, de revivre le mystère de l'Incarnation ? Tous les nôtres qui sont tombés le long du chemin doivent être ici, autour de nous, au rendez-vous ! Ils nous accompagneront jusqu'au tombeau du Christ... Et c'est le petit troupeau des fidèles restants qui communiera avec eux dans l'accomplissement des rêves, des aspirations, de la grande espérance qu'ils ont partagés, au début, avec nous, pour les payer ensuite de tant de souffrances, jusqu'au don de leurs vies !

— Sans doute, murmura Brunissen, sans doute. Mais, parmi nous, c'est aux plus pauvres, aux plus simples, à la gent aux mains nues qu'a été, finalement, octroyée la grâce absolue : celle d'entraîner, de gré ou de force, l'armée sur ses traces... traces qui recoupent, en cet endroit où nous sommes, celles-là mêmes du Seigneur !

On repartit. A la naissance du jour, les croisés pénétrèrent dans Bethléem toute proche pour voir, de leurs yeux émer-veillés, la bannière de Tancrède, frémissante dans la brise, qui flottait sur l'église de la Nativité...

Brunissen s'approcha du sanctuaire avec des larmes plein les yeux. Elle savait que c'était là que l'on conservait la crèche où avait dormi Jésus nouveau-né. Avant d'oser pénétrer dans ce lieu saint, elle en toucha le mur, le baisa, puis se laissa glisser, doucement, tout de son long, contre lui, afin de se coucher au plus près de l'endroit où s'était accompli

l'unique grand miracle du monde : la descente de Dieu dans
la chair humaine...

— Le voici donc, mon petit à moi, songea-t-elle avec
émerveillement. Il sera pour moi, à jamais, sur la paille de
sa crèche... Je lui consacrerai ma vie !

On quitta Bethléem sans rencontrer en route la moindre
résistance. Sous les premiers rayons du soleil, rien ne bougeait.
Il semblait que l'arrivée des croisés fût un de ces événements
contre lequel personne n'a plus aucun pouvoir...

Sur l'étroit sentier sinuant à travers les âpres collines de
Judée, on accomplit les ultimes foulées dans une surexcitation
indescriptible. Les cœurs flambaient...

Ce fut alors que les premiers pèlerins, ayant atteint le
sommet d'un mont, découvrirent, dans la gloire du soleil
rayonnant, lointaine et proche, La Ville des Villes, la Ville
sainte, Jérusalem !

Un cri immense, une clameur irrépressible, qui dut monter
jusqu'au trône de Dieu, éclata, s'éleva, triompha :

— Jérusalem ! Jérusalem !

Brunissen éclata en sanglots et tomba à genoux. Autour
d'elle tous pleuraient, s'agenouillaient, se prosternaient,
rendaient grâce, s'embrassaient avec des balbutiements de
bonheur...

Albérade, en larmes, se signa trois fois.

— J'ai accompli ma promesse, murmura-t-elle. Dame
Berthe doit être heureuse.

A l'horizon, ceinte de collines ombragées d'oliviers et de
cyprès, la Cité de Dieu, entre ses remparts rose ocré, se
détachait, réelle, présente, avec ses dômes, ses tours, ses
coupoles, ses minarets et ses toits de tuiles blondes, semblable
à un mirage céleste qui aurait soudain pris corps...

Alors, tout le peuple des croisés leva les mains vers les
cieux, rejeta ses sandales et baisa le sol comme s'il touchait
de ses lèvres le seuil du paradis...

Beaucoup expliquaient qu'une fois la Ville conquise sur
les infidèles, ce qui ne faisait plus aucun doute pour personne,
le ciel descendrait sur la terre, les anges apparaîtraient à la
gent Notre-Seigneur pour la guider et la protéger. Par la
suite, les pauvres et les justes régneraient dans une Jérusalem
transfigurée par la conquête, dans une Jérusalem céleste d'où
disparaîtraient à jamais chagrin et souffrance, où Dieu Lui-
Même essuierait les dernières larmes tremblant au bord des
yeux de Ses enfants...

— Nous voici parvenus au terme de notre pèlerinage, dit le père Ascelin.

Il se tourna vers Brunissen.

— C'est vous, ma fille, qui avez été choisie pour vivre ces instants bénis. Vous représentez ici votre père, votre aïeule, votre frère et vos deux sœurs, tous arrêtés dans leur marche ou retenus en chemin...

Il traça un signe de croix sur le front de sa nièce, la prit par la main et l'entraîna vers les tentes que l'armée du Christ dressait pour la dernière fois dans le désert. Brunissen se retourna, obstinée, vers les murailles closes.

— Il reste à prendre Jérusalem ! dit-elle.

13 août 1989.

Remerciements

Que trouvent ici l'expression de ma gratitude, pour les documents qu'elles m'ont fournis, Mme Ch. Pollin, bibliothécaire en chef de la bibliothèque André-Malraux de Chartres, et Mme Garrigou, présidente des Amis de la bibliothèque municipale de Noyon.

LES COMPAGNONS D'ÉTERNITÉ

Pour Jérôme...

Principaux personnages

Personnages romanesques

BRUNISSEN (prononcer Brunissène), 20 ans
l'aînée des trois filles de Garin le Parcheminier.

FLAMINIA, 18 ans
sœur cadette de Brunissen.

ALAÏS, 17 ans
la benjamine.

LANDRY, 17 ans
jumeau d'Alaïs, parcheminier.

LE PÈRE ASCELIN, 48 ans
notaire épiscopal de l'évêque Yves de Chartres, oncle des
précédents.

ANDRONIC DANIÉLIS, 37 ans
parfumeur de la cour impériale de Constantinople. Amant,
puis mari de Flaminia.

PASCHAL DANIÉLIS, 14 ans
fils adoptif d'Andronic et de sa femme, Icasia.

MATHIEU LE BARBIER, 30 ans
arbalétrier et barbier. Admirateur d'Alaïs.

ALBÉRADE, 33 ans
servant des trois sœurs.

BIÉTRIX, 17 ans
jeune orpheline engagée comme servante.

ANSEAU LE BEL, 23 ans
parcheminier à Chartres, ancien fiancé de Brunissen.

IRÈNE, 8 ans
petite esclave grecque trouvée à Jérusalem.

ANTHUSA, 20 ans
sœur aînée d'Irène.

HÂLID IBN SURAH, 30 ans
Égyptien blessé recueilli et soigné par Brunissen.

REINARD, 15 ans
jeune garçon franc, ami puis assistant de Mathieu le Barbier.

MAHIETTE, 22 ans
   chambrière blésoise de Flaminia.
BASILE, 25 ans
   précepteur grec de Paschal.
RICHILDE, 49 ans
   intendante à Chartres du père Ascelin.
ÉNIDE L'ACORÉE, 35 ans
   femme d'un prêtre. Amie de Flaminia à Chartres.

Personnages historiques

GODEFROI DE BOUILLON, 39 ans
   duc de Basse-Lotharingie, avoué du Saint-Sépulcre de Jérusalem.
BAUDOUIN DE BOULOGNE, 38 ans
   frère cadet de Godefroi de Bouillon, comte d'Édesse.
ARDA
   princesse arménienne, femme en secondes noces de
   Baudouin de Boulogne.
FOUCHER DE CHARTRES, 40 ans
   chroniqueur, chapelain de Baudouin de Boulogne à Édesse
   puis à Jérusalem.
TANCRÈDE
   prince normand de Sicile, neveu de Bohémond de Tarente
   et prince de Galilée.
DAIMBERT
   archevêque de Pise, puis patriarche de Jérusalem.
ARNOUL MALECORNE
   chapelain de Robert de Normandie, fut un temps patriarche
   de Jérusalem lui aussi.
RAYMOND DE SAINT-GILLES, 57 ans
   comte de Toulouse.
HUGUES BUNEL, 40 ans
   transfuge, Normand pourchassé à cause d'un meurtre et
   réfugié en Palestine.

*Tous les passages en italiques sont des divers chroniqueurs
cités dans la bibliographie.*

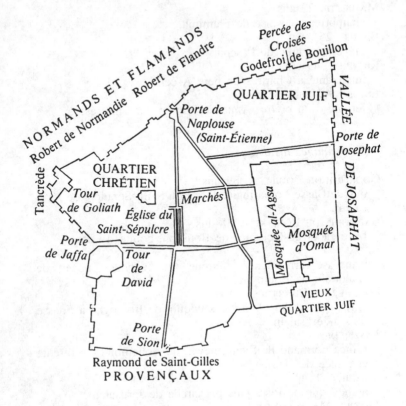

PLAN DE JÉRUSALEM

Note. Les noms de lieux donnés sur cette carte et dans le roman sont ceux qu'employèrent les chroniqueurs francs des XIᵉ et XIIᵉ siècles et non pas ceux qu'utilisaient les musulmans à la même époque.

PREMIÈRE PARTIE

8 juillet 1099 — 1er février 1100

1

Pieds nus dans la poussière, sur les cailloux, brûlée de tous les feux du soleil de juillet, Brunissen cheminait avec la lente procession des croisés qui longeait les murailles fortifiées de Jérusalem.

Vêtus de blanc, portant croix, saintes reliques et cierges, encensant leur marche de lourdes volutes odoriférantes, clercs, prêtres et moines venaient en premier.

A leur suite, la foule dont faisaient partie Brunissen, son oncle le père Ascelin et Albérade. Tout un peuple chrétien épuisé, assoiffé, mal nourri, mais exalté, émerveillé par sa propre aventure et sûr de l'aide de Dieu, formant une masse que l'adversité avait soudée et dont le piétinement martelait la vallée du Cédron. La gent Notre-Seigneur était là, tout entière, meurtrie mais obstinée. Les survivants. Ceux qui avaient échappé à la noyade, aux flèches turques, au désert, à la famine, aux traîtrises du sort et des hommes, aux épidémies, à la fournaise, à la peur, au découragement, à la mort partout embusquée, au reniement parfois, à trois années enfin de pérégrination, de deuil, de larmes, de sang, mais qui s'étaient aussi révélées trois ans de marche à l'étoile, d'enthousiasme, de saintes colères, de rêve mystique, d'adoration, de désir du martyre, d'oubli de soi, de communauté fraternelle et d'immense espérance greffée sur une immense indignation.

La proximité de la Ville sainte, de la ville promise, les arrachait soudain à leur misère, les galvanisait.

Brunissen songeait que, soutenus par la même foi, la même volonté farouche de délivrer le Saint-Sépulcre, les pèlerins, ses frères, semblaient être devenus invincibles. Ils touchaient enfin au but. Beaucoup pleuraient, tous priaient. Porteurs de bannières, de croix, de palmes, ils chantaient des psaumes, des hymnes, des litanies et reprenaient en chœur les oraisons entonnées par les clercs. Combien étaient-ils désormais à progresser gravement, tenacement, dans l'attente du miracle, et avec la volonté d'en finir ? Trente mille ? Quarante mille ? Davantage ? Beaucoup moins ? Nul ne le savait. Il y avait longtemps qu'on ne se comptait plus... Qu'importait ?

Depuis quatre semaines les croisés encerclaient Jérusalem de leur violente ferveur, de leurs armes, de leurs incantations, comme jadis les Hébreux suivant l'Arche d'alliance avaient défilé autour de Jéricho. Les murailles se seraient écroulées sous leurs yeux qu'ils n'en auraient pas été autrement surpris. Ils vivaient au cœur des prodiges, des signes, des manifestations surnaturelles et ne s'en étonnaient pas. Tant d'événements inouïs s'étaient déjà produits dès avant leur départ et depuis lors que l'absence de ces interventions qui avaient jalonné leur route les aurait beaucoup plus déconcertés que leur renouvellement, attendu de chacun... Bien qu'une dure expérience leur eût par ailleurs enseigné qu'on n'obtenait rien sans peines ni sacrifices...

Brunissen n'avait pas besoin de tourner la tête pour regarder ses compagnons de marche : grands barons, chevaliers, écuyers, archers, simples soldats, familles entières, hommes, femmes, vieillards, enfants, malades, infirmes, blessés, pauvres hères, maraudeurs et ruffians. Tous, ils étaient tous là, autour d'elle, les pèlerins du Christ, partis il y avait si longtemps afin de délivrer les Lieux saints de l'emprise des infidèles.

Sous le regard railleur et les quolibets de ces mêmes infidèles, Arabes et Ethiopiens, qui garnissaient les remparts de Jérusalem, la procession se dirigeait à présent vers le mont des Oliviers.

— Je serais encore plus heureuse si nous nous trouvions en cet endroit béni avec mon frère et mes sœurs, dit Brunissen en se penchant vers son oncle dont les traits amaigris ressemblaient de plus en plus, au fil des jours et des épreuves, au faciès d'un vieux renard malicieux et sagace. J'avais espéré que Flaminia, au moins, aurait pu nous rejoindre avec Biétrix.

— Votre sœur nous a envoyé un message disant qu'elle était maintenant remise du mal subit qui l'avait empêchée de parvenir en même temps que nous devant la Ville sainte, répondit le notaire épiscopal en forçant la voix pour se faire entendre de sa nièce à travers le bourdonnement des prières, des chants, des conversations et du cliquetis des armes. Elle ne saurait tarder. Je pense qu'elle nous rejoindra, si Dieu le veut, avant l'assaut final. Quant aux jumeaux, votre frère Landry, votre cadette Alaïs et sa petite fille, ils ne pourront quitter Antioche la Belle pour venir jusqu'à nous que dans les chariots du seigneur Bohémond de Tarente... Si toutefois ce Normand de Sicile, dont ils dépendent, se décide un jour à quitter la principauté qui lui tient tant à cœur !

Brunissen soupira et inclina un front hâlé par le soleil palestinien. Malgré le voile dont elle enveloppait sa tête pour se protéger, ainsi que toutes les autres femmes de l'expédition, des rais brûlants qui tannaient la peau des pèlerins et desséchaient leur gorge, son clair visage d'antan s'était patiné comme celui d'une icône byzantine. Elle allait répondre quand un remous de la procession fit surgir non loin d'elle un petit homme maigre, brun, au regard de visionnaire, qui cherchait à s'arracher à la presse compacte des fidèles.

— Petit-Pierre ! s'écria-t-elle. Que faites-vous là ? On m'avait dit que vous alliez prêcher avec le chapelain du comte de Toulouse et celui du duc de Normandie au jardin de Gethsémani... ou tout au moins à l'endroit où il se trouvait du temps de Notre-Seigneur Jésus-Christ !

— On ne vous a pas trompée. Je dois m'y rendre en effet, mais, vous le voyez, je ne parviens pas à me dégager de ceux-là qui m'agrippent !

Comme chacun parmi les pèlerins, Brunissen savait que, en dépit de ses désastreux échecs passés et des lourdes responsabilités qui lui incombaient dans le massacre de ses premiers compagnons anéantis par les Turcs, Pierre l'Ermite conservait encore un grand pouvoir sur les masses qui l'écoutaient.

« Dieu sait pourtant qu'il ne paie pas de mine ! » se dit-elle.

Chétif, vêtu d'une rude tunique de laine brune en fort mauvais état que recouvrait une chape de bure à capuchon tout aussi élimée, pieds et bras nus selon son habitude, cet être de si piètre apparence fascinait cependant ceux dont il croisait le chemin. C'est qu'un feu brûlait dans cet homme. Son regard ardent, sa voix chaude, les mots enflammés qui sortaient de ses lèvres, tout en lui témoignait de cet embrasement. Sa pauvreté totale (il redistribuait au fur et à mesure tous les dons qui lui étaient offerts), son amour des autres, l'exemple d'abandon sans partage aux volontés divines qu'il donnait depuis qu'on le connaissait composaient un personnage bien proche de l'idée que les croisés se faisaient de la sainteté. Simplement, il n'avait pas toujours su éviter les pièges tendus par le Démon...

Le père Ascelin saisit le bras du prédicateur.

— Que pensez-vous, frère, des affirmations de Pierre Didier ? Ce clerc dit avoir eu l'insigne privilège de voir lui apparaître dans la lumière de l'au-delà Monseigneur Adhémar de Monteil, notre défunt légat du pape, mort parmi nous à Antioche, l'an passé.

Le ton de la question impliquait une certaine réticence.

— Par les saints Évangiles, ne doutez pas de lui ! Je le connais. Le légat lui est en effet apparu, auréolé de la gloire des bienheureux, pour lui dire que s'il était revenu c'était afin de guider son armée et ses pèlerins vers le tombeau du Christ. A présent, j'en suis certain : nous ne tarderons plus à entrer dans Jérusalem !

— Dieu vous entende ! s'écria Brunissen. Ces quatre longues semaines de siège m'ont paru éternelles ! L'impatience et la soif nous dévorent !

— Pourquoi faut-il aussi que le Malin ait poussé les Sarrasins à empoisonner ou à combler les puits, à couper les canalisations, à éventrer les citernes, à sceller ou à détourner les sources ? demanda le père Ascelin avec amertume. Ils sont allés jusqu'à abattre arbres et taillis dont les ombrages auraient pu nous donner abri ou fraîcheur ! Ce pays sans ruisseau, sans bois, sans fontaine ne ressemble guère à la contrée ruisselante de lait et de miel dont nous parlent les Ecritures !

— J'ai entendu certains des nôtres s'étonner que le Seigneur Jésus ait choisi un tel endroit pour y prendre chair ! remarqua Albérade qui s'était tue jusque-là.

Pierre l'Ermite se mit à rire :

— Il devait avoir Ses raisons ! lança-t-il gaiement. Et puis il nous reste la fontaine de Siloé !

— Elle ne coule que tous les trois jours ! murmura Albérade avec une moue dépitée.

Un nouveau mouvement de la foule permit alors à Pierre l'Ermite de se frayer un passage vers la tête de la procession. Il s'éloigna de Brunissen, du père Ascelin et de leur servante.

Parmi les cyprès dressés comme de sombres fuseaux et les oliviers tordus, on était parvenu à mi-pente du mont sacré, face à Jérusalem sur les murailles de laquelle les Sarrasins continuaient à injurier les croisés. Mais ceux-ci n'en avaient cure. Une émotion inconnue les poignait soudain. Sous la lumière blanche à force d'être violente que juillet déversait à flots torrides sur la ville, sa ceinture de collines et, au-delà, sur la Judée biblique dont la moindre bourgade portait un nom de l'Histoire sainte, sur cette terre de prodiges, de miracles, qui parlait tant à leurs âmes, les pèlerins de Dieu sentaient de façon tangible la présence du mystère divin. Certains se prosternaient et baisaient le sol qu'avaient foulé les pas du Seigneur, d'autres priaient comme on crie au secours, beaucoup pleuraient.

Les deux prêches, brefs mais vibrants, que Raymond d'Aguilers, le puissant et solennel chapelain du comte de Toulouse, puis Arnoul Malecorne, l'éloquent et habile chapelain de Robert Courteheuse, duc de Normandie, prononcèrent alors n'eurent pas grand mal à toucher une assistance déjà exaltée et réceptive au plus haut point. Ils recommandèrent le pardon des offenses avec tant de conviction que Tancrède, le neveu de Bohémond, et Raymond de Saint-Gilles, comte de Toulouse, profondément opposés depuis la malheureuse histoire du siège manqué d'Archas, se donnèrent sans rechigner le baiser de paix. A leur exemple, beaucoup d'autres pèlerins qui avaient eu des différends se réconcilièrent sur-le-champ.

Vint ensuite le tour de Pierre l'Ermite. Sa voix envoûtante, fraternelle, produisit une fois encore son effet. Un silence absolu régna d'un coup sur le mont des Oliviers.

— On croirait entendre un des disciples du Christ, murmura Brunissen.

Dans son âme, le souvenir réactivé de la Passion, le désir de Jérusalem et la ferveur suscitée par les mots qu'elle recevait comme autant d'appels se confondaient en un hosanna éperdu. De lourdes larmes glissaient sur ses joues et mouillaient le devant de son bliaud de toile blanche. Elle ne les essuyait pas. Elle écoutait...

Quand Petit-Pierre eut fini de célébrer la solidarité unissant soldats et pèlerins, il supplia le Seigneur de leur accorder à nouveau Sa protection et de leur donner une victoire éclatante sur les infidèles. Puis il les bénit ainsi que l'avaient fait avant lui les chapelains du duc de Normandie et du comte de Toulouse.

— Je ne sais pourquoi, mais cette dernière bénédiction me semble plus précieuse et beaucoup plus sûre que les deux autres, dit le père Ascelin en traduisant la pensée de tous.

Brunissen lui sourit à travers ses larmes et Albérade se signa trois fois.

— Par les cornes du diable, je veux bien être pendu si nous ne mettons cul par-dessus tête cette bande d'excommuniés avant qu'il ne soit longtemps ! lança près d'eux une voix allègre.

C'était celle de Mathieu, le barbier rencontré naguère à bord d'une nef et devenu à présent un ami sur lequel les Chartrains pouvaient compter. Il les avait rejoints en se faufilant parmi la cohue que sa haute taille, sa souplesse et sa jovialité coutumière lui avaient permis de traverser sans trop de peine.

— Je constate que tout le monde s'accorde là-dessus, dit le père Ascelin d'un air satisfait. Dieu y pourvoira donc !

La procession fit alors demi-tour pour retourner au camp des croisés établi au nord de la ville. Cependant, du haut de leurs murailles, les Sarrasins continuaient à huer et à tourner en ridicule une manifestation qu'ils jugeaient idolâtre. Or, quelque temps auparavant, par défiance et pour avoir moins de bouches à nourrir, l'émir avait fait chasser de Jérusalem la plupart des chrétiens d'Orient qui s'y trouvaient, à l'exception des femmes, des vieillards et des enfants, retenus en otages. Les musulmans en avaient profité pour saccager les églises et arracher de nombreuses croix et divers objets de culte. L'occasion de les utiliser contre leurs ennemis leur parut favorable. Ils dressèrent au-dessus des remparts les croix et les bannières dont certaines représentaient la Vierge Marie, puis, en signe de mépris, ils crachèrent et urinèrent dessus, en accompagnant leur démonstration de gestes obscènes et de sarcasmes. En même temps, une pluie de flèches lancées par les archers du gouverneur Iftikhâr s'abattit sur les premiers rangs des pèlerins, trop proches de l'enceinte fortifiée. Pour ceux-ci ce n'était pas le pire. Ce qui les épouvantait bien plus que le danger, c'était la vue de la profanation et du sacrilège qui se perpétraient devant eux.

— Ces excommuniés sont des suppôts de Satan ! s'écria Mathieu le Barbier. J'aurais dû venir armé pour leur faire payer l'injure qu'ils infligent à la croix du Christ !

Le père Ascelin était blême. Brunissen ferma les yeux et serra entre ses doigts, de toutes ses forces, la croix d'argent qu'elle portait pendue à une chaîne sur son bliaud. Le sang coula de sa main crispée. Elle n'y prit pas garde et se mit à réciter à haute voix le Credo. Albérade gémissait comme les pleureuses ont coutume de le faire durant des funérailles. Autour d'eux, la foule grondait. Ce n'était qu'indignation, menaces, imprécations.

Pour la gent Notre-Seigneur, venue de si loin, au prix de tant de douleurs, dans l'unique but de délivrer le Saint-

Sépulcre, assister dans l'impuissance aux abominables souillures infligées par des mécréants à l'image sacrée du Seigneur était insupportable. Ils ne le supportaient pas du reste et hurlaient leur courroux et leur haine aux blasphémateurs qui les narguaient.

— Ils ne perdent rien pour attendre ! s'écria, près de Brunissen, un soldat de Godefroi de Bouillon, que le reflux de la foule, horrifiée, révulsée, avait rapproché des Chartrains.

— Par les fourches du diable, nous ferons payer leurs crimes à ces maudits ! reprit un pèlerin à grande barbe noire qui venait, lui aussi, de surgir de la cohue. Nous vengerons la honte de Jésus-Christ !

Sur ordre des barons, les arbalétriers, qui constituaient un corps d'élite toujours en alerte, ripostaient déjà aux adversaires qui les dominaient du haut des remparts. Ce fut dans le sang, l'humiliation et les cris que la procession quitta le mont des Oliviers. En emportant les blessés et les morts touchés par les flèches ennemies, les Francs éprouvaient le sentiment qu'en ce lieu vénérable où Jésus avait souffert les affres de l'agonie les ignominies infligées au plus saint des symboles Le représentant étaient une seconde trahison des hommes à l'égard de leur Sauveur. Cette flétrissure-là, cette abomination sans précédent, était pour eux un forfait impardonnable. C'était comme s'ils avaient assisté de leurs yeux à la flagellation et au supplice infligés au Christ. En tant que croisés, ils se sentaient devenus, doublement, les témoins de Celui qui avait dit : « Qui n'est pas avec moi est contre moi. »

Au lieu de les abattre, le sacrilège auquel ils venaient d'assister renforçait leur ferveur et leur zèle. Leur désir irrépressible de laver dans le sang les outrages subis par ce qu'il y avait pour eux de plus saint au monde les exaltait et portait à des sommets jamais atteints le moral de l'ost Notre-Seigneur, de ses hommes d'armes, de ses orants. Dieu ne pouvait être qu'avec ceux qui L'adoraient contre ceux qui souhaitaient Le déshonorer. L'idée d'expiation s'imposait.

Le lendemain, le camp des Francs frémissait encore des feux de la colère et ne cessait de maudire les hérétiques dont les bannières flottaient avec arrogance sur les tours de la Ville sainte. Le spectacle des croissants dorés qui remplaçaient les croix sur les dômes de beaucoup d'églises n'était plus tolérable. Aussi activait-on la construction des machines de guerre, béliers, tours roulantes en bois, perrières, mangonneaux et échelles d'escalade, indispensables à la réussite d'un assaut

que chacun souhaitait proche et qu'on savait devoir être victorieux.

— Par mon très saint patron, nous ne pouvons pas nous
permettre de prolonger ce siège encore longtemps, reconnut
ce matin-là le père Ascelin, qui se tenait en compagnie de
sa nièce et de leur servante devant la tente de toile où ils
logeaient tous trois. La soif tuerait trop des nôtres si nous
restions des semaines sur ce plateau aride et désertique. Les
bêtes de somme et les bestiaux n'y résisteraient pas davantage.
On dit avoir vu ces jours-ci des mulets ou des bœufs tombés,
desséchés, par la force de leur soif !

Il aidait Brunissen et Albérade à enfiler des morceaux de
hure de sanglier sur des baguettes de bois avant de les faire
griller au-dessus des braises rougeoyantes d'un feu qu'il avait
bien fallu allumer en dépit de l'infernale chaleur qui accablait
le camp.

— Heureusement nous n'avons pas manqué de viande
depuis longtemps et nous avons retrouvé le goût du pain grâce
aux marins génois que nous sommes allés chercher à Jaffa
en juin et qui nous ont apporté vivres et matériel de siège !
Mais, c'est vrai, l'eau en revanche nous a fait affreusement
défaut, dit Brunissen en s'éloignant des tisons dont l'incandes-
cence lui cuisait le visage. Le gouverneur de Jérusalem, en
nous privant d'elle, nous condamnait à un des plus cruels
supplices.

— C'est Dieu pitié ! gémit Albérade. Il faut attendre à
n'en plus finir devant la fameuse fontaine de Siloé, quand,
encore, elle accepte de couler ! Et lorsqu'elle s'y décide, on
se bat comme des chiens pour remplir ses outres en peau de
chèvre qui empestent à vous soulever le cœur !

— Hélas, dit le père Ascelin en soupirant, nous en sommes
réduits à faire jusqu'à cinq ou six lieues dans des terres
infestées d'ennemis avant de parvenir à abreuver nos chevaux
aux points d'eau les plus proches. Qui nous aurait dit qu'il
nous faudrait aussi, afin d'y puiser de quoi nous désaltérer
chichement, organiser des corvées jusqu'au fleuve sacré où a
été baptisé le Christ, ce Jourdain qui nous paraissait de loin
comme ne charriant qu'une eau lustrale ? Nous n'aurions
jamais pensé être condamnés à la transporter tant bien que mal
dans ces outres nauséabondes sous peine de mourir de soif.

— En fin de compte, c'est le bois et l'eau qui nous auront
le plus manqué durant ce siège, constata Brunissen.

— Tous deux nous ont été supprimés par ces chiens de
mécréants ! jeta Albérade.

Comme presque tous les croisés elle reportait sur le compte des Turcs et des Arabes la somme de méfaits et de tourments qui étaient le lot des chrétiens depuis des années.

La quête du bois nécessaire à la construction des machines de siège établies devant Jérusalem avait fait partie des incessantes préoccupations des Francs. Dans cette Judée où leurs adversaires avaient pratiqué la politique de la terre brûlée, il leur avait été fort difficile de trouver le bois indispensable à la fabrication des hautes tours d'accès aux remparts. On avait envoyé des patrouilles dans le massif judéen, désespérément pelé, afin de réquisitionner les Bédouins ou les paysans arabes qui transportaient ensuite bon gré mal gré les maigres arbres qu'ils avaient pu trouver. Par bonheur des Syriens chrétiens s'étaient présentés quand ils avaient appris la pénurie dans laquelle se trouvaient leurs libérateurs et les avaient guidés vers les rares endroits boisés de la région.

— Le duc de Normandie et le comte de Flandre ont payé eux-mêmes de leur personne en conduisant des caravanes de chameaux jusqu'en Samarie ou dans les montagnes de l'Arabie, reprit le père Ascelin pendant qu'Albérade posait sur les braises les baguettes de viande qui grésillèrent et dégagèrent une fumée aux effluves appétissants. Ces hauts barons transformés en caravaniers, voilà, Dieu le sait, qui est un nouveau prodige !

— Sans doute, admit Brunissen, mais ne sommes-nous pas confrontés sans cesse à l'ineffable ! Songez à Tancrède qui, grâce à un concours inouï de circonstances, a pu retrouver les poutres déjà équarries que les Arabes avaient cachées dans une grotte l'été dernier, alors que c'étaient eux qui assiégeaient Jérusalem occupée par les Turcs ! Quelle aubaine pour nos charpentiers !

L'oncle et la nièce riaient encore de cette découverte qui était apparue à tous comme une revanche prise sur leurs adversaires, quand deux femmes discrètement encapuchonnées surgirent soudain entre les tentes. Elles semblaient chercher quelqu'un et hésiter sur le chemin à suivre. En apercevant les Chartrains, elles s'immobilisèrent.

— Sur mon salut, voici Flaminia ! s'écria Albérade en joignant les mains comme elle l'aurait fait devant une apparition.

— Flaminia et Biétrix ! compléta le père Ascelin. Enfin ! Dieu soit béni ! Vous voici, mes douces colombes, mes chères enfants !

La seconde fille de Garin le Parcheminier et la jeune orphe-

line rencontrée deux ans plus tôt à Constantinople se jetèrent
dans les bras tendus. Brunissen serrait sa sœur contre son
cœur avec une joie farouche et embrassait avec un grand rire
heureux les hautes pommettes volontaires encadrées de la
chevelure de cuivre aux rousseurs flamboyantes. Quand
l'effervescence des retrouvailles fut un peu apaisée, les interrogations fusèrent.

— Pourquoi avoir tant tardé à venir nous rejoindre ? Etes-
vous complètement remise de cette fièvre contractée au cruel
soleil de juin ? Comment êtes-vous parvenues toutes deux
jusqu'ici malgré les embûches semées sur les routes par
nos ennemis ?

Ce fut Biétrix, dont les dix-huit ans proches épanouissaient
le charme encore un peu vert l'année précédente, qui répondit
avec la sage précision qui lui était coutumière :

— Le moine qui s'était institué notre gardien durant notre
séjour à Ramla, et qui a fort bien soigné Flaminia là-bas,
s'est procuré trois chevaux que la garnison laissée par Messire
Godefroi de Bouillon avait pris aux Sarrasins. Deux soldats
ont été détachés par l'évêque Robert de sa garde épiscopale
et commis à notre surveillance durant le trajet. Grâce à Dieu
nous avons donc pu partir sans encombre... et nous voilà !

Le jeune visage aux longs yeux gris souriait entre les pans
du voile léger qui couvrait ses nattes blondes mais il sembla
à Brunissen qu'il y avait quelque chose de contraint dans le ton
des explications données sans reprendre haleine par Biétrix.
L'adolescente avait vu massacrer auprès d'elle, durant la
traversée de la Hongrie, son père et sa mère par une horde
de pillards qui avait attaqué les pèlerins. En dépit de cette
tragédie, elle avait toujours fait montre, depuis lors, de sang-
froid et de décision. Pourquoi paraissait-elle soudain si peu
à son aise pour raconter un voyage qui, somme toute, n'aurait
pas dû l'inquiéter outre mesure puisqu'un détachement armé
les avait protégées ?

— Mais comment se fait-il que votre bon moine ne vous
ait pas accompagnées jusqu'à nous ? s'enquit le père Ascelin.
J'aurais souhaité, ma nièce, le remercier comme il convient
pour les soins et les attentions qu'il vous a prodigués.

Flaminia s'empourpra. Sa peau de rousse trahissait toujours
plus qu'elle ne l'aurait voulu les mouvements de son sang
impulsif.

— Il a préféré rejoindre sans plus tarder le père abbé et
les frères de son ordre, répondit-elle. Il est grec et dépend
d'un couvent de Constantinople qui a envoyé plusieurs de

ses membres pour nous accompagner dans notre pèlerinage jusqu'aux Lieux saints.

— C'est donc un moine de l'Eglise d'Orient ? s'étonna le notaire épiscopal.

— C'en est un, répondit Flaminia que cette conversation semblait éprouver plus que de raison.

Brunissen eut le sentiment que sa sœur, d'ordinaire si déterminée, redoutait quelque chose. C'était tellement peu dans ses habitudes que l'aînée préféra mettre cet étrange comportement sur le compte de l'émotion des retrouvailles et aussi de l'embarras où se trouvait sa cadette, obligée d'avouer l'appartenance de son bienfaiteur à l'Eglise grecque, qu'un schisme douloureux séparait de Rome depuis près de cinquante ans.

— Avez-vous pris le temps de manger, ce matin ? demandat-elle pour faire diversion. Nous avons de la hure de sanglier qui n'attend que vous.

Pendant le repas pris sous la tente, le père Ascelin exprima la joie qu'il ressentait à voir leur famille se reconstituer en partie

— Quand Alaïs, sa petite fille et le pauvre Landry nous auront rejoints, tous ceux des nôtres ayant survécu aux épreuves de la route seront enfin réunis, dit-il avec un mélange de soulagement et de tristesse. Je ne sais dans quel état votre frère peut se trouver à présent et s'il s'est accoutumé à la jambe de bois dont il devra hélas se contenter désormais.

— Je pense souvent à lui, soupira Biétrix en inclinant pensivement la tête. Ce Landry qui était si remuant, si gai, si vif, comment va-t-il supporter une amputation qui fait de lui, à dix-sept ans, et pour toujours, un infirme ?

— Il devra d'abord renoncer à l'état de soldat, dit le père Ascelin en relevant ses épais sourcils noirs au-dessus de ses yeux enfoncés dans les orbites. Que fera-t-il ? Demeurera-t-il en Terre sainte ou rentrera-t-il à Chartres ?

— C'est une question qui se posera pour beaucoup de pèlerins, remarqua Brunissen. Je sais qu'Anseau le Bel, mon ancien fiancé, a confié à Mathieu, qui me l'a répété, avoir décidé de rentrer à Chartres aussitôt Jérusalem prise et son pèlerinage au Saint-Sépulcre accompli. Parmi les blessés et les malades que je soigne, bon nombre partagent cette façon de voir et ne rêvent, Dieu me pardonne, que de quitter ce pays pour regagner le leur.

Flaminia, qui avait assez peu parlé jusque-là, s'anima tout d'un coup.

— Repartir ? s'écria-t-elle avec une sourde violence où on la reconnaissait tout entière. Pourquoi donc ? Ne faudra-t-il pas peupler les villes et les régions conquises sur les mécréants et tout juste délivrées de leur joug impie ?

— Si fait, admit son oncle, si fait, ma nièce, mais nous n'avons pas tous, vous le savez bien, pris la route sans esprit de retour. La plupart de nos compagnons, nous le constatons chaque jour, n'ont qu'un désir, délivrer le tombeau du Christ et rentrer ensuite, le plus vite possible, dans leur hameau, leur village, leur cité ou leur fief.

— Je ne suis pas de ceux-là ! affirma Flaminia avec fougue. Je resterai à Jérusalem et ouvrirai un atelier de parcheminerie. De la sorte le métier de nos aïeux refleurira sur cette terre bénie. J'ai même pensé que Landry, qui avait travaillé jadis à Chartres avec notre père, pourrait venir me rejoindre. Il y aura du travail pour plusieurs parcheminiers, dans cette ville où moines et clercs vont nécessairement pulluler.

— Sainte Marie, valeureuse dame ! Vous avez déjà prévu, ma sœur, votre installation dans une ville sous les murailles de laquelle nous campons depuis plus de quatre semaines sans résultat et dont nul ne pourrait dire quand nous la prendrons ! s'exclama Brunissen avec étonnement. Je ne vous aurais pas crue avancée à ce point dans vos projets.

— Si Dieu a permis qu'en dépit des innombrables embûches semées par le Malin tout au long de notre chemin nous soyons arrivés jusque devant les murailles de Sa ville, c'est qu'Il entend nous permettre de l'occuper, affirma Flaminia avec son aplomb retrouvé. Dès qu'elle sera nôtre, il conviendra de nous y installer à la place des Sarrasins que nous en aurons chassés. C'est pourquoi, dans ma retraite de Ramla, j'ai songé à ce qu'il nous faudrait aussitôt faire pour vivre le mieux possible dans ce pays !

Ses yeux brillaient d'excitation. On la sentait habitée par une joie profonde et déterminée à parvenir, coûte que coûte, à ses fins.

— Rentrer à Chartres ne vous tente donc pas ? N'éprouvez-vous en rien ce mal du pays dont beaucoup des nôtres, peu ou prou, sont atteints ? demanda le père Ascelin avec curiosité.

— Je resterai à Jérusalem ! répéta Flaminia. J'y ferai ma vie, n'en doutez pas !

— Pour moi, je rentrerai à Chartres, notre évêque m'y attend, dit le notaire épiscopal. Là est mon devoir. Je ne saurais m'y dérober. Mais je quitterai à regret ce pays où chacun de nous remet sans cesse ses pas dans les pas du

Seigneur... Sans parler du chagrin que j'éprouverai quand arrivera le moment de me séparer de vous tous... Brunissen souhaite prendre le voile dans un couvent situé près du Saint-Sépulcre et Alaïs ne se résoudra pas, je le crains, à se séparer de ce Bohémond qui l'a si durablement asservie. Si Landry reste, lui aussi, à travailler avec vous ma nièce, je serai donc le seul d'entre nous à repartir pour Chartres.

Le pan de toile qui fermait la tente se souleva comme il terminait sa phrase, et Mathieu le Barbier se précipita vers ses amis francs.

— Sur mon âme, j'ai une fameuse nouvelle à vous apprendre ! lança-t-il, sans d'abord remarquer, tant il était agité, la présence des deux nouvelles venues. La date de l'assaut est fixée ! Ce sera la veille des ides de juillet si mes renseignements sont bons.

— Dieu soit loué ! s'écria Flaminia. Je le verrai de mes yeux !

Mathieu ne reconnut qu'à ce moment-là les voyageuses et se montra fort joyeux de retrouver les deux jeunes filles laissées derrière l'ost à Ramla.

— Vous voici donc guérie ! dit-il à Flaminia avec un large sourire. Pour une insolation, c'était une belle insolation dont vous souffriez quand nous vous avons quittée ! Je craignais de vous voir rester toute votre vie dans la cité où les Romains ont torturé et décapité notre saint Georges pour avoir renversé les idoles du temple ! Si je n'avais pas peur d'exagérer, je dirais volontiers que c'est tout simplement à un autre genre de torture que vous avez été soumise par la faute de Messire le soleil de Judée, qui est, lui aussi, tout comme les Romains, sans accommodement ni merci !

— Je ne pense pas qu'on puisse comparer ma mésaventure aux supplices infligés à saint Georges, rectifia Flaminia dont une expression amusée égayait le sourire. Mais enfin, nous voici revenues parmi vous juste au bon moment, semble-t-il. Racontez-moi ce qui vous est advenu à tous depuis notre séparation.

Durant l'après-dîner on parla d'abondance sous la tente des Chartrains et le temps s'écoula sans qu'on y prît garde...

Le soir venu, on soupa en mesurant l'eau au plus juste. Viande froide, pain et fromage de brebis furent suivis de figues, puis on déroula les paillasses dont chacun tenait toujours plusieurs en réserve pour le cas où se présenteraient des hôtes imprévus.

Presque aussi étouffante que le jour, la nuit descendait sur la Judée.

Mathieu quitta ses amis afin de rejoindre ses quartiers.

Depuis que leur seigneur, le comte de Blois et Chartres, les avait honteusement abandonnés afin de regagner ses domaines blésois, les Chartrains dépendaient de Robert Courteheuse, duc de Normandie, seul chef reconnu désormais par les troupes du centre et de l'ouest de la France.

Le camp des Normands se trouvait être situé au nord, près de celui des Flamands de Robert de Flandre, alors que celui de Godefroi de Bouillon avait été établi plus à l'ouest. Mathieu, qui s'était enrôlé depuis déjà longtemps dans le corps des arbalétriers du duc de Bouillon, tout en continuant, hors des combats, à exercer son métier de barbier, traversa, pour retrouver sa tente, une partie du camp des croisés, grouillant d'animation à l'heure du coucher. En parvenant à son cantonnement, il fut surpris par l'activité qu'il voyait et dont il était évident qu'elle ne s'accordait pas avec le repos nocturne.

— Par saint Georges, aurait-on décidé de passer déjà à l'attaque ? demanda-t-il à un soldat à l'opulente barbe noire qui portait à bout de bras une grosse roue de bois.

— Nos barons ont ordonné de faire démonter et transporter pièce à pièce, durant la nuit, les principales machines destinées au siège, dit l'homme. Ils ont décidé de ne pas faire donner l'assaut de ce côté de la ville, trop bien fortifié, mais plutôt entre la porte d'Hérode et la tour des Cigognes, à l'est, au-dessus de la vallée du Cédron, là où la défense ennemie semble moins dangereuse.

— Dieu juste ! tout défaire et tout refaire !

— Il le faut bien. C'est le duc Godefroi de Bouillon lui-même qui a pris cette initiative et nous a en personne donné l'ordre de l'exécuter. Tel que tu me vois, je suis de ceux qu'on a chargés d'acheminer les pièces du grand château de bois le long de la muraille, jusqu'à son nouvel emplacement.

Mathieu ne connaissait que depuis peu son interlocuteur, mais il avait déjà pu juger sa détermination.

— Compère Hugues, lança-t-il, je vais t'aider sans plus attendre. Dis-moi ce que je dois porter.

Hugues Bunel était récemment devenu célèbre parmi les croisés. Il ne les avait rejoints que quelques jours auparavant, mais son aventure avait fait beaucoup de bruit dans l'armée. Normand d'origine, et de bon lignage, il s'était vu déposséder dix-sept ans plus tôt de l'héritage familial auquel il avait droit, par la comtesse Mabel, femme de Roger de Montgomery, haute et puissante dame alliée à Guillaume le Conquérant. Furieux, il l'avait attaquée puis tuée. Condamné à mort par les parents de la comtesse qui voulaient exercer sur lui leur droit de vengeance privée, la fameuse « faide » que l'Eglise réprouvait, il avait dû fuir de proche en proche la haine des justiciers résolus à lui faire expier son crime. Il avait séjourné en Italie, en Sicile, en Grèce, mais l'influente famille de la comtesse le traquait partout. Finalement, il avait compris qu'il ne pourrait sauver sa vie qu'en s'éloignant de la Chrétienté. Réfugié en Syrie puis en Palestine, il s'était mêlé aux habitants du pays en adoptant leurs costumes, en s'initiant à leurs langues, en se conformant à leurs mœurs. Dès l'arrivée des croisés en Judée, il était allé proposer ses services au duc de Normandie. Trop content de recueillir ce nouveau venu parlant arabe, habitué aux pièges ennemis et connaissant fort bien les coutumes du pays, Robert Courteheuse avait reçu avec magnanimité le transfuge dont il voulait oublier le crime pour ne tenir compte que des avantages offerts par sa présence.

Pendant toute la nuit Hugues Bunel et Mathieu le Barbier participèrent avec l'armée et bon nombre de pèlerins au transfert du matériel de siège d'ouest en est. A la pointe de l'aube, le château de bois garni de machines de guerre était en place à proximité des remparts et prêt à cracher pierres et quartiers de roc.

— Avec la deuxième tour roulante que Tancrède a fait construire à l'extrémité nord des fortifications et avec la troisième, au sud, devant la porte du mont Sion, commandée par le comte de Toulouse, nous voici à la tête de trois châteaux de bois qui font faire regretter leurs crimes aux mécréants d'en face ! s'exclama Mathieu quand tout le matériel eut été transporté.

— Il n'y a plus qu'à les faire servir, renchérit Hugues Bunel en s'épongeant le front du revers de sa manche.

C'était un homme d'une quarantaine d'années, grand et bâti en hercule. Il était également remarquable par la taille et l'épaisseur de sa barbe. Une bouche aux lèvres d'un rouge luisant, ourlée à la perfection, et des yeux fort noirs achevaient de lui donner un air redoutable. Mathieu s'était vite aperçu que son compagnon ne manquait cependant pas de générosité en dépit d'une nature ombrageuse et irascible dont son passé portait témoignage. Il manifestait à tout propos un zèle extrême pour la cause chrétienne. Etait-ce pour se faire bien voir des Francs, pour se faire pardonner son rapprochement épisodique avec l'islam ou était-ce la sincérité bouillante des repentis qui l'habitait ? Le barbier s'était posé ces questions mais sans y répondre. Il se contentait d'apprécier la vigueur et la force de caractère du transfuge dont il espérait se faire un ami.

Le ciel s'éclaircissait vers l'est. Déchirant les derniers pans de nuit qui s'attardaient au creux de la vallée de Josaphat, les sons rauques des trompes donnèrent soudain le signal de l'attaque.

A peine le cor eut-il retenti que les chevaliers qui occupaient les trois étages de la tour roulante, malgré leur faible nombre, que compensait seule la fougue dont ils étaient animés, se mirent à lancer blocs de pierre et dards acérés en direction des remparts garnis de Sarrasins.

Au cri répété de « Dieu le veut », les soldats du Christ actionnaient les perrières qui frappaient de leurs plus gros blocs rocheux les murailles pour y faire brèche, pendant que les mangonneaux, déversant une grêle de pierraille meurtrière, atteignaient les rangs ennemis placés sous la crête des fortifications et des tours de défense.

De leur côté, les Sarrasins se défendaient avec âpreté. Ils avaient allumé des torches résineuses enduites d'huile et de graisse et les envoyaient, à l'aide de frondes, contre le château de bois, pour incendier cette menaçante machine.

— Par la mort Dieu ! Nous avons bien fait de protéger le bois avec des peaux d'animaux fraîchement écorchés, dit Hugues Bunel à Mathieu qui n'avait pas pris le temps de dormir et tirait à l'arbalète auprès de lui. Sinon ces démons y auraient vite mis le feu.

— Les chiens ! gronda Mathieu. Ils ont fixé aux remparts des sacs de paille et d'étoupe attachés par des cordes pour amortir le choc de nos perrons.

— Regarde ! cria son voisin. Regarde le sire duc !

Debout sur l'étage le plus élevé du château de bois, Godefroi de Bouillon, dont l'adresse était reconnue de tous, bandait son arbalète. Il se redressa de façon à tendre l'arc au maximum, plaça un trait dans la rainure et actionna son arme pourvue d'une flèche enflammée.

Poussé par cent poitrines, un cri de joie vibrante salua sa réussite. Plusieurs fois de suite il recommença à tirer. Les paillasses brûlèrent vite. Un vent léger entretenait et animait leur combustion. Bientôt, sacs et cordes furent en cendres et on put reprendre l'action des engins de guerre contre les fortifications.

Toute la journée on se battit.

Dans les tentes-hôpitaux, les blessés affluaient de nouveau. Brunissen, Flaminia, Biétrix et Albérade ne cessèrent de porter soin et réconfort aux pauvres corps saignants, entaillés ou rompus qu'on amenait sur des civières aux femmes qui, comme elles, prodiguaient onguents, baumes et pansements. La soif torturait sans merci les combattants, qu'ils fussent ou non touchés. Le peu d'eau dont on disposait était loin de suffire, tant pour laver que pour abreuver tout ce monde. Sous les tentes de toile où régnait une touffeur épuisante, chacun était altéré. Les moines médecins et les infirmières se privaient durement pour donner un peu du précieux breuvage à ceux qui en avaient le plus besoin.

— Raymond de Saint-Gilles vient de faire crier par tout le camp que quiconque porterait trois pierres dans le fossé situé au sud afin de le combler pour permettre à son château de bois d'accéder au pied des remparts recevrait un denier ! dit Brunissen à sa sœur. Depuis le début de notre marche, ce riche seigneur n'a pas cessé de délier les cordons de sa bourse.

— Par ma foi, voilà des deniers bien employés ! répliqua avec entrain Flaminia.

Elle semblait avoir recouvré son allant habituel depuis la nuit mouvementée que les pèlerins avaient passée sans presque prendre de repos à aider les soldats de l'ost. Tous ceux qui étaient valides avaient tenu à participer au grand transbordement des machines de guerre. Les Chartrains n'avaient pas été les derniers à s'y employer. Dans la fébrilité nocturne, Flaminia avait même disparu un certain temps, séparée de sa famille. Bien plus tard, après l'avoir rejointe, elle avait expliqué qu'elle s'était mêlée à un groupe de Beauceronnes, bien connues d'elle avant sa maladie et qui cherchaient des aides pour ramasser dans la vallée du Cédron des tiges d'osier, de menues branches, des rameaux flexibles. Ces femmes confectionnaient ensuite avec leur butin de grandes claies sur lesquelles on tendait les peaux tout juste équarries, destinées à protéger les soldats du feu grégeois que les Sarrasins utilisaient couramment au grand dam des Francs.

Les explications de Flaminia s'étaient perdues dans l'agitation générale. L'heure était grave. Au prix de bien des vies on avait réussi à combler le fossé du nord extérieur aux remparts de façon à amener devant eux l'énorme bélier de bois qui frappait à présent de sa tête de fer la première enceinte. A l'abri de la voûte construite avec les claies recouvertes de peaux d'animaux dont avait parlé Flaminia, hommes d'armes et pèlerins actionnaient le bélier dont les violents coups de boutoir défonçaient peu à peu la muraille.

Dans la chaleur et la soif, la souffrance et la mort, l'ost Notre-Seigneur paraissait progresser. Mais les Sarrasins se défendaient avec acharnement. Flèches, feux grégeois, tisons embrasés, soufre, huile bouillante, poix enflammée étaient déversés sans merci sur les assaillants.

Deux jours et deux nuits durant, les assauts se succédèrent sans résultats appréciables.

Epuisées, mais aussi résolues que les hommes, les femmes soignaient, nourrissaient, réconfortaient, galvanisaient les combattants.

— Nous serons bientôt dans Jérusalem, dit soudain Brunissen. Je le sens. Toutes nos peines s'y dissiperont.

Flaminia l'embrassa avec fougue.

— Dieu vous entende, ma sœur ! Le temps me dure ! dit-elle, à bout de nerfs.

Elles avaient peu dormi et beaucoup œuvré durant toutes ces heures. Traits tirés, nattes défaites, devantiers tachés de sang et de poussière, mains tremblantes de lassitude, les quatre femmes partageaient l'affreuse fatigue et l'immense espérance des croisés. Comme eux, elles comprenaient que la fin de la bataille approchait. Au sud, sur le mont Sion, Raymond de Saint-Gilles comte de Toulouse, aidé par les marins génois venus de Jaffa, s'activait à combler le fossé et à faire dresser sa propre machine de guerre. De son côté, Tancrède multipliait les attaques.

Enfin vint le matin du 15 juillet...

Ce fut alors, au cœur des combats furieux, que le château de bois du duc Godefroi de Bouillon entra dans le mur de la barbacane par la brèche creusée et élargie grâce à l'énorme bélier qui avait fonctionné jour et nuit jusqu'à ce que les Sarrasins parviennent à l'incendier. La tour roulante, avec ses trois étages, était une admirable construction plus haute que les fortifications de la ville, mais c'était une masse difficile à faire avancer sur ses roues épaisses entre lesquelles manœuvraient ceux qui avaient la pénible charge de l'amener au plus près de la seconde enceinte. Enfermés en bas dans un abri de planches, ils suaient sang et eau dans une moiteur suffocante. Au-dessus d'eux, dans l'étage compris entre leur réduit et la plate-forme, se tenait une réserve de chevaliers armés d'arcs, de flèches, d'arbalètes, de masses et de lances. Enfin, à découvert, Godefroi de Bouillon, son frère Eustache et quelques preux occupaient la plate-forme supérieure. Celle-ci disposait d'une passerelle volante, sorte de pont-levis, prête à être lancée sur les fortifications proches.

Vêtu d'un haubert en mailles de fer, un heaume conique avec nasal recouvrant le camail qui lui protégeait la tête, le duc Godefroi faisait voler comme pluie ses carreaux d'arbalète dont chacun atteignait un adversaire. Les mangonneaux et les perrières, établis en arrière et aux deux flancs de sa tour, tonnaient contre le parapet d'enceinte et en balayaient les défenseurs. Ceux-ci avaient de leur côté dressé cinq mangonneaux pour venir à bout de l'énorme château de bois que sommait une croix d'or resplendissante sur laquelle on voyait une sculpture représentant le Christ. Rendus furieux par cette provocation, les Sarrasins concentrèrent le tir de leurs archers, de leurs machines de guerre et de leurs feux grégeois sur la terrible tour et spécialement sur la croix qu'elle portait à son faîte.

Tapissées de peaux fraîches et encore sanglantes de taureaux, de chevaux ou de chameaux, les claies qui recouvraient le château de bois roulant le rendaient invulnérable. Ni les traits durs et serrés, ni les pots remplis de substances enflammées ne le détruisaient.

Les éclats de roche, les pierres, les flèches, les projectiles de toute sorte volaient, sifflaient, frappaient les parois de bois au milieu d'un vacarme fait de cris de guerre, de hurlements, de plaintes...

L'acharnement était le même des deux côtés et la victoire tardait...

Tout à coup deux femmes arabes se dressèrent sur les remparts, devant la tour de Godefroi de Bouillon. Faisant force gestes d'envoûtement, elles se mirent à prononcer des incantations qui ne pouvaient être que diaboliques, dans l'intention manifeste d'ensorceler les Francs et de conjurer la puissance de leur attaque. Les servants des trébuchets ne s'y trompèrent pas. Ils prirent les magiciennes pour cibles et les quartiers de roc qu'ils lancèrent alors vers elles les touchèrent de plein fouet, chassant leurs âmes de leurs corps et déjouant les effets de leurs enchantements...

On était au mitan de la journée, mais on se battait toujours avec fureur de part et d'autre. L'émir fâtimide Iftikhâr al-Dawla disposait d'un important matériel guerrier et possédait des quantités impressionnantes de vivres. Sa garnison était nombreuse et aguerrie. Il pouvait encore repousser les assaillants... Derrière la tour qui avançait si lentement, si péniblement, des prêtres, des moines, en vêtements sacerdotaux blancs, des pèlerins aussi brandissaient des croix, chantaient des psaumes, priaient à haute voix, criaient : « Dieu aide ! Dieu aide ! Saint Sépulcre ! Vive Dieu ! Saint Sépulcre ! Saint Amour ! » Comme à chaque engagement, les bliauds clairs des femmes circulaient parmi les rangs des soldats jusqu'aux approches mêmes de la tour roulante. Elles leur apportaient le peu d'eau encore disponible, les encourageant et mêlant leurs voix aux leurs.

Comme leurs compagnes, Flaminia et Brunissen se prodiguaient, faisant circuler les outres qui contenaient un fond de liquide saumâtre, chantant, priant, implorant le Seigneur. Elles couraient des tentes-hôpitaux aux combattants, repartaient une fois les outres vidées, revenaient un peu plus tard... Mais elles ne transportaient pas que de l'eau. Des fûts et seaux de bois remplis de vinaigre avaient été préparés depuis quelques jours sur les conseils d'Hugues Bunel qui connaissait parfaitement les inventions et les artifices des infidèles. Quand le moment en fut venu, les pèlerins et les femmes approchèrent tonneaux et récipients de la tour roulante.

— Gare ! Gare ! criaient-ils en parvenant au plus près des premiers rangs.

En effet, les Sarrasins tentaient une nouvelle manœuvre : deux poutres armées de longs crocs de fer, suspendues par des câbles, s'arc-boutaient aux remparts menacés pour tenter de tenir à distance le redoutable château de bois qui ne cessait de progresser. Les assiégés y suspendirent soudain des paquets d'étoupes imbibées de naphte, de soufre, d'huile, de poix, de cire et de résine dans l'intention de faire basculer ces poutres sur la tour roulante et de la détruire avec leur arme la plus effrayante, la plus redoutée aussi, ce feu grégeois que l'eau ne pouvait éteindre.

Au moment où les poutres incendiaires s'abattaient sur la plate-forme, afin de s'y incruster de leurs crocs de fer et d'y bouter le feu, les croisés les noyèrent sous des douches de vinaigre qui étouffèrent les flammes.

— Tu nous as sauvés, Hugues, soupira Mathieu. Dieu te le rendra !

Actionnées de l'intérieur du château de bois, des faux emmanchées dans de longues perches coupèrent alors les câbles qui retenaient les poutres et ces dernières, jetées de la plate-forme sur la muraille de la seconde enceinte, purent servir de pont-levis.

Profitant d'un vent favorable, Godefroi de Bouillon fit alors mettre le feu à une paillasse dont la fumée, poussée vers eux, aveugla les Sarrasins. Tirant aussitôt avantage de leur recul, on abattit la passerelle du château de bois, qui, s'appuyant sur les deux poutres livrées, bien involontairement, par les ennemis, autorisa enfin les assiégeants à bondir sur le chemin de ronde déserté par ses défenseurs.

Un cri immense s'éleva : « Dieu le veut ! Dieu le veut ! Dieu aide ! »

L'épée à la main, deux Flamands de la suite du duc de Bouillon, les frères Letold et Engilbert de Tournai, posèrent les premiers le pied sur le mur de la Ville sainte.

Godefroi et Eustache de Boulogne, son aîné, se précipitèrent sur leurs pas, suivis du reste de leur vasselage. Pendant ce temps, des échelles appliquées de toutes parts permirent aux soldats de grimper à leur tour sur les fortifications abandonnées...

Jérusalem était conquise !

Il n'y avait plus qu'à pénétrer jusqu'au cœur de la cité.

C'était à l'approche de l'heure à laquelle Notre-Seigneur Jésus-Christ consentit à souffrir pour nous le supplice de la croix...

Et on était un vendredi !

2

— J'ai vu, frères, et beaucoup d'entre nous ont également vu, là, tantôt, au sommet du mont des Oliviers, un cavalier inconnu. Il agitait un bouclier éblouissant et, d'un geste, semblait donner le signal attendu ! Dieu aide ! Dieu est avec nous ! clama une voix issue de la masse des pèlerins agglutinée derrière le château de bois.

Brunissen crut reconnaître les accents inspirés de Pierre l'Ermite. Elle se retourna pour le dire à Flaminia, mais sa sœur avait disparu ainsi que Biétrix. Parmi les têtes qui moutonnaient tout autour d'elle, au sein de la foule exaltée, elle ne distingua ni l'une ni l'autre.

— Par le sang du Christ ! C'était un messager céleste ! lança quelqu'un. Jérusalem est à nous !

Qui avait parlé ? Nul ne le savait. Chacun se sentait projeté hors de lui-même, comme promu ange justicier. Chacun avait le sentiment de représenter, en cet instant-là, à cet endroit-là, en toute vérité, la dextre vengeresse du Seigneur.

— Nous sommes le bras séculier de Dieu ! Chassons de Jérusalem, de Sa ville, les blasphémateurs, les sacrilèges, les incroyants ! Exterminons tous ces démons impies !

— Mes frères, clama un moine, cette victoire n'est pas nôtre, elle est victoire du Tout-Puissant, du Très-Haut ! bénissons-Le !

Sa voix fut emportée dans le délire général. Les soldats flamands et brabançons qui avaient escaladé les murailles à la suite de Godefroi de Bouillon et de ses preux faisaient à présent sauter de l'intérieur les verrous des lourdes portes bardées et cloutées de fer qui défendaient l'entrée de la cité. La porte de Naplouse grinça et bâilla d'un seul coup. Elle était la première à s'ouvrir.

Un flot frénétique, éperdu, déchaîné s'y engouffra.

— Vive Dieu ! Saint Amour ! Saint Sépulcre ! Saint Sépulcre ! Les nôtres se battent déjà aux abords de la Grande Mosquée !

Des hurlements de joie explosèrent à cette nouvelle. Qui aurait pu contenir un tel élan ? On n'arrête pas les vagues furieuses de la tempête qui emportent le fétu aussi bien que la digue s'opposant à leur colère.

On riait, on pleurait, on s'embrassait, on vociférait, on courait vers les ruelles, les passages, les voûtes fraîches, les cours ombreuses, les maisons blanches, les fontaines et les citernes remplies d'une eau claire qui jasait. On buvait. On repartait. On envahissait places, terrasses, jardins, mosquées...

Vaincus, débordés, pourchassés, traqués, les Sarrasins fuyaient devant ce flot pourfendeur d'où s'élevaient cris de ressentiment et cris de fureur. Ceux d'entre eux qui étaient armés se battaient encore, vendaient chèrement leurs vies. On s'entre-tuait...

— Sus ! Sus ! Tue ! Tue !

Brunissen, emportée comme les autres par la multitude, s'était vue brutalement séparée des femmes franques de son entourage.

— Dieu Seigneur, implora-t-elle tout en courant avec ceux qui l'entraînaient, Dieu Seigneur ! Ayez pitié de Votre peuple victorieux ! Epargnez-lui l'excès dans la haine comme dans les représailles !

Pouvait-elle être entendue ? La crue humaine envahissait l'espace avec une jubilation féroce et l'exaltation était à son comble. On se battait partout contre des adversaires dont la fuite décuplait l'agressivité des vainqueurs. Les soldats francs couraient l'épée levée, estoquant, fauchant tout ce qui bougeait devant eux. A leur suite, les pèlerins éprouvaient la sensation enivrante d'avoir dépouillé la condition de simples créatures pour pénétrer, en franchissant l'enceinte de Jérusalem, dans le domaine de l'éternité. Sûrs d'avoir laissé derrière eux, aux portes de la Ville sainte, leurs vêtures corporelles pour endosser l'habit de lumière de l'archange saint Michel, ils avançaient comme dans un rêve de gloire. Leurs semelles étaient de nuées...

Sur le trajet de leur passage vengeur, ils ramassaient des armes éparses abandonnées par les Sarrasins et s'en servaient pour débarrasser la Terre sainte des êtres démoniaques qui la souillaient. Ils voulaient tuer tous les ennemis de Dieu. Leurs yeux revoyaient sans fin les profanations dont s'étaient rendus coupables si peu de temps auparavant, à l'encontre des croix et des images de la Vierge-Mère, ces êtres malfaisants qui incarnaient la perversité de Satan. Sur les corps des mécréants sacrilèges, ils réglaient leur compte à toutes les souffrances accumulées : la honte infligée au Christ, la misère de trois années sans merci, la faim, la maladie, la mort, la peur, les malheurs du monde et l'incompréhensible dureté des épreuves qu'il leur avait fallu franchir...

— Dieu le veut ! Dieu le veut !

Sans se lasser, passant et repassant sur leurs traces, chevaliers, sergents, valets d'armes et bon nombre de pèlerins parcouraient les rues, les passages et les moindres recoins, frappant de la lance, de l'épée, de la hache, de la masse d'armes les soldats défaits aussi bien que les civils. Ni l'âge ni le sexe n'importaient. Pas un seul infidèle ne devait réchapper.

Les yeux élargis, les jambes tremblantes, une sueur glacée lui coulant le long des reins en dépit de la fournaise de juillet, Brunissen, criant son épouvante, butait sur des cadavres d'où s'échappaient des flots de sang...

Pourquoi, pourquoi cette folie ? Pourquoi cette tuerie puisque les croisés avaient pris Jérusalem ? Ces enragés étaient-ils ses frères ? Etaient-ils les mêmes que les vaillants soldats du Christ partis de France, il y avait si longtemps, pour parvenir, au prix de tant de peines, de tant de vies sacrifiées, à délivrer les Lieux saints ? Elle ne comprenait plus et pleurait sur cet horrible gâchis, sur ses illusions détruites, sur ces morts inutiles et les âmes qu'on aurait pu, qu'on aurait dû sauver... Il lui semblait qu'elle allait tomber en pâmoison. Elle éprouva le besoin de s'appuyer contre le mur blanchi à la chaux qui longeait la rue où elle se trouvait.

C'est alors qu'elle fut frappée par un arôme intense et frais

à la fois qui l'enveloppait soudain. Elle leva des yeux brouillés
de larmes et découvrit une profusion de branches de jasmin
en fleur qui s'épandait au-dessus de la couronne murale en
tuiles vernissées coiffant le faîte du mur. Un jardin devait se
cacher derrière. Une envie violente comme un appel s'empara
de Brunissen. Fuir le cauchemar qu'elle était en train de vivre,
quitter la troupe déchaînée qui l'emportait dans sa course,
s'éloigner de l'horreur qui la poignait, trouver un moment de
répit, de paix, au cœur de la tragédie, se reprendre, tenter
de prier...

Elle découvrit, non loin de l'endroit où elle se tenait, percée
dans la haute muraille aveugle, une porte en bois à deux
battants, peinte de couleur émeraude. Décorée de clous, de
ferrures, de poignées, et munie d'un heurtoir en cuivre qui
brillait doucement dans l'ombre de la ruelle étroite protégée
du soleil par la hauteur même des maisons qui la bordaient,
cette porte lui parut salvatrice. Sans réfléchir, sans savoir ce
qui l'attendait de l'autre côté, sans même vouloir se demander
comment les habitants de la demeure arabe accueilleraient
chez eux une ennemie surgie de tout ce chaos, Brunissen se
détacha du flot déferlant de la multitude et se glissa jusqu'au
portail vert. Comme elle cherchait à l'ouvrir, elle s'aperçut
que l'un des deux battants était entrebâillé. Elle le poussa
d'une main hésitante et constata qu'il n'offrait aucune résistance. Après s'être assurée d'un regard que personne ne prêtait
attention à ce qu'elle faisait, la jeune Franque se faufila à
l'intérieur de la maison.

Elle se retrouva dans une vaste entrée carrée, dallée de
briques disposées avec art et qui donnait sur une cour intérieure de grande dimension. Mais était-ce une cour ou un
jardin, ce lieu si vert, si luxuriant, où des allées s'entrecroi-
saient autour de pelouses, de parterres fleuris, de bassins,
qu'ombrageaient des cyprès, des mûriers, des sycomores, des
grenadiers, des palmiers et des orangers en pleine terre dont
beaucoup étaient étoilés de corolles blanches ? Leurs parfums
étaient la seule présence sensible dans la maison muette où
la rumeur de la rue ne parvenait que très atténuée.

Brunissen s'approcha du bassin central agrémenté d'un jet
d'eau dont le murmure liquide était à lui seul rafraîchissant,
s'assit sur la bordure de marbre blanc et trempa ses mains
dans l'eau claire où évoluaient quelques poissons rouges.

Le calme qui l'entourait était si soudain, si étrange, après
les scènes de combat et de violence dont elle émergeait à

peine, qu'elle passa ses mains humides et fraîches sur son front pour s'assurer qu'elle ne rêvait pas.

Personne ne se montrait. Elle se releva, fit quelques pas et, s'enhardissant, traversa la cour-jardin.

A l'opposé de l'entrée par laquelle elle s'était introduite dans la demeure se dressait la maison d'habitation. Elle pénétra dans une salle de belle taille, dont le plafond et les murs étaient décorés à profusion de stucs, de peintures et de mosaïques azurées. Des sofas, une nuée de coussins, des tapis de laine soyeuse aux nuances chatoyantes, des tables basses en cuivre damasquiné, des brûle-parfum d'où s'élevaient encore de minces colonnes de fumée odoriférante rappelant ceux qui les avaient allumés, des tentures de soie claire, des lustres couronnés de lampes à huile en verre bleu et une bibliothèque en bois sombre faite de casiers étagés avec soin composaient une pièce luxueuse qui évoquait réceptions amicales et opulence tranquille.

Sur les sofas bas posés à même les tapis, des voiles de gaze jetés au hasard, des babouches abandonnées et une harpe renversée sur les coussins confirmaient l'impression d'un départ hâtif et tout récent.

Brunissen avisa soudain, non loin de l'endroit où elle se tenait, un plateau de cuivre auquel étaient fixés des pieds de bois sculptés. Sur sa surface ronde ouvragée, incrustée de minces filets d'or et d'argent, un miroir d'acier poli attira son regard. Il luisait doucement dans la pénombre fraîche et elle s'en empara pour se voir. Au milieu de cette salle somptueuse si différente de celle où elle avait été élevée et de celle où elle vivrait désormais, elle qui avait choisi de devenir une servante du Seigneur, Brunissen se regarda avec curiosité, s'attendant à retrouver sur ses traits le reflet du bouleversement qui l'agitait. Le regard paraissait troublé et douloureux certes, mais en dépit d'un certain amaigrissement qui lui creusait les joues, elle constata que son visage conservait son apparence juvénile et lisse, inentamée... Son teint, moins frais qu'à Chartres, s'était simplement bruni à la lumière des mille soleils qui l'avaient offensé durant la longue route. Ses prunelles couleur de châtaigne en semblaient plus lumineuses. Sous son voile, ses cheveux sagement nattés arboraient toujours leur nuance de pain brûlé, à peine éclaircie sur les tempes par des reflets dorés.

« J'ai vingt ans à présent, se dit-elle. J'ai traversé des épreuves sans nombre depuis trois ans, mais j'en suis à peine marquée. Ma jeunesse est la plus forte. »

Ce serait pourtant une femme et non plus une adolescente qui se consacrerait au service divin et c'était bien ainsi. Comme elle demeurait, songeuse, à s'observer dans le miroir, elle crut soudain discerner, derrière elle, dans l'ombre des tentures qui décoraient la pièce tout en en masquant les ouvertures, le reflet d'une mince forme humaine, accroupie, qui l'épiait.

D'un mouvement rapide, elle se retourna et marcha sans hésiter vers la présence immobile, demeurée invisible jusque-là. C'était une fillette menue, tremblant de la tête aux pieds, paralysée par une frayeur indicible. Elle pouvait avoir huit ou neuf ans.

Brunissen s'agenouilla auprès d'elle et lui sourit sans provoquer la moindre réaction.

— N'aie pas peur, ne crains rien. Je ne te ferai aucun mal.

La petite fille ne broncha pas. Elle avait des cheveux noisette, tressés et séparés par une raie, un voile vert noué sur la tête et des yeux clairs comme de l'eau, dilatés par l'angoisse. Son mince corps tremblant était vêtu d'une courte tunique reprisée et délavée.

Que faisait cette enfant pauvre, de toute évidence étrangère à la Judée, dans cette riche demeure arabe ?

Pour l'apprivoiser, Brunissen se mit à lui parler avec douceur, sans élever la voix, en répétant inlassablement des mots de paix et d'amitié. Elle employa d'abord sa propre langue, puis le latin. Enfin, elle se décida à prononcer les quelques expressions grecques qu'elle avait pu glaner, depuis Constantinople, tout au long de son chemin. Le petit corps tressaillit aussitôt. Le front obstinément baissé se releva et les yeux d'eau perdirent un peu de leur inquiétude. Dans le mouvement qu'elle fit en se redressant, la fillette dégagea son cou maigre et tout le bas de son visage peureusement caché jusque-là. C'est alors que Brunissen vit l'anneau qu'elle portait à l'oreille droite.

« Une petite esclave ! se dit-elle. Sainte Mère de Dieu ! Voici donc une enfant grecque, enlevée par les Sarrasins et asservie par eux ! »

Elle savait que les musulmans capturaient au cours de razzias ou de campagnes guerrières un grand nombre de prisonniers dont ils faisaient ensuite des esclaves. Un fructueux trafic de ces pauvres créatures arrachées à leurs familles, à leurs pays, vendues ensuite au plus offrant, existait depuis des siècles à travers tout l'Orient. L'anneau de la servitude leur était imposé pour les distinguer des hommes libres.

Cherchant tous les mots grecs dont elle pouvait se souvenir, Brunissen rassembla avec application, lenteur et une bonne volonté maladroite les termes les plus apaisants qui lui vinrent à l'esprit afin de consoler et de rassurer la fillette. Elle eut soudain l'idée de reprendre des bribes de chants religieux orientaux entendus dans les différentes églises de rites arménien, copte ou syrien où elle s'était rendue en passant. L'enfant frémit et fixa sur la jeune Franque un regard où, peu à peu, renaissait un sentiment de confiance.

— Où sont tes parents ?

— Je n'en ai plus.

— Où vis-tu ?

— Ici. Nous sommes deux. Ma sœur et moi.

— Où est-elle ?

— Partie.

— Avec les maîtres de cette maison ?

— Quand ils se sont sauvés ils l'ont emmenée...

Un flot de paroles incompréhensibles suivit ce court échange. Renonçant à saisir la suite des propos débités à grande vitesse par la petite esclave, Brunissen se contenta de caresser la tête levée vers elle en attendant une interruption du discours puéril. Quand elle put placer un mot :

— Ton nom ? demanda-t-elle.

— Irène, répondit la fillette.

— Es-tu seule ici ?

De nouvelles explications torrentueuses sortirent de la bouche enfantine, puis, soudain, bondissant sur ses pieds, Irène saisit la main posée sur ses cheveux et entraîna son interlocutrice au-dehors.

— Où allons-nous ?

Résignée à ne pas comprendre les réponses données à ses questions, Brunissen se laissa conduire à travers le jardin feuillu.

Sur les pelouses, très dignes, déambulaient des paons sans paraître se soucier des clameurs lointaines, confuses, qui arrivaient jusqu'à eux à travers murs et feuillages.

Tout autour des parterres et des arbres, une galerie circulaire à arcades donnait sur des appartements qu'on devinait. Ils étaient répartis entre un rez-de-chaussée surélevé de quelques marches et un premier étage aux murs tapissés de jasmin et de plantes grimpantes. Un toit plat, cerné par une balustrade ajourée, formait une terrasse où prendre le frais dès le coucher du soleil. Mais, de toute évidence, personne ne s'y tenait. La maison silencieuse était vidée de ses occupants.

Irène conduisait sa compagne avec détermination jusqu'aux sous-sols de la belle demeure. Elles traversèrent une vaste cuisine, éclairée par des demi-fenêtres ouvrant, au ras du sol, sur une cour intérieure, vers laquelle l'enfant entraîna Brunissen.

Au centre de la petite cour, étroite et fraîche, une citerne ouvrait son œil glauque. Tombé sur le rebord de pierre polie, un homme ensanglanté gisait près de l'eau, immobile. La fillette s'approcha de lui, s'accroupit à ses côtés et lui tâta le front.

Elle secoua la tête et soupira.

— Il va mourir, dit-elle avec une sorte de fatalisme triste qui serra le cœur de la jeune Franque.

— Qui est-ce ? demanda-t-elle.

— Un ami, répondit l'enfant.

Depuis des années, Brunissen avait soigné tant de blessés qu'elle savait discerner sur leur visage les approches de la mort. Il lui semblait que celui-ci n'était pas aussi sérieusement atteint qu'Irène le pensait. Elle se pencha vers l'homme, prit son poignet et s'assura que son pouls battait toujours. Il pouvait avoir une trentaine d'années. Son visage pâli, cendreux, aux narines pincées, était orné d'une moustache rasée en son milieu. Ses deux pointes rejoignaient une courte barbe noire, soyeuse et bouclée comme les cheveux partiellement recouverts d'un turban vert que la chute avait rejeté en arrière. Sur son vêtement de drap indigo brodé d'un galon de soie, une large traînée de sang frais s'étalait. Elle partait de deux déchirures faites par une lame qui avait troué l'étoffe, l'une à hauteur de l'épaule gauche, l'autre un peu plus bas, non loin du cœur.

— Aide-moi, dit Brunissen à la petite fille qui observait avec effroi l'Arabe évanoui.

Elle désignait le tissu vert du turban que l'enfant ramassa.

— Trempe-le dans l'eau, donne-le-moi.

Au moyen de cette compresse improvisée, elle bassina les tempes et les joues du blessé dont le teint basané se recolora peu à peu. Ecartant les pans croisés du vêtement qu'une large ceinture de toile maintenait serrés autour de la taille, elle dégagea le buste revêtu d'une chemise blanche, fermée sur l'épaule droite grâce à une petite boule de bois comme la jeune Franque n'en avait encore jamais vu. Le coton très fin de la chemise était, lui aussi, trempé de sang. Avec beaucoup de précautions, Brunissen décolla la percale déchirée des plaies ouvertes. Un gémissement fit écho à son geste.

L'homme revenait à lui. Il ouvrit les yeux et contempla avec étonnement et anxiété l'étrangère penchée vers lui.

Irène se rapprocha et, avec une volubilité qui témoignait de sa familiarité envers la langue de ses ravisseurs, elle se mit à parler arabe à l'homme allongé par terre.

Celui-ci voulut se redresser mais son mouvement, à peine esquissé, fut interrompu par la douleur et il retomba en arrière, sans une plainte, serrant les dents pour s'empêcher de crier. Parfaitement lisse, sa poitrine dénudée brillait de sueur et de sang confondus.

Dans l'escarcelle qu'elle portait suspendue à la longue ceinture qui lui faisait trois fois le tour des reins, Brunissen conservait toujours un flacon de senteur, en plus des quelques autres fioles et sachets contenant baume, élixir ou poudre utiles aux blessés dont elle s'occupait. Elle y serrait aussi la longue aiguille d'or à la pointe arrondie qui lui servait à sonder la profondeur des blessures. Tout en montrant à sa petite aide comment étancher le sang qui s'échappait de l'épaule et de la poitrine de l'Arabe, Brunissen se mit en devoir de manier cette aiguille avec sa délicatesse et son habileté coutumières. Elle constata que la plaie la plus haute était profonde. L'autre, proche du cœur, l'était moins. L'arme, couteau ou épée, avait glissé sur les côtes et seulement traversé les chairs.

— Il n'est pas trop gravement atteint, murmura-t-elle. Aucun organe essentiel n'a été lésé.

Irène, qui la regardait avec un immense intérêt, se pencha vers l'homme étendu et sortit d'un des pans relevés du vêtement qu'il portait un carré de tissu blanc, brodé avec art, pour le tendre à son amie. Brunissen lui sourit, versa sur la fine étoffe quelques gouttes d'élixir et en lotionna les deux blessures, plusieurs fois de suite. Elle y étala une mince couche d'un baume tiré de son escarcelle, et, après avoir dénoué sans la moindre hésitation le voile qui lui recouvrait la tête, s'en servit pour entourer la poitrine pantelante. Elle agissait adroitement, avec les gestes assurés, précis, que donne l'expérience.

Lèvres serrées, le blessé s'interdisait toujours la moindre manifestation de souffrance. Pour aider celle qui le soignait, il se souleva quand elle enroula autour de son buste le voile qu'elle venait de retirer, mais continua stoïquement à garder le silence.

— Si Dieu le veut, il guérira bientôt, dit alors Brunissen.

Mais il faudrait qu'il reste étendu plusieurs jours. Pouvons-nous l'aider à gagner l'intérieur de la maison ?

Sans y songer, elle s'était exprimée en latin car ses minces connaissances de grec ne lui permettaient pas de dire tant de choses en cette langue. A son grand étonnement l'homme, demeuré muet depuis qu'elle avait commencé à le soigner, lui répondit dans la même langue.

— Cette maison n'est pas à moi, dit-il en un latin rocailleux mais tout à fait compréhensible. J'y avais seulement des amis. Ils se sont tous enfuis à l'arrivée de vos troupes. Je ne sais ce qu'ils sont devenus à présent... Vous les avez sans doute massacrés... Eux aussi !

Brunissen se redressa.

— Nous sommes venus ici dans l'unique souci de délivrer le tombeau de Notre-Seigneur Jésus-Christ, répondit-elle. Nous n'avons nullement l'intention d'anéantir des familles qui ne sont pas responsables des tueries commises par des Sarrasins fanatiques contre nos frères pèlerins. Vos amis ne sont pas en danger, du moins je l'espère, et je souhaite qu'ils puissent bientôt regagner leur logis.

Elle parlait avec fermeté, désir de convaincre et une évidente bonne foi.

L'homme secoua la tête, mais préféra se taire et chercha à se relever en prenant appui sur la bordure de marbre de la citerne.

— Vous n'y parviendrez pas seul, reprit Brunissen. Je vais vous soutenir.

Une lueur de méfiance traversa les prunelles noires du blessé. Il avait un visage aux traits nets, sans graisse aucune, un nez busqué, un menton qu'on ne distinguait pas sous la barbe drue, mais des yeux qui atténuaient l'énergie de l'ensemble par leur expression douloureuse, sensible, réfléchie.

— Ne craignez rien, reprit Brunissen. Il vous faut du repos. Je vais vous conduire dans la salle et vous pourrez vous y allonger sur un sofa. Ensuite, je partirai et vous n'aurez plus qu'à attendre vos amis.

C'était oublier ce qui se passait dans Jérusalem. Le trio avait à peine atteint, avec difficulté, la cuisine que des coups, frappés sans ménagement contre la porte d'entrée, et des bruits de voix surexcitées éclatèrent, brisant le calme de la demeure vide.

— Qu'Allah me pardonne ! murmura le blessé. Voici vos Franj ! Je n'ai plus qu'à mourir !

— Il n'en sera rien ! s'écria Brunissen. Je vous sauverai !

Elle se tourna vers la petite fille qui ne les avait pas quittés d'un pas.

— Où peut-on le cacher ? demanda-t-elle à l'enfant en employant de nouveau son grec maladroit. Cette maison est grande...

Irène désigna une porte étroite.

— Les écuries sont tout près. Elles sont pleines de recoins... Il y a là un passage...

— Venez !

Soutenant son protégé, Brunissen le conduisit derrière l'huis et l'aida à s'asseoir par terre.

— Restez ici tous deux, dit-elle. Ne bougez pas. Attendez-moi.

Elle s'élança au-dehors, traversa la maison et la cour-jardin et se retrouva au seuil de la vaste entrée envahie par des pèlerins qui entouraient un des leurs, étendu sur les briques du dallage.

— Que Dieu vous garde, dit-elle en s'approchant du groupe. Que vous arrive-t-il ?

Elle avait reconnu des Normands de la suite de Robert Courteheuse, avec lesquels il lui était arrivé de cheminer et dont elle avait soigné quelques-uns, au fil des jours.

— Par tous les saints, vous êtes des nôtres ! s'exclama en se redressant une des femmes penchée sur le gisant. Il n'y a donc plus de Sarrasins céans ?

— Pas que je sache, répondit Brunissen. Je suis seule dans la maison.

— Donc, elle est à vous ! reprit la femme. Vous savez qu'avant la prise de la ville nos barons ont décidé que tout croisé, quelle que soit sa condition, deviendrait maître absolu de la maison dont il se serait emparé le premier. Chacune d'entre elles sera considérée comme prise de guerre !

Troublée, Brunissen avait oublié une décision qui, soudain, lui parut providentielle.

— Ainsi, je suis donc chez moi, constata-t-elle avec un soulagement infini. Par ma foi, je m'y plais déjà !

Elle se pencha vers l'homme allongé sur le sol.

— Qu'a-t-il ? Puis-je vous aider ? demanda-t-elle.

— C'est un forgeron de Caen, que nous connaissons un peu. Il a été piétiné par la foule dans la bousculade qui s'est produite lorsque les Provençaux ont compris que nous autres, gens du Nord, étions entrés les premiers dans la ville. Ils s'y sont rués comme des fous et la cohue était telle que certains sont tombés et ont été foulés aux pieds. Comme celui-ci.

Brunissen s'agenouilla auprès de l'homme. Un filet de sang coulait du nez à la barbe grise, souillée de poussière et de caillots coagulés. Il râlait faiblement.

— J'ai peur de ne plus rien pouvoir pour lui, soupira-t-elle en secouant tristement la tête.

— Grâce à Dieu, il se trouve un hôpital non loin d'ici, dit la femme blonde et fortement charpentée qui avait parlé la première. Nous sommes passés à côté avant de découvrir ce blessé tombé contre les murs de votre logis. Emportons-le là-bas pour le faire soigner.

— Avant de partir, voulez-vous bien vous charger d'un message pour mon oncle et mes sœurs ? demanda Brunissen. Je ne voudrais pas quitter cette maison de peur qu'on ne me la prenne et je ne sais comment faire savoir aux miens que j'y suis installée.

— Par Belzébuth ! vous avez raison de vous méfier ! s'écria un gros homme pansu. Vous êtes bien ici et beaucoup se disputent déjà les meilleurs endroits. Marquez donc votre porte d'une croix pour montrer qu'elle est en de bonnes mains et occupée par des chrétiens.

— Je vais aller prévenir votre famille, dit un garçon d'une quinzaine d'années au visage rempli de taches de rousseur. Je connais votre tente vert et rouge où j'ai reçu souventes fois un peu de nourriture. J'y cours !

Il s'élança dehors.

— Nous autres, reprit le gros homme, allons porter ce malheureux à l'hôpital, mais ne nous y attardons pas. Les chiens de païens, les fils de démons, qui occupent Jérusalem la Sainte se sauvent vers le temple de Salomon à ce qu'on dit. Nous devons les y poursuivre. Il ne faut pas qu'un seul en réchappe !

— Ils vont s'y enfermer et s'y battre jusqu'au dernier ! lança une voix. Courons-y !

En portant à plusieurs le blessé qui râlait toujours, le petit groupe de Normands se précipita vers la sortie.

Brunissen les vit partir avec un curieux mélange de délivrance et d'angoisse. N'avait-elle pas choisi de protéger un Sarrasin contre des Francs, ses compagnons de misère et de foi ? Elle leur avait menti en prétendant désirer rester sur place pour conserver une demeure qui ne lui était rien.

Elle se signa, joignit les mains et pria de toutes ses forces pour que le Seigneur lui indiquât ce qu'il convenait de faire ou de ne pas faire.

« Je dois soigner le blessé que Dieu a mis sur ma route, se dit-elle ensuite. Dès que ce pauvre homme le pourra, il s'en ira loin d'ici, et je m'occuperai alors de tous ceux qui auront besoin d'aide, quelle que soit leur appartenance ! »

Elle retourna vers la grande salle, cherchant des yeux avec quel objet elle pourrait fabriquer une croix pour l'accrocher à la porte d'entrée, quand elle aperçut, posées sur une table basse auprès de la bibliothèque, plusieurs règles de bois. Elle en prit deux, une grande et une plus petite, qu'elle lia perpendiculairement l'une à l'autre avec une écharpe de soie abandonnée sur un sofa, baisa le symbole de la Passion ainsi recomposé, et gagna le vestibule. Quand elle poussa le battant lourd et épais qui la séparait de la rue, elle reçut en plein visage la clameur éperdue qui s'élevait de la Cité sainte. Hurlements de peur pour les uns, hurlements de triomphe pour les autres, hurlements de haine pour tous...

Des bandes de Sarrasins fous de terreur, des troupes de Francs ivres de vengeance se pourchassaient en une traque sans merci, à travers chaque rue, chaque ruelle, chaque passage.

Pendant le bref moment où Brunissen accrochait la croix improvisée au vantail clouté de fers, elle vit un tourbillon bondissant et poussant des cris affreux se précipiter devant elle comme dans un cauchemar.

C'étaient des adolescents arabes, qui devaient être des étudiants car ils portaient des encriers pendus à la ceinture. Terrorisés, haletants, ces jeunes Sarrasins, qui se retournaient dans leur course pour jeter des pierres à leurs poursuivants, fuyaient la mort avec des yeux exorbités et des visages convulsés par la peur. Ils ressemblaient à une harde de chevreuils forcée par une meute... Sur leurs traces, brandissant épées, lances et bâtons, se ruait une foule de croisés déchaînés, hommes et femmes confondus. Leur cri « Tue ! Tue ! Saint Sépulcre ! Saint Sépulcre ! » rebondissait contre les parois des maisons pour retentir aux oreilles de la jeune Franque, avec les mêmes accents de joie sauvage que ceux des chasseurs en forêt de Blois quand ils couraient les bêtes rousses ou noires.

« Dieu de justice ! murmura Brunissen, ce n'est plus de gibier, mais bien de Vos créatures, même si elles vivent dans l'erreur, qu'il s'agit ici ! Et voici que les nôtres les exterminent en ce jour où nous avons conquis les Lieux saints afin de retrouver le droit de Vous adorer enfin librement... Pardonnez-leur ! Ayez pitié, Vous qui avez su pardonner à Vos bourreaux, à l'heure de Votre mort, sur ce même mont du Golgotha, maintenant si proche... »

Elle referma la porte derrière elle avec la douloureuse impression de se sentir complice d'un crime dont il lui allait falloir partager remords et responsabilités...

Elle revint sur ses pas plus lentement, déchirée entre des pensées contraires. Avait-elle agi comme le devait une chrétienne en soignant et en protégeant un infidèle ? Pouvait-on laisser mourir une créature de Dieu, quelle qu'elle fût, si s'offrait l'occasion de lui venir en aide ?

Quand elle se retrouva dans la cuisine, elle avait tranché : le devoir d'aimer son prochain était le plus impérieux de tous, le premier des commandements avec celui d'adorer le Seigneur. Le Christ avait affirmé qu'ils étaient, l'un et l'autre, de semblable importance...

Ce fut donc d'une âme plus assurée qu'elle poussa la petite porte conduisant au passage que lui avait signalé Irène. Dans l'étroit couloir, elle ne vit personne. Comme l'endroit était fort sombre, elle resta un moment immobile pour laisser à ses yeux le temps de s'accoutumer à l'obscurité. Mais elle ne s'était pas trompée. Le blessé et l'enfant avaient disparu.

Peut-être étaient-ils repartis vers les écuries pour s'y mieux dissimuler.

Brunissen poursuivit son chemin en se guidant à tâtons le long de la cloison qu'elle frôlait du bout des doigts.

Assez vite, elle se heurta à une autre porte qu'elle ouvrit. Elle se trouva dans une sellerie où tout un harnachement luxueux en cuir de couleur vive, tressé ou incrusté, était accroché aux murs passés à la chaux. Harnais cloutés de métaux précieux, selles avec leurs multiples tapis, larges étriers de fer, de cuivre ou d'argent, à la mode arabe, nombreux fouets, tous ces objets, bien entretenus, dégageaient de fortes exhalaisons de cuir, de graisse et de cirage.

La sellerie donnait sur une autre pièce plus petite où plusieurs nattes et paillasses posées à même le sol indiquaient que les garçons d'écurie devaient habituellement y coucher. Elle était également vide mais des bruits sourds y parvenaient : coups de sabots dans les bat-flanc, hennissements, agitations coutumières de la vie animale. Une puissante odeur de sciure, de crottin, de sueur chevaline y régnait aussi.

Continuant à explorer les bâtiments, Brunissen déboucha enfin dans une écurie dont la taille et la voûte imposante, soutenue par une rangée de hauts piliers de pierre, évoquèrent irrésistiblement pour elle une église. Même dimension, même élévation, mêmes bas-côtés séparés en compartiments. Mais ceux-ci, au lieu d'être des chapelles, étaient des stalles de bois sombre et ciré, parfaitement tenues, où logeaient une douzaine de chevaux. Palefrois, destriers, courtauds, sommiers, mulets et même deux ânes gris voisinaient sous la nef centrale, très vaste et décorée d'un appareil de brique et de pierre qui achevait de créer la ressemblance avec un lieu de culte.

Brunissen s'avança dans l'allée médiane sans que les animaux, habitués à la présence humaine, eussent l'air de s'en soucier.

Au bout de l'écurie, plusieurs petites pièces s'inscrivaient dans le mur en demi-lune qui la fermait.

Soudain, une voix enfantine se fit entendre et Irène surgit sur le seuil d'un de ces réduits.

— Nous sommes ici. Venez.

Brunissen la suivit dans une cellule exiguë où le blessé était allongé sur un tas de foin.

— Etes-vous seule ?

Il s'exprimait toujours dans son latin guttural. Ses yeux brillaient trop, et, au-dessus de la barbe noire, les minces pommettes étaient cuivrées par la fièvre.

— Je suis seule, répondit l'arrivante, vous pouvez être tranquille, les Francs qui passaient sont repartis. Nous sommes protégés par une croix que j'ai placée sur la porte.

Elle s'était demandé en venant si elle lui parlerait de la décision baronniale qui faisait don des demeures arabes abandonnées à leur premier occupant croisé, mais la crispation qui s'inscrivit sur les traits de l'homme à la mention de la croix l'en dissuada.

— Je voudrais savoir deux choses, reprit Brunissen. Votre nom et comment il se fait que vous vous exprimiez si bien en latin.

— On me nomme Hâlid Ibn Surah, dit le blessé. Je parle la langue de Rome parce que je suis marchand de chevaux, que j'ai beaucoup voyagé et que mon métier m'amène à employer toutes sortes d'idiomes.

Irène, qui n'avait pas compris ce qui venait d'être dit, s'inquiéta.

— Qu'allons-nous faire ici tous trois ? demanda-t-elle.

— Si Dieu le veut, ma famille doit être prévenue maintenant de ma présence dans cette maison, répondit Brunissen.

Elle ne va sans doute pas tarder à venir me rejoindre. Mon oncle s'occupera de nous.

Hâlid secoua farouchement la tête.

— Hormis vous deux, personne ne doit savoir que je me trouve ici, protesta-t-il. Personne. Vous m'entendez bien ? Si cela se savait, je serais perdu !

Brunissen voulut se récrier, mais ce qu'elle avait entendu et vu un moment plus tôt la força à se taire. Elle soupira et baissa la tête pendant que le blessé traduisait à l'enfant ses recommandations.

— Irène fera la liaison, reprit Brunissen. Je la présenterai aux miens et chacun trouvera normal qu'elle circule à sa guise dans une maison qu'elle connaît mieux qu'aucun de nous. Je viendrai vous soigner et elle vous apportera de la nourriture sans se faire remarquer.

— J'ai soif, dit le blessé.

— Nous allons vous chercher de l'eau. Restez allongé. J'ai vu des paillasses et des couvertures dans une chambre proche de l'entrée de cette écurie. Je vais vous les apporter pour que vous soyez mieux couché. Pendant ce temps, Irène va vous quérir un broc d'eau à la cuisine. Vous le garderez près de vous et nous vous le renouvellerons le plus souvent possible.

Un temps, qui lui parut fort long, s'écoula avant que le heurtoir de la porte d'entrée ne résonnât de nouveau. Elle avait installé le blessé sur une paillasse propre, l'avait recouvert d'une couverture, lui avait donné à boire de l'eau dans laquelle elle avait versé quelques gouttes d'un de ses élixirs afin d'apaiser sa fièvre et de l'amener au sommeil. Quand elle l'avait quitté, il s'était endormi.

Revenue dans la cour-jardin, elle avait marché de long en large avec impatience, tout en tendant nerveusement l'oreille vers les clameurs lointaines qui parvenaient assourdies jusque sous les branches. Irène ne la quittait pas. Elle lui avait alors appris que la famille qui avait habité la maison auparavant était celle d'un riche marchand de soie, nommé Abu Zayd. Cet homme opulent et bon vivant possédait quatre épouses, des fils et des filles de chacune d'elles et beaucoup de domestiques. Les nombreuses chambres donnant sur la galerie circulaire à arcades, que Brunissen avait vues de loin, constituaient les appartements privés du maître, ainsi que le harem réservé aux femmes et aux enfants.

— Ma sœur Anthusa et moi avons été capturées sur la côte où notre bateau avait été jeté, à ce qu'on m'a dit, par une tempête. J'étais encore toute petite et je ne me souviens pas de grand-chose. Nos parents ont été noyés comme beaucoup de nos rameurs. C'est sur un marché d'esclaves qu'Abu Zayd nous a achetées, toutes les deux. S'il m'a laissée vivre, c'est à cause de la beauté d'Anthusa qui l'avait charmé. Elle l'a supplié de me garder ici et il a accepté à condition que je ne gêne personne. Je tâchais de ne pas me faire remarquer dans la journée et le soir je rejoignais ma sœur dans sa chambre où nous dormions toutes les deux... quand elle n'était pas retenue par ailleurs.

Toutes ces explications, données en grec, avaient été répétées plusieurs fois par Irène avant que la jeune Franque parvienne laborieusement à en comprendre l'essentiel. Mimant son récit par les gestes prestes autant qu'expressifs de ses doigts maigres et abîmés, aux ongles sales, l'enfant avait fait preuve d'une intelligence et d'une lucidité qui frappèrent sa compagne.

Quand on heurta à la porte de la rue, Brunissen s'élança vers le vestibule en tenant la petite Grecque par la main.

Sur le seuil, rayonnants en dépit de la sueur qui coulait de leurs fronts, se tenaient le père Ascelin, Flaminia, Albérade et Biétrix. Grâce à un rayon de soleil qui s'était faufilé entre deux façades, la chevelure de Flaminia, épandue sur ses épaules, flamboyait de tous ses ors roux. On aurait dit qu'elle portait une chape tissée du précieux métal.

— Dieu soit béni ! Nous voici enfin rendus au terme de notre pèlerinage ! Jérusalem la Sainte nous sera bientôt restituée dans son intégrité, dès que nous l'aurons lavée des souillures que lui ont infligées les Sarrasins. Nous sommes vainqueurs, mes enfants, vainqueurs ! De par Dieu et de par notre foi !

Le père Ascelin exultait. Ce fut avec une joie fiévreuse qu'on s'embrassa. Flaminia éclatait de bonheur. Tous disaient d'une même voix que la saison des épreuves était terminée, qu'une ère nouvelle commençait, que leur grand rêve allait se réaliser.

— Votre messager est arrivé peu de temps après le retour de Flaminia parmi nous, reprit ensuite le prêtre. Vous aviez été séparées de nous par la poussée triomphale de nos troupes et nous ne savions ce que vous étiez devenues, ni l'une ni l'autre. Sur mon âme, je me suis fait bien du souci... Mais tout est oublié à présent. Rendons grâce au Seigneur et voyons cette maison sur la porte de laquelle nous avons remarqué que vous aviez déjà placé une croix.

— J'ai suivi les conseils d'un groupe de pèlerins normands

qui est passé par ici, dit Brunissen. Mais avant d'explorer avec vous notre nouveau domaine, je voudrais vous faire connaître Irène que voici et qui m'a beaucoup aidée depuis que je suis entrée céans.

Des questions fusèrent. Il fallut expliquer ce qu'il était advenu à la petite fille et la raison de sa présence.

— Elle ne connaît pas le latin, termina Brunissen, mais vous mon oncle, qui parlez grec, vous allez pouvoir lui dire tout ce que je n'ai pas su lui expliquer, dans la quasi-ignorance où je suis de sa langue maternelle.

Le père Ascelin s'adressa aussitôt à l'enfant, et une conversation animée se noua entre eux. Pendant ce temps, Brunissen racontait à sa sœur comment elle avait été amenée à pénétrer dans la demeure vide de ses habitants et comment elle y avait trouvé Irène.

— Sur mon salut ! C'est une belle maison ! constata Albérade qui regardait avec admiration l'entrée spacieuse où ils se tenaient encore.

— Mais vous n'avez rien vu ! s'écria Brunissen. Nous sommes dans un endroit merveilleux. Au-delà de ce jardin clos, j'ai déjà visité une salle magnifique et richement meublée, mais d'après ce que m'a dit Irène, il y a plusieurs autres appartements tout aussi bien aménagés. Ils sont situés alentour et je ne les connais pas encore.

— Etes-vous sûre que les propriétaires ne reviendront pas pour nous chasser de leur domicile ? demanda Biétrix, dont l'esprit concret se manifestait à chaque occasion. Où sont-ils ?

Brunissen soupira.

— Ils ont fui nos troupes et je ne pense pas qu'ils puissent jamais réapparaître. Vous avez vu ce qui se passe dans cette ville...

Flaminia, qui s'était contentée jusque-là d'embrasser sa sœur et de regarder autour d'elle avec curiosité, intervint.

— La disparition des ennemis de Dieu, ces sacrilèges qui nous ont fait tant de mal, qui n'ont jamais souhaité que notre extermination et ont blasphémé comme de véritables démons, ne mérite aucune pitié, dit-elle. Ils nous auraient tous anéantis s'ils l'avaient pu. Il est juste, il est équitable, de leur faire subir ce même sort. Dieu, en nous donnant la victoire, nous l'a permis.

— Ne serait-il pas préférable de tenter de convertir ces infidèles ?

— Il n'y a pas de conversion possible pour les fils de Satan !

Brunissen hocha la tête.

— Allons, dit-elle, suivez-moi. Je vais vous montrer ce que je connais déjà et nous découvrirons ensemble le reste.

Comme le petit groupe traversait la cour-jardin, des relents de fumée, poussés par un vent léger, parvinrent jusqu'aux Chartrains. On entendait au loin des clameurs, des cris, des appels, toute une rumeur de ruche en folie.

— Par ma sainte patronne, c'est une odeur de cochon grillé ! remarqua Albérade. Je croyais que ces damnés mécréants ne mangeaient pas de cette viande-là ?

— Ils s'en détournent en effet, dit le père Ascelin, mais, en dépit de la faim qui taraudait certains des nôtres, je doute fort que ce soit les préparatifs d'un repas que nous sentions ainsi. Je penserais plutôt à quelques grands brasiers allumés pour purifier par le feu les temples maudits des infidèles...

— Dieu vous entende ! murmura Brunissen. Souhaitons qu'on ne brûle que des bâtiments...

Chacun se tut. Il ne convenait pas d'assombrir un aussi beau jour...

— J'ai chargé Mathieu et votre jeune messager, qui est fort obligeant, de s'occuper de notre tente, reprit le père Ascelin. Ils vont la vider, la démonter et trouver des commissionnaires qui transporteront ici nos coffres, nos effets, et le peu de biens que nous avons sauvegardés durant ce long voyage. J'espère que nous allons pouvoir recommencer à vivre décemment, grâce à Dieu, mais aussi grâce à vous, ma chère nièce, qui nous avez procuré ce beau logement.

— La maison est vaste, reconnut Brunissen. Chacun de nous s'y installera à son gré. En outre, si certains de nos compagnons se trouvent moins bien pourvus, rien ne nous empêchera de leur offrir des chambres.

— Il me semble qu'aucun pèlerin n'aura de difficulté à dénicher dans cette bienheureuse ville une habitation à sa convenance, dit Flaminia. Plus petite certes que Constantinople ou qu'Antioche, Jérusalem est cependant assez vaste pour nous contenir tous. La disparition de ses précédents occupants va libérer un grand nombre de locaux et dépeupler la cité. Seuls les chrétiens orientaux y demeureront en notre compagnie. Les Francs qui voudront s'y établir n'auront qu'à choisir, comme vous l'avez fait si opportunément, ma sœur.

« Je n'ai rien voulu, Dieu m'a guidée », songea Brunissen. Mais elle préféra garder le silence. Près d'elle, Irène observait et cherchait à comprendre ces étrangers dont dépendait à présent son destin.

Ils achevaient de visiter les chambres fort bien pourvues qui donnaient sur la galerie circulaire quand Mathieu et les portefaix firent retentir le heurtoir.

— Que Dieu me maudisse s'il reste demain un seul païen dans Jérusalem ! lança le barbier en s'épongeant le front. Sauf, bien sûr, cet enragé d'émir. Il s'est enfermé avec une poignée des survivants de sa maudite garnison dans la citadelle, la fameuse tour de David. Par ailleurs, force Sarrasins ont mis en défense le temple de Salomon où ils livrent encore aux nôtres une résistance furieuse, mais c'est un combat d'arrière-garde. Ils sont perdus. La Ville sainte est à nous !

Sûrement bien renseigné, comme il l'était toujours, Mathieu respirait la satisfaction.

— Par le cœur Dieu ! vous serez mieux ici que sous la tente ! continua-t-il en inspectant les lieux de ses yeux prompts à observer le moindre détail. Vous allez être superbement logés !

Les trois hommes qui l'accompagnaient déchargeaient pendant ce temps les ânes qui les avaient aidés à transporter les coffres et les pauvres affaires des Chartrains. On déposa le tout dans l'entrée et Brunissen, aidée d'Albérade, offrit à boire aux portefaix.

Après leur départ, le père Ascelin réunit tout le monde dans la grande salle.

— J'ai ouï dire en venant jusqu'ici que dès la ville conquise, et après s'être lavés de la poussière et du sang qui les souilleraient, nos barons ont proclamé leur désir de se rendre, en vêtements propres mais pieds nus, par humilité, jusqu'aux lieux saints où Notre-Seigneur Jésus-Christ, le Sauveur du monde, a vécu corporellement. Nous devons faire de même. Puisque nos effets nous ont été livrés, lavons-nous soigneusement, habillons-nous et partons !

Le soir tombait quand les Chartrains sortirent de la maison. La chaleur se retirait et dans le ciel des nuages rosés voguaient paresseusement. Dès la porte franchie, une lourde odeur, fade et tenace, les saisit. L'étroite rue où ils habitaient désormais comptait deux cadavres abandonnés sur le sol et déjà assaillis par les mouches. Ils passèrent auprès d'eux en se signant, mais, au premier carrefour, ils s'immobilisèrent, pétrifiés. Au centre d'une petite place triangulaire s'élevait un tas de têtes, de mains, de pieds ensanglantés. Qu'étaient devenus les corps ? L'odeur de chairs grillées sentie un peu plus tôt ne venait-elle pas de bûchers... ?

— Dieu Seigneur! gémit Brunissen. Dieu Seigneur!
ayez pitié!

— Venez, dit le père Ascelin, venez. Suivez-moi.

Albérade et Biétrix avancèrent en tremblant. Flaminia serra
les dents pour retenir le flot amer qui lui montait aux lèvres.
Ils durent frôler le hideux empilage pour gagner la voie
conduisant aux Lieux saints.

En ce premier soir de conquête, la métropole dont ils
avaient tant rêvé offrait aux croisés un aspect prodigieux,
tragique, bouleversant. Venus du camp à présent déserté, par
grappes, par bandes, par essaims, soldats, pèlerins, hommes,
femmes, enfants confondus envahissaient Jérusalem comme
la marée montante recouvre la plage, inéluctablement.

Les deux visages qu'offrait la Cité sainte n'étaient que
contraste : la joie, la folle griserie, l'émerveillement des chrétiens découvrant enfin « leur Ville », pleurant de joie, chantant
des hymnes, s'embrassant au milieu des rues où s'empilaient
les corps des infidèles, mutilés, saignants, abandonnés aux
chiens qui les flairaient de loin, avec frayeur, en courbant
l'échine.

— Regardez, mes enfants, par tous les saints, regardez!
dit tout à coup le père Ascelin aux femmes de sa famille qui
l'accompagnaient avec Mathieu le Barbier et Reinard, le
garçon aux taches de rousseur qui s'était joint à leur groupe.
Regardez! voici nos barons!

Traversant la presse des pèlerins et des hommes d'armes
qui émergeaient à peine du carnage, les chefs de l'ost se
dirigeaient en effet, tous ensemble, vers le Saint-Sépulcre, le
Lieu saint par excellence, le but enfin atteint de leur prodigieuse épopée, nombril de l'univers, carrefour des routes
humaines et des sentiers célestes, rencontre de la terre et
des cieux.

Pieds nus une nouvelle fois, vêtus de longues tuniques de
laine qui remplaçaient les hauberts de mailles ensanglantés
et tailladés qu'ils n'avaient pas quittés pendant les durs
combats des trois derniers jours, lavés de la tête aux pieds,
purifiés, les grands barons se frayaient un chemin à travers
la foule. Godefroi de Bouillon en tête, blond-roux, de haute
taille, le regard clair, puis Raymond de Saint-Gilles, le comte
de Toulouse, dont les cheveux blancs suscitaient égards et
considération, mais qui était néanmoins entré le dernier dans
Jérusalem, Robert de Flandre, embrasé par l'Esprit à tel point
que durant ces trois années de marche il avait chaque jour
fait à son lever le signe de la Croix, Baudouin du Bourg,

seigneur de Rethel, cousin de Godefroi, Tancrède qui était le plus jeune, et enfin Robert Courteheuse, duc de Normandie, qu'on nommait Gambaron, c'est-à-dire grosses jambes, parce qu'il était épais et lourd. Entourés de leurs chapelains, de leurs clercs, de leurs chevaliers, de leurs écuyers, ils montaient lentement vers le Golgotha.

C'était une vision de fin du monde, de fin de l'histoire humaine, considérée à présent par beaucoup comme accomplie, que celle de ces hauts et puissants seigneurs, humbles, pleurant d'émotion, pareils à des enfants réintégrant la maison du Père, qui s'arrêtaient de place en place pour baiser avec dévotion et un respect infini le sol que les pieds du Christ avaient jadis foulé. Comme des pénitents, ils progressaient, recueillis en dépit de l'affluence, par les rues sacrées de la cité sans pareille, conscients du poids de leurs péchés, qui leur tirait soupirs et larmes, habités de l'unique désir de s'acquitter de leurs dettes envers le Sauveur...

Le soleil couchant teintait les murs, les façades, les dômes, de ses rougeoiements qui se confondaient avec ceux du seul incendie allumé par les vainqueurs afin de brûler la synagogue. Là s'étaient réfugiés les juifs en cette veille du sabbat. On disait qu'ils avaient souvent fait cause commune avec les égorgeurs fâtimides lorsque ces derniers se livraient à des exactions contre les chrétiens, et qu'ils avaient été jusqu'à supplicier un patriarche de Jérusalem...

Quand le cortège arriva devant la basilique du Saint-Sépulcre, le père Ascelin et les siens étaient parvenus à s'insinuer dans la cohue à proximité de la suite ducale.

Sur le seuil du sanctuaire, les membres des clergés des rites orientaux, en grand apparat, attendaient les vainqueurs pour les conduire, solennellement, en procession, parmi les fumées d'encens, vers le tombeau sacré qu'ils appelaient l'*Anastasis*, mot grec signifiant lieu de la Résurrection.

Le peuple des fidèles fut admis à pénétrer à la suite de ses chefs dans le chœur qu'éclairaient des milliers de cierges. Une émotion infinie, faite du sens aigu du mystère et du merveilleux, les bouleversait tous. On pleurait de joie, de saisissement, d'extase. On se livrait à des transports d'amour et de piété.

Brunissen avançait à travers une brume dorée, embuée de ses larmes mais illuminée par un bonheur radieux. Elle ne touchait plus terre. Prosternée sur les dalles, Flaminia, faisant retour sur elle-même, battait sa coulpe en signe de contrition. Biétrix et Albérade sanglotaient. Le père Ascelin montrait un visage éclairé de ferveur et Mathieu lui-même avait oublié ses habituelles plaisanteries pour tomber à genoux au côté de Reinard...

Devant la rotonde intérieure de l'édifice, qui renfermait en son centre le Sépulcre sacré où avait reposé le corps du Crucifié et d'où Il avait jailli, triomphant de la mort, à l'instant divin de Sa résurrection, chacun, foudroyé d'exaltation, se laissa choir, bras en croix, face contre terre, sur le sol témoin de l'unique miracle qui justifie la foi chrétienne...

Les seigneurs en premier, puis tous les pèlerins ensuite, se jetèrent ainsi par terre, crucifiés dans leurs âmes comme le Christ l'avait été dans Sa chair.

Il semblait à chacun qu'il voyait encore le corps de Jésus-Christ gésir tout mort... Il leur était avis qu'ils étaient à l'entrée du paradis.

Brunissen perdit connaissance. Beaucoup d'autres partagèrent sa transe mystique et se pâmèrent sur le sol béni où se terminait leur pèlerinage. Ils étaient parvenus au bout de la route, mais aussi au bout de leur espérance, au bout d'eux-mêmes. Ils avaient atteint au suprême dépassement...

Brunissen revint à elle un peu plus tard. Elle se releva puis, agenouillée parmi tous ses frères en oraison, elle rendit grâces et adora...

Ce soir-là, au milieu des clameurs de triomphe, les Francs descendirent la bannière blanche des Fâtimides qui flottait jusqu'alors sur les principaux monuments de la ville. A sa place, ils hissèrent l'étendard frappé de la croix, aussi bien sur la Coupole du Rocher que sur la grande mosquée d'Omar qu'ils nommèrent le temple de Salomon après l'avoir conquise de haute lutte à la suite d'un combat furieux. On y avait tué tous ceux qui s'y battaient et tous ceux que la malchance avait fait se regrouper sur l'esplanade fatale devant le temple. Certains, qui avaient participé à la lutte, disaient avoir pataugé dans le sang jusqu'aux chevilles.

Puis, la première nuit tomba peu à peu, bruissante et fiévreuse, sur Jérusalem délivrée.

3

— Mon oncle, dit Flaminia, il faut que je vous parle. Sur mon âme, il le faut !

Les Chartrains avaient regagné leur maison à travers des rues où gisaient par centaines des corps abattus, mutilés et sanglants. La fureur des conquérants avait transformé en charniers la plupart des voies, des artères de la Ville sainte.

Une odeur tenace, immonde, flottait, s'imposait sur Jérusalem au gré d'un léger vent nocturne.

On avait appris en route que l'émir Iftikhâr s'était rendu à Raymond de Saint-Gilles en compagnie des soldats égyptiens et des mameluks turcs ou soudanais de sa garnison. Il demeurait à présent enfermé dans la tour de David, en attendant que son protecteur franc le fasse reconduire avec ses hommes, le plus tôt possible, jusqu'à Ascalon, un port situé à quinze lieues de Jérusalem, que tenaient toujours les Sarrasins.

Sur leur chemin les Chartrains avaient également pu voir que des troupes armées achevaient de nettoyer la Ville sainte des mécréants qu'elle contenait encore. On s'acharnait à faire disparaître imams, ulémas, ascètes soufis, tous prêtres de Satan. On pillait les mosquées dont on détruisait les livres saints. Là aussi, il était nécessaire de venger la honte infligée aux églises du Christ par les fils du Démon.

Le père Ascelin avait expliqué aux siens que, parmi les pèlerins et les gens d'armes, des éléments troubles s'étaient infiltrés, hommes sans aveu, voleurs, gens de sac et de corde, scélérats de toute espèce, qui profitaient de l'exaltation générale pour piller les riches demeures abandonnées et s'emparer impunément des biens qui leur tombaient sous la main. On en rencontrait en effet qui couraient comme des rats par toute la cité, raflant l'or, l'argent, les bijoux, les vêtements, les chevaux, tout ce qui était bon à prendre et leur semblait bon à garder.

Aussi les Chartrains étaient-ils vivement retournés chez eux avant que leur nouveau domicile soit pareillement dépouillé. Une fois bien enfermés, ils s'étaient réunis dans la grande salle en compagnie de Mathieu le Barbier et de Reinard auxquels ils avaient offert de les loger aussi longtemps que ceux-ci le souhaiteraient.

Après un souper rapide, improvisé avec les nombreuses victuailles trouvées par Albérade dans les resserres attenantes à la cuisine, les deux jeunes hommes s'étaient retirés dans les chambres qui leur étaient échues.

C'est alors que Flaminia s'était adressée d'un ton pressant à son oncle pour le supplier de l'écouter.

— Ne serait-il pas plus sage de remettre cet entretien à demain ? avait demandé le père Ascelin, qu'une lourde fatigue engourdissait. Il se fait tard et, après une semblable journée, un vieil homme comme moi aspire au repos.

— Un repos dont nous avons tous besoin, ajouta Brunissen qui venait de rejoindre les siens après s'être éloignée un moment pour accompagner Irène jusqu'à son lit.

L'enfant ne voulait plus quitter celle qui l'avait recueillie, et se cramponnait à elle à tout propos.

— Dieu sait que je devine votre lassitude, reprit Flaminia, et que je repousserais le moment de cette explication si c'était possible. Mais je ne puis dormir en me sachant en état de péché grave. Je ne trouverais pas le sommeil avec un pareil poids sur la conscience. Quand j'ai vu, ce jour d'hui, nos plus puissants barons regretter leurs fautes et tant des nôtres confesser à haute voix les actions qu'ils déploraient, faire vœu de n'en plus commettre de semblables, répandre tout ce qu'ils possédaient en libéralités envers les vieillards, les infirmes, les indigents, parce qu'ils estimaient comme la plus grande richesse de jouir enfin de ce jour bienheureux, je me suis dit qu'il ne m'était plus possible de me taire davantage. Je vous devais, à tous deux, une confession qui ne sera pas publique, puisque réduite aux deux seuls membres présents de ma famille, mais que je veux pleine et entière pour compenser mon long silence... et ma grande faute, ma très grande faute !

Dans la lueur des lampes à huile en argent fin qui éclairait la vaste salle si bellement décorée, Flaminia, avec ses cheveux rutilants, se dressait comme une torche. Il émanait d'elle on ne savait quelle sourde véhémence, quelle passion, qui rendirent soudain le père Ascelin attentif à l'extrême, en dépit de sa fatigue.

— Je vous écoute, ma nièce, dit-il simplement.

Brunissen vint s'asseoir à côté de lui, sur un des sofas bas alignés contre le mur. D'un même mouvement, ils se penchèrent tous deux vers celle qui allait parler.

Flaminia se mit à genoux devant son oncle.

— Je vous ai menti depuis que je vous ai rejoints sous les murailles d'Antioche, après mon départ de Constantinople, commença-t-elle d'une voix oppressée. Durant la maladie de grand-mère et jusqu'à sa mort, Dieu me pardonne, j'ai vécu auprès d'elle dans la dissimulation et la fourberie. A-t-elle su, a-t-elle deviné mon secret ? Je l'ignore. Elle n'a, en tout cas, jamais rien témoigné qui me permette de le penser. De cela, je suis certaine.

Tête inclinée, ses longues nattes de cuivre touchant les

tapis de haute laine qu'elles balayaient, Flaminia, d'ordinaire si forte, se montrait pour la première fois, aux yeux de son oncle et de sa sœur, en posture de pénitente.

— C'est là-bas, dans cette ville admirable mais où le Mal tient ses assises, continua-t-elle après un silence, c'est là-bas que je me suis prise d'un amour sans seconde pour un homme qui, lui aussi, dès notre première rencontre, n'a cessé de m'aimer. Un homme marié et père de deux enfants : Andronic Daniélis, le fils de notre hôte, de votre ami, mon oncle, le maître parfumeur de la cour impériale !

Sous le coup de cette révélation, le père Ascelin ferma les yeux et joignit les mains, mais il demeura silencieux. Brunissen considérait sa sœur avec désolation.

Dans la demeure silencieuse, la confession nocturne s'égrenait. D'un ton monocorde, opiniâtre, Flaminia voulut tout dire, ne rien celer, s'accuser, mais aussi expliquer, faire comprendre : sa lutte contre la tentation, son amour, sa résistance, sa fuite après la mort de l'aïeule, le départ loin de Constantinople, alors qu'elle était toujours pure, dans l'unique intention de s'éloigner d'Andronic, son désarroi, l'arrivée dans le camp sous Antioche et les semaines de douleur muette qu'il lui avait fallu vivre avec cette flèche au cœur dont elle ne pouvait parler à personne...

— Pas même à vous, Brunissen, qui me donniez un si bel exemple de dévouement à la cause du Seigneur. Vous aviez déjà tant de peine avec la grossesse d'Alaïs, puis avec la manière insolente dont Bohémond traita notre pauvre sœur avant et après ses couches...

Nouveau silence. On entendait au loin, très loin, les échos d'une agitation qui ne paraissait en rien se calmer avec les heures habituellement consacrées au repos. Jérusalem continuait à bouillir comme elle l'avait fait tout au long du jour. La fièvre vengeresse battait toujours son infernale pulsation...

— Ce que j'ignorais, reprit Flaminia, acharnée à porter la lumière jusqu'au tréfonds de son âme tourmentée, ce que je n'osais pas imaginer, c'était qu'Andronic avait quitté sa famille, sa femme et ses enfants, pour me suivre. Il est réapparu dans ma vie, soudainement, le jour de la prise d'Antioche. Vous vous souvenez de la joie furieuse et meurtrière, comparable à celle de ce jour d'hui, qui nous poussait tous, comme des forcenés, dans la ville devant les remparts de laquelle, pendant huit mois, nous avions langui et éprouvé tant de maux ? Eh bien ! que Dieu me voie, c'est du milieu de ce tourbillon qu'Andronic a surgi, vêtu en moine, pour me tendre les bras !

Brunissen gémit comme si on l'avait frappée et le père Ascelin enfouit son visage entre ses mains amaigries et brunies.

— Cependant, sur mon salut, je ne lui ai pas encore cédé, assura Flaminia. J'ai lutté pendant des semaines et des semaines, contre mon propre désir, contre son amour obstiné...

Les deux auditeurs de la pénitente relevèrent ensemble la tête, la dévisagèrent avec une commune tendresse et un regain d'espoir.

— J'ai combattu, mon oncle, j'ai combattu sans relâche durant le siège que les Sarrasins nous ont imposé ensuite, dans Antioche, où nous étions pris au piège entre des murs si longtemps convoités... Puis sur les routes, les chemins de Syrie et de Judée où l'ost s'éternisait... Oui, Dieu le sait, ce n'est que parvenue au bout de ma résistance et de mon tourment que je me suis rendue à merci...

Elle se voûta encore davantage, la tête inclinée sur la poitrine, des larmes plein les yeux, la voix brisée.

— Ce fut devant Tripoli, ma sœur, le soir où vous avez décidé vous-même de rompre vos fiançailles avec Anseau le Bel, que j'ai succombé. Je pense à présent que c'était là piège du Démon, manœuvres séduisantes et trompeuses, qui lui sont coutumières. Mais, la nuit dont je vous parle, je n'ai rien imaginé de semblable. Je m'avouai enfin vaincue par la constance de l'amour que me témoignait sans relâche Andronic et je m'abandonnai à lui...

Un lourd silence suivit. Mains jointes, Brunissen priait. Le père Ascelin demeurait pétrifié, malheureux au point de se demander par quelle aberration, par quelle coupable négligence, il avait manqué à ses devoirs en ne devinant rien, aveuglé par l'affection confiante qu'il portait à ses nièces, en dépit des risques prévisibles qu'une entreprise comme la leur entraînait pour de jeunes créatures que leur âge exposait à tous les périls.

— Pour être pleinement sincère, mon oncle, continua au bout d'un moment Flaminia avec détermination, je dois vous avouer que ce dont je me repens, c'est de vous avoir menti, de vous avoir trompé, vous qui remplacez notre père défunt avec tant de bonté. C'est de cela que je m'accuse. C'est là qu'est ma faute. En revanche je ne trouverai jamais en moi la force de condamner les moments d'intense bonheur que j'ai connus entre les bras d'Andronic. Ce serait mentir que de le prétendre et vous-même m'avez fait remarquer que, depuis notre séjour à Tripoli, j'avais abandonné mon manteau de tourment pour endosser une tunique de fête !

— C'était donc cela !

— Mon oncle, mon cher oncle, écoutez-moi, je vous en supplie ! Andronic a divorcé d'avec Icasia. La religion grecque qu'il pratique le lui permet. Il est libre à présent, libre de m'épouser selon le rite qui est le sien. Il me l'a demandé depuis nos retrouvailles à Antioche. Son plus cher désir est de faire de moi sa femme !

— Il oublie que notre religion romaine, elle, ne reconnaît pas le divorce. Rien pour nous ne doit séparer ce que Dieu a uni. Nous laissons aux païens les répudiations faciles, chères aux Anciens. Pour l'Eglise, vous vivez tous deux en état d'adultère, donc en état de péché mortel !

Le père Ascelin s'était levé. Ce n'était plus l'oncle aimant, zélé, qui s'adressait à Flaminia, mais le prêtre indigné que la soudaine déclaration de la jeune femme révoltait dans ses sentiments les plus profonds, les plus sacrés.

Brunissen tendit une main vers lui.

— La religion grecque n'est-elle pas aussi et avant tout chrétienne ? demanda-t-elle avec gravité. L'espoir de réconciliation entre l'Eglise latine et l'Eglise d'Orient n'est pas abandonné. La malheureuse discorde qui nous oppose et que beaucoup déplorent n'est peut-être qu'un mal passager. Bien des fidèles veulent croire qu'un rapprochement permettra bientôt d'effacer quelque cinquante années de séparation aussi douloureuses aux uns qu'aux autres.

— Sans doute, admit le père Ascelin. Sans doute, mais ce sera aux schismatiques de revenir dans le sein maternel de l'Eglise romaine et non à nous, Dieu bon, de nous soumettre aux pratiques fallacieuses qui sont les leurs.

— Mais mon oncle, ce sont les chrétiens grecs qui, par tradition, demeurent les plus fidèles à l'Eglise des origines ! protesta Flaminia.

— C'est ce qu'ils prétendent ! répondit avec fermeté le notaire épiscopal. Mais le pape, lui, le pontife de Rome, affirme le contraire et je ne veux connaître que lui, ne m'en rapporter qu'à lui et le suivre dans toutes ses décisions. Sommes-nous venus ici, à Jérusalem, pour mettre en péril notre foi ?

Debout à présent l'un en face de l'autre, l'oncle et la nièce s'affrontaient.

— J'imagine que vous avez achevé votre confession, reprit le père Ascelin, devenu sévère.

— Pas tout à fait, affirma Flaminia dont la nature violente reprenait le dessus et qui redressait la tête en un geste de défi. J'ai encore à vous dire que celui qui s'est occupé de moi à Ramla durant ma maladie, celui qui m'a escortée jusqu'au camp établi devant Jérusalem, celui que j'ai rejoint durant l'attaque, quand j'ai prétendu que des Beauceronnes m'avaient demandé de les aider à préparer des claies d'osier, celui qui, dans l'ombre, ne m'a jamais quittée n'est autre qu'Andronic !

— Au nom de Dieu, mon oncle, pardonnez-lui ! implora Brunissen en se laissant tomber à genoux aux pieds du père Ascelin. Elle est égarée et hors de son bon sens.

— Hélas ! ma nièce, je n'en crois rien, répliqua le père Ascelin. Votre sœur est tombée au pouvoir du Mal, je n'en doute plus, mais elle se complaît en cette dépendance et en tire fierté.

Il se tourna vers Flaminia.

— Et, bien sûr, Biétrix était au courant ?

Flaminia hocha la tête en signe d'assentiment.

— Non seulement vous nous avez trompés, lança d'une voix de tonnerre le père Ascelin, non seulement vous avez abusé de notre affection et de notre confiance, mais, en outre, vous avez entraîné une enfant innocente à pécher avec vous en la mêlant à votre vie coupable. Biétrix était sans souillure et nous admirions tous son courage. En lui demandant de prêter la main à une pareille duperie, vous en avez fait votre complice, ma nièce, et l'avez rendue solidaire de vos désordres. Là est sans doute la plus grave de vos félonies.

Jamais les deux sœurs n'avaient vu leur oncle en un pareil état. Il était méconnaissable. Tout au long de leur route semée de tourments, elles l'avaient sans cesse trouvé, comme jadis à Chartres, compatissant, plein de bonté, plus soucieux de leur bien-être que quiconque, toujours prêt à les aider ou à les secourir. Un second père.

Brunissen éclata en sanglots. En aurait-il été de même avec Garin le Parcheminier, ce père enlevé si tôt aux siens et dont la présence leur faisait une fois de plus si douloureusement défaut ? Qu'aurait-il dit de la conduite de sa seconde fille ? Qu'en aurait, de son côté, pensé leur aïeule, Berthe la Hardie, tout aussi impétueuse que Flaminia ? L'aurait-elle absoute ? L'aurait-elle chassée ? La préférence qu'elle avait toujours témoignée envers la cadette de ses petites-filles l'aurait-elle amenée à lui pardonner une aussi lourde faute ?

Un silence tendu comme la corde d'un arc frémissait entre l'oncle et les nièces.

— Puisqu'il en est ainsi, dit enfin Flaminia, je vais quitter cette maison. Je sais où rejoindre celui que je compte épouser, que vous le vouliez ou non, mon oncle, le plus tôt possible. Pour ce faire, je dois me convertir à sa foi. J'hésitais tantôt encore un peu. J'y suis maintenant résolue. Dès que je serai une chrétienne selon le rite grec, je pourrai devenir sa femme et vivre sans déshonneur sous le même toit que lui. C'est avec lui que je reprendrai le métier de notre famille, le métier de parcheminier, et nous nous établirons à Jérusalem !

« Dieu Seigneur, c'est un terrible amour que celui qui conduit une fille droite comme Flaminia à rejeter les siens pour un homme marié ! se dit Brunissen. Andronic lui aussi a abandonné pour elle une famille entière, puis il l'a poursuivie comme un chien de chasse s'attache à sa proie... Sur mon âme, un amour pareil est un fléau comparable à une tempête qui ravage tout sur son passage... »

— Avez-vous seulement songé à ce que peuvent être devenus sa femme, ses enfants et mon pauvre ami Daniélis ? demanda alors avec âpreté le père Ascelin.

— Nous ne sommes pas des monstres, mon oncle ! se récria Flaminia. Dieu m'assiste, ne dirait-on pas, à vous entendre, que vous nous prenez pour des criminels ? Si vous tenez à savoir ce qui s'est passé à Constantinople, sachez que le père d'Andronic l'a approuvé, qu'Icasia a proclamé hautement son mépris et que son fils aîné s'est désintéressé d'un événement qui ne se rapportait pas aux courses de chars et n'avait donc pas grande importance à ses yeux. Seul, l'enfant adopté, Paschal, a témoigné son chagrin quand Andronic l'a quitté. Aussi lui a-t-il promis de le reprendre avec nous quand notre situation serait clarifiée.

— Vous êtes fous tous deux ! lança le père Ascelin avec désespoir. Condamner un enfant à vivre auprès d'un couple adultère est une idée démente que seul l'Adversaire des humains a pu vous souffler.

Flaminia se redressa.

— Adieu, mon oncle, dit-elle amèrement. Adieu ou, plutôt, au revoir. Je veux espérer qu'un jour vous reviendrez sur votre décision trop hâtive et que vous accepterez de recevoir un couple marié devant un prêtre et uni par le sacrement que les Grecs révèrent tout autant que nous.

— Restez, dit Brunissen. La ville n'est pas sûre cette nuit. Dormez ici. Pour l'amour de Dieu, ne partez pas à cette heure tardive, vous risqueriez le pire !

Lèvres serrées, le regard plein d'orage, sa sœur la considéra un instant.

— Vous avez sans doute raison, admit-elle. Je vais donc aller dormir sans avoir reçu l'absolution que j'implorais, mais aussi sans faiblir dans ma résolution. Je partirai demain.

Elle se détourna et quitta la salle.

— Il faudra bien finir par lui pardonner, murmura Brunissen en secouant la tête. Pour l'heure, allons nous coucher et tâchons de prendre un peu de repos. Vous devez être épuisé, mon oncle, mon pauvre oncle...

— Je suis navré, blessé, ma petite fille. Je croyais votre sœur sage et vaillante ; je la découvre en proie à la folie de la chair, livrée à l'adultère, endurcie dans son péché ! Que Dieu ait pitié d'elle... Pour moi, qui tente depuis des années de remplacer auprès de vous tous notre cher Garin, pour moi qui suis clerc et docteur en doctrine ecclésiastique, il ne peut être question de faiblir en une semblable circonstance. Je dois me dresser à la place de sa conscience défaillante pour lui faire comprendre l'étendue de sa faute et tâcher de l'amener à résipiscence...

Dans le ton adopté par le notaire épiscopal, on sentait la fermeté d'un jugement reposant sur des principes qu'il jugeait intangibles et sacrés. Il s'éloigna d'un pas plus déterminé que Brunissen ne s'y serait attendue.

Restée seule dans la pièce, elle s'assit un moment pour tenter de mettre de l'ordre dans ses pensées.

« Dieu, quelle journée ! se dit-elle avec consternation. Parmi nos pèlerins, beaucoup croyaient, hier encore, que la délivrance de Jérusalem s'accomplirait de façon miraculeuse, serait l'aboutissement de toutes nos espérances, de nos prières, de nos songes... que la splendeur de la Ville sainte se révélerait plus spirituelle que temporelle. Certains pensaient même qu'il leur suffirait de se trouver dans la Cité débarrassée des mécréants pour voir le ciel s'entrouvrir, que les anges de Dieu en descendraient pour combattre avec nous, chrétiens partis de nos pays depuis plus de mille nuits, mille jours, mille souffrances... que les pauvres et les justes régneraient dans la paix, par l'amour, entre ces murailles bénies que le Seigneur avait sanctifiées de Sa présence... que Jérusalem purifiée, libérée, deviendrait pour eux un séjour de joie débordant de richesses infinies, un séjour où il ne leur resterait qu'à attendre

le retour glorieux du Christ... que la fin des temps s'y produi-
rait et que nous serions tous, nous les vainqueurs des infidèles,
pardonnés et justifiés ! »

Elle se laissa tomber à genoux pour prier et pleura longtemps sur l'amère réalité, l'horrible gâchis, la folie homicide
dont le Mal, une fois de plus, s'était fait l'organisateur en
détournant les chrétiens de leur but légitime, leur faisant
perdre le bénéfice de leur juste victoire, pour les soumettre
à sa loi maléfique de haine et de furie.

Rien ne s'était produit comme les croisés l'avaient imaginé.
La conquête de Jérusalem, si ardemment désirée, si longtemps
rêvée, se voyait à jamais entachée du sang de milliers de
victimes.

On était à présent au cœur de la première nuit passée dans
la Ville sainte et nul miracle n'était intervenu pour sauver les
Francs de leur propre délire...

Brunissen se redressa. Il lui restait une mission à accomplir
auprès du blessé arabe, soigné, caché, logé à l'insu de tous.
Devoir que la profusion des événements lui avait fait repousser
à plus tard. Pendant qu'elle accompagnait Irène, petite esclave
rendue à la liberté, dans la belle chambre que l'enfant s'était
choisie pour l'unique raison qu'elle ne pouvait pas y pénétrer
auparavant, elle l'avait bien chargée d'apporter nourriture et
eau fraîche au reclus. Mais dans quel état se trouvait-il depuis
lors ? Comment s'écoulaient pour lui, vaincu et traqué, ces
heures nocturnes durant lesquelles on continuait de par la
ville à pourchasser ses frères ?

Alors que Flaminia avouait ses fautes à son oncle et à sa
sœur, Brunissen avait fugitivement songé à la présence
inavouée sous leur toit de cet infidèle auquel elle avait sauvé
la vie sans en parler à personne. Que dirait son oncle d'une
telle attitude ? La comparerait-il au péché de sa cadette !
Verrait-il en un tel acte une nouvelle manigance diabolique ?

Brunissen savait, elle, que les deux aventures n'avaient rien
de commun et qu'elle s'était vue conduite à prendre soin de
cet homme sans l'avoir voulu. Donnée à Dieu, elle n'était
plus sensible aux tentations charnelles et considérait ce blessé
comme tous les autres malheureux dont elle avait eu à
s'occuper depuis trois ans. C'était la pitié, la pitié seule, qui
se situait à l'origine de son geste d'assistance. Une femme
sarrasine frappée comme le marchand de chevaux par la foule
déchaînée aurait trouvé auprès d'elle le même accueil... Mais
son oncle admettrait-il cette façon de voir ? Après l'écroulement des illusions qu'il avait nourries au sujet de Flaminia,

ne serait-il pas amené à condamner un acte de charité aussi peu usuel ?

La jeune Franque fit un large signe de croix et demanda au Seigneur de la guider dans chacune de ses actions puis, après s'être munie d'une lampe à huile, elle se dirigea d'un pas résolu vers les écuries. Soutenue par une agitation intérieure que la multiplicité et la gravité des événements vécus depuis plusieurs jours avaient suscitée en elle, Brunissen ne sentait même plus sa fatigue. Elle se mouvait dans une sorte d'état irréel, somnambulique, qui tenait davantage du rêve que de l'expérience vécue.

Au sous-sol, elle traversa la cuisine qu'Albérade et Biétrix avaient remise en ordre après le repas et jeta un coup d'œil en passant à la cheminée profonde devant laquelle s'alignaient côte à côte quatre foyers bâtis en brique. Des tables basses, des tabourets de bois, des planches qui supportaient assiettes, plats et ustensiles en cuivre étaient répartis dans la grande pièce. Il y flottait une odeur d'huile chaude, émanant des lampes accrochées un peu partout, et aussi des relents de viandes grillées qu'on avait dû, fort souvent, faire cuire à même les braises du foyer. Brunissen eut une pensée pour le malheureux marchand, sa famille et ses serviteurs qui avaient jusqu'à la veille peuplé cette demeure où subsistaient les exhalaisons familières de leur existence, impie sans doute, mais si cruellement sacrifiée.

Dans la vaste écurie dormaient chevaux, mulets et ânes que Mathieu et Reinard avaient nourris durant la soirée. Dieu merci, les deux jeunes gens ne s'étaient intéressés qu'à la réserve de foin et d'avoine accumulée dans les premières resserres au fond de l'immense bâtiment et n'avaient pas eu l'idée d'aller inspecter les dernières cellules, à demi abandonnées. Ils s'étaient surtout montrés éblouis par la qualité des harnais, selles et éperons que contenait la sellerie et, avec de grands rires, y avaient fait leur choix, après que le père Ascelin les y eut autorisés.

Brunissen gagna la dernière alvéole creusée dans le mur.

Couché sur un matelas recouvert d'une couverture propre, le blessé gardait les yeux clos. Mais il ne dormait pas. Au léger bruit causé par les pas ainsi que par le frôlement du bliaud de toile sur le sol, il ouvrit aussitôt les paupières.

Près de sa couche étaient disposés un broc d'eau en grès, un gobelet, une assiette contenant une galette, des raisins secs, et un bol de lentilles.

Il n'avait pas touché à ses aliments.

— Souffrez-vous toujours autant de vos blessures ? demanda Brunissen, subitement intimidée par le regard fixé sur elle, dont le désespoir accentuait l'éclat fébrile.

— Ce ne sont pas ces deux malheureux coups d'épée qui m'éprouvent le plus, répondit l'homme, mais bien le récit que m'a fait Irène de ce qu'elle a vu dehors, dans les rues, et la pensée du sort que vous avez réservé à tous les Croyants de Jérusalem !

— Nous sommes, nous aussi, des croyants, dit Brunissen avec gravité. Vous savez comme moi que dans toute armée se trouvent des soudards et des brutes. Les Sarrasins ont également massacré les nôtres par centaines, par milliers. Depuis les premiers croisés venus sur les pas de Pierre l'Ermite, dont nous avons vu les os blanchis entassés en un affreux amoncellement près de Civitot, là où les avaient frappés les cimeterres de vos soldats, jusqu'aux derniers martyrs tombés sous les murs de Jérusalem, on ne compte plus le nombre de vos victimes.

— Vous confondez Turcs Seldjoukides et Egyptiens Fâtimides, rétorqua avec colère l'homme étendu. C'est une grossière erreur. Nous autres, Egyptiens, avons toujours respecté les hommes et leur foi. Dans les pays vivant sous la loi de l'islam, nos dirigeants ménagent une place aux non-musulmans. Je ne sais si vous avez entendu parler du statut de « protégés » qui leur garantit vie sauve, liberté de culte et droit de propriété, contre le versement d'un impôt spécifique. Vous n'avez rien instauré de pareil, vous et vos Franj, que je sache !

— Nous avons, certes, beaucoup à apprendre dans un pays que nous connaissons mal, reconnut Brunissen, mais si nous sommes parvenus jusqu'à Jérusalem au prix de tourments que vous n'imaginez même pas, la faute vous en revient, à vous qui avez refusé aux chrétiens l'accès du Saint-Sépulcre. Si nous nous étions mêlés de vous empêcher d'aller prier à La Mecque, comment vous seriez-vous comportés à notre égard ?

Hâlid crispa les poings.

— Voilà bien vos mensonges, lança-t-il rageusement. Vous prétendez avoir traversé la mer, les déserts et nos innombrables défenses dans un but religieux ! Imposture ! Imposture ! C'est un appétit de conquête qui vous a poussés à agir. Nous savons de quoi vous êtes capables, tous autant que vous êtes, gens du Nord ou de l'Occident !

Il se tut. Une contraction douloureuse des muscles de sa face enfiévrée témoignait de ses souffrances.

— Allons, calmez-vous, reprit Brunissen. Je ne suis pas venue à cette heure pour vous harceler mais plutôt pour vous soigner. Voulez-vous que je refasse votre pansement ?

— Laissez-moi, dit le blessé. Je n'ai nul besoin de vos services.

— Vos plaies ont-elles au moins cessé de saigner ?

— Il me semble. Vos élixirs et vos baumes paraissent actifs. J'espère être bientôt capable de quitter cette maison où vivaient des amis dont l'absence m'inquiète au-delà de ce que je saurais exprimer.

— Ils ont peut-être pu s'échapper. J'ai entendu dire qu'un certain nombre des habitants de la ville avait réussi à se glisser par les portes abattues au sud, alors que nous entrions nous-mêmes par le nord. Ils ont profité de la confusion pour gagner la campagne et fuient à présent loin de nos Lieux saints enfin délivrés.

Hâlid se souleva pour répondre à cette remarque, mais son mouvement réveilla des douleurs qui le rejetèrent, yeux clos, narines pincées, sur sa couche.

— Voyez, vous vous agitez, alors que votre état nécessite le calme, et ce sont vos blessures qui vous rappellent à l'ordre, dit avec douceur Brunissen. Laissez-moi changer vos pansements.

Elle défit le bandage qu'elle avait improvisé en se servant de son voile de tête, versa de nouveau quelques gouttes d'élixir sur les deux plaies après les avoir nettoyées, étendit dessus une couche fraîche d'un onguent à forte senteur balsamique tiré de son escarcelle, puis enroula ainsi qu'elle l'avait déjà fait le léger tissu blanc autour du buste meurtri.

Pendant qu'elle s'activait, le blessé demeura les yeux fermés, sans prononcer un mot. Venus de l'écurie voisine, on n'entendait que les froissements de paille et les mouvements ralentis des chevaux livrés aux rêves mystérieux des heures obscures. L'odeur forte de leur litière se mêlait à celle de l'homme dont la sueur enduisait la peau comme une huile musquée aux effluves de sang et d'aromate.

Quand Brunissen eut fini ses soins, elle se redressa.

— Où avez-vous trouvé un nouveau voile ? demanda Hâlid en ouvrant les paupières.

— Le camp ayant été levé après notre victoire, nous avons pu faire apporter nos coffres jusqu'ici, répondit Brunissen, décontenancée par une telle question. Nous nous installons à Jérusalem, voyez-vous, et nos barons ont à l'avance octroyé à chaque pèlerin la maison qu'il choisirait. Mon oncle, ma sœur et moi-même avons décidé de vivre dans cette demeure où j'ai été conduite comme par la main. Plus tard, une autre de mes sœurs, sa petite fille et notre frère qui a été amputé d'une jambe après la prise d'Antioche nous rejoindront. A ce moment-là, je ne serai plus ici. Je compte entrer au couvent dès que je le pourrai.

— Vous vous ferez religieuse ?

— Si Dieu le veut. En tout cas, je le souhaite de toute ma foi.

— Que comptez-vous faire de moi ?

— Vous soigner d'abord. Ensuite, vous permettre de quitter Jérusalem quand vous serez remis.

— Comment pensez-vous cacher ma présence à votre famille, à vos serviteurs ?

— Nous verrons bien. Dieu aide.

— Que le nom d'Allah soit béni, murmura le blessé en détournant les yeux.

Brunissen s'assura que le broc d'eau était encore à demi plein.

— Je vous laisse, maintenant, dit-elle. Irène viendra vous voir aussi souvent que cela lui sera possible. C'est elle qui continuera à assurer votre subsistance. De mon côté je passerai vous soigner toutes les fois que je pourrai m'échapper sans attirer l'attention. Ce devrait être plutôt de nuit. Que Dieu vous garde !

Elle s'éloigna. Le blessé demeura les yeux grands ouverts dans l'obscurité que le départ de la jeune Franque et de sa lampe à huile rendait plus opaque.

On dormit peu et mal cette première nuit de victoire, dans Jérusalem délivrée, ainsi que dans la maison au portail vert.

Dès l'aube, Flaminia pénétra dans la chambre que Brunissen avait désiré occuper. C'était une petite pièce carrée, sommairement meublée, aux murs passés à la chaux, qui donnait, grâce à une étroite porte cintrée, sur un toit plat formant terrasse, entouré d'une balustrade ajourée.

N'y trouvant pas son aînée et sachant qu'en ces pays d'outre-mer, durant les nuits chaudes de l'été, beaucoup de gens tiraient leurs paillasses hors des demeures où stagnait la touffeur du jour, Flaminia gagna la toiture protégée des regards par le muret découpé qui la couronnait.

Allongée sur un mince matelas de toile posé à même le sol, Brunissen se débattait visiblement contre des cauchemars.

Elle s'agitait dans son sommeil. La relative fraîcheur du petit matin, dont une brise passagère revivifiait l'air chargé de relents inquiétants, ne semblait pas lui apporter d'apaisement. Elle avait quitté ses vêtements salis pour s'envelopper, contrairement à l'habitude franque de dormir nu, dans une chemise de toile assez rude. Nattés avec soin, ses cheveux étaient protégés par un linge blanc noué en forme de turban autour du haut front lisse que les intempéries et le soleil avaient hâlé.

Flaminia resta un moment debout à regarder sa sœur. Elle se disait que, par sa faute, deux des êtres qui lui étaient les plus chers après Andronic souffraient d'une commune déception, mais son amour clamait ses droits et elle était décidée à n'écouter que lui.

Elle se pencha pour embrasser la dormeuse sur une joue.

Brunissen s'éveilla aussitôt.

— Dieu Seigneur, dit-elle, je faisais un affreux rêve et vous avez bien fait de m'en délivrer !

Elle se leva d'un mouvement souple et se mit debout.

— Vous vous en allez donc ?

— Il le faut, mais, sur mon salut, je ne pensais pas en être réduite à cette rupture entre mon oncle et moi. J'espérais l'amener à considérer que mon long refus du péché compensait, d'une certaine manière, mon acquiescement final à la passion d'un homme décidé à m'épouser puisque sa religion le lui permet. Je m'étais trompée. Cela me fait peine, croyez-le, ma sœur, mais j'aime trop Andronic pour qu'il ne tienne pas la première place dans mon cœur.

— Cette brouille entre notre second père et vous ne peut être durable, affirma Brunissen. Laissez-lui le temps de s'habituer à une situation qui est pour lui scandale et chagrin. Je suis certaine qu'il changera de sentiment. Quand ce ne serait que poussé par la nécessité où il va se trouver de regagner notre pays, ainsi qu'il nous en a fait part. Il ne pourra nous quitter sans s'être au préalable réconcilié avec vous. Dieu ne le voudra pas !

— Qu'Il vous entende ! soupira Flaminia. Mais à présent, il me faut partir.

— Je vais demander à Mathieu et à Reinard de vous accompagner. Il y a encore beaucoup d'agitation dans Jérusalem si j'en crois les éclats qui nous parviennent jusqu'ici. Il serait dangereux, pour une femme, de s'aventurer à travers passages et ruelles sans protection. Nous sommes ici non loin du Saint-Sépulcre. Où comptez-vous loger ?

— Le père d'Andronic a des relations d'affaires un peu

partout à travers les anciens territoires de cette région qui appartenaient aux Byzantins il n'y a pas si longtemps. Dès qu'il a pu pénétrer dans la Ville sainte, Andronic a dû se rendre chez certains d'entre eux. A cette heure, il a sans doute trouvé un abri provisoire.

— Où devez-vous le retrouver ?

— Chez un maître confiseur arménien qui demeure non loin des marchés couverts. Il se nomme Grigor et il paraît que l'appétissante senteur que dégagent ses produits ne permet aucune erreur sur leur emplacement. Sa boutique est peinte en bleu.

Flaminia avait donné ces explications, qu'elle répétait à la suite de son ami, avec un sourire de complicité amoureuse si joyeux que sa sœur s'en émut. La jeune femme venait, en quelques phrases cependant assez étrangères à ses sentiments, d'en révéler la profondeur. Avec des mots simples, elle y livrait le secret de l'abandon d'un cœur, jusque-là épris par-dessus tout d'indépendance, à un autre cœur auquel il acceptait de se soumettre sans restriction, même dans les choses les plus familières. Par là même, elle traduisait l'accord essentiel, intime et radieux à la fois, qui la reliait à son futur époux. En un instant, Brunissen comprit qu'il ne s'agissait pas d'un attachement passager, mais que la nature ardente de sa cadette avait sans doute rencontré l'autre moitié qui lui permettrait d'accomplir un destin voué aux emportements de la passion.

— Dieu vous bénisse tous deux, dit-elle avec élan, et qu'Il vous pardonne ! Quand vous vous marierez, faites-le-moi savoir. Je m'arrangerai pour me rendre à la messe d'épousailles, même si elle a lieu dans une église de rite grec ! termina-t-elle avec un sourire fraternel et amusé.

En témoignage de reconnaissance, Flaminia l'embrassa et elles allèrent toutes deux demander au barbier et à son acolyte une assistance qui leur paraissait nécessaire. Elles les trouvèrent dans la cour-jardin en train de considérer avec curiosité les étranges fleurs brunes, blanches, violettes et charnues qui pendaient d'un bananier aux larges feuilles. Ils acceptèrent aussitôt de servir de gardes du corps à la jeune femme qui ne jugea pas utile de leur dévoiler quel important rendez-vous l'obligeait à quitter la demeure familiale de si bon matin.

Dehors, Mathieu, qui n'aimait guère qu'on le crût mal informé, lui demanda si elle n'allait pas retrouver un certain maître parfumeur qu'il avait pensé reconnaître à l'ombre du capuchon de bure sous lequel il se dissimulait. Elle acquiesça et lui apprit qu'ils allaient se marier.

— Par le ventre de la Vierge ! la religion grecque ne manque pas de bons côtés ! s'écria le barbier d'un air réjoui quand il eut été mis au fait du divorce et des projets d'union devenus ainsi réalisables. Je connais pas mal de nos chrétiens qui vont être tentés de changer de paroisse !

La rue qu'ils suivaient avait déjà été nettoyée, mais il y rôdait encore des bouffées nauséabondes qui flottaient alentour comme le souvenir fantomatique et insistant des vies qui y avaient été sacrifiées.

En parvenant au premier carrefour, ils en découvrirent l'explication. Des prisonniers sarrasins, encadrés par des soldats francs, traînaient les cadavres jusqu'à des chariots où ils les empilaient.

— Qu'allez-vous en faire ? demanda Mathieu à un homme d'armes.

— Les jeter hors de Jérusalem qu'ils empuantissent ! Devant chacune des portes de la ville, on en fait des tas auxquels on ne va pas tarder à bouter le feu. C'est le seul moyen de nous débarrasser de cette vermine de mécréants ! répondit l'homme d'un air satisfait. On dispose ces bûchers comme des bornes le long d'une route, en espérant que le vent ne rabattra pas la fumée vers nous. Mais ceci n'est plus notre affaire. C'est à Celui qui est Maître du vent d'en décider !

— Il est vrai que de tous ces corps occis et transpercés émane une véritable pestilence, remarqua Reinard, dont le nez retroussé semblait particulièrement bien taillé pour humer les moindres relents.

Il avait raconté au barbier qu'il était né dans les Flandres et que ses parents, qui avaient déjà onze enfants, avaient été forcés de le placer à sept ans comme apprenti chez un forgeron. Brave homme en dépit de la crainte révérencielle qu'il inspirait aux villageois à cause de son intime commerce avec le feu, ce forgeron était parti à la suite de Godefroi de Bouillon et de ses frères vers le pèlerinage d'outre-mer. Reinard, alors âgé de douze ans, avait demandé à son maître, qui lui était devenu plus proche que sa propre famille, la permission de l'accompagner. Permission qui lui avait été aussitôt accordée. On avait besoin de beaucoup de bons artisans dans l'armée du duc de Basse-Lotharingie.

— Par le cœur Dieu, je ne regrette pas d'être venu ! avait conclu l'adolescent. Je peux dire sans me vanter qu'en trois ans j'ai vu plus de choses, de gens et de pays que mon père dans toute sa vie !

De la même façon que Mathieu, son nouveau compagnon, Reinard semblait posséder une heureuse nature, fortement disposée à prendre les événements, quels qu'ils fussent, du bon côté. Il promenait ses taches de rousseur et son nez musard à travers heurs et malheurs, sans cesse en quête de découvertes, l'esprit curieux et nullement chagrin.

Tout en marchant à travers les rues de la cité, le trio rencontrait de nombreux Francs qui circulaient à dos d'âne ou de mulets harnachés de grelots, de franges et de pompons à la manière arabe. Il paraissait clair que c'étaient là des prises de guerre récentes qui, jusqu'à la veille, servaient encore de montures à d'autres propriétaires. Surchargés de marchandises de tous ordres, leurs bâts débordant d'objets hétéroclites, les baudets transportaient d'un lieu à un autre, d'un maître à un autre, des biens et des avoirs en train de changer de mains.

Flaminia observait l'agitation environnante en songeant qu'elle assistait au début d'une fondation sans précédent dans l'ordre du monde chrétien. La prise de Jérusalem était bien autre chose qu'une victoire parmi d'autres ! C'était, aventure inouïe, le commencement d'une véritable installation franque au cœur d'un pays jusque-là totalement étranger. Nul ne pouvait encore savoir ce qu'il en adviendrait, mais la jeune femme était profondément frappée par le contraste qui opposait la joie épanouissant les visages des vainqueurs à l'accablement des vaincus chargés de ramasser puis de faire brûler les milliers de cadavres couverts de mouches bourdonnantes que contenait la Ville sainte.

En ce premier matin de conquête et alors qu'on ne cessait d'apercevoir des troupes parcourant les rues en quête de fuyards à abattre, Jérusalem était le lieu de tous les possibles...

Si la plupart des boutiques demeuraient silencieuses derrière le rideau de planches, fermées, cadenassées aux deux bouts, certaines autres, qui appartenaient à des Grecs, des Syriens ou des Arméniens, rouvraient peu à peu.

En parvenant auprès des quartiers des marchés couverts que les Sarrasins nommaient des *bâzâr*, Flaminia constata qu'on ouvrait les grilles de fer qui fermaient chaque nuit les accès aux rues dont elle savait qu'elles étaient de véritables labyrinthes, pour en avoir vu de semblables à Antioche, à Tripoli ou dans les autres villes traversées le long de sa route. Etroites, sinueuses et recouvertes de nattes de paille ou de palmes sèches les protégeant du soleil qui chaque jour brûlait la Judée, les ruelles ombreuses du bazar s'enfonçaient, mystérieuses, vers des amoncellements de nourriture, d'objets de toute espèce, de vêtements, de bijoux...

De puissantes bouffées fleurant le caramel renseignèrent bientôt la jeune femme sur la proximité de l'étal qu'elle cherchait. Jouxtant la principale entrée des marchés, elle découvrit un ensemble de petites échoppes consacrées aux confiseurs. Il s'en échappait des arômes dont la présence insistante et sucrée écartait momentanément toute autre exhalaison.

La première boutique qui s'offrit à la vue du trio était peinte en bleu.

— Nous voici à bon port, dit alors Flaminia à ses compagnons. C'est ici que je suis attendue. Mais venez avec moi. Je ne vous laisserai certes pas repartir sans que vous ayez goûté à quelques-unes de ces friandises.

A l'intérieur de la pièce où ils pénétrèrent tous trois, ils découvrirent un véritable palais en réduction de la gourmandise. Dressés sur des plats de faïence, de cuivre ou d'argent, des empilages de nougats farcis aux noisettes, aux pistaches ou aux noix concassées, de minces gâteaux saupoudrés de graines de pavot, des monceaux de gaufrettes au miel, des loukoums verts, roses, mauves, enfarinés de sucre neigeux, des pâtes d'amandes ou de guimauve, des biscuits à la farine de riz, des sucres d'orge multicolores, des dragées roses et blanches réparties à profusion dans des coupelles de verre voisinaient avec de longs plateaux de cuivre damasquiné chargés de récipients où scintillaient des pastilles colorées comme des arcs-en-ciel. Parfumées à l'anis, au coing, à la cannelle, au gingembre, au sirop de grenade, ces pastilles devaient être fort appréciées si on en jugeait par leur variété et leur quantité.

— Dieu vous garde, amie, dit soudain une voix qui fit tressaillir Flaminia. Parmi toutes ces confiseries, vous ressemblez à une petite chatte égarée au milieu de gobelets pleins de lait et ne sachant lequel laper !

Andronic, qui avait abandonné son froc de bure pour revêtir une tunique byzantine de soie brodée de feuillage, se tenait devant une portière de tapisserie qu'il venait de soulever et qui fermait le fond de la boutique.

Depuis plusieurs semaines, il avait laissé repousser ses cheveux frisés qui s'argentaient de plus en plus sur les tempes ainsi que la fine barbe sombre qu'il taillait de nouveau, comme à Constantinople, au plus près du menton. Son teint, naturellement mat, s'était basané sous le climat syrien et deux

rides nouvelles barraient son front. Seul, son regard clair
conservait sa luminosité et son éclat inchangés.

Mathieu se dit que les traverses et les souffrances partagées
par tous avaient marqué les traits du maître parfumeur et que
ce Grec, qui ne s'était joint aux croisés que pour l'amour
d'une des leurs, avait dû supporter les mêmes épreuves que
les plus mystiques d'entre eux.

« Mais lui, il a reçu sa récompense ! » songea fugitivement
le barbier, tout en adressant un large sourire à l'homme dont
la haute stature tranchait de façon étrange auprès de la petite
taille du confiseur, court et trapu, qui se tenait à ses côtés.

— Flaminia, laisse-moi te présenter Grigor, dit alors
Andronic en s'adressant à son amie en latin. C'est un compagnon sûr. Comme tous les Arméniens, il est bon chrétien et
décidé à aider autant qu'il le pourra les libérateurs de Jérusalem. Chassé par les Sarrasins de sa demeure au début du
siège, séparé de sa famille, il a erré dans notre camp jusqu'à
ce que nous nous rencontrions un soir où la soif me tenaillait
affreusement. Il a consenti à partager avec moi la gourde
d'eau pure qui lui restait. Je ne l'oublierai jamais !

— Que Dieu vous bénisse, messire Grigor, dit Flaminia.
En donnant à boire à mon futur mari, c'est moi aussi que
vous avez désaltérée.

L'Arménien s'inclina en posant à hauteur du cœur sa main
droite sur la poitrine. Gros, lourd, le teint cuivré, il portait
une barbe noire demi-longue qui ne suffisait pas à durcir des
traits respirant la bienveillance du bon vivant qu'une sensualité
raisonnable rend compréhensif aux écarts de la vie. Une
chéchia en tissu fleuri, amidonnée avec soin et tendue sur
une forme en paille de riz, couvrait ses cheveux luisants et
noirs comme des plumes de corbeau, en apportant une touche
de fantaisie inattendue à sa tenue de drap violet. Doublé et
bordé d'un galon de soie blanche, l'ample vêtement, qui lui
descendait jusqu'aux genoux, l'enrobait de plis retenus à la
taille par une large ceinture de toile fine.

— Faites-moi la grâce de goûter à mon meilleur halva, dit
l'Arménien après s'être incliné devant elle, en tendant à
Flaminia une boîte en bois décorée avec raffinement et remplie
d'un nougat de prix. Celui-ci est excellent. Il est fait avec un
miel blanc et sauvage qu'on ne peut recueillir qu'en Perse et
uniquement sur les fleurs de certains tamaris qui ne poussent
pas sous nos cieux. En outre, il est farci de pistaches et
d'amandes hachées avec le plus grand soin !

Une fois de plus, Flaminia se dit que, en ce premier matin

glorieux et cruel à la fois, Jérusalem était décidément le lieu de toutes les contradictions. Entre les sinistres charretées dont on entendait grincer les essieux surchargés non loin de là et le tendre nougat candide qui lui était offert avec tant d'affabilité, on ne pouvait établir aucun rapprochement. Pourtant, c'était au même endroit et au même moment qu'elle découvrait avec stupéfaction ces deux visages d'une seule et unique réalité.

— Grigor pense nous avoir déniché le domicile dont nous avons besoin, reprit Andronic en adoptant, cette fois, le langage franc qu'il avait tenu à apprendre pour s'entretenir plus intimement avec la jeune femme. Il s'agit d'une maison agréable, située non loin du bazar des parcheminiers. Il sera donc aisé de trouver à proximité l'atelier et la boutique où nous installer ainsi que vous le souhaitez, amie...

Dans le regard clair brillaient tant de promesses, de si belles espérances, que Flaminia, oubliant tout le reste, ne songea plus qu'à lui rendre le sourire passionné qu'il lui adressait en signe d'intelligence.

4

Pendant deux jours, Jérusalem demeura en effervescence. On achevait sans pitié les derniers Sarrasins, notamment les captifs. On craignait en effet de les voir se transformer en de dangereux soutiens pour l'ennemi dont un retour offensif était à redouter.

On nettoyait les rues et les places à grande eau sans cesser pour autant de brûler les corps entassés sur des bûchers dont les hautes flammes illuminaient, jour et nuit, ainsi que des torchères géantes, les portes de la Ville sainte. Suivant les sautes du vent, la fumée se rabattait sur la cité ou bien s'en éloignait...

Les vainqueurs s'installaient.

— Parvenir jusqu'en Judée, prendre Jérusalem, en chasser les suppôts de Satan qui s'y trouvaient, et y rétablir la foi chrétienne n'était déjà pas une mince affaire, déclara le matin du troisième jour Mathieu à Reinard. Mais, à présent, il s'agit de garder le Saint-Sépulcre, ce bien commun de la Chrétienté ! Il faut organiser notre conquête.

En cette heure matinale les deux compères circulaient au

cœur de la foule bavarde, curieuse, agitée de remous, traversée d'interrogations et d'incertitudes. On venait d'apprendre que les barons avaient décidé de toute urgence la réunion du grand conseil afin d'élire leur nouveau chef. Le bruit courait qu'on avait effectué de discrètes enquêtes sur chacun des candidats, mais beaucoup de croisés avaient déjà fait leur choix. Le comte de Flandre, le duc de Normandie, Eustache de Boulogne, qui proclamaient leur désir de retourner sitôt que possible dans leurs fiefs héréditaires, se trouvaient hors jeu. En l'absence de Tancrède, de Bohémond et de Baudouin de Boulogne, ne restaient en lice que le comte de Toulouse et Godefroi de Bouillon.

« Il nous faut un roi capable de nous défendre, un preux, un vaillant ! Il doit aussi savoir organiser le pays conquis, assurer l'unité entre les seigneurs qui demeureront en Terre sainte, être redouté des Sarrasins et témoigner par sa personne et ses mœurs des hautes vertus chrétiennes dont il sera le représentant le plus en vue dans le nouveau royaume si menacé, si peu sûr... » On entendait de tous côtés ce genre de discours.

— Ce premier conseil dans Jérusalem délivrée, c'est un événement solennel ! affirma Reinard d'un air pénétré. Je ne remercierai jamais assez le Seigneur Dieu de me permettre d'y assister.

— Par le sang du Christ, tu as raison ! approuva Mathieu qui observait selon son habitude, d'un œil vif et avide, les allées et venues agitées des Francs dont ils étaient entourés. C'est déjà une grande merveille que d'avoir survécu pendant ces trois années terribles que nous venons de traverser, alors que tant des nôtres ont disparu en chemin. Mais être de ceux qui participeront à l'établissement du nouvel Etat, quel immense privilège !

— Certains disent que, le pèlerinage ayant été prêché par Urbain II, c'est au pape, donc à l'Eglise, que revient tout naturellement la souveraineté des Lieux saints, continua Reinard. Il faudrait en faire une principauté ecclésiastique, à l'image des évêchés du Saint Empire. Elle relèverait ainsi du Saint-Siège, ce qui me paraît normal.

— Folie ! protesta Mathieu. Folie ! Ceux qui parlent comme toi méconnaissent la première loi de toute conquête : durer ! Il est certain que, pendant le conseil, les clercs ne vont pas manquer d'avancer les droits imprescriptibles de l'Eglise. C'est leur grand argument. Mais notre situation en Judée et en Syrie reste trop précaire, trop aventurée, pour que nous puissions confier ce royaume tout neuf à des moines et à des prêtres. Après tout, nous ne détenons en Terre sainte qu'une bande de territoire, plutôt mince, au cœur d'un pays ennemi, toujours prêt à fondre sur nous ! Il nous faut des guerriers. Crois-moi, nous ne pouvons pas remettre notre sort en des mains pieuses, certes, mais incapables de porter les armes et de s'en servir comme il le faudra, quand il le faudra !

Les deux compagnons passaient devant l'entrée de la basilique du Saint-Sépulcre. Ils se signèrent dévotement et poursuivirent leur marche en fendant la cohue animée et bourdonnante.

— Pour beaucoup de pèlerins, le premier seigneur de Jérusalem devrait quand même être un patriarche, reprit Reinard qui se voulait informé. Or, admire la malice des choses : comme tu sais, le patriarche nommé ici par Constantinople, selon la coutume, a quitté son patriarcat voici deux ans pour fuir à Chypre les persécutions dont il était la victime de la part de l'émir égyptien. On vient tout juste d'apprendre qu'il est mort là-bas en exil. Le moment semble donc favorable pour procéder à l'élection de son remplaçant. Seulement, il y a un os : comme ce sont les soldats des armées envoyées par le pape qui ont libéré Jérusalem, un patriarche de rite latin s'impose. Tu vois d'ici la controverse !

Mathieu haussa les épaules.

— Toutes ces histoires ne font que donner raison à ceux qui souhaitent, comme moi, l'élection d'un seigneur et non d'un clerc, conclut-il avec conviction. Allons, si Dieu nous seconde, nous ne tarderons pas à être fixés !

— Les barons auront donc à choisir entre Raymond de Saint-Gilles et Godefroi de Bouillon. Permets-moi de te dire que je crois savoir où vont tes préférences...

— Je ne suis pas le seul ! Le duc de Bouillon est l'élu de tous nos compagnons de langue d'oïl. Il n'y a que les Provençaux pour désirer voir le comte de Toulouse à la tête de ce royaume nouveau-né... Et encore, je ne suis pas certain que, parmi ses vassaux, il ne s'en trouve bon nombre pour redouter que son élection ne les force à demeurer sur place plus longtemps qu'ils ne le voudraient.

— En dépit de ses qualités certaines, il n'est pas très populaire. Je ne sais pourquoi. Peut-être parce qu'il est trop fier, trop altier. Il se montre maladroit, même et peut-être surtout quand il veut fraterniser avec ses hommes. On sent qu'il se force...

— Reinard, mon ami, dit Mathieu, je pense être assez bien

au fait de l'opinion courante des croisés et je peux t'assurer que notre sire Godefroi l'emporte de cent coudées sur son rival. Sa bravoure, sa piété, sa générosité, sa droiture, le fait qu'il ait été le premier de nos barons à poser le pied sur les remparts de Jérusalem, parlent déjà en sa faveur. Mais il court aussi des bruits sur des révélations merveilleuses dont il aurait été l'objet, sur des songes prophétiques prouvant que, plus de dix ans avant le concile de Clermont, Dieu l'avait choisi pour être le chef du grand pèlerinage armé. Des personnes dignes de foi disent l'avoir vu en rêve à différentes époques. Tantôt sur le mont Sinaï, recevant d'un messager divin la mission de conduire, tel Moïse, le peuple pèlerin ; tantôt assis sur le trône même du soleil, environné des oiseaux du ciel ; tantôt montant la nuit avec une lampe et par une échelle mystérieuse à la Jérusalem céleste. D'où il résulte aux yeux du plus grand nombre qu'il est le roi prédestiné de ce royaume.

— Amen ! lança Reinard en riant.

Ils arrivaient devant l'entrée principale des marchés couverts. Toute une agitation grouillante convergeait vers ce temple des échanges commerciaux. Ce n'était que mulets et ânes bâtés, porteurs de caisses ou de coffres, commis affairés, gros marchands remplis d'importance ou maigres manutentionnaires n'ayant que leurs bras à louer.

— Tous ces gens n'auront guère attendu pour choisir entre Dieu et Mammon ! remarqua Mathieu. Il est vrai que, parmi ceux-là, il y a beaucoup de Grecs, de Syriens et d'Arméniens qui font du négoce ici depuis toujours.

— Dieu te garde, frère ! cria une voix derrière lui. Qu'attends-tu sur le seuil de cet antre ?

Les deux compères se retournèrent pour découvrir, à quelques pas, les épaules musculeuses et la remarquable barbe noire d'Hugues Bunel qui fendait la cohue pour s'approcher d'eux.

— Nous allons prendre les nouvelles d'une jeune Chartraine de nos amis qui loge à présent par ici, expliqua Mathieu, heureux de retrouver un compagnon d'armes qu'il avait perdu de vue depuis la prise de la Ville sainte. Toi-même, que deviens-tu ?

— Je sers d'interprète au duc de Normandie, qui m'a adopté en attendant de se réembarquer pour regagner ses domaines, répondit le colosse. C'est un emploi provisoire. Il faudra que je m'engage comme arbalétrier dès que ce seigneur aura repris la route de son duché natal.

— Nous aurons besoin d'hommes comme toi, assura

Mathieu. Le départ de tant de nos barons suivis de leur troupe va creuser un vide inquiétant dans les rangs de l'armée franque.

— Il faudra aussi remplacer les forgerons qui s'en iront et vous semblez taillé tout exprès pour manier le soufflet et taper sur l'enclume, remarqua Reinard en se glissant par ce biais dans la conversation. Je connais plus d'un maître qui serait heureux de vous embaucher.

— Eh bien ! Je vois que mon avenir semble assuré, constata avec bonne humeur Hugues Bunel. Dieu vous entende ! Mais où donc se trouve la jeune Chartraine que vous allez visiter ?

— Elle loge pour le moment chez un certain Grigor, maître confiseur arménien dont voici la boutique.

Flaminia et Andronic sortaient justement de l'intérieur ombreux d'où s'exhalaient les senteurs de miel, d'amande et de gingembre de la confiserie, pour apparaître dans le soleil matinal, enlacés, souriants, si manifestement heureux qu'ils en étaient provocants.

— Par la vertu Dieu ! s'écria Hugues Bunel, par la vertu Dieu ! Pour un beau couple c'est un beau couple !

En l'entendant, Flaminia se prit à rire tout en s'appuyant un peu plus fort au bras de son ami. Comme celles des plus belles mosaïques de Sainte-Sophie, ses prunelles semées d'une bigarrure changeante de points verts, bleus, gris, dorés et roux scintillaient sous l'effet conjugué du bonheur et de la jeune lumière de tierce. Ses nattes de feu, tressées avec des rubans verts, étaient si violemment rousses qu'on était toujours surpris, pensa Mathieu, de ne pas les voir s'enflammer sous les rayons du soleil. Auprès d'elle, Andronic, vêtu d'une tunique blanche, les cheveux et la barbe parcourus de reflets d'argent, la contemplait avec tant d'amour qu'on en oubliait les quelques lustres les séparant pour ne remarquer que l'entente harmonieuse, éclatante, qui unissait ces deux êtres par-delà les années, les dissemblances de leurs origines et les traverses qui jalonnaient leurs routes.

— Brunissen nous a envoyés vers vous pour vous demander si vous aviez déjà arrêté la date de votre mariage, dit Mathieu après les avoir salués tous deux. Elle tient à être à vos côtés ce jour-là.

— Par ma sainte patronne, elle y sera ! s'écria gaiement Flaminia. Mais rien n'est encore fixé. Dites-lui, déjà, combien son soutien nous réconforte et que nous ne désespérons pas, grâce à elle, de voir revenir notre oncle sur ses préventions...

Autour d'eux, la foule se mit à ondoyer comme champ de

blé sous la bourrasque. Une rumeur se répandait : Godefroi de Bouillon avait bien été élu par les barons, ses pairs, roi du jeune royaume franc de Jérusalem, mais il avait refusé tout net un honneur dont il ne se sentait pas digne.

— Il sera contraint, sous peu, d'accepter, même s'il éprouve une certaine répugnance à assumer une telle charge, remarqua avec bon sens Andronic. Un souverain est indispensable à la Ville sainte pour accéder au rang de capitale. Or, qui mieux que le duc de Bouillon peut prétendre à un tel titre ?

— Il paraît qu'on a d'abord offert le trône à Raymond de Saint-Gilles, dit Hugues Bunel. C'est le seigneur le plus riche, le plus illustre de par sa naissance, et il ne sied pas d'oublier qu'avant de quitter son fief de Toulouse il a fait vœu de consacrer le reste de ses jours au combat contre les infidèles. Cependant il semble avoir refusé. Il aurait répondu que le seul fait de porter le nom de roi en cette cité lui faisait horreur, mais qu'il se rallierait à l'avis des barons s'ils choisissaient quelqu'un d'autre.

— Il est loin d'être sot, ajouta Mathieu, et il a compris que Robert de Flandre et Robert de Normandie lui sont opposés. Ils ne s'en cachent d'ailleurs ni l'un ni l'autre. Je le sais, car, en faisant la barbe de certains seigneurs, j'ai entendu à ce sujet des propos édifiants !

— Foin de Toulouse ! Vive le duc de Basse-Lotharingie ! s'écria Reinard en lançant son bonnet en l'air d'un geste qui sentait encore son enfance.

Il avait crié et, autour de lui, le peuple rassemblé approuva bruyamment.

— Vive Godefroi de Bouillon ! Vive le bon duc !

— Je vous convie tous à venir dîner avec nous chez notre ami Grigor, proposa soudain Andronic à ses compagnons. Nous boirons à la santé de notre futur roi.

— Grand merci, messire, répondit Mathieu avec son large sourire. Nous serions venus bien volontiers, mais nous ne pouvons, alors qu'ils nous hébergent si amicalement, laisser le père Ascelin et Brunissen seuls avec leurs deux servantes en ces premiers jours de leur installation. Il nous faut leur tenir compagnie.

Le ton était aimable, mais ferme. Flaminia crut y percevoir un reproche informulé à son intention, qui la brûla comme une piqûre de taon. Pourtant elle préféra passer outre.

— A bientôt donc, dit-elle à Mathieu et à ses deux amis. Que Dieu vous garde !

Elle s'éloigna au bras d'Andronic vers l'appartement discret que le maître confiseur leur avait prêté en attendant qu'ils puissent s'installer dans la demeure qu'il leur avait trouvée.

— Je serais bien resté en leur compagnie, avoua Reinard quand le couple se fut perdu dans la foule. Ils sont plus gais que le père Ascelin.

— Sans doute, reconnut Mathieu, sans doute, mais, par la sainte Trinité, je me considérerais comme le dernier des derniers si je délaissais nos Chartrains ! Ils nous logent gratuitement, ne l'oublie pas, et depuis que je les ai rencontrés à Brindisi, ils n'ont jamais cessé de me témoigner amitié et estime.

— Ne m'as-tu pas aussi entretenu d'une troisième sœur vivant pour l'heure à Antioche et au charme de laquelle il me semble que tu t'es montré assez sensible ? demanda le jeune forgeron d'un air entendu, tout en rougissant sous ses taches de son.

— Il se peut, admit Mathieu de bonne grâce. Il se peut. Mais cette Alaïs est loin et Dieu seul sait quand je la reverrai.

— Crois-tu que tes amis chartrains m'accueilleront sans méfiance ? demanda à son tour Hugues Bunel, comme ils parvenaient tous trois en vue de la maison au portail vert. Par le cœur Dieu, je suis pour eux un étranger dont ils ne savent rien.

— Je leur ai déjà parlé de toi, assura le barbier. Ils sont par ailleurs des plus hospitaliers. Tu verras que tu seras bien reçu.

Il sembla même à Mathieu que ce fut avec soulagement que le notaire épiscopal et sa nièce virent apparaître trois hôtes sur lesquels ils ne comptaient pas.

— Grâce à votre venue, nous allons enfin être mieux informés, déclara le père Ascelin. Vous nous raconterez ce qu'on dit, de par la ville, du refus de Godefroi de Bouillon d'être élu roi. Les échos qui nous parviennent jusqu'ici sont d'abord filtrés par nos servantes.

— Chacun pense qu'il n'a fait que reculer pour mieux sauter, répondit Mathieu. Son acceptation devrait être une affaire de quelques jours.

— Dieu veuille que vous ayez raison ! s'écria Brunissen. Il est, sans conteste, le meilleur souverain possible et je prie pour qu'il accepte sans tarder de régner en ce lieu où nous aurons tant besoin de sa protection et de son courage !

— Il n'est que d'attendre, dit Hugues Bunel. Mais il faut espérer que ce digne seigneur ne tardera pas trop à prendre sa décision : dans l'ost, bien des bruits courent au sujet d'une armée sarrasine qui se dirigerait vers nous...

Tout en écoutant ces propos, Brunissen se demandait si l'homme à l'opulente barbe noire que leur avait amené Mathieu comptait, lui aussi, être logé chez eux. Elle redoutait de voir se multiplier sous leur toit des présences dont la curiosité pourrait se révéler dangereuse pour Hâlid. Depuis qu'elle l'avait recueilli, elle était parvenue à le soigner durant la nuit sans que personne s'en doutât dans son entourage. Aux heures des repas, la petite Irène se faufilait jusqu'à la cachette du blessé auquel elle apportait les aliments dont il avait besoin. Il recommençait d'ailleurs à se nourrir avec une détermination farouche qui témoignait clairement le désir de retrouver le plus vite possible les forces nécessaires à sa sauvegarde. Si la fièvre paraissait un peu s'apaiser, l'Arabe, qui avait perdu beaucoup de sang, n'en demeurait pas moins d'une grande faiblesse. Il lui faudrait certainement, songeait Brunissen, de longs jours avant de pouvoir envisager de s'enfuir vers Ascalon où séjournait à présent l'émir Iftikhâr.

Le nom d'Ascalon, prononcé au même moment par le nouveau venu, ramena la jeune fille à la conversation.

— Il semblerait que de nombreuses troupes, commandées par le vizir égyptien al-Afdal en personne, fassent marche vers la Judée dans l'intention de reconquérir Jérusalem, expliquait Hugues Bunel. Elles se dirigeraient vers Ascalon, mais tout cela est peut-être pure imagination. Les langues vont bon train dans nos rangs et bien des sottises sont proférées.

— Si nous devons nous battre à nouveau contre ces maudits Sarrasins, Dieu fasse que ce soit avant le départ des barons et de leurs armées, dit Mathieu. Une fois le gros de nos forces réembarqué, il restera bien peu de monde pour défendre le petit royaume de Jérusalem !

On s'entretint encore de l'avenir incertain de la nouvelle fondation franque en Terre sainte ; puis, contrairement aux craintes de Brunissen, Hugues Bunel prit congé pour regagner le camp du duc de Normandie, sa qualité d'interprète exigeant qu'il n'en fût pas trop longtemps absent.

— Avez-vous vu Flaminia ? demanda la jeune fille dès qu'elle put se trouver un moment seule avec Mathieu.

Alors que le père Ascelin et Reinard étaient demeurés dans la grande salle, ils traversaient tous deux la cour-jardin après avoir raccompagné leur hôte jusqu'à la porte d'entrée.

— Ma foi oui, et je l'ai trouvée éclatante de bonheur, répondit le barbier. Elle m'a chargé de vous dire qu'elle compte sur votre présence à son mariage, mais que la date n'en était pas encore fixée. Elle vous fera prévenir le moment venu. Par ailleurs, elle espère que vous parviendrez à faire changer votre oncle d'opinion sur cette union dont il me paraît certain, quant à moi, que rien ne la détournera.

— Hélas, soupira Brunissen, je sais bien qu'elle se convertira et épousera Andronic. Flaminia tient son caractère de notre aïeule qui était la créature la plus entêtée du monde. L'une et l'autre ont les mêmes défauts et les mêmes qualités. La passion les mène. Elles sont capables de tous les courages, de toutes les générosités, mais aussi, Dieu me pardonne, de toutes les obstinations et de tous les paroxysmes !

Elle interrompit sa marche et posa une main sur la manche de Mathieu.

— Je ne sais si vous vous en êtes aperçu, ami, continuat-elle, mais mon oncle est durement blessé par l'ingratitude de Flaminia. Il n'est pas homme à se plaindre ; cependant, depuis le départ de ma sœur, je le trouve triste et amer comme je ne l'ai jamais vu, même aux pires moments de notre marche, quand mon père est mort ou quand il a fallu décider de l'amputation de Landry. Il ne s'agissait, alors, que de tenir bon face à l'adversité. Sa foi, qui est de roc, l'y a beaucoup aidé. A présent, c'est l'absence, l'égoïsme et l'oubli de tant de bienfaits, auxquels il se heurte. Il ne comprend pas et souffre en secret de ce qu'il considère comme un reniement, comme un rejet. Il nous aime tendrement. Voyez-vous, Mathieu, dans une certaine mesure, nous sommes ses enfants. Or, chacun le sait, seuls ceux que nous chérissons détiennent le redoutable pouvoir de nous faire peine...

Le barbier écoutait, bras croisés sur la poitrine, tête inclinée.

— Il est vrai que je l'ai trouvé abattu depuis deux jours, reconnut-il. Mais, à mon avis, il se tourmente sans raison. Flaminia a dix-huit ans et elle est amoureuse. Comment voulez-vous qu'elle se soucie d'autre chose que d'un bonheur qui est actuellement sa raison de vivre ? Elle est entièrement tournée vers la découverte d'un amour, qui, pour elle, ne peut être qu'absolu. Laissons le temps couler... Quand elle aura connu les difficultés de la vie à deux, elle descendra de ses nuées et retrouvera ses affections d'antan, là où elle les avait quittées, c'est-à-dire dans sa famille, auprès de vous et de votre oncle.

Brunissen hocha la tête.

— Vous avez sans doute raison, ami, dit-elle, mais le temps me dure. Vous savez que je suis décidée à prendre le voile

dès que possible. Comment le faire en de telles conditions ?
Tant que mon oncle demeurera ici, je suis dans l'obligation
de rester auprès de lui. Il ne saurait être question de l'abandonner à une solitude qui lui ferait le plus grand mal. Or, ce
matin même, il m'a dit qu'il ne regagnerait Chartres que
lorsque notre famille se trouverait de nouveau réunie. Il pense
que Bohémond de Tarente quittera Antioche pour venir
accomplir son vœu de croisé et pour prier devant le Saint-
Sépulcre d'ici la fin de l'année. Il est vraisemblable qu'Alaïs,
sa petite Mabille et Landry en profiteront pour voyager dans
la suite nombreuse et bien protégée dudit seigneur. Notre
oncle m'a clairement fait entendre qu'il attendrait ce moment
pour se séparer de nous et s'en retourner vers son évêque.

— Vous serez donc forcée de surseoir à votre pieuse
décision, constata le barbier avec une grimace mi-apitoyée
mi-amusée. C'est là sans doute une nouvelle épreuve qui vous
est envoyée. Prenez-la pour telle. C'est ainsi qu'on se prépare
le mieux à servir le Seigneur : en acceptant les aléas de
Sa volonté.

Brunissen se prit à rire.

— Sur mon âme, j'aimerais que vous parliez à mon oncle
quand l'occasion se présentera, dit-elle. Je ne connais personne
de plus réconfortant que vous !

Quelques jours s'écoulèrent sans que Mathieu, qui avait
repris son office de barbier et en profitait pour écouter et
observer les mouvements de l'opinion, trouvât l'opportunité
souhaitée. Sous les toits les plus divers où il se rendait, on
ne s'entretenait que du refus du duc de Bouillon, de la jalousie
du comte de Toulouse qui avait décliné l'offre d'un trône,
proposée du bout des lèvres, et du danger d'une éventuelle
attaque sarrasine.

Durant ce temps, Brunissen se rendait de nuit, à la dérobée,
auprès du blessé qu'elle continuait à soigner avec dévouement.
Elle était trop lucide pour ne pas reconnaître au fond d'elle-
même que ces moments furtifs lui apportaient beaucoup. Entre
Hâlid et elle un dialogue, d'abord méfiant, puis, peu à peu,
plus ouvert, s'était établi. Désireux d'être tenu au courant de ce
qui se passait à Jérusalem, le marchand de chevaux s'informait
chaque fois des événements survenus depuis la veille. Il insistait pour obtenir le plus de détails possible, écoutait avec une
attention avide le récit de Brunissen et ne manquait jamais
d'exposer ensuite sa propre interprétation des faits rapportés.

Le soir où elle lui apprit que Godefroi de Bouillon, pressé
par ses pairs, avait fini par accepter la fonction de prince de

la cité mais qu'il avait déclaré hautement qu'il ne ceindrait jamais une couronne d'or là où le Roi des rois, Jésus-Christ, le Fils de Dieu, avait porté une couronne d'épines, qu'il ne serait donc pas roi de Jérusalem, mais, plus simplement, avoué du Saint-Sépulcre, Hâlid avait secoué la tête.

— Un roi est un roi, dit-il. Votre duc de Bouillon a tort de refuser un titre qui lui donnerait ascendant et pouvoir. Qu'est-ce donc qu'un avoué ?

— Un défenseur, une sorte de régent pour le compte de l'Eglise. Un protecteur en quelque sorte. Le duc en a déjà exercé, paraît-il, les prérogatives en Basse-Lotharingie, dans sa province, avant de partir pour la Terre sainte.

— Je vois là un signe de sa faiblesse, continua Hâlid avec mépris. En agissant de la sorte, il limite son autorité et se dérobe devant l'établissement d'une monarchie véritable. Oublierait-il qu'il détient seul, si toutefois vos renseignements sont exacts, la possibilité d'assurer la cohésion des Francs face à une contre-offensive des nôtres qui ne saurait tarder ?

— C'est vous qui avez tort de l'accuser de faiblesse, protesta Brunissen. Depuis son élection, il a déjà fait preuve de caractère en montrant qu'il était décidé à imposer sa volonté au comte de Toulouse. Celui-ci détenait en effet la tour de David, la plus importante forteresse de la ville, comme vous le savez. Le gouverneur Iftikhâr la lui avait remise en mains propres avant d'aller se réfugier à Ascalon. Eh bien ! Raymond de Saint-Gilles, qui rumine son humiliation et n'a accepté que contraint et forcé l'élection de son rival, a refusé de rendre la tour au duc qui la lui réclamait comme position clé de son dispositif de défense.

— Vos princes en sont déjà à se disputer nos dépouilles, lança avec une sombre satisfaction Hâlid. Ils ne tarderont pas à s'entre-déchirer !

— Que non pas ! Ils savent bien qu'ils se trouvent dans la nécessité de s'unir pour sauvegarder le nouveau royaume. Le duc de Bouillon a fait répondre au comte que s'il n'obtenait pas cette tour, il abandonnerait la place, car il ne pouvait être seigneur en un pays où un autre détenait plus grand pouvoir et plus grande force que lui-même.

— Vous voyez bien !

— Pas du tout ! Notre duc n'a pas cédé. Soutenu par Robert Courteheuse et par Robert de Flandre, il a proposé au comte de Toulouse de remettre provisoirement la tour de David à un évêque provençal en attendant une décision du grand conseil sur ce point litigieux. C'est ce qui a été fait et il semble bien que cet évêque songe à remettre derechef la forteresse à Godefroi de Bouillon. N'est-ce pas là une preuve de caractère en même temps qu'une victoire pour notre duc ?

Aussi désireux l'un que l'autre de convaincre leur adversaire, Hâlid et Brunissen s'affrontaient avec ardeur, tout en étouffant les éclats de leurs voix pour faire le moins de bruit possible. Autour d'eux régnait une obscurité seulement trouée par la lampe à huile de Brunissen, et, dans l'écurie voisine, par la lueur des deux lanternes accrochées sur la demande de Mathieu aux piliers de pierre qui soutenaient la voûte. L'agitation, devenue familière, des chevaux proches, le froissement de paille des litières, les coups sourds dans les bat-flanc, le cri lointain de quelque oiseau de nuit composaient l'habituel environnement de leurs échanges nocturnes et tissaient autour d'eux une étrange ambiance de secret partagé et de confrontation sans complaisance.

— Vous êtes une chrétienne opiniâtre, lança la voix rauque du blessé. Vous vous refusez à reconnaître, en dépit des évidences, que vos barons francs ne sont mus que par l'intérêt et l'obsession de se tailler des fiefs ! Les rivalités dont vous venez de me parler en sont une preuve supplémentaire. Votre duc et votre comte se haïssent et je ne vois entre eux aucun sentiment fraternel. L'ambition les habite l'un comme l'autre. La fausse humilité de votre avoué n'y change rien !

— Vous êtes dans l'erreur, Hâlid. Notre nouveau seigneur est de bonne foi et de bon lignage. En acceptant la fort lourde charge qu'on lui offrait mais en refusant l'honneur, il témoigne de ses qualités de sagesse et de piété. Au cours des trois années que nous venons de vivre en sa compagnie, nous avons été à même de juger son désintéressement, sa bravoure, sa valeur morale, sa bonté. Nous savons pouvoir compter sur celui qui incarne si bien notre plus haut idéal, et nous lui faisons confiance.

— Grand bien vous fasse ! ricana Hâlid. Quand la puissante armée égyptienne que j'attends avec tant d'espoir parviendra sous les murailles de Jérusalem, vous aurez bien besoin des vertus guerrières de votre avoué du Saint-Sépulcre. Je ne donnerai pas cher de lui, alors, ni de tous vos barons !

— Nous verrons bien, dit Brunissen en se levant. Par la croix de Dieu, je suis certaine que vous vous trompez ! Si le Seigneur nous a permis de prendre la Ville sainte après des années de souffrances, ce n'est sûrement pas pour nous sacrifier et nous laisser vaincre à présent. Il a protégé nos pas jusqu'ici. Il ne nous abandonnera pas, quoi qu'il advienne !

Eclairée par la flamme vacillante de la lampe à huile, la jeune Franque se dressait, vibrante, devant la couche où gisait le blessé. Il émanait d'elle une telle certitude qu'Hâlid en fut touché.

— Comme vous vous battez avec acharnement pour votre religion ! remarqua-t-il non sans amertume. Nous autres, musulmans, nous ne ressentons plus la même fougue que vous à mener la guerre sainte. Nous sommes trop divisés... Entre les sunnites qui se réclament du califat abbâsside de Bagdad et les chiites, qui défendent le califat fâtimide du Caire, des luttes intestines sans merci ne cessent de se produire. Nous sommes victimes de ce schisme criminel qui remonte à l'origine de l'islam et a pris naissance au sein même de la famille du Prophète. La paix soit sur Lui !

La sourde désespérance que traduisaient ces paroles et la façon dont elles avaient été prononcées remuèrent Brunissen. Se rapprochant d'Hâlid, elle posa une main légère sur l'épaule intacte, et sourit.

— Songez d'abord à vous remettre, dit-elle. Il sera toujours temps, une fois guéri, de reprendre les armes contre nous afin de participer, vous aussi, à la guerre sainte !

Cette réflexion arracha également un sourire au blessé.

— Je découvre avec vous qu'on peut respecter ses ennemis, dit-il. Avant de vous connaître, je ne l'aurais jamais cru de la part des Franj.

— Eh bien ! Voilà qui est réciproque, conclut Brunissen d'un ton léger. Allons, dormez à présent. A la nuit prochaine.

Elle traversa l'écurie où stagnait la forte odeur des chevaux et où des brins de paille brillaient par endroits, tirés de l'ombre par un vacillement des lanternes.

Dehors, elle s'arrêta un instant pour considérer les étoiles. Une prière jaillit de son âme : « Seigneur, faites qu'il guérisse et qu'il se convertisse. Il pourrait être un bon serviteur pour Vous ! » Elle se dirigea ensuite vers sa chambre. Comme elle y pénétrait, elle vit, éclairé par une simple chandelle de suif et assis sur un coffre, le père Ascelin qui l'attendait.

— Vous voici donc, dit-il.

Son visage était empreint de la même sévérité qu'elle y avait vue durant la déclaration provocante de Flaminia.

— Pour l'amour de Dieu, mon oncle, ne croyez pas...

— D'où venez-vous ?

Elle se raidit.

— Je viens de soigner un blessé qui serait mort sans moi, dit-elle.

— Quel blessé ?

— Un ami d'Irène. Un pauvre homme, victime parmi des milliers d'autres de notre rage homicide...

— Un chrétien ?

— Non. Un Sarrasin.

Silence.

— Ne jugez pas, mon oncle. Ecoutez-moi, je vous en prie.

Le vieil homme secoua la tête.

— Vous aussi... commença-t-il. Vous en qui j'avais placé mes plus grandes espérances...

— Je ne pense pas que vous les ayez fourvoyées, mon oncle. Par Dieu qui me voit, je n'ai pas démérité. Acceptez seulement de m'entendre. Je vous en conjure !

Elle s'assit sur son lit, face au père Ascelin.

— Voici, commença-t-elle, voici ce qui m'est arrivé...

Elle reprit alors le récit de sa découverte de la maison et de la petite esclave, mais sans omettre, cette fois, la présence d'Hâlid, ses blessures, la nécessité devant laquelle Dieu l'avait placée de se porter au secours d'une créature souffrante dont le sort dépendait d'elle. « Je ne pouvais tout de même pas l'achever ! »

Elle décrivit ses scrupules, l'obligation où elle s'était trouvée de se taire, l'hostilité du début entre cet homme ombrageux et elle-même, l'incompréhension mutuelle, l'aide apportée par Irène qui éprouvait de l'amitié pour celui qui s'était toujours montré bon à son égard durant sa captivité, et la façon dont elles se partageaient, à l'insu de tous, les soins qu'il fallait donner au blessé clandestin.

— Si sa présence céans était découverte, il serait aussitôt en danger de mort, conclut-elle. Nous connaissons tous le sort réservé dans cette ville aux Sarrasins. Mon oncle, vous qui avez été indigné, frappé d'horreur et de dégoût, comme certains d'entre nous, par la tuerie qui a suivi la prise de Jérusalem, pouvez-vous me blâmer d'avoir sauvé une vie humaine... même s'il se trouve que c'est celle d'un infidèle ?

Le père Ascelin demeura un long moment silencieux, tête penchée, mains jointes, après que Brunissen eut achevé de parler. Quand il redressa un front barré de rides, sa nièce le devina ébranlé, mais pas convaincu pour autant.

— Il est vrai que les massacres de ces derniers jours m'ont révolté par leurs excès et leur inutile cruauté, admit-il. En dépit des supplices, des persécutions, des blasphèmes que nos ennemis, qui sont aussi et surtout les ennemis de Dieu, ne l'oublions jamais, nous ont par ailleurs si souvent infligés, nous aurions dû nous montrer différents d'eux en observant l'oubli des injures et des crimes. Le pardon des offenses est une des grandes lois du Credo, je vous l'accorde... quand il s'agit de nos affaires humaines. Mais en est-il encore ainsi quand l'offensé est le Seigneur en personne ?

Il se leva et se mit à marcher de long en large dans la petite chambre qui ressemblait tant à une cellule.

— Dans ce cas, reprit-il au bout d'un moment consacré à une intense réflexion, dans ce cas, ne glisse-t-on pas sur une pente dangereuse en commençant à admettre la pitié à l'endroit des adversaires de Dieu ? L'amour absolu que nous devons à notre Créateur peut-il s'accommoder de semblables et si graves concessions à la faiblesse d'autrui ? Pour un chrétien, le but suprême n'est-il pas d'aimer Dieu non pour soi mais pour Lui-Même ? De dépasser les limites étroites de nos sentiments pour parvenir à une exigence qui ne peut plus tenir compte de nos compassions et de nos apitoiements ? Le Christ a dit : « Je suis venu apporter le feu sur la terre et que souhaiter sinon qu'il brûle ? » Notre pèlerinage est, avant tout, une entreprise spirituelle, et notre victoire doit et ne peut que déboucher, pour la divulgation du message chrétien et la propagation des valeurs chrétiennes, sur la conversion ou l'anéantissement des infidèles...

Il s'immobilisa brusquement devant Brunissen.

— Avez-vous jamais entendu rapporter avec exactitude les paroles prononcées par Urbain II à Clermont, au matin du 27 novembre 1095, quand il lança son fameux appel au départ vers les Lieux saints ?

Elle secoua la tête.

— Sur mon âme, elles étaient sans ambiguïté et sans vaine prudence ! continua le père Ascelin. Je les sais par cœur. Ecoutez.

Il ferma les yeux. Eclairé d'un côté par la lumière mouvante de la chandelle, et, de l'autre, creusé d'ombres qui mettaient en relief les os affleurant sous la peau, son visage inspiré était celui d'un mystique. Il se mit à parler d'une voix qui martelait les mots :

— « Poussé par les exigences de ce temps, moi, Urbain, portant par la permission de Dieu le signe de l'Apôtre, préposé à toute la terre, suis venu ici vers vous, serviteurs de Dieu, en tant que messager pour dévoiler l'ordre divin... Il vous est urgent d'apporter en hâte à vos frères d'Orient l'aide si souvent promise et qui est d'une nécessité si pressante. Les Turcs et les Arabes les ont attaqués comme beaucoup d'entre vous le savent, et se sont avancés dans le territoire de la Romanie jusqu'à cette partie de la Méditerranée que l'on nomme le bras de Saint-Georges, puis, pénétrant toujours plus avant dans le pays de ces chrétiens, les ont par sept fois vaincus en bataille, en ont tué et fait captifs un grand nombre, ont détruit les églises et dévasté l'empire. Si vous les laissez à présent sans résister, ils vont étendre leurs vagues plus largement sur beaucoup de fidèles serviteurs de Dieu. C'est pourquoi je vous prie et exhorte — et non pas moi seul, mais le Seigneur vous prie et exhorte comme hérauts du Christ —, les pauvres comme les riches, de vous empresser de chasser cette vile engeance des régions habitées par nos frères et d'apporter une aide opportune aux adorateurs du Christ... car c'est le Christ qui commande... afin de libérer l'Eglise de Dieu ! »

Larmes aux yeux, gorge nouée, Brunissen tressaillit quand la voix de son oncle se tut.

Un nouveau silence suivit les paroles répétées avec tant de force par le père Ascelin.

Au bout d'un moment, il soupira et vint s'asseoir auprès de sa nièce.

— Prendre la croix, c'est choisir de reconquérir la Jérusalem terrestre dans l'espoir de gagner la Jérusalem céleste, dont elle est l'image ici-bas, reprit le notaire épiscopal, mais c'est aussi opposer une guerre juste à la guerre sainte des musulmans. N'oublions pas que nous sommes les soldats de Dieu. Par amour de Lui, nous devons nous montrer sans merci envers nous-mêmes, mais également envers Ses adversaires. Comment ne pas garder présent à l'esprit que le chef de ceux-ci est le prince de ce monde, Satan en personne ? Comment composer avec ceux qui sont les fils du Démon ?

Il serra avec violence ses mains l'une contre l'autre.

— Non, non, ma nièce, conclut-il d'un air déterminé, non, j'en suis à présent certain, on ne pactise pas avec les ennemis du Seigneur !

Un temps, puis d'un air méditatif :

— Voyez-vous, Brunissen, la vengeance n'était pas le motif essentiel, la vraie cause de l'extermination des infidèles. C'était bien davantage : une exigence suprême, celle de détruire le Mal dans sa racine en acceptant d'aller jusqu'au terme, jusqu'à la folie divine de Celui qui a accepté la mort sur la croix, dans des souffrances abominables, par amour pour nous... Souvenez-vous, souvenons-nous toujours, du double sens du mot passion !

Brunissen glissa à genoux de son lit sur le sol.

— Je suis la servante du Seigneur, dit-elle, et je lui consacrerai ma vie, mais je ne puis, par ailleurs, trahir un blessé qui a confiance en moi et, ce faisant, l'envoyer au trépas. Ce serait félonie. Vous avez raison, mon oncle : on ne pactise pas avec le Mal et je n'en ai nullement l'intention. Cependant, la pitié du bon Samaritain envers un homme souffrant nous a été donnée en exemple par le Christ Lui-Même. Ne me demandez pas de m'élever aux cimes de l'amour absolu. J'en suis sans doute incapable. Laissez-moi soigner une créature de Dieu jusqu'à ce qu'elle puisse repartir, rétablie, vers le destin qui sera le sien. Pas plus que moi, vous ne croyez au hasard ; comme moi, vous pensez que tout est signe. N'en est-ce pas un que d'avoir trouvé ce pauvre homme dans la petite cour de notre maison, d'avoir pu l'arracher au sort qui l'attendait et d'être parvenue, en dépit de tant de difficultés, à assurer sa survie ? A mes yeux, il y a là une mission qui m'a été confiée et je n'y renoncerai pas !

Toujours agenouillée, elle tendait vers le père Ascelin un visage épuré par une certitude si puissante, si sincère, qu'il en fut ébranlé.

— Vous savez qu'il y a dans cette démarche, même si elle se pare des couleurs de la charité, péril pour votre salut, Brunissen, et que nous pouvons réellement nous abuser sur nos propres sentiments.

— Je le sais, mon oncle. Je sais aussi, par Notre-Dame, que je puis compter sur l'aide divine qui m'a placée en une situation dont je n'étais pas responsable !

Le temps semblait suspendu, le prêtre et sa nièce restèrent sans bouger à se regarder, gravement. La jeune Franque demeurait à genoux et le père Ascelin, debout devant elle, jaugeait avec angoisse la capacité de résistance d'une âme dont il connaissait la qualité, mais pour laquelle son expérience de confesseur lui faisait redouter des pièges trop humains.

— Allons, dit-il enfin en soupirant, allons, j'accepte que vous continuiez à soigner votre blessé. Ce ne sera jamais pour moi qu'un souci de plus. Retenez bien ceci pourtant : je ne veux ni le voir ni en entendre parler désormais.

Brunissen se releva.

— Vous serez obéi, mais je vous en conjure, ne vous tourmentez plus à mon sujet, mon cher oncle. S'il y en a un qui a des chances de convertir l'autre, c'est moi, je puis vous l'assurer. Pas Hâlid !

Le père Ascelin fut sur le point de dire encore quelque chose, mais il secoua la tête et se retira.

L'aube pointait. Un oiseau se mit à chanter dans la cour-jardin. Brunissen sourit, se signa et commença à se déshabiller pour trouver enfin un peu de repos.

5

Flaminia et Andronic se marièrent le jour même où le comte de Toulouse, furieux de s'être vu dépossédé de la tour de David, que l'évêque provençal choisi par lui comme dépositaire s'était empressé de remettre à Godefroi de Bouillon, quitta Jérusalem en grand arroi, bruit et courroux. Il menaçait de regagner sans plus tarder, et en dépit de son vœu, son fief toulousain.

— En réalité, il est parti pour Jéricho, assura Mathieu durant le repas de noces offert par le confiseur arménien à ses amis. Bon vent ! Ce seigneur est assoiffé d'égards à un point inimaginable. On assure qu'il aurait dit ne pouvoir rester dans une ville où il ne bénéficiait pas de la considération qui lui était due ! La vérité est qu'il est ulcéré par l'élection de Godefroi de Bouillon à la tête d'un royaume qu'il convoitait pour lui-même.

Flaminia souriait, semblait écouter, mais son esprit était ailleurs. Assise auprès de son mari sur un des larges sofas adossés aux murs de la pièce où était servi le dîner, elle disposait, ainsi que leurs hôtes et Mathieu, seuls convives d'une fête qu'elle avait souhaitée intime, de petites tables basses posées toutes servies devant chacun des commensaux. En y puisant viandes, fruits et légumes, poissons, pâtés ou pâtisseries, elle songeait à la cérémonie nuptiale qui s'était déroulée dans l'église de rite oriental où officiait un prêtre grec. En deux semaines, il lui avait fallu s'accoutumer à sa nouvelle religion. Grâce à Andronic, les choses s'étaient passées sans difficulté. Convertie depuis quelques jours seule-ment, elle avait cependant participé avec le plus grand naturel à l'échange des couronnes posées sur la tête de son époux et sur la sienne, parmi les volutes d'encens dont le lourd parfum, répandu à profusion par la fumée bleuâtre qui s'échappait des encensoirs, resterait pour elle à jamais lié au souvenir de ses noces. Quand Andronic lui avait passé au doigt où battait la veine du cœur l'anneau d'or symbolisant le lien qui les unissait désormais, elle s'était sentie inondée d'une joie brûlante qui lui était montée au visage comme une onde pourprée. Une ombre, une seule : l'absence de son oncle. Brunissen, qui avait assisté comme promis à l'office, était partie le rejoindre dès la messe terminée, non sans avoir félicité avec affection les nouveaux mariés.

Après le repas où les cuisines arménienne, grecque et franque se trouvaient hardiment confrontées, Flaminia et Andronic quitteraient tous deux l'abri prêté par Grigor pour rejoindre enfin le logis qui serait le leur dorénavant. Depuis son départ de la demeure familiale, elle avait aménagé avec son futur époux la maison plus simple et moins vaste que leur avait dénichée le confiseur. C'était une petite bâtisse ayant appartenu à un tisserand. Elle était construite autour d'un jardin feuillu, fleuri, sur lequel donnaient des pièces éclairées par de grandes baies à ogives. Son principal avantage était d'être reliée par une galerie couverte à des ateliers jouxtant, eux aussi, une cour ornée d'un bassin d'où jaillissait un jet d'eau.

Flaminia y avait déjà installé les coffres de son père qu'elle avait ramenés de Constantinople après la mort de sa grand-mère. Ils contenaient un évangéliaire et un psautier bellement enluminé, des réserves de parchemin, des cornes de bœuf tronquées servant d'encriers, des stylets, une herse pour tendre les peaux déjà préparées, des couteaux grattoirs, des planchettes de bois pour le support des reliures, du cuir, des cousoirs, des ficelles de chanvre et beaucoup d'autres objets dont elle aurait à se servir, tant pour obtenir de beaux parchemins bien lisses, ou même du vélin d'une extrême finesse, que pour les relier. Elle envisageait aussi, si tout se passait sans encombre, d'y joindre un atelier d'enluminures où des élèves formés selon ses directives pourraient décorer les manuscrits qu'elle aurait copiés elle-même ou fait copier par d'autres...

— Où êtes-vous, ma jeune épouse ? demanda à son oreille la voix d'Andronic. Vous paraissez occupée par une songerie qui vous mène bien loin d'ici.

Flaminia lui adressa un sourire radieux.

— J'imaginais la façon dont nous pourrions établir et organiser nos futurs ateliers, dit-elle avec élan. Je me fais une telle joie de travailler avec toi, chez nous, à ce beau métier de parcheminier !

— Tu auras tout à m'apprendre.

— Ce sera un bonheur de plus !

Selon leurs intentions du moment, ils passaient sans cesse du voussoiement de la langue franque qu'Andronic utilisait à présent sans difficulté au tutoiement latin, langue qui, depuis leur première rencontre, leur servait à s'exprimer.

On était à la fin du repas. Les nouveaux mariés, qui avaient beaucoup insisté pour que leurs noces, privées des présences familiales chères à Flaminia, fussent sans apparat, laissèrent entendre à leurs amis que l'heure était venue pour eux de les quitter.

— Vous boirez bien avec nous une dernière coupe de notre doux vin de Chypre, proposa Grigor, dont la femme et les huit enfants étaient demeurés fort discrets durant tout le repas.

Yeux et cheveux noirs, teint basané, sourire éclatant, ils alliaient une grande gentillesse à une curiosité réservée. Ni Hugues Bunel ni Reinard, plus proches de Mathieu que de Flaminia, n'ayant été conviés, le barbier, unique invité du couple, se vit tout désigné pour porter l'ultime santé en l'honneur de ses amis.

— Que Dieu vous conserve l'un à l'autre le plus longtemps possible, dit-il en adoptant un ton plus sérieux qu'à l'ordinaire. Que votre amour puise dans la grâce de l'état conjugal force et durée, qu'il sache garder en tout la mesure et la modération qui lui permettront d'en sauvegarder le sens et que, plus tard, bien plus tard, vous deveniez à jamais des compagnons d'éternité !

— Qu'Il vous entende ! s'écria Flaminia en l'embrassant avec élan.

Tout était dit, tout avait été mené à bonne fin. Après avoir remercié Grigor et les siens d'une hospitalité qui leur avait permis d'attendre l'heure de leur union, Andronic et Flaminia quittèrent le refuge qui resterait à jamais pour eux celui de leur retraite de couple illégitime. Maintenant, ils allaient se rendre dans la demeure où commencerait leur vie d'époux consacrés et reconnus.

Située dans le quartier proche de la mosquée d'Omar, qui s'était dépeuplé plus que les autres car il n'y demeurait guère auparavant que des Sarrasins, la maison choisie par Grigor avait une façade aveugle, percée par une porte en bois peinte en bleu et ornée de clous. De chaque côté de ce portail, un banc de pierre évoquait les conversations entre voisins, les soirs d'été.

— Tu ne franchiras que dans mes bras le seuil de notre

nouveau logis, déclara gaiement Andronic en attirant sa femme contre lui. C'est une coutume de mon pays.

Il ouvrit alors la porte avec une lourde clé de cuivre. En se penchant ensuite vers Flaminia pour la soulever de terre, il déposa un baiser léger sur ses lèvres avant de la porter triomphalement au-dessus de la pierre polie par tant de pas qu'elle en était creusée en son centre, puis, d'un coup de pied, il referma derrière lui le vantail de bois peint.

Ensemble, ils avaient décidé que les serviteurs et les servantes engagés pour les jours à venir ne prendraient leurs fonctions que le lendemain. Ils avaient voulu réserver cette première journée, cette première nuit, pour eux seuls, sans témoin, sans contrainte... D'autant plus que, depuis le départ de Flaminia du domicile familial, depuis qu'elle avait rejoint Andronic, ils s'étaient imposé une chasteté absolue. Il leur avait semblé que, durant ces deux semaines précédant leur mariage, temps de probation ressemblant à des fiançailles, une telle astreinte volontaire serait une façon de demander au Seigneur pardon et miséricorde pour les péchés commis à l'encontre du sixième commandement.

Ils étaient parvenus à tenir leur engagement en dépit de la proximité constante imposée par l'exiguïté de l'appartement mis à leur disposition par Grigor, mais cette continence, si contraire à leurs habitudes, les avait vivement tourmentés.

— Enfin ! Enfin ! Tu m'appartiens ! s'écria Andronic en conservant tout contre lui sa femme et en la serrant avec passion sur sa poitrine. Enfin !

— Je t'appartiens depuis que je t'ai vu, murmura la nouvelle épousée. La cérémonie de ce jour d'hui n'a fait que consacrer notre union. S'il n'en avait été que de moi, j'aurais pu m'en passer.

— Pas moi ! Je te voulais mienne au vu de tout le monde !

— Eh bien, sois heureux !

Leurs sourires amoureux s'effacèrent pour faire place à la gravité du désir.

— Viens, dit Andronic. Viens dans notre chambre.

C'était la pièce la plus agréable de la maison. Claire, donnant sur la petite cour où chantait le jet d'eau, elle était carrée et décorée avec soin. Des niches creusées dans le mur supportaient des miroirs et des flambeaux aux bougies de cire verte, la couleur préférée de Flaminia. Quatre beaux coffres à pieds, en cuivre argenté et munis de fortes serrures, contenaient des vêtements, du linge, des bijoux, des rubans, des ceintures, des peignes et des brosses à cheveux, des flacons de senteur, des onguents qui rendaient plus douce la peau après le bain... avant l'amour...

Ainsi qu'elle l'avait fait sous les basses branches des pins d'Alep, témoins de leur première étreinte, Flaminia ôta aussitôt son voile de tête avant de dénouer, avec des doigts tremblant d'impatience, ses épaisses nattes enrubannées de galons émeraude, puis, en un geste rapide, elle secoua sa chevelure de lionne dont les parfums les plus tenaces ne parvenaient pas à atténuer l'odeur sauvage.

— Cette fois, c'est moi qui te délacerai, qui te déshabillerai, dit Andronic. A présent nous avons tout notre temps. Savourons-le.

Il se mit en devoir de dérouler la longue ceinture de soie tressée qui enserrait la taille et les hanches de la jeune femme, mais le contact du corps frémissant sous ses mains alluma son sang.

La chainse de lin safrané, le bliaud de soie brodée furent plutôt arrachés que retirés... Puis il jeta ses propres vêtements sur le sol avant de saisir Flaminia et de la porter, parée de ses seuls cheveux fauves, sur le matelas posé à même le tapis... Ils tombèrent enlacés, enfiévrés, entre les draps de toile fraîche, ouverts sur le désir...

Quand ils se réveillèrent, le lendemain matin, la main dans la main, heureux et las, ils se dévisagèrent joyeusement.

— Nous endormir, nous réveiller, l'un près de l'autre, sans plus avoir désormais à nous quitter en hâte, à nous cacher, à redouter regards et commentaires, n'est-ce pas mille fois préférable à notre vie de dissimulation ? demanda Andronic en caressant les seins voluptueux de sa femme.

— Sans doute, admit-elle en emprisonnant pour l'embrasser une des mains chaudes qui éveillaient si habilement ses sens. Sans doute, mon cher amour, mais Dieu m'assiste si en revanche il n'y a pas là danger de lassitude, risque de satiété !

Il se mit à rire.

— Avant que je sois lassé de toi, je serai vieux et chenu ! Et encore, je n'en suis pas certain. Tu seras une fière vieillarde, ma belle, ma lionne du désert ! Une fière compagne aussi, sous ta crinière de cheveux blanchissants !

— Ce sont les lions qui portent crinière, pas les lionnes ! protesta gaiement Flaminia. De toute façon, l'avenir ne nous appartient pas, ce sera selon la grâce de Dieu !

— Par la sainte Théotokos ! nos serviteurs ne vont pas tarder à survenir ! Il faut nous arracher aux délices de ce lit !

Dans une des niches aménagées à cet effet, ils avaient

déposé le bassin et l'aiguière d'argent servant à la toilette.
Ils se lavèrent l'un l'autre tout en dissimulant sous des rires
et des badinages le regret qu'ils éprouvaient à se dépouiller
des effluves de l'amour pour les noyer sous des arômes de
jasmin ou de racines d'iris...

Puis les serviteurs arrivèrent et il fallut leur distribuer tâches
et responsabilités...

Le soir de ce même jour, le père Ascelin, qui n'avait pas
dit à Brunissen un mot du mariage qu'il désapprouvait, rentra
fort courroucé au logis.

— Nos clercs viennent de commettre une grave bévue,
déclara-t-il sans ambages à sa nièce. Ils ont élu au patriarcat
de Jérusalem le moins honnête d'entre eux, devinez qui ! Cet
Arnoul de Rœulx, qu'on nomme par dérision Arnoul Malecorne et qui est chapelain du duc de Normandie ! Il n'est pas
même sous-diacre et jalousait tant Pierre Barthélemy pour la
découverte de la sainte lance, dont il niait l'authenticité, qu'il
a fini par provoquer l'ordalie fatale qui a coûté la vie à notre
pauvre ami...

— Vous ne l'aimez pas, mon oncle, je le sais, dit Brunissen
occupée à répartir plusieurs bâtonnets d'aloès dans les deux
grands brûle-parfum de la salle. Il est pourtant fort populaire,
semble-t-il.

— Sur mon âme, il ne le mérite pas ! Son adresse abuse
les braves pèlerins, voilà tout.

— On le dit lettré, habile à manier l'éloquence et très actif,
mais il est vrai qu'on le prétend aussi plus intéressé qu'il ne
le faudrait par les avantages temporels et de mœurs douteuses.
Il paraît même qu'il court, par tout l'ost, de fort méchantes
chansons à son endroit.

— C'est un intrigant ! J'enrage de voir que cet individu,
qui n'a dû son élection qu'aux manœuvres de l'évêque de
Maturanne, son compère en ruse et en machination, a été
encensé et élevé avec des hymnes et des cantiques, au milieu
des acclamations de tout le peuple !

— Que voulez-vous, mon oncle, il nous fallait un patriarche
latin. Nous l'avons à présent !

— Il n'y a pas de quoi s'en montrer fier, Dieu le sait ! Si
Monseigneur Adhémar de Monteil, le légat du pape, qui
détenait, à juste titre, prestige, fermeté de jugement et autorité
sur nous tous, n'était pas mort comme Moïse au seuil de la
Terre de promission, c'est à lui que serait revenue la charge
sainte qu'on vient d'attribuer à un mauvais serviteur de
l'Eglise. Cela aurait été tout différent !

Brunissen souffla doucement sur les bâtonnets d'aloès pour les faire prendre, puis elle se redressa.

— Quelles autres nouvelles rapportez-vous, mon oncle ?

— Notre sire, Godefroi de Bouillon, s'occupe en premier lieu de purifier les sanctuaires et d'y rétablir les cérémonies du culte latin. Ainsi que nos cathédrales, la basilique du Calvaire va avoir un chapitre de vingt chanoines prébendés. Quant au temple de Salomon, dont les Sarrasins avaient fait une mosquée, dite d'Omar, une collégiale y sera établie sans tarder. Les religieux qui composent sa chapelle personnelle ont obtenu par ailleurs de la générosité de notre duc un moutier avec une riche dotation, dans la vallée de Josaphat. En outre il a ordonné de faire fondre du bronze et des alliages de différents métaux pour fabriquer des cloches qui régleront comme chez nous la vie des habitants de Jérusalem et les appelleront à la prière.

— Il est vrai que le tintement de nos cloches manque cruellement en ces pays où les infidèles ont si longtemps fait la loi ! dit Brunissen. Eh bien, par Notre-Dame, voilà de bonnes nouvelles, mon oncle, et il me semble qu'elles contre-balancent celle qui vous déplaît tant.

Elle souriait. Entre le père Ascelin et sa nièce, confiance et entente étaient revenues. On ne parlait jamais de Flaminia, non plus que de Hâlid, mais une certaine complicité, basée sur des choses informulées, bien que secrètement présentes dans les esprits, tissait entre eux des liens nouveaux, différents et subtils.

— J'ai également appris en allant rendre visite à nos amis chartrains que le comte de Toulouse avait, en fin de compte, porté ses pas jusqu'au bord du Jourdain. Tenant des palmes à la main, il a voulu pénétrer dans le fleuve là où le Christ avait reçu Lui-Même l'eau baptismale des mains de saint Jean-Baptiste. Je crains qu'une telle façon d'agir ne manque d'humilité et ne corrobore les accusations de vanité ou d'osten-tation qu'on porte le plus souvent à son endroit.

— Ce matin même, Mathieu m'a parlé sans indulgence de ce seigneur, remarqua Brunissen.

Son oncle ne lui demanda pas où le barbier avait eu l'occa-sion de s'exprimer de la sorte. Cette discrétion faisait partie de leur nouvelle façon de se comporter à l'égard l'un de l'autre. Ils contournaient certaines zones d'ombre dont ils devinaient qu'elles concernaient les sujets à éviter.

Irène fit soudain irruption dans la salle.

— Anthusa, ma sœur, vient de me donner de ses nouvelles !

cria-t-elle. Je la croyais morte ! Dieu saint, soyez béni ! Elle est vivante !

Avec sa spontanéité coutumière, elle se jeta dans les bras de Brunissen et se mit à pleurer à gros sanglots enfantins, coupés de hoquets et de rires.

Le père Ascelin l'interrogea en grec et traduisit aussitôt ses réponses.

— Une lettre est arrivée tantôt. Elle était apportée par un pèlerin grec, parti de Constantinople avec plusieurs de ses compatriotes dès qu'il a eu connaissance de la prise de Jérusalem. Ils sont venus sur des bateaux génois qui amènent, semble-t-il, un certain nombre de nouveaux fidèles désireux de se recueillir devant le Saint-Sépulcre. Anthusa se trouve à Jaffa, seul port que nous tenions de façon sûre. Ses maîtres égyptiens ont tous été tués. Elle a pu échapper à la mort en montrant in extremis la croix qu'elle portait au cou avec d'autres médailles. Mais elle a été blessée durant la panique qui a précédé le moment où les nôtres ont rejoint les fugitifs et ne pourra pas se déplacer avant un certain temps. Dès qu'elle sera remise, elle viendra rejoindre Irène dont le sort la tourmente, écrit-elle, affreusement.

— Ses blessures sont-elles graves ?

— Une jambe brisée à la suite d'une chute faite en se sauvant vers le désert avec la famille du marchand de soieries. Il paraît probable qu'elle en était devenue l'esclave favorite.

Brunissen porta l'enfant jusque sur un sofa où elle la déposa avant de prendre place auprès d'elle.

— J'ignorais que tu savais lire, ma colombe, lui dit-elle tendrement dans son grec maladroit, tout en caressant le front bombé et moite de sa protégée.

— A ses moments perdus et en cachette des maîtres, ma sœur m'a appris, répondit Irène avec fierté. Elle disait que nos parents y auraient tenu : eux-mêmes aimaient les livres et nous en possédions autrefois à la maison.

— Par le Dieu tout-puissant, continua Brunissen en se tournant vers son oncle, comment se fait-il qu'Anthusa soit à Jaffa ?

Entraîné à faire office de traducteur, le père Ascelin expliqua :

— C'est en conduisant l'émir Iftikhâr et sa garnison hors de la Ville sainte que des gens d'armes de l'escorte ont découvert la sœur d'Irène non loin des Sarrasins abattus. En s'appuyant sur les avant-bras, elle s'était traînée au-devant des passants dont elle espérait qu'ils pourraient lui venir en aide. Comme ils se dirigeaient vers la côte, ils l'ont mise sur un brancard et l'ont convoyée jusqu'à la mer. Une fois leur mission accomplie et pour ne pas s'embarrasser d'elle plus longtemps, ils l'ont déposée à Jaffa d'où ils devaient ramener du sel et des épices. Elle est soignée à l'hôpital de ce port et dit qu'on y est bon pour elle.

— Ne pourrait-on pas l'y envoyer chercher sans attendre sa guérison ? demanda Brunissen. Ce serait une telle joie pour Irène.

— Je vais me renseigner pour savoir s'il est possible de trouver une charrette qui aille jusqu'à Jaffa et en revienne sans trop tarder. Mais n'oublions pas qu'une armée égyptienne fait actuellement mouvement dans les parages, si toutefois la rumeur qui le prétend n'est point mensongère.

— Par Celui qui fut mis en croix, je crains bien que, pour une fois, les bruits qui courent soient dans le vrai, mon oncle. On parle beaucoup de l'approche de troupes nombreuses, rassemblées dans l'intention de reconquérir Jérusalem. Il semble qu'une nouvelle offensive sarrasine s'annonce. Nos barons s'en préoccupent, dit-on.

— Que le Seigneur les inspire et qu'Il fasse revenir en arrière ceux d'entre eux qui ont déjà décidé de gagner la côte afin de rentrer chez eux ! Sans leur appui, l'ost qui reste à Godefroi de Bouillon ne sera jamais assez forte pour vaincre la redoutable puissance militaire des Egyptiens.

On avait raison de s'inquiéter dans la capitale du fragile royaume franc d'outre-mer. Le 4 août suivant, le vizir al-Afdal arrivait à Ascalon avec une imposante armée et campait sous les murs de ce port.

— Leur chef est celui-là même qui commandait l'expédition égyptienne de l'an dernier, celle qui a permis aux Arabes de reprendre, avant notre arrivée, Jérusalem aux Turcs, annonça Mathieu à ses amis auxquels il avait exposé la situation.

Il venait de rentrer au logis en compagnie de Reinard. Ce dernier s'était en effet décidé à abandonner sa forge pour devenir aide-barbier et suivre ainsi son nouveau maître au cours de ses visites dans les demeures où ils pouvaient tous deux satisfaire à loisir leur curiosité.

— Savez-vous que les simples pèlerins appellent ce chef de guerre, au nom imprononçable, l'amiral de Babylone ? demanda en riant le jeune apprenti.

— Ma foi, beaucoup en font autant, assura Mathieu. Ce

nom est plus facile à dire et présente en outre l'avantage de parler aux imaginations.

— Heureusement, dit le père Ascelin, le Seigneur est venu à notre aide. Les chrétiens grecs et syriaques de notre ville ont fini par nous révéler qu'ils avaient pu dérober aux outrages des infidèles le morceau de la Vraie Croix vénérée naguère au Golgotha. Les agissements du nouveau patriarche à leur égard, les dépouillant des privilèges et autres avantages qu'ils détenaient jusque-là dans les Lieux saints, les avaient outragés et gravement blessés. Par la faute de cet Arnoul Malecorne, dont nous ne nous méfierons jamais assez, ils ont mis plusieurs jours à nous révéler qu'ils avaient réussi à dissimuler pendant une année pleine cette relique sacrée dans une châsse d'argent, sous le pavé de l'église du Saint-Sépulcre. A présent qu'il paraît, hélas, certain que nous allons avoir derechef à combattre les Sarrasins, nous pourrons marcher à leur encontre derrière le bois de la Vraie Croix qui vaut à lui seul tous les étendards du monde !

— Le patriarche, qui avait tant raillé l'invention de la sainte lance, n'a pas hésité, cette fois, à reconnaître l'authenticité de l'insigne fragment découvert grâce aux chrétiens d'Orient, ajouta Mathieu. On l'a enchâssé dans une croix reliquaire en argent fin, portée en grande pompe dans le temple du Seigneur, et les pèlerins l'adorent comme si le Christ y était encore cloué !

Brunissen, son oncle, le barbier et son aide déambulaient dans la cour-jardin, à l'ombre des arbres aux feuilles lustrées et bruissantes qui les protégeaient du soleil. Non loin de là, Irène nourrissait les paons dédaigneux qui promenaient d'un air condescendant leur plumage d'un bleu moiré, constellé d'yeux aux reflets d'or...

— Il n'y a pas que le patriarche pour avoir commis des exactions, reprit Mathieu. Par Belzébuth, on a beaucoup jasé au sujet de la mise à sac de la mosquée construite à l'emplacement de l'ancien temple de Salomon. On y a dérobé plus de quarante candélabres d'argent, un grand lampadaire en métal précieux, de petits candélabres d'or ou d'argent, on ne sait trop, mais en tout cas un énorme butin. Cela est de notoriété publique. Il est vrai que c'était là richesses de mécréants !

Le père Ascelin soupira.

— Le Mal se sert toujours de nos faiblesses pour jouer son infernale partie de dés avec nos âmes comme enjeu, remarqua-t-il tristement. Nul n'est à l'abri de ses tours.

Ce disant, son regard s'était détourné de ses compagnons

pour se fixer sur le toit de l'écurie dont les tuiles vernissées brillaient entre les branches qu'aucun souffle n'agitait.

Pour faire diversion Brunissen intervint :

— L'approche d'une nouvelle bataille aura eu, pour ce qui est de nous, une conséquence imprévue, dit-elle. Nous pensions trouver une personne de bonne volonté qui nous aurait prêté une charrette avec laquelle nous serions partis pour Jaffa, dans l'intention de ramener ici la sœur d'Irène qui est blessée et demeure là-bas. Il ne peut plus en être question à présent. La route est devenue trop dangereuse.

— Croyez-vous ? demanda Mathieu. Jaffa n'est pas Ascalon. Avec une petite escorte que je me charge de vous procurer, vous pouvez, si Dieu le veut, gagner le seul port dont nous soyons maîtres à ce jour et en revenir tout aussi bien.

— Par Notre-Dame, ce serait folie ! protesta le père Ascelin. Je ne consentirai jamais à me séparer de vous en de telles conditions, ni à vous voir partir sur une route qui peut tomber d'un jour à l'autre entre les mains des Sarrasins.

— Nous les vaincrons une fois de plus ! s'écria Reinard avec entrain.

— Je compte que le Seigneur nous y aidera en effet, reconnut l'oncle de Brunissen, mais le trajet n'en sera pas plus sûr pour autant. Des bandes de pillards arabes sont toujours à redouter et nous savons tous la façon dont certains hommes d'armes traitent les femmes dont ils s'emparent...

— Faites à votre guise, dit Mathieu. Ce que j'en disais, sur mon âme, c'était pour vous rendre service !

— C'est bien ainsi que je l'ai compris, affirma Brunissen avec douceur. Mais n'en parlons plus. Irène attendra un peu plus longtemps avant de retrouver sa sœur, voilà tout.

Elle avait prononcé ces derniers mots d'un ton détaché, mais la nuit suivante, quand elle se rendit auprès de Hâlid pour le soigner, elle ne put s'empêcher de le mettre au courant du projet de Mathieu. A sa grande surprise, le marchand de chevaux réagit comme son oncle.

— En trois ans de pénibles pérégrinations, vous n'avez donc pas échappé à suffisamment d'embûches pour être devenue prudente ? s'exclama-t-il. J'aurais pensé qu'une expérience si durement acquise porterait d'autres fruits !

Il était assis sur le bord de son matelas. Il pouvait maintenant marcher autour de cette étroite couche en s'aidant d'un bâton apporté par Irène. Ses blessures se cicatrisaient bien et ses forces revenaient peu à peu.

— Que voulez-vous, dit en souriant Brunissen qui se tenait

debout devant lui, après avoir étendu une couche de baume sur les croûtes encore fragiles qui lui balafraient la poitrine et avoir refait une fois de plus les pansements, que voulez-vous, nous sommes ainsi, nous autres Francs ! Nous ne craignons pas la démesure. Croyez-vous donc que s'entêter à édifier un royaume latin d'Orient avec, pour tout potage, quelques dizaines de milliers de soldats et un nombre sans cesse changeant de pèlerins esseulés, au cœur d'une région occupée depuis des lustres par vos armées, soit une entreprise raisonnable ? En outre, écarter le seul seigneur, j'entends le comte de Toulouse, qui soit resté en bons termes avec l'empereur de Constantinople et qui aurait sans doute pu établir une entente gréco-latine indispensable à une fondation stable en Palestine, n'est-ce pas également un peu fou ? Par le Dieu de vérité, si nos barons ont préféré élire Godefroi de Bouillon plutôt que son rival, c'est parce qu'ils ne voulaient ni s'allier aux Grecs, ni se donner un chef capable de les brider avec trop de rigueur. Cette double gageure, voyez-vous, est bien dans nos habitudes. A y bien réfléchir, la nomination de l'avoué du Saint-Sépulcre au sein de multiples difficultés, à la tête d'un royaume dont, pas plus que nous autres, il ne connaît le véritable visage, est une preuve supplémentaire de notre goût du risque, épaulé par notre confiance en la protection divine. Cependant, je pense que le choix qui a été fait, même si ses mobiles sont complexes et parfois déroutants, se révèle un bon choix. Godefroi de Bouillon incarne notre idéal chevaleresque le plus noble : c'est un véritable preux, courageux, loyal, capable de nous défendre et d'organiser, le moment venu, la conquête des territoires non encore soumis.

— Eh bien ! Vous voyez loin et vous voyez grand ! remarqua Hâlid. N'oubliez pourtant pas, ô pauvre Franj, que nos troupes convergent en ce moment même vers Ascalon et que vos jours à Jérusalem sont sans doute comptés ! Si, toutefois, Allah, en qui je mets toute ma confiance, daigne le vouloir ainsi !

Habituée aux façons de son patient avec lequel elle s'attardait souvent à converser, Brunissen s'apprêtait à entamer une nouvelle discussion sur les mérites comparés du christianisme et de l'islam quand il tourna vers elle un visage tourmenté.

— Ne pourrais-je sortir ? demanda-t-il soudain. Je n'en puis plus de vivre enfermé auprès de cette écurie, dans un réduit sans air, empuanti par l'odeur des chevaux et de leurs litières. Je voudrais respirer la nuit et ses parfums de jasmin.

— Sortir ! Mais si quelqu'un vous découvrait, mon ami, vous seriez perdu !

— Qui pourrait m'apercevoir dans l'obscurité ?

— Je ne sais. Mathieu ou Reinard. Ils ignorent votre présence et, sur mon âme, ils sont trop curieux et trop bavards l'un et l'autre pour que j'accepte que vous affrontiez pareil danger !

— Nous sommes au cœur de la nuit. Par Allah, ils doivent dormir !

— Mon oncle souffre de nombreuses insomnies et parfois il se lève pour lire des psaumes. Or, vous le savez, il ne veut en aucun cas, hélas, avoir à vous rencontrer.

— Je serais fort surpris que votre oncle vienne méditer du côté des écuries. Depuis bientôt trois semaines que, chaque nuit, vous vous faufilez jusqu'ici, vous ne l'avez jamais rencontré, semble-t-il. Averti de ma présence, il doit fuir ces parages comme la peste ! En outre, je vous donne ma parole de ne pas m'attarder dehors plus longtemps que vous ne l'estimerez prudent.

L'accent presque suppliant avec lequel avait été prononcée la fin de cette requête ébranla Brunissen. Pour qu'un homme comme Hâlid en soit réduit à quémander auprès d'une Franj une simple promenade nocturne, il fallait qu'il soit à bout de résistance. Une grande pitié s'empara d'elle. Puisqu'il pouvait marcher à présent dans sa cellule, il parviendrait certainement à faire quelques pas à l'extérieur. Il était vrai que l'odeur des chevaux était forte, tenace, obsédante. Quand elle quittait le blessé et sortait, une fois sa tâche auprès de lui terminée, Brunissen respirait avec délice la brise qui avait effleuré les roses, les œillets ou les orangers chargés sans cesse de fleurs en même temps que de fruits.

— Venez, dit-elle. Appuyez-vous à mon bras et sur votre bâton. Nous verrons jusqu'où nous porteront vos pas.

Ils traversèrent l'écurie, la chambre abandonnée par les esclaves qui s'étaient jadis occupés des chevaux, la sellerie et atteignirent enfin la petite cour derrière la cuisine. La lune, en son premier quartier, se reflétait dans la citerne comme si elle était tombée dans l'eau tranquille qu'aucune ride ne contractait.

Ils contournèrent les communs et parvinrent à proximité de la cour-jardin. Hâlid marchait avec lenteur, s'arrêtant souvent, les dents serrées tant des élancements le faisaient souffrir. Quand ils se trouvèrent sous les branches des mûriers situés en bordure de la pelouse la plus éloignée de la maison, ils s'immobilisèrent.

— Comment vous sentez-vous ? demanda tout bas Brunissen.

— Faible, étourdi par l'air frais, mais heureux, bienheureux de pouvoir le respirer librement.

Il pesait à son bras en faisant effort pour se redresser afin d'emplir sa poitrine des bouffées du vent tiède qui caressait leurs visages rapprochés.

— Vous n'êtes point trop las ?

— Un peu, bien sûr, mais n'est-ce pas normal dans mon cas ?

— Je trouve même, Dieu me pardonne, que vous vous comportez fort bien pour un blessé aux plaies à peine cicatrisées.

Dans le silence nocturne, ils perçurent alors un léger bruit de pas qui se dirigeaient dans leur direction. Hâlid tressaillit et serra d'une main impérieuse le poignet de sa compagne. Elle posa un doigt sur ses lèvres, et ils demeurèrent pétrifiés, confondus dans l'ombre des feuilles épaisses qui devaient les protéger.

Biétrix apparut dans la clarté diffuse des rayons de lune. Ses cheveux cendrés défaits, répandus sur le chainse de toile blanche qu'elle avait dû passer au saut du lit, se nuançaient de reflets bleutés.

Après une brève hésitation, elle marcha vers Brunissen et Hâlid dont les vêtements clairs trahissaient la présence.

— Le père Ascelin vient d'être tiré de son sommeil par une voisine dont le fils, malade, réclame un prêtre pour se confesser, dit-elle à voix basse. Il s'habille et va sans tarder traverser le jardin. Il passera tout près d'ici. N'y restez pas. Allez vous cacher dans la cuisine.

Sans attendre, Brunissen entraîna le convalescent vers le bâtiment le plus proche. Précédés par Biétrix qui leur ouvrait les portes aussi silencieusement que possible, ils pénétrèrent dans la cuisine et s'y enfermèrent, le cœur battant de la même angoisse.

A peine furent-ils à l'abri, ils perçurent des pas précipités qui martelaient les dallages longeant la galerie à arcades, puis s'éloignaient en direction du portail. Ils restèrent encore un moment silencieux après avoir entendu le bruit du battant de bois retomber derrière le père Ascelin et la femme volubile qui était venue le quérir en plein mitan de la nuit.

— Comment savais-tu ? commença Brunissen en s'adressant à la jeune fille qui sourit.

— Les serviteurs ne sont-ils pas toujours au courant de ce qui se passe sous le toit de leurs maîtres ? répondit-elle avec amusement. Comment pouviez-vous penser que les allées et venues d'Irène, aussi bien que les vôtres, aient pu m'échapper depuis bientôt trois semaines qu'elles se renouvellent ? Il aurait fallu que je sois aveugle, ce qui grâce à Dieu n'est pas le cas ! Je crois utiliser à bon escient les yeux et les oreilles que m'a donnés le Seigneur.

— Albérade est-elle, également, au fait de la présence céans d'un infidèle ?

— Nullement. Par Notre-Dame, elle est bien trop innocente pour imaginer une chose pareille !

— Tu ne nous trahiras pas ?

— L'ai-je fait auparavant ?

Poussée par un vif mouvement de gratitude, Brunissen embrassa la petite servante.

— Sur mon âme, tu es vraiment un cadeau du ciel, dit-elle avec élan. Il faudra que je te raconte quelque jour comment j'ai été amenée à sauver la vie d'un Sarrasin blessé et sans défense. Pour le moment, je vais le reconduire à sa cachette.

— Vous n'avez plus à vous presser, reprit Biétrix. La voie est libre.

N'ayant pu suivre les propos échangés dans une langue qui lui était étrangère, Hâlid s'impatientait.

— Regagnons ma tanière sans plus attendre, lança-t-il d'un air sombre. Vous aviez raison, le danger a mille visages pour un homme traqué comme je le suis.

— Il est rare que mon oncle soit appelé en pleine nuit auprès d'un malade pour le confesser, corrigea Brunissen. D'habitude, tout dort entre complies et prime. Je ne vois pas pourquoi il en serait autrement à l'avenir.

— Qu'Allah vous entende, jeta avec nervosité le convalescent, et qu'Il me permette de sortir bientôt du piège où votre sollicitude m'a enfermé !

Après avoir conseillé à Biétrix de retourner se coucher, et quitté Hâlid, silencieux et amer, Brunissen revint vers sa chambre à pas alentis. Elle se sentait triste et déçue sans trop savoir pourquoi. Il lui semblait que l'échec de cette première sortie n'était pas seul en cause.

Une fois chez elle, elle pria le Seigneur de façon pressante pour qu'Il continuât à l'aider et à la diriger sur des chemins qui lui paraissaient soudain plus tortueux et déroutants qu'à l'ordinaire.

C'est en se couchant que, d'un seul coup, elle se souvint d'une expression employée peu de temps avant qu'elle ne le quittât par son compagnon. Il avait parlé du piège où elle l'avait enfermé. Subitement, le mot lui faisait mal.

« C'est trop injuste, se dit-elle. De quel piège s'agit-il donc ? Ai-je jamais souhaité autre chose que la guérison d'un homme dont cependant tout me séparait ? Ne me suis-je pas dévouée, au grand dam de mon oncle, à la tâche que je m'étais imposée quand j'ai décidé de lui venir en aide ? En quoi ai-je mérité cette accusation qu'il m'a lancée dans un moment de rancune, certes, mais aussi de sincérité ? Chacun sait que le dépit nous amène à dévoiler brutalement, et parfois même à notre propre surprise, des sentiments que nous recelions en nous, quelquefois depuis longtemps, sans même avoir jamais consenti à nous les avouer. Ainsi donc, Dieu de justice, tout au long de ces dernières semaines, Hâlid m'attribuait peut-être, sans l'avoir clairement admis, des intentions mauvaises, ou, tout au moins, une vigilance maladroite, puisqu'il a aussi parlé de sollicitude. »

Un nouveau souci la taraudait. Une indignation qu'elle ne parvenait pas à maîtriser la soulevait, l'empêchait de trouver le sommeil. D'habitude, elle s'endormait tout de suite au retour de ses expéditions nocturnes auprès du blessé. Elle n'avait jamais eu besoin de longues heures de repos et s'accommodait sans trop de gêne de l'obligation où elle se trouvait maintenant d'abréger le temps des rêves. Mais un minimum était pourtant nécessaire et elle ne put parvenir à s'endormir avant l'aube qu'elle vit se lever à travers la petite porte ouverte sur sa terrasse. Quand enfin la fatigue la submergea, elle fut assaillie de cauchemars, remplis de querelles et de désordre.

Le lendemain soir, comme elle rentrait de l'hôpital où elle passait ses journées à soigner malades et blessés, elle fut, dès le vestibule, discrètement abordée par Biétrix.

— Vous avez pauvre mine, demoiselle, dit la petite servante. Que Dieu me maudisse si cela ne saute pas aux yeux ! Vous ne pouvez pas continuer ainsi à vous dévouer aux autres, de jour comme de nuit. Si vous le voulez bien, c'est moi qui irai, vers l'heure de matines, m'occuper de votre infidèle. Je ne pouvais pas vous le proposer avant de vous avoir révélé ma découverte, mais à présent je n'ai plus de raison de me taire. Il est clair que vous êtes épuisée.

Brunissen secoua la tête.

— J'accomplirai mon devoir jusqu'au bout, dit-elle avec fermeté. Tu entends bien, jusqu'au départ de ce pauvre homme. Je me reposerai plus tard... Si Dieu le veut.

— Par tous les saints, vous vous tuerez à la tâche ! Croyez-moi, il n'est pas près de s'en aller !

— Qu'en sais-tu ? Sa guérison ne tardera plus guère et je puis t'assurer qu'il quittera cette maison dès qu'il en aura la force. Plus tôt, sans doute, qu'on ne le pense.

— Fasse le ciel que ce soit avant que vous ne gisiez vous-même au fond de votre lit, sans haleine et sans pouls...

Brunissen sourit.

— Je suis solide, et Dieu ne peut vouloir immobiliser celle qui œuvre en Son nom.

Elle quitta Biétrix sur ces mots et rejoignit son oncle qui conversait dans le jardin avec Mathieu et Reinard en attendant l'heure du souper.

— Savez-vous, ma nièce, ce que nos amis viennent de m'apprendre ? demanda le père Ascelin. Il paraît que le vizir al-Afdal, qui commande l'armée égyptienne dont on parle tant, et qui campe sous les murs d'Ascalon, aurait envoyé à l'avoué du Saint-Sépulcre une délégation afin de lui reprocher la prise de Jérusalem qu'il considère comme une félonie à son égard.

— Une félonie ?

Mathieu opina du chef avec énergie.

— Souvenez-vous, amie, qu'au temps où nous combattions les Turcs, ennemis des Egyptiens autant que des Francs, ce même vizir nous avait dépêché quelques émissaires à Antioche. Quand ils étaient repartis par la suite, ils avaient demandé à certains des nôtres de les accompagner à Jérusalem en témoignage de l'entente espérée. Nous avions accepté cet échange de bons procédés. Fort de tels gages, al-Afdal a dû en conclure que nous renoncerions à conquérir Jérusalem et que nous nous contenterions de nos possessions syriennes. Il déchante à présent et s'indigne d'une conquête qu'il qualifie de déloyale !

— Il n'a rien compris à nos intentions, soupira Brunissen.

Mais elle n'était pas aussi surprise que ses interlocuteurs car, en s'entretenant avec Hâlid, elle avait depuis longtemps mesuré à quel point le but véritable du pèlerinage armé entrepris par les chrétiens échappait aux infidèles. Alors que le pèlerinage à La Mecque était obligatoire une fois au moins durant sa vie pour tout musulman, les Sarrasins ne concevaient pas le besoin ressenti par les Franj d'aller prier sur le tombeau du Christ. L'immense mouvement d'indignation qui avait soulevé des centaines de milliers de chrétiens, puis les avait jetés sur les chemins de Syrie et de Palestine, demeurait indiscernable aux yeux des mahométans. Que de fois n'avait-elle pas tenté d'expliquer au blessé les raisons d'une démarche dont il se refusait à admettre la cause première !

— Par les fourches du diable, cet impie ne doute de rien ! continua Mathieu. D'après ce que j'ai entendu dire, non seulement il nous accuse de mauvaise foi, mais il a l'audace de nous proposer un arrangement si nous lui promettons de quitter la Palestine !

— Il nous provoque ! s'écria Reinard.

— Ne croyez pas cela, intervint Brunissen. Il doit s'imaginer que nous n'avons en tête que des intentions de conquêtes belliqueuses et il n'est même pas impossible qu'il songe à de fructueux échanges de territoires entre lui et nous, au détriment des Turcs, que les Arabes redoutent et haïssent.

— Sur mon salut, vous semblez bien informée, demoiselle ! remarqua Reinard.

Le père Ascelin ne dit rien, mais le regard affligé avec lequel il considérait sa nièce traduisait ses reproches.

— Connaissez-vous aussi la réponse de Godefroi de Bouillon ? demanda-t-il cependant au barbier.

— Il a aussitôt alerté Eustache de Boulogne, son frère aîné, qui vient de soumettre avec Tancrède la ville de Naplouse, principal centre de Samarie. Pour avoir été, voici peu, quérir chez eux du bois destiné à la construction des machines du siège, ces deux seigneurs n'étaient pas sans connaître les habitants de Naplouse. Aussi ceux-ci se sont-ils rendus sans se faire prier, avant d'inciter leurs vainqueurs à prendre sur-le-champ possession de la ville où nos deux princes sont entrés avec le détachement qui les accompagnait. Prévenus par messager ducal, ils se sont ensuite dirigés vers la côte afin de savoir à quoi s'en tenir sur la puissance de l'ost égyptien.

— Par Notre-Dame, vous en savez des choses, vous aussi ! remarqua à son tour Brunissen en lançant à leur ami un regard narquois.

— Il faut bien, dit Mathieu d'un air modeste. Ne suis-je pas votre informateur ?

Il esquissa une révérence et reprit :

— Donc le comte Eustache et Tancrède sont en train de prospecter les régions proches de la mer, du côté de Jaffa.

— C'est moins que jamais le moment de vous y rendre

pour chercher la sœur d'Irène, ma nièce, dit le père Ascelin.
Toute cette contrée va se trouver sur le pied de guerre et,
Dieu le sait, il ne fera pas bon y séjourner.

— Vous aviez raison, mon oncle, la prudence veut que
nous attendions. Mais il se peut que nous écrasions sans délai
les Egyptiens. Il sera alors loisible d'accomplir notre voyage.

— Ne renoncez-vous jamais à aucun de vos projets ?
demanda Mathieu d'un ton moqueur.

— Rarement. Je suis tenace. A vous de juger si c'est là
défaut ou qualité !

Albérade vint annoncer que le souper était servi.

Sur les conseils d'Irène, qui partageait tout naturellement
leur existence, les hôtes de la maison au portail vert avaient,
depuis leur installation, adopté l'habitude de prendre le repas
du soir à l'ombre des arcades de la galerie entourant la cour-
jardin. Ainsi, ils profitaient de la relative fraîcheur de l'heure
vespérale et tentaient d'oublier l'ardente chaleur de l'été
judéen.

Ils terminaient leur souper quand Hugues Bunel se fit
annoncer. Il entra avec une telle précipitation que sa barbe
ténébreuse en était comme hérissée.

— Je viens d'apprendre qu'Eustache de Boulogne et
Tancrède ont capturé entre Jaffa et Ramla des éclaireurs égyptiens qui exploraient le pays, lança-t-il. Ces prisonniers leur
ont donné maints détails sur l'attaque qui se prépare. Tancrède
a immédiatement envoyé à notre duc Godefroi un message
qu'un chevaucheur lui a apporté à francs étriers, au risque
de crever sa monture. Les renseignements livrés par les Arabes
capturés portent sur les positions de l'ennemi, ses effectifs
qui sont fort importants, et le lieu où ces impies comptent
combattre contre nous. Godefroi a immédiatement expédié
des chevaliers de sa suite avec mission de prévenir le comte
de Toulouse qui ronge son frein du côté de Jéricho et le duc
de Normandie, Robert Courteheuse, qui ne songe, lui, qu'à
se réembarquer sans paraître se soucier du service d'ost. Il
faut espérer qu'ils ne tarderont pas à comprendre l'un et
l'autre l'imminence du danger qui nous menace tous. Prions
le Seigneur, mes amis, qu'Il nous aide une fois de plus, car
la force égyptienne est considérable !

Mathieu s'était levé.

— Je vais reprendre du service comme arbalétrier, dit-il.
Et gare aux infidèles !

Brunissen sourit par habitude, mais elle se rappelait les
prédictions de Hâlid et se disait que trois années d'efforts et

de misères risquaient d'être balayées par la contre-offensive sarrasine. Les chrétiens seraient-ils assez nombreux pour s'opposer à l'esprit de revanche qui animait leurs ennemis ?

Elle leva les yeux et rencontra le regard de son oncle.

— Il nous reste un seul recours, dit celui-ci avec gravité. Nous en remettre à Dieu, dont nous sommes le bras séculier, faire pénitence, distribuer des aumônes aux nécessiteux, accomplir un retour sur nous-mêmes pour nous laver de nos fautes et, au besoin, pour les expier. Avant chaque bataille, il sied d'examiner sa conscience et de battre sa coulpe. C'est l'unique façon de préparer nos âmes afin de les affermir. C'est par la force de l'Esprit que nous avons vaincu jusqu'ici. C'est par Son appui et par Lui seul que nous vaincrons de nouveau.

— Je vais m'engager comme valet d'armes, s'écria Reinard. Il ne sera pas dit que je resterai inactif pendant que nos guerriers iront combattre ces chiens !

Brunissen pensa que tous les Sarrasins n'étaient pas méprisables et qu'il en était de dignes et de sensibles, mais elle se refusait à blesser davantage son oncle. En se proposant pour remplacer auprès de ses enfants le père disparu, le notaire épiscopal n'avait sans doute pas imaginé la somme de soucis et de cas de conscience que lui causerait un geste de dévouement dont il était en somme bien mal récompensé.

Le heurtoir de la porte, manié d'une poigne vigoureuse, interrompit la conversation.

— Qui va là ? interrogea le père Ascelin en se tournant vers le vestibule qu'on apercevait derrière les massifs et les feuillages.

Albérade était allée ouvrir. Elle revint avec une expression effarée sur son visage rond.

— Il y a là une dame dans une litière. Elle a toute une escorte et demande à voir les habitants de cette maison. Par ma sainte patronne, elle est belle à damner un saint !

— Alors, c'est Anthusa ! s'écria Irène en bondissant vers l'entrée de la demeure.

Tous la suivirent.

Dans la rue aux murailles blanchies à la chaux que commençait à bleuir l'ombre précédant la nuit, un groupe d'hommes et de femmes silencieux attendait.

— Anthusa ! hurla Irène en s'élançant vers sa sœur qui était allongée sur des coussins amoncelés pour atténuer les cahots de la route.

— Attention à sa jambe ! lança une femme d'âge mûr qui

s'interposa entre l'enfant et la nouvelle venue. Elle n'est pas encore complètement remise !

Elle avait parlé en langue franque. Par sa forte carrure, sa haute taille, son teint clair, ses cheveux couleur de sable balayés de blanc, il était évident qu'elle venait du nord de la Chrétienté. Ce devait être une des pérégrines que les nefs génoises conduisaient, d'après les rumeurs, vers Jaffa depuis quelque temps.

— Ne restons pas dans la rue, dit le père Ascelin. Il faut faire entrer notre visiteuse.

En dépit des avertissements de son accompagnatrice, la jeune femme avait attiré la petite fille dans ses bras et l'embrassait avec fougue.

Les pèlerins qui convoyaient Anthusa la portèrent à l'intérieur du logis jusqu'à la grande salle où ils l'allongèrent sur un sofa avec des précautions multiples, inspirées tant par son état que par sa beauté, songea Brunissen.

« Dieu me damne ! la jolie femme ! pensa en même temps Mathieu. Comme dirait Andronic, on croirait la Vierge Théotokos en personne ! »

Irène caressait le beau visage fin et doré aux yeux de gazelle et aux lèvres dessinées comme un arc parfait.

Les deux sœurs parlaient entre elles dans leur langue maternelle, sans paraître se préoccuper de ceux qui les entouraient.

La matrone qui avait surveillé d'un œil attentif l'installation de sa protégée reprit la parole :

— Nous sommes originaires de Paris, dit-elle. Nous avons voyagé par monts et par vaux depuis des mois pour rejoindre les soldats de la Croix. Toutes sortes de méchefs nous sont advenus et nous ont retardés en chemin. Arrivés depuis quelques jours à Jaffa, nous y avons été retenus par les menaces de combat entre les nôtres et les Sarrasins. C'est le courage et la détermination de cette jeune Grecque, rencontrée à l'hôpital où nous avions plusieurs de nos compagnons malades, qui nous ont décidés à reprendre la route en dépit des risques, pour tâcher de parvenir jusqu'ici. Malgré sa jambe cassée, elle voulait à toute force atteindre Jérusalem et rechercher sa sœur. Par ma foi, les périls qui nous guettaient lui paraissaient moins inquiétants que la solitude d'une enfant fragile, abandonnée en pleine bataille !

— Dieu merci, Irène était en de bonnes mains, assura le père Ascelin. Ma nièce que voici l'a trouvée cachée dans cette pièce le jour même de la prise de la Ville sainte. Peu de temps, sans doute, après la séparation qui les a déchirées toutes deux. Nous l'avons aussitôt adoptée, comme si elle était de notre famille, et je ne pense pas qu'elle ait eu à souffrir un seul instant du manque de soins.

— Je l'aime fort, ajouta Brunissen. Nous nous entendons très bien et partageons beaucoup de choses...

— Je m'appelle Bathilde, pour vous servir, continua la commère entre deux âges, de mon métier faiseuse de cottes de mailles, ce qui m'a amenée à penser qu'on aurait besoin de moi par ici. En outre, telle que vous me voyez, je me suis instituée gardienne de cette jeunesse. Elle avait bien quelques compatriotes rencontrés à l'hôpital de Jaffa, avec lesquels elle avait lié amitié, mais il ne s'en est trouvé que deux, des femmes, pour accepter de partir avec nous. L'une d'entre elles nous a même servi d'interprète durant tout le trajet, car Anthusa ne parle ni ne comprend notre langue. Souffrantes, elles ont, l'une et l'autre, préféré ne pas venir chez vous.

Pendant qu'elle s'expliquait, Albérade et Biétrix circulaient parmi les nouveaux arrivants en leur versant à boire de l'eau fraîche et du vin de Chypre.

— Si vous avez besoin d'aide dans cette grande maison, ajouta Bathilde, n'hésitez pas à proposer du travail à mes compagnons. Par la croix de Dieu, ils sont sans ressources et désirent trouver de l'ouvrage.

— Il nous faudrait un ou deux jardiniers et autant de palefreniers, dit le père Ascelin. Y en a-t-il parmi vous que de telles besognes intéresseraient ?

Plusieurs hommes s'avancèrent.

— Voyez, les amis, Dieu nous aide ! s'exclama la fabricante de cottes de mailles. Après avoir échappé par miracle aux hordes sarrasines qui risquaient de nous exterminer durant notre trajet, voici que vous trouvez maintenant à vous employer. Arrangez-vous donc avec le père qui nous reçoit si charitablement et dites-lui sans crainte ce que vous savez faire.

« Cette femme me rappelle grand-mère, songea Brunissen. Même autorité, même goût du commandement. »

Mais cette remarque ne la détournait pas d'une inquiétude qui venait de s'éveiller en elle. Les nouveaux palefreniers coucheraient forcément dans la chambre délaissée par les esclaves chargés du soin des chevaux par l'ancien propriétaire de la maison. Comment leur dissimuler la présence d'Hâlid ? Comment continuer à le soigner, à le sauvegarder jusqu'à sa guérison ? Croisant alors le regard de son oncle, Brunissen comprit qu'il avait parlé de façon délibérée, pour la forcer à éloigner le Sarrasin dont il n'acceptait toujours pas la présence sous leur toit. Il n'agissait pas de la sorte par dureté de cœur, mais, elle le savait, pour la protéger contre elle-même. Contre une tentation dont il se souciait bien davantage que sa nièce et dont il devait imaginer qu'elle deviendrait victime un jour ou l'autre.

Biétrix frôla comme par hasard le bras de sa maîtresse,

— N'ayez crainte, murmura-t-elle tout près de son oreille. N'ayez crainte. La maison est grande. Je trouverai où mettre votre blessé à l'abri.

6

Le lundi 8 août, les hérauts d'armes parcoururent Jérusalem, publiant pour le lendemain matin le ban de guerre de l'avoué du Saint-Sépulcre.

Le mardi 9, dès la fine pointe de l'aube, les cloches sonnèrent à pleine volée et les trompettes droites résonnèrent dans chaque quartier de la Ville sainte pour signifier aux combattants de se trouver sous les armes.

Ensuite, soldats, pèlerins, gens de toutes sortes gagnèrent les églises afin d'assister à l'office et d'y recevoir le pain des forts. Ainsi, ils iraient au combat porteurs en eux-mêmes du corps et de l'esprit du Dieu victorieux. Puis, tous les hommes valides partirent à la suite de Godefroi de Bouillon et de Robert de Flandre vers la petite ville de Ramla, déjà conquise avant la prise de la Cité de Dieu, afin de pousser jusqu'à Ibelin, où le duc avait choisi de regrouper ses effectifs, dans le but d'attaquer les Sarrasins sans attendre leur décision. Satisfait d'avoir retrouvé son rôle de commandant de l'ost, Godefroi reprit aussitôt son ascendant sur ses hommes auxquels il interdit tout pillage sous peine d'avoir le nez et les oreilles tranchés.

Venues de Judée et de Samarie, d'autres troupes devaient rejoindre le corps d'armée des deux seigneurs au bord d'une petite rivière côtière. Mais on savait que cette région était déjà en partie occupée par un détachement ennemi posté là pour protéger le gros des troupes adverses.

Confiés à la garde de la mince garnison de la citadelle, ne restèrent à Jérusalem que les prêtres, les femmes, les enfants, les malades, les blessés et Pierre l'Ermite. L'ardent petit homme avait reçu mission de prendre toute mesure lui paraissant nécessaire pour demander et obtenir du Sauveur la victoire de Son peuple.

Il prescrivit aux religieux grecs et latins ainsi qu'aux clercs d'organiser une procession solennelle en l'honneur du Christ, puis de multiplier prières et aumônes. Vêtus de leurs ornements sacrés, les membres du clergé tout entier conduisirent au temple du Seigneur le cortège qui priait à voix haute, dirent des messes, récitèrent des oraisons, supplièrent le Tout-Puissant de venir en aide à ceux qui allaient combattre en Son Nom.

Mathieu et Reinard s'étaient éloignés avec l'ost. Piqués d'émulation, les deux jardiniers et les palefreniers en avaient fait autant. A peine engagés, ils étaient aussitôt repartis, au vif soulagement de Brunissen.

Durant les quelques jours où ils avaient travaillé chez elle, la jeune fille s'était beaucoup tourmentée pour Hâlid, que Biétrix avait conduit de nuit à une petite soupente située dans les vastes communs que le départ des anciens et nombreux esclaves laissait à moitié vacants mais où couchaient leurs remplaçants, jardiniers et aides-jardiniers.

La nièce du père Ascelin avait alors dû interrompre ses visites au convalescent et renoncer à la fois aux soins qu'elle avait coutume de lui donner et aux longues causeries qui avaient peu à peu transformé en ami l'adversaire de la veille.

Dès le départ des serviteurs pour l'armée, Brunissen décida de reprendre sans plus tarder traitement et entrevues nocturnes. Cependant elle préféra laisser le convalescent dans l'humble pièce où il était loin des odeurs d'écurie et protégé de la surprise éventuelle d'un retour impromptu des nouveaux palefreniers.

Quand elle le retrouva dans un endroit si différent de leur habituel lieu de rencontre, elle fut d'abord frappée par la tension des traits et la mauvaise mine de Hâlid.

Allongé sur le matelas que Biétrix avait transporté et placé contre le mur chaulé, il ressemblait à un prisonnier dans son cachot.

— Quelles sont les nouvelles de la bataille ? demanda-t-il sans chercher à dissimuler l'anxiété qui le tenaillait, alors qu'elle venait à peine de soulever la courtine délavée qui servait de portière à la misérable chambre.

— Elle ne doit pas encore être engagée, et nous savons peu de chose, répondit Brunissen. Il semble que l'ost soit au complet à présent. Le duc de Normandie, le comte de Toulouse, Tancrède et Eustache de Boulogne doivent avoir rejoint notre duc et le comte de Flandre. Ils progressent sans doute ensemble vers le rivage de la Méditerranée, en direction d'Ascalon. Mais nous n'avons rien appris d'autre... Si ce n'est qu'une patrouille égyptienne a capturé l'évêque de Maturanne qui avait été envoyé vers nous avec un message dont nous connaissons cependant la teneur par un des secrétaires de ce prélat qui a réussi à s'échapper puis à rallier Jérusalem. Il avait pour mission de faire hâter ceux qui veulent encore rattraper l'armée.

Les yeux noirs du marchand de chevaux brillèrent d'excitation.

— Vos effectifs sont amenuisés, remarqua-t-il, alors que les nôtres sont multitude. Les chances que vous pouvez avoir de l'emporter paraissent infimes.

— Il est vrai que nous sommes moins nombreux et que l'attente nous semble insupportable, reconnut Brunissen. Mais contrairement à ce que vous pensez, nous restons confiants en la protection du Christ. Nous prions et nous espérons.

— Si Allah, qui est généreux dans Sa bonté, nous donne la victoire, vous n'aurez pourtant plus personne ici pour vous défendre.

— Nous sommes gardés par la garnison, réduite il est vrai, mais qui campe dans la tour de David, répondit avec calme la jeune Franque.

— Et vous n'avez pas peur ?

— A Dieu ne plaise ! Je m'en remets à Lui !

Dans les prunelles sombres transparut cette fois-ci une lueur qui pouvait être inspirée par de l'admiration et aussi du respect pour un tel courage tranquille.

— Nous verrons bien quel Dieu, du vôtre ou du nôtre, donnera la victoire à Ses fidèles, dit Hâlid d'un ton radouci.

— En attendant, il faut que je voie vos blessures, reprit Brunissen. Voici plusieurs jours que je n'ai pu venir vous soigner. Vous me semblez avoir maigri.

— Mes blessures sont assez cicatrisées maintenant pour que je puisse envisager de partir dès que nous saurons à quoi nous en tenir sur l'issue de cette bataille, assura le convalescent. Votre servante a continué à veiller sur moi, suivant vos instructions, avec adresse et attention. C'est une aide précieuse que vous avez là.

— Certes. Biétrix est plus qu'une simple servante, c'est une auxiliaire et une confidente. Elle fait désormais partie de notre mesnie, comme une parente. Dans notre rencontre avec elle, je pressens la main de Dieu. Mais voyons à présent comment se comporte votre pouls et l'état de vos cicatrices.

Tout en défaisant les pansements qui avaient été posés avec habileté, Brunissen se disait que le plaisir qu'elle éprouvait à s'occuper de l'homme mis sur sa route par la Providence ne pouvait être, quoi qu'en pensât son oncle, qu'innocent. Mais elle songea soudain à Anthusa dont elle soignait également la jambe rompue. Il lui fallut bien admettre qu'elle ne ressentait pas pour la sœur d'Irène la même bienveillance qu'envers Hâlid. Dès l'apparition de la jeune femme grecque, elle avait dû combattre un sentiment diffus de gêne, de malaise, qui, en dépit de sa bonne volonté, s'était aussitôt imposé à elle. Etait-ce parce que l'enfant à laquelle elle s'était attachée n'avait plus eu alors d'yeux que pour son aînée enfin retrouvée ? Se pouvait-il qu'une future fille du Christ eût la mesquinerie de jalouser une tendresse toute fraternelle ? N'aurait-il pas été plus juste de voir dans cette antipathie spontanée comme la prescience d'un élément trouble, indésirable ? Sans pouvoir justifier en rien sa méfiance, Brunissen croyait sentir une émanation maléfique autour du beau corps parfumé comme celui d'une sultane sur lequel elle se penchait chaque matin avec un étrange sentiment de répulsion admirative et de fascination inquiète...

— Par Allah, vous voici toute songeuse ! Mon état de santé vous préoccupe-t-il à ce point ? s'enquit la voix à l'accent rocailleux du convalescent.

Brunissen secoua la tête.

— Pardonnez-moi, mon ami. Sur mon âme il n'en est rien. Vos cicatrices sont très saines et vous aviez raison de parler de prochain départ. Vous pourrez bientôt voler de vos propres ailes. Pour vous y préparer, je viendrai demain, vers l'heure de matines, vous chercher afin de vous accompagner dehors pour une nouvelle promenade. Vous avez besoin d'air et d'exercice.

— Je n'ai besoin que de liberté et qu'Allah prenne soin de moi, dit Hâlid. Mais, par ma tête, vous m'appelez parfois votre ami, est-ce étourderie ou simple appellation sans importance, comme si vous vous adressiez à un animal familier ?

— C'est signe d'amitié, assura Brunissen en relevant un visage éclairé du dedans, comme une lampe d'albâtre à l'intérieur de laquelle brûlerait, enclose, une flamme chaleureuse. Ne sommes-nous pas devenus de vrais compagnons, en dépit de tout ce qui pouvait nous séparer ?

L'homme se leva, demeurant un instant indécis, sembla vouloir parler, mais fit effort sur lui-même pour se taire.

Ce fut la jeune Franque qui reprit :

— Vous avez certainement rencontré ici, avant votre blessure, la sœur d'Irène, cette Anthusa qui est d'une grande beauté et semble avoir obtenu, grâce à ses charmes, les faveurs du marchand de soierie dont nous occupons la maison.

— Vous oubliez qu'en terre d'islam seuls les pères, les maris et les enfants peuvent voir les traits des femmes d'une certaine condition. En dehors du harem, elles sortent drapées de voiles en satin multicolores que complète une voilette de gaz ou de dentelle qui ne laisse apparaître que leurs yeux.

— Votre ami ne vous a-t-il jamais entretenu d'une certaine esclave grecque dont tout porte à croire qu'il prisait grandement les attraits ?

— Nous ne parlions jamais de ses femmes. Il était de nature discrète...

Brunissen se tut. Cette phrase prouvait que Hâlid savait à quoi s'en tenir sur la fin du marchand de soierie et de sa famille. En témoignage de sympathie, elle posa une main légère sur l'épaule de l'Arabe. Il tressaillit et s'écarta d'elle, non sans une certaine brusquerie.

— Bonne nuit, ami, dit-elle avec un affectueux sourire. Dormez en paix. A demain, vers l'heure de matines.

Elle s'en alla.

Le jour suivant, quand elle passa voir Anthusa, qui avait réoccupé son ancienne chambre, luxueuse et raffinée, où sa cadette était aussitôt venue la rejoindre, Brunissen trouva les deux sœurs fort agitées. Irène, qui restait sans cesse auprès de la malade, s'élança vers l'arrivante en pleurant. Au milieu de ses larmes, elle parlait grec à si vive allure qu'il était impossible à Brunissen de la comprendre. Sanglots et plaintes mêlés se bousculaient en une bouillie de mots.

— Par le Dieu tout-puissant, que vous arrive-t-il donc ? demanda la jeune Franque en s'adressant en latin à Anthusa qui s'exprimait fort bien dans cette langue.

— Sur ma demande, Irène est allée ce matin chercher un médecin syrien qui habite non loin d'ici et nous a souvent soignées autrefois, répondit la malade. Il a palpé ma jambe, m'a posé toutes sortes de questions sur l'accident dont j'ai été victime et s'est montré ensuite fort alarmé. Il pense que les tribulations qui ont accompagné ma chute et l'ont suivie sont responsables des difficultés que mes os, trop malmenés, éprouvent à se ressouder. Il a dit que les attelles de fortune avec lesquelles on avait, à différentes reprises, maintenu les deux cassures ne semblaient pas avoir toujours été posées comme il l'aurait fallu...

Sa voix s'enroua et elle serra les lèvres, visiblement pour s'empêcher de gémir.

— Elle va boiter ! cria Irène, éperdue de chagrin. Ma sœur chérie restera infirme !

La fureur et la peine la jetèrent sur les tapis qui couvraient le sol. De ses poings crispés elle les frappait en continuant à crier.

Brunissen s'agenouilla auprès d'elle. Il ne lui avait pas été difficile de comprendre ces quelques mots jetés avec un désespoir qui les avait rendus clairs. Elle prit le petit corps agité de spasmes entre ses bras et caressa avec douceur, comme elle l'avait fait lors de leur première rencontre, le front haut et droit de l'enfant.

— Il est en effet probable, reprit Anthusa qui avait surmonté sa faiblesse, il est même presque certain, qu'une de mes jambes restera plus courte que l'autre. Je vais boiter.

Il y avait tant d'accablement, tant de douleur dans ce constat, que Brunissen en fut bouleversée. Elle avait cependant vu bien d'autres infortunes, assisté à beaucoup d'autres malheurs, mais l'affliction d'Irène et la détresse de sa sœur n'en demeuraient pas moins poignantes. N'étaient-elles pas, elles aussi, conséquences des actes de violence commis par des vainqueurs devenus furieux et sanguinaires dans le seul lieu au monde où ils auraient dû exercer, à l'image du Christ, pardon et magnanimité ?

Il fallait trouver un moyen de réparer, du moins dans le cas présent, le préjudice subi par une créature déjà si durement éprouvée auparavant.

Le sentiment de malaise et de méfiance qui gênait jusque-là Brunissen dans ses rapports avec l'ancienne esclave aux allures de patricienne se dissipa sous la poussée d'une pitié active qui prit d'un coup sa place.

— J'ai ouï dire parmi les pèlerins qu'un certain dinandier breton, qu'on nomme je crois Loïc le Guérisseur, aurait réussi, par habileté et expérience, à soulager de bien des maux ceux qui ont eu recours à lui, dit-elle. On raconte qu'il vient à bout des entorses, foulures ou fractures les plus rebelles. En me rendant tout à l'heure à l'hôpital, je vais me renseigner pour savoir où il loge. Dès que j'en aurai fini avec mon service auprès des malades et des blessés, j'irai chez lui et lui demanderai de venir.

Anthusa soupira.

— Je crains bien, hélas, qu'il n'y ait plus grand espoir à conserver, dit-elle avec tristesse. Néanmoins, soyez remerciée de votre intention et soyez bénie !

— Je vous quitte. N'oubliez pas que le pire des péchés est celui de désespérance ! ajouta Brunissen en se dirigeant vers la portière de satin capitonnée qui masquait l'entrée de la chambre.

Irène se releva d'un bond, essuya ses yeux du dos de sa main, considérant fébrilement ses deux compagnes.

— Que dites-vous ? Que dites-vous ? répétait-elle en bégayant d'impatience et d'énervement.

Sa sœur lui traduisit les paroles qu'elle n'avait pu comprendre, ce qui déchaîna chez l'enfant une danse folle qu'elle exécutait autour de la jeune Franque amusée par tant d'impulsivité et de contraste.

Après avoir embrassé la petite fille, elle quitta la pièce encombrée d'une nuée de coussins aux couleurs douces, de courtines brodées, de tapisseries de soie, de bibelots, de brûle-parfum d'où s'échappaient d'exquises senteurs d'ambre gris, de nard et d'encens.

Quand elle retrouva, un moment plus tard, en pénétrant dans l'hôpital, les lourdes exhalaisons de sueur, de sanie et de sang qu'elle ne remarquait guère d'habitude, elle ne put s'empêcher de songer que l'inquiétude d'Anthusa était peu de chose comparée aux souffrances qu'elle côtoyait chaque jour dans cet établissement consacré à la douleur. Mais elle se reprocha aussitôt une telle réflexion en se rappelant le chagrin d'Irène.

Elle n'eut d'ailleurs pas le temps de s'attarder à ce genre de réflexion. L'hôpital bourdonnait d'une nouvelle qui enfié-vrait tous les esprits. Un chevaucheur était arrivé peu de temps auparavant pour annoncer aux habitants de Jérusalem qu'une grande bataille était engagée depuis l'aube entre Francs et musulmans dans une belle et opulente plaine toute proche de la mer, non loin de la côte où s'élevait Ascalon.

— Par la foi que je vous dois, l'armée égyptienne est si nombreuse que nul ne peut en connaître le nombre, excepté Dieu ! dit à Brunissen la grande Normande blonde et solide qui avait pénétré avec un groupe agité de ses compatriotes dans la maison au portail vert, le jour de la conquête de la Ville sainte. On les aperçoit, paraît-il, à perte de vue, campant devant des montagnes de sable !

Depuis que les deux femmes s'étaient retrouvées à l'hôpital

Saint-Jean, où elles soignaient ensemble les malades de la première salle, une certaine entente les avait rapprochées. Odeline était née, une trentaine d'années auparavant, à Falaise, comme Guillaume le Conquérant, ce dont elle tirait grande fierté.

— C'était un lointain cousin de mon grand-père, disait-elle avec un reflet malicieux dans l'œil. Mais entre un roi d'Angleterre et un simple drapier, il n'y a pas de commune mesure !

Ses yeux verts, sa peau de lait, les dents magnifiques qu'elle découvrait quand elle riait du rire sensuel, évoquant un roucoulement de tourterelle, dont elle avait le secret, en faisaient une créature pleine de vie et d'entrain. Ses traits n'étaient pas réguliers, sa bouche était trop grande, ses seins trop opulents et sa démarche un peu lourde, mais tout cela renforçait l'impression qu'elle donnait dès le premier abord : joie de vivre, santé, obligeance, enjouement.

On la disait généreuse en tout et point avare de son corps. Quelle importance cela avait-il pour Brunissen qui avait trouvé en cette fille de Falaise une amie partageant avec elle, même si leur façon d'en témoigner était différente, l'amour du prochain et le goût de lui venir en aide ?

Odeline continuait :

— Le chevaucheur a encore raconté qu'hier, alors que nos troupes se dirigeaient vers Gaza en compagnie de l'émir de Ramla, rallié aux nôtres tout mécréant qu'il est, l'ost a trouvé au bord d'un cours d'eau de grands troupeaux de bœufs, chameaux et moutons, paissant là comme par hasard. Les cavaliers sarrasins qui les gardaient ont pris la fuite dès qu'ils ont vu les Francs survenir. Pas assez vite néanmoins. Deux d'entre eux ont été capturés. Ils ont parlé et ont donné les positions, toutes proches, sous les murs mêmes d'Ascalon, semble-t-il, des armées ennemies. Mais Godefroi de Bouillon, soupçonnant dans cet étrange rassemblement de bétail une ruse de l'amiral de Babylone, a pensé que c'était là un stratagème pour inciter ses hommes à s'égailler dans la campagne, à se disperser pour capturer ces animaux gras et tentants. Ce qui les aurait mis à la merci des Sarrasins embusqués. Il a donc interdit toute poursuite et a renouvelé ses menaces de punir gravement quiconque quitterait les rangs. Les soldats se le sont tenu pour dit et ont été contraints de passer la nuit sous les armes.

— Avec l'aide de Dieu, ils vaincront, dit Brunissen.

La journée passa, occupée par les soins, les réconforts, les attentions prodigués aux patients de l'hôpital. Cependant, tout en changeant les pansements, en sondant les plaies, en réduisant les fractures, en étalant baumes ou onguents, en versant des gouttes d'élixir ou en faisant prendre des décoctions de simples médicinaux, Brunissen et ses compagnes songeaient sans cesse à la bataille dont dépendaient leur vie et leur avenir.

Au moment de quitter son service, Brunissen se souvint de la promesse faite à Anthusa, que les événements appris dès son arrivée l'avaient amenée à oublier. C'était justement Odeline qui lui avait recommandé le guérisseur breton dont elle avait parlé à la jeune Grecque. Elle obtint aisément l'adresse souhaitée, mais fut informée sur place que le dinandier était parti combattre avec la bataille de Robert Courteheuse et qu'il faudrait attendre son retour.

Comme elle s'en revenait vers son logis, elle croisa, non loin des marchés couverts, deux femmes vêtues à la mode grecque de longues tuniques soyeuses complétées par un manteau léger dont un pan, ramené de l'épaule gauche à l'épaule droite, protégeait les têtes et laissait les visages dans l'ombre. Elle se souvint qu'à Constantinople il n'était pas admis qu'une femme honnête se montrât nu-tête ou avec un simple voile dans la rue. Aussi ne se serait-elle guère étonnée de cette rencontre si elle n'avait pas ressenti l'étrange impression de reconnaître la démarche d'une des deux inconnues.

« Où donc, Dieu Seigneur, ai-je bien pu déjà voir cette façon rapide et martelée d'avancer ? se demanda-t-elle. C'est là un pas très particulier, serré, hâtif, et pourtant un peu guindé. Je ne le remarque pas pour la première fois... »

Elle eut beau chercher dans ses souvenirs, aucun nom ne lui vint à l'esprit. Elle avait rencontré tant de gens sur sa route depuis son départ de Chartres, aperçu une telle quantité de nouveaux visages, considéré avec amusement, sympathie, intérêt, répulsion ou effroi un si grand nombre d'individus dans les foules dont elle était sans cesse entourée, soigné des centaines de blessés ou de malades, assisté si souvent son prochain, qu'une sensation de pullulement encombrait sa mémoire. C'était comme si elle avait trop longtemps regardé une fourmilière et que ce grouillement eût brouillé ses facultés d'observation.

Elle rentra chez elle, passa voir Anthusa et Irène auxquelles il lui fallut apprendre que le guérisseur était parti se battre. La déception des deux sœurs lui fit peine. Pour leur changer les idées, elle les mit au courant de la rencontre qu'elle venait de faire.

— Ne serait-ce pas les deux Grecques qui nous ont accompagnées de Jaffa à Jérusalem ? demanda Anthusa. L'une d'elles avait en effet une démarche qui ressemble à celle dont vous parlez.

— Vous ne les avez pas revues ?

— Non point. En dépit de leur promesse, elles ne sont jamais venues nous rendre visite depuis que nous sommes ici. Par la sainte Théotokos, nous ne saurons jamais pourquoi elles tenaient tellement à se joindre à notre groupe afin de parvenir le plus rapidement possible à la Ville sainte !

Une brusque lumière se fit dans l'esprit de Brunissen. L'invocation si souvent entendue dans la bouche d'Andronic venait de faire surgir des brumes du passé la mince silhouette d'Icasia, l'épouse que celui-ci avait laissée derrière lui à Constantinople pour rejoindre Flaminia. Ne marchait-elle pas de la même façon que la femme entrevue un moment plus tôt ? Ce pas rapide et compassé à la fois, n'était-ce pas le sien ?

Brunissen secoua la tête. Il n'était pas possible qu'Icasia Daniélis se trouvât si loin de la cour impériale où des fonctions très astreignantes la retenaient auprès de l'impératrice et de la princesse Anne. Jamais elle n'aurait pu s'éloigner assez longtemps de ses illustres maîtresses pour entreprendre un tel voyage. Que serait-elle d'ailleurs venue faire à Jérusalem ? Les Grecs n'avaient jamais témoigné le moindre désir de reconquérir le Saint-Sépulcre...

« J'ai dû me tromper, songea la jeune Franque. Je suis sans doute victime d'une simple ressemblance. »

Elle ne s'attarda pas à une réminiscence aussi illusoire et resta un moment auprès des deux sœurs dont elle souhaitait détourner les pensées de leur pesant souci. Puis elle rejoignit son oncle pour le souper.

— On ne s'entretient en ville que de la bataille qui est en train de se dérouler près d'Ascalon, lui dit le père Ascelin. Après dîner, nous irons tous deux, ma nièce, prier sur le tombeau de Notre-Seigneur pour joindre nos supplications à celles des autres habitants de Jérusalem.

Il y avait foule sous les coupoles de la basilique ennuagée de fumées d'encens et illuminée à foison par des buissons de cierges. On se pressait au cœur de la rotonde intérieure, autour de l'Anastasis.

Brunissen et le notaire épiscopal s'agenouillèrent parmi le peuple prosterné et joignirent leurs oraisons à celles de tous leurs frères.

Ils rentrèrent dans la nuit tiède, éclairés par des lampes à huile en cuivre ajouré, dont certaines étaient fixées aux murs des demeures et d'autres pendues à des mâts de bois. La découverte de ces éclairages nocturnes dans les villes arabes avait été une des grandes stupéfactions des Francs habitués à ne se déplacer chez eux, une fois la nuit tombée, qu'avec une lanterne ou une torche à la main.

Quand tout dormit dans la maison au portail vert, Brunissen sortit avec précaution de sa chambre et gagna les communs.

Hâlid l'attendait dans son réduit.

— Venez, lui dit-elle, venez respirer l'air de la nuit. Il est si doux !

Contrairement à la précédente fois, la promenade sous les branches du jardin clos se passa sans alerte. Presque rétabli, le marchand de chevaux refusa de s'appuyer au bras de sa compagne. Il marchait auprès d'elle, d'une allure plus assurée, et se taisait. Elle l'avait prié de ne pas aborder le sujet de la guerre qui ne pouvait que les diviser. Il s'était incliné en signe d'assentiment mais n'avait rien trouvé à lui dire d'autre et demeurait silencieux à ses côtés.

Pendant une heure, ils déambulèrent de la sorte.

— Savez-vous que les habitants de Damas ont coutume de se promener ainsi, soir après soir, dans l'enceinte abondamment éclairée de la grande mosquée et qu'on les nomme à cause de cette habitude les « laboureurs » ? demanda enfin Hâlid.

— Pourquoi donc ?

— Sans doute parce qu'ils cheminent lentement, par couples, faisant les cent pas sur la vaste esplanade qu'ils parcourent d'un bout à l'autre, en revenant sans fin sur leurs traces, comme un paysan derrière sa charrue et ses bœufs.

— Vous avez dit par couples ! Il n'y a pourtant que des hommes chez vous pour accomplir ainsi une telle promenade. Vos femmes en sont exclues, n'est-il pas vrai ?

— Il est vrai. Mais je n'y pensais pas.

Brunissen eut un rire léger.

— Dans nos pays, les femmes sont libres, dit-elle. Elles sortent à visage découvert, elles sont majeures à douze ans, peuvent gérer leurs avoirs ou leurs fiefs à leur gré, font presque tous les métiers qu'exercent les hommes et ont même le droit de se marier sans le consentement de leurs parents...

Il y eut un silence. Des nuages opalescents glissaient sur la lune réduite à un mince croissant bleuté.

— Nous avons des femmes copistes, astrologues, devineresses et, chez nos paysannes, les épouses travaillent comme leurs maris ou leurs fils, dit tranquillement Hâlid. Elles plantent, soignent le bétail, élèvent de la volaille et peuvent aussi conduire des attelages. Dans nos ateliers, beaucoup d'ouvrières filent, brodent, tissent des tapis ou teignent les étoffes. Les blanchisseuses lavent à la rivière et pas plus que les autres ouvrières ne sont voilées. Seules, les femmes d'un milieu aisé et qui n'ont rien à faire se couvrent la tête et le visage, tant par pudeur que pour préserver l'éclat et le velouté de leur teint. Des quantités de paysannes, d'ouvrières ou d'esclaves sortent de nos jours sans être voilées car leurs travaux ne le leur permettraient pas.

— Il me semble pourtant, Dieu me pardonne, que vos harems regorgent de pauvres créatures captives qui n'en sortent que pour de rares visites familiales, ou bien des cérémonies d'importance et parfois aussi, à ce qu'on m'a dit, dans le but de se rendre au hammâm ou, plus rarement, chez quelques amies, continua avec malice Brunissen.

— S'il est exact que les femmes de la bonne société ne sortent guère, en revanche, elles règnent dans leur foyer et sont maîtresses chez elles. Les maris respectent ces prérogatives. Savez-vous que le mot harem signifie sanctuaire ?

— Sanctuaire peut-être, mais j'ai remarqué que les hommes d'ici se réfugient derrière cette explication commode, qui les arrange bien, chaque fois qu'on les accuse d'enfermer leurs mères, leurs épouses ou leurs filles. Ils prétendent qu'elles sont libres dans leurs maisons et heureuses d'y vivre. Je n'en suis pas si sûre. C'est là une excuse bien pratique, qui fait taire les curieux et clôt le débat à l'avantage de celui qui l'emploie.

— C'est un usage beaucoup plus ancien que l'islam, qu'Allah le Très-Haut, le Tout-Puissant, me fasse avaler ma langue si je mens ! protesta Hâlid avec véhémence. Il n'y a pas que nous autres musulmans pour y avoir recours. Tout l'Orient, indépendamment des religions qu'on y peut pratiquer, partage cette coutume. Il n'y a d'ailleurs de harem que là où il y a fortune. C'est comme pour le voile. Les femmes du peuple circulent à leur gré dans les rues et ne sont pas tenues de rester enfermées. Seules les plus fortunées peuvent accéder et prétendre à un luxe qui sous-entend de vastes demeures comprenant de multiples appartements, des terrasses, des jardins, des eunuques, de nombreux serviteurs, tout un train de vie opulent. Le harem, domaine exclusif des femmes, est cependant le cœur de la vie familiale. Comme dans une ruche, c'est de la reine recluse que dépend la bonne marche de la communauté, conclut le marchand de chevaux du ton assuré de quelqu'un qui a trouvé des arguments péremptoires.

Brunissen rit de nouveau.

— J'aime mieux ma modeste liberté chartraine que la somptueuse captivité de vos pauvres femmes riches, lança-t-elle avec gaieté. Sur mon salut, je les plains et ne les envie en rien ! Sans parler de votre habitude de faire vivre toutes ensemble, sous le même toit, plusieurs épouses, ce qui pour nous est scandale, péché et abomination !

Elle s'immobilisa dans l'ombre d'un oranger dont les suaves arômes les enveloppaient tous deux.

— Peut-être vous-même possédez-vous quelque part trois ou quatre femmes, remarqua-t-elle, soudain pensive.

— Par Allah ! N'en croyez rien ! protesta Hâlid avec une sourde violence. Je suis célibataire et sans doute le resterai !

Ils se turent de nouveau.

— Il faut rentrer, maintenant, reprit Brunissen au bout d'un moment. La promenade a suffisamment duré.

— Je ne suis pas fatigué !

— Tant mieux. Cela prouve que vous êtes rétabli, mais il ne faut cependant pas encore abuser de vos forces retrouvées. Vous en aurez besoin pour quitter Jérusalem et vous éloigner d'un lieu qui vous laissera de si mauvais souvenirs.

Ce fut en silence qu'ils regagnèrent les communs. Pour la première fois, ils se séparèrent devant la porte sans que Brunissen proposât à son compagnon de le reconduire jusqu'à sa couche.

Deux jours plus tard, un chevaucheur dont le coursier était couvert d'écume parvint à Jérusalem. Il alla trouver Pierre l'Ermite qui fit aussitôt carillonner les cloches, retentir les trompettes, sonner les cors à travers toute la cité. La nouvelle se répandit aussitôt : Dieu avait permis à Son peuple de vaincre les impies !

« Montjoie ! Montjoie ! Dieu le veut ! Dieu l'a voulu ! Le Christ est avec nous ! »

Ce fut un ouragan de joie. La foule déferlait de partout, courait à travers rues, places et ruelles, pour venir au Saint-Sépulcre louer et adorer le Seigneur. Dans les jours qui suivirent, des chariots pleins à ras bord d'inestimables richesses firent leur entrée dans la ville. Des soldats les escortaient. Parmi eux, Mathieu et Reinard. Dès qu'ils eurent mené à bien leur mission et entreposé dans des remises le fructueux butin pris à l'ennemi, les deux compères, portant des sacs fort lourds, se présentèrent chez leurs amis.

Le père Ascelin, Brunissen, Irène, Albérade et Biétrix les accueillirent en vainqueurs.

— Une fois de plus nous avons battu les Sarrasins, bien qu'ils fussent beaucoup plus nombreux que nous ! s'écria Mathieu en pénétrant dans la salle. Ces mécréants ont été tellement surpris par notre ruée qu'ils n'ont même pas eu le temps de revêtir leurs armes et d'enfourcher leurs montures ! Ne croyez pas, pour autant, que nous les ayons écrasés sans combat. Ils se sont ressaisis et ont ensuite lutté avec acharnement. La mêlée a été rude, mais une force divine nous accompagnait...

Reinard lui coupa la parole.

— Le duc de Normandie a vu soudain l'étendard de l'amiral de Babylone, comme disent les nôtres, qui était dressé en l'air par un homme de sa garde. C'est une belle oriflamme suspendue au sommet d'une lance argentée et ornée d'une pomme d'or. Le duc s'est élancé avec sa frénésie coutumière sur le Sarrasin qui la portait et l'a blessé à mort.

— Notre duc Godefroi commandait l'aile gauche de l'ost, reprit Mathieu avec tant de hâte que les mots se bousculaient dans sa bouche. De son côté, le comte de Toulouse s'était porté avec les siens près du rivage, à l'aile droite. Robert Courteheuse, le comte de Flandre, Tancrède et les autres chevaliers chevauchaient au centre.

Il avala précipitamment sa salive.

— Ce fut un beau combat ! continua-t-il sans laisser à son aide le temps d'intervenir. Quand enfin Tancrède fit irruption dans le camp des infidèles, ils prirent aussitôt la fuite et nous avons alors assisté à une fameuse débandade !

Il partit de son grand rire éclatant.

— Terrifiés, les Sarrasins grimpaient aux arbres pour s'y cacher, mais les nôtres les poursuivaient, les exterminaient à coups de flèches, de lance ou d'épée et les précipitaient à terre. D'autres se couchaient sur le sol pour faire le mort, car ils n'osaient plus se dresser contre nous, mais nous les décapitions au passage, pour être sûrs que ces fils de démon ne se relèveraient pas dans notre dos. Près de la mer, le comte de Toulouse en tua un nombre incalculable. Certains se jetaient à l'eau, d'autres fuyaient çà et là. Enfin, mes amis, grâce à Dieu, la journée s'est terminée en désastre pour les ennemis du Christ ! Et, croyez-moi, ils ne sont pas près de s'en remettre !

— Qu'est devenu le vizir qui les commandait ? interrogea
le père Ascelin.

— Il a tourné bride quand il a compris que tout était perdu
pour lui. Il s'est réfugié à Ascalon et a assisté, du haut des
remparts du port, à l'extermination de ses troupes. Quelques
survivants tentèrent bien de nager jusqu'à leurs vaisseaux
mais ils se noyèrent presque tous. Enfin, d'autres débris de
la grande armée égyptienne, acculés aux murs d'Ascalon, se
ruèrent par une porte que la garnison leur avait ouverte, mais
dans la panique générale, ils furent étouffés ou foulés aux
pieds par les plus forts de leurs compagnons. On assure que
le vizir, ne se jugeant plus en sûreté dans la ville que nous
cernions déjà, s'est enfui avec quelques rescapés sur des
bateaux qui ont pris le large et ont fait voile vers la haute
mer pour les ramener piteusement dans leur pays d'origine !

— Ces impies ont abandonné derrière eux le camp où
ils s'étaient rassemblés dans l'espoir de nous perdre ! lança
joyeusement Reinard en profitant d'une pause de son compagnon. Par tous les saints du paradis, nous n'avions jamais vu
pareilles merveilles, ni semblable accumulation de richesses !
Pierreries, or, argent, vases précieux, objets de toute espèce,
casques dorés, épées magnifiques, vivres à profusion, troupeaux de chameaux, de buffles, d'ânes, de bœufs et de brebis...
Sans parler des tentes immenses et fort belles que nous avons
démontées pour en utiliser la plupart, avant de brûler celles
dont nous n'avions point l'usage !

— Sur le champ de bataille, on a fini par retrouver la riche
épée du vizir. Elle a été vendue soixante besants à un amateur !
ajouta le barbier. Quant au fameux étendard, c'est le duc de
Normandie, après avoir occis son porteur au début de la
bataille, qui a jugé bon, une fois la victoire acquise, de
l'acheter vingt marcs d'argent ! C'est bien là un geste de
seigneur. Cette oriflamme lui revenait de droit, mais il a
préféré en payer le prix à ceux qui venaient de la ramasser
au milieu des cadavres. Il en a ensuite fait don au patriarche
en l'honneur de Dieu et du Saint-Sépulcre.

— Ainsi donc, en une seule rencontre, voici anéantie cette
formidable coalition de toutes les puissances musulmanes
rassemblées contre nous ! constata le père Ascelin. Béni soit
le saint Nom du Christ ! Grâce à Lui nous allons enfin pouvoir
respirer en paix et nous consacrer à consolider nos possessions.
Après une telle défaite, je gage que nous ne reverrons pas
de sitôt les troupes sarrasines aux portes de Jérusalem !

— Pour fêter dignement notre victoire, nous vous avons

apporté quelques-unes des somptueuses dépouilles de ces enfants de Satan, lança Mathieu d'un air ravi et mystérieux à la fois. Un de ces deux sacs est pour vous. Nous nous partagerons l'autre. Ils sont à nous. Ce sont nos prises de guerre.

D'un geste munificent, il renversa et répandit sur les tapis qui couvraient le sol un tas d'objets disparates, mêlés à des tissus de soie aux nuances subtiles dont les douceurs chatoyantes s'enroulaient autour des éclats de l'or, de l'argent, de la nacre ou de l'améthyste. Une senteur d'ambre gris s'en éleva par ondes odorantes au sortir des coffrets incrustés de métaux précieux d'où s'échappaient, en un somptueux désordre, perles, joyaux et flacons de parfum.

— Par le Créateur ! il y a là un peu de tout ce que nous avons pu prendre au hasard de nos trouvailles ! dit Reinard. C'est un vrai fouillis. Vous n'avez qu'à vous servir !

Brunissen considérait avec mélancolie et répugnance ces richesses éparpillées devant elle. Elle avait tout de suite songé à la terrible déception, au noir chagrin, à l'écroulement des espérances de Hâlid. Sa joie légitime de chrétienne était assombrie par la vive représentation d'une douleur qu'elle ne pourrait pas apaiser. Par ailleurs, l'étalage des biens arabes pillés et distribués à chacun présentait à ses yeux un danger de plus pour les âmes franques, trop souvent soumises aux sollicitations séduisantes et corruptrices du Tentateur.

Le père Ascelin, qui souriait, remarqua l'expression de sa nièce et son sourire s'effaça.

Irène battait des mains, ouvrait les coffrets, enroulait des colliers d'ivoire ou de lapis-lazuli autour de son cou, enfilait bracelets et bagues, humait sachets parfumés, aromates contenus dans de fragiles vases d'albâtre, répandait sur ses cheveux eau de rose ou essence de jasmin...

Les yeux brillants, Albérade et Biétrix considéraient avec timidité et envie tant de merveilles.

— Prenez tout ce que vous voudrez, leur dit Brunissen. Par Notre-Dame, ce sont là captures que tous les pèlerins vont se partager. Il vous en revient une part comme à chacun d'entre nous.

— Vous-même, demoiselle, qu'allez-vous choisir ? lui demanda Mathieu avec un large sourire.

Pour ne pas refuser un don si généreusement offert, pour ne pas non plus avoir l'air de mépriser ce qui avait été gagné de haute lutte, au prix du sang, la nièce du père Ascelin se décida à prendre un chapelet d'ambre odorant, un peigne d'écaille et une pièce de lin d'une extrême finesse qui lui servirait à faire des voiles de tête.

— Je vais demander à Anthusa ce qui lui plairait le plus, dit Irène avant de disparaître en courant.

— Savez-vous si notre sire Godefroi de Bouillon s'apprête à rentrer bientôt à Jérusalem ? demanda le père Ascelin, après s'être contenté de prélever parmi tous les objets étalés un manuscrit bilingue sur papier de Chine, richement relié et comportant le texte du Coran en arabe, sur la page de gauche, et sa traduction en grec, sur la page de droite.

— Notre sire a mis le siège devant Ascalon, reprit Mathieu. Les habitants, qui nous craignent comme le feu, paraissent prêts à se rendre. Il semble bien que pour tous ces mécréants notre invincibilité soit en train de devenir article de foi !

Brunissen songeait à cette phrase, la nuit venue, quand elle se rendit auprès de Hâlid. Une anxiété nerveuse l'agitait. Comment annoncer à son patient la défaite écrasante de l'armée musulmane ? Comment prendrait-il cette nouvelle ? Quitterait-il sur-le-champ la maison qui l'abritait depuis bientôt un mois ?

Elle trouva Hâlid assis devant une petite table qu'il avait demandée quelques jours auparavant. Il récitait des prières. Quand elle souleva la portière de la pièce exiguë, il releva brusquement la tête. A son expression désespérée, elle comprit qu'il savait.

— Le tintement de vos cloches et le son de vos trompes sont parvenus jusque dans ce misérable réduit, dit-il simplement. Ainsi donc, Allah s'est détourné de Ses fidèles...

Ses mains étaient crispées et deux rides soudain creusées accentuaient l'amertume de ses lèvres, mais sa voix demeurait ferme, sans défaillance. Brunissen se dit qu'une telle maîtrise, un semblable courage méritaient en contrepartie franchise et considération.

— Après une journée de combat acharné, l'armée sarrasine a subi en effet une grave défaite, confirma-t-elle. Le vizir qui la commandait a pu quand même se réfugier dans Ascalon d'où il semble s'être déjà embarqué pour regagner l'Egypte.

— C'en est donc fini ! murmura Hâlid. Vos armes ont triomphé des gardiens de la Vraie Foi ! Jamais les musulmans n'ont été humiliés de la sorte. Nous voici tous mis devant l'obligation de nous engager dans la lutte, de nous transformer en combattants de la guerre sainte, en moudjahidin...

Il s'était levé.

— Dans chaque contrée de l'Islam, nous aurons aussi à

réveiller la conscience assoupie de tous les croyants, continua-t-il avec une sombre détermination. Nos querelles, nos divisions intestines nous ont perdus ! Lassé de tant de conflits fratricides, Dieu nous a abandonnés... Il me reste à sortir d'ici pour aller servir Sa cause sacrée...

Brunissen se rapprocha de lui.

— Je vous ai apporté ce chapelet, dit-elle en lui tendant les grains d'ambre blond. Gardez-le en souvenir de moi et souvenez-vous aussi dans vos prières de celle qui vous a soigné durant quatre semaines.

Hâlid saisit le présent suspendu aux doigts qui tremblaient, le porta à son front, à ses lèvres, à sa poitrine.

— Bien que vous ne pratiquiez pas la Vraie Foi, reprit-il ensuite, vous êtes pourtant, à votre manière, une fille de Dieu. Tous ceux que vous avez soignés et aidés, comme moi-même, doivent vous considérer ainsi que je le fais, avec respect, estime et affection. En dépit de nos divergences, vous êtes ma sœur. Soyez certaine que je ne l'oublierai jamais, quoi qu'il puisse advenir. Chaque fois que l'occasion s'en présentera, vous pourrez toujours compter sur moi.

Egalement oppressés et douloureux, ils se dévisageaient sans oser faire un geste.

— Voici encore un mois, je n'aurais jamais cru pouvoir penser de telles choses au sujet d'une chrétienne, continua-t-il de sa voix gutturale, et encore moins avoir l'occasion de les lui dire. Mais Allah seul est grand. Lui seul connaît les cœurs.

— Que Dieu vous garde, dit Brunissen. Je vais chercher comment vous faire sortir à moindre risque de cette maison et de Jérusalem.

— Ne vous donnez pas cette nouvelle peine, petite sœur. Irène a prévenu de ma part un médecin syrien qui soignait ici, naguère, toute la maisonnée. Il a déjà prévu ma fuite. Je partirai à la fin de la nuit, avec lui, dissimulé aux yeux de tous au fond de la charrette qu'il utilise pour transporter jusqu'à l'hôpital ses malades les plus gravement atteints.

Brunissen baissa les yeux. Certes, elle mesurait ce qu'une semblable révélation représentait de confiance, mais elle en retint surtout le fait que Hâlid avait organisé son départ sans juger bon de lui en parler et même, apparemment, sans vouloir l'y mêler.

— Vous aviez donc tout préparé, remarqua-t-elle avec une déchirante douceur. Qu'auriez-vous fait si les vôtres avaient repris Jérusalem ?

— Je serais allé les trouver aussitôt. Je compte dans l'armée, ou plutôt, je comptais, un certain nombre d'amis... Et j'aurais intercédé auprès d'eux afin qu'on vous épargne, vous et les vôtres...

Un instant, ils demeurèrent à se contempler sans trouver la force d'ajouter un mot.

Pour s'arracher à la fascination qu'elle subissait, Brunissen fit un lent et grave signe de croix.

— Adieu donc, murmura-t-elle. Adieu. Nous ne nous reverrons jamais !

Elle marcha vers la sortie, souleva la portière qui retomba derrière elle lourdement, et se sauva.

Vers la fin d'une nuit passée en prière, elle entendit au loin le roulement d'une voiture dont les essieux grinçaient. Elle essuya les larmes qui coulaient sur ses joues sans qu'elle y ait pris garde, défit ses nattes, brossa sa chevelure, la releva et l'enveloppa d'un linge blanc avant de se laver avec soin dans un grand baquet d'eau fraîche qu'elle faisait disposer chaque soir au pied de son lit.

Le soleil se levait quand elle sortit pour aller se confesser dans l'église la plus proche, à un prêtre inconnu.

Après une messe fervente, elle décida, avant de se rendre à l'hôpital, d'aller voir Flaminia, dont l'amitié lui apparut soudain comme une nécessité, un urgent besoin.

Les rues s'éveillaient. Chacun balayait devant sa porte avant d'en rincer le seuil à grands seaux. Des porteurs d'eau, suivis de chameaux ou de mulets chargés d'outres en cuir de vache, déambulaient à travers la ville. Ils croisaient les paysans arméniens et syriens qui venaient apporter, comme ils l'avaient toujours fait, les produits de leur ferme pour les vendre au marché qui se tenait chaque jour en plein air.

Les appels modulés des marchands ambulants et le tintement des clochettes mêlées de perles bleues qui ornaient le collier de leurs ânes commençaient également à retentir de tous côtés. Ils promenaient inlassablement de rue en rue, dans de larges paniers d'osier servant de bâts à leurs baudets, les marchandises les plus variées, allant des éventails, fort recherchés sous ces climats, aux balais de palmes, des allume-feu enduits de soufre aux pièges à rats, et des pastèques plus douces que le miel aux concombres et aux aubergines tout juste cueillis.

Brunissen marchait vite. Elle tâchait de s'intéresser au mouvement de la cité laborieuse pour cesser de penser à celui qui devait déjà avoir franchi depuis longtemps l'enceinte crénelée pour gagner une des places fortes où il savait pouvoir être à l'abri.

« Faites, Seigneur, faites, je Vous en prie, qu'il parvienne sans encombre à l'endroit qui lui convient et qu'il puisse reprendre à son gré le métier de ses ancêtres ! »

Durant les heures qu'elle avait passées à le soigner, Hâlid lui avait appris que, chaque année, cent mille chevaux étaient envoyés d'Arabie et de Syrie vers la côte de Coromandel. Transportés par des bateaux nommés djonks, soigneusement aménagés à leur intention, ces beaux coursiers du désert ne parvenaient pas à se reproduire dans les Indes. Tout spécialement estimés par les habitants de ces lointaines contrées, mais nourris par eux de façon aberrante de riz au lait sucré, de pois cuits au beurre ou de tout autre aliment convenant mieux aux hommes qu'à leurs montures, ces magnifiques destriers mouraient assez jeunes. Il était donc indispensable de renouveler sans cesse leur transport vers Ma'bar où les acheteurs abondaient. Un tel commerce représentait à la fois une entreprise des plus exaltantes pour un esprit aventureux et une considérable source de revenus pour les éleveurs, maquignons et convoyeurs de ces nobles animaux. Hâlid avait fait plusieurs fois le voyage et décrivait avec admiration et nostalgie la longue navigation, les escales et les ports situés en deçà et au-delà d'un fleuve mythique qui le faisait rêver.

Dans cet immense pays aux beautés foisonnantes, les Sarrasins avaient des comptoirs et même certaines circonscriptions territoriales autonomes concédées à l'Islam et gouvernées par un grand personnage nommé « roi des marchands ». En échange des chevaux, ce fabuleux pays vendait aux Arabes perles, pierreries admirables, bois précieux, cuivre, pavés d'étain et mille autres produits tout aussi prestigieux.

Hâlid évoquait avec éloquence les mystères et les richesses de cette terre magicienne où son père et son aïeul commerçaient avant lui, dont il s'était épris et dont il rêvait sans fin dans ses misérables caches, en attendant de pouvoir y retourner...

L'odeur retrouvée des peaux de mouton, de chèvre ou de veau, flottant autour du domaine de sa sœur, ramena Brunissen à la réalité.

Depuis que les nouveaux mariés s'étaient installés dans leur maison-atelier, elle ne s'était rendue chez eux que fort rarement, à la sortie de l'hôpital ou entre deux courses effectuées pour son oncle ou pour sa mesnie.

Elle trouva Flaminia assise entre deux apprentis, devant

une herse de tension en bois, sur laquelle était tendue une peau de veau mort-né. La parcheminière montrait aux adolescents comment gratter avec le plus grand soin, à l'aide d'une petite hachette en demi-lune, les deux côtés de la peau, avant de la saupoudrer de craie. Plus tard, il leur faudrait la poncer, puis la frotter en utilisant une toison de mouton bien laineuse, souple et douce.

Brunissen, qui avait si souvent vu leur père travailler de la sorte, se sentit soudain reportée loin de Jérusalem et de ses tentations.

C'était précisément cette plongée aux sources de son enfance chartraine, ce retour aux traditions familiales, qu'elle était venue chercher auprès de Flaminia.

En l'apercevant, celle-ci se leva aussitôt, à sa manière spontanée, et, confiant la hachette au plus âgé des apprentis, courut embrasser sa sœur.

— Par saint Jean l'Evangéliste, patron des parcheminiers, que je suis donc aise de vous voir ! s'écria-t-elle. Venez, venez, ma mie, que je vous montre notre installation et que je vous mette au courant de nos projets !

Joyeuse, épanouie, Flaminia exhalait le bonheur d'un cœur et d'un corps comblés.

« Elle, au moins, n'est pas ingrate, songea Brunissen. Elle offre sa joie de vivre au Seigneur comme une action de grâces permanente, et Le remercie d'être heureuse en l'étant sans restriction. »

Le second atelier où les deux sœurs pénétrèrent alors était consacré à l'assemblage des pages qui constitueraient le volume terminé. Les feuillets de parchemin, parfaitement polis afin de ne présenter aucune aspérité sous la plume, y étaient pliés par une jeune fille en deux ou en quatre, suivant les besoins. Une autre aide les assemblait en fascicules de quatre à six feuilles doubles formant enfin des cahiers.

— Pour mieux guider celui qui écrira plus tard sur ce beau vélin, expliqua Flaminia, je me réserve, ainsi que le faisait notre cher père, le travail plus délicat consistant à tracer des rayures horizontales et verticales. Je commence, suivant sa méthode, par piquer les pages terminées à intervalles réguliers avec une aiguille, dans le but de me ménager des repères. Je tire ensuite des traits, soit à la pointe sèche, soit à l'encre pâle. Ils serviront à diriger sans erreur la main qui transcrira le texte choisi.

Elle eut un rire de gorge.

— Dois-je vous avouer, ma sœur, que ce futur copiste sera,

je l'espère, Andronic lui-même qui s'exerce à présent à écrire chaque jour pour perfectionner une écriture qui était déjà belle ? Dieu me foudroie, si, grâce à cet entraînement, il ne devient pas dans les mois à venir digne d'égaler les moines des scriptoria de nos plus fameux monastères !

— A propos d'Andronic, je voulais vous demander s'il avait reçu depuis la conquête des nouvelles de sa famille, dit Brunissen après avoir admiré la qualité du travail accompli.

— Un parfumeur de Jérusalem nous a fait parvenir un message adressé à son fils par Théophane Daniélis, répondit la jeune femme. Des bateaux grecs acheminent de nouveau du courrier jusqu'à Jaffa. Le père d'Andronic se disait en mauvaise santé et déplorait l'éloignement les séparant l'un de l'autre.

— Que savez-vous du reste de sa famille ?

— Pas grand-chose. Il semble que Marianos, son fils aîné, continue à s'adonner aux courses de chars avec un égal enthousiasme. Il est sans conteste le meilleur des cochers bleus et se fait régulièrement acclamer à l'Hippodrome. Nous ne savons rien de plus. Aucune allusion n'a été faite au second fils, celui qui a été adopté, ce Paschal qui demeure très cher au cœur de mon mari. Andronic lui a même promis de le faire venir un jour jusqu'ici afin de nous rejoindre. Mais la missive était courte. On y sentait une sourde inquiétude et la peur des maux entraînés par l'âge.

Brunissen jugea inutile d'aller plus avant dans ses investigations.

Elle resta encore un moment avec Flaminia, mais ne lui parla pas de Hâlid. Qu'aurait-elle pu confier à sa sœur au sujet d'un infidèle, à présent reparti au loin et dont elle préférait elle-même, suivant le conseil de son confesseur, ignorer la place exacte qu'il occupait dans ses pensées ? Sa cadette était trop entière pour admettre une amitié aussi insolite que celle qui avait, un moment, rapproché une chrétienne vouée au service du Seigneur d'un marchand de chevaux égyptien adorant Allah et son Prophète ! Que restait-il d'ailleurs de cet accord éphémère de deux esprits si étrangers l'un à l'autre, de deux êtres qui n'auraient jamais dû se rencontrer, de deux ennemis qui avaient appris à s'estimer en dépit de tout ce qui les séparait ? Rien ou si peu... Une curieuse impression d'absence, de vide, une nostalgie inavouable et vaguement douloureuse, comme certaines cicatrices pas très nettes à l'intérieur desquelles s'attarde un reste d'infection...

Brunissen repartit vers l'hôpital en songeant que, si son

devoir n'avait pas été de demeurer auprès de son oncle, elle serait entrée sans plus attendre dans un monastère où elle aurait trouvé une paix de l'âme dont elle ressentait soudain un profond et urgent besoin.

7

En septembre, une deuxième missive en provenance de Constantinople parvint à Andronic. Cette fois, elle n'était pas de la main de son père, mais de celle de Paschal, le fils adoptif pour lequel il avait toujours ressenti une prédilection.

Acheminé par un marchand de savon qui faisait des affaires avec le maître parfumeur byzantin, le rouleau de parchemin portait le sceau de la famille d'Icasia. Sur le moment Andronic s'en étonna mais n'y attacha pas d'importance.

Il le rompit et commença à lire.

Le soir tombait. Une lumière apaisée, oblique, pénétrait dans l'atelier où l'époux de Flaminia avait passé la journée à parfaire son écriture. Des odeurs de parchemin, d'encre, de cire flottaient autour de lui, debout devant une des larges baies donnant sur la cour au centre de laquelle dansait le jet d'eau.

Quand il eut jusqu'au bout pris connaissance du message, Andronic resta un moment immobile, comme pétrifié. Il fixait d'un air douloureux les bâtiments d'en face, qui se trouvaient être ceux de son nouveau domicile. Il resta longtemps ainsi, sans faire un geste. Seuls, les muscles de ses mâchoires se contractaient sous la peau tannée par le soleil.

Enfin, il se secoua, soupira, considéra le rouleau qu'il gardait à la main comme un serpent tenu entre ses doigts, et sortit de la pièce.

Il cherchait Flaminia. Elle était dans le premier atelier d'où ses apprentis étaient déjà partis. Elle rangeait des tablettes de bois enduites de cire sur lesquelles elle consignait les remarques et les observations que lui avait inspirées le travail de ses aides. Elle avait décidé de les conserver soit pour les leur lire en cas de besoin, soit pour son propre enseignement.

En entendant le pas d'Andronic, elle se retourna gaiement vers lui, mais fut d'emblée saisie par la gravité de son expression.

— Par le sang du Christ ! que vous arrive-t-il, mon cher amour ? demanda-t-elle avec anxiété.

— Mon père est mort, dit Andronic. Le cœur...

Flaminia se jeta dans les bras de son mari. Elle l'étreignait de toutes ses forces et couvrait son visage de baisers, avec emportement.

Andronic l'écarta doucement.

— Ce n'est pas tout, continua-t-il d'un air sombre. La lettre qui m'annonce sa fin est de Paschal et elle est inexorable. Mon fils me rend responsable de la disparition brutale de son grand-père, qui aurait beaucoup souffert de mon départ, de la façon dont j'ai abandonné mon foyer, du divorce et, surtout, de se voir séparé de moi, son unique héritier, sans espoir de retour.

— C'est là l'écho d'un chagrin d'enfant, dit Flaminia.

— C'est le jugement d'un adolescent. Il vient d'avoir quatorze ans. A cet âge-là, chez vous, un garçon est majeur.

D'un geste lassé, il prévint une nouvelle interruption.

— En plus de la mort de mon père, Paschal m'accuse aussi d'avoir fait un mal affreux à Icasia. D'avoir ruiné sa santé et de l'avoir acculée au désespoir par mon mépris des engagements les plus sacrés. Il me dit qu'il se voit obligé de me juger, moi à qui jadis il portait une si grande affection. Que, désormais, il n'en sera plus question, que tout est bien fini, qu'il espère que je ne ferai rien, jamais, pour le revoir. Enfin, avec la cruauté et le goût des formules définitives qui sont de son âge, Paschal termine sa lettre par le mot adieu.

Très pâle, Flaminia considérait d'un œil anxieux les traits ravagés d'Andronic.

— Cet enfant que j'aime tant, murmura celui-ci, cet enfant que, tantôt encore, je voulais faire venir ici, avec nous...

— Il peut changer d'avis. Au sortir de l'enfance, on est à la merci de la première influence venue.

Flaminia serra le bras de son mari qu'elle tenait toujours embrassé.

— Ne serait-ce pas, justement, Dieu me pardonne, sa mère qui l'aurait poussé à vous envoyer cette lettre impitoyable ? Ne serait-ce pas une vengeance de sa part à elle ? Une revanche prise sur un homme auquel elle ne doit pas avoir pardonné ?

Sourcils froncés, la jeune femme réfléchissait.

— Vous m'aviez assuré, lors de nos retrouvailles, que Paschal avait paru comprendre les raisons de votre décision. Il savait que vous n'étiez pas heureux, que votre vie à tous deux était lamentablement manquée. Il assistait aux scènes qui vous opposaient sans cesse et il nous en avait même parlé durant notre séjour à Constantinople... Je m'en souviens fort bien. Vous étiez certain qu'il vous avait approuvé et souhaitait vous rejoindre librement, dès la prise de Jérusalem.

— Hélas, soupira Andronic, il voyait aussi sa mère pleurer ! C'est une chose qu'un garçon au cœur tendre, comme Paschal, ne supporte pas. Icasia a toujours su se faire plaindre, voyez-vous. C'est même ainsi qu'elle m'a attendri, quand je l'ai connue, au point de me conduire à l'épouser. Elle prétendait que ses parents ne la comprenaient pas. Elle n'a pas dû avoir grand mal, hélas, à émouvoir Paschal qui, par ailleurs, ne peut ignorer que c'est elle qui a souhaité l'adopter et non pas moi, déjà revenu de mes illusions conjugales. Si, par la suite, je me suis d'autant plus attaché à lui que notre fils aîné me décevait beaucoup, je n'ai jamais voulu lui confier les motifs profonds de ma mésentente avec Icasia. Comment faire comprendre à l'enfant qu'il était encore l'invincible répugnance de mon épouse envers les choses de l'amour et le besoin que j'en avais ?

Flaminia prit entre ses mains le visage de son mari.

— Il vous reproche également, dites-vous, d'avoir causé par votre départ une peine affreuse à votre père qui ne s'en serait pas remis. Mais ne m'aviez-vous pas certifié, Dieu m'en est témoin, que votre père s'était montré fort compréhensif à votre égard ? Qu'il avait pressenti la cause inavouée de votre mésintelligence domestique et qu'il avait admis l'amour que vous éprouviez pour moi ?

— Sur tout ce qu'il y a de plus sacré, sur les reliques de Sainte-Sophie, cela est vrai ! Je vous le jure !

— Comment alors aurait-il pu, depuis votre séparation, tant changer dans sa façon de voir ces événements ? Non, non, mon amour, ma chère âme, non, j'en suis certaine à présent, les reproches que Paschal, abusé par Icasia, vous a adressés ne reposent que sur la malveillance et la calomnie. Votre père est parti vers Dieu, non par chagrin, mais parce qu'il souffrait sans doute d'une maladie que son médecin n'aura pas su discerner à temps. Vous n'avez pas à vous en juger coupable. Vous n'y êtes pour rien !

— Il n'en reste pas moins que mon père n'est plus et que mon second fils se refuse à entendre parler de moi !

En un geste de douloureux abandon, Andronic appuya son front sur l'épaule de Flaminia. Ils demeurèrent un long moment ainsi enlacés, pleurant tous deux du même cœur sur la première grave douleur de leur existence commune... Les premières larmes aussi que la jeune épouse voyait répandre par son mari depuis une certaine nuit, nuit d'entre les nuits, où, deux ans plus tôt, à Constantinople, elle avait surpris la peine secrète qui arrachait des sanglots au maître parfumeur de la cour impériale, dans son jardin, près du bassin aux lotus où elle s'était cachée...

Flaminia revivait en esprit l'illumination qui l'avait alors foudroyée, l'évidence éblouissante d'un amour jusque-là méconnu pour cet homme, cet homme et nul autre, cet homme marié qui n'était pas libre de son destin, mais vers lequel une puissance invincible l'attirait... Elle se souvenait aussi de la prière violente qui s'était alors élancée de son cœur vers Dieu : « Seigneur ! donnez-le-moi ! Même si je passe le reste de ma vie à expier ce péché ! »

Cette oraison imprudente, elle la faisait toujours sienne. Peut-être encore davantage en ces instants amers où la lettre d'un enfant remuait dans l'âme d'Andronic des souvenirs qui ressemblaient sans doute plus à des remords qu'à des rappels amoureux.

Elle se sentait capable de prendre sur ses épaules le poids du monde s'il s'agissait d'en soulager Andronic. Elle serait son bouclier. Elle le défendrait des attaques dirigées contre lui par une femme blessée aussi bien dans son amour-propre que dans le peu d'attachement qu'elle pouvait encore éprouver envers l'époux, jadis aimé, qui, déçu, s'était détourné d'elle.

— Avec l'aide de Dieu, nous surmonterons les chagrins qui viennent de vous frapper, dit-elle au bout d'un moment. Votre père était un juste. Le Seigneur lui sera miséricordieux. Il l'a sans doute déjà reçu en Son paradis... Quant à Paschal, il faut savoir attendre. Il échappera, un jour ou l'autre, à l'emprise d'Icasia et il vous reviendra, j'en suis sûre. Croyez-moi ! Vous retrouverez votre fils égaré par de méchants propos dirigés contre vous, pour vous faire souffrir. N'oublions pas non plus que nous avons des partisans à Constantinople...

Avec tant d'autres souvenirs, celui de Joannice, la sœur de lait d'Icasia qui avait épousé deux ans plus tôt Théophane Daniélis, lui revenait en mémoire. Naguère, elles s'entendaient bien toutes deux. Devenue veuve, et sans doute toujours méprisée par Icasia, Joannice défendrait peut-être la cause d'Andronic auprès de son second fils...

La nuit était venue. Noyés dans l'ombre, ils se tenaient toujours accolés, soudés par l'amour et la peine.

— Allons, reprit Flaminia. Ne restons pas ici. L'heure du

souper est passée et j'imagine que vous n'avez guère faim, mais il nous faut descendre pour rassurer nos serviteurs qui auront attendu un ordre avant de se décider à manger. Ensuite, nous irons à la basilique du Saint-Sépulcre, prier pour le repos de votre père et pour le retour de votre fils à de plus justes sentiments.

Dehors, dans la nuit tiède qui sentait l'huile chaude et les épices, il y avait foule.

Les esprits étaient agités. On avait appris quelques jours plus tôt que le port d'Ascalon avait échappé aux Francs par la faute de la rivalité toujours renaissante qui opposait une fois encore le comte de Toulouse à Godefroi de Bouillon. En effet, les Ascalonitains, effrayés par la déroute complète que venait de subir à leur porte la puissante armée sarrasine, dont ils avaient escompté la victoire, s'étaient résignés à l'idée de se rendre aux vainqueurs. Cependant, ils redoutaient de subir le sort réservé par les Francs aux habitants de Jérusalem. Comme le comte de Toulouse avait personnellement veillé à la sauvegarde de l'émir et de sa garnison, il avait acquis parmi la population musulmane la réputation d'un homme à la parole duquel on pouvait se fier. C'était donc à lui et à nul autre que les Ascalonitains avaient décidé de se rendre. Dès qu'il l'avait appris, le comte avait fait arborer la bannière de Toulouse sur les remparts d'une cité dont il se voyait déjà le maître. Il pensait constituer ainsi l'embryon d'une principauté dont, depuis longtemps, il poursuivait le rêve. Seulement, il avait compté sans la fermeté de Godefroi de Bouillon qui s'était opposé à cette nouvelle prétention de son éternel antagoniste, en proclamant que son élection à la tête du royaume latin de Jérusalem n'avait de sens que si les villes conquises revenaient d'office au nouvel Etat.

Furieux, le comte avait rué dans les brancards de la plus insolente façon en soutenant que l'avoué du Saint-Sépulcre n'était que le protecteur des Lieux saints, et rien de plus. A la suite de quoi, il avait levé le camp sans plus attendre, emmenant son ost et abandonnant le siège d'Ascalon. Chose plus grave encore, il avait convaincu Robert de Flandre et Robert de Normandie de le suivre avec leur bataille dans la marche vengeresse qui l'éloignait de la cité convoitée, dont la possession lui échappait.

Des bruits fâcheux couraient en outre à son sujet. On disait qu'il avait encore aggravé sa félonie en adressant aux assiégés un avis dans lequel il leur aurait fait savoir que, les autres barons ayant tous décidé de se réembarquer sans plus attendre pour regagner leurs pays respectifs, Godefroi resterait presque seul sous leurs murailles avec une armée réduite. On racontait que, sans vergogne, il leur aurait conseillé de ne plus craindre un homme pareillement esseulé et de ne jamais consentir à lui remettre la place. Ce mauvais coup avait eu pour première conséquence de repousser à plus tard le retour de l'avoué du Saint-Sépulcre à Jérusalem. Responsabilité que les habitants de la Ville sainte reprochaient au comte qui n'avait jamais su se faire aimer d'eux.

Flaminia et Andronic en recueillirent sans tarder une nouvelle preuve. Comme ils sortaient de l'étroite rue où se situait leur domicile, ils tombèrent sur Hugues Bunel qui les aborda avec de grands gestes mécontents qui projetaient de façon menaçante sa barbe agressive devant lui.

— Par le cœur Dieu ! Je ne décolère pas ! s'écria le colosse en les interpellant sans façon. Par la faute de ce maudit Raymond de Saint-Gilles qui a obtenu par je ne sais quelle manigance que le duc de Normandie le suive vers le nord du pays, me voici sans travail ! Dégoûté par les incessantes querelles qui opposent nos barons et désireux de faire voile le plus vite possible vers ses fiefs normands, Robert Courte-heuse a décidé de se priver de mes services ! Etre son interprète me convenait parfaitement. C'était là un excellent métier. A présent, je ne sais plus que faire et j'enrage !

— Notre sire Godefroi aura, lui aussi, besoin d'interprètes, avança Flaminia que cette rencontre importunait à un moment où ses préoccupations étaient à mille lieues de celles d'Hugues. Vous devriez aller le trouver pour lui proposer vos services.

— J'y ai bien pensé, mais après avoir été obligé de battre en retraite à la suite du siège manqué d'Ascalon, il est reparti sur les traces du comte de Toulouse, qui s'est mis dans la tête de s'adjuger un autre port nommé Arsûf, à douze ou treize lieues plus au nord. L'un poursuivant l'autre, les voilà lancés dans une chasse infernale, dont, par Belzébuth, je ne les vois pas près de revenir !

— Le comte de Toulouse retournerait à Constantinople pour s'entendre avec le basileus que je n'en serais pas autrement surpris, suggéra Andronic qui cependant, lui aussi, était fort éloigné d'un tel sujet. S'il s'en va, l'avoué du Saint-Sépulcre reviendra dans sa capitale sans tarder. Il ne vous restera qu'à vous présenter à lui. Je gage qu'il n'hésitera pas à vous engager aussitôt comme drogman.

— Dieu vous entende ! s'écria Hugues Bunel. Mais on est

en droit de se demander si le Seigneur ne va pas détourner Sa face de Ses serviteurs en Terre sainte. Les disputes et les rivalités de nos barons ne peuvent que Le lasser ! Après une victoire comme celle que nous venons de remporter en Son Nom, il est navrant d'avoir dû laisser Ascalon aux Sarrasins pour l'unique raison que nous n'étions pas capables de nous entendre entre nous. C'est la mort dans l'âme que le duc Godefroi s'est vu contraint d'abandonner un siège qu'il aurait eu toutes les chances de mener à bien si de honteuses dissensions n'étaient pas venues le priver de la plus grande partie de ses troupes !

— Hélas, dit Andronic, l'indiscipline est un défaut latin que nous autres, Grecs de Constantinople, ne cessons de déplorer !

Flaminia se dit que le rappel de son pays d'origine en un tel moment témoignait chez son mari d'une sourde nostalgie, ravivée par la lecture de la lettre qui l'avait brutalement arraché aux délices de leur lune de miel. Il lui faudrait dorénavant donner encore plus d'amour à cet homme blessé, qui était son unique bonheur ainsi que son unique souci.

Après quelques bonnes paroles, ils quittèrent l'ancien interprète du duc de Normandie et gagnèrent le Saint-Sépulcre. A l'intérieur du sanctuaire il y avait, comme toujours, énormément de monde. En ce lieu où battait le cœur de la Chrétienté, le peuple de Dieu venait en foule prier, adorer, vivre sa foi nourrie de signes, de prodiges, de miracles quotidiens. Des malades défilaient en psalmodiant devant le tombeau du Christ, des mères le faisaient toucher par leurs enfants, beaucoup le baisaient en pleurant alors que d'autres, les bras en croix, demeuraient sur place des heures entières et même, parfois, plusieurs jours de suite. Des prêtres, des moines, des nonnes frôlaient de leurs robes de bure le sol sacré sur lequel on ne marchait qu'en remettant ses pas dans ceux du Seigneur.

Eclairée de ses milliers de cierges, la rotonde de l'Anastasis ne désemplissait jamais. Entourée de colonnes, surmontée d'une immense coupole, elle s'ouvrait, à l'est, sur un cloître où se trouvait le Rocher du Calvaire. En cet endroit, devant ces pans de roc qui avaient supporté le bois de la Croix, Flaminia et Andronic s'agenouillèrent au milieu de la pieuse cohue des orants...

Quand ils en ressortirent, la nuit de Judée avait recouvert Jérusalem de son manteau de velours tiède. Ils marchèrent un moment, la main dans la main, sans rien se dire, vers leur logis. L'haleine du désert proche séchait les dernières larmes qu'ils avaient versées de compagnie sur la mort d'un père et le désaveu d'un fils.

Une fois couchés, ils demeurèrent allongés l'un près de l'autre, sans désir, sans fièvre, leurs seuls doigts enlacés, comme tressés les uns aux autres. Muets et douloureux ainsi que gisants sur dalle, ils finirent par glisser, à l'aube, dans l'eau trouble d'un sommeil qui ne leur apporta ni apaisement ni repos. Au matin, dès leur réveil, Andronic fit part à Flaminia de son envie de bouger, de prendre de l'exercice pour tenter d'exorciser les sombres pensées qui le hantaient.

— Je ne puis plus demeurer tout le jour enfermé dans un atelier à tracer des lettres de mieux en mieux moulées pour tout horizon, dit-il d'une voix détimbrée. J'ai besoin de mouvement, d'action. N'en prenez pas ombrage, ma douce amie, je vous en conjure, soyez patiente. Attendez.

— Je saurai attendre, assura Flaminia. Ne vous ai-je point déjà espéré durant de longs mois ?

Elle brossait sa chevelure d'un geste machinal devant le miroir d'argent poli qu'Andronic lui avait offert peu de temps auparavant. Ses servantes n'allaient pas tarder à venir prendre le matelas de toile bourré de coton, posé sur un épais tapis, qu'elles avaient garni la veille au soir, avant le coucher, de draps de toile, de légères couvertures en coton piqué, d'un traversin et d'oreillers remplis d'un fin duvet de cygne. Suivant la coutume arménienne et arabe, elles le rouleraient, le recouvriraient avec soin d'une vaste couverture quadrillée et rangeraient contre un mur le lit ainsi transformé pour la journée en un moelleux sofa. Deux beaux coffres en cuivre argenté où la jeune femme rangeait son linge, ses vêtements et ceux de son mari encadraient l'endroit réservé à la couche qui se verrait de la sorte métamorphosée en siège.

— Quel exercice avez-vous donc l'intention de pratiquer ? reprit Flaminia après avoir achevé le minutieux brossage par lequel débutait chacune de ses matinées.

— J'ai l'intention de recommencer à chasser, comme au temps de ma jeunesse. Je tire assez bien à l'arc ou à l'arbalète. Le gibier est abondant aux alentours de Jérusalem. Les Egyptiens possédaient maintes réserves gardées qui ne sont plus à personne et où les bêtes sauvages doivent à présent pulluler. Ces Sarrasins préféraient chasser à l'oiseau plutôt qu'avec des chiens qui sont pour eux des animaux impurs. Les proies capturées, saisies et rapportées entre des crocs, deviennent à leurs yeux souillées et, de ce fait, impropres à la consommation. Il en est tout autrement depuis notre arrivée. Je connais des vendeurs de chiens qui proposent des sloughis, ces lévriers en provenance de l'Euphrate, doués de longues et robustes pattes, qui leur donnent une agilité et une rapidité telles qu'il n'y a onagres, antilopes ou même gazelles des sables capables de les distancer.

— Qu'attendons-nous pour aller en acheter un sans plus tarder ? s'écria Flaminia en se mettant debout. Je vais appeler Mahiette pour qu'elle m'aide à me baigner, à m'habiller, puis nous partirons tous deux chercher votre chien de chasse !

Andronic avait tenu à ce que sa femme ait une chambrière attachée à sa seule personne ainsi qu'il l'avait toujours vu faire à Constantinople chez les riches marchands de son entourage. Fille du parcheminier de Chartres, Flaminia n'avait connu que la présence d'une ou deux servantes pour toute la maisonnée, et ne trouvait pas indispensable un tel déploiement de luxe. Mais pour ne pas déplaire à son époux qui la souhaitait exigeante et raffinée à son exemple et à la manière grecque, elle avait fini par accepter qu'il engageât une jeune Blésoise, dont le mari avait été tué par les Turcs lors d'un engagement du côté d'Iconium. Mahiette était calme et discrète, peu bavarde, appliquée. Son état de veuve aurait pu lui permettre bien des libertés, mais elle n'en usait pas et ne sortait guère.

Elle entra sans bruit dans la chambre, passa aussitôt dans un cabinet attenant où se trouvait le cuvier dans lequel Flaminia, qui se refusait à aller au hammâm, procédait chaque matin à ses ablutions, et alla chercher de l'eau chaude à la cuisine.

Une fois baignée, parfumée, coiffée, vêtue, la jeune femme vint retrouver Andronic qui l'attendait dans la cour.

— J'ai songé qu'il vous faudrait aussi un bon cheval, dit-elle en prenant le bras de son mari. Le chien et le coursier ne sont-ils pas les deux vraies aides du chasseur ?

— Je trouverai aisément à en acheter. Parmi les prises de guerre faites sous Ascalon, il y a bon nombre de juments et d'étalons arabes. Ce sont d'excellentes montures, rapides et nerveuses à souhait.

Ils n'eurent en effet que l'embarras du choix et se décidèrent pour un cheval gris pommelé aux jambes fines, au large poitrail, et pour un sloughi au pelage de la teinte même du sable. Ce dernier les séduisit par ses yeux obliques aux prunelles topaze brûlée, et par la ligne racée d'un corps dont la peau était si fine et la musculature si sèche qu'on devinait le squelette sous le poil ras et doux.

— Ce chien aux couleurs du désert est l'ami choisi des

tribus nomades qui le respectent, leur dit le marchand syrien. Alors que ses congénères sont traités avec mépris, le sloughi est considéré comme « horr », c'est-à-dire aristocrate, digne de partager sous la tente la vie des enfants, mais aussi, audehors, les courses et les chasses de son maître. Bien des seigneurs égyptiens ne veulent que lui pour courre la gazelle, pourtant aussi rapide que le vent !

Conquis par la beauté sobre et raffinée de leur nouveau compagnon, par son attitude fière, réservée, dépourvue de la moindre servilité, Andronic et Flaminia l'emmenèrent sans plus attendre dans leur logis, alors que le cheval ne leur serait conduit que plus tard.

— Nous l'appellerons Duc, si toutefois ce nom vous convient, dit Andronic à Flaminia quand ils eurent fait quelques pas hors de la boutique où ils venaient d'acquérir le lévrier. A Constantinople, c'est ainsi que l'on nomme le commandant en chef de la flotte impériale. Chez vous, ce titre désigne toujours un haut et puissant seigneur, de noble lignage. Il nous est également familier à l'un et à l'autre, sonne clair et ira bien, me semble-t-il, à ce bel animal de grande race.

— J'écoute et j'obéis ! répondit en souriant Flaminia. Il en sera fait selon votre bon plaisir. Duc ne sera-t-il pas vôtre ?

— D'après le vendeur, les sloughis ont un caractère très affirmé. Ils ne s'attachent pas à n'importe qui et choisissent leur maître autant qu'ils sont choisis par lui. Espérons que celui-ci acceptera l'association que je vais lui proposer.

— Qui ne se plairait en votre compagnie ? Sur mon salut, tel que Duc nous a été décrit, il ne peut qu'être satisfait de partager vos errances et vos randonnées.

Tenu par Andronic au bout d'une laisse en cuir tressé, le chien les suivait à longues foulées pleines d'élégance.

Dès le lendemain matin, le mari de Flaminia quitta Jérusalem. Escorté par le lévrier qui avait dormi au pied du lit conjugal et paraissait avoir adopté de bonne grâce ses nouveaux acquéreurs, Andronic s'enfonça dans les terres arides de Judée. Il avait décidé de chasser le matin afin de conserver les longues heures qui suivaient la sieste pour continuer l'entraînement nécessaire à son futur métier de copiste. Son propre chagrin, la pensée lancinante qui ne cessait de l'habiter l'avaient empêché de se soucier, ainsi qu'il l'avait toujours fait depuis qu'il l'aimait, des réactions de sa femme. A vrai dire, elle avait enfoui au plus profond de son cœur la déconvenue qu'elle se refusait à s'avouer à elle-même. Elle avait ressenti avec une telle intensité la souffrance d'Andronic, elle l'avait si complètement partagée, qu'elle n'avait, sur le moment, même pas eu à dissimuler une désillusion reléguée au creux de son âme.

Plus tard seulement, elle s'en était sentie blessée. Après cette découverte, rien encore cependant ne s'était manifesté du tourment qui l'avait assaillie alors qu'elle entendait son époux lui décrire le besoin soudain où il se trouvait de prendre le large. Elle savait bien qu'elle aurait agi tout autrement si un coup aussi rude lui avait été porté. C'est vers celui qu'elle aimait qu'elle se serait aussitôt tournée, entre ses bras qu'elle aurait cherché appui et réconfort. Mais quelqu'un d'autre, sur terre, en dehors de son mari, détenait-il le redoutable pouvoir de lui faire du mal ? Un seul être possédait assez d'ascendant sur son cœur et son esprit pour y parvenir. Sauf lui, personne n'aurait eu la moindre chance de la toucher au vif. Elle le savait depuis qu'elle s'était vue, successivement, contrainte de laisser son unique frère et sa plus jeune sœur à Antioche, puis de se séparer de son oncle et de Brunissen. Les deux fois, elle avait eu de la peine, certes, mais elle n'avait pas hésité un instant entre sa famille et celui qui l'appelait.

La jeune femme songeait à toutes ces choses après le départ du chasseur. Une brusque envie de voir son aînée s'empara d'elle. Comme elle savait que le père Ascelin se refusait toujours à la rencontrer, elle préféra se rendre sans plus tarder à l'hôpital où elle était certaine de trouver Brunissen.

Elle distribua à ses apprentis le travail à effectuer pendant son absence et quitta la maison que le départ d'Andronic privait pour elle de tout intérêt.

Elle traversa avec indifférence les rues animées qu'elle aimait d'ordinaire tant parcourir au bras de son époux, et ce fut sans trop savoir par quel chemin elle était passée qu'elle parvint devant les bâtiments hospitaliers.

Il faisait un peu moins chaud qu'au cœur de l'été. La lumière de septembre commençait à perdre sa violence pour rayonner avec moins de cruauté sur la Ville sainte et ses environs. Encore souverain, le soleil n'était plus tout à fait l'impitoyable tyran qui avait tellement fait souffrir les Francs durant et après la conquête de la Cité incomparable...

Brunissen et Odeline soignaient de compagnie les blessés, rescapés du siège d'Ascalon et des échauffourées qui s'en étaient ensuivies.

Flaminia connaissait un peu l'opulente amie de sa sœur pour l'avoir déjà rencontrée à l'hôpital. Elle regretta néanmoins de ne pouvoir parler seule à seule avec l'unique alliée qu'elle conservât dans sa famille.

Elle attendit pour les rejoindre le moment où les deux femmes interrompraient un moment leur travail. Elle savait en effet que, vers l'heure de tierce, une pause leur serait accordée, afin de leur permettre de manger quelques fruits et de boire l'eau fraîche qui leur était réservée dans une grande amphore de grès placée tout exprès à leur intention non loin des ventilateurs aux larges pales, suspendus au plafond, que des serviteurs actionnaient lentement.

Quand Brunissen vit s'approcher Flaminia, elle lui témoigna par un tendre sourire le plaisir que sa visite lui procurait.

Elles s'entretinrent avec Odeline des nouvelles assez inquiétantes qui arrivaient d'Arsûf, ville à présent convoitée par le comte de Toulouse. Toujours aussi décidé à se tailler un fief, l'obstiné Provençal avait mis le siège devant le port fortifié, qu'il comptait prendre à quelque prix que ce fût.

— Il a été jusqu'à promettre la vie sauve aux Sarrasins qui habitent Arsûf, en leur offrant toutes sortes de bienfaits pourvu qu'ils se rendent à lui, raconta Odeline. Par les blessés qui nous parviennent, nous pouvons suivre le déroulement de tous ces événements et l'impopularité du comte qui ne cesse de grandir.

— Il est vrai qu'il passe la mesure, admit Brunissen. Malgré sa guérison miraculeuse durant notre voyage, il ne paraît plus attacher d'importance qu'aux biens de ce monde. Pour obtenir un fief, il semble prêt à accomplir n'importe quelle vilenie. Dieu sait que je n'aime pas accabler mon prochain, mais en l'occurrence, on ne peut nier que l'ambition du comte le conduise à se comporter comme un fol.

— C'est bien ce que doit penser notre sire Godefroi de Bouillon ! s'écria Odeline. Il a suivi Raymond de Saint-Gilles jusque sous les murs d'Arsûf et chacun assure qu'il est disposé à faire valoir les droits du royaume qui lui a été confié, fût-ce au prix d'une empoignade avec les Provençaux !

— Fasse le Seigneur qu'ils n'en viennent pas aux mains ! dit Brunissen. Il serait affreux que nous tombions assez bas pour nous entre-déchirer sous les yeux de nos ennemis communs.

— La sagesse leur reviendra peut-être, hasarda Flaminia qui s'apercevait soudain que la détresse qui les submergeait, Andronic et elle, les avait détournés du soin de s'informer des événements récents qui tenaient tant à cœur aux autres croisés.

Une femme vint alors chercher Odeline qu'un malade réclamait dans une salle voisine, et les deux sœurs se retrouvèrent en tête à tête pour un court moment. Brunissen tendit un gobelet de lait d'amande à Flaminia qui le refusa d'un geste.

— Comment se porte notre oncle ? s'enquit alors la jeune femme.

— Aussi bien que possible. Il a écrit à Landry afin de lui demander quand il pensait nous rejoindre à Jérusalem avec Alaïs et la petite Mabille. C'est un signe. Je pense qu'il a hâte de regagner Chartres où l'attend son évêque. Il a accompli jusqu'au bout le pèlerinage pour lequel il avait été mandaté et attend avec impatience le moment de repartir. L'âge et les soucis commencent sans doute à lui peser.

— Je sais bien que je suis plantée dans son cœur comme une écharde et que je fais partie au premier chef des tourments qui le harcèlent. Soyez bien persuadée, ma sœur, que j'y songe souventes fois et que je n'y suis nullement indifférente, comme il est peut-être tenté de le croire, dit Flaminia.

— Le bonheur éloigne pour un temps ses élus de leur entourage. C'est une constatation courante, un fait d'expérience, dit Brunissen avec un mouvement fataliste des sourcils. Il suffit d'attendre le premier méchef...

— Justement, murmura Flaminia, justement...

— Seigneur ! Auriez-vous déjà rencontré un obstacle d'importance ?

— Sous la forme d'un message envoyé de Constantinople, l'angoisse est venue en effet troubler le cours de nos jours...

— Un message ? De qui ?

— De Paschal. Il nous y annonçait la mort soudaine de Théophane Daniélis, le père d'Andronic.

— Dieu lui soit miséricordieux ! C'était un homme sage et bon. Notre oncle aura beaucoup de peine en apprenant semblable nouvelle. Il éprouvait une véritable amitié pour ce maître parfumeur qu'il connaissait de longue date et qui nous avait reçus avec tant de largesse et un si grand sens de l'hospitalité, lors de notre passage à Constantinople.

— Andronic est durement atteint. Il aimait et respectait son père. La façon dont il l'a quitté pour me suivre alourdit son chagrin mais aussi le ton de la lettre écrite par son plus jeune fils. C'est une véritable mise en accusation... Sans circonstance atténuante et sans pitié.

— Je croyais Paschal fort proche de votre mari. Ne vouliez-vous pas le faire venir ici, afin de partager votre nouvelle existence avec lui ?

— Nous le voulions en effet ! Mais ce n'était que mirage. Ou alors, l'enfant aurait complètement changé.

Brunissen posa le gobelet qu'elle tenait, croisa les bras sur sa poitrine.

— Une si brusque transformation de la part d'un garçon affectueux et réfléchi comme Paschal donne à penser, dit-elle d'un air songeur. N'y aurait-il pas, derrière lui, quelqu'un d'autre qui le pousserait à agir de la sorte ?

— C'est probable. Pour tout vous dire, ma sœur, j'ai tout de suite flairé là une vengeance possible d'Icasia. C'est une femme trop sensible à l'opinion d'autrui et trop soucieuse de sa propre gloire pour ne pas s'être sentie ulcérée par un divorce qu'elle doit envisager comme une intolérable humiliation.

— Il faut être juste, soupira Brunissen. C'est une humiliation cuisante, on ne peut le nier. Si l'Eglise latine a interdit répudiation et divorce, c'est sans doute pour épargner aussi à ses filles une semblable impression de honte et d'abaissement. Là n'est pas, bien sûr, l'unique raison de son intransigeance. Le souci de préserver la famille tient la première place, mais on peut admettre que l'Eglise s'est également préoccupée du sort des femmes abandonnées et meurtries.

Flaminia écarta les mains en un geste de douloureuse impuissance.

— Je n'ai jamais souhaité qu'Andronic quitte les siens pour venir me retrouver, dit-elle sourdement. J'avais fui Constantinople en me cachant afin qu'il perde ma trace. Je pensais ne jamais le revoir. Cette idée me suppliciait, mais j'estimais que mon devoir de chrétienne m'interdisait de séparer un père de ses enfants, un époux de sa femme. A sa place, je ne serais pas partie. Je n'aurais pas accepté de briser tant de liens. Je le lui ai dit plus tard...

— Je sais, amie, sœur, je sais que vous avez lutté et qu'Andronic vous a rejointe sans tenir compte de vos propres scrupules. La passion a surgi en lui comme une tornade qui brise tout sur son passage... Je veux croire qu'il a été entraîné malgré lui... Là est son excuse à mes yeux. Mais il n'en demeure pas moins vrai qu'il a rompu un engagement sacré et que notre oncle considère, non sans arguments puisés dans les textes saints, que vous vivez tous deux en état de péché mortel.

— Hélas ! je ne le sais que trop !

Brunissen serra sa sœur contre elle. Toutes deux pleuraient. Tendresse et affliction les unissaient à nouveau.

L'aînée se ressaisit la première.

— Allons, allons, dit-elle en essuyant ses larmes, ne nous laissons pas gagner par une faiblesse qui n'est dans nos natures, ni à l'une ni à l'autre. Nous devons aider votre mari à surmonter sa peine et son remords. On ne peut rien changer au passé mais nous pouvons, en revanche, le soutenir dans l'épreuve si pénible qu'est la mort d'un père. Nous le savons bien, vous et moi, pour l'avoir vécue. Par ailleurs, il nous faut essayer d'éclairer les véritables raisons qui ont provoqué le brutal changement d'attitude de Paschal.

— Par Notre-Dame, comment voulez-vous... ?

— J'ai peut-être une idée. Donnez-moi quelques jours. Il me faut réfléchir à la manière de procéder.

— Constantinople est si loin !

— Il ne peut être question de s'y rendre, bien entendu, mais il est parfois d'autres moyens d'approcher la réalité que d'entreprendre un long voyage.

— Que voulez-vous dire ?

Brunissen serra les lèvres sur la pensée qui venait de lui traverser l'esprit. Elle secoua doucement la tête, prit le bras de sa sœur et l'entraîna vers les lits alignés des blessés.

— Je ne puis m'attarder plus longtemps, dit-elle alors à Flaminia, il me faut soigner tous ces pauvres gens. Revenez me voir ici dans deux jours. Il n'est pas impossible que j'aie du nouveau à vous apprendre.

Elles s'embrassèrent, puis se séparèrent. Flaminia ressortit de l'hôpital avec le sentiment d'une solidarité toujours vivace et un fragile regain d'espérance.

Andronic rentra de sa randonnée dans les collines de Judée avec une autruche en travers de sa selle et plusieurs oies sauvages suspendues à l'arçon. La course, la traque, le gibier pris animaient son teint et son regard.

— Duc a été parfait. Par le Christ pantocrator ! le bon chien ! C'est un grand chasseur à la vitesse et l'endurance exceptionnelles. Je crois que nous sommes déjà devenus, lui et moi, une paire d'amis ! dit-il à Flaminia qui s'était élancée au-devant de lui.

Comme pour acquiescer aux paroles de son maître, le sloughi vint poser son long museau sur la main d'Andronic, tout en levant sur lui un regard confiant et doré. La truffe noire, aux narines bien ouvertes, frémit en retrouvant l'odeur du cavalier mêlée à celle du gibier sur les doigts qui tenaient encore l'arc en bois d'olivier.

— J'ai vu aussi des renards et des sangliers, mais j'ai

préféré lutter de vitesse avec cette autruche que voilà. Elle était d'une rapidité telle que nous avons dû longtemps la courser, Ferrand, Duc et moi.

Le beau cheval pommelé avait été ainsi nommé sur les conseils de Flaminia. Elle avait expliqué à son mari que, dans l'armée franque, on appelait de la sorte les coursiers pommelés largement tachés de blanc.

Les effets apaisants de la chasse se prolongèrent longtemps dans la soirée. Le lancinant chagrin ne revint qu'avec la nuit que les époux passèrent dans les bras l'un de l'autre. D'instinct, ils s'étaient refusé à parler encore de la peine cruelle qui les taraudait tous deux, bien que de façon différente. Ils l'avaient pourtant tacitement admise en demeurant chastes bien qu'enlacés. Le sommeil les surprit étroitement embrassés, alors même que leurs âmes s'étaient engagées sur des routes divergentes.

Tous les matins suivants, Andronic, accompagné de Duc, repartit chevaucher en quête d'évasion violente.

Le surlendemain, Flaminia retourna à l'hôpital pour y voir Brunissen ainsi que celle-ci le lui avait demandé. Elle trouva sa sœur dans la cour du bâtiment qui avait été construit par les Turcs, occupé par les Egyptiens et qui arborait, depuis la mi-juillet, une croix de bronze au-dessus de son portail et une haute croix dorée sur son dôme principal.

Brunissen aidait un arbalétrier convalescent à faire ses premiers pas au-dehors de la salle commune. Tout en soutenant le soldat, elle se remémorait les promenades nocturnes entreprises sur la requête de Hâlid dans le jardin de leur demeure. Elle pensait souvent à lui et se demandait, non sans curiosité, ce qu'il était devenu, où il se trouvait et si jamais il leur serait donné de se revoir. En apercevant sa sœur qui se dirigeait vers elle, la future moniale appela Odeline qui venait d'aider un autre soldat à s'asseoir sur un banc de pierre adossé au bâtiment principal, et lui confia celui dont elle s'occupait. Puis, prenant le bras de sa cadette, elle l'entraîna un peu plus loin sous des bananiers dont les larges palmes poussiéreuses se balançaient avec mollesse au-dessus de leurs têtes.

— Ma mie, commença-t-elle aussitôt, il faut que vous sachiez que nous hébergeons depuis quelque temps chez nous Anthusa, la sœur aînée d'Irène, ancienne esclave comme celle-ci, et qui a eu une jambe cassée durant la fuite de ses maîtres sarrasins hors de Jérusalem. On l'avait soignée auparavant à Jaffa où elle s'était liée d'amitié avec deux jeunes femmes grecques rencontrées à l'hôpital. Ces deux personnes avaient été les seules à accepter de risquer en sa compagnie le voyage jusqu'à la Ville sainte. Etrangement, ces deux Grecques ne sont jamais venues chez nous rendre visite à Anthusa, ainsi qu'elles le lui avaient promis. Elles se sont contentées de lui envoyer des fruits avec un amical mot d'excuses, parlant de mauvaise santé. Or, un jour où j'étais en ville, à proximité des marchés couverts, alors que vous habitiez encore chez le maître confiseur arménien, j'ai remarqué deux femmes vêtues selon la mode de Constantinople, le visage en partie caché par un pan de leur manteau, et qui cheminaient devant moi. L'une d'elles avait une façon de marcher qu'il m'a semblé reconnaître, sans qu'il me fût cependant possible de me souvenir à quel moment de notre voyage j'avais remarqué cette démarche rapide et étudiée à la fois. A force d'y penser j'ai cru me rappeler qu'il s'agissait peut-être de celle d'Icasia. Aussi, quand vous m'avez parlé, lors de notre dernière entrevue, de la lettre si dure envoyée par son second fils à Andronic, j'ai songé à cette rencontre faite voici plusieurs semaines. J'ai pensé que si mon impression avait été bonne, il se pouvait qu'Icasia ait voulu se venger après s'être assurée sur place de son infortune.

— Que Dieu nous assiste si vous dites vrai ! s'écria Flaminia. Icasia est à la fois obstinée et fort ombrageuse. Elle doit nous haïr tous deux.

Puis, comme frappée d'une idée subite, elle s'immobilisa soudain.

— Mais il est impossible qu'elle ait pu quitter la cour impériale. Elle y occupe une place qui ne lui permet guère de s'éloigner bien longtemps de l'impératrice et de la princesse Anne, reprit-elle avec fébrilité. Non, vraiment, plus j'y réfléchis, plus il m'apparaît que rien de tout cela n'a de chance d'être vrai. Ce ne peut être qu'une ressemblance.

— Je me suis tenu ce même raisonnement, admit Brunissen, mais j'ai voulu m'en assurer. J'ai interrogé Anthusa sur ses compagnes de route, mais je n'ai rien pu en obtenir de nouveau. Elle ignore tout de l'une et de l'autre. Aussi bien de leur passé, dont ces deux femmes n'ont jamais parlé devant elle, que de leur vie présente. Sont-elles encore à Jérusalem ? Sont-elles retournées en Grèce ? Qui étaient-elles ? Pourquoi tenaient-elles tant à parvenir jusqu'ici ? Peut-être, tout simplement, pour accomplir un vœu de pèlerinage aux Lieux saints... La seule certitude qu'ait la sœur d'Irène se résume à peu de chose : il lui a semblé que les voyageuses n'étaient pas de même rang. Celle qui décidait de tout était aussi celle qui parlait avec les pèlerins dont elle avait accepté de devenir l'interprète. Anthusa, qui goûtait fort sa conversation, assure qu'elle s'exprimait dans un excellent grec, alors que la seconde, avec laquelle il ne lui a été possible d'échanger que quelques mots, avait un accent plus populaire.

— Rien ne prouve rien ! soupira Flaminia.

— Par les saints Évangiles, j'ai dû me tromper et broder ensuite sur toute cette histoire, admit Brunissen. Mon désir de vous aider à éclaircir le mystère de la lettre envoyée par Paschal est cause de ces rêveries. Pardonnez-moi, ma sœur, et dites-moi plutôt comment Andronic se comporte à présent.

— Il chasse tous les matins, dîne ensuite avec moi, puis s'installe devant son écritoire et trace avec application des lettres de mieux en mieux moulées jusqu'à l'heure du souper. Mais son cœur est ailleurs.

— Ne se confie-t-il point à vous ?

— Si fait. Nous parlons ensemble et tout autre pourrait s'y tromper. Pas moi. Je l'aime trop pour ne pas sentir combien il se force. Depuis l'arrivée de cette maudite lettre, nous ne vivons plus en communion de pensée ainsi que nous le faisions avant. Il remâche sa peine en secret pour ne pas alourdir davantage l'air que je respire, mais je ne trouve plus en lui cet abandon confiant et joyeux qui tissait naguère nos jours...

— Vous vous aimez trop pour que ce raidissement soit durable. Laissez-lui le temps d'apprivoiser sa douleur. Il redeviendra peu à peu l'époux attentif et sûr qu'il n'a pas cessé d'être mais qu'un double choc a ébranlé et meurtri pour un temps.

— Dieu vous entende ! murmura Flaminia. Priez pour nous, pour lui, pour moi... Nous en avons grand besoin !

Plusieurs semaines s'écoulèrent sans apporter de vrais changements dans la vie des jeunes époux. Andronic continuait à chasser chaque matin en se livrant à ses chevauchées avec une sorte de frénésie qui excédait de beaucoup le simple besoin d'exorciser ses démons intérieurs pour atteindre à une nécessité de dépassement, d'oubli de soi, poussée jusqu'au vertige. Par son immensité, son dépouillement aussi, le désert semblait répondre à cette quête et permettre au chasseur de se griser d'absolu tout en s'anéantissant en courses folles. Haletant, épuisé, il rentrait chez lui soulagé pour un temps.

Flaminia s'inquiétait en silence, mais s'efforçait de présenter à son mari un visage calme et apaisant. De toutes ses forces, elle voulait parvenir à lui rendre la belle sérénité perdue.

La chaleur céda un peu de son feu, et un automne plein de douceur, où les palmiers s'agitaient indolemment dans la brise, comme des milliers d'éventails, rendit la vie en Judée plus supportable aux croisés...

Après avoir pensé à attaquer le comte de Toulouse et ses vassaux qui continuaient à s'opposer à la réalisation de ses vues sur les ports de la Philistie, l'avoué du Saint-Sépulcre, rendu à la juste appréciation des faits par le sage Robert de Flandre et les autres barons, maintint le siège d'Arsûf. Son absence inquiétait les Francs de Jérusalem qui souhaitaient vivement le retour de leur chef. On parlait beaucoup dans la ville du départ prochain d'Eustache de Boulogne, du duc de Normandie et du comte de Flandre. Après avoir établi la paix entre Godefroi de Bouillon et Raymond de Saint-Gilles, ces hauts seigneurs estimaient avoir accompli leur vœu de délivrance des Lieux saints et se préparaient à embarquer pour Constantinople d'où ils regagneraient leur pays natal. On estimait que dix mille pèlerins environ prendraient avec eux le chemin du retour. Une sensation de vide et d'incertitude se creusait dans les âmes. Ceux qui avaient choisi de rester en Terre sainte s'interrogeaient, non sans inquiétude, sur l'avenir du royaume latin de Jérusalem qui ne compterait plus désormais qu'un nombre trop restreint de défenseurs et d'occupants francs. Les Sarrasins commençaient à mener, contre les croisés installés sur place, une sourde lutte armée. Ils les arrêtaient sur les chemins, les tuaient ou les vendaient comme esclaves.

Le père Ascelin avait obtenu par courrier la certitude que Landry, Alaïs et Mabille viendraient rejoindre le restant de la famille à l'occasion des fêtes de la Noël, auxquelles participerait Bohémond de Tarente.

— Quand ils seront arrivés ici, dit-il un soir à Brunissen qui filait la quenouille auprès de lui dans la grande salle, oui, quand je les verrai enfin installés dans cette maison, je ferai comme nos grands barons et leur vasselage, je repartirai vers le royaume de France où m'attend notre évêque Yves de Chartres. Je serai plus tranquille, ma nièce, de vous laisser en leur compagnie...

— Je n'y resterai guère, mon oncle, et ne tarderai point à entrer au plus proche moutier, ainsi que je l'ai promis à Notre-Seigneur.

— Je sais, mon enfant, et je me réjouis de cette décision. Si seulement votre sœur était à votre ressemblance...

— Ne serait-il pas temps, avant votre départ, de pardonner

à Flaminia qui souhaite si ardemment que vous lui accordiez merci ? suggéra Brunissen. Votre clémence serait le plus beau présent que vous puissiez lui faire, mon cher oncle, et nous vous en aurions tous une éternelle gratitude.

— Rien n'est éternel ici-bas, soupira le père Ascelin. Surtout pas la reconnaissance.

— Mais elle vous aime avec tendresse !

— Pas au point de tenir compte de la grande peine qu'elle m'a infligée en vivant dans l'adultère, repartit le notaire épiscopal toujours blessé au vif. Peu lui chaut mes alarmes à son sujet.

— Elle est mariée devant un prêtre de l'Eglise d'Orient et s'estime en règle avec sa conscience... Mais, pour le moment, elle vit des heures difficiles et aurait besoin de votre soutien paternel, mon oncle. Aux prises avec une nouvelle épreuve, Flaminia manque douloureusement du secours qu'elle est en droit d'attendre de nous tous.

— De quoi s'agit-il donc ?

Brunissen exposa l'affaire de la lettre envoyée par Paschal et des suites qu'elle avait entraînées pour les nouveaux époux.

— Vous voyez là une vengeance possible de la femme grecque d'Andronic, reprit le père Ascelin quand sa nièce eut terminé ses explications. Pour ma part, j'y reconnaîtrais plutôt un avertissement de Dieu. Prions-Le pour que votre sœur sache déchiffrer un tel signe et accepte d'en tenir compte.

Brunissen pencha le front sur sa quenouille et se remit à l'ouvrage.

A l'inverse de ce que pensait leur oncle, la main du Seigneur ne s'appesantit pas plus longtemps sur le couple qu'il continuait à juger pécheur. Au début du mois de novembre, une seconde lettre de Paschal, toujours apportée par le marchand de savon qui commerçait avec Constantinople, parvint entre les mains d'Andronic, alors qu'il était tout juste rentré de sa partie de chasse quotidienne. Il en revenait chaque jour vers l'heure de sixte. Avec le bruit de son pas sur le dallage du seuil se terminait enfin l'angoisse de Flaminia qui ne connaissait que trop les dangers encourus par celui qui ne cessait de parcourir comme un possédé le désert avoisinant Jérusalem.

C'était le jour de la Saint-Martin. Le matin même, la jeune femme était allée assister avec la foule des croisés à l'office solennel, célébré en grande pompe dans l'église du Saint-Sépulcre, afin de rendre gloire au patron des Gaules que chacun vénérait.

— Un message pour vous, messire, dit Mahiette en tendant

à son maître un rouleau de parchemin qui ne portait plus, cette fois-ci, le sceau de la famille d'Icasia, mais celui des Daniélis.

Andronic s'en empara avec une émotion partagée par Flaminia qui venait à peine de le rejoindre dans l'entrée de leur logis. Ils se regardèrent un instant sans oser rien dire, sans même oser rompre le cachet de cire bleue.

— Allons dans notre chambre, proposa enfin Flaminia.

Andronic approuva de la tête et la précéda d'un pas nerveux. Duc, le beau sloughi, voulut les suivre, mais un geste de son maître lui intima l'ordre de se coucher et d'attendre. Il obéit.

Une fois la portière de tapisserie retombée derrière eux, ils demeurèrent encore un court moment paralysés par l'appréhension.

— Il faut lire cette lettre, reprit la jeune femme.

Un nouveau signe d'assentiment, puis, d'un geste brusque, Andronic brisa le cachet et se mit à déchiffrer la missive avec avidité. Au fur et à mesure qu'il avançait dans sa lecture, son visage se transformait, s'éclairait, rayonnait.

— Dieu ! dit-il quand il eut fini. Dieu ! le cauchemar est terminé !

Il se tourna vers Flaminia.

— Ecoutez, dit-il d'une voix enrouée, écoutez, mon amour.

La joie éclairait ses yeux qui avaient de nouveau la couleur et l'éclat des eaux bleues du Bosphore.

— Paschal se repent de m'avoir écrit la précédente missive, annonça-t-il avec allégresse. Il explique la violence de ses accusations par le chagrin que lui a causé la fin brutale de mon père et par l'état de santé d'Icasia qui rentrait alors d'un long voyage à Chypre. Son médecin lui avait, paraît-il, ordonné quelques mois plus tôt ce déplacement afin de lui changer les idées. Trop désemparée par une solitude qu'elle avait de plus en plus de mal à supporter, elle avait sombré dans un état lamentable, au bord de l'égarement. Frappés par son comportement, nos fils l'ont forcée à suivre les conseils du praticien et à voyager pour se distraire. Elle a obtenu un congé du palais impérial et s'est embarquée avec une suivante pour Chypre, où il semble qu'elle soit restée plusieurs semaines. A son retour, loin d'être guérie, comme on l'espérait, elle a fait preuve d'une agitation redoublée. Il n'était plus question de prostration, mais de crises de nerfs ou de larmes sans fin. En la voyant ainsi, Paschal m'avoue qu'il s'est affolé. Affligé en même temps par la mort de son grand-père, il m'a écrit la lettre que vous savez. Il en est à présent désolé et me demande de lui pardonner. En outre, il reconnaît avoir subi l'influence de sa mère qui l'a incité à m'adresser ce réquisitoire vengeur. Grâce à de longues causeries avec Joannice, il a recouvré ses esprits et admet qu'il n'était pas lui-même en traçant de si violents reproches. Il les regrette et me dit qu'il ne sait plus que penser, déchiré qu'il est entre nous deux. En réalité, cette lettre est un appel au secours. Elle se termine par la demande qu'il m'adresse de venir ici, avec moi, avec nous, pour fuir les transports de sa mère et pour trouver, enfin, un havre où oublier tant de bouleversements et de souffrances.

— Qu'il vienne ! s'écria Flaminia. Qu'il vienne ! Entre nous deux, vous vous réconcilierez avec vous-même, mon cher amour, et vous serez heureux !

Mais tout en parlant, la jeune femme sentait naître en elle une nouvelle appréhension. D'après le récit d'Andronic, le pressentiment de Brunissen se voyait vérifié. Icasia avait eu la possibilité de venir en personne, avec sa suivante, constater de ses yeux la façon dont son ancien mari vivait avec sa nouvelle épouse. Sa jalousie et sa colère ne pouvaient qu'en être amplifiées. L'agitation d'Icasia, dont se plaignait Paschal, signifiait-elle l'acceptation douloureuse d'un tel état de fait ou les préparatifs d'une entreprise imprévisible et peut-être redoutable ?

8

A Jérusalem et dans toute la Palestine, l'hiver était fort court. On comptait d'ordinaire une quarantaine de jours maussades voués au frimas et à la pluie, appelés par les habitants de ces régions « le froid de la vieille » ou bien « les nuits noires », qui s'échelonnaient entre la seconde semaine de décembre et la troisième semaine de janvier. Dès la fin de ce mois, le temps s'adoucissait, la sève remontait dans les troncs, les branches et les tiges, les abeilles reprenaient leur activité un moment endormie, la froidure s'éloignait...

— Savez-vous pourquoi on nomme dans ce pays « froid de la vieille » les rares journées de véritable hiver ? demanda Anthusa, durant une matinée où elle recommençait à marcher au bras de Brunissen.

Elles se tenaient toutes deux, en compagnie d'Irène, dans la salle qu'elles fréquentaient volontiers depuis que le guérisseur

breton, revenu de guerre, s'occupait de soigner la jambe brisée
d'Anthusa avec des résultats encourageants.

— Ma foi, je l'ignore.

— Parce qu'on imagine ici qu'une femme âgée, sorte de
Parque dévidant et pelotonnant les fils des existences
humaines, laisserait tomber sous forme de neige les blancs
flocons du coton qu'elle est en train de filer à sa quenouille.

— C'est une jolie légende, remarqua Brunissen qui avait
l'esprit ailleurs. Mais il ne doit pas neiger souvent en Judée.

— A Noël, parfois...

C'était justement à Noël que songeait la future moniale.
Les fêtes de la Nativité n'étaient plus guère éloignées. On se
trouvait à la mi-décembre. Le duc Godefroi de Bouillon venait
enfin de regagner sa bonne ville de Jérusalem. Chacun respirait
et se félicitait d'un retour tant attendu. Que le siège d'Arsûf eût
duré si longtemps sans issue positive n'importait en définitive
qu'assez peu à la population. La victoire d'Ascalon, si proche
encore, si écrasante, suffisait, après la conquête de la Ville
sainte, au besoin de gloire des Francs. Ce qui comptait en
revanche à leurs yeux, c'était la protection retrouvée du preux
chevalier qui leur restait, seul, de tous les chefs croisés, si
nombreux au début.

On racontait que, lors de la séparation d'avec son frère
aîné, Eustache de Boulogne, réembarqué sur la plage même
d'Arsûf en même temps que le comte de Flandre et le duc
de Normandie, l'avoué du Saint-Sépulcre n'avait pas cherché
à cacher son angoisse. Il avait embrassé tendrement chacun
de ses compagnons d'armes, demeurant longtemps dans leurs
bras, versant des larmes, les suppliant de se souvenir toujours
de lui, de ne jamais oublier ceux qui allaient partager son
exil volontaire, d'inspirer au peuple chrétien de leur contrée
le désir de se rendre jusqu'aux Lieux saints, et aussi d'exhorter
les hommes de guerre francs à lui envoyer des renforts, afin
de résister aux infidèles.

On ne pouvait pas se leurrer. Une fois partis ces seigneurs,
leurs troupes et les dix mille pèlerins qui les avaient suivis,
soit en tout à peu près vingt mille hommes, il ne resterait pour
défendre le nouveau royaume de Jérusalem qu'une poignée de
braves : trois cents chevaliers et deux mille soldats à pied.
Guère plus...

Le comte de Toulouse, toujours en quête d'un fief, s'en
était retourné vers la Syrie du Nord et, son inimitié pour
Godefroi de Bouillon l'écartant de toute manière de Jérusalem,
l'avoué du Saint-Sépulcre ne pouvait plus s'appuyer que sur

les maigres effectifs des vassaux lotharingiens ou allemands qui lui étaient attachés. L'unique baron resté à son service était Tancrède, le neveu de Bohémond de Tarente. La bravoure et la loyauté de ce jeune Normand de Sicile le destinaient tout naturellement au rôle de second personnage dans le chétif État franc, si précaire, exposé de toutes parts, au cœur d'une Judée en partie insoumise et regorgeant d'ennemis. Le duc en avait donc fait son lieutenant et l'avait en même temps chargé de pacifier la Galilée. La campagne alentour, avec ses villages et ses fermes, demeurait en effet occupée par les paysans arabes qui faisaient le gros dos devant les forces armées chrétiennes, mais se rattrapaient en rançonnant les pèlerins imprudents qui s'aventuraient parmi eux sans escorte. Dans les villes palestiniennes, d'où les habitants avaient été chassés ou éliminés à l'arrivée des croisés, ne subsistaient avec ceux-ci que des Arméniens, des Syriens ou des chrétiens de rite grec, qui ne suffisaient pas à en assurer la pleine protection et le bon fonctionnement. Ces cités dégarnies étaient souvent visitées de nuit par des partisans arabes qui s'y faufilaient sans peine afin d'exercer des représailles sanglantes sur les résidents qu'ils dévalisaient ou tuaient à leur gré. Chacun espérait que le retour de l'avoué du Saint-Sépulcre mettrait fin à ce pénible état de choses.

— La Noël qui vient ne sera pour nous comparable à aucune autre, dit Brunissen qui suivait son idée. Ce sera la fête par excellence ! Pour la première fois depuis des siècles, nous célébrerons la Nativité du Christ à l'endroit même où Il est né ! Beaucoup d'entre nous se retrouveront à Bethléem, autour de la crèche sacrée qui L'a reçu, sur cette terre qui fut la sienne et que nous avons délivrée ! Pour nous autres qui resterons à Jérusalem, ce sera également une célébration céleste...

Ses yeux bruns, d'ordinaire doux et tendres, brillaient de joie.

— Vous dites vrai, reconnut Anthusa en hochant la tête d'un air approbateur. Les fêtes de cette Nativité-ci seront inoubliables. Bienheureux ceux qui auront le bonheur d'y assister. Non seulement pour les raisons que vous venez de dire, mais aussi parce que l'arrivée ici de Bohémond de Tarente, prince d'Antioche, de Baudouin de Boulogne, comte d'Edesse et frère de Godefroi de Bouillon, suivis de leur escorte, allégera le grave souci que nous donne notre pénurie en défenseurs et même, tout simplement, en habitants.

— Mon oncle, qui, Dieu le sait, est tenu au courant de

beaucoup de choses par ses nombreux correspondants ecclésiastiques, assure que les princes attendus ne nous arriveront
pas seuls avec leur troupe, ce qui serait déjà bien, mais
en la compagnie d'un grand prélat, l'archevêque de Pise,
Monseigneur Daimbert. Il aurait abordé en septembre au port
de Laodicée, à la tête d'une escadre pisane de cent vingt nefs,
afin de pourvoir au remplacement du défunt légat, Adhémar
de Monteil, qui nous a laissés en route près d'Antioche, pour
rejoindre la maison du Père, et c'est un grave manque pour
nous tous. Le regroupement des trois puissantes forces repré-
sentées par de tels visiteurs nous promet un apport
considérable en hommes, en armes et en finances. D'après
mon oncle, c'est là un secours qui nous permettra d'assurer
les suites de notre victoire.

— J'espère qu'on s'amusera avec tous ces beaux seigneurs
qui vont nous arriver ! s'écria Irène qu'une telle perspective
ravissait. J'en ai assez de la guerre ! Maintenant que vous
avez repris Jérusalem aux Sarrasins, place à la fête !

Levant en riant ses bras minces au-dessus de sa tête, la
petite Grecque se mit à danser autour de sa sœur et de leur
amie. Brunissen songea que l'enfant traduisait à sa façon
primesautière le goût profond des réjouissances et des plaisirs
propres aux populations d'Orient. Elles y étaient sans doute
poussées par le beau temps, la chaleur, les longues soirées
tièdes et animées. Mais cette fois-ci, à l'occasion des fêtes
incomparables de la Nativité, tous les habitants de Jérusalem
et des environs partageraient cette joie, forte comme un vin
de grand cru.

On oublierait heurs et malheurs, déceptions et incertitudes,
discordes et périls, on n'aurait qu'une seule âme, vibrante,
éblouie... Ce serait comme si chacun assistait pour la première
fois à la commémoration de la naissance du Sauveur !

Parmi les raisons que Brunissen avait de se réjouir venaient
en bonne place aussi les retrouvailles prochaines avec Landry,
Alaïs et la petite nièce si mal connue, âgée maintenant de
vingt mois, qui marchait sans doute toute seule et avait dû
tellement changer. Dans un recoin du cœur de la future
moniale survivait le souvenir des moments de faiblesse qu'elle
avait connus tout de suite après la naissance de l'enfant. La
tentation de la maternité avait été très forte durant ces instants
issus d'un vertige inconnu où sa vocation, non encore révélée
comme une évidence, semblait devoir céder le pas à la découverte de l'instinct maternel. De cette minute d'indécision,
Brunissen conservait la mémoire très précise et une vive

tendresse pour la petite fille de sa sœur. L'idée de la retrouver l'enchantait autant que la perspective de voir se recréer la communauté familiale en cette occasion mémorable et bénie. Elle savait, en outre, par Flaminia, qu'elle voyait assez souvent, qu'Andronic avait reçu une missive apaisante de Paschal, venu à résipiscence, puis réconcilié avec son père. Il était même question que ce fils tourmenté rejoigne les jeunes époux à Jérusalem. Si une certaine inquiétude s'était tout d'abord manifestée chez Flaminia, au sujet des intentions, présumées hostiles, d'Icasia, Brunissen l'en avait délivrée en démontrant que, de Constantinople, si lointaine, on ne pouvait agir à distance sur le destin des Francs établis en Judée. Tout concordait donc pour que la Noël fût, cette année-là, une célébration sans pareille...

La Ville sainte s'y préparait dans la liesse et dans l'excitation. On comptait les jours...

Ce fut le 21 décembre, fête de saint Thomas, apôtre, que les illustres voyageurs parvinrent à Jérusalem après une expédition que la saison des pluies n'avait nullement facilitée mais, bien au contraire, rendue pénible et malaisée.

A la tête d'une procession où figuraient ses vassaux et le clergé au complet, Godefroi de Bouillon se rendit à la rencontre des arrivants. Tout ce qui comptait dans la cité s'y trouvait et le menu peuple accompagnait la longue théorie éclatante de couleurs, de bannières et d'oriflammes en criant : « Noël ! Noël ! Montjoie ! Montjoie ! »

Les croisés, à l'unisson, comprenaient la grande importance d'un événement qui réunissait pour la première fois à Jérusalem les trois barons francs détenant entre leurs mains l'ensemble du pouvoir temporel en Terre sainte. La présence de l'archevêque de Pise et des hommes de l'escadre pisane, fort nombreux, qui l'accompagnaient, y ajoutait encore plus d'éclat. Elle assurait aux croisés la prédominance des nefs latines sur les flottes égyptiennes ou même grecques, forcées de s'incliner devant le nombre impressionnant des navires italiens rassemblés, et apportait aux chrétiens éloignés de la Chrétienté un lien nouveau et officiel avec Rome.

— Sur mon âme, je ne saurais assez dire combien je me réjouis de revoir mes neveux et mon ami Foucher de Chartres, mais aussi de la venue ici de Monseigneur Daimbert, confia le père Ascelin à Mathieu qui marchait à ses côtés dans le cortège où voisinaient enthousiasme et bousculade. Nous pouvons sans risque de nous tromper le considérer comme le représentant de notre Saint-Père le pape. J'espère qu'il fera déposer Arnoul Malecorne, notre lamentable patriarche, pour le remplacer par un plus digne représentant de l'Eglise romaine.

— Dieu vous entende ! répondit le barbier. Il est vrai que le chapelain de Robert de Normandie n'a été élu que par protection ducale. Il est tellement discrédité dans cette ville qu'il ne nous fait guère honneur. Mais ne faut-il pas craindre d'échanger un cheval borgne contre un aveugle ? On dit l'archevêque de Pise homme d'action bien que fort instruit, homme de valeur, certes, doué aussi d'une forte personnalité et d'une expérience précieuse pour nous. Je sais qu'envoyé par Urbain II en Espagne au titre de légat pontifical auprès du roi de Castille, il y a acquis une grande connaissance des agissements ennemis et s'y est formé à la lutte contre les infidèles. Tout cela est bel et bon, mais ne raconte-t-on pas également que ce vieillard autoritaire est d'une avarice telle qu'il en serait peut-être venu à détourner vers ses coffres une partie non négligeable des richesses envoyées par le roi de Castille au pape...

— Comment pouvez-vous colporter de pareilles médisances ? s'écria le père Ascelin avec indignation. Je ne veux pas croire un mot de ces mensonges à l'encontre de ce digne prélat !

— A votre guise, messire, à votre guise, mais les mauvaises langues n'ont pas toujours tort, et la cupidité n'empêche pas Monseigneur Daimbert de se montrer énergique, avisé, et doué d'une ambition qui peut présenter de bons côtés pour nous. Il semble en effet rempli de zèle pour notre cause ainsi que pour les intérêts de l'Eglise en Terre sainte.

Brunissen, qui se tenait joyeusement de l'autre côté de son oncle, en compagnie de Biétrix et d'Albérade, aperçut soudain dans la foule de la procession Flaminia et Andronic qui marchaient plus en avant. La haute taille de son beau-frère permettait sans mal de le découvrir parmi la multitude des habitants faisant cortège à leur duc. Auprès du couple, elle avisa ensuite deux jeunes gens vêtus à la mode grecque. En regardant le plus grand avec davantage d'attention, il lui sembla que ses traits lui rappelaient quelqu'un. Elle se pencha vers Albérade, qui avait séjourné de longs mois à Constantinople, et lui montra de loin l'adolescent.

— Reconnais-tu ce garçon ? demanda-t-elle en haussant le ton pour se faire comprendre de la servante dont l'oreille se faisait un peu dure et qui entendait mal quand elle se trouvait, comme c'était le cas, au sein d'une assemblée d'où jaillissaient cris et acclamations.

— Dieu tout-puissant ! C'est Paschal ! Comme il a grandi et forci !

Ainsi donc, l'enfant prodigue avait regagné le domicile paternel !

— Et l'autre, t'en souviens-tu ?

— Ma foi non. Je ne l'ai jamais vu. Il me paraît moins jeune...

Peu importait. Cette bienheureuse journée serait celle des rencontres. Brunissen espérait, dès que se serait accomplie la jonction avec les escortes au-devant desquelles s'avançait la procession, revoir Landry, Alaïs et la petite fille qui faisaient sans doute partie de la suite du prince d'Antioche. Dans très peu de temps, la famille de Garin le Parcheminier serait reconstituée. La joie de Brunissen était d'autant plus intense que cette réunion signifiait aussi le terme d'une attente qui avait paru bien longue à la future moniale... Elle pourrait enfin entrer au moutier Sainte-Anne de Jérusalem pour s'y consacrer à Dieu...

Une clameur fracassante jaillit soudain de milliers de poitrines.

— Que Dieu garde le prince d'Antioche ! Qu'Il protège le comte d'Edesse ! Noël ! Noël ! Béni soit le vénérable archevêque de Pise ! Montjoie ! Montjoie !

Précédant la masse moutonnante des vingt-cinq mille pèlerins, tant chevaliers ou marins qu'hommes de pied, les trois héros de cette apothéose s'avançaient de front vers Godefroi de Bouillon et les siens.

A gauche, Bohémond, le Normand de Sicile, encore et toujours superbe dans une cotte de mailles étincelante, la tête couverte par un heaume conique clair et luisant, l'épée au côté et à la main la lance de frêne surmontée de son pennon aux flammes écarlates. A droite, Baudouin, le frère cadet de Godefroi de Bouillon, fort grand lui aussi, large, grave, imposant, avec quelque chose de clérical dans le maintien et le regard sévère. En dépit de son apparence austère, on savait ce prince, proche de la quarantaine, courageux jusqu'à l'audace, infatigable, intelligent et passionnément ambitieux. Dressée bien haut par un écuyer, sa bannière blanche flottait devant lui.

Entre ces deux puissants barons se tenait Daimbert, l'archevêque de Pise, revêtu de la chape rouge qui était en Chrétienté, ainsi que le palefroi neigeux qu'il montait, l'insigne du pape.

Comme les croisés connaissaient déjà Bohémond et Baudouin, leur curiosité se porta surtout sur le petit vieillard maigre et droit qu'ils voyaient pour la première fois. L'autorité et l'acuité de son regard gris fer, ses mâchoires osseuses saillant sous la peau du visage sec et dominateur, comme celles de certains insectes, la solennité de son maintien, tout en ce prince de l'Eglise donnait l'image d'un personnage avec lequel il faudrait compter.

— Par Dieu et ses saints, voilà un prélat qui n'a pas l'air commode ! dit Mathieu à mi-voix en s'adressant cette fois à Reinard qui ne le quittait plus. Ainsi que beaucoup de petits hommes, il doit compenser l'exiguïté de sa taille par une volonté farouche de se montrer grand par le pouvoir.

— Il faudra bien s'en accommoder, répondit l'aide du barbier, tout en faisant une grimace fataliste. Ses nefs et ses hommes sont nos meilleurs auxiliaires contre la flotte égyptienne. Sans parler des fonds qu'il est le seul à pouvoir nous bailler ! A mon avis, notre duc n'est pas au bout de ses peines...

Le premier moment d'émotion et de respect passé, la foule céda à son enthousiasme. La procession se disloqua d'un coup sous la poussée de ceux qui reconnaissaient dans les escortes, toutes proches à présent, des parents, des amis, des compagnons perdus de vue depuis de longs mois.

Brunissen se laissa emporter par le flot allègre qui l'éloignait de son oncle et l'entraînait vers les arrivants. Elle fut ainsi amenée à la hauteur de Flaminia, d'Andronic et des deux jeunes étrangers.

— Dieu vous bénisse, dit-elle en les abordant. Je vois que Paschal vous a rejoints plus vite que vous ne le pensiez.

— Il nous est arrivé hier à l'improviste, après une mauvaise traversée, répondit Andronic. La mer, paraît-il, était déchaînée. Par bonheur, mon fils est à présent assez fort pour surmonter ce genre de mésaventure !

Il contemplait avec fierté le bel adolescent blond qui, de son côté, fixait sur ce père enfin proche un regard chaleureux, redevenu confiant.

— Paschal n'était pas seul durant son voyage, ajouta Flaminia. Il avait auprès de lui Basile, que voici.

Le jeune homme, brun de teint, de cheveux et de barbe, qui se tenait légèrement en retrait, s'inclina non sans élégance. Mince, mais de complexion nerveuse, il avait un visage étroit aux larges yeux sombres et souriants.

— Je suis le précepteur engagé par le grand-père de Paschal

quelques mois avant sa fin prématurée, expliqua-t-il en un latin parfait, d'une voix aux inflexions douces et délicates. Comme je me suis beaucoup attaché à mon élève, j'ai obtenu la permission de le suivre jusqu'ici.

Brunissen lui sourit, puis se tourna vers sa sœur.

— Etes-vous venue pour rencontrer Landry, Alaïs et la petite Mabille ? demanda-t-elle, tout à son impatience et sans s'attarder davantage en salutations. J'ai hâte de les revoir !

— Par Notre-Dame, moi aussi ! reconnut Flaminia. Mais comme notre oncle s'entête à nous condamner et se refuse toujours à toute relation avec nous, Andronic et moi n'allons pas courir le risque de lui déplaire encore davantage en gâchant une réunion attendue depuis si longtemps. Sœur, amie, dites je vous prie à Landry et à Alaïs qu'ils viennent nous rendre visite dès qu'ils le pourront. Pour ce jour d'hui, nous nous contenterons de les apercevoir de loin, si, toutefois, nous parvenons à les distinguer parmi tout ce monde !

Un nouveau remous de la foule excitée et volubile sépara Brunissen de ses interlocuteurs. Dans l'impossibilité où elle se trouvait de se diriger dans une telle affluence, elle se laissa dériver au gré des courants. Au milieu de cris, d'embrassements, d'appels, de pleurs arrachés par la joie ou la déception, d'actions de grâces et de jurons, les croisés d'Antioche, d'Edesse, d'Italie et de Jérusalem se découvraient les uns les autres.

Ce fut le regard d'aigle de Mathieu qui dénicha en premier la blondeur rayonnante d'une petite tête bouclée qui dominait la cohue. Perchée sur les épaules de Landry, l'enfant d'Alaïs et de Bohémond, nullement impressionnée par tant de monde, riait et battait des mains.

Le trio parvint à s'extraire de la cohue réjouie et tourbillonnante pour grimper sur un monticule situé un peu à l'écart, où le père Ascelin, Albérade, Biétrix, Mathieu et Reinard finirent par aborder à leur tour. Très peu de temps après, Brunissen, elle aussi, émergea, bouleversée et heureuse, du flot qui la retenait.

Il y avait presque un an que la famille des Chartrains était coupée en deux tronçons, douloureusement éloignés l'un de l'autre. Une année sans échange de nouvelles, ou si peu, une année par ailleurs prodigieuse, qui avait vu la prise de Jérusalem et l'écrasement des armées sarrasines. Les membres séparés du groupe familial n'avaient pu communier ensemble, par-delà les immensités syriennes, ni aux souffrances du cheminement, ni à l'euphorie de la victoire.

Il en fallait des embrassades, des commentaires, des étreintes, des exclamations, des larmes, des bénédictions, pour compenser tant de jours perdus, tant d'heures écoulées, tant d'événements partis à la dérive du temps...

En serrant son frère estropié dans ses bras, Brunissen songeait au garçon ardent et joyeux de jadis, le Landry d'avant l'amputation d'Antioche, et elle sentait une compassion plus attentive encore s'ajouter à sa tendresse pour lui. Amaigri, les joues creuses, le regard durci, le jumeau d'Alaïs paraissait avoir bien plus de dix-huit ans. S'il conservait, en dépit de son pilon de bois, une certaine vivacité d'allure et une jeune force révélée par ses bras et sa poitrine, l'aînée pressentit qu'un ressort s'était brisé dans l'âme de l'unique fils de Garin.

Alaïs, elle aussi, avait changé. Si son charme blond subsistait avec on ne savait quel surplus de maturité épanouie, à laquelle Mathieu parut aussitôt sensible, il y avait dans ses prunelles claires beaucoup d'inquiétude et de souci en dépit de la joie qu'elle manifestait en se retrouvant parmi les siens. Qu'en était-il de ses amours turbulentes avec Bohémond ? Le maître d'Antioche, si volage, continuait-il à traiter la mère de sa fille selon son habituelle désinvolture ?

Seule, l'enfant riait de bon cœur, sans arrière-pensée, tout au plaisir de découvrir une nouvelle cour d'adorateurs autour d'elle. Jolie comme sa mère, mais sans sa grâce fragile, la nièce dont Brunissen se souvenait ainsi que d'un enfantelet attendrissant dans ses langes était devenue une robuste petite fille, ressemblant trait pour trait à Bohémond. De lui, elle tenait un visage régulier, parfaitement modelé, avec des yeux magnifiques de la couleur de la mer du Nord, tantôt gris, tantôt bleus, un front haut et droit, une bouche à la fois sensuelle et impérieuse, une vitalité éclatante et, certainement, un caractère passionné, indomptable.

« Elle tient à la fois de notre grand-mère et de son père, songea Brunissen. J'imaginais un ange et je me trouve devant une belle pouliche sauvage ! »

— Comme la princesse Mabille, sœur de Bohémond et marraine de ma fille, est restée à Antioche et que je ne la reverrai sans doute jamais, dit alors Alaïs, j'ai décidé, depuis que nous sommes partis vers vous, d'abandonner un prénom qui m'avait été imposé à la naissance de cette enfant et de l'appeler Berthe. Par le Dieu de vérité, ce second nom, qui est aussi celui de grand-mère, lui va beaucoup mieux. Elle y est habituée à présent et y répond sans hésiter.

— Que dira son père ? demanda Biétrix, toujours précise et préoccupée des réalités pratiques.

Alaïs eut un geste évasif.

— Il la voit si rarement, dit-elle, et il s'y intéresse si peu...

— Allons, coupa le père Ascelin, allons, mes chers enfants, puisque nous voici réunis par la grâce du Seigneur, allons Le remercier en Ses sanctuaires.

— Par la foi que je vous dois, mon oncle, nous comptons bien nous rendre sans plus tarder aux Lieux saints pour y accomplir notre vœu de pèlerinage, lança Landry avec détermination. Mais où est donc Flaminia ? Est-elle perdue dans la foule ?

— Hélas, mon beau neveu, votre sœur est en effet perdue, soupira le père Ascelin. Mais nullement dans la foule. Elle nous a quittés pour rejoindre Andronic Daniélis, avec lequel elle vit, hors de notre sainte Eglise, après une conversion à la religion grecque et un simulacre de mariage...

Un silence, où la stupéfaction se mêlait à la gêne, suivit cette réponse faite sur un ton douloureux et intransigeant à la fois. Albérade se signa avec précipitation. Brunissen intervint.

— A la faveur de la joie qui nous rassemble, dit-elle calmement, le moment ne serait-il pas venu pour vous, mon cher oncle, de pardonner à ceux qui n'attendent qu'un signe de mansuétude pour revenir parmi nous ?

Le père Ascelin secoua la tête.

— Flaminia et son prétendu mari vivent en état de péché quotidien. Je ne puis accepter sous notre toit un couple que je considère comme adultère et en révolte déclarée contre l'Eglise latine, répondit-il avec fermeté. N'en parlons plus afin de ne pas gâcher un si beau jour. Suivons plutôt l'exemple de nos barons qui s'en retournent vers Jérusalem pour y faire oraison sur le tombeau de Notre Sire le Christ.

Brunissen échangea un regard discret avec Alaïs et prit par la main sa nièce, qui marchait avec l'allure maladroite et drôle des tout-petits.

A la suite des hauts et puissants seigneurs pressés de mener à bien leurs vœux de pèlerinage, tout le peuple chrétien s'engouffra dans la Ville sainte, objet de tant de rêves, d'espoir et d'adoration.

Godefroi de Bouillon avait accueilli son cadet Baudouin d'Edesse avec de grandes démonstrations d'affection. Il aimait moins Bohémond et cela se voyait. S'il se comportait avec déférence vis-à-vis de l'archevêque de Pise, il ne semblait pas non plus fort à son aise avec ce prélat inconnu dont la présence lui était à la fois soutien et menace.

Devant le Saint-Sépulcre, cependant, toutes les réticences et toutes les intentions obscures qui pouvaient occuper les esprits cédèrent, emportées par l'immense émotion et la dévotion fervente qui déferlaient sur chacun. Pour ceux qui arrivaient de si loin et parvenaient enfin au but mystique de toute leur quête, comme pour les occupants habituels qui retrouvaient l'exaltation enflammée du premier jour, rien ne compta plus désormais que leur présence en cette Jérusalem des Psaumes, cette Jérusalem terrestre et céleste, où ils éprouvaient en commun le sentiment d'avoir libéré le Christ de Ses plus cruels ennemis. Une nouvelle fois, ils se voyaient au seuil du Paradis.

Là, ils visitèrent les Saints Lieux de la cité, avec larmes et à grande douceur de cœur ; ils s'étendaient et laissaient choir par les églises, mangeaient la terre que Notre Seigneur avait foulée, puis ils se rendirent dans les demeures où tous ceux de la ville leur firent grand accueil joyeux et très grande fête.

Après avoir pleuré et prié devant l'Anastasis, ainsi que dans différents sanctuaires, avec tous les autres pèlerins, Alaïs, Landry et le reste de la famille gagnèrent la maison au portail vert.

Brunissen et son oncle la firent visiter aux nouveaux venus qui la trouvèrent splendide et y choisirent des chambres donnant sur la cour-jardin. Ils avaient voyagé dans une charrette que deux serviteurs arabes, originaires d'Antioche et convertis au christianisme, amenèrent ensuite jusqu'au nouveau domicile de leurs maîtres, en même temps qu'une nourrice et une chambrière normandes, détachées de la suite de Bohémond.

Foucher de Chartres, l'ami de toujours, devenu chapelain de Baudouin de Boulogne, à présent comte d'Edesse, retenu auprès de son seigneur, avait fait savoir aux Chartrains qu'il ne pouvait les rejoindre. Ce fut donc sans lui que s'écoula cette journée consacrée à la joie du retour.

— En votre honneur, nous avons tué le veau gras ! dit en souriant le père Ascelin à ses neveux, assis autour de lui. Ce premier repas qui va nous réunir après une aussi longue séparation sera un vrai festin !

Anthusa et Irène, présentées par Brunissen à son frère et à sa sœur, s'étaient jointes aux Chartrains. La belle Grecque éblouit Landry qui se montra soudain comme pétrifié par elle et fort malheureux de se présenter en mutilé devant une si jolie femme. Mathieu, qui préférait les blondes, s'arrangea pour se placer à côté d'Alaïs. Depuis leur première rencontre sur la nave italienne, lors de l'embarquement des croisés à Brindisi, il n'avait jamais cessé de lui témoigner une admiration qu'aucune tribulation n'était parvenue à décourager.

— Que comptez-vous faire, maintenant que vous voici enfin dans notre Ville délivrée ? demanda-t-il à la jeune femme.

Comme celle-ci avait confié sa fille à la nourrice qui l'élevait depuis sa naissance sur ordre du prince d'Antioche et s'en occupait jalousement, elle se sentait vacante.

— Je ne sais... non, sur mon âme, je ne sais, répondit-elle avec une expression d'embarras et de mélancolie qui ajouta, aux yeux de Mathieu, quelque chose d'encore plus émouvant au charme de sa voisine. Mon avenir dépend de tellement de choses !

« Maudit soit Bohémond ! songea le barbier. Posséder une pareille créature et la laisser se languir dans les affres du doute est impardonnable ! »

— Pour moi, dit Landry, je souhaiterais reprendre ici le métier de parcheminier que mon père avait commencé de m'enseigner à Chartres. Durant mes mois d'inaction forcée à Antioche, je m'y suis remis en fréquentant l'atelier d'un Arménien très habile. Comme je ne puis plus songer à défendre la Terre sainte par les armes, autant travailler à sa prospérité future en lui consacrant le labeur de mes mains. N'est-ce pas, Dieu juste, tout ce qui me reste ?

Brunissen posa ses doigts, abîmés par tant d'ouvrages et de soins dispensés, sur ceux de son frère.

— Vous n'êtes pas le seul à y avoir songé parmi nous, dit-elle à mi-voix. Il faudra que je vous en reparle quand nous serons plus au calme.

Landry la dévisagea d'un air surpris, mais elle accentua la pression de ses doigts et on parla d'autre chose.

Le souper était servi dans une salle qu'on n'utilisait guère d'habitude. Située non loin de la cuisine, elle était destinée à recevoir un grand nombre de commensaux et, malgré les nombreux tapis de Perse qui la jonchaient, semblait un peu froide quand on s'y trouvait en petit nombre. Elle comportait, sous un vaste lustre de cuivre muni d'une couronne de bougies parfumées, des sofas alignés tout autour de ses murs. De petites tables recouvertes de fines nappes en toile de lin brodé, garnies d'une coupe de fruits, d'une écuelle d'argent, d'une cuillère et d'un couteau, avaient été disposées devant chaque convive.

En l'honneur de son neveu et de sa nièce nouvellement arrivés, le père Ascelin avait engagé des cuisiniers syriens qui avaient envahi la cuisine sous l'œil réprobateur d'Albérade et avaient préparé un repas fortement inspiré des menus arabes. Des odeurs d'épices, de viandes rôties, de cannelle, de gingembre, de menthe, d'huile d'olive, d'amandes grillées ou de cédrat circulaient sous le haut plafond décoré de mosaïques azurées et dorées.

Après le Benedicite, on entama des pâtés de volaille en croûte, arrosés du jus des faisans et des perdrix d'hiver dont la chair parfumée se trouvait à l'intérieur. On servit ensuite la poitrine d'une génisse grasse cuite avec du vinaigre, de la moelle et des jaunes d'œufs, un agneau rôti à la broche, puis des poulets nourris de froment, de chènevis et de tourteaux d'olives, farcis de truffes noires du désert. Des aubergines conservées dans du vinaigre et cuites avec des oignons et des piments les accompagnaient.

— Sur la route que nous avons suivie pour venir jusqu'ici, le froid, la pluie et les chutes de neige n'étaient pas nos seuls ennemis, dit Landry à son oncle. La faim nous a également tenaillés, surtout dans les passages montagneux où rien ne pousse, pas même les roseaux miellés dont vous parlera certainement votre ami Foucher de Chartres dès que vous l'aurez revu. Damedieu ! Nous avons marché fort souvent le ventre creux et tout autant gelés par le manque de nourriture que par la bise glaciale de décembre ! L'éventualité d'un repas comme celui-ci nous aurait alors fait saliver et rêver comme des fous !

— Nous n'imaginions pas ces nouvelles souffrances, assura le père Ascelin. Nous vous supposions bien approvisionnés et assez nombreux pour imposer votre loi aux populations sarrasines.

— Il n'en était rien. Nos chevaux, fourbus, affamés eux aussi, crevaient sous leurs cavaliers et s'effondraient dans la boue gelée où nous pataugions. Grâce à Dieu, ce furent cependant nos dernières épreuves. L'émir de Tripoli, prudent et habile selon sa réputation, nous a fait apporter, dès notre approche de sa ville, des vivres et des couvertures. Par la suite, à Césarée encore, nous avons été ravitaillés...

— Jérusalem la sainte méritait bien ce sacrifice, remarqua Alaïs. Jamais nos courages n'ont failli. Jamais nous n'avons douté de l'aide du Seigneur. Vous étiez bien passés, vous qui aviez à la conquérir. Il aurait été indigne de notre part de ne point suivre votre exemple alors qu'il ne nous restait qu'à vous rejoindre ici !

— N'avez-vous pas, cependant, tremblé parfois pour Berthe ? demanda Brunissen.

— Je faisais confiance à Dieu ! Comme nous tous.

Mathieu prit une des mains de la jeune femme et la baisa.

— Par tous les saints, je n'aurais jamais cru, très douce dame, que tant de vaillance se fût cachée sous tant d'attraits, dit-il en souriant pour enlever toute solennité à son geste.

L'arrivée des serviteurs porteurs de grands plateaux sur lesquels trônaient des gâteaux de pâte de noix préparés avec du lait d'amande, du sirop de rose et du zuccar, ce miel sylvestre extrait des tiges des roseaux palestiniens qui plaisait tant aux Francs, d'autres gâteaux de farine de riz, de lait et de graisse de gazelle, des drageoirs pleins d'amandes grillées et enrobées de miel, des assiettes débordantes d'oranges, de grenades, de noix de coco fraîches et de cœurs de cédrats confits, détourna l'attention des convives.

Le repas achevé, on récita les Grâces, puis Biétrix et Albérade firent le tour de la pièce en présentant à chacun des dîneurs des bassins et des aiguières d'argent d'où coulait une eau tiède et parfumée, pour se laver les mains. Elles leur tendirent ensuite des serviettes de fine toile et ils s'y essuyèrent les doigts.

On quitta la salle du repas pour se regrouper dans celle où, selon une habitude orientale adoptée par les Latins, un brûle-parfum précieux répandait des nuages d'encens qui embaumaient la vaste pièce. Celle-là même où le père Ascelin et sa nièce s'étaient fort souvent tenus seuls en évoquant les absents.

Sous prétexte de faire respirer à Landry de plus près, ainsi que le faisaient les Arabes, les fumées d'oliban, cet encens mâle originaire du pays de la reine de Saba, si recherché pour la puissance de son parfum, Brunissen entraîna un moment son frère à l'écart.

— Ecoutez-moi, dit-elle, tout en l'invitant par un geste à se pencher pour humer comme elle les exhalaisons qui évoquaient pour eux deux les messes de leur enfance à Chartres et les églises ennuagées de fumée bleue à l'occasion des fêtes carillonnées. Ecoutez-moi. Par Notre-Dame, il faut que vous alliez sans tarder rendre visite à Flaminia et à Andronic. Ils ont créé un atelier de parcheminerie où ils forment quelques apprentis. Notre sœur est fort désireuse de

travailler avec vous. Elle me l'a dit et répété. Elle vous
attend. Si elle n'est pas venue vous accueillir ainsi qu'elle le
souhaitait, c'est pour ne pas blesser notre oncle par une
présence qu'il réprouve et pour ne pas gâcher sa joie de
vous revoir.

— J'irai, assura Landry. Travailler en famille à Jérusalem
ne serait-il pas pour moi le meilleur moyen de me rendre à
nouveau utile ?

Dès le lendemain matin, de sa démarche déhanchée et
accompagné par le martèlement de son pilon de bois, Landry
se rendit chez Flaminia où il arriva alors qu'Andronic et
Paschal s'apprêtaient à partir ensemble pour la chasse. Un
magnifique lévrier suivait les deux cavaliers.

Après les embrassades et les salutations, très chaleureuses
de part et d'autre, l'époux de Flaminia expliqua que, pour la
première fois depuis que son fils les avait rejoints, il souhaitait
profiter du temps clair de cette matinée hivernale pour lui
faire découvrir ses terrains de chasse.

— La pluie et le vent nous en ont empêchés ces deux
derniers jours. Par la sainte Théotokos, il ne faut pas laisser
échapper l'occasion que nous offre ce retour du soleil !
conclut-il d'un air joyeux.

Landry songea que sa sœur et son beau-frère semblaient
heureux, nullement accablés par l'exclusion prononcée à leur
encontre par le père Ascelin.

— Où allez-vous chasser ? demanda-t-il.

— Aux environs d'ici, dans des bois d'oliviers ou dans
les plaines plus désertiques qui leur succèdent, répondit
Andronic. Il y a pas mal de gibier et mon chien Duc, que
voici, est excellent pour le lever et le poursuivre.

— Par ma foi, ce doit être un fier coureur, en effet ! Il est
tout en muscles et ses jarrets ont de quoi rendre jaloux !
soupira Landry.

Flaminia le prit par le bras.

— Laissez ces deux fous risquer leur vie pour le plaisir
de tuer quelques autruches ! dit-elle. Le pays n'est pas sûr,
et il s'y trouve parfois des Sarrasins pour tendre des embuscades aux nôtres.

— Ne craignez rien, mon bel amour, ma chère dame, les
paysans alentour songent bien davantage à cultiver leurs terres
qu'à nous attirer dans des guets-apens, assura le chasseur.
Allons, que Dieu vous garde, Landry ! Je reviendrai pour
le dîner.

Au bras de son frère, Flaminia regarda s'éloigner, suivis

du noble lévrier, le père et le fils, qui montaient deux beaux chevaux de Cappadoce nouvellement acquis.

— Venez donc avec moi, que je vous fasse voir notre atelier de parcheminerie, dit-elle. J'ai besoin de vos conseils.

Chemin faisant, ils croisèrent dans un couloir revêtu de carrelages bleus et blancs un jeune homme à la barbe et aux cheveux sombres et fort soignés, qui les salua avec respect.

— Basile est le précepteur de Paschal, expliqua Flaminia. Il n'aime pas la chasse et préfère de beaucoup demeurer céans à relire Platon !

Landry et Basile échangèrent quelques mots, puis le frère et la sœur s'éloignèrent en direction du principal atelier. Quand ils y pénétrèrent, les apprentis étaient en train de saupoudrer de craie broyée deux peaux de veaux afin que l'encre ne s'y étalât pas en taches malencontreuses quand le moment serait venu de transcrire des textes d'importance sur le fin et précieux vélin. Ensuite, ils le ponceraient longuement avec le plus grand soin.

— J'ai pu me procurer des pierres ponces d'excellente qualité qui permettent de polir les peaux les plus délicates, dit Flaminia avec fierté. Regardez, elles sont dans ces casiers. Qu'en pensez-vous, mon frère ?

Repris par les odeurs, les bruits, le décor d'un métier qu'il aimait, qui serait de nouveau bientôt le sien et qui le rattachait à son passé chartrain, Landry examina avec un intérêt passionné ce que lui présentait sa sœur. Il s'arrêta longuement devant les peaux empilées de moutons, de chèvres, de veaux, de gazelles ou d'onagres, qui deviendraient, après traitement, des parchemins blancs, bleutés, jaunâtres ou gris, selon les bêtes utilisées et la manière dont on les préparerait.

-- Damedieu ! dit-il ensuite, quelle belle matière que le parchemin ! Quand je pense que ces damnés Sarrasins ont renoncé pour la plupart à utiliser un tel matériau, en même temps que l'antique et vénérable papyrus égyptien, je me dis qu'ils sont en pleine décadence et qu'il n'est pas étonnant que nous les ayons vaincus ! Il paraît que depuis bientôt un siècle ils utilisent des moulins qui fabriquent un étrange produit fait de soie ou de coton, beaucoup plus fragile et qu'on appelle papier.

— Rien ne vaut le parchemin pour la solidité, renchérit Flaminia. Il est indestructible et on peut le réemployer plusieurs fois de suite après avoir pris soin de gratter le texte précédent. Je gagerais que ce papier dont vous parlez n'offre pas les mêmes avantages !

Grâce à leurs goûts et à leur passé communs, le frère et
la sœur redécouvraient sans effort l'entente qui avait toujours
existé entre les enfants de Garin.

— Quand comptez-vous venir travailler avec nous ?
demanda Flaminia à Landry, lorsqu'ils eurent fini d'inspecter
l'atelier et qu'ils se retrouvèrent dans la salle où flambait un
grand feu, le soleil étant trop hivernal encore pour chauffer
la vaste pièce.

— Si cela ne dépendait que de moi, ce serait tout de suite,
croyez-le bien, répondit le jeune parcheminier. Par Dieu qui
ne ment, c'est mon plus cher désir ! Mais je suis obligé de
compter avec Alaïs. Tant que Bohémond ne lui aura pas
clairement fait savoir ses intentions, elle demeurera suspendue
à une décision dont dépend son sort et celui de sa fille.

— Vous qui étiez à Antioche durant toute cette année
passée, croyez-vous que Bohémond songe à épouser un jour
notre sœur ?

— Seigneur ! Il en est à mille lieues ! Alaïs n'est pour lui
qu'une conquête parmi d'autres. S'il se marie jamais, cet
ambitieux fera un riche et puissant mariage. Jamais il ne se
contentera d'une obscure fille d'artisan chartrain !

— Il est tout de même le père de son enfant.

— Amie, sœur, sachez-le, il est également le père de
plusieurs autres bâtards et ne s'en soucie pas plus que
d'une guigne !

Flaminia tisonna pensivement le feu dont les bûches
s'étaient écroulées dans un grand jaillissement d'étincelles,
rousses comme ses nattes.

— Alaïs ne peut l'ignorer. Que dit-elle ? Qu'en pense-
t-elle ?

— Depuis qu'elle l'a vu, elle est fascinée par cet homme,
comme une perdrix des sables par un cobra ! Elle accepte de
se plier à son bon plaisir, sans protestation, sans révolte, ainsi
qu'une esclave complaisante et soumise. Je n'ai pas cessé,
vous pouvez m'en croire, de protester contre un tel état de
chose, ni de lui crier mon indignation. Sans aucun résultat.

— Qu'espère-t-elle donc ?

— Elle se contente de vivre au jour le jour, se gardant
bien de faire le moindre projet, continuant à obéir à son
baron, au doigt et à l'œil, et à venir quand il la siffle !

Flaminia soupira.

— Notre Alaïs, autrefois si spontanée, si vive, si rieuse,
comment peut-elle accepter à présent pareille dépendance ?

— L'amour ! soupira Landry. Il n'y a pas d'autre explication que l'amour. Sur mon salut, ce Normand de Sicile l'a ensorcelée !

— Il faut qu'il soit bien habile au déduit... murmura Flaminia dont un demi-sourire complice entrouvrait les lèvres.

— Sans doute, sans doute, jeta Landry d'un ton irrité. Mais mon avenir dépend en partie de cette lamentable aventure et vous m'en voyez fort chagrin.

— Dès que vous saurez à quoi vous en tenir, mon frère, accourez. Je vous attendrai avec impatience, car votre expérience m'est nécessaire, ainsi que je vous l'ai déjà dit.

— Si j'en crois les bruits qui courent, les grands barons doivent partir pour Bethléem afin d'y faire oraison le saint jour de la Nativité de Notre-Seigneur Jésus-Christ, continua Landry. Je sais qu'ensuite, dès leur retour ici, ils ont l'intention de réunir un grand conseil. Ils y régleront entre autres la question épineuse du patriarcat. Daimbert, l'archevêque de Pise, ne dissimule nullement son désir de prendre la place d'Arnoul Malecorne, qui, semble-t-il, a été élu patriarche de Jérusalem de façon arbitraire et illicite. Une fois satisfaits les intérêts des uns et des autres, chacun retournera chez soi. Bohémond d'Antioche et Baudouin d'Edesse en premier. Ils ne sont venus aux Lieux saints que pour accomplir leur vœu de pèlerinage. L'un et l'autre savent leur présence indispensable dans leur fief entouré de mécréants. Ils ne s'attarderont donc pas. Or, je suis persuadé que le prince d'Antioche n'a aucunement l'intention de s'encombrer à nouveau de notre sœur dont, cela crève les yeux, il s'est lassé. Alaïs sera bien forcée de se rendre à l'évidence.

— Si ce que vous pensez est vrai, elle va beaucoup en souffrir...

— Hélas, je le crains. Nous aurons à la consoler.

— Notre oncle, qui blâme aussi ses amours illégitimes, ne lui sera pas d'un grand secours...

— Damedieu ! je le sais bien ! De toute façon, il a l'intention de repartir sans tarder vers notre pays chartrain. Aussi ai-je songé que nous pourrions venir, Alaïs, Berthe la Petite et moi, si vous y consentez, nous installer céans, dès le départ de Bohémond. Je travaillerais à l'atelier et notre sœur trouverait auprès de vous soutien et amitié. Elle en aura besoin, la pauvrette !

— Si Dieu le veut, tout se passera ainsi, approuva Flaminia. Nous serons heureux, mon mari et moi, de vous compter comme nôtres. Avec Paschal et Basile, nous aurons là une vraie mesnie !

Ils se séparèrent contents l'un de l'autre.

Dans le mitan de ce même jour, Alaïs, à son tour, alla rendre visite à sa sœur et Andronic. Elle les revit avec plaisir mais le bonheur éclatant du couple lui fit mal. Comparer la précarité de sa propre situation à la sérénité radieuse des nouveaux époux était cruel. Elle ne s'attarda pas chez eux et les quitta avec un sentiment de secret soulagement.

Le surlendemain, ainsi que l'avait annoncé Landry, tous les hauts et puissants seigneurs partirent pour Bethléem. Ils entraînaient dans leur sillage les vingt-cinq mille pèlerins, gens d'armes ou simples particuliers qui les avaient suivis dans leur marche vers cet accomplissement. Ils y furent le soir même, pour la Noël.

Moult regardaient volontiers la sainte crèche où le Sauveur du monde fut étendu entre les bêtes. Volontiers firent leurs oraisons dans un lieu écarté, qui est aussi comme une petite fosse où la Douce Dame qui fut vierge après son enfantement enveloppa d'un drapelet son fils et l'allaita du lait de son sein.

Puis ils s'en revinrent tous vers Jérusalem où les attendaient les difficiles questions touchant aux intérêts de la fondation franque en Palestine.

Daimbert de Pise n'eut aucun mal à prouver que l'élection d'Arnoul Malecorne, devenu patriarche de par la protection du duc de Normandie qui n'était plus là pour le défendre, était anticanonique et scandaleuse. Il le fit déposer par le clergé latin de Jérusalem réuni à cet effet. Par le titre plus ou moins officiel qui l'accréditait comme représentant du souverain pontife, l'archevêque italien se trouvait tout désigné pour accepter le poste vacant. Il se fit aussitôt élire au patriarcat de la Ville sainte à l'unanimité des suffrages. Son prédécesseur, trop discrédité pour protester, devint archidiacre du Saint-Sépulcre. Ce dont il sembla se contenter en attendant mieux.

— Sur mon salut, je ne voudrais pas passer pour une mauvaise langue, confia ce jour-là Mathieu à Reinard, alors qu'ils se rendaient tous deux, pour lui tailler la barbe, auprès de Guillaume le Charpentier, un des principaux chevaliers de l'ost, fidèle entre les fidèles, tout dévoué à Godefroi de Bouillon. Non, vraiment je ne le voudrais pas, mais il se répand d'étranges bruits au sujet de l'élection que tu sais. On dit que Bohémond d'Antioche, qui a mené avec Daimbert de Pise un siège malheureux contre le port de Laodicée avant de se diriger vers Jérusalem, serait le meilleur soutien de notre nouveau patriarche. Et ce, pour des raisons rien moins qu'honnêtes. On va, Dieu me pardonne, jusqu'à parler de sommes fort importantes qui seraient passées des mains de l'archevêque entre celles du prince, afin de soudoyer ce dernier... qui se verrait ainsi à la tête de richesses dont l'origine pourrait bien être castillane !

— Je sais, je sais, grommela Reinard. On accuse tout bonnement notre nouveau patriarche d'avoir acheté la protection, que dis-je ? l'appui total de Bohémond, à l'aide de trésors accaparés en Espagne. Mais qu'en sait-on ? Si ce marchandage est vrai, personne n'a intérêt à s'en vanter. Alors comment l'a-t-on appris ?

— Par le ventre de la Vierge ! je l'ignore. Mais je crois que notre patriarche est capable de bien des choses. Contrairement au père Ascelin qui l'admire, je me méfie de ce petit homme autoritaire, manœuvrier et ambitieux au plus haut point !

— Il nous faudra bien l'accepter, compère ! Notre sire, le duc Godefroi, s'est également rallié au choix des barons. Nous n'y pouvons rien. Même si nous pensons qu'en agissant de la sorte l'avoué du Saint-Sépulcre s'est donné un maître en la personne de Daimbert !

— Tu sais sans doute aussi qu'on chuchote que de magnifiques cadeaux, dont un bélier en or massif, admirablement ouvragé, auraient contribué à décider Godefroi de Bouillon lui-même...

— Tais-toi donc ! sur mon âme, tous ces méchants bavardages ne sont que menteries. Notre duc n'est pas à vendre. Son intégrité est hors de doute.

— Allons, dit Mathieu en riant de son rire sonore, allons, ne te fâche pas. Tout comme toi, j'aime et je respecte notre seigneur duc et je veux espérer que le Pisan ne lui jouera pas trop de vilains tours !

Ils arrivaient devant la maison où les attendait Guillaume le Charpentier.

Avant d'entrer, le barbier se pencha vers son aide.

— Encore un mot, souffla-t-il. Toi qui n'es pas juge et partie comme je le suis, que penses-tu de la manière dont Alaïs se comporte envers moi ? Crois-tu que j'aie une chance de lui plaire un jour ?

— Attends d'abord que Bohémond s'en soit retourné dans sa chère Antioche, conseilla Reinard. D'ici là, contente-toi de soupirer pour elle et fais-la rire si tu peux. C'est un bon moyen de plaire aux femmes et la pauvre petite en aura le plus grand besoin !

9

Le jour de la Saint-Sylvestre fut ensoleillé et froid. Au début de la matinée, un chevalier normand vint, de la part de Bohémond, chercher avec une litière Alaïs et sa fille.

— Le prince m'envoie vous quérir, dit simplement cet émissaire. J'ai ordre de vous conduire à lui.

Pleine d'espoir, la jeune femme quitta la maison au portail vert. Elle y fut ramenée en larmes vers l'heure de sixte, Berthe la Petite cramponnée à ses jupes.

Brunissen, qui venait de rentrer de l'hôpital pour le dîner familial, traversait le vestibule. Elle reçut dans ses bras une créature partagée entre déception et révolte.

— Il part demain, dit en pleurant Alaïs. Il parachèvera son pèlerinage durant la vigile de l'Epiphanie en se rendant sur les bords du Jourdain afin d'y prier et de s'y baigner avec toute sa suite dans l'eau même où Jésus-Christ a été baptisé par saint Jean. Puis il repartira vers la Syrie du Nord, vers Antioche la Belle qu'il me préfère et où il ne souhaite pas que je retourne avec lui !

— Vous avez réussi à conserver de par vous votre fille, à ce que je vois, constata Brunissen. Bénissez-en le Seigneur. Bohémond aurait pu vouloir la garder et l'emmener avec lui dans sa principauté.

— Par la sainte Croix, vous le connaissez bien mal ! Si j'avais mis au monde un garçon, il s'y serait intéressé et aurait sans doute tenu à lui apprendre le métier des armes. Mais jamais il n'a daigné se soucier de Berthe ! Les pucelles ne comptent pour lui que dans la mesure où il les désire pour les mettre dans son lit. Celle-ci connaît à peine son père... Un père qui ne lui a jamais témoigné le moindre attachement.

— Eh bien, ma sœur, s'il en est ainsi, vous devriez vous féliciter de voir tomber d'elles-mêmes les chaînes qui vous attachaient à un homme si peu digne d'amour. Allons, ma douce, séchez vos pleurs ! Vous voici affranchie d'un servage où vous perdiez votre âme !

Alaïs essuya ses joues d'un geste rageur.

— Il m'a couverte de présents et de bonnes paroles, avec la certitude qu'en me donnant un coffre rempli de bijoux, de soieries et de pièces d'or, il s'acquittait haut la main de ses dettes envers moi. Il n'a pas songé un instant à la peine, à l'humiliation qu'il m'infligeait en me congédiant comme une fille follieuse qu'on renvoie après en avoir joui tout son soûl !

Dans un grand mouvement de tendresse, Brunissen posa ses mains sur les épaules de sa sœur et les serra entre ses doigts.

— Landry a des projets auxquels il compte vous associer, dit-elle en confidence. Sans tarder, vous allez connaître une vie nouvelle entre votre fille et nous tous qui vous aimons fidèlement. La juste amertume que vous éprouvez va se transformer bientôt, j'en suis certaine, en satisfaction. Vous avez échappé à un grand péril, ma sœur, celui de vous enliser dans la condition douteuse des femmes asservies au plaisir d'un homme égoïste et jouisseur. Vous voici redevenue libre de vous-même et de votre avenir... Sans parler de Berthe la Petite, qui, désormais, attendra tout de vous et de vous seule.

D'un geste traduisant l'ébauche d'un revirement dans ses pensées, Alaïs redressa avec dignité sa trop séduisante tête blonde.

— Vous avez sans doute raison, admit-elle d'une voix qui tremblait encore. Auprès du père de Berthe, je n'aurais connu que déchéance et tourment. Jamais il ne s'est considéré comme responsable de moi ni de cet enfant. Si j'ai éprouvé pour lui une grande admiration et une folle passion, je n'ai jamais été heureuse. Il m'avait envoûtée comme par un philtre magique et avait fait de moi une femme de harem !

— Allons, ma mie, venez, reprit Brunissen. Cette rupture va mettre du baume sur le cœur attristé de notre oncle. Il songe à nous quitter afin de regagner son diocèse de Chartres et en est fort malheureux sans trop vouloir se l'avouer.

Le père Ascelin, en effet, était parvenu au terme qu'il s'était lui-même fixé. Son évêque l'attendait et il ne pouvait plus se dérober davantage devant une échéance qui le navrait. Les quatre années de tribulations et d'intimité familiale qu'il venait de traverser avaient transformé le notaire épiscopal. Le clerc tourné vers les joies austères de l'esprit s'était, au long des jours, des épreuves et des chemins, mué en un père de famille plus soucieux des enfants dont la garde lui était échue que des spéculations théologiques. La nécessité de quitter ses neveux pour s'en retourner vers l'univers désincarné du scriptorium épiscopal lui était regret et nostalgie...

Ses nièces le trouvèrent dans sa chambre en train de remplir de vêtements et de rouleaux de parchemin deux grands coffres de voyage en cuir cloutés de cuivre.

— Notre Alaïs est enfin délivrée des entraves qui mettaient

obstacle pour elle à tout projet d'avenir, dit Brunissen d'un ton volontairement apaisant. Dieu en soit loué, mon cher oncle ! Tout va rentrer dans l'ordre.

Le père Ascelin tourna vers les arrivantes un visage encore marqué par le chagrin qui le rongeait. Au fur et à mesure des explications qui lui étaient fournies, cette ombre se dissipa comme si on l'avait effacée avec la main.

— Le Seigneur soit béni ! dit-il ensuite avec ferveur. Je L'ai tant prié pour obtenir cette grâce insigne de Son attention ! Je partirai allégé d'un grave souci.

Il haussa les épaules d'un geste fataliste.

— Si seulement Flaminia, elle aussi, parvenait à s'arracher à son péché !

— Laissez faire le Seigneur, dit Brunissen, et venez avec nous, mon oncle. L'heure du dîner est largement dépassée.

A table, Mathieu et Reinard, qui n'avaient pas manqué de remarquer les yeux rougis d'Alaïs, ne parlèrent, pour faire diversion, que d'un événement qui venait d'agiter avec violence les esprits du royaume latin de Judée.

En effet, à peine élu patriarche de Jérusalem, Daimbert de Pise avait tenu à s'affirmer comme unique représentant du Christ-Roi en Terre sainte. Lors d'une cérémonie officielle, Godefroi de Bouillon et Bohémond étaient venus, sur sa demande, humblement le requérir de leur accorder l'investiture de Jérusalem et d'Antioche. C'était une façon de reconnaître que le nouveau patriarche devenait le véritable détenteur du pouvoir en un pays où ils n'exerceraient tous deux dorénavant leur autorité qu'au titre de vassaux et d'administrateurs délégués.

— Une semblable capitulation de la part de ces hauts seigneurs est révoltante ! affirma le barbier avec sa fougue habituelle. Je sais, messire Ascelin, que vous vouez une grande admiration à Daimbert de Pise, mais, par la vertu Dieu, il exagère ! Depuis six mois que nous sommes ici, notre duc Godefroi a gouverné et défendu le royaume de Jérusalem comme un vrai souverain. Si, par modestie, il s'est contenté de l'avouerie du Saint-Sépulcre, il n'en a pas moins agi en roi. Et voilà qu'un Italien, dont on n'est même pas certain qu'il soit l'envoyé du pape, prétend régner sur lui !

— Le prince d'Antioche s'est également soumis à cet hommage, intervint Landry.

— Sans doute, mais sa principauté est assez éloignée d'ici pour qu'il s'y sente les coudées franches ! rétorqua Mathieu. De toute manière, il y a aussi un patriarche à Antioche et on peut être sûr qu'il ne se laissera pas manger la laine sur le dos, celui-là ! Alors que notre duc est désormais mis en tutelle !

— Je ne vois pas en quoi la soumission de nos princes croisés à un prélat qui, en dépit de vos dires, nous a bien été envoyé par le pape présente le moindre danger, déclara le père Ascelin qui avait préféré se taire jusque-là, mais se sentait obligé de prendre la défense de l'archevêque. Lors de la conquête des Lieux saints, n'avons-nous pas tous souhaité voir s'établir ici le pouvoir du vicaire de Dieu ? Nos barons ont même adressé un message en ce sens au pape défunt. Il s'est vu dans l'impossibilité de se déplacer parce que sa santé était déjà trop menacée par la maladie qui devait l'emporter avant même qu'il n'ait pu apprendre notre victoire. Ce qui fut pour nous tous une grande affliction...

Chacun se signa et il y eut un moment de silence. La mort d'Urbain II, survenue deux semaines après la prise de Jérusalem, n'avait été connue que depuis peu et chacun avait déploré que l'inspirateur de la délivrance du Saint-Sépulcre ait été privé d'une telle joie. Mais on se disait que les voies de Dieu étaient impénétrables et on Le priait pour qu'Il reçût dans Son paradis ce grand successeur de Pierre...

— Je n'ai entendu personne dire que Baudouin, comte d'Edesse et frère de notre duc, ait été amené à reconnaître le patriarche pour maître et seigneur, glissa Reinard en rompant le silence. Pourquoi ne s'est-il pas soumis également à ce cérémonial ?

— Sans doute parce que Daimbert ne le lui a pas demandé, suggéra Mathieu. Son fief est loin. D'ici, il ne peut être question de lui réclamer des comptes.

— Mais Antioche aussi est hors de portée, remarqua Landry...

Le grand rire de Mathieu, triomphant et moqueur, retentit de nouveau.

— Justement ! s'écria le barbier. Justement ! Cette remarque pleine de bon sens met en évidence l'ambiguïté du rôle joué dans toute cette affaire par Bohémond qui semble s'être mis d'accord avec l'archevêque de Pise ! Durant le trajet à travers la Palestine, ils ont eu tous deux largement le temps de s'entendre sur la marche à suivre pour parvenir à leurs fins. C'est-à-dire aux fins de Daimbert, qui vient de prouver de belle façon qu'il est encore plus avide de pouvoir et d'honneur que de dinars d'or fin !

— Damedieu ! Si vous dites vrai, je ne vois pas où peut

bien se trouver l'intérêt de Bohémond dans une telle machination, remarqua Landry.

— Par les cornes du diable, vous oubliez la puissante flotte
pisane qui peut venir en aide fort opportunément au prince
d'Antioche ! Il brûle du désir de reprendre aux Byzantins et
à leur allié, le comte de Toulouse, le fameux port de Laodicée
qui reste le seul débouché naturel dont sa principauté puisse
disposer sur les côtes de la Méditerranée. Vous savez qu'il
s'en est fallu de peu que la chose ne se soit faite à l'arrivée
des Pisans, en septembre dernier. A ce que j'ai entendu dire,
notre Normand de Sicile, qui ne renonce jamais aisément à
ses ambitions territoriales, songerait à reprendre Laodicée à
son rival, le Toulousain, vassal de l'empereur de Constantinople, que Bohémond traite à tout vent de valet du basileus !

— Vous m'en direz tant ! soupira Landry d'un air désen-
chanté. Ces manigances me dégoûtent et je trouve désolant
que nos barons, qui partageaient au départ notre ferveur et
notre enthousiasme, en soient venus à se disputer comme des
chiens les parcelles de cette Terre sainte que nous avons
libérée au prix de notre sang !

Alaïs éclata en sanglots, se leva de table et sortit de la
salle d'un pas précipité.

Le père Ascelin, qui avait eu l'intention de prendre une
deuxième fois la défense du patriarche accusé de prévarication,
et contre lequel beaucoup commençaient à murmurer, préféra
se taire. Un silence gêné s'installa.

Brunissen quitta à son tour sa place pour suivre sa sœur
qui se dirigeait vers la chambre que Berthe la Petite partageait
avec sa nourrice.

Comme la future moniale passait à proximité de la cuisine,
elle en vit sortir Biétrix qui avait l'air bouleversée.

— Demoiselle ! s'écria la jeune servante, demoiselle, Irène
veut vous parler !

Il arrivait parfois aux deux Grecques de préférer prendre
leur repas en tête à tête, dans une petite pièce proche des
communs, où elles se sentaient sans doute plus à l'aise que
parmi les Francs dont le langage leur demeurait incompréhensible.

— Qu'elle vienne ! Que se passe-t-il donc ? Pourquoi fais-
tu si triste figure ?

Biétrix ne répondit pas. Irène venait de surgir derrière elle.
L'enfant avait également un visage contracté.

— Hâlid est ici, dit-elle à voix basse. Il a quelque chose
de grave à vous dire.

Brunissen sentit ses jambes faiblir et elle dut s'appuyer à un coffre qui se trouvait là pour ne pas choir de saisissement.

— Hâlid ! répéta-t-elle sans y croire. Je l'imaginais bien loin d'ici !

— Il est revenu tout exprès pour vous voir.

— Pour me voir ? Dieu Seigneur ! Que lui est-il donc arrivé ?

— A lui rien, dit sobrement Irène. Mais venez ! Venez donc !

Eperdue, Brunissen suivit la petite fille qui marchait rapidement devant elle pour lui montrer le chemin. Ce fut dans la seconde cache où s'était réfugié le blessé après la venue des nouveaux palefreniers qu'elles pénétrèrent bientôt.

Debout devant la table boiteuse qu'on avait laissée avec le lit et une chaise dans la soupente où il avait passé plusieurs semaines, Hâlid attendait. Une chape noire de moine l'enveloppait et le dissimulait aux regards. Il en avait seulement rejeté le capuchon d'où émergeait son visage buriné par le vent du désert et les tourmentes de son destin.

Brunissen s'immobilisa à quelques pas de l'homme qui s'inclinait devant elle en portant successivement sa main droite à son front, à ses lèvres et à sa poitrine.

— Dieu est grand qui me permet de vous revoir, dit-il. Cependant, sachez-le, si je suis venu jusqu'ici, c'est qu'un événement grave et qui vous touche de près s'est produit ce matin.

— De quoi s'agit-il ?

— Le mari de votre sœur, qui chasse souvent dans les parages de la ferme où je me suis réfugié depuis mon départ d'ici, vient d'avoir un... accident. Il était seul avec le sloughi qui ne le quitte jamais. Son fils, qui l'accompagne parfois, était absent. Le cheval qu'il montait s'est emballé. Votre beau-frère a été désarçonné et précipité par terre avec violence. Une de ses bottes est restée coincée par malchance dans l'étrier dont il n'a pu se dégager. Le cheval, devenu fou, l'a traîné sur la pierraille... longtemps... sur une grande distance... jusqu'à ce que le fermier qui, de loin, avait vu ce qui se passait, se décide à intervenir. Il m'a appelé. Nous avons fini par arrêter la monture et le corps déchiqueté de son cavalier contre un mur. C'était un affreux spectacle... Nous sommes alors parvenus à détacher l'homme de l'étrier et nous l'avons porté dans une grange voisine. Hélas... il était dans un tel état que l'âme lui départit du corps...

Brunissen gémit « Flaminia ! » et glissa sur le sol, privée de connaissance.

Quand elle revint à elle, elle vit Biétrix qui pleurait en lui bassinant les tempes avec de l'eau de senteur. A côté d'elle, Irène se penchait, attentive, navrée... Aussitôt, elle se souvint. Elle se redressa du lit où on l'avait étendue. Puis, sans se soucier ni des larmes qui l'aveuglaient, ni des témoins de ses gestes, elle s'agenouilla au pied de l'étroite couche abandonnée qui, naguère, avait été celle de Hâlid, et, la tête enfouie entre ses mains, elle se mit à prier.

Hâlid, Irène et Biétrix respectèrent son oraison. Immobiles, ils attendirent qu'elle eût fini.

Le silence pesait sur eux quatre avec une telle densité que même la petite Grecque, si vive à l'ordinaire, demeurait figée sur place, sans esquisser un mouvement.

Brunissen se releva enfin, fort pâle. Cependant, si son regard était toujours douloureux, il n'exprimait plus l'affolement, mais la résolution.

— Où se trouve maintenant le corps de mon beau-frère ? demanda-t-elle d'une voix sourde.

— Dans une charrette... A l'intérieur de l'écurie d'une maison en ruine... Non loin de la porte se trouvant au pied de la mosquée d'Omar. Celle que vous appelez porte de Josaphat. Son chien le garde.

— Vous avez pris bien des risques, Hâlid, en nous le ramenant jusque-là, puis en pénétrant dans Jérusalem au péril de vos jours. Que Dieu vous bénisse pour tant de dévouement.

L'Egyptien s'inclina en silence.

— Demeurez ici, ami, jusqu'à ce que je revienne. Vous vous êtes déjà trop exposé. Je vais aller prévenir mon oncle et nos hôtes. Ils viendront avec moi chercher Andronic et conduire la charrette ici. Puis j'irai trouver Flaminia...

Sa voix se cassa.

— Je sais, dit Hâlid, oui, par Allah le Très-Haut, le Tout-Puissant, je sais que votre sœur et son mari étaient fort unis... C'est pour cette raison que je me suis occupé de lui. Parce que ces deux-là s'aimaient d'amour véritable...

Brunissen ferma les yeux, Biétrix se signa. Comme pour recueillir le message indicible d'un souffle mystérieux qui les aurait effleurés, les trois adultes se turent de nouveau. Irène les considérait tour à tour, avec un regard à la curiosité aiguisée par le désir de comprendre les raisons de leur émotion.

— J'ai encore une chose à vous dire, reprit Hâlid en se

ressaisissant. La ferme où je loge est le lieu de passage de bien des caravanes. On y voit beaucoup de monde, on y apprend quantité de nouvelles. Or, la mère du fermier est un peu magicienne. Les femmes du désert lui ont enseigné leurs secrets, notamment au sujet du pouvoir de certaines herbes. Elle affirme que le cheval de votre beau-frère avait les yeux hallucinés de ceux qui ont absorbé une poudre tirée du suc de plantes maléfiques qu'on utilise sous les tentes bédouines et qui rend fou. On peut en administrer aux animaux. Aussi avons-nous été obligés d'abattre le coursier blanc qui demeurait dangereux. Si la fermière a vu juste, et elle se trompe rarement, le mari de votre sœur serait mort victime d'un meurtre et non d'un accident. Lui connaissiez-vous un ennemi ?

— Seigneur ! Bien sûr que non ! s'écria Brunissen.

Puis elle fronça soudain les sourcils.

— Dieu nous assiste, murmura-t-elle ensuite en secouant la tête en un geste d'incrédulité horrifiée, Dieu nous assiste...

— Allez prévenir votre oncle et vos amis, reprit Hâlid avec fermeté. En compagnie d'Irène, j'attendrai ici que vous puissiez revenir. Ne vous souciez pas de moi et qu'Allah, sans lequel il n'y a ni secours ni recours, vous vienne en aide !

Dans les moments qui suivirent, la stupeur et la consternation s'abattirent sur la maison au portail vert. Tout se déroula ainsi que l'avait dit Hâlid, que Brunissen n'avait pas nommé, se contentant de parler d'un messager.

On trouva la charrette à bras à l'endroit indiqué. Couché contre le corps rompu d'Andronic, le lévrier gardait son maître. Mathieu et Landry eurent du mal à s'en faire obéir. Il montrait les dents, grondait furieusement. Il fallut lui parler longtemps pour le calmer.

Puis, sous le froid soleil hivernal, le triste convoi fut tiré, poussé, par Mathieu, Reinard et deux serviteurs, à travers les rues sinueuses de la ville jusqu'à la remise qui jouxtait l'écurie des Chartrains.

Collé au cadavre d'Andronic, le sloughi était resté durant tout ce temps allongé, sans vouloir en descendre, sur la paille qui tapissait la voiture. Par respect envers la mort, et sans doute aussi par pitié à l'égard de celui qui venait d'en être victime, les gens de la ferme avaient recouvert le corps déchiqueté d'une épaisse couverture que personne n'avait voulu soulever. De larges taches sanglantes, qui avaient pris en séchant une teinte brunâtre, la maculaient par endroits.

— Sur mon âme, Flaminia ne doit pas le voir ainsi, dit

Brunissen quand toute la maisonnée fut rassemblée dans la remise autour de la macabre charrette. Nous allons le laver, remettre autant que possible de l'ordre dans ses vêtements et allumer autour de lui des bougies en attendant de le transporter... chez eux...

Elle éclata en larmes brûlantes et se réfugia entre les bras d'Alaïs. A son exemple, chacun se laissa aller à la désolation. Lamentations, cris de douleur, sanglots s'élevaient de toutes parts.

Albérade, Biétrix, les jardiniers, les palefreniers et les autres serviteurs ou servantes gémissaient, se répandaient en doléances, soupiraient et pleuraient en signe de deuil et de compassion. La nourrice de Berthe la Petite, qui la tenait dans sa chambre, loin de cette tragédie, ne participait pas au chœur funèbre.

Livide, le père Ascelin s'était agenouillé auprès de la voiture et priait.

Il fallut s'y reprendre à plusieurs fois pour séparer le lévrier de la dépouille qu'il veillait. Aboyant, cherchant à mordre, il se refusait à quitter sa faction. Les valets d'écurie n'y parvinrent qu'en lui apportant une écuelle remplie de soupe odorante et réussirent ensuite à le conduire à la cuisine où ils l'enfermèrent.

— Pendant que vous vous occuperez de ce pauvre Andronic, dit alors Landry, nous irons, Mathieu et moi, prévenir Flaminia. Ce n'est point à vous, Brunissen, d'accomplir une si affreuse démarche. Il faut s'attendre à un terrible déchaînement de la part d'une femme éprise et passionnée comme l'est notre sœur. Nous ne serons pas trop de deux pour lui annoncer une telle perte, lui porter secours au besoin, puis l'amener jusqu'ici...

Aidée par Alaïs, abattue, par Albérade, tremblante d'horreur, et par deux blanchisseuses qui venaient laver le linge de la maisonnée mais s'occupaient aussi des toilettes mortuaires, Brunissen dégagea avec précaution le cadavre de la couverture. Vêtements en lambeaux, corps brisé, cuir chevelu arraché, Andronic gisait, désarticulé, sur la paille. De profondes plaies entaillaient ses mains, son front, ses joues bleuies et labourées. On lui avait fermé les yeux.

— Dieu ! murmura la future moniale, Dieu, Seigneur, ayez pitié de ma sœur et de lui !

Gémissant, pleurant, psalmodiant la prière des défunts, les femmes le lavèrent, tentèrent de le rajuster, puis déposèrent sur le corps, dont elles avaient joint les mains, un drap blanc qui le recouvrit.

Quand tout fut terminé, Brunissen alluma des cierges aux quatre coins de la charrette et se retira. Il lui fallait aller libérer Hâlid et trouver avec lui un moyen pour qu'il s'en allât le plus vite possible, sans, toutefois, le mettre en danger.

Depuis qu'elle l'avait quittée, elle n'avait pas vu Irène et pensait qu'elle avait rejoint le marchand de chevaux. L'enfant y était en effet, mais pas seule. Sa sœur Anthusa, qu'on avait un peu oubliée dans l'agitation et le chagrin de ce jour fatal, s'y était rendue également.

Belle comme une houri, elle avait pris place sur le lit et écoutait, en penchant un visage empreint de gravité et d'émotion vers le visiteur assis à ses pieds, les paroles qu'il lui disait en arabe.

En les voyant tous trois converser de manière si amicale, Brunissen sentit comme une pointe d'amertume se greffer sur sa peine et son désarroi. Comment Hâlid, dont elle connaissait l'exigeante sensibilité, pouvait-il bavarder avec tant d'abandon sous le toit d'une maison en deuil ?

Elle se sermonna aussitôt, prit une profonde inspiration, puis se contraignit à faire un effort sur elle-même pour parler avec naturel.

— Avant que Flaminia, qu'on est allé chercher, n'arrive ici, dit-elle, je viens vous dire adieu et vous remercier au nom de tous les miens. Grâce à vous, nous avons pu ramener chez nous le corps de mon beau-frère et nous vous en avons une immense reconnaissance. Dieu seul sait ce qui serait arrivé de lui si vous ne nous aviez pas prévenus...

— Avez-vous songé à ce que je vous ai dit au sujet de son cheval ? demanda Hâlid.

— Comment aurais-je pu oublier ? J'en suis fort troublée, voyez-vous, et je crains d'avoir trouvé qui aurait eu des raisons d'agir de la sorte... Mais nous ne devons jamais accuser sans preuve. Or, nous n'en possédons aucune.

— De par mon métier, je suis habitué aux chevaux. Je sais réduire leurs fractures, pratiquer des saignées, châtrer certains d'entre eux, et je connais assez bien les trois cent vingt maladies qui peuvent les menacer. Croyez-moi, amie, jamais je n'ai vu de manifestation aussi étrange que celle dont je vous ai parlé à propos de ce coursier-là. Par Allah, il avait absorbé dans sa nourriture une poudre au terrible pouvoir !

— Vous avez sans doute raison, Hâlid, mais maintenant que mon beau-frère s'en est allé à Dieu, à quoi servirait de parler vengeance ? C'est déjà, peut-être, par mesure de représailles qu'a été commis cet acte criminel. Non, plus j'y pense, plus je suis certaine, sans avoir même à en parler à mon confesseur, qu'il faut taire nos soupçons et ne rien en dire à quiconque... Et surtout pas à ma sœur qui s'embrase comme une torche ! Elle serait capable de rechercher le meurtrier ou la meurtrière, et de le tuer à son tour... au risque d'y perdre sa part de vie éternelle !

— Chez nous, on crèverait les yeux du criminel, avant de l'exécuter, dit Anthusa de sa voix de velours.

— Est-ce ainsi qu'on pratique à Constantinople le pardon des injures ? demanda Brunissen.

Elle se tut vivement, sans pouvoir s'empêcher de rougir. Hâlid la considéra un instant en silence, baissa la tête et soupira.

— Allez rejoindre votre famille et ne vous préoccupez plus de moi, reprit-il. Je sortirai comme je suis venu, avec Irène qui est un guide innocent dont personne ne songe à se méfier. Si Allah le permet, je serai bientôt en sûreté. Qu'Il prenne soin de vous et vous garde jusqu'à notre prochaine rencontre, ô amie. Je demeure encore pour de longs mois dans les parages de Jérusalem et je continuerai à observer de loin ce que vous faites.

— Alors, vous apprendrez bientôt mon entrée au moutier Sainte-Anne où je compte prendre le voile, répondit Brunissen. J'y prierai pour vous et pour tous les hommes de bonne volonté.

Hâlid s'inclina comme il l'avait fait au début, en portant sa main droite successivement à son front, ses lèvres et sa poitrine. La future moniale ne vit pas son regard avant de le quitter.

Elle regagna la remise où se continuait la veillée mortuaire. Sans bruit, elle s'agenouilla entre son oncle et Alaïs, plongea son visage dans ses mains et se mit à prier.

La nuit venait. La lueur des cierges y posait quatre points de lumière tremblante qui éclairaient faiblement le suaire d'Andronic.

Soudain, de la cuisine où il était toujours enfermé, le sloughi se mit à hurler comme font les loups dans les forêts hivernales.

On entendit des bruits de pas sur les dalles et le martèlement du pilon de bois qui précédait Landry partout où il allait.

Brunissen, Alaïs et le père Ascelin se redressèrent, le cœur battant, en proie à une terrible angoisse.

Flaminia entra dans la grange. Elle ne vit personne, marcha

vers la charrette, contempla un instant la forme allongée et s'écroula tout d'une pièce, sans un mot, sur le corps de son mari.

Derrière elle, secoué de sanglots, Paschal s'avança entre Mathieu et Landry.

— J'étais malade depuis hier et n'ai pu aller à la chasse avec lui ! dit-il au milieu de ses pleurs. Je m'en voudrai toujours. Si j'avais été là, cette horrible chose ne se serait pas produite !

Brunissen ne dit rien, attira l'enfant dans ses bras et le tint un moment embrassé.

Les servantes avaient voulu se précipiter sur Flaminia pour l'arracher à son ultime étreinte. D'un geste, le père Ascelin les en avait empêchées. Ses yeux n'étaient plus que des trous noirs dans son visage blême.

— Il faut les laisser tous deux, dit-il. Ne les troublons pas...

On sortit de la remise pour se réunir dans la grande salle.

Pleurs et lamentations s'y donnèrent de nouveau libre cours.

— Dès qu'elle nous a vus, Flaminia a compris, dit Landry à son oncle et à sa sœur. Elle est devenue toute blanche, a murmuré : « Depuis tantôt, je savais qu'un malheur s'était produit... » Puis elle s'est pâmée. Nous avons eu beaucoup de mal à lui faire recouvrer ses esprits. Quand elle a repris connaissance, elle nous a dit : « Partons vers lui. » Nous l'avons suivie jusqu'ici sans qu'elle prononce un mot. Elle avançait comme une flèche attirée par un aimant...

— On aurait dit une statue de pierre en marche, ajouta Mathieu. Pas un instant elle n'a pleuré. Je n'ai jamais été aussi impressionné de ma vie.

Ce ne fut que beaucoup plus tard, alors qu'approchait l'heure des complies, que Flaminia rejoignit sa famille. Son visage décoloré, ses yeux vides, son bliaud lacéré, ses joues griffées, ses cheveux dénoués et épandus sur ses épaules la faisaient ressembler à une femme qui aurait perdu la raison...

L'assemblée qui pleurait et gémissait, autour de la cheminée où flambait un feu de bois aromatique, se tut d'un coup.

— Mon oncle, dit Flaminia, occupez-vous, je vous en prie, de le faire ensevelir. Je ne veux rien en savoir. Je n'assisterai pas à la cérémonie. Je vais partir dans le désert pour un temps.

Elle s'interrompit, ferma les yeux, demeura un moment immobile et chacun s'attendait à ce qu'elle s'écroulât.

— Attendez-moi, mon oncle, reprit-elle ensuite. Ne retournez pas à Chartres avant de m'avoir revue. Je rentrerai là-bas avec vous. Je n'ai plus rien à faire ici.

— Damedieu ! s'écria Landry, vous voulez nous quitter ? Que va devenir votre atelier de parcheminerie ?

— Je vous le donne, mon frère. Vous pourrez vous y installer dès demain avec Alaïs et Berthe la Petite. Tout y sera à vous.

Un silence de glace tomba sur la salle.

— Que ferez-vous de moi ? demanda timidement Paschal dont les larmes inondaient la tunique d'épaisse laine blanche. M'abandonnerez-vous dans ce pays où je ne connais personne ?

Flaminia tressaillit et fixa des yeux son beau-fils comme elle l'aurait fait d'un revenant.

— Ne pouvez-vous regagner Constantinople avec Basile ? demanda Brunissen.

— Basile n'est plus ici, répondit l'enfant. Il a disparu depuis ce matin. Nous l'avons cherché partout mais il avait quitté la maison à l'aube. Une servante l'a vu qui s'éloignait à grands pas...

Brunissen serra si violemment ses mains l'une contre l'autre que ses articulations apparurent soudain blanches. Tout devenait clair. Le précepteur, soudoyé d'une façon ou d'une autre par l'épouse jalouse, demeurée cette fois en Grèce, avait administré au cheval d'Andronic la préparation maléfique qui l'avait rendu fou. L'indisposition de Paschal, elle non plus, n'était sans doute pas fortuite. Afin que son fils n'assistât pas à l'accident conçu et provoqué par elle, Icasia avait dû demander à Basile de faire prendre à l'enfant une autre de ses potions qui le retiendrait à la chambre. Puis le meurtrier s'était enfui. La vengeance de l'épouse délaissée avait été exécutée...

— Je ne vous abandonnerai pas, lui répondit Flaminia pendant que sa sœur réfléchissait. Vous viendrez avec moi à Chartres. Il l'aurait voulu ainsi...

Elle serra les lèvres comme pour y enclore le cri qui la déchirait.

— J'emmènerai aussi le sloughi, continua-t-elle après s'être maîtrisée. Allez le chercher, je vous prie. Il viendra avec moi là où je vais...

Pendant une semaine, Flaminia marcha à travers le désert. Enveloppée dans un vaste manteau sarrasin, très ample, taillé dans une étoffe en poil de chèvre teinte en noir, couleur de deuil adoptée par tous les habitants de Syrie et de Palestine, elle avait pris la fuite. Son chien sur les talons, elle avançait dans la pierraille, tournant comme un épervier autour de la ferme où s'était produit l'accident. Nul n'avait eu besoin de lui désigner ce funeste endroit. Duc l'y aurait conduite, mais elle savait où il se trouvait. Dans un coin de son esprit, la perception monstrueuse de la mort s'était tapie, bien qu'elle n'acceptât pas de s'y attarder. Il lui arrivait, parfois, de pousser un long cri d'appel, de prononcer le nom aimé, de hurler comme une louve, de tomber à terre comme une morte, les yeux ouverts, attendant qu'il se produisît un événement surnaturel, un prodige, que la terre s'ouvrît pour l'engloutir ou pour lui rendre Andronic. Elle répétait : « Il est mort ! Il est mort ! » Mais, de tout son être, elle rejetait un tel constat et se prosternait afin de supplier Dieu de le lui rendre. Les yeux levés, elle considérait sans ciller le ciel gris qui pesait sur la Judée en cette vigile de l'Epiphanie et le fixait jusqu'à voir les nuages devenir pourpres, violets ou couleur de sang... Son cœur battait à se rompre, mais il ne se rompait pas et elle égrenait sans fin un chapelet entre ses doigts.

— Le Seigneur ne nous permet pas de nous donner la mort nous-mêmes, dit-elle un soir, tout haut. De toute façon, on ne meurt pas du désir de mourir. Pas plus qu'on ne pleure parce qu'on voudrait pleurer !

Depuis qu'un abominable pressentiment l'avait foudroyée le matin de la Saint-Sylvestre, elle n'avait pas versé une larme. Desséchée, lestée du plomb fondu qui coulait dans ses veines, elle ne ressentait qu'une brûlure sous les paupières comme si le sable du désert s'y était insinué, comme si un nuage compact et lourd d'orage avait pénétré entre sa gorge et sa poitrine pour l'étouffer.

Duc la suivait, s'arrêtait quand elle s'arrêtait, repartait dès qu'elle bougeait. Il ne manifestait ni tendresse maladroite, ni indifférence animale, ni intérêt pour le gibier rencontré. Elle avait emporté avec elle, dans une besace, du pain qu'ils se partageaient, le chien et elle, également. Il la contemplait de ses yeux de topaze, mais conservait ses distances et se contentait de monter la garde autour d'elle à tout moment. Ils buvaient ensemble aux fontaines ou aux puits rencontrés là où il y avait des points d'eau, puis reprenaient leur errance.

La nuit, elle demeurait éveillée jusqu'à l'aube. Enroulée dans son manteau, elle serrait Duc contre elle et lui parlait tout bas. Quand le chien s'endormait enfin, elle priait comme on crie, cherchant dans l'immensité étoilée du ciel d'Orient l'astre où s'était réfugiée l'âme d'Andronic... Le petit matin gris d'hiver la trouvait blottie contre le lévrier, se réchauffant à sa chaleur, écrasée par un mauvais sommeil.

Comment continuer à exister ? Elle ne supportait plus la présence d'aucun être humain auprès d'elle et s'était éloignée de tous pour que personne ne pût la toucher. Le moindre contact lui aurait été odieux. L'empreinte du corps raidi, cireux, rompu, de son mari s'était incrustée dans sa chair durant le long moment passé dans la charrette, couchée sur lui, dans un état de prostration et de douleur telles qu'elle avait espéré y laisser sa vie. Le souvenir de ces épousailles avec la mort demeurait en elle comme une lame... Quand la plaie lui faisait trop mal, elle tombait à genoux dans le sable ou sur les cailloux et priait à haute voix, appelant le Seigneur, se balançant d'avant en arrière d'un mouvement machinal, s'appuyant alternativement sur ses genoux et sur ses pieds gonflés, écorchés, à vif, mais dont elle ne ressentait plus la souffrance tant elle y portait peu d'attention. Elle psalmodiait ainsi, d'un ton monocorde, pendant des heures, et les nomades qui passaient aux alentours s'écartaient pour ne pas la troubler.

Prévenu par Brunissen qui lui avait écrit, Hâlid veillait de loin sur cette femme dont la douleur le touchait. Il n'y avait pas beaucoup de veuves pour se comporter de la sorte à la mort de leur époux. Le marchand de chevaux respectait Flaminia et la faisait respecter par tous ceux avec lesquels il entretenait des rapports, fût-ce avec ceux-là mêmes qu'il réunissait en des conciliabules dirigés contre ces Francs dont la jeune femme faisait partie... Il s'arrangeait pour adresser à Brunissen des messages où il lui décrivait les allées et venues de sa sœur, ce qui permettait aux Chartrains de suivre à distance le cheminement de celle dont ils attendaient le retour.

Godefroi de Bouillon et le nouveau patriarche venaient de regagner Jérusalem après s'être séparés avec tristesse de Bohémond d'Antioche et de Baudouin d'Edesse, repartis l'un et l'autre vers la Syrie du Nord, lorsque, suivie de Duc, et à la nuit tombante, Flaminia réapparut au domicile des siens.

Pieds sanguinolents, couverts de la poussière du désert, bliaud et manteau qu'elle n'avait pas quittés depuis huit jours salis et puants, cheveux hirsutes, mains écorchées et sales, ongles noirs ou cassés, la belle parcheminière de naguère était semblable à une mendiante sans âge et sans aveu.

— Venez, lui dit Brunissen, venez avec moi, ma sœur, je vais vous faire préparer un bain.

Mahiette, la chambrière blésoise engagée par Andronic pour servir sa femme, était venue se réfugier chez les Chartrains après l'irréparable désastre qui avait endeuillé la maison du couple. Elle souhaitait continuer à s'occuper de sa maîtresse puis repartir avec elle, le moment venu. Quand Flaminia pénétra en compagnie de Brunissen dans la chambre, une baignoire de bois poli, doublée d'un molleton et remplie d'eau fumante, l'attendait devant une sorte de brasero en bronze posé au centre d'un large plateau de cuivre. Elle tressaillit en reconnaissant Mahiette, et ses lèvres se mirent à trembler. Mais elle se reprit vite et sourit tristement à la jeune servante.

— Nous voici veuves toutes deux ! dit-elle d'une voix rauque. Il nous reste à présent à nous soutenir l'une l'autre.

Puis, avec indifférence, elle se laissa soigner, panser, laver, frotter, sécher, vêtir et coiffer par les mains adroites de sa chambrière qu'aidait Brunissen. Une fois redevenue nette, vêtue d'un bliaud de laine noire, les cheveux démêlés et nattés avec soin, elle prit place sans appétit devant une petite table apportée toute servie à son intention dans la chambre, sur les indications de sa sœur.

— Duc a-t-il été, lui aussi, lavé et nourri ? demanda-t-elle alors.

— Ne soyez pas en peine pour lui. Paschal s'en occupe. Votre lévrier a semblé heureux de le retrouver.

— Oui, Paschal... murmura Flaminia, Paschal...

Elle demeura un moment songeuse, puis se redressa sur son siège.

— Savez-vous à quelle date il nous sera possible de quitter Jérusalem ? s'enquit-elle d'un ton plus ferme.

— Notre oncle attendait votre retour pour retenir des places sur les nefs qui relient Jaffa à l'Italie, dit Brunissen. Comme il y a maintenant un incessant va-et-vient de bateaux qui amènent ou reconduisent chez eux les pèlerins désireux de venir aux Lieux saints, il ne doit pas être difficile d'en trouver de disponibles. Certaines naves touchent même à Marseille.

— Dieu veuille que nous puissions bientôt nous embarquer ! soupira Flaminia. Je ne saurais plus vivre dans cette ville...

Brunissen posa une main fraternelle sur l'épaule de sa cadette et l'y laissa un moment appuyée.

— Landry et Alaïs, avec Berthe la Petite, se sont décidés, voici peu, à partir s'installer dans la parcheminerie dont les apprentis et les clients s'impatientaient, dit-elle. J'imagine que vous n'y retournerez pas. J'y ai fait prendre vos effets et certaines choses qui m'ont semblé devoir vous être utiles...

ou précieuses. Je les ai rangées dans un coffre de voyage.
Vous l'emporterez en partant.

— Rien ne m'est plus... murmura Flaminia. Je ne tiens
plus à rien...

Des aboiements les interrompirent. Paschal entra avec le
sloughi qui s'élança vers sa maîtresse et vint lui lécher les
mains.

— Notre oncle, Paschal et Duc seront mes compagnons
de route, reprit Flaminia. Espérons que nous parviendrons à
Chartres sans trop tarder.

L'adolescent vint s'asseoir près de sa belle-mère.

— Croyez-vous que je me ferai à la façon de vivre des
Francs ? demanda-t-il en baissant la tête. Votre pays est si
loin, si différent...

Lèvres serrées, la jeune femme le considéra un instant.

— Votre père l'aurait souhaité, dit-elle d'un ton neutre,
mais si vous préférez retourner à Constantinople, vous êtes
libre de le faire.

— Je suis fâché avec ma mère ! s'écria Paschal. Avant de
quitter la maison, je lui ai écrit une lettre où je l'accusais de
m'avoir détourné de mon père et de ne savoir quoi inventer
pour envenimer la situation !

Brunissen fut sur le point de parler, mais, considérant le
visage de pierre que sa sœur tournait vers le brasero, elle
se ravisa.

— Ce qu'une lettre a défait, une autre lettre peut le refaire,
dit-elle au bout d'un moment, durant lequel personne n'avait
su quoi dire. Si vous rédigiez une nouvelle missive pour
Icasia, en lui demandant de vous pardonner votre colère et
en lui apprenant ce qui est arrivé ici, il se peut qu'elle
change d'avis.

Flaminia se leva.

— Je vais dans la grande salle avec Duc, dit-elle brusquement. Vous m'annoncerez quand vous le voudrez ce que vous
aurez décidé.

Elle sortit avec le lévrier.

— Autant je souhaitais vivre auprès de mon père, autant
je redoute de me retrouver en compagnie d'une femme aussi
entière, dans un pays qui doit lui ressembler, avoua Paschal.

Brunissen inclina la tête sur sa poitrine et réfléchit longuement.

— Vous avez peut-être raison, finit-elle par admettre. Il
est vrai, Dieu juste, que Flaminia vit son deuil avec une
intensité sans pareille et que son malheur la durcit. Essayez

de la comprendre. Si elle ne se protégeait pas derrière ce bouclier, elle serait déjà morte. Son cœur aurait éclaté.

Paschal se mit à pleurer.

— La disparition de mon père est bien le pire des malheurs qui pouvaient m'arriver, gémit-il. A présent je me sens perdu !

Brunissen attira l'adolescent contre elle.

— Vous êtes bien jeune en effet pour connaître de tels tourments ! lui dit-elle en lui caressant les cheveux. Le mieux pour vous serait de rester avec mon frère et ma sœur dans leur parcheminerie. Vous pourriez y prendre le temps de réfléchir au milieu d'une ville que vous commencez à connaître et qui vous dépayse moins que ne le ferait Chartres. Ils vous accueilleront, j'en suis certaine, avec amitié. Le temps passant, vous verrez bien si vous préférez demeurer à Jérusalem ou retourner à Constantinople.

— Je crois que j'aimerais mieux revenir auprès de ma mère... le plus vite possible... reconnut Paschal, pitoyable comme l'enfant fragile qu'il était encore.

— Eh bien, par Notre-Dame, pourquoi ne pas l'avouer tout simplement ? demanda Brunissen. Les bateaux pour Constantinople doivent être nombreux à Laodicée. Nous vous y ferons conduire avec un groupe de pèlerins grecs comme il s'en rencontre souvent à Jérusalem. En suivant la côte, le voyage est sans danger.

Elle s'interrompit un bref moment.

— Peut-être même pourrez-vous retrouver parmi eux votre précepteur, ce Basile venu avec vous avant la Noël...

— Il doit déjà être loin ! Lui non plus ne s'accoutumait guère à la privation de nos habitudes, de notre ville aux cinq cents merveilles, de notre existence si agréable... non plus qu'à l'absence de ma mère pour laquelle il éprouve une grande vénération !

Brunissen soupira.

— Je comprends, dit-elle, je comprends... Puisqu'il en est ainsi et que vous avez pris votre décision, je vais aller dire à Flaminia que vous avez choisi.

— Croyez-vous qu'elle en sera fâchée ?

— Rien ne peut l'atteindre là où elle est, assura Brunissen avec un triste sourire. Rien ne peut faire davantage souffrir son pauvre cœur crucifié...

Dans la grande pièce, le père Ascelin et sa nièce parlaient devant un kursi, table basse recouverte d'un drap de toile, de plusieurs courtines de laine et d'une sorte de couvre-pieds piqué, sous lesquels on avait glissé un brasero rempli de

562 LES COMPAGNONS D'ÉTERNITÉ

poussières de charbon et de braises ardentes enfouies sous des cendres. Ce moyen de chauffage, employé en hiver dans toutes les régions de la Syrie et de la Palestine, dégageait une chaleur douce et durable qui permettait de traverser sans en pâtir les quelques semaines de froidure.

Il fallait un certain tour de main pour entretenir ce foyer tout en le modérant, afin d'éviter la fumée, mais les Syriens et les Arméniens avaient appris aux Francs à s'en servir. Des aiguières bien pleines avaient été déposées en cercle sous la table, autour du brasero et on entendait bouillonner doucement l'eau qu'elles contenaient.

Assis sur les sofas qui entouraient ce kursi, Flaminia et son oncle conversaient à mi-voix. Couché à leurs pieds, Duc semblait dormir. Trois lampes à huile les éclairaient de leur calme lumière.

Une surprenante impression de recueillement se dégageait de cette scène. Songeant à la possibilité d'une confession, Brunissen pensait à se retirer quand la voix de Flaminia, toujours rauque et voilée, lui parvint.

— Restez, ma sœur, restez, disait-elle. Notre oncle me parle de ce qui s'est passé en mon absence...

Les oreilles triangulaires du sloughi, attachées haut sur sa tête, se dressèrent aussitôt. D'un geste, sa maîtresse l'apaisa.

— Il repose à présent à côté de ses coreligionnaires, parmi les tombes grecques du Saint-Sépulcre, terminait le père Ascelin. Chaque jour, je fais dire des messes pour le salut de son âme...

— Soyez-en remercié, dit Flaminia. Mais sachez que jamais je n'irai là-bas.

— Comme vous voudrez, ma fille. Face à l'éternité, seules comptent nos prières...

Un silence se creusa.

— Souhaitez-vous prendre un breuvage qui vous aide à trouver le sommeil ? demanda Brunissen. Anthusa connaît les plantes et leurs propriétés.

D'un air farouche, Flaminia secoua la tête.

— Je ne tiens pas à dormir, dit-elle. Je passerai cette nuit en prière dans la remise que vous savez.

— Le froid... protesta le père Ascelin.

— J'ai couché sept fois de suite dans le désert, mon oncle, et je n'en suis pas morte, murmura la jeune veuve. Je n'ai même pas su quelle température il y faisait.

Elle posa une main sur le dos du chien dont la robe couleur de sable frémit.

— J'ai là un compagnon qui me réchauffe quand c'est nécessaire, ajouta-t-elle. Nous nous comprenons parfaitement, lui et moi.

Elle se leva. Comme elle avait beaucoup maigri, elle semblait plus grande. Son visage sans couleur, ses yeux creusés et cernés de bistre lui composaient un masque pathétique. Son bliaud noir accentuait encore l'aspect funèbre d'un être de dix-neuf ans qui, quelque temps plus tôt, était la vie même.

— La charrette est toujours là, murmura Brunissen. Je n'ai pas voulu que nous nous en défassions.

Une sorte de clarté passa dans les prunelles ternies.

— Soyez bénie, ma sœur, pour une telle pensée, dit Flaminia. C'est sur cette paille-là que je dormirai et nulle part ailleurs. Elle sera désormais, tant que je serai ici, la seule couche qui me convienne.

Elle se tourna vers le sloughi.

— Viens, Duc, viens, appela-t-elle. Tu auras peut-être, toi, la chance d'y retrouver son odeur...

Elle s'éloigna en boitant un peu, tant ses pieds douloureux la gênaient pour marcher. Le grand lévrier la suivait d'aussi près que l'ombre noire projetée sur le sol par la lumière tremblante des lampes à huile.

Trois semaines plus tard, tous les Chartrains se retrouvèrent une dernière fois à Jaffa. La famille au complet avait tenu à accompagner le père Ascelin, Flaminia, Mahiette et Duc jusqu'à la nef pisane qui allait les emporter.

Le froid avait déjà cédé la place à une douceur printanière.

Sous un soleil redevenu tiède et bienfaisant, le grand port franc de la côte syrienne était en pleine effervescence. L'avoué du Saint-Sépulcre avait en effet décidé de renforcer ses défenses et, pour ce faire, d'agrandir, d'élargir, de rehausser les fortifications de la ville. Un grand nombre d'ouvriers travaillaient sur les murailles dans le bruit incessant des palans, des treuils, des charrois, parmi les cris des marins, les ordres des maîtres d'œuvre, le martèlement des tailleurs de pierre, le grincement des poulies, des haubans et des voiles qu'on hissait.

— Grâce à notre sire Godefroi de Bouillon, ce port est en passe de devenir le plus important de la côte, remarqua Mathieu, qui avait, ainsi que Reinard, insisté pour être présent à cette ultime séparation. Par Dieu, à l'abri de tels remparts,

les pèlerins de toute la Chrétienté débarqueront ou embarqueront en parfaite sécurité !

— Certes, lui répondit Landry. Les denrées les plus diverses
y pourront également être livrées et entreposées sans risque.
Que le diable m'étouffe si ce n'est pas là un coup terrible
porté aux mécréants de tout poil qui fourmillent sur le reste
du littoral palestinien ! Leurs dernières possessions, coupées
les unes des autres, vont se trouver à la merci de nos attaques !

— Dieu soit loué, qui m'a permis de constater avant mon
départ l'affermissement de ce royaume franc que nous avons
vu naître ! dit le père Ascelin dont le visage était parcouru
de crispations nerveuses. L'animation que je constate ici
augure bien d'un avenir que je ne verrai pas, mais auquel
vous participerez, mes chers neveux...

Albérade pleurait doucement en considérant d'un œil navré
Flaminia qui marchait d'un pas hâtif en tête du groupe, pâle,
pitoyablement amaigrie, le visage fermé, sans rien voir sur
son passage... Partagée entre le désir de retourner dans son
pays avec la plus infortunée de ses maîtresses ou de rester à
Jérusalem en compagnie de Brunissen, de Landry et d'Alaïs,
la brave femme avait longtemps hésité. Si elle avait fini par
choisir de demeurer sur place, c'était sans doute à cause du
grand attachement qu'elle vouait à Alaïs, la plus jeune, ainsi
que de l'affection qu'elle portait à Berthe la Petite, mais aussi
par crainte des dangers et des angoisses que réservait un si
long chemin. L'avoir parcouru une fois lui semblait amplement suffisant.

Les jumeaux se tenaient par la main, l'un traînant son pilon,
l'autre refoulant ses larmes. Biétrix et Irène, qui avaient voulu
venir, marchaient auprès d'eux. Seule, Anthusa, parce qu'elle
se déplaçait toujours avec quelque difficulté, était demeurée
au logis.

Brunissen, au bras de laquelle s'appuyait le père Ascelin,
se rappelait l'embarquement de Brindisi lors d'un printemps
qui contenait tant d'espoir et l'avidité avec laquelle Flaminia,
à cette époque, envisageait l'avenir...

« Dieu Seigneur, protégez-la, je vous en supplie ! Allégez
le tourment qui la ronge ! »

— Tout est si pareil, murmura le père Ascelin en découvrant, parmi les autres bateaux que contenait le port, la grosse
nef pisane, peinte de couleurs vives, sur laquelle ils allaient
embarquer. Si pareil et pourtant si différent...

Il songeait aussi à son ami Foucher de Chartres, retourné
vers Edesse avec la suite de Baudouin de Boulogne, un maître

qu'il aimait et admirait. Lui non plus, il ne le reverrait jamais en ce monde...

Brunissen inclina la tête en signe d'assentiment.

— Je suis contente que Paschal ait pu trouver un groupe en partance pour Constantinople et qu'il s'en soit allé, reprit-elle au bout d'un moment. Sa présence ici, en cet instant, aurait été trop cruelle pour Flaminia.

— Je prendrai soin d'elle durant le voyage, assura à mi-voix le père Ascelin, et je ne la délaisserai point non plus, vous pouvez en être sûre, quand nous serons à Chartres...

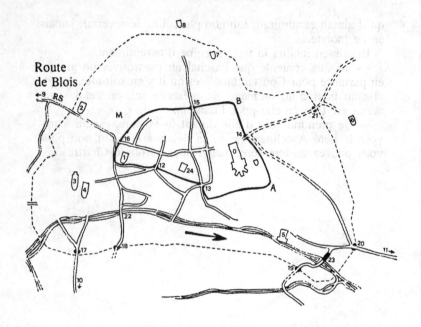

PLAN DE CHARTRES

ÉGLISES : 0. Cathédrale. 1. Saint-Aignan. 2. Saint-Michel. 3. Saint-Père-en-Vallée. 4. Saint-Hilaire. 5. Saint-André. 6. Saint-Jean-en-Vallée. 7. Sainte-Foy. 8. Saint-Saturnin. 9. Saint-Martin-au-Val. 10. Saint-Barthélémy et Saint-Chéron. 11. Saint-Maurice.

A. Coin du mur de l'évêque. B. Coin Rahier. M. Marché. RS. Regia strada (route de Blois).

PORTES : *Enceinte primitive (IXᵉ-Xᵉ).* 12. Cendreuse. 13. Evière. 14. Neuve (?). 15. Percheronne. 16. Foucher-Nivelon (poterne). *Enceinte fin XIᵉ.* 17. Morard. 18. Tireveau (poterne). 19. Imbaud. 20. Drouaise. 21. Saint-Jean-en-Vallée.

PONTS : 22. Mergentis pediculi (Taillard ?). 23. Innommé (du Massacre ?).

24. Tour comtale.

(Plan extrait du livre de Roger Joly, *Histoire de Chartres*.)

DEUXIÈME PARTIE

Mi-carême 1100 — janvier 1101

1

Après une traversée maussade de la Méditerranée, pendant laquelle ils avaient été secoués par d'incessantes et rageuses bourrasques, deux ou trois dizaines de pèlerins s'étaient retrouvés et regroupés à Marseille, au temps de la mi-carême. Depuis lors, ils faisaient route ensemble vers Chartres et ses entours, d'où ils étaient partis plus de quatre années auparavant.

Chargés de coffres, de sacs, de paniers, tirés par des mulets aux pieds sûrs, plusieurs lourds chariots les suivaient.

Vêtus par-dessus leurs bliauds de la longue chape munie d'un capuchon qui les protégeait du soleil comme de la pluie, une croix de tissu rouge, signe sacré de leurs vœux de pèlerinage, cousue sur une épaule, portant en bandoulière la besace surmontée des palmes cueillies à Jéricho, le bourdon à la main, les marcheurs de Dieu progressaient avec patience et ténacité.

Pour seconder leurs pas, ils chantaient psaumes, litanies, hymnes, chansons de route, ou bien ils priaient de concert, à voix haute, afin d'éloigner les mauvais esprits.

Tout au long des chemins, voies romaines et sentiers, jalonnés de croix, d'oratoires, de chapelles, de montjoies, de prieurés, de maisons-Dieu, qui les avaient menés, pendant deux bons mois, de la côte provençale à la plaine de Beauce, ils n'avaient pas cessé d'être l'objet de la curiosité, de l'enthousiasme, de la vénération du peuple chrétien qu'ils rencontraient.

« Des paulmiers ! Des paulmiers ! Saint-Sépulcre ! Montjoie ! Los ! Los ! Gloire à Dieu ! Jérusalem ! Jérusalem ! »

Comme une litanie toujours renaissante, ces cris les précédaient, les accueillaient, les suivaient. Dès qu'étaient aperçues les palmes rapportées à grand effort de Terre sainte, symboles de triomphe mais aussi rappels du martyre consenti pour la délivrance du tombeau sacré, les habitants des villes comme ceux du moindre hameau campagnard se précipitaient vers les pèlerins, criant de joie et les couvrant de bénédictions.

Hébergés, soignés, nourris, honorés, sujets de prévenances multiples mais également de questions sans fin, les paulmiers avaient cheminé dans une lumière printanière qui était aussi lumière d'apothéose. Ils étaient des héros, des créatures bénies du Seigneur. Le Tout-Puissant leur avait permis de libérer le Saint-Sépulcre de la souillure maudite des infidèles.

Par la vallée du Rhône, Lyon, Nevers, Saint-Benoît-sur-Loire, Orléans, ils étaient ainsi remontés du Midi vers leurs terres beauceronnes. En débarquant, ils avaient admiré le temps clair du printemps précoce qui les accueillait en Provence, puis, tout au long de leur pérégrination, ils l'avaient vu, renaissant sous leurs yeux, progresser comme eux vers le nord. Quand il pleuvait, ils s'émerveillaient de la fraîcheur de la pluie et, après l'averse ou l'orage, de l'herbe si verte, des arbres aux feuilles lustrées et neuves dont ils avaient oublié la juvénile gaieté sous l'aride climat et le soleil dévorant de Palestine.

Mais, parmi ces croisés du retour, il y en avait une que les giboulées, la belle saison, pas plus que la grosse houle du voyage en mer ne semblaient concerner. Marchant d'un pas régulier, sans jamais se plaindre de la fatigue, sans paraître rien voir des paysages traversés, Flaminia ne parlait que fort peu, mangeait ce qui était nécessaire à sa subsistance, et ne s'intéressait qu'au beau lévrier qui ne la quittait jamais.

Le père Ascelin s'était lié avec deux autres clercs du groupe, Mahiette bavardait parmi plusieurs femmes, dont une Blésoise comme elle, mais la jeune veuve, perdue dans une sorte de rêve éveillé, ne paraissait éprouver aucun besoin d'échange avec ceux qui l'entouraient. Elle participait aux corvées collectives, soignait les malades, mettait la main aux plats communs, dormait, enroulée dans sa chape entre son chien et sa servante, sur le foin, la paille des granges ou dans les lits de fortune, suivait chaque jour la messe matinale, priait avec tous, mais ne mêlait pas sa voix aux chants de route entonnés en chœur par ses compagnons.

Le bruit de son veuvage s'étant répandu dès le premier jour passé sur la nef, on respectait son chagrin et on admettait son air absent. Cette belle femme au visage assombri par le deuil attirait la compassion, mais tout dans son attitude en écartait les témoignages. Seul, Duc parvenait à faire naître sur ses lèvres une sorte de sourire indulgent et complice. Elle le brossait chaque jour, le lavait s'il en avait besoin, entourait le fier animal de l'attention affectueuse et inquiète que les mères réservent d'ordinaire à leurs enfants. Depuis la Saint-Sylvestre, elle n'avait pas versé une larme. La source en semblait obstruée par une boule douloureuse, logée, rencognée dans sa poitrine, entre gorge et cœur, comme une masse de plomb.

Son oncle, qui l'observait avec un mélange d'anxiété et d'admiration, ne cessait de se demander pourquoi elle avait tenu à revenir à Chartres. Il avait fini par penser que sa nièce obéissait là à un instinct comparable à celui de l'oiseau migrateur qui revient toujours vers son nid ou à celui du gibier poursuivi qui se réfugie dans sa tanière.

Jamais elle ne prononçait le nom d'Andronic. Quand elle en parlait, ce qui se produisait rarement et presque uniquement dans les propos adressés à Duc, elle disait « il » ou « lui » comme s'il n'y avait eu qu'un homme sur terre dont il valût la peine qu'elle s'occupât.

Ces étrangetés mises à part, elle se comportait avec calme, réserve et une pondération tout à fait surprenante pour ceux qui la connaissaient. Pas une seule fois elle ne s'était emportée. Ses colères, ses violences, ses indignations de jadis paraissaient avoir été ensevelies avec son mari, là-bas, à Jérusalem. Comme une lame d'acier se brise sous une pesée trop forte, un élément de son être avait dû céder sous le poids excessif de la douleur, privant son âme rompue du mordant qui si longtemps l'avait caractérisée.

Un matin, alors que les pèlerins achevaient la traversée de la forêt d'Orléans, un étang aux tranquilles eaux frangées de roseaux apparut dans une clairière.

— Vive Dieu ! Allons nous laver de toute la poussière et de la crasse qui nous collent au cuir ! lança une voix.

Ce fut une ruée. Chaque fois qu'une rivière, un ruisseau, un étang, une source s'étaient présentés sur leur chemin, les paulmiers et les paulmières s'y étaient plongés avec délice. La sueur, la boue, l'âcre odeur de corps mal lavés qui émanaient de leurs vêtements usagés et salis dégoûtaient les plus raffinés d'entre eux ou suscitaient remarques moqueuses et grasses plaisanteries de la part des autres.

De nouveau, bien peu résistèrent à l'invite de l'eau claire et transparente au fond de laquelle brillaient des cailloux blancs.

Parmi ceux qui ne se baignèrent pas en cette lumineuse matinée de mai se retrouvèrent le père Ascelin, Flaminia, une mère qui allaitait son nourrisson et deux moines d'âge mûr, trop fragiles pour risquer de prendre froid.

Mahiette s'était éloignée avec les autres baigneuses et les enfants. Selon une règle bien établie, parce que dans les étuves où ils avaient coutume de se rendre les deux sexes étaient séparés, hommes et femmes se quittaient alors, les uns allant à droite, les autres à gauche. On se déshabillait derrière les buissons et les commères tendaient des draps autour des endroits trop découverts où les demoiselles du groupe ôtaient leurs bliauds avant de se glisser dans l'eau, nues en chemise. Les hommes, eux, s'élançaient et plongeaient dans l'étang sans aucun costume. De grands rires, des jeux bruyants, les cris de certaines filles saisies par la fraîcheur ou rejointes sous l'eau par les plus entreprenants des garçons accompagnèrent, selon l'habitude, le bain improvisé.

Abrités par les basses branches des chênes ou des hêtres aux feuilles encore fragiles et tendres, les mulets du convoi, heureux eux aussi de souffler, broutaient le feuillage nouveau ainsi que l'herbe drue.

— Vous ne lavez pas Duc ? demanda le père Ascelin à sa nièce, assise à ses côtés.

Couché auprès d'elle, le sloughi avait posé sa tête sur les genoux de sa maîtresse et gardait les yeux clos.

— Ma foi non. J'en ai eu l'occasion hier dans la maison-Dieu où nous avons dormi et je sais qu'il n'est pas bon pour lui d'être trop souvent mouillé.

Il y eut un silence. Dans l'étang, les rires, les éclaboussures, les bousculades joyeuses continuaient. Comme son lévrier, Flaminia ferma les paupières. Ces baignades lui étaient toujours un supplice. Andronic aimait l'eau. Il nageait parfaitement et parlait avec nostalgie du temps où il plongeait dans les ondes bleues du Bosphore... ce Bosphore qui avait la couleur de ses prunelles...

La jeune femme se leva.

— Viens, Duc, viens boire, tu as peut-être soif...

Son oncle la suivit des yeux et soupira. Il fallait attendre. La distance, le temps, le retour au pays viendraient-ils un jour à bout de ce deuil sans concession ? Pour le moment, on ne pouvait songer à secourir Flaminia que par l'oraison. Aussi priait-il pour elle sans cesse, dans la double intention d'obtenir l'apaisement de sa souffrance et le pardon des fautes qui étaient à l'origine d'un aussi dur malheur.

Une question tourmentait le père Ascelin : sa nièce se repentait-elle d'avoir détourné de son devoir un homme marié, durant l'accomplissement d'un vœu de pèlerinage qui aurait dû être sacré pour elle ? Se jugeait-elle coupable d'avoir commis avec lui le péché d'adultère en Terre sainte, héritage du Christ qui y avait vécu et l'avait sanctifiée de Son propre sang ? Depuis que Brunissen lui avait appris la malemort d'Andronic, il ne cessait de tourner et de retourner au creux de son âme cette interrogation essentielle. Se dire que le prétendu mari de Flaminia avait rendu l'esprit en état de péché mortel était déjà terrible, mais songer qu'elle-même demeurait peut-être fermée à tout mouvement de repentance ne lui laissait pas de repos. Cependant il ne s'était pas senti le droit de lui en parler. Promène-t-on une écorchée vive au milieu des ronciers ?

En regardant les pèlerins, ses compagnons, qui se frottaient allégrement pour se débarrasser de leur malpropreté, de leur sueur, des odeurs fétides qui leur collaient à la peau, il pensait que l'effort pour se laver du péché est, en certaines occurrences, autrement plus astreignant qu'un simple décrassage du corps...

Après avoir quitté les bords de l'étang et la forêt grouillante d'animaux sauvages aussi bien que de troupeaux de porcs farouches qui fouissaient avec gloutonnerie le sous-bois, sous la garde de porchers presque aussi grossiers qu'eux, on parvint à l'orée de la sylve. On avait croisé en chemin des sabotiers venus chercher leurs fûts, des vanniers en quête de leurs coudres, des corroyeurs amateurs d'écorces et des paysans ramassant du bois mort pour la cuisine ou le chauffage de leurs chaumières. Avec tous, on avait fait un bout de route et parlé du pays. On avait appris que Chartres était en pleine extension, à l'est, vers la vallée de l'Eure, et à l'ouest, vers la plaine. Les unes après les autres, les vignes disparaissaient au profit des jardins et, à en croire ces compagnons de rencontre, bien des Chartrains se risquaient à présent à bâtir des maisons chaque jour plus nombreuses hors de la vieille enceinte fortifiée.

— Les abbayes et les monastères concèdent des terrains sans redevance aux nouveaux venus souvent dénués de ressources, expliqua au père Ascelin un moine abordé près d'un ermitage dont il allait visiter l'occupant. Ces gens s'engagent à y construire leur logis sous la réserve qu'à leur mort la terre et la bâtisse reviendront à l'établissement religieux, à moins que leurs héritiers ne puissent racheter les deux. Chacun y trouve son compte !

On traversait à présent des landes, des boqueteaux, des essarts, des clairières de plus en plus nombreuses, des hameaux, des villages jadis abandonnés durant les grandes invasions et saisis en ce début de siècle d'une fièvre de reconstruction. On arriva enfin en vue de la plaine cultivée sur le plateau de Beauce. Les blés d'hiver, froment et seigle, semés à l'automne, y étaient déjà hauts et d'un vert tendre qui émouvait les pèlerins.

— La moisson promet d'être abondante cette année. Dieu en soit loué ! s'écria un homme.

Des voix approuvèrent et on se mit une fois encore à entonner des psaumes d'actions de grâces.

Par les villages d'Allaines et d'Allonnes, on progressait vers Chartres. On longeait des exploitations agricoles encloses entre des murs de terre ou de pierre, souvent cernées de fossés pleins d'eau et qui donnaient sur la campagne par un grand portail fortifié. En passant devant certains d'entre eux, ouverts pour laisser sortir un charroi ou un troupeau, on apercevait une maison d'habitation, des granges, des étables, des appentis, un pressoir, un four, de temps en temps un colombier.

Tout autour, la plaine s'étendait, tranquille, aménagée. Issue de la forêt primordiale, défrichée, essartée, cultivée, elle déroulait au loin ses champs tout en longueur, comme tracés avec les dents d'un peigne géant. Ils alternaient, en d'étroites parcelles étirées, imposées par les mouvements des charrues, avec des cultures maraîchères et les jachères indispensables.

Il faisait beau et chaud. Le printemps était allégresse. Enfin, vers l'heure de sixte, un jour d'entre les jours, un pèlerin aux yeux de gerfaut cria qu'il distinguait au loin, dans la brume de chaleur, les tours et les remparts de Chartres.

On s'assembla autour de lui et, sur ses indications, en plissant les yeux et en se protégeant avec la main des rayons du soleil, on découvrit peu à peu les murailles de la ville, ses clochers et ses toits.

— Nous voici donc arrivés, dit le père Ascelin en se tournant vers sa nièce qui marchait à ses côtés. Arrivés chez nous, ma chère fille !

Il s'aperçut alors que Flaminia pleurait. Des larmes pressées perlaient de ses yeux fixes et dilatés. Un spasme la jeta à genoux. Elle pencha vers la poussière de la route sa tête encapuchonnée et s'abandonna, sans rien tenter pour la dissimuler, à la marée soudaine qui rompait d'un coup avec cinq mois de dessèchement et de retenue. Sans cri, sans geste, ployant sous le poids du lourd nuage compact, menaçant, qui depuis des mois l'étouffait, elle sentait des ondes successives monter de sa nuque, raidir ses mâchoires, agiter tout son corps de vibrations nerveuses, et comme un déchirement se produire dans sa poitrine enfin libérée... Une mélopée plaintive, rauque, monocorde, s'échappait de sa bouche, tandis que les pleurs ruisselaient sur son visage. Fontaine tragique répandant son flot douloureux, ses longues nattes rousses balayant les cailloux du chemin, Flaminia cédait enfin au flux amer si longtemps bloqué au plus profond d'elle-même, et pleurait tout son soûl.

Dans l'agitation qui s'était emparée des pèlerins à la vue de leur ville, parmi la confusion et l'émoi suscités par la certitude des retrouvailles tant espérées mais toujours demeurées incertaines, le bouleversement de la jeune veuve passa presque inaperçu. Seuls son oncle, sa servante et son chien, saisis, décontenancés, ne sachant comment lui manifester leur compassion, s'intéressèrent à elle.

Comme Duc lui léchait les joues tout en poussant de doux gémissements, Flaminia le saisit par le cou, enfouit son visage au creux de l'épaule soyeuse et, ainsi soutenue, s'abandonna à sa désolation sans se soucier de rien d'autre. Quand on repartit, elle se releva et suivit ses compagnons sans cesser de pleurer.

Il fallut encore marcher jusqu'à l'heure de none, à travers champs et vignobles, avant de parvenir devant la porte fortifiée qui fermait la cité au sud. Mais, postés sur le chemin de ronde des remparts, si solidement bâtis qu'on nommait Chartres la ville de pierre, des guetteurs avaient aperçu les pèlerins et ils avaient eu le temps d'alerter les habitants. Aussi, quand le convoi atteignit le pont-levis, une délégation envoyée par l'évêque vint-elle au-devant des paulmiers, parmi lesquels on savait que figurait le notaire épiscopal dont plusieurs messages avaient annoncé le retour.

Prêtres et clercs, suivis d'une foule de Chartrains aussi fiers qu'excités, se tenaient devant la herse relevée. Pendant que les membres du clergé bénissaient les arrivants, leurs compatriotes les acclamaient à qui mieux mieux.

Il fallut alors que le père Ascelin quittât sa nièce dont le voile, tiré sur le visage, dissimulait les traits gonflés et les yeux rougis. Les devoirs de sa charge l'appelaient auprès de l'illustre évêque Yves de Chartres dont il était séparé depuis bientôt quatre années et auquel il devait rendre compte de la mission qui lui avait été confiée.

Dans la joyeuse cohue qui saluait les pèlerins, se trouvaient également Anseau le Bel, l'ancien fiancé de Brunissen, revenu depuis des mois de Terre sainte, avec sa mère, le second mari de celle-ci et les cinq sœurs d'Anseau.

Quand Flaminia les reconnut au milieu de la presse, il était déjà trop tard pour les fuir. Le mouvement qui s'était produit autour du notaire épiscopal avait attiré l'attention de tous sur le petit groupe et cette jeune femme rousse, voilée, vêtue de noir, tranchait trop sur ses voisins pour passer inaperçue. Se doutant bien, d'ailleurs, qu'elle n'échapperait pas à une telle confrontation, elle s'y était préparée.

Anseau, qui avait quitté Jérusalem dès la conquête de la Ville sainte, n'avait rien su du mariage grec. Flaminia se pencha vers Mahiette.

— Vois-tu ce beau garçon blond, entouré de cinq jeunes demoiselles, d'une femme d'un certain âge vêtue d'un bliaud vert, et d'un gros homme mûr qui porte un chaperon violet ? Va les trouver. Parle-leur de mon deuil et, sur mon salut, obtiens d'eux la promesse qu'ils ne m'en disent pas un mot.

Mahiette inclina la tête et se mit en devoir de fendre la foule agitée de cris, d'interpellations, d'accolades et de bruyants remous. On voulait embrasser les libérateurs de Jérusalem. Les mères tendaient vers eux leurs enfants pour leur faire toucher les vêtements, les croix, les palmes des bienheureux marcheurs de Dieu, auréolés de gloire et de sainteté...

En compagnie de Duc, Flaminia retourna vers les chariots qui arrivaient pesamment à la suite des pèlerins. Elle s'assit dans l'herbe, non loin de celui qui contenait ses coffres, attira le sloughi contre elle et attendit. Il lui avait fallu faire un grand effort sur elle-même pour cesser de pleurer, mais elle savait qu'à présent la source de ses larmes était de nouveau descellée et elle attendait d'être seule, dans le secret d'une chambre, pour les laisser couler sans retenue.

Quand Mahiette revint vers sa maîtresse, elle était seule. Interrogée du regard, elle expliqua que la famille d'Anseau le Bel, confondue par une aussi triste nouvelle, avait préféré repartir sans importuner Flaminia.

— Par les saints anges, ce sont là de bonnes gens ! continua la servante. Ils ne savaient comment me dire leur pitié et se lamentaient d'une seule voix ! Partagés entre la joie de vous retrouver et la tristesse de vous savoir en peine, ils cherchaient leurs mots, mais je voyais leurs sentiments dans leurs yeux.

— Tu dis vrai, Mahiette, Anseau était un honnête fiancé pour ma sœur. Si le Seigneur ne l'avait pas choisie, elle aurait pu être heureuse avec un pareil mari.

— Elle est plus heureuse au moutier de Jérusalem ! s'écria la chambrière. J'y serais bien entrée moi aussi !

Flaminia la considéra avec surprise.

— Toi ? Sur mon âme, je l'ignorais.

Mahiette rougit.

— N'en parlons plus, balbutia-t-elle, j'ai préféré vous suivre et ne m'en dédis pas... Il me reste à vous convier au Te Deum solennel que Monseigneur Yves de Chartres a décidé de présider lui-même. Il veut remercier Dieu, Notre Sire, du retour de ses ouailles. L'office est fixé à l'heure des vêpres. Nous n'avons que le temps de nous rendre auparavant chez votre oncle où les portefaix vont transporter nos coffres.

C'était sur le bateau les ramenant de Jaffa à Marseille que le père Ascelin avait proposé à sa nièce de la loger provisoirement. Il pensait que sa maison, sise rue des Vavasseurs, au nord-ouest de Notre-Dame, dans un quartier calme et aéré, loin de l'activité environnant le château des comtes, était plus indiquée pour servir d'asile temporaire à un veuvage que la demeure familiale de Garin où Anseau le Bel, qui avait repris la parcheminerie, vivait au milieu de l'agitation causée par sa famille et ses serviteurs.

Partie parce qu'elle ne supportait pas l'idée de rester à Jérusalem sans Andronic, Flaminia n'avait pas un instant envisagé les conditions de son retour. Elle avait souscrit à l'invitation du notaire épiscopal, sans même y arrêter sa pensée.

— Nous verrons plus tard ce que vous voudrez faire et comment nous arranger avec Anseau, avait conclu le père Ascelin devant sa nièce, indifférente. En temps voulu, nous aviserons.

Or, voici que, soudain placée devant la nécessité de se rendre au domicile si paternellement offert, Flaminia songeait qu'elle aurait préféré retrouver dès à présent la chambre familière où elle avait dormi, nuit après nuit, durant son enfance et sa jeunesse, dans le grand lit à courtines qu'elle partageait avec Brunissen et Alaïs.

Elle s'en voulut aussitôt d'un regret tellement étranger à l'unique chagrin qu'elle admît dans son cœur et haussa les épaules en un geste d'acceptation fataliste.

— Allons, dit-elle à Mahiette, allons donc. Là ou ailleurs, que m'importe ?

Située non loin de l'église cathédrale édifiée par Fulbert, célèbre évêque de Chartres, quelque quatre-vingts ans plus tôt, après l'effondrement de la précédente, la maison du notaire épiscopal avait belle apparence. En pierre blanche du pays, sa façade comportait trois fenêtres de plein cintre, soutenues par des colonnes surmontées de chapiteaux richement sculptés de feuillages ou de scènes champêtres. Une lourde porte, cintrée elle aussi, et munie de deux battants renforcés de lourdes ferrures, y donnait accès au haut de plusieurs marches. Une petite ouverture avait été aménagée dans le mur, contre l'huis, afin de pouvoir reconnaître les personnes frappant du heurtoir.

Au temps de leur enfance ou de leur jeunesse, le neveu et les nièces du père Ascelin éprouvaient toujours une certaine déférence teintée d'admiration quand ils se rendaient chez leur oncle. En se retrouvant devant la façade inchangée du logis qui allait l'accueillir pour une durée qu'elle se refusait à fixer, Flaminia fut surprise de constater que, en dépit des quatre années qui avaient été pour elle et pour tant d'autres si remplies d'événements, de joies et de souffrances, l'aspect de cette demeure et celui de cette rue étaient restés les mêmes. Son étonnement se nuançait de réprobation, comme si elle en voulait à la paix de ce lieu de ne point refléter les tribulations vécues outre-mer par tant de destinées issues de son sol.

L'intendante qui régnait sur les serviteurs du notaire épis-copal et qui avait tenu sa maison durant sa longue absence était une femme proche de la cinquantaine, petite, mince, souple, avec un visage triangulaire, fané, mais éclairé par d'étranges prunelles vertes comme la feuille du cresson. En l'apercevant sur le seuil, Mahiette songea qu'elle ressemblait à un chat égyptien, mais Flaminia savait qu'il ne fallait pas se laisser abuser par la façon qu'avait Richilde de se déplacer sans bruit, de veiller à tout, et de fermer souvent à demi les paupières d'un air tranquille et détaché. Pour l'avoir constaté plusieurs fois, jadis, elle n'ignorait pas que ce calme dissi-mulait d'imprévisibles réactions de susceptibilité et d'ombra-geuse intransigeance.

Richilde accueillit Flaminia avec une sympathie discrète et sut éviter les démonstrations excessives que tant de gens se croyaient obligés de manifester à l'égard des deuils. Elle n'eut pas l'air surprise non plus de la présence du sloughi qui suivait pas à pas sa maîtresse.

A sa manière digne et feutrée, elle conduisit ensuite la

jeune veuve de la salle, où l'on pénétrait de plain-pied, au logis que le père Ascelin avait attribué à sa nièce.

Il s'agissait d'une tour carrée, construite au-dessus du porche que devaient franchir attelages, chevaux ou mulets, pour gagner la cour intérieure où se trouvaient le puits, les écuries et les remises. Composée de deux pièces superposées, cette tour était indépendante du corps de logis central. Aussi ne servait-elle d'ordinaire qu'à recevoir les rares hôtes de passage venus rendre visite au maître du lieu.

— Le premier sera réservé à vos servantes, précisa Richilde, car en plus de votre chambrière, votre oncle m'a écrit de retenir une petite aide. Vous vous installerez vous-même dans la chambre haute d'où l'on a une belle vue sur le carrefour et, plus loin, sur Notre-Dame.

Suivies de Mahiette, les deux femmes gravirent les marches de l'escalier en colimaçon qui menait aux appartements. Dans leur sillage, Duc grimpait avec souplesse en humant les étranges odeurs inconnues qui l'assaillaient de toutes parts.

Enfant, Flaminia était fort peu venue dans la grande pièce où elle pénétra à la suite de l'intendante. Aussi n'en gardait-elle qu'un souvenir imprécis.

Un large lit de bois tourné, décoré d'incrustations d'ivoire, trônait au centre du mur qui faisait face à la fenêtre. Cintrée, pourvue de deux petites banquettes de pierre et divisée en trois arcades lobées soutenues par de fines colonnes, celle-ci donnait sur la rue. A côté du lit, un marchepied de bois ciré pour monter plus aisément sur le matelas orné de galons et de couvertures brodées et, au-dessus, des courtines de tapisseries attachées à des poutres parallèles encadraient la vaste couche. Deux escabeaux triangulaires, une torchère en fer forgé, une chaire également en bois tourné, agrémentée de coussins brodés, une table poussée devant la cheminée d'angle, éteinte en ce beau jour de mai, et de nombreux et volumineux coussins de peau, disséminés un peu partout, complétaient l'ameublement de la chambre. Epandues sur le sol, des brassées de joncs aromatiques embaumaient.

— Vos coffres ne vont pas tarder à être apportés céans, dit Richilde. Si vous souhaitez vous baigner en les attendant, il y a un cuveau de bois et un molleton dans le petit cabinet situé derrière la portière que vous voyez là. Vous n'avez qu'à parler : les valets vous apporteront l'eau chaude qui est tenue prête à la cuisine.

Flaminia acquiesça. Elle se sentait couverte de toutes les poussières soulevées durant la route.

Un moment plus tard, un linge blanc noué sur ses cheveux relevés, elle se plongea dans le bain apaisant. Mahiette, croyant bien faire, y avait versé le contenu d'un flacon de parfum rapporté de Jérusalem. Mais ce trop doux arôme, qui lui rappelait les matinées heureuses où Andronic et elle-même se lavaient mutuellement en utilisant des eaux de senteurs comparables à celle-ci, fit monter aux yeux de Flaminia un flot de larmes qu'elle ne chercha plus à retenir. Devant sa servante désemparée, elle s'abandonna à un chagrin qui montait en elle par vagues successives comme une marée irrépressible.

Duc, qui, le nez au sol, avait accompli un scrupuleux tour de la chambre, vint vers le cuvier, s'assit d'un air attentif sur les joncs, près de sa maîtresse, la regardant avec gravité et amour.

Agenouillée de l'autre côté du baquet où le beau corps secoué de sanglots gisait, inerte, les yeux noyés, la nuque appuyée au rebord molletonné, Mahiette joignit les mains.

— Je vous en supplie, je vous en supplie, calmez-vous, répétait-elle comme une litanie. Je vous en supplie, par la tunique sacrée de Notre-Dame. La sainte tunique que la Vierge a portée le jour de l'Annonciation et que tant de pèlerins viennent adorer ici même, dans notre église cathédrale, je vous en supplie, ne pleurez plus !

Le rappel de la relique vénérée par des foules qui, d'âge en âge, depuis qu'un roi, petit-fils de Charlemagne, en avait fait don à l'église de Chartres, défilaient devant elle dans un sentiment de tendre et ardente dévotion, fit resurgir dans l'esprit de Flaminia les souvenirs d'une enfance passée à l'ombre de Marie. Peu à peu, ses larmes se raréfièrent.

Constatant le résultat de son invocation, la chambrière se mit à savonner avec précaution la peau blanche que la chaleur rosissait.

— Vous me l'avez dit un jour, reprit Mahiette, nous sommes veuves toutes deux et nous devons nous soutenir. Moi aussi, j'ai cru, quand mon doux ami m'a laissée seule après que les Turcs, maudits soient-ils, l'eurent occis de leurs flèches damnées, oui, j'ai bien cru que je ne lui survivrais pas. Il me manque toujours, Dieu le sait, mais je peux à présent penser à lui sans trop souffrir. Vous verrez, le temps amenuise la peine...

— Je ne veux pas que ma peine s'affadisse ! protesta vivement Flaminia. Je veux conserver cette plaie ouverte au cœur... jusqu'à ce que je m'en aille à mon tour !

— On ne peut pas passer sa vie dans le deuil, murmura Mahiette en secouant la tête d'un air résigné. Surtout à votre âge !

— L'âge ne fait rien à l'affaire ! trancha la jeune femme. On peut être fidèle à un souvenir sa vie durant et quel qu'en soit le cours. Je n'ai plus de goût à rien. Je ne demande au Seigneur qu'une chose, qu'Il me permette d'aller sans tarder retrouver celui que j'ai perdu. Si, par malheur, je devais lui survivre encore longtemps, sois sûre, Mahiette, sois bien sûre, que jamais, j'en fais serment, jamais personne d'autre n'effacera sa mémoire de mon âme. Il vit en moi comme je vis en lui. Nous sommes liés pour toujours et nous redeviendrons au royaume de Dieu ce que nous n'avons cessé que pour un temps d'être ici-bas, des compagnons d'éternité, ainsi que nous l'a dit Mathieu le jour de nos noces !

Elle se redressa.

— Essuie-moi à présent, je te prie, et habille-moi. Tu partiras ensuite pour la messe du Te Deum. Seule. Je n'irai pas avec toi. Je demeurerai ici à prier de loin avec vous tous. Comprends-moi, Mahiette, retrouver Anseau et sa famille, sans parler de ceux que je risque aussi de rencontrer dans cette ville où je suis née, où je connais tout le monde, est au-dessus de mes forces. Je ne souhaite pour l'instant voir aucun de mes semblables. Dis-le à mon oncle ; excuse-moi auprès de lui.

Elle se pencha vers le sloughi et lui caressa la tête avec sollicitude.

— Vois-tu, continua-t-elle, la présence de Duc me suffit. Il est le témoin des derniers moments de celui qui m'a été repris. Il était également son plus fidèle compagnon durant les chasses auxquelles ils se rendaient ensemble. Je le garderai près de moi tant qu'il aura un souffle de vie... Mon oncle, toi et ce bel animal, voici, désormais, l'unique entourage qui me convienne.

Une fois sa chambrière sortie, Flaminia s'assit sur le lit et appela le lévrier près d'elle. Il s'allongea avec soin parmi les coussins de tapisserie, posa son museau sur ses longues pattes fines et ferma les yeux. Très droite, les mains jointes sur ses genoux, la jeune femme essaya de prier. Mais, une fois encore, elle constata que son âme était aride comme le désert et que les mots qu'elle prononçait n'éveillaient plus en elle aucun écho.

Elle n'avait voulu s'en ouvrir à personne, mais, depuis la disparition d'Andronic, elle ne tenait bon que par volonté, par respect de soi et par là uniquement. Lui servant de tuteur, une sorte d'énergie farouche, puisée aux forces vives de sa nature obstinée, la maintenait seule debout. Sa foi, naguère absolue, constante, s'était dissoute dans un océan de douleurs comme le corps de son père avait dû se désagréger dans la mer où il avait été, lui aussi, naguère, enseveli...

Elle accomplissait les gestes qu'on attendait d'elle, pouvait joindre sa voix à celles qui priaient en chœur, se comportait ainsi que le devait une chrétienne et, qui plus est, une croisée, mais aucune résonance, aucune réponse ne parvenait au sein de son être foudroyé. Elle se comparait au figuier stérile de l'Évangile et en souffrait. Mais comment renouer des liens disparus ? Comment ranimer un tas de cendres froides ? Le douloureux désir d'y arriver ne suffisait pas...

« Aidez-moi, Seigneur, à Vous retrouver ! implora-t-elle en glissant à genoux contre le lit où dormait à présent le sloughi. Venez à mon secours ! Ne me laissez pas seule, dans le vide et l'absence. N'acceptez pas que je reste ainsi séparée de Vous ! »

Elle aurait eu besoin d'une main tendue, d'une oreille prête à recevoir l'aveu de sa misère, d'une âme proche et attentive au désarroi qui l'épouvantait. C'est alors qu'elle se souvint de la femme du prêtre de son ancienne paroisse Saint-Nicolas. Les quatre années qu'elle venait de traverser avaient fait pâlir le souvenir d'une personne dont Garin le Parcheminier et Berthe la Hardie recherchaient jadis la compagnie, mais que Flaminia, beaucoup plus jeune, ne connaissait que par l'excellence de ses pâtes de coings et par l'impression de joyeux équilibre que dégageait son sourire.

« J'irai la voir dès que je m'en sentirai le courage, se dit-elle. Peut-être acceptera-t-elle de m'écouter... »

Quand le père Ascelin rentra après le long entretien que lui avait accordé son évêque et qui avait été suivi de l'office d'action de grâces prévu, il fut reçu par Richilde et ses serviteurs agenouillés dans la salle, qui lui demandèrent sa bénédiction. Il la leur donna avec émotion et s'informa de la marche de sa maison durant son absence. Rassuré par les explications qui lui furent fournies, il leur distribua de menus objets de piété rapportés des Lieux saints à leur intention, s'enquit de leur santé, de leur famille, puis voulut savoir si sa nièce avait pu s'installer selon les directives qu'il avait adressées à Richilde lors de la dernière étape du voyage.

— Elle a gagné sa chambre et pris un bain, mais s'est sentie trop lasse pour assister ensuite à la messe de Te Deum, répondit l'intendante. Elle a beaucoup changé. D'après ce que m'a dit sa chambrière, elle pleure et ne s'est même pas souciée du contenu de ses coffres qui ont été apportés céans en même temps que les vôtres. Son deuil fait peine.

— Ce pèlerinage si long, si difficile, a transformé beaucoup de choses et beaucoup de gens, Richilde, constata avec un soupir le notaire épiscopal. Plus rien n'est pareil. Nous en avons tant vu, tant supporté, tant appris... Ceux qui en sont revenus ne pourront plus jamais vivre comme avant. Quant à Flaminia, sa détresse est telle que je ne sais ce qu'elle va devenir... J'ai prié pour elle durant tout l'office afin que le Seigneur lui vienne en aide.

Il y eut un silence.

— Allons, reprit le père Ascelin, faisons confiance au Tout-Puissant. Il connaît nos besoins et ne manquera pas de nous accorder ce qui nous est nécessaire. Il en sera ainsi pour ma nièce. De notre côté, efforçons-nous d'apporter à cette pauvre enfant les soins et l'affection qu'elle est en droit d'espérer de notre part à tous.

Un murmure d'assentiment s'éleva et les serviteurs se dispersèrent.

Richilde demeura seule auprès de son maître.

— Je suis las et vieilli, reprit alors le père Ascelin. Vous ne pouvez imaginer ce que fut ce pèlerinage ni la somme de nos méchefs. Tant des nôtres sont morts dans des circonstances terribles...

— Ceux qui sont déjà revenus nous ont conté de si abominables histoires qu'on hésite à les croire, dit l'intendante.

— Hélas, ils sont sans doute encore loin de la vérité, murmura le prêtre. Il faut avoir vécu de telles choses pour savoir ce qu'il en a été.

— Mais Jérusalem est délivrée ! s'écria l'intendante.

— Il est vrai. C'est vous qui avez raison, Richilde. Le merveilleux résultat importe seul. Je suis un vieux rabâcheur. N'écoutez pas ce que je vous dis sous l'effet de la fatigue.

— Nous vous avons préparé un souper comme vous les aimez, annonça Richilde. Quand vous aurez mangé, vous vous sentirez mieux. Une bonne nuit ensuite, chez vous, dans votre lit, et vous retrouverez votre vaillance habituelle.

— Allez chercher Flaminia, dit doucement le père Ascelin. Dites-lui que je souhaite beaucoup qu'elle descende me rejoindre, et que je serais fort malheureux de souper sans elle.

Les jours qui suivirent s'écoulèrent dans une paix apparente. Flaminia prenait ses repas avec son oncle, se rendait quotidiennement avec lui à la messe de l'aube en l'église cathédrale, gagnait un peu plus tard dans la matinée la campagne hors les murs afin d'y promener Duc qui avait besoin de courir et de se dépenser, consacrait le reste de son temps à filer sa quenouille ou à broder. En compagnie de Mahiette, il lui arrivait aussi de passer des heures à ranger le contenu des coffres ramenés de Terre sainte et remplis à son intention par Brunissen. Mais, en réveillant des souvenirs trop cruels, trop brûlants, chaque objet faisait jaillir en elle de douloureuses et cuisantes étincelles...

Il n'y avait rien qui ne lui fût blessure ou morne ennui. Elle avait le sentiment de se mouvoir dans une brume ténébreuse où l'existence n'avait plus que goût de cendres. Les nuits lui étaient torture. Elle dormait peu et mal d'un mauvais sommeil haché de cauchemars d'où elle émergeait en larmes...

N'ayant envie de rencontrer âme qui vive, elle n'était pas retournée à l'atelier de parcheminerie et n'avait pas revu Anseau le Bel.

Au bout d'une semaine, cependant, elle se décida à aller rendre visite à la femme du prêtre de son ancienne paroisse. En dépit du discrédit qui pesait en ce début du XIIᵉ siècle, où tant de changements intervenaient, sur les prêtres mariés et leurs épouses, cette vaillante et active mère de famille faisait front. En effet, depuis que la papauté avait, à plusieurs reprises, condamné le mariage ou le concubinage des clercs, bien que les ordres sacrés n'aient pas constitué jusque-là un empêchement canonique susceptible d'invalider un engagement matrimonial, on ne les considérait plus comme autrefois. Or, beaucoup de prêtres, dans toute la Chrétienté, s'étaient liés par des unions durables. L'opinion populaire leur avait été longtemps favorable mais, influencées par des papes réformateurs qui insistaient sur les exigences de la vie apostolique, les mentalités des fidèles avaient changé elles aussi. Malgré les protestations soulevées chez ceux qui étaient concernés ainsi que parmi certains chrétiens attachés au passé, la réforme imposée par Grégoire VII et ses successeurs avait entraîné l'assentiment du plus grand nombre. D'où un malaise autour des couples anciennement unis et chargés d'enfants. Si on ne pouvait songer à les séparer, on ne les acceptait plus avec la même bonhomie qu'autrefois. Selon le caractère de chacun, on manifestait aux prêtres mariés défiance, mépris, indifférence ou simple compassion.

C'était peut-être à cause de cette mise à l'écart que Flaminia avait senti s'éveiller en elle un intérêt subit pour une femme tenue pour une brebis noire dans le troupeau, comme elle l'avait été elle-même après son mariage avec un fidèle de l'Eglise d'Orient. En outre, elle se souvenait de l'estime et de l'amitié que vouaient au prêtre et à son épouse son père ainsi que son aïeule. Berthe la Hardie et Garin avaient toujours parlé d'Enide l'Acorée en rappelant qu'on lui avait attribué ce surnom parce qu'elle ne manquait pas de cœur et savait en redonner à ceux auxquels il faisait défaut.

Flaminia quitta donc un matin les abords de Notre-Dame et les rues paisibles où logeaient les clercs, pour franchir la porte Evière. Percée dans la vieille enceinte, celle-ci permettait de gagner les ruelles et les degrés qui descendaient de l'éperon rocheux, sur lequel s'élevaient le château des comtes et l'église cathédrale, vers la ville basse, le cours de l'Eure, ses moulins, ses lavoirs et ses métiers de la rivière : drapiers, foulons, sergers, cardeurs, feutriers, laveurs de laine, tanneurs, mégissiers, teinturiers ou corroyeurs et tous les artisanats utilisant l'eau qui leur était indispensable.

N'empruntant que d'étroites venelles qui sinuaient tout au long de la pente creusée dans le roc par le cours de l'Eure, parmi des maisons en pisé ou en torchis enserrées les unes contre les autres comme les écailles d'une pomme de pin, Flaminia cheminait. Elle côtoyait des logis grouillant de tout un menu peuple affairé. D'humbles jardinets étagés en terrasses les prolongeaient le plus souvent. Des porcs errants dévoraient dans des recoins les détritus qui y étaient abandonnés et, accrochées à certaines fenêtres, des cages contenaient des oiseaux siffleurs. L'odeur des peaux tannées dans la rivière toute proche flottait alentour et intriguait Duc que sa maîtresse tenait étroitement en laisse.

Tout en se dirigeant vers l'église Saint-Nicolas, accolée par-delà un cimetière au flanc de l'abbaye Saint-André et bâtie au-dessus de l'unique source de Chartres, Flaminia renouait avec toute une partie de la ville où son enfance s'était écoulée. Elle y retrouvait les odeurs puissantes et parfois nauséabondes que les boues et les cloaques, qui stagnaient dans le fond de la vallée, dégageaient quand le vent venait de l'est. Elle y coudoyait aussi toute une population familière : femmes remontant du lavoir avec une corbeille de linge sur la tête et marmots accrochés à leurs cottes, porteurs d'eau revenant de la source Saint-Nicolas, mendiants, tanneurs charriant leurs peaux fraîchement écorchées et ruisselantes encore, laveurs de laine portant sur l'épaule des écheveaux multicolores qu'ils allaient plonger dans le courant. Le métier de parcheminier, qu'exerçait sa famille depuis plusieurs générations, avait amené Garin et les siens à vivre non loin de l'Eure dans la rue Saint-Nicolas, pentue comme toutes les autres du voisinage. Flaminia, son frère et ses sœurs y avaient beaucoup couru jusqu'à l'abbaye Saint-Père, son enceinte fortifiée et les belles vignes soignées par les moines, dont les rangs alignés avec soin couvraient les flancs du coteau après la porte Cendreuse.

On bâtissait moins de ce côté de Chartres, peuplé depuis plus longtemps, que de celui de la plaine par où les pèlerins étaient arrivés et où tant de chantiers de construction s'étaient ouverts récemment. Déjà, avant le départ pour Jérusalem, sous l'impulsion donnée par le comte et la comtesse de Champagne, Blois et Chartres, couple respecté de ses sujets, la cité chartraine était entreprenante et prospère. Il semblait à présent à Flaminia que son activité s'était encore accrue en dépit de la grave perte de prestige et de considération qui frappait le comte Etienne depuis qu'il s'en était revenu de Terre sainte après avoir abandonné la gent Notre-Seigneur à Antioche, au pire moment du siège, mettant en péril par cette fuite la survie même de l'armée dont il était le chef.

Tout en continuant sa marche et en contenant Duc qu'énervait la vue des porcs qui vaquaient librement au nettoyage de la voirie, Flaminia se rappelait la stupeur et l'indignation des pèlerins et des soldats quand ils avaient su le départ honteux du comte. On l'avait hautement accusé de désertion malgré l'excuse invoquée qui parlait d'une maladie subite, et on ne s'était pas gêné pour le traiter de félon ! Comment sa femme, la comtesse Adèle, la propre fille de Guillaume le Conquérant, avait-elle pu supporter une semblable couardise ? Cette princesse, dont le caractère, à l'image de celui de son père, était fortement trempé, avait dû souffrir mille morts au retour en son fief d'un époux déshonoré au vu et au su de l'ost tout entier...

La jeune femme projeta d'en parler à Enide l'Acorée devant le domicile de laquelle elle parvenait justement.

Toute proche de l'église Saint-Nicolas et du premier cimetière de la collégiale Saint-André, la cure était une modeste bâtisse comportant un rez-de-chaussée en brique et un premier étage de guingois, débordant, à pans de bois. Autour de la maison du prêtre, quelques belles demeures de bois ou de pierre s'élevaient. Mais le voisinage de ces habitations plus opulentes, occupées par de riches drapiers ou des tanneurs florissants, accusait encore davantage l'humilité du lieu.

Au moment même où Flaminia s'avançait vers la porte de la cure, celle-ci s'ouvrit et deux jeunes garçons costumés en surgirent. L'un était déguisé en croisé, une croix de tissu cousue sur une de ses épaules, l'autre en Sarrasin, enturbanné d'une étoffe verte enroulée autour de son front. Ils se battaient avec des épées de bois et poussaient des cris furieux.

— Jérusalem ! Jérusalem ! hurlait l'un.

— Tue ! Tue ! répondait l'autre, en faisant d'affreuses grimaces.

En entendant ces enfants, l'écho des combats qui déchiraient la Terre sainte retentit aux oreilles de la visiteuse. Elle pénétra dans la salle, suivie de Duc que tant de nouveautés semblaient déconcerter.

— Par la Bonne Dame ! Voici notre Flaminia ! Bénis soient les pèlerins de Dieu !

Une femme d'environ trente-cinq ans, brune, preste en dépit de ses formes rondes et drues, portant un enfançon sur les bras, accueillait l'arrivante avec un sourire attentif et chaleureux.

— On m'avait dit que vous étiez revenue en même temps que votre oncle, reprenait-elle en débarrassant d'une main à la hâte le fouillis qui recouvrait une des deux banquettes creusées dans l'embrasure de la fenêtre ouverte sur la rue. Tout se sait ici !

La salle où venait de pénétrer la visiteuse était pauvrement meublée. Un grand lit, un berceau, une lampe à huile, une huche de vastes proportions, plusieurs bancs de bois faisant coffres s'y entassaient dans une odeur de lessive, de laitage et de choux.

Sur les tisons d'un foyer situé sous le trou à fumée, une marmite dont le couvercle tressaillait devait contenir le souper de toute la famille.

— J'avais envie de vous revoir, dit Flaminia en s'installant sur le vieux coussin élimé et bourré de paille qui recouvrait le siège de pierre polie par le temps qu'Enide l'Acorée venait de lui offrir d'un geste.

Sur un signe de sa main, Duc s'était assis à côté de sa maîtresse, mais il tournait la tête en tous sens, oreilles dressées, narines ouvertes et frémissantes.

— Je vais remettre Thibault, qui est repu, dans sa berce ; ainsi, je serai tranquille, dit la femme du prêtre. Et nous pourrons parler en paix.

Elle alla coucher le nourrisson dans le petit berceau en chêne posé sur deux patins de bois courbes qui permettaient de le balancer, l'actionna un bref moment en chantonnant à bouche fermée, et revint prendre place vis-à-vis de Flaminia, sur la banquette qui lui faisait face, de l'autre côté de la fenêtre.

— Le reste de ma nichée doit jouer près de la rivière, dit-elle. Ils ont des amis parmi les enfants des tanneurs et des foulons. Ils passent leurs journées dehors.

— Combien en avez-vous à présent ? demanda la visiteuse.

— Cinq, mais j'en ai déjà perdu trois. C'est le lot de toutes les mères, hélas ! soupira-t-elle. Nous nous consolons en pensant qu'ils sont maintenant des anges du Seigneur.

Il y avait dans son ton une soumission modeste à son mode d'existence. Elle semblait s'en accommoder avec naturel, comme de la pauvreté d'un logis que, de toute évidence, elle ne remarquait même plus.

Flaminia songeait aux belles maisons de Constantinople, d'Antioche ou de Jérusalem qu'elle avait vues ou habitées, et se disait que ceux qui avaient découvert en Terre sainte une si différente et si séduisante manière de vivre ne pourraient plus jamais se satisfaire de tant de médiocrité. Construire comme on le faisait à peu près partout où elle était passée lors de son retour était bien, mais des temps nouveaux s'annonçaient. L'acquis, issu de tant de découvertes et de tant d'expériences, ne pouvait être perdu. Il faudrait tenir compte à l'avenir d'aspirations que les générations précédentes n'avaient pu seulement imaginer...

— J'ai beaucoup de mal à me réhabituer à la vie qu'on mène ici, constata-t-elle simplement.

Enide la considéra avec gravité.

— Que Dieu vous seconde, dit-elle en se penchant vers la jeune veuve avec une chaude lumière dans ses yeux noisette. Vous devez en avoir bien besoin. Je sais vos souffrances...

Flaminia leva la main.

— Ne parlons pas du passé, voulez-vous, chère dame, pria-t-elle, mais plutôt de la façon dont je pourrais employer mon temps présent. Depuis mon retour, je me sens si étrangère dans ce pays qui est le mien. Je ne sais que faire de moi...

— N'avez-vous pas pensé à reprendre le métier de votre père ?

— Si fait. Mais je dois vous avouer que j'éprouve une profonde répugnance à me retrouver entre des murs où demeurent tant de souvenirs... Et puis, par tous les saints, comment pourrais-je faire de nouveau les gestes accomplis à Jérusalem durant des mois bénis et maudits à la fois, où je croyais que l'avenir m'appartenait ?

Il y eut un silence. On entendait seulement le caquetage des poules qui devaient gratter le sol caillouteux de l'arrière-cour. La femme du prêtre se pencha vers sa visiteuse.

— Me permettez-vous de vous parler comme à une amie ?

— Sans doute.

— Au lieu de vous enfermer dans votre douleur ainsi que dans un donjon bien défendu, il me semble qu'à votre place je chercherais à aller vers les autres. C'est par le don de soi qu'on parvient à se libérer. Ne restez pas désœuvrée à remâcher sans fin votre chagrin. Travaillez, travaillez durement. Soit en reprenant la fabrication du parchemin, soit en allant à l'hôpital vous occuper des pauvres malades qui ont tant besoin de soins et d'attentions.

Flaminia baissa la tête. C'était exactement ce genre de conseil qu'on devait s'attendre à ouïr de la part d'une telle hôtesse, et cependant, en l'entendant formuler, tout en elle protestait. Non pas qu'elle jugeât mauvaise l'idée de besogner d'une façon ou d'une autre. Elle savait qu'il y avait là un moyen d'échapper à ses brumes peineuses et l'ouvrage ne lui faisait pas peur, mais elle ne pouvait concevoir l'abandon d'un isolement tout entier voué à son deuil. En perdant ses jours dans l'inaction et l'anéantissement, il lui semblait rendre un hommage plus absolu à son amour détruit. Elle redoutait, comme une trahison envers Andronic, toute reprise en elle d'un mouvement de vie. Se sachant incapable d'agir sans se donner avec élan à l'activité choisie, elle se condamnait à l'enlisement par esprit de mortification, afin de ne pas recommencer à sentir battre en elle le sang rouge d'un cœur qui n'éveillerait plus jamais d'écho dans une autre poitrine... glacée...

— Sur mon âme, je savais que vous me parleriez ainsi, dit-elle en relevant le front. Mais, voyez-vous, je ne suis pas encore prête à répondre à votre attente. Je suis sans courage et ne tiens pas, Dieu me pardonne, à retrouver de sitôt mon énergie d'antan. Mes forces vives gisent sous la dalle qui recouvre le corps rompu de mon époux.

— Mais votre mari n'est pas étendu sous cette dalle ! Il est ailleurs, à la source même de la lumière !

— Je l'espère, murmura Flaminia.

— Par le Fils de Marie, chère dame, vous ne paraissez pas en être sûre !

L'accent d'Enide traduisait l'incrédulité d'un cœur sans détour mais, peut-être aussi, une once de blâme.

— Il avait quitté pour moi femme et enfants. Comment le Seigneur l'aura-t-il jugé ?

— L'amour du Créateur est infiniment plus grand que les fautes de Ses créatures ! Quelle qu'en soit l'étendue. Nous n'avons pas le droit d'en douter. C'est là notre foi !

— Je ne sais plus, avoua Flaminia, je ne sais plus...

Le regard loyal d'Enide plongea dans les prunelles assombries de son interlocutrice.

— Le mal est plus profond que je ne le craignais, constata-t-elle. Il va nous falloir vous en délivrer.

On entendit soudain des coups répétés frappés contre le plancher du premier étage.

— Ma belle-mère loge avec nous, dit la femme du prêtre. Elle est paralysée à la suite d'une mauvaise chute qu'elle a faite chez elle, aussi l'avons-nous prise céans. Quand elle veut me demander quelque chose, elle tape avec un bâton pour m'alerter. Elle doit avoir besoin de moi. Il faut que je monte.

— Je vous suis, dit Flaminia. Je me souviens que ma grand-mère l'estimait grandement.

Au premier étage, dans la chambre exiguë de l'impotente, et en dépit de la fenêtre ouverte, une odeur d'urine, de suri, de vieillesse, sourdait de partout. Des relents de médicaments et d'onguents s'y mêlaient, évoquant aussi l'hôpital.

Quand les deux jeunes femmes entrèrent, l'aïeule gisait sur le sol. Tombée sur le côté en cherchant sans doute à prendre quelque objet sur l'humble coffre de bois placé à côté de son lit, elle leva vers les arrivantes un regard d'un bleu de pervenche, doux et usé, tout en souriant d'un air piteux.

— Elle parle avec difficulté depuis son accident, expliqua Enide. On ne la comprend pas toujours.

Le sloughi, qui avait suivi Flaminia, s'approcha de la vieille femme étendue sur le parquet mal raboté, puis flaira longuement le bâton qu'elle serrait dans sa main maigre et tavelée.

Relevée, recouchée, la mère du prêtre prononça ensuite quelques phrases brouillées pour remercier sa bru et la visiteuse.

— Je suis la seconde fille de Garin le Parcheminier, dit alors Flaminia en se penchant avec compassion et respect vers la paralytique. Grand-mère nous parlait de vous avec amitié. Vous la rappelez-vous ? On la nommait Berthe la Hardie...

Un hochement de tête, un sourire étonnamment lumineux

accompagnèrent des mots d'assentiment qu'en dépit de leur maladresse on devinait cordiaux et porteurs de souvenirs.

Dans les prunelles bleues, fixées sur elle, la jeune veuve retrouva, l'espace d'une fulgurance, la nuance, l'expression même de tendresse et de complicité qu'elle avait lue dans les yeux de sa grand-mère mourante.

— Je m'occuperai des vieillards de l'hôtel-Dieu, dit-elle en se redressant. Oui, par la sainte tunique de Notre-Dame, je sais à présent où est mon devoir et ce qui me reste à faire !

2

On était au début du mois de juin. Ce deuxième printemps de la conquête avait encore une fois déployé sa chape brûlante sur la Judée.

— Par l'enfer, voici un siècle tout neuf qui promet d'être aussi chaud que son défunt prédécesseur ! remarqua Mathieu en faisant la grimace. Feu le onzième nous a laissé en héritage le feu du douzième !

Alaïs sourit. Le barbier venait fort souvent rendre visite à Landry et à sa jumelle qui logeaient depuis janvier dans la maison où était installée la parcheminerie dont ils vivaient tous deux. Ils y avaient pris la suite de Flaminia et d'Andronic, ainsi que leur sœur le leur avait offert, et s'ingéniaient à faire prospérer l'entreprise où ils travaillaient avec les apprentis engagés par le couple du temps de son trop court bonheur.

— Le soir venant, on aurait pu espérer un peu de répit, soupira Alaïs, mais il n'en est rien.

Berthe la Petite entra en courant dans la salle tapissée de feutre imbibé d'eau, selon une coutume adoptée par les habitants du pays qui luttaient ainsi contre la chaleur sans merci des jours et des nuits estivaux. Ils couvraient les murs d'une épaisse tenture feutrée au-dessus de laquelle était fixé un tuyau de plomb percé d'une myriade de menus trous d'où suintait sans cesse l'eau qui imbibait le tissu spongieux. L'évaporation ainsi provoquée rafraîchissait la pièce appelée familièrement l'« alcôve mouillée » et qui était toujours située au sous-sol.

L'enfant se jeta dans les bras blancs qui émergeaient du bliaud à manches décousues porté par Alaïs afin de mieux profiter de l'humide fraîcheur.

Albérade, qui s'était instituée berceuse et nourrice sèche de la petite fille dont elle était assotée, la suivait de près.

— Ma colombe, ma vie, ma perle blanche, venez prendre un bain, je vous en prie. Il se fait déjà tard, implora-t-elle.

— Si vous parlez de ce ton à cette enfant, vous n'obtiendrez rien d'elle, assura Landry. C'est une forte nature. Elle méprise la faiblesse et n'obéit qu'à ceux qu'elle respecte.

— Et elle ne respecte que ceux qui ont de la poigne ! conclut Mathieu en se levant pour aller prendre Berthe sur les genoux de sa mère. Par les cornes du diable, vous allez voir ce que vous allez voir !

Tout en roulant des yeux furibonds, il s'empara du petit corps accroché au cou d'Alaïs et le fit sauter plusieurs fois en l'air. Il le rattrapait à chaque fois dans ses grandes mains habiles et les cris de frayeur se transformèrent sans tarder en hurlements de joie.

— Depuis que notre Berthe est guérie, la gaieté est revenue dans cette maison, remarqua Brunissen, rentrée depuis peu de l'hôpital où elle soignait toujours malades et blessés. A présent que, grâce à Dieu, la voici rétablie, je vais bientôt vous quitter et prendre le voile comme je le souhaite depuis longtemps.

Peu de jours après le départ du père Ascelin et de Flaminia, la fille d'Alaïs était tombée gravement malade. Pendant plusieurs semaines, elle avait souffert du ventre et subi de forts accès de fièvre. Remise une première fois, elle avait eu une rechute quelque temps après Pâques et de nouveau sa mère et son oncle avaient vécu dans l'angoisse constante de la voir s'en aller au cours des crises qui la tordaient de douleur, lui arrachaient des cris de suppliciée et la laissaient brisée, sanglotante et brûlante de fièvre. Sans vouloir en parler à sa mère, chacun craignait autour d'elle que ce mal ne fût la colique du « miserere ».

Sur la demande d'Alaïs éperdue, Brunissen était restée avec sa sœur et son frère durant ces mois d'épreuve. Elle continuait à se rendre à l'hôpital, mais en revenait chaque jour dès qu'elle le pouvait pour participer aux soins que différents médecins arméniens, syriens ou francs prescrivaient tour à tour à la petite malade. Les élixirs et les baumes, les bains de plantes et les sirops adoucissants, les enveloppements à la moutarde ou les boissons à base de simples avaient tous échoué. Ce n'était qu'après avoir été déposée une nuit devant le Saint-Sépulcre que Berthe la Petite avait vu venir la fin de ses douleurs. Durant cette nuit d'oraisons, Alaïs, Landry et Brunissen étaient demeurés à genoux auprès de l'enfant qui se plaignait doucement jusqu'à l'instant où le prêtre qui disait à son intention la messe de l'aube dans la chapelle nommée martyrium avait présenté l'hostie dans la première lumière du soleil levant... Le gémissement qui déchirait sa famille priant à ses côtés s'était aussitôt interrompu et Berthe s'était sans tarder assoupie...

Ramenée à la maison dans les bras de sa mère, elle avait continué à dormir pendant la journée et la nuit suivante, pour se réveiller sans plus souffrir le matin d'après.

Dans l'entourage des parcheminiers, on avait salué ce nouveau miracle avec l'allégresse familière de ceux qui sont sans cesse confrontés au prodige. Voisins et amis s'étaient émerveillés, une fois de plus, d'une preuve parmi tant d'autres de la grande attention de Dieu envers Ses pèlerins.

Alaïs, Landry et Brunissen avaient fait dire une messe d'action de grâces pour une guérison qui témoignait de façon éclatante du pardon accordé aux fautes passées de la jeune amie de Bohémond, puis la santé de l'enfant s'était peu à peu rétablie.

Mathieu, Reinard, Anthusa et Irène étaient restés les seuls occupants de la maison au portail vert que le père Ascelin leur avait léguée avant de s'en aller sans esprit de retour. Ils y recevaient force pèlerins de passage, et la vaste demeure était devenue un havre d'accueil. Anthusa et Irène savaient s'y montrer des hôtesses attentives, mais Mathieu disait à ses amis parcheminiers qu'elles devaient aussi connaître des caches où dissimuler certains visiteurs clandestins. Landry, que la belle Grecque avait subjugué depuis son arrivée à Jérusalem, prenait alors sa défense et protestait hautement d'une loyauté à la cause franque qu'il n'acceptait pas de voir mise en doute.

— Maintenant que notre sire Godefroi de Bouillon a battu une fois encore ces chiens de Sarrasins au Sawâd, à l'est du lac de Tibériade, et que le vassal du roi de Damas, cet émir que nous appelons le Gros Rustre, s'est vu contraint de faire sa soumission au noble Tancrède, nous pouvons souffler un peu, dit Mathieu.

Il confia à Albérade Berthe qu'il n'avait cessé de faire sauter tout ce temps en l'air. La servante emmena aussitôt la petite fille afin de la laver, mais elle prit cependant le temps de témoigner par un air pincé la réprobation que lui avait inspirée cet exercice de voltige.

— La capitulation d'Arsûf, continua le barbier, a consacré

dans la Judée tout entière la fin de l'influence fâtimide sur les côtes de ce pays. Les émirs d'Ascalon, de Césarée et d'Acre, qui savaient ne pas pouvoir compter sur les Egyptiens, ont bien été forcés de s'incliner à leur tour devant notre puissance. L'accord conclu avec eux est tout bénéfice pour nous. Il les laisse commercer en paix contre un tribut annuel en chevaux, mulets et aussi en blé, vin, orge, ou huile, sans compter le versement régulier de cinq mille besants.

— Damedieu ! Ces émirs n'ont pas été les seuls à souhaiter établir avec nous des traités commerciaux ! s'écria Landry non sans jubilation. Plusieurs autres princes arabes, poussés aux reins par leur exemple, ont manifesté l'intention de nouer des relations du même ordre.

Il se mit à rire et reprit :

— Grâce à notre réputation de courage et à la peur que nous inspirons, tous ces mécréants nous ont livré, bon gré mal gré, et au plus juste prix, force troupeaux de bœufs, de moutons, de brebis, ainsi que de magnifiques coursiers, des étoffes rares et le ravitaillement qui nous faisait défaut ! En outre, craignant comme le feu de se faire désentripailler par nos gens d'armes, ils nous ont cédé toutes ces choses sans même chercher à en tirer profit !

Alaïs s'éventait à présent avec un éventail fait de feuilles de palmier tressées et coloriées montées sur un manche en bois d'oranger ouvragé, que son frère avait acheté pour elle à un marchand ambulant.

— Il faut dire que notre duc Godefroi a su se montrer très habile durant ses pourparlers, reconnut-elle d'un air déférent. En dépit de l'accord qu'il a fini par accepter en faveur de notre insatiable patriarche, le duc se veut de toute évidence l'unique et seul responsable du Saint-Sépulcre. Il a agi comme il convenait pour s'imposer. Je crois qu'il lui a paru préférable de négocier plutôt que de batailler à tort et à travers. Avez-vous remarqué, Mathieu, qu'il évite de se lancer dans des expéditions aventureuses et qu'il ne prend d'initiatives guerrières que lorsque la victoire est assurée ?

— Dieu le bénisse ! s'écria le barbier. Vous avez raison, amie, Godefroi de Bouillon est un prud'homme. Il a choisi une fois pour toutes de favoriser les accords assurant la sécurité en Terre sainte et traite avec les émirs voisins sans jamais renoncer pour autant à sa dignité de vainqueur. On dit qu'il a toujours réussi à sauvegarder, durant les tractations les plus épineuses, le respect que lui portent les seigneurs sarrasins. Il faut l'avoir vu recevoir l'hommage de ses anciens ennemis devenus ses nouveaux vassaux ou accepter les tributs des émirs pour estimer à sa juste valeur l'attitude sans concession dont il ne se départ jamais, malgré son affabilité bien connue.

— J'ai entendu dire qu'il a subjugué le Gros Rustre en tranchant devant lui et sur sa demande, d'un seul coup d'épée, le col musculeux et coriace d'un chameau ! lança Landry en s'esclaffant.

— Il en aurait même décapité un second, que ce même Gros Rustre, narquois, le mettait au défi de décoller avec son propre cimeterre ! compléta Mathieu, réjoui.

Brunissen secoua la tête.

— Par la croix de Dieu, il n'y a pas que des histoires de ce genre qui courent sur lui ! s'exclama-t-elle. Ne conte-t-on pas aussi que les chefs des communautés de Samarie, poussés par la nécessité, sont descendus de leurs montagnes pour lui faire présent de pain, de vin, de figues, d'olives et de raisins secs, tout en imaginant trouver devant eux un riche seigneur vivant dans la pourpre et l'or, alors qu'ils ont découvert l'avoué du Saint-Sépulcre assis au fond d'une simple tente sur un sac rempli de paille ? Stupéfaits, ils ont jugé entre eux qu'une telle simplicité convenait mal au puissant prince qui avait changé le cours des choses en Orient : « Eh quoi, aucun signe qui le distinguât des gens de sa suite, pas de tapis, aucune tenture de soie autour de lui comme il sied à un roi, pas de gardes du corps pour assurer sa protection ? » Après s'être fait expliquer la cause de leur étonnement, Godefroi aurait répondu : « La terre n'est-elle pas un siège suffisant pour un homme dont elle doit être, après sa mort, la demeure éternelle ? » Et on rapporte que les chefs arabes, frappés par tant de sagesse, n'en ont éprouvé que davantage d'estime pour un seigneur qui jugeait si sainement du néant de la vie terrestre...

Mathieu fit la grimace.

— Je préfère l'histoire du chameau, dit-il gaiement. Elle est plus drôle et a tout autant impressionné les enfants de Satan qui nous entourent que la vôtre, Brunissen, et puis elle fait rire les dames !

Il s'était tourné vers Alaïs avec tant de spontanéité dans son geste, une quête si attentive au fond de ses prunelles claires, un tel désir de l'égayer en détournant son esprit du cercle morose où elle s'enfermait, que la jeune femme, une fois encore, se sentit touchée. Les attentions multiples du barbier à son égard, la cour discrète et charmante dont il l'entourait lui redonnaient confiance en elle, en son charme, en son pouvoir sur le cœur des hommes, effaçaient l'affront infligé par Bohémond.

Ce beau garçon libre et joyeux, auquel son métier et son entregent ouvraient tant de portes, plaisait aux femmes et ne cherchait pas à dissimuler les aventures qui jalonnaient son existence... Il ne s'en cachait ni ne les étalait, mais avait su laisser entendre à Alaïs que, depuis leur première rencontre à Brindisi, elle demeurait pour lui, en dépit des conquêtes passagères qu'il avait pu faire de son côté et des ravages causés par Bohémond dans sa vie à elle, l'unique objet d'un attachement profond, patient, solidement enraciné. Il attendait son heure. La jeune mère le savait et les rapports enjoués qui s'étaient établis entre eux au fil des jours ne lui déplaisaient pas. Elle appréciait même Mathieu de plus en plus. Mais, au sortir d'une passion violente qui l'avait meurtrie et humiliée, elle éprouvait le besoin de retrouver un nouvel équilibre avant de s'engager derechef. Par ailleurs, elle goûtait un certain plaisir à se voir traitée avec tant de courtoisie par son galant compagnon et n'était nullement pressée de mettre un terme à une situation ambiguë, certes, mais porteuse de tous les troubles, de tous les émois, qui s'attachent aux prémices.

La fin du printemps s'écoula dans une touffeur égalant l'haleine embrasée d'un four, au milieu des échos multiples de l'extension du royaume naissant de Jérusalem. Le temps des vicissitudes paraissait révolu. La situation des Francs était à tel point affermie par les armes ou par les accords commerciaux conclus grâce aux succès guerriers que l'avenir semblait moins inquiétant à tous et qu'on pouvait enfin, croyait-on, se laisser aller à songer à des rêves de bonheur...

Ce fut donc dans un ciel rasséréné qu'à la mi-juin une nouvelle, brutale comme un coup de tonnerre, parvint à la Cité sainte.

Alors que Godefroi de Bouillon revenait du Sawâd, après avoir définitivement soumis et de la plus énergique façon cette terre de Suète, il avait été frappé d'un mal aussi soudain qu'inquiétant.

— On parle de la peste, expliqua Mathieu accouru à la parcheminerie pour annoncer la nouvelle. Dieu ait pitié ! Si notre sire est réellement atteint de ce fléau, toutes nos belles espérances vont se voir remises en question...

— Il est d'autres maux que la peste ! protesta Alaïs. Dès qu'une maladie sérieuse touche un haut baron, on pense au pire. Le duc peut souffrir de bien des choses, sans que ce soit pour autant de cette calamité ! On bavarde, on bavarde, sans savoir ! Il faudrait d'abord connaître la nature de sa maladie, comment il l'a attrapée, et la manière dont elle se manifeste...

— On prétend que c'est après avoir quitté Naplouse et alors qu'il suivait la route côtière, non loin de Césarée, qu'il ne s'est point senti bien. L'émir de ce port fait partie des princes arabes ayant passé avec nous le fameux accord commercial dont nous parlions l'autre jour. Il est venu à la rencontre de l'avoué du Saint-Sépulcre, l'a salué avec cordialité et l'a prié à souper. Mais Godefroi devait déjà être en proie à certains malaises, car il a décliné l'invitation, tout en sachant qu'un tel refus risquait d'offenser son hôte. Il se serait contenté de sucer le jus d'un cédrat, pour ne pas tout repousser et pour étancher sa soif qui, dit-on, était dévorante. Toujours est-il qu'il a décidé de revenir vers Jérusalem en toute hâte.

— Sur mon âme ! Il a bien fait ! s'écria Alaïs. Nous le soignerons ici mieux que nulle part ailleurs et nous aurons bientôt fait de le remettre sur pied.

— Dieu vous entende, murmura Mathieu qui ne voulait en aucune façon contrarier la jeune femme. Dieu vous entende. Si notre duc guérit, l'avenir est à nous, mais si le mal qui le tient s'aggrave, qu'adviendra-t-il de cette ville et de ses habitants ?

— Vous êtes d'ordinaire plus joyeux compagnon, remarqua Alaïs avec une moue déçue. Voici peu, vous disiez préférer les histoires gaies à celles qui ne le sont pas. C'est le moment de le prouver.

Mathieu prit une des mains aux doigts encore blanchis de craie par le saupoudrage d'une peau de gazelle des plus délicates, la baisa et quitta l'atelier pour retourner vers les clients qui attendaient ses soins. Mais son cœur demeurait soucieux...

Il n'avait pas tort de s'alarmer.

De retour à Jérusalem dans son palais du Templum Salomonis, Godefroi de Bouillon vit son état de santé empirer de façon alarmante. Mais, pour un homme aussi pénétré que lui des devoirs imposés par sa charge, il n'est pas de répit. A peine revenu, il apprit qu'une imposante flotte vénitienne avait abordé à Jaffa. Pèlerinage sans doute, mais aussi expédition politique et commerciale, comme les républiques maritimes de l'Italie en avaient coutume. Averti que le doge et l'évêque de Venise s'étaient déplacés en personne afin de le voir, l'avoué du Saint-Sépulcre décida de se porter à leur rencontre.

Ce fut un malade grelottant de fièvre qui arriva à Jaffa. Il avait voulu descendre dans une demeure qu'il avait fait bâtir depuis peu, en profitant de la réfection des murailles de la ville, et qu'il affectionnait comme un abri discret et sûr. Il n'y parvint que pour s'aliter.

Quatre de ses parents l'assistaient. Les uns lui réchauffaient les pieds, les autres l'aidaient à appuyer sa tête sur leurs poitrines. Navrés de le voir tant souffrir, ils ne pouvaient retenir leurs larmes et redoutaient de perdre ce prince illustre dans un exil si lointain.

Les Vénitiens se désolaient d'une telle situation. Non pas tant par sympathie que parce qu'ils désiraient ardemment dresser avec ce haut baron, vainqueur des infidèles, un plan de campagne militaire auquel leurs nefs apporteraient l'appui de forces navales qui faisaient sans cesse défaut aux Francs. Par la même occasion, ils souhaitaient contrer les Pisans déjà implantés dans les principales villes soumises de Terre sainte.

Malgré son épuisement, Godefroi les reçut dans sa chambre. Le doge, l'évêque et quelques seigneurs vénitiens avaient tenu à lui apporter des présents de grand prix : vases d'argent et d'or, tissus de pourpre et somptueux vêtements.

Avec sa courtoisie habituelle et alors même qu'il n'était pas dupe d'un tel déploiement de richesses, l'avoué du Saint-Sépulcre les remercia de leurs dons mais ne put les garder davantage auprès de lui. Son état empirait. En dépit du désir qu'il avait de mener à bien cette importante affaire, il lui fut impossible de se rendre à l'invitation qui lui avait été faite et de visiter les nefs vénitiennes pour envisager avec ses hôtes les conditions de leur établissement en Terre sainte.

Le mal qui le tenait faisait d'affreux progrès. Epuisé, ne supportant plus le bruit et l'activité qui montaient du port de Jaffa, le duc demanda qu'on le reconduisît à Jérusalem.

Alerté, Tancrède ne tarda pas à l'y rejoindre ainsi que les nobles vénitiens qui souhaitaient accomplir par la même occasion leur pèlerinage sur le tombeau du Christ.

— Damedieu ! Faut-il qu'il se sente à bout de forces pour confier à Tancrède et à ses autres barons le soin d'examiner les offres qui lui sont faites par les Vénitiens, fit remarquer Landry à sa sœur. Y consentir est pour notre duc une capitulation devant la maladie. Quand on connaît son courage, c'est là un signe qui ne me dit rien qui vaille !

Comme toujours, Mathieu, au courant de ce qui se passait, venait fidèlement en rendre compte à ses amis.

— La Ville sainte tout entière tremble pour son chef, leur

confia-t-il d'un air soucieux. Nous sommes à présent suspendus au souffle d'un malade qui lutte avec la mort en un dernier combat. Fasse le Seigneur qu'il en sorte victorieux !

On priait dans les oratoires, les chapelles, les églises et au Saint-Sépulcre. Les oraisons de tant d'âmes anxieuses s'élevaient vers Dieu comme une buée implorante.

Cependant les négociations se poursuivaient sans Godefroi, entre les Vénitiens obstinés et les Francs forcés de composer pour bénéficier des renforts providentiels qui leur étaient offerts. La flotte italienne ne voulait s'engager à combattre avec eux que durant sept semaines, du 25 juin, jour de la Saint-Prosper, au 15 août, fête de la Dormition de la Vierge.

— Ces Vénitiens sont insatiables, commentait Mathieu, ils réclament le tiers des villes conquises avec leur aide, et exigent d'obtenir des immunités et des privilèges commerciaux très importants pour prendre l'avantage sur les marchands de Pise, leurs rivaux ! En outre, ils demandent à jouir d'une franchise totale des impôts sur l'ensemble des pays soumis par nous.

— Hélas ! soupira Alaïs, il nous faudra bien accepter d'en passer par où ils veulent. Si notre sire Godefroi n'était point malade, il aurait pu, lui, le preux parmi les preux, imposer sa loi aux Vénitiens. Ses remplaçants n'en ont ni les moyens ni le prestige !

— Il semble encore avoir trouvé la force de signer l'accord conclu à Jaffa par nos barons, qui sont retournés là-bas avec les Vénitiens, dit Mathieu. Espérons que c'est là un signe annonciateur d'une guérison prochaine.

Ce fut, en réalité, le dernier geste accompli par l'avoué du Saint-Sépulcre en tant que chef des croisés.

A la mi-juillet, chacun comprit qu'il était perdu. Les forces de cet homme puissant n'avaient cessé de décliner et si son énergie morale subsistait, il l'appliquait tout entière désormais à mourir d'une bonne mort.

Il confessa ses péchés avec une véritable contrition et en versant des larmes, reçut la communion au corps et au sang de Notre-Seigneur, puis, couvert de ce bouclier spirituel, il fut enlevé à la lumière de ce monde.

Tous les Francs de Terre sainte eurent l'impression, quand ils l'apprirent, qu'un voile funèbre, une chape de deuil s'étaient abattus sur le pays. La perte n'était comparable à aucune autre et, à sa mesure, le chagrin et l'angoisse ne l'étaient pas non plus. Les croisés se sentaient orphelins.

Brunissen, qui avait tant prié durant les dernières semaines pour que le Seigneur éloignât de Ses enfants de Judée cette coupe d'amèrtume, se trouvait chez Anthusa et Irène quand les trompes retentirent soudain à travers Jérusalem pour annoncer au peuple chrétien le trépas de l'avoué du Saint-Sépulcre. Depuis plusieurs mois, elle avait accepté de donner en fin de journée des leçons de langue franque à Irène, qui désirait, avec sa fougue habituelle, apprendre le langage de ses amis. La petite fille assurait souffrir de ne rien comprendre aux propos des Chartrains, chez lesquels elle se rendait souvent, ou qui venaient dans la maison au portail vert d'autant plus volontiers que Landry se languissait d'amour pour la belle Grecque, sans oser néanmoins s'en ouvrir à quiconque... et à l'intéressée moins qu'à toute autre.

Le fracas des trompes fit voler en éclats la paisible leçon donnée sous les arcades de la galerie circulaire où se tenaient, pour profiter d'un semblant de fraîcheur vespérale, les femmes et l'enfant qui faisait de notables progrès.

Brunissen se dressa d'un coup, poussa un gémissement et s'affaissa sur son siège, privée de connaissance... Quand elle revint à elle, elle se mit à pleurer sans bruit, et presque avec douceur, comme le sang perle parfois aux lèvres de certaines blessures... Ce fut au tour des deux sœurs, penchées sur elle, de chercher à la consoler d'une peine que, de toute évidence, elles ne partageaient point.

— Pauvre amie, pauvre amie, répétait Anthusa pendant qu'Irène embrassait avec passion les mains abandonnées de la future moniale.

— Dieu Seigneur, que va-t-il nous arriver maintenant que notre défenseur s'en est allé ? disait Brunissen. Nous voici livrés aux appétits et aux intrigues du patriarche dont chacun connaît l'ambition. A l'occasion de la dernière Chandeleur, n'a-t-il pas obtenu que le duc lui promette par testament le quart du beau port de Jaffa, vital pour ses Pisans ? Et notre sire Godefroi, comme saisi du pressentiment de sa fin prochaine, ne lui a-t-il pas aussi cédé, le saint jour de Pâques, devant la foule assemblée pour cette fête, la cité de Jérusalem elle-même et la tour de David, la forteresse pour laquelle nous nous sommes tant battus ?

— J'ai ouï dire que le duc de Bouillon n'avait fait cette promesse qu'à condition de conquérir, en compensation, deux autres villes sur les infidèles, remarqua Anthusa. En attendant, le statu quo est maintenu.

— Sans doute, sans doute, mais, sur mon âme, quelle ville pourra jamais compenser la perte de Jérusalem la Sainte ? s'écria Brunissen. Et comme maintenant le duc vient de mourir sans enfant, Jérusalem reviendra au patriarche ! Cette clause dépouillera le futur roi au profit de Daimbert et a déjà fait de Godefroi, vainqueur des Sarrasins, l'homme lige d'un prélat italien !

— Cessez donc de vous tourmenter, amie, déclara avec sérénité Anthusa. Et puis, si je suis bien informée, le patriarche vient de partir pour Jaffa, en compagnie de Tancrède. Ils projettent d'attaquer, avec l'aide de la flotte vénitienne, le grand port d'Acre. Ce siège les tiendra un moment éloignés de Jérusalem. Qui sait ce qui se produira par la suite ?... L'avenir est fait de tant de surprises...

Dans le regard, dans le ton de la jeune femme frémissait on ne savait quel enjouement, comme si tous les événements qui préoccupaient sa visiteuse ne la concernaient pas.

Déconcertée par cette attitude incompréhensible, Brunissen soupira.

— Il est vrai que nous devons, comme toujours, faire confiance à Dieu, reprit-elle. Vous avez raison, Anthusa, je me soucie de choses qui ne dépendent pas de moi et sur lesquelles je ne puis rien. C'est un manque de sagesse dont il faudra que je m'accuse. Mais vous ne m'empêcherez pas de déplorer la disparition de notre sire...

Une fois la leçon achevée, Brunissen quitta ses amies grecques avec une étrange sensation de malaise. Le chagrin que lui inspiraient la mort de l'avoué du Saint-Sépulcre et l'incertitude du destin promis au fragile royaume franc n'en était pas la seule cause. Elle éprouvait en plus la désagréable impression qu'Anthusa et Irène lui avaient celé quelque chose qui les concernait, les agitait et les avait empêchées de participer au deuil qui obscurcissait si cruellement l'avenir du peuple de Dieu en Terre sainte.

Alaïs, quant à elle, ponçait méticuleusement une peau d'agneau tendue sur une herse de bois posée devant elle dans l'atelier, quand le son rauque des trompes avertit les habitants de Jérusalem de leur malheur. Au même instant, Mathieu entra dans la vaste pièce dont le soleil déclinant teintait les murs d'ocre fauve. La jeune femme s'y tenait seule. Son frère se trouvait avec les apprentis dans la seconde salle de la parcheminerie, et Albérade s'occupait comme à l'accoutumée de Berthe la Petite.

— Par le sang du Christ, je souhaitais vous annoncer moi-même la fin de notre sire ! Je ne voulais pas que vous l'appreniez par ces maudites trompes. Le duc Godefroi n'est plus ! s'écria le barbier en s'élançant vers Alaïs.

Toute pâle, les yeux élargis, les mains pressées l'une contre l'autre, la jeune femme éclata en sanglots et se laissa tomber sur la poitrine de Mathieu qui l'enveloppa de ses bras. Ils demeurèrent un moment ainsi... Ce rapprochement tant espéré, tant attendu par l'un, toujours différé par l'autre, survenait alors que le destin frappait à la tête le nouveau royaume. Leur étreinte s'en voyait transformée, mêlée de gravité et de dolente peine. Ce fut les yeux fermés et le visage ruisselant de pleurs qu'Alaïs accorda à son ami un premier baiser. Ses lèvres tremblantes le reçurent d'abord en restant closes, mais l'amour si longtemps contenu de Mathieu en força bientôt la défense.

Elle avait eu un fier amant et lui de nombreuses conquêtes. Leur expérience, leur jeunesse, le violent émoi qui les avait jetés dans les bras l'un de l'autre, l'attente enfin se liguèrent sans peine pour exacerber leur faim amoureuse. Enlacés, oppressés, affolés, ils se caressaient à travers leurs vêtements légers et formaient un couple chancelant, ivre de promesses, quand des bruits de pas, des cris, des lamentations, des prières, venus de la pièce voisine, les rappelèrent aux sombres réalités de l'heure.

— Dieu ! murmura Mathieu, soudain arraché à son vertige et se passant une main incertaine sur le visage, Dieu Sauveur, ayez pitié !

Alaïs s'écartait de lui, rajustait son bliaud, son voile qui avait glissé sur ses épaules, libérant les nattes blondes qui lui tombaient jusqu'aux hanches. Tous deux se regardaient, tremblants, le souffle saccadé, trop secoués encore par le désir pour retomber dans un chagrin qui ne les affectait plus autant qu'il l'aurait dû. Eblouis par la frénésie qu'ils venaient de pressentir, ils n'étaient plus qu'impatience et soif de capture...

— Je serai ce soir dans le jardin de la première cour, au mitan de la nuit, eut le temps de souffler Alaïs avant que ne s'ouvrît la porte de l'atelier. Je t'y attendrai.

Ensuite, les larmes, les doléances, les cris de douleur emplirent la maison d'un tumulte funèbre dont la ville entière allait retentir durant plusieurs jours et plusieurs nuits...

Mais les déplorations de toute une cité endeuillée n'empêchèrent point Alaïs et Mathieu de se retrouver vers l'heure de matines, dans l'étroit jardin où était fixé le rendez-vous. Ce fut cette fois la jeune femme qui se montra impatiente de se livrer à l'amour et son ami qui préféra en repousser l'échéance.

— Non, non, ma gente, ma colombe, ma belle dame, dit-il après qu'elle se fut jetée dans ses bras, je ne veux point abuser de votre faiblesse due aux circonstances que nous traversons. J'ai eu le temps de me ressaisir, de raisonner, depuis que nous nous sommes quittés. Je n'entends pas vous prendre ainsi, comme un croquant, en profitant d'une occasion furtive. Je tiens à vous posséder devant Dieu et devant les hommes. Bref, amie, je suis décidé à vous épouser. M'accorderez-vous votre douce main ?

Alaïs en avait assez de lutter contre elle-même et de se refuser à un nouvel attachement, assez de la continence à laquelle l'abandon de Bohémond l'avait condamnée, assez d'une solitude qui ressemblait à un veuvage. Elle désirait retrouver un corps viril dans son lit et les jeux de l'amour qui lui manquaient tant... Mathieu avait rallumé dans son sang des feux qui ardaient de nouveau pour la consumer comme braise, et puis son cœur était, cette fois-ci, en accord avec ses sens.

— Marions-nous vite alors, implora-t-elle en se suspendant à son cou, j'ai hâte de devenir votre femme !

Il la souleva de terre avec un grand rire conquérant et, comme il était bien plus grand qu'elle, les pieds d'Alaïs battaient l'air.

— Depuis que je vous ai vue sur la nave, à Brindisi, je n'ai cessé d'attendre ces mots-là, dit-il en la serrant avec emportement contre lui. Soyez sans crainte, mon cher amour, tout comme vous je me languis de ne point encore pouvoir vous aimer, mais il n'y en a plus pour longtemps. Par tous les saints du ciel, je vais m'activer de belle manière et je puis vous garantir que nos noces vont être rondement menées !

Dans la nuit d'été où chaque pierre de la ville restituait dans l'ombre la chaleur solaire emmagasinée durant la journée, ils s'étreignirent impétueusement et se séparèrent pour ne pas tenter davantage le Diable...

Mais Satan avait mieux à faire après la fin de Godefroi de Bouillon que d'entraver un simple projet matrimonial ! La succession de l'avoué du Saint-Sépulcre lui fournissait l'occasion de se manifester de la plus tumultueuse façon !

Partis la veille de ce 18 juillet funeste où le prince devait rendre l'esprit, Daimbert et Tancrède allaient de compagnie sur la route de la côte conduisant de Jaffa vers Acre, quand un chevaucheur leur apporta la fatale nouvelle. Dans l'ost qu'ils commandaient, la douleur fut grande et sincère. Le patriarche et le neveu de Bohémond firent aussitôt demi-tour et, suivis par l'armée en deuil, regagnèrent Jérusalem à marche forcée. Daimbert savourait en secret la réussite de ses plans.

Selon la donation solennelle qu'il avait extorquée, au printemps, à Godefroi, la Ville sainte glissait entre les mains de l'Eglise, c'est-à-dire entre les siennes. Il triomphait et se voyait déjà seul maître après Dieu de toute la Judée !

Mais les parents du défunt et les barons lotharingiens, qui avaient entouré leur seigneur durant ses derniers jours, ne l'entendaient pas de cette oreille. Ils s'opposèrent fermement à des projets ecclésiastiques qui allaient à l'encontre des sentiments de loyalisme qu'ils vouaient à la maison de Boulogne.

Pendant quatre jours, cependant, on fit taire rivalités et ressentiments, et on ne s'occupa que de choisir le lieu où il convenait d'ensevelir le premier prince latin de Jérusalem.

— Bien entendu, on a élu le Saint-Sépulcre comme seul endroit digne de receler le corps de notre sire, dit Mathieu à Landry et à Alaïs qu'il visitait à présent chaque jour. Cette cérémonie va repousser nos noces de quelque temps, ma douce amie, mais, dès le lendemain, nous pourrons nous marier. J'en ai obtenu l'assurance de la bouche même du prêtre qui doit nous unir.

Landry n'était guère ravi des futures épousailles de sa jumelle avec un homme qui n'exerçait pas le métier de parcheminier. Mais Alaïs lui avait promis qu'elle continuerait à venir travailler à ses côtés, même une fois installée avec son mari dans la maison au portail vert. Ainsi, les enfants de Garin quittaient puis retournaient à tour de rôle dans cette première demeure trouvée par Brunissen, comme si leur destin les y attendait. La perspective d'avoir à s'y rendre plus souvent après le mariage de sa sœur avait d'ailleurs été une chaude consolation pour Landry, sensible aux possibilités qui lui seraient alors offertes de rencontrer Anthusa à tout bout de champ... Peut-être accepterait-elle peu à peu de s'intéresser au sort d'un garçon qui, lui aussi, était marqué dans sa chair par la guerre livrée aux Sarrasins. Peut-être s'apercevrait-elle enfin de l'ardente admiration qu'il lui vouait ? Peut-être y répondrait-elle... Landry rêvait...

Quatre jours après la mort de Godefroi de Bouillon, au cours d'une cérémonie noyée de larmes et d'encens, on déposa son corps, cousu en un sac de cuir, à l'intérieur d'un sarcophage qui fut ensuite placé sous le lieu sacré du Calvaire, dans la chapelle d'Adam, passage obligé vers le Golgotha.

Une foule éplorée conduisit jusqu'à sa sépulture la dépouille de cet homme de quarante et un ans qu'un mal soudain avait arraché à une destinée glorieuse, mais aussi à une existence austère, consacrée à un célibat quasi monastique, tissée de renoncements et de sacrifices.

On racontait que le Seigneur l'avait choisi depuis toujours pour mener le grand pèlerinage armé jusqu'à la victoire sur les infidèles, jusqu'à la conquête de Jérusalem et à la délivrance du Saint-Sépulcre devenu, par un juste retour des choses, son propre tombeau.

Des scènes de désolation se déroulèrent toute la journée autour de la dalle funéraire.

On pleurait, on sanglotait, on se pâmait. On criait peine et désarroi ; certains battaient leur coulpe, d'autres s'arrachaient barbe ou cheveux, s'égratignaient les joues, se tordaient les mains, baisaient la pierre froide et l'arrosaient de leurs larmes...

Au milieu des soupirs et des gémissements, Brunissen, à genoux dans un coin d'ombre, priait de toute son âme pour ce prince valeureux auquel, dans le secret de son cœur, elle accordait le titre de confesseur de Jésus-Christ. Immergée dans son oraison, elle avait oublié l'écoulement du temps. Soudain, une main se posa sur son épaule et la pressa avec insistance. Penchée vers elle, Biétrix la tira de son recueillement.

— Je vous ai cherchée partout, dit la jeune chambrière quand elle vit s'animer le regard de Brunissen que voilait jusqu'alors la forte contention de son esprit. Par la sainte croix du Sauveur, vous n'étiez pas aisée à dénicher parmi tant de monde !

— Que me veux-tu ?

— Une servante d'Anthusa est venue tantôt à la parcheminerie pour vous demander de passer la voir dès que possible. Il semble que c'est urgent.

— J'y vais tout de suite, dit Brunissen. Je reviendrai prier pour notre défunt sire quand il y aura moins d'agitation autour de son tombeau.

Dehors, le soleil flamboyait.

« Le duc très chrétien a été soustrait à la lumière de ce monde, songea la future moniale, mais il participe à présent à la lumière incréée. Béni soit-il ! »

Puis, à travers les rues soudain moroses de Jérusalem, elle se hâta vers la maison au portail vert.

Quand elle pénétra dans le large vestibule, elle se dit que les mois passés sous ce toit demeureraient sans doute dans son souvenir comme les moments les plus étranges de toute son existence. Mais elle préférait ne pas avoir à s'interroger sur les sentiments qui y avaient agité son âme et se dirigea d'un pas ferme vers la grande salle où elle avait, un an plus tôt, découvert Irène.

Justement la petite fille et Anthusa s'y trouvaient. Elles semblaient toutes deux fort occupées à remplir d'objets divers un grand coffre en bois de cèdre dont le couvercle, rejeté en arrière, bâillait comme une mâchoire.

— Dieu juste, que se passe-t-il ? demanda l'arrivante. Songeriez-vous à entreprendre un voyage hors nos murs ?

Anthusa se retourna vivement. Ses yeux brillaient d'excitation. Fardée de rose par un émoi dont Brunissen ne discernait pas le motif, elle lui parut plus jolie que jamais. Eclatante.

— Ô mon amie, dit-elle en joignant les mains, ô mon ange, il nous arrive un grand bonheur et il me tardait de vous l'apprendre !

Elle prit la visiteuse par la main et, tout en boitant un peu d'une manière qui aurait pu nuire à une créature moins séduisante qu'elle, la belle Grecque entraîna sa visiteuse vers un des sofas de la salle.

— Asseyez-vous et écoutez-moi, reprit-elle avec un entrain bien surprenant chez elle. J'ai une nouvelle d'importance à vous annoncer !

Irène vint se blottir aux pieds de Brunissen qu'elle considérait soudain avec une interrogation discrète au fond des yeux.

— Voici, continua Anthusa. Vous avez sans doute remarqué, il y a quatre jours, quand vous êtes venue donner à ma sœur sa leçon habituelle, que nous étions distraites et que nous ne partagions pas votre tristesse et vos soucis.

— En effet, reconnut la visiteuse. Mais, sur mon salut, je ne vous en ai nullement voulu. J'ai seulement été intriguée par votre indifférence.

— Ce n'était pas de l'indifférence ! C'est que nous nous trouvions sous le coup d'une très forte émotion causée par un visiteur qui sortait à peine d'ici quand vous y êtes arrivée.

Elle s'interrompit un instant.

— Il venait de me demander en mariage et j'y avais consenti.

— Dieu Seigneur ! Voici en effet une bonne nouvelle !

— La disparition, alors imminente, de l'avoué du Saint-Sépulcre avait inspiré sa démarche. A la suite de cette mort, de profonds bouleversements sont à prévoir. Aussi Hâlid a-t-il pensé que le moment était venu pour nous de quitter Jérusalem.

— Hâlid ! Que vient faire Hâlid dans tout ceci !

Le cri, qui était de protestation et non pas d'interrogation, avait jailli alors même que la pensée, plus rapide que lui, avait déjà saisi de quoi il s'agissait. Une idée s'imposa : « J'ai toujours su que cette trop belle femme apporterait avec elle la souffrance ! » Mais il ne fallait pas trahir une telle opinion, il ne fallait pas se trahir !

Brunissen enfonça ses ongles dans ses paumes et se força à sourire tout en écoutant la réponse qu'elle connaissait avant même de l'avoir entendue.

— Par le Christ pantocrator, c'est Hâlid que je vais épouser !

— Bien sûr, bien sûr. Où avais-je la tête ? Il est vrai que vous le connaissez depuis longtemps.

— Du temps de mon esclavage, à son insu j'avais remarqué cet homme. Je n'étais pas libre de le lui laisser voir mais mon cœur s'intéressait déjà à lui.

— Eh bien, voilà qui est parfait. Où et quand auront lieu vos noces ?

— Nous ne savons pas encore. Cependant, les événements funèbres qui viennent de se produire vont entraîner de tels changements qu'il semble opportun de profiter de cette période de transition pour quitter la ville. Il n'y a pas de place ici pour l'épouse d'un Sarrasin.

Brunissen se pencha vers Anthusa.

— Vous comptez donc vous convertir à une religion si hostile aux nôtres ? Est-ce Dieu possible qu'une chrétienne, même de rite oriental, puisse imaginer de renoncer au Christ pour adorer Allah ?

— Et pourquoi donc serait-ce un crime ? Ne savez-vous pas, depuis que vous vivez en Judée, que bien des chrétiens en sont déjà passés par là ?

Hâlid pénétrait dans la pièce. Il avait dû rester caché non loin de là en attendant que son amie ait mis la visiteuse au courant de leurs intentions.

Brunissen en ressentit tout d'abord une grande amertume, mais il s'avançait vers elle, le regard plein d'étincelles, le visage animé. Comme toujours, elle sentit s'émouvoir en elle une fibre singulière et souhaita de toutes ses forces ne pas se séparer de lui sur un esclandre.

En dépit de tant d'obstacles, ils étaient parvenus jusque-là à maintenir entre eux une entente, délicate et précieuse. Elle désirait ardemment préserver une si rare amitié.

— Dieu vous garde, dit-elle. Il est vrai que des chrétiens

se sont déjà convertis à l'islam, mais ce fut souvent, vous ne l'ignorez pas, sous l'empire de la peur ou de l'intérêt...

— Pourquoi ne serait-ce point sous l'empire de l'amour ?

Il la défiait du regard. Elle se pencha pour caresser avec des doigts tremblants les cheveux fins d'Irène.

— Vous savez bien que je n'entends rien à l'amour humain, dit-elle en se redressant. Mes aspirations sont tout autres.

Il s'adoucit et s'inclina.

— Pardonnez-moi, reprit-il, mais nous aurons, de la part de mes proches comme des relations d'Anthusa, tant d'oppositions à combattre qu'à l'avance je m'insurge contre toute espèce de préjugé...

— Je vous souhaite, quant à moi, de parvenir à être heureux ensemble. Soyez sûrs que je ne vous veux que du bien. Mais il me paraît que ce ne sera facile ni pour l'un ni pour l'autre.

La voix de Brunissen n'était pas encore affermie, mais son regard était redevenu, ainsi que Hâlid l'avait toujours connu, attentif et bienveillant.

— Vous faites partie des chrétiens qui peuvent comprendre qu'un attachement entre deux êtres cherche à dépasser les conventions du monde dans lequel ils vivent, reprit-il de son ton guttural. Et, tenez, pour rendre hommage à votre esprit de conciliation, je veux vous mettre sans plus tarder au courant de nos projets.

— Je vous en prie...

Elle tendait la main vers lui comme pour repousser des confidences qu'elle préférait ne pas connaître. Il n'en tint aucun compte et continua :

— En profitant de l'agitation que la mort de votre seigneur duc a causée dans cette ville, je suis venu chercher Anthusa et Irène pour les emmener loin d'ici. En un premier temps, nous nous installerons dans la ferme où j'ai des amis sûrs, ceux-là mêmes qui m'ont recueilli quand je m'en suis allé après avoir été guéri par vos soins, l'an dernier. Ceux qui m'ont également aidé à vous ramener le mari de votre sœur, après son... accident.

Brunissen inclina la tête en silence.

— Nous y attendrons de voir comment vont tourner les événements. Selon le cas, nous y demeurerons un mois, deux mois... un an... Mais le but que je me suis fixé à une date plus ou moins lointaine, le but de tous mes efforts et de tous mes souhaits, est de parvenir un jour à conduire ma future épouse dans ce pays mystérieux traversé, dit-on, par un fleuve sacré, le Gange...

Ses yeux sombres brillaient de nouveau, mais, cette fois-ci, ce n'était plus la contestation. Une fantasmagorie radieuse les éclairait.

— Partir pour les Indes... soupira Anthusa. N'est-ce pas trop beau, ami ?

Il se tourna vers elle et la considéra avec tant d'intensité que devant la révélation d'une passion dont, de toute évidence, elle était exclue, Brunissen comprit que tout était bien. Elle avait, de son côté, répondu à un autre amour, d'une forme plus haute, et la douteuse séduction, l'attirance inavouable que le Démon avait fait surgir pour elle d'une bonne action transformée en piège n'étaient que nuées, songes, tentations... En perdant une illusion sur laquelle elle se fondait depuis plusieurs mois, elle éprouvait, certes, une pénible sensation de dépouillement, mais en même temps, elle se savait débarrassée d'un poids fort lourd, d'un malaise qui tourmentait son âme et la blessait. Allégée, épurée, elle découvrait les causes de ses atermoiements et se sentait enfin libre de poursuivre sa route...

— Je prierai pour que vous atteigniez tous trois les rives de ce fleuve au nom mystérieux qui vous attire tant, reprit-elle avec le premier sourire qui lui venait aux lèvres depuis qu'elle était là. Votre départ va coïncider avec le retour ici de ma sœur cadette qui se marie avec Mathieu, un de nos amis. Il doit être écrit quelque part, comme vous diriez, Hâlid, que cette maison sera toujours le centre de nos allées et venues !

Irène vint se blottir contre le bliaud de toile blanche porté par Brunissen.

— Je vous regretterai... et pas seulement à cause de vos leçons, dit-elle en levant vers son amie un petit visage où l'inquiétude faisait place à une douce mélancolie, plus aisée à manifester. Vous allez bien me manquer !

Elle soupira. Brunissen l'embrassa.

— Adieu donc, dit-elle. Il me faut rentrer. Alaïs et Landry doivent m'attendre. Je vais leur faire part de votre mariage, mais, sur mon salut, je ne révélerai pas votre nom, Hâlid, et ne soufflerai mot de votre grande entreprise.

Elle donna l'accolade à Anthusa, sourit à Hâlid qui s'inclina devant elle en portant successivement, comme il le faisait toujours, une main à son front, à ses lèvres et à sa poitrine, puis elle les quitta.

« Plus rien ne me sépare de Vous, Seigneur, si tant est qu'il y ait jamais eu autre chose que des rêveries indignes de Votre servante. Prenez pitié et aidez-moi, je Vous en prie, à me montrer plus digne du choix que Vous avez daigné faire de la pauvre fille que je suis ! »

L'âme libérée et allègre, Brunissen franchit le seuil de la maison au portail vert où elle laissait derrière elle, ainsi que certaines couleuvres observées par elle autrefois à Chartres, l'enveloppe haillonneuse d'une peau devenue trop étroite pour elle.

A la parcheminerie, elle trouva Alaïs, Mathieu et Landry rassemblés dans l'alcôve mouillée où il faisait relativement frais. Ils y buvaient de l'hydromel acidulé, tout en conversant de façon très animée. Leur préoccupation semblait fort éloignée de celle qui troublait Brunissen. Elle les vit agités et inquiets.

— A peine notre sire le duc est-il enseveli, lui lança son frère d'un air indigné, qu'on parle déjà de sa succession ! Les barons fidèles de sa suite, loyaux envers la maison de Boulogne, ont dû avoir vent de certaines manœuvres imaginées par le patriarche Daimbert que soutient toujours Tancrède. Ce qui est sûr, c'est que Garnier de Gray, cousin et meilleur compagnon de Godefroi, s'est saisi en grande hâte de la tour de David. Il a entrepris d'en renforcer les défenses pour s'opposer de tout son pouvoir aux visées séniles et menaçantes de l'ancien archevêque de Pise. Il n'est pas seul, loin de là, à suspecter ce maudit vieillard. Des familiers de l'avoué du Saint-Sépulcre, regroupés autour des représentants de la mesnie ducale, l'accompagnent et le soutiennent. Le camérier ainsi que l'écuyer de Godefroi, l'évêque de Ramla, et bien entendu l'ancien patriarche, Arnoul Malecorne, destitué par des clercs trop dociles, et qui attendait dans l'ombre l'heure de sa revanche, se sont joints à cet intrépide chevalier. Ils récusent d'une même voix le malencontreux testament qui léguait au patriarche Jérusalem ainsi que sa citadelle.

— On dit même, ajouta Mathieu un bras posé sur les épaules d'Alaïs, que ces seigneurs ont déjà adressé en secret un message pressant au frère de notre duc, Baudouin de Boulogne, comte d'Edesse. Il est à leurs yeux l'unique héritier légitime du royaume franc. Ils lui auraient mandé de venir les rejoindre toutes affaires cessantes dans la Cité sainte, afin d'en devenir le souverain couronné.

— Ce qui évincerait de façon définitive notre gourmand patriarche ! conclut Landry d'un air vindicatif.

Brunissen s'assit auprès de son frère.

— Par tous les saints, je boirais bien un peu de résiné

étendu d'eau fraîche, soupira-t-elle en s'éventant avec un pan de son voile de tête.

— Biétrix va vous en apporter, ma sœur, dit Alaïs. Mais que dites-vous de tout cela ?

— Il me semble que Daimbert et Tancrède, qui sont déjà repartis assiéger le port d'Acre, ne se soucient pour l'instant que de faire de nouvelles conquêtes, en compagnie des nefs vénitiennes qui les secondent, répondit la future moniale. Laissons agir ceux qui sont mieux placés que nous pour cela et attendons avec confiance la suite d'événements auxquels nous ne pouvons rien.

— Vous voici bien sereine tout à coup, ma mie, remarqua Landry.

— Sans doute. A quoi bon nous démener comme des forcenés contre les suites du malheur qui vient de nous frapper ? Contentons-nous, modestement, d'attendre que se dévoilent à nous les projets du Seigneur sur ce royaume qu'Il nous a permis de conquérir non pas pour que nous nous le disputions, mais pour Sa plus grande gloire !

— Encore faudrait-il, par la vertu de Dieu, que nous sachions maintenant à quel saint nous vouer ! s'écria Mathieu. N'êtes-vous pas curieuse, vous aussi, d'apprendre à quelle sauce nous allons être mangés ?

Brunissen sourit.

— Nos vies ne se présentent pas comme des repas bien ordonnés, dit-elle doucement. Il me semble que tout le monde doit en être avisé ici. Les mangeurs et les mangés ne sont pas toujours ceux qu'on croit.

Mathieu partit de son grand rire.

— Je m'incline ! Je m'incline, dit-il. Votre sagesse est d'un autre ordre que la mienne. Vous semblez ignorer ou repousser, je ne sais, les folies qui nous mènent.

Il prit une des mains d'Alaïs dont il baisa, un à un, les doigts blancs.

— A propos des folies dont vous parlez, reprit Brunissen, j'ai une nouvelle à vous apprendre. Pendant que je faisais oraison, tantôt, au Saint-Sépulcre, auprès du tombeau de notre duc, après que vous vous étiez retirés, Anthusa m'a fait demander de passer la voir sans tarder. J'y suis allée aussitôt et je l'ai trouvée en compagnie d'Irène, occupée à remplir un grand coffre.

— Pourquoi donc ?

Landry avait posé la question d'une voix brève.

— Parce qu'elles vont partir toutes deux.

— Partir ! s'exclama Alaïs, mais pourquoi ? Où vont-elles ?

— Je ne sais où elles iront, mais ce que je sais, en revanche, c'est que notre belle Grecque va se marier très prochainement.

— Damedieu !

Le gobelet d'étain que Landry tenait à la main tomba et roula sur le dallage. Le bruit du métal fut tout de suite suivi du martèlement du pilon de bois qui s'éloignait. Aussi vite que son amputation le lui permettait, le parcheminier quittait la pièce, se sauvait loin des regards qui l'interrogeaient.

— Laissez-moi faire, dit alors Alaïs en se dégageant avec douceur de l'étreinte qui l'enlaçait. Laissez-moi faire. J'ai l'habitude de soigner ses blessures...

Elle se leva et accompagna son frère. Mais elle ne fut pas la seule. Biétrix, qui apportait au même moment un plateau chargé des boissons réclamées, le déposa devant Brunissen et s'en retourna aussitôt en suivant les jumeaux.

Réfugié dans le principal atelier de parcheminerie, vide en ce jour de deuil, Landry s'était laissé tomber sur un escabeau, devant une large table où s'empilaient des peaux prêtes à l'emploi. La tête sur ses avant-bras, il pleurait quand sa sœur entra dans la pièce. Elle s'approcha et, debout derrière lui, posa ses mains sur les épaules agitées de soubresauts. Un long moment, elle resta ainsi, sans prononcer un mot, puis, se penchant, elle appuya sa joue contre celle du garçon accablé, dont les larmes mouillaient la barbe blonde.

— Vous l'aimiez donc tant que cela ? demanda-t-elle tout bas.

Une main tâtonnante vint se poser sur une des siennes et la serra.

— Vous auriez dû m'en parler, reprit Alaïs. Je croyais que vous me disiez tout.

— Tout, sauf cette folie, murmura la voix brisée de Landry. C'est à peine si j'osais me l'avouer à moi-même. Je savais bien que je n'avais aucune chance de plaire à une femme si belle, mais comme elle était, elle aussi, devenue infirme, je me prenais parfois à rêver que notre commun malheur nous permettrait un jour de nous rejoindre.

— Elle voyait beaucoup de Syriens et d'Arméniens à Jérusalem. Ce doit être l'un d'eux qui l'aura séduite, murmura rêveusement Alaïs. Mais pour être tout à fait franche avec vous, comme nous nous sommes toujours promis de l'être l'un envers l'autre, laissez-moi vous avouer que si vous m'aviez confié votre désir, je vous aurais dit que cette trop séduisante Grecque n'était pas une épouse selon les vœux que je forme pour vous. Elle a fait partie du harem d'un Sarrasin et vous n'ignorez pas plus que moi que ce n'est pas là une référence pour une future femme de croisé. Non, sur ma foi, Anthusa ne vous aurait pas rendu heureux. Vous êtes trop sincère, trop entier, trop jaloux aussi de ceux que vous aimez. Vous n'auriez pas longtemps accepté un passé où vous auriez découvert mille sujets de soupçons et de souffrances.

Landry releva une face souillée de larmes.

— Par le Dieu de vérité, nous n'avons guère de chance, dans la famille, avec nos amours ! dit-il non sans acrimonie. La mort, l'abandon, le mépris, voilà notre lot à tous ! Il n'y a que Brunissen qui ne se soit pas trompée... Et encore, elle avait commencé par se fiancer à Anseau le Bel !

— C'est sans doute que nous avons d'abord mal choisi, soupira Alaïs. Anseau, Bohémond, Anthusa n'étaient pas ceux qui nous convenaient. Voilà tout. Ayons le courage de le dire ! Depuis que Mathieu s'est déclaré, je découvre que l'amour peut être tout autre chose que violente jouissance et perpétuel combat. Notre inexpérience, notre jeune âge, et des événements hors du commun nous ont lancés dans des aventures pleines de tumulte et de démence. Vous ne me direz pas, mon ami, mon frère bien-aimé, que vous ne le saviez pas. Si vous n'osiez même pas ouïr, au plus secret de vous, la voix de la passion qui vous poussait vers Anthusa, c'est que vous la reconnaissiez pour ce qu'elle était en vérité, peu raisonnable et sans avenir.

— Mais l'amour n'est jamais raisonnable ! protesta Landry.

Alaïs sourit.

— Tout dépend de ce qu'on appelle ainsi, admit-elle avec une expression entendue. Il y a amour et amour. Ni vous ni moi, me semble-t-il, n'avons su voir au début de nos vies de quoi il s'agissait. Allons, reconnaissons-le, nous nous sommes trompés tous deux. Ceux que nous avions élus parce que les circonstances nous avaient mis sur leurs chemins n'étaient pas les bons.

Elle se pencha de nouveau vers son jumeau. Ses nattes soyeuses frôlèrent une fois encore la barbe taillée avec soin.

— Ce n'est pas parce que nous avons commis une première erreur que nous devons perdre espoir, ajouta-t-elle. Regardez-moi. Ne suis-je pas enfin devenue une femme heureuse ?

— Si fait, reconnut Landry dont les larmes se tarissaient. Si fait, mais vous avez eu la chance, vous, au sortir d'une malencontre, de retrouver un ami qui attendait fidèlement, et sans en faire mystère, que vous vous donniez à lui ! Voilà où nos sorts diffèrent. C'est que personne ne se languit pour moi dans l'ombre en espérant que j'irai l'y quérir !

— Qu'en savez-vous ! demanda vivement Alaïs. Oui, par le Christ, qu'en savez-vous ?

Elle contemplait à présent son frère avec l'air amusé et énigmatique de quelqu'un qui détient une information mais se refuse à la fournir.

— Allons, reprit-elle, il est trop tôt pour que je vous parle d'une idée qui m'est déjà venue depuis un certain temps. Elle concerne une personne qui, à ce que je crois, s'intéresse à vous bien plus que vous ne le pensez. Nous en reparlerons quand vous serez guéri d'un chagrin qui n'existe que dans ce rêve éveillé qui vous occupe depuis notre arrivée à Jérusalem. Décidément, cette cité détient un bien étrange pouvoir : celui de faire naître des espérances sans commune mesure avec la réalité ! Certains des croisés ne s'imaginaient-ils pas, en s'emparant de la Ville sainte, que la fin des temps était venue et que nous allions vivre, sous le regard de Dieu, le début d'une ère nouvelle qui aurait goût de Paradis ?

Landry haussa les épaules.

— Vous avez sans doute raison, ma mie. Le Paradis n'est pas pour demain, et avoir conquis Jérusalem n'a pas suffi à transformer nos cœurs, qui sont entachés de péchés et de sottises !

Alaïs prit son frère par la main pour le forcer à se lever et à la suivre.

— Ne devenez pas amer comme fiel, vous que j'ai connu si confiant et si gai, dit-elle avec tendresse. Vos épreuves ont été très dures, Dieu le sait, et j'en ai souffert de toute mon âme pour vous. A présent, vous en voici sorti. Vous avez un bon métier, une maison qui vous plaît, une famille qui vous aime...

— Et un pilon de bois ! lança Landry.

Alaïs l'embrassa spontanément sur une joue.

— Pourquoi toujours y revenir ? dit-elle sur un ton de doux reproche. Oubliez-le puisqu'il est impossible que vous vous en passiez, mais dites-vous bien que ce n'est pas cette malheureuse jambe perdue qui empêchera un cœur loyal de s'intéresser à vous.

Au bras l'un de l'autre, ils quittèrent le grand atelier. Dans le second, ils découvrirent Biétrix, affairée à ranger et à épousseter des tablettes de cire et des stylets. Comment pouvait-elle être occupée par les soins du ménage un jour comme celui-ci ?

Les pensées de Landry furent bientôt détournées de cette remarque par un autre sujet.

En effet, contrairement à son habitude, Brunissen se tenait dans la cour du jet d'eau.

Un sac de toile grossière déposé à ses pieds, elle était assise sur la margelle du bassin.

— Vous voici donc, dit-elle. Je vous attendais.

Elle se leva et s'avança vers les jumeaux.

— Il m'est apparu que je ne pouvais dorénavant vous servir tous que par la prière, reprit-elle en scrutant le visage tourmenté de Landry. Je ne peux plus résister davantage à l'appel que j'ai reçu sous les murs de Tripoli. Ce jour d'hui, un ultime avertissement m'a enfin fait tomber les écailles des yeux. Je voulais vous annoncer que je quitte cette maison pour me rendre au moutier Sainte-Anne où je suis annoncée depuis longtemps déjà...

L'air apaisé, elle donnait le sentiment d'être en plein accord avec elle-même.

— Voyez-vous, dit-elle en posant une main ferme sur le bras de son frère, voyez-vous, moi aussi j'ai été abusée par le Démon tentateur qui a fait miroiter devant moi de séduisantes chimères. Elles n'étaient pas assez puissantes pour entraîner ma chute, mais suffisantes pour me désorienter. Dieu merci, si j'ai vacillé, je ne suis pas tombée dans le piège tendu, mais à présent je frémis en voyant auprès de quelle chausse-trape je suis passée... Vous ferez comme moi, mon frère, vous vous ressaisirez et votre illusion s'anéantira comme un cauchemar. Vous en ressortirez plus fort et plus vaillant.

Elle sourit.

— J'ai découvert que tout est possible, parce que Dieu aide, conclut-elle avec élan. Aussi ai-je l'intention de consacrer mes jours et mes nuits à prier, afin d'obtenir de Lui la paix du cœur pour chacun de vous, et aussi pour Flaminia et notre oncle, dont nous ne savons plus rien...

Elle hocha la tête d'un air joyeux.

— Il est urgent que je m'entremette sérieusement, me semble-t-il. C'est ce que je vais faire de ce pas. Je m'occuperai sans cesse de vous tous en la meilleure des compagnies. Que Dieu vous garde !

Elle empoigna son sac de rude toile et s'éloigna d'une démarche assurée.

3

Chaque matin, qu'il pleuve ou non, après la messe quotidienne, Flaminia sortait de Chartres par la porte Percheronne et se dirigeait vers la chapelle Sainte-Foy, encore proche des murailles, mais suffisamment paisible cependant, parmi les prés et les vignes, pour offrir un lieu de promenade agréable à Duc. On n'y rencontrait guère que des clercs de la célèbre école épiscopale de Chartres qui y venaient, quand il faisait beau, pour prier, converser, écrire en paix.

Après une heure ou deux d'allées et venues, la jeune veuve et son lévrier passaient le plus souvent un moment chez Enide l'Acorée, devenue, le temps aidant, une amie attentive et fidèle. Flaminia racontait l'Orient, la longue pérégrination, ses épreuves et ses émerveillements ; Constantinople la Magnifique, Antioche la Belle, puis les flèches turques, les sacrilèges perpétrés par les Sarrasins, mais aussi la découverte des roseaux miellés et des éclairages nocturnes dans les villes. Les épouvantes et les prodiges, la sainte lance et le siège de Jérusalem, la vie du camp, la trame des jours enfin, tissant trois années de peines et de victoires, de larmes et de miracles. Enide parlait de ses enfants, des malades et des pauvres de l'hôpital, du comte Etienne et de la comtesse Adèle qui préféraient vivre à Blois plutôt qu'à Chartres...

Flaminia rentrait ensuite dîner avec son oncle. Dès le repas terminé, elle se rendait à l'hôtel-Dieu où elle se consacrait durant le reste de la journée, sans lassitude apparente, à des vieillards impotents ou grabataires qui réclamaient soins et sympathie.

L'été s'écoulait. Le mois d'août, qui avait été incertain, traversé de lourds orages, touchait à sa fin entre pluie et grisaille.

— Ma nièce, dit un soir à Flaminia le père Ascelin, dès son retour de l'évêché où il travaillait chaque jour auprès d'Yves de Chartres, ma nièce, c'en est fait : le comte Etienne va reprendre la croix et s'en aller une seconde fois vers la Terre sainte ! Il en a officiellement fait part à notre évêque.

Revenue depuis peu de l'hôtel-Dieu, Flaminia était occupée, en attendant l'heure du souper, à broder en compagnie de Richilde et de Mahiette. Assises sur de gros coussins de cuir, les trois femmes se tenaient en cercle devant la cheminée de la salle où brûlait un feu vif, allumé pour combattre l'humidité. Frileusement enroulé sur une natte de paille tressée aux pieds de sa maîtresse, Duc contemplait avec un intérêt jamais lassé les flammes dont les lueurs se reflétaient dans ses prunelles ambrées. Le sloughi n'avait jamais vu de feu brûlant librement dans l'âtre avant de parvenir à Chartres. D'abord effrayé, il demeurait, malgré l'accoutumance, toujours captivé par un phénomène aussi mystérieux.

— La Terre sainte, soupira Flaminia, le comte va repartir pour la Terre sainte...

Une fois encore, le notaire épiscopal pensa que, pas plus que son chien, sa nièce ne s'était résignée à sa vie de Chartraine. Si, depuis quelque temps, elle manifestait moins tragiquement les ravages causés par la mort d'Andronic dans son âme endeuillée, elle n'en restait pas moins étrangère aux événements de la vie de chaque jour. Sans doute se prêtait-elle avec bonne volonté aux habitudes de la maison et de la ville où elle s'était réfugiée, mais il sentait bien, lui qui la connaissait depuis toujours, qu'elle ne participait à son existence et à celle de son entourage que de manière superficielle et sans élan. Son zèle d'autrefois, l'ardeur qu'elle apportait naguère à tout ce qu'elle entreprenait semblaient anéantis. Comme certaines tapisseries délavées, la deuxième fille de Garin avait perdu ses chaudes couleurs.

Pendant que le père Ascelin songeait, Richilde, de son côté, intervenait.

— Par la chemise de Notre-Dame ! disait l'intendante, je ne suis pas le moins du monde surprise d'apprendre le départ du comte Etienne ! On parle tant ici de l'affreuse déconvenue éprouvée par la comtesse Adèle depuis le honteux retour du mari qu'elle révérait auparavant comme un preux ! Il s'est déconsidéré à tel point qu'il ne pouvait se réhabiliter qu'en retournant là-bas. Il faut même dire que, dans sa comté, tout le monde priait pour qu'il se ravise et que chacun espérait ce geste.

— Il paraît, renchérit Mahiette, que la comtesse ne lui a ménagé ni remontrances ni exhortations et qu'elle n'a cessé de le pousser à se croiser encore une fois.

— Ce n'est pas pour rien que notre Adèle est la fille du Conquérant ! remarqua le père Ascelin, tiré de ses rêveries par tous ces commérages.

— On dit qu'en dépit de l'attachement qu'elle n'a jamais cessé de témoigner au comte, leur union a été fort ébranlée par la trahison d'un homme qu'elle admirait autrefois autant qu'elle l'aimait. Chez une femme comme elle, amour et admiration vont toujours de pair, ajouta Richilde dont les yeux verts scintillaient d'excitation.

— Par tous les saints, je vois que les langues marchent bon train céans, remarqua, mi-étonné, mi-critique, le notaire épiscopal.

— Le sort du comte et de la comtesse, bien qu'ils résident si rarement à Chartres, n'en est pas moins un des sujets de conversation favoris des habitants de cette ville, constata Flaminia qui faisait un effort visible pour mêler sa voix aux autres. Que voulez-vous, mon oncle, l'exemple donné par de si hauts et puissants seigneurs ne peut qu'impressionner le menu peuple d'ici.

— Sans doute, sans doute, ma fille, concéda le père Ascelin, mais, de mon côté, je suis plus soucieux de la querelle qui oppose notre illustre évêque au roi de France, Philippe Ier, condamné par deux fois pour adultère et excommunié depuis, que des sujets d'affrontement entre le comte et la comtesse.

— Parlons-en du roi Philippe ! s'écria de nouveau Richilde, sans chercher à dissimuler son mépris. Voici encore un triste sire que nous avons là ! Répudier sa femme, la reine Berthe, pour épouser cette Bertrade de Montfort, épouse légitime du comte d'Anjou, après l'avoir enlevée à son vassal et s'être fait excommunier par le pape en personne, est une infamie ! Les conséquences de ce honteux péché n'ont pas fini de nous avilir tous ! Depuis plus de cinq ans, la sentence papale a fait tomber sur le royaume un lourd opprobre. C'est à cause de cette faute que le roi a été empêché de prendre part au pèlerinage d'outre-mer pour la délivrance de Jérusalem. Il s'est vu contraint d'y envoyer à sa place son frère, Hugues le Maisné, qui ne s'y est d'ailleurs, par ma foi, pas couvert de gloire, lui non plus !

On sentait bouillonner la rancune qui animait Richilde. Le père Ascelin n'était pas sans savoir combien les habitants du royaume, tout comme l'intendante, s'étaient détournés du roi après cette scandaleuse histoire.

— Le nouveau pape, Pascal II, parviendra-t-il à amener un souverain aux mœurs relâchées à se soumettre, afin d'obtenir une absolution qui paraît indispensable à tout le monde, sauf sans doute au principal intéressé ? soupira-t-il.

— Ne blâmons pas à l'aveuglette ces seigneurs et ces rois, conseilla Flaminia. Ils connaissent les mêmes attirances ou répulsions que les derniers de leurs manants. Puisqu'il est prince de ce monde, le Mal se glisse à son aise dans toutes les consciences. En Syrie et en Judée n'avons-nous pas assisté à de sordides querelles entre les hauts barons ? Les émirs turcs ou arabes ne se haïssaient-ils pas également les uns les autres ? N'en est-il pas partout et toujours ainsi ?

Il y avait un profond désenchantement et une grande lassitude dans cette constatation. Le père Ascelin considéra sa nièce d'un air soucieux et vint s'asseoir près d'elle sur un escabeau qui se trouvait là.

— Il ne faut pas désespérer des hommes, dit-il doucement. Jamais. Vous le savez bien. L'espérance doit être la plus forte. Elle est capable de triompher de tout.

— L'espérance, murmura Flaminia, l'espérance... Je ne sais plus, mon oncle, non vraiment je ne sais plus à quoi elle ressemble...

Richilde mit une bûche dans le feu et se retira. Mahiette la suivit.

— Je ne veux pas vous entendre parler de la sorte, ma petite fille, reprit le vieil homme. Vous n'en avez pas le droit. Se refuser à l'espérance, c'est mettre en doute l'amour de Dieu et c'est le plus grave des manquements dont nous puissions nous rendre coupables à Son égard. Ne me dites pas que vous en êtes arrivée là, ce serait affreux.

— Je ne suis arrivée nulle part, mon oncle... J'erre comme une âme en peine car je suis une âme en peine, voyez-vous, rien d'autre...

— Par le Christ, taisez-vous ! Reprenez-vous, je vous en conjure ! Depuis cette fatale Saint-Sylvestre qui vous a privée de votre mari, vous n'êtes plus la femme intrépide que nous tous, dans votre famille, avions connue et aimée. Votre énergie s'en est allée...

— Elle s'en est allée avec lui.

— Mais enfin, mon enfant, vous viviez avant de le connaître ! Vous aviez même un caractère presque aussi indomptable que celui de Berthe la Hardie... Vous ne pouvez pas avoir changé à ce point ! Je pensais que le temps calmerait votre douleur. Il semble hélas qu'il n'en est rien. Vous vous enfoncez, avec une sorte d'acharnement qui me navre, dans un deuil dont rien ne parvient à vous détourner. Quand vous m'avez annoncé que vous aviez décidé de vous occuper des pauvres vieillards de l'hôtel-Dieu, j'ai cru que cette activité charitable vous arracherait à votre obsession. Côtoyer tant de détresses, tout en tentant de les alléger, me paraissait prometteur d'un renouveau de vaillance. Mais, pas davantage que votre amitié pour Enide l'Acorée, qui m'avait aussi, au début, donné espoir, ce service prodigué à des créatures qui en ont tant besoin n'a apporté d'amélioration à votre état. Que vous faut-il donc pour redevenir vous-même ?

Tête baissée, Flaminia avait écouté son oncle passivement. Elle se redressa quand il eut fini, se tourna vers lui, le regarda bien en face.

— Je ne redeviendrai jamais ce que vous appelez moi-même, dit-elle avec fermeté. Jamais plus. Je suis brisée ! brisée, mon oncle, comme une branche d'arbre après le passage de la tempête. Sans que quiconque puisse un jour avoir une chance de me réparer. C'est tout. Il fallait que vous le sachiez. Je ne suis plus Flaminia, je suis la veuve d'Andronic et ne veux point d'autre destin.

— Sur mon âme, c'est là déraison !

— Peut-être. L'énergie dont vous parliez il y a peu s'est, voyez-vous, tout entière réfugiée dans la volonté obstinée que je porte en moi à la place de l'enfant que je n'ai pas eu de mon époux. La volonté de ne vivre que pour son souvenir.

Sur ses traits durcis glissa le reflet des emportements sans frein qui la secouaient jadis ainsi que de brusques rafales.

Le père Ascelin baissa un front assombri. Duc se leva et vint poser sa tête fine et sensible sur les genoux de sa maîtresse.

Un temps s'écoula, où on n'entendait que les craquements des bûches que consumaient les flammes. Puis, passant une main sur son visage creusé de rides, l'oncle de Flaminia soupira et, s'adressant de nouveau à la jeune femme raidie qui caressait le lévrier du désert, il renoua le dialogue.

— Je vois bien que je ne vous amènerai pas à davantage de modération, constata-t-il tristement. Je le regrette, mais je m'incline. Je viens de comprendre une chose, ma chère fille, c'est qu'en réalité votre force d'antan n'est point disparue. Elle s'est transformée en refus. Et ce refus est votre unique soutien.

Il quitta l'escabeau pour se rapprocher de la cheminée sous la hotte de laquelle il s'assit sur un banc tourné vers le foyer et recouvert d'un coussin de peau.

— Puisqu'il en est ainsi, reprit-il après avoir tendu vers le feu ses mains où saillaient de grosses veines violettes, oui, puisque rien ne peut vous faire changer d'attitude, parlons d'autre chose, raisonnablement, comme les bons amis que nous sommes et resterons toujours quoi qu'il advienne.

Flaminia inclina la tête en un geste d'assentiment.

— Je voulais tantôt vous entretenir aussi d'une rencontre que j'ai faite ce matin même. Il s'agit d'Anseau le Bel. C'est un bon et brave garçon. Il l'a prouvé en risquant sa vie pour venir nous rejoindre en Terre sainte. Il l'a confirmé en acceptant sans colère ni rancœur, et en dépit de la solennité de leurs engagements antérieurs, la rupture de ses fiançailles si soudainement décidée par Brunissen.

— Pour ce qui est de son voyage et des dangers encourus, je suis en plein accord avec vous, mon oncle. Permettez-moi de ne plus l'être en ce qui concerne les sentiments manifestés à ma sœur lors de cette séparation.

— Par le Dieu de vérité, après une disgrâce imposée en de telles conditions, il y a peu de fiancés qui se seraient comportés avec tant de soumission !

— Ou tant d'indifférence !

— Ne soyez pas injuste, ma chère nièce. Anseau était très attaché à Brunissen et reste fort soucieux des liens d'amitié qui nous unissent encore.

— Si vous dites vrai, il doit être bien surpris de ne pas avoir reçu de moi, depuis bientôt trois mois, le moindre signe ni la moindre visite.

— Justement. Il m'en a parlé et ne comprend pas votre manque d'intérêt pour une entreprise familiale à laquelle votre père tenait tant.

Flaminia secoua la tête.

— Il me semble que c'était dans une autre vie ! soupira-t-elle d'un air las.

— Comme j'ai pensé qu'il vous serait pénible de retourner dans une maison où persistent pour vous de si nombreux souvenirs, je me suis décidé à le convier ici à souper, demain, en compagnie de sa mère et de son beau-père. Durant le repas, nous pourrons aborder et régler la question toujours pendante de la succession de Garin et du sort que vous pensez réserver à la parcheminerie.

— Mais je la laisse à Anseau ! s'écria la jeune femme. Je sais à présent que je n'y travaillerai plus. Quant à Landry, il ne reviendra jamais à Chartres. Il possède, depuis mon départ, l'entreprise que nous avions créée à Jérusalem. Tel que je le connais, il a dû la faire prospérer. Celle-ci ne nous est plus utile en rien, alors qu'elle l'est sans doute extrêmement pour Anseau et les siens.

— Sans doute, ma nièce. Je ne peux qu'approuver votre désintéressement et votre générosité. Mais, afin que cette affaire soit légalement traitée, il convient que vous fassiez un don en bonne et due forme à votre successeur, en présence de quelques témoins honorables.

— Je m'en remets à vous, mon oncle. Vous êtes trop bien placé pour ne pas décider de tout cela vous-même. Je n'y entends rien et n'éprouve aucun désir de m'en mêler.

Le notaire épiscopal n'insista pas davantage. Il se désolait en son for intérieur du peu d'intérêt porté par Flaminia à une affaire si chère à ses parents, mais l'entretien qu'il venait d'avoir avec elle l'avait éclairé, une fois encore, sur son état d'esprit.

Le lendemain soir, Anseau le Bel, sa mère et son beau-père se trouvaient réunis dans la salle autour de leurs hôtes.

Le ciel s'était un peu dégagé au cours de la journée. Il ne pleuvait plus. Cependant une fraîcheur humide qui n'était pas de saison persistait toujours. Aussi avait-on continué à faire du feu dans la cheminée de pierre.

Si Anseau paraissait à l'aise parmi les membres d'une famille qui aurait dû être la sienne, sa mère, Eremburge, et le brave Gilduin, second époux de celle-ci, étaient fort intimidés. La situation du père Ascelin auprès du grand évêque dont la renommée dépassait de beaucoup le pays chartrain, ainsi que le si farouche veuvage de Flaminia les impressionnaient au point de les rendre muets l'un et l'autre.

Quand les serviteurs de la maison vinrent dresser les tréteaux, puis posèrent dessus les longues planches ajustées qui formaient la table du repas, le couple n'avait toujours pas ouvert la bouche. Il fallut que fût mise sur la table une large nappe blanche, tombant jusqu'au sol jonché d'herbes fraîchement coupées sentant bon la menthe sauvage et les joncs odorants, pour qu'Eremburge trouvât le courage d'adresser un sourire à la jeune veuve. Mais ce ne fut qu'après le début du repas, une fois les doigts lavés dans des bassines d'étain contenant une eau claire versée par Mahiette au moyen de hautes aiguières, et le Benedicite récité par tous, que Gilduin et son opulente épouse commencèrent à parler.

Ils louèrent l'excellence de la fromentée, des rissoles, des pâtés d'anguilles et du porcelet farci. La large figure congestionnée du mari et le sourire sans malice de la femme ne cessaient de se décrisper au fur et à mesure du déroulement d'un repas où, sans vergogne, ils s'abandonnaient au plaisir de la bonne chère.

Pendant ce temps, Anseau tentait d'intéresser Flaminia aux transformations qu'il avait apportées à la parcheminerie.

— Par les Saints-Forts, disait-il, je crois pouvoir vous affirmer que vous serez satisfaite de ce que nous en avons fait ! Nous avons agrandi l'atelier qui ouvre sur la rue en abattant une cloison qui le séparait de la pièce du fond. L'ensemble y a gagné en espace et en clarté. Je ne comprends pas que vous ne soyez pas venue, dès votre arrivée à Chartres, chercher vos souvenirs d'enfance entre nos murs. Vous y auriez été reçue comme une reine et vous y auriez retrouvé les traces d'un passé qui doit vous être doux, pourtant, chère dame, me semble-t-il.

— J'étais une autre en ce temps-là, répondit Flaminia d'un air lointain. Nous n'avons plus grand-chose de commun, mon enfance et moi, maintenant.

— Si l'adolescente que vous étiez jadis ne vous est plus rien, dites-vous bien que certains conservent d'elle une image toujours présente. Vous étiez si passionnée, si entière, quand je me suis fiancé à votre sœur, que vous aviez, sans le savoir, produit une très forte impression sur moi. Depuis ce temps, je n'ai eu garde de vous oublier !

— J'étais, Dieu le sait, une jeune pouliche piaffant et refusant le mors. La vie est parvenue finalement à me l'imposer... à grands coups d'étrivières !

— Par Notre-Seigneur, vous avez tort de dire finalement, car rien n'est fini pour vous, ma dame ! N'êtes-vous pas en pleine jeunesse ? Vous avez de longues années devant vous !

Flaminia fixa son regard, qu'à Constantinople on avait comparé aux mosaïques byzantines, sur les traits réguliers et un peu fades de son voisin.

— Longues ou pas, dit-elle, les années qui me restent à vivre seront consacrées au souvenir d'un seul. Nul autre ne saurait compter pour moi désormais.

A l'expression d'Anseau, elle comprit qu'il ne la croyait pas et mettait ses paroles sur le compte d'une peine encore récente qu'il pensait voir se dissiper un jour, sans doute à son profit. Elle en ressentit un certain mépris pour un être incapable de concevoir, et seulement d'imaginer, l'étendue d'une détresse en laquelle l'âme s'enfonçait sans possibilité de retour, ainsi que dans des sables mouvants.

Cessant alors de faire mine de s'intéresser à ce que lui disait Anseau, elle se tourna vers son oncle et ne s'adressa plus qu'à lui jusqu'à la fin du repas.

Mais l'ancien fiancé de Brunissen n'était pas homme à se décourager si aisément. Tenace et sans doute persuadé des chances qu'il avait de parvenir à ses fins, à cause aussi peut-être de la donation qui lui avait été consentie par indifférence, alors qu'il y voyait une intention, il devint un familier de la rue des Vavasseurs. Sous couleur de renseignements à

demander ou de précisions à obtenir au sujet de la cession
qui lui avait été signifiée par Flaminia, il arrivait de plus en
plus souvent, en fin de journée, seul, chez le père Ascelin.
Il savait la jeune femme au logis à cette heure vespérale.
Afin de lui témoigner une reconnaissance dont elle n'avait
cure, mais dont il ne se lassait pas de lui prodiguer mille
témoignages, il l'accablait de présents. Ce n'était qu'envois
de gibier, de fruits, de fleurs et, surtout, de magnifiques
parchemins teints en pourpre ou de vélins lisses et doux
comme des peaux d'enfants...

Non content de l'assiéger chez elle, il s'arrangeait aussi
pour se trouver sur le chemin de Flaminia quand elle allait
à la messe du matin avec son oncle et il les y accompagnait,
ou quand elle promenait Duc dans la campagne au-delà des
remparts, ou bien encore quand elle se rendait chez Enide
l'Acorée.

— Sur mon salut, cet Anseau commence à me devenir
insupportable ! s'écria un matin la jeune veuve en pénétrant,
suivie de son lévrier, dans la pauvre salle où Enide allaitait
le petit Thibault. Je le rencontre partout sur mon chemin, et
sa gratitude, à moins que ce ne soit ses espérances absurdes,
ne me laisse plus de répit !

Enide eut un sourire amusé.

— Que voulez-vous, amie, belle amie, votre clair visage
et votre taille fine ont dû ravir le cœur de ce pauvre garçon.
Comment l'en blâmer ?

— Mais cependant, dès le premier soir, je lui ai dit avec
la plus grande netteté qu'aucun homme n'avait la moindre
chance désormais de retenir mon attention.

— Il ne vous aura pas crue !

— Alors, que faire ? comment m'en débarrasser ?

Enide venait de retirer de son sein droit le nourrisson dont
les langes étaient maintenus par des bandelettes étroitement
croisées, et, en attendant de le mettre de l'autre côté, lui
tapotait le dos avec douceur pour provoquer un rot. Assis en
face de la mère et de l'enfant, le sloughi les considérait avec
une bienveillance familière.

— Votre parcheminier a dû être mortifié par une rupture
à laquelle il s'attendait d'autant moins que son voyage vers
la Terre sainte fut à la fois, à ce qu'on raconte, plein de
mérite et semé d'embûches. Après s'être donné tant de mal
pour rejoindre votre sœur, il est évident qu'il attendait d'elle
tout autre chose qu'un congé. De retour ici, il s'est dignement
comporté, il est vrai, mais j'imagine qu'il éprouve une satisfac-

tion toute spéciale à vous courtiser. Son penchant pour vous, qui est sans doute sincère, doit, en outre, lui apporter un bien agréable goût de revanche. C'est pourquoi, d'après moi, vous allez avoir beaucoup de difficultés à lui faire lâcher prise.

— Mais il ne tient rien que du vent ! protesta Flaminia. Je n'ai dans le passé ressenti à son égard, ne ressens à présent et ne ressentirai jamais pour ce garçon la moindre attirance ! Le seul sentiment qu'il m'ait jamais inspiré est le plus absolu détachement.

Enide, qui venait d'offrir son sein gauche à Thibault, ne put s'empêcher de rire.

— S'il vous entendait, il en serait fort marri, le pauvre homme ! Il doit se flatter d'avoir commencé à vous appâter et, si je ne me trompe, ses rêves le portent déjà à imaginer qu'il parviendra, d'ici un temps plus ou moins long, à vous épouser en lieu et place de Brunissen !

— Eh bien ! Je vais lui dire ce que je pense d'une telle folie !

La jeune veuve s'était dressée, les joues rougies, les yeux brillants, comme si on l'avait insultée et qu'elle eût à venger un outrage.

Inquiété par la vivacité de son mouvement, Duc se leva et vint se placer près d'elle.

Enide tendit sa main libre vers son amie.

— Votre colère ne fera qu'exciter son désir de vous attirer dans ses filets, dit-elle. Plutôt que de le prendre à partie, il serait plus adroit de l'amener à rencontrer une jeune pucelle susceptible de le séduire et d'être charmée par un garçon qui doit plaire à plus d'une.

— Croyez-vous vraiment qu'une telle feinte ait des chances d'aboutir ?

— Pourquoi pas ? Sur mon âme, ce ne serait pas la première fois qu'on détournerait sur une autre les sentiments déplacés dont un importun poursuit une dame. Sans compter que nous ferons peut-être ainsi deux heureux et rien ne nous interdit de penser qu'ils finiront en justes noces... Pour leur plus grand bien !

Flaminia leva les sourcils.

— Je ne soupçonnais pas en vous de tels talents de marieuse, remarqua-t-elle d'un air étonné. Mais votre machination, pour ingénieuse qu'elle m'apparaisse, se heurte tout de suite à un écueil : je ne connais plus à Chartres la moindre adolescente.

— Qu'à cela ne tienne ! Par les saints Evangiles, nous en

connaissons, nous autres, des quantités... Et, dans le nombre, il y en a de gentes et de belles, vous pouvez m'en croire !

L'enfançon s'était endormi d'aise en tétant. Enide le détacha doucement de son sein et le berça un moment entre ses bras.

— Laissez-moi y songer, reprit-elle à mi-voix pour ne pas troubler le sommeil de Thibault. J'en parlerai à mon mari. Nous avons parfois provoqué des rencontres de ce genre qui ont fort bien tourné et ont débouché sur de solides unions. Le tout est de bien appareiller les futurs époux. Là, il s'agit de ne pas se tromper !

Il y avait dans le comportement de cette femme une vitalité contagieuse, doublée d'une assurance tranquille qui inspirait une confiance immédiate.

— Que le Seigneur vous inspire ! dit Flaminia. Je reviendrai vous voir demain comme de coutume, après la promenade de Duc hors les murs de la ville.

Le lendemain matin, Enide pétrissait la pâte d'une fournée de fouaces garnies de grattons qu'elle allait porter ensuite au four banal de l'évêque, quand son amie, toujours accompagnée de son chien, pénétra dans la salle. Le temps maussade avait cédé le pas à un franc soleil qui paraissait heureux de briller à nouveau. Les enfants étaient tous dehors et Thibault dormait dans son berceau.

— J'ai beaucoup réfléchi à votre proposition d'hier, dit Flaminia, après avoir salué l'épouse du prêtre. Je ne sais pas s'il serait bien honnête de donner une pucelle en appât à notre entreprenant parcheminier.

Sans doute mis en appétit par l'odeur des petits morceaux de viande restant au fond de la marmite où Enide avait fait fondre la graisse d'un porc pour obtenir du saindoux, Duc tournait fébrilement autour de la table enfarinée.

— Paix ! lui intima sa maîtresse. Paix ! Couche-toi ici et ne bouge plus.

Après avoir lancé un regard désolé à la marmite d'où s'échappait un si succulent fumet, le lévrier vint s'allonger en soupirant auprès de la jeune femme qui ne s'occupait pas de lui autant qu'à l'accoutumée.

— Je crains que votre idée ne soit contraire à la charité, reprit Flaminia. Il peut être dangereux de jeter une jeune Chartraine dans une aventure dont nous ne pouvons pas être certaines qu'elle tourne à son avantage.

Enide malaxait avec entrain la pâte souple entre ses doigts.

— Et pourquoi donc n'y tournerait-elle pas ? demanda-t-elle sans se démonter. En quoi un bon mari a-t-il jamais été un danger pour une pucelle ? Sur mon salut, j'ai été présentée à mon époux par une amie de ma défunte mère, que Dieu ait son âme ! et je puis vous affirmer l'avoir souventes fois bénie pour cette bonne action.

— Je me demande si Anseau le Bel sera un compagnon sûr et solide pour la demoiselle que nous lui ferons connaître et qui deviendra sa femme de si curieuse manière, enchaîna Flaminia en insistant. Cette pensée n'a cessé de me tourmenter pendant la nuit.

— Dieu Seigneur ! Vous avez eu bien tort de ne point vous reposer quand l'heure en était sonnée, déclara Enide. Anseau est un parti des plus honorables. Comme tous ceux qui sont revenus de Terre sainte, il bénéficie de l'admiration et de la reconnaissance de chacun. Au surplus, il est agréable à voir, d'humeur joyeuse, bon artisan et il plaît aux femmes. Que souhaiter de mieux ? Il n'y a pas tant de jouvenceaux à marier et qui réunissent toutes ces qualités, je vous assure. Par ailleurs, le grand pèlerinage outre-mer a singulièrement éclairci les rangs de nos jeunes gens, et bien des filles se désolent de leur absence. Si, à Jérusalem, il y a davantage d'hommes que de femmes, ici c'est tout le contraire et nous manquons de prétendants ! Ce n'est pas, mon amie, parce qu'il n'a pas eu l'heur de vous convenir qu'Anseau cessera pour autant d'en attirer d'autres. La pucelle que nous aurons élue à son intention sera parfaitement libre de l'accepter ou de le refuser. Et, par Notre-Dame, je parierais bien ma part de paradis qu'il n'y en aura pas beaucoup pour refuser votre parcheminier !

— Il faudra aussi qu'elle soit à son goût.

— Certes, et ce ne sera pas le plus aisé. Il semble si épris de vous qu'une forte résistance est à prévoir. J'en ai parlé avec mon mari. Il pense que vous serez obligée de signifier clairement à votre soupirant qu'il n'a pas la moindre chance de vous obtenir. Après seulement, nous nous arrangerons pour qu'il rencontre l'adolescente sur laquelle nous aurons jeté notre dévolu.

Elle égalisait à présent la pâte pétrie avec soin, puis roulait dessus une petite bûche écorcée et parfaitement lisse.

— Pour tout vous avouer, reprit-elle quand elle eut étalé sa préparation et avant de la découper en ronds à l'aide d'une pointe de couteau, sachez que nous avons peut-être déjà une idée à ce sujet.

— Dieu tout-puissant ! Avez-vous si vite trouvé la jeune fille apte à détourner de moi les transports d'Anseau ?

Les deux femmes se dévisageaient avec amusement et une connivence à laquelle l'une et l'autre se complaisaient.

— Commencez par vous expliquer avec lui, dit Enide. Nous verrons après ce que nous pourrons faire.

En quittant son amie ce matin-là, Flaminia était portée par un grand désir de s'affranchir d'assiduités qui l'importunaient. Néanmoins, elle ne souhaitait pas blesser un ancien compagnon de son père, qui avait eu comme unique tort de s'amouracher à quelques années d'intervalle de deux sœurs ne pouvant plus disposer de leur cœur. Aussi se demandait-elle avec perplexité comment, sans le faire souffrir ni le mortifier, le convaincre de l'inutilité de ses tentatives.

Le soir même, comme elle revenait de l'hôtel-Dieu, elle rencontra le parcheminier au pied des marches qui conduisaient au portail de sa demeure. Elle en ressentit une sourde irritation qui dissipa sur-le-champ ses bonnes intentions.

— Encore vous ! jeta-t-elle avec impatience. Où que j'aille, il me faudra donc toujours vous trouver sur ma route !

Anseau opina d'un air entendu.

— Si Dieu le veut, il n'est pas impossible que ce soit pour nous le début d'un bien plus long cheminement, dit-il en s'inclinant devant la jeune femme, dont le regard se durcit aussitôt.

— C'en est trop ! Sur mon âme, il faut que je vous parle ! reprit-elle brusquement. Entrez céans. Nous devons nous expliquer, vous et moi !

Passant devant son interlocuteur décontenancé, elle pénétra dans la salle où Duc, qui ne pouvait pas la suivre à l'hôtel-Dieu, attendait sa maîtresse en sommeillant sur un coussin. Il s'élança vers elle en jappant pour témoigner sa joie et fut surpris de ne recevoir qu'une caresse hâtive, alors que d'ordinaire il avait droit à de grandes démonstrations de tendresse.

— Prenez place, dit ensuite Flaminia en indiquant à son visiteur un siège dont les accoudoirs croisés étaient terminés par des boules de cuivre où s'accrochaient les derniers rayons du soleil couchant.

Elle-même s'assit sur une longue banquette ornée de tapisserie.

— Causons, continua-t-elle, bien décidée à mener le jeu, mais cependant un peu adoucie par l'air penaud du jeune homme.

— Je ne comprends pas, commença-t-il, non, par les Saints-Forts, je ne comprends pas votre mauvaise humeur. Que vous ai-je donc fait, ce tantôt, chère dame, pour avoir eu le malheur de vous déplaire ?

— Rien d'autre que votre maladroite et insistante façon de me poursuivre, reconnut-elle avec un soupir. Mais cette fois, je n'en puis plus. Je vous dois la vérité. Une vérité qui risque de vous décevoir, mon ami, je le crains bien.

Elle se pencha vers lui.

— Sans que vous ayez eu besoin de m'en faire l'aveu, il ne m'a pas été difficile de voir où vous vouliez en venir. Les attentions dont vous m'entourez, les présents que vous ne cessez de m'offrir, toute votre conduite enfin, parlent pour vous.

Duc alla se recoucher sur son coussin d'un air résigné et Flaminia le suivit des yeux avant de reprendre.

— Je ne voudrais pas vous causer de peine, mais je tiens avant tout à ce qu'il n'y ait pas de malentendu entre nous. Je me vois donc forcée de vous tenir un langage clair et que je souhaite définitif. Anseau, je ne vous aime pas. Je ne vous aimerai jamais. Non pas pour des raisons ayant trait à votre personne, mais parce que mon cœur a été détruit par la disparition du seul homme qui ait jamais compté pour moi. Vous le savez. Je vous l'ai déjà dit, mais je vois que vous ne me croyez pas. C'est pourquoi je vous le répète avec la plus extrême fermeté. Ne perdez pas votre temps à me courtiser. Je ne suis pas pour vous. Je ne suis plus pour personne.

Le jeune homme se leva d'un bond.

— Avouez plutôt que je vous déplais ! cria-t-il en venant vers elle avec une expression de violent dépit. Il ne peut pas y avoir d'autre véritable raison à votre froideur. Ayez au moins le courage de me le dire ! J'en ai l'habitude ! Votre sœur ne m'a-t-elle pas déjà congédié comme un mauvais serviteur, sous le prétexte que Dieu l'avait choisie !

Un rictus de rage déformait les traits, d'ordinaire un peu trop aimables, du parcheminier.

— Il faut apparemment aux trois filles de Garin bien autre chose que les simples habitants de Chartres ! Le Seigneur en personne, un prince normand ou un maître parfumeur de la cour impériale ! Rien de moins !

Tout en ricanant d'un air mauvais, il se rapprochait de la banquette sur laquelle Flaminia, toujours assise, le considérait avec un regard assombri où montait l'orage. Mais, trop égaré par la rancune et la somme des griefs qu'il ressassait depuis si longtemps pour y prendre garde, Anseau se jeta sur elle et voulut l'enlacer de force. Une gifle claqua qui déchaîna la vindicte de l'homme. Il resserra son étreinte et chercha à renverser la jeune femme sur les coussins de la banquette. Mais Duc intervint. D'un bond, il fut sur l'agresseur et lui planta dans l'épaule ses crocs de chasseur du désert. Cris, grondements, ordres brefs se succédèrent alors en un tourbillon de souffrances et d'imprécations.

Dans ses efforts pour se dégager, Anseau, qui hurlait de colère et de douleur, ne parvenait qu'à exciter davantage le lévrier, tandis que Flaminia tentait de son côté, mais en vain, de protéger son assaillant de la fureur du sloughi que rien ne semblait pouvoir apaiser.

Attirée par le bruit, Richilde entra précipitamment dans la pièce et aida la jeune femme à soustraire le parcheminier aux mâchoires de fer qui s'étaient refermées sur lui. Un sang vif et abondant giclait de la chair déchirée, que le bliaud en lambeaux laissait voir aux yeux horrifiés des deux femmes.

Toujours grondant, mais enfin maintenu par Flaminia à distance de sa victime, Duc, tremblant de fureur, le poil hérissé, montrait encore les dents.

— Je ne l'ai jamais vu ainsi, assura la nièce du père Ascelin. Jamais. Il est vrai que personne ne lui avait encore donné l'occasion de me défendre.

— La blessure est profonde, dit Richilde sans faire de commentaires, mais en s'efforçant d'arrêter le sang avec le tissu lacéré du vêtement de toile. Nous ne pouvons pas la soigner nous-mêmes. Il faudrait conduire messire Anseau au Lieu-Fort. L'eau du puits miraculeux l'apaisera et le guérira mieux que toute autre médecine.

L'intéressé approuva du chef, tout en serrant les dents pour ne pas laisser échapper de plaintes.

— J'y vais, décida aussitôt Flaminia. Pouvez-vous marcher, Anseau, ou voulez-vous qu'on vous y porte sur une civière ?

— J'irai à pied, répondit le blessé en relevant la tête, geste qui lui arracha une grimace douloureuse.

Avant de sortir, il prit le temps de lancer un regard rancunier au chien toujours grondant.

Le chemin n'était pas long jusqu'à la cathédrale, rebâtie au siècle précédent sur l'emplacement de trois autres églises qui s'y étaient élevées tour à tour depuis le temps des premiers apôtres. Chaque pas cependant provoquait de douloureux élancements dans l'épaule lacérée par le sloughi furieux que Richilde, afin de le calmer, nourrissait de son côté à la cuisine au milieu des serviteurs en pleine effervescence.

Dans la crypte, située sous l'église cathédrale, se trouvait un puits, appelé puits des Saints-Forts, dont l'eau passait déjà pour curative et bénéfique à l'époque lointaine du paganisme. Associé depuis des époques immémoriales au culte de la Vierge devant enfanter, il avait été creusé bien avant le christianisme, à l'intérieur d'un oppidum carnute. Etait venu le temps des chrétiens. Un grand nombre de martyrs y avaient alors été précipités par des pirates normands durant leurs incursions dans le pays chartrain. Sanctifiée grâce au sacrifice consenti par ces premiers confesseurs de la foi, l'eau ne cessait depuis lors de susciter guérisons et miracles, attirant des foules de pèlerins et de malades vers Notre-Dame.

Pour eux avait été créé et aménagé, sous les voûtes vénérables, un petit hôpital à proximité de la margelle sacrée. Des religieuses ainsi que de pieuses femmes y prodiguaient réconfort, secours, soins et remèdes aux maux les plus divers, qui pouvaient aller des blessures de toutes sortes aux douleurs d'entrailles ou au mal des ardents.

Les degrés conduisant à la crypte étaient nombreux et mal éclairés par des torches fichées au mur par des anneaux de fer. Obligée de soutenir Anseau durant leur descente, Flaminia songea aux privautés qu'il se serait sans doute permises s'il avait eu à effectuer un semblable parcours avant la vigoureuse intervention de Duc.

Mais le parcheminier avait à présent bien d'autres préoccupations. Il se cramponnait au bras de la jeune femme de si dolente façon qu'elle en ressentit à son égard compassion et indulgence. N'était-ce pas par dépit amoureux qu'il s'était conduit comme il l'avait fait ? Pouvait-elle lui en vouloir de s'être malencontreusement épris d'elle ? Une femme songe-t-elle jamais à reprocher à un homme de l'avoir distinguée parmi toutes les autres ?

Ils parvenaient au bas des marches.

La crypte de l'église cathédrale était extrêmement vaste. Pourvue de trois chapelles rayonnantes situées sous le chœur de l'édifice élevé par saint Fulbert au début du XIᵉ siècle, elle comprenait, en outre, un large déambulatoire qui conduisait au puits des Saints-Forts. Des torchères et des candélabres l'éclairaient, ainsi que les cierges et les arbres de cire qui brûlaient au cœur de la nuit des pierres, devant la Vierge-sous-Terre.

L'hôpital se trouvait à proximité du puits dont l'eau guérissait tant de maux. Durant les jours chauds de l'été, une fraîcheur bienfaisante se maintenait sous les voûtes en plein cintre et l'hiver on y installait des braseros.

Une animation constante régnait parmi les rangées de lits alignés le long des murs. Flaminia fut frappée par l'impression de propreté qui émanait du sol nettoyé matin et soir, ainsi que de la literie et des pansements souvent changés et soigneusement lavés dans l'eau de la rivière, puis blanchis sur l'herbe des prés de la vallée.

Comme Anseau et la jeune veuve parvenaient non loin du puits aux martyrs, une femme qui venait d'en tirer de l'eau se retourna vers eux, son seau à la main. C'était Enide l'Acorée.

— Flaminia ! s'écria-t-elle. Par Notre-Dame, que faites-vous céans ?

L'arrivante, qui savait qu'Enide consacrait deux jours par semaine à soigner blessés et malades de l'hôpital, se félicita de ce que sa venue coïncidât avec la présence de la prêtresse, comme on disait encore à la campagne.

Mise au courant de ce qui venait de se produire, Enide échangea un regard complice avec son amie, plaignit le blessé dont l'entreprise galante avait été passée sous silence, mais qu'elle pouvait aisément imaginer après les conversations des jours précédents, déplora la férocité soudaine d'un chien qu'elle n'avait jamais vu que pacifique, et conduisit sans plus tarder Anseau vers un groupe de nonnes et de femmes avec lesquelles elle travaillait.

Remis entre les mains de deux jeunes filles souriantes, le parcheminier fut conduit à un lit où se trouvait déjà un autre blessé.

— Vous pouvez nous le laisser, dit alors Enide à son amie. Il va devoir rester ici un moment. Soyez sans crainte. Il sera bien soigné et bien traité. Si tout se passe sans complication, comme je le pense, il pourra retourner chez lui dans peu de temps.

— Il faudra prévenir sa mère, dit Flaminia. Je vais m'en occuper.

Mais avant qu'elle s'en allât, Enide lui prit la main et l'entraîna à quelques pas du lit.

— Dieu aide, dit-elle en souriant. Une des deux pucelles qui s'occupent de lui fait justement partie du petit groupe de celles auxquelles nous avons songé, mon mari et moi, parce qu'elle peut s'intéresser à votre soupirant. Grâce à Duc, les voici mis en présence l'un de l'autre de la façon la plus naturelle du monde !

Flaminia quitta la crypte et décida d'aller une nouvelle fois tenter de ranimer en elle la source de l'oraison perdue, en présence de la plus vénérable des reliques chartraines, la chemise portée par la Vierge au jour de l'Annonciation. L'inestimable vêtement avait été envoyé à Charlemagne par un basileus de Constantinople, désireux de faire au grand empereur un présent d'exception. Charles le Chauve, petit-fils de Charlemagne, l'avait plus tard retiré d'Aix-la-Chapelle où il se trouvait jusque-là, pour en faire don à l'église de Chartres. La dévotion à Notre-Dame s'était alors, pour une grande part, épanouie à partir de ce lieu privilégié qui détenait un si précieux témoin de la foi chrétienne.

Pieusement conservée par la suite et entourée de la vénération de tout le peuple de Dieu, la tunique sacrée était depuis lors présentée dans une châsse dont l'ostension avait provoqué au début du Xᵉ siècle, à un moment critique de l'histoire chartraine, la défaite des envahisseurs normands. Aussi était-elle considérée comme la bannière des évêques de Chartres.

De nombreux miracles et guérisons surnaturelles lui avaient été attribués, qui attiraient des foules de pèlerins de la Chrétienté entière. Des pays les plus divers et de toute condition, les fidèles qui se retrouvaient autour de la sainte tunique avaient en commun une confiance absolue en Marie, mère du Christ et mère du genre humain.

Flaminia gagna le chœur de la cathédrale où se pressaient pérégrines et pérégrins. Prosternés devant la sainte châsse qu'illuminaient des buissons de cierges coulés dans la cire la plus pure et la plus immaculée, des femmes, des hommes, jeunes, vieux, malades ou bien-portants, priaient avec ferveur. Certains pleuraient, d'autres parlaient tout haut, en adjurant la Vierge Marie de les écouter ; d'autres encore étaient allongés face contre terre, les bras en croix. Des mères tendaient leurs enfants vers la tunique tissée d'espérance, dont la soie grège luisait doucement dans la lumière frissonnante et dorée.

Flaminia s'agenouilla à côté d'une civière sur laquelle était couché un vieillard paralysé, et enfouit son visage entre ses mains pour essayer de recouvrer la ferveur d'antan. Mais, en dépit de ses efforts de recueillement, de la piété ardente qui l'environnait de toutes parts et de l'exaltation de certains, l'aridité de son âme ne céda pas d'un pouce. Il lui était toujours impossible de faire jaillir de son cœur enténébré la moindre étincelle de clarté, la moindre lueur incandescente.

Elle se redressa et s'apprêtait à quitter le chœur et sa chaleur vivante, quand elle vit s'approcher d'elle un adolescent jusque-là perdu dans l'assemblée en prière.

— Flaminia ! dit-il à mi-voix, Flaminia ! Enfin je vous trouve !

Pétrifiée, la jeune femme dévisageait, comme s'il se fût agi d'un fantôme, celui qui l'interpellait ainsi en latin.

— Paschal, murmura-t-elle enfin dans un souffle, par le Sang du Christ, que faites-vous à Chartres ?

— J'avais un serment à tenir, un serment solennel, répondit le fils adoptif d'Andronic, dont les yeux se remplirent de larmes. Il me fallait parvenir jusqu'à vous pour m'en libérer. M'y voici. Où pouvons-nous parler sans crainte d'être écoutés ?

— Venez, suivez-moi chez mon oncle... C'est chez lui que je loge depuis mon retour de Terre sainte. Mais, vous-même, d'où arrivez-vous ?

— De Constantinople, comme cette tunique sacrée, par laquelle j'ai fait serment de vous rejoindre, où que vous fussiez, soupira Paschal. Ce fut une longue route que j'ai parcourue en compagnie de pèlerins venus comme moi de la Nouvelle Rome... Nous sommes partis depuis des mois...

Flaminia ferma les yeux. Il lui semblait qu'elle allait se trouver mal au milieu des fidèles qui imploraient Notre-Dame, mais son beau-fils, qui s'était ressaisi, lui prit le bras et, l'un soutenant l'autre, ils sortirent de la cathédrale.

En cette fin de l'été, une nuit encore douce descendait sur la ville.

— Dépêchons-nous, dit la jeune femme, je n'ai ni torche ni lanterne pour nous éclairer. Dieu merci, la maison de mon oncle n'est pas éloignée...

Elle avait le sentiment de se mouvoir dans un songe et qu'à chacun de ses pas la terre allait se dérober.

« Pourquoi est-il venu ici ? Qu'a-t-il à me confier de si important ? A qui a-t-il prêté serment de me délivrer un message ? Quel message et pourquoi ce serment ? »

Silencieux parce qu'ils avaient trop de choses à se dire, ils parcoururent sans échanger un mot la distance qui les séparait de la demeure du père Ascelin.

En y parvenant, ils y furent accueillis par Richilde, discrètement surprise, et par Duc qui se précipita d'abord vers sa maîtresse, puis vers Paschal auquel il fit fête en témoignage de reconnaissance.

— Mon oncle est-il rentré ?

— Pas encore, mais le souper est prêt.

— Qu'importe le souper ! Nous verrons plus tard. Pour l'heure, j'ai à m'entretenir avec ce jeune homme qui se trouve être mon beau-fils, Richilde, et qui nous arrive tout droit de Constantinople !

En dépit de son sang-froid habituel, l'intendante joignit les mains devant sa poitrine.

— Que Dieu vous garde tous deux ! s'écria-t-elle. Vous êtes sortie tantôt avec un blessé, dame, et vous rentrez au logis avec un pèlerin ! C'est à n'y rien comprendre !

— Je vous expliquerai plus tard. A présent, nous allons dans ma chambre pour parler en paix. Si mon oncle revient avant que nous n'en ayons fini, dites-lui de monter nous rejoindre. Il a bien connu Paschal à Jérusalem...

Suivis par Duc, manifestement satisfait de constater que l'ennemi de sa maîtresse était remplacé par un ami des anciens jours, Flaminia et son beau-fils montèrent jusqu'à la chambre haute. Alertée par Richilde et tenant au-dessus de sa tête un candélabre d'étain muni de trois chandelles, Mahiette les précédait. Parvenue à la porte de la pièce, elle alluma une bougie logée en une petite niche creusée dans le mur, et s'effaça pour les laisser entrer dans la pièce. Elle déposa le candélabre sur un coffre proche du lit, salua et se retira.

Une appréhension qu'elle ne pouvait maîtriser tordait les entrailles de Flaminia et l'oppressait au point de lui donner la sensation que son sang refluait de son cœur. Elle étouffait. Par un violent effort de volonté, elle parvint cependant à contenir son désarroi et parla d'une voix encore un peu tremblante, mais audible.

— Prenez place et causons donc puisque vous êtes venu de Constantinople pour me parler, dit-elle en indiquant du geste un siège en bois tourné à Paschal, tandis qu'elle-même s'asseyait sur le marchepied permettant d'accéder plus commodément à sa couche. Je vous écoute.

D'un mouvement machinal, l'adolescent caressait le pelage soyeux du sloughi allongé à ses côtés.

Pâle, les traits crispés, il semblait, lui aussi, profondément malheureux.

— Si, pour venir jusqu'à vous, j'ai entrepris un tel voyage, semé d'embûches et de dangers, commença-t-il enfin en se décidant à s'exprimer comme on se jette dans un torrent glacé, vous devez bien penser que c'est pour une raison de la plus extrême gravité.

En prenant appui sur ses genoux, Flaminia emprisonna son visage entre ses mains. Penchée vers celui qui avait traversé mers, monts et contrées étrangères, afin de la rejoindre, elle n'était plus qu'écoute. Duc vint poser sa tête fine sur le bliaud violet dont les plis s'évasaient autour des jambes de la jeune femme.

— Il faut que vous sachiez pour commencer que ma mère est morte en mai dernier, le jour de l'Ascension de Notre-Seigneur Jésus-Christ, continua le fils d'Andronic en se signant avec ferveur. Elle toussait et crachait le sang depuis des mois. Aucun médecin n'était parvenu à la guérir de son mal. Mon frère et moi savions qu'elle était perdue. Aussi la voyions-nous dépérir avec désolation, sans pouvoir rien faire pour l'aider.

Des larmes coulaient sans bruit sur les joues de celui qui était presque encore un enfant.

— Avant de s'en aller, reprit-il avec un courage qui émut Flaminia en dépit de l'angoisse qui la poignait, avant de rendre son âme à Dieu, elle s'est longuement confessée, puis elle nous a fait venir auprès de son lit, Marianos et moi.

Un sanglot sec interrompit un instant Paschal. Mais, fermement décidé à aller jusqu'au terme de son récit, il se força à enchaîner très vite.

— Notre mère était à bout de forces. Des quintes de toux, qui nous déchiraient tous deux autant qu'elle, l'ébranlaient sans cesse. Elle était maigre, blafarde, avec des cernes d'ombre autour des yeux et des pommettes saillantes qui tendaient la peau de son visage et changeaient son expression. Elle nous a dit que son confesseur ne lui avait accordé l'absolution que sous la condition expresse qu'elle nous mette au courant d'un péché terrible dont elle ne pourrait être délivrée qu'après avoir reçu le pardon post mortem de la seule victime encore vivante de la tragédie qu'elle avait suscitée. Marianos s'est récusé. Moi, j'ai juré sur l'icône sacrée de la sainte Théotokos d'accomplir à la place de ma mère mourante le voyage qu'il fallait faire pour rejoindre cette personne.

Il prit une longue inspiration.

— C'est de vous qu'il s'agissait.

— Pourquoi moi ? hurla Flaminia en se levant tout d'une pièce, hagarde.

— Parce que la mort de mon père a été provoquée par ma mère ! C'est elle qui a fait de vous une veuve... acheva l'adolescent qui tremblait de tout son corps.

Foudroyée, Flaminia poussa un gémissement et roula sur le sol, pâmée...

Duc se mit à hurler à la mort... Accourues après que Paschal fut allé les chercher, Mahiette et Richilde eurent beaucoup de peine à ranimer leur maîtresse, étendue sur l'herbe qui jonchait les dalles de sa chambre. Les deux femmes lui frottèrent les tempes avec un tampon de toile trempé dans du vinaigre et le lui appliquèrent ensuite sous les narines, à plusieurs reprises, sans résultat. Flaminia finit cependant par ouvrir les yeux, s'assit lentement, passa plusieurs fois une main hésitante sur son front, tourna la tête, aperçut son beau-fils, voulut se lever, n'y parvint pas et fut obligée de solliciter du regard l'aide de l'intendante et de la servante pour se mettre debout.

Ses traits défaits, ses épaules voûtées, ses genoux flageolants l'avaient soudain métamorphosée en une femme sans âge, qui n'était plus que douleur. Le sloughi la considérait avec inquiétude et tendresse.

Elle demeura un moment immobile avant de se décider à parler de nouveau. L'entourant, Paschal, accablé, Richilde et Mahiette, prêtes à la soutenir au moindre appel, attendaient qu'elle retrouvât ses esprits.

— Je veux tout savoir, dit-elle enfin d'une voix cassée, tout ce qui s'est passé en cette fatale journée de la Saint-Sylvestre...

Elle fit signe aux deux servantes qu'elle se sentait suffisamment remise pour ne plus avoir besoin de leurs soins et alla s'asseoir sur son lit dès qu'elles furent sorties. Le lévrier se coucha à ses pieds.

— Venez près de moi, Paschal, dit-elle. Prenez place sur ce marchepied, et faites-moi enfin connaître la vérité.

Et le fils d'Icasia parla...

En écoutant un récit qui fouissait sa blessure au plus vif, Flaminia avait fermé les yeux. De ses paupières closes coulaient de lourdes larmes qui tombaient sur ses mains jointes, crispées l'une contre l'autre avec tant de force que l'alliance d'or, unique bijou qu'elle consentait à porter depuis son veuvage, s'incrustait dans sa chair.

Mais elle ne s'en souciait pas. Tendue vers des révélations qui la crucifiaient en démontant l'implacable mécanisme qui avait broyé son amour, elle découvrait les véritables mobiles d'un crime inconcevable. Avait-elle même songé à s'informer du déroulement précis de la tragédie qui l'avait rendue à jamais solitaire ? L'horrible résultat l'avait aveuglée et elle avait accepté la version de l'accident sans ressentir le moindre soupçon.

— Après avoir fait prendre au coursier de mon père la fatale boisson dans laquelle il avait versé le contenu du flacon qui lui avait été remis avec des instructions formelles, Basile s'est sauvé de notre demeure, continuait Paschal fiévreusement. Embarqué à Laodicée, il est rentré à Constantinople pour instruire ma mère du succès de sa mission, mais aussi pour obtenir la récompense promise. Comme il était essentiel qu'il gardât le silence, elle a été contrainte de lui céder. Mais, de ce jour, l'existence lui est devenue insupportable. Déchirée entre les exigences d'un complice qu'elle ne pouvait éloigner et le dégoût qu'il lui inspirait, elle a laissé s'installer en elle un mal insidieux dont chaque assaut la rapprochait de la mort sans qu'elle fît rien pour s'y opposer. Elle nous a même avoué avoir accepté ses souffrances comme un châtiment mérité... Quant à Basile, il a disparu dès le lendemain des funérailles...

Paschal s'interrompit. En dépit de sa détermination, sa gorge nouée l'empêchait de continuer.

Flaminia rouvrit les yeux et fixa le ciel nocturne de septembre, dont une fenêtre entrebâillée laissait voir le brasillement. A la sensation de chute qu'elle ressentait auparavant succédait une impression de meurtrissure comme si tout son corps avait été roué de coups. Son être n'était plus que détresse...

Au bout d'un certain temps passé à lutter contre son bouleversement, Paschal se leva pour venir s'agenouiller devant la seconde épouse de son père.

— Je me suis décidé à entreprendre ce cruel voyage et à le mener à son terme pour une seule raison, murmura-t-il en adressant à Flaminia un regard suppliant. Vous demander, pour ma mère et en son nom, grâce et miséricorde...

— Je ne puis, répondit la jeune veuve en secouant la tête. Non, sur mon salut, je ne puis.

— Je vous en conjure, au nom de la Vierge, dont la tunique sacrée que vous adorez ici vient de chez nous. Je vous en conjure pour que la pauvre âme de ma mère, sa pauvre âme pécheresse, connaisse un jour le repos, et parce qu'elle ne le connaîtra qu'après avoir acquis votre pardon !

— Jamais... Jamais je ne pardonnerai à la meurtrière d'Andronic !

Flaminia se mit debout tout d'une pièce :

— Si j'avais connu plus tôt son crime, je serais allée à Constantinople venger mon époux de mes propres mains !

Paschal se redressa à son tour. Il allait répondre quand le père Ascelin, qui était sans doute entré dans la chambre depuis un moment, sortit de l'ombre et vint se placer devant sa nièce.

— Est-ce là réponse chrétienne ? demanda-t-il d'un air sévère et triste à la fois. Pour que Dieu puisse vous pardonner votre propre faute, qui est aussi celle de votre mari, ne l'oubliez pas, pour qu'Il absolve Andronic, il faut que vous commenciez par vous laisser fléchir vous-même et que vous accordiez merci à celle qui l'a tué.

— Jamais !

Une fois encore, Flaminia s'opposait à son oncle avec sa détermination coutumière, mais, tout aussi obstiné qu'elle, le père Ascelin savait détenir les paroles de vérité.

— Si vous vous refusez, ma nièce, à la clémence qui vous est demandée, l'âme de votre époux errera, elle aussi, pour toujours, dans la peine, en quête d'une rémission qui, en dernier ressort, ne dépend plus que de vous et de vous seule ! La communion des saints n'est pas autre chose que ce mutuel échange de grâces. Si vous voulez que Dieu pardonne, il vous faut pardonner !

Paschal avait reculé d'un pas. Il considérait Flaminia et le notaire épiscopal d'un air éperdu. Vibrante comme une corde sur le point de se rompre, une tension presque palpable frémissait entre eux deux.

La question que le père Ascelin s'était si souvent posée quant au sentiment de culpabilité éprouvé ou non par sa nièce à l'égard du péché d'adultère commis en Terre sainte s'imposait tout d'un coup à lui.

— La mort de votre mari a été si soudaine que nul ne peut savoir s'il a eu le temps de se repentir avant de rendre l'esprit, reprit-il avec force. J'espère pour lui qu'il l'a pu. Sinon c'est à vous, Flaminia, de venir à résipiscence. En votre nom comme au sien. Son sort dans l'éternité repose entre vos mains. Ma chère, si chère enfant, vous voici rendue au plus grave tournant de votre vie : ou vous accédez aux prières de Paschal et vous acceptez de vous montrer miséricordieuse envers sa mère, ou vous vous enfermez dans votre refus et vous condamnez Andronic à la damnation !

Flaminia considérait son oncle avec des yeux élargis par une horreur intime qui l'envahissait comme une eau noire. Elle glissa lentement à genoux et enfouit son visage entre ses mains.

Un silence absolu régnait alentour.

C'est alors que le sloughi quitta la position couchée qu'il avait adoptée depuis un bon moment. Il s'approcha de sa maîtresse, et, délicatement, posa la tête sur l'épaule droite de la jeune femme. Elle tressaillit, écarta les mains, vit, tout proches, les beaux yeux d'ambre qui la dévisageaient avec ce qui lui parut être un étrange mélange d'amour et de reproche.

— Toi aussi ! dit-elle en éclatant en sanglots. Toi aussi !

Les deux hommes n'osaient plus bouger. Ils regardaient le

corps souple qui s'était plié vers le sol, incliné en une position d'adoration, et qu'une peine dont ils ignoraient ce qu'elle contenait encore de vindicte secouait de la nuque aux talons. Ils attendaient.

Enfin Flaminia se calma. Ses pleurs s'espacèrent. Elle releva un front dont le voile avait glissé. Ses bandeaux et ses nattes rousses semblaient capter toute la lumière des chandelles.

— Pour l'amour du Seigneur et pour l'amour d'Andronic, je pardonne à Icasia, dit-elle d'une voix atone. Vous ne serez pas venu en vain de si loin, Paschal...

Le père Ascelin l'aida à quitter son attitude de pénitente.

— Je ferai dire demain une messe d'action de grâces en la cathédrale afin de remercier Notre-Dame de vous avoir inspiré cette décision. Je mesure pleinement ce qu'elle vous a coûté et ce qu'elle représente pour vous, ma chère nièce, dit-il avec une expression d'affectueuse gravité sur ses traits marqués de fatigue. Pour l'heure, aidons notre jeune invité à reprendre des forces. Il est grand temps d'aller souper...

Durant le repas, Paschal fit part à Flaminia de ses projets. La mort de son grand-père, puis celle de sa mère, le privant d'un foyer, il ne souhaitait pas retourner à Constantinople.

— Mon frère ne s'intéresse qu'aux courses de chars et nous n'avons jamais été fort proches l'un de l'autre, continua-t-il. Je préférerais regagner Jérusalem où je me plaisais et où je sais qu'on manque de bras. J'y ouvrirais une boutique de parfums comme celle dont s'occupaient chez nous mon grand-père et mon père. Ce serait pour moi une façon de continuer une tradition, tout en aidant les croisés à peupler la Terre sainte.

— Pourquoi pas ? murmura Flaminia, songeuse.

Elle était si remuée par les révélations que lui avait faites Paschal qu'elle continuait à éprouver une impression d'irréalité qui ne la quittait plus. Aussi, une fois le souper achevé et son beau-fils installé sur un matelas au pied du lit du père Ascelin, se retira-t-elle dans sa chambre. Mahiette l'y avait suivie pour l'aider à se déshabiller et lui brosser les cheveux ainsi qu'Andronic lui en avait donné l'habitude. D'ordinaire, les deux femmes s'entretenaient ensemble familièrement. Cette fois, Flaminia écourta ces échanges en se disant très lasse.

Mais, aussitôt sa chambrière partie, elle attira Duc dans ses bras et se mit à lui parler.

— Tu le savais, toi, ce qui s'était passé durant cette funeste journée, chuchota-t-elle à l'oreille du lévrier. Tu le savais, mais tu ne pouvais le dire...

Elle pleura un certain temps, tout en tenant le chien embrassé, puis, se tournant vers une croix d'argent posée sur un coffre près de son lit, elle alla s'agenouiller devant elle. Il lui semblait qu'une main invisible la guidait.

Elle demeura un long moment immobile, en attente. Rien ne se produisait. Seul, le silence nocturne, chape invisible, pesait sur ses épaules...

Elle finit par s'endormir au pied de la croix dont le métal poli, éclairé par une lampe à huile placée là chaque nuit par Mahiette afin de lutter contre les ténèbres, luisait faiblement.

Abandonnée au sommeil, Flaminia fit un songe. Devenue alouette, elle prenait son essor et volait à tire-d'aile au milieu d'une nuée d'autres oiseaux, puis survolait la mer. Mais elle s'apercevait que la plupart des passereaux qui l'entouraient perdaient leur sang. Des blessures trouaient leur poitrine ou leur ventre. Un à un, elle les voyait choir et s'abîmer dans les flots. Elle-même, préservée et indemne, parvenait à se poser sur la terrasse d'une maison semblable à celles qu'elle avait vues en Terre sainte. Une sensation de bien-être prodigieux et de liberté l'envahissait alors, tandis qu'une voix murmurait auprès d'elle : « Pour me trouver, il te fallait partir ! » et elle découvrait, à ses côtés, une petite hirondelle qui avait une aile brisée et la contemplait de ses yeux d'or...

En lui léchant le visage, Duc la tira de son sommeil.

Elle demeura un moment sur place, étendue sur les herbes jonchant le sol. Leur parfum fané indiquait qu'elles commençaient à se flétrir... Flaminia se releva, caressa le lévrier et alla se coucher en frissonnant, car la fenêtre était restée ouverte sur la nuit.

Le lendemain matin, après la messe d'action de grâces, elle passa voir Enide l'Acorée et l'entretint longuement.

Ce fut durant le dîner, pris en compagnie de son oncle et de Paschal, qu'elle leur annonça la nouvelle.

— Mon cher oncle, commença-t-elle, la nuit, dit-on, porte conseil. Cela doit être vrai. Je crois avoir reçu, tout en dormant, un avis d'importance. Sur mon âme, je m'y conformerai.

— Peut-on savoir ? demanda son beau-fils.

— Vous ne repartirez pas seul, Paschal, dit-elle alors. Je reprendrai la route de Jérusalem avec vous, Mahiette et Duc. Nous nous joindrons aux pèlerins résolus à suivre le comte Etienne en Terre sainte. Si Dieu le veut, nous l'atteindrons sans dommage.

Le père Ascelin soupira.

— Je n'en suis pas surpris, reconnut-il. Vous n'êtes pas parvenue, ma chère nièce, à remettre ici vos pas dans vos pas. Par la tunique de Notre-Dame, vous n'avez cessé, depuis votre retour, de vous sentir étrangère dans ces murs qui, cependant, étaient jadis les vôtres. Ce que vous avez appris hier n'a pu que précipiter votre décision. Mais, de toute manière, vous seriez retournée là-bas.

Flaminia se pencha vers son oncle et posa une main attendrie sur le poignet ridé qui dépassait de la manche de drap noir.

— Enide m'a fait la même remarque, dit-elle d'un ton ému. Elle aussi s'attendait à ce que je lui annonce, un jour ou l'autre, une telle décision. Vous aviez raison tous deux. Je n'ai pas pu me réhabituer à la vie chartraine... Pardonnez-moi, mon oncle, en dépit de votre bonté et de votre inlassable sollicitude, mon cœur était ailleurs. Il était resté auprès d'Andronic qui m'attend là-bas...

4

— Béni soit notre sire ! Béni soit l'envoyé de Dieu ! Il vient ! Il vient ! Béni soit-il ! Montjoie ! Noël ! Noël !

La veille de la Saint-Martin, patron des hommes d'armes et des cavaliers, toute la population chrétienne de Jérusalem, précédée des prélats arméniens, grecs, syriens, samaritains, et bien entendu latins, s'était portée sur la route de Jaffa au-devant de Baudouin de Boulogne, comte d'Edesse, qui approchait enfin des abords de la Ville sainte.

Allègres, les hymnes et les cantiques jaillissaient de toutes les poitrines et un soulagement profond emplissait les cœurs.

C'est que, depuis la mort si imprévue de Godefroi de Bouillon en juillet précédent, chacun vivait dans l'anxiété et la crainte. En étaient d'abord cause les dissensions intestines qui opposaient le patriarche et son allié Tancrède aux compagnons du défunt avoué du Saint-Sépulcre. Ceux-ci occupaient toujours la tour de David, attendant l'arrivée de Baudouin et déclarant haut et fort, au grand dam de Daimbert, ne vouloir reconnaître selon la coutume féodale comme maître et seigneur que le frère de leur chef disparu.

A la parcheminerie, Landry, que le mariage puis le départ de sa jumelle avaient rejeté dans une frénésie laborieuse, s'était également fait beaucoup de souci pour le sort du royaume franc décapité par la disparition de son suzerain ; mais, depuis des semaines, il se tourmentait aussi pour deux autres raisons. On avait appris vers la fin du mois d'août que Bohémond d'Antioche et plusieurs des siens avaient été faits prisonniers à Mélitène par les Turcs. Bien qu'heureuse auprès d'un époux toujours épris d'elle et auquel l'attachaient à présent de secrètes délices, Alaïs n'était pas femme à oublier le passé ni à se désintéresser du sort d'un prince qu'elle avait tant aimé.

— Si je ne conserve pas à son égard, Dieu le sait, le moindre sentiment, avait-elle déclaré à Mathieu que la jalousie taraudait bien un peu, il n'en reste pas moins que Bohémond est le père de ma fille. Penser que les Sarrasins l'ont emmené enchaîné et vaincu, dans une de leurs lointaines provinces du Nord, me fait peine...

Mais, par ailleurs, Mathieu et Landry, ainsi que tous les habitants de Jérusalem, avaient un autre motif d'inquiétude : Baudouin de Boulogne devait traverser en Palestine des lieues et des lieues sous domination turque ou arabe avant d'avoir une chance de parvenir jusqu'à la Judée et à sa capitale. Le trajet semblait si périlleux à tous que le prince avait préféré faire embarquer son épouse, la princesse Arda, à Saint-Siméon. Elle gagnerait par mer Jaffa et l'y retrouverait si, toutefois, il y parvenait lui-même sain et sauf.

Par des chevaucheurs, envoyés en éclaireurs pour tenir la population au courant de la marche du futur roi, on avait appris que les infidèles, commandés par le malik turc Duqâq de Damas et par l'émir arabe de Homs, avaient tendu à Baudouin et à sa suite une embuscade sur la route étranglée entre mer et montagne qui conduisait de Tripoli à Beyrouth. Ce guet-apens aurait pu se révéler mortel pour la petite troupe composée seulement de cent soixante cavaliers et de cinq cents hommes à pied. Par bonheur, l'émir arabe de Tripoli éprouvait une hostilité tenace envers les Turcs de Damas, aussi mit-il en garde les Francs contre ce qui les attendait en chemin.

Progressant sur l'étroite corniche qu'ils étaient obligés de suivre pour franchir la gorge sauvage et abrupte au fond de laquelle les eaux d'une rivière bouillonnaient vers son embouchure, alors que des navires égyptiens les guettaient au nord, le long de la côte, qu'au sud les montagnes se dressaient en à-pics vertigineux et qu'en face l'armée sarrasine était prête à les anéantir, les compagnons de Baudouin auraient

sans doute été massacrés sans l'habileté de leur chef. Averti
des périls encourus, le comte d'Edesse simula une retraite qui
incita ses adversaires à le pourchasser. Trompés et assurés
dès lors de leur triomphe, les Turcs expédièrent aussitôt sur
les traces des apparents fugitifs une avant-garde assez peu
nombreuse qui avait pour mission de les rattraper et de les
occire sur l'étroite corniche.

Quand Baudouin et les siens jugèrent leurs poursuivants
suffisamment détachés du gros des troupes musulmanes, ils
firent tout d'un coup volte-face et s'élancèrent sur eux avec
la fureur de ceux qui n'ont plus d'autre issue que de tuer ou
de se faire tuer. Comme les infidèles arrivaient en ordre
dispersé, la brusque offensive de ceux qu'ils croyaient déjà
perdus les épouvanta et les submergea. Dans leur déroute
subite, ils refluèrent vers l'armée damasquine qui se trouva,
sur-le-champ, gagnée par leur effroi. Eperdus, les soldats turcs
et arabes s'enfuirent et leurs chefs eux-mêmes furent emportés
par le torrent affolé de leurs hommes. Ils couraient parmi les
rocs et les éboulis, glissaient, tombaient, puis roulaient
jusqu'au bas de la montagne ou bien s'abattaient, frappés par
les flèches des Francs.

Bientôt victorieux, Baudouin s'empara d'un butin inespéré
en armes et en montures.

Grâce aux chevaucheurs, on apprit sans tarder à Jérusalem
l'exploit du frère de Godefroi de Bouillon, comment il avait
franchi le défilé montagneux, triomphé de ses ennemis et
poursuivi sans encombre sa route, tout en narguant au passage
les places fortes sarrasines de Beyrouth, Sidon, Tyr et Acre,
jusqu'à Caïffa. Or, Caïffa, premier port chrétien de Palestine,
s'était rendu à Tancrède à la fin du mois d'août précédent.
Mais, depuis la rivalité qui avait opposé trois ans plus tôt les
deux hommes au sujet de la ville de Tarse, située dans la
plaine fertile de Cilicie, chacun savait que Tancrède n'avait
pas pardonné à Baudouin l'obligation où il s'était alors trouvé
de s'incliner devant lui. Par chance, le bouillant neveu de
Bohémond était alors retenu dans la Ville sainte où il
s'employait par la diplomatie ou par d'incessantes mesures
d'intimidation à obtenir, sans résultat d'ailleurs, la capitulation
des occupants de la forteresse. On sut bientôt que les habitants
de Caïffa n'avaient pas osé fermer leurs portes au futur souverain. Ils l'avaient au contraire reçu avec déférence, lui avaient
fourni ravitaillement et armes, auxquels ils avaient même
ajouté de nombreux présents.

De Caïffa à Jaffa, Baudouin progressa ensuite sans difficultés. A Jaffa, les arrivants furent avisés que Tancrède avait encore, mais toujours en vain, tenté peu de temps auparavant d'occuper la cité. Fidèle au lien féodal qui le rattachait à la maison de Boulogne, le peuple de Jaffa l'avait vivement bouté hors. L'héritier du trône fut donc accueilli dans la ville avec de grandes démonstrations de joie populaire et par un clergé qui vint au-devant de lui en procession. Sa cause était entendue : il avait triomphé de ses opposants comme des infidèles.

Il ne lui restait plus qu'à entrer dans Jérusalem, et c'était ce qu'il s'apprêtait à faire en cette veille de la Saint-Martin.

Parmi la foule qui marchait à sa rencontre se trouvaient Alaïs, Mathieu, Landry et Hugues Bunel dont la barbe ne cessait de croître. Les accompagnaient Biétrix, Reinard, Albérade et même l'opulente Odeline qui avait quitté l'hôpital pour venir reluquer les hommes d'armes chargés de gloire parmi lesquels elle découvrirait peut-être un cavalier sensible à ses appas. Perchée sur les épaules de Mathieu qu'elle avait adopté comme second père, Berthe la Petite riait d'aise. Seule, Brunissen était absente. Entre les murs de son moutier, l'âme en paix, elle devait prier pour le royaume latin et pour le nouveau roi qui approchait...

Soudain, du nuage de poussière soulevé par tant de piétinements, surgit le héros attendu. Chevauchant en tête de son ost, Baudouin apparut au peuple venu l'accueillir comme le digne successeur de Godefroi. Imposant, les traits énergiques, plus grand encore que son défunt frère, il dépassait tous ses chevaliers de la tête. Les épaules couvertes d'un vaste manteau de laine blanche, coiffé d'un heaume conique muni d'un nasal formant croix avec la bordure métallique de son casque, la barbe et les cheveux bruns, il avait un visage hardi et fier, éclairé par un regard empreint de gravité, d'intelligence, de fermeté et de courage. Mais son nez aquilin et sa bouche sensuelle contribuaient à humaniser son apparence dont on savait qu'il la voulait majestueuse et même un peu austère, alors qu'il aimait les femmes, qu'elles avaient des bontés pour lui et qu'il n'avait épousé en secondes noces, après son veuvage, la princesse Arda, fille d'un chef arménien du Taurus, que par nécessité politique et opportunité d'alliance.

On vantait par ailleurs les qualités indéniables de chef militaire dont il avait fait preuve tout au long des opérations menées depuis le regroupement des croisés à Constantinople. Vaillant autant qu'habile, il n'hésitait jamais à payer de sa personne dans les combats, distribuait avec largesse à ses hommes prises de guerre et butins, apportait enfin autant de vigueur dans les grands coups d'épée à donner que dans les témoignages d'une piété respectueuse. D'ailleurs, Foucher de Chartres, chapelain attitré de Baudouin, se tenait auprès de lui, ce qui acheva de conquérir les neveux du père Ascelin qui avaient pu mesurer jadis, tout au long du voyage, l'amitié qui liait les deux prêtres ainsi que les qualités humaines de Foucher dont l'esprit n'avait cessé durant le parcours de se manifester comme curieux des choses et des gens des pays traversés.

— Sur mon âme, ce prince, qui est aussi un preux, me plaît bien, confia Alaïs à Mathieu, au bras duquel elle s'appuyait tendrement. Ou je me trompe fort ou ce sera un bon roi. Dieu nous le garde !

Elle traduisait ainsi l'impression favorable produite par Baudouin sur ses futurs sujets, en dépit de l'opposition hargneuse du patriarche qui, pas plus que Tancrède, n'avait voulu se joindre à la foule unanime et aux prélats des rites orientaux et latins, venus au-devant de celui que tous considéraient déjà comme leur seigneur et leur roi.

Mais, en réalité, chacun comprenait que cette mauvaise querelle était sans importance et que l'absence de Daimbert au moment de l'arrivée de Baudouin à Jérusalem ne comptait guère en regard du sentiment de sécurité et d'apaisement provoqué par la présence en sa bonne ville de l'héritier du royaume, dont l'aspect ainsi que la réputation inspiraient confiance au peuple qui l'accueillait.

Ce fut donc dans la liesse et la ferveur du plus grand nombre que Baudouin de Boulogne fit une entrée triomphale à Jérusalem. La satisfaction des Francs et des chrétiens des différents rites orientaux qui l'acclamaient était si éclatante que le patriarche comprit qu'il était imprudent de continuer à braver ce vainqueur des infidèles. Redoutant la colère de la population, il jugea préférable, en attendant les événements, de quitter sa demeure patriarcale pour aller se mettre à l'abri dans l'église du mont Sion. Quant à Tancrède, qui avait vu échouer ses différentes tentatives d'opposition au nouveau règne, il ne lui avait plus été loisible que de se retirer, avec amertume et rancœur, dans son fief de Galilée.

— Savez-vous, ma douce, ce que je viens d'apprendre en rasant et en coiffant un des seigneurs venus de la Syrie du Nord en compagnie de Baudouin ? demanda quelques jours plus tard Mathieu à sa jeune femme, dès son retour à la maison au portail vert, où le couple s'était installé avec Albérade et quelques serviteurs.

— Ma foi, ami, vous êtes toujours au courant de tant de choses qu'il y a beau temps que j'ai renoncé à deviner ce que vous vous apprêtiez à m'annoncer ! répondit Alaïs en riant.

Elle travaillait dans la journée avec son frère, à la parchemi-nerie, mais s'arrangeait toujours pour être chez elle à temps, afin d'accueillir son mari quand il rentrait au logis. Le barbier continuait à remplir son office en compagnie de Reinard. Ils apportaient toujours, l'un et l'autre, autant d'intérêt aux nouvelles récoltées autour des bassins à saignées ou des barbes entretenues avec soin, mais ne véhiculaient ensuite qu'à bon escient informations ou rumeurs. La visite que leur avait faite Foucher de Chartres dès qu'il l'avait pu leur avait apporté une riche moisson de précisions du plus grand intérêt sur Baudouin, la princesse Arda et toute leur suite. Si, autour de la tonsure, les cheveux indisciplinés du bénédictin s'étaient argentés par endroits, son caractère précis et fervent n'avait pas changé. Son esprit toujours en éveil demeurait attentif à chacun et la cause de son prince n'avait pas de meilleur soutien que lui.

— Par le cœur Dieu, s'écria Mathieu, il semble que notre nouveau souverain est aussi avisé que bon guerrier ! Il a compris qu'une lutte d'influence engagée à présent entre lui et le patriarche indisposerait nos Francs, plus désireux de voir consolider la paix dans les campagnes d'alentour que d'apprendre la déposition de Daimbert.

— Mais ne dit-on pas qu'Arnoul Malecorne attend sa revanche ? s'enquit Alaïs. Archidiacre de la Ville sainte, admi-nistrateur du Temple et du Calvaire, il paraît que les richesses accumulées par lui sont d'importance. N'est-ce pas lui aussi qui a soutenu les chevaliers du parti lotharingien retranchés dans la tour de David et qui a agi de façon à regrouper autour du frère de Godefroi bon nombre des clercs et des prélats de notre cité ?

— Si fait, ma colombe, si fait, mais Baudouin me paraît trop adroit pour relancer dès à présent un différend qui ne servirait pas son prestige auprès de ses futurs sujets. Il sait que nos gens sont las de craindre sans cesse pour leur vie et pour leurs biens. Qu'ils ont besoin de tranquillité et que l'insécurité qui sévit aux abords de Jérusalem ne leur est plus tolérable. C'est donc de ce côté-là qu'il entend porter en premier ses efforts. Après avoir accordé quelques jours de repos aux compagnons qui ont combattu à ses côtés durant les engagements qu'il a eu à livrer le long de sa route, il a décidé de repartir. Avec cette troupe aguerrie, il tient à accomplir au plus tôt une opération militaire visant à affermir son autorité sur les bandes de pillards sarrasins qui volent, tuent ou rançonnent les pèlerins, mais aussi sur les croisés hésitants. Je pense qu'il voit juste et qu'il lui faut tout de suite imposer son règne futur comme un solide rempart contre nos ennemis. Vous aviez raison, amie, et j'avais tort de m'inquiéter quand notre duc est mort. Son frère sera, j'en jurerais, un prince de même mérite que lui.

— Parle-t-on également de la date du couronnement ? J'ai entendu dire que, contrairement à Godefroi, notre sire Baudouin tenait, lui, à ceindre la couronne d'or des rois.

— Certainement. Là aussi je l'approuve. La modestie de son aîné n'est plus de mise. Pour impressionner les Sarrasins et pour s'affirmer comme chef de tous les nôtres, il est indispensable qu'il reçoive en grande pompe les attributs de la souveraineté et proclame hautement ne détenir son trône que de Dieu ! L'unité du royaume est à ce prix ! Mais nul ne sait encore à quelle date cette cérémonie aura lieu...

Mathieu et Alaïs se tenaient dans la belle salle aux sofas où s'exhalaient pour leur plaisir, dans un lourd brûle-parfum, des grains d'encens odorants récoltés en Arabie Heureuse...

Le barbier avait attiré sa femme au creux d'un des larges sièges agrémentés de coussins moelleux où ils aimaient à se tenir enlacés. Leur union était encore trop récente et ils se sentaient trop amoureux pour continuer bien longtemps à s'entretenir des événements extérieurs à leur couple. A travers le tissu du bliaud de riche soie émeraude porté par Alaïs, les mains quêteuses de son époux traquaient à présent les frémissements de plus en plus accentués d'un cœur dont il savait avec science précipiter les battements...

— Vous avez les plus beaux seins du monde, murmurat-il à l'oreille qu'effleuraient ses lèvres.

— En avez-vous tant vu, que vous puissiez m'adresser pareille louange en toute connaissance de cause ? demanda avec coquetterie la jeune femme.

— J'en ai suffisamment frôlé en tout cas pour avoir le droit d'affirmer mon admiration et ma préférence, répondit Mathieu avant de poser ses lèvres sur la bouche entrouverte comme une grenade mûre.

Après le long baiser qui l'avait contrainte au silence, Alaïs s'écarta doucement pour retrouver le droit de s'exprimer.

— Si vous avez toujours de nombreux événements à me

faire connaître, dit-elle non sans malice, sachez cependant, ami, que, de mon côté, j'ai une nouvelle à vous apprendre.

Elle balançait au bout de son pied la babouche de cuir vert brodé d'or qu'elle portait chez elle quand elle n'avait pas à sortir. Ainsi que beaucoup de Franques, elle adoptait à présent fort souvent les modes et coutumes des Arabes, mieux adaptées que les leurs au climat de la Palestine.

— Vous m'intriguez, ma perle blanche...

— Je l'espère bien !

C'était d'un air amusé et faussement modeste qu'elle considérait maintenant son époux.

— Vous me faites languir !

L'expression du jeune visage rieur se transforma tout d'un coup. Une sorte de gravité joyeuse l'éclaira de l'intérieur. On aurait dit d'une maison où l'on aurait soudain allumé une lampe, songea Mathieu.

— Vous allez être père au mois de juin prochain, mon cher cœur, reprit Alaïs. J'espère que ce sera pour la Saint-Jean d'été...

Alors, et ce fut la première fois de leur vie commune, la jeune femme vit les yeux clairs de son mari s'emplir de larmes. Il se leva, fit quelques pas dans la salle, au hasard, les mains pressées sur sa poitrine, puis il revint vers elle, tomba à genoux devant le sofa où elle se tenait, prit ses mains et les couvrit de baisers.

— Comment vous dire, comment te dire... balbutiait-il.

L'émotion le submergeait, lui coupait la parole. Lui si disert, à l'éloquence d'habitude si aisée, ne trouvait plus ses mots, bégayait...

Ce fut ainsi que Berthe la Petite les découvrit en entrant dans la pièce pour leur dire bonsoir. En la voyant, Mathieu sauta sur ses pieds, se saisit de l'enfant et l'entraîna dans une ronde échevelée qui l'enchanta sans qu'elle eût la moindre idée des motifs d'une telle allégresse.

Alaïs les regardait avec une indulgence souriante.

— Si c'est un garçon, j'aimerais qu'il vous ressemble... dit-elle d'un air rêveur.

— Si c'est une fille, je la souhaite semblable à vous ! répondit Mathieu en écho.

Il reposa Berthe à terre, l'embrassa et la regarda s'éloigner avec un attendrissement tout neuf.

— Enfin, je vais avoir un enfant, continua-t-il en revenant s'agenouiller auprès de sa femme. Et un enfant de vous ! Loué en soit le Seigneur !

— Je serai la seule fille de la famille à donner une descendance à notre père, remarqua Alaïs songeuse. Brunissen et Flaminia y ont toutes deux renoncé par force.

— Si Flaminia avait été mère, son deuil s'en serait sans doute trouvé adouci et comme tempéré, suggéra Mathieu. Mais elle est encore si jeune qu'on peut, Dieu me pardonne, imaginer qu'un jour elle se remariera.

Alaïs secoua le front.

— Je ne le pense pas. Elle a fait, de son état de veuve, une célébration du souvenir et de la fidélité qui convient à sa nature sans partage. Nous avons tous connu des femmes qui goûtaient une sorte de noire satisfaction à s'enfermer dans leur douleur comme dans une tour inaccessible. Flaminia est de celles-là. Je serais fort surprise d'apprendre, même beaucoup plus tard, qu'elle a renoncé à une condition dans laquelle son âme intransigeante doit s'isoler avec une sombre délectation. Non, mon doux ami, non, plus j'y songe, plus je suis persuadée que ma sœur est entrée en veuvage comme Brunissen est entrée en couvent. Pour toujours !

Mathieu posa une main précautionneuse sur le ventre encore souple d'Alaïs.

— Soyez donc bénie, ma bien-aimée, vous qui acceptez tout simplement de transmettre la vie, cet admirable don que Dieu nous a fait. Vous participez ainsi, et vous me faites participer, à l'un des plus grands et des plus beaux mystères de nos existences terrestres. Grâce à vous, la chaîne forgée par Adam et Eve ne sera pas interrompue de notre fait...

Il changea de ton.

— A propos, que diriez-vous, ma colombe, d'une chaîne d'or pour parer ce joli cou souple comme le tronc du palmier ?

Il riait de nouveau.

— Je veux vous faire un présent digne de l'offrande sans prix que vous me destinez. C'est dire que j'ai la ferme intention de me ruiner si cela est nécessaire !

— J'accepte le bijou mais non pas la ruine, mon ami. Il faut assurer un solide avenir à ce futur petit poulain qui va se trouver, comme Berthe, faire partie de la nouvelle génération des Francs nés en Terre sainte !

Une complicité nouvelle et ravie les unissait à présent. Le mot « poulain », qu'on commençait à employer un peu partout pour désigner les enfants venus au monde en Palestine de parents croisés, les fit rire longuement.

— Vive notre poulain qui sera sujet du roi Baudouin Ier ! s'écria Mathieu. Longue vie au souverain et à son féal !

Nez au vent, Reinard entra sur ces entrefaites.

— Le souper vous attend, annonça-t-il d'un ton de reproche. Il se fait déjà tard...

Un échange rapide de regards entre les époux les mit d'accord pour ne rien dire à l'apprenti barbier de l'espérance qui les enchantait trop pour qu'ils n'eussent pas envie de la garder encore un peu secrète.

— Sais-tu si la date de l'expédition projetée contre les pillards sarrasins est connue ? demanda Mathieu au garçon dont les taches de son s'affirmaient à la lueur des bougies éclairant la table du repas.

— Par la vertu Dieu, je n'en sais rien ! Mais il semble que notre sire soit pressé d'en découdre !

Le surlendemain, Baudouin et ses troupes quittaient Jérusalem pour aller rétablir l'ordre aux portes d'Ascalon d'où les infidèles ne cessaient de faire des sorties pour attaquer les Francs.

Mais la garnison égyptienne qui stationnait en permanence dans ce port refusa de se battre et demeura à l'abri des remparts sur lesquels flottait l'étendard du Prophète. Quant aux paysans arabes et aux Bédouins de l'arrière-pays, ils avaient abandonné leurs villages ou leurs tentes pour chercher abri dans les grottes des monts Philistins, tout proches.

Avec sa décision coutumière, Baudouin abandonna Ascalon et poursuivit ces bandes dont la plupart étaient composées de détrousseurs de pèlerins qui avaient pour habitude de mettre en coupe réglée les voyageurs allant de Jaffa à la Ville sainte. Il découvrit sans peine leur repaire, et, à l'aide de grands feux allumés devant les ouvertures de leurs tanières, les força à en sortir, suffoquants et enfumés. Une centaine des plus dangereux furent exécutés aussitôt et quelques-uns des chrétiens palestiniens de rite syriaque ou grec retenus en otage par eux dans ces cavernes se trouvèrent libérés par la même occasion.

Foucher de Chartres, qui participait à l'expédition punitive sur la demande de son seigneur et à titre de chapelain, s'occupa de ces pauvres captifs entravés comme des bestiaux. Il les fit convoyer jusqu'à Jérusalem par un petit détachement d'archers chargés de les protéger et de les conduire à l'hôpital où ils pourraient enfin se reposer et recevoir les soins nécessaires.

Mais ce début de reprise en main ne satisfaisait pas encore Baudouin qui décida de se rendre de l'autre côté de la Ville sainte, dans la région du pays de Juda, en direction de la rive occidentale de la mer Morte. Il savait que les tribus qui y résidaient demeuraient insoumises et fortement attachées à Damas ou à Bagdad.

Parmi les volontaires qui s'étaient engagés dans l'ost du frère de Godefroi figurait Hugues Bunel, bientôt aussi célèbre chez ses nouveaux compagnons pour son courage et sa force que pour la noirceur et la longueur de sa barbe.

Ayant appris sans tarder que l'ancien interprète du duc de Normandie connaissait et fréquentait les enfants de Garin le Parcheminier, chartrains comme lui et amis de longue date, Foucher se l'était attaché en qualité de drogman. Il ne dédaignait pas de converser avec ce colosse, capable de dévouement aussi bien que de déchaînement furieux, et le conviait parfois aux repas très simples qu'il prenait sous sa tente. Entre le chapelain érudit, curieux de toute nouveauté, avide d'apprendre à mieux connaître un pays dont tant d'aspects lui restaient étrangers, et l'arbalétrier un peu fruste, mais accoutumé par une longue familiarité aux usages, à la flore et à la faune de Palestine, s'était instaurée une manière d'entente inattendue. Mais chacun d'eux y trouvait son compte. Ainsi, ce fut Hugues Bunel qui, le premier, désigna à Foucher de Chartres les falaises de sel, brillantes comme glace, qui s'élevaient sur le rivage sud-ouest de la « mer Tressalée », qui lui fit découvrir les exploitations d'indigotiers entretenues dans le voisinage, si précieuses pour les teinturiers de Jérusalem où cette profession était florissante, et qui l'amena aussi à goûter les fruits du palmier-dattier dont les Francs se régalèrent avec une surprise gourmande.

Les longues journées de marche favorisaient de telles trouvailles et ce fut au cours de ces explorations vers la pointe méridionale de la mer Morte qu'Hugues Bunel eut tout le temps d'apprendre au chapelain, fort intéressé, à reconnaître le baumier dont les feuilles fournissaient une résine aromatique exquise, la myrrhe des Rois mages, ou le bananier aux fruits si doux qu'il devait en mûrir de semblables au Paradis...

Une autre fois, le long d'un oued, les hommes d'armes aperçurent de nombreux moulins destinés à broyer, pour en extraire le jus sirupeux, les fameux roseaux miellés qui avaient tant plu jadis à Foucher de Chartres et aux croisés lors de la traversée des plaines fertiles situées au pied de la chaîne des monts du Liban...

Puis ce furent des vignobles, cultivés avec soin, qui évoquèrent pour beaucoup d'entre eux les vignes de leurs contrées, là-bas, outre-mer, en Picardie, en Aquitaine ou en Bourgogne...

Des guides arabes, convertis depuis peu au christianisme,

conduisaient les troupes de Baudouin qui avaient pris pour base de leur campagne militaire la ville nommée par les Francs Saint-Abraham, à cause de la proximité du lieu où aurait été inhumé, d'après ce qu'on rapportait, le patriarche hébreu.

Parvenu en son mitan, le mois de décembre était clair et à peine froid. Un air ensoleillé baignait la terre de moins en moins fertile où la petite armée progressait au fil des jours.

Après avoir expédié en éclaireur un détachement chargé de suivre le cours desséché d'un autre oued jusqu'à la Source-aux-Chèvres, proche de la mer Morte, Baudouin gagna avec ses hommes une bourgade nommée Ségor, située à l'extrême sud de cette mer immobile. Tous les habitants du lieu avaient abandonné leur logis et les Francs n'y trouvèrent ni ennemi ni bétail. Ils mirent le feu aux maisons vides pour signifier aux Arabes que le nouveau maître de la Judée entendait leur imposer sa loi, puis ils repartirent vers des zones semi-désertiques, vastes espaces de sable ou de pierrailles, ponctués ici et là de points d'eau où poussaient quelques arbres poussié-reux, seule verdure visible à l'horizon.

Une sensation de malaise envahissait cavaliers et piétons au fur et à mesure de leur progression dans une contrée pauvre, farouche, où nul n'avait la moindre envie de s'attarder. Chacun éprouvait la certitude d'avoir atteint une terre hostile, plus dangereuse que toutes celles traversées depuis le départ de Jérusalem.

Surgie d'un repli du sol, une ferme isolée apparut un matin à l'avant-garde des troupes. A en juger par les touffes de palmiers qui se balançaient auprès des bâtiments bas, écrasés entre des murs blanchis à la chaux, un puits ou une fontaine devait se trouver à proximité. Une haie d'épineux ceinturait étroitement maison, grange, remises, ne laissant en leur centre que la place d'une cour où quelques poulets hauts sur pattes grattaient poussière et cailloux.

Baudouin donna l'ordre de s'arrêter afin qu'on pût aller puiser de l'eau fraîche qui désaltérerait les soldats assoiffés.

Mais à peine s'étaient-ils immobilisés qu'une volée de flèches sifflantes jaillit des buissons d'épineux en déchirant le silence trompeur de l'oasis, pour venir frapper les premiers rangs des Francs sans méfiance.

Quelques cris, des ordres brefs, et les arbalétriers ripostèrent bientôt. Un échange de traits décochés avec autant de rage d'une part que de l'autre s'ensuivit et quelques hommes furent blessés parmi les compagnons de Baudouin.

Hugues Bunel grondait comme un molosse, tout en action-
nant son arbalète avec impétuosité, et la vue de ses
compagnons atteints par les dards ennemis décuplait sa fureur.

Il fut le premier à remarquer que la riposte adverse faiblis-
sait. Déposant alors son arme et se saisissant de l'épée d'un
de ses voisins abattus, il se rua en hurlant vers l'unique et
étroite barrière permettant de franchir la haie d'épineux en
direction de la ferme.

Un groupe de plusieurs soldats le suivit aussitôt. Ils arrachèrent la barrière, se précipitèrent dans la cour où gisaient
plusieurs Sarrasins morts ou mourants. Une partie des Francs
s'élança vers les ennemis qui s'enfuyaient, tandis que Hugues
Bunel et quelques hommes s'avançaient vers la porte de la
maison d'habitation.

Ils s'apprêtaient à la défoncer, quand elle s'ouvrit soudain.
Armés de cimeterres brandis contre leurs assaillants, deux
Arabes se tenaient sur le seuil. Derrière eux, on entendait des
cris, des voix de femmes et d'enfants.

Hugues Bunel et les siens engagèrent le combat. Aussi
acharnés les uns que les autres, les adversaires luttaient avec
férocité. Mais le nombre était du côté des croisés. Un des
infidèles tomba, une épée dans le ventre. Tout en reculant
pied à pied, le survivant continua à se battre un moment
encore. Ses blessures semblaient superficielles.

— Hâlid ! cria une voix de femme toute proche au moment
où, à force de céder du terrain, il était parvenu au milieu de
la salle basse servant de dernier refuge aux fermiers.

L'homme tourna la tête. Hugues Bunel en profita pour le
frapper d'estoc en pleine poitrine. L'épée pénétra de plusieurs
pouces dans les chairs et le sang jaillit à gros bouillons de
la blessure profonde où l'arme demeurait enfoncée. Sans une
plainte, les dents serrées sur sa souffrance, le blessé s'écroula
parmi la paille souillée qui jonchait le sol de terre battue.

— Hâlid ! hurla de nouveau la femme qui avait déjà crié
une première fois ce nom.

Avant que, stupéfait de reconnaître en elle la belle Grecque
rencontrée naguère chez ses amis chartrains, Hugues Bunel
n'ait eu le temps de réagir, Anthusa se jeta sur le corps de
son mari, arracha l'arme qui le transperçait, s'en empara et
s'élança follement contre les Francs qui pénétraient à présent
en force dans la pièce. Une mêlée confuse s'ensuivit. La jeune
femme maniait l'épée avec une vigueur insoupçonnable chez
une créature d'apparence aussi raffinée. Entaillés par la lame
virevoltante, plusieurs soldats, découvrant avec stupéfaction

cette amazone blanche et boiteuse en un tel endroit, cherchè-
rent à la désarmer. Mais le désespoir animait Anthusa d'une
énergie obstinée, intraitable. On ne pouvait en venir à bout.

Au comble de l'exaspération et en utilisant la garde saillante
de son glaive, un des combattants lui assena enfin un rude
coup sur la tête. Assommée, le crâne rompu, elle s'affaissa
à son tour au milieu de l'effervescence générale. Suivant son
exemple, les autres femmes présentes dans la ferme se
battaient en effet elles aussi avec tout ce qui leur tombait
sous la main.

Quand Baudouin parvint à son tour sur les lieux de la
mêlée, ses hommes avaient triomphé de leurs adversaires qui
gisaient pêle-mêle dans la pièce dévastée.

Seule, une petite fille éperdue, réfugiée derrière un banc
renversé, avait été épargnée.

— Au nom du Christ, faites grâce à cette enfant ! s'écria
Foucher de Chartres, dès qu'il la vit. Elle est innocente et
elle est des nôtres !

Un tremblement irrépressible secouait Irène. Elle pleurait,
balbutiait, gémissait sans pouvoir s'arrêter. Le chapelain
s'approcha d'elle, redressa le banc derrière lequel elle s'abritait
et lui tendit les mains. La simple croix d'argent qui brillait sur
le froc noir du bénédictin sembla fasciner le regard enfantin.

— Viens, petite, lui dit-il, viens et n'aie plus peur. On ne
te fera aucun mal. De cet instant, tu es sous ma protection.

Il lui avait parlé en latin et vit dans le regard clair qu'il
avait été compris. Mais elle ne lui répondit pas et alla s'agenouiller auprès du corps sans vie d'Anthusa.

— C'était ma sœur, murmura-t-elle enfin, tandis que redoublaient ses sanglots.

Hugues Bunel s'approcha, se signa et considéra, avec une
curiosité mêlée de gêne, Irène qui appuyait son front contre
un des bras de la morte. De la tête ensanglantée une longue
traînée pourpre avait coulé jusqu'au gilet de fin lainage blanc,
brodé à la mode arabe que portait la jeune femme sur un
jupon très ample, recouvrant des pantalons bouffants. Elle était
habillée comme une Sarrasine et non comme une Grecque, ce
qui déconcertait l'arbalétrier et lui semblait une trahison
incompréhensible.

— Par tous les diables de l'enfer, que faisiez-vous en un
tel endroit ? demanda-t-il non sans brusquerie. Je vous croyais
toujours à Jérusalem.

— Anthusa avait épousé Hâlid ! gémit la petite fille en
guise d'explication.

Elle aussi s'était exprimée en langue franque. En parlant, ses yeux s'étaient détachés du cadavre de sa sœur pour en chercher un autre parmi les corps abattus qui gisaient épars sur la paille. Toujours pleurant, elle se releva. Au même moment, Foucher de Chartres, qui avait été bénir les deux tués de l'expédition et réconforter les quelques blessés, revenait vers Hugues Bunel.

— Cette enfant était une protégée de Brunissen, lui dit alors l'arbalétrier en désignant Irène. Si je me souviens bien, c'est une ancienne petite esclave grecque, trouvée par la jeune nonne et les siens durant la prise de Jérusalem. Vos amis chartrains s'y étaient beaucoup attachés. Je l'avais rencontrée chez eux en compagnie de son aînée, cette femme qui s'est si follement attaquée à nous ce tantôt. Que Dieu me maudisse si j'y comprends quelque chose, mais je peux vous affirmer qu'elle parle notre langue !

— Par le Seigneur tout-puissant, comment donc vous trouviez-vous toutes deux dans cette ferme ? demanda le chapelain, visiblement ému par la détresse de la petite fille.

— Ma sœur s'était mariée à l'automne dernier avec un de ceux qui sont là, par terre, murmura Irène entre deux sanglots. Ils s'aimaient...

Elle se jeta contre la chape noire à capuchon.

— Venez, murmura-t-elle d'une voix hachée, venez avec moi. Il n'est peut-être pas mort, lui...

Le bénédictin prit la main de l'enfant et, sans tenir compte de l'expression réprobatrice d'Hugues Bunel, se laissa conduire par elle vers un de ces ennemis de la Croix qui avaient si souvent failli l'occire ainsi que le baron auquel il était attaché.

Irène s'immobilisa auprès de Hâlid, sur la poitrine duquel une épaisse couche sanglante commençait à sécher. Elle s'agenouilla à ses côtés et l'appela doucement par son nom.

En lui tâtant le pouls, Foucher de Chartres s'assura d'abord que le blessé vivait encore. Percevant sous son pouce une faible pulsation, il sortit de la besace accrochée à son épaule un flacon de grès qu'il déboucha et passa plusieurs fois sous les narines de l'homme sans connaissance. Au bout d'un certain temps, les paupières bistrées frémirent, puis une sorte de crispation contracta la face décolorée. Des paroles confuses s'échappèrent des lèvres d'où suintait une mousse rosâtre.

— Hâlid ! s'écria la petite fille. Hâlid !

Il s'agita faiblement, entrouvrit les yeux, vit Irène penchée sur lui, en même temps que Foucher de Chartres.

Autour d'eux, les Francs s'employaient à transporter hors des bâtiments ceux des leurs dont les blessures nécessitaient des soins.

Constatant que tout était perdu, Hâlid chercha du regard une présence derrière Irène. Celle-ci comprit ce que signifiait cette quête et secoua le front en pleurant de plus belle. Alors, un désespoir infini envahit les prunelles sombres, les voila d'une brume d'agonie...

Hâlid demeura un bref moment immobile, puis sa main droite tâtonna vers les poches volumineuses qui gonflaient, sous la ceinture de fine toile, le vêtement de drap ensanglanté, qu'il portait sur un pantalon droit. Avec peine, il y plongea des doigts déjà gourds et en tira un chapelet aux grains d'ambre blond. Il esquissa un geste pour le tendre à la jeune sœur de sa femme et, faisant un effort infini pour parler, murmura « Brunissen », reprit son souffle, tenta de se redresser, cria enfin « Allah, Allah »... Puis sa tête retomba en arrière pendant qu'une bave sanglante s'écoulait de sa bouche.

Irène se jeta sur lui en hurlant.

Foucher de Chartres s'empara de l'enfant convulsée qui se débattait comme une possédée et l'emporta hors de la ferme.

A l'extérieur on regroupait les blessés. Les deux arbalétriers tués au combat étaient couchés, côte à côte sur une civière.

— Seigneur, dit le chapelain en s'approchant de Baudouin qui priait, debout, à leur chevet, puis-je solliciter de votre générosité que la jeune femme grecque qui, elle aussi, a été victime de cette embuscade soit mise en terre bénite, à côté de vos hommes d'armes ? Elle était chrétienne avant qu'un fol amour ne l'égarât.

Le futur roi de Jérusalem considéra un instant le visage grave de son chapelain qui tenait entre ses bras Irène, à présent évanouie.

— Ne s'était-elle pas convertie à l'islam ? demanda-t-il en fronçant les sourcils. Il me semble qu'elle portait le costume arabe et qu'elle s'est battue comme un démon !

— Il est vrai, mais la passion l'aveuglait. Elle ne s'est rendue coupable de félonie que poussée par un entraînement du cœur et des sens dont il me semble, seigneur, que vous pouvez comprendre les raisons...

Baudouin de Boulogne croisa le regard gris du moine, qui était aussi son confesseur, et l'ombre d'un sourire effleura ses lèvres sensuelles.

— Faites à votre guise, mon père, dit-il. Mais ne perdons

pas de temps. Cette ferme était un vrai nid de résistance. Je ne tiens pas à m'y attarder.

Sur la demande du chapelain, on alla chercher la dépouille d'Anthusa.

Pendant ce temps, Foucher avait déposé l'enfant au pied d'un palmier et ne faisait rien pour la ranimer, tant il redoutait pour elle la vue d'un ensevelissement qui ne pouvait qu'achever de la bouleverser.

Non loin de lui, des soldats creusaient trois fosses dans la pierraille. Quand elles furent assez profondes, on alla prendre les civières sur lesquelles gisaient les trois corps, enveloppés de couvertures trouvées dans la maison. On les fit glisser avec précaution dans la terre caillouteuse où ils attendraient le jour de la Résurrection. Puis Foucher de Chartres, qui entre-temps était allé quérir dans les fontes de sa selle l'étole qu'il emportait toujours avec lui, donna l'absoute.

Pendant qu'on refermait les tombes improvisées, le bénédictin et tous les assistants psalmodiaient le Libera me.

Ce fut sans doute ce psaume lent et funèbre qui tira Irène de sa pâmoison.

Soudain, Foucher la vit apparaître derrière les hommes inclinés. Mains jointes et tête penchée sur la poitrine, elle vint d'elle-même se placer à ses côtés.

Quand tout fut fini, elle leva vers lui des yeux gonflés et murmura :

— Ma sœur est là, n'est-ce pas ?

Il répondit par un signe d'assentiment, et elle alla s'agenouiller près des tombes, au-dessus desquelles on fixait des croix improvisées faites avec des branches sèches trouvées dans la ferme où elles étaient destinées à cuire les aliments.

Après en avoir fini avec leurs morts, les soldats se répandirent dans les divers bâtiments entourés d'épineux. Ils en firent sortir une dizaine de chevaux de Bédouins qu'ils rassemblèrent pour les emmener à leur suite. Puis ils incendièrent chaque bâtisse, les unes après les autres, à l'aide de torches enflammées...

Quand la troupe franque s'éloigna du lieu où lui avait été tendu un guet-apens qui aurait pu être mortel pour Baudouin et ses Francs, le feu ronflait comme feu d'enfer, tandis que de hautes flammes dévoraient la ferme et les cadavres qu'elle contenait...

Baudouin décida alors de revenir vers la Judée et de rentrer sans plus tarder à Jérusalem. La démonstration de force qu'il avait voulu accomplir pour intimider les tribus de l'extrême

Sud était terminée. Son autorité renforcée, la sécurité assurée sur les routes menant à la Ville sainte, le futur roi pouvait se préoccuper du cérémonial de son investiture. Il était temps de songer au couronnement à venir.

Par Saint-Abraham et Bethléem, l'ost du comte d'Edesse prit donc le chemin du retour.

Foucher de Chartres s'était chargé d'Irène. Le chagrin de l'enfant le touchait. Il était résolu à veiller sur elle jusqu'à ce qu'il ait pu la remettre entre les mains d'Alaïs qui lui semblait toute désignée, parce qu'elle était mariée, pour s'occuper de la petite Grecque désormais sans famille. Brunissen, prise par une autre forme d'existence et vouée au Seigneur, n'était plus libre désormais pour une telle charge.

C'était pourtant la moniale que connaissait le mieux Irène, c'était d'elle qu'elle parlait, c'était à elle qu'elle voulait remettre, don sacré d'un mourant, le chapelet d'ambre confié par Hâlid à celle qu'il avait choisie pour messagère. L'enfant attachait une importance primordiale à une mission qui avait pris dans son cœur douloureux le pas sur toute autre préoccupation.

Dans la maison au portail vert, Alaïs et Mathieu reçurent le chapelain ainsi que sa protégée avec bonté. Ils furent consternés par le récit des événements ayant présidé à une rencontre qui n'aurait jamais dû avoir lieu.

— Il faut que je voie Brunissen tout de suite, dit la petite fille après avoir cédé à une émotion poignante en retrouvant le logis où chaque pièce, chaque objet, lui rappelait sa sœur disparue.

— Je puis t'y conduire quand tu le souhaiteras, assura Alaïs.

— Alors, partons !

On était le 21 décembre, en fin de matinée. A l'approche des fêtes de la Nativité, chacun s'affairait à décorer le plus magnifiquement possible demeures et terrasses. Bâtie à la mode turque et arabe, la cité ne comportait que peu d'ouvertures donnant sur la rue. Aussi les Francs étaient-ils obligés de changer leurs habitudes qui consistaient à étaler tapisseries, guirlandes et courtines sur les rebords des fenêtres. En mesure de compensation, ils échafaudaient de nombreux arcs de triomphe, dont certains atteignaient le niveau des toits, et les ornaient de feuillage, de fleurs d'oranger, de nœuds de ruban, de petits miroirs ou de palmes. On y attachait aussi des centaines de lanternes de couleur, qu'on allumerait chaque nuit avant et pendant la Noël. On étalait sur le sol, devant les maisons, des nattes tressées ou les tapis d'Orient qu'on possédait, et tout le monde nettoyait sa portion de rue avec le plus grand soin.

Cette agitation ne suffit pas à distraire Irène de son anxiété. Serrant la main d'Alaïs, elle marchait vite, sans accorder la moindre attention aux préparatifs d'une fête qui ne semblait pas la concerner.

Elle n'avait pas un regard non plus pour les chameaux des porteurs d'eau véhiculant sur leur dos des outres en cuir de vache, gonflées et suintantes, ni pour les mulets chargés de marchandises dont les sonnailles emplissaient de leur allègre tintement certaines ruelles étroites, ni pour les petits ânes gris, dont le trot sec martelait le sol, ni pour les élégantes, montées sur de belles ânesses blanches, qui doublaient ou croisaient les piétons avec désinvolture.

Le retour de Baudouin de Boulogne et de ses troupes apportait de surcroît à la Ville sainte un regain de mouvement. On y rencontrait force cottes de mailles errant à l'aventure dans les passages ou les artères commerçantes et flânant autour des divers bazars comme celui des Oiseleurs qui retentissait de ramages, de chants, de caquets, de sifflements, et débordait de couleurs. Les cabarets, qualifiés par certains d'éphémères paradis, attiraient eux aussi beaucoup de monde. On y servait du vin du pays dans des cruchons, des amphores de terre ou des bouteilles cachetées ; de l'hydromel ou de l'hypocras parfumé au gingembre ou au miel.

Cramponnée à la main d'Alaïs, la petite Grecque ignorait la foule bigarrée et marchait les yeux baissés.

Le couvent Sainte-Anne de Jérusalem était situé à l'est de la ville, non loin de la porte de Josaphat. On y accédait par une rue portant le même nom. C'était un monastère blanc où vivaient des religieuses vêtues de l'habit noir des bénédictines.

La porterie une fois franchie, on pénétrait dans un univers d'ordre et de paix active.

Au sortir de l'agitation dont elles émergeaient, Alaïs et Irène furent frappées par la sensation de calme, de netteté, de sérénité qui se dégageait des murs blanchis à la chaux entre lesquels les conduisait la portière afin de les introduire dans le parloir. Elles se trouvèrent alors dans une vaste pièce claire, meublée de quelques cathèdres, de bancs et de coffres de cuir clouté. Un grand christ de bois peint occupait le centre d'un panneau.

— Je vais sonner la petite cloche pour convier votre sœur

à venir vous rejoindre, expliqua la religieuse avant de disparaître.

Presque aussitôt, un menu tintement les avertit que leur
présence était annoncée.

Portant le béguin de toile de lin des novices, Brunissen
entra peu après. En la voyant, Irène s'élança vers elle, enfouit
son visage dans les plis de la robe blanche imposée par le
noviciat et, tout en pleurant, entreprit de raconter à la jeune
moniale la façon dont étaient morts Anthusa et Hâlid.

Secouée de sanglots, agrippée aux plis de la tunique sans
tache, l'enfant parlait, parlait, parlait... Elle s'exprimait dans
une langue franque approximative, mais son chagrin était tel
qu'il n'était pas besoin d'autres explications. Au-dessus de la
nuque ployée qu'elle caressait doucement, Brunissen échangea
avec sa cadette un long regard de commisération.

Quand la voix hoquetante se tut, la moniale glissa à genoux
pour se trouver à la hauteur de la petite fille, entoura d'une
tendre étreinte les épaules étroites agitées de tressaillements
nerveux et, de sa voix chantante, commença à évoquer la
seule espérance capable de justifier ici-bas tant de douleurs
et tant de déchirements.

— Ils sont entrés ensemble dans l'Amour absolu, disait-
elle, et ils font à présent partie de cette foule immense décrite
par saint Jean qui avait reçu, lui, la grâce de la contempler.
Une foule que nul ne peut dénombrer, une foule de toutes
nations et races, de tous peuples et langages. Une multitude
composée de créatures qui se tenaient debout devant le trône
et devant l'Agneau, en vêtement blanc, avec des palmes à la
main. Et saint Jean ajoutait : « Ils viennent de la grande
épreuve, ils ont lavé leurs vêtements, ils les ont purifiés dans
le sang de l'Agneau. C'est pourquoi ils se tiennent devant le
trône de Dieu et Le servent jour et nuit dans Son temple.
Celui qui est assis sur le trône habitera parmi eux. Ils n'auront
plus faim, ils n'auront plus soif, la brûlure du soleil ne les
accablera plus, puisque l'Agneau qui se tient au milieu du
trône sera leur Pasteur pour les conduire vers les sources
d'eaux vives. Et Dieu essuiera toutes les larmes de leurs
yeux. »

En s'exprimant ainsi, elle estompait du bout des doigts les
traces de chagrin sur les joues d'Irène. Quand elle se tut, elle
posa ses lèvres sur le visage encore vernissé de pleurs.

— Nous avons été guidées l'une vers l'autre le jour de la
prise de Jérusalem, reprit-elle. C'est sans doute pour que nous
ne nous quittions plus. Nous allons vivre à présent et pour

toujours en voisines et en amies. Tu habiteras chez Alaïs, ce sera plus commode pour tout le monde, mais tu viendras me voir autant que tu le voudras. Je serai toujours disponible pour toi.

L'enfant ouvrit alors la légère besace qu'elle portait sur l'épaule, à la manière des pèlerins, et en sortit le chapelet que lui avait confié Hâlid avant de mourir.

— C'est pour vous, murmura-t-elle. Il a prononcé votre nom en me le donnant...

Brunissen prit le rang de grains d'ambre qu'elle avait offert à son blessé après la victoire d'Ascalon. Elle le contempla un instant avant de l'enfouir dans une des poches profondes de sa robe de novice. Ses mains ne tremblaient pas.

— Nous allons prier pour Anthusa et pour Hâlid, dit-elle ensuite sur un ton de confidence. Même s'il n'était pas chrétien, il était croyant. C'est ce qui compte au regard de Dieu...

En rentrant à la maison au portail vert, Irène ne pleurait plus et paraissait allégée.

Quatre jours plus tard, jour de Noël, dans la basilique Sainte-Marie de Bethléem, consacrée à la Vierge, le patriarche, dompté, administrait les onctions sacrées à Baudouin Iᵉʳ, roi de Jérusalem, et déposait avec soumission sur sa tête puissante la couronne d'or que l'avoué du Saint-Sépulcre avait naguère refusée pour lui-même.

Les cloches carillonnaient, les trompettes droites sonnaient haut et clair, l'encens s'élevait en nuages aromatiques, la foule criait de joie, les métaux précieux brillaient de tout leur éclat.

Pour la première fois depuis Hérode le Grand, roi de Judée qui avait provoqué le massacre des Saints-Innocents après la naissance du Christ, Jérusalem avait un souverain. Un règne commençait. Beaucoup s'accordaient à reconnaître que l'héritier naturel de Godefroi de Bouillon était déjà un maître, qu'il avait su s'imposer et que ses sujets pour la plupart éprouvaient à son égard respect, confiance, admiration.

— Notre enfant naîtra sous un roi juste et fort, déclara Mathieu à Alaïs, le soir de cette mémorable cérémonie. Tous mes regrets, toutes mes inquiétudes se sont dissipés comme brumes au soleil. Il y a dans le regard de notre nouveau roi une certitude, une fermeté, une décision qui ne sauraient tromper.

Pour une telle occasion, ils s'étaient rendus à Bethléem, cette petite ville de Judée où il se passait de si grandes choses. Irène avait accepté de les accompagner avec Landry, ses apprentis et Biétrix.

Plus rapidement qu'Alaïs ne l'avait imaginé, l'enfant se laissa distraire de son chagrin et gagner peu à peu par l'enthousiasme général. Il était vrai qu'elle n'avait pas dix ans, et possédait une nature ardente qui ressentait avec intensité chaque événement...

Si la tragédie à laquelle elle avait assisté dans la ferme bédouine assombrissait encore son regard, on la vit cependant sourire et manifester un intérêt certain envers l'imposant monarque sortant de l'église du sacre pour répondre aux acclamations de la foule.

« Elle commence à guérir », avait songé Mathieu, et il en avait été heureux. Décidément, l'avenir s'éclaircissait.

Les habitants de Jérusalem qui étaient venus assister au couronnement de leur souverain retournèrent chez eux après une journée de festivités et de réjouissances présidée par le roi et la reine Arda, entourés des hauts barons, de l'ost et du peuple chrétien des régions avoisinantes.

A la suite d'une si éclatante fête de Noël, la vie reprit son cours dans le royaume dont le chef était bien décidé à repousser au plus loin les frontières, afin d'exercer une maîtrise sans conteste sur cette Terre sainte dont la possession avait tant de prix aux yeux de la Chrétienté tout entière.

Ne tenant pas à laisser Irène esseulée dans une maison où se glissait partout le fantôme obsédant de sa défunte sœur, Alaïs préférait l'emmener chaque matin avec elle à la parcheminerie.

Landry, qui souffrait d'être célibataire, manifesta tout de suite beaucoup de bienveillance à la nouvelle venue. La peine témoignée par la petite fille après la mort violente d'Anthusa l'émouvait aussi pour bien des raisons. Lui-même avait ressenti cette fin comme le glas d'un rêve précieux, cher et mélancolique, dont les traces demeureraient longtemps ancrées dans sa mémoire... Dès la première matinée, il entraîna donc Irène dans l'atelier principal où les apprentis ponçaient les peaux, puis les frottaient longuement avec une laineuse toison d'agneau.

Il constata, satisfait, que la jeune visiteuse appliquait son esprit d'observation, qui lui parut vif, à détailler les gestes et les instruments inconnus employés devant elle. Elle en tirait des conclusions pertinentes, émaillées de remarques souvent insolites, jamais sottes.

Le garçon amputé et l'orpheline se sentirent bientôt proches, unis par la commune nostalgie d'un temps révolu où ils n'avaient pas encore été dépouillés de leurs biens. Mais Irène possédait moins d'expérience et plus d'illusions que son nouvel ami. L'enfance la préservait de son bouclier blanc et la gardait des amertumes apportées par une connaissance plus intime du malheur. Le penchant primesautier de son âge l'entraînait vers les distractions, et un rien la divertissait. Elle trouvait également auprès de Biétrix, qui faisait office de maîtresse de maison dans un logis qui s'en voyait dépourvu, une autre présence affectueuse, dont l'amitié se doublait d'un soupçon de complicité féminine. Alors qu'elle s'efforçait de manifester à Landry son intelligence, elle se contentait de partager avec Biétrix de menues confidences, des tristesses subites, des récits, des chansons de geste ou de simples histoires.

Mais Irène était une petite créature que la vie avait singulièrement mûrie. Il ne lui fallut que quelques jours de présence à la parcheminerie pour comprendre qu'entre les deux compagnons qu'elle y retrouvait quotidiennement existait un secret.

Le soir de cette découverte, durant leur trajet de retour vers la maison au portail vert, elle fit à Alaïs une remarque qui laissa la jeune femme pantoise.

— Par la sainte Théotokos, je crois bien que Landry et Biétrix sont amoureux l'un de l'autre, dit-elle d'un air important. Mais je ne sais pas pourquoi ils n'ont pas l'air de vouloir qu'on le sache.

— A quoi as-tu vu qu'ils se plaisaient ? demanda avec curiosité la parcheminière.

— Oh ! Je sais reconnaître des amoureux ! J'ai vécu assez longtemps avec Anthusa et Hâlid pour ne pas me tromper... Maintenant, chez vous, j'en ai un autre exemple sous les yeux !

Alaïs s'immobilisa au beau milieu de la rue pleine de monde pour se pencher vers l'enfant.

— Tu en sais des choses ! s'écria-t-elle. J'ignorais que nous abritions sous notre toit une jeune personne aussi avisée. Mais je pense qu'il est préférable de ne pas nous mêler de l'histoire de Biétrix et de Landry. Vois-tu, s'ils la taisent, c'est qu'ils ne souhaitent ni l'un ni l'autre qu'elle soit ébruitée. Ce sont deux natures réservées, discrètes, malmenées par des épreuves qui les ont marquées dans leur chair comme dans leur âme. S'ils s'aiment, tant mieux pour eux, ne troublons pas une entente dont ils n'ont parlé à quiconque, pas même à moi !

Une telle constatation n'allait pas sans un rien de regret ni de tristesse...

Irène se remit en marche. Alaïs en fit autant. Occupées par

leurs pensées qui cheminaient sur des voies proches, elles se retrouvèrent sans y songer, et sans avoir échangé d'autres propos, sur le seuil de leur logis.

— Mon pauvre frère ne s'est jamais remis de la perte de sa jambe, soupira alors la jeune femme. Il évite à présent d'y faire allusion, mais, pour moi qui le connais bien, les signes de cette hantise sont fort clairs. Il rumine sa souffrance et la ressent comme une intolérable humiliation. Dieu ! qu'il a changé ! Lui qui était si gai, si allant, avant cette maudite blessure, il est devenu méfiant et renfermé. Il rejette tout témoignage de pitié et doit croire que le tendre intérêt que lui manifeste Biétrix n'est qu'une forme déguisée de dévouement envers un infirme. Ce qui, bien entendu, lui fait horreur ! Elle le sait sans doute, le comprend et l'admet. Entre eux, il y a bien des choses non formulées... Ils s'en accommodent, semble-t-il. C'est pourquoi il ne nous faut pas intervenir afin de les amener à se marier ou à déclarer ouvertement leurs sentiments. Laissons-les en paix, et attendons...

— Quand il était blessé, Hâlid, lui non plus, n'aimait pas qu'on le plaigne, remarqua l'enfant, tandis qu'elles gagnaient toutes deux la salle aux sofas. Est-ce que tous les hommes sont aussi orgueilleux ?

Alaïs soupira.

— Sur mon âme, ils le sont ! reconnut-elle en songeant à Bohémond qui, dans sa lointaine prison, devait se sentir affreusement mortifié. Le père de ma petite Berthe est aussi de ceux-là...

L'arrivée de l'enfant, suivie d'Albérade, interrompit la conversation. Tout en jouant avec sa fille, à laquelle Irène commençait à manifester une affection de grande sœur tant soit peu protectrice, Alaïs pensait aux revanches éclatantes que son tumultueux et ancien amant rêvait sans doute de prendre sur le destin contraire, dès qu'il aurait échappé à ses geôliers turcs...

De son côté, Irène réfléchissait à ce que venait de lui dire la jeune mère, et son esprit travaillait.

Le lendemain matin, aussitôt qu'elle se retrouva à la parche-minerie, elle laissa sa protectrice se rendre dans l'atelier pour s'y livrer à ses tâches coutumières et se mit en quête de Biétrix qu'elle souhaitait interroger. Elle la chercha d'abord dans la cuisine où elle savait avoir des chances de la découvrir. Son amie, qui avait pris en main la direction d'un intérieur privé d'initiatives ménagères, veillait à tout dans la maison de Landry et spécialement aux repas, par souci de satisfaire les goûts exigeants du parcheminier. Mais elle n'était pas dans la pièce où flottait une appétissante odeur de hachis et d'épices. Une fille de cuisine s'employait à piler des amandes et des noix avec du safran dans un petit mortier de bronze. Non loin d'elle, un grand Noir nubien, converti au christianisme, broyait des pois chiches, des herbes potagères et des morceaux d'agneau finement coupés, dans un autre mortier de granit.

— Ma petite gazelle, répondit le Nubien aux questions d'Irène, notre maîtresse n'est pas ici. Elle est venue tôt ce matin, puis elle est repartie...

Déçue, l'enfant s'éloigna sans trop savoir où porter ses pas.

Elle alla enquêter dans les ateliers et s'aperçut avec étonnement que Landry, lui non plus, n'était pas présent sur le lieu habituel de son travail. Alaïs ne l'avait pas encore vu et le remplaçait auprès des apprentis auxquels elle enseignait l'art de plier les feuillets de parchemin avant de les assembler en fascicules de quatre à six feuilles doubles qui formeraient des cahiers aux pages parfaitement lisses. Elle n'avait pas le temps de s'occuper d'autre chose.

Irène se mit à errer dans les bâtiments enchevêtrés qui composaient une étrange demeure faite de locaux assemblés au fil des ans par plusieurs propriétaires qui n'avaient pas cessé de l'agrandir et de l'aménager.

Elle joua au bord du bassin au jet d'eau, musarda dans le petit jardin enclos entre les murs de la seconde cour, se promena dans les remises, se rendit aux écuries où Landry n'entretenait que trois mulets de somme puisqu'il ne pouvait plus monter à cheval, ne s'attarda pas dans la sellerie dont elle aimait pourtant bien l'odeur de cuir et de cire, puis l'idée lui vint de quitter les communs pour aller voir si Biétrix n'était pas dans sa chambre. Il lui arrivait parfois de s'y tenir pour raccommoder du linge ou filer sa quenouille et elle y conservait certaine boîte de pâte de fruits fort appétissante...

Irène traversa vivement les deux cours, passa le long des ateliers, ne s'attarda pas dans la salle où un brasero attendait d'être allumé si le « froid de la vieille » se manifestait dans les jours à venir, franchit sans s'y arrêter non plus deux petites pièces vides où Flaminia, aux heures claires de son mariage, avait projeté d'installer des copistes.

L'enfant parvenait enfin non loin de la chambre occupée par Biétrix quand elle entendit des plaintes qui s'en échappaient. Suspendue dans son élan, elle hésita un instant. Mais les gémissements reprenaient, plus dolents, plus appuyés.

Décontenancée et inquiète, la petite fille souleva la portière qui obturait l'entrée de la chambre. Le lit était placé le long du mur, face à cette ouverture. C'était un simple matelas posé à même le carrelage. Landry et Biétrix s'y livraient à une célébration forcenée du plaisir, ponctuée de cris et de râles. Perdus dans la zone violente où le désir et la jouissance se régénèrent mutuellement sans qu'on puisse les différencier, l'infirme et son amie ne voyaient rien d'autre que leurs visages accolés, n'entendaient rien que le bruit déchaîné de leur sang. Dérisoire, ridicule, pitoyable aussi, mais pas aux yeux d'une enfant, le pilon de bois tressautait au rythme des deux corps à demi dévêtus qui avaient dû être saisis d'une faim subite...

Irène laissa retomber sans bruit la portière, et, suffoquant de dégoût, se précipita vers les autres pièces qu'elle traversa comme un météore. Elle voulait se sauver, partir, quitter cette maison où ceux sur lesquels elle avait reporté sa confiance et son besoin désespéré de tendresse se comportaient comme des bêtes déchaînées, perverses...

N'ayant rencontré personne, elle parvint au portail de la parcheminerie, s'assura qu'aucun de ceux qui y logeaient ne pouvait la voir et s'élança dans la rue où circulait la cohue habituelle.

Un soleil anémique brillait dans le ciel que balayait le vent d'est. Sans même se poser de questions, l'enfant se dirigea vers la basilique du Saint-Sépulcre. Là était le salut. Dans le temple de Dieu, loin des souillures et des trahisons...

Il y avait d'autant plus de monde sous les voûtes sacrées que des navires pisans, vénitiens ou provençaux abordaient de plus en plus souvent à Jaffa depuis que Baudouin Ier avait dégagé la route du pèlerinage et assurait la sécurité du parcours. Les nefs venues d'au-delà les mers apportaient avec elles les échos de ce qui se passait au loin et amenaient en Terre sainte des groupes sans cesse renouvelés de pérégrins en provenance de tous les pays chrétiens d'Occident.

Pour se faufiler jusqu'au tombeau du Christ et tant la presse était grande, Irène fut obligée de faire un détour par la chapelle réservée à l'Eglise d'Orient. Ce qui l'amena à se rapprocher de la dalle sous laquelle reposait Andronic. Elle en était à quelques pas quand elle vit soudain Foucher de Chartres penché vers une grande femme rousse agenouillée. Bien qu'elle ne l'eût que fort peu rencontrée, elle reconnut pourtant aussitôt la sœur de Brunissen, partie un an auparavant pour le lointain pays de France...

Près de la jeune veuve, Paschal, son beau-fils, était également agenouillé, ainsi que Mahiette, et Duc s'était allongé contre la tombe de son maître.

Le passé, d'un coup, resurgit aux yeux d'Irène. Dans une illumination, elle se revit à Jaffa, sur le quai d'embarquement, assistant au départ de Flaminia dévastée par le deuil...

Entre cette femme sans époux et sa propre solitude d'enfant privée de famille, n'y avait-il pas une ressemblance troublante, une conformité de destin qui s'imposait à l'esprit ébranlé de la petite fille ? Comme elle hésitait cependant à se manifester, tant elle pressentait qu'un événement décisif allait se produire, Foucher de Chartres l'aperçut et marcha vers elle.

— Te voici donc, petite ! C'est Dieu qui t'envoie ! Va prévenir tout de suite Alaïs du retour de sa cadette. Dis-lui que, partie avec l'ost du comte de Blois, elle l'a quitté après avoir été avertie de manière surnaturelle, grâce à un songe, du danger encouru par ces nouveaux pèlerins. Prévenus, mis en garde par elle, ils ne l'ont cependant point écoutée. Elle s'est alors embarquée sans eux sur une nef, à Marseille, et vient de nous arriver. Sa première visite a été pour son défunt époux...

Le chapelain du roi parlait de façon précipitée et non sans une certaine exaltation.

Irène l'entendait, mais ne l'écoutait pas. Mue par une impulsion issue du tréfonds de son âme déchirée, elle s'élança vers Flaminia, vêtue de blanc, qui venait de se relever et attendait. Elle se jeta dans ses bras.

Duc, qui s'était également redressé, s'approcha, renifla le bas de la chape fourrée portée par l'arrivante et parut satisfait.

Flaminia serrait contre elle le mince corps nerveux, secoué d'un tremblement qu'elle ressentait elle-même dans ses entrailles... Une sensation de douceur possessive s'éveillait en elle, montait de son ventre qui n'avait pas porté d'enfant à son cœur qui en avait tant souffert. Elle embrassa le visage offert, puis, s'écartant, l'emprisonna entre ses paumes, le contempla avec une violente intensité, une insistance passionnée.

Foucher de Chartres les observait sans oser intervenir. En les voyant ainsi toutes deux, fascinées l'une par l'autre, il éprouva le sentiment fulgurant d'une reconnaissance mystérieuse et sacrée, de retrouvailles inexplicables, inexpliquées.

Indifférente à la foule qui les environnait, Flaminia prit Irène par la main et revint avec elle vers la dalle sous laquelle dormait Andronic. Captivé lui aussi, Paschal les regardait s'approcher...

Après être restés quelques instants tous trois debout au pied de la pierre tombale, Flaminia posa un bras sur la nuque de l'adolescent, un autre sur celle d'Irène et se pencha vers celui qui reposait là.

— Tu vois, dit-elle, nous avons deux enfants à présent... C'est donc pour cela que tu m'as rappelée... Pour ce don, pour ce choix, pour cet accord mystique que je n'aurais jamais imaginé, même depuis que j'ai retrouvé, avec la grâce et la prière, la vertu d'espérance !

Elle se retourna, distingua vaguement, à travers une brume de larmes heureuses, scintillantes de la lumière mouvante des cierges, le visage troublé du chapelain royal, puis s'éloigna vers la sortie de la basilique. Elle marchait en s'appuyant aux épaules d'Irène et de Paschal. Suivie par Mahiette et par Duc, elle allait, elle fendait le peuple des fidèles avec l'assurance de celle qui connaît enfin la réponse aux questions tant de fois formulées, et y puise la paix.

Remerciements

Je renouvelle ici l'expression de ma gratitude pour les documents fournis par Mme C. Pollin, bibliothécaire en chef de la bibliothèque André-Malraux de Chartres, dont l'aide m'a été des plus précieuses.

Brève bibliographie

1. *Chroniqueurs du temps*

Anonymi gesta Francorum et aliorum Hierosolymitorum. Edition Bréhier.

RAYMOND D'AGUILERS, *Historia Francorum qui ceperunt Jerusalem,* in Guizot.

ALBERT D'AIX, *Liber christianae expeditionis pro ereptione, emundatione et restitutione sanctae Hierosolymitanae ecclesiae,* in Guizot, tomes XX et XXI.

ETIENNE DE BLOIS, *Lettres à sa femme Adèle,* in Peyré.

RAOUL DE CAEN, *Gesta Tancredi Siciliae regis in expeditione Hierosolymitana,* in Guizot.

FOUCHER DE CHARTRES, *Gesta Francorum Jerusalem peregrinantium.* A History of the expedition to Jerusalem, 1099-1127. Traduction de F.R. Ryan.

ANNE COMNÈNE, *Alexiade,* 3 vol. (Livres X et XI). Collection byzantine publiée sous le patronage de l'Association Guillaume Budé. Texte établi et traduit par Bernard Leib.

RAOUL GLABER, *Historiarum sui temporis,* in Guizot.

GUIBERT DE NOGENT, *De vita sua et gesta Dei per Francos.*

GUILLAUME DE TYR, *Historia rerum in partibus transmarinis gestarum.*

2. *Historiens modernes*

PIERRE AUBÉ, *Les Empires normands d'Orient*, Tallandier.

PIERRE AUBÉ, *Godefroy de Bouillon*, Fayard.

BARRET et GURGAND, *Si je t'oublie, Jérusalem*, Hachette.

MARC BLOCH, *La Société féodale*, Albin Michel.

LOUIS BHÉHIER, *Vie et mort de Byzance*, Albin Michel.

ANDRÉ CHÉDEVILLE, *Chartres et ses campagnes*, XIe-XIIIe siècle, Klincksieck.

DANIEL-ROPS, *L'Eglise de la cathédrale et de la croisade*, Fayard.

ROBERT DELORT, *Le Moyen Age*, Le Seuil.

PAUL DESCHAMPS, de l'Institut, *Chartres*, M.J. Challamel.

GEORGES DUBY, *Histoire de France*, Hachette.

CHARLES-EMMANUEL DUFOURCQ, *La vie quotidienne dans les ports méditerranéens au Moyen Age*, Hachette.

PIERRE G. DUHAMEL, *Quand les Francs mouraient pour Jérusalem*, Plon.

JEAN FAVIER, *La France médiévale*, Fayard.

GILBERTE GARRIGOU, *Naissance et splendeurs du manuscrit monastique, du VIIe au XIIe siècle*, Imprimerie Finet, Noyon.

RENÉ GROUSSET, *Histoire des croisades et du Royaume franc de Jérusalem*, 3 vol., Plon.

RENÉ GROUSSET, *Byzance*, Librairie académique Perrin.

RENÉ GUERDAN, *Grandeurs et misères de Byzance*, Plon.

ROGER GUILLOIS, *Histoire des rues de Chartres*, l'Echo républicain.

ROGER JOLY, *Histoire de Chartres*, Horvath, Roanne-le-Coteau.

RENÉ R. KHAWAM, *L'Univers culturel des chrétiens d'Orient*, Le Cerf.

JACQUES LE GOFF, *La Civilisation de l'Occident médiéval*, Arthaud.

DUC DE LÉVIS-MIREPOIX, de l'Académie française, *Chartres*, Hachette.

AMIN MAALOUF, *Les Croisades vues par les Arabes*, Jean-Claude Lattès.

MARTINE MARI, *Les Ecoles de Chartres*, Centre culturel pour l'Europe Xe-XIIe siècle, service éducatif des archives départementales d'Eure-et-Loir.

GEORGES MATORÉ, *Le Vocabulaire et la société médiévale*, Presses universitaires de France.

ALY MAZAHERI, *La Vie quotidienne des musulmans au Moyen Age, Xe-XIIIe siècle*, Hachette.

JEAN MERRIEN, *La Vie quotidienne des marins au Moyen Age,* Hachette.

ZOÉ OLDENBOURG, *Les Croisades,* Gallimard.

RAYMOND OURCEL, *Les Pèlerins du Moyen Age,* Fayard.

DOMINIQUE PALADILHE, *La Grande Aventure des croisés,* Librairie académique Perrin.

RÉGINE PERNOUD, *La Femme au temps des croisades,* Stock.

RÉGINE PERNOUD, *Les Hommes de la croisade,* Fayard-Tallandier.

RÉGINE PERNOUD, *Les Croisades,* « Il y a toujours un reporter », Julliard.

JEAN RICHARD (textes recueillis et présentés par), *L'Esprit de la croisade,* Le Cerf.

GÉRARD WALTER, *La Vie quotidienne à Byzance au siècle des Comnènes, 1081-1180,* Hachette.

LA DAME DE BEAUTÉ

Pour une autre Agnès...

Certes, c'était une des plus belles femmes que je vis oncques.

Olivier de la Marche.

A table, au lit, au conseil, il fallait toujours qu'elle fût à ses côtés.

Pie II (Extraits des Mémoires).

Entre les belles, c'était la plus jeune et la plus belle du monde.

Jean Chartier,
chroniqueur de Saint-Denis.

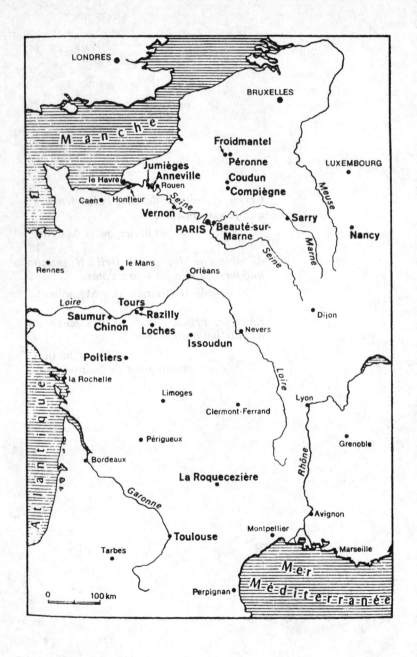

PREMIÈRE PARTIE

La rencontre

Un sein nu. L'autre reste caché par la soie cramoisie de la chemise qui a glissé le long de l'épaule au cours de la toilette. Entre eux, au plus creux, au plus chaud de la peau, luit une médaille.

Dans le miroir qu'elle tient à la main, Agnès observe son reflet. D'un doigt parfumé d'essence de jasmin, elle suit le ferme contour de sa chair, en dessine l'épanouissement. Par sa rondeur, sa blancheur, sa douceur et jusqu'au rose corail de la pointe, c'est un fruit sans défaut.

« Il n'y en a guère... »

Si ce n'est pas un péché d'être belle, ni même de le savoir, s'enorgueillir en serait un. Il faut y prendre garde.

Agnès remonte sur sa gorge la soie aux reflets de sang et se demande par quelle miraculeuse intervention de sa sainte patronne elle est encore vierge à vingt et un ans, après un assez long séjour parmi les filles d'honneur de madame Isabelle de Lorraine, duchesse d'Anjou !

C'est que la vie n'était pas précisément morose à la cour du roi René ! Joutes, fêtes, galanteries à l'italienne s'y succédaient sans trêve. Parmi les plaisirs et l'insouciance, dans la gaieté tourbillonnante, on parvenait presque à oublier les ravages, les misères atroces que coûtait à la France, depuis tant d'années, la lutte sans merci livrée contre l'Anglais. Cependant, ce n'était pas toujours avec bonne conscience. Au milieu d'un geste, au cœur de la foule rieuse, le rappel soudain des malheurs vécus par d'autres fustigeait parfois un des acteurs de la comédie, le laissant sans voix, statue de sel figée par le souvenir.

Enfin, grâce à Dieu qui a inspiré le long, patient, et douloureux ouvrage de messire le roi, on voit, chaque jour davantage, se rapprocher la fin de tant de maux. Si les plaies saignent encore, l'espoir, partout, a repris racine.

Pendant ce temps, René d'Anjou, le trop léger souverain de Sicile, a perdu son royaume transalpin et s'est vu contraint de rejoindre ses possessions françaises. Adieu, l'Italie !

« Le divertissement est terminé. Me voici donc à Toulouse qui a l'apparence d'une bonne ville. Je suis curieuse de savoir ce qui m'y attend ! »

La fenêtre de la chambre où sont logées les suivantes de la duchesse est garnie, luxe qu'Agnès apprécie, de petits carreaux de verre enchâssés dans du plomb. A travers eux, parce que la pièce est située tout en haut d'une des huit tours du château Narbonnais, occupé à présent par le roi de France et ses hôtes, on peut voir, embrassée par la Garonne, la ville rose, ses campaniles, ses clochers, ses immenses nefs, ses maisons aux toits de tuiles plates. Toute proche, la tour de l'horloge, carrée, haute de cinq étages, donne doublement l'heure sur chacun de ses deux cadrans.

« Deux cadrans, deux visages, tel Janus. Un triste, un gai. Lequel sera celui de mon destin ? Dois-je craindre un avenir sombre, à l'image du drame des Cathares, qui furent gens de par ici ? Dois-je espérer des jours souriants comme les adeptes du Gay Sçavoir, dont certains logent tout près de ces murs ? »

Présentée dans un moment au roi, à la reine, à la cour qui a suivi le souverain dans son voyage en Languedoc, Agnès va sans doute se trouver mêlée à toutes sortes de gens, d'événements nouveaux.

« Les filles d'honneur de la duchesse, ces têtes folles, ne parlent plus, depuis notre arrivée ici, que de Pierre de Brézé, le sénéchal du Poitou. La renommée de ses perfections est venue au-devant de nous, sur le chemin. Il est, paraît-il, le modèle des chevaliers ! Sans l'avoir jamais rencontré, chacune l'imagine comme Lancelot du Lac en personne ! Il semble également que le jeune beau-frère du roi, messire Charles, comte du Maine, soit un jouvenceau plein de grâce, mais on chuchote qu'il déniche pour le roi des filles faciles dont celui-ci ne dédaigne pas la compagnie... Il y a, c'est certain, grand concours de monde à Toulouse. Y trouverai-je l'amour ? Je le souhaite, mais qui le sait ? Personne ici-bas. Dieu seul. »

Une pirouette. Ne pas se mettre martel en tête. S'habiller. Pour l'heure, il s'agit de briller parmi les belles du pays et les dames de la cour afin de leur prouver qu'une fille du Nord en vaut bien une du Sud.

« Pourquoi la beauté ne serait-elle pas picarde ? »

Du grand coffre arrivé avec elle et déposé dans un coin de la pièce non loin de son lit, elle tire des tissus perlés, brodés de fleurs, de fruits, d'emblèmes de toutes sortes. Elle les examine, les rejette. Cette mode italienne l'amuse, mais ne lui sied pas vraiment. Elle préfère d'instinct ce qui vient de France.

« Pour faire bonne mine en une telle occasion, il me faut être parée avec simplicité, mais raffinement. Prendre modèle sur madame Isabelle. »

Chacun sait que la duchesse a toujours su déployer autour de son bouillant et magnifique époux un faste délicat que le roi René apprécie en connaisseur.

« Notre sire Charles VII, lui non plus, dit-on, ne manque pas de goût. Il s'intéresse aux lettres, aux arts, à la musique. Pourquoi pas à la mode, puisqu'il aime les femmes ? Au sortir des si rudes années de lutte qu'il vient de vivre, il doit éprouver un profond besoin d'oubli, de repos, de plaisir. Il peut, à présent, songer enfin à autre chose qu'à la reconquête du pays. L'Anglais bat partout en retraite, la paix est faite avec le Bourguignon. Le roi est, de nouveau, maître de son royaume. Dieu le garde ! »

La porte s'ouvre. Une chambrière se glisse dans la pièce. Brune, ronde comme une caille, l'air de quelqu'un qui se rit de sa propre confusion, elle s'excuse :

— Je suis bien en retard pour vous vêtir, demoiselle !
— N'importe, Jacquotte. Il est encore temps.

Agnès choisit une robe de soie améthyste, gainant son buste, se moirant au galbe de ses hanches, et un surcot ouvert, bordé de petit-gris, tombant avec ampleur dans le dos, jusqu'à terre. Une chaîne d'argent ciselé ceint sa taille souple. Elle examine sa tenue dans le miroir que lui tend à présent sa servante, fait la moue :

— Ce décolleté est vraiment trop sage. On devine à peine ma gorge !
— C'est grand dommage, demoiselle !
— Et puis, je n'ai pas assez de ventre. La mode le veut plus bombé. Il va encore falloir glisser sous ma cotte certains petits sacs bourrés de sable...

Comme elle s'est, auparavant, épilé avec soin le front et les sourcils, comme ses cheveux blonds sont déjà enfermés dans une résille, il ne reste plus qu'à poser dessus, les cachant et les enserrant, un atour de tête, haut et pointu, drapé de mousseline d'or et agrémenté d'une bouclette de velours noir afin de souligner la blancheur de sa peau. Un voile transparent flotte au bout de la coiffure.

A l'étage inférieur, une cloche se met à tinter.

— Allons, la mère des filles s'impatiente !

Tout le monde sait que la gardienne des suivantes ne transige pas avec les devoirs de sa charge.

Jacquotte tend à Agnès un mantel de velours ciel doublé de menu vair, et la silhouette sinueuse, gréée de gaze d'or, s'élance vers les degrés.

La presse est grande. La foule des invités s'entasse dans la vaste salle du château narbonnais, à Toulouse, où siège le roi de France.

En attendant l'arrivée de la cour d'Anjou, on parle, on clabaude, on s'exclame, on médite, on loue, on rit, on discute, on s'interpelle...

— Le roi n'aime guère les figures nouvelles. Comment va-t-il accueillir la duchesse Isabelle qu'il n'a pas encore eu l'occasion de rencontrer ?

— Bah ! Trop de liens l'attachent à la maison d'Anjou pour qu'il fasse grise mine à cette belle-sœur qu'il voit ce jourd'hui pour la première fois. Ce ne seront que sourires.

— Avez-vous remarqué, chère dame, combien la reine supporte mal sa dernière grossesse ? Elle est bien fanée, la pauvre ! La voici devenue sans âge...

— A trente-huit ans, elle est déjà hors du bruit !

— Les soucis la minent ! Tant d'épreuves, tant de craintes pour notre sire, son époux, pour le trône, pour le pays !

— A ce qu'on prétend, et en dépit de vingt ans de mariage, marqués de bien des infortunes, elle reste fort attachée à son seigneur qui, pourtant, ne s'est jamais privé de la tromper !

— Elle a du mérite à se montrer toujours douce et conciliante.

— Certes. C'est une victime sans tache, mais ce n'est pas une maîtresse femme. Elle ne tient pas de sa mère, la défunte reine Yolande ! En voilà une qui avait un caractère solidement trempé !

— Il paraît qu'elle ne se console pas de l'avoir perdue.

— C'est une blessure encore fraîche ! La reine Yolande, qui était son soutien et son guide est retournée à Dieu (qu'Il la reçoive en Son saint paradis !) il y a bien peu de temps !

— C'était en novembre, si mes souvenirs sont bons.

— Un deuil de plus ! Quelle pitié ! Six enfants morts, son frère, Louis d'Anjou, trop tôt enlevé, et, maintenant, sa mère, qui était le véritable chef de leur maison.

— Il y a de quoi être dolente !

— Sans parler de son état... La voici grosse pour la treizième fois !

— Elle n'a pas de chance avec ses enfants. Il faut qu'ils meurent ou qu'ils lui donnent du souci. Le dauphin Louis n'est qu'intrigue et jalousie !

— Avez-vous vu Pierre de Brézé ? Sa robe de velours pourpre est fourrée de zibeline !

— Il est trop beau. Ce ne devrait pas être permis d'avoir tant de charme et de vaillance en même temps !

— Pour devenir le modèle des chevaliers, il faut bien avoir toutes les vertus.

— Plus une : celle de savoir se faire aimer !

— Ne trouvez-vous pas que, depuis un lustre environ, le roi notre sire s'est bellement transformé ? Il a acquis une assurance qui n'aurait même pas été concevable voici seulement cinq ans.

— La quarantaine lui convient mieux que la jeunesse. Avec le succès, la majesté est enfin venue.

— Moi, ma mie, je préfère Charles d'Anjou. J'ai toujours eu un faible pour les blonds... Ce petit comte du Maine est tout à fait à ma convenance.

— Messire Etienne Chevalier n'est pas mal non plus. Je goûte assez ce genre plein de gravité. Sous son apparence austère, il doit cacher une grande sensibilité et pas mal de délicatesse... si j'en crois un mien parent qui est de ses amis.

— Je lui trouve l'air d'un clerc qui aurait fait fortune !

— Quoi que vous en pensiez, messire, le roi, s'il n'est pas beau, ne manque pas de plaire. Il paraît qu'il a toutes les filles qu'il veut.

— Par Dieu ! C'est le roi !

— Certes, mais c'est aussi un homme affable et simple. Nulle morgue dans ses manières. Il est peu de princes aussi courtois que lui. C'est un comportement qui plaît toujours au beau sexe.

— Sans doute. A présent qu'il est redevenu puissant, il peut laisser voir, sans qu'on le brocarde, l'aménité de son caractère.

— Même aux pires heures de l'occupation anglaise, il n'a jamais cessé de se montrer le plus accessible des seigneurs.

— *Ouais !* Je sais que vous êtes de ses fidèles. Moi, que voulez-vous, je le trouve mal bâti pour un si grand prince ! Il est trop maigre. Il manque de prestance. Je n'aime pas son long nez et ses petits yeux.

— Jamais grand nez n'a déparé un visage. C'est le proverbe qui le dit ! Quant à ses yeux, ils varient suivant l'humeur du moment. Gris quand il est préoccupé, ils deviennent verts en ses heures de gaieté. Ils sont changeants comme lui. C'est le regard d'un homme que la vie n'a pas ménagé et qui a beaucoup vu.

— Tout, en lui, est insaisissable et divers. Il n'y a pas plus ondoyant que cette nature-là !

— Ce qu'il a encore de moins plaisant, ce sont ses lèvres. Vous ne me direz pas que ce ne sont pas celles d'un jouisseur.

— Pour ça, il a de qui tenir ! Isabeau de Bavière, sa garce de mère (le diable l'encorne !) n'était pas de bois, la chienne ! Non plus, d'ailleurs que son pauvre père, le roi fol...

— Ma mie, les demoiselles d'honneur de notre reine ont toutes l'air de nonnes. Pourquoi avoir confié à cette face de carême qu'est madame de La Roche-Guyon, la garde des suivantes ? Quelques visages avenants n'auraient pas été de trop dans l'entourage des souverains.

— Chut ! C'est, sans doute, une utile précaution. On raconte que le roi aurait un peu trop tendance à s'intéresser aux jolies filles...

— Médisance ! Je tiens de mon oncle, qui lui sert de bibliothécaire, qu'il ne s'adonne qu'aux travaux de l'esprit. Peu de princes, de nos jours, possèdent sa culture. Il ne cesse d'enrichir sa librairie. On vante aussi la musique de sa chapelle. Savez-vous bien qu'il a coutume de se faire jouer de la harpe, le soir, pendant les veillées ?

— Mon cousin, qui est sage, parle surtout de ses dons de cavalier et de joueur de paume. Il assure également qu'il tire fort passablement de l'arbalète et que c'est un redoutable escrimeur.

— Pour ce qui est de l'épée, vous n'avez que trop raison. Souvenez-vous de Montereau...

— Silence ! Il est des malheurs qu'il est bon de taire.

— En politique, mon compère, c'est toujours celui qui gagne qui a raison. Notre sire a amené le duc de Bourgogne à faire soumission... alors, je crie : Vive notre sire !

— Ne saluez-vous pas aussi en lui le vainqueur des Anglais ?

— J'en remercie Dieu chaque jour ! A part les bourgeois de Bordeaux, qui préfèrent vendre leur vin outre-Manche, il n'y a pas une âme dans le royaume qui ne bénisse celui qui est venu à bout des goddons !

— Tout de même, s'il n'y avait pas eu Jehanne la Pucelle...

— Sans doute, sans doute...

— En voilà une qu'on s'est dépêché d'envoyer au ciel pour ne pas en être plus longtemps encombré sur la terre !

— Paix, compère, paix ! On la traitait comme une sainte !

— Ce qui n'a pas suffi pour pousser le roi à intervenir en sa faveur. Il l'a laissé condamner sans même lever le petit doigt.

— Il ne pouvait rien contre des juges achetés par l'ennemi.

— C'est ce qu'on prétend... Laissons dire. J'ai mon idée là-dessus.

— Comme la dauphine est charmante, ma mie ! Son sort me fait pitié. Foin du dauphin qui la délaisse !

— Elle est d'une pâleur !

— Elle n'a pas de santé. La preuve en est qu'elle ne peut enfanter.

— Moi, je la plains moins que vous deux. Le roi et la reine l'adorent. Ils la comblent de présents : voyez, elle est parée comme une châsse. N'oubliez pas non plus qu'elle se console des froideurs de son mari en tournant des poèmes...

— Ah ! Voici enfin René d'Anjou et sa suite !

— Toujours le même, en dépit de ses déboires. Quelle allure, mes seigneurs !

— C'est l'homme le plus fastueux du royaume... et le plus raffiné !

— La duchesse Isabelle ne lui cède en rien. On la dit très subtile et adroite princesse.

— Observez son maintien tranquille, son calme, son sourire. Elle semble toute douceur. Nenni ! C'est une lame d'acier dans un fourreau de soie !

— Voilà une femme, au moins, qui fait honneur à notre sexe !

— Le roi la regarde approcher avec bienveillance.

— Avez-vous vu les filles d'honneur de madame Isabelle ? Quel contraste avec celles de la reine !

— Dieu me damne, qu'elles sont jolies !

— Par saint Jean, dit le roi, vous avez là, ma mie Isabelle, de bien belles créatures dans votre suite !

— Sire, elles sont vôtres.

Charles VII a un sourire où l'approbation se tempère d'ironie. Sa belle-sœur lui présente l'une après l'autre ses suivantes. Pour chacune d'elles, avec courtoisie, d'une voix chaude qui lui a déjà valu bien des attachements, il trouve un mot de bienvenue.

Une robe de velours vert, doublée de martre, enveloppe son corps anguleux. Un chaperon façonné le coiffe. Des épaules, il s'appuie avec satisfaction au dossier de son trône fleurdelisé. C'est un jour de joie pour lui. De joie et de triomphe. Dans sa capitale languedocienne, il savoure sa gloire encore neuve.

On n'a pas vécu toute sa jeunesse dans l'angoisse, le doute, la honte, sans en être à jamais marqué. Quelques victoires, quelques mois de revanche n'effacent pas les stigmates du malheur, ne suffisent pas à rassasier, à guérir une âme qui, depuis son éclosion a été blessée au vif.

Tout est encore trop récent, trop fragile, pour que le roi ne cherche pas avec avidité à se persuader qu'il ne rêve pas, qu'il vit réellement ces instants d'apothéose, que le cauchemar d'humiliation et d'amertume est enfin terminé.

Aussi, a-t-il voulu que le rude château des anciens comtes de Toulouse soit, lui aussi, transfiguré. Dans la grande salle au riche pavage, décorée sur son ordre de tapisseries à mille fleurs, drapée de velours bleu frappé aux lys de France, il a fait joncher le sol de tapis de laine et de soie achetés pour lui au lointain Orient par son grand argentier, Jacques Cœur. Des bougies parfumées, par centaines, ont été rassemblées pour remplacer le soleil lorsque viendra le crépuscule. Une suave odeur de cire aromatisée se mêle aux parfums des corps oints d'essence de vétiver, de bergamote, de musc, d'origan ou de jasmin.

De son long nez d'homme pour qui comptent les choses de la chair, le souverain hume. De ses yeux attentifs, il examine. En un geste familier, il passe l'ongle de son pouce sur ses lèvres gourmandes. Depuis longtemps, depuis toujours, il a poursuivi le plaisir. Avec une ardeur sans cesse exacerbée, il a traqué, sur de belles proies, les voluptés brûlantes que son tempérament exigeait. A présent, ses jeux secrets ne lui suffisent plus. Parvenu à l'âge des accomplissements, ce souverain à qui tout fut contesté, qui dut tout ressaisir, tout justifier, éprouve dans chacune de ses fibres l'impérieux besoin d'être heureux.

C'est alors qu'il aperçoit, venant vers lui, blonde ainsi qu'une gerbe, flexible à la manière d'un épi, se détachant par son éclat du groupe de ses compagnes, une suivante qui ne lui a pas été présentée.

Un visage clair, lisse, avec des pommettes rondes comme un reste d'enfance, de longs yeux pers où brillent les étincelles du rire, une bouche tendre et belle, une gorge hardie, une taille de guêpe, un sourire qui tremble...

— Sire, permettez-moi de vous présenter la plus jeune de mes filles : Agnès Sorel.

La main du roi enserre le bras du haut fauteuil. D'instinct, il se penche vers celle qui s'incline en une souple révérence.

— Plus que belle, dit-il dans un souffle. La plus belle du monde !

Les prunelles étonnées se lèvent vers lui, se lient un instant aux yeux du souverain dans lesquels vient de s'allumer un tel feu qu'Agnès n'en peut soutenir l'intensité. Elle baisse les paupières, et va, sans plus s'attarder saluer la reine.

Peu de personnes ont vu la scène, encore moins l'ont comprise.

Isabelle d'Anjou, qui se tient à la droite du souverain, est bien trop avisée pour ne pas en mesurer l'importance. Elle se tourne aussitôt vers le plus jeune frère du roi René, Charles d'Anjou, comte du Maine, qui occupe la place de confiance, debout derrière le roi.

Comme toute la cour, elle n'ignore pas que son habileté égale son ambition, que son rôle de favori comporte certaines charges secrètes, qu'il sait déceler les goûts amoureux du roi et comment rendre consentantes celles que le souverain a remarquées. Tout cela avec grâce, aisance, sans le moindre relent de pourvoyeur ou d'entremetteur louche. Le comte du Maine est, seulement, un gai compagnon à qui l'aplomb et l'adresse sont, avec l'élégance, dons de naissance.

Pour l'instant, il a détourné son attention du trône royal. Sans surprise, la duchesse constate, en suivant la direction de son regard, qu'il semble soudain porter un intérêt des plus vifs à une robe améthyste qui s'éloigne dans la foule.

A cet instant, Charles VII, qui est resté comme ébloui, secoue le front et s'adresse à elle :

— Sorel, dites-vous, ma mie ?

— Agnès Sorel, sire. C'est une fille de petite noblesse picarde. Son père, Jean Sorel, est seigneur de Coudun. Il sert le comte de Clermont.

— Tout cela est parfait, reprend le roi en se levant. Vos filles sont, décidément, triées sur le volet, Isabelle. Je reconnais bien là ce goût infaillible dont la réputation est venue jusqu'à nous.

— Vous me comblez, sire.

— C'est vous qui me comblez, ma mie.

Sur les traits ingrats du roi de France une gaieté soudaine met une sorte de grâce. Quand cet homme cesse d'être inquiet, son visage se transforme. Il devient avenant. On en oublie le manque d'harmonie.

— Je ne pensais pas, dit-il encore, rêveusement et sans nommer personne, qu'une telle beauté existât sur la terre des hommes. Non, je ne le pensais pas.

Sans transition, il s'écarte d'Isabelle, fait quelques pas, se trouve à côté du fauteuil où la reine est assise.

— Vous paraissez bien heureux, aujourd'hui, mon seigneur.

Elle le contemple avec tant de tendresse qu'elle en semble rajeunie, embellie.

— Cela se voit donc ?

— Vous en êtes éclairé comme d'une lampe.

Sa physionomie douce et timide n'est pas laide, ne peut pas l'être, car elle est inondée d'amour. En dépit d'une vie d'errance, de tristesse, d'épreuves et de deuils accumulés, elle est restée la meilleure, la plus attentive des compagnes, cette princesse à laquelle il a été fiancé dès l'enfance et avec laquelle il a été élevé à Angers par Yolande d'Aragon, reine d'Anjou.

« Ma mère Yolande, songe fugitivement le roi. Une femme si remarquable qu'à sa mort, voici quatre mois, mon fils Louis, le dauphin, s'est exclamé : « Cœur d'homme en corps de femme ! » Dans la bouche de ce diable de garçon, c'était certainement la plus grande des louanges. Oui, feu la duchesse Yolande était douée d'une âme de roi... sa fille, ma bonne reine, ne possède pas ces qualités viriles. C'est une colombe, une épouse sans ombre, une mère toute donnée à nos enfants. Il y a des moments où ses vertus me charment encore... d'autres où elles m'irritent ! »

Il considère avec attention les yeux confiants, la bouche sensible, le nez un peu long de celle qui porte à présent pour la treizième fois un héritier royal. Toutes ces grossesses l'ont épuisée. A trente-huit ans, elle est sans âge.

— Point lasse, Marie ?

— La vue de votre joie m'enlève toute fatigue, Charles.

Elle est trop bonne, trop humble, trop parfaite. Le roi l'aime bien mais, aujourd'hui, sa pensée est ailleurs. Il se sent impatient et l'effort qu'il vient d'accomplir pour se montrer plein de sollicitude lui paraît suffisant. Il prend une des mains abandonnées sur la blanche robe de deuil, la baise, s'éloigne.

D'ordinaire, il se méfie de la foule, des figures nouvelles, évite, autant que le lui permet sa nature affable, les contacts avec les inconnus. Au plus intime de lui-même, demeure une malepeur, une défiance, qui sont les traces, les cicatrices à peine fermées des souffrances endurées pendant si longtemps. En ce mois de février 1443, un sentiment tout neuf d'allégement naît en lui, le trouble, l'arrache à ses vieilles angoisses, et le porte, en dépit de sa prudence, vers les autres. Au milieu de la cohue colorée qui emplit la salle, il recherche une certaine silhouette, un regard rieur.

— Seriez-vous en quête de quelqu'un, sire ?

Le comte du Maine, vêtu à la nouvelle mode d'un pourpoint court de velours noir relevé d'or, de chausses grises moulantes, et d'un manteau doublé de satin cramoisi, se trouve soudain près du roi. Charles VII a eu recours fort souvent à son jeune beau-frère pour piéger une fille qui lui avait plu. Dans le hardi regard du prince, il lit l'invite habituelle. Cette fois-ci, il la refuse. Secouant la tête avec une fermeté soudaine, que tempère néanmoins son aménité de toujours, il élude la question :

— N'est-on pas, sans cesse, à la poursuite d'un rêve, d'une illusion ?

— Sage propos ! s'écrie près de lui une voix rieuse. Vive la vie ! Charles, moi, tel que vous me voyez, je suis à la recherche de la joie.

René d'Anjou, éclatant de santé, d'entrain, de magnificence, prend le bras du roi. Il paraît plus grand qu'il n'est, tant il a de prestance, plus intelligent, tant il a de brio, plus vivant que trois hommes ordinaires, tant il déplace d'air. Trente-quatre ans, l'œil clair, les cheveux bruns, une carrure de taureau, une voix de cuivre, et un appétit prodigieux de tout ce qui existe, tel est le fils de Yolande d'Aragon, le beau-frère du roi de France.

— René, vous êtes un fol, mais, pour une fois, je pense que vous n'avez pas tort et que la vie a du bon.

— Je suis heureux de vous l'entendre dire, Charles. Je faisais justement remarquer à Brézé combien je vous trouvais épanoui, différent du souverain amer que nous avons connu autrefois.

— Les temps ont changé, René. Il faut croire que j'ai changé comme eux.

— Sire, dit Pierre de Brézé, c'est vous qui êtes l'auteur de ce changement, non pas le temps. Vous avez vaincu le mauvais sort de la France, et le vôtre, par la même occasion.

— Avec des hommes tels que toi, Brézé, que ne ferait-on pas ?

Le sénéchal du Poitou, par sa prestance, sa vaillance, sa

noblesse de cœur et de race, est l'image même du chevalier. Plus : il est, à lui seul, toute la chevalerie. Beau comme l'archange saint Michel, brave comme lui, il est devenu le héros de la cour de France.

— Dieu se sert de moi comme Il l'entend, sire. Je suis à Lui avant d'être à vous.

— Je l'espère bien, fidèle ami ; aussi je ne cesse pas de Le remercier de t'avoir donné à moi.

René d'Anjou part d'un grand rire.

— Voilà bien la plus belle joute de courtoisie à laquelle il m'ait été donné d'assister depuis longtemps ! s'écrie-t-il. Ma parole, la cour de France est en train de surpasser en bonnes manières la cour de Bourgogne elle-même !

— Cela ne serait pas pour me déplaire, remarque le roi, dont l'œil s'est durci tout à coup.

— Fi donc, sire ! Ne soyez plus jaloux. Philippe le Bon n'a-t-il pas fait soumission pleine et entière ?

— Si fait, si fait. Il n'empêche que ces ducs bourguignons sont des épines que j'ai au talon.

— Qu'importe, sire ? dit la voix grave, mesurée, d'Etienne Chevalier, le contrôleur général des Finances qui est aussi le secrétaire particulier du roi, qu'importe ? N'êtes-vous pas plus fort, mieux entouré que le duc Philippe ?

— Plus fort, je veux l'espérer. Mieux entouré, j'en suis certain, assure le roi en posant avec amitié une main où saillent les veines sur le bras de son conseiller. Mais ces Bourguignons m'ont fait trop de mal pour que je cesse jamais de m'en méfier.

— Si nous dansions, sire ?

Marguerite d'Ecosse, l'épouse du dauphin, s'est approchée du groupe et s'adresse à Charles VII sans souci de rompre un entretien qu'elle juge trop grave pour l'heure et le lieu.

— Pourquoi pas, ma mie ?

La dauphine fait ce qu'elle veut de son beau-père qui a pour elle beaucoup d'indulgence. Le délaissement dans lequel son fils laisse sa jeune femme l'indigne et le navre. Avoir une telle compagne et ne songer qu'à comploter contre le pouvoir de son propre père, n'est-ce pas, doublement, crime de lèse-majesté ?

— Sire, demande Pierre de Brézé en inclinant sa haute taille vers le roi, sire, le pouvons-nous vraiment ? La cour porte le deuil de madame Yolande.

Le roi lève la main :

— La reine le porte, dit-il, pour ma part j'en demeure

chagrin, mais nous avons décidé, pour des raisons d'opportunité, afin de ne pas contrister notre bon peuple toulousain, de surseoir au deuil de la maison royale.

— Depuis novembre, affreux mois où notre mère s'est éteinte, nous avons fait célébrer des dizaines de messes basses ou chantées, affirme René d'Anjou. Nous continuons de le faire. Je pense que c'est la meilleure façon de rendre hommage à celle qui reste notre modèle à tous. Elle était bien trop avisée politique pour ne pas comprendre, au saint paradis où elle se trouve, qu'il faut savoir composer, qu'il serait maladroit, présentement, de mettre un frein à la liesse populaire.

— Nous avons fait publier, ce matin, sur les places et aux carrefours, la nouvelle de la cessation du deuil public, confirme le roi. Ne le savais-tu pas, Brézé ?

— Je l'ignorais, sire.

— Sache-le donc, mon ami. Je veux faire, à Toulouse, figure de protecteur, de libérateur, de boute-en-train, aussi. Il faut que chacun soit persuadé que les temps d'affliction sont enfin révolus.

— Les Toulousains l'entendent bien ainsi, affirme Etienne Chevalier. Pour s'en convaincre, sire, il n'est que de voir la foule vous bénir tout au long de votre passage, quand vous sortez par les rues de la ville.

— Oui, dit Charles VII. Oui, ici, je suis un souverain heureux.

— Alors, nous dansons ! J'en suis bien aise ! s'écrie la dauphine en frappant dans ses mains.

Frêle, semblant porter ainsi qu'un fardeau sa haute coiffure à bourrelets de soie filetée d'or, Marguerite d'Ecosse lève vers le roi un regard d'enfant gâté. Son visage, qui pourrait être l'œuvre d'un enlumineur, se fait câlin.

— Voulez-vous donner le signal, gentil sire ?

— Volontiers. Que la fête commence !

Il fait signe aux musiciens de la tribune. C'est alors qu'il aperçoit, dans la foule, proche et lointaine à la fois, Agnès Sorel en grande conversation avec une dame de la reine, mademoiselle de Belleville. Le profil d'ange au vitrail est nimbé d'une gloire blonde. Pour le roi de France, une autre fête commence.

— Agnès, ma petite colombe ! Je n'espérais pas vous retrouver ici !

— Moi non plus, Marie. Vous me voyez fort aise de cette rencontre.

— Et moi, donc ! Je ne connais pas grand monde dans cette foule. Il y a peu de temps que nous sommes arrivés en Languedoc. Depuis la mort de madame Yolande — que le Seigneur Tout-Puissant la bénisse — la maison de la reine, dont je fais toujours partie, était demeurée à Saumur, bloquée par le froid de ce furieux hiver, non moins rigoureux que notre deuil. Nous y dépérissions d'ennui. Dieu merci, messire le roi a mandé à notre souveraine de venir le rejoindre, dès que le gel céderait un peu, en sa bonne ville de Toulouse. Nous y voici donc, et ravis d'y être !

— De mon côté, j'y ai suivi la duchesse Isabelle. Vous ne savez sans doute pas que je suis de ses filles d'honneur.

— Je l'ignorais, en effet.

— Ma tante, madame de Meignelay, s'est arrangée pour m'y faire admettre. Comme ma noblesse n'est pas bien grande, j'y tiens un rang moindre que beaucoup d'autres. Peu m'en chaut ! Vous connaissez mon caractère. Je ne suis pas de celles qui se tourmentent pour une question de préséance !

— Je me souviens parfaitement de votre heureuse nature, Agnès. Toujours douce et d'humeur avenante, comme lorsque nous étions petites filles, à Froidmantel.

— Notre enfance me semble déjà lointaine, ma mie.

— On vieillit vite à l'air des cours !

— Mais on n'a pas le temps de s'y ennuyer. Au fond, ne sommes-nous pas heureuses de nous y trouver, l'une et l'autre ? Toulouse est réputée pour sa gaieté qui en fait une des plus agréables villes du royaume. C'est la cité des joutes, des troubadours, des jeux floraux, et des cours d'amour où on exalte la chevalerie courtoise. De quoi nous plaignons-nous ?

— Ma foi...

— Vous avez là une bien jolie amie, mademoiselle de Belleville !

— N'est-ce pas, monseigneur ?

— Comment se nomme-t-elle ?

— Agnès Sorel, pour vous servir.

— C'est moi, demoiselle, qui souhaiterais vous servir !

— Vous vous moquez, monseigneur du Maine.

— Nullement. Un chevalier ne doit-il pas, toujours, se mettre aux pieds de la beauté ?

— Qu'en pense messire de Brézé ?

— La même chose, demoiselle, la même chose, exactement.

— Tu vois, Agnès, tu n'as qu'à paraître pour soumettre les deux plus séduisants seigneurs du royaume !

— Ne rougissez pas, ma mie ! Ou, plutôt, si, rougissez : cela vous va si bien.

— Je vous en prie, messires !

— Jolie comme vous l'êtes, vous ne nous ferez jamais croire à votre timidité.

— Pourquoi mentir ? Je ne suis point timide, en effet, mais seulement surprise par la soudaineté de votre attaque.

— Nous sommes gens de guerre, ma mie, habitués à ne pas hésiter pour monter à l'assaut !

— Prenez garde ! La forteresse est, peut-être, mieux défendue que vous ne le pensez.

— Plus la prise est difficile, plus excitant est le combat.

— Il est des forteresses imprenables !

— Il n'y a que celles qui ne sont pas encore soumises pour se croire telles !

— Vertu et Sagesse sont des défenseurs vigilants !

— Nous voici en plein *Roman de la Rose* !

— Qui s'en plaindrait ? N'est-ce pas là la bible de la doctrine amoureuse ? L'amour courtois n'y est-il pas élevé à la hauteur d'un rite ?

— S'il s'agit de courtoisie...

— Céans, il ne peut s'agir d'autre chose, demoiselle. Rappelez-vous les vers du duc Charles d'Orléans :

Ce sont ici les dix commandements,
Vray Dieu d'amours...

— Tout doux, monseigneur ! N'oubliez pas que, dans le roman, la Rose est protégée par un mur solide, qui n'est autre que celui de ses vertus !

— A la fin, cependant, demoiselle, Bel-Accueil accorde à l'amant de cueillir la Rose.

— Sans doute, mais qui veut entrer dans le jardin des délices doit faire preuve de générosité, de franchise et de courtoisie. D'ailleurs, je suis du parti de Christine de Pisan qui considère ce livre comme une glorification de la séduction et s'attache, en l'attaquant, à défendre l'honneur et les droits des femmes. Dans la fameuse querelle du *Roman de la Rose*, je suis, je ne peux être, que du côté de ceux qui le jugent pernicieux pour la dignité féminine.

— Permettez-moi, à cette heure, de rendre hommage à la

Beauté en dehors de toute polémique. Vous ne sauriez y trouver à redire.

— Tant que l'hommage reste noble et loyal, je puis l'accepter.

— Savez-vous, demoiselle, que le roi René a l'intention de donner, pendant les fêtes prévues ces jours-ci, de nouvelles joutes de courtoisie et d'amour ? Elles seront consacrées, non pas aux violences et cruautés de la guerre, mais, au contraire, à la louange et à la renommée des dames.

— J'en ai ouï parler.

— Y paraîtrez-vous, demoiselle Agnès ?

— Puis-je faire autrement ? Je suis des suivantes de madame la duchesse, monseigneur.

— Ne me dites pas que vous vous y rendrez, contrainte par votre service.

— Peut-être y serai-je aussi par plaisir.

— Je brûle du désir de faire briller d'émotion ces beaux yeux-là !

— Et de faire battre d'inquiétude un cœur si gracieusement enrobé !

— Personne n'est encore parvenu à en précipiter les battements, monseigneur.

— Par saint Michel, je voudrais être l'heureux mortel qui y parviendra !

— Je le souhaite également de toute mon âme.

— Vous jouez là un jeu dangereux, messeigneurs ! Qui sait jamais comment on devient vainqueur en de telles joutes ? Peut-être sera-ce un autre qui l'emportera. Peut-être personne.

— Laissez-nous un espoir.

— En attendant, acceptez-vous de danser cette carole avec moi ?

— Pourquoi pas ?

La grand-messe chantée se termine. L'église cathédrale, dédiée à saint Etienne, résonne encore des accords presque trop doux, des chants trop suaves que la ville, ivre de musique, offre comme un florilège d'harmonies à son roi. Les dignitaires de deux cours — celle de France et celle d'Anjou — se pressent sur le parvis. Ce ne sont que soieries éclatantes et velours diaprés.

Au sortir de l'ombre tiède, entêtée d'encens, Agnès aspire en frissonnant l'air vif de l'hiver languedocien qui transporte déjà avec lui on ne sait quelle légèreté qui fait penser au printemps.

Le roi, le dauphin, René d'Anjou et quelques autres gentilshommes se rendent à l'archevêché où monseigneur du Moulin attend le souverain pour lui faire grand accueil. La reine et ses dames montent en litière. Des groupes se forment sur la place, d'autres s'égaillent, à cheval ou à pied, vers les rues voisines.

La duchesse d'Anjou est fort entourée.

— J'ai ouï dire qu'il faut aller sur la terrasse de la Prévôté pour avoir la plus jolie vue sur les toits de Toulouse, dit-elle avec l'aisance, simple et raffinée à la fois, qui ne la quitte jamais. Je propose de nous y rendre.

La promenade est brève. La petite cour rieuse de la duchesse est bientôt sur la terrasse que déborde le rempart. Une échauguette carrée, voûtée en arc de cloître, en défend un des angles. Du ciel sans nuages, une lumière blanche s'épand sur la cité, sur les tuiles roses, les fortifications, les églises innombrables, les couvents, les tours, les clochers, sur la Garonne et ses ponts, l'île et ses palais.

— Belle et bonne ville, constate Isabelle. Il fait bon vivre ici.

Agnès songe qu'il n'en a pas toujours été ainsi du temps de la croisade fratricide et du règne de l'Inquisition. Elle n'en dit mot. Personne, maintenant, n'a l'air de savoir que Toulouse, en dépit de toutes les répressions, reste imprégnée de l'hérésie cathare, demeure une cité marquée. La pensée d'Agnès, d'ailleurs, ne s'attarde pas à ces réminiscences. Elle est encore toute remuée par la joute oratoire qui l'opposa hier au comte du Maine, et, surtout, à Pierre de Brézé, le beau sénéchal. Qu'il est magnifique, Seigneur Jésus, qu'il est donc aimable !

Pendant toute la nuit, dans la chambre des suivantes, parmi ses compagnes endormies, et, cependant, séparée d'elles par les courtines tirées de son lit, Agnès a rêvé du sénéchal. Tant de grâce alliée à tant de vaillance ! Un tel charme au service d'un si noble idéal ! Elle sait qu'il fait fureur auprès des dames de la cour, mais qu'importe ? N'est-ce pas à elle, que la veille, il s'adressait ? A elle seule ? Serait-ce lui son chevalier ?

Pourtant, dans un coin de sa mémoire, demeure l'obscur souvenir d'une prédiction faite, jadis, par un astrologue de son pays. Il lui avait annoncé qu'un grand roi l'aimerait et qu'elle serait à lui. Quel roi ? René d'Anjou ? Certainement pas. La duchesse veille sur lui de trop près. D'ailleurs, il n'est plus roi de Sicile. Elle n'en connaît qu'un autre : Charles VII ! Ce ne peut être lui non plus. Il a quarante ans passés et des liens sacrés l'attachent à la reine Marie. Qui donc, alors ?

« Allons ! toutes ces prédictions sont choses folles, regardons plutôt le paysage. »

Le vent d'autant qui souffle depuis le matin bouscule les cimes des arbres dépouillés par l'hiver, fait claquer les étendards qui pavoisent la ville et les oriflammes du roi sur les tours du château, courbe les haies de cyprès, fait voler les voiles des dames et se faufile sous leurs jupes.

Agnès frissonne. Sans qu'elle sache pourquoi, soudain, le regard plein de feu qui a croisé le sien, la veille, durant sa présentation au château Narbonnais, et la phrase d'hommage, dite dans un murmure, comme arrachée au cœur par un bouleversement irrépressible, lui reviennent à la mémoire. Le prestige du sénéchal lui avait fait oublier l'admiration du souverain.

« Folle, tête folle, que vas-tu chercher là ? Le roi de France ! »

Ses yeux suivent, dans le ciel balayé par le vent d'est, un vol de passereaux emporté dans un tourbillon.

Décidément, l'air de Toulouse lui met la cervelle à l'envers. Ici, tout est trop exalté, trop vibrant.

— Demoiselle Agnès Sorel, voulez-vous bien me prêter quelques instants attention ?

Agnès se retourne. Derrière elle, venu sans bruit, la saluant avec respect, se tient messire Etienne Chevalier, conseiller et secrétaire particulier du roi. Marie de Belleville, amie retrouvée au sein de la foule, lui a désigné, la veille, les principaux personnages de la cour.

— Bien entendu, messire.

Que lui veut-il ? Il montre l'angle que surmonte l'échauguette :

— Voulez-vous me suivre un moment à l'écart, demoiselle ?

— Si c'est vraiment nécessaire...

— Ce l'est, croyez-moi.

Pour s'éloigner du groupe bruyant que forment les familiers de la duchesse Isabelle, ils font quelques pas vers l'extrémité du rempart. Agnès semble bien frêle à côté du grand corps dégingandé de son compagnon. Le contrôleur des Finances, qui a trente-trois ans, paraît plus que son âge. Sa maigreur, son front d'intellectuel, pensif et raviné, les deux rides qui encadrent sa bouche, et la tristesse de son regard, lui donnent un masque d'ascète. Ses cheveux courts, coupés à l'écuelle, sont ceux d'un clerc. L'austérité de son long vêtement de drap gris, sans autre ornement qu'un col de vair, accentue cette apparence monacale. Son expression doit toujours être de gravité, mais, pour le moment, il a aussi l'air embarrassé. D'un geste machinal, il gratte un grain de beauté assez saillant qu'il a sur la joue.

— Je suis envoyé vers vous, demoiselle, pour une mission délicate.

Il s'interrompt. Dans sa gêne, il suit des yeux les bonds de la levrette qui accompagne partout la duchesse.

— Je vous écoute, messire.

Il soupire. Ses prunelles, d'une surprenante timidité pour celles d'un homme d'importance se posent sur le visage levé vers le sien. Si pur, si frais, lisse comme une amande, avec des cils de soie, des lèvres de fruit et un sourire à peine esquissé, qui attend.

— Que vous êtes belle, demoiselle !

— Dois-je prendre ce compliment pour une ambassade ?

— Presque !

Il se détend un peu.

— On vous a chargé de me féliciter sur mon teint ?

Elle semble si mutine, si gaiement moqueuse, qu'Etienne Chevalier respire, délivré de son fardeau.

— On m'a demandé de vous dire que votre beauté avait bouleversé une âme.

— La pauvrette ! Qu'y puis-je ?

— Beaucoup.

— Mais encore ?

— Si vous saviez, belle Agnès, de quelle âme il s'agit !

— Il faudra bien me le dire si l'on veut que je compatisse.

— On espère davantage.

— On ne manque pas d'audace, à ce que je vois.

— Ferez-vous bon accueil à cet audacieux ?

— C'est selon.

Un silence. Des cavaliers passent au galop de l'autre côté des fortifications. Un d'entre eux porte une bannière fleurdelisée.

Etienne Chevalier la désigne.

— Les lys de France, dit-il en baissant le ton.

Agnès tressaille.

— Que dites-vous ?

Son compagnon tire d'une des poches de sa robe un petit sachet de velours bleu. Il l'ouvre. A l'intérieur, repose un lys de saphirs et de perles. C'est une agrafe d'épaule pour un manteau de dame.

— Accepterez-vous ce bijou, symbole de celui qui vous parle par ma bouche ?

Agnès sent son sang monter à son visage, l'envahir, précipiter les battements de son cœur, marteler ses tempes.

— Mon Dieu !

— Ne dites rien. On ne veut surtout pas vous forcer. Prenez le temps de réfléchir. Prenez aussi cette fleur de pierres fines. Elle vous tiendra compagnie jusqu'au revoir.

— Je ne sais si je peux...

— Vous pouvez. Quelle que soit votre réponse, c'est à vous. Ce n'est pas une monnaie d'échange ; simplement, le témoignage d'un émerveillement.

— Vous direz à qui vous envoie que je le remercie humblement.

— On préférera entendre ces mots de votre bouche. Ce soir, après le festin offert par les Capitouls, il y aura un consistoire du Gay Sçavoir. Le roi y siégera. Plusieurs troubadours y seront entendus. Connaissant votre goût pour la poésie et sachant que madame Isabelle d'Anjou y sera avec sa suite, on espère vous y voir, demoiselle.

— J'y serai, messire.

— Merci pour cette réponse.

Il salue et s'éloigne. Sous le front lisse d'Agnès, un essaim de pensées tourbillonne. Elle s'appuie de l'épaule au mur de pierres rudes contre lequel se heurte le vent. Dans sa main, elle serre la fleur de lys. Ses lèvres tremblent.

Tandis que, suivis par le peuple en liesse, les escholiers chantent à travers rues, ruelles, places et cours, en s'accompagnant de luths et de tambourins, les huit Capitouls font une entrée solennelle à la suite du roi, dans la grande salle du château.

Charles VII préside la fête. Ce soir, ce n'est pas le grand consistoire des Jeux Floraux, dont la date est fixée, une fois pour toutes, au mois de mai, mais une séance de poésie où le souverain semble heureux de siéger.

— Messire notre roi protège les arts et les artistes. Il ne se déplace jamais sans emmener avec lui des clercs savants, des lettrés, des peintres, un maître de chapelle, chuchote Marie de Belleville à l'oreille d'Agnès près de laquelle elle a pu se placer. Il avait une profonde tendresse pour messire Alain Chartier, notre grand poète défunt, qu'on appelait à juste titre le père de l'éloquence française. Sa mort a beaucoup affecté la cour. S'il était encore vivant, nul doute qu'il eût présidé cette séance.

Une foule compacte, colorée, vêtue de velours épais, de soies chatoyantes, coiffée de hennins, de couvre-chefs à cornes, en pains fendus, à bannière, en papillon, de chaperons à bourrelets, façonnés, ou à la mode d'Allemagne, se presse autour de l'estrade où trône le roi. Près de lui, se tiennent la reine, le dauphin, maigre, noir, et qui a l'air de s'ennuyer, la dauphine et les Capitouls.

La vaste salle est remplie de rumeurs, d'éclats de voix, de rires, d'exclamations.

— Je sais, ma mie, répond Agnès, l'esprit ailleurs et qui considère, non sans trouble, ce spectacle. Je sais. C'est Alain Chartier qui a dit un jour, devant le roi : « Un souverain sans lettres est un âne couronné ! »

— Beaucoup d'histoires ont couru à son propos. La dauphine avait, elle aussi, une immense admiration pour notre poète vieillissant. On raconte qu'elle l'a baisé aux lèvres, un jour qu'elle passait dans une salle où il s'était endormi de fatigue pour avoir trop rimé.

— Je trouve cela charmant.

— Certains en avaient jasé à l'époque. C'était stupidité. A une de ses femmes qui s'en étonnait, la dauphine avait répondu : « Je n'ai pas embrassé l'homme, mais la précieuse bouche de laquelle sont sortis tant de bons mots et de vertueuses paroles. »

— C'était fort bien dit.

Pressées de toutes parts, les deux filles d'honneur se taisent pour regarder. En un geste qui lui est familier, Agnès penche sur le côté sa tête blonde. Elle voudrait pouvoir se concentrer, réfléchir à ce qui lui arrive. Depuis la veille, une angoisse la tient à la gorge. La démarche faite par Etienne Chevalier au nom de son auguste maître ne cesse de la hanter. Comble de soucis, la duchesse d'Anjou l'a mandée, tout à l'heure, dans sa chambre pendant qu'on l'habillait pour la présente fête. Après avoir éloigné ses servantes, madame Isabelle s'est tournée vers elle :

— Agnès, ma mie, j'ai quelque chose à vous confier.

— A moi, madame ?

— A nulle autre.

L'œil noir de la puissante dame jugeait, soupesait celle qui se tenait devant elle. Sur le visage empreint d'intelligence et de sagesse se lisait une gravité un peu hésitante. Les fins sourcils, épilés avec soin, se fronçaient sous l'effort de la pensée.

— Votre mère est loin, ma mie ; vous ne connaissez pas grand monde ici, et la cour de France n'est pas la cour d'Anjou. Il s'en faut de beaucoup. Autour de notre sire Charles, des intrigues se nouent chaque jour, des ambitions guettent leur heure, des haines recuites mijotent en silence. Il n'est pas aisé, pour une fille inexpérimentée, comme vous l'êtes, de s'y reconnaître et encore moins de s'y retrouver. Qui croire ? De qui se méfier ?

— J'ai si peu d'importance, madame !

La duchesse hocha la tête.

— Ne croyez pas cela, ma mie. J'ai de bonnes raisons de penser que vous en aurez, bientôt, beaucoup plus que vous ne le supposez.

— Vous avez donc si bonne opinion de moi, madame ?

— Certainement, et je ne suis pas la seule !

Isabelle de Lorraine lève une main où brillent des pierres fines.

— Ce que je tenais à vous dire, Agnès, est ceci : quoi qu'il puisse vous arriver dans les jours à venir, aussi surprenant que vous paraisse votre destin, sachez que vous avez près de vous une amie, ici même, en ma personne.

— Madame, comment vous remercier ?

— C'est bien, ma mie. N'en disons pas plus. A quoi bon ? Vous verrez sans tarder que je n'avais pas tort. Je veux espérer que vous vous souviendrez de mes paroles.

Un sourire bienveillant, un peu moqueur, et un geste du bras :

— Maintenant, allez vous faire encore plus belle, allez, Agnès ! Il ne faudrait pas être en retard à la fête poétique à laquelle nous sommes conviées.

Voilà. Que signifie ce discours ? La duchesse aurait-elle remarqué quelque chose ? Le secret vertigineux qu'Agnès n'ose pas considérer en face, dont elle se détourne avec effroi, serait-il déjà connu par certaines personnes de la cour ? Les spéculations des grands iraient-elles plus vite que ses propres pensées ? Que croire ? A quelle idée s'arrêter ? A qui se confier ? De qui se méfier ?

Soudain, chacun se tait dans la grande salle. Le roi fait un signe. Un troubadour aux longs cheveux s'approche de l'estrade, salue, et commence à chanter en s'accompagnant d'un théorbe.

Agnès n'écoute guère. Par-dessus les têtes parées et belle-ment coiffées, survolant tout ce monde et comme indifférent à lui, un regard, le regard du maître de la France, cherche, découvre, fixe le sien.

Les filles d'honneur de madame Isabelle forment, auprès de celles de la reine, et non loin de l'estrade royale, un groupe différent du reste de l'assistance. Plus élégantes, plus jolies, elles sont aisées à identifier. Le roi ne s'y est pas trompé.

Fascinée, Agnès sent une fièvre brûlante envahir ses joues, son cou, tout son visage. Conscients de l'émoi qu'ils suscitent, les yeux du roi se détournent un moment. Pas pour longtemps. Ils reviennent vite vers celle qui les aimante.

Les troubadours se succèdent, pauvres hères ou de haut lignage, tous amants du rythme et de la poésie.

Agnès se sent défaillir. Obstinément, elle baisse les paupières. Quand elle les relève, elle rencontre le regard avide qui ne la quitte que pour revenir, sans tarder, la retrouver. Que faire ? Comment échapper à ce piège silencieux ? L'épreuve ne prend fin qu'au moment où le dernier troubadour tire un ultime accent de sa viole.

Parmi la foule qui bourdonne aussitôt, s'agitant et échan-geant des impressions, Agnès pousse un énorme soupir.

— Lassée, ma mie ?

— Un peu. Je n'aime guère demeurer ainsi debout, immobile.

— C'est pourtant loin d'être fini ! Vous n'avez entendu là que la première partie des récitants. Je crois savoir qu'il y en a davantage dans la seconde.

— En effet.

— Vous voilà bien pâle, tout à coup, demoiselle. Seriez-vous souffrante ?

Pierre de Brézé surgit à côté d'elle. Superbement vêtu de velours blanc souligné de martre, il lui paraît encore plus beau que dans son souvenir. Face à l'admirable construction de ces traits pleins de force et de noblesse, que des sourcils très noirs, plantés nets et droits, soulignent comme un trait, comme une barre d'appui, face à ces yeux gris si doux et, cependant, si fiers, il est évident qu'aucune femme ne doit résister bien longtemps.

Agnès redresse le front.

« Allons donc, va-t-elle se laisser prendre au prestige de cet homme dont les succès guerriers, chevaleresques et amoureux ravissent tous les cœurs ? N'est-elle donc qu'une petite femelle sans défense, comme toutes celles qu'il a déjà tenues à sa merci ? »

— Nenni, monseigneur, simplement un peu étourdie. Ce n'est rien.

Il y a une once de défi dans sa façon de s'exprimer, de dresser le menton. Il le sent. Habitué aux femmes et à leurs mystères, il ne perd pas de temps à s'en étonner.

— Ce vert sied à ravir à votre teint, dit-il en désignant le surcot de couleur émeraude qu'Agnès porte sur une cotte moulante en toile d'argent.

— Grand merci, monseigneur.

Elle esquisse une révérence où entre un rien de moquerie. Le sénéchal voit qu'on le raille un peu, point trop. Il en est, en secret, satisfait. S'il n'est pas dans sa nature chevaleresque de mépriser d'ordinaire la faiblesse des femmes qui se livrent à lui, il préfère, cependant, celles qui font preuve de caractère, qui ne se soumettent pas à son pouvoir. C'est du respect qu'il ressent pour celles-ci. Les filles vaincues avant d'avoir combattu l'ont toujours déçu. Cette demoiselle Sorel, Dieu merci, n'est pas de cette molle étoffe. Une considération fort agréable à éprouver s'empare de son âme. Il avait pressenti dès leur première conversation qu'Agnès devait être aussi fine que jolie.

— Aimez-vous les troubadours qui viennent de chanter pour nous, demoiselle ?

— Beaucoup. La langue d'oc, plus sonore, plus mélodieuse que la nôtre, est mieux faite pour accompagner la musique, pour la porter sur ses ailes.

— C'est vrai. Il faut aussi dire que l'isolement de cette région a préservé l'originalité de ses poètes.

— Ainsi que leur grâce et leur force. Nulle fadeur dans tout ce que nous venons d'entendre, mais, au contraire, un élan magnifique.

— Je vois qu'on ne manque pas de jugement à la cour du roi René !

— N'oubliez pas, monseigneur, que la maison d'Anjou se veut la plus délicate de toutes.

— Il n'est que d'avoir des yeux pour voir et des oreilles pour se délecter !

Ils se dévisagent en souriant. D'égal à égal. Tout naturellement, entre eux, s'établit une entente spontanée, une sympathie qui fait, d'instinct, de ces deux êtres, des amis sûrs.

Pierre de Brézé s'empare avec autorité d'une main d'Agnès et la baise au poignet.

— Décidément, c'est un pur joyau que la duchesse nous a amené dans ses bagages, remarque-t-il avec une expression de déférence amusée. Je gage que nous n'avons pas fini de nous en féliciter.

— Si Dieu le veut, monseigneur, si Dieu le veut !

Un page portant livrée de la maison d'Anjou s'approche, salue Agnès.

— J'ai ordre de vous mander de venir, demoiselle, auprès de madame la duchesse.

— Pourquoi ?

— Je ne sais.

— Je te suis.

Elle fend la cohue babillante d'où monte, mêlée aux essences des plus riches parfums, une puissante odeur d'ail et de corps échauffés.

Que lui veut madame Isabelle ? Où se trouve-t-elle ?

Derrière l'estrade, au pied d'une tapisserie fleurie, René d'Anjou, son épouse et la dauphine s'entretiennent avec le roi.

— Voici donc la jeune personne qui aime tant la poésie ! s'écrie le duc en apercevant Agnès.

— Ma mie, lance Isabelle de Lorraine en se tournant vers l'arrivante, je me suis portée garante de votre goût pour les rondeaux. Madame la dauphine cherche une personne capable de partager ce penchant avec elle.

— Il y a si peu de femmes, à la cour de France, sachant apprécier l'élégance d'une rime ! soupire Marguerite d'Ecosse dont le mince visage est marqué de deux taches roses aux pommettes.

— Je ne sais, madame, si je suis digne...

— Mais si, mais si, tranche René d'Anjou avec son assurance coutumière. Isabelle n'avance jamais rien à la légère.

— Aimez-vous autant la chasse que la poésie ? demande soudain le roi qui n'a pas encore parlé.

De nouveau, Agnès est sensible à la qualité musicale de la voix qui vient de s'élever. Tant de douceur, mais aussi de chaleur dans ce timbre grave qui semble s'adresser au plus secret, au plus intime de chacun. Elle en écoute l'écho en elle, sans oser lever les yeux vers lui.

— Depuis toujours, sire, mon père et mes frères m'ont entraînée à leur suite, sur les traces des bêtes rousses ou noires, dit-elle en s'inclinant en une profonde révérence.

— C'est tant mieux. Que votre père et vos frères soient

loués. J'ai l'intention de vous convier à la chasse que je donne demain.

— Sire, grand merci.

C'est là une parole de gratitude à double sens que, seul, le roi peut interpréter comme il se doit. Pendant une seconde, il fait peser sur celle qui ose enfin le dévisager, un regard lourd de connivence, puis détourne la tête.

— Nous chasserons au faucon, reprend-il. Je pense que cette manière moins rude, plus gracieuse aussi, de forcer le gibier, convient mieux aux gentes dames de la cour.

— Par saint Hubert, Charles, vous avez une merveilleuse idée ; il faut savoir mêler jeux de l'esprit et jeux du corps, sous peine de n'être plus, si on manque à cette loi, que la pâle moitié de soi-même ! s'écrie le duc d'Anjou avec sa fougue habituelle. Pour moi, je ne saurais y faillir.

— Nous savons tous combien vous êtes habile à maintenir un tel équilibre, René. C'est là un art de vivre où vous êtes passé maître. J'imagine qu'à votre exemple tous les gens de votre maison le sont également devenus.

Encore l'allusion, encore le sentiment d'une complicité secrète, préservée.

— Sire, soupire Marguerite d'Écosse qui ne peut rien deviner de la partie qui se joue devant elle, sire, ne serait-il pas temps de donner le signal pour la reprise des Jeux Floraux ?

— Sans doute, ma mie, comme il vous plaira.

— Il me plaît, sire.

— Eh bien, donc...

On sent que la pensée du roi est ailleurs. Il se tourne de nouveau vers Agnès :

— Aimez-vous vraiment la poésie autant que la chasse ? demande-t-il sur un ton badin pour dissimuler le regret qu'il éprouve à s'éloigner, même pour peu de temps, de celle qui l'occupe plus qu'il ne faudrait.

Cette question envoyée comme une balle, que certains trouveraient seulement plaisante, trouble profondément la suivante de madame Isabelle.

— J'aime tout ce qui est aimable, sire, dit-elle en s'empourprant.

Le moindre émoi projette sur sa peau transparente des reflets d'incendie. Charles VII, que cette innocence charme autant qu'elle le surprend, se complaît un instant à cette vision.

— Sire, nous attendons votre bon plaisir, répète la dauphine en ne cherchant pas à cacher son impatience.

— Allons ! Allons...

Agnès salue, retourne vers ses compagnes. Une agitation cruelle et enivrante à la fois l'oppresse. C'est sans y prendre garde qu'elle traverse la foule.

Marie de Belleville l'accueille avec une sorte d'inquiétude. Fille sans beauté, qui le sait, qui l'accepte, elle éprouve une affectueuse sollicitude pour sa trop séduisante amie. Nulle envie. Le souci de ne pas laisser se fourvoyer en un lieu dont elle connaît les dangers celle que sa candeur autant que son éclat exposent de tant de façons.

— Vous paraissez émue, douce amie.

— Je le suis en effet. Le roi vient de converser avec moi !

— C'est un grand honneur.

— Sans doute.

Comment avouer à l'honnête Marie ce qu'elle pressent, les transes qui l'agitent ?

Sur l'estrade, Charles VII donne le signal convenu. Un troubadour s'avance.

Bercée par les accents de la langue d'oc, Agnès songe. Tout chavire en elle. Aimée du roi de France ! Non, ce n'est pas possible ! Elle se trompe. Cependant, les mots, les regards, le lys offert, sont-ils des leurres ? Que croire ? Tant d'intérêt, un plaisir si vif, sur un visage, deviennent-ils, parce qu'il s'agit d'un souverain, dénués de signification ? Pour les choses de l'amour, un roi se trahit de la même manière que n'importe lequel de ses sujets. Alors ?

Au plus intime de son âme, un combat confus se livre entre sa conscience et la montée d'une exaltation qui l'envahit comme une marée. Peut-elle s'opposer, pauvrette, aux volontés de Charles VII ? Peut-elle y céder, chrétienne dont la foi, jusqu'à ce jour, n'a jamais failli ? Comment pourrait-elle consentir au désir d'un homme marié, d'un père, d'un souverain, que tout sépare d'elle ? Ah ! que ne l'a-t-il jamais vue !

Est-elle folle ? Pourquoi tant d'histoires ? Le roi peut la trouver agréable à regarder sans, pour autant, penser à mal. Le mal, justement, serait de voir des intentions pécheresses là où il n'y a, c'est probable, que jeu d'un moment.

« Sainte Vierge, mère de Dieu, ayez pitié de moi. Etoile du matin, venez à mon secours, montrez-moi le chemin. Je vous en prie bien dévotement, benoîte Dame... »

Aveuglé par un chaperon de cuir noir, le gerfaut favori du roi se tient en équilibre sur le poing de son maître. Gris ardoisé par-dessus, blanc en dessous, le plumage du rapace est strié de bandes transversales plus sombres. Des serres puissantes s'agrippent au gant royal.

— Par saint Jean, voici une claire journée qui s'annonce, remarque le souverain qui est d'humeur charmante depuis son lever. Cet hiver languedocien, même dans ses rigueurs, est autrement plaisant que celui de nos régions.

Pendant la nuit, une neige légère est tombée sur la ville et la campagne, poudrant à frimas les prés choisis pour la chasse au faucon, en bordure de la Garonne. Il fait beau et froid. Un soleil pâle brille dans le ciel, faisant scintiller la parure de givre qui recouvre toute chose. Au-delà de la plaine immaculée, une forêt proche dresse vers le ciel les branches décharnées de ses arbres, fourrées d'hermine. Une bise cinglante souffle allégrement sur la troupe qui s'avance à cheval le long du fleuve. Diaprée de mille couleurs vives, parmi la blanche étendue, la chasse royale semble sortir d'un livre enluminé.

Le roi, les ducs, les princes, les seigneurs de tous lignages, les chevaliers, les écuyers, les dames et demoiselles nobles, souvent montées en croupe, chevauchent destriers, palefrois, haquenées et coursiers richement caparaçonnés.

Charles VII, suivi des fauconniers portant également des rapaces chaperonnés, marche en tête du cortège. Des valets de vénerie le suivent, vêtus de surcots vert et noir, retenant de la voix les chiens dont le gel met le flair en défaut.

Pour cette chasse au vol, Isabelle d'Anjou a tenu à ce qu'Agnès demeurât près d'elle. Les deux haquenées foulent du même pas la neige poudreuse que leurs sabots projettent jusqu'aux longues jupes des amazones.

— Le roi a l'air de belle humeur, aujourd'hui, ce me semble, dit à mi-voix la duchesse. Avez-vous observé, Agnès, la manière dont il se tient en selle ?

— Je lui trouve, madame, grande allure sur son palefroi.

— C'est celui qu'il préfère. On m'a conté qu'il le montait lors de son entrée à Toulouse. Mais je ne voulais pas parler de l'entente qui unit si visiblement cavalier et monture. Non. Il s'agit d'autre chose de moins courant. Notre sire paraît auréolé de joie. Je discerne dans sa mine comme une excitation triomphante.

— Chacun sait combien puissant est son goût pour la chasse.

— Sans doute, mais ce penchant n'explique pas tout. Voyez-vous, ma mie, je serais bien étonnée qu'il n'y eût que cela.

Les chiens, tout soudain, donnent de la voix. Les conversations s'interrompent. Sans hâte, souplement, ailes éployées, deux milans noirs s'élèvent des roseaux craquants de gel qui poussent le long du fleuve. Plumage brunâtre, varié de roux, longues queues fourchues qui les distinguent des autres rapaces, les grands oiseaux gagnent tout de suite de la hauteur.

— Par ma foi, s'écrie le roi, ils sont à nous !

Ce disant, il retire le chaperon de son gerfaut, hausse et baisse alternativement le poing pour aider à l'envol et fait signe aux fauconniers de lancer aussi un de leurs faucons à la poursuite du gibier.

Rapides comme pierres de fronde, rasant d'abord le sol, les deux poursuivants s'élancent à tire-d'aile. Peu à peu, ils s'élèvent, décrivant des cercles, accélérant leur rythme, jusqu'au survol de leurs proies. Pendant un long moment, ils planent au-dessus d'elles. Enfin, avec un cri perçant, le gerfaut du roi en tête, ils se laissent tomber sur les milans qu'ils harcèlent sans relâche du bec et des serres.

Nullement décidés à se laisser vaincre, ceux-ci usent de leur extrême agilité pour tenter de lasser leurs poursuivants. Ce ne sont plus dans le ciel, que voltes et vire-voltes.

L'entourage du roi, figé comme lui-même, suit des yeux cette lutte implacable où la force et l'adresse s'affrontent une fois de plus.

Sans interrompre l'engagement, les combattants ne cessent de s'élever. A près de six cents pieds de hauteur, ils deviennent points noirs dans l'azur.

— Voilà que je ne distingue plus les uns des autres, s'exclame René d'Anjou, lui aussi passionné de chasse.

— J'aperçois encore mon gerfaut, dit Charles VII dont la vue est perçante. Son envergure le rend plus aisément discernable que son compagnon.

— Vos yeux sont également meilleurs que les miens, Charles !

— Je ne sais, René, je ne sais. On me reproche de ne voir que ce que je veux bien voir.

— C'est sagesse, sire.

— Surtout prudence, ami.

Ils s'interrompent. Dans un tourbillon de plumes et de cris, les rapaces redescendent vers le sol. Les deux faucons harcèlent les milans noirs qui, visiblement épuisés, luttent encore.

— Ils n'en ont plus pour longtemps, remarque Pierre de Brézé dont le beau visage, renversé vers le ciel, semble celui de quelque orant au porche d'une cathédrale.

— Haw ! Haw ! crient les fauconniers pour exciter leurs oiseaux à plus de férocité.

A présent, c'est à une portée d'arbalète des chasseurs et à quelques coudées au-dessus de leurs têtes, que la bataille continue. Des gouttes de sang giclent, des plumes volent. Victoire ou agonie, des cris déchirants jaillissent de la mêlée.

— Haw ! Haw !

Les coups redoublent. La défaite des milans semble exacerber la violence de leurs assaillants.

La victime du gerfaut s'abat en premier, sanglante, le crâne ouvert. Ce vaincu choit en tournant sur lui-même, privé de vie, et tache de rouge la neige, non loin des cavaliers. Le second milan tombe à son tour, entraînant dans sa chute le faucon toujours cramponné à lui. Les chiens s'élancent pour rapporter aussitôt les deux corps pantelants aux valets de vénerie et ceux-ci, en s'inclinant, viennent les présenter au roi et à sa suite.

— Belles bêtes, approuve le souverain avec satisfaction, tout en tendant son poing afin que le gerfaut puisse venir se poser de nouveau sur le gant de cuir. La chasse commence bien.

A deux cents pas environ de la troupe qui progresse le long des roseaux gelés de la Garonne, dans un bruit d'ailes claquantes, un vol de canards sauvages s'élève soudain.

— Prenez donc les devants sans m'attendre, dit tranquillement le roi à René d'Anjou et aux seigneurs les plus proches. J'aveugle mon gerfaut et je vous rejoins.

Les fauconniers déchaperonnent vivement quatre oiseaux de chasse, et la brillante cavalcade s'élance sur leurs traces vers une seconde poursuite.

Le roi a pris son temps. C'est donc de façon toute naturelle qu'il se trouve, quand il se remet en route, à la hauteur des dames du cortège. Son palefroi prend alors place près de celui d'Isabelle.

— Eh bien, Charles, vous voici donc ! s'écrie celle-ci avec enjouement. Préféreriez-vous, cher sire, la compagnie des femmes à celle de leurs seigneurs ?

— Je préférerai toujours ce qui est beau et gracieux à ce qui l'est moins, répond le roi, tout en saluant familièrement sa belle-sœur.

Cependant, ses yeux lancent, par-delà Isabelle, un message muet à sa blonde suivante.

— Je faisais justement remarquer, tout à l'heure, à ma douce Agnès, combien je vous trouvais l'air épanoui, ce matin.

— Partageait-elle votre impression ?

— Je le crois.

— J'ai simplement dit, sire, que le goût de votre majesté pour la chasse suffisait à expliquer une telle attitude, lance l'intéressée qui intervient dans la conversation en dépit du protocole, assurée qu'elle est d'aller, en agissant de la sorte, au-devant du désir royal.

Un sourire où se mêlent amusement et attention, lui donne immédiatement raison.

— Il est vrai, demoiselle, que j'aime poursuivre le gibier, mais les plaisirs de la chasse n'entrent que pour une bien petite part dans la gaieté que je ressens aujourd'hui.

— Pouvons-nous espérer, sire, que notre arrivée à Toulouse est pour quelque chose dans cette allégresse ?

— Pour beaucoup, Isabelle, pour beaucoup.

Une nouvelle fois, Agnès sent son cœur battre à tout rompre. Si le roi répond avec bonne grâce à l'épouse de René d'Anjou, c'est néanmoins vers elle qu'il se penche sur l'encolure de son cheval pour mieux la voir. C'est sur elle seule qu'il fixe un regard d'une éloquence bien plus chaude que les mots qu'il emploie.

Depuis quelques instants, les faucons survolent les canards apeurés dont la vitesse n'est plus qu'une inutile protection. Les chasseurs s'immobilisent de nouveau pour regarder plus à leur aise les rapaces qui se laissent tomber comme la foudre sur leurs proies.

Une échauffourée pleine de confusion et de clameurs s'ensuit, bientôt suivie de la fuite éperdue des volatiles non capturés dont la vélocité reste l'unique sauvegarde. Cancanant d'épouvante, ils brassent l'air à grands coups d'ailes frénétiques.

Si le roi s'était trouvé à côté d'Agnès à ce moment-là, sans doute eût-il continué la conversation si heureusement entamée, mais la présence entre eux de la duchesse rend toute tentative de ce genre compromettante. Bien qu'observant, en apparence du moins, les péripéties de la chasse avec la plus vive attention, Isabelle n'est certes pas femme, en pareil cas, à laisser inactifs ses yeux et ses oreilles. Charles VII préfère donc remettre à une autre fois l'aparté qu'il souhaite si ardemment. Par raffinement, d'abord. Il a trop l'expérience des choses de l'amour pour ne pas déguster en connaisseur ces minutes hésitantes, ces tâtonnements du désir où tout reste suspendu dans une attente émerveillée. Par prudence, aussi.

Il est encore très proche de son amère jeunesse, et des

habitudes de méfiance qu'un destin sans pitié lui a imposées. Il doute des autres, de tous les autres, mais aussi de lui-même. Surtout de lui-même. Tant d'affronts ont marqué au fer rouge sa mémoire qu'il continue à se tenir, d'instinct, sur ses gardes. Les empreintes de l'esprit étant les plus tenaces, il n'est pas jusqu'au désir violent qu'il ressent dans chacune de ses fibres pour cette belle créature dont il ne se méfie.

Ne pas se trahir si vite. Attendre. Longtemps, ce fut son unique moyen d'action — on le lui a assez reproché ! — c'est encore à présent un procédé sûr. Après tout, il n'y a que deux jours qu'il la connaît. Deux jours ! Il lui semble, pourtant, si puissant est le sentiment qui l'habite, que cet amour fou est charrié depuis des lustres par le sang de son cœur.

Il lui faut cette femme. Il a d'elle un besoin que rien ne peut entraver. Il n'y a pas, pour autant, intérêt à hâter la manœuvre. Les femmes aiment qu'on les sollicite, non qu'on les force. Elles ne sont point gibier, mais inspiratrices.

L'amour courtois fleurit, comme nulle part ailleurs, à la cour angevine. On l'y cultive avec un soin infini. Cette admirable fille est certainement nourrie de ses enseignements, imprégnée de ses principes. Il en tiendra compte, ne brusquera rien, acceptera, lui, le roi, de se plier aux règles d'un jeu qu'il ne peut renier, étant le premier chevalier de son royaume. Même si ces règles paraissent désuètes, périmées et fort gênantes, en somme, à l'homme positif qu'une existence impitoyable a fait de lui.

Ne trouve-t-il pas, aussi, au fond de son orgueil si souvent piétiné un certain faible pour cette préciosité sentimentale ? Comme un goût de revanche ? Allons, il peut, maintenant, s'offrir le luxe des délicatesses excessives, des complications exquises, des jongleries de cœur. Ce qui, pour d'autres, n'est que fade routine, acquiescement à une mode, devient, pour l'ancien roi sans royaume, pour l'héritier désavoué par tous, le témoignage d'un prodigieux redressement de situation. Dorénavant, il se trouve du côté de ceux qui, possédant l'essentiel, peuvent se permettre d'attacher de l'importance à ce qui l'est moins. Agnès sera le fleuron de cette couronne qu'on avait voulu lui arracher. Elle sera sa récompense, la preuve vivante de sa résurrection !

La chasse se dénoue. Les canards sont morts ou hors d'atteinte. Les faucons reviennent se poser sur les poings tendus.

— Où allons-nous, à présent ? demande la duchesse.

— Traquer la poule faisane sous les branches de la forêt que vous voyez là-bas, ma mie Isabelle.

Le roi salue sa belle-sœur, dédie un regard chargé d'intentions à Agnès et s'éloigne dans les éclaboussures de la neige poudreuse.

Le silence. L'obscurité et le silence. Au creux de la couette de plumes, entre les draps de fine toile, Agnès est étendue, les yeux ouverts sur la nuit. Ce calme inhabituel, au lieu de lui apporter la paix, ajoute à son tourment. Pour la première fois, elle couche loin de ses compagnes. Depuis longtemps, depuis son entrée au service de la duchesse, elle s'était habituée aux rires, aux bruits, aux murmures du dortoir des filles d'honneur.

Se retrouver solitaire entre quatre murs ne l'inquiéterait pas, cependant, si, à l'octroi de cette pièce pour elle seule, luxe déjà insolite, signe entre les signes, n'étaient venues s'ajouter toutes les étranges sollicitudes qu'on lui prodigue depuis quelques jours.

Pourquoi Isabelle d'Anjou s'était-elle brusquement avisée d'une promiscuité qu'Agnès considérait comme toute naturelle, parce que conforme aux habitudes, et qui ne la gênait en rien ? En quoi une grande dame comme l'épouse du roi René avait-elle à se préoccuper d'un aussi mince détail ? Cette façon de la séparer des autres suivantes ne donnait-elle pas à penser ?

Les questions se bousculent sous le front haut et lisse comme un porche d'ivoire.

Pourquoi ce lit à colonnes artistement sculptées, décoré d'une tenture bleue brochée, avec des courtines et une courtepointe de même étoffe, comme pour une princesse ! Pourquoi des tapisseries sur les murs de la chambre ? Qui a changé son ancien coffre à vêtements contre un autre, plus grand, plus riche, contenant deux robes neuves, l'une de velours cramoisi, l'autre de brocatelle blanche ?

Non qu'Agnès méprise le luxe. Bien au contraire. Un penchant qui ne manque pas de force l'y inclinerait plutôt. Mais cette satisfaction même qu'elle ressent en tout son corps, doux et nu, blotti dans le duvet de cygne, enfoui sous les neigeuses couvertures de peaux d'agneaux, ce contentement animal, dont la sensualité lui paraît excessive, parce que trop intense, n'est-il pas inquiétant, lui aussi, comme la manifestation première de l'état qu'on veut lui proposer ?

Elle se tourne, se retourne. La senteur de jasmin qui imprègne sa couche l'assaille suavement. Les chandelles de cire fine qui brûlent sur un escabeau, à son chevet, sont parfumées, elles aussi, à la même essence de fleur. Comment a-t-on su sa prédilection pour le jasmin ? Que signifie un tel souci de ses goûts ? A quoi la prépare-t-on ?

Ce raffinement dont est entourée soudain l'obscure suivante de la duchesse la trouble plus que de mauvais procédés. Tant de ménagements ne peuvent être innocents. Elle se sent prise, enveloppée, dans les mailles dorées d'un filet mystérieux.

Depuis la chasse au faucon, donc depuis neuf jours, elle a été emportée dans un tourbillon de fêtes qui ne lui a pas laissé le temps de méditer sur ce qui lui arrivait. Festins, bals, sérénades, joutes, promenades, défilés de masques à travers la ville décorée de tapisseries et d'étoffes de couleurs, réjouissances sans fin qui lient un jour à l'autre en un seul et interminable divertissement.

Agnès est ivre de fatigue et de plaisir. Elle ne parvient pas à concentrer sa pensée, à sonder les événements, à chercher la cause, trop subtile pour être aisément découverte, de l'inquiétude qui, sous le masque de la joie et de l'insouciance, ne cesse de la tarauder. Rien, en effet, ne semble justifier une appréhension que tout, au contraire, tend à dissiper, à noyer dans l'exaltation ambiante.

Elle soupire, remue sa tête blonde sur l'oreiller. Il n'est pas jusqu'aux cérémonies religieuses qui ne soient agrémentées d'harmonies trop recherchées, bercées d'accents trop doux, prêchées avec des mots trop cléments. On y établit, dans les sermons, des rapprochements inouïs entre l'amour divin et l'amour profane. On y remercie Dieu bien plus pour la beauté du monde que pour sa rédemption. On y parle d'abandon à l'amour, rarement d'ascèse spirituelle. Un vent de légèreté, de voluptueuses délices souffle, en ce mois de février finissant, sur Toulouse et sur la cour de France.

« Seigneur, cette ville, cette société, ne sont que tentations ! »

Plus encore que de l'air ambiant, Agnès ressent les effets des soins dont elle est, plus qu'aucune autre dirait-on, l'objet de prédilection. Dans son sillage, une sorte de tendre folie s'est brusquement emparée des hommes.

Certains troubadours lui ont dédié des poèmes. Etienne Chevalier la considère avec on ne sait quelle rêverie dans l'œil. Le comte du Maine, en sa présence, se déchaîne, étincelle, n'est plus que fantaisie et paradoxes.

Elle soupire. Pourquoi faut-il que, par ailleurs, Pierre de Brézé soit si délicat, si discrètement séduisant ? Sans en avoir l'air, il l'entoure d'une cour subtile, respectueuse, bien plus efficace que les démonstrations de Charles d'Anjou.

Hier encore, aux joutes qui eurent lieu à l'instigation du roi René, le sénéchal est entré en lice porteur d'un écu dont la devise était : « La plus ..... du monde. »

Chacun était intrigué, certains croyaient comprendre, d'autres avaient pensé deviner. Agnès, elle, savait.

Ces cinq points l'avaient obsédée pendant des heures. L'amour courtois, interdisant toute manifestation qui puisse gêner l'honneur de la dame choisie, on pouvait interpréter à sa guise ces signes indéchiffrables. Mais, en réalité, il n'y avait guère à s'interroger.

Agnès se rappelle l'exclamation que sa vue a arrachée au roi le jour de sa présentation : « La plus belle du monde ! »

Le roi... Tout la ramène à lui. Il n'est pas jusqu'à ses rivaux qui ne lui empruntent ses propres paroles.

En de telles circonstances, parler de rivaux ! Elle, Agnès Sorel, fille de petite noblesse, sans fortune, sans appui, peut songer au roi de France comme à l'un de ses soupirants pour lui opposer d'autres gentilshommes ! C'est à ne pas croire. Aussi se répète-t-elle qu'elle rêve, que tout cela n'est que songeries, imaginations, folies, leurres.

Et pourtant ! Depuis qu'il l'a aperçue dans la grande salle du château narbonnais, depuis que, pris de vertige, il s'est penché vers elle, Charles VII n'a pas cessé de s'employer à lui prouver ses sentiments.

Après le don du lys en pierres fines, après l'invitation à la chasse, après les phrases échangées, les sous-entendus, les regards éloquents, il y a eu ce banquet offert aux deux cours par les Capitouls.

Parmi les nombreuses santés portées par le roi, ce jour-là, il s'en est trouvé une qui, de toute évidence, et sans fausse humilité, lui était adressée, à elle seule. Après avoir bu à « La France », à « Toulouse », à « La victoire sur les Anglais », Charles VII a levé encore une fois son hanap d'or. « A la Beauté », a-t-il dit en posant les yeux sur elle avec une ivresse qui ne devait pas grand-chose au vin gris.

Placée à l'une des branches de la table en forme d'U, de telle sorte que le roi, qui présidait, pût la voir sans tourner la tête, Agnès s'était sentie glacée et brûlante à la fois. Peut-on, dans un cas semblable, parler de coïncidence ?

L'expression du souverain à ce moment-là était telle qu'elle ne pouvait prêter à confusion.

Agnès repousse de la main une mèche blonde, échappée à ses nattes de nuit, qui frissonne sur sa joue.

Et ce bal où le roi s'est arrangé pour s'emparer d'une de ses mains, au passage, alors qu'ils se croisaient en dansant la carole ? La violence avec laquelle il a serré entre les siens les doigts qu'elle lui abandonnait, autant par surprise que par émotion, était presque effrayante.

« Seigneur Jésus, je ne suis pas folle. Je n'ai pas d'hallucinations. Tout est vrai. Vous le savez. Je n'invente rien. Que dois-je faire ? Je Vous en prie, aidez-moi. »

Hier encore, après la messe aux augustins, comme elle sortait de la gracieuse chapelle de la Pitié et qu'elle s'inclinait, en une profonde révérence, devant le roi qui était resté à parler avec quelques seigneurs sous le porche, ne l'avait-il pas relevée en lui étreignant si fort les poignets qu'elle en avait conservé les marques quelques minutes sur la peau ?

Comment le souverain, qui venait de faire oraison avec tant de piété, au pied de l'autel, pouvait-il lui témoigner si visiblement son intérêt, alors que la reine se trouvait à quelques pas de lui ? A moins de songer que sa prière, justement, ne s'était élevée avec tant d'ardeur vers Dieu que pour Le supplier d'intervenir, d'éloigner de lui le désir mauvais ?

Agnès repousse son drap. Elle a trop chaud, beaucoup trop.

Ce qui l'enfièvre ainsi, est-ce la honte, la peur du péché, l'angoisse, ou bien une curieuse confusion, une nervosité faite d'attente et de trouble émerveillement ?

Elle ne se dupe pas. Le roi est bel et bien épris d'elle. Tout le prouve. Tout l'affirme.

Quelques heures plus tôt, dans les appartements de la duchesse, alors qu'on jouait par petites tables aux échecs, ce jeu à la mode, il lui avait manifesté une nouvelle fois le besoin qu'il avait d'elle.

Assise face au comte du Maine qui l'avait priée d'être sa partenaire, elle réfléchissait sans se préoccuper des dames et des seigneurs qui allaient et venaient autour des joueurs, s'arrêtant ici ou là, donnant des conseils, jugeant l'adresse de chacun. Soudain, une main s'était posée sur son épaule, s'y était attardée.

Avant même de s'être retournée, d'avoir reconnu le roi, Agnès avait su que c'était lui. Son cœur avait bondi, un tremblement qu'elle ne pouvait refréner l'avait agitée tout entière. C'était au prix d'un effort considérable qu'elle avait levé les yeux sur l'arrivant.

Charles VII se tenait debout près d'elle. A côté de lui, l'observant, attentif, curieux, son argentier, Jacques Cœur, qui venait d'arriver à Toulouse pour y installer le Parlement. On parlait beaucoup de la confiance que le souverain témoignait, au grand dam de certains, à ce fils d'un pelletier de Bourges dont il avait fait un des plus puissants financiers de son royaume.

Le roi, donc, suivait, en apparence du moins, la partie qui se jouait sous ses yeux. Mais sa paume brûlait l'épaule que ne recouvrait qu'une mince soie brochée. La fièvre qui le consumait se communiquait par ce contact au corps frissonnant qui ployait un peu sous sa pesée. S'il était aisé de percevoir son émoi, il l'était moins de ne pas le partager. Les traits du souverain, qu'elle n'avait vus que du coin de l'œil, lui avaient paru creusés, comme durcis par un feu intérieur. Son regard étincelait, ses narines palpitaient.

Aussi longtemps qu'il l'avait pu, il était demeuré ainsi. En lui demandant à grands cris de venir arbitrer une autre partie, René d'Anjou l'avait forcé à s'éloigner.

Agnès, elle, était demeurée à sa place, les jambes flageolantes, le souffle précipité, la tête brûlante, anéantie.

— Eh bien, lui avait lancé le comte du Maine, eh bien, belle Agnès, que vous arrive-t-il ?

Elle s'était excusée, avait parlé de fatigue.

« Mon Dieu, mon Dieu, que vais-je devenir ? Que dois-je souhaiter ? Le roi, marié, n'a pas le droit de trahir la reine. Pourtant, quand il me touche, tout vacille en moi, je me sens ravagée. Suis-je donc de cire ? Il me semble fondre à la chaleur de ses mains. »

Elle se lève, prend une robe de velours fourrée, va vers le crucifix qu'elle emporte dans tous ses déplacements et qu'elle a posé sur un coffre vide qui se trouvait là. Devant lui, elle se jette à genoux sur les dalles de pierre. Prie de toute son âme. Elle ne veut pas devenir la rivale de la reine, elle ne souhaite pas cet amour trop lourd à porter. Elle n'aime pas le roi. Du moins, elle ne le pense pas. Pourtant, cet émoi, cette angoisse qui recèle une secrète douceur, cet appel inconnu qui monte en elle à l'approche du souverain, si ce n'est pas de l'amour, qu'est-ce donc ?

Une réponse se fraie un chemin à travers les défenses de son âme assiégée. Parce qu'elle a vécu à la cour du roi René, où l'on est loin d'être prude, elle sait, bien que vierge, la force du désir, son emprise sur certains. Serait-elle de celles qui ont la chair plus faible que le cœur ?

« Seigneur ! Je ne veux pas ! »

Courbée sous le poids de sa découverte, elle pleure. Ses tresses blondes balaient le sol au pied de la croix qu'éclairent d'une lumière mouvante les flammes des bougies parfumées.

Au milieu des feuilles mortes, sur le talus, Agnès découvre un pied de violettes en fleur.

— Marie ! Marie ! L'hiver s'en est allé ! Voici le printemps qui s'annonce !

— Dieu en soit loué ! Je hais le froid et n'aime que le beau temps.

Avec le mois de mars, le soleil a repris un peu de force et d'éclat. Sa chaleur recommence à se faire sentir. Pour profiter de ces prémices les deux amies, ce matin-là, suivies d'un serviteur, sont sorties à cheval de la ville et sont allées se promener dans la campagne. Après avoir mis pied à terre, elles marchent sans hâte, humant l'air léger et devisant avec nonchalance.

Agnès a souhaité cette halte au sein de l'agitation qui ne lui laisse pas de répit. Agitation intime et mondaine à la fois : autour d'elle les réjouissances continuent, cependant qu'en elle, le tourment ne s'apaise pas.

— Les gens de par ici appellent le vent d'ouest vent de cers. C'est lui qui apporte, venue de la mer, la douceur du renouveau.

— Le Languedoc est une terre pleine de charmes, mais aussi de pièges, Marie ; son printemps peut être dangereux.

— Sans doute. Un dicton de chez nous ne dit-il pas : « Mieux vaut glisser sur la glace que sur le gazon » ? Gardez-vous de l'herbe neuve, fillette !

Et de rire. Il n'est âme de vingt ans, même si elle est aux abois, qui ne s'illumine dans la blondeur d'un soleil d'avant-saison.

— Voici d'autres touffes de violettes, ma mie.

— Faisons un bouquet.

— Plutôt un chaperon de fleurs.

— Je doute qu'il y en ait en suffisance.

— Essayons toujours.

Agnès n'a dit mot à Marie de Belleville des soucis qui la taraudent. Son amie pourrait-elle la suivre sur un terrain si peu sûr ? Par des aveux prématurés, elle craint de détruire la seule amitié sans ombre qu'elle ait trouvée ici. Le silence préserve donc cette entente dont elle éprouve le rafraîchissant besoin.

Penchées toutes deux vers le talus où fleurissent les violettes, elles n'ont pas prêté attention à l'arrivée, non loin d'elles, d'un cavalier que suit un seul écuyer.

Il arrête sa monture à quelques pas des jeunes filles et les observe un moment en silence. Sur un signe de sa main, le gentilhomme qui l'accompagne à distance respectueuse et le serviteur des dames d'honneur de la duchesse s'éloignent discrètement.

Agnès ne s'en soucie pas. Elle cueille les violettes avec l'attention qu'elle porte à tout ce qu'elle fait. Vêtue de la robe de velours cramoisi dont elle ignore toujours l'origine, elle a jeté dessus un mantel de drap fourré de loutre et fermé par une cordelière. Sous les vêtements, les courbes de son corps se laissent aisément deviner.

Le cavalier la contemple un moment sans bouger. C'est Marie, on ne sait comment alertée, qui se retourne et découvre la présence immobile du cavalier. Elle plonge en une révérence de cour, tout en chuchotant à l'adresse de sa compagne :

— Ma mie, le roi !

Agnès se redresse d'un mouvement preste et salue à son tour.

— Sire, Dieu vous garde !

— Vous également, demoiselle.

Un silence. On entend, au loin, les sonnailles d'un troupeau, les aboiements d'un chien.

Charles VII n'a point de goûts fastueux. Ses vêtements en témoignent. Une tunique de drap serrée à la taille, des chausses vertes avec des houseaux qui laissent apparaître son buste long et ses jambes sèches. Sur ses épaules, un manteau à chevaucher, court, doublé de loup. Il porte un chaperon à la façon d'Allemagne. C'est un homme sans prestance, presque laid, mais la gravité, l'attention avec laquelle il considère choses et gens, son affabilité et on ne sait quoi de meurtri, de las, une fermeté qui n'est pas sans douceur, une mélancolie devenue habituelle à la suite des souffrances passées, donnent à ses traits ingrats une sorte de charme douloureux auquel on ne reste pas indifférent.

C'est du moins ce que ressent Agnès durant ces instants suspendus. Le roi la regarde, hésite, se décide enfin :

— Demoiselle, j'ai à vous entretenir.

— Sire, je suis votre servante.

Marie de Belleville s'est empourprée. Elle est la seule à se choquer d'un pareil manquement à l'étiquette. Agnès, elle, sait depuis le moment de sa présentation à la cour que cela doit arriver. Elle est prête, bien que son cœur défaille.

Charles VII descend de cheval. Il attache les rênes à un jeune ormeau qui pousse là, s'approche, sourit, et tout son visage se transforme. Il tend la main. Agnès y dépose la sienne. Tous deux s'éloignent sous les branches qui n'ont pas encore commencé à reverdir...

Quand ils réapparaissent entre les troncs, près d'une heure plus tard, Marie de Belleville, qui a eu du temps, sur son talus pour réfléchir, ne se pose plus de questions.

Le souverain tient à présent dans sa paume le bras d'Agnès qu'il guide dans sa marche. Ils s'arrêtent non loin de Marie.

— Demoiselle de Belleville, prenez bien soin de votre amie. Elle m'est chère entre toutes. Il faut veiller sur sa beauté comme sur un don de Dieu.

Elevant alors jusqu'à ses lèvres le poignet droit d'Agnès, il le baise avec une ardeur pleine de dévotion.

— Rentrez à présent sans plus tarder, dit-il aux deux amies, il y a trop d'hommes d'armes dans ce pays pour que vous y soyez vraiment en sûreté.

D'un geste, il fait surgir du bois écuyer et serviteur, salue, saute en selle, s'éloigne.

Agnès et Marie montent sur leurs haquenées. Elles cheminent en silence pendant un long moment. Il fait bon. La douceur du temps a redonné aux oiseaux le goût de chanter. Des mouches, ivres de soleil, bourdonnent follement autour des chevaux. Dans un pré, un berger suit ses moutons. Des filles battent du linge dans l'auge d'une fontaine.

— Ma mie, dit enfin Agnès quand les remparts de Toulouse surgissent soudain à un détour du chemin, ma mie, il ne faut pas me bouder. Rien de ce qui arrive n'a été voulu par moi. Le roi décide, il n'y a qu'à obéir. En réalité, je suis aussi innocente que vous.

Marie soupire.

— Je m'efforce de comprendre, dit-elle, et il me semble y être parvenue. Soyez en paix : je ne vous juge pas. De quel droit ? Seulement, je tremble pour vous car je vous porte amitié. Qu'allez-vous devenir ?

Agnès penche la tête sur son épaule, selon son habitude, quand elle est dans le doute.

— Je ne sais à quoi m'attendre, Marie, sur mon honneur, je ne le sais pas.

— Je crains que les événements ne se chargent trop vite de vous donner réponse.

— Le roi m'a assuré qu'il ne me forcerait jamais en rien. Qu'il saurait attendre mon bon plaisir.

— Il le suscitera, Agnès, il le provoquera, soyez-en certaine. Il est tant de moyens, pour un puissant souverain, de mener là où il le souhaite une fille aussi jeune et neuve que vous !

— Si vous saviez quel respect il m'a témoigné, de quelle délicatesse il n'a cessé de faire preuve !

— Le roi passe pour être le plus fin gentilhomme de son royaume, Agnès. Il est passé maître dans l'art de la diplomatie.

— Ce n'est pas habileté, ma mie, ce n'est pas cela. Dans ce bois, il s'adressait à moi comme si je tenais son destin entre mes mains et je voyais ses lèvres trembler quand il me prenait par le bras.

— On tremble pour autre chose que de la déférence, ma mie !

— Sans doute. Il n'en reste pas moins qu'il a su me persuader de sa bonne foi. Malgré vos dires, je n'en saurais douter.

— Que tous les saints du paradis vous entendent et vous protègent, Agnès. Je ne désire rien d'autre que de vous voir heureuse, mais pas au prix de votre honneur !

Agnès demeure silencieuse. Les deux amies croisent une troupe de pèlerins qui cheminent comme elles vers la porte de la ville en chantant des cantiques. Un mire [1] passe, docte, sur sa mule blanche.

— Je vous supplie, au nom de ce que vous avez de plus sacré, Marie, de ne souffler mot de ce que vous savez à âme qui vive, reprend Agnès. Mon repos et ma réputation en dépendent.

— Je vous aime trop tendrement pour rien faire qui puisse ternir votre renommée, ma mie. Soyez sans crainte, je saurai me taire. Je ne m'en entretiendrai qu'avec Notre-Dame, dans mes prières.

C'est une lourde clé de fer forgé. Assez longue, elle dépasse d'un bon pouce hors du trou de la serrure. Agnès en serre l'anneau ouvragé entre ses doigts. Donnera-t-elle, comme elle le fait chaque soir, le tour complet qui fermera sa porte ?

---

1. Un chirurgien.

Quel trouble en elle et quelle confusion ! Elle reste debout devant le lourd battant de chêne, hésitante, l'esprit en déroute. Elle revient d'une soirée intime organisée par la duchesse d'Anjou dans ses propres appartements.

Depuis le début de ce mois de mars, qui en est à présent au milieu de son cours, la duchesse Isabelle se plaît à ces réunions privées où, plusieurs fois par semaine, on soupe sans cérémonie, entre convives triés sur le volet. Son époux et elle invitent toujours les mêmes personnes : le roi, le comte du Maine, la dauphine, le sénéchal, Etienne Chevalier, André de Villequier, chambellan favori de Charles VII et sa femme, Marguerite, dame d'honneur de la frêle belle-fille du souverain, Jacques Cœur, parfois, et deux ou trois suivantes de la cour d'Anjou, compagnes d'Agnès que celle-ci aime bien pour leur gaieté et leur attitude amicale.

Au demeurant, ces soupers ont bien innocente allure. On y déguste des mets exquis, des épices rares, on y boit du vin de Portugal, de l'hydromel, de la cervoise. Le ton en est joyeux, sans grossièreté, drôle, sans gaillardise. Des jongleurs et des ménestrels viennent faire des tours d'adresse, chanter des lais, rondeaux ou ballades, suivant l'humeur du moment. Parfois on danse, on joue aux dés ou aux échecs, on récite des poèmes. Après le dernier plat de fruits confits, les derniers verres de vins herbés, parfumés de myrte, d'anis étoilé ou de romarin, on prend congé les uns des autres pour aller dormir.

Tout cela est familier, simple, bon enfant. On rit beaucoup. Le roi se montre convive rempli d'entrain et gai compagnon. Il aime raconter des histoires pleines de joyeusetés ou des récits anciens. Il répète que ces soupers intimes le reposent du faste de Toulouse, qu'il s'y délasse entre gens de sa famille et amis sûrs.

La reine, fatiguée par son deuil et sa grossesse, se couche tôt et n'assiste pas à ces réunions. La duchesse anime de son esprit, la dauphine de sa grâce, ces moments hors du commun. Une émulation faite de goût, de délicatesse, du désir de plaire sans trivialité exalte les dons intellectuels des convives. On y rivalise de finesse.

Il n'y a vraiment dans tout cela rien d'inquiétant. Pourtant, si Agnès s'y plaît plus que nulle part ailleurs, elle s'y rend toujours en tremblant et en revient l'âme éperdue. Autour d'elle, elle le sent, se referment les mailles du filet. Avec douceur, bien sûr, et tact, sans l'ombre d'une violence, mais implacablement.

Pourquoi Isabelle d'Anjou donne-t-elle à tout bout de champ

ces petits soupers qui, jusqu'à présent, n'étaient pas dans ses habitudes ? Pourquoi le roi, qui a tant à faire d'autre part, y assiste-t-il avec une telle assiduité ?

Agnès se veut lucide. Elle n'est en aucune manière dupe de toutes ces coïncidences. Il ne lui est que trop aisé de deviner le but des manœuvres dont elle se sait l'unique objet : flatter l'inclination du roi pour elle, aider à leur mutuelle connaissance l'un de l'autre, les rapprocher, enfin, le plus souvent possible, sous des apparences pleines d'innocence.

Ce qui demeure pour elle un mystère est la raison profonde qui pousse René et Isabelle d'Anjou à se faire les pourvoyeurs du souverain. A demi ruinés, seraient-ils dans l'obligation d'être plus que jamais dans les bonnes grâces de Charles VII ? Ou bien, comptent-ils sur elle, qui est de leur maison, pour les rapprocher un peu plus du trône ? Qu'importe ! Elle a dépassé cette forme de curiosité.

Ce qui compte, c'est l'amour chaque jour plus évident que le roi éprouve pour elle, c'est la manière obsédante, tout allusive et discrète qu'elle se veut, dont il ne cesse de lui témoigner sa passion. Avec un art consommé, il l'enserre dans un réseau de mots, de regards, de sourires, de caresses furtives, de frôlements à peine discernables, qui finissent par l'émouvoir bien plus qu'il ne faudrait.

Au contact de ce brasier qu'elle a allumé sans y songer, Agnès se sent fondre. Devant cet homme qui lui témoigne une telle adoration, ses défenses tombent une à une. Déjà, elle ne le considère plus ainsi qu'il est : sans beauté, sans prestance, assez disgracié, en somme, par la nature, mais tel qu'il se transforme à sa vue. Elle ne discerne plus sur ce visage que la transfiguration soudaine qu'y cause son apparition. Elle ouvre une porte, entre, salue, et l'être chétif se redresse, s'épanouit, le visage ingrat s'illumine, le regard se met à briller comme une escarboucle. Peut-on rester de glace à vingt ans, quand on dispose d'une âme sensible et qu'on a la tête remplie de romans de chevalerie, devant un tel amour ? Venant d'un tel roi ? Elle, Agnès, possède un pouvoir absolu sur le maître absolu du royaume ! Elle est devenue maîtresse du cœur du maître de la France !

Il y aurait de quoi mettre à l'envers une cervelle moins solide que la sienne. Cependant, ce n'est pas tant cette griserie qui, dans son cas, est à redouter. Plus encore que par une vanité, qu'on serait en droit de juger légitime, c'est par une sorte de compassion tendre, d'amoureuse pitié que la vertu d'Agnès est mise en péril.

Un souverain pourrait, en une telle conjecture, exiger, même avec courtoisie, le don de ce corps qui l'affame. Il pourrait passer outre aux pudeurs et aux craintes d'une vierge distinguée par lui. Or, c'est tout le contraire qui se produit. Charles VII semble se blâmer de son propre désir, il lutte manifestement contre lui, il accepte d'attendre, avec une patience que ses sentiments ne peuvent que condamner, l'acceptation de l'humble fille qu'il respecte autant qu'il l'aime. Sincérité bouleversante ou adresse suprême, c'est ainsi qu'il émeut le plus sûrement Agnès.

Devant la violence, elle aurait combattu. Face à ce frémissement qu'on cherche à contenir, à cette soumission venue de tant de puissance, elle se sent vaincue.

« Seigneur Jésus, pourquoi faut-il que la faiblesse me touche plus que la force ? Que la vénération que me témoigne ce roi fasse plus pour sa cause que sa grandeur et sa souveraineté ? »

La main d'Agnès lâche la clef sans l'avoir tournée dans la serrure.

Sera-ce pour cette nuit ?

Au cours des soupers de la duchesse, elle a appris à mieux connaître Charles VII, à admirer sa parfaite maîtrise de soi, son intelligence, sa pénétration, la souplesse de sa pensée, mais aussi, à mesurer la progression d'une idolâtrie qui l'a envahi tout entier et qui, jour après jour, l'investit elle-même.

Pourquoi résister davantage ? Ne sait-elle pas, avec cette sincérité dans la connaissance qu'on n'a qu'envers soi, qu'elle appartiendra à cet homme-là, un jour, fatalement. Que c'est une évidence. N'en a-t-elle pas, au fond de son être, aussi envie que lui ?

Si son cœur, en effet, ne suit qu'avec retard le chemin tracé par le roi, si elle ne sait pas encore comment elle pourra l'aimer sans restriction et sans remords, ce qu'elle sait, en revanche, de façon impérieuse et non équivoque, c'est le pouvoir sensuel qu'il détient sur elle. La seule approche de cet homme déchaîne au fond de sa chair des instincts où la sauvagerie le dispute aux délices. Son contact la trouble comme un philtre. Elle doit s'avouer qu'elle espère la suite de ce bouleversement avec autant d'impatience que d'effroi.

Alors, à quoi bon toutes ces tergiversations ?

Le front contre les petits carreaux de verre enchâssés de plomb, elle regarde la nuit, la lune printanière qui bleuit les toits et les murs de Toulouse.

Cette chambre qu'on lui a si généreusement octroyée, n'est-elle pas destinée de toute éternité à voir se dérouler des assauts que tout en elle souhaite et repousse à la fois ?

« Ah ! Seigneur, je serai donc la mie du roi ! D'autres diront sa pute ! Seigneur, je ne rêvais pas de cet honneur avilissant, de cette souillure glorieuse quand je suis arrivée en cette ville. Pourquoi m'avoir désignée pour ce rôle ? Pourquoi avoir répandu dans mes veines un sang trop chaud, trop soumis aux lois de l'amour ? Seigneur, je ne pensais qu'à un mariage modeste, pas à des noces royales et pécheresses !

» Vous savez combien j'avais horreur du scandale, combien j'en vivais éloignée et que je n'y songeais pas ! »

Agnès tressaille. Des pas résonnent sur le pavé, le long de l'enceinte du château. Ce ne sont, pourtant, que les réveilleurs de la ville qui passent leur chemin comme à l'accoutumée. Ils sont quatre, portant la casaque noire brodée d'une tête de mort, emblème de leur charge, qui parcourent chaque nuit les rues et ruelles de Toulouse. Ils veillent à la fermeture des portes, ils sonnent une petite cloche, ils crient les heures et recommandent aux prières des vigilants les âmes de ceux qui s'en sont allés. Ce sont les gardiens de la ville endormie.

La jeune fille frissonne. Pourquoi voir un sinistre présage dans ce qui n'est qu'une habitude d'ordre, une protection souvent efficace ?

Il ne s'agit pas de mort, mais d'amour !

Quoi ? Le roi de France lui fait l'honneur insigne de l'élire entre toutes — car il ne manque pas de belles qui accourraient vers lui au moindre signe —, de l'entourer d'hommages assidus, de se soumettre à ses hésitations, et elle ne sait que se plaindre ?

Allons, allons, Agnès, un peu d'audace ! A quoi servent ces débats infinis, ces ajournements ? De quel droit fais-tu de la sorte droguer un si grand prince ? Te crois-tu donc, toi-même, tellement considérable et que ta chute ait une importance quelconque ? Un peu d'humilité, ma fille, également. N'oublie pas que ton confesseur te juge trop orgueilleuse, trop occupée de toi. Obéis-lui, soumets-toi. Ne te berce plus de faux-semblants, accepte et immole-toi !

Que viens-tu, d'ailleurs, parler d'immolation ? Tu as la chance peu commune d'être aimée par un roi, toi, fille de peu, que rien ne destinait à un tel destin, et tu te plains ! Sans doute, en remarques-tu pour l'instant les inconvénients plus que les avantages, et le sort de la reine te tourmente-t-il à juste titre. Il n'y a là rien d'étonnant. Elle sera ton remords. Tu n'imagines tout de même pas, pauvrette, pouvoir aborder à une pareille rive sans y trouver quelques épines sous les fleurs ? On n'est jamais tout à fait innocent du mal qu'on fait, involontairement ou non, aux autres. Tu ne l'ignores pas. Envisage-le donc sans trembler.

Ta conscience non plus ne demeurera pas en repos. Devenue pécheresse, il te faudra beaucoup d'amour, beaucoup de charité, beaucoup d'aumônes, de dons et de prières pour pouvoir espérer trouver, au bout de ta route, le pardon. Si tu veux demeurer pure, si le péché t'effraie plus que la colère du roi, fuis, il en est encore temps. Retourne en Picardie, fais-toi oublier et tente, de ton côté, de ne plus évoquer ces dernières semaines, leurs promesses, et leurs joies. Fille pauvre et obscure, tu épouseras un petit chevalier sans fortune et tu useras ta vie à torcher vos enfants.

Tu es à ce carrefour où toute vie se trouve amenée tôt ou tard. Quel chemin choisis-tu ? C'est le plus rude qui mène au ciel, le plus doux ne peut conduire qu'à ta perte.

Menteries que tout cela ! Tu as déjà choisi ! En toi quelque chose a déjà cédé. Mais tu espères adorer Dieu et le roi en même temps. Obtenir les biens terrestres et la récompense divine. Ne sais-tu donc pas que c'est là le piège ordinaire du démon ?

Comme toutes les autres qui ont connu cette alternative avant toi, tu crois qu'il te sera possible, à force de bonnes œuvres, de te racheter sans trop de mal. Tu verras bien. Il ne te reste plus qu'à t'en remettre à Dieu.

A genoux devant son lit, Agnès prie, supplie, accepte à l'avance la rançon de cette faute trop douce qu'elle s'apprête à commettre, qu'elle a commise, en esprit.

Elle se relève. Retourne à la fenêtre. Soupire. Attend.

S'il vient ce soir, pourquoi nier ce besoin de lui qui te tient en secret ? Reconnais donc que cet homme suscite en toi une houle de désir, un appétit des sens plus puissant, dès à présent, que tout ce que tu as à lui opposer.

Agnès s'approche de son coffre à vêtements, défait son autour de tête, dénoue ses cheveux que retenait une résille, les secoue sur ses épaules. Que cette nuit est douce et ses nerfs alertés !

Elle n'a pas voulu que Jacquotte, qui dort dans un cabinet voisin, l'aide à se dévêtir. Elle l'a congédiée avant de partir au souper de la duchesse en prétextant qu'elle rentrerait trop tard. Pourquoi ? Ne sait-elle pas quel espoir impur se cachait sous le soin qu'elle semblait apporter au sommeil de sa servante ?

Elle enlève son surcot, dégrafe la chaîne d'argent qu'elle met comme ceinture, la laisse glisser le long de ses hanches, retire sa robe de brocatelle blanche. Le doublet de toile tombe également à ses pieds. La voici nue, en chemise de soie bleu lin, ses cheveux sur les épaules.

Avec une brosse dure, elle coiffe longuement les mèches blondes, douces et vivantes sous les doigts. Le parfum de jasmin qui s'en dégage l'enveloppe tout entière. Avec rapidité, elle les tresse en une grosse natte qui lui tombe jusqu'aux reins.

Il lui semble percevoir un frôlement derrière la porte. Jambes flageolantes, elle reste immobile, aux aguets. Rien ne survient. Un regret lui pince le cœur.

« Tu ne pourras pas prétendre, folle fille, que tu ne l'espérais pas ! »

Elle laisse choir sa chemise, se dessine, silhouette aux formes sveltes, cuisses longues, seins épanouis attachés haut sur le buste, épaules d'ivoire, dans la lumière des bougies parfumées. S'allonge entre les draps.

« Allons, tu peux dormir. Il ne viendra plus. »

Cependant, elle ne ferme pas les courtines de son lit et clôt les paupières comme à regret.

Est-ce tout de suite, est-ce plus tard, dans la nuit, après des rêves oubliés, que le bruit du pêne de sa porte, en se refermant, la tire de sa torpeur ?

Les bougies ne sont guère plus consumées que tout à l'heure. Leur clarté, qu'un courant d'air agite, éclaire une silhouette d'homme qui s'avance, lentement, vers sa couche.

Voici donc le moment venu ! Son sang bat à grand bruit dans tout son corps, une fièvre soudaine l'enflamme, elle est incapable de bouger, de parler.

Le roi est à présent contre son lit. Il se penche :

— Agnès, belle Agnès, j'avais une telle envie de vous rejoindre que je ne parvenais pas à trouver le repos... Aussi, suis-je venu jusqu'à vous, presque malgré moi. M'en voulez-vous ? Si vous le souhaitez, je suis prêt à repartir. Décidez. Je ferai ce qu'il vous plaira.

Agnès sourit et, pourtant, jamais de sa vie elle n'a éprouvé une telle émotion. Peur et tentation étroitement confondues.

— Sire, murmure-t-elle, sire, comment pourrais-je, moi, vous dire de vous en aller, à vous ?

DEUXIÈME PARTIE

L'accomplissement

Ainsi qu'une allée de jardin, le grand chemin royal, pavé de longues dalles de pierre, sinue en lacets nonchalants à travers champs et bois du Limousin.

Il fait un temps de renouveau. Tiédeur du soleil revenu, chants d'oiseaux grisés de lumière, éclatement des bourgeons qui transforment les arbres, les arbustes, les haies, jusqu'au moindre buisson, en bouquets de verdure, premières fleurs sur les talus, tout concourt à faire courir dans le sang, sur les lèvres, dans les cœurs, une gaieté, faite de joie animale et de gaillarde santé, qui dilate les poitrines.

Le cortège royal progresse vers Périgueux, prochaine étape sur la route de Poitiers. En tête, Charles VII chevauche son destrier blanc, houssé de velours fleurdelisé. Il est suivi d'une escorte de seigneurs qui montent des palefrois somptueusement caparaçonnés.

Le chariot où voyage la reine est décoré d'or fin, celui de la dauphine peint en argent, et la duchesse d'Anjou a pris place dans une litière capitonnée de drap écarlate, tirée par deux haquenées grises empanachées de plumes. Leurs harnais sont de cuir rouge clouté d'or.

Les dames d'honneur, de parage, ou d'atour, se déplacent à cheval pour les plus alertes, en chariots de couleurs vives pour les autres. Les moines, clercs, aumôniers et médecins de la cour montent des mules. Les domestiques de tous grades, suivent sur des roussins, des mulets, dans des charrettes, précédant enfin les lourdes basternes qui transportent le mobilier, les tapisseries, l'argenterie et la vaisselle du roi, objets faisant partie de la suite ordinaire du souverain.

Les archers royaux montent la garde le long de la file qui, s'étirant sans hâte, avance lentement le long de la route.

On a quitté le Languedoc quelques jours plus tôt et on s'achemine vers la capitale du Poitou par étapes point trop fatigantes, s'arrêtant chaque nuit ici ou là, au gré de l'hospitalité des châteaux, des villes et des gros bourgs. Partout, l'accueil est fervent, les vivats chaleureux, l'hébergement largement offert. Bien avant les agglomérations et longtemps après les plus petits hameaux, des villageois, des paysans, des bergers, des pèlerins, de bonnes gens de toutes sortes et de tout poil, accourent faire la haie au passage du cortège royal pour acclamer Charles VII devenu fort populaire en quelques années.

Sans en rien laisser voir, Agnès s'enivre, elle aussi, de ces fumées de gloire, de cet encens triomphal prodigué à son amant. Elle chevauche avec allégresse parmi les demoiselles de la duchesse d'Anjou, portant son secret dans son cœur comme un enfant dans son sein. Ne rien dire, dissimuler sa griserie et avoir l'air de s'intéresser au babillage de ses compagnes, aux prés remplis de fleurs, aux bois, aux vignes toutes en promesses.

Elle n'éprouve aucun mal d'ailleurs à sourire au renouveau. Comme le roi, elle aime la campagne, la nature, et ressent dans tout son corps, enfin révélé à lui-même, la complicité qui la lie à la terre alanguie sous les rayons du soleil. Bien décidée à ignorer les friches et les jachères, les ruines et les murs calcinés, témoignages d'une guerre sans pitié, elle ne veut voir et saluer que le clocher qui brille dans la splendeur du matin, la tour crénelée claquante de bannières, la chapelle qui garde la route, l'oratoire dont la porte, poussée par une main pieuse, laisse deviner dans la pénombre le scintillement des cierges devant l'autel de bois sculpté, la maison-Dieu édifiée pour l'aide aux pèlerins, la croix, les croix modestes ou monumentales, en pierre, en granit, en chêne, plantées au sommet des collines, à l'entrée des gorges, aux carrefours des sentiers, repère et signal offert aux passants, qui jaillissent de ce sol gorgé de foi comme des oraisons matérialisées.

Agnès chante à lèvres closes. Cette liesse, cette impétuosité est-elle due à la nouveauté de sa situation, au mystère qu'il sied de garder, à la fièvre des sens, aux témoignages de fol amour que le roi ne cesse de lui prodiguer quand ils sont seul à seul ? Elle ne sait pas au juste. Elle a vingt ans et un souverain l'adore ! Son cœur bat, son œil brille, l'élan qui la soulève n'a pas encore de nom.

Qu'a-t-on deviné, à la cour, de ce qui s'est passé entre Charles et elle à Toulouse ? Rien, en apparence. Cependant, il est de subtils hommages, dont le ton se nuance d'une déférence à peine plus marquée, d'un respect teinté d'arrière-pensée qui donnent à songer pour qui observe. Qu'importe !

Pour le couple clandestin que forment à présent Agnès et son roi, il s'agit, en vérité, d'un discret mais radieux voyage de noces. L'incognito qui les environne avive encore leurs transports, donne un piment supplémentaire à leurs rendez-vous, à leurs retrouvailles hasardeuses de chaque nuit, aiguise leurs étreintes. Charles VII possède le goût des jeux cachés, des bonheurs dérobés. Initiateur plein de science et d'ardeur, il connaît les raffinements du cœur aussi bien que ceux de la chair et utilise avec un art consommé ce que les circonstances qui les rapprochent peuvent avoir d'ambigu et de troublant.

Comment une fille sans passé, donnée vierge à un tel homme, ne subirait-elle pas la contagion d'une passion à la fois si débridée et si savante ?

Agnès se signe une fois de plus en passant devant un calvaire. Il faudra que Dieu finisse par lui pardonner ce péché délicieux qui, d'ailleurs, ne contriste personne puisque la reine ne se doute de rien et poursuit tranquillement, sous ses habits immaculés de deuil, sa treizième grossesse.

Il est, pourtant, un personnage de l'entourage immédiat du roi dont elle sait qu'il lui faudra se défier : le dauphin. Ce Louis au cœur venimeux, à l'esprit d'intrigue, qui ne cesse de s'opposer à son père que pour tenter de lui ravir le pouvoir. Beaucoup trop rusé pour ne pas éventer un jour ou l'autre leur secret, il cherchera sans doute à tourner à son profit une aventure dont il ne verra que le côté scandaleux. Singulier individu qui ne s'embarrasse pas d'amours, il l'a cruellement démontré à la dauphine, et qui jugera avec une sévérité feinte ce père coupable d'aimer une fille dont l'âge est plus en rapport avec le sien qu'avec celui du roi.

Agnès lève les épaules. Tant pis. Il sera toujours temps d'aviser, le moment venu. Pour l'heure, elle n'écoute que son bonheur de vivre et sourit.

— Peut-on savoir, ma mie, à qui ou à quoi vous souriez de la sorte ?

La dauphine, qui s'est prise, ces derniers temps, d'amitié pour Agnès à cause de leur penchant commun pour la poésie courtoise et pour les pastourelles, rondeaux, tensons, virelais, motets et ballades des troubadours, vient de quitter le chariot de la reine près duquel elle chevauchait, pour rejoindre la dame d'honneur de la duchesse.

Les autres demoiselles s'écartent par égard à la personne

royale et laissent les deux jeunes femmes au centre de leur groupe distendu.

> — *Le temps a laissé son manteau*
> *De vent, de froidure et de pluie,*
> *Et s'est vêtu de broderie*
> *De soleil luisant, clair et beau*
>
> *Il n'y a bête, ni oiseau*
> *Qu'en son jargon ne chante ou crie :*
> *Le temps a laissé son manteau !*

En saluant la dauphine, Agnès a récité le début du poème de Charles d'Orléans.

— Il faut croire, madame, que je suis faite comme bête ou oiseau car le printemps me délie l'âme et me met le cœur en fête !

— Il est vrai que cette saison est remplie de charme.

Marguerite d'Ecosse, un peu dolente, quoique infiniment coquette, parée avec un raffinement inouï pour cette cour sans faste, tend son visage maladif et gracieux vers sa nouvelle amie comme pour humer sur elle des effluves de vitalité, des parfums de jeunesse.

— Si seulement mon époux ne me délaissait pas avec une telle indifférence, soupire-t-elle tandis que la brise soulève la gaze d'or qui tombe de sa coiffe en papillon. Depuis qu'il sait que je ne puis enfanter, il se désintéresse de moi sans la moindre pudeur.

Personne n'ignore, à la cour, que la santé débile de sa femme exaspère le dauphin qui ne se cache nullement pour se gausser de sa fragilité.

— Ma nourrice prétendait que des semences de santoline mélangées à du miel et prises à petites doses chaque matin faisaient merveille dans le cas de fatigue ou d'anémie, dit Agnès dont la nature est obligeante. Pourquoi n'en prendriez-vous pas, chère dame, afin de retrouver vos forces et, aussi, l'amitié de monseigneur Louis ?

— Hélas ! Il n'est pas de drogue capable de me ramener mon mari ! Son unique passion ne sera jamais que la politique et son seul amour le trône de France !

— En ce cas, il se peut qu'il ait encore longtemps à attendre l'objet de ses ardeurs !

Agnès rit. Marguerite d'Ecosse qui ne peut connaître les liens attachant la jeune femme au roi et la secrète raison de cette gaieté insolente, jette un regard interrogatif vers sa compagne.

— Comme vous savez rire, constate-t-elle avec mélancolie. Pour ce qui est de Louis, reprend-elle au bout d'un instant, vous ne semblez pas lui porter grande affection.

Nul regret dans cette constatation. Elle-même qu'éprouve-t-elle pour le garçon maigre et noir qu'on lui a fait épouser voici déjà sept ans, à des fins dynastiques, sans se soucier de ses sentiments ? Elle aurait pu alors, dans son inexpérience et sa bonne volonté, s'attacher à ce prince. A présent, elle le connaît trop bien pour conserver la moindre illusion et sait qu'il n'y a rien à en attendre. Elle lui voit l'âme dévorée d'ambition, l'esprit dédaigneux des arts qui la charment tant elle-même, seulement tourné vers la quête haletante de la royauté. Elle a mesuré son audace, faite de ruse et trahison, son intelligence dévastatrice, son manque de scrupule, et elle ne l'aime pas. Attendant un poète, elle a reçu pour époux un conspirateur.

— Il est des moments où l'existence m'est à charge, ma mie, avoue-t-elle dans un soupir. Comment faites-vous pour être toujours de si belle humeur ?

— Je n'y ai point de mérite, chère dame. Contrairement à vous, j'ai du goût pour la vie et y mords avec appétit.

— Bien que la naissance m'ait mise sur les marches du trône, je vous envie, Agnès, vous et votre nature tonique. Les honneurs ne sont que hochets. A la gloire, je préférerais me sentir en paix avec moi-même. Or, je ne le suis pas.

— Vous, madame ! Tout le monde vous adore à la cour !

— Beaucoup le proclament en effet, certains doivent le penser, du moins je l'espère, mais personne n'a besoin de moi.

Agnès se tait. Le roi a besoin d'elle et le lui prouve. De mille façons, il s'ingénie à lui manifester la passion qui le dévore. Par là, plus encore peut-être que par la possession charnelle, il l'envoûte et la séduit.

Soudain, la dauphine se ravise. Regrette-t-elle ses confidences ?

— Je vais rendre visite à Isabelle d'Anjou, dit-elle en rassemblant ses rênes. Depuis Toulouse, elle s'est attaché un jeune poète nommé Guilhem qui est des plus doués.

Agnès salue. Comme elle aimerait pouvoir, aussi naturellement, se rendre près du roi pour échanger avec lui toutes sortes de propos, car il a l'esprit fin et orné comme peu de gentilshommes de France, d'Angleterre ou de Bourgogne peuvent se vanter d'en posséder, mais le moyen d'afficher une liaison qui soulèverait tant d'opprobre ? Il faut se taire et ménager la reine.

Aimant les situations claires, haïssant l'hypocrisie, Agnès trouverait normal de dire à tout un chacun qu'elle est la mie du roi et que, de toute sa chair, elle lui appartient. Hélas, tout le monde se voilerait la face. Ne pas oublier que Charles est descendant de saint Louis ! Donc, jouer le jeu. Le roi en souffre certainement autant qu'elle, bien qu'il n'y ait rien là d'inattendu. Durant la nuit de Toulouse quand elle pesait le pour et le contre de son abandon proche, elle savait déjà qu'il en serait ainsi. Elle avait choisi, alors, entre le poids du sacrifice et celui du renoncement. En toute liberté, sans faux-semblants. Elle ne le regrette pas. La sagesse réaliste qu'elle tient sans doute de son ascendance picarde lui conseille d'écarter ces ombres pour mieux goûter les douceurs infinies d'une situation exceptionnellement grisante : n'est-elle pas la femme que le souverain de la France aime avec emportement, la source cachée du bonheur dont il rayonne ?

Des cerisiers et des amandiers fleuris éclaboussent la campagne de leur blancheur que le soleil illumine. Des cris et des éclats de rire fusent un peu partout au milieu du bruit de l'escorte en marche et du fracas des charrois. Décidément, il fait bon vivre par un temps pareil, en connaissant un tel amour, au sein d'une cour si plaisante !

— La duchesse d'Anjou vous mande, demoiselle.

Un page s'est faufilé parmi les suivantes jacassantes jusqu'à la jeune femme qui remonte aussitôt le convoi à sa suite.

De l'intérieur de sa litière en bois doré, Isabelle d'Anjou, vêtue de velours émeraude, entourée de quatre de ses dames, tient un cercle. Autour d'elle, caracolent seigneurs, damoiseaux et troubadours. René, son époux, l'escorte à sa façon remuante et tapageuse. Il se tient à gauche de la voiture. Le roi, lui, se tient en ce moment à droite. Il s'adresse avec un plaisir évident à sa belle-sœur et Agnès, une fois encore, devine le rôle singulier que la duchesse s'est donné dans leur aventure. Grâce à elle, les amants ont chaque jour mille occasions de se rencontrer le plus innocemment du monde et sous les yeux de tous. Quel meilleur garant pouvaient-ils souhaiter ?

Avant même que l'entourage d'Isabelle ait aperçu l'arrivante, le regard du roi s'est posé sur elle. Agnès se sent caressée, enveloppée, dévêtue par ses prunelles qui s'allument à son approche d'un éclat qu'elle connaît bien. Frissonnante

de plaisir, elle conduit sa haquenée contre la litière, du côté
où se tient le roi.

— Vous me demandez, madame ?

— Je me languissais de vous, ma mie.

On ne peut mentir avec plus d'enjouement et de grâce.

La jambe d'Agnès frôle celle de Charles qui rapproche
imperceptiblement son destrier, de façon à accentuer ce
contact.

— Le roi notre sire m'a fait l'honneur de me réclamer un
chant, reprend Isabelle. Or, il se trouve que je souffre de la
gorge et ne puis chanter maintenant. J'ai donc aussitôt songé
à vous, Agnès, que le ciel a douée de la plus jolie voix que
je connaisse. Vous sentez-vous disposée à nous charmer ?

— Dame, je suis à votre service, et aux ordres de Sa
Majesté.

Ils sont trois, au moins, à savoir jusqu'où va sa soumission
aux désirs du souverain. Elle en ressent une jouissance secrète
que partage à coup sûr son royal amant.

— Sire, vous plairait-il d'ouïr une ancienne aubade provençale que j'aime particulièrement et que nos jongleurs ont
remise à la mode ?

— Si elle vous plaît, demoiselle, elle me plaira aussi.

— Je veux l'espérer, sire.

Agnès demande à une des dames de la duchesse qui se
trouve près de celle-ci, dans la litière, de bien vouloir
l'accompagner sur son luth. Quelques accords, puis le timbre
frais s'élève :

En un verger sous feuillage d'aubépin
La dame tint son ami tout près d'elle
Jusqu'au cri du guetteur ayant vu l'aube :
Mon Dieu ! mon Dieu ! comme l'aube vient vite !

Ah ! Plût à Dieu que la nuit ne prît fin,
Que mon ami ne s'éloignât de moi
Que le guetteur ne vît ni jour ni aube
Mon Dieu ! mon Dieu ! comme l'aube vient vite !

Beau doux ami, embrassons-nous encore
Au fond du pré où les oisillons chantent ;
Aimons-nous bien en dépit du jaloux,
Mon Dieu ! mon Dieu ! comme l'aube vient vite !

Beau doux ami, faisons un dernier jeu
Dans ce jardin où chantent les oiseaux

— Tant que guetteur ne joue pas de sa flûte —
Mon Dieu ! mon Dieu ! comme l'aube vient vite !

Dans l'air léger qui me vient de là-bas,
De mon amant beau, courtois et joyeux,
De son haleine, j'ai bu un doux rayon...
Mon Dieu ! mon Dieu ! comme l'aube vient vite !

La duchesse d'abord, puis le roi avec elle, reprennent en chœur le dernier vers de chaque strophe. Ce n'est certes pas hasard, si la jeune femme a choisi cette chanson dont les paroles sont celles-là mêmes qu'il lui est arrivé de prononcer entre les bras du roi à Toulouse, au lever du jour, quand le cor des réveilleurs avertissait du haut d'une tour les bourgeois du guet que leur service prenait fin.

Une voix pure, un timbre grave. Leurs accents unis, ici, en plein jour, comme leurs corps, là-bas, dans l'ombre nocturne.

Ils se contemplent l'un l'autre jusqu'au vertige. Il ne sera pas facile de tenir longtemps cachée cette passion qui s'empare d'eux dès qu'ils sont un peu proches. Combien de temps pourront-ils dissimuler ? Combien de temps leur entourage mettra-t-il à se rendre à l'évidence ?

— Agnès, ma mie, vous avez interprété cette aubade de la plus ravissante façon et nous vous en savons gré, lance Isabelle d'Anjou comme pour rompre un charme. Désirez-vous, Charles, qu'elle nous chante autre chose ?

— Grand merci, chère dame. Je ne saurais en entendre davantage, dit le souverain en s'arrachant non sans peine à sa fascination. Il me faut retourner en tête du cortège. Croyez bien que j'en suis au désespoir.

Il salue, pose encore une fois des yeux chargés d'un message bouleversant d'ardeur et de nostalgie sur Agnès et s'éloigne à travers la foule qui s'écarte avec respect.

Agnès demeure sur place, éblouie. Posséder un tel ascendant sur un homme comme lui ! S'il n'est pas resté pour écouter une seconde poésie, c'est qu'il n'était pas sûr de pouvoir demeurer ainsi près d'elle sans se trahir. Elle connaît à présent ce masque aux prunelles assombries et étincelantes à la fois, ces traits que creuse le désir, le tremblement des lèvres. Oui, elle tient entre ses mains le cœur et le corps du roi de France ! Il est à sa merci. Elle en ressent en même temps une griserie immense et un trouble profond. Du respect, aussi, pour celui qui se livre si totalement à elle, par amour.

« Jamais, je ne lui causerai de tourment, Seigneur, jamais !

Je veux lui être toute douceur et agrément, son refuge et sa fidèle joie. Sa mie, sa bonne fée. Me pardonnerez-vous mes péchés, sire Dieu, si je lui apporte ce qui lui a, depuis toujours, si cruellement manqué : gaieté et paix du cœur ? »

— Si nous prenions un peu de repos, à présent, mon très cher seigneur ? Nous voici au mitan de la nuit et, une fois encore, je suis brisée. Comblée, mais à bout de force. Que penseriez-vous, Charles, d'une trêve amoureuse ?

— J'accepte, parce que je sais d'expérience combien les trêves sont choses brèves, ma mie. J'espère bien que celle-ci sera de courte durée. Voyez-vous, Agnès, la faim que j'ai de vous reste insatiable. Sitôt que je vous ai quittée, j'ai envie de vous reprendre.

— A-t-on jamais rêvé plus fol amour ? Vous m'émerveillez, mon cher sire. Cependant, n'est-il pas meilleur, parfois, de demeurer sur son appétit et la satiété n'est-elle pas le pire des dangers à courir ? Parmi beaucoup d'autres sciences, vous m'avez appris l'art d'intensifier le désir de mille façons subtiles. L'attente, il me semble, y est en bonne place. Suspendons le combat pendant un moment, Charles. La reprise n'en sera que plus chaude.

— A votre gré, ma belle. Laissez-moi alors me repaître la vue un moment de ce corps plus doux, plus pulpeux, plus éclatant, au milieu de ces couvertures d'agneau, que les plus beaux fruits de mes vergers. Fleur et fruit, vous êtes, à vous seule, un jardin vivant, ma mie !

— Et vous, un jardinier trop avide, Charles !

— Hélas ! Vous me quittez !

— Je me lève uniquement pour aller quérir notre collation nocturne, mon cher seigneur. Comme j'aime à le faire toutes les nuits où vous daignez honorer ma couche !

— Il est vrai que je boirais volontiers de ces vins pimentés que vous me faites préparer avec tant de soins. J'y puiserai, en outre, un supplément de vigueur pour honorer toujours davantage votre beauté !

— Oui-da ! vous n'en avez nul besoin, sire ! Je connais votre ardeur et puis me porter garante que les aromates d'Orient qui parfument ce vin ne vous sont en aucune façon nécessaires.

— Je n'ai besoin que de votre présence pour m'embraser tout entier, ma mie.

— Charles ! Soyons sages un tout petit instant, je vous

prie ! J'ai fait déposer sur ce coffre, comme tous les soirs, les épices de chambre que vous aimez : anis, gingembre, coriandre, genièvre, noix, noisettes, figues, et aussi des pâtes de coing, d'amandes et d'abricot, sans oublier les nougats. Faites-moi la grâce d'y goûter.

— Croquons-les ensemble.

— Il me faut bien reconnaître que je suis aussi gourmande que vous, Charles !

— Buvons l'un après l'autre dans ce hanap, ma très chère. J'apprécie chaque jour un peu plus la saveur de ce breuvage où se retrouvent à la fois la force du vin, la douceur du miel et le feu des épices. Versez-m'en, ma mie, et buvons à votre santé.

— A la nôtre, cher sire.

— A notre amour, Agnès !

— A votre fidélité, Charles, quand vous serez loin de moi.

— Hélas, ma mie, ne parlons pas de cette séparation dont la seule pensée me torture.

— Il en est de même pour moi, soyez-en sûr. Depuis Toulouse, je ne vous ai pas quitté, ou si peu...

— Ah ! ce début de printemps toulousain, Agnès, restera le plus bouleversant de toute ma vie.

— Et notre voyage jusqu'ici, ne fut-il pas, lui aussi, un enchantement ?

— Dieu nous garde, malgré nos péchés ! Depuis que je vous aime, mes jours ont changé de couleur, Agnès, et je suis heureux comme je ne croyais pas qu'un homme pouvait l'être !

— Je vois également tout sous un aspect nouveau. Votre bonne ville de Poitiers, par exemple, que je n'avais jamais, jusqu'à maintenant, traversée avec un plaisir particulier, si ce n'est pour la beauté de ses églises et de ses moutiers, me semble tout à coup une cité admirable.

— Que vous me ravissez, ma belle, en parlant de la sorte. Vous savez que j'ai longtemps vécu ici quand je n'étais que le comte de Poitiers, alors que les Anglais tenaient Paris et presque toute la France. J'y avais faute de mieux installé ma capitale, mon parlement et même fondé une université. J'y fus très dolent et je m'y suis beaucoup ennuyé.

— C'était, alors, votre temps d'épreuve.

— Dix-neuf ans, Agnès ! J'ai vécu dix-neuf ans dans cette ville, inquiet, trahi, pourchassé, renié, vendu... Vous ne pouvez entrevoir vous, si jeune, si neuve, ce que fut mon destin dans ce temps-là !

— Oubliez ce passé détestable, mon cher seigneur. Vous avez vaincu à la fois les Anglais et l'adversité.

— Oui, n'y pensons plus, céans. Donnez-moi, plutôt, un baiser de votre belle bouche.

— Charles !

— La trêve n'est-elle point terminée ?

— Pas encore. J'aime bien ces moments hors du lit où nous parlons comme des amis.

> — *Vous êtes plus blanche qu'ivoire,*
> *Je n'adorerai que vous !*
> *Je mourrai, si je n'ai de secours*
> *Et prompte preuve d'amour !*
> *— Par le chef de saint Grégoire —*
> *Un baiser sous l'arbre ou en chambre !*

— Que c'est déloyal à vous, Charles, d'user de la sorte des vers de ce pauvre Guillaume de Poitiers. Vous n'avez pas vergogne d'appeler à la rescousse, et pour de telles fins, ce poète douteux que l'Eglise excommunia à plusieurs reprises pour ses mœurs relâchées ?

— En faveur de son talent — n'est-il pas le premier en date de nos troubadours ? — faites grâce à ses turpitudes, ma mie. Ses vers, au demeurant, sont charmants :

> *Je me rends, je me livre : Elle*
> *Peut bien m'inscrire en sa charte.*
> *Et ne me tenez pour ivre*
> *Si j'aime ma bonne dame :*
> *Sans elle je ne puis vivre,*
> *De son amour j'ai si grand faim !*

» J'entends là l'écho exact de mes préoccupations amoureuses, Agnès !

— Comment trouvez-vous, mon cher seigneur, tant de temps à me consacrer dans vos pensées, alors que vous avez une telle multitude de projets politiques en tête ?

— C'est très simple, ma douce : quand je confie une armée à mon damné fils le dauphin pour qu'il aille secourir Dieppe menacé, encore une fois, par les Anglais (et qu'en même temps, il me débarrasse de son encombrante personne) ou quand je reçois le nonce et mon cousin, le duc Charles d'Orléans, pour discuter avec eux des modalités d'une paix que souhaitent, par mystique, Henri VI, le roi d'Angleterre, par opportunité cette canaille de Winchester, et, enfin, mes pauvres sujets par une lassitude bien compréhensible, j'ai l'air d'agir en roi, uniquement. Point du tout. C'est aussi votre amant, ma belle, qui intervient. En effet, suivez-moi bien : mon cousin de Bourgogne, Philippe (que le diable l'étripe !), joue maintenant les bons apôtres, après avoir attisé de ses mains le brasier de cette lutte interminable, et je pourrais prendre plaisir à le faire languir à son tour. Je n'y aurais pas manqué voici encore deux mois, par esprit de revanche. Seulement, depuis lors, ma mie, vous êtes apparue, et mon cœur plein de vous me pousse à l'indulgence, à la concorde, pour tout dire à la mansuétude. Alors qu'il pourrait être profitable de continuer un combat où nos adversaires s'épuisent, je souhaite la paix, à cause de vous !

— De moi, sire ?

— Bien sûr, mon âme. Je ne veux point être sans cesse obligé de courir loin de vous, pour me battre, et je ne veux pas non plus vous savoir exposée, dans un pays en guerre, aux vicissitudes de la tourmente. Si je songe activement à la paix, c'est, aussi, parce que vous êtes faite pour la joie et la douceur de vivre, parce que vous ne pouvez être pleinement épanouie que dans un royaume apaisé.

— Mon cher seigneur !

— Ne sera-ce pas là le plus beau des cadeaux que je puisse vous offrir, ma mie ?

— Certes oui, Charles, et je vous en serai éternellement reconnaissante !

— Point de reconnaissance là où loge l'amour, Agnès ! Mes visées, au reste, ne sont pas si pures. Si je saisis, en agissant de cette manière, une occasion de vous complaire, c'est également pour vous faire, ainsi, un présent auquel aucun de mes rivaux ne peut prétendre.

— Vos rivaux ? Lesquels, sire ?

— Ne croyez point que je sois aveugle, ma belle ! A ma cour, tout le monde, peu ou prou, est épris de vous !

— Nenni !

— Si fait. Prenons un exemple. Pierre de Brézé, sénéchal du Poitou, nous reçoit, en quelque sorte, chez lui dans cette ville. Rien ne lui semble trop fastueux pour les festivités dont il nous gratifie. Croyez-vous que ce soit uniquement pour moi ? Nullement. Ces fêtes, ces danses, ces tournois, ces festins, ces concerts, vous sont, secrètement, dédiés. Ne voyez-vous pas comme il vous dévore des yeux ?

— Je n'ai point prêté attention à ses regards.

— Ne savez-vous pas qu'il a conservé sur son écusson sa mystérieuse devise : « La plus ..... du monde » ? Nierez-vous que c'est à vous (à qui cela pourrait-il aller aussi bien ?), à vous seule, qu'il a songé en la choisissant ?

— Il se peut.

— Ne détournez pas vos regards, ma mie. Il est flatteur pour une femme, serait-elle la plus belle du monde, d'être aimée si courtoisement par le plus magnifique et le plus brave chevalier de France !

— Si vous ne vous abusez pas, sire, c'est alors avec un respect infini que le sénéchal m'aime. Il se montre en tout point digne de l'idéal chevaleresque qu'il représente si noblement.

— Sans doute, sans doute. Son âme est droite et, même s'il ne sait pas encore que vous êtes à moi, l'attention que je vous porte suffira à le tenir éloigné de vous... en dépit de son propre penchant. Il en est de même pour Etienne Chevalier qui, sous des apparences austères et parce qu'il n'a que trente-trois ans, se consume à petit feu pour votre charmante personne. Vous ne me ferez jamais croire que vous n'avez pas remarqué son visage pâli par les chagrins amoureux. Seulement, lui, a certainement deviné bien des choses. Il sait qu'il n'a plus d'espoir à conserver.

— Il ne m'a jamais témoigné que délicate et déférente amitié.

— Je l'espère bien ! Il est beaucoup trop fin, d'ailleurs, pour qu'il en soit autrement.

— Sire, si nous parlions d'autre chose ?

— Pas encore, ma mie. Continuons un moment la revue de vos servants. Il n'est pas jusqu'à Charles d'Anjou, mon jeune beau-frère, qui ne se soit laissé charmer par votre grâce.

— Avec lui, ce ne sont que rires et propos sans danger. Il courtise toutes les femmes point trop mal faites !

— Assez habile pour souhaiter donner le change, il sait, j'en jurerais, que vous êtes à moi.

— Vous le croyez ?

— Je le crains. Des rumeurs ont certainement filtré. Tout finit par se savoir, ici, ma belle Agnès.

— J'aurais tellement désiré que notre liaison demeurât secrète.

— Je le souhaite aussi et m'y emploie sans cesse, ma mie. Cependant, il n'y a guère d'illusion à conserver : notre bonheur se lit sur nos visages.

— Ne peut-on interpréter cette euphorie comme le résultat

de vos victoires, comme le témoignage de votre satisfaction devant la bonne marche des négociations en cours ?

— Je serais fort étonné si mes intimes s'y laissaient tromper. J'ai surpris hier mon nain qui écrivait sur les murs de ma chambre votre nom en lettres d'or !

— Personne n'attache d'importance aux faits et gestes de ce fou ! La liesse qui règne ici depuis notre arrivée peut fort bien s'expliquer par des raisons politiques.

— Elle le pourrait, en effet, mais, voyez-vous, ce n'est point le cas. Je suis persuadé que certains de ceux qui nous entourent savent à quoi s'en tenir et qu'ils ne portent pas au compte de la politique ce qui relève du cœur.

— Vous cesserez donc d'être joyeux quand je serai retournée en Anjou ?

— Vous le savez bien !

— Hélas, cher sire, que cette séparation me répugne donc à moi aussi !

— Isabelle de Lorraine compte partir de Poitiers dans quelques jours, afin d'être à Saumur à la mi-avril. Je ne sais ce qui me retient de vous prendre à elle et de vous détacher de sa maison !

— Cela ne se pourrait sans scandale. La reine est grosse, Charles, il ne faut pas l'affliger.

— Je sais, je sais. Je me refuse, vous le savez, à lui causer de la peine. C'est pourquoi je me tais. Pourtant, vous voir partir me déchire le cœur. Que deviendrai-je, privé de vous ?

— « Ni vous sans moi.

» Ni moi sans vous. »

— Il ne me restera qu'à trouver un prétexte pour vous rejoindre à Saumur, à la cour de ma belle-sœur. Soyez sans crainte, je saurai susciter les occasions !

— Je vous attendrai chaque jour, Charles.

— Et chaque nuit, ma mie ?

— Il va de soi.

— En attendant ne perdons pas celle-ci, ma belle, elle est déjà fort entamée. Venez plus près de moi et ouvrez ce doublet de velours, que je vous voie enveloppée de pourpre et cependant vêtue de votre seule nudité ! Par saint Jean, que vous êtes belle !

La tête du lévrier, long museau et poil de soie, repose, confiante, sur les genoux d'Agnès. Non sans un plaisir doux amer, celle-ci passe et repasse sa main, ornée de bagues nouvelles, sur le pelage gris du chien que le roi lui a donné à Poitiers avant de la quitter pour de longs mois.

Personne, à Saumur, ne connaît la provenance de ce cadeau. Dans les yeux de l'animal luit une fidélité sans condition, symbole de celle que les amants se sont jurée avant de se séparer.

« Que le temps me dure », songe Agnès, en enroulant d'un geste familier une des oreilles duveteuses autour de son doigt.

Il fait très lourd en cette fin du mois de juin. Au-delà des bordures d'œillets que René d'Anjou a fait venir à grands frais et grands soins de sa chère Provence pour décorer le jardin de l'opulente demeure construite dans l'île d'or qu'enserre la Loire, face au château dont les fastes lassent, parfois, son épouse ; au-delà, aussi, des lys dont la senteur entête, le terrain descend en pente douce jusqu'aux grèves qui bordent l'eau.

Une buée de chaleur flotte sur le fleuve. Des barques y passent, à rames ou à voiles, transportant des charges de fruits ou de légumes, des volailles, du foin, du bétail, ou des cargaisons de bois et de tonneaux.

Des coches d'eau, massifs, peints de couleurs vives, décorés de verdure, bâchés à l'avant, et sur lesquels des voyageurs de tous âges et de toutes conditions ont choisi d'effectuer leur déplacement, glissent sans hâte parmi les bateaux chargés de marchandises.

De l'autre côté de l'eau, dominant la ville, le château de Saumur dresse sa silhouette blanche dont le soleil illumine les tours hardies et élégantes. Ses bâtisseurs, sous les ordres du précédent duc d'Anjou, ont eu l'audace, la fantaisie, de le décorer pour couronner ses crénelages, de fleurs de lys, d'un foisonnement de clochetons, de toits aigus, de dentelles de pierre, de cheminées armoriées, et d'une débauche de girouettes, si finement dorées, que la lumière triomphante en rend la vue blessante pour les yeux. Un pont-levis, jeté sur le ravin qui le ceint, fait communiquer ce chef-d'œuvre avec la campagne environnante.

Assises dans l'herbe, sous les branches de vieux poiriers, les dames d'honneur de la duchesse, tout en devisant, se confectionnent des chapeaux de fleurs.

Une fontaine, au bruit d'eau vive, retombe dans un bassin de marbre, au milieu de la pelouse.

Agnès, qui a commencé à se tresser une couronne d'œillets, chinés de blanc et de carmin, a fait allonger contre les plis de sa robe, Carpet, son lévrier. Elle lui porte une tendresse un peu excessive où se déverse le trop-plein de son âme esseulée. Tout en ayant l'air de suivre la conversation, elle laisse son esprit vagabonder loin d'elle, là où doit se trouver Charles VII.

Du fort bel hôtel, élevé à cet emplacement sur un caprice d'Isabelle, s'élèvent des accords de harpe, de psaltérion et de viole. La duchesse fait de la musique.

Dans une autre pièce, en ce jour où la chaleur humide le fait renoncer à la chasse, René d'Anjou peint en compagnie de gentilshommes de ses amis, amateurs comme lui de peinture et d'art graphique.

Qu'il ferait doux vivre en ce val de Loire créé, semble-t-il, pour l'existence sensuelle et harmonieuse qu'on goûte à la cour angevine, qu'il serait aisé de se laisser aller aux divertissements de tous ordres qu'on y donne, si un sentiment, fait de regrets, d'incertitude, d'un brin de jalousie et de beaucoup de nostalgie, ne rongeait, sous une apparence tranquille, le cœur d'Agnès.

Elle ignore encore si elle aime d'amour ce roi dont l'image la hante nuit et jour, mais elle ne peut nier le vide que cette absence a creusé dans sa vie, la vacuité affligeante des mois écoulés depuis leur séparation. Son corps, par la fougue de ses sens révélés à eux-mêmes et par le désir qui la torture certains soirs dans son lit, son esprit, par ce déplaisir poignant qui l'habite sous ses dehors affables, semblent, l'un et l'autre, savoir mieux qu'elle à quoi s'en tenir sur ses véritables sentiments.

Si elle se refuse encore, en dépit de leur témoignage, à nommer ce cher désordre qui l'agite, c'est autant par défiance des mots qui ont trop servi et des idées romanesques que tant de ses compagnes ont puisées dans les récits de chevalerie, que par crainte instinctive de ce qui l'attend si elle accepte une telle situation.

Le roi lui a juré de revenir le plus vite possible, mais trois mois ont passé depuis lors. S'il ne revenait pas ? Si une autre femme l'avait attiré autant et davantage qu'elle-même ? Si une autre l'avait plus complètement séduit ?

En admettant qu'il revienne comme chacune des lettres qu'il parvient à lui faire passer en secret le proclame, et elle est bien tentée de le croire, comment, alors, se comportera-t-il ?

On a vu des amants curieusement changés après une longue absence. Charles sera-t-il toujours aussi épris, aussi subjugué ?

Agnès ne ressent aucun penchant pour la douleur. Sa nature saine et équilibrée fuit, autant que faire se peut, les manifestations morbides qui sont de mode à cette époque où la guerre et les maux qu'elle entraîne ont répandu, dans la noblesse aussi bien que dans le peuple, la hantise de la mort, et une étrange complaisance envers le malheur. Elle se rebelle contre l'attrait malsain qui pousse beaucoup de gens à se repaître des calamités qui assiègent avec un tel acharnement, depuis plus de cent ans, les hommes de ce pauvre pays. Elle est de ceux qui saluent avec un immense espoir et un indicible soulagement les prémices de la paix, l'annonce d'un retour à la vie normale que connurent, jadis, leurs ancêtres dans des siècles de lumière et d'expansion, alors que régnaient Philippe Auguste ou bien saint Louis. Elle se veut oublieuse des catastrophes et des ruines récentes, tournée uniquement vers un avenir plus accueillant.

Dans son existence personnelle, elle n'accepte pas non plus la tristesse ainsi qu'une nécessité. Elle repousse de toute sa jeune verdeur, les idées sombres ou le découragement.

Donc, elle a choisi d'attendre. Sans se laisser aller à des rêves désordonnés. Ne pas décider qu'on aime d'amour un homme qui peut encore apporter avec lui le désespoir. Se garder, s'il en est temps, pour un clair destin, tissé d'insouciance, et non pour l'amertume des destinées avortées.

Le lévrier s'agite. Des mouches, que la chaleur orageuse affole, viennent de le piquer sans que sa maîtresse, distraite, y ait pris garde.

— Tranquille, Carpet, tranquille !

— Il a raison, votre chien, s'écrie une des demoiselles de madame Isabelle. Nous nous engourdissons tant il fait chaud sous ces arbres et je crains, pour ma part, de m'endormir dans un instant. Si nous rentrions dans la grande salle ? On pourrait y jouer au corbillon et distribuer des gages. Ce sera plus amusant que de rester à cuire ici en attendant l'heure du souper qui sera suivi, ce soir encore, d'un bal paré.

— Bonne idée, Alix, il fait plus frais sous les voûtes de la salle que dans le verger. Rentrons.

Un moment après, quand sonne l'angélus à tous les clochers de Saumur, un jeune garçon, détaché du château, apporte un courrier que le messager du duc vient de remettre entre les mains d'un des quinze chambellans de René d'Anjou.

Agnès reçoit deux missives. Elle glisse l'une d'elles dans l'escarcelle brodée qui pend à sa ceinture et ouvre l'autre aussitôt. Sa cousine, Antoinette de Maignelay, qui réside toujours en Picardie dans le domaine familial, en compagnie de sa mère, tante d'Agnès, trouve le temps long dans le vieux manoir et s'y languit tout le jour.

« Pourquoi ne pas lui dire de venir me rejoindre ici ? La sœur de ma mère est très introduite auprès de la duchesse à laquelle elle m'a recommandée autrefois. Elle ne s'opposerait certainement pas à la venue de sa fille en Anjou. De mon côté, je serais bien aise de retrouver ma cousine. Tant de jeux et de menus mystères partagés durant notre enfance, nous lient davantage l'une à l'autre que ne le feraient des natures identiques. Nulle fille de mon âge n'est plus proche de moi, si ce n'est Marie de Belleville dont je préfère le caractère. Mais Marie ne peut venir avant longtemps à Saumur. Son service la retient auprès de la reine qui poursuit sa grossesse en Touraine. J'ignore quand je pourrai la revoir. Les demoiselles de la duchesse, têtes légères s'il en fut, qui ne prennent au sérieux que la dernière mode venue d'Italie ou de Bourgogne et les récits de chevalerie, ne me sont rien. Je ne puis me confier à aucune. J'étouffe ici, et pas seulement à cause de la chaleur ! Allons, c'est décidé, je vais écrire à Antoinette pour lui proposer de venir me rejoindre céans. »

Pour lire, Agnès s'est écartée de ses compagnes et rapprochée d'une des belles fenêtres à décoration flamboyante qui ornent la façade de la demeure. Elle s'y penche un instant, pour respirer les senteurs du jardin et tâte, au fond de son escarcelle, le parchemin qu'elle vient d'y enfouir. Bien qu'aucun sceau n'en révèle la provenance, elle sait à quoi s'en tenir. Le roi lui adresse, aussi souvent qu'il le peut sans danger d'attirer l'attention, des lettres qui ne sont que des cris d'amour. Agnès les lit et relit la nuit, une fois retirée dans la chambre qu'ici comme partout, la duchesse a pris soin de lui faire octroyer pour elle seule, loin du dortoir des filles.

Après le souper, il y aura, par petits groupes animés, jusqu'à la tombée du crépuscule, la promenade dans la campagne baignée d'odeurs de foin coupé et de fraîcheur vespérale, puis le bal dans les salles du château que la nuit envahira lentement, repoussée au fur et à mesure par l'éclat des torches et des chandelles qu'on allumera à profusion, puis une collation de vins et de fruits qui terminera la soirée. Alors, alors seulement, enfermée dans sa chambre, éclairée par les bougies parfumées qu'on continue à lui fournir sans jamais y manquer, elle prendra connaissance des mots haletants, des évocations troublantes, des rappels, des appels, de tout ce délire passionné que le roi de France lui envoie discrètement, sans marque extérieure, sur un simple parchemin, pour lui dire, lui redire qu'elle est la plus belle, la mieux aimée, l'unique !

Il pleut sur l'Anjou, sur la vallée de la Loire, sur les toits aigus du château de Saumur. Les girouettes dorées, en forme de chimères, grincent et virevoltent sous la poussée changeante des bourrasques, venues de l'océan et qui remontent le fleuve.

— Voici l'automne. Combien différent de ceux que nous avons connus jusqu'à ce jour !

— Les choses, les gens, les événements vont aussi vite, cette année, que le vent d'ouest, monsieur le sénéchal.

Jacques Cœur et Pierre de Brézé, l'un près de l'autre, regardent tomber la pluie.

Dans la pièce obscurcie par le ciel plombé, on a allumé, sous le manteau d'une vaste cheminée de pierre, un des premiers feux de la saison. Ses lueurs agitées par les rafales éclairent, de dos, les deux hommes si différents, le chevalier et le banquier, qui devisent ainsi que des amis.

Plus grand, mieux découplé que son compagnon, haute silhouette de guerrier rompu à tous les exercices du corps, le sénéchal incline un visage attentif vers l'argentier. Comme toujours, il est vêtu avec une élégance de grand seigneur, d'une robe de velours violet filetée d'or, doublée de loutre. A trente-trois ans, ce modèle des preux brille de toute la splendeur de son accomplissement. Possédant la confiance absolue de Charles VII, étincelant d'intelligence au conseil royal, vainqueur aux armées comme en lice des adversaires les plus redoutés, il n'a qu'à paraître pour plaire, aux hommes par sa vaillance, aux femmes par sa séduction.

On le sait ambitieux, mais qui songerait à lui reprocher de vouloir se rendre maître de l'esprit du roi, quand on devine qu'il ne rêve que de lui servir de guide sur le chemin de la gloire, qu'il s'est donné pour but de placer son souverain à la tête des monarques européens ? Rien de vil ne saurait l'habiter et cette passion du pouvoir se confond avec son amour sans faille pour le royaume de France.

Ses mains, puissantes, racées, traduisent sa force autant que son raffinement. Ce chevalier capable de vivre des mois en selle, de la vie brutale et dure des soldats en campagne, se mue à volonté en sybarite à qui aucun luxe n'est étranger. Ce pur chrétien ne connaît pas de cruelle. En lui, un équilibre harmonieux s'est fait de la façon la plus naturelle entre le charnel et le spirituel. Il s'est voué à Dieu sans, pour autant, renoncer à la douceur des amours humaines, et il s'en trouve bien.

Près de lui, appuyé de l'épaule au mur de pierre, l'homme d'affaires du roi paraît presque lourd. Vêtu de velours noir, sa tenue est volontairement simple, mais des perles de grand prix ornent son chaperon.

Des jambes fortes, du tronc épais, du cou solide de cet homme de quarante-huit ans, se dégage une impression de puissance tranquille, réfléchie, de fermeté et, cependant, d'audace, que confirment la physionomie ouverte, l'œil pénétrant, la mâchoire extrêmement accentuée. Tête de plébéien au nez hardi, à la bouche volontaire, au front carré, doué d'un esprit pratique et subtil à la fois, grand ouvert à tout ce qui se présente. Son imagination presque visionnaire, son sens des affaires considérable, sa vitalité, son génie commercial sont devenus célèbres dans toute l'Europe et une partie du Proche-Orient.

Jacques Cœur, industriel, armateur, constructeur naval, banquier, ambassadeur, négociant en toutes marchandises, amateur d'art plein d'intuition, propriétaire terrien de domaines grands comme des provinces, fin politique, adroit diplomate, condottiere entreprenant jusqu'à la témérité et, pourtant, généreux avec discernement, Jacques Cœur le prestigieux, soutenu lors de ses débuts obscurs par Yolande d'Aragon qu'il a secourue aux heures difficiles du règne, a été présenté, alors qu'il revenait d'un voyage aux Echelles du Levant, par la perspicace reine de Sicile au roi en 1433. Depuis lors, rien n'a entravé sa marche ascensionnelle. Ses amis, qui sont innombrables, ses obligés, qui sont légion, ses proches l'appellent Jacquet, diminutif remontant à son enfance, en signe d'affection, d'estime, de familiarité et, pour certains, de sournoise envie.

En 1439, Charles VII lui a confié la charge d'argentier, faisant ainsi de ce fils d'un pelletier de Bourges l'administrateur des biens personnels du souverain. Contre une rétribution fixe, il doit veiller aux frais et aux besoins de la cour pour laquelle il entretient un dépôt de meubles, de vêtements, de joyaux, de fourrures, d'étoffes, de denrées de luxe, et de mille autres biens. Le roi lui accorde une confiance sans limite qui lui vaut beaucoup de jaloux. Il n'en a cure.

Parce que le roi et Cœur travaillent souvent ensemble, ils se connaissent bien et Charles VII, qui n'a qu'à se louer des services de son argentier, lui a octroyé en 1440 des lettres d'anoblissement.

On chuchote que, en dépit de son blason tout neuf (d'azur à la face d'or, chargé de trois coquilles de sable, accompagné de trois cœurs de gueules, posés deux en chef un en pointe) et de sa devise : « A vaillans cœurs rien impossible », il prête de l'argent et pratique l'usure. Il se peut. Cependant, beaucoup de gentilshommes de haut lignage le nomment ouvertement leur bienfaiteur et il n'est pas jusqu'à la dauphine et à la reine elle-même qui n'aient parfois recours à lui pour acheter à crédit fourrures de prix, tissus d'or ou draps de soie.

Il prête également au souverain, au trésor public, et on le nomme, qui avec admiration, qui avec animosité : le banquier du royaume !

Pour l'instant, tout en regardant tomber la pluie, il contient en lui, comme il lui arrive souvent, un bouillonnement d'idées qui rougit ses pommettes fortement accusées.

— Il y a bien des gens et des choses en train de se transformer dans ce pays, reprend-il au bout d'un instant. Le roi, notre sire, tout le premier.

— Il est certain qu'il a rajeuni depuis quelque temps. Son maintien s'est affermi, son visage semble, par moments, éclairé de l'intérieur.

— N'est-ce pas ?

Un temps. Le feu, qui consume un tronc entier de frêne, crépite joyeusement dans la cheminée.

— En sa chambre verte tendue d'hermine, à Tours, le premier septembre dernier, voici donc un peu plus d'un mois, la reine a mis au monde sa huitième fille, la princesse Madeleine, dans une solitude presque totale.

— Il est vrai que le roi, tout juste arrivé ici à cette date, ne s'est pas déplacé pour aller saluer son épouse, non plus que le nouveau-né.

— C'est la première fois que la chose se produit en dehors des moments où la guerre lui dicte sa loi.

— Saumur n'est pourtant pas bien loin de Tours, remarque Brézé d'un air songeur.

— Seize heures, monsieur le sénéchal. Je ne crois pas, voyez-vous, que soit intervenu dans cette abstention le souci de la distance.

— Celui du pouvoir, peut-être ? Tant de tractations et de projets occupent Sa Majesté !

— C'est en juillet que j'ai préparé les nouveaux règlements qui vont donner à la France des finances robustes, relancer les industries et permettre de reprendre, enfin, le commerce avec certains pays étrangers. Autrement dit, la fameuse Grande

Ordonnance de Saumur, parue le vingt-cinq septembre dernier, était déjà sur le chantier depuis trois mois et en si bonne voie qu'elle ne pouvait pas préoccuper notre sire.

— En revanche, les tractations secrètes qu'il m'a demandé d'entamer en vue du mariage du jeune roi d'Angleterre, Henri VI, avec Marguerite d'Anjou, cette perle qui ressemble de si frappante manière à sa mère la duchesse Isabelle, semblent lui fournir matière à réflexion. Il est vrai qu'il y a de quoi ! Une union semblable, à l'heure actuelle, aurait des répercussions incalculables.

— Sans doute, mais vous me faisiez remarquer vous-même, monseigneur, voici un instant, combien le roi avait l'air heureux. Il rayonne, c'est un fait, il rayonne ! Non, croyez-moi, ce ne sont pas les soins du pouvoir qui le tiennent éloigné de la reine et de sa petite fille. Nenni. Il s'agit de tout autre chose.

— Vous semblez en savoir long, Jacquet !

— Je suis, en effet, au courant de certaine conjoncture...

Un serviteur entre, portant à bout de bras un lourd chandelier de cuivre à six branches, allumé. Il le pose sur une table et sort.

— Par saint Denis, je vous écoute, monsieur l'argentier !

Posément, Jacques Cœur change de position, se redresse, fait face au sénéchal. Il le dévisage un instant en silence, puis, manifestement conscient de prononcer des paroles insolites, lance un nom.

— Agnès Sorel !

Pierre de Brézé fronce les sourcils, détourne les yeux, se tait. Agnès ! Pourquoi pas ? Elle a bien su l'émouvoir, lui ! Au plus secret de son âme, il n'est point étonné. Tout juste un peu meurtri. Obscurément, il devait savoir, mais ne consentait pas à se l'avouer. A présent, il faut faire face. Accepter l'évidence, s'incliner puisqu'il s'agit du roi.

La pluie tombe toujours sur le large paysage qui s'étend, au-delà du fleuve, jusqu'aux coteaux vineux de l'autre rive. A cause du mauvais temps, le mouvement de batellerie est restreint sur la Loire.

— En êtes-vous tout à fait sûr, Jacquet ?

— Certain. Je puis fournir des preuves. Notre sire est follement épris de cette belle enfant. Epris au point de ne plus pouvoir se passer d'elle, de l'avoir rejointe à la première occasion, ici, où il n'avait que faire, au point de délaisser, pour elle, la reine Marie et son enfantelet.

— Agnès a beaucoup de charme, elle est avenante,

épanouie, sa chair est éclatante, son esprit fort plaisant, énumère tendrement Brézé. Elle a déjà fait tourner bien des têtes à la cour.

— Elle ne s'intéresse, apparemment, qu'à celle portant couronne !

— Holà ! Ho ! monsieur l'argentier, qu'allez-vous insinuer ?

— Rien de ce qu'on pourrait redouter, monseigneur. Non pas. Chez cette fille de bon lignage, il n'y a pas trace de vénalité. Elle ne se serait pas donnée sans amour. Seulement, tout n'est pas simple dans une telle aventure et les hommages d'un souverain portent en eux-mêmes un germe empoisonné. Au cœur d'Agnès doivent se mêler d'inextricable façon des sentiments très vifs — n'oublions pas que notre sire passe pour être fort habile au déduit amoureux — et des mouvements de vanité des plus compréhensibles quand on songe à toutes celles qui souhaiteraient se trouver à sa place. Ce ne peut être sans conséquences de ce genre qu'une fille si jeune se voie élue, puis idolâtrée par un monarque. Il est, au demeurant, tout à fait naturel qu'elle se montre également sensible à l'amour dont elle est l'objet et à la gloire dont ce choix l'auréole.

— Vous déduisez à merveille, Jacquet, mais ce sont là déductions gratuites. Rien ne prouve que vous voyiez juste. Si de tendres liens unissent Agnès Sorel et le roi, je préfère que ce soit ceux du cœur à ceux de l'intérêt.

— Peut-être est-ce le cas ? Je connais bien mes semblables, et j'en ai conçu une certaine sévérité à leur égard. Cependant, les choses qui relèvent de la passion échappent à tout système.

— Faisons-lui confiance, mon ami. Il y a en elle je ne sais quoi de pur... Au fait, ce grand amour que vous prêtez au roi n'est-il pas, lui aussi, produit de votre imagination, qui est vigoureuse ?

— Absolument pas, monseigneur. Je suis bien renseigné.

— Je n'en doute pas. Cependant, le roi est aussi avisé que prudent. Je serais fort surpris qu'il acceptât de prendre, alors qu'il touche au port, des risques pour une simple aventure.

— C'est beaucoup plus que cela, monsieur le sénéchal, beaucoup plus et beaucoup mieux ! C'est la récompense après tant de maux, la réalisation d'un rêve de jeunesse toujours repoussé, l'incarnation d'une victoire si longtemps attendue ! Non, ce n'est pas une banale affaire de plaisir : c'est l'assouvissement d'un cœur qui n'a jamais eu le temps, jusqu'à ce jour, de mesurer à quel point il est soumis, de nature, aux lois de la passion. C'est le feu dévorant qui embrase l'homme de quarante ans quand il lui arrive de trouver, sur terre, l'image du paradis !

Une nouvelle fois, les deux hommes se taisent. D'un même mouvement, ils s'éloignent de la fenêtre ruisselante et s'approchent du foyer. Des étincelles sautent sur les dalles de pierre, non loin de leurs chaussures à la poulaine.

— Heureusement, Agnès n'est pas que belle, elle est bonne, reprend Jacques Cœur. Je l'imagine encore étourdie par l'événement, mais j'espère qu'elle saura le surmonter. Puisqu'il fallait sans doute que le roi s'éprît d'une autre femme que de la sienne — reconnaissons que la reine n'est plus guère attrayante maintenant — c'est peut-être une grâce du ciel que ce soit de celle-ci !

— Dieu vous entende ! Beaucoup vont craindre que, par légèreté, elle ne détourne le roi des sentiers victorieux où il s'est enfin engagé après tant d'hésitations et d'atermoiements.

— Ceux-là seraient dans l'erreur. Vous savez, monseigneur, que j'ai l'habitude d'évaluer les êtres : cette fille est de bonne trempe et de qualité. Elle plairait à la reine Yolande qui reste, n'est-il pas vrai, notre modèle à tous deux ?

— Certes !

— Elle nous a formés l'un et l'autre à l'exemple de sa propre sagesse. Pourquoi ne formerions-nous pas, à notre tour, cette jeune femme suivant la même méthode ?

— C'est une alliance que vous me proposez là, Jacquet !

— En quelque sorte, monsieur le sénéchal.

Les bras croisés, le regard brillant, Jacques Cœur se sent emporté par le génie inventif qui l'habite.

— Le royaume se relève à peine de la plus longue, de la plus désastreuse des guerres. Ce pauvre pays, encore tout saignant, songe d'abord à panser ses plaies. Il ne faut pas croire, pour autant, qu'il s'y attardera. Ce serait méconnaître sa vitalité, sa faculté prodigieuse de redressement. Avec un peu d'attention, on peut déjà pressentir l'élan qui va s'emparer de chacun dès que la paix sera signée. A brève échéance, il va déferler sur la France un appétit insatiable de jouissance, une frénésie de prospérité, de luxe, un besoin irrépressible de biens matériels. Quand un peuple a tellement et si longtemps souffert, il est mûr, croyez-moi, pour des réveils prodigieux !

— Le tableau que vous brossez avec un si bel enthousiasme, Jacquet, n'a rien, me semble-t-il, de très exaltant !

— Que voulez-vous dire, monseigneur ?

— Ceci, mon ami : l'avenir que vous annoncez avec, hélas,

beaucoup de vraisemblance, est lourd de maléfices. Je vois, dans ce désir forcené de possessions immédiates, un des pires dangers qui puissent guetter l'humanité. En se ruant ainsi vers les séductions faciles qu'offre le monde, les habitants de ce pays vont, de toute évidence, se détourner de l'indispensable quête spirituelle. N'oubliez pas que la tentation des richesses et du plaisir reste le plus éprouvé des pièges démoniaques !

Pierre de Brézé repousse du pied des braises qui viennent de rouler jusqu'à lui.

— Je ne le sais que trop ! C'est pourquoi il me semble préférable de prévoir cette réaction, inévitable, je le répète, et de la prendre en main. A nous, alors, de la diriger.

— Vers quoi ?

— Vers un épanouissement général qui tiendra compte à la fois des désirs matériels et de ceux de l'esprit.

— Vous voyez grand, Jacquet ! Prenez garde de ne pas vous laisser séduire, vous tout le premier, par des chimères irréalisables. Peut-on, à la fois, mener de front la conquête du bien-être et celle du salut ? Combien de gens pourront résister aux douceurs que vous leur ferez miroiter ? Combien y perdront, définitivement, leur âme ?

— La misère n'est pas meilleure conseillère que l'opulence, monseigneur ! Il est temps, me semble-t-il, de tenter cette gageure : donner aux gens le goût d'un juste équilibre entre les satisfactions du corps et celles de l'âme. Je sais que ce ne sera pas facile. Comme j'ai l'habitude de la lutte, je lutterai pour parvenir à mes fins. En réalité, ne sont-elles pas louables ?

— Je vous l'accorde, elles le sont. Cette harmonie dont vous parlez, Jacquet, nos ancêtres avaient su l'instaurer, jadis, dans des époques saines et heureuses dont nous sépare un siècle et demi de dévastations, d'horreurs, de souffrances indicibles. Saurons-nous les ressusciter ? Contrairement à vous, ils avaient choisi de se tourner, en premier, vers la recherche spirituelle. Le reste leur a été donné de surcroît.

— Ne peut-on parvenir au même résultat en procédant à l'inverse ?

— J'en doute, mon ami.

— Essayons toujours, monsieur le sénéchal. Au reste, nous n'avons pas le choix. Le royaume est au plus bas. Il faut, d'abord, le remettre en selle avant de songer à le lancer sur les routes du salut !

— J'en suis moins certain que vous, Cœur. Cependant, vous avez à mes yeux, un mérite : celui de proposer un acheminement réalisable tout de suite avec les moyens dont nous disposons. Il est évident que le peuple de France, saturé d'épreuves, a soif de sécurité. Donnons-la-lui donc. Que lui offrez-vous ?

— Un nouveau mode de vie, tout simplement !

— Vous songez à l'Italie, Jacquet !

— Je ne le nierai pas. Je voudrais transformer ce pays dévasté, rompu, malade, en une terre prospère, capable d'égaler les plus brillantes nations voisines. Y introduire, avec l'abondance, un raffinement, un goût des arts, un savoir-mieux-vivre qui, loin de le pourrir, lui redonnerait le désir d'aller, au-delà de ce contentement passager, vers le seul absolu.

— Quel curieux personnage vous faites, Jacquet ! Si on ne savait pas que vous êtes, avant tout, un négociant, on pourrait se laisser prendre à vos belles envolées. Je suis d'ailleurs persuadé que, par moments, vous y croyez vous-même.

— Pourquoi pas, monseigneur ? En quoi ma sincérité serait-elle amoindrie de ce que les intérêts de la France et les miens coïncident étroitement ?

— En rien, mon ami, c'est certain.

— Vous savez, monsieur le sénéchal, que j'ai un penchant indéniable pour les entreprises qui sortent du commun. Quoi de plus grandiose, dans ces conditions, que la rénovation de mon propre pays ?

— Nous verrons bien, Jacquet.

— Faites-moi confiance.

— Vous savez que j'y suis tout disposé.

— Bon. Passons alors à l'étape suivante : celle de la réalisation de ce projet que vous ne repoussez pas. Si je possède une imagination fertile, j'ai, également, une bonne dose de sens pratique. Or, ce dernier me conseille de ne pas garder d'illusions sur la façon dont mes idées seraient accueillies si je ne trouvais pas quelqu'un pour me seconder. Entendez-moi bien : le roi hésitera, comme toujours ; les gens de sa suite se méfieront ; les craintifs — ils sont innombrables — s'affoleront. J'aurai contre moi tous ceux à qui je veux du bien. Je ne me lancerai donc pas dans une telle entreprise sans l'appui indispensable d'une personnalité possédant un ascendant suffisant sur l'esprit du roi pour l'amener là où il doit se trouver afin d'admettre et de soutenir mes visées.

— A ma connaissance, une seule créature est capable,

aujourd'hui, d'incarner et d'imposer cette image d'une France nouvelle et radieuse que vous envisagez.

— Nous sommes d'accord, monseigneur ! Agnès, qui est, d'instinct, heureuse d'être belle, sera la première, j'en jurerais, à se sentir charmée par ce rôle d'égérie que je lui réserve. Jugez plutôt : aimée du roi, jeune, ravissante, débordante d'entrain, elle va se précipiter sur l'occasion que je lui offre d'échapper à l'ombre, à l'ennui de cette cour médiocre, de secouer, avec prudence au début, les anciennes routines, les amers souvenirs qui pèsent si lourd sur l'entourage des souverains, d'être, enfin, la rénovatrice d'un art oublié de vivre, de se cultiver, de penser !

— Je suppose, comme vous, que cette perspective est faite pour lui plaire.

— M'aiderez-vous, monsieur le sénéchal ?

— Le moyen d'agir autrement ? Dans la mesure où je vois, dans ce grand dessein qui vous occupe, la continuation bénéfique de ceux qui étaient chers à la reine Yolande, dans celle, aussi, où il me semble l'unique remède à tant de maux, dans la mesure, enfin, où notre sire ne peut que s'en trouver bien et y gagner en prestige ce qu'il y perdra, de toute manière, en sagesse, je vous donne mon appui, Jacquet.

— N'en ayez point regret, monseigneur !

— Je m'y efforcerai. N'est-ce pas la seule solution ?

Jacques Cœur hoche la tête. Satisfait du résultat de sa démarche, il est déjà tout entier tourné vers les moyens d'action qu'il entend mettre en œuvre.

— Il est essentiel de nous faire seconder par des compagnons en lesquels nous aurons toute confiance, reprend-il, en homme qui sait combien sont précieux les véritables dévouements.

— Cela va de soi. Le roi qui, lui aussi, souhaite, sans trop oser y croire, un nouveau départ pour son royaume, ne leur sera pas hostile.

— D'autant moins qu'ils lui seront présentés par la main des Grâces !

— En somme, Jacquet, vous voulez faire d'Agnès Sorel la source de notre renouveau, la muse d'une évolution qui va transformer notre pays ?

— N'est-ce pas le plus gracieux des rôles que puisse jouer une femme amoureuse d'un monarque ?

Les deux hommes se dévisagent ainsi que des alliés. Dehors, la pluie fait rage. Le ciel s'assombrit encore avec la venue du crépuscule.

— Pour un prince qui, si longtemps, est resté, aux yeux de tous, le malchanceux, notre roi n'aura pas eu moins de trois inspiratrices dans sa vie : une conseillère, une sainte, une muse. C'est une belle réussite.

— C'en est une. A nous d'agir de telle sorte qu'il oublie à jamais sa timidité, sa faiblesse, son instabilité, afin de se croire, par la grâce d'un sourire féminin, le prince victorieux qu'il rêve d'être !

Charles VII est en danger de mort. Ainsi qu'il le fait chaque jour, il s'est confessé, puis il a demandé l'extrême-onction.

A Tours, où le roi est venu au-devant de lord Suffolk, ambassadeur extraordinaire d'Henri VI d'Angleterre, un mal inexplicable a terrassé le souverain.

Qu'a-t-il ? Nul n'ose se prononcer. Son médecin, ses apothicaires, son chirurgien, ne quittent pas sa chambre depuis vingt-quatre heures. En vain. Le mal semble sans rémission.

Cependant, des rumeurs courent, bourdonnent, se propagent à travers le château et la ville. Il y est question d'empoisonnement criminel. Qui donc aurait intérêt à la disparition du roi ? Pas mal de gens, sans doute, mais, surtout, celui-là qui se trouve sur les marches mêmes du trône, tellement impatient d'y accéder. Chacun y songe. Tout le monde se tait.

Dans le vieux palais féodal où la lumière très douce du val de Loire n'entre qu'avec parcimonie, malgré le retour du printemps, on ne croise que des visages anxieux, des mines angoissées. C'est que, la veille encore, tout semblait aller si bien !

Le jeune roi d'Angleterre vient d'accepter avec enthousiasme l'idée d'épouser une des filles de René d'Anjou, la plus accomplie, cette Marguerite dont la jeune beauté fascine la cour. Bienheureuse Marguerite ! Grâce à elle, la guerre va enfin s'apaiser, les haines désastreuses déposer les armes, la paix refleurir !

Depuis le mois de janvier, Pierre de Brézé, nommé plénipotentiaire du roi de France, aidé de quelques autres, a agi dans ce but. Les pourparlers ont enfin abouti. Chacun se sent soulagé d'un poids immense. Ce mariage de la nièce du roi avec le souverain anglais va tout arranger. Du moins, on veut s'en convaincre. Et voilà qu'au moment où lord Suffolk, débarqué à Harfleur, descend vers Tours au milieu des manifestations de joie et des festivités que lui offre une population en liesse, Charles VII, brusquement, se trouve mené aux portes de la mort.

C'est trop injuste ! Trop cruel !

Si le roi disparaît, tout va être remis en question. Sans son auguste soutien l'union providentielle de la France et de l'Angleterre pourra-t-elle se conclure ?

Agnès, sur la demande de son ami le sénéchal, est intervenue sans bruit, à sa manière, pendant l'hiver, auprès de son amant pour le pousser à accepter ces accordailles qui semblent à certains monstrueuses. Songez : envoyer une fille d'Anjou dans ce damné pays contre lequel on se bat depuis un siècle ! Tant pis ! Avec sa douce obstination, elle a obtenu l'assentiment royal. A présent, et sous couleur de suivre la duchesse Isabelle à Tours, où les parents et la famille de la future épousée se sont rendus en grand appareil, elle loge comme le roi dans la capitale de la Touraine. C'est pour y connaître la première épreuve de sa vie amoureuse.

Depuis la matinée de la veille, où Charles, au sortir de la grand-messe chantée qu'il entend chaque matin ainsi que deux messes basses, a subitement ressenti d'horribles douleurs d'entrailles, Agnès vit dans un brouillard de douleur. Son âme vacille. Son cœur est broyé.

Il lui semble loin le temps où elle s'interrogeait pour savoir de quels fils était tissé son attachement au souverain. A présent, elle sait. Une demi-année passée à Saumur, dans une intimité toujours plus étroite avec cet homme qui l'aime plus qu'elle n'eût jamais songé l'être, six mois de délices discrètes, de largesses royales, de secrets partagés, de confiance, d'attentions, de jouissances charnelles dont le raffinement et la violence l'ont définitivement subjuguée, six mois d'amour total, l'ont éclairée sur ses propres sentiments. Elle aime — oui, elle aime ce roi de quarante ans, point beau, sans prestance, de taille médiocre, qui n'a d'irrésistible que son sourire et sa science du plaisir. Elle l'aime de tout son être dont il éprouve un tel besoin.

S'il en est pour s'étonner, c'est que beaucoup ignorent la force des liens qui attachent l'objet d'une telle passion, à celui qui en vit.

Tendre comme Dieu l'a faite, Agnès ne peut qu'être bouleversée par l'idolâtrie dont l'entoure son amant. Son penchant pour lui est composé de tendresse, un brin maternelle parfois, malgré la différence d'âge, de reconnaissance infinie pour tout ce qu'il lui offre, mais surtout pour ce qu'il lui demande, à elle, de lui donner, à lui. Rien de plus grisant que d'éprouver, dans chaque fibre de son être, qu'on est devenu indispensable à celui-là qui vous aime et que le don de soi qu'on lui fait le comble au-delà de ce qui est exprimable. Il y a, aussi, dans toute sa chair, une gratitude sensuelle d'une intensité comparable à celle des transports qu'elle ressent dans les bras de Charles, et qui sont embrasements.

S'y ajoute, maintenant, un sentiment tout neuf, encore timide, celui de la complicité qui lie de futurs parents. Depuis peu, elle est enceinte. Une grande exaltation s'est emparée des deux amants quand la chose a été sûre. Un enfant, c'est la consécration de leur amour ! C'est le pardon de Dieu envers les coupables d'adultère, le signe de son alliance avec ces êtres de faiblesse qu'Il n'abandonne pas, en dépit de leurs péchés.

Tant d'espérances, tant de promesses, Seigneur, peuvent donc, en un instant, se voir menacées de ruine ?

Dans la chambre ronde d'une des tourelles de l'ancien château, Agnès, à genoux, prie. Ses cheveux blonds, collés sur ses joues par les larmes, tombent jusqu'au sol dallé. Elle n'en a cure.

« Sainte Marie-Magdeleine, je vous en supplie, intercédez pour notre sire le roi auprès du Dieu Vivant ! Je ne suis pas digne de Le prier moi-même, puisque je vis dans le péché. Vous, qui avez été pécheresse, avant d'être repentie, faites-le pour moi ! Demandez, en mes lieu et place, la guérison de notre sire à Celui qui peut tout. Le roi est si malade que sa vie ne tient qu'à un fil. Requérez Dieu de ne pas couper ce fil auquel tant de destins sont suspendus ! On parle d'empoisonnement. Je ne sais si on a raison. Qu'importe ! Je ne réclame de châtiment pour personne, uniquement une rémission pour celui qui souffre ! Sainte Marie-Magdeleine, le Christ a eu pitié de la Samaritaine et de la femme adultère, qu'Il ait pitié de nous ! »

Pliée comme une herbe d'été sur laquelle est tombé l'orage, Agnès pleure, déchirée.

« Il ne faut pas qu'il meure ! Il doit vivre. J'ai, nous avons tous besoin qu'il soit victorieux de la mort, comme il l'a été du malheur. Ce ne peut être pour le faire périr si impitoyablement que le Seigneur l'a aidé, conduit, soutenu comme Il l'a fait ! Ce ne peut être pour l'abandonner alors qu'il parvient au port, qu'Il lui a envoyé Jehanne la Lorraine afin qu'elle le conduise se faire sacrer à Reims ! Si vous m'exaucez, sainte Marie-Magdeleine, je fais le vœu d'offrir à telle église qui vous conviendra une statue d'argent ou d'or vous représentant et servant de reliquaire aux restes de vous que je pourrai acquérir, quel qu'en soit le prix. Daignez ne pas repousser ce présent que je vous ferai en témoignage de révérence, d'attachement, et en signe d'humilité. Ecoutez-moi, sainte Marie-Magdeleine ! »

Agnès reste prosternée. Dehors, il fait un temps léger. Le mois d'avril en est encore à ses débuts. Ce deuxième printemps de leur liaison semble hostile au roi et à sa favorite. Un an plus tôt, à travers le Limousin et le Poitou en fête, ils chevauchaient de compagnie, enivrés l'un de l'autre, attendant avec la même hâte l'étape et ses nocturnes voluptés.

La jeune femme se relève. Il n'est pas possible que le dauphin ait attenté à la vie de son père. Ce serait monstrueux. Pourquoi aurait-il agi si odieusement ? Tout ne lui sourit-il pas ? Vainqueur des Anglais à Dieppe, l'automne précédent, il a, dans les neiges de l'hiver, pris Lectoure, le château des Armagnac, réputé invincible. Qu'il ait triomphé par ruse et non par force importe peu aux yeux de ce garçon réaliste et fourbe. Seul compte le résultat : mettre hors de nuire cette terrible famille, déjà responsable de tant de catastrophes, et enlever à Gloucester, ennemi de Suffolk, toute possibilité de faire épouser à son roi la fille des Armagnac que le duc félon veut pousser vers le trône d'Angleterre à la place de Marguerite d'Anjou ! Coup double, coup de maître !

Hélas, ce garçon de vingt et un ans désire-t-il déjà avec tant d'ardeur un pouvoir absolu ? Rêve-t-il si tôt du sceptre ? Peut-on imaginer que le sang d'un fils de France charrie tant de vilenies ?

Agnès s'approche de l'étroite fenêtre qui domine les toits d'ardoise de la ville. Une infinité de clochers, de tours, de dômes, ponctuent la cité tourangelle où s'attroupent, autour de la basilique Saint-Martin, églises, collégiales, chapelles, couvents et oratoires.

Le ciel est clair, ensoleillé, d'un bleu-gris où passent des nuages blancs.

Dans le dos d'Agnès, la porte de la chambre s'ouvre sous une ferme poussée.

— Ma mie, bonne nouvelle : le roi va un peu mieux ! Est-ce l'effet de la décoction de chêne agrémentée de blancs d'œufs que notre nourrice vous avait recommandée comme souveraine contre les empoisonnements ? Je ne sais. Le résultat est là.

— Dieu soit loué !

— A présent, on fait boire du lait au roi. Il a accepté d'en prendre quatre gorgées.

— Alors, il est sauvé ! Le lait achèvera de dissoudre les humeurs malignes qui troublaient son sang.

— Certainement. Aussi n'ai-je pas voulu attendre davantage pour venir vous annoncer ce qu'il en est.

Antoinette de Maignelay, la cousine d'Agnès, venue à la demande de celle-ci se joindre à la cour angevine, remue beaucoup d'air autour d'elle.

Rousse de chevelure, claire de peau, de chair opulente, elle est plus volontaire que patiente, plus audacieuse que réservée, mais son allant lui gagne des sympathies. Son intelligence froide, calculatrice, sait les utiliser.

La position scandaleuse d'Agnès lui interdit l'entrée de la chambre royale, tant que son amant reste entre la vie et la mort. Il n'en est pas de même pour Antoinette. Depuis son arrivée en Anjou, elle a mesuré l'importance du rôle joué par sa cousine. Elle en a soupesé chaque possibilité et a décidé, tout aussitôt, de servir une liaison qui ne pouvait apporter qu'honneurs et faveurs à la famille des Sorel-Maignelay. On ne peut trouver parente plus dévouée, amie plus attentive.

La maladie du roi lui permet, soudain, de déployer ses talents. Arguant de son propre effacement, elle s'est proposée pour servir d'intermédiaire entre la favorite, que certains regardent déjà avec suspicion, et la chambre où souffre Charles VII, à la porte de laquelle on peut intercepter des nouvelles.

La reine, dont la santé fragile est à ménager, n'a pas encore été avisée du malheur. Elle réside pendant ce temps, avec ses plus jeunes enfants et la dernière-née, à Montils-lès-Tours, dans ce château neuf que le roi lui a fait construire et où elle se plaît plus que partout ailleurs. Personne n'a osé la prévenir. Un flottement se fait sentir dans l'entourage du souverain.

Isabelle, René et Charles d'Anjou ne quittent pas le chevet du malade. Pierre de Brézé, Etienne Chevalier, Jacques Cœur, André de Villequier, chambellan du roi, le comte Antoine de Chabannes, rude capitaine à la fidélité exemplaire, et quelques autres entourent avec vigilance leur maître en proie au feu d'un mal inconnu.

Le confesseur de Charles VII, le père Machet, a demandé qu'on fasse venir de la basilique Saint-Martin, les reliques du grand saint tourangeau qui a déjà accompli tant de miracles, et les chapelains du château prient, en outre, saint Christophe et sainte Barbe, qui sauvent tous deux les patients en danger de mort subite.

Dans cette ambiance d'angoisse, tous les moyens connus

semblent bons pour tenter d'arracher le monarque à son agonie.

C'est alors qu'Agnès s'est souvenue, le premier moment d'affolement passé, d'une décoction que sa nourrice lui avait administrée dans son enfance, après qu'elle eut absorbé des champignons vénéneux. Par Antoinette, la recette est parvenue jusqu'au valet de chambre du roi, Guillaume Gouffier, fidèle écuyer qui s'est chargé de faire prendre au souverain le breuvage recommandé par sa mie.

Joint à l'effet de la thériaque ordonnée par le médecin, de la saignée faite par le barbier, des purges administrées par les apothicaires, le remède picard semble avoir agi.

« Sainte Marie-Magdeleine, merci ! »

Plutôt que les drogues humaines, n'est-ce pas le pouvoir des prières, des reliques, du vœu fait à la sainte repentie, qui s'est manifesté ?

Antoinette observe sa cousine en plissant les yeux, qu'elle a verts, suivant une habitude qui lui est familière.

— Comme Sa Majesté est beaucoup plus résistante qu'on ne pourrait le supposer, il est à espérer qu'elle va se remettre rapidement. Ainsi donc, les fêtes prévues pour les fiançailles de notre princesse Marguerite avec ce lord Suffolk, qu'on dit magnifique, et qui représente si galamment le roi d'Angleterre, vont pouvoir se dérouler sans encombre.

Depuis des semaines, la cour ne parle plus que de ces réjouissances auxquelles on a déjà invité, bien que la date n'en soit pas encore fixée, une foule considérable.

Charles d'Anjou a décidé de profiter de l'événement pour célébrer ses propres noces avec Isabelle de Luxembourg. On s'est bien un peu étonné que ce jeune prince, aimé des femmes et favori du roi, se soit ainsi décidé à convoler. Le charme délicat de madame de Luxembourg et l'importance de cette alliance ont vite fait taire les indiscrets. D'ailleurs, tous ne songent qu'à une chose bien plus importante que tout le reste : la paix ! Ce mariage anglais est le gage, si longtemps attendu, qui va assurer aux deux pays épuisés la fin des combats.

— Si Dieu sauve notre roi, c'est qu'Il veut lui faire présider ces fêtes pacifiques, dues à son courage et à son habileté, assure Agnès reprenant aussitôt confiance en l'étoile de son amant. Cette fois encore, il va mériter ce surnom de Victorieux que le peuple lui donne !

Antoinette incline complaisamment sa tête gréée de gaze mordorée.

« Si Dieu sauve le roi, pense-t-elle, l'empire d'Agnès sur

cet homme mûr, qui vient de frôler de si près sa fin, n'en
sera que plus absolu et toute notre famille en bénéficiera ! »
    Songeant aux périls qui pouvaient porter un coup si funeste
à sa propre destinée, elle laisse échapper un soupir de soulagement et esquisse un pas de danse pour témoigner sa
satisfaction.
    — Par ma foi, Agnès, je vous porte tant de tendresse que
me voilà toute ragaillardie de vous savoir hors de tourment,
dit-elle avec un sourire câlin. Votre joie est ma joie.
    — Je sais que vous m'êtes tendrement attachée, Antoinette,
et je ne vous le suis pas moins.
    Agnès, dont l'attitude spontanée exclut toute méfiance, a
pour habitude de faire confiance aux autres. Elle le leur
témoigne de telle sorte que beaucoup se croient obligés de
la confirmer dans la bonne opinion qu'elle a d'eux.
    — Si notre sire guérit ainsi que vous le dites, reprend-elle,
nous allons vivre de bien heureux jours dans un pays où la
paix va enfin ramener avec elle la douceur de vivre !
    Elle se signe. On frappe à la porte. Le valet de chambre
du roi entre. Le souverain a, maintes fois, assuré à Agnès
qu'elle pouvait se fier sans hésitation à ce garçon. Intelligent
et plein d'invention, il est tout dévoué à son maître.
    — Demoiselle, dit Guillaume Gouffier, je vous apporte, de
la part de notre sire, un message qui ne souffre pas de retard.
Le roi revit et il est persuadé qu'il serait encore beaucoup
mieux si vous vous teniez près de lui, l'assistant de votre
présence.
    Un flot de sang colore le visage d'Agnès.
    — Quelle bonne nouvelle tu m'apportes là, Guillaume !
Sois-en béni ! Je viens. Conduis-moi sans plus attendre !
    Au bout du lacis des sombres couloirs, une porte s'ouvre
et se referme sur une femme heureuse.

    Depuis que les douleurs ont assailli Agnès, les volets de
la chambre restent fermés. On ne les rouvrira que quinze
jours après la naissance.
    La pièce, dont les murs sont tendus de tapisseries, est
éclairée par deux grands cierges allumés sur un dressoir dans
des chandeliers d'argent, ainsi que par la lampe à huile posée
à même le sol, au chevet de la femme en gésine.
    Il fait très chaud, bien qu'en cette fin d'octobre, le vent
s'acharne à souffler son haleine humide autour des murs épais
de la demeure. Un grand feu brûle dans l'âtre devant lequel

on a installé la simple couche de toile où Agnès va mettre au monde son enfant. Le grand lit de parade à tentures de velours d'Utrecht, offert par la duchesse d'Anjou, est vide pour le moment. On ne portera la jeune femme entre ses draps de soie qu'après sa délivrance, quand elle aura été soignée, lavée, parfumée.

Un berceau, vide encore, attend un occupant, à droite de la cheminée sur les chenets de laquelle fume une grande bassine de cuivre remplie d'eau bouillante.

Plusieurs femmes s'affairent autour de la parturiente. Sa mère et sa nourrice, venues toutes deux de Froidmantel pour assister à l'événement, deux sages-femmes, dont celle-là même d'Isabelle de Lorraine ; Jacquotte, qui plie des linges blancs dans un coin de la chambre, Antoinette de Maignelay, enfin, qui n'a pas voulu quitter sa cousine en un pareil moment. Elle a bien un peu hésité à suivre la maison d'Anjou en Lorraine où toute la noblesse française est réunie autour du roi sous prétexte d'assiéger Metz révoltée, mais, en réalité, plus soucieuse de s'amuser à Nancy où se trouve le quartier général du souverain que de se battre pour une querelle qui ne met en péril que l'autorité angevine. On y a célébré les épousailles de Yolande d'Anjou, fille aînée du roi de Sicile, avec Ferry de Vaudémont, on y attend lord Suffolk pour le fameux dénouement tant attendu : le mariage anglais fixé à la fin de l'hiver.

Toute tentée qu'elle est par le récit des réjouissances somptueuses dont l'écho est parvenu jusqu'à elle, Antoinette, cependant, a jugé plus profitable de demeurer auprès d'Agnès en ces jours critiques de son accouchement. Dès que la favorite sera rétablie, les deux cousines partiront ensemble vers la Lorraine rejoindre la cour et ses jeux. Pour l'instant, il faut surtout se préoccuper de l'événement attendu, tout faire pour qu'il se passe bien.

Heureusement, les choses s'annoncent le mieux du monde. Les belles hanches rondes d'Agnès laissent espérer une délivrance aisée et les sages-femmes ont déclaré qu'elles ne prévoyaient pas de complications.

— Ne vous crispez pas, ma fille, laissez faire la nature. Détendez-vous et, je vous en prie, ne vous retenez pas de crier.

Catherine Sorel, née de Maignelay, incline vers Agnès un visage usé par la vie comme un galet par les vagues. On y discerne encore les traces d'une beauté qui, jadis, put sans doute laisser présager celle de sa fille, en moins émouvant. Femme sans éclat, épouse remplie de soumission, mère discrète, elle n'a influencé en aucune manière le destin de son enfant, et se contente de venir l'assister, sans porter de jugement sur sa conduite. Elle ne peut ignorer qui est le père du nourrisson à venir mais n'en a soufflé mot à qui que ce soit depuis une semaine qu'elle est arrivée de Picardie pour tenir compagnie à Agnès au terme de sa grossesse.

Près d'elle, corpulente et cependant preste, se tient Prégente Barbet, la nourrice de sa famille. Nez en cerise, teint couperosé, face de lune, mais yeux vifs, qui voient, jugent, soupèsent gens et choses. Elle a assisté à la naissance de tous les enfants de Catherine et apporte maintenant à sa préférée, avec son expérience, la force sans phrase des êtres qui vivent en rapport constant et fraternel avec les mystères de la création.

— Il serait temps de vous asseoir sur votre couche, ma belle, dit-elle alors à Agnès qui vient de supporter en gémissant plusieurs assauts douloureux. Le moment approche.

La sage-femme de la duchesse, du haut de son savoir-faire, jette un regard de mépris à cette simple nourrice qui se permet de donner des conseils à une future accouchée dont elle a, elle-même, de par les ordres de son auguste maîtresse, reçu la charge.

— Rien ne presse, énonce-t-elle d'un ton de supériorité.

Soulevant le drap, elle palpe une nouvelle fois le ventre distendu, fronce le nez d'un air important, hoche la tête :

— Poussez, demoiselle, conseille-t-elle en gonflant les joues, poussez fort. Il faut aider l'enfant qui s'est engagé.

Ses larges mains d'accoucheuse massent avec science les flancs déchirés qui tressaillent sous les ondes de la souffrance.

Antoinette tamponne délicatement le front de sa cousine avec un linge imbibé d'eau de senteur. La sueur fonce la racine des cheveux blonds, tressés pour la circonstance en deux nattes épaisses. Les traits d'Agnès sont tirés par les souffrances qui, depuis bientôt dix heures, torturent son corps.

« Fais-moi mal, fais-moi mal, mon petit enfant ! Tu es le fruit du péché. Que ces douleurs qui me ravagent soient détournées de toi, que je les endure, une fois pour toutes, à ta place ! »

On a cousu, sur le devant de la chemise qu'elle porte en cette occurrence, une prière spécialement destinée à préserver des couches laborieuses et à favoriser le travail d'enfantement. Sur le manteau de la cheminée, un cierge brûle devant deux petites statues de bois doré représentant sainte Britte et sainte Maure, jumelles bénies de Dieu, qui aident aux heureuses délivrances des accouchées.

Tout à coup, un cri de bête suppliciée gonfle la gorge d'Agnès.

— Cette fois, dit avec autorité la sage-femme de la duchesse, cette fois, demoiselle, nous y sommes !

Elle fait un signe à son aide. Toutes deux, prenant chacune la jeune femme sous un bras, la soulèvent avec force et l'assoient.

— Les coussins !

Catherine Sorel prend deux oreillers de fin duvet qui attendent sur un coffre. On les glisse sous les reins douloureux et, d'une poigne solide, la commère installe Agnès en position assise, contre leurs rotondités.

Les choses se précipitent. Au milieu des cris et des exhortations, dans la lourde senteur de sueur, de sang, d'herbes odoriférantes qui se consument en une cassolette au pied de la couche, de buée chaude s'exhalant de la bassine surchauffée, dans la douleur, comme il se doit, mais aussi dans l'émerveillement, vient au monde un enfantelet qui, tout de suite, se met à crier.

— C'est une fille !

Brisée, Agnès se rend à peine compte de ce qui se passe. Sa mère se penche, bouleversée.

Le cordon coupé, Prégente s'empare du petit corps nu pour le baigner, le sécher, le frotter de poudre parfumée à la racine d'iris, et lui met au cou le collier de grains d'ambre qui le protégera des convulsions et du « débord ». Puis elle l'emmaillote, bien serré, afin que les petites jambes restent droites et que l'enfant ne puisse se blesser en s'agitant.

— Elle est belle, ma douce, votre petiote ! Elle pèse bien sept livres, parole de nourrice !

Les deux sages-femmes terminent la toilette d'Agnès. Comme sa fille, elle a été lavée, rafraîchie, ointe d'essence de jasmin. Sa mère lui a passé une chemise de soie bleue, brodée de ses propres mains.

— Buvez à présent cette infusion d'alchémille, demoiselle, pour éviter les inflammations.

Ayant vidé le gobelet d'étain où fumait le breuvage, Agnès se sent mieux.

— Je voudrais voir ma fille.

— Un peu de patience, demoiselle ! Il faut, d'abord, vous porter dans le beau lit d'apparat qui vous attend et faire disparaître la couche de douleur.

Soulevée par des bras adroits, Agnès se retrouve bientôt entre les draps de soie si douce.

— Voici l'enfant.

Prégente, toujours émue en pareil moment malgré son expérience, présente à la jeune mère le nouveau-né. Autour du lit, font cercle toutes celles qui ont assisté à la naissance. Un silence lourd d'attention, d'émoi, remplace l'agitation de tout à l'heure.

— Elle est née les yeux ouverts. C'est signe d'intelligence et de curiosité. Elle ne sera point sotte !

Agnès se penche, accueille au creux de son bras le petit être rose et duveteux que la nourrice installe contre sa poitrine. Tant de fragilité et, cependant, tant d'avenir, tant d'espérances en puissance ! De tout son être, jaillit alors un sentiment jamais éprouvé, fait d'infinie tendresse et de beaucoup de respect.

— Ma petite fille, à moi !

Elle baise avec dévotion, avec une tendresse précautionneuse, le front, les joues minuscules.

— Elle se nommera Marie, dit-elle, en révérence pour la Sainte Mère de Dieu.

— Marie ! Ne croyez-vous pas, Agnès...

Catherine Sorel hésite. Ce prénom n'est-il pas celui de la reine ? Il n'est peut-être pas opportun de le donner à cet enfant dont le père...

— Nous en avons décidé ainsi, Charles et moi, annonce Agnès avec calme. Il tient beaucoup à ce prénom.

Il n'y a plus rien à dire : le roi le veut ! Dans le ton de la jeune mère, on peut déceler à présent un accent de tranquille assurance, de certitude. Elle affirme ainsi une complicité, une entente dont, de toute évidence, elle mesure l'importance, le retentissement.

— Ma mère, je vais vous dicter une lettre que vous serez bonne de faire acheminer au plus tôt vers Nancy.

Comment s'opposer à une telle décision ? Ce n'est certes pas une mince affaire que d'avoir pour fille la maîtresse du roi de France !

Tenant son enfant contre elle, Agnès se laisse aller sur ses oreillers. Elle sait avec quel ravissement la nouvelle sera accueillie par son amant. Charles lui avait si bien témoigné, lors de leur séparation, son déchirement à l'idée de la laisser seule devant l'épreuve de ses premières couches !

« Comme il va être heureux, songe-t-elle, heureux et fier. Cette naissance va encore nous rapprocher. Il m'a promis qu'il reconnaîtrait pour sien l'enfant à qui je donnerai le jour. Tout va changer. Il ne peut plus être question, maintenant, de mystère, de cachotterie. Mère de la fille du roi, je ne saurais vivre dans l'ombre. Je tiens à ce que mon bonheur soit reconnu, à ce que, sans blesser pourtant personne, nous puissions le goûter tous deux, ouvertement, à la face du monde ! »

— Des quatre mois qui viennent de s'écouler entre mon arrivée à Nancy, en novembre, après mes couches, et ce début de mars où nous allons célébrer les noces de la princesse Marguerite, de ces quatre mois, Marie, je ne conserve que le souvenir prestigieux d'une suite de jours inouïs de bonheur et de plaisir.

Une buée épaisse, chaude, flotte dans l'étuve. Etendue sur une dalle recouverte d'un fond de baignoire en toile matelassée, Agnès, au sortir d'une eau tiède et parfumée, se délasse dans la touffeur de la salle destinée aux bains de vapeur.

Près d'elle, également nue, Marie de Belleville, tout en se reposant elle aussi, écoute son amie. Eloignée de la cour pendant de longs mois par une maladie dont elle est enfin remise, elle vient seulement de rejoindre Nancy. Elle y a retrouvé Agnès, une Agnès bien différente de la simple suivante de jadis. De notoriété publique, la jeune femme est à présent favorite du roi. Une favorite comblée, adulée, qui passe pour tenir le souverain en son pouvoir et sur laquelle on porte un peu partout des jugements contradictoires.

— En ville, ma mie, on ne parle que de vous. Votre renommée fait un tapage à casser les oreilles !

— Je sais, Marie, je sais et je laisse dire. Ma félicité est plus forte que la haine et les médisances !

— Je n'ai ouï nulle part d'hostilité contre vous, ma mie. Bien entendu, on jase, on s'étonne, certains font mine de s'émerveiller, d'autres protestent. Parfois, on rit. Il y a bien quelques railleries mais rien de vraiment méchant dans tout cela. Sans que vous le sachiez, peut-être, vous êtes devenue, pour beaucoup, le symbole du renouveau et de la joie ambiante.

— On critique, cependant, mon luxe, la longueur de mes traînes, la richesse de mes vêtements, et, surtout, me suis-je laissé dire, la nouvelle mode décolletée que je n'ai pas craint de lancer puisque j'en avais envie !

Un rire clair fuse à travers les volutes brumeuses qui emplissent l'étuve. Marie ne peut s'empêcher de jeter un coup d'œil vers la gorge somptueuse de sa compagne. Ses seins à elle semblent lourds auprès de la grâce provocante de ces tendres fruits de chair blonde.

— Il est vrai que j'en ai ouï parler, ma mie, mais plus

pour vous jalouser que pour vous blâmer de découvrir de semblables merveilles !

— Peu me chaut. Vous ne pouvez savoir, Marie, comme je me sens à l'aise !

Elle rit de nouveau. Pas impudique. Naturelle. Femme éclatante, heureuse de se sentir belle, heureuse de le montrer.

— Vous n'avez point tort, Agnès, d'être si simplement ce que vous êtes. Depuis que cette fameuse trêve avec l'Angleterre a suspendu les combats pour deux ans, tout le monde ressent le besoin de vivre double afin de rattraper le temps perdu. Vous n'êtes, en somme, que l'image parfaite de cet immense désir de revanche qui tient notre pays.

— Vous avez sans doute raison, Marie. Je me sens merveilleusement accordée à notre époque. Je découvre avec elle les plaisirs du monde et, comme elle, je fais preuve d'un appétit d'affamée !

De son corps doux, souple, fait pour l'amour, émane tant de séduction, une telle élégance de gestes et de proportions que Marie se sent devenir plus compréhensive à l'égard de la liaison que le roi affiche si ouvertement. Il est navrant, bien sûr, qu'il trahisse ainsi la bonne reine son épouse, mais comment le désapprouver d'aimer ce qui est si totalement aimable ?

— On dit notre sire fou de vous, Agnès ?

— On n'a point tort, Marie. Sous des dehors discrets, Charles est un homme de passion. Vous ne pouvez concevoir avec quelle fougue, mais aussi quelle délicatesse, quelles inventions, quels soins, il s'est emparé de moi ! Aussi, je l'aime de tout mon cœur et je suis à lui autant qu'on peut l'être.

— Il vous couvre de présents, à ce qu'on dit.

— Certes. Il m'a fait don de la seigneurie de Beauté-sur-Marne, charmant domaine aménagé par son aïeul Charles V pour son repos, et composé de bois, de jardins, d'eaux vives. Un manoir, fort joli, bien situé à l'orée de la forêt de Vincennes, le complète. Notre sire a, galamment, prétendu que l'idée lui était venue de me le donner parce que le nom m'en convenait à ravir. Je crois, plutôt, que c'est pour m'avoir à proximité lors de ses séjours dans le vieux château tout proche. Dès à présent, j'en touche les revenus, car le roi tient à ce que je possède des biens personnels. Ce qui ne l'empêche pas de m'offrir aussi des bijoux, des robes, des pièces d'argenterie admirables, des fourrures, des parfums... en somme, tout ce que me propose Jacques Cœur qui s'entend comme nul autre à me tenter !

— Ce qui semble susciter le plus de commentaires, Agnès, c'est qu'il vous ait demandé de quitter la maison de la duchesse d'Anjou, Isabelle, pour vous faire entrer dans celle de la reine !

— Je reconnais qu'on peut voir là provocation ou malhonnêteté, ce qui n'est point, mais, bien plutôt, témoignage d'amour constant. Il éprouve le besoin de m'avoir sans cesse auprès de lui.

— Vous ne pouvez savoir combien je suis contente de vous compter désormais parmi mes compagnes. Nous n'allons plus nous quitter, Agnès ! Vous souvenez-vous de l'inquiétude que j'éprouvais, voici deux ans, à votre sujet, en Languedoc, quand je découvris que le roi s'était épris de vous ?

— J'y songe parfois avec attendrissement.

— Eh bien, ma mie, si j'ai tout fait, alors, pour vous retenir sur une pente que je jugeais dangereuse, il en est autrement à présent. Je suis de ceux qui estiment qu'il faut boire le vin, une fois qu'il est tiré ! Il eût, certainement, été préférable pour vous de rester sage. Puisqu'il n'en est pas ainsi, n'ayez point honte de votre état présent et vivez hardiment. Il faut toujours, en définitive, aller jusqu'au bout de son destin !

— Marie, Marie, je ne vous reconnais plus !

— Qui sait, ma mie ? On peut être raisonnable de tant de façons. Disons aussi, si vous voulez, que je suis contaminée par la frénésie générale !

Les deux amies se dévisagent avec amusement.

— C'est bon de vous retrouver, Marie. A vous, je puis tout dire, tout avouer.

— N'est-ce point le fait d'une amitié véritable ?

— Sans doute, mais c'est chose rare.

— Une question me brûle les lèvres, Agnès. Puis-je vous la poser ?

— Allez toujours, Marie.

— Comment la reine a-t-elle pris votre liaison avec le roi ?

— Avec dignité et résignation. Que voulez-vous, elle l'aime tendrement, tout en sachant qu'elle ne lui suffit plus. C'est une personne bonne et sensée. Elle accepte ce qu'elle ne peut éviter. Le roi, d'ailleurs, la ménage. Il continue à la visiter et lui manifeste le plus affectueux respect. Comme il déteste les exhibitions, il se montre toujours, en public, très réservé à mon égard et ne s'adresse à moi qu'en tant que suivante de la reine.

— Et les gens de la cour ?

— Vous en entendrez de toutes sortes à mon endroit.

Certains m'épargnent, d'autres m'accablent, beaucoup me guettent, quelques-uns me gardent leur estime. Ils sont peu nombreux. Tous, en revanche, me cajolent, me courtisent et me flattent. Il n'y a pas là de quoi être surpris.

— Je vous trouve admirablement lucide et de bon sens pour une fille en votre situation !

— Ce qui m'est advenu depuis deux ans contribue assez bien à mûrir un esprit, ma mie. J'ai beaucoup appris durant ce temps.

— Vous parliez, tout à l'heure, des réjouissances qui se sont déroulées depuis votre arrivée à Nancy. Le bruit m'en était déjà parvenu.

— Oui ? Ce ne sont que bals, chasses, banquets, tournois, jeux et folâtreries ! Ah, Marie, qui n'a pas vu ces débordements de liesse, de splendeur, de divertissement, de luxe, d'euphorie, n'a rien vu ! Qui n'a pas vécu ces moments-là, ignorera toujours ce qu'est l'ivresse d'un peuple qui goûte enfin une paix si ardemment souhaitée, le faste d'une cour qui, pour la première fois, peut briller d'un éclat si neuf qu'elle éclipse, ou peu s'en faut, l'admirable cour de Bourgogne !

— Seigneur ! Que va en penser le très noble duc Philippe !

— Il rage, n'en doutez point ! D'autant plus que le bruit de nos magnificences est déjà parvenu jusqu'à lui. Certains de ses vassaux passent chez nous pour prendre l'air du temps. Il n'est certainement pas de plus grande mortification pour cet être d'orgueil. Songez que Jacques de Lalaing, le fameux chevalier errant qui se donne pour le parangon de l'espèce, nous est arrivé dans un équipage fracassant, suivi de vingt pages vêtus de satin blanc et montés sur des palefrois houssés d'or et décorés de clochettes !

— Comme vous avez dû vous en amuser !

— On ne fait que s'amuser, ici, ma mie ! Le roi René, qui reçoit tout le monde, puisque nous sommes en Lorraine, terre de sa femme, déploie pour éblouir la cour, et bien qu'on le dise ruiné, les ressources infinies de son esprit, tellement inventif quand il s'agit de divertissements. Oui, vraiment nous vivons à Nancy dans une fête perpétuelle. La reine, elle-même, en semble réjouie. La duchesse Isabelle veille à tout, n'oublie rien ni personne, est présente partout. La dauphine étrenne des toilettes admirables, des étoffes d'une grande rareté, des joyaux fabuleux. Sa gaieté est, sans doute, un peu factice, mais elle tient à ce qu'on l'oublie, se nourrit peu, croque des pommes acides pour maigrir et passe ses nuits à tourner des rondeaux. Il reste que la perle de toutes nos dames demeure la princesse Marguerite, notre jeune épousée de tout à l'heure, dont le charme tourne toutes les cervelles !

— Toutes celles, du moins, que vous n'avez pas subjuguées, Agnès !

— Il en reste pas mal de disponibles, Marie.

— Vous oubliez Etienne Chevalier, dont chacun sait qu'il brûle pour vous d'un feu qui se voudrait secret et, surtout, notre beau sénéchal du Poitou, qui vous admire tant.

— Vous êtes en retard, Marie ! Le sénéchal songe maintenant à se marier et se préoccupe surtout des affaires de l'Etat. Il est allé à Bruxelles pour tenter d'arranger, justement, les choses avec le duc de Bourgogne. Il a conclu le traité de Trèves avec l'empereur d'Allemagne, puis a mis les princes rhénans dans son jeu, qui est des plus habiles. Enfin, la dernière et non la moindre de ses réussites est la capitulation de Metz qu'il vient d'obtenir à la suite d'une conférence où il a déployé ses dons exceptionnels de diplomate. Vous le voyez, la politique l'emporte sur la sentimentalité dans ce cœur loyal.

— Dites plutôt qu'il a sacrifié l'amour à la gloire, et c'est très bien ainsi... On rapporte que vous-même ne dédaignez pas, à vos heures, de vous intéresser aux destinées du royaume. Le conseil royal est réuni à Nancy. On dit que vous y siégez près du roi et qu'il tient compte de vos avis. Est-ce vrai ? Il y a peu de temps que je suis en Lorraine, mais j'ai entendu raconter bien des choses au sujet de l'influence que vous exerceriez sur l'esprit de notre sire. Il semble qu'il n'entreprenne plus rien sans vous consulter.

— Il prête, en effet, une oreille attentive à mes remarques et accepte mes suggestions. N'est-ce point normal ? Je ne lui ai jamais dissimulé mon zèle pour tout ce qui touche au bien du royaume.

— Il n'est pas le seul à le reconnaître. En passant dans la galerie du palais pour venir vous rejoindre ici, j'ai entendu le connétable de Richemont — quand je pense qu'il sera sans doute duc de Bretagne, laid comme il est avec sa vilaine lippe et son air bourru ! — j'ai donc entendu ce vieux brave dont le dévouement à la couronne a toujours, comme vous le savez, été exemplaire, admettre sans se faire trop prier, dans un groupe, que vous possédiez un jugement sûr. Je crois même, Dieu me pardonne, qu'il vous a nommée « le bon ange du royaume » !

— Nous nous entendons parfaitement, le connétable et moi. Sa fidélité a reconnu et accepté la mienne. Il en est de même pour Jean Bureau, maître de notre artillerie, pour Chabannes, dont on peut dire que c'est un des meilleurs capitaines du roi, et pour tous ceux qui font vraiment confiance à leur souverain...

La porte de l'étuve s'ouvre avec précaution. Jacquotte, suivie de plusieurs servantes, entre, porteuse de grands draps de bain en molleton.

— Dame, il est l'heure de vous préparer pour la fête des noces.

— Bon. Essuie-moi.

Une fois séchées, les deux amies passent dans la salle contiguë pour se faire masser et parfumer.

Charles VII a loué à Nancy, près du palais ducal, une riche demeure, aménagée avec raffinement. Le propriétaire, qui admire les belles villas italiennes qui sont alors de mode, en a soigné sans lésiner les installations intérieures. On y jouit d'un luxe assez rare chez un simple particulier. C'est ainsi qu'on y trouve ces bains, construits sur le modèle de ceux que possédaient les Romains, et chauffés par des conduits souterrains de poterie. Ils sont aussi bien conçus que les étuves publiques les plus fréquentées.

Comme les dames de la maison de la reine sont logées sous le même toit que leur souveraine, Agnès se trouve à même de profiter, plus et mieux qu'aucune autre, des facilités de cette confortable demeure.

Après avoir embrassé Marie, elle regagne sa chambre. Ici aussi, comme chez la duchesse d'Anjou, mais sur ordre du roi, elle a droit à une pièce isolée, meublée avec recherche, où elle se sent chez elle. Plusieurs servantes sont à présent attachées à son service et certains chuchotent qu'elle n'en est qu'à ses débuts !

Parmi les nombreux présents que lui a faits Charles VII, elle a été gratifiée d'un cabinet dans le goût italien, en ébène incrustée de nacre. C'est devant ce meuble qu'elle s'installe pour se faire coiffer, épiler, poudrer, parfumer.

Sa toilette dure longtemps. Quand elle sort des mains de ses femmes, dirigées par une Jacquotte extrêmement fière de sa promotion, sa beauté rayonne, étincelle, éblouit.

Une robe de mousseline blanche, en soie filetée d'or, gaine son corps poncé et lisse comme un jeune tronc. Un surcot ouvert de velours pourpre, bordé et doublé d'hermine, largement échancré, dissimule à peine des formes épanouies qui demeurent très pures en dépit de la récente maternité d'Agnès. Une rangée d'agrafes en pierres précieuses suit les plis de la longue et ample jupe qui traîne sur le sol en une « queue » de plusieurs aunes. Une chaîne d'or et de rubis forme une souple ceinture autour de la taille ronde et des hanches découvertes. Un atour à bannière en fil d'or, agrémenté d'une boucle de velours noir sur le front sans ombre, orné d'un voile de gaze perlée, coiffe la tête blonde au long cou gracieux.

Des bagues étincellent à ses doigts, des bracelets de pierreries enserrent ses poignets.

Cependant, bien plus que ces parures, c'est le décolleté d'Agnès qui attire les regards. Elle vient en effet de lancer une mode nouvelle, hardie, provocante, qui fait beaucoup parler d'elle. La beauté de sa gorge, dont le roi s'enivre, lui a donné l'idée de la découvrir autant que faire se peut, de largement la montrer. Transformant alors la sage ouverture arrondie qui se portait avant, en un décolleté triangulaire, profond, à peine voilé d'une pointe de velours foncé, nommée tassel, qui fait ressortir encore davantage l'éclat de la peau, elle ose ce qu'aucune femme n'avait osé avant elle : exposer ses jeunes seins comme les plus parfaits de ses joyaux !

— Le cortège se forme sur la place, demoiselle !

— C'est bon. Je descends.

Après avoir posé un manteau de drap d'or, fourré d'hermine lui aussi, sur ses épaules, Agnès va rejoindre la foule animée et parée qui s'apprête à faire cortège à la mariée royale.

Seigneurs et dames de deux cours — celle de Charles VII, celle du duc d'Anjou — vont, en grand arroi, accompagner jusqu'à la cathédrale de Nancy la princesse Marguerite. En la personne de lord Suffolk, le roi d'Angleterre, empêché de venir sur le sol de France, va épouser ce matin la belle adolescente dont les yeux noirs l'ont, à la vue d'un simple portrait, bouleversé.

Il fait beau, bien qu'il n'y ait encore aucune douceur dans l'air piquant de ces marches de l'Est où le printemps est plus lent à venir qu'en Anjou. Un soleil sans vraie chaleur brille sur l'assemblée vêtue avec une recherche exubérante, fait étinceler ses ors, ses pierreries, ses broderies d'une admirable finesse qui décorent de soie, d'argent, de perles, d'orfèvrerie les étoffes venues d'Orient par caravelles. L'astre allume des reflets aveuglants sur les boucliers des soldats ; il irise les étendards, les banderoles où flamboient les devises des nobles maisons, les bannières, les fanions, les oriflammes. Les cuivres des trompettes et des clairons semblent plus miroitants dans la jeune lumière, plus éclatante la blancheur de certaines coiffes, ou celle des guimpes empesées. Le chatoiement des rouge-vermeil, cramoisis, pourpres, des verts crus, des bleus de lin, des violets, des indigos, des roses vifs, des orangés, de tout un déferlement de nuances hardies dont on se vêt dans une orgie de couleurs, achève d'éblouir.

Précédant le défilé, les hérauts d'armes, chamarrés de tous les blasons dont ils sont les vivants panonceaux, soufflent dans de longs buccins ornés de fanions armoriés. Suivent les timbaliers dans un fracas assourdissant, puis les archers du roi, vêtus de jaquettes vermeilles, blanches et vertes.

Charles VII, drapé dans un manteau d'azur semé de lys d'or, le dauphin, moins fastueux, mais paré de la gloire que lui confère sa récente victoire sur les Suisses, René d'Anjou, dans une houppelande de damas vert et or, son fils, Jean de Calabre, le comte du Maine, étrennant pour la circonstance un paletot à manches pertuisées, orné de joyaux multicolores, Pierre de Brézé, en velours noir rebrodé de perles, le duc de Bretagne, le comte de Clermont, Louis de Luxembourg, le comte de Saint-Pol, les gentilshommes de la suite, enfin, et quelques dames plus intrépides que les autres, malgré leur hennin à voiles flottants, montent des chevaux de grande race, houssés jusqu'au sol de velours, de drap d'or, de damas, d'étoffes somptueuses soutachées de vermeil, frappées aux armes de leurs propriétaires, avec leurs crinières tressées de fils de soie, d'or ou d'argent.

Agnès chevauche un étalon arabe d'une grande beauté que lui a offert dernièrement son amant. La reine, la dauphine, Isabelle d'Anjou et les dames du cortège, ruisselantes de gemmes, suivent en litières peintes et décorées.

Toutes les cloches de la ville carillonnent à la volée. Des tapisseries, des courtines, des étoffes vives, des tapis, décorent les façades, les fenêtres, les balcons tout au long des rues où se presse une foule curieuse, amusée, familière, toujours prête à acclamer. On crie : « Vive le roi ! », « Vive la princesse ! », « Noël ! », « Montjoie ! », indifféremment.

Attention délicate : une débauche de marguerites peintes, brodées, découpées, en parchemin, en tissu, en fer, en cuivre, jonchent les pavés, s'accrochent aux tentures, se suspendent en guirlandes à la moindre ferronnerie, à la moindre saillie de pierre. On en retrouve sur les cottes des soldats de la maison d'Anjou, sur le satin des bannières flottant à des mâts fixés à tous les coins de rues ; piquées sur les poitrines, sur les chaperons, sur les hennins.

Miraculeusement jolie dans sa robe de toile d'argent semée de marguerites d'or et de perles, la jeune épousée, un peu pâle sous la légère couronne qui ceint son atour de tête couvert de perles, avance vers son destin.

Devant le parvis de la cathédrale, lord Suffolk, entouré des représentants les plus brillants de l'aristocratie anglaise, attend sa future reine. Chacun remarque combien il semble frappé de la beauté de la princesse.

C'est l'évêque de Toul qui dit la messe et unit à jamais, du moins on veut le croire, la maison des Lancastre et celle des Valois.

La joie de tous est à son comble. La jeunesse et la grâce ne sont-elles pas parvenues, enfin, à triompher de la guerre ? Nul ne doute, en ce jour d'espérance, que la paix, bientôt, soit de retour.

En pénétrant sous les hautes voûtes de la cathédrale où retentissent les accents d'une musique polyphonique toute nouvelle et encore discutée, Agnès se sent étrangement émue. Au passage, elle a saisi quelques remarques ironiques, quelques mots crus, mais elle veut les oublier. Elle sait que le roi pense à elle en cet instant précis, qu'il imagine, à son bras, la silhouette aimée, qu'il donnerait une province pour avoir la possibilité de se marier avec elle, qu'il l'adore autant qu'il est possible de le faire, et elle en éprouve une tremblante joie.

Dans ce lieu saint, mêlée aux meilleurs blasons de France et d'Anjou, elle ne se sent pas coupable, mais, paradoxalement, pardonnée.

Depuis la naissance de sa fille, elle a multiplié les dons aux églises, aux œuvres pieuses, les fondations, les secours aux malades et aux nécessiteux. Plus elle se voit monter, plus l'amour du roi l'enveloppe, plus elle tient à faire bénéficier ceux qui souffrent de ce bonheur qui lui est octroyé, de cette félicité qu'elle entend ne pas goûter seule mais, bien plutôt, distribuer comme une manne autour d'elle.

Il lui semble que son amour, sa joie de vivre, son instinct du bonheur ne sont en rien condamnables puisqu'ils sont l'hymne de grâce que son cœur comblé offre au Créateur. Il l'a, sans doute, destinée à réconcilier le roi de France avec une certaine douceur d'être, avec la joie, la jeunesse et la chance. Tel est le rôle qui lui a été dévolu : devenir le sourire du règne ! C'est une tâche agréable et pour laquelle elle se sait douée.

Ce sera avec élan, sans chicaner sur les nécessités de cette situation qu'elle s'y donnera, aussi longtemps qu'il plaira à

Dieu de la laisser en cette place où, étrangement. Il l'a mise,
quoi qu'on puisse en penser !

On est en juin. Les jours sont longs. La cour, qui a quitté
Nancy en avril, vient de se regrouper à Châlons et alentour.
Le roi, après s'être fait acclamer pendant un mois à Toul,
Commercy, Saint-Mihiel, et autres places, s'est installé dans
l'agréable manoir de Sarry, château de plaisance des évêques
de Châlons, situé dans une large vallée des bords de Marne,
à un peu plus d'une lieue de la ville. Il a décidé d'y tenir
une assemblée plénière en vue d'assurer son prestige et de
conclure certaines alliances.

Isabelle de Portugal, épouse du duc de Bourgogne, est
arrivée en médiatrice pour apaiser le différend éternel qui
oppose son duché au royaume. Elle est reçue avec les honneurs
dus à son rang. Sans plus.

C'est que le prestige et la magnificence qui, si longtemps,
ont été l'apanage des Bourguignons, ont changé de camp. La
cour de France, depuis peu, donne le ton.

Le bon peuple de Châlons a vu arriver coup sur coup, les
ambassadeurs de Milan, du duc de Savoie, des électeurs de
l'Empire, du duc d'York, du roi de Castille, de l'empereur,
et ceux-là même du patriarche de Constantinople ! Il faudrait
être aveugle pour ne pas constater le triomphe de Charles VII
qui éclipse, à présent, de façon évidente, son rival, Philippe
le Bon.

Le roi exulte. Il est transformé. De terne, inquiet, défiant,
malchanceux qu'il était, le voici devenu joyeux, hardi, plein
d'allant, mondain, habile et galant ! On l'admire, on le redoute,
on le révère. On parle de lui beaucoup, partout.

En ce soir de juin, dans une des salles ornées de boiseries
et de tapisseries à mille fleurs du château de Sarry, quatre
dames, après souper, devisent entre elles.

Par les fenêtres, grandes ouvertes sur le parc, entrent, avec
la chaleur décroissante de la fin du jour, l'odeur des douves
proches, la senteur puissante des foins et de la menthe sauvage,
ainsi que les échos d'une conversation que le roi mène, dans
une prairie voisine, avec René d'Anjou-Sicile, le comte du
Maine, le comte de Saint-Pol, et quelques dames qui se sont
jointes à eux. Des bruits de voix, des rires fusent, venant
éclabousser de leurs éclats joyeux l'entretien mélancolique
qui se tient dans la pièce où la reine Marie, Isabelle d'Anjou,

la duchesse de Bourgogne et la dauphine échangent des propos sans illusion.

Elles ont pris l'habitude de se réunir ainsi à trois ou quatre, fort souvent, pour parler à cœur ouvert, en femmes, non en souveraines, de leurs seigneurs et maîtres et de leurs soucis.

— En mars dernier, la mort de Radegonde, notre fille aînée, qui lui ressemblait tellement, n'a même pas eu le pouvoir d'attrister vraiment le roi, dit en soupirant la reine, dont il semble qu'elle soit perpétuellement condamnée à porter le deuil d'un être cher. Cette constatation, jointe à mon chagrin, a beaucoup alourdi ma peine, comme pour la doubler de celle qu'aurait dû éprouver mon époux.

Elle parle sans aigreur, avec la douceur triste des êtres dont la bonté est plus puissante que l'esprit de revendication. Entre ses doigts pâles, glissent, ainsi qu'elle a coutume de le faire avec les grains de son chapelet, les anneaux d'argent de la ceinture qu'elle porte sur sa robe de soie blanche. Bien qu'elle ait à peine quarante ans, son visage est déjà fané, sans âge, sans couleur. Sous sa coiffe de deuil, presque monacale, ses cheveux sont grisonnants. Pourtant, la tendresse de son regard, l'indulgence de ses propos, son maintien débonnaire, donnent à cette femme qui a traversé tant d'épreuves, sans jamais perdre son affabilité ni sa confiance en un destin meilleur, une sorte de charme simple qui ne laisse pas indifférent.

— Il y a longtemps que je ne m'étonne plus de l'insensibilité du duc Philippe à l'égard de nos malheurs familiaux, dit la duchesse de Bourgogne en soupirant. Il est bien trop accaparé par sa gloire, par ses conquêtes féminines et par son amour effréné du luxe pour se préoccuper de ce qui peut nous advenir de fâcheux !

Tout le monde sait que le duc trompe abominablement son imposante épouse, qu'il ne se souvient d'elle que pour l'utiliser à des fins diplomatiques et qu'il la traite avec une indifférence absolue. La paillardise bourguignonne est, d'ailleurs, légendaire dans toute la chrétienté.

— Je vous avouerai, reprend-elle en secouant la tête, que j'ai bien souvent regretté mon Portugal où je vivais si tranquille dans mon enfance.

Grande, épaisse, brune, avec un visage sans grâce, aux traits presque masculins, la duchesse de Bourgogne approche de la cinquantaine. Elle n'a jamais été jolie, en dépit de la richesse de ses vêtements et des pierres fines dont elle est couverte, mais, à présent, elle ressemble plus à une cariatide qu'à une femme.

— Qui peut se fier aux hommes ? Quand ils ne vous trahissent pas ouvertement, ils vous bafouent d'autre façon, murmure la dauphine qui ne cesse de maigrir, de s'anémier, de tousser et qui s'étonne, cependant, de n'être point aimée, car elle se sait touchante, remplie d'esprit et d'une élégance parfaite.

— Je suis navrée pour vous, ma mie, de la façon dont vous traite le dauphin, assure la reine qui s'efforce en vain depuis vingt ans et plus, d'accepter ce fils incompréhensible que Dieu lui a donné. Son attitude à votre égard ne cesse de me blesser. Je ne sais vraiment quoi faire pour remettre Louis sur le chemin du respect qu'il vous doit.

— Personne n'attache d'importance aux calomnies qu'il se plaît à faire courir sur vous, affirme Isabelle d'Anjou. On le tient pour un mari perfide, indigne de la femme que vous êtes, et voilà tout.

La cour a beaucoup clabaudé, quelque temps auparavant, sur les racontars d'une dame qui prétendait avoir découvert un soir, assez tard dans la nuit, la dauphine en grande conversation avec un jeune gentilhomme, alors qu'ils étaient tous deux dans une petite pièce éclairée par la seule lueur des tisons. Scandale ! On s'est vite aperçu que l'amour de la poésie et non l'amour tout court était la cause de ce long tête-à-tête durant lequel il n'avait, de toute évidence, été question que de rondeaux et de rimes.

Le dauphin, prévenu par l'espion qu'il avait attaché aux pas de sa jeune femme, s'était férocement servi de cet incident pour railler et torturer la pauvre Marguerite d'Ecosse qui souffre encore mort et passion au souvenir de ce qui lui est arrivé.

— Je ne sais pourquoi il me poursuit d'une inimitié si constante, reprend la dauphine. Tout ce que j'entreprends l'irrite et il n'est pas exagéré de dire que Louis fait preuve à mon égard d'une impitoyable cruauté !

— Hélas, ma mie, ce n'est pas un tendre ! Implacable de nature, il allie à l'impétuosité sauvage des fils de Jean le Bon, l'ambition, la volonté de puissance, la fièvre dynastique des Espagnols que lui a transmises sa grand-mère, la reine Yolande. Il n'épargne et n'épargnera jamais rien ni personne. Ses proches encore moins que les autres, dirait-on. Vous pouvez constater, tout comme moi, la façon dont il se conduit vis-à-vis du roi, son père !

Isabelle d'Anjou, comme il est dans ses habitudes de le faire, tente de s'exprimer sans rancœur, aussi lucidement que possible, mais une pointe d'hostilité perce cependant à travers son propos. C'est que le roi René, son époux, souffre lui aussi, des intrigues menées à son endroit par un dauphin jaloux du faste et du pouvoir de la cour angevine. Depuis quelque temps, des « brouillis » sont intervenus entre l'héritier du trône et son oncle.

— Après que Louis eut remporté sa victoire sur les Suisses et si bien liquidé les « Ecorcheurs », je pensais qu'il se serait amadoué, que la gloire de ses armes aurait apaisé son dévorant besoin de s'agiter, de comploter, de nuire.

— Apparemment, il n'en est rien !

La reine baisse le front, soucieuse, hésite, se décide enfin :

— Les tapisseries qu'il a prises l'an dernier à l'Ile-Jourdain dans le donjon d'Armagnac, alors qu'il assiégeait Lectoure, pourquoi en a-t-il fait cadeau à cette Agnès Sorel dont il dit tant de mal, le savez-vous ? Il la traite de femme galante, prétend s'indigner de me voir compter parmi mes dames d'honneur cette fille facile et lui fait, néanmoins, des présents de ce prix !

— Pendant un court moment, du moins je le pense, il a, en effet, cherché à gagner la sympathie de votre suivante. Sans doute pour mieux la perdre par la suite. Devant la répugnance qu'elle a manifestée à accepter ces tapisseries dont elle n'a pas tardé à se défaire au profit d'une abbaye, il a mesuré son erreur. Sur ce terrain-là, il ne pouvait jouer au plus fin avec elle.

Un silence, nourri de pensées soigneusement tues, pèse sur les quatre souveraines. Des martinets passent devant les fenêtres, cisaillant le ciel à rapides coups d'ailes, piaillant, se poursuivant, s'enfuyant, revenant.

La reine a un geste las.

— Je ne parviens pas à détacher mon esprit de la trahison du roi, dit-elle sans élever la voix, comme si elle se confessait. Cette pensée ne me laisse point de repos.

Femme sans détours, Marie d'Anjou s'est souvent confiée à ses amies, leur avouant ce fardeau nouveau pour elle : des amours adultères sous son propre toit, une infidélité étalée, le descendant de saint Louis laissant éclater au grand jour une passion dont la violence la déconcerte, la choque, autant qu'elle l'afflige.

— Il faut être confiante comme vous l'êtes, Marie, pour s'étonner d'une pareille aventure, dit la duchesse de Bourgogne avec une moue de ses lèvres aux plis amers. C'est notre sort à toutes d'être, à un moment ou à un autre, trompées et dédaignées. Voyez-vous, vous avez eu, peut-on dire, une certaine chance : le roi est demeuré fort longtemps très discret sur ses bonnes fortunes.

— Je sais, ma pauvre amie, combien vous avez eu, vous-même, à vous plaindre des infidélités du duc Philippe. Pour moi, il en va tout autrement. C'est la première fois que je subis ce genre d'outrage : voir, à ma propre cour, une favorite imposée par Charles ! Si j'en souffre tellement, faites-moi la grâce de croire que c'est plus par tendresse que par amour-propre...

Jusqu'au mariage de la princesse Marguerite d'Anjou, à Nancy, la reine avait préféré s'aveugler. Elle ignorait, volontairement, ce qu'elle tenait à considérer comme une simple foucade. Mais un fait vint lui ouvrir les yeux. Le dernier soir des fêtes qui, pendant huit jours, s'étaient succédé comme un tourbillon doré, à la fin d'un tournoi de joutes courtoises où Charles VII, lui-même, avait combattu, un ultime cortège avait défilé dans la lice. C'est alors que l'inimaginable s'était produit ; parmi les seigneurs que la foule acclamait, une femme, Agnès Sorel, revêtue d'une armure d'argent incrustée de pierreries, était apparue, caracolant aux côtés du roi, partageant son triomphe. La foule avait crié de joie. Marie d'Anjou, elle, avait eu froid jusqu'au cœur.

Depuis, il lui a bien fallu accepter l'évidence. Malgré ses prières et sa soumission à la volonté divine, ce n'est pas sans se sentir outragée et humiliée au-delà de ce qu'elle avait cru possible, qu'elle supporte tout le long des jours, parmi ses dames d'honneur au maintien si austère, cette femme trop belle, trop voyante, parée comme une châsse et plus entourée qu'elle !

— Non content de m'obliger à garder sa maîtresse près de moi, dans ma maison, Charles, sous mes yeux, se soumet à ses moindres désirs. Il donne des charges à ses frères : deux d'entre eux sont à présent attachés à l'hôtel du roi, deux autres ont été nommés hommes d'armes de la garde royale reconstituée. Il accepte les services des protégés d'Agnès, s'en félicite, et leur concède une part de plus en plus importante dans son entourage et même dans son conseil !

Marguerite d'Écosse a écouté ces doléances sans intervenir.

— Chère dame, dit-elle enfin, vous savez comme je vous suis attachée, mais vous savez aussi que je m'entends assez bien avec cette Agnès Sorel dont vous nous entretenez. Pour l'amour de la vérité et parce que je connais votre compréhension aussi bien que votre bonté, je tiens à faire remarquer que l'influence de cette demoiselle, sur notre sire, est plutôt bienfaisante que nuisible. Pour sa famille, il n'y a rien à en dire, ce sont gens de bien. Quant à ses protégés, comme vous les appelez, ils sont jeunes, actifs, débordants de projets ; dans l'ensemble, enfin, pleins de qualités utiles au royaume.

— Je dois reconnaître, ajoute Isabelle d'Anjou qui n'a jamais désavoué Agnès devant sa belle-sœur, que l'ascendant de cette personne sur le roi paraît profitable à Charles qui fait montre, à présent, d'une assurance qu'on ne lui avait jamais vue. Pardonnez-moi, Marie, je ne voudrais en rien vous heurter, mais on a souvent constaté que certains hommes, parvenus à la quarantaine, se voyaient révélés à eux-mêmes par l'intervention d'une nouvelle venue dont l'empire sur eux produit les meilleurs effets. Tout se passe comme s'ils avaient besoin de se considérer à travers un œil neuf. Je crois que nous nous trouvons là devant un de ces cas. Telle que je connais Agnès — vous savez qu'elle était de mes dames d'honneur depuis de longues années — je puis vous assurer de sa loyauté, de son intelligence, de sa finesse. Ce ne sont pas qualités à dédaigner dans la position où elle se trouve. Jamais, cette petite ne fera rien pour nuire au roi ni au royaume.

— Vous n'avez pas les mêmes raisons que moi de vous défier d'elle, Isabelle ! Il se peut, cependant, que mes craintes au sujet du pouvoir qu'elle exerce sur Charles ne soient pas fondées. J'approuve votre attitude à l'égard d'une dame qui fut de votre maison. En admettant qu'elle soit effectivement douée des mérites que vous lui octroyez, il n'en reste pas moins qu'elle nuit, malgré tout, à la renommée du roi, par son luxe, ses dépenses, son train de vie, ses provocations. A la cour et dans ce pays, on s'étonne, beaucoup s'indignent, des prodigalités faites pour une telle femme et de la façon excessive dont le roi tient compte de son avis. Si Pierre de Brézé est à présent comte d'Evreux et grand sénéchal, si Jacques Cœur est, sans doute, plus riche que son souverain, c'est qu'ils forment tous deux, avec cette Agnès, un trio qui gouverne mon époux, livré à eux par sa folle passion. Entourés de leurs créatures, soutenus par un souverain asservi à sa favorite, que n'entreprendront-ils pas ? Il est des gens pour s'en inquiéter !

— Permettez-moi, chère dame, de prétendre que ceux-là ont tort ! Brézé est un gentilhomme digne de la confiance royale. Il est le dévouement et la fidélité mêmes.

— Pour moi, il semble surtout effroyablement ambitieux !

La duchesse de Bourgogne sent renaître l'amertume indignée qui s'est emparée d'elle quand elle a constaté, à l'occasion de ce voyage, la toute fraîche assurance des Français et l'habileté des nouveaux serviteurs du roi.

— Au sujet du sénéchal et de cette fille d'honneur, on raconte des choses qui seraient propres à ternir l'honneur de votre époux, reprend-elle non sans perfidie. Leur entente suscite bien des commentaires, dont certains sont, peut-être, justifiés.

— Certainement pas !

Marguerite d'Ecosse vient de protester.

— Pierre de Brézé est un pur chevalier, digne des paladins d'autrefois ! Jamais il ne commettrait semblable félonie !

— Comme vous le défendez, ma mie !

— Je ne l'en crois pas coupable, moi non plus, affirme à son tour Isabelle d'Anjou avec cette fermeté et ce sang-froid dont elle ne se départ jamais. Ce ne sont là que calomnies. La célébrité du grand sénéchal est trop éclatante pour ne pas attirer la haine et allumer les jalousies.

— Je partage votre opinion, dit la reine, et je n'ajoute pas foi aux bruits qu'on colporte. Il n'en demeure pas moins que mon seigneur est entièrement soumis à cette femme. Il l'idolâtre, la couvre de présents et fait ses quatre volontés.

— Elle est si belle, si vivante ! soupire la dauphine avec un accent de nostalgie déchirante.

— Ne dit-on pas qu'elle attend un second enfant ? s'enquiert la duchesse de Bourgogne, qui cultive avec délectation les mauvaises nouvelles.

— Il paraît, admet la reine avec résignation.

— Il faut reconnaître que la petite fille qu'Agnès a mise au monde en octobre dernier a, depuis lors, été discrètement tenue éloignée de la cour, reprend Isabelle d'Anjou. Elle a été confiée à ses grands-parents maternels qui se sont installés en Touraine afin de l'élever loin de toutes nos rumeurs.

La reine acquiesce, soupire à nouveau, se tait et détourne les yeux.

Juste à ce moment, le roi, Charles d'Anjou et son beau-frère, le comte de Saint-Pol, quelques gentilshommes, des dames, parmi lesquelles la jeune épouse du comte du Maine et Agnès Sorel, entrent, parlant haut, très animés.

— Par saint Jean, dit le roi, j'ai une nouvelle à vous apprendre, chère dame !

Véritablement, il est méconnaissable ! Sa voix sonne clair, son regard brille, il est vêtu avec recherche, son geste est décidé. De toute sa personne émane on ne sait quelle force, quel entrain, un allant qui le transforme. L'amour le rajeunit.

— Nous parlions justement du duc, votre époux, dit-il en s'adressant à la duchesse de Bourgogne. Nous vantions sa science des divertissements.

La duchesse incline la tête, mais ne dit mot.

— C'est alors que ces jeunes gens ont pris la mouche, reprend le souverain en désignant les comtes du Maine et de Saint-Pol. Ils ont déclaré que nous pouvions, en France, rivaliser avec votre cour. J'ai paru en douter ; aussi se sont-ils chargés de nous inventer de nouvelles réjouissances : pour commencer, ils ont proposé un pas d'armes, une joute à tout venant, qu'ils se font fort de mener huit jours entiers ! Banquets, bals et jeux clôtureront, chaque soir, la fête. Qu'en dites-vous ?

A quoi servirait de protester ? De parler des dépenses inutiles, de toutes ces sommes qui vont s'en aller en folies ? Ce seraient paroles vaines. N'est-il pas bon, aussi, pour le prestige du royaume, de faire montre de largesses ?

La reine sourit à cet époux nouveau qui ne songe plus à errer, solitaire, dans les pièces tristes et closes qu'il affectionnait du temps de sa peur, mais qui, au contraire, ne rêve plus que plaisirs et amusements.

— Faites comme il vous plaira, Charles, vous savez bien que tout ce qui vous satisfait me convient.

Le ton est conciliant, soumis, presque maternel.

— Eh bien, c'est parfait ! lance le roi.

Pivotant sur ses talons, il se retourne vers sa suite, croise le regard d'Agnès et, complice, lui sourit.

— Il faudra désigner le tenant du pas, dit-il encore, et que ce soit un fier brave !

Manifestement, il est heureux.

Agnès plisse les yeux. Du champ clos où le grand soleil fait reluire de mille éclats les armures de tournoi, les armes, les boucliers, les trompettes de cuivre, elle reporte son regard sur ses mains jointes au creux de sa robe. Blanchies par des pommades à la graisse de baleine et au benjoin, massées, parfumées, les ongles polis, des bagues à chaque doigt, ce sont là mains de patricienne, de maîtresse de roi !

Bien qu'un peu lasse, elle se sent contente et ne cesse pas de s'émerveiller, au secret de son âme, de sa propre destinée. Ce bonheur, ce cadeau enchanté, elle en doit hommage à

Dieu. C'est Lui, dans Sa sagesse insondable, qui l'a vouée à ce rôle dont certains parlent avec sévérité mais qu'elle ne parvient pas à considérer comme néfaste. Pour Le remercier de Sa générosité, elle estime convenable de ne jamais ménager son enthousiasme, de se montrer, toujours et partout, d'humeur enjouée. Ceux qui sont heureux sont requis de le manifester en témoignage d'action de grâces envers le Seigneur. Bouder sa joie serait d'une noire ingratitude envers Lui.

A la cour de France, donc, elle est l'image même de l'entrain, de l'allègre jeunesse, quoi qu'il puisse, parfois, lui en coûter.

— Etes-vous indisposée par la chaleur, ma mie ?

Antoinette de Maignelay, qui se tient aux côtés de sa cousine dans les tribunes de bois élevées autour de la lice, se penche avec sollicitude vers la jeune femme dont l'état justifie ces précautions.

— Merci, Antoinette. Ce n'est rien.

— Voulez-vous boire un gobelet de lait d'amandes bien frais ?

— Volontiers.

Sur un signe, un jeune page disparaît en quête du breuvage réclamé.

Il y a un grand concours de peuple dans la vallée choisie pour ce pas d'armes de Sarry. De Châlons, de Reims, de Bar, d'un peu partout, on est venu à pied, à cheval, en croupe, en basterne, en litière, en chariot, pour voir, admirer, s'amuser, oublier et se réjouir. La cour, pour sa part, y déploie tous ses fastes.

Sur les conseils de René d'Anjou, maître en la matière, on a, pendant quinze jours, préparé avec un soin minutieux le cérémonial du tournoi. L'équipement des chevaliers, les dimensions de la lice, sa disposition, la composition du cortège qui accompagnera chacun des combattants, les formules dont devront user les hérauts d'armes pour signifier le défi dont ils sont chargés, rien n'a été laissé au hasard. Après avoir délimité le tracé de la lice, on a dressé, non loin de là, des tentes en toile, de couleurs vives, surmontées de banderoles ornées du blason de chaque jouteur. En ce moment, aucun frémissement ne les agite, tant la chaleur est immobile, mais hier encore, elles claquaient dans le vent. Les chevaliers, armés de pied en cap, y attendent l'heure de paraître dans le champ clos.

Autour de la lice, qui est immense, on a construit des tribunes décorées de tapisseries, de bannières armoriées, de

tapis de Perse, de guirlandes fleuries. Les dames, les demoiselles, les seigneurs qui ne combattent pas, y ont pris place
dans un grand déploiement de taffetas, de satin, de gaze
perlée, de velours et de brocatelle.

Depuis sept jours, Jacques de Lalaing, gentilhomme de la
maison de Bourgogne, désigné par le roi comme tenant du
pas, s'oppose aux chevaliers venus le défier. Considéré par
tous comme le modèle des champions, héros des plus belles
joutes offertes à la cour de Philippe le Bon, ce chevalier de
vingt-deux ans est à la fois un des plus redoutables et un des
plus élégants seigneurs qu'on puisse voir. Taille élevée, teint
frais, œil clair, ce Perceval éblouit l'assemblée par sa suite
nombreuse et la richesse de ses costumes. Sur son vêtement
d'apparat en damas cramoisi, losangé d'orfèvrerie, il porte
son armure de tournoi, ciselée et incrustée d'or et d'argent.
Le cimier qui surmonte son heaume est orné d'un panache
de plumes d'autruche blanches et vermeilles retenues par un
rubis gros comme un œuf de pigeon. Il s'est battu à merveille,
a fait preuve d'un courage et d'une habileté sans défaut.

Le comte de Foix, le comte de Clermont, le sire de Bueil,
ont été vaincus par lui malgré leur vaillance. Heureusement
pour la cour de France, le comte de Saint-Pol, plein de feu,
s'est montré son égal en emportant plusieurs fois le prix
des Dames. Pierre de Brézé, le comte du Maine, Poton de
Saintrailles, le seigneur de Baufremont, lui ont également tenu
tête, mais l'honneur revient au tenant du pas.

Depuis sept jours, chaque soir, après les joutes, banquets,
bals, concerts et jongleries ont saoulé de plaisir les hôtes du
roi de France. Rien n'a été épargné pour que cette semaine
devienne fertile en réjouissances galantes, magnifiques ou
surprenantes, pour que chaque heure écoulée soit une heure
de liesse.

En ce dernier jour de festivité, les dames et seigneurs,
gorgés de bombances, de frairies, de divertissements, suivent
d'un œil plus las les ultimes combats qui se déroulent devant
eux. Habitués, maintenant, à ce déferlement de prouesses, ils
se laissent plus difficilement émouvoir ou exalter.

— Dame, voici le lait dont vous aviez envie.

Agnès boit lentement le liquide opalescent, frais, fleurant
l'amande amère.

Installée dans la tribune de la reine, parmi les prudes dames
et les sages filles d'honneur de la souveraine, elle étincelle
au milieu de ces ternes figures, de tout son éclat. Aujourd'hui,
elle n'est vêtue que d'azur : bleue, sa robe de soie brochée

d'argent, bleus, son surcot de velours et le voile de son atour de tête, bleus aussi, ses yeux. Elle porte des perles fines sur sa coiffure, à ses doigts, autour de son cou. Sa beauté, alanguie par sa future maternité, s'irise de leur orient.

Marie de Belleville à sa gauche, Antoinette à sa droite, elle se voit elle-même entourée de plusieurs demoiselles qui composent tacitement, sans qu'il ait été besoin de les nommer, sa petite cour personnelle, ses favorites.

Pour avoir la paix et par soumission aux désirs du roi, la reine supporte dans sa cour austère et familiale cette enclave pécheresse.

Soudain, les trompettes retentissent.

Deux seigneurs, fastueusement parés, suivis d'une brillante escorte, pénètrent dans la lice. L'un d'eux porte les armes des Lusignan, héros légendaires des croisades ; l'autre, sous son armure, n'est vêtu que de blanc. Tous deux arrivent, visière baissée, environnés d'un tel fracas de trompettes qu'il semble que la terre et le ciel doivent combattre ensemble. Leurs gens s'écartent.

Le combat commence. Un silence aussi lourd que l'air surchauffé de la canicule pèse sur l'assemblée. L'intérêt de tous est subitement réveillé, tant le mystère et la maîtrise des jouteurs s'imposent à l'attention. La lutte est mieux que plaisante : d'une qualité rare et d'une perfection exceptionnelle.

Quatre fois, les champions s'élancent. Leurs destriers, houssés de velours brodé d'or, portent sur la tête des panaches de plumes qui ondoient dans le vent de la course. Calés sur leurs étriers, se maintenant de la main gauche à une poignée fixée à leur selle, la lance de tournoi appuyée sur un crochet de fer soudé à leur armure, les chevaliers sans blason s'abordent de toute leur lourde masse. La sciure et le sable de la piste volent autour d'eux. Ils virent, courent, voltent avec une adresse et une élégance sans défaut qui arrache des cris de satisfaction à la foule.

Deux fois, les lances sont rompues, mais, au cours de ce savant engagement, aucun des deux chevaliers ne mord la poussière.

Les trompettes retentissent de nouveau. Les seigneurs inconnus, dont l'habileté a intrigué bien des spectateurs, vont se faire désarmer au pied de la tribune qu'occupent les dames. Ils avancent sous les vivats, les fleurs, les voiles et les branches vertes qu'on leur lance de toutes parts.

Parvenus devant la tribune, ils lèvent leur visière. Stupeur :
Pierre de Brézé est l'un des deux, l'autre, le roi de France !
Des acclamations délirantes jaillissent.

Non sans mélancolie, la reine joint sa voix à celle de ses
sujets. Pour elle, Charles VII n'a jamais pris tant de risques,
lui qui, jadis, refusait de porter l'armure et n'osait plus, après
Montereau, passer à cheval sur un pont !

A quelques pas de Marie d'Anjou, Agnès est radieuse. Elle
sait de quels amoureux fils est tissé ce beau courage. En son
cœur bondissant, elle en remercie à la fois le Roi du Ciel et
celui qui, par amour d'elle, a su vaincre ses mauvais démons.
Allons, l'homme rempli de timidité, d'hésitations, de honte
et d'amertume est bien mort. Voici qu'est né à sa place un
prince dont la hardiesse, l'ardeur juvénile et la passion illumi-
nent le front ! Elle seule sait de quels transports a surgi tant
de force, au sortir de quelles étreintes s'est dressé, armé par
elle, ce nouveau héros de chevalerie !

Pour clore le pas d'armes, une fête, encore plus somptueuse
que celles qui l'ont précédée, est offerte, ce soir-là, au château
de Sarry. Un banquet gigantesque, suivi de danses à la mode,
témoigne de la vitalité de ces hôtes qui retrouvent leur appétit,
leur gaillardise, leurs rires et leur enthousiasme pour congra-
tuler leur souverain régénéré.

Parmi ceux qui ne sont pas au diapason — il y en a —
la duchesse de Bourgogne ne cache pas sa surprise et son
aigreur devant un spectacle qu'elle croyait son duché seul
capable de donner.

La dauphine, épuisée, malade, mais ruisselante de joyaux,
cache sous son fard et son amabilité de commande sa pâleur
et sa consomption.

La reine, toujours en deuil, s'est retirée chez elle où elle
se réfugie dans ses souvenirs et sa tendresse maternelle, afin
de ne pas pleurer en songeant au triomphe de celle qui est,
à présent, officiellement sa rivale.

Le roi, qui détestait danser, vire avec Agnès en des caroles
sans fin. Comme par réfraction, il flambe de joie auprès de
sa favorite qui n'est qu'étincellement.

Qui ne danse pas cette danse de Bourgogne si aimable ?

Jean d'Angoulême, le frère du duc d'Orléans, qui revient
d'une fort longue captivité en Angleterre, fait, lui aussi,
comme tout le monde, en dépit de sa sainteté, et entre, à son
tour, dans le bal.

Isabelle d'Anjou, déchirée par la jalousie toute neuve qu'elle
ressent à l'égard d'un roi René fasciné — en secret, croit-

il — par le charme de Jeanne de Laval, danse cependant, avec son élégance coutumière, ainsi que sa bru, la duchesse de Calabre, le comte de Clermont, jeune athlète qui ne trouve point de cruelles, la dauphine, à bout de forces, et tous les seigneurs, dames et demoiselles qui ont l'honneur d'être reçus à Sarry.

La fête se prolonge jusqu'à l'aube. C'est une Agnès ivre de fatigue, de succès et d'amour que le roi reçoit dans ses bras, en ce beau matin de l'été, aux premiers feux de l'aurore.

Un visage émacié et cependant empourpré de fièvre, creusant à peine la soie des coussins, des cheveux poissés de sueur, une toux qui déchire, une respiration embarrassée : c'est là le spectacle navrant de l'agonie d'une princesse qui n'a pas vingt ans !

La dauphine se meurt. L'inquiétude, la peine, la consternation, telles de noires volées de choucas, se sont abattues sur le château de Sarry.

Les médecins et les apothicaires circulent, la mine grave, entre la chambre de l'agonisante et Châlons où l'on compose à son intention des emplâtres de simples. On a tout essayé : saignées, ventouses sèches, scarifiées, application de moutarde, de cantharide. En vain. Rien n'y fait. Marguerite d'Ecosse succombe à une maladie de poitrine. Déjà atteinte de ce mal sans pitié depuis des mois, elle a pris froid lors d'un pèlerinage à Notre-Dame-de-l'Epine, et n'a pu résister à la pleurésie qui l'a terrassée.

Dans le vaste lit où son époux ne venait plus jamais la rejoindre, elle vit ses dernières heures. On a tiré les courtines de velours pour qu'elle reçoive les sacrements. Ses femmes, ceux qui la soignent, ceux qui lui sont attachés, s'affairent autour d'elle.

Entre ses draps de satin, elle paraît anormalement menue, enfantine, réduite à l'état de pauvre petite momie. La fièvre la brûle, une douleur supliciante lui transperce le dos, elle respire avec une extrême difficulté, geint doucement, tient les yeux fermés.

Ses dames d'honneur se relaient à son chevet. La reine, qui a déjà assisté tant d'êtres chers en de pareils moments, vient lui tenir compagnie plusieurs fois par jour.

Dès que la souveraine se retire pour prendre un peu de repos, Agnès pénètre doucement dans la pièce, s'approche de la couche, caresse avec précaution la main diaphane. Au début, elle a tenté de lire à mi-voix des poèmes à la pauvre princesse qui les aimait tant. Très vite, elle a dû y renoncer. Le moindre effort épuise Marguerite d'Ecosse.

A la tête du lit aux colonnes de bois tourné, des bougies parfumées combattent de leur senteur à la résine de pin l'odeur des suées, l'odeur de la mort.

Il fait nuit. Une ombre froide — ce mois d'août n'est guère ensoleillé — est tombée sur la vallée. Aussi en dépit de la saison, a-t-on allumé un feu de romarin dans la cheminée, afin de réchauffer la chambre et d'en assainir l'air.

Agnès se tient à genoux sur un coussin auprès de la mourante. Elle a voulu aider le médecin à envelopper la maigre poitrine dans un emplâtre de plantes révulsives, fraîchement composé.

A présent, il n'est plus que d'attendre.

Jeanne de Tucé, dame de Saint-Michel, Marguerite de Vaux, Annette de Guise, Marguerite de Villequiers, toutes dames de la dauphine, également agenouillées, font oraison au pied de la couche.

« Le dauphin n'est venu qu'une fois prendre des nouvelles de son épouse, songe Agnès avec amertume. La mort de cette jeune femme le laisse indifférent et même, si on en juge par son attitude, impatient, soulagé ! »

En dépit de la grande bonne volonté qu'elle déploie envers tous ceux qui l'approchent, la favorite ne peut ressentir qu'aversion et méfiance à l'égard de ce fils avide de pouvoir, de ce mari indigne, de ce personnage dont la cautèle n'exclut pas la brutalité. La rage qu'il a manifestée à la suite du don qu'elle a fait à la collégiale de Loches des fameuses tapisseries prises aux Armagnac qu'il s'était, bizarrement, cru en droit de lui offrir, laisse pressentir pour la suite on ne sait quelle vengeance.

« Le dauphin me hait. Après avoir espéré obtenir mes faveurs, pour me prendre à son père, il y a renoncé et n'est plus que venin ! Il fera tout pour me perdre. Je le sens. On voit trop bien, à sa froide cruauté envers cette épouse qui se meurt, autant de son fait que de celui de la maladie, jusqu'où sa vindicte peut le mener. Envers moi, envers le roi, il est capable des pires vilenies. »

N'est-il pas à l'origine des brouilles récentes qui ont, successivement, éloigné René d'Anjou de la cour d'où il est parti pour regagner Angers ; ramené en Lorraine son fils aîné, Jean de Calabre ; forcé Charles d'Anjou — décidément, il en veut à cette maison dont la puissance l'a depuis toujours rendu furieux — à abandonner sa place au conseil ?

Il y en a pour prétendre que, derrière l'agitation perfide du dauphin, se profile l'ambition du grand sénéchal. Agnès n'en croit rien. Pierre de Brézé est son ami, le seul. Connaissant sa loyauté, le sachant de pur métal, elle a entière confiance en lui. Dans cette cour où beaucoup la détestent, où d'autres la méprisent, où tous l'envient, elle n'a plus, Isabelle d'Anjou ayant suivi René dans sa retraite, qu'un recours, qu'un soutien, en dehors, bien sûr, de l'amour du roi qui est son bouclier : le grand sénéchal, comte d'Evreux !

Jamais il ne lui manquera. Sa fidélité est celle d'un paladin. Quoi qu'il advienne, elle sait pouvoir compter sur lui.

Par-delà toutes les bonnes raisons qu'elle a de croire en lui, il en est une, plus subtile, que tous deux ne s'avoueront pas. Sans doute, la plus solide : entre cet homme et elle, implicitement, un amour étouffé dans son germe, crée, en plus de l'amitié, une sorte de complicité inavouée, sensible au cœur de chacun d'eux. Jamais, ils ne l'ont évoquée, jamais, ils n'en parleront.

En dépit de l'attention qu'ils portent à celer ce qu'il y a d'exceptionnel dans leur entente, beaucoup l'ont discerné. Aussi, médit-on sur leur compte. On imagine — elle le sait — une liaison qui trahirait le roi. Elle n'a que mépris pour de telles sottises qui ne changent rien au sentiment d'affection limpide qu'elle voue à Brézé. Autre résultat de cette alliance : ne voyant plus que par elle, Charles VII en est venu à se reposer entièrement sur le grand sénéchal de certaines affaires de l'Etat. C'est très bien ainsi. Elle veut qu'on puisse nommer « le Bien Servi » un souverain auquel de tels serviteurs lient leur destin.

« Voilà qu'au moment où se meurt la dauphine, notre pays ressuscite, retrouve sa vigueur, part pour de nouvelles victoires ! Pauvre princesse qui ne verra pas ce redressement prodigieux ! »

Charmante dauphine, tout le monde la pleurera à la cour, sauf ce mari dont les persécutions pleines d'artifices la hantent encore dans son agonie. N'a-t-elle pas, un peu plus tôt, répété plusieurs fois, le visage contracté par la peur :

« — Je ne fis jamais tort à mon seigneur ! Jamais, je ne lui fis tort ! »

Comme si le dauphin était encore là, près d'elle, pour la torturer par ses accusations d'adultère, auxquelles il ne croit pas lui-même, et pour l'en fustiger !

La respiration de l'agonisante est de plus en plus difficile. Elle halète, tout en serrant sur son cœur un crucifix que le prêtre venu lui donner l'extrême-onction lui a laissé, sur sa demande expresse. Son visage délicat est défait, creusé. Les os saillants y dessinent sinistrement le masque de la mort.

— Chère dame, voulez-vous boire ?

Agnès se penche sur la forme souffrante, lui présente un gobelet rempli d'un élixir composé par les apothicaires.

— Oui. J'ai soif.

Jeanne de Tucé, première dame d'honneur, aide Agnès à soulever le corps décharné qui ne pèse rien. La malade boit un peu, suffoque, repousse la main tendue. On la recouche avec beaucoup de soin.

Un râle qui va s'amplifiant sort de sa bouche.

Agnès retombe à genoux.

« Seigneur, Seigneur, ayez pitié de cette âme de colombe. Epargnez-la ! »

Que fera le dauphin quand il se retrouvera seul ? Tel qu'on le connaît, il se remariera sans tarder, pour avoir des enfants, un fils, qui assurera à son tour la succession au trône.

Dieu merci, on n'en est pas là. Le roi est bien vivant ! Plus vigoureux, plus gai, plus remuant que jamais. L'amour l'a accompli. Sans cesse, la pensée d'Agnès revient à cette passion que lui voue le roi, qui l'habite tout entier. Avant de le constater, elle n'aurait pas cru possible qu'un homme puisse être si totalement subjugué par une femme, qu'il lui serait donné, à elle, de posséder un pouvoir si absolu sur l'esprit, le cœur, les sens de son amant. Tout ce qu'elle dit, tout ce qu'elle ose, est approuvé. Parfois, elle en ressent un vertige, une sorte d'angoisse : une telle idolâtrie est-elle durable ? Ses craintes se dissipent très vite. De nature confiante, elle croit en l'avenir, en Charles, en la pérennité d'une liaison si fortement établie.

« Je suis aimée, comblée, que demander de plus ? »

Le roi lui offre, à tout moment, de nouvelles preuves de son attachement. Il est follement jaloux.

N'a-t-il pas, dernièrement, expédié comme ambassadeur en Angleterre son cher Etienne Chevalier pour excès d'attentions ? Pour n'avoir pas su dissimuler aux yeux investigateurs qui surveillent chaque conversation d'Agnès, la tendresse infinie que le contrôleur général des Finances porte, lui aussi, à la favorite ?

« C'est un malentendu navrant. Je m'emploierai à faire revenir sans tarder mon roi sur sa décision. »

Par son entremise, elle a aidé à grouper autour du souverain des hommes sûrs, nouveaux, intelligents et actifs, que sa recommandation sert plus efficacement qu'un haut lignage. Conseillée par le sénéchal, elle a soufflé à Charles VII, afin qu'ils fassent partie de son conseil rénové, les noms de Jacques Cœur, Tancarville, Jouvenel des Ursins qui a été nommé chancelier, et de son frère, l'archevêque de Reims, Jean Bureau, Guillaume Cousinot et quelques autres. Elle devine que ceux-là ne pilleront pas la couronne car ils dépendent étroitement de ses succès, que leur intérêt, avant tout, est d'assurer la puissance du royaume. C'est elle, également, qui a demandé que Dunois, le bâtard d'Orléans, revienne au conseil, afin de remplacer le comte du Maine, parti à la suite des intrigues du dauphin.

Sur leur avis, le roi a accompli de profondes réformes : remaniement de l'armée, création d'une gendarmerie royale, nomination d'agents chargés de répartir eux-mêmes l'impôt.

La France est en de bonnes mains, en bonne voie !

Soudain, la dauphine se redresse, son visage, d'où tout le sang semble s'être retiré, reflète une grande anxiété. Ses yeux sont affreusement tristes.

— Agnès, souffle-t-elle, Agnès, je m'en vais !

La favorite se lève, serre entre les siens les doigts fiévreux.

— Ayez confiance, ma dame. Ne perdez pas espoir, vous vivrez !

La mourante secoue le front. D'une voix frêle, mais décidée, elle murmure :

— Non pas. Fi de la vie ! Qu'on ne m'en parle plus !

Lentement, elle retombe sur ses oreillers, répète une ou deux fois :

— Fi, fi de la vie !

Ferme les paupières, exhale un long soupir.

Agnès se penche, tâte le pouls qui ne bat plus.

— Un miroir. Qu'on me donne un miroir !

Aucune buée ne ternit la glace à main posée devant les lèvres sans couleur.

— Madame Marguerite d'Ecosse, dauphine de France, n'est plus. Elle a cessé de souffrir. Qu'on prévienne la cour.

Annette de Guise s'élance au-dehors.

Agnès prie de toute sa foi.

Dès qu'elle perçoit des pas qui s'approchent, elle se relève, se signe, et sort sans bruit par une petite porte. Elle ne veut pas infliger, en un tel moment, par sa présence, une peine supplémentaire à la reine qui aimait tant la dauphine.

Les jours passent. A l'ombre du roi, l'influence de celle qu'on nomme couramment, galamment, la dame de Beauté, ne cesse de s'affirmer.

La cour a quitté Châlons. Impatient, Charles VII est parti devant en compagnie de quelques fidèles et d'Agnès. La reine a suivi, par petites étapes.

On s'est installé en Touraine. D'abord aux Montils, cette résidence tant aimée de Marie d'Anjou, puis à Loches, où Agnès se sent plus à l'aise. Là encore, le roi estime avoir trop de monde autour de lui, manquer de liberté pour vivre à sa guise amoureuse. En novembre, il décide d'aller loger chez un de ses chambellans, Jean de Razilly.

A deux lieues de Chinon, dans la vallée boisée de la Vienne, le château de Razilly dresse, au milieu d'un parc sylvestre et dru, ses murs garnis d'un chemin de ronde, ses toits d'ardoises bleues, et sa chapelle toute blanche, construite au début du siècle, dont les cloches rythment la vie insouciante des hôtes du lieu.

Reléguée à Chinon où le roi s'en va pourtant la visiter de temps en temps avec sa courtoisie habituelle, la reine, toujours docile, a repris son existence grise, toute dédiée aux devoirs de sa condition.

A Razilly, Charles VII est heureux. Il s'épanouit, loin des charges qui le contraignent dans ses domaines royaux, loin des commérages de la cour, loin des intrigues de ses ennemis. Entouré ici d'amis sûrs, aussi attachés à son étoile qu'à celle d'Agnès, il se sait à l'abri des hargnes et des complots.

Levé avec l'aube, il entend chaque jour, comme à l'accoutumée, trois messes matinales avant de partir chevaucher à travers bois et prés en compagnie de sa maîtresse. Loin des villes dont il se méfiera toujours, il s'adonne sans arrière-pensée à son goût pour la vie campagnarde, tire à l'arbalète, joue à la paume, chasse.

La tendre présence d'Agnès à ses côtés — il ne peut plus respirer loin d'elle — décuple ses plaisirs. Enfin livrés l'un à l'autre, sans apparences à sauvegarder, dans une intimité sensuelle qui les enivre, ils galopent, rient, dansent, jouent, aiment, follement.

Ceux qui sont admis à partager leur solitude passionnée se nomment André de Villequier, gentilhomme normand favori du roi, François de Clermont, Antoine d'Aubusson, Jean de Bueil, Chabannes, l'indispensable grand sénéchal, deux des frères d'Agnès : Jean et Charles Soreau, le dévoué Guillaume Gouffier et, bien entendu, Antoinette de Maignelay qui a su se rendre utile, partout, à sa cousine.

Le petit cénacle coule au bord de la Vienne des heures dorées, faites de divertissements intimes, de jeux champêtres, de badinages familiers, d'entrain, de fantaisie.

Razilly n'est pas, pour autant, une retraite. Le roi y reçoit avec bonne grâce tous les visiteurs, quémandeurs, solliciteurs qui se présentent, et ils sont nombreux.

Pour ne pas avoir l'air de maintenir la reine à distance, ni de bouder la cour, on organise en des moments judicieusement choisis de grandes réceptions ou de menus débats. Parfois, les princes s'y réunissent en des assemblées bruyantes, chatoyantes, où on aborde mille sujets pour n'en régler que quelques-uns.

On n'en retrouve qu'avec plus de secrète satisfaction, ensuite, les amusements du cercle réduit aux intimes, les courses dans la nature, les veillées consacrées à la musique, les plaisirs brûlants du lit.

Après de douces fêtes de Noël, où la piété et les sens, le charnel et le spirituel se sont mêlés avec suavité, janvier est venu.

Le visage mordu par le froid, les vêtements saupoudrés de neige, on rentre des bois craquants de givre, blancs de frimas, malmenés par le vent, dans les appartements chauffés du château où attendent des collations de pâtés de gibier, des échaudés, des fouaces, des fruits secs, des épices, des vins herbés. Dans les salles où on se tient, il y a toujours deux cheminées, une à chaque bout de la pièce. On y fait brûler des troncs entiers de chêne ou de noyer, en une féerie dansante de hautes flammes claires.

On joue aux dés, aux échecs, aux gages.

A la fin du mois, par un jour neigeux, sous un ciel pâle, naît la seconde fille des amours royales : Charlotte de Valois, jolie comme sa mère. Sans vergogne, on lui donne le prénom féminisé de son père. Penché sur le berceau lilial, le roi délire de bonheur.

Après ses relevailles, Agnès, encore embellie par ses maternités, plus pulpeuse, plus glorieusement florissante, constate que son empire sur le souverain est absolu. Maintenant, son train de vie est supérieur à celui d'une princesse, à celui-là même de la reine. Elle a sa propre suite, des dames d'honneur, une pension de trois cents livres. Bien que faisant encore officiellement partie des suivantes de la souveraine, elle se voit entourée d'un cortège plus brillant que celui de Marie d'Anjou.

Le roi ne sait rien refuser à cette sirène qui fait montre, le plus naturellement du monde, d'un appétit puissant et rieur des biens de ce monde. Elle devient dame de la Roquecezière dans le Rouergue, reçoit la châtellenie d'Issoudun en Berry. Elle possède les plus beaux meubles, les plus fines tapisseries, la plus lourde vaisselle d'argent massif, des joyaux à foison, des vêtements de brocarts façonnés d'or, des soies de Chine, des mousselines d'Egypte, des perles énormes pêchées à son intention dans les océans des antipodes, que Jacques Cœur fait cheminer jusqu'à elle à travers des continents.

Elle lance les modes, porte des traînes d'une longueur insensée, des atours de tête hauts comme des ruches, des décolletés vertigineux. Par amusement, faim de la vie, soif du plaisir, mais sans morgue ni vanité, avec bonne humeur, élégance, tact, sans volonté d'écraser qui que ce soit.

Sa bonté la sauve des extrémités où le luxe pourrait l'entraîner. Distribuant à pleines mains ses richesses aux pauvres, aux malades, aux enfants perdus, aux œuvres pieuses, aux maisons-Dieu, elle se rachète.

Une prodigieuse force vive, un accord instinctif avec la nature, une puissance de sympathie irrésistible émanent d'elle, enchantent ceux qui l'approchent. Le roi tout le premier. Elle trouve le moyen d'être éclatante en demeurant douce, riche en restant compatissante, puissante en conservant sa gaieté.

Créature de Dieu livrée aux jouissances de la chair, à celles de la célébrité, de l'argent, du succès, et les appréciant, Agnès, pourtant ne renie ni sa foi, ni les obligations qu'elle entraîne. C'est une pécheresse qui, à genoux, adore son Créateur.

Ceux-là même, et ils sont nombreux, qui ne lui pardonnent pas d'être la favorite en titre, qui commencent à lui reprocher de tenir sous son joug un souverain épris comme Tristan, déchaîné comme Dionysos, ceux-là aussi subissent son charme et en sont subjugués.

Elle connaît, cependant, la fragilité de son empire et sa précarité. La faveur du roi l'a élevée au faîte des honneurs, sa défaveur l'en ferait choir encore plus sûrement. Cette certitude ne lui pèse pas. Elle fait confiance à l'amour de Charles, à cet homme qu'elle a libéré de ses fantômes. Elle le voit, entre ses bras, renaître à lui-même, se découvrir des réserves de force et d'ardeur ignorées de tous, s'affirmer, rayonner. Elle voit le royaume refleurir, resurgir avec une vigueur insoupçonnée des décombres et des ruines qui le couvrent encore, repartir vers une ère nouvelle, qu'elle contribue à lui ouvrir, de richesses et de fécondité.

Voilà de quoi être satisfaite !

Bien entendu, il y a des ombres à ce tableau. La haine populaire, plus sensible au cœur d'Agnès que celle de la cour, grandit inexorablement envers celle qu'on nomme « la ribaude ». On l'accuse d'asservir le roi, de l'ensorceler, d'en faire ce qu'elle veut. Elle le sait. Elle en souffre. Mais, comme elle est de nature généreuse, elle s'imagine que les bienfaits, les dons, les secours qu'elle multiplie feront changer d'avis, au fil des jours, ces gens qui ne la connaissent pas et la jugent uniquement d'après de vils ragots. Elle se trompe. L'hostilité ne désarme pas si aisément, surtout quand de puissants personnages s'emploient à la tenir en éveil.

Le dauphin, toujours lui, joue les justiciers, se proclame le vengeur de sa mère, poursuit de sa fureur jalouse la favorite dont la séduction l'exaspère. Un jour de printemps, il a été jusqu'à souffleter cette femme trop belle qui n'est pas à lui, mais appartient, elle aussi, comme la France, à un père détesté.

A la suite de cette insulte, la colère du roi a été telle qu'il a fallu beaucoup d'adresse à l'outragée pour empêcher Charles VII de chasser, comme un chien enragé, de Razilly où il était venu quelque temps le vindicatif dauphin.

A présent, on s'efforce d'oublier ces intrigues, ces violences, on ne se préoccupe plus, en cet été de 1446, que de recevoir le plus brillamment possible les trois ambassadeurs extraordinaires envoyés en France par le jeune roi d'Angleterre. Il s'agit, pour eux, d'acquérir l'assurance d'une prolongation de la bienheureuse trêve qui permet aux deux royaumes de se ressaisir, de respirer.

Le roi tient à les recevoir avec tous les égards dus à leur mission.

René d'Anjou, revenu sans rancune de son duché, a été, une fois de plus, chargé d'organiser un tournoi particulièrement ingénieux. Il s'est surpassé.

Au lieu dit : « Le Rocher périlleux », entre Chinon et Razilly, il a choisi un roc imposant sur lequel on a construit un château de bois et de toile, superbement décoré, appelé château de la Fidélité. Selon l'usage, une colonne y est élevée. On l'a ornée des écus des tenants. Tous ceux qui souhaitent combattre doivent les toucher. Quatre gentilshommes, des plus nobles de Touraine, gardent le pas.

L'inspiration de René ne s'est pas arrêtée là. Il a imaginé de défendre à toute dame ou demoiselle de franchir la clôture sans être accompagnée d'un chevalier prêt à rompre deux lances en son honneur. Celle qui n'a pas trouvé de répondant doit concéder aux quatre gentilshommes tenants du pas un gage qu'ils ne céderont qu'au compagnon preux et courtois qui viendra le reprendre de la part de la dame en question.

Le vaincu devra porter un bracelet d'or muni d'une serrure jusqu'à ce qu'il rencontre la dame qui en possède la clef. Il deviendra alors son servant.

Enflammés d'enthousiasme, beaucoup de seigneurs se préparent à cette galante épreuve.

Après avoir cherché un nom évocateur pour ce tournoi, le roi René, jamais à court de trouvailles chevaleresques, a décidé qu'il se nommerait : « L'emprise de la Gueule du Dragon. » On ne sait pas de quel dragon il s'agit, mais peu importe.

Des tentes d'étoffes chatoyantes ont été dressées sur l'emplacement élu. A leur sommet, flottent les pavillons de France. Il fait beau. La veille, un orage a rafraîchi l'air et un vent plaisant se joue des prévisions inquiètes de ceux qui ont ausculté le ciel.

Des pages, tenant une bannière aux armes de leur seigneur, revêtus d'un manteau aux couleurs de l'écu, entrent dans la lice qui est pleine à craquer. La foule bourdonne.

Gonflés d'importance, écuyers et damoiseaux se croisent en tous sens.

Charles VII, donnant la main à Marie d'Anjou, qui se trouve enceinte pour la quatorzième fois, salue le peuple qui répond par les cris de : « Vive le roi ! Vive la reine, notre noble dame ! Montjoie ! Montjoie ! »

Emu, le roi s'écrie à son tour :

— Oui, mes bien chers enfants, Montjoie et Montjoie !

A l'entrée de la lice, debout, les hérauts d'armes font retentir l'air du son des fifres, des tambours, des trompettes.

Revenu depuis peu d'Angleterre, Etienne Chevalier, sobrement fastueux selon son habitude, entre sur un cheval caparaçonné de velours brodé d'argent. Une devise, qu'on ne peut lire de loin, est inscrite sur la housse.

C'est alors qu'Agnès Sorel, toute de blanc et d'or vêtue, se présente devant la clôture. Sa beauté pourrait émouvoir jusqu'au rocher qui sert de prétexte à la joute. Sur la demande qu'on lui adresse :

— Où est votre preux ?

Elle désigne Etienne Chevalier, en signe d'amitié et d'oubli des erreurs de jugement passées. Il s'incline devant elle sans parvenir tout à fait à dissimuler son trouble et sa joie.

Soudain, une autre dame d'un grand charme également, apparaît. C'est Jeanne de Laval, fille de Guy XIV, comte de Laval. Aussitôt, un chevalier monté sur un destrier houssé de noir surgit. Ses armes sont noires aussi, son écu est de sable semé de larmes d'argent, sa devise dont le corps est un réchaud, porte : « D'ardent désir ». Un panache de couleur foncée flotte sur son casque d'acier poli. Il touche l'écu des quatre gentilshommes tenants du pas et les appelle au combat.

Sa fougue et son adresse sont telles qu'il est proclamé vainqueur. Bien entendu, il s'agit de René d'Anjou, partagé entre le désir de ne pas chagriner Isabelle de Lorraine, sa femme, et celui, non moins fort, de séduire la belle Jeanne de Laval dont il est follement épris.

Ayant gagné le prix, à la fin du tournoi, il exulte. Son grand rire victorieux résonne dans la lice comme autant d'éclats de cuivre. La foule est enchantée. La cour aussi.

Entourée comme une reine, plus que la reine, Agnès est l'astre de la journée. Chacun vient la saluer, l'entretenir. Souriante, mais non grisée, la dame de Beauté contemple son succès sur tant de visages tournés vers elle avec de flatteuses grimaces. Elle n'en est pas dupe. Combien d'amis sincères peut-elle compter parmi cette cohue parée et dorée qui l'encense sans vergogne ? Du regard, elle cherche Marie de Belleville. Un peu à l'écart, sage, tranquille, comme isolée au milieu de toute cette agitation, Marie considère son amie avec un mélange d'admiration et de mélancolie. Elle croise une seconde les yeux d'Agnès, lui fait un signe de connivence, se détourne. La jeune femme en éprouve une douceur indicible.

Le soir, au château où René d'Anjou mène le jeu, on boit, on mange, on danse à perdre haleine.

Une fois de plus, certains disent par défi, d'autres savent que c'est seulement pour sa satisfaction personnelle, Agnès provoque la sensation.

Vêtue de damas vert surbrodé d'innombrables perles du plus pur orient, appuyée au bras du grand sénéchal, elle fait une entrée fracassante dans la salle du festin. A son cou, une chaîne d'or supporte une pierre fabuleuse que les flammes des bougies allument des feux du prisme. C'est le premier diamant taillé qu'on voit en Occident !

Dès qu'elle a su, par Jacques Cœur, que les Hollandais avaient appris à tailler cette pierre de façon à multiplier son éclat, elle a tenu à en posséder une. Sans hésiter, le roi lui a offert le joyau fabuleux afin qu'elle soit la première à le porter.

L'effet est considérable. On s'exclame, on admire, on envie.

La dame de Beauté semble s'amuser beaucoup. Charles VII se redresse, ravi de cette surprise comme d'une nouvelle victoire.

La reine, les paupières baissées, s'efforce de ne pas pleurer, de ne pas maudire sa rivale, de ne songer qu'à son futur petit enfant.

La fête se termine en apothéose. Personne, à Razilly, ne dort cette nuit-là.

TROISIÈME PARTIE

Le dénouement

Une odeur d'humidité et d'encens refroidi émane des murs, des dalles de l'église collégiale, se mêlant à celle, plus fraîche, des narcisses blancs qui fleurissent les autels.

Une pluie d'avril, acide, rageuse, tombe sur la vallée de l'Indre, sur Loches, sa colline, ses remparts emmurant la ville fortifiée, le donjon massif bâti autrefois par Foulques Nerra alors qu'il était comte d'Anjou, les dômes coniques de la collégiale, les tourelles du château.

A genoux sur le pavage d'une des chapelles absidales de l'imposante église, celle qui est consacrée à sainte Marie-Magdeleine, en souvenir de la chapelle dédiée à la sainte repentie, primitivement établie à cet endroit au Ve siècle, Agnès prie avec ferveur. Depuis qu'elle s'est donnée au roi, voici déjà quatre ans, elle a toujours manifesté une piété particulière envers celle qui fut une grande pécheresse selon la chair, qui connut la tentation, ses attraits et ses gouffres, avant de se racheter.

C'est à cette même collégiale que la favorite fit don, selon le vœu qu'elle avait prononcé au chevet du roi moribond en 1444, d'une statuette en argent doré, représentant sainte Marie-Magdeleine, contenant une côte et des cheveux de la sainte qui s'attacha si purement au Christ. Sous sa protection, Agnès se sent à l'abri. De son âme s'élève une oraison où le repentir se mêle étroitement à l'action de grâces.

Après s'être recueillie pour la mémoire de son père, Jean Soreau, seigneur de Coudun, mort à la fin de l'année précédente, et qu'elle a beaucoup pleuré, elle a suivi une pente familière qui l'amène invariablement à faire un retour sur elle-même.

Seule, pour le moment, dans son logis de Beaulieu, faubourg de Loches, elle a le temps de songer. Charles VII lui a acheté en cet endroit un hôtel charmant et discret où elle aime vivre quand elle ne partage pas l'existence errante du souverain, toujours en train d'arpenter les routes et chemins de son royaume.

En ce printemps de 1447, le roi réside pour un temps à Bourges où il est plus à même d'intervenir dans la délicate affaire du concile de Bâle statuant sur le cas du successeur du pape Eugène IV, qui s'est éteint voici quelques semaines. Le Grand Schisme menace toujours de renaître de ses cendres. Il revient donc au roi de France, le Très Chrétien, d'intervenir en arbitre dans cette querelle qui menace l'avenir même de l'Eglise.

Parmi les débats qui s'éternisent, il songe cependant sans cesse à Agnès. Il lui envoie message sur message, cadeaux, lettres impatientes, et s'échappe chaque fois qu'il peut quitter le conseil pour se rendre à Loches où le logis du roi est prêt, à n'importe quelle heure du jour ou de la nuit, pour le recevoir.

Ces derniers mois, l'exercice du pouvoir a bouleversé la vie recluse, la vie ardente, des deux amants. Le dauphin a tenté une nouvelle fois de fomenter, d'abord avec Chabannes qui s'est récusé, puis avec le seigneur du Lude qui a donné dans le piège, un complot pour chasser de la cour, faire disparaître, tuer au besoin, Pierre de Brézé, la favorite et leurs fidèles. Dénoncé par un serviteur du sire de Bueil, qui était de la conjuration, Louis a tout nié en bloc, puis a tenté de faire retomber l'accusation sur Chabannes. Mais le vieux sanglier ne s'est pas laissé faire ! En une entrevue dramatique, devant le roi ulcéré, le dauphin s'est montré aussi lâche que venimeux, mentant, reniant sa foi, chargeant celui qu'il avait voulu entraîner sur ses pas. Devant l'indignation de son ancien compagnon d'armes qui demandait qu'on lui fasse raison de l'injure infligée par le dauphin à son honneur de soldat, le roi, à bout de patience, s'est emporté :

— Louis, a-t-il dit avec colère et amertume, je vous bannis pour quatre mois de mon royaume. Allez-vous-en en Dauphiné !

Après cet esclandre, on a quitté Razilly et ses douceurs secrètes pour regagner les Montils, puis Chinon, Loches enfin.

Le 28 décembre, jour des Saints-Innocents, la reine Marie a mis au monde, à Tours, un fils solide et bien membré qu'on a nommé Charles comme son père et fait duc de Berry.

Agnès, à son tour, a souffert, dans son amour, de l'allégresse triomphante éprouvée par le roi en apprenant la nouvelle. Un fils ! Un second fils, bien vivant, alors qu'il n'en espérait plus, alors que l'aîné, une fois encore, venait de montrer ce dont il était capable en fait de trahison, de donner la mesure de sa duplicité, de son ambition !

Charles VII a tenu à annoncer lui-même la nouvelle à ses bonnes villes, puis il a envoyé à son épouse une robe de somptueuse étoffe avec un présent de trois mille livres !

Face à ce ravissement où elle n'avait aucune part, Agnès a éprouvé une tristesse déchirante. Favorite, elle ne pourrait jamais, en dépit de toute sa tendresse, offrir à son amant un cadeau de cette qualité, un don de cette importance.

C'est encore avec une amère nostalgie qu'elle évoque le baptême magnifique que le souverain a ordonné pour Charles de France, enfant royal. Le comte du Maine, rentré en grâce depuis peu sur la requête du grand sénéchal qui préfère sans doute l'avoir auprès de lui que loin de sa surveillance, avait été choisi comme parrain, et c'est lui qui a tenu l'enfançon sur les fonts baptismaux. Tous ceux qui comptent à la cour se sont trouvés présents pour assister à l'événement. Quand le cortège est sorti sur le parvis de la cathédrale de Tours, la foule, massée là, a éclaté en vivats.

D'émotion, Charles VII a laissé couler des larmes sans rien faire pour les dissimuler et il a adressé à la reine un regard de reconnaissance qui s'est planté comme une flèche dans le cœur d'Agnès.

Si elle a eu mal, ce jour-là, à cet endroit précis, de ce fait, un autre, bien plus encore, en a conçu fureur et jalousie. Le dauphin, pas encore parti vers sa province, a vu un défi, une menace, dans l'explosion de joie saluant la venue au monde de celui qui se présente directement après lui dans l'ordre de la succession à ce trône tant convoité. Il a ressenti comme une injure la liesse des souverains, celle du peuple. Aussi, le premier janvier de l'année nouvelle, a-t-il pris la route du Dauphiné sans avoir salué son père, ivre de fureur, la malédiction à la bouche. On raconte que, tête nue, s'arrêtant au moment de quitter la ville, il s'est écrié :

— Par cette tête qui n'a pas de chaperon, je me vengerai de ceux qui m'ont jeté hors de ma maison !

Personne, surtout pas le roi, n'a pris cet avertissement à la légère. Depuis lors, plus soucieux, il guette les nouvelles de Grenoble, sent la haine de son fils s'agiter dans l'ombre, monter autour de lui comme un flot sournois. Adieu, les douces heures insouciantes, les ris et les jeux. Le devoir d'Etat a repris ses droits.

Une angoisse imprécise flotte autour du trône. On sent venir un vent de trahison, de conspiration. Charles VII, dont la nature prudente ne s'est jamais vraiment affranchie de la défiance qui lui a si souvent servi naguère d'unique moyen de protection, recommence à se méfier de tout un chacun, à épier jusqu'à ses proches. Ce n'est que dans les bras d'Agnès qu'il s'apaise et se livre totalement. Il a en elle une foi aveugle. Dès qu'il la retrouve, il s'abandonne à elle comme à son ange gardien. Elle est sa dame, sa passion, elle est tout ce qui est doux et beau dans le monde, elle est l'enchanteresse aux mains de laquelle se file son bonheur.

On sait, à la cour, que, pour perdre quelqu'un dans l'esprit du roi, il suffit de prétendre qu'il a mal parlé de la favorite. On le sait et on en use. Certains, qui tiennent à ménager à la fois le souverain régnant et celui qui sera appelé à lui succéder, jouent avec habileté de cette faiblesse qui leur permet de miser sur les deux tableaux.

Des rumeurs calomnieuses courent au sujet de Jacques Cœur et, plus encore, du grand sénéchal. Le pouvoir de Brézé, jugé trop absolu, appelle les haines, les machinations. Par tous les moyens on cherche à faire choir ces deux hommes et quelques autres qui sont soutenus, appréciés par la dame de Beauté. Avertis, ils se tiennent sur leurs gardes.

Agnès, à présent, prie pour eux, pour Pierre de Brézé surtout.

« Seigneur, Seigneur, cette cour est remplie de serpents ! A qui se fier ? Je ne suis pas faite, vous le savez, pour suspecter ceux qui m'entourent. Adoucissez leurs cœurs ou endurcissez le mien ! »

Marie de Belleville ne lui a-t-elle pas laissé entendre dernièrement, que, dans l'entourage immédiat du roi, il y avait des délateurs ? Elle a été jusqu'à nommer Guillaume Mariette, notaire et secrétaire de Charles VII, jadis maître des Requêtes du dauphin, le disant dangereux et félon. Marie, elle, est fidèle, elle ne parlerait pas à la légère. Alors, à qui s'en remettre ?

Agnès prie longtemps. Quand elle se relève, la pluie a cessé. Un soleil joueur irise les dalles de la rue en pente, les hauts toits des maisons serrées autour du château, les feuilles des arbres et les brins d'herbe emperlés qui poussent au pied des portes fortifiées. Le vent est encore froid. Les deux femmes qui au fond de la collégiale ont attendu leur maîtresse pendant ses dévotions suivent avec peine le pas vif d'Agnès qui retourne chez elle.

Entouré d'un jardin épais où fleurissent en ce moment des giroflées, des violettes, des jonquilles et les touffes azurées des myosotis, l'hôtel offert par le roi à sa maîtresse est, bien que de taille modeste, un chef-d'œuvre de raffinement et de goût. Sur la demande d'Agnès on y a installé dans une cour, selon la mode, une volière où on élève des paons blancs et bleus, des faisans dorés, des rossignols pour leur chant, et toutes sortes d'autres oiseaux d'agrément.

A l'intérieur de la demeure les pièces sont meublées avec un luxe discret mais exquis. On y admire une bibliothèque de manuscrits richement enluminés, un cabinet de musique rempli d'instruments de tout genre : harpes, vielles, psaltérions, luths et guiternes. Sur les murs de la grande salle, fleurant bon les épices rares, sont accrochés des tableaux de maîtres, italiens, flamands, français ou même espagnols. Des tapisseries d'une finesse et d'une variété de nuances comme on n'en voit nulle part décorent les chambres dont les lits sont recouverts de fourrures de prix.

Cependant, les plus chers trésors d'Agnès en ce logis restent ses deux filles, Marie et Charlotte, qu'elle a fait venir chez elle depuis qu'elle s'est installée à Loches.

Par affection envers sa cousine et parce qu'elle connaît ses qualités d'organisation et d'intelligence, elle a confié l'éducation des deux enfants à Antoinette de Maignelay, sous l'indulgente tutelle de leur grand-mère maternelle. En effet, Catherine Sorel, à présent veuve, s'est fixée non loin de Tours, à Verneuil, dont elle est devenue châtelaine. Comme étourdie de la faveur éclatante qui a transformé l'existence de sa fille, elle vit paisiblement sur ses terres, sans vouloir se mêler au tourbillon provoqué par ce tumultueux changement de destinée.

A Loches, donc, Agnès se veut avant tout mère de famille, du moins en l'absence du roi, et ressent une grande douceur en s'adonnant à cette nouvelle vocation.

Dans la pièce réservée aux enfants où elle pénètre en revenant de la collégiale, elle trouve, donnant des ordres aux servantes et aux nourrices, une Antoinette dont la chair provocante attire l'attention par sa carnation de rousse et par sa luxuriance. Une gorge en proue, à peine voilée par le velours noir d'un tassel du plus petit format qui se puisse voir, des hanches au roulis prometteur, une bouche gourmande et des yeux de plus en plus aguicheurs, telle est la demoiselle de Maignelay, qui passe à la cour pour n'être pas farouche. On raconte qu'André de Villequier, ami intime du roi, est, parmi d'autres, du dernier bien avec elle. Peu importe à Agnès. Elle sait pouvoir compter sur l'attachement intéressé de sa cousine dont la fortune est étroitement liée à la sienne.

Pour l'instant, tout en surveillant les femmes de service, elle bavarde avec Etienne Chevalier qui n'est pas, de toute évidence, venu pour elle.

— Dame, je vous attendais.

Il salue Agnès avec ce mélange de courtoisie parfaite et d'élan réprimé qui reste son attitude devant celle qu'il ne peut s'empêcher d'aimer, malgré le roi, malgré les douces remontrances qu'elle lui en a faites, malgré l'éloignement de plusieurs mois en Angleterre.

— Messire Etienne, je suis navrée de vous avoir fait attendre.

Echappant à leurs nourrices, Marie et Charlotte se précipitent vers leur mère. Marie a trois ans, Charlotte quinze mois. Elles sont aussi différentes qu'on peut l'être. L'aînée, moins jolie, plus sage, semble déjà, sous ses boucles châtaines, raisonnable, ses yeux gris sont empreints de réflexion. La cadette est un feu follet. Blonde, fine, délurée, elle a les prunelles de sa mère, son teint lumineux, sa vitalité rieuse. Encore pouponne, et sa marche manquant d'assurance, elle est déjà féminine, coquette, remplie de malice.

Suspendues à la robe de velours hyacinthe de leur mère, elles entendent détenir toute son attention. Agnès se penche, embrasse Marie sur le front, prend dans ses bras Charlotte qui rit aux éclats, baise ses joues douces comme des pétales sous les lèvres.

— Cette petite vous ressemble de façon extraordinaire, dit Etienne Chevalier que le groupe semble fasciner. Vous êtes, chère dame, de ces femmes que la maternité embellit encore. Vous me faites songer, dans cette pose, à quelque madone italienne peinte avec son enfantelet !

— Voulez-vous bien vous taire, messire Etienne ! Je n'ai rien d'une madone, hélas, et ma fille ne ressemble pas à l'Enfant Jésus ! Il est des comparaisons qui sont presque profanatoires.

Antoinette prend Marie par la main.

— Allons, ma mie, posez cette enfant à terre ou donnez-la à sa nourrice. Vous allez vous fatiguer à la porter ainsi. Elle pèse plus de trente livres !

Agnès embrasse encore sa fille, la tend ensuite à la femme qui l'allaite.

— Je jouerai avec elles tout à l'heure, après le repas, dit-elle avec sa gracieuse façon de parler à tous ceux qui l'approchent. En attendant, messire Chevalier, venez donc un peu faire un pas de promenade dans mon jardin.

Dehors, la terre, mouillée de pluie, exhale son odeur végétale, puissante, sensuelle, son parfum de fleurs, de feuilles humides, d'humus gorgé d'eau.

— Je suis bien ici, à attendre mon seigneur, remarque Agnès qui se sent en accord profond, charnel, avec la nature tourangelle. J'aime ce pays. Plus et mieux qu'avec celui où je suis née, je suis en communion, comme en amour avec lui.

— Vous possédez sa beauté, son charme fait de douceur mais aussi de volupté, son art de vivre, dit le contrôleur général des Finances qui ne peut se retenir de soupirer, tout en grattant, par habitude, le grain de beauté qu'il a sur le visage. Pour moi, la Touraine a toujours été une femme bonne et belle. Vous voilà devenue, à mes yeux, sa vivante personnification.

Des rires d'enfants, des éclats de voix, des chants d'oiseaux, fusent de la maison et des arbres d'où la pluie achève de s'égoutter.

— Je pense tout à coup à une chose, chère Agnès, qui serait pour moi une sorte de consolation au tourment dont j'ai promis de ne plus vous entretenir.

Agnès sourit, arrache un rameau de laurier à un arbuste qui pousse là, le froisse entre ses doigts pour en dégager la senteur. Le respire.

— Je vous écoute, mon ami.

— Vous savez combien j'aime les arts et, tout particulièrement, la peinture. Or il se trouve qu'un jeune peintre de ma connaissance, qui a beaucoup de talent, vient de rentrer d'Italie où il a longtemps travaillé dans les plus célèbres ateliers de Rome. Revenu en France, il est arrivé voici peu de temps à Tours, sa ville natale, avec l'intention de s'y établir. Il y installe à l'heure actuelle un atelier tout en reprenant la maison de son père, rue des Pucelles. Peut-être en avez-vous déjà ouï parler : il se nomme Jean Fouquet.

— Son nom a une résonance qui ne m'est pas inconnue. Quelqu'un a dû le citer devant moi. Je ne sais plus qui.

— C'est un garçon remarquable, doué d'un génie que j'admire. Accepteriez-vous de poser pour lui une maternité qui pourrait figurer dans un diptyque dont j'ai l'idée depuis longtemps afin de l'offrir à l'église de Melun, ville où je suis né ainsi que vous le savez.

— Voilà un grand honneur, messire, un redoutable honneur, que vous me proposez sans préalable. En suis-je digne ? Ne serait-il pas sacrilège de prêter mes traits de pécheresse à la sainte mère de Notre-Seigneur ?

— Nullement ! Votre beauté est don de Dieu. Ce serait Lui rendre hommage que de la fixer sur la toile afin que, devenue image de Notre-Dame, elle traverse les âges.

— C'est une façon de voir. Il en est d'autres. Je vais réfléchir à votre proposition et vous donnerai réponse dans quelques jours, messire Etienne.

D'entre les bosquets reverdis, Jacquotte surgit alors.

— Dame, voici un message qu'un chevaucheur vient d'apporter pour vous de Bourges.

Agnès prend le parchemin, en rompt le sceau. Par discrétion, Etienne Chevalier, brusquement pâli, s'éloigne de quelques pas. Il détourne les yeux de la jeune femme qui prend connaissance, le sein palpitant, de la missive de son amant, pour contempler sans le voir le puissant donjon qui dresse sa masse au-dessus des toits voisins. Allons ! bientôt l'étendard fleurdelisé flottera de nouveau sur les tourelles du logis royal, bientôt Agnès aura retrouvé les transports de son roi ! Lui, l'amoureux condamné au silence, s'il n'était pas si maître de lui, il en crierait de douleur.

— Messire Etienne, le roi me mande qu'il compte revenir ici prochainement. Nous lui parlerons de votre projet.

— Comme il vous plaira, chère dame.

Avec un geste vif, Agnès s'empare du bras de son compagnon.

— Venez. Retournons auprès de mes filles. Je ne manque jamais de jouer avec elles, sauf, bien sûr, quand le roi loge avec nous.

Bien sûr... Charles VII accapare entièrement cet être ravissant qui lui appartient corps et âme ! Lui présent, de quel temps disposerait-elle pour s'occuper de leurs enfants ?

Le contrôleur général des Finances a trop d'imagination : il voit Agnès dans le lit du roi, offerte, abandonnée. Cette vision le blesse au cœur.

— Le joli mois de mai méritera bien son nom, cette année, quel que soit le temps, dit Agnès en franchissant allégrement les dernières foulées qui la séparent de la salle des enfants. Il sera fleuri de joie !

— Ainsi donc, voici Paris !

Agnès immobilise sa haquenée. La suite de chevaliers, de dames d'honneur, d'écuyers, de pages, d'hommes d'armes qui, sur ordre du roi, l'accompagnent ; les serviteurs et les servantes qui entourent les nombreux chariots porteurs des bagages de sa maison ; les jongleurs et ménestrels, enfin, qui ont pour mission d'agrémenter le voyage de la favorite, s'arrêtent également.

Chacun regarde. Parmi tout ce monde, très peu ont déjà eu l'occasion de venir dans la capitale, qui fut si longtemps aux mains des Anglais.

Pour y parvenir, ils ont traversé de gros faubourgs enclos en des enceintes fortifiées et groupés autour des églises de Saint-Germain-des-Prés, de Notre-Dame-des-Champs, de Saint-Jacques-du-Haut-Pas. Cependant, le paysage d'alentour demeure campagnard, avec des vignes bien taillées et soignées sur les pentes du mont Parnasse que couronnent des moulins à vent, et les espaces verdoyants du Pré-aux-Clercs.

Devant la troupe qui arrive de Touraine par la route d'Orléans, se dresse, à quelques toises, la porte du faubourg Saint-Jacques, flanquée de ses tourelles rondes à toits coniques et surmontée d'un comble portant une échauguette. Des remparts massifs, d'une trentaine de pieds de haut, ceinturés à l'extérieur par un double fossé dont le second est rempli d'eau, protègent la ville. Au-dessus de la ligne épaisse des créneaux surmontés de tours régulièrement espacées, Agnès distingue un foisonnement de tourelles, de flèches, de clochers. Au ras des fortifications, à peine plus hauts qu'elles, se pressent, en une cohue serrée et irrégulière, les toits pointus, aigus, des maisons de Paris, coiffées de leurs tuiles carminées.

Une angoisse silencieuse serre la gorge de la jeune femme. Si elle ne possédait pas en elle un solide mélange de ténacité et de hardiesse, elle ordonnerait qu'on fasse demi-tour, qu'on retourne à Loches où l'attendent, avec ses trois petites filles — la dernière-née, Jeanne, n'a pas trois mois — une douceur de vivre qu'elle ne peut trouver que là-bas, et l'amour protecteur du roi.

Il ne saurait en être question.

C'est de son propre chef et par sentiment de solidarité envers le grand sénéchal, qu'elle a voulu se rendre dans cette cité orgueilleuse, encore imprégnée d'opinions bourguignonnes, où on ne la connaît pas, où nul préjugé favorable, bien au contraire, n'interviendra en sa faveur.

Tant pis !

— Allons, dit-elle simplement, en se tournant vers Etienne Chevalier qui a tenu à l'accompagner.

Dieu merci, elle ne sera pas seule pour affronter le peuple de la capitale. Charles VII a requis Guillaume Gouffier, dont la fidélité est absolue, Poncet de La Rivière, neveu de Jean

Bureau et vaillant compagnon, André de Villequier, les deux frères d'Agnès, Charles et Jean, enfin, pour escorter la jeune femme dans cette randonnée périlleuse à laquelle, officiellement, elle cherche à donner l'apparence d'un pèlerinage en déclarant qu'elle se rend à Paris pour prier devant la châsse de sainte Geneviève qui délivra jadis la ville des barbares venus du Nord.

En fait, ce n'est là qu'un prétexte dont personne n'est dupe dans son entourage. Cette décision, prise à contrecœur, est l'aboutissement de six mois de scandales, d'intrigues, et de calomnies visant à discréditer Pierre de Brézé, à le perdre dans l'esprit du souverain, des grands, du peuple même qui l'admire comme un héros.

Tout a commencé un jour d'octobre précédent, alors qu'Agnès, enceinte pour la troisième fois, ne songeait qu'à préparer la naissance de ce nouveau fruit d'une liaison toujours aussi ardente. Ce jour-là, Guillaume Mariette, le notaire et secrétaire du roi dont Marie de Belleville s'était méfiée la première, a été arrêté aux Montils alors qu'il était porteur de papiers des plus compromettants. Ces documents, qui, on l'a su plus tard, étaient tous des faux, se présentaient sous l'aspect d'un mémoire adressé au duc de Bourgogne par le dauphin. Le fils du roi y accusait Brézé de gouverner le royaume par le truchement d'Agnès, de souhaiter, petit à petit, éliminer sournoisement son père pour régner, par l'intermédiaire de la favorite, en son nom, à sa place et avec son accord. Le remède proposé était la disparition du grand sénéchal grâce à l'aide du duc Philippe, qui s'était déclaré prêt à intervenir si besoin en était. Le dauphin s'offrait en outre à mettre l'auteur de ses jours dans un ermitage afin de prendre le pouvoir dès qu'il serait de retour en France.

Tout le monde s'est trouvé compromis dans cette lamentable affaire : le dauphin, le duc de Bourgogne et le grand sénéchal.

Guillaume Mariette, espion félon, mangeant à tous les râteliers, recevant de l'argent de tous côtés, excellait à brouiller les cartes. Il s'était cru le plus rusé. Seulement, tant de scélératesse aura été vaine ! Arrêté, torturé, renié par ceux qui l'avaient soudoyé, il a payé de sa vie sa forfaiture. Comme toujours, le dauphin s'est montré le plus traître de tous ! Voulant liquider un agent double qui ne pouvait plus servir, obtenir du même coup des accusations compromettantes contre Brézé, et tenter de revenir en grâce auprès de son père, il a simulé l'indignation, la soumission aux désirs du roi. Comme un fils obéissant, il a eu l'audace de demander des ordres au souverain au sujet de son propre indicateur et a fini par livrer Guillaume Mariette au procureur du roi. Après un procès vite expédié, le notaire royal a été emprisonné à Chinon, transféré à la Bastille, condamné à la peine de mort et, finalement, conduit à Tours où il a été écartelé.

Cette exécution n'a rien résolu. Pierre de Brézé a senti tout à coup peser sur lui le poids des diffamations, des accusations. Pas assez naïf pour ignorer les haines que sa toute-puissance devait fatalement entraîner, il a été pourtant surpris par un tel déferlement de venin. On allait racontant partout que la favorite et lui trompaient le roi, ruinaient le royaume, trahissaient le pays et la confiance de Charles VII.

Son sang de preux, bouillant dans ses veines, s'est révolté contre une telle infamie. Il a voulu être publiquement innocenté, réhabilité au grand jour dans l'esprit de tous, avant de se lancer dans la dernière phase de la reconquête des territoires laissés encore aux mains anglaises. C'est alors qu'il a pris une étonnante décision.

Il a requis le Parlement de Paris d'ouvrir, toute affaire cessante, une enquête judiciaire sur son propre cas. S'il a démérité, qu'on le prouve, sinon, qu'on le lave des soupçons calomnieux répandus contre lui ! Il s'est déclaré prêt à se constituer prisonnier.

L'affaire a fait un bruit énorme. Le peuple s'est passionné, la cour indignée. Le roi, secrètement satisfait du courage de son grand sénéchal, a accepté que le procès ait lieu.

On n'a pourtant pas arrêté Pierre de Brézé, plus utile au front de ses troupes que dans une geôle. On a choisi de le laisser en liberté pendant l'instruction.

C'est alors qu'Agnès a réagi. Dès le début du scandale, elle a compris que son sort et celui du sénéchal étaient liés en une telle aventure. Depuis des mois elle sait de quelle animosité elle est poursuivie, elle n'ignore rien des reproches dont on l'accable, des sermons vengeurs qu'on prononce à son endroit. Ce procès sera aussi, il sera surtout, le sien. Il lui faut donc intervenir. Décidée à lutter, à entrer dans l'arène, elle est prête à faire face.

— Sire, dit-elle un jour d'avril à Charles VII, mon doux sire, je vous en conjure, laissez-moi me rendre à Paris. Je veux y aller en pèlerinage à Sainte-Geneviève. Je profiterai également de ce déplacement pour constater par moi-même comment ont été réalisés, en mon manoir de Beauté-sur-Marne, les aménagements que j'ai ordonnés.

Le roi s'est assez peu fait prier.

Jacques Cœur, qui a vu dans l'expédition de sa meilleure ambassadrice vers la capitale, une merveilleuse propagande pour ses multiples activités, a appuyé ce projet, promettant son soutien, sa protection par personne interposée, à Paris où il possède de nombreux correspondants.

Munie de l'assentiment du souverain, de la caution du grand argentier, Agnès a commencé à préparer son voyage.

A la mi-avril de cette année 1448, elle est donc partie, avec une suite digne d'une princesse du sang, vers la cité turbulente où on ne l'aime guère. Elle connaît cette hargne et en a peur. Cette peur ne suffit pas à l'arrêter. Elle puise son audace dans la certitude intime de pouvoir intervenir de façon efficace et plus ou moins voilée dans le déroulement de l'affaire judiciaire qui va décider du sort de son meilleur ami.

Après une semaine de route, la voici aux portes de Paris.

— Allons, dit-elle à Etienne Chevalier, allons, messire, entrons dans la place.

Le cortège se remet en marche derrière l'oriflamme brodée aux armes d'Agnès : écusson de sable au sureau d'argent, porté par un de ses écuyers.

Au-dessus de la ville, le soleil luit par intermittence, tour à tour dissimulé et dévoilé par les nuages. Il fait assez frais.

La herse, l'avant-porte, puis le pont-levis franchis, Agnès et les siens se trouvent dans la rue Saint-Jacques, point trop large, pleine de mouvements et de bruits, sinuant entre les maisons à encorbellement qui la bordent sans discontinuer. En pierre pour les plus opulentes, plus souvent en bois, plâtre et torchis, les habitations parisiennes ont des poutres apparentes peintes ou sculptées qui les encadrent et en dessinent les soutiens. Beaucoup d'entre elles ont pignon sur rue. Leurs toitures aiguës tracent sur le ciel une ligne en dents de scie. Des dizaines d'enseignes suspendues par une barre de fer au-dessus des portes, panneaux de bois peint et ouvrages de ferronnerie, ou bien images pieuses gravées ou sculptées sur les façades, attirent l'attention des nouveaux arrivants par leurs couleurs voyantes, leur formes découpées. La plupart grincent et se balancent à hauteur des cavaliers.

Une foule agitée se presse dans la rue : étudiants — la rive gauche est leur fief — moines, clercs, artisans, bourgeois, mendiants, pèlerins, ribaudes, et enfants joueurs. Des porteurs d'eau, des marchands de charbon, de bois, de balais, de chapeaux, de chandelles, de livres pieux ; des raccommodeurs de cottes, de surcots ; des réparateurs de meubles, de lits, de huches ; des polisseurs de vaisselle d'étain ; des annonceurs de vin ou de bains chauds, circulent dans la cohue, criant pour proposer leurs produits ou appâter le client.

Une quantité de charrettes campagnardes, de chariots richement décorés, de cavaliers montant chevaux ou mules, d'ânes portant un bât ou des fagots, achèvent d'encombrer la chaussée et de ralentir la circulation.

Non sans mal, la suite d'Agnès se fraie un passage parmi toute cette multitude.

Devant le couvent des Jacobins, un groupe d'étudiants se met à interpeller les arrivants, s'étonnant à haute voix du luxe de cette femme parée et escortée comme une princesse. La favorite se sent devenir nerveuse. Une inquiétude qu'elle ne peut réprimer l'oppresse. Par défi, elle continue de sourire. Pour faire son entrée dans cette redoutable cité, elle s'est voulue vêtue avec la plus grande élégance, comptant sur sa beauté pour faire taire les malveillants. C'est sans doute une erreur. Plus discrète, elle eût été moins remarquée. Alors que sa robe de velours incarnat ajustée à la taille par une ceinture d'orfèvrerie en résille d'or, son long voile de gaze azurée flottant comme une aile jusqu'à terre, ses souliers à la poulaine brodés, les diamants qui étincellent à ses doigts, à ses oreilles, le collier d'or et d'émeraude enfin qui brille sur sa gorge largement découverte, toute cette somptuosité qu'elle a souhaité offrir en hommage à la réputation de Paris, surprend et indispose, provoque remarques et quolibets.

— Est-ce une reine ou une étrangère de riche famille ?

— D'où venez-vous, la belle ?

— Regardez donc son écusson : le sureau d'argent ! Pardon, mes maîtres, c'est la fameuse Agnès !

— Paix ! C'est la catin du roi !

La nouvelle se répand aussitôt de groupe en groupe.

— Cette femme trop richement mise que vous voyez passer est la belle Agnès, celle qui est publiquement aimée de notre sire !

— Par ma foi, on le comprend ! Quelle belle fille !

— On dit que le roi en est complètement assotté !

— C'est à elle qu'il a donné le château de Beauté-sur-Marne !

— Ce ne serait que moindre mal si ce n'était pas avec elle qu'il trompait ouvertement notre bonne reine, son épouse !

— A bas la favorite !

— Honte à la ribaude !

Il faut continuer à avancer au milieu de la foule hostile d'où les injures et les railleries fusent de tous côtés.

— Prenez patience, chère dame, répètent à tour de rôle Etienne Chevalier, gris de colère rentrée, André de Villequier, Poncet de La Rivière. Ils ne sont pas vraiment méchants, seulement mal informés.

— Courage, ma sœur, nous ne sommes plus loin du but, reprennent Charles et Jean Soreau pour réconforter leur cadette.

Agnès ne répond pas. Dents serrées, joues empourprées, elle se tient bien droite sur sa selle et semble ignorer les sarcasmes qui la frappent comme pierres de fronde.

En passant devant le collège de la Sorbonne, le couvent des Mathurins, siège des assemblées générales de l'Université, elle jette un regard rapide à ces édifices imposants, mais continue de se taire. Venue à Paris pour séduire les Parisiens, elle mesure son aberration, regrette amèrement de s'être ainsi livrée aux outrages d'une population prévenue contre elle, et songe qu'elle n'aurait jamais dû mettre les pieds dans cette ville de parjures et d'opportunistes. Du temps de l'occupation anglaise, ces gens acclamaient Henri VI et le duc de Bedford ; à présent, parce qu'ils ont intérêt à le paraître, ils se disent fidèles à Charles VII, mais un revirement de situation les jetterait à nouveau dans les bras ennemis. Rien de plus mouvant, de moins sûr que ce peuple de la capitale. C'est bien parce qu'ils connaissent sa versatilité ainsi que sa cruauté, que les compagnons d'Agnès, tout en l'entourant afin d'écarter d'elle, autant que faire se peut, les plus virulents parmi ceux qui la prennent à partie, dispersent seulement ces enragés du geste et de la voix, sans passer à l'attaque. Les consignes royales, en effet, sont formelles : ne rien faire qui puisse déplaire aux Parisiens, éviter toute escarmouche, tâcher de gagner les sympathies. Ce ne sera pas facile !

Parvenus devant l'église Saint-André-des-Arts, siège de la confrérie des marchands de livres, autour de laquelle gravitent libraires, bouquinistes, relieurs et parcheminiers, les voyageurs sont obligés de demander leur chemin à un commis qui se trouve là.

— Dis-moi, l'ami, où donc se trouve l'hôtel des Tournelles ?

— De l'autre côté de l'eau, messire, par-delà la Cité, dans le quartier Saint-Antoine.

— Est-ce loin ?

— Point trop.

— Allons, allons, ordonne Agnès, ne perdons pas de temps. Charles VII a voulu qu'elle descende dans cette demeure royale construite une soixantaine d'années auparavant, plutôt qu'à l'hôtel Saint-Pol qu'affectionnait son père dément et où trop de mauvais souvenirs du règne précédent demeurent vivants pour lui. Les Tournelles composent un logement aussi raffiné et confortable qu'on peut le souhaiter. Le duc de Bedford y a habité pour le compte du roi d'Angleterre, pendant la régence qu'il a exercée en son nom durant la guerre. Croyant y vivre de longues années, il l'a considérablement embelli et fait somptueusement aménager.

Pour franchir la Seine qui coule entre des berges aux pentes douces où on a construit, ici et là, des bâtisses appelées maisons sur l'eau, il existe, de ce côté gauche du courant, enjambant le fleuve et son trafic de batellerie, deux ponts : le pont Saint-Michel, plus récent, et le vieux Petit-Pont qui fut autrefois le seul et que garde à son entrée le Petit-Châtelet sur les murs massifs duquel on a fait pousser de beaux jardins.

La suite d'Agnès s'engage sur celui-ci. Entre les maisons et les boutiques qui le bordent, on franchit la Seine sans même la voir. Une circulation intense y enchevêtre piétons, cavaliers, voitures et litières.

A la sortie du pont, le cortège débouche dans la Cité, berceau de la ville où se dresse Notre-Dame, la blanche cathédrale de Paris, avec son cloître ceint de murs, son parvis irrégulier envahi par les échoppes des marchands de cierges, et son environnement d'églises, de chapelles, de couvents ; la Maison-l'Evêque, l'Hôtel-Dieu, l'église royale de Saint-Barthélemy, le Palais qui n'est plus logis royal, et la Sainte-Chapelle dont la flèche aérienne monte vers le ciel comme un cri de foi. Tout autour, ce ne sont que rues étroites, surpeuplées et hérissées de clochers.

Ici, la foule, où ne dominent plus les écoliers, manifeste moins d'hostilité. Elle s'écarte avec indifférence devant les chevaux de l'escorte. Quelques brocards, qui restent sans écho, partent encore de droite et de gauche, mais la masse des étudiants n'est plus là pour exciter la verve des mécontents.

Sur le pont Notre-Dame, on défile entre d'élégantes maisons, toutes semblables, aux façades peintes, aux fenêtres décorées. Ici aussi, la présence du fleuve n'est perçue que par le bruit régulier des moulins placés entre ses arches.

— Dame, regardez le Grand-Châtelet !

Trois tours carrées, de hautes murailles fortifiées se dressent, en aval, au-dessus de la rive droite, grouillante de monde. C'est sur cette berge servant de port fluvial que se vendent toutes les marchandises amenées jusque-là par bateaux. De la place de Grève au Grand-Châtelet, se concentre toute l'activité commerçante du port de Paris : vente du poisson de mer ou de rivière, déchargement du blé, du vin, du bois, du charbon, des grains, du sel, du foin ; va-et-vient des portefaix qui coltinent des charges énormes, des bateliers qui écoulent leur fret, des officiers municipaux qui en contrôlent les arrivées et les départs.

En face du Grand-Châtelet, s'élèvent, tout neufs, les bâtiments de la Grande Boucherie qui viennent d'être reconstruits.

Agnès et les siens gagnent la place de Grève. Etienne Chevalier lui fait alors remarquer — comme chacun de ses compagnons, il s'ingénie à la distraire — la Maison aux Piliers, ornée de deux tourelles d'angle, devenue Parloir aux Bourgeois depuis qu'elle a été achetée par le prévôt des Marchands et des Echevins comme maison municipale. La jeune femme jette un regard et passe. Elle est trop blessée pour s'intéresser aux aspects curieux d'une ville qui lui fait si mauvais accueil. Cependant, en longeant le gibet qui occupe en permanence le milieu de la place, elle frissonne. Elle se signe devant la haute croix de pierre montée sur plusieurs marches qu'elle sait destinée à recueillir l'ultime prière des suppliciés.

Les badauds, ici, se font rares. Ce ne sont que négociants, marchands, artisans, fort occupés de leurs affaires, parfaitement insensibles à tout ce qui n'est pas monnaie sonnante et trébuchante.

C'est sans incident notable que le cortège suit la rue Saint-Antoine, bordée de boutiques qui débordent sur la chaussée de tous leurs éventaires grands ouverts afin de mieux présenter les marchandises, denrées ou colifichets aux acheteurs éventuels, et de permettre aux passants de voir travailler sous leurs yeux compagnons et apprentis. On débouche dans le cours Saint-Antoine, large place d'imposant aspect avec ses demeures seigneuriales et, au fond, les tours de la porte reconstruite par Charles V au-delà des remparts de Philippe Auguste. On voit également, au loin, la masse redoutable de la Bastille. Le cours est un terrain de lices, un lieu de promenades, fréquenté par de paisibles Parisiens qui considèrent sans hargne, mais non sans stupeur, le riche cortège qui se dirige vers l'hôtel des Tournelles.

Cette résidence immense est entourée d'un mur flanqué de nombreuses petites tours, limité à l'est par l'enceinte de la ville, à l'ouest par la rue de l'Egout, et au sud par la rue Saint-Antoine où donne l'entrée principale. Un portail, surmonté de l'écu de France à trois fleurs de lys d'or porté par un ange, y donne accès.

Agnès éprouve une certaine répugnance à descendre dans cette maison royale des Tournelles où le roi vient avec la reine à chacun de ses passages à Paris, mais il a beaucoup insisté pour qu'elle s'y installe pendant son séjour dans la capitale. En cette volonté du souverain de loger la dame de Beauté dans cet hôtel, la jeune femme voit comme un hommage rendu à son rang de plus aimée. Elle s'y montre d'autant plus sensible qu'elle ressent cette attention comme une réparation aux outrages que les Parisiens viennent de lui infliger.

C'est dans les pavillons annexes au logis même du roi que sont préparés les appartements réservés à Agnès et aux gentilshommes de sa suite. Dès qu'elle y a fait déposer ses bagages, et pendant qu'on les déballe, la favorite, au bras d'Etienne Chevalier, visite le domaine.

Outre un logis pour la reine, un autre pour les enfants royaux, on y trouve un ensemble de demeures particulières, de dépendances, de communs. Douze galeries de cloîtres et de préaux relient entre eux les bâtiments des étuves, des chapelles privées, des cuisines, des écuries, des volières, des ménageries où on peut voir toutes sortes d'oiseaux et d'animaux exotiques, et un labyrinthe appelé Dédalus. Des jardins, des bois, des prés, des pièces d'eau, des vergers complètent cet ensemble.

L'intérieur en est aussi luxueux que l'extérieur. Agnès y passe dans des salles pavées de très belles mosaïques, dans des chambres tendues de tapisseries de haute lice avec des lits élevés sur des estrades à plusieurs degrés et recouverts d'étoffes précieuses, dans des librairies meublées de lutrins et de pupitres pour poser les manuscrits, dans des cabinets mystérieux peints avec un goût certain pour les beaux corps dénudés.

Ce lieu de délices, de confort et de raffinement est, pour le moment, livré à Agnès et aux siens.

Sous les ombrages printaniers, la jeune femme retrouve un peu de sa sérénité perdue durant le trajet. Elle respire mieux. Elle s'attarde dans les jardins pour reprendre contact avec sa chère nature, s'y retremper.

De retour dans son appartement, après un bain et des massages, elle mande auprès d'elle son confesseur, maître Denis, un augustin qu'elle a choisi depuis plusieurs années pour sa vaste intelligence et sa compréhension à l'égard d'une situation qui, au regard de la religion, demeure délicate. Elle l'emmène partout avec elle. Il connaît ses scrupules, ses tourments, mais aussi sa douceur, son inépuisable charité. Durant une longue causerie, il achève de pacifier l'esprit de sa pénitente en lui présentant les insultes subies comme des épreuves envoyées par Dieu pour abaisser un orgueil qui risquait de devenir dangereux pour son salut.

Le lendemain matin, après avoir entendu la messe dite pour elle sur l'autel portatif qui la suit dans tous ses déplacements, elle sort, plus simplement vêtue et accompagnée du seul Etienne Chevalier. Celui-ci, enivré du rôle de mentor qui est, pour quelques jours, le sien, entraîne la jeune femme dans sa découverte de Paris avec un enthousiasme généralement étranger à sa manière d'être.

Il la conduit admirer le nouveau Louvre, transformé par Charles V, ses hautes tours à mâchicoulis, ses nombreuses fenêtres, ses toits garnis de lucarnes décorées, les blanches murailles dominant les remparts, surmontées de fleurs de lys d'or.

— Il n'est pas de capitale où on puisse voir pareil ensemble. C'est le plus beau palais qui soit au monde !

La Cité, ensuite, les reçoit, après qu'ils eurent franchi le Grand-Pont bordé par les boutiques des changeurs et des orfèvres aux éventaires remplis de bijoux, de vaisselle d'or et d'argent.

C'est au tour de l'ancien palais, devenu siège du Parlement et de la Cour des comptes, d'attirer ensuite leur attention. Cet antique domicile des rois de France n'a rien perdu de son aspect imposant. Forteresse que flanquent les tours pointues de la Conciergerie il est surtout célèbre à présent pour la fameuse horloge extérieure qui décore à l'angle du pont sa tour carrée surmontée d'un lanternon. C'est là une curiosité fort rare qui amuse Agnès et l'intrigue un moment.

Elle demande ensuite à être menée à la Sainte-Chapelle, édifiée par le roi Louis IX pour contenir la couronne d'épines, un morceau de la vraie Croix et d'autres saintes reliques vendues par le dernier empereur de Constantinople au roi de France. Longuement, elle s'y recueille. Après quoi, elle s'extasie devant l'élégance des proportions, les vitraux, la grande rosace aux teintes célestes de cette chapelle élevée avec tant d'amour.

Pour la distraire, Etienne Chevalier décide ensuite de lui faire connaître le Paris commerçant. Cette ville n'est-elle pas le plus séduisant des marchés ?

Agnès, toute peur envolée, se laisse captiver par le charme des rues animées, par le bouillonnement, la vie, le mouvement de cette cité où tout le monde semble plus avisé, plus dégourdi qu'ailleurs.

N'étant plus précédée de son oriflamme, ni habillée avec trop de recherche, la jeune femme ne se fait plus autant remarquer que la veille. Son compagnon et elle peuvent muser à travers la capitale sans soulever la moindre remarque, si ce n'est quelques exclamations admiratives adressées à la beauté de cette passante inconnue.

Elle s'attarde à la Halle aux Champeaux, magasin où est offert aux citadines tout ce qui peut alerter une acheteuse éventuelle : étoffes de soie, gazes, damas, fourrures, broderies, couronnes, atours de tête, gants, miroirs, dentelles, aumônières, ceintures ; puis la voici dans la Galerie des Merciers, toute proche de la Grande-Salle du vieux palais, où on vend des articles de luxe, des parfums, des bijoux, des livres, des poupées et mille autres babioles ; elle se retrouve enfin dans les petites rues de la Cité bourrées d'échoppes de pelletiers, de bottiers, de relieurs, de ciseleurs, de parfumeurs, de marchands d'épices, de fleurs, d'oiseaux.

Les tentations de la grande ville inclinent Agnès à une révision du jugement sévère que lui a arraché la veille son amère déception.

Avisés de sa venue, les correspondants de Jacques Cœur se précipitent bientôt à l'hôtel des Tournelles pour présenter à la favorite ce qu'ils ont de plus beau, de plus séduisant, de plus flatteur. Elle se rend à son tour dans leurs magasins où, loin de la huer, on la courtise, on la loue, on s'extasie sur sa démarche, sa façon de porter l'hermine, les joyaux, les traînes immenses.

S'arrachant à ces plaisirs mercantiles, elle se préoccupe sans plus tarder du procès pour lequel elle est venue. Introduite au Palais, elle y rencontre les avocats du grand sénéchal, s'entretient avec eux en de mystérieux colloques, les reçoit en son hôtel, étudie leurs rapports, se fait écouter, discute, intervient, apporte enfin toute son influence et son intuition à une cause dont elle sait le bien-fondé, et parvient à convaincre.

Pendant deux semaines, elle mêle étroitement ses démarches procédurières, ses visites, ses achats, ses dévotions.

Le soir, d'une des tours de sa demeure, elle contemple la ville, ses remparts, son fleuve, le trafic des bateaux sur la Seine, elle entend le murmure de Paris, elle respire l'odeur de ses fossés et de sa poussière, elle devine la fièvre qui habite cet univers enclos, et se félicite de demeurer ailleurs, de repartir bientôt loin de toute cette agitation où il est si facile de perdre son âme et sa dignité.

Dieu merci, le procès de Brézé est en bonne voie. On ne la malmène plus dans les rues de la capitale, si, cependant, on continue, quand on la reconnaît, à l'entourer d'une rumeur de réprobation, de racontars, de mauvais sourires.

Le mois de mai arrive. Il fait chaud. Les rosiers commencent à fleurir dans les jardins, ainsi que les lilas et les iris.

Vers la fin de la première semaine du mois de Marie, Agnès peut écrire au grand sénéchal qui parcourt le Maine et l'Anjou à la poursuite des bandes dévastatrices de soldats pillards, que son procès est gagné. On lui promet des lettres de rémission rappelant ses exploits, sa noblesse, les services rendus au royaume et démentant les calomnies répandues contre lui.

En action de grâces, la dame de Beauté se rend à l'abbaye Sainte-Geneviève, ainsi qu'elle l'avait promis. Devant la châsse de la sainte patronne de la ville, elle prie, remercie, puis s'en va, en paix avec sa conscience.

Le 10 mai, elle quitte Paris sans regrets, ce Paris qui n'a pas su reconnaître ses qualités pour ne s'attarder qu'aux fâcheuses apparences que lui donne sa situation illégitime. Seuls, les marchands de la capitale, parce qu'elle leur a beaucoup acheté et qu'ils pourront la citer comme une de leurs clientes, se sont montrés courtois avec elle. La désinvolture du reste de la population ne s'est jamais démentie et demeure comme une écharde dans le cœur fier d'Agnès.

Un détour vers son domaine de Beauté-sur-Marne lui permet de retrouver avec plaisir le charmant château où elle ne fait jamais que passer, les bois qui le cernent, la rivière qui l'enserre, son parc rempli de daims et de biches, ses prés fleuris, les jardins où jasent des fontaines, les vignes, les champs, les moulins sur l'eau verte. Elle s'attarde dans la bibliothèque où on a laissé sans y toucher la fort belle librairie qu'y avait installée Charles V dont la sagesse goûtait cette retraite champêtre. Elle prend quelques jours de repos, éclairés de lectures, de promenades en barque, de collations rustiques, dans ce havre de grâce, cette retraite dont la quiétude répare les dégâts que Paris et sa grogne ont causés à son âme délicate. Elle est satisfaite des réparations, des améliorations qu'on y a apportées sur son ordre, et s'en retourne, suivie de son escorte, vers la Touraine dont le ciel est, décidément, plus clément que celui de l'Ile-de-France.

L'été de 1449 est le plus beau qu'on ait vu depuis long-temps. Les récoltes de blé et de seigle s'annoncent bonnes. Il fait si chaud que beaucoup de ruisseaux et rivières sont à sec. On traverse leur lit en sautant de pierre en pierre.

A Chinon aussi, la fièvre monte ; seulement, la température ambiante n'y est pour rien. Après cinq ans de paix, le roi se voit contraint de relancer la guerre. Sa nature prudente hésite devant l'énormité de la décision à prendre. C'est la France, réorganisée, pacifiée, redevenue opulente et forte qui pousse son souverain à repartir au combat afin d'achever les troupes anglaises sur son sol. Les circonstances vont l'y aider.

Les pourparlers de paix, abandonnés, repris, rompus, recommencés, semblent ne jamais devoir aboutir. Le jeune roi d'Angleterre, Henri VI, ne souhaite cependant rien tant qu'une entente entre son pays et celui de son épouse, la trop belle et trop remuante Marguerite d'Anjou, fille du roi René. Il est le seul. Ni la noblesse, ni le peuple de Grande-Bretagne ne supportent l'idée de perdre les régions qu'ils occupent encore en France. Les soldats et les marins britanniques violent tranquillement, partout où ils le peuvent, la trêve qui les offense.

L'évacuation du Mans, promise par les occupants au moment du mariage de Marguerite d'Anjou avec le souverain anglais, va devenir le brûlot inévitable.

En effet, le gouverneur du Mans, vieux capitaine anglais intraitable, se refuse à rendre la ville ainsi qu'il en a été convenu entre les plénipotentiaires des deux pays.

Las de cet état de choses, Charles VII fixe un délai d'évacuation. Personne n'en tient compte. Excédé, le roi de France délègue Dunois, le bâtard d'Orléans, et Pierre de Brézé, vers la ville récalcitrante. Investi et aussitôt conquis, Le Mans doit se rendre. Le Maine suit l'exemple de sa capitale.

Dès lors, des incidents éclatent partout. L'un d'eux est décisif. Un capitaine aragonais, servant l'Angleterre, est jeté avec sa compagnie hors du Mans reconquis. Furieux, après de nombreux pillages, il se tourne vers la place de Fougères en Bretagne, l'assiège, l'enlève de force, la met à sac jusqu'au dernier sol.

Le roi de France, allié au duc de Bretagne, proteste. Vainement. Les escarmouches se multiplient. Les troupes françaises délivrent Pont-de-l'Arche et quelques autres cités.

Il n'est plus possible de tergiverser. A contrecœur,

Charles VII se voit dans l'obligation de reprendre une lutte dont il sait l'horreur et dont il est fatigué. Il semble un des rares à se souvenir des malheurs si proches. Galvanisé, le pays désire de toutes ses forces neuves rejeter à la mer les goddons détestés. Un élan de patriotisme, d'enthousiasme guerrier, de courage et de revanche déferle de toutes les régions de France.

A la fin du mois de juillet, à Chinon, après dîner, alors que la chaleur pèse sur la vallée de la Vienne, le roi contemple, des fenêtres de son appartement, les prés dont l'herbe jaunit sous l'implacable soleil de cet été brûlant. Situé dans le château du milieu, au cœur de la masse écrasante des trois forteresses dont l'énorme enceinte surplombe Chinon de sa silhouette dominatrice et protectrice à la fois, le logis royal, admirablement protégé, surmonte la vallée, tout un horizon de plaines et de bois.

Ce paysage, pétri de charme tendre et d'harmonie, est un des plus chers au cœur du souverain. C'est dans ces murs qu'il a reçu Jeanne la Pucelle, qu'elle l'a reconnu, réconforté, décidé à se lancer dans la terrible aventure qu'était la reconquête de son héritage, de sa couronne, de cette majesté dont il se sentait, alors, si totalement dépourvu.

Et voici que, de nouveau, dans le même cadre, il lui faut décider une fois de plus du sort de la France ! La conjoncture est-elle propice à la reprise des combats ?

Depuis plusieurs années, la cavalerie française est la meilleure d'Europe. Depuis un peu plus d'un an, l'ordonnance créant le corps d'élite des francs-archers — une troupe d'hommes répartis dans toutes les villes, tous les villages du pays — met à la disposition du roi huit mille tireurs à l'arc parfaitement entraînés, paysans, artisans, roturiers de tout poil, fidèles à leur souverain, fiers d'avoir été choisis pour participer à la défense du royaume. Dès que le tocsin sonnera, ils surgiront de partout pour seconder les nobles dans la lutte contre l'occupant.

Encore mieux : les frères Bureau, maîtres de l'artillerie, ont fait construire un nouvel engin de guerre : la couleuvrine, bombarde légère, maniable, qui lance des boulets de quatre-vingts livres ! Cette arme rapide, redoutable, sera la plus sûre auxiliaire des soldats.

Bref, le tableau des forces françaises est rassurant.

Par ailleurs, les Anglais, peu nombreux, aigris, déprimés, mal armés, sans réserves, sans argent, sachant leur gouvernement faible et divisé, ne seront pas des adversaires aussi inquiétants qu'autrefois.

Le moment n'est-il pas venu ? Pourquoi hésiter davantage ?

C'est alors que la porte de la pièce où songe le souverain s'ouvre tout d'un coup. La reine entre, accompagnée de plusieurs de ses dames.

— Sire, on ne parle autour de moi que de la reprise de la guerre. L'avez-vous décidée ?

— J'y pense, en effet.

— Il semble que l'occasion soit excellente, mon cher seigneur.

— Je le sais.

Une animation, une excitation toute nouvelle s'empare de Marie d'Anjou, si paisible d'ordinaire, et agite ses suivantes.

— Sire, dit alors Agnès qui se trouve dans le groupe, sire, j'ai ouï dire que vous avez eu de bonnes nouvelles, Dieu merci ! Il me vient une idée : puisque vous allez faire la guerre, menez-nous donc toutes à la bataille avec vous. Vous en serez plus vaillant, ainsi que toutes vos troupes. Notre présence vous apportera plus que vous ne sauriez penser !

Dressée devant son souverain, son amant, la jeune femme, frémissante, est l'image même du courage, de l'élan qui soulève la France tout entière.

Charles VII la contemple une seconde, entre ses paupières rapprochées comme pour mieux se pénétrer de cette beauté à laquelle il est si sensible, pour mieux admirer cette gorge offerte, ces yeux brillants, ce teint animé.

Si elle ne se trouvait pas enceinte une quatrième fois, peut-être sa suggestion, si hardie soit-elle, emporterait-elle l'assentiment du souverain. Après tout, ce ne serait pas une nouveauté pour la cour que de suivre le monarque au combat. Mais, dans l'état où se trouve Agnès, il y aurait folie à risquer une telle vie en de dangereuses équipées.

— Je sais bien que votre présence et celle des autres jolies dames qui sont ici nous aideraient à achever notre conquête, dit-il enfin. Cependant, il ne me paraît pas nécessaire de prendre tant de risques. L'affaire, bien engagée, est déjà presque gagnée. Il n'y a plus grand-chose à accomplir.

Agnès secoue son front soigneusement épilé que surmonte un atour de drap d'or voilé de gaze perlée.

— Ne croyez pas nous convaincre comme cela, sire ! Pensez-vous donc être un roi sans affaire ? Nenni ! Les grands rois ont de grandes affaires. Vous trouverez encore assez d'occasions où démontrer votre propre vaillance et les vertus auxiliatrices des dames ! Ce sera quand vous voudrez !

Son feu, son ardeur font plus pour décider le roi que les états satisfaisants fournis par ses renseignements. Puisque tout le monde considère que les hostilités sont déjà ouvertes...

— Je vais convoquer ici une assemblée des plus sages, des plus nobles pairs du royaume, assure-t-il. Avec eux, je verrai ce que j'ai à faire.

S'en remettre à ses conseillers pour un tel arbitrage, c'est accepter la guerre. Aussitôt convoqués, aussitôt réunis, les seigneurs consultés décrètent que Charles VII, en état de légitime défense, possède non seulement le droit mais a le devoir de relancer les combats.

Jacques Cœur, présent au débat, intervient, lui aussi, de tout le poids de son crédit. Au roi qui lui demande où prendre les fonds nécessaires au financement d'une expédition qui sera coûteuse, il répond :

— Sire, ce que j'ai est vôtre !

D'Agnès au grand argentier, ils sont tous d'accord. A quoi bon s'opposer encore ? Charles VII accepte l'idée de la guerre. L'appel aux armes retentit ; le tocsin s'ébranle dans tout le pays.

Cette fois-ci, ce sera, sur la terre normande, otage de la patrie, une lutte totale, sans merci. Il faut en finir. Il faut vaincre, se débarrasser du chancre anglais, recouvrer l'étendue du territoire national.

Le 6 août, dans un déploiement inouï de faste guerrier, de banderoles, d'étendards, d'oriflammes, de fanions, sur leurs destriers caparaçonnés comme pour un tournoi, les compagnons du roi de France, vêtus de soieries éclatantes flottant sur les cottes d'acier et les armures, quittent, musique en tête, derrière leur souverain, la bonne ville de Chinon.

Dans la poussière et l'enthousiasme, dans le flamboiement des casques, des lances, des épées, des boucliers, l'armée française s'ébranle pour aller bouter l'ennemi hors de France !

Cette fois-ci, rien n'a été laissé au hasard. Le plan de campagne a été longuement établi. Tout est prêt : Dunois, le bâtard d'Orléans, comme lieutenant général, est nommé à la tête de la première armée, celle qui fonce. Le grand sénéchal, le comte de Clermont, le comte d'Eu, le comte de Saint-Pol, le secondent. Une deuxième armée, sous les ordres du duc de Bretagne et du connétable, doit ceinturer la Normandie.

Le plan est sûr. La prière s'y joint : on sort de la Sainte-Chapelle la précieuse couronne, le fer de la lance, les reliques de la Passion et on les porte en procession dans la capitale en suppliant Dieu de bénir l'entreprise royale.

Les résultats sont foudroyants : le 12 août, Pont-Audemer tombe ; le 15, Pont-l'Evêque ; le 16, Lisieux ; le 17, Bernay ; le 26, Mantes ; le 28, Vernon. Le 30, Charles VII décide de marcher sur Rouen !

Après de fort tendres adieux à Chinon, Agnès a préféré regagner Loches pour y attendre à la fois les événements et sa propre délivrance.

Elle a le cœur lourd de n'avoir pu suivre le roi. Son état la fatigue. Aussi, est-ce avec un plaisir infini qu'elle retrouve son manoir de Beaulieu, ses filles, ses fleurs, ses oiseaux.

Le 31 août l'orage pèse sur Loches. La chaleur étouffante épuise plantes, bêtes et gens.

Comme chaque après-midi après le dîner, Agnès, qui redoute la touffeur des heures les plus chaudes du jour, est montée dans sa chambre pour s'allonger et faire la sieste.

Ses servantes lui ont retiré ses beaux atours. Elle repose, en simple cotte, sur le lit recouvert d'une étoffe brochée et d'une quantité de coussins. Pour maintenir un peu de fraîcheur, on a fermé les volets, jonché le carrelage de pierre à damiers blancs et noirs d'herbes odorantes et de menthe sauvage. Des mouches bourdonnent contre les petits carreaux de verre enchâssés de plomb. Carpet, le lévrier, dort étendu de tout son long au pied du lit, près d'un coffre sur lequel on a posé un broc d'étain rempli de roses.

L'heure est propice à la songerie.

« Voilà six ans que je suis la maîtresse de Charles. Six ans d'amour, de félicité, de triomphe, mais aussi de luxure, de vanité, de tromperies envers la reine, pour tout dire, de péchés. Ai-je fait assez de bien pour compenser la grandeur de ma faute ? Ai-je suffisamment donné, prié, fait œuvre pie, soigné, songé aux miséreux ? Mon confesseur, maître Denis, prétend que mes enfants, envoyés par Dieu, sont la preuve vivante de Sa miséricorde à mon égard. Cette quatrième naissance attendue attesterait encore une fois que mes égarements ne découragent pas une bonté qui, parce qu'elle est infinie, sera toujours plus vaste que le mal que je puis accomplir. De toute mon âme, je veux le croire ! Mes filles sont des témoignages divins d'indulgence, de rémission. Marie-Magdeleine, que je prie chaque jour, sait combien me pèsent, parfois, cette existence dorée, ce plaisir, tout le luxe qui m'entoure, ce faste que j'aime, par ailleurs, mais dont la perfide suavité me fait trembler quand j'émerge du tourbillon trop aimable où me

plonge la faveur du roi. Comment ne pas me laisser griser ?
Cette passion dont la violence ne connaît pas d'apaisement,
cette idolâtrie ne semblent en rien pâtir du temps qui passe.
Je l'émeus toujours autant. C'est presque incroyable, tant
c'était imprévisible. Le roi de France continue, inlassablement,
à m'adorer ! »

A Chinon, à Loches, après le retour d'Agnès de la capitale
où on l'avait si mal reçue, l'amour du roi s'était montré plus
véhément que jamais. Furieux et navré du mauvais accueil
réservé par les Parisiens à sa favorite, Charles VII avait
redoublé de transports pour panser la blessure encore fraîche.
Ce n'étaient que caresses, délires sensuels, présents, fêtes,
enivrements de toute espèce. Secondé par Jacques Cœur, il
l'avait comblée de cadeaux princiers, de perles fabuleuses, de
statuettes en ivoire, de peignes d'écaille, de livres peints pour
elle par des enlumineurs célèbres, de ceintures d'argent ciselé,
de fermails d'or. Il avait fait tisser pour elle des tapisseries
d'une finesse et d'une richesse de teintes jamais vues. Il avait
voulu qu'elle possédât le mystérieux ambre gris, du musc du
Tibet, des épices de Chine, des lingots d'or, une argenterie
admirable : aiguières étranges à forme d'homme ou d'animal,
hanaps de vermeil, salières représentant des arbres chargés
de fruits, des coquillages, des fleurs, des anges. Il lui avait
offert des bijoux créés pour elle par le talent et l'ingéniosité
des plus grands orfèvres : colliers de pierres précieuses,
chapeaux de perles, bracelets, bagues, boucles, ornés de
diamants, d'émeraudes, de saphirs somptueux.

Non content de mettre à ses pieds des trésors, le souverain
veut faire Agnès duchesse, ce qu'elle refuse, de crainte que
ce titre trop voyant n'ajoute à son impopularité.

En la quittant, quelques jours plus tôt, à Chinon, il a tenu,
de peur qu'elle ne vienne à s'ennuyer trop cruellement, à lui
donner une petite naine folâtre et sachant faire mille pitreries,
afin de distraire celle qu'il laissait, à son grand dam,
derrière lui.

« Il n'est pas jusqu'à ma famille qui n'ait à se louer de
tant de largesses. Mon oncle, Geoffroy Soreau, a été nommé
voici deux ans administrateur de l'abbaye de Saint-Crépin de
Soissons. Il est maintenant question qu'il devienne évêque !
Mes frères sont pourvus de riches charges honorifiques, ma
mère a reçu l'opulente châtellenie de Verneuil. Ses vieux
jours sont assurés de connaître toujours semblable sollicitude...
Toujours ? Combien de temps durera ma faveur ? Le roi ne
finira-t-il pas par se lasser de moi ? Est-il de ceux qui peuvent

demeurer fidèle longtemps ? Je suis encore jeune et mes vingt-sept ans s'épanouissent à leur aise. L'âge venant, qu'adviendra-t-il de moi ? Ces grossesses me fatiguent. Mes traits, un jour, en porteront la trace ! »

Dieu merci, il n'en est rien pour le moment ! Il est sot de se tourmenter pour une éventualité qu'aucun signe ne laisse présager. Agnès se remémore l'éblouissement de Jean Fouquet, ce jeune peintre qui a un tel talent, l'émotion d'Etienne Chevalier, la fierté du souverain, quand l'artiste a fait son portrait, ainsi que le souhaitait le contrôleur des Finances, sous les traits de la Vierge Marie.

« J'ai craint que ce ne soit un péché de plus. Maître Denis m'a affirmé qu'il n'en était rien. Dieu l'entende ! »

Un fracas de galop dans la rue, des coups frappés au portail, des bruits de voix, des exclamations, se font entendre tout à coup, rompant la quiétude de l'heure chaude. Des pas grimpent l'escalier. On frappe doucement à la porte. Antoinette pénètre dans la pièce.

— Ma mie, j'ai cru bien faire en venant troubler votre sieste. Des chevaucheurs envoyés par le roi arrivent tout droit de Normandie avec, pour vous, un pli cacheté de la plus grande importance.

Agnès se redresse, le cœur alerté :

— Serait-il arrivé quelque chose à notre sire ?

— Non, non, rassurez-vous. C'est à vous, qu'il advient quelque chose de fort agréable.

Antoinette tend à sa cousine un message officiel annonçant à la dame de Beauté que Charles VII, ayant pris Vernon, a décidé de faire hommage de cette ville à sa maîtresse qui devient, de ce fait, dame de Vernon-sur-Seine.

— Ma mie, un des chevaucheurs porte, à votre intention, les clefs de la cité, pour vous en faire don.

— Qu'il attende un moment, je vous prie. Veuillez m'envoyer mes femmes afin qu'elles m'habillent pour que je puisse recevoir dignement ces messagers.

Vêtue de soie, coiffée de perles, Agnès descend, un moment plus tard, dans la grande salle lambrissée où se tiennent ses suivantes. Parmi elles, la petite folle gesticule et fait mille grimaces.

Devant la jeune femme, le courrier du roi met un genou en terre. Sur un coussin de velours, il lui présente les énormes clefs de la ville conquise.

— Dame, elles sont à vous.

C'est en souriant qu'Agnès s'en empare, mais ses doigts tremblent et des larmes mouillent ses yeux.

— Soyez remercié, messire. Je vais écrire au roi afin de lui rendre grâces. Veuillez accepter de prendre une collation en attendant ma lettre.

Quand les chevaucheurs repartent, sustentés et porteurs d'un message qui n'est qu'un long cri de gratitude, Agnès ne remonte pas dans sa chambre, mais se rend dans l'appartement de ses petites filles.

Marie a, maintenant, près de cinq ans ; Charlotte, trois ans passés, et la petite Jeanne, dix-huit mois jaseurs et blonds à ravir.

Dans l'atmosphère rieuse et câline qui environne ses enfants, Agnès redevient la jeune mère enjouée qu'elle sait être si souvent. Elle oublie ses inquiétudes ; les malaises d'une grossesse moins facile que les précédentes, jusqu'à la mélancolie d'un cœur éloigné de celui qu'il aime.

Elle berce, embrasse, joue, s'amuse, raconte des histoires, ne songe plus au temps qui passe.

Antoinette, ainsi qu'il se doit, demeure, en parente fidèle, auprès de sa cousine, bavarde avec drôlerie, surveille les nourrices, lance des pointes à la naine qui s'adonne à l'impertinence, veille à tout.

Derrière les volets clos sur la chaleur de l'été, ce ne sont plus, en dépit du nouveau titre de la maîtresse du manoir, que rires, bouffonneries et divertissements.

L'orage n'éclate que le soir, après le souper.

Pendant la séance de musique offerte par la nouvelle dame de Vernon à quelques amis intimes, parmi lesquels Antoinette, Marie de Belleville qui vient souvent rendre visite à Agnès, Guillaume Gouffier que le roi a laissé près d'elle pour la garder, et quelques-unes de ses demoiselles d'honneur, au moment précis où un joueur de luth tire des accents émouvants de son instrument, le tonnerre se déchaîne. Les éclairs déchirent le ciel, les grondements se rapprochent, la pluie tombe, fracassant les roses, les soucis, les résédas, les héliotropes du jardin.

— Enfin, un peu de fraîcheur ! s'écrie Antoinette en ouvrant toute grande la porte de la salle de musique sur le déluge nocturne.

— Vous allez nous faire foudroyer ! s'écrie une des suivantes.

— Je n'ai peur de rien ! Ni de l'orage ni de personne ! répond superbement Antoinette.

En une brusque fulgurance, la foudre, comme pour répondre à ces paroles imprudentes, tombe, sulfureuse, avec un craquement de fin du monde sur la pierre du seuil, qu'elle fend.

Pour lutter contre le froid mordant de janvier, on a garni la grande litière de tapis de haute laine, de coussins gonflés de duvet, de peaux d'agneaux, de couvertures fourrées. Des chaufferettes qu'on bourre aux étapes de braises rougeoyantes, et des bouteilles de grès pleines d'eau chaude, maintiennent derrière les rideaux de cuir tirés un semblant de chaleur qui va s'appauvrissant tout au long du jour.

Allongée sous des fourrures, grelottante au sein de cette aigre tiédeur, Agnès, enveloppée dans une houppelande de zibeline, tente de se reposer. Fatiguée par sa grossesse dont le terme approche, par ce voyage insensé entrepris au cœur de l'hiver, en dépit des intempéries et de l'état des routes, elle est à bout de résistance. Il lui arrive de sombrer dans de brèves somnolences qui ne lui apportent pas le délassement espéré. Pour ne pas troubler son silence, les deux suivantes parties de Loches à sa suite, et madame de Brézé, qui partage également sa voiture, se taisent aussi. La jeune épouse du grand sénéchal, dont Agnès s'est fait une amie, va rejoindre son mari, nommé depuis peu capitaine de Rouen où il réside durant ce terrible hiver.

De l'intérieur capitonné du véhicule, on ne perçoit que le grincement des essieux et le martèlement des pas des chevaux qui l'escortent sur le sol durci par le gel. Outre quelques archers assurant sa protection, la favorite a demandé à Guillaume Gouffier, son ombre dévouée, à ses deux frères préférés, Charles et Jean, ainsi qu'à son confesseur, maître Denis, de la suivre. Le médecin de la reine, maître Robert Poictevin, que la bonne souveraine lui a délégué depuis le début de cette difficile grossesse, s'est joint à eux. On est loin du cortège princier qui l'accompagnait lors de son passage à Paris !

Cette fois-ci, dans l'angoisse et la précipitation du départ, il n'a pas été question d'une foule nombreuse, ni de ménestrels. Quelques chariots de serviteurs et de bagages suivent simplement la litière et sa modeste garde.

Il fait un temps glacial, tranchant, d'une grande tristesse. Le ciel de plomb pèse sur les cœurs comme sur l'horizon. Un vent sans pitié gerce les visages, les mains dans les gants de peau, les pieds dans les bottes fourrées de loup. A perte de vue, grise et dénudée, la campagne normande s'étend de chaque côté de la route défoncée dont les profondes ornières, emplies de glace boueuse, courent entre des champs de choux haillonneux, des bois noirs, des fermes encloses sur leurs tisons.

La petite troupe chemine vers Jumièges où Charles VII a passé les fêtes de la Nativité pendant que son armée prépare le siège d'Honfleur. Depuis l'été, en effet, malgré un automne maussade et détrempé, le roi marche de victoire en victoire. Les Français ont repris Fécamp et sa sainte abbaye, Coutances, Saint-Lô, Carentan, La Roche-Guyon, Argentan, Caudebec, Gisors, Lillebonne, Tancarville et autres places.

Le 18 octobre, Dunois, lieutenant général des armées, attaque Rouen dont beaucoup d'habitants, désireux de se débarrasser du joug anglais, souhaitent l'arrivée des gens du roi de France. Une émeute a éclaté contre les occupants et l'archevêque de la ville est venu, en personne, négocier avec Charles VII ! Bientôt, les bourgeois se décident à apporter eux-mêmes les clefs de la cité.

Pierre de Brézé entre le premier dans la capitale normande avec cent lances et des archers. Le lendemain, le duc de Somerset et le vieux Talbot, le chien de garde des Anglais, se rendent.

Rouen est reconquise ! La nouvelle parvient à Paris le lundi suivant. Les cloches de toutes les églises se mettent à sonner, le peuple est en liesse. Pour fêter un tel événement, on organise le 28 octobre, à Saint-Martin-des-Champs, la plus belle procession vue depuis cent ans : le clergé de Notre-Dame, l'Université au grand complet, toutes les paroisses, le Parlement, en tout plus de cinquante mille personnes vont chercher le précieux corps de Notre-Seigneur à Saint-Jean-en-Grève. Les rues sont décorées et tendues de courtines multicolores comme pour le jour du Très-Saint-Sacrement.

La France entière pavoise.

Le 10 novembre, l'entrée du souverain à Rouen, sous un dais de vermeil, est une apothéose. La foule hurle : « Noël ! Noël ! Montjoie Noël ! » Les rues sont encourtinées de bleu azur, des feux de joie s'allument sur toutes les places. On joue des mystères sur les parvis des églises. Des arcs de triomphe portant inscrit : « Le roi très victorieux » sont dressés aux carrefours.

Le monarque, vêtu de son armure de combat, un chapeau de castor gris doublé de vermeil et orné d'un énorme fermail en diamant sur la tête, monte un destrier houssé jusqu'au sol de velours fleurdelisé. Aux côtés de Charles VII, René et Charles d'Anjou. A leur suite, le trio qui permit et forgea ce jour de gloire : Dunois, Pierre de Brézé, Jacques Cœur.

On apporte en grande cérémonie les clefs de la ville au roi qui les remet aussitôt au sénéchal, le nommant capitaine de la cité reconquise en signe de satisfaction, pour effacer les traces des mauvais procédés dont il a eu à souffrir auparavant.

C'est, ensuite, dans la cathédrale de Rouen, le *Te Deum* d'action de grâces. Le souverain y prie avec ferveur. Puis il reçoit les notables de la ville qui lui jurent fidélité et obéissance. Se voulant oublieux du passé, Charles VII accepte sans sourciller les serments de repentance. Cependant, il commande aussitôt après qu'on ouvre une enquête sur le procès de Jeanne d'Arc.

Le 13 novembre, la forteresse de Château-Gaillard, verrou de la Normandie réputé invincible, se rend à son tour.

Agnès, déjà en route, apprend la veille de Noël qu'Harfleur s'apprête à capituler. Le 2 janvier, enfin, Le Havre tombe également, chassant ses occupants jusqu'à leurs bateaux et les forçant à reprendre la mer.

Ces nouvelles triomphantes courent, galopent à travers le pays. Elles apaisent un peu les alarmes de la favorite et la réconfortent. Si Agnès, en effet, est partie ainsi, en dépit de son état, des avis de ses proches, de la guerre, du froid, c'est qu'elle a appris qu'un nouveau complot est ourdi contre le roi. Ses succès trop écrasants, trop éclatants, lui ont suscité des haines solides.

Le dauphin, éloigné de la marche irrésistible qui pousse, dans un vent de victoire, les troupes de son père à travers la terre normande, songe, dit-on, à reprendre les événements en main. Par le fer, la trahison, voire le poison, si cela est nécessaire.

Loin de son amant, Agnès, que son état rend plus nerveuse, plus troublée qu'à l'ordinaire, se sent perdue. Il lui faut le rejoindre, le prévenir, veiller, auprès de lui, à ce qu'il se protège de l'abomination qui le menace.

A Loches, elle ne tient plus en place, dort mal, imagine le pire. Des cauchemars la poursuivent, dont elle émerge en pleurs. A quoi bon tous ces triomphes, si, dans l'ombre, on organise la disparition du Victorieux ! Elle n'en peut plus. Bravant sa propre appréhension, les mises en garde de sa mère, les adjurations de sa cousine, elle décide, un jour de pâle soleil hivernal, de partir rejoindre Charles VII près de Rouen. Elle laisse ses trois filles sous la surveillance d'Antoinette et s'en va vers son destin, pensant être chargée d'une mission, secrètement désireuse, aussi, de retrouver sans plus attendre l'amour attentif dont elle subit depuis des mois la privation.

Les voyageurs sont passés par Blois, Chartres, Dreux, Vernon, où Agnès s'est arrêtée deux jours pour répondre à l'invitation des échevins de la ville, flattés de recevoir Noble et Puissante Agnès Sorel, dame de Beauté, de la Roquecezière, d'Issoudun, de Vernon et d'Anneville. Ils ont ensuite fait étape à Louviers, puis à Elbeuf. Enfin, ils approchent de Jumièges ! Il est temps. La jeune femme est fort lasse, ses compagnons gelés.

— Voulez-vous boire un peu de lait tiède, chère dame ?

La femme du sénéchal se penche vers Agnès.

— Non, mille grâces. Sommes-nous encore loin ?

— Nous arrivons.

— Dieu merci ! Cette route est interminable !

Entre la femme discrète, d'apparence tranquille, de jugement pondéré, dénuée d'élan qu'est l'épouse du grand sénéchal, et Agnès, qui est de feu, s'est formée une de ces amitiés incompréhensibles pour qui juge de l'extérieur, qui ne voit pas les affinités de cœur et d'esprit de deux natures qui ont en commun la bonté et l'indulgence. Sous un sourire réservé, madame de Brézé cache un attachement passionné au magnifique époux que Dieu lui a donné. Mieux que quiconque, Agnès peut comprendre, précisément, un tel sentiment pour un tel homme. Il s'en est fallu de si peu... Cette identité de goût amoureux et un besoin commun de raffinement, de beauté, de luxe, rapprochent encore les voyageuses.

— Chère dame, voici les tours de Jumièges !

Guillaume Gouffier a crié la nouvelle contre un des rideaux de cuir.

— Enfin !

La demi-lieue qui reste à faire se traîne sous un ciel qu'assombrit l'approche du soir. Cependant, les murs de l'abbaye se dressent tout à coup au bout du chemin.

Il faut parlementer avec le frère portier, décontenancé par l'arrivée dans son abbaye de bénédictins, bien qu'elle soit pour l'heure transformée en quartier général de l'armée royale, d'un convoi qui n'a rien de militaire, tant s'en faut, avec ces dames parées comme il n'en a jamais vu !

On envoie un novice prévenir le roi qui, heureusement, se trouve dans la place.

En attendant sa venue, les frères d'Agnès et Guillaume

Gouffier aident la jeune femme à sortir de sa litière afin qu'elle s'installe devant un bon feu qui brûle du matin au soir dans la grande salle de la maison des hôtes. Sous les voûtes élevées, des tables de chêne sont alignées. Des bancs de bois, disposés pour le repos des errants s'adossent aux murs.

Agnès se chauffe sans mot dire. Madame de Brézé, son médecin, son confesseur l'entourent d'attentions.

— Ma mie, que vous êtes pâle !

Le roi vient d'entrer. Il s'élance vers sa maîtresse qui, au son de sa voix, s'est brusquement redressée.

— Sire ! Il fallait que je vous voie !

Par un souci des convenances dont, en public, Charles VII ne s'est jamais départi, les deux amants ne s'étreignent pas. Le souverain s'empare simplement des mains d'Agnès et les baise dévotement.

— Je ne sais ce que vous avez à me dire, ma douce, mais c'est folie d'être venue de si loin, par un tel froid !

— Cher sire, ne me grondez pas ! Ce sont choses d'importance que j'ai à vous confier.

Après avoir salué le roi, la suite de la favorite s'éloigne discrètement.

D'une voix que l'impatience et la fatigue font trembler, Agnès dit ses tourments, ses tristesses, son indignation et la panique qui s'est emparée d'elle quand elle a appris la sombre menace qui pèse à nouveau sur Charles VII.

— Mon doux sire, on en veut à votre gloire : il est question de vous livrer aux Anglais ! On en veut à votre vie, s'il le fallait, on ne reculerait pas devant un meurtre !

— N'est-ce que cela ?

Le roi a bien changé. Où est sa prudence légendaire ? Il part d'un rire heureux, tendrement moqueur.

— Vous avez fait tout ce chemin pour de telles billevesées, ma mie ! C'est là de votre part une bien grande preuve d'innocence... et d'amour, ajoute-t-il plus bas. Sachez, mon cœur, qu'il n'est pour ainsi dire pas de semaine où ne me parviennent des bruits de complot, d'assassinat, d'enlèvement ! Certains doivent être vrais. Beaucoup sont faux. Mes dispositions étant prises, ma sécurité assurée autant que faire se peut, je m'en remets à Dieu et vis comme si de rien n'était. Le moyen de faire autrement ?

— Votre existence, Charles, qui m'est si précieuse, est donc encore plus exposée que je ne le craignais !

— C'est le sort de tous les rois, ma mie ! Couronne et

mort violente vont souvent de compagnie. Il n'est que d'éviter d'y songer. En tout cas, pour le moment, je suis bien vivant !

Il rit. Son regard se fait plus intense.

— Je ne demande qu'à vous le prouver sans tarder, ma belle, mais ce lieu, hélas, n'y est pas propice ! Allons, je vais vous chercher un logis près d'ici, où je pourrai vous visiter autant que l'envie m'en prendra.

Dans sa joie des retrouvailles, dans l'ivresse de la victoire, il ne veut pas tenir compte des traits tirés d'Agnès, de sa mine défaite.

— Etes-vous tout à fait sûr, mon seigneur, de faire tout ce qu'il faut pour votre sauvegarde ?

— Certain, ma mie. Ne pensez plus à toutes ces vilenies, croyez-moi, ne vous en souciez plus.

Avec un entrain qui n'aurait pas été imaginable chez lui quelques années auparavant, le roi mande l'abbé de Jumièges, s'entretient avec lui, revient vers Agnès.

— Tout est arrangé. Vous allez vous rendre au manoir du Mesnil. C'est une maison de plaisance située à environ une lieue d'ici, et qui appartient aux bénédictins. Ils la mettent à votre disposition.

Dans le froid, dans la nuit, le convoi s'ébranle de nouveau.

— Vous reverrai-je bientôt, sire ?

— Je vous accompagne, ma mie.

A travers le brouillard d'hiver, l'obscurité glacée, la grande litière, entourée d'une escorte beaucoup plus importante qu'à son arrivée, reprend la route à la lueur vacillante des torches. Le roi de France chevauche à la portière.

Franchi le porche, le manoir du Mesnil apparaît comme une longue bâtisse coiffée d'ardoise, flanquée de quelques tourelles, environnée de dépendances en forme de rectangle qui ferment la cour où trône un puits couvert.

A l'intérieur, on trouve bon accueil dans des salles aux poutres apparentes, pavées d'un carrelage de couleur. Des feux de fagots flambent dans de hautes cheminées de pierre. Bientôt, un souper est servi à la compagnie. Réchauffée, sa faim apaisée, Agnès retrouve sa grâce et un peu de sa bonne humeur pour s'entretenir avec son amant et ses amis.

La chambre qui lui a été réservée est une vaste pièce du premier étage, où ses servantes ont apporté ses fourrures, ses tapis, ses draps de soie, ses coffres, ses bagages.

Déshabillée, parfumée, coiffée, frictionnée d'une lotion tonifiante fabriquée pour elle par son apothicaire, Agnès peut enfin s'étendre sur le moelleux lit de plumes, sous les couvertures d'agneau blanches et douces.

Le roi, qui a constaté durant le repas l'état de lassitude de sa maîtresse, la laisse reposer après quelques baisers et un court bavardage.

Des bougies parfumées brûlent au chevet du lit. Après le remue-ménage de l'arrivée et de l'installation, le silence revient sous le haut toit du manoir, submerge la chambre aux volets clos, bourdonne dans les oreilles habituées au bruit incessant des routes rendues encore plus sonores par le gel. Rompue, mais le cœur plus tranquille, Agnès s'endort.

Pendant les jours qui suivent, elle se sent mieux. D'une traite, le roi vient chaque jour la voir pour l'entretenir à la fois de son amour et de sa guerre. Certaines nuits, il reste auprès d'elle. Quand le soleil sans chaleur de janvier consent à se montrer, il mène dans la campagne, avec beaucoup de précautions, la future mère qu'il tient sous le bras et enlace au besoin pour l'empêcher de glisser sur des plaques de glace. Ils ont retrouvé la chère intimité qui leur est si précieuse. Pour Charles, Agnès se pare, se farde, dissimule son manque d'entrain, ses malaises.

Madame de Brézé est partie pour Rouen. En revanche, Jacques Cœur, Etienne Chevalier, le sire de Tancarville, multiplient les visites au manoir du Mesnil où ils tiennent compagnie, en l'absence du roi, à celle qui ne cesse, en dépit de son état et de ses maux, de les charmer. Souvent, ils la trouvent pâle et dolente, renonçant à jouer le rôle qu'elle se force à tenir près de son amant. Enveloppée dans d'épaisses fourrures, sans force, elle ne fait rien pour leur dissimuler son affaiblissement. Ils s'inquiètent de ces signes de fatigue chez une femme dont ils connaissent et admirent la vitalité. Ils en parlent à maître Poictevin. Le médecin, de son côté, ne leur cache pas que le malencontreux voyage entrepris par Agnès à la fin d'une grossesse qui n'a pas été facile, a sérieusement perturbé la santé de la jeune femme. Le froid, les heurts de la route, les étapes inconfortables, la durée du trajet, autant de causes qui ont contribué à dégrader une constitution qui semblait florissante. Il lui faut beaucoup de repos.

Un matin, à la pointe du jour, une servante affolée vient chercher en hâte le médecin qui dort. Agnès ressent les premières douleurs de l'enfantement.

— Elle avait encore un mois à attendre ! s'exclame maître

Poictevin que la nouvelle arrache à son sommeil pour le précipiter dans les angoisses d'un accouchement prématuré.

Hélas, le travail est difficile, les couches laborieuses. L'état de fatigue de la favorite l'empêche d'aider activement, comme elle le fait d'ordinaire, à la naissance de l'enfant. Après des heures de souffrances, de cris, d'efforts, de déchirements, vient au monde une frêle petite fille qui semble partager l'épuisement de sa mère. Menu, ne pesant pas quatre livres, le nouveau-né aura-t-il la force de survivre ? On n'en sait encore rien. D'ailleurs, on s'y intéresse peu. Agnès occupe toutes les pensées.

Brisée, le teint gris, de larges cernes sous les yeux, elle gît à présent sans mouvement entre les draps de soie où on l'a recouchée. Les servantes, les sages-femmes ont procédé à sa toilette, l'ont lavée, ointe d'essence de jasmin, et ont fait disparaître toute trace sanglante de la naissance.

Il est près de midi. Dehors, le froid est encore plus intense. Dans les forêts normandes, l'écorce des troncs d'arbres éclate sous le gel. On trouve par terre des oiseaux morts, raidis aussitôt que tués par le vent du nord qui balaie ce mois de janvier. Le sol est dur comme de la pierre. Dans la cour du Mesnil, les robes des chevaux fument, une épaisse vapeur sort de leurs naseaux.

Maintenant, la chambre d'Agnès est tranquille, quiète. Depuis l'arrivée de la voyageuse on y entretient jour et nuit un feu de grosses bûches. La chaleur s'y est, au cours des jours, blottie derrière les tapisseries, sous les courtines de velours, parmi les coussins. Il y règne continuellement une douce tiédeur. Pour en purifier l'air et le parfumer, des herbes odoriférantes brûlent dans une cassolette non loin du lit de l'accouchée.

Maître Robert Poictevin, installé au chevet de la jeune femme, considère le profil délicat, la tête renversée sur les oreillers, semblant s'enfoncer dans la plume sous l'effet d'un accablement impossible à surmonter. Une sage-femme, qui est demeurée pour l'assister en cas de besoin, se tient assise derrière lui. Les mains dans son tablier, elle somnole, son menton gras reposant sur sa poitrine gonflée comme une couette.

Deux suivantes d'Agnès, celles qui ont fait le voyage avec elle dans sa litière, restent debout de l'autre côté du lit. Dans le berceau qu'on a été quérir au cours de la matinée chez une mère de famille du village, la fragile petite fille tente de vivre.

Tout est calme. Bien que prématurée et difficile, la délivrance ne s'est tout de même pas trop mal passée. Il n'y a plus de raison de s'inquiéter... en apparence, du moins. Cependant, le médecin ne se sent pas, pour autant, déchargé de ses responsabilités. L'anéantissement d'Agnès le tourmente. D'ordinaire, elle supporte admirablement l'épreuve de l'enfantement, en émerge souriante, à peine décoiffée. Cette fois-ci, on devine qu'elle éprouve une immense difficulté à sortir de son abattement.

— Dame, buvez un peu de cet élixir reconstituant que j'ai préparé à votre intention. Il vous fera du bien.

Comme indifférente, la jeune mère se laisse soulever, avale quelques gorgées du liquide doré, retombe en arrière. Il semble à maître Poictevin qu'un peu de couleur envahit de nouveau le visage aux yeux fermés.

Soudain, une cavalcade, des cris, des ordres, retentissent. Quelques instants après, le roi, botté, coiffé et vêtu de fourrures, passe la porte.

— Agnès !

Il s'est élancé vers la couche. A son nom, la jeune femme ouvre les paupières. La vue du souverain la réconforte certainement davantage que les fortifiants du médecin. Elle tente de sourire.

— Charles, pardonnez-moi : je ne puis me redresser. Voyez-vous, je suis encore si fatiguée !

— Ne bougez surtout pas, ma mie. Reposez-vous, ne parlez pas. Je vais rester un moment près de vous, en silence, en me contentant de vous regarder.

Il jette, en passant, un coup d'œil distrait au nouveau-né, et vient s'installer à la place que maître Poictevin lui laisse à la gauche du lit. C'est par un geste incertain que le célèbre médecin répond à la question muette que lui adresse son souverain. La grimace qui accompagne le geste en dit long sur son inquiétude.

Un chef d'Etat, doublé d'un chef de guerre, ne peut s'éterniser au chevet d'une malade, fût-elle la plus aimée des maîtresses.

Vers none, un envoyé du quartier général vient chercher le roi. Il part après avoir posé un baiser léger sur les cheveux blonds d'Agnès.

Vers le soir, elle semble recouvrer un peu de forces. Elle accepte de prendre quelques gorgées de lait miellé, le boit sans déplaisir.

Plusieurs visiteurs sont venus au cours de la journée

s'enquérir de l'état de l'accouchée. On leur répond avec prudence. On ne les laisse pas entrer.

La nuit arrive. Maître Poictevin, qui constate un léger mieux, va dormir, laissant une autre sage-femme et des servantes près de la favorite. Les heures coulent : matines, laudes, prime. Agnès somnole. Brusquement, elle appelle. Ses prunelles brillent anormalement, son teint est beaucoup trop coloré, ses mains brûlent.

— Dame, qu'avez-vous ?

— Un grand frisson vient de me saisir, me tirant du sommeil. Je suis transie et pourtant j'étouffe. Ce sont les fièvres.

— Je vais chercher maître Poictevin.

Le médecin accourt. Il palpe le ventre à la peau si douce, y réveillant une douleur aiguë, fulgurante.

— Oh ! que vous me faites mal !

Le visage altéré, les larges cernes qui entourent les yeux, la bouche sèche, et ces souffrances qui, maintenant, reviennent, renseignent le praticien.

— De la glace, dit-il en se tournant vers une des servantes. Qu'on aille casser de la glace dans le puits. Il faut lui en mettre dans une serviette sur l'abdomen.

« Faites bouillir de l'eau, jette-t-il à une autre. Je vais lui administrer un clystère de décoction d'écorce de chêne.

« Préparez un breuvage composé de feuilles de valériane, de feuilles de mélisse, de fleurs et de feuilles de basilic, prescrit-il à la sage-femme. Allons, vite ! »

D'un coffret qu'il vient d'apporter avec lui, il tire tout en les nommant au fur et à mesure les plantes séchées et les tend à la grosse femme. Chacun s'affaire. Agnès geint doucement.

Commencent alors les heures noires, les jours affreux, de douleur, de sanie, d'humiliation. Le corps tant soigné, tant chanté, tant désiré, tant aimé de la Belle des Belles, n'est plus que souffrances et déjections. Officiellement, on parle d'un flux de ventre. Ceux qui soignent la jeune femme savent qu'elle est atteinte du mal des accouchées dont bien peu se remettent.

Sur ordre du roi qu'on tient au courant heure par heure de l'évolution de la maladie, le propre médecin du souverain, maître Adam Fumée, est venu rejoindre maître Poictevin. Ensemble, ils luttent contre une infection dont ils connaissent trop bien les effets sans pouvoir en déterminer la cause, non plus que le remède.

Le bruit de cette atteinte brutale d'un mal mystérieux court bientôt la campagne, les villages, les villes de Normandie. On s'étonne de la progression foudroyante de cette fièvre maligne sur une santé qui paraissait si prospère. On chuchote. On parle d'empoisonnement. Agnès n'a-t-elle pas beaucoup de jaloux, des foules d'ennemis ? Ses amours royales, le scandale de sa position, ont suscité la désapprobation, la haine, les malédictions, et jusqu'aux foudres de l'Eglise ! L'évêque Jean Jouvenel des Ursins, bien qu'ami du grand sénéchal et de Jacques Cœur, a tonné, en chaire, contre le luxe éhonté de la favorite. Il en est arrivé à menacer le roi lui-même de la vengeance divine ! De son côté, le dauphin ne cache pas sa rancœur et l'intention qu'il a de se débarrasser d'Agnès. Tant de fureurs, d'animosités, ne sont-elles pas instigatrices d'assassinat ?

Les jours passent. Le mal s'aggrave. Les médecins combattent avec désespoir un état qu'ils ne peuvent affronter qu'avec des moyens dont ils mesurent sans illusion l'insuffisance et le peu d'efficacité.

On a éloigné de sa mère la petite fille qui ne semble guère plus valide qu'elle. Une nourrice, cependant, allaite et soigne avec vigilance le pauvre enfantelet dans une autre pièce du manoir.

Madame de Brézé, qu'Agnès a réclamée en un moment où elle échappait à la torpeur fiévreuse qui suit les crises atrocement pénibles dont le rythme s'accélère sans cesse, est venue rejoindre son amie. Avec une tendresse parfaite, elle l'entoure de soins et d'attentions.

Charles VII, lui, est torturé d'angoisse. Il retrouve les insomnies, les tourments du temps où il n'était que le « Roitelet sans royaume ». On ne lui a pas caché la gravité d'un mal dont chacun sait qu'il est presque toujours fatal. Ainsi donc, Agnès, son aimée, sa colombe, sa douce, la plus belle fleur de son chaperon, comme il aimait à l'appeler aux heures de félicité, est en danger de mort !

Précipité du faîte des passions heureuses au fond d'un gouffre d'horreur, celui qu'on nomme partout « le Victorieux » sent vaciller son équilibre, voit revenir avec effroi les ombres mauvaises du désespoir et du malheur. Il a besoin de cette femme. Sans elle, il sent qu'il sera, de nouveau, perdu. Agnès est la fée d'un monde charmant où il n'a pu pénétrer qu'à sa suite. Elle détient les clefs de l'univers ardent et suave où il règne près d'elle dans l'allégresse de son âme enfin pacifiée. Elle partie, les brouillards, les obscurités, qu'elle seule avait su dissiper, reviendraient cerner de leurs ambiguïtés glacées, comme ces ténébreuses journées d'hiver, le monarque au cœur déchiré.

Si Agnès meurt, le bonheur, l'assurance, l'élan, le goût de vivre et jusqu'au triomphe tout neuf du souverain, tout ce qu'il a obtenu avec tant de retard et tant de peines, sera frappé, détruit, ruiné du même coup.

Il se désintéresse de la guerre presque terminée et suspend sa propre existence au souffle douloureux qu'exhale dans les affres d'un combat sans merci celle qui est l'essence même de sa vie.

Avec lui, Etienne Chevalier et Jacques Cœur vont, viennent, repartent, galopent, espèrent, pleurent. Sur la route durcie par le gel, dans l'escalier de bois du Mesnil, au seuil de la pièce interdite où on ne les laisse plus entrer, on peut croiser l'un d'eux à n'importe quelle heure du jour. Tous trois sont navrés, mais le roi est, de beaucoup, le plus ravagé.

Agnès a fait condamner sa porte. Elle ne veut pas que ceux qui l'aiment assistent à sa déchéance. Au fond de son cœur, pourtant, elle accepte cette épreuve. Pour ses péchés, pour la luxure, pour l'adultère, pour l'excès de luxe, pour la vanité, pour un certain contentement de soi, pour toute cette poussière, toute cette boue qu'elle a laissé se déposer sur son âme.

Ses forces s'en vont. Son courage et sa foi restent entiers. Elle admet que cette corruption de sa chair, cette détresse physique lui soient envoyées comme remède aux maux bien plus pernicieux qui menaçaient auparavant son salut. Elle accepte de les subir pour sauver ce qui, en elle, mérite seul d'être sauvé : son âme.

Au fil des heures, dans la souffrance, l'horreur et le dégoût, elle retrouve, au fond de l'abomination, la lucidité, la confiance d'une véritable chrétienne.

Le mois de janvier s'achève. Février arrive parmi la glace, la pluie, le vent. Tout est gris et noir. Le printemps paraît à jamais perdu, hors de portée.

Agnès n'en a pas encore fini avec son martyre. Cependant, un moment vient où elle mesure le peu de vie qui lui reste, son état d'épuisement et la capitulation de sa chair qui n'en peut mais. Elle n'a pas besoin d'interroger les médecins qui la soignent pour savoir que sa fin est proche.

« Seigneur, il faut donc s'en aller si vite, quitter si tôt tout ce que Vous m'avez donné ! »

Elle souffre tant et de si répugnante façon que ce lui est par moments presque un soulagement de deviner le peu de temps qui lui est encore imparti pour subir les outrages de la maladie. Son corps vidé, pantelant, tenaillé de si cruelle sorte, lui fait horreur.

Le froid, soudain, est un peu moins vif. Un matin, la Normandie se réveille sous la neige. Tout est devenu blanc en une nuit. Les plaines reconquises, les forêts dénudées où les bêtes sauvages errent, en proie à la faim, les toits des maisons villageoises, les fortifications, les tours aiguës, les clochers des églises, la margelle du puits. Le moindre arbuste, la plus mince branche, le pan de mur le plus humble, soudainement fourrés d'hermine, sont anoblis par l'hiver.

Derrière les volets, qu'on tient fermés, de la chambre où Agnès agonise, un voile de flocons feutre les bruits, efface l'horizon, enserre de sa blanche résille le manoir du Mesnil.

La mourante a demandé, une fois de plus, qu'on aille chercher maître Denis, son confesseur, pour qu'il vienne l'assister. Elle sent que son heure est proche. Profitant d'un répit accordé à son organisme dévasté par le mal triomphant, elle tient à utiliser cette accalmie pour régler ses affaires.

— Mon Père, achevons de tout mettre en ordre en moi et autour de moi. Le temps me presse.

Le matin même, sur sa demande, elle a reçu les derniers sacrements. Son âme déborde de contrition et de confiance en Dieu. Ces derniers jours, elle a prié sans cesse, s'adressant à Marie-Magdeleine envers laquelle elle éprouve depuis des années une dévotion particulière, à la Vierge Marie et, essentiellement, au Seigneur.

Elle a également réclamé qu'on lui apporte son livre d'heures pour y lire les vers de saint Bernard qu'elle y avait, jadis, tracés de sa propre main.

Le spirituel étant assuré, il reste à songer au temporel. Agnès a toujours géré ses biens avec méthode. Il en sera ainsi jusqu'au bout. Avec une fermeté qui s'impose à tous, elle demande à madame de Brézé de ne plus la quitter, et d'assister à la dictée de ses dernières volontés. Sur sa requête, on va aussi quérir messire Etienne Chevalier et Jacques Cœur.

Depuis de longs jours, ils ne l'ont pas revue. Inconsciemment, ils appréhendent tous deux cette confrontation. A leur grande surprise, le beau visage d'Agnès n'est pas enlaidi, seulement épuré par la maladie et l'approche de la mort. Amaigrie, elle semble encore plus jeune, revenue aux heures dorées où elle leur est apparue pour la première fois, à Toulouse. Elle a tenu à ce qu'on la coiffe, la parfume. Comme elle souffre moins en cet instant, elle parvient à sourire.

— Mes amis !

Aux deux hommes bouleversés, elle fait signe d'approcher.

— Je vous ai mandés pour solliciter de vous un dernier service, dit-elle d'une voix plus faible, moins claire qu'autrefois. Je tiens à ce que vous soyez, avec maître Poictevin, mes exécuteurs testamentaires. Acceptez-vous cette ultime charge ?

— Agnès !

— Chère dame !

— Alors, reprend-elle très vite parce que les minutes lui sont maintenant comptées et qu'elle ne veut pas, non plus, donner libre cours à une émotion qui offenserait son goût de la mesure, alors, écoutez-moi. En tant que secrétaire du roi et contrôleur général des Finances, vous ferez, si vous le voulez bien, messire Etienne, office de notaire.

— Il en sera comme vous voudrez.

Sans faiblir, en femme organisée qui a pensé à tout le monde, la favorite fait alors connaître aux trois hommes qui l'entourent les dispositions qu'elle a prises, les legs qu'elle tient à laisser en partant. Elle possède soixante mille écus qu'elle distribue en aumônes entre les maisons-Dieu, les hôpitaux, les monastères, les couvents qu'elle a déjà si souvent secourus, et tous les serviteurs de sa maison.

— Que mes filles, qui sont mes biens les plus précieux, demeurent sous la garde de ma cousine, Antoinette de Maignelay à laquelle j'ai laissé pour ce faire tout le nécessaire en ma maison de Loches.

Elle finit d'énumérer ses dons d'une voix qui va s'affaiblissant.

— Qu'on me comprenne bien, dit-elle pour terminer. J'entends que mon seigneur le roi, seul et pour toute chose, décide et accomplisse à ma place. Il est le maître. Tout ce que j'ai lui appartient. Au-dessus de vous trois, messires, il a le pas, il est le chef. Qu'il ordonne. Sa volonté fut toujours mon amour. Ce qu'il fera sera bien fait !

Elle se tait, ferme les yeux, au-delà de la fatigue, entièrement démunie de forces. L'effort qu'elle vient d'accomplir réveille les souffrances atroces de ses entrailles. Elle ne peut retenir un gémissement.

Maître Poictevin prépare un nouvel emplâtre de simples. Madame de Brézé s'approche du lit, essuie le front où perle de nouveau la sueur des douleurs.

Guillaume Gouffier et le seigneur de Tancarville, qui arrivent à francs étriers de Jumièges, porteurs d'un message passionné du roi sont alors introduits. Impuissants comme tous ceux qui assistent à son agonie, ils observent les derniers sursauts du corps mourant qui fut celui de la plus belle femme de son temps.

Les narines pincées, Agnès agite d'un mouvement spasmodique sa tête sur l'oreiller. Elle respire avec difficulté, serre les lèvres sur les plaintes que le mal arrache à sa chair où la décomposition commence son œuvre.

— C'est peu de chose, et vile, et fétide, que notre fragilité, l'entend-on murmurer soudain.

Ce cri d'une âme qui accepte son calvaire mais non pas la démission de sa dignité, déchire le cœur de ses amis. Madame de Brézé ne peut retenir ses larmes. Etienne Chevalier est aussi pâle qu'Agnès ; Jacques Cœur, la tête inclinée sur sa poitrine, évoque le passé. Guillaume Gouffier détourne le regard.

— Maître Denis, approchez-vous de moi, reprend la voix affaiblie, plus près, je vous prie.

Le confesseur se penche vers celle qui va mourir.

— Mon Père, veuillez m'absoudre, je vous en supplie, de mes peines et de mes péchés, en vertu d'une absolution pontificale que m'a envoyée, sur ma requête, le Saint-Père, il y a déjà un certain temps. Elle se trouve actuellement chez moi, à Loches. Croyez-moi, mon Père, Sa Sainteté m'a pardonnée !

Un désir pathétique de convaincre, un besoin poignant de miséricorde élargit les prunelles claires.

— Je m'en rapporte à votre parole, ma fille. Soyez donc exaucée.

Un silence absolu s'étend sur la chambre pendant que le prêtre officie. Tous les assistants sont à genoux. Agnès, les mains jointes, s'offre à Dieu.

Soudain, son oraison s'interrompt. Elle pousse un grand cri.

— Notre-Dame, Notre-Dame, ayez pitié de moi ! Mère de Notre-Seigneur Jésus-Christ, à l'heure de ma mort, priez pour moi !

Elle retombe en arrière en un lent glissement, où on retrouve, une dernière fois, la grâce de ses gestes. Tout est fini.

Maître Denis ferme les longues paupières, trace sur le front d'ivoire le signe de la croix. A genoux, ensuite, avec ceux qui ont assisté à la fin de celle que va pleurer le roi de France, il entonne le *De profundis*.

Dehors, la neige s'amoncelle. Le Mesnil est tout blanc. C'est dans un tourbillon de flocons que s'exhale l'âme d'Agnès.

Il est six heures après-midi, ce lundi 11 février 1450.

« On ouvrit son corps, et son cœur fut enterré dans l'abbaye de Jumièges à laquelle elle avait fait de grands dons. Son corps fut conduit à Loches où il fut enseveli avec honneurs dans l'église collégiale de Notre-Dame, où elle avait fait plusieurs fondations et donations.

» Dieu l'en récompense en son âme et la conduise en paradis. »

Jean CHARTIER,
Chroniqueur de Saint-Denis,
Historiographe officiel du Roi

LES AMOURS BLESSÉES

*Le roman historique est ainsi,
à tout moment, le témoin et le
créateur de l'intelligibilité de
l'histoire.*

Jean MOLINO.

PROLOGUE

29 décembre 1585

Du cygne vendômois le cœur est à Cassandre,
L'heureux renom partout, l'âme au ciel, ci la cendre.
Tombeau de Ronsard par JEAN GODARD, 1586.

Pierre est mort hier, en son prieuré de Saint-Cosme, près de Tours, sur les deux heures après minuit.

Peu de temps avant de s'en aller, il avait demandé à son ami Jean Galland, qui l'a assisté jusqu'au bout tout au long du combat livré contre la douleur destructrice, de venir en personne m'aviser de sa fin.

Cet homme loyal n'y a pas manqué. Je l'ai vu arriver chez moi juste avant ma collation. Sans se soucier du temps humide et glacé que nous réserve cette fin d'un mois de décembre cruel à tant de titres, il n'a mis qu'une demi-journée pour franchir les quinze lieues séparant Tours de Blois. Trempé, crotté, le principal du collège parisien de Boncourt conservait, même en ce piteux état, la dignité affable dont il ne se départit jamais. Marqué par la fatigue et le chagrin, son long visage n'en demeurait pas moins empreint d'urbanité.

— Ronsard a cessé de vivre, m'a-t-il dit après m'avoir saluée. Je puis vous assurer, madame, que vous aurez, en secret, occupé ses pensées jusqu'au seuil de l'au-delà !

Pierre n'est plus ! Je me sens dépouillée. Je frissonne comme si on venait de m'arracher mon manteau le plus chaud. Un désarroi inconnu, une peine lancinante me poignent.

Depuis des mois je le savais malade, cet homme qui a troublé toute mon existence. Troublé et éclairé à la fois... Mais, justement, il y avait si longtemps que nos vies, telles deux flammes allumées l'une après l'autre devant le même autel, se consumaient, proches et pourtant séparées, si longtemps que je m'étais habituée à un éloignement inévitable mais point destructeur, à la survie d'un attachement vainqueur de chaque épreuve, que j'avais sans doute fini par croire que rien, jamais, ne parviendrait à nous séparer. Rien. Que la mort, elle non plus...

Pierre !

Voici quarante ans que nos destins se sont conjugués presque malgré nous. Au début, je n'ai pas cru à la solidité de cet étrange lien qui nous unissait en nous meurtrissant. Il était pourtant si fort qu'il a pénétré nos chairs pour se fondre en elles et devenir partie intégrante de nous-mêmes.

En dépit de tant de traverses, de fausses apparences, d'obstacles, de séparations, de douleurs, de trahisons, d'ardeurs inavouées, de déceptions, de ruptures, de larmes, d'absences ; en dépit de la gloire pour Pierre et des obligations qu'elle entraîne, en dépit du devoir, parfois si lourd en dépit de quatre rois qu'il fallait servir et ne pas décevoir ; en dépit de Dieu, enfin, qu'il nous est arrivé d'offenser, personne n'est parvenu à empêcher, avant qu'il ne s'en aille, mon poète de songer à moi plus qu'à aucune autre !

Je le dis sans orgueil et sans vanité. Devant une telle constatation, je me sens en vérité fort modeste. Je l'ai si mal compris au commencement de notre longue histoire... tellement méconnu et pendant tant d'années !

Pierre avait chargé Jean Galland de me parler à sa place, de m'expliquer ce que je n'avais pu ni comprendre ni admettre autrefois dans sa conduite, de me garantir avant tout sa fidélité infidèle... son constant souci de discrétion à travers les innombrables retouches qu'il n'avait cessé d'apporter à son œuvre...

Son messager et moi sommes demeurés des heures, devant la haute cheminée de ma salle, à évoquer celui qui avait eu, de son vivant, une perception si aiguë de notre précarité, qui n'avait jamais cessé d'être obsédé par la fuite des jours, et qui était en train de découvrir, ailleurs, l'ultime révélation...

En écoutant l'émissaire d'outre-tombe qu'était pour moi le compagnon des derniers instants de Ronsard, je pleurais doucement sur le gâchis sans remède auquel se résumaient soudain nos destinées. L'aiguille du temps s'était à jamais arrêtée. Notre union, si solide mais pourtant si incertaine, s'interrompait au seuil de la chambre mortuaire où repose à présent celui qui, aux yeux du monde, ne m'a jamais rien été...

Je suis passée auprès de quelque chose d'immense que je n'ai pas su discerner au premier abord et qui m'a effrayée par la suite... Le sentier de crête que m'offrait mon poète était sans doute trop vertigineux pour moi...

Jusqu'à la venue de Jean Galland, jusqu'à la délivrance du

message dont Pierre l'avait chargé à mon intention, je pouvais
me trouver des excuses. Je ne le puis plus. Je connais à
présent le secret de Ronsard. Il aura fallu sa mort pour que
les écailles me tombent enfin des yeux, pour que je mesure
à sa juste valeur l'ampleur du désastre...

Après un souper durant lequel je n'ai pu goûter à rien,
nous avons repris notre conversation.

Quand Jean Galland m'a quittée, il n'était pas loin de
minuit. L'heure du couvre-feu était depuis longtemps passée.
Mon visiteur était descendu chez des amis blésois habitant
comme moi paroisse Saint-Honoré. Il n'avait heureusement
que peu de chemin à faire pour regagner leur hôtel.

Je me suis alors couchée par habitude et n'ai presque pas
dormi. Je ne dors toujours pas. Un chagrin sans violence mais
lésant néanmoins les fibres les plus intimes de mon être
m'habite. C'est comme une eau noire et calme qui recouvrirait
des abîmes.

A présent, je réfléchis. Je me remémore tout ce que vient
de me confier Jean Galland. Il m'a permis d'accéder à l'envers
du miroir. Pour la première fois, je peux envisager le cheminement de la vie de Pierre et de la mienne sous un jour qui ne
m'est plus uniquement personnel.

Je recherche en même temps les témoignages de ma
mémoire pour procéder à des rapprochements. Le voile se
déchire... Je découvre de manière inexorable et alors qu'il est
trop tard le véritable sens de bien des événements qui me
semblaient jusqu'ici désordonnés. De la confusion qui n'a pas
cessé de présider à nos destins tourmentés, émerge enfin,
grâce au testament oral de Pierre, un ensemble cohérent. Aussi
douloureux, d'ailleurs, que cohérent. Aussi déchirant qu'irré-
cusable...

Je suis tirée du mauvais sommeil qui m'a vaincue malgré
tout par les jappements de mon petit chien. Afin d'attirer mon
attention, il s'est dressé sur ses pattes de derrière et griffe
mes draps.

Un bruit inhabituel de voix monte en effet du rez-de-
chaussée. Mes servantes semblent s'agiter davantage et plus
tôt qu'à l'ordinaire.

Je m'assieds sur ma couche. Je prends Turquet entre mes
bras et caresse avec application son pelage soyeux.

La lumière paisible du mortier rempli de cire blanche que
j'ai coutume de tenir allumé chaque nuit dans la ruelle de mon
lit éclaire l'intérieur de mes courtines en tapisserie fermées sur
ma solitude. Les draps de toile fine, la couverture de gorge

de renard, le livre d'Heures posé sur une sellette à mon chevet, la boule de poils lustrés qui se blottit entre mes bras, tout évoque la paix que je me suis efforcée d'établir autour de moi depuis que je suis séparée de mon mari. Bien avant qu'il ne meure...

En m'atteignant au plus secret, la souffrance née du nouveau deuil dont je viens d'être informée a dissipé l'illusion de ma fausse quiétude...

Pour regarder l'heure à mon horloge de table, j'entrebâille les tentures en points de Hongrie qui me protègent des courants d'air.

Le cliquetis des anneaux de bois, joint aux jappements de Turquet, réveille Guillemine, ma chambrière, qui dort sur la couchette dressée chaque soir au pied de mon lit.

Elle a le même âge que moi. Nous vieillissons ensemble et il est hélas certain que, la cinquantaine passée, on ne repose plus comme durant les années de jeunesse.

— Entends-tu ? Il n'est pourtant que six heures.

Guillemine se lève, enfile une chemise de chanvre, une jupe à larges plis, un caraco serré à la taille et s'enveloppe dans l'épais fichu de laine dont elle couvre ses épaules au saut du lit. Puis elle renoue d'un tour de main le chignon gris qu'elle défait au coucher et se coiffe de sa cornette de lin.

Le cœur endeuillé, je regarde machinalement cette grande femme maigre, aux prunelles d'un vert presque transparent, avec laquelle j'ai été élevée et que je connais si bien. Elle parle peu mais agit toujours avec diligence et efficacité. Je songe qu'en définitive j'ai passé davantage de temps en sa compagnie qu'en celle des êtres que j'ai le plus aimés...

— Je vais voir de quoi il retourne, dit-elle avant de sortir.

Je sens la fatigue de la nuit blanche s'insinuer dans mes os, mes traits se tirer et une tristesse grelottante suinter du fond de mon cœur comme une source glacée.

Guillemine revient, la mine soucieuse.

— Un chevaucheur nous est arrivé de Pray, dit-elle. Votre fille l'a envoyé en pleine nuit pour vous mander de vous rendre sans tarder auprès d'elle. Elle a besoin de vous. Il est arrivé malheur au petit François. Sa nourrice l'a laissé tomber dans un cuveau d'eau brûlante. On craint pour sa vie.

Dieu ! Après Pierre, mon petit-fils ! Non. Pas lui ! Pas celui-là ! Pas cet enfant qui n'aura trois mois que dans quelques jours ! Il nous est né au début d'octobre, fruit tant attendu de l'union tardive de ma chère fille. Fruit d'autant plus précieux !

Je pose Turquet sur la couverture et sors de mon lit sans me préoccuper du froid qui étreint soudain ma peau nue.

— Passe-moi mon manteau de nuit. Celui qui est fourré. Mes bas-de-chausses les plus épais, mon fichu de tête. Je vais aller voir ce messager.

Je chausse en me hâtant mes mules de velours, revêts l'ample vêtement que me tend Guillemine et m'élance, mon chien sur les talons, vers la grande salle du rez-de-chaussée. Je tremble non de froid mais de peur.

L'homme me confirme les dires de ma chambrière. Le petit François est gravement brûlé et son état semble inquiétant au médecin de Vendôme que ma fille a appelé.

Je connais bien ce docteur Cartereau qui prodigue ses soins depuis des années et avec beaucoup de dévouement, en dépit de résultats inégaux, à la belle-famille de Cassandrette. Je crois qu'on peut lui faire confiance, mais, dans un cas comme celui-ci, j'aurais préféré qu'on eût fait venir une guérisseuse...

De mon côté, j'ai souvent soigné les enfants de mon frère, ceux de nos paysans et ma propre fille. Je tiens de ma mère des pratiques médicales éprouvées que j'utilise pour moi-même et mes gens. Dans nos familles, les femmes apprennent dès l'enfance à soulager les maux de leurs proches.

— Je pars, dis-je. Je peux être utile là-bas. Vous, Basile, buvez du vin chaud à la cuisine, mangez ce que vous voudrez et retournez à franc étrier vers Pray. Annoncez à votre maîtresse mon arrivée très prochaine. Je vais me préparer au plus vite pour me rendre chez elle avant la fin du jour.

Il y a un peu plus de cinq lieues de Blois au château de Pray où habitent depuis leur mariage ma fille et son époux, Guillaume de Musset. Je leur ai laissé ce domaine qui me venait de mon défunt mari et où je n'avais pas que de bons souvenirs.

Par beau temps, les mulets de ma litière mettent entre quatre et cinq heures pour m'y conduire. La neige fondue qui tombe depuis plusieurs jours et les risques de verglas retarderont certainement leur marche. La route sera lente et difficile.

Peu importe. Depuis la naissance de Cassandrette, l'amour maternel tient dans ma vie la première place. Mon mari s'en plaignait jadis. Ronsard en a souffert, lui aussi...

Quoi qu'il en soit, ce ressort-là demeure pour moi le plus puissant de tous. Un appel de ma fille me précipiterait au bout du monde. Ce n'est pas un mauvais chemin qui me retiendra.

Autant la mort de Pierre m'a frappée de stupeur, engourdie

de chagrin, repliée sur l'exploration désolée de mon âme, autant le danger couru par mon petit-fils me pousse à réagir, à lutter pour tenter de l'arracher à une fin que tout en moi repousse avec révolte.

Je m'élance vers le cabinet attenant à ma chambre pour y prendre le sac de maroquin où je range les fioles qui contiennent des élixirs divers, pommades bienfaisantes, onguents, pansements, charpie, et aussi certaines poudres qui font dormir ou soulagent la douleur. Je m'assure que rien n'y manque et y rajoute deux burettes d'huile de millepertuis, souveraine contre les brûlures.

Durant ce temps, une grande effervescence s'est emparée de ma maison. Valets et servantes s'affairent. Mes deux coffres de voyage en cuir clouté, mon nécessaire de toilette en tapisserie sont remplis pendant que je m'habille après une toilette rapide. Guillemine m'aide. Elle me force, puisque je ne veux pas manger, à avaler une tasse de lait chaud miellé et insiste pour que nous emportions des provisions de bouche. Elle ne cesse de grommeler que c'est folie de partir ainsi, sur des routes rendues dangereuses par les intempéries et infestées de loups, quand ce n'est pas de huguenots !

Sans vouloir l'écouter, je fais mes recommandations habituelles à l'intendante de notre logis, Louise Cantepye, à laquelle je laisse le soin de gérer choses et gens durant mes absences, puis je gagne la cour.

Nos préparatifs ont pris peu de temps. Un jour opaque succède péniblement à la nuit quand je monte dans ma litière attelée de deux forts mulets gris.

Guillemine, que j'emmène avec moi à chacun de mes déplacements, m'accompagne bon gré mal gré, ainsi que Turquet dont je ne me sépare jamais. J'installe mon petit chien entre ma chambrière et moi, sur les coussins rembourrés de crin et recouverts de serge verte. Le matelas de laine et les couvertures de mon équipage sont de la même couleur.

Pour me protéger du froid, en plus de mes vêtements chauds et de ma houppelande fourrée, je tiens entre mes mains gantées, à l'intérieur de mon manchon de loutre, une boule d'étain pleine d'eau chaude qui me brûle les doigts et Louise m'a glissé sous les pieds une chaufferette remplie de braises.

Un masque de satin évite à mon visage le contact de l'air glacial et la poussière ou la boue des chemins. J'aime assez cette façon de sortir masquée que les femmes ont adoptée à présent. Nous préservons ainsi à la fois notre teint et notre incognito.

Un bonnet-chaperon de velours me couvre les cheveux et me met à l'abri des rhumes. Seule, l'incommode fraise empesée, que les Espagnols ont si malencontreusement mise à la mode au milieu de ce siècle, me paraît plus encombrante qu'utile.

Sous le fouet du cocher, notre attelage s'ébranle enfin et nous franchissons le porche de ma demeure. Je tire à demi les rideaux de serge verte, après un dernier regard à la rue Saint-Honoré où se pressent, au milieu du grincement des nombreuses enseignes agitées par le vent du nord, des passants transis et matinaux. Ils se fondent aussitôt après dans la brume froide qui obscurcit la ville et leur haleine fume devant eux presque autant que les cheminées sur les toits.

Nous sortons de Blois par la porte chartraine.

Un chapelet de buis entre les doigts, enveloppée d'une vaste cape de laine brune dont le capuchon lui cache une partie des joues et le front, Guillemine, chaussée comme moi de socques de bois sur ses chaussures de cuir, s'est retirée dans son coin. Elle commence sans plus tarder à égrener ses patenôtres, tant la peur qu'elle voue aux Réformés la tenaille.

D'ordinaire, le faible bercement de la litière agitée par le pas égal des mulets accompagne en douceur mes pensées et m'incite à l'assoupissement. Cette fois-ci, il n'en est rien. La douleur et l'angoisse ne me laissent pas de répit.

Enfermée pour d'interminables heures dans une voiture trop lente à mon gré, qui doit livrer, à travers la plaine gelée de la petite Beauce, une course sinistre contre la mort, je ne suis qu'interrogations et tourments.

Que vais-je trouver au bout de ce cauchemar de brume et de grésil qui nous enveloppe de son suaire ?

Quand je cesse d'imaginer l'agonie de mon petit François, c'est pour revenir à l'image de Pierre, froid et raidi, étendu à Saint-Cosme sur sa couche mortuaire en attendant les obsèques solennelles qu'on ne manquera pas de célébrer en l'honneur du « prince des poètes et du poète des princes » que chacun reconnaît en lui.

Il n'y a rien de moins acceptable qu'un cadavre. En s'envolant, l'âme laisse derrière elle une dépouille affreuse, une chose sans nom, qui m'a toujours semblé participer d'une autre substance que de celle qui la composait de son vivant.

Pierre, si ardent, si charnel...

Dieu ! Cet homme grâce auquel l'amour est entré dans ma vie pour la marquer à jamais n'est plus des nôtres, mon unique petit-fils se trouve en danger de mort et moi, noyée dans le brouillard de décembre, je me bats contre des fantômes entre un passé figé comme un minéral et un avenir ouvert comme une fosse !

Si je laisse mon esprit errer sans contrôle de l'un à l'autre de ces pôles obscurcis par la désolation, je m'effondrerai avant la fin du trajet. Pour rendre supportable l'attente qui m'est imposée, pour éviter qu'elle ne me ronge, que faire ?

— Guillemine, dis-je tout à coup, Guillemine, j'ai à te parler. Il faut que tu m'écoutes !

La face osseuse aux yeux d'eau verte se tourne vers moi. L'ombre du capuchon en dissimule une partie et la lumière tressautante des falots allumés aux quatre coins de la litière n'éclaire qu'assez mal le menton volontaire et la bouche aux lèvres charnues autour desquelles de fines ridules commencent à se creuser.

Il n'y a pas d'étonnement dans l'expression de ma servante. Une sorte d'attente compréhensive, plutôt, comme une curiosité qui devine qu'elle va enfin être satisfaite.

Cependant, je ne lui apprendrai sans doute pas grand-chose. Notre vie commune dure depuis trop de lustres pour qu'elle ne se soit pas déjà fait une opinion à mon sujet et à celui de Ronsard. Son mutisme ne m'a pas encouragée à me confier à elle auparavant mais elle n'est point sotte. Notre double silence recouvre une complicité inexprimée parce que perçue par nous deux comme allant de soi.

— Mon cœur crèvera si je ne l'allège... Je me suis tue trop longtemps, vois-tu. Tant de pensées tournent à présent dans ma tête... Je viens d'apprendre des choses d'importance. J'ai besoin de m'expliquer comme de manger ou de boire.

— Parlez, dame. Je vous écoute. Vous savez bien que je garderai le silence sur ce que vous m'aurez dit et que je ne soufflerai mot de ce que j'aurai pu entendre...

PREMIÈRE PARTIE

Avril 1545 — Avril 1554

Je la vis,
J'en fus fou...
Ronsard.

Ville de Blois, naissance de ma Dame,
Séjour des Rois et de ma volonté,
Où, jeune d'ans, je me vis surmonté
Par un œil brun qui m'outreperça l'âme...
Ronsard.

1

Une beauté de quinze ans, enfantine.
Ronsard.

Te souviens-tu, Guillemine, du printemps de nos quinze ans ? C'était au temps du roi François, premier du nom.

Si les guerres, sans cesse renaissantes, demeuraient le fléau de son règne, il n'en avait pas moins répandu dans tout le royaume le goût des arts et de la beauté. La fréquentation de l'Italie y était pour beaucoup.

Cette Italie dont mon père, Bernard Salviati, se vantait d'être le fils...

Quand j'y songe, c'est là un héritage que je n'ai guère revendiqué. Mes frères et sœurs non plus, du reste. Nés en France, de mère française, n'ayant jamais posé le pied sur le sol de la péninsule italienne, nous nous sentions tellement plus enfants du nord que du sud des Alpes !

Nous n'en éprouvions cependant pas moins une sorte de satisfaction à songer que nous étions les héritiers d'un important banquier florentin qui avait fondé des établissements à Paris et à Anvers, prêté de l'argent au roi après la défaite de Pavie, et que la dauphine Catherine était notre cousine puisque nous étions alliés aux Médicis...

Pour ces raisons, mais aussi pour sa personnalité, pour la place qu'il occupait à la Cour, à la ville et dans son propre foyer, mon père m'impressionnait. Durant mon enfance, je le redoutais. A partir du moment où je me suis aperçue que les nouvelles armes de séduction fournies par l'adolescence avaient prise sur lui, j'ai cessé de le craindre. Séduit, il me semblait beaucoup moins intimidant. Cette découverte d'une certaine perméabilité chez un homme aussi puissant que lui me l'a rendu plus proche. Je crois bien que c'est à ce moment-là que la notion d'attachement a remplacé dans mon cœur celle de respect craintif.

Il y avait chez lui, tu t'en souviens, un appétit de vivre, une autorité, un entregent, qui nous fascinaient tous. S'il n'avait certes pas un caractère facile, ses emportements mêmes étaient ceux du volcan qui domine la plaine étendue à ses pieds : olympiens !

Près de lui, notre mère paraissait froide et sans éclat. Il fallait bien la connaître pour apprécier son égalité d'humeur, la fermeté de ses convictions, la droiture de son jugement. N'étant rien moins que démonstrative et bien que n'ayant jamais cessé de veiller à notre éducation de fort près, à aucun moment elle ne s'est laissée aller à nous témoigner faiblesse, connivence ou seulement attendrissement. Elle était la dignité même. Peut-être tenait-elle cette qualité de la certitude où elle se trouvait d'appartenir à une race qui valait bien celle des Salviati.

Son propre père, Guillaume Doulcet, qui avait été contrôleur général des finances sous le règne du feu roi Louis le douzième, lui avait inculqué la certitude qu'on retirait beaucoup d'honneur à exercer une telle charge.

Du côté paternel, comme du côté maternel, nos ancêtres ne paraissaient ni les uns ni les autres avoir souffert de ne point être nobles. Ils avaient transmis à nos parents une juste fierté de leurs états respectifs. La réussite dans la Banque et les Finances leur semblait sans doute égaler un certain nombre de quartiers de noblesse. De toute évidence, ils n'éprouvaient aucune gêne à coudoyer sans cesse la fleur de l'aristocratie française. A l'image de Catherine de Médicis, que quelques mauvais esprits traitent encore de « marchande florentine », ils méprisaient les grands qui sombraient dans la frivolité et respectaient sans les envier ceux qui servent bien, tout comme eux le faisaient, le roi de France.

... En cet avril dont je te parle, je sortais de ma chrysalide et ne m'attardais pas à toutes ces considérations. Après une enfance et une adolescence consacrées à l'étude et à une éducation fort stricte, j'abordais aux rives de la jeunesse avec curiosité et excitation : je m'en promettais mille félicités...

L'air de l'époque était aux plaisirs. Le roi François vieillissant, qui aimait par-dessus tout la compagnie des femmes et les réjouissances, promenait à travers certaines de ses provinces une Cour encore itinérante et toujours avide de distractions. La véritable souveraine en était alors Anne de Pisseleu, duchesse d'Etampes, qu'il avait mariée par commodité avec Jean de Brosse, chambellan des enfants royaux. Blonde, rieuse, capricieuse et coquette, aimant le luxe et le faste, la favorite servait de phare à toute une jeunesse tapageuse qui l'adulait. Son influence sur François Ier était grande et puissant son empire sur les sens blasés de son amant quinquagénaire.

Pour plaire à la duchesse et par goût personnel, le souverain multipliait les fêtes.

Ce vingt et un avril, donc, il en offrait une de plus à la ville de Blois où il aimait se retrouver dans le château remanié selon sa volonté.

Si, depuis la mort de la reine Claude de France, sa première épouse, il y résidait moins souvent qu'auparavant, il ne lui déplaisait pourtant pas d'y faire de courts séjours.

Le bal, si important à mes yeux, durant lequel on devait lui présenter quelques débutantes dont j'étais, ne fut sans doute pour lui et pour son entourage, habitués à toutes sortes de divertissements, qu'une soirée parmi d'autres. Pour moi, il fut à la fois rêve enfin réalisé et prélude au profond bouleversement qui allait à jamais orienter ma vie.

Te souviens-tu de ce soir fatidique, toi qui m'avais aidée avec Nourrice à me préparer ? Te rappelles-tu mon impatience à partir pour le château dont la proximité m'enfiévrait ?

Notre hôtel de Blois, rue Saint-Lubin, s'élevait près de la porte du Foix, au pied même de l'éperon rocheux sur lequel on avait bâti jadis la puissante forteresse des Comtes que nos rois avaient peu à peu embellie. Le passage constant des chariots branlants, des litières, des chevaux richement caparaçonnés, éprouvait à la fois les murs de notre demeure et mes nerfs surexcités.

En temps ordinaire, je préférais de beaucoup résider à Talcy, le beau domaine acheté par mon père avant son mariage et que sa situation entre la Loire et la forêt de Marchenoir rendait si accueillant.

Le parc, la roseraie, le bois où s'était écoulée mon enfance, m'étaient bien plus chers que notre imposante maison blésoise et ses nombreux corps de logis. Privée de verdure et d'espace campagnard, je ne m'y plaisais guère d'habitude. Mais, pour un soir, Blois était devenu à mes yeux le centre du monde !

Je me revois, pendant que vous finissiez de m'habiller, debout devant le miroir vénitien que mon père avait fait venir tout exprès d'Italie à l'occasion de mon anniversaire. Dévorée d'appréhension et cependant follement impatiente d'affronter l'épreuve qui m'attendait, j'étais tendue comme une corde de luth. Ainsi qu'une grosse mouche autour d'un gâteau au miel, Nourrice tournait autour de moi en s'affairant tandis que je contemplais avec incrédulité et ravissement la demoiselle dont je découvrais l'image dans l'eau claire du miroir.

Pour la première fois de ma vie, je portais une grande robe de Cour. C'était un événement. Je n'en ai rien oublié.

L'austérité espagnole n'avait pas encore envahi nos mœurs, la mode italienne triomphait toujours.

Le corps baleiné de taffetas incarnat dont le busc très allongé affinait ma taille déjà fort mince, le décolleté carré atténué par une gorgerette de gaze transparente ornée de broderies de perles, m'allaient bien. Mais c'était surtout le large vertugade que j'étrennais pour la circonstance, cette nouveauté dont les femmes raffolaient depuis peu, qui m'enchantait. En ce temps-là, ce n'était encore qu'un jupon renforcé de cercles de jonc vert qui constituaient l'armature en forme de cloche soutenant une ample jupe soyeuse.

Depuis lors, nous avons amélioré l'ampleur de nos vertugades par des bourrelets, des roues, ou des tambours plats qui les élargissent encore davantage. Tel qu'il était, celui de mes quinze ans ingénus me remplissait de fierté.

Dans le seul but d'entendre le bruissement de la soie qui accompagnait chacun de mes pas, je marchais de long en large dans ma chambre. Trop jeunes encore pour être admises à la Cour, mes trois petites sœurs, Marie, Jeanne et Jacqueline, se divertissaient en me voyant faire et se moquaient de moi. Je n'en avais cure. Impavide, je les ignorais en foulant le tapis de mes chaussures de satin brodées de roses. J'admirais aussi la toile d'argent de ma cotte que découvrait par-devant le taffetas de la robe ouverte en triangle.

Mon véritable souci demeurait la couleur de mes cheveux. Sombres et frisés, et bien qu'emprisonnés dans un escoffion, ces résilles qui ne sont plus de mode à présent, je jugeais qu'ils étaient encore bien trop visibles. En dépit du chaperon formé de deux cercles de perles et du voile de soie qui les recouvrait sur la nuque afin de flotter librement sur mes épaules, il était flagrant que j'étais brune ! Or, en ce pays, depuis toujours, la beauté se doit d'être blonde ! C'est pourquoi je jalousais en silence Jacquette Maslon, la fiancée de Jean, mon frère aîné, que je trouvais pourtant un peu grasse, mais dont la nuance mordorée me semblait une perpétuelle provocation !

N'avoir ni chevelure claire ni carnation de lait me désolait... Après mon mariage, tu le sais, j'ai cédé à la mode. Soigneusement teinte, je suis devenue blond vénitien. Jusqu'à la quarantaine, tout au moins... Ce qui a permis à Ronsard de me chanter tantôt sous une couleur, tantôt sous une autre. Je crois néanmoins qu'il me préférait telle que la nature m'avait faite et que je suis redevenue ensuite.

Ce goût peu en accord avec la mode s'explique sans doute par la loi des contrastes. Pierre ne ressemblait-il pas lui-même à un Gaulois ? A moins que son choix ne découlât de la séduction que l'Italie exerce de notre temps sur les artistes français et étrangers. Je tiens en effet de mon père un type florentin très affirmé. Avec ma peau ambrée et mes yeux noirs, je ressemble plus à certains portraits des peintres italiens qu'à une Vendômoise...

Quoi qu'il en soit, ce fameux soir, mon apparence finit par me satisfaire quand même. Surtout lorsque ma mère, qui veillait à ma toilette, m'eut attaché au cou un collier d'or, suspendu à mes oreilles deux grosses perles en poires, passé aux doigts une bague où scintillait une améthyste rose puis un second anneau surmonté d'un camée.

Dans cette robe de Cour, parée comme je ne l'avais jamais été, je me trouvais soudain étrangement embellie.

L'heure venue, je suis donc partie d'un pied léger vers un destin que nul ne pouvait soupçonner.

Bien qu'arrivé à Blois le matin même, le roi François, qui adorait les fêtes et ne les appréciait que somptueuses, avait eu soin de faire convier plusieurs jours à l'avance la noblesse et les notables de notre province.

Quand je pénétrai avec mes parents dans la grande salle du château, tout le monde était déjà présent. Te rappelles-tu, Guillemine, comme mon père tenait à accomplir des entrées remarquées et donc tardives partout où il se rendait, ce qui lui valait des observations ironiques de la part de sa femme et de certains de ses amis ?

Eclairée par des centaines de flambeaux en cire blanche, l'immense salle où nous nous trouvions enfin contenait entre ses murs couverts de tapisseries une foule d'invités bruissant et paradant. Sous le plafond lambrissé décoré de fleurs de lys d'or sur fond d'azur, ce n'était que têtes agitées comme épis frémissants, vêtements de teintes suaves, pierreries, métaux de prix, irisations des perles, des satins, des sourires. Quand on n'avait plus que peu de dents, on serrait les lèvres, quand on était sûr de sa denture, on riait à gorge déployée...

Dans une tribune ornée de guirlandes de fleurs, au fond de la pièce, des musiciens jouaient des airs de danse.

Installé dans un fauteuil à haut dossier armorié, légèrement surélevé, le roi, dont on disait que la mauvaise santé inquiétait l'entourage, conservait cependant belle prestance. Un couvre-chef plat, à larges bords, garni d'une plume blanche fixée à la coiffe par une escarboucle étincelante, lui tenait lieu de la couronne que, dans ma naïveté, j'avais imaginé lui voir porter. J'admirais l'air de majesté aimable, le sourire gourmand, le lourd collier d'or qu'il portait sur son pourpoint couvert de broderies, la manière élégante dont il se caressait la barbe tout en conversant avec ses familiers.

Je l'avais déjà vu de loin, lors de ses précédents passages dans notre ville, mais mon âge encore trop tendre m'avait tenue éloignée de lui. Pour la première fois, je participais à une fête dont il était l'ornement.

A la droite du souverain, la duchesse d'Etampes, raidie sous les brocarts et les gemmes, présidait d'un air blasé et enjoué à la fois, tandis que la dauphine, Catherine de Médicis, notre parente, point trop jolie mais bien proportionnée et le visage animé, demeurait un peu en retrait. Non loin d'elle, le prince Henri, son époux, dauphin de France, entouré des gentilshommes de sa maison, conversait le plus naturellement du monde avec la grande sénéchale, Diane de Poitiers. Chacun savait, même moi, qu'elle était pour lui une maîtresse adulée, en dépit du tendre respect qu'il témoignait également, assurait-on, à sa femme légitime. Calme et sereine dans une sobre mais fort élégante tenue de velours noir et de satin blanc, la tendre amie du dauphin me parut encore très belle, quoiqu'elle ait eu alors près de quarante-cinq ans, ce qui me semblait bien vieux ! Son éclat éclipsait de loin celui de la dauphine. On chuchotait cependant que les deux rivales ne s'entendaient point trop mal.

Après une période orageuse et, l'année précédente, le renvoi temporaire de Diane, exilée à Anet en l'absence de son amant par le souverain mécontent, un compromis s'était établi entre Catherine et la grande sénéchale rentrée en grâce. On admettait que celle-ci s'était toujours montrée de bon conseil pour celle-là, dont elle était la cousine, ce qui les rapprochait en dépit de tout ce qui pouvait les séparer. Il était de notoriété publique que Diane veillait à la régularité des rapports conjugaux du couple delphinal, allant jusqu'à choisir elle-même les nourrices du fils que la dauphine avait mis au monde en janvier de l'année précédente, après dix ans d'une stérilité qui avait tant préoccupé François Ier et ses sujets.

Les derniers accents d'une gaillarde allègrement enlevée par les musiciens du roi s'égrenaient au-dessus des têtes jacassantes quand je sortis de l'éblouissement où m'avait plongée ce contact initial avec un monde dont les attraits demeuraient le sujet de conversation préféré des habitants de notre province.

Mes parents allèrent saluer la famille royale sans qu'il me fût permis de les suivre. N'ayant pas encore été présentée à la Cour, je devais attendre ce moment solennel pour me manifester.

Ma mère m'avait confiée à Catherine de Cintré, la fille d'un de nos voisins de campagne. Un peu plus âgée que moi et déjà intronisée, Catherine, qui était une de mes meilleures amies, m'avait félicitée pour ma robe d'apparat et assurée que j'allais faire des ravages dans les rangs des pages...

Blonde et menue, avec un visage triangulaire au teint pâle qui n'était éclairé que par d'étroits yeux gris, ma compagne cachait beaucoup de détermination sous son apparence fragile. C'était ce que j'aimais en elle. Quand je me trouvais à Talcy, il n'y avait presque pas de jours où nous ne nous voyions. Ce soir-là, elle semblait un peu écrasée par sa vaste robe de samit de soie.

— Vous êtes bien mieux habillée que moi, observa-t-elle comme si cette remarque impliquait une sorte de fatalité. On voit que c'est votre mère en personne qui s'occupe de vous !

Je savais combien Catherine souffrait du remariage de son père. Resté veuf une dizaine d'années auparavant, cet homme sur le déclin, poussé par je ne sais quel démon du soir, s'était laissé prendre au piège que lui avait habilement tendu une ogresse flamboyante qui, depuis lors, le trompait sans vergogne.

— Ma belle-mère est une épouvantable garce, m'avait dit mon amie un jour de rancune filiale, mais mon père semble prendre plaisir à se laisser berner !

Toutes voiles dehors, fendant la foule comme une caravelle les flots de l'océan, Gabrielle de Cintré se dirigeait justement vers nous. Sur une dernière œillade, elle venait de se séparer de son cavalier du moment, un gentilhomme à la mine conquérante qui la regardait s'éloigner d'un air complice.

Ma mère, qui revenait également de notre côté, ne put éviter de saluer une femme qu'elle n'appréciait pourtant guère.

— Je suis en eau, ma chère, positivement en eau ! déclara en l'abordant l'épouse adultère. Cette chaleur me tue !

L'exagération était son mode d'expression préféré et elle ne cessait de se jouer à elle-même une perpétuelle comédie.

— Il est vrai que le temps de ce printemps est des plus doux, admit ma mère du ton réservé dont elle ne se départait pas pour si peu. Les bougies chauffent aussi la salle. Sans parler de tous ces corps en mouvement...

Elle considérait notre voisine comme elle aurait fait d'un insecte inconnu et un peu répugnant.

On ne pouvait rêver deux créatures plus dissemblables. Malgré la parure de diamants offerte par mon père qui étincelait à son cou et à ses oreilles, malgré sa robe de brocart parsemée de perles, ma mère conservait jusqu'en ce soir de réjouissances une attitude nuancée de retenue qui contrastait de façon saisissante avec le rire en cascade, la chevelure de feu, le fard, l'ample décolleté généreusement pourvu que Gabrielle de Cintré exposait au-dessus d'un large vertugade de damas céladon broché d'or.

Trop sûre d'elle pour être sensible à une telle discordance, notre voisine n'était occupée que du spectacle qui nous entourait.

— Le roi semble satisfait de se trouver en notre bonne ville, remarqua-t-elle après avoir jeté un coup d'œil vers le souverain qui s'entretenait avec mon père et quelques autres notables, dont Gaspard de Cintré, l'époux trahi.

— Notre sire aime Blois, chacun le sait.

— Il faut reconnaître qu'on l'y reçoit le mieux du monde. Seule, la dauphine ne paraît peut-être pas aussi épanouie que sa récente maternité aurait pu le laisser espérer...

Au léger froncement de sourcils de ma mère, je compris que l'allusion avait déplu.

— Hélas ! Gabrielle, le dévergondage est général, ce n'est pas à vous que je l'apprendrai ! La Cour n'est que scandales et l'exemple vient de haut.

Je devinais que la nature vertueuse de ma mère ne pouvait admettre sans malaise l'exhibition impudique des débordements royaux. Voir la duchesse d'Etampes assise avec hardiesse à la droite du monarque, à la place qui revenait de droit à la reine Eléonore, ne lui paraissait certainement pas une bonne chose. L'absence de notre souveraine laissait le terrain libre à la maîtresse triomphante du père, tout comme la complaisance forcée de la dauphine permettait à la grande sénéchale d'afficher publiquement avec le fils une liaison dont la solidité intriguait et passionnait toute la Cour.

— Ce sont pour nos filles de bien tristes modèles, continua ma mère. Votre Catherine et notre Cassandre n'ont certes rien à gagner à de pareils spectacles.

Gabrielle fit la moue. Elle détestait qu'on parlât ouvertement devant elle des deux enfants déjà presque adultes que son vieux mari avait eus d'un premier lit. Pas plus que Catherine, son frère aîné, Jacques de Cintré, ne portait d'affection à la belle-mère trop voyante, trop avide, trop légère qu'il leur fallait supporter.

Sur ces entrefaites, on vint me chercher pour me conduire vers le groupe frémissant des demoiselles qui allaient être présentées au roi.

En me dirigeant au milieu de la cohue vers le coin de la salle où nous étions regroupées, je croisai justement le frère de Catherine qui parlait avec animation au sein d'un groupe d'écuyers et de pages. Je le saluai au passage, tout en observant à part moi que son pourpoint de soie cramoisie ne seyait guère à sa complexion d'homme sanguin.

... La mémoire est chose étrange : je me souviens de ce détail infime alors que des pans entiers de ce qui suivit, autrement plus important pour moi, ne m'ont laissé qu'une impression confuse et nébuleuse comme si l'excès même d'émotion en avait décoloré l'image.

Parmi les jeunes filles que je rejoignis alors, aucune ne m'était inconnue. Nous avions toutes plus ou moins voisiné à un moment ou à un autre. Filles des bords de la Loire, nous avions maintes occasions de nous rencontrer au cours des réunions qui parsemaient nos existences. Beaucoup étaient nobles. D'aucunes, comme moi, descendaient de familles bien en Cour pour des raisons diverses. Ce qui nous rapprochait en un pareil moment, étaient l'émoi, la timidité, l'appréhension partagés.

Pour m'efforcer au calme, je tentai de respirer lentement, profondément. Je cessai de plonger mes regards fascinés dans la foule qui allait bientôt me juger pour contempler la nuit d'avril par une des fenêtres grandes ouvertes donnant sur la cour du château. Ronde comme une perle monstrueuse, la lune nacrait les toits de l'antique forteresse des Comtes et la façade plus élégante de l'aile bâtie sous le roi Louis XII. Tout un monde de gardes, de pages, de domestiques, s'affairait dans l'ombre bleutée que trouaient par endroits des lueurs de torches...

Des accords de viole et de harpe m'arrachèrent à ma contemplation. On nous faisait signe d'avancer.

Il était entendu que nous devions d'abord nous présenter en groupe devant la famille royale, puis que, afin d'agrémenter la soirée, nous irions ensuite, l'une après l'autre, saluer le roi, madame la dauphine et monsieur le dauphin, avant d'interpréter chacune à notre façon un morceau de musique longuement répété à l'avance.

Sur un air vif et entraînant, nous nous dirigeâmes vers le fauteuil de Sa Majesté qui était entourée d'un groupe serré de dames, de seigneurs, d'écuyers et d'officiers.

Je marchais sur un nuage. Tout se brouillait devant mes yeux. Je ne percevais plus qu'un brouhaha indistinct, qu'une violente odeur de musc et d'ambre gris. Je ne distinguais plus qu'une masse brillante et balancée de têtes, d'épaules, de regards curieux et peut-être malveillants...

Serrant sur ma poitrine le luth dont j'allais avoir à tirer des accents que je désespérais soudain de retrouver, je suivis mes compagnes comme dans un rêve. Je ne conserve aucun souvenir précis de ces instants que j'attendais depuis si longtemps avec une telle impatience ! Dans mon esprit tout demeure flou, si peu réel que c'est à se demander si j'ai réellement vécu ces minutes sans poids...

Ce qui semble certain, c'est que je me suis acquittée de façon satisfaisante de ce que j'avais à faire. J'exécutai comme un automate le « Branle de Bourgogne » que m'avait appris mon maître de chant, mais on me dit par la suite que je m'étais comportée avec grâce. En m'accompagnant de mon luth je chantai donc et je mimai la mélodie un peu vieillotte, mais sensible et tendre, que ma mère m'avait conseillé de choisir.

La voix bien placée, mais les jambes tremblantes, je conservai durant le temps que dura mon interprétation le sentiment que je ne parviendrais jamais au bout, que j'allais défaillir, m'écrouler devant le roi de France, dans le déploiement soyeux de mon vertugade tout neuf...

Dieu merci, ce scandale me fut épargné. Je pus rejoindre dignement les autres demoiselles, sans pour autant me sentir délivrée de l'impression d'irréalité dans laquelle je demeurais plongée.

Ce ne fut donc pas dans ma propre conscience, mais, un peu plus tard, quand chacune en eut terminé, que j'eus l'occasion de lire dans un regard d'homme les raisons que je pouvais avoir de me sentir tranquillisée.

Je venais de rejoindre ma mère et les amis qui l'entouraient, quand Jacques de Cintré se fraya dans la presse un chemin jusqu'à notre groupe. Il était accompagné d'un jeune écuyer de la Maison du roi.

— Permettez-moi, madame, de vous présenter Pierre de Ronsard, gentilhomme vendômois, un mien cousin, poète de surcroît, dit Jacques en s'inclinant devant ma mère. Il mûrit de vastes projets et brûle, si on l'en croit, du désir de rénover la poésie française.

Je dévisageai discrètement le nouveau venu. Grand, bien découplé, la barbe blonde, plus claire que les cheveux châtains, le nez aquilin, la bouche gourmande, mais aussi une manière particulière de se tourner du côté droit quand on s'adressait à lui. Je sus plus tard qu'une maladie cruelle, contractée en Allemagne, l'avait conduit quelques années auparavant aux portes de la mort. Elle l'avait laissé, comme il disait lui-même, à demi sourd.

— Je n'ai encore écrit que quelques poèmes, rectifia-t-il en saluant ma mère avec déférence. Mais je suis bien décidé à consacrer ma vie aux muses !

— Nous possédons déjà, il me semble, certains fort bons poètes en ce siècle, monsieur, répondit ma mère qui était grande liseuse. Je vous avoue que Clément Marot et Mellin de Saint-Gelais ne sont pas sans attrait pour moi.

— Il ne me reste donc qu'à vous prouver, madame, qu'on peut faire mieux encore. Foin des vieilles lunes ! J'entends galoper librement sur des chemins inconnus et nouveaux !

Une flamme d'orgueil brilla soudain dans les yeux clairs qu'il sembla détourner de moi à regret.

— Je serai heureuse de lire vos œuvres, monsieur, quand

elles existeront, répondit ma mère sur un ton de bonne compagnie, sans qu'on pût savoir si elle se moquait ou non.

Elle ne laissait jamais percevoir que ce qu'elle jugeait bon de ses sentiments et ne se départait qu'en de bien rares occasions d'une courtoisie sans chaleur véritable qui la protégeait comme un mur.

— Tu auras une autre lectrice avertie en cette jeune personne, Ronsard mon ami, reprit Jacques de Cintré en me désignant. Cassandre a reçu une solide formation. Elle est pétrie de grec et de latin !

Je savais que le frère de Catherine, comme la plupart de nos voisins, n'attachait pas grand prix à de semblables talents. Il lui paraissait sans doute opportun d'en faire mention devant son cousin. Celui-ci, je l'appris plus tard, n'attendait que cette occasion provoquée sur sa demande pour s'adresser à moi.

— Puis-je vous féliciter pour la grâce avec laquelle vous venez d'interpréter ce « Branle de Bourgogne » ? demanda-t-il en me souriant. Vous chantez et dansez à ravir. Parmi vos compagnes, on ne voyait que vous.

— Elle sait aussi par cœur le *Canzoniere* de Pétrarque, assura Catherine qui me tenait par la main.

— Il est vrai que j'aime la poésie et la musique plus que tous les autres arts, dis-je en émergeant enfin de ma nuée. Je les aime parce qu'elles me font rêver...

— Il n'y a pas de poésie qu'italienne, reprit Ronsard. Nous sommes tout aussi capables, en France, de composer des œuvres immortelles. Dieu fasse que se lève bientôt dans ce pays un poète nouveau qui surpasse les auteurs étrangers !

C'est ainsi que commença notre première conversation. Elle se prolongea assez longtemps. Beaucoup d'autres devaient la suivre. Je l'ignorais, mais je puisais déjà dans l'attention que me portait ce jeune poète qui parlait avec tant d'ardeur de sa vocation et de l'avenir une assurance toute neuve en mon propre jugement. Entre nous, dès ce soir-là, se nouèrent des liens de l'esprit que rien ni personne n'a jamais pu dénouer...

Durant cet entretien, il fut à plusieurs reprises question de Pétrarque. Il ne l'appréciait qu'assez peu. Je le prisais fort. D'où des échanges éloquents de part et d'autre, des arguments contraires exposés avec conviction. Je crois pouvoir me vanter de l'avoir fait changer d'avis par la suite. Je ne vois aucune autre explication à un retournement qui a fait jaser, ici et là...

Pour en revenir à la soirée de Blois, je dois avouer que si je me suis plu à m'entretenir avec le cousin des Cintré, je ne me suis pas privée de danser pour autant ! Avec lui, bien sûr, mais aussi avec pas mal d'autres. Pour la première fois de ma vie, j'attirais à moi des jeunes gens qui n'avaient jamais encore prêté attention à ma modeste personne. Soudain, ils me découvraient, j'existais pour eux. Ils paraissaient sensibles à ce qu'ils appelaient mon charme, à une sorte d'attraction qui devait émaner de moi. Ils me traitaient enfin en proie désirée et non plus en quantité négligeable.

C'était comme si le très vif intérêt que me manifestait Ronsard m'avait transformée tout d'un coup, comme si le regard dont il m'enveloppait magnétisait le regard des autres cavaliers.

Exercer de prime abord un tel pouvoir au sortir des années obscures de la puberté est grisant comme l'eau ardente. Il me semblait que j'avais des ailes, que je m'envolais vers un destin radieux en laissant derrière moi la dépouille étriquée de l'adolescente que j'étais encore un moment plus tôt.

Je plaisais, j'avais du succès auprès des hommes, le rêve devenait réalité, l'avenir était à moi !

Le bal terminé, en regagnant notre demeure entre mes parents assez flattés de la façon dont on avait fêté leur fille, j'étais ivre. Non pas de vins fins, mais d'exaltation. Mon entrée dans le monde avait été réussie et ma présentation au roi s'était déroulée sans fausse note !

Dans ma trop légère cervelle, je puis bien le reconnaître à présent, cette victoire personnelle, les éloges reçus, la conduite empressée de mes danseurs, l'emportaient sur ma rencontre avec l'écuyer de la Maison royale.

Tout en étant persuadée que j'avais cessé de l'être, je demeurais cependant une enfant insouciante et frivole. Mon comportement dans les mois qui suivirent en est la preuve affligeante. Aurais-je attaché, d'ailleurs, durant ce bal, plus d'importance à de menues satisfactions de coquetterie, de vanité, qu'au fait d'être remarquée par un homme comme Ronsard, qui détenait en offrandes l'amour et la renommée entre ses mains, si je n'étais pas restée une petite fille inconséquente ?

Il est vrai que Pierre n'était pas encore illustre, qu'il m'aurait fallu pressentir son génie naissant et qu'être présentée au roi de France n'était pas une mince affaire !

2

Amour, amour, donne-moi paix ou trêve.

RONSARD.

Il est des moments de la vie où tout semble se faire sans peine, avec aisance, dans une sorte d'harmonie préétablie, comme si le destin vous poussait aux épaules.

Dès mon départ, le soir du bal, Ronsard, si j'en crois ce qu'il me confia par la suite, vécut une de ces heures où on se sent emporté par un élan invincible.

Autour de lui, soudain, tout s'était ordonné selon ses plus secrets désirs. A peine ma mère s'était-elle éloignée en ma compagnie après avoir dit qu'elle regagnait le lendemain matin Talcy avec ses filles, que Gabrielle de Cintré eut une inspiration coïncidant étrangement avec les desseins de Pierre.

Stimulée par la jeunesse et le halo de poésie qui flottait à l'entour de ce beau cousin encore inconnu d'elle, cette femme qui avait le goût du péché s'était décidée à le convier, sans plus attendre, sous son toit. Il pourrait y demeurer tout le temps qui lui conviendrait. Un sûr instinct de mangeuse d'hommes lui soufflait qu'il en mourait d'envie alors même qu'elle ignorait combien la proximité de Talcy excitait l'intérêt de son invité. Aussi avait-elle fort bien plaidé une cause qu'il ne demandait qu'à faire sienne.

Ne lui était-il pas aisé de se rendre libre s'il le souhaitait ? La surdité partielle dont il était affligé depuis la maladie qui l'avait atteint en Allemagne du temps où il était secrétaire de Lazare de Baïf ne lui fournirait-elle pas le prétexte rêvé ? Ne s'était-il pas déjà dérobé plusieurs fois à son service curial en arguant des suites de cette affection ? Obtenir la permission du grand écuyer, François de Carnavalet, maître incontesté des écuries royales et des gentilshommes attachés à leur service, ne devait pas être bien difficile.

Cet ami, que Ronsard appelait familièrement Car, lui était très attaché. Leurs pères avaient été jadis compagnons d'armes. Ils avaient escorté en Espagne les Fils de France lorsque les deux petits princes avaient été échangés et gardés en otages à la place de leur père, le roi François, vaincu puis fait prisonnier à Pavie de douloureuse mémoire. De tels souvenirs demeurent des liens impérissables. Pierre et Car avaient repris et continué une tradition familiale qui s'accordait avec leurs sentiments. Ils s'entendaient à merveille.

L'affaire fut donc réglée rapidement. Sous prétexte d'un pressant besoin de repos, mon poète obtint la permission de quitter un temps le service qui le retenait à la Cour.

Aussitôt libéré des devoirs de sa charge, Ronsard chevaucha vers le manoir de ses cousins. Il y fut reçu par Gaspard de Cintré en personne.

Te souviens-tu, Guillemine, de ce gros homme, toujours congestionné par des excès de toute sorte, mais débonnaire et sans défense devant les caprices d'une épouse qu'il idolâtrait au-delà de ce qui est raisonnable ? Il avait, autrefois, été très lié, lui aussi, au père de Pierre, Loys de Ronsard, mort depuis un an à peine. Il se montra ému de recevoir le fils de son parent et enchanté de le garder quelque temps près de lui.

— Vous êtes ici chez vous, glissa Gabrielle en serrant la main de son hôte peu après son arrivée. Tout et chacun se tiennent dès à présent à votre disposition.

Pierre me rapporta plus tard le propos qui nous fit bien rire.

Jacques de Cintré, satisfait d'avoir à domicile un compagnon de son âge, entraîna son cousin qui partageait son goût pour la chasse vers le chenil. Il voulait lui faire admirer une meute dont il s'occupait avec un soin jaloux.

Toujours discrète, Catherine se contenta, le soir venu, d'entretenir leur hôte de musique, de poésie et de notre voisinage.

C'est ainsi que, sans m'en douter le moins du monde, je me trouvais vivre fort près d'un admirateur que je croyais reparti à la suite de la Cour pour Romorantin...

Aussi ne songeais-je point à lui le surlendemain du bal en allant herboriser sous la surveillance de Nourrice dans les bois de Talcy.

Tu sais combien mon père était fier de son château. Grâce à la faveur royale, il avait obtenu de le doter d'une porte fortifiée qui flattait son amour-propre. Pour d'autres raisons, plus instinctives, j'ai toujours été, moi aussi, fort attachée à cette belle demeure qui domine avec tant de noblesse notre petite Beauce. Tu n'ignores pas non plus ma peine quand il m'a fallu la quitter. Les pelouses de la cour intérieure ont vu mes premiers pas, l'eau de notre puits reste pour moi la meilleure. Le verger fut mon innocent paradis. En automne, nos bois qui s'étendent jusqu'à la forêt de Marchenoir m'éblouissaient de leur éclatante agonie ambrée. J'y ai beaucoup couru, beaucoup rêvé aussi...

Ce jour d'avril, je cherchais de jeunes crosses de fougère, des jacinthes sauvages, des brins de mousse ou de lichen afin d'enrichir l'herbier que je composais depuis plusieurs mois.

Un panier au bras, la tête encore remplie des agréables souvenirs du bal, je marchais le long d'un sentier bordé de hêtres, sans trop me soucier des bavardages de Marcelline qui se croyait encore obligée de me traiter comme si j'étais toujours en lisières. Excédée par ses continuelles remontrances qui m'empêchaient de me recueillir dans l'évocation de mon récent triomphe, je me décidai assez vite à la rabrouer.

— Va plutôt t'occuper de Marie, de Jeanne et de Jacqueline qui ont sûrement besoin de toi ! lui conseillai-je, à bout de patience. Je ne suis plus une enfant ! Je peux fort bien rester seule ici sans me faire dévorer par le loup !

Nourrice grogna, mais se le tint pour dit. Elle s'éloigna en haussant ses épaules alourdies comme toute sa personne par une graisse envahissante.

Subissant encore son autorité sans regimber, mes petites sœurs lui procuraient plus de contentement que moi. Toute ma vie je me suis montrée obstinée. Je cache, tu le sais, sous une douceur apparente, une volonté passionnée d'indépendance et une profonde horreur d'un joug quel qu'il soit...

Je me retrouvai donc seule avec plaisir dans le sous-bois que j'affectionnais. Le printemps éclatait avec cette impudeur, cette allégresse qu'il ne libère complètement qu'à la campagne. Je me souviens du goût de sève que j'avais aux lèvres, de la tiédeur du soleil qui s'insinuait sans difficulté entre les jeunes ramures aux feuilles fragiles, du chant victorieux des merles, du vrombissement des mouches...

Simplement vêtue d'une cotte d'étamine blanche, les cheveux épars sur les épaules, j'étais en négligé. Je me souciais peu de mon apparence que seuls les écureuils et les lézards étaient à même de remarquer.

Poursuivant ma quête, je m'enfonçais sous la futaie quand un bruit de brindilles piétinées, brisées, m'alerta. Je dus paraître inquiète.

— N'ayez crainte, demoiselle, n'ayez crainte ! lança non loin de moi une voix masculine. Je ne suis ni larron ni maraudeur, je ne suis que poète !

Se détachant d'un tronc derrière lequel il s'était sans doute glissé à la dérobée pour me guetter, Ronsard fit quelques pas dans ma direction, me salua.

Si je jouai la surprise, je ne suis pas certaine d'avoir été réellement étonnée. Mon cavalier ne m'avait-il pas assuré à Blois que nous ne tarderions pas à nous revoir ?

Quelles que soient son inexpérience, sa candeur, une femme pressent toujours l'attrait qu'un homme éprouve à son endroit. Une sorte de connaissance diffuse et spontanée éclôt et se développe en elle, sans que rien ait été dit, parfois avant que son soupirant le sache lui-même, alors qu'il lui est encore étranger.

— Pourquoi donc pénétrez-vous chez nous par la forêt, non par l'entrée principale ? demandai-je en prenant soudain conscience de ma tenue, de mes cheveux dénoués qui glissaient sur mes joues, de la terre que je conservais au bout des doigts.

J'étais contrariée qu'un jeune gentilhomme pût m'apercevoir en pareil négligé et, en même temps, troublée de son audace.

— Parce que je viens de chez mes cousins Cintré et que, rêvant, je n'ai pas pris garde au chemin que je suivais, répondit Ronsard en se rapprochant de moi.

Il ne se donnait pas la peine de mentir avec vraisemblance mais, cependant, je ne lui en voulus pas.

— On vous pardonnera cette entorse aux règles de la bienséance en faveur des œuvres que cette promenade vous inspirera, dis-je en tentant de compenser mon laisser-aller vestimentaire par ce rappel de mon goût pour la poésie.

— Je l'espère bien ! assura-t-il avec une sorte de saine et joyeuse fatuité qui m'amusa.

Un rayon de soleil filtrant à travers le feuillage neuf des hêtres blondissait la courte barbe soigneusement entretenue qu'il portait. Tous les hommes qui fréquentaient la Cour en arboraient une semblable depuis que le roi avait laissé pousser la sienne à la suite d'un accident au visage dont il lui avait fallu dissimuler les cicatrices.

— Logez-vous donc à présent chez les Cintré ? demandai-je pour rompre un silence qui me parut soudain un peu lourd.

— Ils ont eu, en effet, l'obligeance de m'offrir l'hospitalité pour quelque temps.

— Je vous croyais attaché au service du duc d'Orléans, et à ce titre, obligé de suivre un prince qui ne cesse de se déplacer à la suite de la Cour.

— Je le sers comme écuyer, il est vrai, mais là ne s'arrêtent pas mes activités. J'ai repris à Paris des études de grec et de latin qui sont pour mon avenir de la plus grande importance. Je dois donc me partager entre deux occupations bien différentes l'une de l'autre quoique également enrichissantes. Ce qui me permet de prendre de temps en temps des libertés avec chacune d'entre elles, ajouta-t-il gaiement. Vous avez devant vous une sorte de Janus, mi-écuyer, mi-étudiant, qui, en réalité, pour tout simplifier, ne rêve que de poésie !

Nous avons ri du même rire, en même temps... D'emblée, nous retrouvions la complicité qui nous avait déjà rapprochés le soir du bal.

— A qui ai-je affaire maintenant ? repris-je avec le sentiment diffus qu'il était préférable de maintenir dans mes propos un ton de badinage. A l'écuyer, à l'étudiant, ou au poète ?

— Vous avez affaire à l'homme tout entier, répondit Ronsard en se refusant soudain à jouer le jeu. Il n'est pas une parcelle de mon être qui ne s'intéresse à vous !

C'était aller trop vite ! Je n'en demandais pas tant !

La panique qui s'empara alors de moi me demeure présente à l'esprit. Je me voyais seule, au milieu des bois, en compagnie d'un presque inconnu dont le comportement se transformait d'un coup pour devenir si pressant que tout ce qu'il y avait encore d'enfance au fond de mon cœur s'en trouvait obscurément effarouché.

— Il n'est guère convenable de rester ici, loin de tout le monde, murmurai-je d'une voix moins assurée. Mon père serait mécontent...

— Je puis gagner la route pour me présenter à votre portail ainsi qu'il est d'usage, admit Ronsard qui, de toute évidence, ne voulait ni m'effrayer ni me brusquer. J'ai attaché mon cheval non loin d'ici, au bord d'un étang de la forêt. Je vais aller le chercher. Je demanderai ensuite à être reçu par madame Salviati. Rien ne vous empêchera de venir, comme par hasard, nous rejoindre un peu plus tard.

La bonne volonté de Pierre me rassura.

— A tout de suite, donc ! jetai-je avant de me sauver vers le parc en retroussant bien haut le bas de ma cotte pour aller plus vite.

Sans m'arrêter, je traversai le verger où Marcelline racontait des histoires à mes jeunes sœurs. Ravie de voir qu'elle ne m'accordait pas un regard, je courus m'enfermer dans ma chambre.

Si mon cœur battait pendant que je changeais de tenue, ce n'était pas d'essoufflement, mais parce qu'une excitation joyeuse me soulevait. J'avais un soupirant ! Enfin ! Déjà ! Depuis le temps que j'en rêvais en lisant les romans de chevalerie si prisés de nos jours, ce moment délicieux était donc arrivé ! Je n'étais plus une petite fille ! Les sentiments que Pierre ne se cachait pas d'éprouver à mon égard me paraient à mes propres yeux du prestige des adultes qui ont seuls le privilège de se mouvoir à l'aise dans le séduisant empyrée de la passion amoureuse...

Mes doigts tremblaient d'énervement tandis que je m'habillais. Un vertugade, une marlotte de soie saumonée, recouvrirent ma cotte. J'attachai autour de ma taille étranglée par le busc une longue et souple ceinture d'or ciselé dont l'extrémité ornée de perles retombait par-devant jusqu'au bas de ma jupe.

Quand il fallut ensuite brosser mes cheveux de sauvageonne pour les emprisonner dans une résille de soie, je regrettai de ne point t'avoir appelée pour m'aider comme je le faisais d'habitude. Ma hâte à changer d'apparence avait été excessive.

Je m'inondai enfin de l'unique parfum qui m'aura suivie toute ma vie : l'héliotrope.

Quand je pénétrai dans la grande salle où ma mère recevait ses hôtes, je l'y trouvai en conversation avec Pierre.

— Vous voici fort à propos, ma fille. Monsieur de Ronsard, qui fait un bref séjour dans notre région, est venu très courtoisement nous rendre visite. Il loge chez les Cintré.

Je pris l'air aimablement surpris qui convenait pour saluer d'un air modeste le nouveau venu dont je soupçonnais les pensées secrètes. Notre connivence en cet instant, à l'occasion d'un même mensonge, ne le ravissait-elle pas ?

— Vous prendrez bien, monsieur, une légère collation en notre compagnie ?

— Si je ne craignais point d'être indiscret, madame...

— Vous ne l'êtes en aucune façon. Nous n'avons pas si souvent l'occasion, au fond de nos provinces, de fréquenter des poètes !

Je croyais entendre les répliques d'une comédie. Tout résonnait à mes oreilles de manière factice pendant que j'écoutais les propos échangés entre ma mère et celui qui me tenait un moment plus tôt un tout autre langage.

Nous goûtions aux confitures sèches, aux frangipanes, aux dragées musquées qu'une servante avait apportées en même temps que deux flacons de muscat et d'hydromel. Par les fenêtres ouvertes, les senteurs du printemps pénétraient par bouffées.

Nous parlions de la capitale, des cénacles à la mode, de l'Ecurie du Roi, de Lazare de Baïf, l'illustre théologien, ancien ambassadeur à Venise, qui était parent des Ronsard. Pierre lui vouait une profonde admiration. Il le citait comme un modèle de science et de sagesse. Il disait fréquenter avec bonheur, à Paris, sa maison des Fossés Saint-Victor où se tenaient, sous les plafonds ornés de citations grecques, tant de doctes entretiens entre les plus savants des gens de Cour et les plus courtisans des humanistes.

Je songeais à part moi que rien de tout cela ne sonnait juste. Que la réalité qui couvait sous cette conversation mondaine était autre, que nos mots ne servaient qu'à travestir nos pensées...

Au hasard d'une phrase, Pierre cita un de ses amis, Jacques Peletier, son unique lecteur jusqu'alors, qui était secrétaire de l'évêque René du Bellay. Bien que plus âgé que Ronsard, cet homme éloquent, lui aussi plein de science, avait accordé son amitié au jeune poète dont il avait loué et aimé les premières odes.

— Je l'ai rencontré voici deux ans, expliqua Pierre, lors des obsèques de Guillaume du Bellay, ce grand capitaine, ce glorieux gouverneur du Piémont, qui était un des frères de l'évêque du Mans.

Ce disant, son visage, si naturellement clair et ouvert, s'assombrit soudain. Quelle évocation, quel cruel souvenir, projetaient leur ombre sur les traits de ce garçon de vingt et un ans, débordant de vie, d'ardeur, de projets ?

Je ne l'ai appris que plus tard. Et cette découverte décida de mon sort comme du sien...

— J'espère, madame, que mes poèmes auront l'heur de vous plaire, disait, pendant que je rêvais, notre visiteur, en terminant ainsi une explication que je n'avais pas suivie.

Ma mère jeta un regard vers une petite table sur laquelle étaient déposés des rouleaux de papiers manuscrits.

— Ils m'intéresseront sûrement, monsieur. Surtout votre ode *Contre la jeunesse française corrompue*. Voilà un sujet, hélas, on ne peut plus actuel !

Ronsard releva le front.

— En l'écrivant, je ne me suis guère conduit en habile courtisan, remarqua-t-il en retrouvant son air hardi. Ecuyer du duc d'Orléans, j'y exprime les sentiments d'un partisan du dauphin ! Or, chacun sait que les deux frères se haïssent. Autour d'eux, tout le monde intrigue à la Cour en fonction de cette haine. Il faut être pour l'un ou pour l'autre. Et voilà que je prends fait et cause pour celui qui n'est pas mon maître ! On n'est pas plus maladroit !

— Ou plus courageux, dis-je doucement.

— Je ne puis que vous approuver de défendre l'intégrité du royaume et les intérêts de la dynastie, assura ma mère. Vous témoignez ce faisant d'une belle loyauté... Mais vos vers ne sont pas encore publiés, que je sache. Ils ne risquent donc pas de vous nuire.

— Je ne me contente pas d'écrire ce que je pense, madame, au besoin, je le fais savoir !

Il y eut un silence. On entendait grincer dans la cour la poulie du puits. Au loin, des voix sonores de valets s'interpellaient.

— Je ne suis pas encore assez sûr de mon art pour me permettre d'offrir mes odes au public, reprit Pierre. J'ai d'abord souhaité écrire des épopées ou des tragédies. Je ne suis plus certain à présent d'en être capable. La poésie lyrique me semble plus adaptée à mes dons. Tel que vous me voyez, je n'ai pas encore choisi. Votre avis peut m'être d'un grand secours.

Le bref coup d'œil que ma mère lui lança traduisait un étonnement amusé. Quoi, ce pourfendeur de gloires établies, ce novateur qui prétendait, le soir du bal, transformer la poésie française, pouvait donc, à ses heures, faire preuve d'humilité ?

Elle allait lui poser une question quand le bruit d'une galopade, des éclats de voix, un rire vainqueur, fusèrent du côté du portail.

— Je n'attends pas de compagnie aujourd'hui, dit ma mère avec surprise. Qui donc vient nous rendre visite sans s'être fait annoncer ?

Elle fut vite renseignée. Un domestique vint la prévenir que madame de Cintré demandait à la saluer.

— Qu'elle entre, qu'elle entre, répondit ma mère sans beaucoup d'enthousiasme, tout en se levant pour s'avancer au-devant de la nouvelle venue.

— Je passais. J'ai eu envie de vous voir, et me voilà ! s'écria Gabrielle en faisant, comme à l'accoutumée, une entrée fracassante. Je ne pouvais demeurer enfermée chez moi par un temps pareil !

Sa robe à chevaucher en velours émeraude donnait un regain d'éclat à sa carnation de rousse.

Avant de nous adresser son plus radieux sourire, elle s'assura d'un coup d'œil que celui qu'elle poursuivait se trouvait bien là.

— Par ma foi, Pierre, j'avais oublié que vous songiez à vous rendre à Talcy, ajouta-t-elle avec une impudence tranquille. Je ne pensais pas vous y rencontrer.

— Madame Salviati a la bonté de s'intéresser à mes poèmes, dit Ronsard, visiblement mal à l'aise.

— Sa fille en fait tout autant, à ce que je vois, constata Gabrielle d'un air entendu. Il est vrai que vous vous trouvez ici dans une famille où les muses sont à l'honneur.

Elle étrennait un bonnet-chaperon enrichi de perles qui la rajeunissait en encadrant habilement son visage fardé.

— Comment se porte ce bon Gaspard ? s'enquit ma mère qui, en toutes circonstances, se comportait selon un code de civilités immuable.

— Comme un homme alourdi par la mangeaille et les bons vins, répondit notre visiteuse qui n'était pas tendre, pesamment !

Ronsard se pencha vers moi pendant qu'une servante offrait sucreries et épices confites.

— Catherine m'a dit que vous aimiez les jardins. Je partage ce penchant. Ne voudriez-vous pas me faire les honneurs du vôtre ?

— Pourquoi pas ? Nourrice doit encore se trouver dans le verger avec mes sœurs.

Ma mère se tourna vers Pierre.

— Si vous aimez les jardins, j'ose croire que le nôtre ne vous déplaira pas. Il est assez joli en ce moment. Peut-être vous inspirera-t-il...

Je savais combien elle avait l'ouïe fine et que son attention n'était jamais en défaut. Il lui fallait cependant être singulièrement en alerte pour avoir saisi nos paroles en dépit du verbiage de Gabrielle !

— Si vous le permettez, maman, je pourrais emmener monsieur de Ronsard jusqu'au verger. Marcelline y garde les petites.

— Va, mon enfant, va, et tâche de faire partager à notre hôte le goût que tu as pour ce coin de terre.

Elle souriait avec urbanité, mais Pierre se demandait visiblement ce que cachait ce sourire.

Gabrielle, qui buvait un doigt de muscat en grignotant des fruits confits, ne put sans impolitesse se lever pour nous suivre. Aussi, le regard que je croisai en sortant avec son cousin ne me parut-il pas empreint de beaucoup de bienveillance...

Nous sommes descendus dans la cour qu'il nous fallait

traverser pour gagner le parc, puis nous avons longé l'aile du levant à laquelle s'adosse la chapelle.

En passant, j'ai signalé à l'admiration de mon compagnon le puits que mon père avait fait orner de ferronneries dans le goût florentin. Nous le montrions toujours avec fierté à nos visiteurs. Tu ne peux l'avoir oublié.

Avant de pénétrer dans le parc, tout en devisant, nous avons traversé l'enclos où s'élève notre colombier. Des froissements de plumages, des battements d'ailes l'environnaient. Combats farouches ou joutes amoureuses ?

Après un mois de mars capricieux, avril rattrapait le temps perdu. Je n'ai même pas besoin de fermer les yeux pour revoir les pelouses fraîchement coupées, les lilas d'Espagne dont j'aimais tant le parfum, les tapis de muguet, de pervenches, de pâquerettes, de myosotis, les giroflées de velours jaune et brun, les touffes de genêts éclatants dont l'odeur trop sucrée m'entêtait et les parures virginales des beaux aubépins verdissants, fleurissants...

— Que pensez-vous de mon jardin ?

— C'est une sorte d'Eden.

— C'est le mien en tout cas !

— On aimerait s'y perdre en votre compagnie !

— Fi donc, monsieur l'écuyer, point de fadaises, je vous prie !

Je m'amusais du trouble de Pierre. J'éprouvais le besoin d'exercer mon jeune pouvoir comme on ressent parfois la folle envie de briser un jouet tout neuf pour voir ce qui se trouve à l'intérieur.

Ronsard marchait près de moi, frôlant mon vertugade, sans plus rien dire.

— Vous n'êtes guère bavard pour un poète, remarquai-je au bout d'un moment. Vous étiez plus loquace tout à l'heure, me semble-t-il.

— C'est que j'étais sans doute moins ému !

La voix, d'ordinaire bien timbrée, s'assourdissait.

— Le printemps vous bouleverse à ce point ?

Qui dira jamais combien la provocation et la crainte d'obtenir un résultat, souhaité mais aussi redouté, se mêlent inextricablement dans l'âme tâtonnante des filles de quinze ans ?

— J'aimerais écrire des vers pour vous, déclara enfin Pierre sans s'arrêter à mes coquetteries.

— Il ne me déplairait pas que vous le fassiez, répondis-je, enchantée par une proposition qui n'avait rien de déshonnête et traduisait un attrait flatteur. N'est-ce pas le rêve de toute femme d'être chantée par un poète ? Voyez Laure. Pétrarque l'a immortalisée !

Du verger voisin, des cris et des rires fusaient, mêlés aux recommandations de Nourrice.

— Savez-vous, Cassandre, que si je vous chante, ce sera pour vous parler d'amour ?

Pour la première fois, il venait de prononcer mon nom. Il avait, d'emblée, trouvé une façon de le faire que personne d'autre depuis n'a jamais eue... La seconde syllabe s'attardait dans sa gorge, entre ses lèvres, comme s'il la goûtait.

— Bien sûr ! Vous ne ferez que sacrifier à la coutume, répondis-je un peu trop vite sans doute, en prenant un air émancipé. N'en est-il pas toujours ainsi ?

— Et s'il en était autrement ?

Je considérai avec attention la pointe de ma mule de velours qui dépassait sous ma jupe.

— Je ne serais pas forcée de le savoir.

Grisée autant qu'éperdue devant l'évolution d'une situation qui m'échappait de façon imprévue, je me sentais trembler comme un animal pris au piège.

— Je crois, continua Pierre avec une fougue que je devais voir renaître à mon égard bien souvent, oui, sur ma vie, je crois pouvoir composer pour vous des vers comme on n'en a écrit pour aucune autre, trouver des mots jamais employés, des accents entièrement nouveaux... Mais ces vers, ces mots, ces accents, je me les arracherai du cœur ! Vous me direz ensuite, Cassandre, si vous pouvez ignorer plus longtemps leur provenance !

Je n'avais plus envie de badiner. Je cherchais une contenance sans la trouver. Pourquoi n'enseigne-t-on pas aux adolescentes comment se comporter devant les premiers feux de l'amour ? N'apprend-on pas aux jeunes soldats quoi faire devant les arquebusades ennemies ?

Pierre s'inclina vers moi.

— Depuis que je vous ai vue, l'autre soir, à Blois, danser et chanter le « Branle de Bourgogne », je demeure ébloui. Vos traits, vos charmes, se sont gravés dans mon cœur comme dans le marbre. Jamais plus ils ne s'en effaceront !

Son haleine effleurait mon visage où le sang se précipitait. J'avais le sentiment de perdre pied, de frôler l'évanouissement comme durant certains accès de fièvre quarte.

— Cassandre, Cassandre, vous avez éveillé l'amour en

moi ! Il coule à présent dans mes veines avec mon sang. Vous êtes ma vie !

Plus l'émoi de Pierre s'accentuait, plus je me sentais déconcertée, inquiète, maladroite, nullement préparée à répondre à tant de véhémence amoureuse. Je ne rêvais que de me voir conter fleurette, nullement d'être entraînée sans préliminaires dans les tourbillons sulfureux de la passion ! Une angoisse inconnue naissait, se développait, s'épanouissait en moi. La peur, de nouveau... Ah ! Je n'étais pas faite pour être sollicitée par de si torrentueux désirs !

— Cassandre, je vous aime, je...

— Il n'était d'abord question que de poèmes ! m'écriai-je en rassemblant toutes mes forces de défense. Me serais-je trompée ?

Tout en parlant, je reculais peu à peu, sans oser lever les yeux sur l'homme que je venais d'interrompre de si plate façon. Il se tut.

Le silence qui suivit me parut fort long.

Quand j'osai regarder de nouveau en face celui que j'avais sans doute cruellement déçu, je fus frappée de lire sur ses traits une véritable souffrance. Moi qui pensais que l'amour était jeu et galanterie, je me trouvais affrontée à une tout autre réalité. Décidément, rien ne se passait comme je l'avais imaginé...

— Allons dans le verger, dis-je avec une certaine précipitation pour éviter un retour de flamme. Ma nourrice doit encore s'y trouver. Vous pourrez devant elle développer à votre aise vos projets poétiques.

Il me suivit sans une parole.

Un monde de réflexions et de pensées nouvelles s'agitait dans ma tête.

Comme nous parvenions à la barrière donnant sur le clos où fleurissaient les arbres fruitiers, le galop d'un cheval retentit soudain. Suivant comme une flèche l'allée venant du bois, un cavalier monté sur un barbe nerveux lancé à vive allure passa non loin de nous sans même nous apercevoir.

— Voici Antoine, un de mes frères, expliquai-je, heureuse de cette diversion. Contrairement aux apparences, il n'aime pas que l'équitation. De notre mère, il tient comme moi un goût très vif pour la République des Lettres. Vous pourrez disserter à loisir avec lui lors de vos prochaines visites ici... Si toutefois il y en a...

— Suis-je libre de ne pas revenir ? demanda Pierre avec une mélancolie que j'ai souvent retrouvée par la suite dans sa façon de s'adresser à moi. Même si je le voulais, le pourrais-je ?

Témoignant d'un respect qui différait beaucoup de sa fougue précédente, il s'empara de ma main droite pour y appuyer longuement les lèvres.

Nos regards demeurèrent liés un moment, puis je détournai la tête. En moi, quelque chose tremblait. D'effroi ? De ravissement ?

D'un geste, je poussai la barrière qui séparait le parc du verger où des abeilles ivres de nectar bourdonnaient comme des folles entre les arbres éclatants.

— Nous voici au royaume de l'insouciance, dis-je en désignant mes trois sœurs qui, sous une pluie de pétales, se poursuivaient en riant parmi les troncs. Il y a peu, c'était encore le mien.

Pierre murmura quelque chose que j'entendis mal, mais où il était question de nymphe qui sentait encore son enfance... Je marchais devant lui et ne me retournai pas.

3

Cueillez, cueillez, votre jeunesse.

Ronsard.

Avec le recul du temps, les semaines qui suivirent me paraissent innocentes, même si, sur le moment, je les ai considérées d'une tout autre façon.

Instruit par une première expérience, Ronsard m'entourait d'une cour plus respectueuse, plus discrète aussi. Je lui en savais gré. Il avait pris l'habitude de venir chaque jour nous rendre visite. Ma mère le recevait dans la grande salle. Elle l'entretenait des poèmes qu'elle était en train de lire. Mon frère Antoine, qui me ressemble par ses traits et par son goût pour la poésie, assistait avec moi à ces conversations qui tournaient le plus souvent autour de la glorification de la langue française.

— Il faut renouveler chez nous la notion d'art et de poésie tombée en décadence avec les Rhétoriqueurs ! proclamait Pierre. Je voudrais reconstruire le monde au moyen du Verbe !

Souriant non sans réserve, ma mère laissait entendre que de telles visées lui semblaient utopiques. La discussion demeurait néanmoins courtoise. Chacun finissait par reconnaître que, si nouveauté il y avait un jour, elle ne serait concevable qu'à partir d'une parfaite connaissance du grec et du latin. Eux seuls permettraient d'écrire un français d'une entière pureté. Il ne convenait pourtant pas de renier pour autant la richesse de l'ancien parler de nos pères dont il serait bon aussi de s'inspirer.

Après ces joutes oratoires, nous allions rejoindre dans le parc mon frère aîné, Jean, toujours débordant de vitalité, Jacquette Maslon et quelques amis d'alentour. François, mon troisième frère, qui avait dans les dix-sept ans, se joignait parfois à nous. Tu sais que je ne me suis jamais sentie fort proche de lui du fait de son ambition forcenée.

Nous jouions aux barres, aux quilles, aux fléchettes, ou bien nous faisions de la musique, puis nous dansions.

Pourtant, Pierre préférait de beaucoup les longues conversations à bâtons rompus que nous trouvions le moyen de nous ménager au milieu des autres distractions. Comme s'il souhaitait faire mien son passé, il tenait à ce que je sache tout de lui. Durant ces causeries j'ai appris à connaître sa famille, ses amis, les endroits où il était allé, où il avait vécu... Que de fois ne m'a-t-il pas décrit La Possonnière, ce manoir ancestral qui l'avait vu naître, échu, depuis la mort de leur père, à son frère aîné, Claude de Ronsard ? Il évoquait également fort souvent le Loir, son Loir, la plus belle rivière du monde à ses yeux, la plaine de Couture, le village proche de leur demeure, la forêt de Gâtine, tous ces sites dont ses vers ont, depuis, peint et détaillé inlassablement les attraits et qui font à présent partie de son domaine personnel puisqu'ils demeurent à jamais liés à son œuvre... Il m'en parlait alors avec tant d'amour et, déjà, tant de talent, que l'envie de découvrir à mon tour une vallée à ce point bénie de Dieu me prenait à l'écouter... Je lui faisais promettre de m'y mener un jour...

En dépit de ces quelques moments de tendre connivence, nous ne pouvions pas ignorer la suspicion et la réserve dont nous étions entourés. Mon père voyait d'un fort mauvais œil un cadet de famille assez modeste, démuni de charge importante tout autant que de fortune, tourner autour de la première de ses filles parvenue en âge de songer au mariage. Il n'en faisait pas mystère. A sa façon olympienne, il traitait mon poète vendômois de la plus distante façon chaque fois que l'occasion s'en présentait. Sa froideur, sa méfiance, me glaçaient.

De leur côté, les Cintré s'étonnaient des perpétuelles absences, des dérobades d'un cousin qu'ils avaient invité dans l'intention de profiter d'un agréable compagnon. Pierre rejetait ou éludait chacune de leurs propositions. Il ne chassait pas avec Jacques, ne jouait pas aux échecs avec Gaspard, et se refusait aux jeux d'une autre sorte que Gabrielle comptait bien pratiquer en sa compagnie... Après avoir sollicité son hôte de manière adroite, puis impatiente, enfin presque brutale puisqu'elle était allée jusqu'à le poursuivre dans sa chambre, à demi nue, sous prétexte de lecture nocturne et d'insomnie, cette femme insatisfaite cherchait à présent, du moins je le craignais, un moyen de le prendre au piège.

— Vous devriez vous méfier d'elle, disais-je parfois à Pierre. C'est une créature sensuelle et orgueilleuse. Or, vous l'avez blessée dans ses intentions amoureuses comme dans sa fierté. Vous pardonnera-t-elle une déception doublée d'une humiliation ? Je la crois vindicative. Aucun scrupule ne l'arrêtera.

— Baste ! Il ne manque pas de jeunes mâles en quête d'aventures faciles dans le Blésois. Il ne doit pas lui être difficile de trouver sans tarder une nouvelle proie à dévorer !

— Pas tant que vous demeurerez sous son toit pour lui rappeler ses deux échecs. Partez ! Quittez un asile où vous vous trouvez dans une situation fausse !

— Je ne veux pas m'éloigner de Talcy !

— Il le faudra bien, cependant !

— Le plus tard possible...

Je savais qu'on l'appelait à la Cour où son service le réclamait, et que son ami Car ne pourrait pas toujours l'excuser. Il m'avait également avoué ne pas avoir répondu aux différentes missives que Dorat, son maître en langue grecque, lui adressait. On s'ennuyait de lui à Paris. Son silence semblait inexplicable.

— Que pourrais-je lui répondre ? soupirait Pierre. Il est loin de moi le temps où je me passionnais pour l'étude et où je rivalisais avec Jean-Antoine de Baïf, le fils de notre grand Lazare ! Une ode de Pindare suffisait alors à nous échauffer la cervelle et nous bornions nos ambitions à la connaître dans ses moindres subtilités ! Tout cela est à présent tellement étranger à ce qui m'occupe et qui a nom Cassandre ! Que sont ces travaux d'école à côté de ce que je vis près de vous ? L'amour emplit mon cœur, mes pensées, mon existence tout entière ! Il les comble et les brûle. Vous hantez mes nuits et occupez mes jours...

Je mettais un doigt sur mes lèvres ou sur les siennes, et il se taisait. Quelques baisers, quelques caresses furtives, quelques étreintes dérobés à l'ombre d'un arbre ou au tournant d'un escalier, lui demeuraient seuls permis. Sur l'ordre de mes parents, Nourrice me suivait pas à pas.

Si Pierre se pliait à un code amoureux bien trop sage pour son tempérament, s'il acceptait cette torture nuancée, c'était pour l'amour de moi mais aussi parce qu'il n'avait pas le choix. A la première incartade, il le savait, on le prierait de quitter une place où il était toléré de mauvaise grâce... Comme je ne l'ignorais pas, moi non plus, je goûtais une paix ambiguë à savoir tenue en bride une ardeur que je ne partageais que de loin. Nos rapports se trouvaient curieusement influencés par une contrainte imposée de l'extérieur à notre couple et à laquelle nous nous soumettions pourtant, moi par besoin de sécurité, lui par l'impérieux désir qu'il avait de ma présence.

Durant le début de ce mois de juin assez pluvieux dont je me souviens à présent si amèrement, je jouais comme une enfant à éprouver Pierre, à l'affoler de mille façons, sans rien pouvoir, à mon grand soulagement, lui accorder de substantiel.

— M'aimez-vous seulement un peu ? me demandait-il durant nos rares instants de solitude.

— Qu'en pensez-vous ? Il faut mériter l'amour d'une dame !

Il me saisissait à pleins bras, écrasait mes lèvres.

— Cessez, je vous en prie, de vous comporter avec moi comme vous le feriez avec vos jeunes voisins ou avec les amis de vos frères ! m'ordonnait-il parfois avec emportement. Je ne suis pas un béjaune ! Je suis un homme qui crève d'amour pour vous ! Quand donc le saurez-vous ?

— Présomptueux et jaloux ! m'écriai-je en riant. Voilà un beau galant que vous me dépeignez là !

Et je courais rejoindre Marcelline.

Pour compenser ces agaceries, je traitais avec une désinvolture bien faite pour tranquilliser mon poète les jeunes gens du voisinage assez nombreux à me courtiser depuis la nuit du bal. Distribuant ainsi le chaud et le froid, j'avais adopté à l'égard de Pierre une attitude contrastée que je graduais selon les heures et mon humeur. Elle allait de la plus confiante amitié à des abandons prudents qui incendiaient Pierre, mais auxquels je m'appliquais par la suite à ôter toute signification...

Je revois, entre autres, une scène que je ne situe plus très bien. Tout ce que je me rappelle, c'est qu'il faisait très chaud soudain, une chaleur orageuse, lourde, comme nous en avons parfois au printemps dans le Val de Loire, et qui pourrait faire croire que l'été est déjà là... Durant la sieste, j'étais allée m'étendre à l'ombre d'un vieux châtaignier noueux, à l'orée du bois où finit le verger. Les autres membres de la famille et les amis présents reposaient, après le dîner, comme à l'accoutumée, dans les salles du rez-de-chaussée, réputées les plus fraîches du château.

Pourquoi m'être singularisée en décidant de me rendre seule dans le parc ? Pour tenter le diable, sans doute... parce que je savais que la chaleur et les vêtements légers, inévitablement indiscrets, m'allaient bien...

Je fus réveillée par un baiser plus chaud que le brûlant soleil printanier. Un genou en terre, penché sur moi, Pierre buvait à ma bouche comme il se serait désaltéré à une source. Pour la première fois, le contact de ces lèvres aussi avides que douces, au goût de chair et de salive, éveilla en moi une curiosité encore endormie. Je rendis baisers pour baisers...

Pierre s'empara alors à deux mains de ma tête environnée de mèches folles que la sueur faisait friser. Il me contempla si intensément, avec une telle adoration, que mon âme verdelette en fut remuée.

Quand, ravi, je me pais de votre belle face,
Je vois dedans vos yeux je ne sais quoi de blanc,
Je ne sais quoi de noir, qui m'émeut tout le sang,
Et qui jusques au cœur de veine en veine passe...

murmura-t-il de si près que son souffle était le mien.

— J'aime ces vers, avouai-je, plus troublée que je ne l'avais jamais été.

— Ils me sont venus d'instinct à l'esprit pendant que je vous regardais... Je dois vous dire qu'avant de vous réveiller j'ai longuement contemplé votre sommeil... Vous ressembliez à l'une des dryades de ma forêt de Gâtine. Je retrouve ici, autour de vous, les senteurs de sève échauffée, d'humus, de feuillage qui restent pour moi inséparables de mes premières errances dans les bois, de mes premières découvertes... La nature m'a beaucoup appris en Vendômois, Cassandre... Tantôt, en vous admirant alors que vous reposiez, il me semblait que tout ce que je savais déjà sur la beauté, la grâce, le pouvoir des femmes sur moi, avait soudain pris corps en vous, ou, plutôt, avait pris votre corps pour incarner mon désir en matérialisant mon idéal féminin sur une couche de mousse...

Son expression était passée de la vénération à la convoitise. Une sorte de ravage intime creusait ses traits.

Je me redressai, secouai mes cheveux retenus par de simples rubans de velours rouge, repoussai avec douceur les mains qui cherchaient mon corps à travers la mousseline. Il suivit mon mouvement. Nous nous sommes retrouvés, debout l'un contre l'autre, dans la chaleur craquante de l'après-midi... Nous nous sommes dévisagés comme nous ne l'avions jamais fait, raidis dans une tension qui me faisait peur mais qui l'enivrait.

Pour lutter contre la faiblesse que je sentais rôder en moi autant que pour arracher Pierre à sa folie, je me suis élancée, jupe troussée au-dessus du mollet, pour courir vers le parc.

D'abord décontenancé, Ronsard s'est bientôt jeté à ma poursuite. Son manteau et ses bottes le gênaient pour me rattraper.

Au début, j'ai pris une courte avance, mais les mules qui me chaussaient m'ont vite gênée... Plusieurs fois, j'ai failli tomber.

Comme je me trouvais encore au milieu du verger où ne s'attardaient plus que les floraisons éparpillées de quelques pommiers tardifs, Pierre parvint sans grande peine à me rejoindre. Haletant, rendu fou par cette fuite qui le transformait en chasseur, ce fut avec une sorte de sauvagerie éperdue qu'il m'a saisie et étreinte. Le souffle précipité, résolue à tourner la chose en plaisanterie, je me suis laissée aller un instant contre la poitrine de mon vainqueur sans mesurer que ce semblant de capitulation pouvait passer pour un acquiescement.

Les baisers de Pierre se sont alors faits plus audacieux, plus impérieux aussi. Convaincu que je me rendais à lui, que je ne me refusais plus, que sa patience allait enfin recevoir sa récompense, il m'a renversée entre ses bras pour appuyer sa bouche sur mon cou, là où battait le plus bleu de mon sang. Parvenant enfin à ce qu'il souhaitait depuis si longtemps, il a suivi le fin réseau des veines, est descendu jusqu'aux seins mal défendus par mes lingeries malmenées, y a enfoui son visage...

Ce fut alors que j'entendis au loin des appels répétés.

— Pierre ! Nourrice me cherche ! Je lui ai faussé compagnie tantôt pour venir dormir loin des autres. Mon absence doit l'inquiéter. Sauvez-vous !

Je me détachai de lui qui demeurait à demi égaré devant moi, remis un peu d'ordre dans mes vêtements.

— Vous verrai-je demain ? gémit-il.

— Oui. A demain, mais pas ici, pas seuls !

Sans lui laisser le temps de se plaindre de cette décision, je posai un doigt sur mes lèvres encore chaudes des siennes puis m'élançai vers la barrière de l'enclos.

Bien me prit de me hâter car je rencontrai presque aussitôt Nourrice, maugréant contre les têtes folles qui vont courir les bois au plus fort de la chaleur. Je pris une mine excédée et l'entraînai loin de celui qui venait de m'apprendre que les jeux de l'amour sont jeux qui engagent beaucoup plus que tout autre... Le cœur et le corps y sont semblablement concernés, indissolublement mêlés. J'avais déjà entendu dire que l'esprit était fort mais la chair faible. Je venais de l'éprouver par moi-même. Cette découverte n'était pas faite pour me rassurer.

Au moment où je pénétrais dans le jardin, suivie de Marcelline qui avançait à grand-peine, sourcils froncés, ventre en avant, un souffle d'air chaud se leva, annonciateur d'orages. Je me souviens de ce vent tiède et mou sur mes joues enfiévrées comme d'une imprécise menace...

Comme je parvenais à un rond-point d'où sept allées partaient en étoile, je vis ma mère et mes frères cadets en train de faire les honneurs du parc à Gabrielle de Cintré qu'accompagnait mon amie Catherine.

Je dus saluer nos visiteuses, répondre aux interrogations de ma mère qui observait d'un œil critique le désordre de ma tenue, supporter les moqueries d'Antoine qui m'aimait bien mais ne manquait jamais une occasion de me taquiner. Dans mon dos, Nourrice grommelait je ne sais quoi entre le peu de dents qui lui restaient.

Ses paupières fardées, plissées dans une attention soudaine, Gabrielle me dévisageait.

— Un rien de négligé ne vous messied pas, ma chère enfant, remarqua-t-elle avec un sourire ironique. Au contraire. J'avoue ne vous avoir jamais trouvée aussi ravissante qu'à présent.

Tout en parlant, elle lustrait du plat de la main le satin bleu paon de sa robe. Le durcissement de sa bouche démentait le ton amusé de ses paroles. Je lui lançai un coup d'œil luisant de méfiance, pris Catherine par la main et entraînai mon amie vers ma chambre.

— Il faut que je vous parle, dit celle-ci quand nous fûmes assez loin du groupe qui s'apprêtait à visiter la roseraie nouvellement aménagée.

Depuis plusieurs années, mon père avait fait venir à grands frais, d'Italie, de Provence, d'Espagne, des plants nouveaux qu'il s'était refusé à exposer aux regards ou aux convoitises de ses amis avant d'être tout à fait satisfait du résultat. On pouvait maintenant découvrir, derrière un rideau de tilleuls, une profusion de rosiers sur tiges, en buissons, de plein vent, en berceaux, en massifs, ou s'enroulant avec nonchalance autour du tronc de quelque vieil arbre.

J'imaginais sans peine les mines de Gabrielle devant cette débauche de fleurs, ses cris d'admiration, ses exagérations. Elle devait respirer les roses avec des mines pâmées et exposer ce faisant, aux yeux de mes frères fascinés, un décolleté vertigineux autant que bien rempli...

— Ma belle-mère vous en veut, me disait justement Catherine assise auprès de moi sur un gros coussin à glands de soie, pendant que tu t'affairais à me recoiffer. Elle espérait séduire notre cousin Ronsard, pensait n'en faire qu'une bouchée. Son dépit de n'y être point parvenue la pousse à l'aigreur. Comme elle devine les raisons d'une chasteté qui ne passe pas pour être dans les habitudes de notre parent, elle va chercher à se venger de vous et de lui par la même occasion !

— Que voulez-vous qu'elle me fasse ?

— Sait-on jamais ? Elle est rusée comme la renarde dont elle porte les couleurs. Méfiez-vous, Cassandre ! Je la sais capable de toutes les perfidies.

— Vous êtes de parti pris !

— Croyez-moi, je sais ce que je dis : elle vous déteste.

— Admettons que vous ayez raison. Quel mal peut-elle me causer ? Nous sommes si différentes. Elle est beaucoup plus âgée que moi ! Ronsard mis à part, nous n'avons pour ainsi dire pas d'amis communs.

— Vous aimez toutes deux un bel écuyer...

— Mais je n'aime pas cet obscur petit poète !

— On croirait entendre votre mère !

Je me sentis rougir jusqu'aux yeux. Surprise moi-même par une réplique qui avait jailli avant que j'y aie songé, je portai d'instinct ma main à ma bouche, comme pour y renfoncer les paroles prononcées.

Pauvre Pierre ! Je le reniais, à la première occasion, de ces lèvres auxquelles ses baisers avaient communiqué si peu de temps auparavant un émoi encore inconnu...

Catherine m'observait. Sur nos douze ans, nous nous étions juré de ne jamais nous mentir, de ne pas imiter les adultes, de conserver dans nos rapports la plus parfaite limpidité. Jusqu'à présent, notre amitié était parvenue à ignorer fraudes, dissimulations, omissions.

— Oh ! Je ne sais plus où j'en suis ! avouai-je en me prenant la tête entre les mains. Non, vraiment, je ne comprends plus rien à ce qui m'arrive !

— Vous savez tout de même bien si vous l'aimez !

— Justement non ! Parfois je le crois, parfois j'en doute. Ce n'est pas si simple, voyez-vous... Et puis, il me harcèle. Tout à l'heure encore...

— Vous ne m'apprenez rien. Cela sautait aux yeux...

Catherine n'avait pas été la seule à s'en apercevoir.

Ma mère me fit appeler dès que Gabrielle s'en fut allée. Elle me témoigna plus que du mécontentement. Une sorte d'anxiété assourdissait sa voix si calme d'ordinaire, si claire. Son expression me fit presque peur. Elle me blâma pour mon manque de tenue, pour mon incurie, pour mon impertinence avec nos hôtes et m'envoya en fin de journée me confesser au chapelain avec lequel elle s'était, au préalable, longuement entretenue.

Sa sévérité ne me surprit pas, mais derrière un comportement qui lui était habituel je décelai je ne sais quel tourment maternel qui dépassait de beaucoup mes manquements aux usages.

Notre chapelain, Dom Honorat, me posa des questions plus précises qu'à l'accoutumée... Je fus bien obligée de lui répondre. Aussi fut-ce avec les yeux rouges et la tête enfiévrée que j'assistai, sans desserrer les dents, au souper familial.

Dès le repas terminé, ma mère et mon père se retirèrent dans le cabinet de travail de ce dernier pour un mystérieux conciliabule dont les enfants étaient exclus.

Réfugiée dans ma chambre, blottie entre les rideaux tirés de mon lit, je mêlais des bribes de prières à des évocations bien plus profanes, dont le souvenir me tint longtemps éveillée.

Pour la première fois de ma vie, je m'étais trouvée confrontée au cours de la journée aux manifestations d'une ardeur qui me troublait et m'effrayait. Si une timide réponse à cet appel des sens s'était fait jour en moi, il n'en demeurait pas moins vrai que ma nature, plus sentimentale que sensuelle, n'éprouvait que faiblement les tentations de ce genre. Mon

éducation, par ailleurs, m'interdisait d'envisager une infraction
même minime à un code moral que ma mère m'avait si
parfaitement inculqué qu'il participait à présent à mon être
le plus intime. En cherchant à me faire transgresser ce code,
Ronsard m'inquiétait tout en me séduisant.

La première émotion passée, je retrouvai mon sang-froid.
Les réprimandes de mon confesseur, les reproches de ma
mère, le respect des conventions sociales, ma propre prudence,
se conjuguaient pour m'amener à considérer l'attitude de
Pierre comme peu conforme à celle dont j'avais rêvé. Un
gentilhomme digne de ce nom ne se comporte pas avec une
vierge comme avec une ribaude. Il m'avait manqué d'égards
en cherchant à m'entraîner sur des chemins détournés où
j'aurais perdu l'honneur.

... Vois-tu, Guillemine, j'ai décidé d'être entièrement sincère
dans cette sorte d'examen de conscience auquel je me soumets
en ce moment. Je tiens à éclairer sans restrictions, sans hypocrisie, les coins et les recoins de mon cœur. Pour rester
honnête avec moi-même, je me vois bien forcée de reconnaître,
là où j'en suis arrivée, qu'il n'y a jamais eu entre Pierre et
moi d'équivalence de nature. La mutilation commune à nos
deux existences est venue de cette différence essentielle de
nos tempéraments. Par manque d'ardeur, par respect humain
aussi, je me suis toujours tenue à la frontière de l'amitié et
de la passion. S'il m'est arrivé, durant quelque temps, de la
franchir, ce ne fut jamais pour longtemps. Bien vite, j'ai
regagné les contrées rassurantes des sentiments permis... Je
n'ai pas trouvé en moi le courage de séjourner dans le domaine
embrasé où Pierre se mouvait à l'aise. Le feu amoureux était
son élément. Il brûlait comme une torche... Il n'y a rien
d'étonnant à ce qu'il ait choisi l'emblème des ronces ardentes
de préférence à tout autre pour symboliser sa lignée. Il ne
pouvait vivre qu'en se consumant. Son génie et son corps
participaient ensemble de cet embrasement. L'odorat, le
toucher, le goût, la vue, se rejoignaient chez lui en un hymne
à ce panthéisme triomphant qu'il n'a pas cessé de chanter à
travers toute son œuvre. Ronsard était un païen christianisé
qui se souvenait de sa première patrie. Il était fait pour vivre
dans l'univers égoïste et voluptueux d'Anacréon et d'Horace...
L'ascèse que prône l'Eglise catholique comme une des conditions essentielles du dépassement de soi et de la marche vers
la lumière spirituelle, ce frein apporté à nos appétits les plus
élémentaires afin de les épurer, lui était étranger. Bien des
fois, plus tard, j'ai surpris cet homme qui se voulait bon

chrétien, qui s'est même battu pour le demeurer, en contradiction flagrante avec notre doctrine.

La nuit dont je te parle, ces pensées n'étaient pas encore bien claires en moi. Cependant, la confusion même qui régnait dans mon esprit me préparait à les y accueillir un jour...

Le lendemain matin, quand Pierre se présenta, selon son habitude, pour me saluer, il se heurta à un visage fermé, clos sur ses réflexions nocturnes.

— Il n'a été question, hier soir, à la table des Cintré, que des merveilles de votre roseraie, dit-il pour engager une conversation qui s'annonçait difficile.

Du ton poli que j'aurais eu pour le premier visiteur venu, je lui proposai de l'y conduire.

Je nous revois, marchant côte à côte, suivis par Nourrice, pendant que nous nous dirigions vers le jardin des roses. Une gêne inhabituelle, aggravée par la présence de Marcelline, fraîchement chapitrée à mon endroit, pesait sur nous.

— Qu'avez-vous, Cassandre ? Vous semblez à mille lieues d'ici.

— J'aimerais y être...

— Pourquoi donc ? N'êtes-vous pas bien près de moi ?

— C'est trop dangereux !

Je fis la moue pour répondre à son étonnement.

— Ma mère m'a forcée à aller me confesser à notre chapelain qui est fort exigeant...

— Vous a-t-il malmenée, mon cœur ?

— Un peu...

— Que lui avez-vous dit ?

Je haussai les épaules.

— Tout ! Que vouliez-vous que je fasse ?

Nous avions forcé le pas. Derrière nous, Nourrice se hâtait. Sans plus rien dire, nous sommes entrés dans la roseraie.

Je remâchais les mises en garde de mon confesseur et les conclusions de mon insomnie. L'éclat et l'harmonie de ce coin de nature aménagé pour la plus grande gloire des roses et de mon père ne parvenaient pas à m'en distraire.

Ce matin-là, je portais une robe de soie aux plis cassants dont le corps baleiné, chichement échancré, laissait juste dépasser le col brodé de ma chemise. J'avais tenu à ce que ma mise traduisît la réserve dont je devais faire preuve dorénavant vis-à-vis de mon trop pressant adorateur.

— Je n'ai guère dormi cette nuit, murmura Pierre en profitant d'une légère avance que nous avions prise sur mon cerbère. Les souvenirs d'hier ne me laissaient point de repos.

Je fus touchée par ce qu'il y avait de maladroit, justement, dans ces quelques mots. Sans doute dérouté par mon changement d'attitude, désireux de me ramener au point où il m'avait laissée la veille, Pierre avançait à tâtons vers moi. Je jetai un regard sur Marcelline qui nous rejoignait.

— Vous voyez, là-bas, ce buisson de roses rouges de Provins, m'écriai-je en jouant les écervelées. Faisons la course à celui qui y sera le premier arrivé !

En parvenant au but en même temps que Ronsard, je me décidai à lui sourire.

— Nous avons quelques minutes de tranquillité, dis-je. Profitons-en pour causer.

Plusieurs allées nous séparaient de Nourrice dont l'embonpoint retardait la marche.

— Moi aussi, j'ai pensé à vous cette nuit, avouai-je. Non pas pour revivre nos folies, mais pour tenter de comprendre.

Il secoua le front.

— Qu'y a-t-il à comprendre ? Il n'y a qu'à aimer !

Rien en moi n'était prêt à accepter une telle affirmation. L'amour me paraissait rempli de pièges qu'il fallait éviter. Je saisis une rose que je froissai entre mes doigts.

— Où allons-nous, Pierre ? Vers quel précipice m'entraînez-vous sans y songer ?

— Ce n'est pas vers un abîme mais plutôt vers des sommets que je veux vous conduire, mon amour !

— Je n'en tomberai que de plus haut !

Marcelline débouchait à son tour de l'allée principale.

— Pourquoi aller si vite, petite masque ? demanda-t-elle en soufflant.

— Pour me dégourdir les jambes, Nourrice ! J'ai encore l'âge de courir, moi !

Je la dévisageais avec irritation.

— A propos de courses, repris-je en me tournant vers mon compagnon, mes frères m'ont priée de vous inviter pour l'après-dîner à une partie de barres. Y viendrez-vous ?

— Je ne vois pas ce qui pourrait m'en empêcher.

Le ton était amer et j'eus quelques remords. Comment pouvais-je ignorer la sincérité des sentiments que me portait Pierre ? Et si je savais à quoi m'en tenir, pourquoi le rudoyer ? Etait-ce de sa faute si je n'étais pas capable de le suivre sur les sentiers sauvages où il souhaitait cheminer avec moi ?

Je balançais entre la crainte de me perdre et le désir de ne pas blesser au cœur un homme dont l'amour me faisait rêver. En fait, je balançais entre mon passé et mon avenir...

— Regardez cette rose pourprée, dis-je en manière de raccommodement. C'est ma préférée.

— Je n'en suis pas surpris. Elle vous ressemble !

Je soupirai. Rien, décidément, ne pouvait détourner Pierre de son obsession amoureuse !

Après la sieste qui suivit le dîner et que j'eus la sagesse de faire dans ma chambre, je rejoignis mes frères dans la cour pour la partie de barres annoncée. Ronsard m'attendait auprès du puits.

Jean, notre aîné à tous, qui se comportait déjà en futur maître du domaine, Jacquette, sa fiancée, une riche héritière dont la fadeur et la mollesse m'ont toujours autant agacée l'une que l'autre, Antoine et François, couraient, luttaient, se poursuivaient avec de grands cris de chaque côté des barrières qui délimitaient les deux camps. Nous nous joignîmes à eux.

Très épris des charmes abondants de sa Jacquette, Jean s'arrangeait sans cesse pour l'attirer près de lui. Il la chiffonnait sans vergogne. Les sourires languides, les roucoulements de ma future belle-sœur me portèrent davantage sur les nerfs en cette circonstance qu'à l'ordinaire.

— Il fait trop chaud pour continuer encore à jouer de la sorte, décidai-je au bout d'un moment. Allons plutôt nous promener !

Jean me jeta un regard surpris. Je n'avais pas coutume de faire preuve de tant d'autorité. Jusqu'alors j'étais pour lui une douce et paisible créature avec laquelle il n'avait jamais eu à compter. Il dut se demander ce qui m'arrivait. Sa réflexion le conduisit tout naturellement à Ronsard qui eut droit, lui aussi, à un coup d'œil lourd de suspicion.

Mais comme tout le monde semblait m'approuver, il ne fit aucune remarque. Enlaçant les grasses épaules de Jacquette, il se dirigea avec nous vers le parc.

Assez vite cependant, Antoine et François nous quittèrent pour monter à cheval.

Les fiancés s'attardèrent un moment dans un bosquet... Nous nous retrouvâmes, Pierre et moi, marchant dans une allée bordée de buis arborescents, taillés en berceau, qui formaient une voûte au-dessus de nos têtes. L'odeur amère du buis demeure à jamais liée dans mon souvenir à l'explication que nous eûmes ce jour-là.

Pierre m'avait saisi le bras.

— Si vous saviez quelle envie me dévore de vous tenir contre moi, commença-t-il.

Je secouai la tête.

— Non, dis-je avec gravité, non, Pierre. J'ai à vous parler.

— Je vous écouterai aussi longtemps qu'il vous plaira, ma belle Cassandre, mais, auparavant, par pitié, laissez-moi vous prendre un baiser. Un seul !

— Vous vous doutez bien que c'est, justement, de ce genre de chose qu'il me faut me défendre, soupirai-je. Mon confesseur ne me le permettrait pas.

— Oubliez pour un moment, je vous en conjure, votre confesseur, mon amour ! Faisons-nous rien de mal en nous embrassant ?

Avec douceur, il m'attirait vers lui, posait de nouveau ses lèvres sur les miennes, sans fougue, presque pieusement.

Un instant j'oubliai mes promesses, mes résolutions nocturnes, ma méfiance, pour savourer, les yeux clos, le pouvoir que j'exerçais sur cet homme. Mais, dès que ses lèvres se firent plus insistantes, je me repris.

— Non ! Non ! répétai-je en me dégageant d'une étreinte trop dangereuse pour moi. Non ! Il ne le faut pas !

Les paroles de Dom Honorat me revinrent en mémoire.

— Nous n'avons pas le droit de nous aimer puisque nous ne serons jamais l'un à l'autre, dis-je tout bas.

— Pourquoi donc ?

Le cri avait jailli avec un tel élan que j'hésitai.

— Parce que mon père n'acceptera jamais que vous m'épousiez, Pierre ! Vous le savez tout comme moi. Cadet sans fortune, vous ne pouvez pas prétendre à ma main. Mes parents ont pour moi bien d'autres espérances ! Ne nous leurrons pas. Vous n'avez aucune chance.

— Qu'importe mon peu de bien !

Le sentiment de sa propre valeur, doublé d'une juste fierté, le redressait soudain. Une veine se gonfla au milieu du haut front carré.

— Il importe beaucoup à mon père !

— Je serai le plus grand poète de ce pays ! Qu'on me laisse seulement le temps de faire mes preuves !

— Il y a aussi autre chose, chuchotai-je, consciente de m'aventurer sur un terrain mouvant. Une interdiction mystérieuse de ma mère, qui se refuse à rien expliquer pour le moment mais qui m'a fait promettre de me garder de vous.

J'avais porté le coup ! Je m'en sentais un peu honteuse, mais, aussi, malheureuse.

Le regard de Pierre changea. J'y lus inquiétude et douleur.

— Avez-vous l'intention de tenir cette promesse ? s'enquit-il.

— Je ne sais pas...

D'une main ferme, presque brutale, Ronsard me prit le bras pour m'entraîner vers la roseraie toute proche. Il ne s'arrêta que devant le rosier dont j'avais affirmé quelques heures plus tôt que ses fleurs étaient mes préférées.

— Voyez, dit-il en désignant une rose effeuillée dont les pétales jonchaient le sol. Voyez, Cassandre. Souvenez-vous ! Ce matin, la rose que voici était la plus éclatante de toutes. Qu'est-elle à présent devenue ? Vous contemplez à vos pieds le symbole de nos vies... Ne comprenez-vous pas qu'il faut savoir être heureux ici et maintenant, avant que le temps ne vienne nous dépouiller de notre jeunesse ? Comme cette fleur, vous perdrez votre beauté. Il sera trop tard alors pour regretter les occasions perdues...

Je repoussai les pétales du bout de ma mule.

— Profiter de l'instant, remarquai-je, n'y a-t-il que cela de vrai, Pierre ? Tout en moi s'insurge contre cette philosophie épicurienne. N'avons-nous donc rien appris depuis quinze siècles ? Plutôt que de ne chercher que le plaisir, n'est-il pas préférable de sauvegarder nos âmes, de rester en paix avec nos consciences ?

Le vent faisait choir d'autres parures parfumées sur le sable des allées.

— La prudence n'est en aucune façon une vertu à mes yeux ! s'écria Ronsard. Et ce n'est pas la paix que je convoite mais seulement l'amour ! Votre amour, Cassandre ! Ni vous ni moi n'avons atteint l'âge du renoncement !

— Mais nous avons tous deux celui de faire des bêtises ! lançai-je à mon tour. Et, pour ma part, j'ai encore celui de l'obéissance...

Je frissonnai. Le vent n'en était pas l'unique responsable.

— Rentrons, repris-je avec un soudain malaise. Rentrons vite. Je ne dois pas m'attarder ici avec vous. Je veux réfléchir à tout ce qui nous arrive.

Nous avons remonté l'allée en silence pour aller rejoindre Jean et Jacquette qui pouvaient, eux, s'aimer en toute tranquillité, à la face du monde.

4

J'ai vu tomber mon espérance à terre...

RONSARD.

Mon père me fit appeler dans la grande salle. Seule. C'était un matin de juin maussade et gris. Une bruine fine tombait du ciel sur les toits d'ardoises de Talcy.

Je me souviens que je ressentis une impression de froid en suivant le couloir qui allait de ma chambre à la pièce où m'attendaient mes parents. J'ai toujours été frileuse, mais, en cet instant précis, j'aurais tendance à penser que c'était une prescience qui me glaçait le sang, non pas l'air frais et humide de cette triste journée.

J'entends encore le bruit crissant de mon vertugade de taffetas sur le dallage du couloir. On aurait dit un doux gémissement qui accompagnait mes pas.

En pénétrant dans la salle décorée des tapisseries de haute lice importées à grands frais des Flandres, je sentis renaître en moi les peurs vagues de l'enfance, quand on s'attend à être grondé sans trop savoir pourquoi. La récente assurance que me donnait depuis peu le sentiment d'un pouvoir tout neuf dû aux charmes de la jeunesse sur le cœur paternel s'était évanouie comme fumée dans le vent.

Debout devant une table de marbre à l'italienne aux mosaïques de couleurs, mon père regardait au loin, à travers les vitres embuées d'une des fenêtres à meneaux. Des rides profondes barraient son front, durcissaient sa face de condottiere et ses yeux impérieux. Vêtu d'un pourpoint de velours ponceau et de haut-de-chausses de satin gris perle à crevés noirs, il froissait d'une main courroucée la lourde chaîne d'or qu'il portait au cou. Son expression était grave.

Assise non loin de lui, une broderie aux doigts, ma mère ne leva pas les yeux quand je m'arrêtai devant eux. Son visage aux traits immobiles semblait, lui aussi, sculpté dans quelque albâtre. Elle conservait son sang-froid habituel. Il n'y avait pas un pli de son vertugade qui ne tombât autour d'elle avec la raideur accoutumée. Parmi ses cheveux cendrés, partagés en bandeaux sur le front et coiffés selon la mode d'un chaperon de velours noir, quelques fils blancs brillaient quand elle inclinait davantage la tête sur son ouvrage.

— Cassandre, dit mon père, nous vous avons demandé de venir afin de vous mettre au courant d'une découverte désastreuse qu'il nous a été donné de faire au sujet de votre soupirant.

— Pierre ? murmurai-je.

— Il s'agit en effet de ce Ronsard qui se dit poète, mais aussi écuyer et étudiant, continua mon père dont le visage se ferma tout à fait. En se présentant de la sorte, il oublie le principal ! Notre attention a été attirée sur lui, non seulement par la cour indiscrète dont il vous entoure depuis bientôt un mois et demi, mais aussi grâce à un avertissement fourni par une de nos relations.

Ma mère fronça les sourcils, eut un léger mouvement comme pour écarter une mouche.

— Par souci d'honnêteté à son égard, nous avons tenu à nous renseigner plus complètement sur l'exactitude des révélations que nous avions recueillies, poursuivit mon père. Nous avons donc envoyé au Mans, en vue d'un complément d'enquête, un de mes secrétaires, homme sûr et discret. Il est revenu ce matin en nous apportant des preuves irrécusables : Pierre de Ronsard est clerc ! Il a reçu la tonsure, voici un peu plus de deux ans, le 6 mars 1543 exactement, des mains de l'évêque du Mans, René du Bellay. Ce prélat l'a lui-même tonsuré à Saint-Corneille, en sa résidence de Touvoie.

Un silence se creusa. J'avais l'impression que c'était sur moi, sur mes rêves, sur mes éveils, qu'une chape noire venait d'être jetée. Je me sentais écrasée d'impuissance.

— Il est des omissions qu'un gentilhomme ne peut se permettre, reprit au bout d'un moment la voix paternelle. Celle-ci en est une.

Pétrifiée, je demeurais silencieuse. Que penser ? Que faire ?

Je comprenais mieux à présent les tristesses, les impatiences, les emportements de Pierre, mais pouvais-je lui pardonner un silence qui m'apparaissait comme une trahison ? En cherchant à m'entraîner sur des voies traversières alors qu'il n'était plus libre de lui, qu'espérait-il ? Quel jeu jouait-il ? Avait-il l'intention de faire carrière ecclésiastique ? Je savais qu'on pouvait sortir des ordres mineurs par simple permission d'un évêque. Si Pierre n'y avait pas songé, c'était donc que son état de cadet sans fortune lui imposait d'y rester. Ces projets contrecarraient sans rémission ceux dont il m'entretenait si souvent...

Déception, peine, doute, me tordaient le cœur. Il m'apparaissait soudain comme évident que l'avenir de Ronsard ne pouvait être assuré que d'une seule façon. Enchaîné par la nécessité d'assurer coûte que coûte son existence matérielle il n'y avait pas pour lui d'autre solution. Il suivrait le chemin tracé devant lui, deviendrait prêtre, renoncerait de façon définitive à toute vie conjugale. Pouvais-je l'en empêcher ? Le condamner à la pauvreté, à la faim ?

— Vous n'êtes pas de celles dont on s'amuse impunément, Cassandre, terminait mon père pendant que mes pensées fusaient en tout sens. Cette lamentable histoire n'a que trop duré. Dorénavant, notre porte sera interdite à monsieur de Ronsard !

Ma mère leva enfin les yeux.

— Vous écrirez un mot de lettre pour signifier à ce jeune homme que tout commerce entre vous n'a, désormais, plus de raison d'être, précisa-t-elle. Vous me montrerez ce billet et je le ferai porter. Il convient qu'il soit digne et ferme.

— Je me suis méfié depuis le premier jour de ce soi-disant poète, ajoutait mon père. Alors que vous vous étiez tous engoués de lui, je ne me suis pas laissé berner par son goût affirmé pour la poésie. Il est fort regrettable que vous ne vous soyez pas comportés comme moi. Cela nous aurait évité bien des ennuis. On doit jaser à notre propos un peu partout dans la province. Or, je n'aime pas les racontars. Pas du tout. Mes filles doivent demeurer irréprochables jusqu'à leurs noces. Ne l'oubliez pas !

Je retrouvais devant moi le Jupiter menaçant dont je redoutais autrefois les fureurs.

— D'autres jeunes gens tournent autour de Cassandre, fit alors remarquer ma mère de son ton égal. Parmi nos voisins et amis beaucoup semblent la trouver à leur goût. Je ne pense pas que les empressements de Ronsard aient attiré plus que n'importe quels autres l'attention des méchantes langues. Pour être juste, il faut dire également que ce garçon est de bonne race, que je dois lui reconnaître du talent, que le duc d'Orléans l'apprécie, et qu'il ne manque pas de relations à la Cour. Il n'y a rien de honteux à l'avoir fréquenté un moment. Ne vous tourmentez pas à ce sujet, mon ami. Nous allons organiser sans tarder quelques fêtes où se verront convier les meilleurs partis d'alentour. Cette mince aventure sera sans peine effacée. On oubliera vite notre poète vendômois quand il aura quitté la région.

C'était faire bon marché de l'attrait que Pierre exerçait sur moi !

Il fallait que je le voie. Que nous nous expliquions. Que je sache pourquoi un homme dont l'âme n'était point vile m'avait dissimulé un état qui rendait impensable tout projet d'avenir entre nous... Il était vrai qu'il ne m'entretenait jamais du futur, mais bien du présent, de ces instants fugitifs dont il me pressait avec tant d'ardeur d'épuiser tout le suc, d'extraire le miel sur-le-champ, sans attendre...

Pendant que mes parents décidaient de mon sort, de notre sort à tous deux, je cherchais comment avertir Pierre, comment lui fixer un dernier rendez-vous.

J'écrivis en présence de ma mère la lettre de rupture qui m'était imposée. Je savais qu'une soumission apparente demeurait mon unique moyen de conserver une certaine liberté de manœuvre.

Dès que j'eus regagné ma chambre, j'en rédigeai une autre et t'appelai. Tu m'as toujours été attachée, Guillemine, et, par la suite, il t'est encore arrivé de m'aider en cachette. Cette fois-là fut la première. Je te confiai mon message en te recommandant de le porter à la faveur de la sieste à Catherine de Cintré. Je savais pouvoir compter sur elle. Ne m'avait-elle pas mise en garde, il y avait peu, contre les intrigues de sa belle-mère ? Il me semblait certain à présent qu'elle avait vu clair et que Gabrielle était parvenue à ses fins.

Je demandais à Catherine de prévenir Pierre que je l'attendrais, la nuit venue, derrière notre colombier où je le rejoindrais dès que la maisonnée serait endormie.

Cette ultime rencontre exaltait en moi des sentiments que ma jeunesse et mon inexpérience prenaient pour du courage. Le souvenir de certains émois, le danger encouru, le besoin de savoir, peut-être aussi un peu d'amour, me montaient à la tête pour me pousser coûte que coûte à prendre un risque dont je me persuadais qu'il pouvait à jamais compromettre mon avenir...

Par ailleurs, je me comportai le plus sagement du monde aux yeux de ma famille. J'affichai une mine à la fois mortifiée et soumise qui visait à convaincre mes parents de ma rancœur envers Pierre ainsi que de mon repentir.

Je soupai à peine, me plaignis de migraine, et montai dans ma chambre dès qu'on en eut fini avec les tolmouzes [1] du dessert.

---

1. Pâtisserie servie au dessert.

Je me couchai après m'être laissé déshabiller par toi qui ignorais le contenu de la missive dont je t'avais chargée dans la journée. Comme tu n'avais pas les mêmes raisons que moi de rester éveillée, et après t'être inquiétée de mes maux de tête, tu ne tardas pas à t'endormir sur la couchette dressée chaque soir au pied de mon lit.

Pour moi, l'esprit en ébullition mais le cœur souffrant, j'attendis la nuit en échafaudant des projets de toutes sortes.

Les soirées sont longues en juin, même si elles sont traversées de nuées fuligineuses pourchassées par le vent. Une à une, les heures coulèrent sur l'horizon tourmenté où des trouées azurées, flamboyantes, grisées puis enfin assombries, apparaissaient et disparaissaient au gré des nuages.

Assise sur ma couche, je me remémorais jusqu'à l'obsession ce que je voulais dire à Pierre.

Quand il fit enfin noir, ma nervosité était si exacerbée que mes mains tremblaient comme celles d'une vieille femme et qu'une trépidation intérieure agitait tout mon corps.

Je me levai sans bruit, passai une chemise, une jupe, une camisole de linon et m'enveloppai dans une marlotte de satin blanc avant de sortir furtivement.

Je me faufilai dans les couloirs où quelques serviteurs dormaient sur des matelas devant les portes qu'ils avaient à garder. Plusieurs fois il m'arriva de frôler de ma jupe, non sans un battement de cœur, leur premier et pesant sommeil.

Par une petite porte, je sortis dans la cour.

Heureusement, le temps demeurait couvert. La nuit tourmentée voilait et dévoilait alternativement la lune qui était alors, je m'en souviens, dans sa première moitié.

Profitant des mouvements du ciel, je me glissai le long des murs, tour à tour caressée ou rudoyée par le vent d'ouest.

Enveloppé dans un manteau sombre, Pierre m'attendait derrière le colombier.

Je m'arrêtai à quelques pas de lui. Une sorte de frayeur religieuse me paralysait soudain.

— Ainsi, vous connaissez à présent la vérité sur mon état, dit-il tristement. Et vous ne la tenez pas de moi. Je n'ai pas eu le courage de parler le premier !

— Je ne comprends pas ce qui vous en a empêché, chuchotai-je.

— Je ne pouvais consentir à vous perdre.

— Mais vous m'aviez perdue d'avance ! Rien n'était possible entre nous... entre un futur prêtre et moi !

— Si. L'amour !

Je frissonnai.

— Mesurez-vous ce que vous dites ? Me voyez-vous vous partageant avec Dieu ? C'est le Seigneur lui-même qui nous sépare.

— Non, ce n'est pas Dieu ! Mon père est l'unique responsable de mon changement d'état. Après la maladie qui m'a frappé trop gravement pour me permettre d'envisager encore la carrière des armes ou celle de la diplomatie, c'est lui qui a décidé de son propre chef de me faire tonsurer ! Sans tenir compte de mes répugnances, il m'a obligé à prendre le bonnet rond pour assurer, disait-il, mon avenir. Il ne croyait pas en mes dons de poète. A ses yeux, les prébendes et les bénéfices attachés à la cléricature pouvaient seuls me permettre d'assurer ma subsistance...

Une rancune, une amertume vengeresses faisaient trembler sa voix.

Pour en avoir entendu parler autour de moi, je savais qu'il était possible aux laïcs, sans qu'aucun vœu leur soit imposé, à la simple condition de recevoir la tonsure, d'accéder aux dignités et bénéfices substantiels de l'Eglise. Beaucoup s'en indignaient...

— Vous ne pouvez imaginer, Cassandre, reprenait Pierre, l'angoisse, la douleur, les luttes, que la décision de mon père a fait lever en moi. Pieux et sincèrement croyant, je n'étais néanmoins nullement fait pour le célibat. Tout mon être aspirait à l'amour des femmes, à l'amour d'une femme... Ma jeunesse pleine de voyages et d'aventures ne me disposait pas non plus à devenir clerc. Ce fut un des moments les plus durs de ma vie. Ce fut un déchirement.

— Il fallait refuser.

— Refuser l'arrangement de mon père ? Qu'avais-je à lui offrir en compensation ? Malade, cadet, sans autre richesse que quelques vers ignorés de tous, que pouvais-je lui proposer en échange de la solution dont il pensait qu'elle était la meilleure pour moi ? Non, non, mon amour, en dépit de mon immense désir de rester libre, au Mans, je n'ai pas eu le choix !

Un sanglot sec l'interrompit. Ce chagrin d'homme me bouleversait. La nuit me cachait ses traits, mais les ondes de sa souffrance me parvenaient, toutes proches.

— A cause de la volonté de votre père, tout est devenu à jamais impossible entre nous, constatai-je pourtant dans un souffle. Je ne vous en veux plus de votre silence dont je peux comprendre les raisons, seulement, voyez-vous, je ne suis pas faite pour vivre en secret des amours interdites. Je ne suis à l'aise que dans l'ordre et la clarté. Vous deviendrez prêtre un jour. Je ne peux plus songer à vous comme à un homme disponible.

— Je ne suis pas encore prêtre, ma bien-aimée ! Je demeure libre de disposer de mon cœur, libre de vous aimer ! Bien des tonsurés font ainsi. Pourquoi pas moi ?

Il s'était rapproché mais hésitait à me toucher tant il appréhendait de ma part un geste de défense.

J'avais donc deviné juste ! Il ne sortirait pas de cléricature.

— Qu'importe, Cassandre, les conventions, les barrières, les blâmes, les proscriptions qui se dressent contre nous, entre nous ! continuait-il ardemment. Si vous m'aimez comme je vous aime, nous en rirons ensemble ! Nous les ignorerons !

Posant avec précaution ses mains sur mes épaules, il m'attira avec lenteur, avec douceur, contre lui.

— Tout dépend de nous, mon cœur, de nous seuls. Si vous le voulez aussi fort que je le veux, nous pouvons triompher du mauvais sort. Partons ! Partons sans plus attendre ! Fuyons loin d'ici d'où l'on me chasse. Gagnons Paris. Nous y trouverons bien le moyen de subsister. Je ferai éditer les vers que vous m'inspirerez et la sincérité de ma passion éclatera à travers mon œuvre pour la magnifier !

Je le repoussai.

— Vous êtes fou ! Mon père nous poursuivrait, me reprendrait... vous ferait payer dans le sang le déshonneur de sa fille...

Durant l'attente imposée par la longue soirée de juin, j'avais eu le temps d'envisager toutes sortes de possibilités. J'en avais retenu une seule.

— Il existe pour nous une autre voie, dis-je en me décidant soudain à parler. Je rêve, moi aussi, d'une union entre vous et moi, mais d'une union bien différente de celle que vous me proposez, qui nous conduirait au malheur. Celle dont je vous parle nous ouvrirait les portes d'un bonheur rare... Il s'agirait d'un lien intemporel, qui nous serait sacré, que le temps ne pourrait user, qui n'offenserait pas notre foi, qui reposerait sur notre mutuelle confiance.

— Voulez-vous parler d'une sorte de mariage mystique ?

— Quelque chose dans cet esprit-là. Je vous promettrais de ne jamais me marier, moi non plus, de vous rester fidèle à travers le temps et l'espace, de vivre de mon côté de la même façon que vous.

Une candide exaltation s'était emparée de moi.

— Savez-vous bien à quoi vous vous condamnerez ?

— Je ne sais qu'une chose, c'est que nous nous aimons

alors que les lois divines et humaines nous empêchent de vivre comme mari et femme.

— Hélas !

— Qu'importe ? Qu'importe puisque nous détenons si nous le voulons un moyen de nous consacrer l'un à l'autre sans pécher ?

D'une main fébrile je tirai de mon sein un petit sachet de soie que j'ouvris.

— J'ai confectionné, voici déjà plusieurs jours, deux anneaux avec une mèche de mes cheveux que j'ai tressée, dis-je non sans fierté. Ils étaient destinés à nous servir de gages pour de secrètes fiançailles. A présent, si vous y consentez, nous les porterons comme alliances.

Je glissai un des joncs à l'annulaire de Pierre dont je devançais ainsi les objections.

— Passez-moi l'autre, demandai-je.

Je le sentais troublé bien qu'à demi réticent.

— Nous voici liés, assurai-je, profitant d'instinct de mon avantage. Jurons maintenant de nous aimer toujours, même de loin, de ne jamais nous trahir, de nous considérer au fond de nos cœurs comme époux consacrés. Jurons que ces anneaux nous uniront à jamais l'un à l'autre... que la mort seule pourra nous séparer.

— Je le jure, chère et adorable folle ! murmura Pierre, vaincu par le désir qu'il avait de me complaire plus que par mes arguments.

— Je le jure ! répétai-je, enivrée par la beauté de mon geste.

On entendait dans le colombier contre lequel nous nous trouvions des bruits d'envols, de disputes, de bousculades...

— Tu es donc à moi en dépit de tout, soupira Ronsard en profitant de mon émotion pour m'attirer dans ses bras avec moins de prudence qu'un moment plus tôt. A moi pour toujours, à moi de ta propre volonté !

Je le devinais pris à son tour d'un vertige dont je compris bien vite qu'il n'était pas de même nature que le mien.

— Pourquoi ne pas sceller un tel serment par un autre don, plus intime ? murmura-t-il en m'embrassant sur tout le visage un peu au hasard, avec emportement. Nous voici unis. Nous sommes épris et jeunes comme le printemps. Faisons comme lui : aimons !

D'une pression de son bras passé autour de ma taille, il cherchait à m'étendre sur l'herbe du clos.

— Vous oubliez que, pour ne pas devenir sacrilège, notre

hymen doit demeurer innocent ! m'écriai-je. Si je vous cédais maintenant, nous commettrions un blasphème !

— Cassandre !

Bas et rauque comme une plainte, l'appel me poignit.

— Cassandre, puisque tu acceptes de n'être jamais à aucun autre, puisque tu veux bien sacrifier ta jeunesse, ta beauté, ton avenir, au pauvre clerc que je suis, pourquoi refuser d'aller jusqu'au bout de ton offrande ? Un mariage secret comme le nôtre n'est pas forcément chaste. Pourquoi me dénier le seul bien auquel j'aspire, auquel mon titre de mari choisi et confirmé par toi me donne droit ?

Il m'enlaçait plus étroitement.

— Mon amour, j'ai tant envie de toi !

— Nous devons rester purs, même s'il nous en coûte.

— Je n'en puis plus...

— Si je vous écoutais, Pierre, tout serait gâché. Notre serment perdrait sa raison d'être ! m'écriai-je en m'arrachant à lui. Songez que nous venons de nous engager sous les règles de l'amour courtois, comme au temps des preux. Y faillir serait forfaiture !

— Tristan et Yseult ont dormi dans les bras l'un de l'autre, ne vous en déplaise, protesta-t-il, et puis je t'aime à en mourir...

— Notre amour s'accroîtra de notre sacrifice même, croyez-moi, affirmai-je, toujours grisée par la beauté, l'étrangeté de notre situation, par la fascination d'un renoncement dont je ne mesurais en rien le sens profond. Si je ne suis jamais à un autre, je ne serai non plus jamais à vous. Seuls, nos cœurs et nos âmes sont joints et devront le demeurer jusqu'à notre dernier souffle !

Tu dois penser qu'il fallait que je sois bien naïve ou bien sotte pour concevoir et exiger d'un homme une pareille entreprise. Pourtant, beaucoup plus tard, j'ai appris que Ronsard, sur la requête de notre reine Catherine, s'était laissé entraîner dans une aventure similaire. Une autre femme et lui firent un jour serment de s'entr'aimer d'un amour inviolable. On a parlé alors d'une sorte de mariage mystique, suivi de rites d'envoûtement, d'une invraisemblable promenade en coche, devant toute la Cour, dans les jardins royaux... Dieu merci, je sais depuis la visite de Jean Galland à quoi m'en tenir sur cette exhibition qui fut la dernière à laquelle mon poète accepta de se prêter...

— Cassandre, songes-tu, cruelle, que nous allons nous séparer sans que tu m'aies rien accordé ? gémissait Ronsard à mon oreille. Imagines-tu ma torture dans les jours, les semaines à venir ? Cassandre, comment vais-je vivre loin de toi ?

— Nous nous écrirons, nous nous rencontrerons à la Cour ou à Paris. Vous reviendrez à Blois...

— La route est longue, la distance malaisée à franchir, les lettres peu sûres... Tu es surveillée... Oh ! mon amour, je voudrais t'emporter dans mon manteau !

— L'anneau que nous avons échangé sera auprès de toi le fidèle garant de ma foi, assurai-je en me décidant à tutoyer à mon tour celui que je renvoyais avec de bonnes paroles. Cette tresse faite de mes cheveux est un peu de moi que tu détiens désormais. Où que tu ailles, je serai avec toi.

— C'est de votre véritable présence, Cassandre, que j'ai besoin...

Du bout des doigts, il caressait dans l'obscurité mon visage comme s'il avait voulu l'imprimer dans sa mémoire. Il suivait la ligne du front, le modelé des pommettes, ma lèvre inférieure gonflée de baisers, mon cou où frisaient des mèches échappées à mes nattes. Je sentais la chaleur, la tendre pression de ses longues mains qui me redessinaient... Entre deux nuages, la lune glissa soudain un rayon bleuté qui, traversant le feuillage d'un noyer proche, vint parsemer de taches laiteuses ma peau et la sienne. Avec dévotion, Pierre embrassa sur moi chaque tache de lune.

— Phoebé vient me rappeler à l'ordre, murmurai-je. Il faut que je rentre. Si on s'apercevait de mon absence, je serais perdue !

Je le croyais. Je le croyais vraiment, avec toute la présomption, l'inexpérience de mes quinze ans.

C'est ainsi que je laissai passer la première occasion qui m'était offerte de m'attacher au destin d'un homme qui n'aimait en moi que moi-même, qui me proposait ce dont tant de femmes rêvent : un amour aventureux, entaché de scandale, un peu fou...

Quand je me séparai de Pierre, en cette nuit de juin, une excitation doublée d'un secret contentement me transportait. J'éprouvais le sentiment d'avoir accompli une action sublime en désarmant mon trop charnel séducteur, tout en sauvegardant le lien spirituel qui nous unissait. Je conservais un amoureux sans pour autant entraîner un clerc dans le péché, je n'avais pas sacrifié mon honneur à un désir qu'au fond je ne partageais guère.

Nous étions convenus que Ronsard répondrait à ma lettre

en m'annonçant son départ, puis en prenant congé de moi et des miens. Il rejoindrait sans plus tarder la Cour où son ami Car tenait sa place au chaud. Vers la fin de l'été, il regagnerait Paris pour y reprendre ses études.

Il n'était pas impossible que mes parents aient à se rendre à leur tour dans la capitale où ils séjournaient de temps à autre chez une parente quand mon père était appelé en consultation par la dauphine ou que ses affaires l'y réclamaient. Je ferais en sorte de me joindre à eux. Personne alors ne m'empêcherait de rencontrer mon poète au milieu de l'agitation de la grand-ville.

Quelques jours après notre séparation, ma mère, qui réalisait toujours ce qu'elle avait projeté, m'informa qu'elle avait convié le ban et l'arrière-ban de nos relations dans la province. Il s'agissait d'une fête traditionnelle à laquelle elle entendait donner beaucoup d'éclat. Nous célébrerions la Saint-Jean d'été comme on ne l'avait encore jamais fait à Talcy.

— En plus de vos amis habituels, vous y rencontrerez, ma fille, un certain nombre de nouveaux venus parmi lesquels vous n'aurez qu'à élire un autre chevalier servant, me dit-elle avec ce mélange de sens pratique et de goût pour le protocole qui me déconcertait toujours un peu. Je suis certaine que vous n'aurez que l'embarras du choix.

C'est ainsi que je me retrouvai, deux mois presque jour pour jour après le bal de Blois, sous le plafond à caissons de notre grande salle décorée de fleurs et de guirlandes, dansant à nouveau parmi une foule joyeuse. Les accords des violes, harpes, luths et hautbois, le doux crissement de la soie froissée, les rires, les galanteries, les lourds parfums de poudre de Chypre, d'ambre gris, de musc, m'entêtaient un peu, mais ne me faisaient pas oublier pour autant une nuit avrileuse dont le souvenir me poursuivait...

Pierre n'étant plus à mes côtés pour me parler du sentiment brûlant que ma vue avait allumé en lui, les propos convenus de mes danseurs me semblaient bien fades.

C'est alors que Jacques de Cintré, qui aimait à jouer auprès de moi les grands frères protecteurs, jugea bon de me présenter un autre de ses cousins, également allié aux Ronsard.

Il s'agissait d'un jeune homme vêtu avec cette élégance et même cette recherche toute particulière que les hommes arboraient en France depuis qu'ils avaient ramené d'Italie en plus des peintres et des architectes d'autres artistes : les tailleurs.

Un pourpoint de damas mordoré à crevés de satin blanc

laissait voir, auprès du cou, une chemise de soie brodée d'or. En toile d'argent, ajustés, tailladés, les haut-de-chausses en tonnelet étaient surmontés d'une trousse bouffante à bandes de velours incarnat. Suivant les canons de la mode germanique, une braguette très proéminente, rembourrée et couverte de broderie, affirmait la virilité de son propriétaire. Un chapeau plat, garni d'une plume blanche et clouté d'orfèvrerie ainsi que d'une enseigne, coiffait des traits assez beaux mais un peu mous à mon gré. Plusieurs bagues de prix, une chaîne d'or ouvragée, complétaient la tenue du nouveau venu.

Vois-tu, Guillemine, durant cette première entrevue, ce sont les vêtements et non l'homme qui ont retenu mon attention.

— Cassandre, je vous présente Jean de Peigné, seigneur de Pray, dit Jacques, toujours jovial. Il danse à ravir et possède l'oreille la plus juste que je connaisse.

Laissant apercevoir une denture parfaite entre la fine moustache et la barbe soignée, un sourire où la satisfaction s'atténuait d'une lueur d'amusement naquit sur les lèvres du seigneur de Pray. Je rencontrai son regard caressant et indifférent à la fois.

— Il est trop beau pour être vrai, n'est-ce pas, ma mignonne ? C'est un pièges à filles que ce garçon-là ! s'écria soudain près de nous la voix de Gabrielle qui venait de quitter un cavalier sans doute trop familier pour se rapprocher de notre groupe. Permettez-moi, Jean, de parler franchement. Je suis ainsi faite que je ne sais pas déguiser ma pensée ni contenir mon enthousiasme !

Paillarde, une lueur s'alluma dans les prunelles froides.

— Soyez assurée, belle dame, que je sais apprécier en connaisseur de tels compliments, affirma Jean de Pray d'une voix qui faisait un sort à toutes les dentales et représentait à la Cour le fin du fin de la mode.

D'une main blanche, soignée comme celle d'une femme, il tirait délicatement sur sa moustache couleur de paille.

— Ma petite mignonne, dit alors Gabrielle dont les yeux m'inspectaient avec une sorte de curiosité maligne, ma petite mignonne, ne soyez pas trop cruelle envers Jean de Pray. Il est, lui aussi, de nos parents.

— Vous êtes la reine de la fête, demoiselle, déclara avec une platitude toute mondaine le jeune homme dont le joli visage se parait maintenant d'une expression charmée.

Gabrielle partit d'un rire gourmand.

— Voilà qui n'est guère galant à mon endroit, s'écria-t-elle avec une bonne humeur que l'excitation du bal et les fumées des nombreuses coupes que je l'avais vue vider devaient expliquer. Je vous pardonne cependant par amitié pour cette enfant. Elle est, en effet, ravissante, et son charme ne saurait laisser personne indifférent. Vous serez d'ailleurs appelés tous deux à vous rencontrer souvent dans l'avenir : votre nouvel admirateur, ma chère Cassandre, est héritier d'une charge enviée : celle de maître d'hôtel et des eaux et forêts du duc de Vendôme. Il réside, par voie de conséquence, en son domaine de Pray qui n'est guère éloigné de Talcy.

— Pourrai-je venir vous saluer prochainement au titre de ce voisinage ? me demanda le jeune homme.

— Tant que vous le voudrez, bien sûr ! lança en répondant à ma place Gabrielle qui paraissait beaucoup s'amuser. Tant que vous le voudrez ! Notre Cassandre doit, depuis peu, s'ennuyer dans l'enceinte de son château. Je jurerais qu'elle éprouve, comme nous toutes du reste, un grand besoin de divertissement !

— Je ne me suis jamais ennuyée de ma vie ! protestai-je avec impatience. Tous mes instants sont occupés.

— Il est vrai que les Arts et les Lettres prennent une large part de votre temps, admit Gabrielle en s'éventant nonchalamment avec son plumail. Vous trouverez quand même bien, ma mignonne, un moment à consacrer parfois à votre nouveau et aimable voisin, n'est-il pas vrai ?

Dans un grand balancement de soie remuée, elle pivota sur les talons de ses mules brodées et s'éloigna. Je la vis reprendre d'autorité le bras du cavalier qu'elle avait quitté pour venir nous voir. Tout dans son attitude disait sa satisfaction.

— M'accorderez-vous cette volte, demoiselle ? demanda Jean de Pray, en s'inclinant avec grâce devant moi.

— Pourquoi pas, monsieur ? J'aime aussi le bal, dis-je en posant ma main sur le poing offert.

Tout en m'avançant au côté de mon nouveau cavalier vers le centre de la salle, je me souviens avoir songé qu'un pas de danse n'engageait à rien. Ce en quoi je me trompais.

5

Amour me brûle, et l'hiver froidureux,
Qui gèle tout, de mon feu chaleureux
Ne gèle point l'ardeur qui toujours dure.

RONSARD.

Si l'été qui suivit fut pour moi rempli de fêtes et de rencontres, il n'en fut pas de même pour Ronsard.

Après avoir suivi la Cour dans ses déplacements, il se vit soudain privé de sa charge d'écuyer par la brusque disparition de son prince, Charles duc d'Orléans, second fils de France.

Te souviens-tu, Guillemine, combien la peste, qui demeure toujours si présente dans nos pensées et dans nos peurs, fit de victimes cette année-là ?

Au printemps, une première épidémie avait vidé Paris. Dans les mois qui suivirent, le mal gagna la province. Or, la Cour se trouvait en Picardie au début de septembre. L'armée du roi se préparait à y attaquer les Anglais.

Durant le siège de Boulogne, le compagnonnage des camps aidant, le dauphin Henri et son frère cadet avaient fini par se réconcilier. Plus fort que les dissensions nées des intrigues, le lien du sang les avait rapprochés. Sous les armes, dans le danger partagé, ils s'étaient retrouvés.

Ce ne furent, hélas, que de brèves retrouvailles. Le prince Charles devait rencontrer la mort peu de temps après, non pas en glorieux combat, mais à cause d'un jeu assez sot, comme les guerres de positions durant lesquelles les combattants s'ennuient peuvent en susciter parfois.

Avec quelques jeunes gentilshommes de sa suite, il pénétra un jour dans une demeure dont les occupants venaient d'être décimés par une épidémie. Les arrivants s'amusèrent alors à éventrer à larges coups d'épée couettes et matelas abandonnés dans les chambres vides. Avec de grands rires, ils firent voler les plumes, la laine, autour d'eux... Peu de temps après, le prince fut pris d'une fièvre violente et de vomissements. On a dit qu'il tremblait si fort sur son lit de toile que les montants en fer cliquetaient sans cesse... Dieu merci, on ne laissa pas le dauphin qui le souhaitait s'approcher du malade.

Le neuf septembre, si j'ai bonne mémoire, le prince Charles s'éteignit à l'abbaye de Forestmontiers, à une dizaine de lieues de Boulogne où résidaient le roi et les siens. Il avait vingt-trois ans.

François Ier, vieillissant, qui avait déjà vu mourir quelques années plus tôt son fils aîné, celui qu'il avait formé pour lui succéder et en lequel il plaçait tant d'espérances, fut extrêmement affecté par cette fin soudaine. Le dauphin également.

De son côté, Ronsard fut désemparé par une disparition qui lui retirait son protecteur officiel. D'autant qu'il pouvait voir là un singulier acharnement du sort à son endroit. N'avait-il pas d'abord perdu le premier dauphin, ce François dont il était le page, auprès duquel il avait été à l'école de la courtoisie comme à celle du maniement d'armes ? Et vu s'éteindre aussi sous ses yeux, alors qu'il était auprès d'elle en Ecosse, Madame Madeleine, seconde fille du roi, qui avait à son tour choisi Pierre comme page quand elle était devenue par son mariage avec Jacques V reine de ce pays du Nord ?

François, Madeleine, Charles, les trois enfants royaux auxquels il avait été attaché par les liens du service chevaleresque, étaient morts en pleine jeunesse, le laissant à chaque fois seul devant un cadavre et un avenir détruit.

Il allait lui falloir chercher un nouveau maître, un nouveau protecteur... C'est alors qu'il décida d'abandonner une carrière de Cour qui se révélait trop incertaine pour se remettre avec courage, en dépit des vingt-deux ans qu'il venait tout juste d'avoir, aux études qu'il aimait.

Par la suite, il m'a raconté combien il avait l'âme remplie d'amertume en rentrant à Paris au début de l'automne. Privé de nos rencontres, livré à lui-même, délié de tous liens de service, il retourna voir Lazare de Baïf, son ultime recours.

La ville, à moitié vidée par la crainte de la peste, n'était pas calme pour autant. Des factions rivales la divisaient encore. Les anciens partis du dauphin et de son frère, bien que décontenancés par une mort qui anéantissait leurs projets, continuaient néanmoins à se provoquer sans cesse.

Trouver un logis n'était guère facile. On se méfiait de tout le monde.

De retour du Languedoc où il avait été envoyé en mission par le roi, Lazare de Baïf accueillit Pierre avec la bonté et la cordialité qui lui étaient propres. Son fils, Jean-Antoine, qui n'avait pourtant que treize ans, mais un esprit fort mûr pour son âge, fit fête au condisciple retrouvé.

Peu après, autant pour oublier un printemps et un été

aventureux que par amour des langues de l'Antiquité, les anciens compagnons se plongèrent de nouveau avec ferveur dans l'étude du grec et du latin.

Dorat, leur professeur, qui était parti se battre dans l'armée du dauphin, revint à son tour quand celle-ci fut licenciée. Les trois amis se retrouvèrent au coude à coude, rue des Fossés-Saint-Victor, au faubourg Saint-Marcel, comme l'année précédente.

Pierre éprouvait une grande admiration pour la science de Dorat, plus une profonde amitié pour l'homme. Quand il en parlait c'était toujours avec gratitude et tendresse. Il m'a souvent décrit la transformation qu'apportaient aux rudes traits de ce Limousin d'humble origine la traduction puis la lecture à haute voix des œuvres d'Homère ou de Pindare. Il en était, paraît-il, comme éclairé de l'intérieur.

Ce fut durant nos rencontres hivernales que Pierre eut l'occasion de me dépeindre sa vie d'étudiant.

J'avais en effet obtenu comme je l'espérais la permission d'accompagner mes parents à Paris au début de décembre.

Il a fait grand froid cet hiver-là, tu dois te le rappeler. La neige avait commencé à tomber au début de novembre et le gel avait pris sa suite. Aussi était-ce par de fort mauvais chemins, défoncés, verglacés, que nous avions gagné la capitale.

Selon notre habitude, nous étions descendus rue des Trois-Comètes, chez une tante de ma mère qui se nommait Antoinette Doulcet. Comme tu ne venais pas avec nous, tu ne l'as pas connue. C'était une ancienne belle qui portait sous ses attifets brodés d'or de faux cheveux blonds coupés, disait-on, sur des mortes. Elle se couvrait le visage de fards épais afin de dissimuler ses rides et de se blanchir le teint. On racontait qu'elle avait autrefois rôti plus d'un balai mais que, pour demeurer libre de ses choix, elle avait toujours refusé de convoler en justes noces...

Elle se piquait aussi d'aimer les Belles Lettres et recevait beaucoup.

N'ayant jamais eu d'enfant, elle reportait sur ma mère, qui était sa nièce préférée, ainsi que sur la descendance de celle-ci des sentiments maternels inemployés. Elle me traitait donc avec bienveillance et s'amusait à me gâter.

Très riche, elle pouvait dépenser à son gré ses revenus, ce dont elle ne se privait pas. Aussi me faisait-elle faire lors de mes passages chez elle une quantité de vêtements de prix qui éblouissaient ensuite mes amies blésoises. En réalité, elle se divertissait à m'habiller comme elle aurait aimé l'être si elle avait encore été jeune. Elle me considérait un peu comme ces poupées de mode que les ambassades étrangères réclamaient aux Cours italiennes ou espagnoles afin de connaître dans leurs plus infimes détails les atours portés par les grands personnages de ces pays qui donnent le ton. Je lui servais de rêve paré !

Ce fut grâce à sa faiblesse à mon égard que je pus revoir Pierre.

Un jour où mes parents s'étaient rendus tous deux à une audience que leur accordait le cardinal Jean Salviati, leur illustre cousin, je suppliai ma grand-tante de me laisser sortir dans sa litière en compagnie d'une de ses servantes. J'avais pris soin de choisir une petite fille assez peu débrouillée et timide.

Ayant obtenu l'accord malicieux d'Antoinette Doulcet, nous partîmes toutes deux dans l'antique voiture qui sentait la poussière et le renfermé.

Le temps était clair, glacé. Le vent du nord fustigeait les passants, hurlait aux carrefours.

Paris et son agitation m'ont toujours déplu. Fille de la Beauce, de ses larges horizons, j'étouffe un peu entre ces maisons à hauts pignons, étroites, serrées les unes contre les autres, dans des rues grouillantes de monde. Les cris des marchands ambulants, les imprécations motivées par les encombrements, les grincements aigus des innombrables enseignes, les hennissements des chevaux, les prières des moines mendiants, les crieurs de vin, les crieurs de mort, le fracas des marchés, le carillon des centaines de cloches, les cantiques des processions, tous ces bruits d'une cité qui avait retrouvé à présent le plein de ses habitants me cassaient les oreilles, m'étourdissaient. L'odeur de Paris ne me plaisait pas non plus. On était loin de la roseraie de Talcy ! Les relents de marais, de boue qui s'élevaient de la chaussée me soulevaient le cœur. Suivant l'exemple de ma mère, je ne sortais jamais sans emporter dans une aumônière des écorces de citron ou d'orange, à moins que ce ne soit un flacon d'eau de senteur, que je respirais à tout bout de champ.

Je trouvais également que la foule sentait mauvais. Mon père disait toujours que, depuis qu'on avait fermé les bains et étuves que fréquentaient nos aïeux, les gens du commun et certains autres étaient devenus sales. Il est vrai qu'on ne se lave qu'assez peu de nos jours...

Pour en revenir à ma traversée des rues parisiennes en ce

mois de décembre si froid, elle s'effectua lentement mais sans encombre jusqu'à la maison de Lazare de Baïf.

J'envoyai la petite servante actionner le heurtoir et demander si Pierre de Ronsard était au logis. En attendant, je m'assurai que le touret de nez en satin noir que je portais me dissimulait bien le bas du visage jusqu'aux yeux. On en mettait encore en ce temps-là, avant que ne nous parvienne d'Italie la mode actuelle des masques.

Sur la réponse affirmative du valet, je descendis, après avoir recommandé à ma suivante improvisée de ne pas quitter la litière et de patienter en mangeant les prunes sèches que j'avais pris la précaution d'apporter à son intention.

Par chance, le maître de maison était sorti avec son fils. Précédée du valet qui avait ouvert, je montai au deuxième étage où se trouvait la chambre de mon poëte. Je demandai qu'on ne le prévînt pas puis assurai dès que je fus devant sa porte que je n'avais plus besoin de personne.

Je frappai deux fois et poussai le battant.

Assis devant une table de bois sombre, le dos tourné à une modeste cheminée où flambaient quelques maigres bûches, Pierre, vêtu de drap vert forêt, écrivait. Il leva les yeux. Je retirai mon touret et souris...

Ce que fut l'illumination de ses traits, l'éclat soudain de son regard, sa joie évidente quand il me reconnut, demeure un de mes très chers souvenirs.

Il se leva, vint vers moi, me prit dans ses bras, me pressa contre lui, sans rien dire, sans m'embrasser, comme un avare serre son trésor sur son cœur.

Cette étreinte muette est une des plus intenses que j'ai jamais connues. C'est aussi une de celles qui m'ont le plus attachée à Pierre. Sans doute parce qu'elle manifestait davantage l'amour du cœur que celui du corps et que je m'y sentais mieux accordée...

Sa barbe blonde, si douce, me caressait le front.

— Ma Cassandre...

Je me détachai un peu de lui, renversai la tête en arrière pour mieux le voir.

— Je vous avais dit que je viendrais. Eh bien ! me voilà !

Je devais avoir un petit air de bravoure qui lui plut. Il m'étreignit de plus belle et se mit à m'embrasser avec sa fougue revenue. Il aimait les baisers humides que je lui donnais à l'italienne, alors qu'en France beaucoup en étaient encore aux baisers à lèvres closes. Il m'envoya peu après un petit poème qui m'amusa beaucoup. Il commençait ainsi :

> *D'un baiser humide, ores*
> *Les lèvres pressez-moi,*
> *Donnez-m'en mille encore,*
> *Amour n'a point de loi.*
> *A sa grande déité*
> *Convient l'infinité.*

Je ne me le suis jamais récité depuis sans revoir la chambre à l'ameublement sommaire, la table de chêne encombrée de livres, de papiers, de plumes d'oie, ainsi que les courtines de simple toile écrue qui encadraient de leurs plis cassants une couche presque monacale.

— Ces mois de séparation m'ont semblé éternels, disait Pierre. J'ai besoin de vous, mon âme, pour savoir si je vis.

— J'ai eu bien du mal à décider mes parents de me prendre avec eux. Ils n'y tenaient guère. Il m'a fallu beaucoup insister. Heureusement, Nourrice est tombée en glissant sur une plaque de verglas la veille de notre départ et s'est foulé le genou. Me voici donc débarrassée de cette vieille duègne soupçonneuse.

— Vous avez aussi trouvé le moyen de venir jusqu'ici !

— Grâce à la tante de ma mère qui me gâte et me laisse faire tout ce que je veux en l'absence de mes parents.

— Que ne puis-je vous garder tout un jour, toute une nuit ! Que ne puis-je vous avoir à moi, rien qu'à moi !

Je le sentais trembler contre ma mante.

— Je suis à vous, Pierre. Souvenez-vous de nos serments.

Il me montra le mince anneau de cheveux qu'il portait au doigt comme je le faisais moi-même.

— Je ne l'oublie pas, Dieu sait ! Mais c'est autrement, ma vie, mon amour, que je vous veux, que je te veux...

Il tentait à présent de m'entraîner avec douceur mais obstination vers le lit proche.

— Non, Pierre. Non. Je ne suis pas venue chez vous pour y accomplir une action qui nous perdrait l'un et l'autre. Je suis venue pour vous redire que vous détenez ma foi comme je détiens la vôtre, que nos cœurs sont unis.

— Si tu acceptais de devenir ma femme par la chair, tu te sentirais ensuite mieux armée pour défendre notre couple contre tous ceux qui lui veulent du mal !

Je baissai le front.

— Vous songez à mes parents... Il est vrai qu'ils ne désarment pas. Depuis votre départ, ma mère s'est mis en tête de me faire rencontrer les plus beaux partis de la province. Talcy ne désemplit pas !

Une sorte de douleur brutale comme un orage en juin traversa le regard bleu, l'assombrit.

— Durant tout l'été j'ai été torturé par la jalousie. Vous imaginer coquetant avec d'autres hommes ne m'est pas supportable. J'en crèverai !

Je posai ma main sur sa bouche.

— Voulez-vous bien vous taire ! Vous n'avez aucune raison de vous tourmenter pour si peu. Je me ris de tous ces prétendus prétendants et n'en prends aucun au sérieux.

— Vous êtes en âge de vous marier, Cassandre ! Et moi je ne puis faire un mari pour vous... Un jour ou l'autre un de vos petits maîtres blésois finira par vous paraître aimable. On n'est pas impunément séduisante comme vous l'êtes !

— Notre union spirituelle me sert de bouclier ! m'écriai-je. Elle me protège des tentations. Mes parents, d'ailleurs, respectent ma liberté. Ils ne sont pas de ceux qui disent vouloir abolir la loi de nos ancêtres, autorisant les enfants à se marier sans le consentement de leur famille. Je suis certaine qu'ils ne me forceront jamais à prendre un époux contre mon gré.

Ronsard soupira, croisa les bras sur sa poitrine. Lui qui pouvait être si gai connaissait également des moments d'âpre mélancolie.

Je m'assis sur une chaise, près de lui.

— Vous ne résisterez pas toujours aux sollicitations, reprit-il sombrement. C'est de vous-même que viendra l'acquiescement final.

— Je ne céderai pas ! Je l'ai juré !

— Vous n'auriez pas besoin d'un tel serment si vous m'aimiez, si vous étiez à moi !

Il mit un genou en terre contre mon siège, posa le front sur mes genoux. Je lui caressai les cheveux avec douceur...

— Je souhaiterais passer ma vie ainsi, à vos pieds, murmura-t-il. Il n'y a que là que je me sens bien !

Un moment s'écoula. Si tendre...

Le claquement d'une porte au rez-de-chaussée m'alerta.

Je pris le visage de Pierre entre mes mains, le considérai longuement, amoureusement... oui, amoureusement. A ce moment de notre histoire, je n'étais encore amoureuse que de l'amour qu'il me portait, mais c'était quand même un commencement.

— Gabrielle de Cintré réside pour le moment à Paris dans le bel hôtel qu'elle s'est fait offrir par son vieux mari rue des Petits-Champs. Elle y passe durant l'hiver des heures très agréables en l'absence du pauvre Gaspard retenu en province. Rendez-vous chez elle demain, sous prétexte de venir la saluer. J'y serai à deux heures de l'après-dîner.

— J'aurais préféré vous retrouver ailleurs que sous son toit.

— Moi aussi. Mais c'est impossible. Vous savez que je lui en veux tout autant que vous des révélations qu'elle a jugé bon de faire à mes parents, mais, chez elle, nous pourrons nous isoler dans la foule. Il y a toujours beaucoup de monde.

Je me dirigeai vers la porte.

— Cassandre !

D'un bond, il m'avait rejointe, m'avait reprise contre lui.

— A peine vous ai-je retrouvée qu'il me faut vous perdre à nouveau, gronda-t-il. Je ne puis supporter l'idée de vous voir repartir.

Ses baisers me bâillonnèrent. Quand je repris mon souffle, j'entendis des pas qui montaient l'escalier. Je m'arrachai à ses bras.

— Je vous attendrai chez Gabrielle.

La porte s'ouvrit. Un jeune garçon entra.

Membres grêles, mais nerveux, yeux bruns enfoncés sous l'arcade sourcilière, air timide et pourtant passionné, le nouveau venu n'avait pas plus de treize à quatorze ans. Il était surtout remarquable par un front immense qui semblait attirer la lumière.

— Cassandre, voici Jean-Antoine de Baïf, mon condisciple, mon ami, déclara Pierre. Nous travaillons ensemble.

Je ne sais plus ce que je dis à l'adolescent et me sauvai.

Dehors, l'air froid me gifla, me transperça. Je grimpai en hâte dans la litière où ma petite servante dormait sous une couverture de fourrure.

— Vite, à la maison !

Heureusement pour moi, mes parents n'étaient pas encore rentrés quand je parvins rue des Trois-Comètes. Je demandai à ma grand-tante de taire mon escapade. D'un air complice et nostalgique à la fois, elle me promit de n'en rien dire.

Le lendemain, il faisait encore plus froid. Des piques de glace pendaient des toits, scintillaient au pâle soleil d'hiver le long des rues que nous suivions, tante Antoinette, ma mère et moi, pour nous rendre à l'hôtel de Cintré.

Cette opulente demeure offrait au regard une façade richement sculptée, un portail en plein cintre encadré de piliers doriques.

Dans le grand vestibule décoré de statues à l'antique,

plusieurs laquais attendaient. L'un d'eux nous guida vers la salle où la maîtresse de maison recevait.

Gabrielle, plus provocante que jamais dans ses atours garnis de retroussis de martre, trônait près d'une cheminée monumentale de marbre gris où brûlaient deux troncs d'arbre entiers. Autour d'elle, se pressait une cour de jeunes gens parfumés et revêtus de chamarres brodées, surbrodées, avec des manches fendues jusqu'en haut, retenues de place en place par des bijoux étincelants. Les dames de ses relations qu'il lui fallait bien recevoir aussi pour faire taire les mauvaises langues se partageaient le reste de l'assistance, c'est-à-dire les hommes plus âgés, en de petits cercles et des groupes pleins d'animation.

— Venez, venez, chères dames...

Ma mère, qui était sans doute reconnaissante à sa voisine de lui avoir ouvert les yeux sur l'état véritable de Pierre, se dirigea vers elle avec affabilité. Notre tante en fit autant.

Pour moi, dès que je l'eus saluée, je m'écartai de notre hôtesse pour chercher Catherine.

Il y avait, comme je l'avais prévu, une foule d'invités sous le plafond à caissons de la vaste pièce aux murs couverts de tapisseries de lice. De somptueux coffres et bahuts de bois lustrés, des sièges recouverts de velours cramoisi, des tapis de haute laine la meublaient.

Sur des plateaux d'argent ou de laque, plusieurs serviteurs offraient des pièces de four, des confitures sèches, des beignets à l'orange, des pâtes de fruits, des gelées de toutes les couleurs.

Je trouvai mon amie dans une pièce contiguë à la grande salle. Elle s'était installée avec quelques autres jeunes filles sur des coussins, devant le foyer d'une seconde cheminée, moins pompeuse que la première, où flambait également un bon feu. Autour de leur groupe, beaucoup de gens allaient et venaient.

Je pris place près de Catherine, sur un coussin. Un plat de dragées aux épices et de pâtes de coing était posé au milieu de notre cercle. Chacune y puisait tout en bavardant.

Je me souviens que je portais un vertugade de velours ivoire et que j'évitais de manger les sucreries offertes, aussi bien pour me protéger des taches poisseuses que parce que ma taille, enserrée dans un busc fort étroit qui l'affinait de troublante façon, ne me permettait pas le moindre écart gourmand.

Nous discutions des mérites comparés du *Pantagruel* de

Rabelais et des *Contes* de Boccace, quand une voix masculine s'éleva derrière moi.

— On dirait les neuf muses !

Je me retournai en riant.

— Je n'avais pas pris garde à notre nombre, monsieur le poète, dis-je, mais il est vrai que les muses vous sont plus familières qu'à moi !

Il souriait. Je retrouvais sur son beau visage la gaieté que j'aimais tant y déchiffrer.

Catherine présenta Pierre à ses amies. La conversation devint générale jusqu'au moment où je me levai d'un mouvement insensible pour me diriger à travers la cohue, dans le balancement de mon vertugade, vers l'embrasure d'une fenêtre, comme pour regarder la rue à travers les petits carreaux de verre enchâssés de plomb.

Ronsard me rejoignit bientôt.

— N'était-ce pas une bonne idée de vous donner rendez-vous en un tel endroit ?

Je me sentais fort à l'aise au sein de l'assemblée mondaine qui me permettait d'entretenir Pierre sans me faire remarquer. Je pense maintenant que la présence de tant d'inconnus devait aussi me procurer une réconfortante impression de sécurité. Ne me protégeaient-ils pas des trop vives ardeurs que je redoutais ?

— Je préférerais qu'il y eût moins de gens, avoua Pierre avec une grimace. Vous seule avez du prix à mes yeux. Vous le savez parfaitement.

— C'est déjà bien de pouvoir parler ainsi sans être surveillés, fis-je remarquer avec sagesse. Il faut être raisonnable.

— Dieu sait que vous l'êtes !

— C'est un reproche ?

Nous étions-nous rencontrés au cœur de l'hiver parisien, au prix de tant de difficultés, pour nous chamailler ?

— Allons, repris-je en tendant la main à Pierre, faisons la paix.

Il prit ma main, la retourna, en baisa longuement la paume parfumée à l'héliotrope.

— Tout le printemps de Talcy y est enclos, dit-il à mi-voix. C'est comme si une bouffée de notre avril venait de m'être apportée à travers le temps.

— Vous voyez que ce moment n'a pas que des inconvénients ! fis-je remarquer, triomphante.

Il abandonna à regret mes doigts qu'il tenait emprisonnés entre les siens.

— Combien de temps comptez-vous rester à Paris ? demanda-t-il.

— Deux semaines. Peut-être trois. De toute façon, nous serons de retour à Talcy pour la Noël.

— Durant ce temps, si déplorablement court, pourrai-je vous voir ailleurs que dans de telles réceptions ?

— Ce ne sera pas aisé. Nous sommes invités de tous côtés, et, pour ma part, je suis gardée comme la châsse de monsieur saint Denis en personne...

Afin qu'il m'entendît bien, j'avais pris soin de me placer à la droite de Pierre. Il se pencha vers moi.

— Une escapade est toujours possible, mon cœur, murmura-t-il. Vous l'avez prouvé en venant hier rue des Fossés-Saint-Victor. Quand y reviendrez-vous ?

— Je ne puis y retourner. Pourquoi vous entêter ainsi ?

Je m'efforçais de garder un maintien réservé, demeurais attentive à surveiller mes gestes et mes expressions pour le cas où quelque regard indiscret se serait intéressé à notre aparté.

— Cessons de ne parler que de nos rendez-vous, proposai-je. Où en êtes-vous de vos études, de vos travaux, de ces poèmes dont vous m'entreteniez si souvent dans vos lettres ?

— Les receviez-vous sans difficulté ?

— Catherine s'est toujours arrangée pour me les faire parvenir à bon port.

Des éclats de voix, des rires, des échos de conversations proches, nous entouraient d'un mur bourdonnant et secourable, d'un rempart de rumeurs.

— Je travaille sans désemparer pour tenter de me distraire de vous, enchaîna Pierre avec un triste sourire. J'écris à l'intention de Marguerite de Navarre une déploration de la mort prématurée du duc d'Orléans, tout en composant par ailleurs une ode que je compte adresser au frère de la duchesse d'Etampes, Charles de Pisseleu, qui me fait la grâce d'aimer mes vers. Je me livre aussi avec frénésie au grec et au latin afin d'oublier, si c'est possible, que j'aime une cruelle...

— Que dites-vous là ? Vous me savez fidèle. Fidèle à notre serment, à notre engagement, à nous, enfin !

— Le serez-vous toujours ?

Je commençais à le bien connaître. Quand ses prunelles se rétrécissaient ainsi, c'était signe d'orage.

— Parfois, je crois devenir fou en songeant à tout ce qui me sépare de vous ! gronda-t-il entre ses dents.

— N'y songez donc pas à présent. Ne sommes-nous pas très proches ?

Je souriais, lui reprenais la main.

— Allons, allons, monsieur mon poète, profitez de l'instant ! Je croyais que votre philosophie personnelle reconnaissait en ce bas monde le « Carpe diem » comme la seule attitude digne d'un homme de qualité.

— C'est tout autrement que je conçois d'appliquer cette maxime, répondit Pierre dont le regard se remit à briller. Ne vous faites pas plus innocente que vous ne l'êtes, mon cher amour. Vous savez fort bien ce que j'entends par là !

Je fis la moue et détournai la tête. Ce fut pour apercevoir, au centre d'un groupe bavard qui se tenait non loin de nous, le visage de Jean de Pray qui s'esclaffait au moment où nos yeux se croisèrent. En me reconnaissant, il changea d'expression. Nous nous étions déjà rencontrés quelques fois depuis que j'étais à Paris. A chaque occasion, il s'était remis à me conter fleurette ainsi qu'il n'avait cessé de le faire à Talcy durant l'été. Je savais qu'il se rendait assez souvent dans la capitale où sa charge lui donnait accès auprès des grands du royaume. Fidèle à sa façon de faire, dès qu'il m'eut vue, son rire gaillard se transforma en air enjôleur. Quittant ses interlocuteurs, il s'approcha sans plus tarder de nous.

— Belle Cassandre, je dépose mes hommages diurnes à vos jolis pieds... Mon cousin je te salue ! Mordieu ! Tu te fais rare ! Il y a une éternité, mon cher, que je ne t'ai rencontré !

Pierre haussa les épaules.

— J'étudie du matin au soir, répondit-il sans chaleur aucune. J'ai la chance d'avoir Dorat pour professeur.

Jean de Pray, dont le pourpoint de velours amarante tracé d'or et les haut-de-chausses aux crevés de taffetas brodé étaient un modèle d'élégance, fit entendre un léger sifflement entre ses dents.

— Quelle vénération dans la façon dont tu as prononcé ce nom ! Peste ! Voilà un maître qui sait se faire apprécier ! Je t'admire de pouvoir admirer de la sorte !

Il rit de sa plaisanterie avec complaisance.

— Il est vrai que tu ne manques pas de mérite, toi non plus, poursuivit-il sans paraître gêné par notre froideur. Se remettre aux études à ton âge, après avoir mené la vie mouvementée et vagabonde de page ou d'écuyer à la Cour, c'est là faire montre d'un beau courage !

Qu'importait à ce gentilhomme fortuné, oisif, qui avait trouvé une charge prestigieuse dans son berceau, l'obscur labeur d'un cousin désargenté, cadet de surcroît ? Si Pierre devenait célèbre, si ses vers chantaient dans toutes les mémoires, chacun le considérerait alors de tout autre façon. Jean de Pray le premier l'adulerait. Nous n'en étions pas là.

— Cassandre ! Venez, mon enfant. Je veux vous présenter plusieurs amis charmants !

Fendant la foule, notre tante Antoinette parvenait jusqu'à nous. Elle rendit à Pierre et à son cousin leur salut, me prit le bras, m'entraîna loin d'eux.

Son fard blanc coulait sous l'effet de la chaleur, de l'animation, des sucreries et des coupes de vin doux absorbées.

— Ma chère petite, je vous ai sauvée d'un grand danger, me glissa-t-elle à l'oreille. Votre mère a entrepris de se mettre à votre recherche. Elle désire rentrer. Heureusement, elle a été arrêtée par une fieffée bavarde qui ne la lâche plus.

Elle me pinça le gras du bras.

— Lequel de ces deux garçons est votre amoureux ? Celui qui ressemble à l'Amadis de Gaule en personne ou le gentilhomme aux yeux bleus ?

— Le second. C'est un poète vendômois de grand avenir, chuchotai-je pendant que nous pénétrions toutes deux dans la première salle qui bourdonnait d'autant de jacassements que celle d'où je venais.

— J'aurais, me semble-t-il, préféré quant à moi l'Amadis, remarqua d'un air averti l'ancienne belle. Il est brillant comme un papillon. Avec celui que vous avez choisi, la chose amoureuse doit prendre trop d'importance, comporter trop de résonances... J'ai toujours préféré les hommes légers à ceux qui ne l'étaient pas. Pour moi, l'amour n'a jamais été rien de plus qu'un divertissement. Je me suis toute ma vie méfiée des passionnés...

Nous parvenions près d'un groupe où se trouvait ma mère.

— Vous voici enfin, Cassandre. Où étiez-vous donc ?

— J'étais avec Catherine et ses amies...

Tante Antoinette ne broncha pas. Mon histoire excitait son imagination et devait lui en rappeler bien d'autres.

Le lendemain matin, elle me fit appeler dans sa chambre, prétendant me montrer des bijoux qu'elle me destinait. Ce n'était qu'un prétexte. Elle en revint rapidement au sujet qui l'intéressait. Elle me dit avoir été mise en garde contre Ronsard par ma mère d'une façon qui ne lui avait pas plu.

— Françoise est un peu trop austère à mon goût, me confia-t-elle ensuite. Bien que je l'aime beaucoup pour ses nombreuses qualités, je la trouve cependant par trop dénuée de fantaisie. Vous me paraissez plus proche de moi. Je ne vous cacherai pas que, parfois, elle m'ennuie. Avec vous, je m'amuse davantage. Aussi ai-je décidé de vous aider.

— Comment cela, ma tante ?

En passant plusieurs fois, d'un geste qui lui était familier, son poing sous son menton comme pour en chasser la graisse, elle se mit à rire.

— Je connais tous les tours et détours des aventures galantes, reconnut-elle d'un air ravi. Il me paraît donc clair que vous ne pourrez retourner une seconde fois chez ce gentil poète aux yeux d'azur sans courir des risques énormes. Votre mère veille !

Je soupirai sans répondre. Elle hocha sa tête surmontée d'épais cheveux blonds soigneusement coiffés sous le simple escoffion de soie prune.

— J'ai plus d'un tour dans mon sac, ma petite fille, assura-t-elle avec satisfaction. Je crois avoir trouvé une solution à vos difficultés. Une de mes plus vieilles amies habite à deux pas d'ici, Grande rue Saint-Honoré. Son jardin jouxte le mien à son extrémité. Il s'y trouve un petit pavillon désaffecté où elle recevait autrefois des relations éparpillées par la vie... ou par la mort, peu importe. Je suis certaine qu'elle ne refusera pas d'en confier la clé à votre amoureux vendômois. Il pourrait s'y rendre quand vous lui auriez fait savoir que vos parents se sont absentés.

— Comment le prévenir ?

— Jeu d'enfant ! Je m'en charge.

Je me sentais très excitée et en même temps anxieuse devant une telle proposition. Je savais que mon Ronsard ne se contenterait pas de me réciter ses derniers poèmes dans le pavillon du jardin voisin ! Je réfléchis un instant et parvins à la conclusion que tout dépendrait de ma façon de me comporter. Il ne tenait qu'à moi de me faire respecter.

— Mes parents sortent rarement sans m'emmener avec eux, fis-je pourtant remarquer.

— Il est vrai. Que voulez-vous, aimer en cachette comporte forcément des complications et des ruses. Vous trouverez bien malgré tout, j'en suis certaine, quelques occasions à saisir au passage.

Il n'y en eut que deux durant le temps de notre séjour parisien. Ma mère me surveillait de fort près et ne consentait que peu souvent à me laisser derrière elle. Telle que je la connaissais, elle devait se méfier de sa tante dont la réputation n'était plus à faire. Aussi m'attachait-elle à ses pas.

Si elles furent rares ou peut-être parce qu'elles le furent, nos rencontres secrètes ne s'en révélèrent que plus douces.

J'avais écrit à Pierre en lui faisant part de la chance qui nous était offerte. Je lui expliquais la complicité dont nous avions bénéficié. Je lui disais aussi que je tenais avant tout à ce que ces heures passées ensemble, ces heures volées aux interdits imposés par ma famille, fussent pures de tout désir de luxure. Nous devions les consacrer à la mutuelle connaissance de nos cœurs, non à des jeux de la chair. J'insistai sur cette clause qui m'importait au premier chef.

Je fus entendue.

Nous nous trouvions encore dans une période de prémices amoureuses durant lesquelles les souhaits de l'aimée sont des ordres pour l'homme épris. Maîtrisant donc son désir pour me complaire, Pierre accepta de se plier à mes exigences.

Ces deux rendez-vous demeurent dans mon souvenir comme des clairs îlots, pleins de rires, de baisers, de confidences, d'aveux et de serments, cernés de tous côtés par la marée envahissante de la vie parisienne.

Assis sur une banquette vétuste, dans la petite pièce du pavillon perdu au milieu des arbres nus de décembre, entêtés par une insistante odeur de moisi et de feu de bois, nous avons passé devant l'âtre de notre précaire asile quelques heures sans poids, arrachées à l'existence tourbillonnante qui était alors la mienne. Nous les vivions comme on déguste un sorbet... Ce furent elles, par la suite, plus que toutes autres, qui m'inspirèrent regrets et remords...

Le reste du temps, je sortais avec ma mère, je voyais et fréquentais tout ce qui comptait à Paris. J'étais fort courtisée. Il m'arrivait de rencontrer Ronsard dans certaines de ces réunions, de voler à la vigilance maternelle quelques instants de conversation avec lui. Ces brefs moments de tête à tête étaient le plus souvent remplis de sollicitations, de reproches, d'invites que je ne voulais pas entendre. Ce n'était que dans le pavillon que nous connaissions un accord harmonieux. Ici et là nous nous comportions de façon bien différente. La solitude à deux nous incitait à la tendresse alors que l'irritation causée chez Pierre par les difficultés nées de notre trop accaparant entourage nous opposait dans le monde.

Je quittai Paris à la fin de ce mois de décembre insolite en me disant que j'aurais aussi bien fait de ne pas suivre mes parents dans la capitale. Ce qui était sans doute vrai mais pour d'autres raisons que celles que je me donnais.

6

Pourquoi romps-tu si faussement ta foi ?

RONSARD.

Peu après les fêtes de la Noël, mon frère Jean épousa sa Jacquette. Comme aîné, il eut droit à des noces somptueuses dont tu te souviens certainement.

Tout ce qui comptait dans le Blésois s'y vit convié.

Ce fut d'un cœur dolent que j'assistai à la cérémonie ainsi qu'aux festivités qui suivirent.

Puis le froid s'intensifia. Les échos de la fête s'estompèrent, se fondirent, derrière un rideau dansant de flocons blancs.

Je commençai alors à m'ennuyer. Si je veux me montrer tout à fait loyale envers moi-même et mon passé, je dois reconnaître que Pierre me manquait moins que les divertissements parisiens.

L'effervescence sentimentale que l'amour d'un poète avait suscitée en moi au printemps précédent, alors que le renouveau, les lieux, les circonstances, conspiraient à créer autour de nous un enivrement à goût de fruit défendu, ce vertige d'une saison s'était dissipé. A Paris, où régnaient l'hiver et la vie mondaine, je n'avais pas retrouvé l'attrait grisant de mes premiers émois. Ronsard m'avait paru moins séduisant, un peu trop besogneux, sans doute... Si je ne l'avais pas osé jusque-là, je commençais peu à peu à me l'avouer.

Eblouie par les succès que je n'avais cessé d'obtenir lors des réunions où ma mère, avec adresse, m'avait menée sans désemparer, j'en étais venue à penser parfois fugitivement, il est vrai, qu'il y avait d'autres gentilshommes, aussi brillants, aussi amusants, aussi galants, que Pierre. Fêtée, courtisée, choyée, j'avais cédé, en partie du moins, aux charmes d'un encens encore nouveau pour ma jeune cervelle qui s'en était trouvée comme étourdie...

Dans mon âme hésitante, les plaisirs de la vie mondaine avaient surpassé une présence à laquelle ne m'attachait encore qu'un bien fragile lien. Si je pensais néanmoins fort souvent à Ronsard, c'était davantage pour le plaindre que pour rêver

à lui. Je l'imaginais travaillant avec Jean-Antoine de Baïf
dans la modeste chambre que je connaissais à présent. Je
m'apitoyais sur son sort, je ne croyais plus guère en son
étoile. En même temps que l'éclat de celle-ci, la lumière de
son amour avait pâli pour moi...

Au premier janvier, il m'adressa un poème charmant :

> *Douce beauté qui me tenez le cœur,*
> *Et qui avez durant toute l'année*
> *Dedans vos yeux mon âme emprisonnée,*
> *La faisant vivre en si belle langueur.*
>
> *Ha que ne puis-je atteindre à la hauteur*
> *Du ciel tyran de notre destinée ?*
> *Je changerais sa course retournée,*
> *Et mon malheur je muerais en bonheur.*
>
> *Mais étant homme il faut qu'homme j'endure*
> *Du ciel cruel la violence dure*
> *Qui me commande à mourir pour vos yeux.*
>
> *Donc je viens vous présenter, madame,*
> *Ce nouvel an, pour obéir aux cieux,*
> *Le cœur, l'esprit, le corps, le sang et l'âme.*

Je l'en remerciai sans doute avec trop de réserve, car je
reçus en réponse une lettre douloureuse que m'apporta Catherine. Il m'y disait que mon passage dans la capitale lui avait
somme toute procuré plus de tourments que de joie. Il me
rappelait certain salut trop froid à son goût, un sourire adressé
en sa présence à un autre galant, un geste d'impatience à
son égard quand il m'avait un peu longuement entretenue,
l'attention aimable, que, d'après lui, je prodiguais à tout
venant, le soin que je prenais de ma réputation, la sagesse,
la vertu, que je n'avais cessé de lui opposer. Il n'y avait pas
jusqu'aux tendres heures de notre pavillon hivernal dont il
ne trouvait moyen de se plaindre. Il décrivait comme draconiennes les conditions que je lui avais imposées à l'avance
et m'assurait pour finir que je ne manquerais pas de déplorer
plus tard une attitude aussi rigoureuse.

Je pleurai un peu à la lecture de tant de reproches, puis je
me consolai en me disant qu'il était flatteur d'être aimée avec
pareil excès.

L'hiver se traîna. Je guettais le retour de la Cour prévu
pour le printemps.

Au début du mois de mars, Jean de Pray, telle une hirondelle de bon augure, revint dans le Blésois. Il ne tarda pas à se présenter à Talcy pour nous saluer, ma mère et moi.

Son retour mit un peu d'animation dans nos vies provinciales. Il rapportait avec lui des effluves de Paris ainsi que les derniers potins de la Cour.

La dauphine était de nouveau enceinte, ce qui réjouissait à la fois le roi et le dauphin, toujours assez éloignés, par ailleurs, l'un de l'autre.

François Ier, dont la santé demeurait chancelante, continuait néanmoins à se déplacer selon son habitude de château en château. Il trouvait encore la force de chasser presque chaque jour, entraînant à sa suite ses familiers, dont, bon gré mal gré, le Dauphin faisait partie. Mécontent de se voir supplanté au gouvernement par les favoris de la duchesse d'Etampes, le fils du Roi avait refusé de présider le Conseil privé. Il se détournait d'une tâche où il n'y avait pour lui que des déceptions à récolter. Entouré d'une suite de jeunes gens ambitieux et piaffants qui cherchaient tous à obtenir les faveurs du futur maître de la France, il s'adonnait en leur compagnie à des divertissements qui lui permettaient de noyer ses rancœurs dans des actions violentes. Mais les intrigues allaient bon train dans son entourage. Lui-même était parfois suspecté par le roi son père d'y participer.

— Heureusement qu'il y a la grande sénéchale pour apaiser l'esprit inquiet du prince, faisait remarquer d'un air entendu Jean de Pray. C'est une très adroite personne. Elle détient sur le dauphin la meilleure influence. En attendant son heure, elle l'amène habilement à composer.

Il n'y avait pas que Diane de Poitiers pour savoir se montrer bonne manœuvrière. Je remarquai bientôt que le seigneur de Pray conduisait en même temps une double démarche sous notre toit. L'une, qui ne s'éloignait pas de ce qu'on pouvait attendre d'un jeune homme courtoisement épris, m'était réservée. L'autre s'adressait à ma mère. Selon le vieil adage, il faisait tout ce qui était en son pouvoir pour séduire la mère afin d'obtenir la fille.

Sous le prétexte que Catherine de Médicis, dont l'intelligence et la sagacité n'étaient plus à découvrir, avait amené à sa suite plusieurs dames ou demoiselles de Toscane, que cette princesse vivait entourée de nombreux représentants de l'aristocratie florentine, que ses financiers, ses chapelains, son aumônier lui-même, étaient italiens, notre voisin ne cessait de louer le génie de la nation italienne et celui de ses enfants. Parmi ceux-ci, bien entendu, les Salviati occupaient une des premières places. Jean et Bernard, évêques d'Oloron et de Saint-Papoul, cousins de la dauphine, mais aussi de mon père, lui paraissaient doués de toutes les vertus. Il ne tarissait pas d'éloges à leur sujet.

En dépit de sa lucidité, de son esprit critique, ma mère s'en montrait flattée, autant par amour conjugal que par satisfaction personnelle, puisqu'elle avait été élue dans sa jeunesse par un des plus brillants représentants de cette race prestigieuse.

C'était donc avec beaucoup de bienveillance qu'elle recevait les fréquentes visites du jeune gentilhomme. Elle envisageait également d'un bon œil les intentions matrimoniales qu'il ne faisait plus rien pour dissimuler. Très vite, en effet, il fut clair que Jean de Pray songeait à m'épouser.

On ne pouvait dénier qu'il fût un beau parti. Riche, doté d'une charge qui lui permettait d'espérer en occuper d'autres encore plus importantes, il était seigneur de Pray, un des six fiefs du Vendômois devant hommage lige au comte. Son père étant mort depuis longtemps, il régnait sans partage sur son domaine.

Contrairement à Ronsard, il se trouvait libre, fortuné, bien en Cour, il plaisait à ma mère et aussi à mon père qui, lui non plus, ne répugnait pas à le considérer comme un gendre possible.

Au fond, j'étais la seule à lui témoigner de la réserve. Aucun de ses avantages ne suffisait à me faire oublier Pierre. Seulement, dès lors, j'eus un rude combat à livrer contre toute ma famille conjuguée. Certains de nos amis, dont Gabrielle de Cintré qui faisait partie de ses plus ardentes propagandistes, ne tardèrent pas à se joindre au chœur familial pour me vanter les qualités et les mérites de ce beau seigneur.

Je ne peux pas dire qu'il me déplaisait. Cependant, il ne me plaisait pas non plus. Son extrême élégance, la légère affectation qui ravissait les dames de notre province, ses rires complaisants, son visage lisse comme un pain de sucre, me causaient une certaine gêne et ne m'inspiraient nulle sympathie. Il se dégageait de ce jeune homme, même quand il cherchait à séduire, une sorte de tranquille indifférence qui ne portait pas à l'aimer.

Le printemps revint. La Cour, hélas, ne suivit pas son exemple. La dauphine s'était arrêtée à Fontainebleau pour accoucher. Le deux avril, elle mit au monde une fille qu'on prénomma Elisabeth. Le roi d'Angleterre, Henri VIII, souverain encombrant et magnifique s'il en fut, qui venait de signer un nouveau traité de paix avec François Ier après la restitution de Boulogne, fut choisi comme parrain. Retardé par ces événements politiques, le baptême n'eut lieu qu'au début de juillet dans un déploiement de faste dont il me fallut me contenter d'ouïr le récit que m'en firent mes parents. Ils n'avaient pas jugé utile de m'y emmener avec eux.

Heureusement, Catherine de Médicis aimait Blois. Aussi y revint-elle après le baptême de la petite princesse afin de la confier à monsieur et à madame d'Humières, gouverneurs des enfants de France, en qui le couple delphinal avait la plus entière confiance. Le fils premier-né, François, et sa jeune sœur résideraient désormais dans notre bonne ville. Ainsi en avait-il été décidé par le dauphin et son épouse.

Ce fut une grande chance pour le Blésois où le séjour de la dauphine ramena richesses et divertissements.

Au cours d'une des fêtes données au château, je revis Pierre.

Souffrant d'une forte fièvre quarte, ma mère n'avait pu m'accompagner. En l'absence de mon père, ce furent mes frères Antoine et François qui me servirent de chaperons. Ils se lassèrent vite de me surveiller et rejoignirent sans tarder deux belles filles qui les attendaient. Je me vis donc assez libre pour danser avec Ronsard.

Emus tous deux de nous retrouver dans l'immense salle d'apparat où nous nous étions rencontrés pour la première fois un an auparavant, nous étions également un peu gênés. Notre histoire interrompue nous mettait mal à l'aise. Les lettres reçues me revenaient en mémoire avec leurs tendres et violents reproches. Je devinais que Pierre, de son côté, dressait en même temps un bilan assez mélancolique des douze mois écoulés.

Pour commencer, afin de dissiper notre embarras, je l'interrogeai sur son art, ses projets récents. Il me confia qu'il cherchait un protecteur susceptible de s'intéresser à sa poésie.

— Bien que j'aie déjà composé de nombreux poèmes, ils ne me semblent pas assez parfaits pour être publiés en recueil, dit-il tout en dansant une gaillarde, fort à la mode alors. Il me faut attendre. Une œuvre est comme un arbre. Elle ne parvient à maturité que lorsque chacun de ses fruits est à point.

Je le trouvais changé. Plus inquiet de sa gloire, plus assuré peut-être d'un destin qu'il pressentait déjà...

Il n'avait pas renoncé pour autant à me conquérir et continuait à me presser de lui céder.

— Voici notre second printemps, Cassandre. Ne le laissez pas s'évaporer ainsi que le premier. Le temps coule comme la Loire. Il nous emporte. Nous nous voyons si peu que l'instant qui passe en devient encore plus précieux. Vous allez sur vos seize ans... Donnez-moi le seul bonheur auquel j'aspire, mon ange, donnez-moi votre jeunesse en fleur, je ne m'en rassasierai pas !

— Non, Pierre. Non. Quittez cette hantise.

— Vous vous détachez de moi !

— Que non pas, mon poète ! Je pense souvent à vous au contraire. Vous le savez.

— En vérité, vous me maintenez à la portion congrue. Je dois me contenter des miettes de votre vie !

— Pierre, aimez-moi sans me demander l'impossible. J'ai tant besoin de pouvoir compter sur votre amour...

— Je ne demande qu'à vous le prouver !

— Taisez-vous, vous me faites peine. Tenons-nous-en à notre pacte secret. Nous sommes liés, Pierre, de façon si inhabituelle, si admirable, que rien, jamais, ne doit nous séparer. Ni votre insistance, ni...

— Ni votre froideur ! lança-t-il d'un ton vif. Décidément, Cassandre, vous gâchez vos plus belles années !

La danse se terminait.

Nous gagnâmes l'embrasure d'une fenêtre au-delà de laquelle je retrouvai le décor de ma présentation. Les yeux fixés sur la cour bourdonnante d'activité nocturne, je continuai sans beaucoup d'illusion un entretien qui tournait en rond. Notre dialogue était sensiblement le même qu'à Paris quatre mois plus tôt, sans issue...

Ce soir-là, nous nous sommes quittés avec le sentiment qu'aucune solution ne se présenterait jamais à nous.

Pierre repartit. Plus encore qu'après mon retour de la capitale, en décembre précédent, je le sentais loin, si loin de moi...

Je me souviens de promenades solitaires dans le parc de Talcy que le printemps fleurissait de nouveau. Je me revois composant des bouquets de muguet et de pervenches sur lesquels coulaient mes larmes.

En réalité, tout s'est joué pour moi durant cette saison d'amertume.

Notre dernière entrevue avait achevé de détruire les chimères dont je m'étais bercée. Entre Ronsard et moi rien n'était possible. Rien ! Je voyais s'étendre à l'infini devant mes yeux brouillés de pleurs des années monotones, entrecoupées de retrouvailles sans lendemain que ponctuaient reproches et querelles.

Etait-ce une perspective acceptable à seize ans ?

L'union mystique à laquelle j'avais cru avec toute ma naïve sincérité, à laquelle, sans doute, j'avais été la seule à croire, pouvait-elle meubler une existence ?

Par ailleurs, que me proposait Pierre ? Une aventure étirée sur des années, un attachement sans suite, sans réalisation, sans but, sans assurance aucune...

En dépit du tendre sentiment qui me portait vers un homme dont l'âme, le cœur, le corps (eh oui !) me plaisaient, j'étais bien forcée de constater que ce penchant, pour partagé qu'il fût, ne débouchait sur aucun accomplissement. S'il n'était pas envisageable pour moi de devenir la femme d'un tonsuré, je n'accepterais jamais non plus de me voir ravalée à l'état d'amie occasionnelle d'un poète en quête de fortune !

Je pouvais bien sangloter par un allègre matin de mai, au pied d'un châtaignier sous l'ombrage duquel Pierre, un an auparavant, m'avait quelque peu chiffonnée... ce chagrin n'était pas causé par une séparation à laquelle on aurait pu imaginer quelque remède, mais par la découverte implacable d'une vérité qu'il me fallait regarder en face : nous n'avions pas d'avenir commun, Pierre et moi !

Ne va pas croire, Guillemine, que je tente à présent de justifier un acte qui, de toute façon, reste une trahison. Non. Je ne veux pas me disculper devant toi d'un reniement qui, avec ou sans excuse, demeure une mauvaise action. Ce que je voudrais exprimer, c'est l'immense désarroi d'une enfant de seize ans qui s'aperçoit trop tard qu'elle a, depuis une année, considéré les choses à travers un prisme ; que son imagination l'a abusée tout autant que son cœur ; qu'au bout d'une route creusée d'ornières où elle risque de s'enliser, la solitude l'attend.

J'ai eu peur. Oui, Guillemine, ce fut une sorte de panique qui s'empara de moi à Talcy à ce moment-là...

Il est aisé, maintenant qu'on sait ce que fut mon existence conjugale, ainsi que le destin éblouissant de Ronsard, de m'accuser d'aveuglement. Comment pouvais-je, avant que tout ne commençât, pressentir ce que nous réservait à chacun la destinée ?

J'aurais dû, peut-être, faire confiance à l'amour de Pierre. Me laisser emporter par cette haute vague qui n'attendait que mon accord pour m'entraîner vers les horizons illimités de la passion... Sans doute, j'aurais dû le faire... Mais, par la suite, je ne suis pas restée non plus la seule aimée, l'unique ! Tant d'autres ont été, plus ou moins sincèrement, chantées par lui !

Si je l'avais écouté, mon poète aurait-il su se montrer plus fidèle ? Ce n'est pas certain...

Et puis, vois-tu, je n'étais pas taillée dans l'étoffe dont on fait les grandes amoureuses capables de suivre à travers les tempêtes l'homme de leur vie. J'étais née pour les bonheurs tranquilles, les avenirs soigneusement tracés, les existences sans trouble...

Un constant souci de respectabilité, une crainte assez sotte du qu'en-dira-t-on m'animaient aussi. M'animent toujours, malgré les ans et les efforts accomplis pour m'en défaire. Je m'en accuse d'autant plus volontiers que j'ai, depuis long-temps, pris la mesure de l'inanité de ces sentiments, mais cette triste constatation ne m'aide en aucune manière à m'en libérer. A cinquante-cinq ans, je demeure aussi vulnérable, aussi peu armée pour les luttes que je l'étais à quinze ans !

Ma vie manquée ne m'a pas endurcie. Le respect humain continue à me dicter une conduite que tous s'accordent à juger irréprochable, sans se soucier de savoir ce qui se cache sous une telle apparence... Parmi mes amis, mes relations, qui donc se préoccupe de savoir si la paisible Cassandre de Pray est heureuse ou ne l'est pas ?

Quand j'y songe, je me dis qu'en réalité, pas plus que les folies que je n'ai pas accomplies, ma sagesse tant vantée ne m'a apporté le bonheur... Je ne devais pas avoir été mise au monde pour un tel couronnement.

Du temps où je pleurais à Talcy sur des bouquets que je laissais faner entre mes doigts, c'était sur cette triste évidence que je versais des larmes mais je ne le savais pas.

Durant l'été qui suivit mes mélancoliques promenades dans le parc, la cour de Jean de Pray se fit plus pressante.

— Cassandre, me dit ma mère soucieuse, un dimanche matin, au sortir de la messe, Cassandre, il va falloir vous décider.

Après avoir entendu l'office, nous nous étions rendues par la galerie extérieure vers le colombier afin d'y examiner les jeunes couvées. Ma mère ne laissait ce soin à personne. Ce devait être en juillet. Le parc de Talcy vivait une de ces heures miraculeuses que la nature accorde parfois sous nos climats aux pauvres mortels pour les séduire. La pureté du ciel, la fraîcheur de l'ombre encore emperlée de rosée sous les noyers, la gaieté d'un jeune soleil dont les rayons traver-saient les frondaisons pour joncher de taches blondes allées de sable et herbe drue, les senteurs agrestes aussi, tout se liguait pour faire de cette matinée un instant de grâce parfaite.

En parvenant près du colombier, ma mère s'immobilisa.

— Que comptez-vous faire ? me demanda-t-elle.

Le savais-je ?

— Je ne reviendrai pas sur les avantages d'une union avec Jean de Pray, reprit-elle. Ils sautent aux yeux. Votre père et moi, vous le savez, serions fort satisfaits si vous décidiez de l'épouser. Cependant, nous ne vous forcerons jamais à vous unir à un homme qui vous déplairait. Est-ce le cas ?

Je soupirai.

— Non... Je ne crois pas...

— Très bien. S'il ne vous déplaît pas, pourquoi demeurer aussi évasive à son égard ? Chaque fois qu'il fait un pas en avant dans votre direction, vous en faites un en arrière.

— Il ne me plaît pas non plus...

Ma mère serra les lèvres, puis se mit en devoir d'ouvrir la haute et lourde porte du colombier. Elle fit quelques pas à l'intérieur de cette sorte de tour dont les murs étaient creusés de centaines de boulins. Chacun de ces alvéoles emplissait mes parents de fierté. Seuls les nobles détenaient en principe le droit de faire édifier de semblables bâtisses où on élevait un couple de pigeons pour trois arpents de terre possédés. Obtenir l'autorisation de construire un colombier était un privilège des plus estimés. La parenté de mon père avec la dauphine expliquait sans doute cette dérogation à une habitude admise et confirmée par la coutume.

Dans un fracas d'envols, dans un tourbillon d'ailes, dans un brassage de plumes virevoltantes, dans un remugle assez peu ragoûtant, les pigeons quittèrent leurs niches pour environner celle qui s'approchait des femelles en train de couver, les soulevait, examinait les petits.

Je revois la scène avec précision. Certains se posaient sans façon sur les épaules que recouvrait une marlotte de simple mousseline verte bouillonnée, sur la tête aux cheveux relevés par des arcelets et couverts d'un attifet, ou même sur les belles mains qui sortaient de manchettes godronnées[1] en batiste blanche.

Quand elle en eut fini, ma mère recula, fit un geste des bras pour disperser les volatiles, puis revint vers moi qui l'attendais sur le seuil.

Il fallut nous y reprendre à deux fois pour parvenir à fermer la porte.

— Alors, ma fille, que dois-je conclure de tout ceci ?

---

1. Plissées à plis ronds.

Elle inspectait ses manchettes où s'accrochaient de fins duvets, mais son regard n'était pas celui d'une femme préoccupée de sa toilette.

— J'avoue mal vous comprendre, reprit-elle. Un jeune gentilhomme, beau, charmant, s'éprend de vous, vous courtise, laisse clairement entendre qu'il ne souhaite qu'une chose, vous prendre pour femme, et vous faites la fine bouche, vous tergiversez sans fin...

— Je ne connais Jean de Pray que depuis le mois d'avril dernier, dis-je pour tenter de minimiser les choses. C'est peu. Je n'ai pas encore d'impression définitive à son propos.

Ma mère haussa les épaules. Son calme habituel semblait devoir la quitter.

— Le mariage est, certes, une chose trop sérieuse pour qu'on s'y décide à l'étourdie, je vous le concède, Cassandre, répondit-elle. Mais enfin, en trois mois, on se fait une opinion. Vous voyez ce jeune homme plusieurs fois par semaine, si ce n'est chaque jour. Vous devez bien savoir quoi penser de lui !

Je baissai la tête.

— Je reconnais qu'il n'est pas sans qualités, soufflai-je, mais je ne l'aime pas.

Ma mère frappa dans ses mains.

— Voilà ce que j'attendais ! Le grand mot est lâché ! L'amour ! Les romans que vous avez lus, ma pauvre enfant, vous ont tourné la cervelle. Le mariage est autrement important que toutes vos histoires sentimentales ! Il s'agit de vous établir et de bien le faire. Non pas sur un coup de cœur, mais sur des assurances, des certitudes, après avoir pesé le pour et le contre. Dans un mari, l'essentiel ne relève pas des sentiments. Il s'agit d'une bonne réputation, de l'importance d'une charge, du degré de noblesse, de la fortune, des appuis à la Cour. Si l'homme a du charme, de l'élégance, de l'attrait pour vous de surcroît, que demander de plus ?

— Jean de Pray possède sûrement toutes les qualités requises, je le reconnais, mais je trouve je ne sais quoi en lui qui me glace...

— Je ne sais quoi ! Voilà bien un langage d'enfant, de l'enfant que vous êtes encore ! Il n'y a rien de sensé dans ce que vous me dites. Donnez-vous donc, je vous prie, la peine de réfléchir un peu. Tâchez de vous montrer enfin plus raisonnable !

Pierre trouvait que je l'étais trop et ma mère pas assez. Que faire, à quoi m'en tenir ?

Les semaines qui suivirent demeurent dans mon souvenir aussi floues que les minutes qui ont précédé ma présentation au roi. Pour les mêmes causes : j'allais devoir subir une épreuve dont toute ma vie dépendrait. L'appréhension me paralysait, me faisait perdre mes moyens.

Pouvais-je lutter sans fin ? Je n'avais plus de nouvelles de Ronsard. Les mois passaient. Je butais toujours contre les mêmes obstacles qui, je le savais, s'élèveraient jusqu'à notre dernière heure entre Pierre et moi. Mes compagnes blésoises commençaient les unes après les autres à se marier. Ma famille exerçait sur moi une pression ferme, constante, à laquelle je ne pouvais sans fin me dérober.

Mon amie Catherine, à qui je me confiais, était bien la seule à me conseiller de rester fidèle à Pierre.

— Pourquoi ne pas être partie avec lui ? me demandait-elle. Il vous eût menée au pays d'amour... Entre une ronde de jours, sans doute incertains, mais réchauffés par la haute flamme de la passion et la vie sans surprise, sans ravissement, sans élan, dont vous voici menacée auprès d'un homme qui vous est indifférent, comment pouvez-vous hésiter ? Votre cœur est-il endormi ? Secouez-vous, Cassandre ! Réveillez-vous ! Partez rejoindre Ronsard à Paris !

Ces adjurations me bouleversaient.

Je nous revois marchant dans notre parc, au hasard des allées que nous parcourions sans nous lasser, l'une au bras de l'autre, débattant à perdre haleine de ce qui m'attendait et de ce qu'il me fallait faire...

Il faisait chaud, orageux. Nous devions parfois courir pour aller nous mettre à l'abri d'une pluie rageuse dans la resserre du jardinier, ou bien nous nous étendions sur l'herbe roussie du verger, sous quelque pommier aux fruits verts. Nous discutions, nous confrontions nos avis contraires mais toujours attentifs, nous échangions nos impressions, nous défendions nos points de vue avec fougue, besoin de convaincre, arguments connus et pourtant toujours repris.

La nature secrètement ardente de Catherine la poussait à me détourner d'une union qu'elle considérait comme un enlisement pour me pousser à rompre les ponts, à me précipiter vers une aventure amoureuse qui lui semblait exaltante. Elle l'aurait sans doute fait. Je ne m'en sentais pas capable. Je lui opposais avec des mots sages, qui me faisaient fugitivement retrouver dans mes propos l'accent de ma mère, des objections de femme convenable.

L'idée de quitter ma demeure, ma famille, la sécurité à

laquelle je tenais, pour aller me jeter à corps perdu dans une équipée réprouvée par tout le monde, me figeait d'effroi.

Quand il m'arrivait de brosser jusqu'au bout de mon imagination le tableau de ce qui m'attendrait à Paris s'il m'arrivait de m'y rendre, je sentais un gouffre se creuser dans ma poitrine, dans mon ventre, une sensation comparable à celle qu'on doit éprouver en tombant dans un précipice. Je suffoquais.

Je restai à Talcy.

Un soir d'octobre, j'enveloppai avec le plus grand soin dans une toile fine un petit portrait peint sur émail et serti d'un cadre ovale en argent. C'était une miniature qu'un peintre à la mode, de passage à Blois, avait faite de moi l'année précédente. Une certaine mélancolie que j'aimais bien se lisait dans mon sourire.

Je glissai sous la toile de l'emballage une courte lettre :

« Pierre, y disais-je, conservez, je vous prie, cette image de moi. En faveur de ce don, ne m'en veuillez pas trop pour la nouvelle qu'il m'est si pénible de vous apprendre mais que je dois cependant vous annoncer moi-même si je ne veux pas vous en laisser informer par d'autres. Il me semble plus honnête de vous faire part sans détour de mon mariage. J'espère que vous comprendrez et que vous pardonnerez. Vous êtes clerc. Cet obstacle insurmontable vous éloigne à jamais de moi, de moi qui ne peux supporter l'idée de vieillir solitaire. De leur côté, mes parents ne me laissent pas de répit. J'ai donc accepté de devenir l'épouse de Jean de Pray, votre cousin. Le contrat est fixé au vingt-trois novembre. Ne me haïssez pas. Notre engagement secret demeure vivant dans mon cœur. Je vous jure que ce cœur en conservera éternellement le respect. Je serai toujours vôtre sans être jamais à vous. Cassandre. »

Catherine se chargerait, une fois encore, d'acheminer le léger colis...

Je retirai alors seulement de mon doigt l'anneau de cheveux tressés que je portais depuis des mois, le glissai à nouveau dans le sachet de soie d'où je l'avais extrait un jour pour le présenter à Ronsard comme alliance, et l'enfouis avec un immense sentiment de culpabilité au fond de ma cassette à bijoux.

C'en était fini de l'avenir étincelant, c'en était fini de ma véritable jeunesse... Je rentrais dans le rang. Je me casais. J'avais choisi la sécurité, que veux-tu, il fallait bien me soumettre à ses lois...

Je pleurai jusqu'à l'aube...

Accordailles, fiançailles, mariage se déroulèrent ensuite selon les règles.

J'assistai sans y participer autrement que par ma présence physique aux réunions de famille qui se multiplièrent. Les parents de mon futur époux étant morts tous deux, ce furent ses frères et sœurs qu'il me fallut rencontrer et apprendre à connaître. Je me prêtais aux attitudes que les convenances réclamaient. Comme hors de moi-même. Etrangère à des événements qui dansaient autour de moi une sarabande dont je ne percevais qu'assez mal qu'elle me concernait.

Le matin de mes noces, pourtant, j'eus un sursaut.

Je m'enfermai dans ma chambre et déclarai à travers la porte à ma mère, puis à mon père, enfin à tous les miens rassemblés, que je ne voulais pas devenir l'épouse d'un homme que je continuais à ne pas aimer.

On me raisonna, on me tança, on ordonna, on me menaça.

Devant mon obstination, deux de mes frères enfoncèrent la porte verrouillée. Ils se précipitèrent vers l'adolescente tremblante qui pleurait de rage impuissante au pied de son lit, la saisirent chacun sous un bras pour la traîner sans pitié aux pieds de notre père.

Jupiter tonna. J'obéis.

Il fallut me bassiner le visage avec de l'eau de bleuet, refaire ma coiffure dont les tresses perlées s'étaient échappées de l'attifet brodé de soie qui les surmontait, réviser l'ordonnance de ma robe en toile d'argent doublée de taffetas changeant, dont les manches à crevés de satin aurore étaient retenues par des nœuds de perles fines...

Ce fut une mariée pâlie, aux yeux battus, mais aux vêtements de joie, qui s'engagea pour toujours, par un matin de novembre sous un ciel gris de fer, devant l'évêque Bernard Salviati venu tout spécialement officier dans notre chapelle castrale. Notre double parentèle et nos amis réunis pour l'occasion assistèrent au don que je fis de ma personne à Jean III de Peigné, seigneur de Pray, fils et petit-fils de maîtres des Eaux et Forêts du duché de Vendôme, héritier féodal de la charge. Comme il fallait s'y attendre, ce mari que je connaissais si peu, si mal, déploya durant la cérémonie puis les festivités qui suivirent un faste, une magnificence, qui éblouirent nos invités.

7

Tant de plaisirs ne me donnent qu'un pré
Où sans espoir mes espérances paissent.

RONSARD.

Pray est un château d'importance, tu le sais. Je ne l'ai cependant jamais beaucoup aimé. Je ne m'y sentais pas chez moi mais plutôt chez mon mari.

Si le domaine n'était pas mien, l'homme ne l'était pas non plus.

Dès le début de notre union les choses se détériorèrent. Après nos noces, et durant plusieurs jours, durant plusieurs nuits, je me refusai à lui. Je prétextai la fatigue, l'appréhension, la pudeur, mon jeune âge, la manière dont j'avais été élevée. J'allai jusqu'à lui parler d'amour courtois...

Jean commença par s'incliner devant mes effarouchements. Puis il s'énerva, invoqua les droits de l'époux, finit par exiger son dû.

Il me fallut me résigner à accomplir un devoir conjugal qui ne mérita jamais si bien son nom.

Pour que tu me comprennes, sache que les animaux de nos fermes, qui se contentent de saillir leurs femelles de la plus directe, de la plus bestiale façon, ne se comportent pas autrement que ne le fit celui par qui je devins femme.

C'est à eux que je pensais chaque fois que mon mari venait me rejoindre, le soir, dans ma chambre.

N'ayant pas accepté de partager la sienne, j'avais obtenu un appartement pour moi et mes servantes dans l'aile gauche du château. Jean, qui logeait dans l'aile droite, se voyait donc forcé de traverser plusieurs pièces et couloirs avant de pouvoir me retrouver. Au début, il accomplissait sans rechigner ce qu'il appelait en prenant le parti d'en rire la traversée du désert. Au fil des nuits, ses visites s'espacèrent. Vint un moment où elles se firent très rares. La distance que j'avais établie entre nous découragea-t-elle sa flamme ? Ne serait-ce pas plutôt ce qu'il ne tarda pas à nommer, lui aussi, ma froideur ?

Avec lui, pourtant, j'avais des excuses !

Je ne sais comment se sont comportés à ton égard les hommes avec lesquels tu as pratiqué l'amour, mais aucun, quelle que fût sa rusticité, ne pouvait se montrer plus expéditif que celui qui m'était échu. Moi qui avais connu avec Ronsard toute une gamme de caresses, parfois audacieuses, moi qui n'imaginais pas qu'on pût se passer de ces prémices avant un accomplissement que je goûtais bien moins qu'elles, je m'en voyais totalement privée. Jean ne me touchait jamais de ses mains. Il ne m'embrassait pas. Seul, l'acte charnel l'intéressait. Il l'accomplissait avec emportement, puis s'endormait aussitôt, à moins que je ne le prie de regagner sa chambre.

Pour moi, les yeux fermés sur mes déceptions, je pleurais en silence auprès de lui avant de le voir s'éloigner avec soulagement.

Mon attitude ne lui plut pas. Il s'en plaignit avec une brutalité, une verdeur de langage, que j'ai retrouvées souvent depuis dans la bouche des jeunes gens de la fin de ce siècle qui ne se piquent plus guère de courtoisie et se comportent aisément ainsi que des palefreniers... Du temps du roi François, puis sous Henri deuxième du nom, il n'en était pas de même. Un reflet des cours d'amour s'attardait encore au début de ce siècle sur les hommes et les femmes de ma génération. La goujaterie n'était pas encore de mode. Il était courant de courtiser longuement sa belle avant d'en obtenir la faveur espérée...

Jean était donc en avance sur son époque. Ses obscénités n'obtenant pas de meilleurs résultats que ses exigences, il y renonça enfin. Comme sa vanité et sa complaisance envers lui-même étaient sans doute plus fortes que les sentiments qu'il prétendait me porter, il ne tarda pas à chercher ailleurs la docilité admirative que je lui refusais.

S'il lui arriva par la suite de passer quelques moments dans mon lit, ce fut sans doute plus pour affirmer ses droits que par plaisir.

Une sorte d'entente tacite s'établit alors entre nous. Notre vie privée était un désastre, mais nous n'en laissions rien paraître. D'un commun accord, nous décidâmes de jouer le rôle des jeunes époux unis qu'il nous paraissait convenable de simuler. S'il est une chose que nous avons éprouvée tous deux de la même manière c'est bien le désir de ne rien laisser percer de nos déconvenues mutuelles. Aux yeux de notre entourage, l'image de notre couple devait demeurer sans faille.

Aussi, durant assez longtemps, personne ne se douta-t-il de rien. Pas même ma mère qui venait parfois faire de courts séjours chez nous. Tout au plus déplora-t-elle qu'aucun enfant ne vînt agrandir notre foyer. Je lui répondais que nous avions bien le temps.

Mon mari passait ses journées hors de chez lui. Il inspectait ses forêts, rendait justice, courait les réunions mondaines, chassait, partait rejoindre la Cour quand elle se trouvait à proximité et, surtout, servait le duc de Vendôme, son suzerain bien-aimé, lorsqu'il résidait dans son duché.

Poussée par le souci de donner le change sur la réalité de notre situation conjugale, je le suivais parfois dans ses déplacements. Je préférais cependant mille fois rester dans mon appartement en hiver, dans le parc en été, à lire, à faire de la musique avec des amies, à bavarder, à jouer avec elles à certains jeux de société.

Catherine de Cintré me fut alors d'un grand secours. Avec sa lucidité et son courage, elle m'aida à m'accommoder d'un état dont elle avait l'élégance de ne jamais me rappeler combien elle avait cherché à m'en détourner.

— Il faut savoir accepter les inconvénients des avantages qu'on a voulu obtenir, me disait-elle. Vous avez consenti à ce mariage, ma Cassandre. Vous devez bien admettre que, s'il n'est pas aussi heureux que vous l'espériez, vous avez cependant atteint le but que vous vous étiez fixé : vous voici mariée. N'était-ce pas votre plus cher désir ?

J'acquiesçais. Comme je ne lui avais fait que des demi-confidences, elle ne connaissait de mes difficultés que ce que la décence me permettait d'avouer à une vierge qui semblait décidée à ne jamais convoler en justes noces : l'égoïsme de Jean, son indifférence, son manque de tendresse. Rien de tout cela ne lui semblait suffisant pour condamner un époux auquel je m'étais liée de mon plein gré.

— Toutefois, continuait-elle, demeurez digne et ferme face à un homme qui cache sous tant d'élégance si peu de délicatesse. Qu'il se sente obligé de vous respecter. Le respect mutuel est une condition essentielle à la vie en commun.

Elle avait raison. Mais je n'ai pas toujours su appliquer ses conseils.

C'est vers ces moments-là que je me suis remise à songer à Ronsard.

Au début de mon installation sous le toit conjugal, la nouveauté du lieu, le souci de tenir honorablement mon rôle de maîtresse de maison, le choc des étreintes nocturnes si décevantes, si pénibles, tout cela occupait mes pensées.

Avec l'accoutumance, une certaine nostalgie amoureuse me remonta du cœur à l'esprit. Je commençai à me remémorer ce qui s'était passé entre le mois d'avril où j'avais connu Pierre et l'envoi de mon portrait. Mes souvenirs étaient mes seuls biens. Tout ce qui me restait. Je ne savais plus rien de mon poète. Gabrielle de Cintré, que je ne pouvais éviter de rencontrer lors de certaines réunions, m'avait seulement appris qu'il continuait ses études de grec et de latin à Paris.

Grâce à ce que vient de me confier Jean Galland, je sais à présent que, de son côté, Ronsard ne m'oubliait pas. Ma lettre, à laquelle il ne donna aucune réponse, l'avait rendu fou de chagrin et de jalousie. A cette fureur première, avait ensuite succédé un désespoir profond. Bien entendu, il avait pris mon mariage pour ce qu'il était : une trahison. Il m'en voulut longtemps.

D'après Galland, un sonnet qu'il publia bien plus tard traduit son état d'esprit durant les mois qui suivirent mon reniement :

> *C'est trop aimé, pauvre Ronsard, délaisse*
> *D'être plus sot, et le temps dépendu*
> *A pourchasser l'amour d'une maîtresse,*
> *Comme perdu pense l'avoir perdu.*
>
> *Ne pense pas, si tu as prétendu*
> *En trop haut lieu une haute déesse,*
> *Que pour cela un bien te soit rendu :*
> *Amour ne paist les siens que de tristesse.*
>
> *Je connais bien que ta Sinope t'aime,*
> *Mais beaucoup mieux elle s'aime soi-même,*
> *Qui seulement ami riche désire.*
>
> *Le bonnet rond, que tu prends maugré toi,*
> *Et des puînés la rigoureuse loi*
> *La font changer et (peut-être) à un pire.*

Que d'amertume dans ces vers ! J'en suis bouleversée en me les redisant à présent que je sais ce qu'ils signifiaient. Le nom de Sinope m'avait abusée, mais il paraît qu'il m'appelait parfois de ce nom grec pour ce que mes yeux l'avaient blessé au cœur. Sinope était une déesse dont les regards tuaient...

L'existence de Pierre, par ailleurs, ne se montrait pas des plus satisfaisantes. Son espoir de trouver un mécène ne s'était pas réalisé. La reine de Navarre ne paraissait pas s'intéresser à l'ode qu'il lui avait adressée. Elle devait avoir bien d'autres soucis en tête ! Son ralliement tardif à la duchesse d'Etampes l'avait éloignée de la Cour, rejetée dans une demi-disgrâce.

Or, ce n'était pas le moment d'être tenu loin du pouvoir ! Notre roi François était condamné. Chacun le savait à présent.

La mort d'Henri VIII, le roi d'Angleterre, l'avait beaucoup frappé. D'étranges liens de connivence, de rivalité, d'estime, de lutte, s'étaient noués entre les deux souverains vieillis. La disparition de l'un donnait à réfléchir au survivant miné par la maladie.

Une agitation souterraine agitait la Cour de France.

Rapportés par mon mari, des échos m'en étaient revenus aux oreilles. Comme tout le monde je me préoccupais de remous qui pouvaient devenir pernicieux pour le royaume.

Exaspéré par la façon dont le clan de la maîtresse royale surveillait le roi mourant, le dauphin s'était décidé à rejoindre la grande sénéchale à Anet. Au début du printemps, il fallut l'en faire revenir d'urgence. Son père était à l'article de la mort.

Le dernier jour du mois de mars 1547, le roi François s'éteignit pieusement après avoir manifesté une grande contrition. Il avait déploré ses désordres passés et, sur les conseils de son confesseur, s'était enfin décidé à renvoyer la duchesse d'Etampes. On le pleura un peu, puis on se tourna vers son successeur.

Le règne d'Henri II commençait... et, avec lui, celui de Diane de Poitiers.

Catherine de Médicis, la cousine de mon père, devenue reine de France, ce qui remplit les Salviati de juste orgueil, n'en demeura pas moins dans l'ombre du couple adultère. Elle sut s'en accommoder et s'occupa de ses enfants.

Le pouvoir avait changé de mains.

La faveur du connétable de Montmorency monta au zénith. Ses neveux bénéficièrent, eux aussi, de la faveur du souverain. L'un, Odet de Châtillon, déjà cardinal-archevêque de Toulouse, se vit attribuer l'évêché-pairie de Beauvais. Le second, Gaspard de Coligny, fut nommé colonel général d'infanterie.

Une famille de Lorraine, celle des Guise, bénéficia elle aussi de la bienveillance royale.

La grande sénéchale était à l'origine de ces choix. Elle établissait ainsi à sa façon un subtil équilibre entre les influences des uns et des autres auprès du nouveau monarque qui ne lui refusait rien.

Autour de ces grands, chacun cherchait à se placer au mieux de ses intérêts.

Ronsard, qui avait passé de longs mois à étudier sous Dorat en compagnie de Jean-Antoine de Baïf, son inséparable, ne se trouvait pas en bonne position vis-à-vis du règne qui commençait. Il n'avait jamais courtisé le dauphin, n'avait jamais versifié en l'honneur de Diane de Poitiers.

Un malaise l'envahit. Il décida de suivre l'unique protecteur qui lui restait, Charles de Pisseleu, évêque de Condom, demi-frère de la duchesse d'Etampes, qui partait prudemment pour la Gascogne. La disgrâce de l'ancienne favorite plongeait d'un coup toute sa famille et ses amis dans les ténèbres extérieures. Il était sain de changer d'air.

Pierre s'y sentait d'autant plus entraîné que le petit groupe des compagnons de Lazare de Baïf jugea également préférable de s'éloigner pendant un temps des bouleversements qui agitaient le royaume. Chacun s'égailla.

Une fois de plus, des événements inattendus précipitaient Ronsard loin des chemins qu'il comptait emprunter. Le passé, rayé de noir, s'effondrait. Que réservait l'avenir ? Henri II serait-il un roi-mécène comme l'avait été son père ? Protége-rait-il les Lettres et les Arts ? Leur serait-il seulement favorable ?

C'est durant son retour de ce voyage entrepris sous la pression des circonstances politiques que Pierre rencontra dans une hostellerie Joachim du Bellay. Ce fut le début d'une amitié que la mort seule put interrompre. Pierre m'a souvent parlé de son nouvel ami. Il m'est aussi arrivé de le rencontrer quelques fois...

Joachim avait alors vingt-cinq ans. C'était un mince garçon brun, fin comme une lame, plein d'esprit, mais nonchalant à l'extrême, amoureux impénitent des Belles Lettres autant que des belles femmes !

Etudiant en droit à l'université de Poitiers, il ne montrait aucun goût pour ses études. Ainsi que Ronsard, il ne rêvait que poésie !

Dès qu'ils se connurent, ils s'entendirent tous deux comme s'ils se fréquentaient depuis l'enfance. Sans peine, Pierre décida du Bellay à monter avec lui à Paris. Il le convainquit également de demeurer rue des Fossés-Saint-Victor en sa compagnie et celle de Baïf. Leur impécuniosité mutuelle s'en trouverait bien.

Durant l'été qui suivit, j'appris par hasard la présence de Pierre en Vendômois. Il était sans doute venu s'y retremper dans l'air et la lumière qu'il aimait. Envers moi, il n'eut pas un geste. Il ne se manifesta d'aucune façon. Je dus me contenter d'entendre citer son nom au gré des propos mondains. Je n'en fus pas surprise. N'avais-je pas mérité ce silence ?

D'après ce que j'ai pu apprendre par la suite, ce séjour fut pour Ronsard une étape consacrée à une retraite méditative. Ma trahison, la disparition du roi, les transformations de notre société, tout le rejetait vers ce qui avait toujours été pour lui refuge et apaisement : la nature, la vallée du Loir, la solitude des bois, la paix des champs.

Quand il reprit vers la fin des beaux jours la route de Paris, il me dit plus tard s'être senti enfin prêt, bien décidé à entreprendre la publication de ses premières œuvres.

Une fois de plus, la mort devait ajourner ses projets. A l'automne, en effet, son protecteur, son second père, Lazare de Baïf, cessa de vivre. Avec ce sage s'en allait la sécurité d'une amitié qui lui avait été d'un grand et fidèle secours. Où aller ? Où trouver le gîte et le couvert qui permettraient d'œuvrer au regroupement des poèmes déjà écrits ainsi qu'à la composition de nouveaux vers ?

Ce fut Jean Dorat, devenu principal du collège de Coqueret, qui proposa à Pierre et à Jean-Antoine, orphelin sans fortune, de venir loger chez lui. Bienheureux Dorat ! Grâce à lui, Pierre goûta de nouveau la tranquillité d'esprit nécessaire à la création. Ses besoins matériels assurés, il put se mettre au labeur. Seulement, sur les conseils de son intransigeant professeur, il renonça à publier prématurément ses œuvres, jugées encore imparfaites.

Joachim du Bellay vint sans tarder rejoindre Ronsard et Baïf chez Dorat, rue Chartière. Le trio se plongea derechef dans l'étude du grec.

J'ignorais tout cela.

Ce que je sus, en revanche, ce fut qu'en septembre de cette même année paraissait parmi les *Œuvres* de Jacques Peletier, le premier auditeur de Ronsard au Mans, une ode intitulée : « Des beautés qu'il voudrait à s'amie », signée de Ronsard. Il l'avait symboliquement adressée à un ami très cher.

Je me procurai le livre avec une curiosité frémissante.

Je me revois, au début d'un automne qui était beau et chaud, allongée sur l'herbe du parc à l'abri du feuillage d'un tilleul fort vieux, dévorant le poème que je venais d'acheter. J'y découvrais un portrait de moi qui me fit rougir par ses précisions sur mes traits, ma peau, mes seins, ma taille, mes jambes, et bien d'autres particularités comme celle de mon teint de brune où il m'était impossible de ne pas me reconnaître. Dans cette description extasiée de mon corps, je retrouvais le goût de Pierre pour les investigations secrètes, les baisers mouillés, les caresses que je regrettais.

Mais plus encore que ces rappels sensuels, ce furent les accents vibrants, les cris de passion lancés vers moi à travers une image à peine transposée qui me touchèrent au cœur. Il n'y avait pas jusqu'à la frivolité et la cruauté dont il se plaignait tout en les excusant qui ne fussent témoignage de dépendance amoureuse.

Il me sembla que je n'avais jamais encore lu, sous la plume de mon poète, de plus ardent, de plus émouvant poème à mon endroit. C'était un hymne composé en mon honneur, un chant poignant qui s'élevait d'entre les feuillets de l'ouvrage, pour me porter un message aisé à déchiffrer, le premier de ce ton qu'il m'était donné de lire sous sa signature. Je m'y trouvais partout présente, partout appelée, partout adorée...

Qui dira l'émoi d'une jeune femme mal mariée, mal aimée, en découvrant la preuve d'une fidélité proclamée avec une telle intensité par un homme dont l'éloignement ne semblait en rien avoir diminué l'attachement ?

Je me baignai dans ces vers comme dans une onde rafraîchissante dont le contact, pourtant, me brûlait.

A partir de cette lecture, mes pensées s'envolèrent avec davantage de célérité vers celui qui se montrait capable de m'évoquer si bellement, si tendrement.

A l'ombre des murs de Pray, je me repris à espérer. Je délaissai une réalité blessante pour me réfugier dans une songerie très douce qui me sauvait du désespoir.

J'étais en de telles dispositions quand il me fut donné de revoir Pierre.

En octobre 1548, Antoine de Bourbon, duc de Vendôme, épousa à Moulins Jeanne d'Albret, la fille du roi de Navarre.

Les nouveaux mariés décidèrent de venir, après les fêtes nuptiales, passer trois mois en leurs terres vendômoises. Ils s'installèrent au château de Montoire, non loin de Couture, le village de Pierre.

Durant l'hiver suivant, afin de présenter à sa jeune femme ses amis, ses protégés, ses vassaux, le duc donna une grande et fastueuse réception. La forteresse, qui domine, du haut d'une butte naturelle, la paisible petite cité mirant ses maisons dans les eaux vertes du Loir, avait été aménagée dans cette intention.

Tout le monde en parlait avec admiration dans la province.

Comme je connaissais l'attachement de Ronsard envers son suzerain, comme je l'avais entendu témoigner de ses sentiments de fidélité à son égard, je me persuadai qu'il tiendrait à assister à la cérémonie de présentation. Je décidai donc d'accompagner mon mari à cette fête. La charge qu'il occupait dans le duché impliquait en effet sa présence en de pareilles occasions.

L'importance donnée à l'événement nécessitait également qu'il y assistât en ma compagnie.

Je me souviens du temps gris mais point vraiment froid qu'il faisait ce jour-là. Les pluies des semaines précédentes avaient inondé les prés. Une humidité brumeuse flottait sur la vallée.

Soucieuse de me montrer à Pierre sous mon meilleur jour en vue de retrouvailles qui demeuraient délicates, j'étrennais pour la circonstance un corps baleiné et un large vertugade de couleur miel. Une jupe et des crevés de taffetas ivoire les agrémentaient. Des boucles d'oreilles porteuses de longues perles baroques glissaient comme des gouttes de lait le long de mon cou. J'avais entrelacé mes cheveux de perles, ainsi que Pierre aimait jadis me le voir faire. Enfin, je portais un bouquet d'hellébores blancs à la main.

En dépit de la présence de mon mari, ou peut-être à cause d'elle, mon cœur battait dans ma poitrine comme celui d'une pucelle amoureuse quand je pénétrai dans la haute salle gothique décorée de guirlandes de feuillage, de banderoles aux armes du duc, de tapisseries illustrant les hauts faits de la maison de Bourbon. Des torchères fichées dans les murs éclairaient brillamment la foule des invités qui se pressaient autour du couple ducal.

Je ne m'étais pas trompée. Ronsard se trouvait bien parmi les gentilshommes de la province.

M'attendait-il ?

Tourné vers l'entrée, il surveillait à son gré les allées et venues de chacun.

Aussitôt que je l'eus aperçu, nos yeux se rencontrèrent, se joignirent, se lièrent... Les miens devaient trahir mon émoi. Pierre sut interpréter leur message. Il y répondit. Je compris que j'étais pardonnée...

... Dès le jour que j'en refus blessé,
Soit près ou loin, je n'ai jamais cessé
De l'adorer de fait, ou de pensée,

a-t-il écrit plus tard. Il est vrai que l'amour, qui n'était point mort mais seulement écarté, se réveilla, triomphant du temps et des rancœurs, pour régner de nouveau sur nous.

Je n'étais plus alors une enfant joueuse et innocente, un peu cruelle aussi, mais une femme meurtrie, avide de bonheur, de tendresse, une femme qui avait une revanche à prendre sur le sort.

Dans cet échange de regards, tant de choses passèrent que je pressentis sur-le-champ les tendres espérances, mais aussi les rudes difficultés que nous allions avoir à rencontrer. Je l'acceptai. J'y aspirai.

Mon mari, qui ignorait tout de nos amours, parut content de retrouver un cousin qu'il n'avait pas vu depuis longtemps.

— Pour te faire pardonner ton absence à nos noces, dit-il avec un ton de propriétaire, il te faut venir nous rendre visite à Pray. Je serai charmé de t'y recevoir. Cassandre aussi, bien entendu.

Une seconde fois, nous nous sommes regardés...

Ce soir-là, je n'ai pas trouvé l'occasion de lui parler seule à seul. Jean ne me quitta pas. Il me présenta au duc et à la duchesse qui m'accueillirent fort gracieusement avant de converser avec nous un moment. Le duc était un bel homme gai et rieur, certains disaient léger, favorisé d'un aimable embonpoint. La duchesse avait un visage plus austère mais une expression pleine de finesse et d'intelligence. Les vêtements brodés et surbrodés qu'ils portaient tous deux brillaient comme des soleils.

Après avoir quitté nos nobles hôtes, il nous fallut saluer puis entretenir une à une toutes nos relations du Vendômois...

De loin en loin, je croisais Pierre. Nous continuions à échanger de brefs regards, nous lançant ainsi des messages qui ne pouvaient être saisis que de nous.

Je remarquai qu'en deux ans les traits de mon poète s'étaient accusés. Bien qu'encore très jeune (il avait vingt-quatre ans) je le jugeai mûri. Je le trouvai encore plus beau que dans mon souvenir et en fus délicieusement remuée. Je me pris à penser qu'il avait souffert par ma faute mais que cette blessure avait approfondi ses sentiments, mis à nu son cœur, sans doute permis à son art d'aller plus avant dans la formulation de sa peine ainsi que dans celle de sa sensibilité amoureuse.

En rentrant à Pray, je me sentais portée par une excitation joyeuse comme je n'en avais plus jamais ressenti depuis que je vivais à l'ombre de mon mari.

— Vous êtes bien jolie, ce soir, ma chère, me dit justement

celui-ci. Les fêtes vous vont à ravir. Permettez-moi de monter dans votre appartement avec vous.

— Je suis peut-être en beauté, mais n'en suis pas moins lasse après une pareille soirée. Je préférerais, mon ami, remettre à une autre fois votre visite.

Jean fit une grimace qui déforma un instant la parfaite ordonnance de ses traits.

— C'est à croire que j'ai épousé une béguine ! grommela-t-il d'un air maussade. Les autres femmes que j'ai l'occasion d'approcher ne font pas tant de manières !

— Je ne vous empêche en aucune façon « d'approcher » toutes celles que vous voudrez, dis-je avec une désinvolture née de mon ravissement intime. Je vous y inciterais même plutôt. Vous n'êtes pas sans le savoir !

Il haussa les épaules avant de s'éloigner avec mauvaise humeur.

Mais je me souciais de son humeur comme d'une guigne ! En regagnant ma chambre, j'éprouvais une sorte de jubilation secrète qui m'était délivrance.

Ne va pas croire, Guillemine, que j'envisageais pour autant de faillir à mon devoir en trompant mon époux. Tu te tromperais du tout au tout. Je souhaitais simplement me réchauffer le cœur à un foyer dont je connaissais le rayonnement. Je désirais de toutes mes forces éclairer ma vie au reflet de cette flamme...

Je savais que Ronsard allait, d'une manière ou d'une autre, s'arranger pour venir nous voir. Il résidait pour un bref séjour à la Possonnière, chez son frère Claude. J'étais certaine qu'il ne tarderait pas.

Le surlendemain, il se présenta à notre porte.

Jean étant au logis, nous en fûmes de nouveau réduits au langage des yeux. Langage cependant assez éloquent pour répondre au tourbillon de pensées, de souhaits, de questions qui m'agitait.

En dépit de ma trahison, Pierre m'aimait. Cette constatation suffisait. Lentement, comme une frileuse plante de l'ombre qui tend ses pousses vers la lumière, une attirance obstinée se déployait en moi. Plus solide, mieux enraciné que l'attrait juvénile ressenti pour lui avant mon mariage, ce renouveau tirait sa force même de la situation inédite dans laquelle je me trouvais. Du temps que j'étais une vierge à marier, Ronsard pouvait me plaire, pourtant je savais d'instinct que suivre ce penchant signifiait aventure, déshonneur, perdition. A présent, plus rien n'était semblable. En puissance de mari, je ne craignais plus ces périls. Si la prudence demeurait de mise, je pouvais cultiver à l'abri de mon état de femme une nouvelle forme d'attachement dont je n'avais plus à redouter qu'il m'entraînât vers l'abîme.

La présence de Jean interdisait toute chute mais permettait un jeu plus subtil, plus varié aussi. J'entendais bien que l'aspect charnel restât écarté de nos rapports dont l'intensité ne pourrait que gagner à cet état de choses.

Durant les deux années qui suivirent, et bien qu'il continuât à étudier sous Dorat au collège Coqueret à Paris, Pierre trouva le moyen d'accomplir plusieurs voyages en Vendômois. Son frère et sa belle-sœur le recevaient bien volontiers dans la demeure familiale. Il venait donc aussi souvent qu'il le pouvait nous rendre visite, en dépit des quelque neuf lieues séparant Couture de Pray.

Mais nous n'étions jamais seuls.

Jean se déplaçait peu à cette époque. Aimant recevoir, il invitait à tour de rôle ses frères et sœurs, ses cousins, ma propre famille, nos amis, nos voisins. Nous ne manquions pas de commensaux qui se trouvaient sans cesse entre Ronsard et moi. Il fallait ruser pour arracher de courts instants de tête-à-tête à la nuée de gens dont nous étions accablés.

Pierre adorait la musique. Il ne concevait pas de composer des vers sans prévoir leur accompagnement. S'il me demandait de jouer pour lui du luth ou du violon, ce tout nouvel instrument italien dont la pureté de cristal nous remplissait alors d'émerveillement, d'autres auditeurs ne manquaient pas de m'écouter en même temps que lui.

Si nous profitions d'une belle journée pour jouer à quelques jeux de plein air, comme les barres ou les fléchettes, des coéquipiers nombreux se proposaient aussitôt pour étoffer la partie.

Si nous chassions à courre dans les forêts du voisinage, nous ne pouvions tenter de nous éloigner des chasseurs sans en retrouver postés sur notre chemin !

Un jour, pourtant, il advint par chance que nos chevaux nous conduisirent loin de l'équipage. Sans trop oser croire à la réalité d'une pareille aubaine, Pierre et moi chevauchâmes un moment l'un près de l'autre le long d'un layon. Je montais en amazone. En ce temps-là, c'était encore une nouveauté. Tu sais combien j'aime la chasse à courre. Aussi ai-je tout de suite apprécié cette mode introduite dans notre pays par Catherine de Médicis. Elle permet de galoper sans crainte de choir puisqu'une jambe passée au-dessus de l'arçon retient la cavalière.

Personne en vue. On n'entendait que les sabots de nos chevaux et le chant des oiseaux. Notre trouble était si profond que nous restâmes un long moment silencieux, intimidés tous deux par la solitude soudaine ainsi que par la trop belle occasion qui s'offrait à nous.

Comme nous traversions un taillis des plus touffus, une ronce me griffa assez douloureusement le poignet, au-dessus du gant. Un peu de sang perla. Pour éviter qu'il ne tachât ma robe à chevaucher de velours isabelle, je secouai la main. Quelques gouttes s'éparpillèrent sur le sol. Pierre déclara aussitôt qu'il aurait désiré en baiser la trace sur l'herbe du chemin et qu'il était certain que des fleurs vermeilles naîtraient en cet endroit pour prolonger le souvenir de mon sang répandu.

— J'en veux faire un poème, dit-il après avoir posé ses lèvres sur l'éraflure. Je donnerai un nom à ces fleurs nées de vous. Je les nommerai Cassandrette...

Plus tard, je devais me souvenir de ce nom-là...

Une autre fois, j'assistai à un entraînement à la pique dans la salle d'armes du château.

J'ai pensé depuis que Pierre avait prémédité une maladresse afin de se faire faire une estafilade par Ambroise, le plus jeune frère de Jean, grand et lourd garçon qui était en réalité beaucoup moins adroit que l'ancien écuyer des Tournelles. Quoi qu'il en fût, alors qu'ils croisaient leurs piques, un coup atteignit Ronsard au coude. Le sang rougit la chemise blanche que Pierre portait sur des haut-de-chausses de velours noir.

Je m'écriai qu'il fallait tout arrêter et soigner une blessure qui pouvait s'infecter. Les deux combattants en convinrent, mirent fin à l'engagement et se séparèrent.

D'autres adversaires les remplacèrent sans tarder.

Retirés dans un coin de la vaste salle voûtée, nous eûmes, Pierre et moi, un moment de paix. Une cassette à remèdes sur les genoux, je fis asseoir le blessé près de moi. Placée contre le mur du fond, une banquette à haut dossier permettait l'isolement.

— Vous saignez beaucoup, constatai-je en étanchant à l'aide de charpie la plaie qui n'était guère profonde.

— Cette entaille est peu de chose en comparaison de celle que je porte au cœur ! soupira Ronsard. Si seulement vous consentiez à soigner l'une comme vous faites de l'autre !

Depuis nos retrouvailles, c'était la première fois qu'il me parlait ouvertement de sa douleur. Au contact de mes doigts

sur son bras, je l'avais senti tressaillir. Le bref moment d'intimité qu'il avait sans doute provoqué devait lui causer un
émoi trop vif pour qu'il parvînt à le maîtriser.

— Vous savez bien que mes sentiments répondent aux
vôtres, murmurai-je tout en étendant sur la blessure un baume
à base de térébenthine de Venise dont je savais qu'il la cicatri-
serait.

— Vous m'avez si durement traité, Cassandre, si cruellement rejeté !

— C'était dans un autre temps. Il est à présent révolu. Je
suis différente, croyez-moi, monsieur mon poète, et bien
décidée à me comporter envers vous avec davantage d'attentions.

— Je ne demanderais qu'à vous croire, mais le puis-je ?
Vos yeux me sont doux, il est vrai, mais vous demeurez celle
qu'on ne peut atteindre. Pourquoi, pourquoi, mordieu, avoir
épousé Jean ?

J'enroulai avec précaution une bande de toile autour du
bras douloureux.

— Ne revenons pas sur le passé, dis-je. Pensons à l'avenir.
Envoyez-moi encore de vos poèmes comme vous le faites
depuis que nous nous sommes revus. A travers eux je respire
votre souffle, je communie avec vous dans une même ferveur.

Il posa sa main libre sur un de mes genoux.

— Mes vers ne font que dire et redire ce qui m'habite, ce
qui me brûle, ce qui me hante : la passion sans merci qui
me dévore !

— Avant de vous retrouver à Montoire, je croyais que
vous étiez parvenu à m'oublier. Dès que j'ai croisé vos yeux,
j'ai su qu'il n'en était rien.

Il eut un mouvement. Je l'apaisai d'un geste.

— Je devine ce que vous pensez, Pierre. Il est vrai que
nous nous voyons peu et mal. Aussi ai-je un projet. Vous savez
sans doute que ma belle-famille possède près de Vendôme une
demeure autre que ce château de Pray qui est, lui, le fief
d'origine. Or, je ne me plais pas ici. Tout le monde s'en
aperçoit. Je vais proposer à Jean un changement de résidence
en usant d'un argument qui ne peut que lui convenir : la
nécessité de nous tenir à proximité du duc de Bourbon. Il
serait convenable, quand ce prince loge dans une de ses
forteresses des bords du Loir, que Jean se trouve à sa portée.
J'évoquerai aussi mon désir d'habiter une région plus riante.
Je suis à peu près certaine que, pour une fois, mon mari et
moi tomberons d'accord sur ce point. Si tout se passe comme

je le suppose, nous ne tarderons pas à quitter Pray pour nous rendre à Courtiras, en aval de Vendôme, non loin des rives de votre chère rivière...

— Vous délaisseriez votre Loire pour mon Loir ! s'écria Pierre. Dieu juste ! Vous allez enfin vous rapprocher de moi !

La joie qui éclairait soudain ses traits était éclatante. J'eus l'impression qu'une main invisible venait, d'un geste, d'y effacer les traces inscrites par le chagrin, pour lui rendre le clair visage plein d'ardeur et d'enjouement qui était naturellement le sien.

— Si vous vous installez à Courtiras, reprit-il avec entrain, je ne tarderai pas à quitter Paris. J'y ai assez étudié le grec et le latin. Le nouveau roi ne semble pas avoir apprécié à sa valeur le poème que je lui ai adressé lors de son entrée dans la capitale, Dorat s'est marié, mon ami du Bellay s'est distingué en faisant paraître un manifeste sur la défense et l'illustration de la langue française, il est temps pour moi de penser à mon œuvre. Je veux sans plus attendre publier un recueil de mes odes. Ce genre de travail demande du calme. Je ne le trouverai pas dans les embarras de la grand-ville. Le moment est venu de rentrer au pays. Surtout si vous y êtes... Il ne me reste plus qu'à trouver une maison à louer à Vendôme !

8

Pour y fonder ta demeure choisie.

RONSARD.

Courtiras ! Ce domaine reste pour moi une terre d'élection. La maison d'un certain bonheur. Mais le bonheur est-il jamais autre que passager ? Il en est de lui comme d'îlots lumineux au sein d'une mer agitée. On y aborde parfois. On n'y demeure jamais bien longtemps. Chaque fois, cependant, on croit entrevoir le paradis... Le mien fut court, il est vrai, traversé et suivi de bien des orages. Pourtant il a existé. Dans ce paysage de prés et d'eaux courantes, sous les ombrages de ce parc. Nulle part ailleurs. Personne ne pourra me dépouiller de ces souvenirs-là !

Après le Talcy insouciant de mon enfance, de mon adolescence, Courtiras fut le havre de ma vie de femme.

Tu l'as aimé, toi aussi, Guillemine. Ne me l'as-tu pas souvent dit ? Il me semble même savoir que, de ton côté, tu y as connu certaines heures de joie... Je ne te demande rien. Garde tes secrets. Je sais qu'ils sont ton trésor...

Revois-tu cet endroit béni comme je le revois ?

Le manoir est situé à mi-pente d'un tertre, au cœur d'un val, à l'écart de la rivière mais non loin d'elle. Devant la façade, une prairie cernée de saules et de trembles, traversée par un ruisseau. Derrière la demeure de pierres blanches, construite au début de ce siècle, un potager, un verger, un bois conduisant par des sentiers moussus à une forêt de haute futaie.

De l'autre côté de la route qui chemine à flanc de coteau, vers le bourg, coule une fontaine miraculeuse dont l'eau bienfaisante guérit les maux d'yeux. J'y ai soigné Pierre... Elle alimente deux bassins. Dans le second pousse le cresson le plus vert, le plus dru que j'aie jamais vu. Le bruit de source m'accompagnait comme une présence rafraîchissante durant les si nombreuses heures matinales ou vespérales, de printemps ou d'été, que j'ai passées dans mon jardin, dans la prairie ou sous les branches de nos arbres. J'ai tant aimé cette terre ! Je connaissais chaque semis, chaque parterre, chaque bosquet, chaque cache ombreuse, chaque tapis herbu, le moment des floraisons de chaque espèce, de maturité de chaque fruit. Le verger, les prés, le bois ne recelaient aucun secret pour moi. Je les avais embellis en y faisant planter des essences nouvelles rapportées de leurs lointains voyages par les navigateurs : des acacias, des thuyas, des pistachiers, un platane...

Mais j'avais tout spécialement élu certains endroits choisis. Un berceau de vigne aux feuilles si bellement ciselées, aux vrilles vigoureuses dont je suçais le suc acide. L'automne y suspendait de longues grappes cuivrées à odeur de miel. Je m'y réfugiais aux heures chaudes pour lire ou faire de la musique. Le soir, afin de m'abriter du vent, je me promenais entre les hauts murs taillés d'une charmille et j'allais cueillir, certains matins, des brassées de menthe sauvage au bord du ruisseau où se dressaient touffes d'iris d'eau et roseaux. Je les répandais ensuite dans ma chambre qu'elles poivraient de leurs senteurs agrestes.

Je me suis tout de suite sentie plus libre, plus heureuse, à Courtiras qu'à Pray. Il en est des maisons comme des êtres. Entre certaines d'entre elles et nous aucune affinité ne semble possible. Avec d'autres, et Courtiras était de celles-là, un phénomène d'amitié naît et se développe de façon spontanée.

Dès mon installation, j'ai su qu'il existait une relation de cette sorte, une entente préétablie, entre ma nouvelle demeure et moi. Je me sentais à l'aise sous son toit, à l'abri de ses murs. Non seulement elle m'avait acceptée mais elle veillait sur moi et se complaisait à ce rôle de gardienne. Je la devinais protectrice, bienveillante, attentive. Je me confiais avec abandon au génie du lieu.

Des divers endroits où j'ai vécu, Courtiras m'apparaît comme le seul dont je puisse affirmer qu'il m'ait réellement appartenu. Je m'y sentais chez moi. Contrairement à ce qui s'était passé à Pray, c'était mon mari qui y faisait figure d'étranger ! Il n'y séjournait d'ailleurs qu'en passant et ne venait plus que de loin en loin me rejoindre dans ma chambre. C'est peut-être pour cette raison que j'ai tant goûté le charme de cette belle pièce.

Eclairée par deux fenêtres à meneaux donnant sur la prairie et le vallon, précédée d'un cabinet tendu de soie rose, elle-même décorée d'un damas représentant des oiseaux et des fleurs avec des entrelacs de velours corail en forme de grenades, ma chambre contenait un vaste lit à baldaquin. Très large, très moelleux. J'y passais des heures de repos délicieuses. De riches courtines de tapisserie l'isolaient à volonté du reste de la pièce. Des coffres sculptés en chêne foncé, une table de noyer où se trouvaient mon écritoire, mes plumes et ma cire à cacheter, un paravent en cuir de Cordoue pour me protéger des courants d'air, quelques sièges à hauts dossiers agrémentés de coussins de velours, un prie-Dieu surmonté d'un triptyque peint à la mode italienne chère à mon père, le miroir vénitien de mon premier bal qui m'avait suivie de logis en logis depuis Blois, la meublaient. J'y avais apporté une note encore plus personnelle en y disposant des flambeaux d'argent munis de bougies de couleur, des vases en faïence que je remplissais de fleurs ou de feuillages, certains tableaux donnés par mes parents, ma harpe d'ébène à incrustations de nacre, ma petite lyre, et enfin la cassette où se mêlaient mes bijoux de jeune fille et de jeune femme. En son fond de velours se cachait un certain anneau...

Dans la garde-robe attenante où je conservais mes vêtements, j'avais soigneusement fait ranger le cuvier de bois dans lequel je me lavais, une chaise percée dont la cuvette était en argent, le grand coffre de tapisserie contenant les objets indispensables à ma toilette : miroir à main au cadre

de vermeil, cassolettes, sac à éponges, sachets de lingerie
contenant les serviettes en toile de Hollande avec lesquelles
je m'essuyais au sortir du bain, et plusieurs couvre-chefs de
linon pour la nuit. Sur une table devant laquelle je prenais
place pour me faire coiffer, j'avais disposé je ne sais combien
de petits pots contenant poudres odorantes, fards, pâtes et
onguents ; brosses à manche d'ivoire ou d'écaille, étuis de
velours pour mes peignes...

Vois-tu, j'ai conservé certains de ces objets, mais beaucoup
ont disparu à présent. Ce m'est une modeste joie d'y songer,
d'évoquer comme une litanie tout ce qui composait le cadre
de ma vie au temps de ses heures les plus fastes...

Je dois aussi à Courtiras un autre bien précieux : l'amitié
la plus solide qu'il m'ait jamais été donné de rencontrer.

En parlant ainsi, je n'oublie pas Catherine, mais elle était
restée fille, refusant tous les partis qui s'étaient présentés.
Cette différence d'état nous séparait tout autant et même peut-
être davantage que les nombreux séjours qu'elle fit alors en
Italie. Partie pour Rome chez une parente afin de fuir l'autorité
brouillonne de Gabrielle devenue seule maîtresse chez elle
depuis la paralysie qui avait frappé le pauvre Gaspard, Catherine ne semblait pas avoir trouvé dans ce dépaysement
l'apaisement souhaité. Je la voyais beaucoup moins. En réalité,
notre ancienne complicité n'avait pas résisté à mon mariage.

Ce fut Marguerite, la seconde sœur de Jean, demeurant
souvent avec nous parce qu'elle n'était pas, elle non plus, en
puissance d'époux à cause d'une bosse assez prononcée, qui
me fit connaître celle qui allait devenir ma plus sûre amie.

Peu de temps après notre arrivée à Courtiras, elle me
conduisit chez de bons voisins, les Musset, dont elle prisait
fort les mérites et qu'elle souhaitait me faire rencontrer.

Claude de Musset, seigneur de la Rousselière, était
conseiller du roi. Il avait succédé à son père dans la charge
de lieutenant général du bailliage de Blois. Habile, fin, discret,
cet homme au long nez d'épicurien cachait sous un sourire
moqueur une connaissance sans faille de l'humaine nature.
Une douzaine d'années auparavant, il avait épousé Marie
Girard de Salmet, fille de Nicolas Girard de Salmet, vicomte
de Valognes, seigneur de la Bonaventure, qui avait eu l'honneur d'être barbier-chirurgien et valet de chambre ordinaire
du roi. On racontait dans le pays que ce Nicolas de Salmet
aimait à réunir en son manoir de la Bonaventure de joyeux
compagnons afin d'y déguster en truculente compagnie les

bons crus de ses vignes. Avant son mariage, le prince Antoine de Bourbon, notre duc, assistait volontiers à ces agapes.

Située près du village du Gué-du-Loir, cette terre se trouvait à proximité des nôtres. C'était là que résidait provisoirement, avec ses six enfants, chez le père et la mère de Marie, le couple prôné par ma belle-sœur. D'ordinaire, les Musset habitaient à Blois. D'importants travaux de transformation étant effectués chez eux, ils avaient accepté l'hospitalité de Nicolas Girard de Salmet et de sa femme dont le fils aîné, Jean, célibataire impénitent, était le seul de leurs descendants à vivre encore avec eux. Leur dernière fille, mariée, les voyait peu. Aussi les Salmet avaient-ils été ravis de l'arrivée de Marie et des siens sous leur toit.

Bâti au milieu des prés, au bord d'un bief du Boulon, petit affluent du Loir, la Bonaventure est une simple et charmante demeure composée d'un vaste logis du siècle dernier à haut pignon que précède une cour. Un mur à arcade la sépare de la ferme et de son verger.

La première vision de Marie que j'eus dans cette maison reste à jamais gravée dans mon souvenir.

Marguerite et moi venions de pénétrer dans la salle du rez-de-chaussée où ses parents nous avaient fort courtoisement reçues, quand elle entra. Sur un bras, elle portait un poupon dans ses langes. Cramponné à ses jupes, un autre petit à la démarche encore incertaine la suivait.

Cette mère était l'image même de la maternité épanouie.

Grande, opulente, point très belle, avec un visage un peu lourd aux traits charnus éclairés par deux yeux marron largement fendus, bombés et veloutés comme ceux des chevreuils, Marie provoqua chez moi une sorte de coup de foudre de l'amitié. Il n'y a pas qu'en amour qu'on peut éprouver pour une autre personne un attrait aussi puissant que spontané. Dès le premier abord, je sus que Marie compterait dans ma vie.

Il se dégageait de cette femme plus âgée que moi d'une quinzaine d'années une telle impression de santé, d'équilibre, de vitalité et de bonne humeur, que je me dis sur-le-champ : « Voici la mère que j'aurais aimé avoir ! »

Une telle remarque, que je me reprochai aussitôt, s'imposa pourtant à moi d'un coup, avec une évidence absolue.

— Bienvenue à notre nouvelle voisine ! dit la jeune femme de sa voix calme et claire. Nous sommes heureux de vous recevoir ici. Il paraît que vous vous plaisez dans ce beau Vendômois.

La porte s'ouvrit de nouveau. Un petit garçon de huit ou

neuf ans pénétra à son tour dans la salle. Il ressemblait à sa mère. Il me salua tandis que ses prunelles attentives me dévisageaient avec curiosité.

— Pourquoi n'avez-vous pas les cheveux de la couleur de ceux de Marguerite ? s'enquit-il d'un air réprobateur. Moi, je n'aime que les dames aux cheveux jaunes !

On se mit à rire et la conversation commença gaiement.

Qui aurait pu prévoir que cet enfant qui déplorait alors que je ne sois point blonde épouserait une trentaine d'années plus tard ma fille encore à naître ?

Renforcée par la découverte, prématurée selon moi, que je fis bientôt de premiers fils blancs dans ma chevelure, cette réflexion enfantine eut pour effet de me décider à me teindre. Ce que je fis sans tarder.

L'automne de notre arrivée à Courtiras se termina en même temps que les transformations apportées par moi dans notre logis. J'y avais fait poser des volets intérieurs, doubler de portières en tapisserie les portes des pièces principales, mettre des rideaux aux fenêtres, installer mes meubles, et aménager une grande volière entre la maison et les communs afin d'entendre de ma chambre le chant des oiseaux et le roucoulement des tourterelles qui me rappelaient Talcy.

Les mois de froidure qui succédèrent à l'arrière-saison servirent à consolider les liens si spontanés d'amitié qui m'attachaient dès lors à Marie de Musset.

J'ai fort souvent constaté, tout au long de ma vie, que j'attirais les confidences. Beaucoup de gens se sont confiés à moi. Sans doute parce que je tâche d'écouter les autres avec le plus d'attention possible, que je m'intéresse à leurs tribulations ainsi qu'à leurs états d'âme. En revanche, je me suis rarement laissée aller à me raconter, sauf avec Catherine, mais c'était caquetage de jeunes oiselles, puis avec Marie ensuite.

Tu es bien la première, Guillemine, à qui j'aurai si longuement parlé de moi...

A ma nouvelle amie elle-même je ne me décidai à ouvrir le fond de mon cœur qu'après de longs mois...

Pour commencer, durant les après-midi de neige ou de brouillard où nous nous retrouvions tantôt à la Bonaventure tantôt chez moi auprès d'un bon feu, devant un jeu de cartes ou filant au rouet, dans le calme de mon logis ou dans l'agitation familiale perpétuelle qui régnait chez elle, je me contentais de l'écouter sans parler beaucoup moi-même. J'avais envie de bien la connaître mais je n'éprouvais pas encore le désir de me dévoiler. Avec la grande intelligence du cœur qui a toujours été la sienne, Marie, devinant mes répugnances, ne fit rien pour me brusquer.

Assises devant la cheminée de la Bonaventure qu'ornait une rôtissoire imposante à poids et à poulies, ou bien devant la mienne, protégées du froid qui montait du dallage par les nattes tressées répandues à même le sol, buvant du vin chaud, nous évoquions sa famille, ses amis, ses préoccupations. Elle s'ouvrait à moi avec une confiance totale. Contrairement à bien des femmes de notre temps qui ne savent dire que du mal de leur époux ou se moquer de lui, elle ne tarissait pas de chauds éloges sur Claude de Musset. Elle louait la noblesse de son caractère, son égalité d'humeur, son esprit. Quand il lui fallait reconnaître certains de ses travers, comme la gourmandise ou un fort penchant à la rancune, elle le faisait avec un tendre amusement qui en minimisait la portée.

Pour ne pas avoir l'air de m'enfermer dans un silence inamical, je l'entretenais de mes parents, de mes frères et sœurs, de Blois, de Talcy. Faute de pouvoir lui en vanter les mérites, je ne lui parlais que fort peu de mon mari et pas du tout, mais pour d'autres raisons, du poète cher à mon cœur.

Je préférais attendre. Dieu merci, elle ne s'en formalisait pas le moins du monde et m'entraînait le plus souvent dans de grandes causeries ayant trait à la religion.

Ce qui m'impressionnait considérablement en elle était la fermeté, la sérénité, le rayonnement de sa foi. A son contact, je découvrais que ma propre croyance était pétrie de conventions, nourrie d'assentiments passifs. Je vouais à Dieu une tiède obéissance, certes, mais aucun élan ne m'avait jamais entraînée vers Lui. Si je me conformais à Ses commandements du mieux que je le pouvais, c'était parce qu'on me l'avait appris et que je m'étais toujours montrée une élève docile, tant avec mon chapelain qu'avec mon précepteur. De là à aimer Dieu, ce qui s'appelle aimer, il y avait un fossé que je n'avais jamais été tentée de franchir.

— Que voulez-vous, je ne partage en rien la foi folle et superstitieuse ou bien pâle et roide de notre temps, déclarait tout net Marie en filant la laine. Je ressens plutôt un élan comparable à celui de nos ancêtres capables de partir en pèlerinage ou en croisade parce que Dieu le voulait. Je crois comme je respire. Je vais à la messe quotidienne ainsi qu'à un rendez-vous d'amour. Si on y assiste sans ce besoin profond, on ferait aussi bien de rester chez soi !

Elle riait. Dans sa façon de considérer les choses ayant trait à la spiritualité, il y avait un entrain, une gaieté toniques.

— Dieu est Vie, continuait-elle. L'adorer, c'est adorer la vie !

Ce n'était pas ainsi qu'on m'avait présenté les choses. Dans l'enseignement dispensé par ma mère puis par notre chapelain, il était surtout question de crainte, de soumission, de résignation.

— Le Ciel vomit les tièdes ! Gare à vous, Cassandre ! lançait non sans drôlerie mon amie, tout en me considérant avec affection de ses yeux amusés qui se posaient sur moi comme de doux papillons de velours brun.

Je soupirais.

— Aime et fais ce que veux, enchaînait-elle en citant saint Augustin. Si on porte à Dieu une tendresse vive et sincère, on ne peut qu'avoir envie de faire ce qu'Il demande. Ce qui Lui déplaît fait horreur. Notre volonté se fond alors dans la Sienne, en toute liberté, sans hésitation.

J'écoutais. Je découvrais un mode de pensée que je n'avais pas soupçonné jusque-là.

— J'élève mes enfants dans le respect du Seigneur, terminait Marie, mais je ne manque jamais de leur affirmer que la joie de vivre est le premier devoir du chrétien.

Nous abordions parfois le sujet de la Réforme dont la doctrine commençait à se répandre. Non sans une certaine surprise, je constatais qu'à l'égard de ce sujet épineux Marie se montrait très ouverte. Elle cherchait à comprendre les raisons que pouvaient avoir les Réformés de ruer dans les brancards et, Dieu me pardonne, elle leur en trouvait. Le seul reproche qu'elle leur adressait était leur austérité, la rigueur de leur culte.

— L'Eglise avait un besoin urgent de se corriger, admettait-elle. C'est entendu. La licence régnait partout. Mais ne pouvait-on nettoyer la tache sans arracher les ornements qu'elle souillait ?

Sur bien d'autres sujets dont on parlait à l'époque, elle se montrait sans parti pris et de bonne volonté. Je découvris qu'elle se refusait toujours à s'encombrer d'idées reçues. Aussi, ne m'ennuyais-je jamais en sa compagnie. Il émanait de son comportement une telle solidité, un tel feu, un tel appétit de connaître, de comprendre, que les heures passaient très vite auprès d'elle.

Plus tard, certains de ses enfants se sont plaints devant moi que la personnalité de leur mère écrasait en partie son entourage. Ils lui reprochaient d'avoir pesé trop lourd sur leur formation, de toujours chercher à modeler choses, êtres, événements à sa façon. Peut-être. Mais ce n'était là que les défauts de ses qualités. S'il est vrai qu'en sa compagnie on pouvait se sentir étriqué, sans éclat, sans originalité, il n'en demeure pas moins certain que je sortais toujours des longues journées d'hiver passées avec Marie le cœur pacifié et l'esprit en éveil.

Au fil des semaines, des mois, notre connaissance mutuelle s'enrichit de mille détails. Cependant, en dépit de nos relations de plus en plus étroites, le printemps revint sans que je lui eusse soufflé mot de Ronsard.

Je tenais à mon secret. A l'intérêt affectueux de mon amie, j'opposais le besoin de conserver par-devers moi mon unique trésor. Je me le gardais, jalousement.

Je n'avais pas revu Pierre depuis des mois. S'il occupait toujours mes pensées, c'était plutôt sous la forme d'une douce et confiante attente que dans les affres de la passion. Sans trop oser me l'avouer, je me réservais pour un avenir prometteur.

Notre changement de résidence tout autant que la froidure m'avaient empêchée de le recevoir mais non pas de le lire. Il avait en effet publié en janvier un recueil intitulé : *Les quatre premiers livres des Odes de Pierre de Ronsard Vendômois* où il affirmait dans une préface insolente son désir de rompre avec ses pairs ainsi que sa propre originalité. Mal reçu à la Cour, cet ouvrage avait dressé autour de Pierre bien des inimitiés. Il lui fallait changer d'horizon.

Je savais donc que ces mois de séparation ne seraient que passagers, d'autant plus qu'il m'avait chargée de lui trouver une maison à Vendôme, ce dont je m'étais heureusement acquittée. Aussi n'ai-je point été surprise quand il m'écrivit pour m'apprendre qu'il comptait arriver sans tarder afin d'occuper dès Pâques fleuries son nouveau logis vendômois.

Quand je reçus cette lettre, mon mari était absent. Son service auprès du duc de Bourbon le retenait souvent loin de Courtiras. Ni lui ni moi n'y trouvions à redire.

Une joie toute neuve m'emplit soudain le cœur. La lettre décachetée se mit à trembler entre mes doigts.

A travers certains poèmes qu'il m'avait personnellement adressés en plus des *Odes*, j'avais pu déchiffrer le combat que se livraient sans merci dans l'âme de Pierre une chasteté qu'il lui arrivait de proclamer divine et une sensualité toujours présente qui exigeait bien d'autres satisfactions.

De cette lutte entre le cheval blanc et le cheval noir qui

tiraient chacun de leur côté le char devant élever leur conducteur jusqu'au Dieu d'Amour, lequel l'emporterait ?

Si j'avais pu jusque-là, comme lectrice lointaine, demeurer simple spectatrice de cette bataille acharnée, la venue de Pierre dans mon voisinage immédiat allait tout changer. Je deviendrais actrice moi-même. Je me verrais de nouveau engagée aux côtés de mon poète dans une affaire me concernant au premier chef !

Un émoi délicieux, nourri d'espoirs, de craintes, de scrupules, de tentations, se lovait en moi.

Que se passerait-il quand Pierre serait fixé à moins d'une demi-heure de Courtiras ?

C'est au mois d'avril que nous nous sommes revus. Toujours ce début de printemps qui a eu tant d'importance dans nos destinées, tant de résonances dans l'œuvre de Ronsard ! Ce temps était nôtre. Nous le considérions comme un allié...

Le soleil, encore pâle, déjà chaud, rayonnait sur le val où les arbres fruitiers fleurissaient avec exubérance dans les vergers et les clos, où boutons d'or et narcisses sauvages émaillaient, embaumaient nos prairies.

Assise à même l'herbe, sur une banquette de gazon qui formait une terrasse devant notre façade, je faisais sécher mes cheveux récemment décolorés. Grâce à une décoction dont ma belle-sœur Marguerite m'avait laissé la composition à base de safran, de cendres de vigne, de paille d'orge, de fusain et de morceaux de bois de réglisse dépouillés de leur première écorce puis broyés avec du citron, j'étais parvenue à obtenir un blond doré du plus heureux effet.

Le soleil devait parfaire l'œuvre de la teinture. Afin de ne pas me gâter le teint en le brunissant de manière incongrue, je portais, selon la mode venue d'Italie, un chapeau de paille sans fond et à larges bords qui me protégeait visage, cou et épaules. L'absence de calotte permettait à ma chevelure étalée avec soin à l'extérieur et exposée aux rayons solaires de les capter sans que j'en sois incommodée.

Sur un coussin, près de moi, dormait Bichon, le petit chien de Malte que je possédais à cette époque.

C'est donc l'air bouffon et l'esprit occupé de futilités que Pierre me trouva.

J'avais entendu un cheval galoper sur la route puis ralentir pour suivre le chemin de terre menant à notre maison. Je ne m'en étais pas inquiétée. Nos serviteurs empruntaient sans cesse ce passage. Nos fournisseurs également.

Bichon dressa la tête, huma l'air et se mit à japper. Je voulus le faire taire, mais il redoubla ses aboiements. L'arrivant n'était donc pas un familier.

Avant même de le voir, ce fut à son pas que je reconnus Pierre. Il y avait quelque chose d'appuyé, de ferme et pourtant de rapide dans sa façon de marcher que je ne pouvais confondre avec aucune autre.

Il surgit du chemin creux, s'approcha dans la lumière d'avril, s'immobilisa devant moi. Je me sentais un peu ridicule sous mon chapeau sans fond, avec mes cheveux épandus, et mon vertugade blanc quelque peu défraîchi. Je lui en voulus presque de me surprendre ainsi, nullement en beauté pour l'accueillir.

— Ma Cassandre est devenue blonde ! remarqua-t-il en se penchant pour prendre une de mes mains qu'il baisa longuement. Qu'à cela ne tienne ! Je vous aimais d'ébène. Je vous aimerai d'or !

Il souriait. Ses yeux étaient d'une couleur qui reflétait le temps. Presque gris sous les nuages d'hiver, verts dans les bois, bleus quand le ciel l'était. Ma sotte rancune fondit d'un coup. Je fis taire Bichon qui s'énervait.

— Je suis heureux, reprit-il en s'asseyant près de moi. Je vous dois ma nouvelle résidence vendômoise qui me plaît à double titre puisqu'elle me vient de vous et se trouve presque à votre porte. Un court galop m'a conduit jusqu'ici.

Il tendit la main vers mon petit chien qui se laissa faire puis, pour l'amadouer, se mit à le caresser.

J'avais intrigué afin que Pierre obtînt cette habitation. Mon mari possédait en effet, non loin de Vendôme, à Lancé, un autre fief du nom de Poymul presque aussi important que Pray. De ce fait, nous étions fort bien avec le prieur de Lancé auquel j'avais demandé de louer à un cousin, gentilhomme, poète et clerc, une demeure appartenant à son ordre qui était également propriétaire de plusieurs autres logements dans la ville. Il ne m'avait pas été difficile d'obtenir l'acquiescement du prieur désireux de nous plaire, et j'avais été fort satisfaite de trouver si aisément un toit pour mon protégé.

Il s'agissait d'une sorte de castel d'apparence gothique avec des sculptures sur la façade et un vaste escalier de pierre. Situé rue Saint-Jacques, non loin de l'église de la Madeleine, le nouveau domicile de Pierre possédait par-derrière un jardin clos, vrai fouillis de verdure, donnant sur un des bras du Loir qui traversaient la cité. Ce détail devait enchanter mon poète.

— Vous y serez bien pour composer, remarquai-je en

écartant les mèches blondies qui glissaient devant ma figure. C'est un lieu qui m'a paru devoir vous convenir.

— J'y suis fort bien, affirma Pierre. Voyez-vous, mon cher amour, cet emménagement se présente sous les meilleurs auspices. Il me semble que ma vie va changer, qu'elle va prendre une route nouvelle en ce pays qui est le mien, dans un logis si proche du vôtre. Nous voici enfin réunis. Tous les espoirs me sont permis.

— Presque tous, rectifiai-je.

Pierre, qui avait pris Bichon contre lui, le déposa sur mes genoux où sa main s'attarda.

— Vous êtes seule, délaissée par votre époux, je vous aime, le printemps est de retour... Cassandre, pourquoi élever des barrières là où on n'en a que faire ? Ne vous laisserez-vous jamais aller au simple mouvement de votre cœur ? Aimez-moi, aime-moi ! Tu en meurs d'envie !

— Peut-être, dis-je en m'emparant de la main trop caressante afin de l'emprisonner entre les miennes, peut-être. Il est vrai que votre retour me ravit, que j'éprouve un vrai bonheur à vous parler seule à seul, mais...

Il posa un doigt sur mes lèvres.

> Las ! Sans la voir, à toute heure je vois
> Cette beauté dedans mon cœur présente :
> Ni mont, ni bois, ni fleuve ne m'exente
> Que par pensée elle ne parle à moi.
>
> Dame, qui sais ma constance et ma foi,
> Vois, s'il te plaît, que le temps qui s'absente
> Depuis sept ans en rien ne désaugmente
> Le plaisant mal que j'endure pour toi...

Pierre possédait une voix juste et souple qu'il conduisait avec adresse, à sa guise.

Les vers qu'il venait de chanter à mon oreille m'émurent au plus profond.

— J'aime ce poème, avouai-je sans vouloir relever l'allusion aux nombreuses années durant lesquelles je m'étais laissé chérir sans jamais accorder autre chose que des peccadilles... Il faudra que vous me le donniez dans son entier.

— Je l'ai composé la nuit dernière, à la fenêtre de la maison que je vous dois, alors que je rêvais à vous, si proche, à toutes les saisons écoulées depuis que vous m'avez ensorcelé !

— Vous me le recopierez ?

— Il est à vous. Le voici.

De son pourpoint de velours indigo, Pierre sortit un rouleau de papier noué d'une faveur. Il me le tendit. En le prenant j'y sentis la chaleur encore présente du corps contre lequel il avait reposé. Je le glissai en rougissant dans mon décolleté, entre mes seins.

— Décidément, vous êtes aussi jolie blonde que brune, murmura Pierre, penché vers moi.

Ce fut ce moment précis que mon mari choisit pour revenir.

Ses retours demeuraient toujours imprévus. D'ordinaire, je m'accommodais sans difficulté des allées et venues d'un homme pour lequel je n'éprouvais qu'indifférence. Cette fois-ci, il en fut autrement.

— Eh bien ! Je constate qu'on ne s'ennuie pas en mon absence ! lança Jean en se plantant devant nous.

Je levai les yeux pour apercevoir le visage soupçonneux de celui dont je portais le nom se découpant à contre-jour sur l'azur printanier.

Je ne l'avais pas entendu approcher et me sentis courroucée tout autant que troublée.

— Surgit-on comme cela, tout de go, m'écriai-je, sans crier gare ?

— Ne peut-on rentrer chez soi simplement, sans se faire annoncer à son de trompe ?

Nous nous dévisagions avec autant de rancune l'un que l'autre.

— Holà ! Cousin ! intervint Ronsard. Il me semble que vous vous méprenez. Je récitais quelques vers à Cassandre. Entre gens qui aiment également la poésie, je ne vois pas en quoi un tel passe-temps est blâmable. Qu'allez-vous chercher d'autre ? Ne suis-je pas votre parent ?

— Il est vrai, grommela Jean. Est-ce une raison ?

— Vous fréquentez trop de femmes légères, dis-je en me relevant et en tapotant le linon de ma jupe où s'étaient collés des brins d'herbe. Ces mauvaises relations vous font voir le mal partout. Surtout où il n'est pas.

— Nous vivons en un siècle où on ne peut se fier à personne ! s'exclama mon mari avec une rage froide. Pas plus à vous qu'à une autre ! Que faites-vous, d'ailleurs, en négligé, décoiffée, sans femme pour s'occuper de vous, à coqueter avec mon cousin ?

— Il vous l'a déjà dit : il me chantait ses derniers vers.

— Vous étiez bien proches !

— Vous savez que j'entends mal, reprit Pierre qui conservait son calme. J'ai l'habitude de me tenir au plus près des personnes auxquelles je parle. Sans cette précaution, toute conversation suivie m'est une épreuve.

— A première vue, il ne paraissait pas que celle-ci vous en fût une !

Jean haussa les épaules. De la cravache qu'il tenait à la main, il cingla avec rage ses bottes montantes de cavalier.

— Admettons que ce conciliabule ait été innocent, continua-t-il sans chercher à dissimuler sa mauvaise humeur et avec cet entêtement qui m'irritait tant durant chacune de nos disputes. Avouez cependant que les apparences étaient contre vous.

— Seulement les apparences, affirma Pierre en se redressant à son tour. Il n'y a pas dans tout ceci de quoi fouetter un chat, mon cousin. Ce ne sont là que billevesées !

Jean m'interpella de nouveau.

— Quoi qu'il en soit, allez vous habiller plus décemment, madame, et recoiffez-moi ces cheveux qui vous transforment en saule pleureur !

Pour ponctuer sa remarque, il fustigea derechef une touffe de giroflées qui poussaient contre le muret entourant la banquette de gazon où nous nous tenions. Les doux pétales bruns et jaunes giclèrent en petites chiffes pantelantes qui s'éparpillèrent sur l'herbe.

Comme si le coup de cravache m'avait atteinte et non ces pauvres fleurs, je sentis les larmes me monter aux yeux. Pour que mon mari ne les aperçût pas, je me détournai brusquement avant de me diriger vers la maison. J'eus pourtant le temps de capter le regard navré et douloureux de Pierre posé sur moi.

Quand je redescendis, coiffée, parée ainsi qu'il convenait, je trouvai Jean tout seul.

— Ronsard s'en est allé, dit-il d'un ton maussade. Il ne me plaît pas que vous receviez ici, quand je n'y suis pas, un tonsuré dont les vers ne sont que prétextes à roucoulades. Toutes vos protestations n'y changeront rien. Je sais ce que je dis. Je n'entends pas être tourné en ridicule sous mon propre toit... ni ailleurs non plus !

De ce jour, mon mari ajouta la jalousie à ses autres défauts. Combien j'ai eu à en souffrir, tu ne l'ignores pas. Tu m'as souvent vue pleurer...

9

> *... Car je n'aime ma vie*
> *Si non d'autant qu'il te plaît de l'aimer.*
>
> RONSARD.

Ce fut donc à Pâques 1550 que Pierre s'installa à Vendôme. De ce jour, ma vie s'éclaira.

Jean était le plus souvent absent. Sa jalousie me laissait ainsi de longues plages de répit. Libérée des tracasseries qu'il ne cessait pas de m'imposer durant ses brefs séjours, je me trouvais le plus souvent disponible pour goûter enfin à ce qui est une des plus véritables joies de l'existence : la présence de l'être aimé.

Car je m'étais mise à chérir mon poète. Ce n'était plus seulement, comme du temps de ma première jeunesse, de sa passion pour moi que j'étais éprise, mais bien de l'homme lui-même, du compagnon joyeux et fort, ardent et délicat qui était parvenu à m'éveiller le cœur. Je découvrais, ou, plutôt, je redécouvrais que nous nous intéressions aux mêmes choses, que nous avions beaucoup de goûts communs, que nous communiions dans le même souci de l'art. Nous éprouvions un attrait semblable pour la musique, les livres, la nature, les jardins. Nous pouvions converser pendant des heures sans nous lasser et je puis dire une chose que peu de femmes sont capables de soutenir avec vraisemblance : je ne me suis jamais ennuyée en sa compagnie.

Le surlendemain de sa première visite à Courtiras, Pierre était revenu me voir. Mon mari était déjà reparti afin de remplir sa charge auprès de notre duc qui se trouvait avec la Cour dans le nord du royaume où le roi Henri II était occupé à reprendre Boulogne aux Anglais.

C'est en apercevant de ma fenêtre Ronsard qui se dirigeait de son pas allègre vers la terrasse où je me tenais l'avant-veille que je découvris que je l'aimais.

Soudain mon cœur battait, une joie bondissante se déversait à flots dans mes veines, j'avais envie de crier de bonheur tandis qu'un bouleversement secret me serrait la poitrine dans un étau. C'était comme une brusque montée de sève assaillant une plante longtemps repliée sur sa tige frileuse. Une onde de vie m'envahissait.

J'appelai Pierre. Il leva la tête, me vit, me sourit. Eclairé de l'intérieur, son visage me parut rayonner ainsi qu'un soleil.

Je joignis les mains et demeurai figée sur place. Clouée par l'amour aux meneaux de ma croisée, je me fis songer à un insecte sur une planche.

J'utilisai cependant le peu de sang-froid qui me restait à me convaincre que je ne devais pas m'élancer à l'étourdie vers celui qui me produisait une pareille impression. Si j'agissais de la sorte, si je me jetais dans ses bras, si je me livrais follement à lui, je vulgarisais nos plus belles chances. Il me fallait, tout au contraire, ménager les douces perspectives qui s'offraient à moi. Connaissant le tempérament de Pierre, il ne m'était pas difficile de prévoir qu'à mon élan inconsidéré répondrait celui d'un homme habité par le désir. Etait-ce un assaut de ce genre que je souhaitais ? Non pas. Je me promettais mille délices de nos tête-à-tête mais je ne voulais pas les transformer en ébats de la chair. Seulement en accomplissements du cœur...

Il me faut beaucoup de mots et de temps pour traduire ce dont je m'avisai en un éclair : si je tenais à épuiser un à un les ravissements de l'approche amoureuse, je devais dans l'instant adopter une conduite qui ne prêtât pas à confusion.

Quand je rendis son sourire à Pierre, je savais ce que j'allais faire. Grâce à ma décision, nous allions vivre de longs moments de discrète connivence.

Je lui réservai donc un accueil empreint de sereine tendresse mais dépourvu des manifestations qui auraient pu l'entraîner à une trop prompte attaque.

Pour commencer, je l'entraînai en une longue promenade dans nos bois qu'avril reverdissait. Sous les ombrages encore grêles, je sus que j'avais eu raison de me comporter comme j'en avais décidé. Nous tenant par la main ainsi que deux enfants, nous causâmes gaiement en riant pour un rien. Ces premiers moments de solitude partagée s'écoulèrent sans heurt, sans débat, sans la moindre fausse note.

Plus tard, je le conduisis vers le petit pavillon de musique construit à l'écart de la maison, à côté de la charmille. Assis sur un coussin, à mes pieds, Pierre m'écouta chanter ses vers en m'accompagnant du luth dont il aimait les harmonies.

Très vite, nous avons pris des habitudes.

Il ne me fut pas nécessaire de m'expliquer. Pierre, qui

connaissait ma façon de concevoir nos rapports sentimentaux,
sembla les accepter tacitement et s'y conforma en tout point.

Dès le matin, il venait assez souvent assister à la fin de
ma toilette. Je le recevais dans ma chambre, en ta présence,
Guillemine, tu dois te le rappeler. Je trouvais beaucoup de
plaisir à cette innocente intimité dont je n'avais à redouter
aucun remords de conscience.

Il arrivait à Pierre de me conseiller sur le choix d'une parure,
d'un ruban, de la couleur d'un voile ou sur l'arrangement de
ma coiffure. Il aimait te voir brosser mes cheveux, les natter,
les tresser de perles. Quand tu les relevais sur ma nuque, il
baisait alors les frisons qui t'échappaient.

— Je possède déjà un anneau confectionné par vous à l'aide
d'une mèche que vous vous étiez coupée à mon intention, me
dit-il un matin. Je ne m'en déferai jamais... même si j'ai bien
failli le détruire au reçu d'une certaine lettre...

— Pierre !

— N'en parlons plus, ma belle amie, n'en parlons plus !
Tout ce que je souhaite à présent, c'est une de ces boucles
blondes qui moussent contre votre oreille. Je détiendrai de la
sorte un double échantillon des couleurs ayant tour à tour
paré votre tête.

En souriant, afin qu'il eût le plaisir de le faire lui-même,
je lui tendis les ciseaux d'argent dont je me servais pour me
tailler les ongles. Avec précaution, il détacha quelques mèches
folles qu'il glissa sur sa poitrine entre sa chemise et son pourpoint.

— C'est là un bien mince cadeau, repris-je dans l'intention
d'en minimiser la portée. Je vous le donne avec beaucoup
moins de solennité que la première fois. Pourtant, ceux-ci
vous causeront moins de déception que ceux-là !

Après ma toilette, nous accomplissions presque toujours un
tour de jardin avant le dîner que nous prenions ensemble les
jours de visites matinales.

Venaient ensuite des promenades dont je conserve un
lumineux souvenir. Nous cheminions à travers prés, chemins
creux, bois, ou le long des rives herbues du Loir. Nous en
revenions, mon petit chien sur les talons, chargés de toutes
sortes de trouvailles : fleurs, feuillages, coquillages fossilisés,
plantes médicinales, roseaux frissonnants...

Car ce poète était aussi un homme de la terre. Elevé dans
un village au cœur de la campagne vendômoise, il avait appris
des paysans de Couture à reconnaître et à utiliser les baies
sauvages comme les plantes aquatiques, les fruits de la forêt

comme les graminées des champs. Sensuel en tout, il palpait le revers duveteux ou soyeux de certaines feuilles charnues, il caressait les troncs lisses des hêtres, des merisiers, des bouleaux, il goûtait les jeunes pousses des églantiers après les avoir dépouillées de leur écorce à l'aide de son poignard, il suçait les tiges tendres et sucrées des hautes herbes de juin.

Je revois ses mains habiles cueillir, toucher, éplucher, trier, soupeser, les produits de nos cueillettes.

A moi qui possédais déjà une connaissance honorable des simples, il réussissait à faire découvrir des ressources de la nature encore insoupçonnées. Il m'enseignait l'usage mais aussi la méfiance et ne se laissait jamais abuser par des ressemblances trompeuses.

Il s'amusait à me faire goûter ses découvertes et baisait ensuite sur mes lèvres les saveurs miellées, acides ou poivrées qu'y déposaient ces dégustations insolites.

Curieusement, une animalité évidente voisinait en lui avec le génie poétique. Il y avait du limier chez Pierre.

Chasseur dans l'âme, il distinguait là où je ne voyais rien les traces d'un lièvre, d'un renard, d'un coq de bruyère, dont il pouvait déceler l'âge et les habitudes sans commettre d'erreur.

Campé sur ses longues jambes bottées de cuir jusqu'aux cuisses, il avait une façon de rejeter la tête en arrière pour humer le passage de la moindre senteur véhiculée par le vent qui l'apparentait à un chien de meute.

Il fréquentait la nature comme une femme et entretenait avec elle des rapports aussi intenses que journaliers. Tout son être participait à la verdeur du printemps, à l'ampleur épanouie de l'été, à la fructification de l'automne. S'il n'aimait pas l'hiver, c'était à cause de la mise en sommeil des pouvoirs de sa belle amante et parce que la germination invisible des mois de froidure lui échappait. Sans conteste, une sorte d'harmonie physique existait entre eux.

— Si je ne savais pas que le dieu Pan est mort, je le croirais réincarné sous votre forme, lui disais-je parfois avec amusement. En son honneur, je vais vous couronner de fleurs et de verdure !

Je lui confectionnais alors des couronnes agrestes qu'il posait joyeusement sur son front.

— En attendant les lauriers de la gloire, je me contenterai de ces humbles tributs de la campagne parce qu'ils viennent de vos mains, assurait-il, plein d'entrain. Pourtant, vous vous trompez sur un point, mon cœur : la nature n'est pas pour moi une déesse païenne. Elle fait, tout au contraire, partie du plan de Dieu, de Son projet sur nous. Elle est Son œuvre et Son témoin !

Il m'expliquait avec enthousiasme sa vision de l'univers et nous nous lancions dans des discussions infinies.

La musique, la poésie, la danse aussi, parfois, parachevaient ces heures si pleines durant lesquelles j'apprivoisais l'amour.

Pierre m'enseignait aussi à versifier. Nous échangions nos œuvres. Il prétendait que je ne manquais pas de talent et m'incitait à poursuivre. En outre, il m'assurait que je l'inspirais de telle façon lui-même qu'il n'avait jamais si aisément composé et qu'on ne pourrait plus, désormais, lui reprocher une paresse qui le tenait avant qu'il ne vînt à Courtiras.

Bref, je jouais auprès de lui le seul rôle qui me plût : celui d'amie de cœur, d'inspiratrice, de muse.

Si je suis parvenue à maintenir pendant des mois un équilibre fragile entre mon penchant pour un mode de vie qui me convenait si bien et les tentatives plus audacieuses de Pierre, ce ne fut cependant pas toujours facile.

Parfois, les mains aventureuses de mon poète s'égaraient sur mon corps. Il me fallait m'arracher à un entraînement dont les perfides douceurs m'auraient conduite là où je ne voulais pas me rendre. Je me défendais. Il insistait. Nous nous disputions et il s'en repentait ensuite.

Un soir, dans le pavillon de musique, alors que la Saint-Jean toute proche étirait sans fin les heures en de longues et tièdes soirées qu'embaumaient les tilleuls, je crus bien succomber.

Ronsard était resté souper. Avant de repartir pour Vendôme, il m'avait demandé un dernier chant. Comment aurais-je pu le lui refuser ? Selon son habitude quand je jouais du luth pour accompagner ma voix, il s'était assis à mes pieds.

Lorsque j'en eus fini, il posa sa tête sur mes genoux. Le temps s'immobilisa. La langueur de l'air, les senteurs de juin, l'harmonie de l'instant où se conjuguaient les charmes de la musique avec ceux de l'été proche et, surtout, le trouble partagé, m'incitèrent à l'embrasser soudain sans ma retenue habituelle. Profitant de dispositions dans lesquelles il me trouvait si rarement, il m'attira alors avec précaution sur les coussins éparpillés autour de nous et commença à me caresser. De mes épaules à ma gorge, de celle-ci à mes seins jaillis des lingeries dégrafées, il procéda par prudentes étapes, en une progression savante et affolante vers le but dont il rêvait...

Mais il perdit bien vite la maîtrise de soi qui lui aurait peut-être assuré la victoire et s'enfiévra. Relevant le bas de ma jupe, il retroussa mon vertugade et se livra sans plus attendre à une exploration trop hardie à mon gré...

Je le repoussai, me redressai en tremblant et m'éloignai de lui.

— Je ne veux plus vous voir avant deux jours, Pierre, dis-je d'une voix blanche. Rentrez chez vous !

Quand il revint le surlendemain, tout contrit, il m'apportait un poème rempli de protestations repentantes :

> *Si ma main, malgré moi, quelque fois*
> *De l'amour chaste outrepasse les lois*
> *Dans votre sein cherchant ce qui m'embraise,*
> *Punissez-la du foudre de vos yeux,*
> *Et la brûlez : car j'aime beaucoup mieux*
> *Vivre sans main, que ma main vous déplaise.*

Je ris, je lui pardonnai et notre réconciliation fut douce...

En te faisant part de ces événements que tu ignorais jusqu'à ce jour, Guillemine, je m'aperçois que je pourrais sembler froidement coquette et calculatrice à qui ne me connaîtrait pas. Je ne voudrais pas que tu t'y méprennes. En me comportant envers Pierre comme je viens de te le dire, je ne me livrais en aucune façon au trouble jeu de la séduction. Seule, l'appréhension instinctive d'une femme mal mariée que son initiateur était parvenu à dégoûter des choses de l'amour m'incitait à repousser des avances dont la conclusion inévitable m'angoissait.

Dès ce moment-là, cependant, je mesurais combien notre situation était fausse et que mon bonheur reposait sur des assises on ne peut plus précaires.

Bien que rares, les retours de mon mari interrompaient également nos rendez-vous. A la maison, Jean se montrait grincheux, tatillon, despotique. Il endossait à présent de façon permanente le rôle du tyranneau domestique dont la jalousie lui avait fourni les premiers arguments. Tout lui était prétexte à scènes et à remontrances : la cuisine que je lui faisais servir ne lui plaisait pas, ma conversation était qualifiée par lui d'étriquée et de pauvre, je m'habillais mal, enfin, nous n'avions pas deux idées de communes. Là, je le rejoignais, ce qui était un nouveau sujet de dispute.

Quand je n'en pouvais plus, je me sauvais à la Bonaventure où je retrouvais Marie à laquelle je me laissais aller à confier mes tourments.

— Ma bonne amie, me dit-elle la première fois où, pour

justifier la jalousie de mon époux, je m'étais vue forcée de lui parler de Ronsard, ma bonne amie, vous avez pris un chemin bien malaisé. Demeurer sans tache en repoussant à la fois l'homme qui a des droits sur vous et celui qui vous plaît, me paraît entreprise ardue pour ne pas dire impossible. Fatalement, un jour, vous allez vous trouver dans l'obligation de choisir. Vous en rendez-vous compte ?

— Je suis parvenue, jusqu'à présent du moins, à préserver à la fois les apparences et mon secret. On peut donc le faire.

— Pour un temps, je vous l'accorde, vous l'avez pu. A la longue, vous céderez.

Je protestai. Marie leva les sourcils d'un air dubitatif.

— Je crains que vous ne vous abusiez sur vous et sur les autres, dit-elle avec son bon sens habituel. Vous savez que je ne suis pas prude et que je comprends l'amour. Mais vous jouez là avec le feu, Cassandre. Il pourrait bien vous arriver de vous y brûler.

Nous marchions le long du petit cours d'eau qui serpente dans un pré à quelques toises seulement des murs du manoir. L'été commençait. Il faisait chaud dans la cour où la touffeur stagnait sous les branches des aulnes qui en ornaient le centre, alors que la fraîcheur de l'eau vive nous avait attirées au bord du Boulon.

— Comprenez-moi bien, continuait Marie. Il ne s'agit pas pour moi de vous critiquer par principe. Bien qu'à mes yeux le sacrement du mariage soit indissoluble, je ne suis pas aveugle. Je vois autour de moi trop d'unions mal assorties et souvent imposées pour ne pas chercher à comprendre les raisons des dérèglements dont la Cour et la province nous donnent sans cesse le spectacle. De nos jours, on se marie davantage par intérêt, convention ou arrangements familiaux que par attrait réciproque. Je le déplore, sans nier pour autant que de telles pratiques aboutissent parfois à des situations insupportables. En êtes-vous parvenue à ce point ?

Nos amples jupes, soutenues par les vertugades rigides, nous forçaient à avancer l'une derrière l'autre sur l'étroit sentier tracé dans l'herbe épaisse du bief. Le bruit de l'eau courante couvrait nos voix. Nous devions parler de profil et forcer le ton pour nous faire entendre l'une de l'autre.

— Insupportable, non, pas encore, dis-je à contrecœur. Mais, néanmoins, fort pénible. Jean me poursuit à tous moments de sa jalousie insultante alors que, de son côté, il ne se prive pas de me tromper avec n'importe qui !

— Depuis longtemps, vos silences m'avaient laissée

supposer qu'entre votre mari et vous les choses n'allaient pas au mieux, reconnut Marie, mais je ne pensais pas que vous aimiez quelqu'un d'autre. Votre avenir va se jouer sur cet attachement. Est-il assez puissant pour vous amener à tout quitter ?

Je secouai la tête.

— Hélas ! soupirai-je, Ronsard est tonsuré !

Cet ultime aveu me coûtait. Il était pourtant indispensable pour la compréhension des faits.

Mon amie cessa d'avancer. Elle se tourna vers moi et me fit face afin de me dévisager avec inquiétude.

— Je vous plains de tout mon cœur, ma pauvre Cassandre, dit-elle. Entre vous et cet homme rien ne peut être durablement entrepris. Je vous vois condamnée à une aventure sans lendemain.

— Il n'y aura pas d'aventure ! m'écriai-je avec fermeté. Seulement une amitié amoureuse pleine de charme, qui peut durer plus longtemps que vous ne le croyez puisqu'elle n'est pas coupable !

Marie serra les lèvres. Je la revois avec un visage soudain durci que je ne lui connaissais pas encore. Elle resta un instant immobile devant moi, puis fit demi-tour et reprit sa marche.

— Vous vous bercez d'illusion, enchaîna-t-elle un moment plus tard sans cesser d'avancer devant moi. Aucun homme normal ne se contentera d'un pareil compromis. Ou bien il vous amènera à partager sa façon de voir et vous devrez renoncer à votre angélisme ou bien il se détachera de vous.

Marie tranchait un peu vite. Elle oubliait que sous mon apparente docilité j'étais capable d'obstination.

— Nous verrons bien ! lançai-je à mon tour. Pour ce qui est de moi, je ne fléchirai pas, soyez-en certaine. Quant à Pierre, il sait ce que pratiquer la courtoisie signifie. Je pense pouvoir le maintenir autant que je le voudrai dans cet état platonique dont je reconnais que notre siècle n'est pas prodigue.

Durant l'été qui suivit cette conversation, les événements parurent justifier mon attente.

Afin de donner le change à mon voisinage et aussi pour ne pas attiser par trop de bonnes grâces l'ardeur de Ronsard, je me résolus à recevoir davantage, à sortir, à inviter chez moi de temps à autre des hôtes de passage : ma mère, mes jeunes sœurs et, comme la jalousie de mon mari écartait toute présence masculine, sa sœur qui était bossue, cette Marguerite qui m'avait la première fait connaître les Musset. Mes relations avec elle évoluèrent malheureusement vers une sorte de méfiance réciproque qui ne contribuait guère à rendre plaisants les séjours qu'elle effectuait à Courtiras. L'infirmité dont elle souffrait provoquait en elle une aigreur tant bien que mal dissimulée sous une fausse cordialité.

En vivant à ses côtés, il me fut pénible de découvrir que ma belle-sœur faisait partie de la cohorte plus nombreuse qu'on ne le pense de ceux qui ne se montrent jamais aussi attentionnés à l'égard des autres qu'au moment où ceux-ci ont des ennuis. De cette disposition de leur caractère découle à leurs yeux l'évidence de leur propre bonté et ils en tirent avantage. L'expérience m'a appris que le malheur allèche nombre d'individus qui se consolent sans doute de leurs déboires personnels en s'apitoyant avec complaisance sur les infortunes d'autrui. C'est une espèce moins rare qu'on ne serait tenté de le croire. Contrairement à ce qu'on a l'habitude d'affirmer, si la prospérité attire beaucoup de monde autour de ceux qu'elle favorise, l'adversité en appâte d'autres dont les intentions ne sont pas toujours pures...

Marguerite était de ceux-là. Plus tard, en une occasion où son rôle m'a été affreusement préjudiciable, elle l'a prouvé de la plus hypocrite façon...

Pour en revenir à l'été dont je te parle, je dois te dire qu'en plus des précautions que je t'ai énumérées, je m'arrangeais aussi pour que nos moments de solitude, à Pierre et à moi, fussent moins réguliers qu'auparavant et de point trop longue durée.

Au début de l'automne, un accès de fièvre quarte comme il m'arrive hélas souvent d'en subir me tint au lit plus d'une semaine, suivie d'une autre consacrée à la convalescence.

Jean se trouvant là, je demeurai de longs jours sans voir Ronsard, exilé de Courtiras. Il en fut si malheureux qu'il composa plusieurs poèmes sur la maladie qui me tenait éloignée de lui. Dans l'un d'entre eux, il s'en prit même au médecin qui venait me saigner chaque matin, l'accusant de profiter de la situation pour me palper d'indiscrète façon... Cette jalousie-là me flatta en secret alors que celle dont continuait à me poursuivre mon mari m'exaspérait sans cesse davantage.

Aux fêtes de la Noël, je fis la connaissance de Joachim du Bellay. Pierre, qui m'avait si souvent parlé de lui, l'invita à Vendôme, après un court séjour à la Possonnière où il était allé rendre visite à son frère Claude qu'il aimait bien. Or, l'oncle de Joachim possédait sur le versant opposé de la vallée du Loir un château imposant où son neveu se rendait avec plaisir. Les deux amis avaient alors décidé de prolonger leur rencontre en passant quelque temps ensemble au domicile de Ronsard.

L'auteur déjà célèbre de la *Défense et illustration de la langue française* me plut tout de suite par son aspect rêveur, insouciant, et par son détachement sincère de toute vanité littéraire. Il dissimulait avec pudeur, sous un maintien ironique, une difficulté à accepter la vie telle qu'elle est, qui me le rendit très proche. Sensible, timide, il se réfugiait derrière une désinvolture qui n'empêchait pas qu'on le sentît pensif, aisément blessé par autrui. Il se disait esseulé au milieu du monde. Pierre m'expliqua que son ami ne se consolait pas de s'être vu obligé de quitter son pays angevin où il avait connu jadis de si douces heures aux bords de la Loire.

Par la faute de son frère aîné, René, qui était brutal, dépensier, mauvais coucheur, cynique et jouisseur, cette branche de la famille du Bellay était à peu près ruinée. Le domaine vendu, la fortune paternelle dilapidée, il ne restait à Joachim que ses doigts pour écrire et ses yeux pour pleurer. Parent des illustres du Bellay de l'autre branche, Guillaume, le gouverneur du Piémont, et Jean, l'opulent prélat, Joachim se refusait à accepter une déchéance qu'il avait subie sans en être le moins du monde responsable, ce qui ulcérait par ailleurs sa fierté.

L'aspect arrogant et parfois un peu catégorique de son œuvre, qui l'avait fait mal voir de certains, s'expliquait par la nécessité où il se trouvait de redonner du lustre à son nom. Il se parait des haines soulevées comme de quartiers de noblesse supplémentaires et tirait orgueil de s'être illustré par son mépris des imbéciles.

Sans doute parce que je n'étais en rien mêlée à cette querelle, je ne me laissais pas abuser par le masque qu'il portait et devinais sans peine la finesse de son âme.

La très réelle et franche amitié qu'il vouait en outre à Pierre entra aussi pour beaucoup dans la sympathie que j'éprouvai bientôt à son égard.

De tous ceux que Ronsard fréquentait alors, de tous les amis plus ou moins sincères qui l'entouraient tant à Paris que dans nos provinces, du Bellay fut sans conteste le plus fidèle et le meilleur. Fondée sur une estime réciproque et des affinités essentielles, leur amitié dura tant que vécut Joachim.

Peut-être était-ce la prescience de sa fin prématurée, de sa vie si tôt interrompue, qui faisait parfois passer dans le regard du jeune condisciple de Pierre une nostalgie que nous mettions sur le compte de la perte de son patrimoine... Peut-être était-ce également ce pressentiment qui le poussait à écrire sans désemparer et à publier avec une hâte que beaucoup jugeaient excessive ?

Quoi qu'il en soit, ni la rivalité d'auteurs, ni la perfidie de certains membres de leur entourage, ni le long séjour que fit Joachim en Italie ne parvinrent à désunir Pierre et son ami, non plus qu'à les détourner d'une entente qui ressemblait à de la complicité. Je puis également soutenir sans vanité mais avec satisfaction que je partageais l'affection que Ronsard vouait à du Bellay. Mon intrusion dans leurs relations n'en perturba en aucune façon le cours. Pour une fois, la présence d'une femme entre deux hommes ne modifia pas la nature de leurs rapports amicaux et notre trio traversa sans encombre l'épreuve souvent destructrice du compagnonnage partagé.

Nous n'étions pas vraiment des étrangers l'un pour l'autre, tant Pierre avait pris plaisir à décrire à chacun de nous le caractère de celui dont il l'entretenait. Joachim devait être aussi désireux de me connaître que je l'étais de mon côté de le rencontrer.

Ce fut d'abord au milieu des festivités religieuses, familiales et mondaines de la Noël que nous nous sommes vus.

Jean était revenu à Courtiras pour cette occasion. Comme toujours quand il se trouvait là, je recevais et sortais bien davantage qu'à l'ordinaire afin de noyer sa jalousie envers Pierre dans un flot de relations et d'activités diverses : parties de chasse, concerts, jeux de société comme les cartes, les tarots, les échecs ou ce nouveau trictrac qui unissait les dés aux dames et faisait fureur, bals, paume, tir à l'arc, courses à la bague, conversations courtoises autour d'une table bien servie, tout m'était bon pour inviter et nous faire inviter.

Le bruit du recueil de ses *Odes* aidant, Ronsard était en passe de devenir célèbre dans notre Vendômois. Il n'y avait plus de réunions sans lui. Il amenait à sa suite du Bellay, également connu par ses écrits, de sorte que personne ne pouvait trouver à redire en nous voyant tous trois rire et bavarder de compagnie.

Les fêtes passées, mon mari repartit s'occuper de sa charge.

Par ailleurs, Claude de Musset, Marie et leurs enfants s'en étaient retournés depuis novembre à Blois où leur maison transformée et embellie les attendait.

Plus libre de ma personne et de mon temps, je mis en veilleuse les activités mondaines auxquelles je ne m'adonnais que pour égarer les soupçons de mon époux, et consacrai la majeure partie de mes journées à Pierre et à son ami.

Ce fut alors que j'appris à mieux connaître Joachim.

Nous nous réunissions tantôt chez moi, tantôt chez Pierre où je pouvais à présent me rendre sans offenser la bienséance. La présence d'un tiers interdisait à mon trop pressant ami toute velléité de privautés excessives.

Il faisait froid. Il neigea d'abondance en janvier et tout au long de février. De cet hiver-là, je n'ai rien oublié...

Enveloppée de fourrures, j'arrivais rue Saint-Jacques au milieu d'une sarabande de flocons. Pierre m'attendait derrière la porte. Ne voulant laisser à personne d'autre le soin de m'accueillir, il tenait à m'ouvrir lui-même pour être le premier à me voir. Puis il m'entraînait devant le grand feu qui brûlait dans la salle gothique de sa demeure et me faisait servir du vin chaud et des crêpes fourrées au miel dont il savait que j'étais gourmande.

— Buvez, mangez ! J'aime vous regarder ainsi, les joues rosies par le froid, les yeux brillants comme des étoiles, traînant dans les plis de votre robe l'odeur de la neige et du gel !

Un livre à la main, du Bellay ne tardait pas à venir nous rejoindre. Nous nous lancions alors dans d'interminables conversations dont la plupart avaient trait à la nécessité de renouveler la veine poétique de notre temps. Nous nous amusions aussi fort souvent à critiquer sans pitié les poètes vieillissants qui demeuraient bien en cour.

Pierre conservait une amertume certaine envers Henri II qui ne l'appréciait pas et lui préférait un poète-courtisan comme Mellin de Saint-Gelais. En dépit de la faveur dont bénéficiait l'ami Carnavalet, Ronsard n'avait pu s'imposer dans le cercle étroit des favoris du roi. Sans doute n'avait-il pas eu l'échine assez souple pour flatter Diane de Poitiers, toujours toute-puissante sur le cœur du souverain, ni pour se concilier les bonnes grâces de ceux qui encensaient le couple adultère sans le moindre scrupule.

Avec confiance et candeur aussi, Pierre avait pensé que son premier recueil, si riche de nouveautés, soulèverait l'enthousiasme de la Cour et de la ville. D'avance, il s'était vu acclamé par les grands et par les gens cultivés. Malheureusement pour lui, le goût de nos contemporains demeurait alors fort conventionnel. Vouloir renouveler le souffle poétique français avait paru aux rares lecteurs de Ronsard une entreprise dénuée de sens et dépourvue du moindre intérêt. Ils lui préféraient de beaucoup rondeaux ou épigrammes licencieux, remplis de sous-entendus grivois, qui étaient alors de mode.

— Seuls les poèmes d'amour font recette, assurait du Bellay. Il y en a peu dans ton recueil. Tu devrais t'y mettre, ami ! Tu en tirerais gloire, crois-moi, plus vite qu'avec tes *Odes* !

— J'en écris aussi, disait Pierre. Vous le savez tous deux. Mais ils parlent de passion véritable et non pas d'amourettes plus ou moins obscènes !

— La princesse Marguerite vous a cependant fait savoir qu'elle goûtait vos vers, protestai-je pour redonner confiance à mon poète. Chacun sait que la sœur de notre roi est un modèle d'érudition, de science et de vertu. Son jugement est d'un grand poids.

— L'une de mes *Odes* lui est dédiée, soupirait Ronsard, mais ce geste n'a pourtant pas suffi.

— Peu importe ! Ton génie éclate dans cet ouvrage de façon si évidente qu'il n'est que de lui faire confiance. En refusant de te soumettre à une mode sans avenir, tu as bien fait.

— Mais c'est moi qui créerai la mode ! Je n'ai pas à m'incliner devant de vieilles recettes composées par les débris du passé. Je méprise les lecteurs ignorants et envieux qui jappent après mes chausses ! Ce que j'entends démontrer, c'est la nécessité absolue d'apporter un accent nouveau à notre poésie française. Et cet accent, j'entends bien l'imposer !

Je me retrouvais par la pensée à Talcy du temps où Pierre exposait ses projets à ma mère et à mon frère Antoine. Les choses avaient pourtant changé. Le nom de Ronsard ne résonnait plus dans le vide. Un petit nombre de connaisseurs croyaient à présent en lui.

— Vos *Odes* contiennent des merveilles, lui dis-je lors d'une autre de nos conversations à ce sujet. Ce n'est pas parce que des courtisans et de vieux écrivailleurs officiels les dénigrent qu'elles en sont moins belles ou moins fortes. Tous ces gens vous jugent sur des valeurs mondaines dont vous n'avez que faire !

— Mellin de Saint-Gelais, qui est tant adulé par la grande sénéchale et par le roi, est allé jusqu'à oser me railler en leur présence ! remarqua sombrement Pierre. Ils ont ri de ses propos !

— Peut-être, mais la princesse Marguerite a protesté, elle a plaidé ta cause, s'écria du Bellay. Michel de l'Hospital, ce conseiller au Parlement si savant et si sage dont elle a fait dernièrement son chancelier privé, te porte, lui aussi, aux nues. Ils ont tous deux donné l'exemple. Il y a maintenant à Paris tout un groupe de doctes lettrés qui ne jurent que par toi.

— Sans doute, sans doute, reconnut Pierre. Mais j'ai encore beaucoup à prouver, bien des lecteurs à convaincre et mon pari à gagner !

C'est ainsi que je l'aimais : ardent, lutteur, novateur fermement décidé à faire triompher sa cause, bretteur de l'Absolu !

10

Celui que Mars horriblement enflamme
Aille à la guerre...

RONSARD.

Du Bellay nous quitta après les fêtes du Carnaval.

J'eus alors le sentiment qu'un piège délicieux risquait de se refermer sur notre couple confiné dans une intimité dont je percevais mieux chaque jour les dangers.

De respectueux et tendre, l'amour de Pierre devenait, au fil des jours, plus pressant, plus avide.

Notre second printemps en Vendômois exaspéra des sentiments que je ne parvenais plus que difficilement à endiguer.

Sa passion l'inspirant, mon poète écrivait avec fièvre des sonnets qu'il m'apportait le lendemain même de leur composition. Les uns m'enchantaient, d'autres me troublaient, certains m'inquiétaient.

Je ne puis nier que ces dons du cœur et de l'esprit ne m'aient été précieux malgré tout par leur beauté toujours plus affirmée. J'y retrouvais mon empreinte ainsi que mon influence dans la façon si nouvelle pour lui que Ronsard avait soudain adoptée d'y pétrarquiser. Mes ardents plaidoyers en faveur du poète italien qu'il avait si longtemps dédaigné portaient enfin leurs fruits. Cette conversion me causait autant de bonheur que de fierté.

Mais il y avait un autre aspect de l'œuvre de Pierre que je voyais non sans confusion se développer sans cesse davantage. Comme Janus aux deux visages, l'un souriant et l'autre tragique, les poèmes de Ronsard traduisaient alternativement effusions et désirs.

L'aspect fervent me convenait, l'aspect violemment charnel me gênait. J'acceptais avec joie et reconnaissance les marques de tendresse, l'appel à la volupté me tourmentait.

> *Ha je voudrais, richement jaunissant,*
> *En pluie d'or goutte à goutte descendre*
> *Dans le giron de ma belle Cassandre,*
> *Lors qu'en ses yeux le somme va glissant.*
>
> *Puis je voudrais, en toreau blanchissant*
> *Me transformer pour finement la prendre,*
> *Quand en avril par l'herbe la plus tendre*
> *Elle va fleur mille fleurs ravissant.*
>
> *Ha je voudrais pour alléger ma peine,*
> *Etre un narcisse, et elle une fontaine,*
> *Pour m'y plonger une nuit à séjour.*
>
> *Et si voudrais que cette nuit encore*
> *Fût éternelle, et que jamais l'aurore*
> *D'un feu nouveau ne rallumât le jour.*

Des vers comme ceux-ci me remplissent encore de confusion. Il y a trente ans, ils me scandalisaient. Je faisais jurer à Pierre de ne jamais les publier.

Dans nos rapports quotidiens, j'avais également à faire face tour à tour à chacun de ces styles...

Je nous revois, durant ce printemps de 1551, assis l'un près de l'autre à même l'herbe épaisse qui pousse aux alentours de la fontaine proche de Courtiras, dont l'eau guérit les maux d'yeux. Pierre souffrait alors d'un catarrhe qui rendait blessante pour ses prunelles la lumière printanière dont l'éclat blanc l'irritait. Aussi avais-je entrepris de le soigner. A l'aide d'un linge fin et doux trempé dans l'eau bienfaisante, je bassinais ses paupières enflammées. Penchée sur lui, je ne pensais qu'à soulager son mal (enfin, presque...) lorsqu'il me saisit la taille à deux mains et me renversa sur le tapis herbu...

En y songeant, je retrouve l'odeur fade des jeunes brins foulés, le goût de narcisse des lèvres qui violaient les miennes, le bruit liquide de la fontaine... Sans se soucier des passants qui pouvaient survenir, Pierre, couché sur moi, me couvrait de baisers.

Il fallut l'arrivée d'une bande d'enfants joueurs dont les cris et les rires innocents étaient sans doute les seuls à pouvoir nous arracher aux bras l'un de l'autre, pour interrompre des caresses contre lesquelles je me défendais avec de moins en moins de conviction...

Quand je fus à nouveau seule, le soir venu, dans ma chambre, après une séparation plus embarrassée que d'habitude, je dus me rendre à l'évidence : je faiblissais.

Pierre détenait à présent des alliés dans la place. Demeurés jusque-là en léthargie, mes sens commençaient à se manifester. Leur éveil était, certes, un succès pour celui qui en était cause, mais, pour moi, cet éveil serait-il faste ou néfaste ? Si je n'étais plus capable de me défendre moi-même des avances dont j'étais l'incessant objet, qu'allait-il advenir de mon amour idéal, de nous, de moi ?

Une telle interrogation était déjà une réponse.

Je me résolus à fuir, à m'éloigner, à mettre quelque distance entre Pierre et la femme aux abois que j'étais en train de devenir.

Je décidai de gagner sans plus attendre Blois où mes parents résidaient en cette période de l'année et où je savais que Marie de Musset m'assisterait de son amitié.

Je partis donc le lendemain, sans avoir voulu revoir Ronsard. Ma résolution pouvait lui sembler cruelle, mais elle m'était apparue comme l'unique moyen dont je disposais pour éviter de choir dans un gouffre qui m'attirait jusqu'au vertige.

Cette retraite imprévue, alors qu'il me devinait sur le point de succomber, bouleversa Pierre et lui inspira un de ses plus attachants sonnets :

« *Veuve maison des beaux yeux de ma dame...* »

Je ne le lus que plus tard mais je suis persuadée que même si j'en avais pris connaissance dès ce moment-là, je n'en aurais pas moins fait boucler mes coffres de voyage pour fuir loin de celui dont la sensualité avait fini par me communiquer un peu de sa fièvre...

Jusqu'à la scène au bord de la fontaine, j'étais parvenue à demeurer maîtresse du jeu parce que maîtresse de moi. En perdant ma propre maîtrise, je perdais le pouvoir d'orienter les événements à ma guise.

« Pourquoi », me diras-tu, « tant d'obstination à demeurer irréprochable alors que votre mari ne se gênait pas pour vous tromper, alors que votre désir rejoignait enfin celui de votre amant ? »

Je ne sais pas au juste. Il est certain que je tenais le sacrement du mariage pour sacré et inviolable. Faillir à un engagement aussi solennel me révulsait même si Jean, de son côté, ne s'en souciait pas.

Je redoutais aussi les manifestations de l'amour physique qui nous ravale à l'état d'animaux et dont mon mariage m'avait dégoûtée. Cette appréhension perdurait dans mon esprit alors même que ma chair n'y souscrivait plus autant.

Peut-être également y avait-il une part d'orgueil dans mon intransigeance. Peut-être aussi autre chose... Cette chasteté dont je me voulais la vestale était-elle vraiment due à l'horreur de la faute ? Ne pouvait-on, avec un peu de clairvoyance, déceler au fond de mon âme la pensée que c'était à mes atermoiements que je devais la survie d'une passion que la satiété et l'habitude auraient sans doute usée jusqu'à la trame ? N'était-il pas établi que les plus longues amours étaient les plus chastes parce qu'inassouvies et n'était-il pas tentant de prolonger la dépendance d'un homme de la qualité de Ronsard ?

Tu vois, je te livre mes plus secrètes réflexions...

Tout bien considéré, je ne suis pas certaine que mon comportement méritât des louanges. Pierre m'aimait. La ferveur qu'il continuait à me témoigner depuis des mois en dépit de mes esquives n'était-elle pas une preuve de la pérennité de ses sentiments ? Que voulais-je donc démontrer avec ma poursuite sans fin des règles de la courtoisie ? Ma vertu ou mes pouvoirs sur un homme ?

Mes principes et mes justifications étaient-ils autre chose que de simples prétextes ?

Ces pensées et quelques autres se bousculaient dans ma tête alors que je m'éloignais de Courtiras.

Vêtue d'une robe à chevaucher de drap améthyste, masquée de satin noir, suivie de deux valets et d'un mulet qui portait mes coffres de cuir, je cheminais au milieu des champs verdoyants sans trop les voir tant les interrogations qui m'occupaient l'esprit me donnaient d'alarme.

A Blois, mes parents m'accueillirent avec affection, mais non sans marquer quelque surprise.

— Je ne m'attendais pas à votre visite, Cassandre, reconnut ma mère. Vous ne nous aviez pas informés de votre intention de quitter Courtiras où je croyais que vous vous plaisiez tant.

Il n'avait jamais été facile de lui en faire accroire...

J'évoquai ma solitude, l'abandon d'un époux que je voyais de moins en moins...

A une petite lueur au fond du regard maternel, je devinai que mes explications ne devaient pas sembler convaincantes.

— J'aurais pensé, voyez-vous, Cassandre, que l'absence d'un mari envers lequel vous n'avez jamais témoigné le moindre attachement vous serait plutôt délivrance que nostalgie, remarqua-t-elle du ton sans concession que je connaissais si bien. Mais, puisque vous avez jugé bon de venir nous rendre visite, ce n'est pas nous qui nous en plaindrons. Vous revoir nous est, chaque fois, une joie.

J'appris sans tarder que d'autres soucis agitaient ma famille. Jacquette, la femme de mon frère Jean, venait de faire une nouvelle fausse couche. Elle ne parvenait à mener à terme aucune grossesse. Tout le monde craignait qu'elle ne réussît jamais à donner un héritier aux Salviati.

— Décidément, soupira ma mère, il doit être dit que je ne verrai pas mes petits-enfants avant de m'en aller ! Jacquette semble incapable de nous offrir autre chose que des déceptions et vous demeurez stérile après six ans de mariage !

La remarque me fit mal. C'était la première fois qu'une observation de ce genre me blessait ainsi. D'ordinaire, j'évitais de m'appesantir sur une carence dont je ne souffrais pas réellement. Trop occupée par mes affaires de cœur, je n'avais pas le temps de déplorer une privation que je ne considérais d'ailleurs en rien comme définitive. Le véritable obstacle à un quelconque projet de maternité résidait à mes yeux dans la personne du père et non dans la venue de l'enfant... Fallait-il que je sois devenue vulnérable pour accuser soudain le coup à propos d'une phrase qu'on m'avait déjà assez souvent adressée !

— Je vais vous faire préparer votre ancienne chambre de jeune fille, enchaîna ma mère. Vous la trouviez à votre gré autrefois.

— Ce sera parfait, balbutiai-je.

Dans les heures qui suivirent mon retour, je constatai que la vie ne m'avait pas attendue entre les murs de la demeure paternelle. Antoine et François partis vers des emplois et des charges, mes trois plus jeunes sœurs bientôt bonnes à marier, Nourrice impotente, Jacquette gâtée par son mari et capricieuse à l'excès, mes parents déshabitués de ma présence, assez embarrassés du fardeau supplémentaire que je représentais pour eux, tout se liguait afin de me faire sentir le passage du temps ainsi que l'inopportunité de mon arrivée à Blois.

Dès le lendemain, je me rendis chez les Musset.

Ils habitaient Grande-Rue un bel hôtel superbement restauré.

Je retrouvai Marie, ses vertugades de simple drap tanné qui lui donnaient l'aspect d'une brioche rebondie, ses yeux de velours brun, son allant, son amitié.

Elle me fit asseoir près d'elle dans la grande salle du

premier étage de sa maison, sur une banquette à haut dossier garnie d'épais coussins de tapisserie.

— Si vous êtes venue, me dit-elle sans hésiter, c'est que la situation n'est plus tenable à Courtiras.

— Vous aviez sans doute raison de me mettre en garde...

— J'avais raison, bien sûr, mais qu'est-ce que cela change pour vous ?

J'allais tout lui dire de mon tourment quand la porte s'ouvrit sur son époux. Claude de Musset rentrait du bailliage où il siégeait. Son habituelle amabilité souriante l'avait quitté. Il paraissait hors de lui.

— Je viens d'apprendre que le nouveau pape Jules III a critiqué sans ménagement notre roi devant l'ambassadeur de France auprès du Saint-Siège ! s'écria-t-il après m'avoir rapidement saluée. Il a été jusqu'à parler d'excommunier Henri II et de le priver de ses Etats, ce qui est inouï ! Il a même dit à Mendoza, qui représente à Rome Charles Quint, qu'il octroierait ensuite le royaume de France au prince Philippe, le propre fils de l'empereur ! C'est une infamie !

Chacun savait que les rapports du roi et du pape s'étaient détériorés depuis que le premier avait répondu au nonce qu'il n'avait pas l'intention de voir se rouvrir le concile de Trente. Dans l'unique but de faire plaisir à Charles Quint, le pape était passé outre.

— Calmez-vous, mon ami, dit Marie. Calmez-vous. Cette histoire est fâcheuse, certes, mais elle ne me paraît pas sans remède.

— En effet ! lança Claude sombrement. Vous avez raison. Il y a un remède : la guerre !

Je sursautai.

— Serait-elle déjà déclarée ? demandai-je.

— Pas encore, répondit le bailli de Blois, mais je ne vois pas comment on pourrait l'éviter !

Les enfants de la maison firent alors irruption dans la salle. On parla d'autre chose.

Je ne tardai pas à constater qu'en ville la turbulente famille de Marie l'accaparait bien davantage qu'à la Bonaventure. Alors qu'à la campagne l'existence champêtre, ses activités comme ses divertissements occupaient son petit monde, il en était tout autrement dans notre cité. L'espace plus restreint, la nécessité de surveiller les études dispensées à domicile par des précepteurs venus de l'extérieur, les obligations inhérentes aux fonctions officielles de son époux, son train de maison enfin, créaient autour de mon amie un courant d'agitation continue.

Ce fut donc au milieu des allées et venues incessantes de son entourage que je me mis en devoir de parler à Marie de mes difficultés. Tout en m'expliquant et sans doute à cause du milieu ambiant, je mesurais combien les propos que je tenais devaient paraître incongrus et déplaisants à une femme chargée de responsabilités si naturellement honorables.

— Vous m'aviez assuré que les invites de Ronsard ne vous feraient jamais fléchir, dit-elle d'un air grave quand j'en eus terminé. Il était cependant aisé de prévoir que vous présumiez de vos forces. Un homme aussi épris, aussi attachant, ne pouvait que vous émouvoir.

J'acquiesçai en silence.

— En réalité et contrairement à ce que vous imaginez, l'attrait que vous éprouvez maintenant pour lui ne devrait pas changer grand-chose à votre comportement. Vous avez à résoudre une question d'ordre moral. Etes-vous de celles qui font passer leurs sentiments avant la foi jurée ou est-ce le contraire ? Tout est là.

— Je croyais faire partie des secondes, mais à présent, je ne sais plus bien...

Marie frappa ses paumes l'une contre l'autre en faisant une grimace de contrariété.

— Je n'aime pas vous entendre vous exprimer ainsi ! s'écria-t-elle vivement. Allons, Cassandre, allons ! Songez à votre honneur d'épouse, aux engagements pris, à votre famille si prestigieuse, à votre parenté avec une reine qui, dans des conditions assez proches des vôtres, donne un tel exemple de dignité !

— Si flatteuse qu'elle puisse être, une parenté a-t-elle jamais empêché l'amour de se manifester ? soupirai-je. Si Catherine de Médicis, en effet, est vertueuse, notre roi, lui, n'est-il pas le premier à offrir à ses sujets le spectacle d'un adultère admis et comme légitimé ?

— Ne vous réfugiez pas derrière une excuse qui n'en est pas une, mon amie. Les erreurs des grands de ce monde ne justifient en rien les nôtres. Nous ne sommes redevables que de notre conduite personnelle, ne l'oubliez pas.

— Je sais, Marie, je sais...

— Courage ! me souffla-t-elle comme son fils aîné entrait pour lui demander de venir assister à sa leçon de hautbois. Courage ! L'unique force sur laquelle nous pouvons réellement nous appuyer réside au plus secret de nous. Priez pour demander à Dieu qu'Il la vivifie en vous..

Durant le reste de ma visite, nous ne trouvâmes plus un seul moment de tranquillité.

Je restai à Blois jusqu'à la Pentecôte.

Entre les anxiétés familiales, la distance dont ma mère ne se départait en aucun cas, l'autorité paternelle à laquelle il ne s'agissait pas de se dérober, le peu de temps que Marie pouvait m'accorder et l'étrange impression de flotter comme un fantôme dans une demeure qui n'était plus la mienne, mon malaise n'avait fait qu'empirer.

Ce fut avec amertume que je m'en retournai vers Courtiras : ma famille pas plus que mon amie ne m'avaient été d'aucun secours. Seule je me sentais en arrivant à Blois, seule je restais en en partant. Face au choix qui m'attendait, je n'avais d'autre recours que moi-même...

Jean se trouvait à la maison quand j'y parvins. Je lui avais appris par lettre mon séjour chez mes parents, en prétextant des ennuis de santé pour expliquer ma décision.

— Vous voici donc, me dit-il en m'examinant sans indulgence. Vous avez mauvaise mine, ma chère, et vous êtes amaigrie.

Je savais qu'il aimait les femmes plantureuses et me félicitais intérieurement d'un état qui ne pouvait que lui déplaire.

— Je me sens en effet assez fatiguée, répondis-je en me baissant pour prendre dans mes bras mon petit chien qui était bien le seul à témoigner quelque joie de mon retour. J'ai l'impression de n'avoir tiré aucun profit des semaines passées à Blois.

— C'est aussi une sotte idée que d'aller se faire soigner en ville quand on a la chance de vivre au grand air de la campagne, répliqua mon mari. Je ne comprends pas pourquoi vous avez jugé bon de partir. A moins que quelque galant ne soit cause de ce déplacement.

Je haussai les épaules et gagnai ma chambre.

C'est toi, Guillemine, qui m'appris que Jean était revenu au logis peu de temps après que je l'eus quitté, qu'il avait mené joyeuse vie durant mon absence, convié des femmes légères à lui tenir compagnie, invité enfin Gabrielle de Cintré qui avait passé plusieurs jours sous mon propre toit.

— Vous avez failli la rencontrer, me dis-tu, car elle ne s'en est retournée chez elle que ce matin !

Cette ogresse devait entretenir avec celui qu'elle m'avait autrefois présenté des relations déjà anciennes et libertines.

Peu m'importait. Pour la première fois depuis notre mariage, je fus même plutôt satisfaite de la présence d'un mari qui me préservait de tout risque de chute en occupant les lieux. Grâce à lui un répit m'était accordé. Je pourrais en profiter pour mieux sonder mon cœur...

Ne pouvant me rejoindre, Ronsard s'arrangea pour m'adresser un de ses amis qui était peintre. Gai et gentil garçon, ce Denisot eut l'adresse de se présenter comme un familier des dames de la Cour et proposa de faire mon portrait. Il parvint à me faire savoir sans attirer l'attention de mon époux de quelle part il venait. J'acceptai donc de poser pour lui. En dépit de l'étroite surveillance que m'imposait Jean, il nous fut possible de procéder à l'échange d'un billet que Pierre m'avait écrit et de la réponse que je lui adressai dès que j'eus un moment de libre.

Par ce moyen, je sus que Denisot recopiait chaque soir son œuvre pour son ami qui disposerait ainsi de mon effigie pour meubler sa solitude. Ce stratagème m'amusa. C'est sans doute pourquoi, sur cette toile, je souris de si malicieuse façon...

Ma compagnie ne lui apportant sans doute aucun plaisir et sa charge le réclamant, Jean me quitta à la mi-juillet pour retourner auprès du duc de Vendôme qui semblait l'apprécier plus que moi.

Je savais ce que ce départ signifierait. Pourtant, je redoutais moins qu'auparavant le retour de Ronsard.

Les semaines de vie conjugale que je venais de supporter m'avaient en effet servi à m'affermir dans ma résolution de sagesse. L'existence licencieuse de mon mari avait pour beaucoup contribué à ce retour sur moi-même. Envers l'homme qui ne respectait même pas son domicile et y faisait venir n'importe quelle femelle, j'avais conçu un mépris si absolu qu'il me servait aussi de repoussoir. Jamais je ne consentirais à me comporter comme un personnage dont la conduite me semblait honteuse et avilissante.

Tout au long de mon existence, je n'ai pas cessé de ressentir l'exigeant besoin de ma propre estime. C'est un des éléments les plus constants de ma nature. Je crois que si je cessais de me respecter je ne pourrais plus vivre...

Je l'ai d'ailleurs prouvé par la suite...

J'avais donc puisé dans les débordements de Jean matière à me rendre plus courageuse devant les tentations qui n'allaient pas manquer de m'assaillir de nouveau.

Pierre revint. La fermeté dont je me sentais armée me permit de lui manifester une affection qui commença par l'enchanter avant de le décevoir. Nos relations contrastées reprirent leur cours selon un déroulement qui était en passe de devenir d'usage constant entre nous.

Durant ce temps la guerre avait bel et bien éclaté. Non pas ouvertement contre l'empereur, mais en Italie contre le pape. Derrière celui-ci, Charles Quint, soutien déclaré du Saint-Siège, était nettement visé. Pour entreprendre la campagne, Henri II s'était appuyé sur son alliance avec le sultan Soliman et avait bénéficié de la neutralité du nouveau roi d'Angleterre, Edouard VI.

Furieux, Jules III jeta l'anathème sur notre souverain, ce qui provoqua de violents remous dans nos provinces où les esprits me paraissaient étrangement excités. Heureusement, la prise de Tripoli par les Turcs apeura le pape qui adressa alors ses excuses au roi de France avant de lui envoyer un légat extraordinaire en signe de réconciliation.

— Diane de Poitiers est, dit-on, favorable à une bonne entente entre le souverain pontif et son royal amant, me confia Ronsard qui savait beaucoup de choses par Carnavalet. Soyez sans crainte. Son avis prévaudra. Reste cependant l'empereur qui n'est pas un mince adversaire !

Il me sembla discerner dans son expression une sorte de jubilation secrète. Je me gardai bien de lui en faire la remarque. De mon côté, il m'arrivait de caresser sans trop oser me l'avouer l'idée qu'une guerre avec Charles Quint entraînerait le départ vers l'Allemagne de tous les nobles répondant au ban et à l'arrière-ban du roi. Mon mari ne pourrait pas s'en dispenser alors que Ronsard, clerc tonsuré, ne risquait en rien de se voir appelé...

Je me sentis rougir.

— Il n'est que d'attendre, lançai-je d'un ton qui se voulait détaché. De toute façon, la politique n'est point mon fait !

Pour détourner de semblables rêveries le cours de nos pensées, je parlai à Pierre d'une nouvelle familiale qui n'était pas sans me toucher : Jacquette, encore une fois grosse, avait accepté de rester couchée durant plusieurs mois. Cette précaution devait lui permettre de conserver l'héritier tant attendu. C'était le propre médecin des enfants royaux qui le lui avait conseillé.

— Tant mieux pour votre frère et vos parents si tout se passe selon leurs vœux, remarqua Pierre. D'ordinaire porter un enfant ne nécessite pas tant de soins. Si vous vous résolviez un jour à procréer, je suis sûr que vous n'auriez pas besoin de recourir à de telles méthodes : votre beau corps est fait pour enfanter. Heureux celui qui vous rendra mère !

Je m'empourprai.

L'arrière-saison dépouillait nos bois et nos campagnes tandis que les apprêts guerriers ne cessaient de s'intensifier. Pour les besoins du Trésor royal, vide comme à l'ordinaire, les biens du clergé avaient été soumis à un emprunt forcé grâce à une taxe exceptionnelle. Ce qui me donna l'occasion de constater que Pierre, d'ordinaire sujet à se plaindre de son peu de revenus, obtempéra sans rechigner tant il se réjouissait en secret de préparatifs qui annonçaient une longue et durable absence de mon mari.

De son côté, la noblesse avait également été mise à contribution. Priés de « prêter » aux représentants du roi leur vaisselle d'argent en vue de la fonte permettant de battre monnaie et de payer les troupes, les grands du royaume n'avaient pu se dérober. D'autant moins qu'Henri II lui-même avait montré l'exemple en remettant sa propre vaisselle à Paris aux agents du fisc. Diane de Poitiers, les ducs de Guise, plusieurs autres seigneurs de haut lignage en avaient fait autant.

Dans le but d'être pesée, estimée et fondue, une importante quantité d'objets précieux s'était donc vue livrée aux mains des généraux responsables des Monnaies. Deux orfèvres les assistaient.

Mon mari était alors revenu à Courtiras afin de choisir les pièces de notre ménage susceptibles de répondre aux exigences royales. Sans avoir à me forcer, je m'étais fait un devoir de l'aider à ce tri.

Je nous revois, par un venteux jour d'automne, dans la salle éclairée de flambeaux de cire blanche, maniant plats, couverts, assiettes, brocs, bassins, chandeliers, boîtes à confiture, drageoirs, bassinoires, aiguières et jusqu'à la fameuse cuvette de ma chaise percée que j'acceptai volontiers de remplacer par une en étain. La clarté des bougies, celle du feu de bois, les dernières lueurs d'un soleil rougeoyant qui filtraient par les fenêtres d'ouest, arrachaient à ces témoins fastueux mais condamnés de notre existence quotidienne des reflets, des éclats, des luisances métalliques semblables à ceux que lancent les épées de combat durant un engagement. Je vis là un présage...

— Pardieu, madame, je n'aurais jamais imaginé que vous vous sépareriez avec si peu de regret des plus beaux ornements de notre intérieur ! remarqua Jean d'un air rempli de suspicion. Votre indifférence est des plus surprenantes.

— Ne nous est-il pas recommandé d'attacher peu de prix aux biens de ce monde ? répondis-je tranquillement. Eh bien ! voici une excellente occasion de mettre en pratique ces pieuses recommandations.

Mon époux me jeta un regard méfiant mais n'insista pas.

De ce jour, il est certain que je fus moins richement pourvue. En vérité, cette privation ne m'atteignit guère. Peu de femmes s'allégèrent sans doute de leur argenterie avec autant de détachement. N'est-il pas écrit dans les Evangiles : « Où est votre trésor, là aussi sera votre cœur » ? Dieu me pardonne ! Désormais, je savais où se trouvait mon trésor.

L'hiver revint. Le froid fut si âpre durant plusieurs mois sombres, que les corbeaux eux-mêmes, dont on sait la résistance, tombaient ainsi que des pierres, tués en plein vol par l'air glacé, tranchant comme une lame.

Bien des gens souffrirent durement des conséquences de la mauvaise saison. Dans nos campagnes, il y eut des cas de disette. La misère s'intensifia. Les pauvres, les malades, les enfants, vivaient souvent hélas dans une affreuse détresse.

C'est alors que je décidai d'entraîner Pierre en de vastes tournées de secours auprès des plus démunis. Dans une des charrettes du domaine, nous empilions vêtements chauds, couvertures de laine, pain, beurre, lait, viande fumée et des galettes de froment confectionnées à la maison.

Ces randonnées charitables me permirent de découvrir un nouvel aspect de Ronsard. Pour les avoir fréquentés dans son enfance, il connaissait bien les paysans et savait leur témoigner spontanément son intérêt. Rien ne le rebutait, rien ne le dégoûtait. Il donnait à manger à un vieillard impotent avec autant de naturel qu'il aurait pu le faire pour un parent. Penché vers ceux qui gisaient sur de mauvaises paillasses, il les réconfortait, les aidait à boire couchés ou, au contraire, à se soulever pour passer les vestes fourrées des peaux de nos moutons ou les chausses épaisses que leur avions apportées.

Je l'ai vu débarbouiller des enfants morveux, coiffer des paralytiques, déplacer des marmites trop lourdes pour les pauvres mains noueuses qui devaient les soulever. Tout comme moi, il savait soigner les blessures et certaines maladies. N'ignorant aucune des vertus des simples, il s'entendait aussi à sonder les plaies, à poser des emplâtres ou des cataplasmes...

En un mot, il m'était donné de voir vivre un homme bien différent de l'écuyer, de l'étudiant, du clerc, du poète que j'avais approchés jusque-là. Ces durs mois d'hiver parachevèrent la connaissance déjà acquise d'un compagnon aux multiples facettes et me donnèrent de nouvelles raisons de l'aimer.

Notre solitude était presque complète. Du Bellay ne revint pas nous visiter, mon mari demeura absent, je ne reçus que de très rares amis.

Nos courses d'approvisionnement envers les déshérités et la chasse aux loups étaient nos uniques sorties.

A cause de la rigueur de la température en effet, des fauves rôdaient en quête de proies jusqu'aux abords des hameaux et des villages. Les habitants étaient venus en délégation nous demander de les protéger.

A l'aube, Ronsard et quelques voisins se mettaient en chasse. Les paysans servaient de rabatteurs. Au moyen de chaudrons, de poêles, de bassins entrechoqués ou frappés de bâton, à l'aide de tambours et de trompes, ils débusquaient les bêtes sauvages affolées par tout ce vacarme. Postés à des endroits stratégiques, Pierre et ses compagnons attendaient de voir surgir les loups. Armés d'arquebuses, ils les tiraient à vue puis s'élançaient à la poursuite de ceux qui leur avaient échappé.

Avec certaines autres dames, je suivais la chasse à cheval, galopant derrière les hommes à travers les guérets durcis par le gel, les prés à l'herbe givrée, les bois aux branches noircies, les chemins forestiers aux ornières luisantes de glace.

Quand nous rentrions à Courtiras, transis mais grisés de grand air, vivifiés par la course, encore excités par la traque, vainqueurs de nos ennemis dont les dépouilles avaient été ramenées triomphalement chez eux par les villageois, nous nous installions devant la cheminée où s'empilaient de grosses bûches incandescentes, nous buvions du vin chaud aux épices, nous évoquions les péripéties de la poursuite. Les autres jours, la musique, le tric-trac, la composition de nouveaux poèmes, l'un près de l'autre, les pieds sur les chenets, occupaient notre temps.

Comme je l'avais prévu, le piège amoureux s'était bel et bien refermé sur nous... mais était-il coupable ce repliement qui me permettait d'explorer chaque recoin d'une âme chaleureuse, sensible, généreuse, ardente, d'un esprit capable de partager les goûts des plus doctes comme les souffrances des plus misérables ?

En comparant Pierre à mon mari, j'en arrivais à penser que je ne pouvais ni me déjuger ni faire le mal en préférant un homme doué de telles qualités à un autre qui en avait si peu.

Les jours passant, j'en arrivai à m'absoudre par avance des faiblesses auxquelles je pourrais me laisser entraîner...

Ronsard accaparait mon temps, mes pensées, mon cœur. Les caresses qu'il s'enhardissait de nouveau à risquer ne m'étaient plus importunes... Je glissais sur une pente fort douce dont tout laissait à prévoir qu'elle me mènerait là où Pierre le désirait tant...

Ce fut la déclaration de guerre à l'empereur qui freina ma chute !

A la mi-février, Henri II, accompagné de la Cour au grand complet, se rendit au Parlement de Paris pour y tenir un lit de justice. Il y informa l'illustre assemblée de sa décision de déclarer la guerre à l'ennemi.

Durant les hostilités et en son absence, la reine deviendrait régente du royaume. Un conseil, dont le dauphin François ferait partie, l'assisterait.

Peu après, la Maison du roi s'établit à Troyes. Dès le début du mois de mars l'armée commença à se concentrer en Champagne.

Ainsi que je l'avais imaginé, pour ne pas dire espéré, mon mari partit rejoindre le ban de son souverain. Mon frère Jean l'y avait devancé.

Avant de s'en aller, mon époux tint cependant à venir me saluer. C'était tout à fait dans sa manière. S'il n'éprouvait plus à mon égard le moindre attachement, il ne manquait pas pour autant de se soumettre à un code des convenances qui demeurait à ses yeux plus important que la réalité des choses. J'étais sa femme. Il estimait donc, selon l'usage établi, devoir me manifester un minimum de considération en dehors de laquelle il n'aurait plus été en accord avec les conventions qui régissaient son existence.

Mais il ne vint pas seul. Sous le vain prétexte de l'ennui qui n'allait pas manquer de m'accabler après son départ aux armées, il amena avec lui sa sœur bossue.

— Marguerite vous aime tendrement, elle se fera une joie de vous tenir compagnie pendant que je serai en campagne, me dit-il avec componction. Elle vous aidera à supporter l'angoisse et l'incertitude qui sont le lot des épouses de guerriers.

Je ne fus pas dupe un instant de ces belles paroles. Plus que de chaperon ou de confidente, ma belle-sœur allait me servir de surveillante et, peut-être bien, de geôlière !

Mais la vie est remplie de surprises. La perfide précaution

de Jean se trouva momentanément déjouée par un événement familial d'importance : Jacquette était sur le point d'accoucher.

Son mari à la guerre, ma mère retenue à Blois par une fièvre maligne qui la clouait au lit depuis plusieurs semaines, ses parents morts tous deux, Jacquette n'avait plus d'autre recours que de me demander de venir la rejoindre à Talcy.

Je ne peux pas te dire que ce fut sans répugnance que j'envisageai sa proposition. Tu sais que je ne l'ai jamais beaucoup aimée. Par ailleurs, je me trouvais moi-même à un tournant de ma destinée. Mon mari au combat, Pierre et moi soudain libérés de la perpétuelle menace des retours impromptus de mon seigneur et maître, notre amour enfin épanoui, tout me retenait à Courtiras.

Mais le moyen de refuser à la femme de son frère un service de cette importance ? Mon devoir était de l'aider. Dans ma famille, personne n'aurait d'ailleurs compris mon absence. Elle aurait suscité bien des soupçons.

Il n'est pas impossible que je me sois également dit qu'une dernière chance d'échapper au péché m'était ainsi offerte, que je n'avais pas le droit de l'écarter... puis la présence imposée de Marguerite m'était offense. Ce fut avec un agréable sentiment de revanche que je saisis l'occasion si opportunément donnée de contrecarrer les obscures manigances d'un mari odieux...

Je décidai donc de partir pour Talcy.

Après des adieux fort tendres à Ronsard, je pris la route où l'hiver tardif maintenait la nature en un deuil glacé.

Monstrueusement grosse, Jacquette me reçut en geignant.

Elle était lasse de rester couchée depuis des mois, l'astrologue dont elle avait réclamé la présence continuelle à ses côtés demeurait évasif quant au sexe de l'enfant attendu, la sage-femme attachée à sa personne ne lui inspirait pas confiance, le départ aux armées des gentilshommes du voisinage rendait ses amies moroses. Elle se sentait délaissée et éprouvait le plus urgent besoin d'une compagne qui l'aidât à traverser ces temps d'épreuve !

A peine descendue de cheval et encore en tenue de voyage, je me vis assaillie par une créature gâtée, despotique, imbue de l'importance dont sa future maternité ne manquerait pas de la parer dans le cercle familial et visiblement décidée à me soumettre à ses moindres caprices.

Je n'en fus pas surprise et me résolus à subir les exigences de Jacquette dans un esprit de mortification qui me serait salutaire.

Heureusement l'attente fut brève. Par une froide nuit où un printemps frileux prenait avec timidité la relève de l'hiver, ma belle-sœur ressentit les premières douleurs de l'enfantement.

Dans la chambre surchauffée où on avait dressé devant la cheminée un lit de toile, la sage-femme, les servantes, des voisines et moi-même assistions le médecin dont la future mère avait exigé les soins à l'exemple des princesses royales et au mépris des habitudes les plus enracinées. Jusque-là, dans nos familles, les femmes en gésine se contentaient, ainsi que l'avaient toujours fait leurs aïeules et ainsi qu'on le pratique encore presque partout, des services d'une matrone. Cette lubie avait provoqué pas mal de remous et de critiques autour de Jacquette. Il avait fallu les espoirs, les angoisses, les difficultés des derniers mois de gestation pour faire admettre par les Salviati la nécessité d'en passer par où le voulait celle dont on attendait si impatiemment un héritier.

Plaintes, gémissements, cris d'animal égorgé se succédèrent durant des heures. Sur la face convulsée de la patiente, la sueur coulait et se mêlait aux larmes que la souffrance lui arrachait. Saisie de pitié, je bassinais avec douceur le front, les joues, le cou sur lesquels de fines veinules avaient éclaté. Afin de les rafraîchir et de les décongestionner, je les lotionnais à l'eau de nèfle et à l'eau d'hamamélis. Pour combattre l'odeur de sanie et de sang, des fagots de cannelle brûlaient dans l'âtre.

Ce fut au moment où la lueur de la lune, glissant dans la pièce par une des fenêtres dont on n'avait pas tiré les rideaux, toucha de son rayon blême le pied du lit sur lequel haletait Jacquette que celle-ci, dans un ultime effort et un terrible hurlement, mit au monde son enfant.

— C'est une fille ! s'écria la sage-femme en s'emparant du nouveau-né dont le médecin venait de couper le cordon ombilical avant de s'affairer auprès de l'accouchée.

— Seigneur ! Que va dire mon beau-père ! gémit celle-ci, soudain dépouillée du prestige dont l'espérance de donner le jour à un garçon l'avait auréolée pendant sa grossesse.

Je connaissais assez mon père pour savoir qu'il serait furieux. Mais il aurait tort. S'il avait pu assister comme je venais de le faire à l'arrivée de sa petite-fille, il aurait sans doute, tout comme moi, été bouleversé et n'aurait plus songé à reprocher quoi que ce fût à sa bru. Du moins, je l'espérais, sans me dissimuler que le siècle de fer où nous vivons n'a pas cessé de déposséder les femmes des acquis ancestraux qui étaient les leurs dans le passé. Chaque jour, je nous voyais davantage contraintes de nous en remettre aux hommes qui font de nouveau la loi. Jadis, selon la coutume, les filles étaient majeures à douze ans et les garçons à quatorze. La majorité des jeunes gens est à présent fixée à vingt-cinq ans et l'on a oublié de préciser la nôtre. Nous voici devenues d'éternelles mineures.

Penchée sur le berceau de ma nouvelle nièce, je me demandais ce que lui réservait l'avenir et s'il serait bon d'être femme vingt ans plus tard.

— Il faudra appeler cette enfant Diane, suggérai-je pour m'évader de mes pensées sans joie et pour détourner l'esprit de la jeune mère de ses propres déceptions. Elle est née quand la lune était pleine, au moment précis où sa clarté touchait votre couche. N'est-ce point là un signe ?

— Pourquoi pas ? murmura avec lassitude Jacquette. C'est un prénom à la mode et qui peut conduire aux plus hautes destinées. Puisqu'en dépit de tant de maux je n'ai été bonne à mettre au monde qu'une fille, donnons-lui au moins un nom flatteur... mais il me faut l'assentiment de mon astrologue.

A cause du sort qui fut celui de Diane, je me suis souvent blâmée depuis d'avoir pris une telle initiative. Ne sait-on pas que la lune est parfois un astre néfaste dont l'influence peut se montrer pernicieuse ? La grande sénéchale elle-même a connu une fin de vie pénible. Il est vrai qu'au moment dont je parle nous l'ignorions tous et que la faveur dont elle jouissait auprès du roi en a abusé d'autres !

— Cette petite sera jolie, pronostiqua la sage-femme qui s'était occupée de laver la nouvelle-née. Elle a déjà la peau délicate de sa mère et les longues paupières de sa tante.

Pour la première fois de ma vie un rapprochement s'établissait entre ma personne et la venue sur terre d'une créature de Dieu ! Cet être minuscule tenait quelque chose de moi ! Une émotion d'un genre nouveau me serra la gorge, me tenailla le ventre.

Les jours qui suivirent demeurent dans mon souvenir émaillés de découvertes troublantes et de secrètes blessures. De tout mon cœur, je m'attachais à l'enfançon et ne voyais pas couler les heures tandis que je cousais auprès de son berceau en surveillant son sommeil. Mais Jacquette regardait d'un assez mauvais œil une affection qui lui paraissait empiéter sur ses prérogatives maternelles. Elle ne se privait pas de me signifier que Diane était son bien, celui de personne d'autre.

Il y eut le baptême, fêté en grande pompe en dépit de la réprobation de mon père, déçu, comme nous nous y étions attendues, de ne point encore avoir d'héritier, et en dépit de la double absence de Jean, mon frère, retenu aux marches de l'Est, et de ma mère, toujours malade.

Je n'avais pas été choisie comme marraine. On m'expliqua que ma plus jeune sœur, Jacqueline, avait été pressentie long-temps auparavant et qu'elle serait affreusement déçue si on changeait d'avis au dernier moment.

Il y eut les visites extasiées des châtelaines voisines, les félicitations des gens du bourg, l'orgueil légitime de Jacquette dont chacun admirait la petite fille.

Il y eut ma souffrance muette.

Bientôt, les douleurs de l'accouchement oubliées, ainsi que la déception qui avait suivi, la nouvelle mère triompha sans vergogne. La plus modeste de mes initiatives, le moindre de mes élans, étaient critiqués par elle avec aigreur. Elle entendait régner à Talcy et ne manquait pas une occasion de me faire sentir que je n'étais plus qu'une visiteuse dans le manoir de mon enfance. Elle ne voulait pas savoir que c'était elle qui m'avait demandé de venir lui tenir compagnie et ne se gênait pas pour me signifier son impatience à l'égard des sentiments de tendresse que je témoignais à Diane.

— Si vous aimez tellement les enfants, ma chère, que n'en avez-vous ! Seriez-vous bréhaigne comme la chatte du fermier ou bien serait-ce votre pauvre époux qui se montrerait impropre à engendrer? demandait-elle avec une fausse commisération qui me mettait au supplice.

Elle riait. Les amies devant lesquelles elle s'exprimait de la sorte, trônant d'un air de souveraine entre la berceuse et la nourrice de Diane, ne savaient plus quelle contenance adopter. Moi non plus.

Une pareille agressivité devint intenable. Je me décidai à retourner chez moi.

Ainsi qu'une de ces balles de jeu de paume nommées éteufs[1], je me voyais rejetée de part et d'autre sans trouver paix ni trêve.

Sur le chemin du retour, au cœur de la fraîcheur, des floraisons, de la gaieté du nouvel avril qui avait eu tant de mal à vaincre l'hiver tardif, je me disais que je ne me connais-sais qu'un havre, qu'un abri et qu'il allait bien falloir que je finisse par m'y réfugier...

---

1. Petites balles — mot tiré de stupa, étoupe.

11

En toi je suis, et tu es seule en moi,
En moi tu vis, et je vis dedans toi...

RONSARD.

En plus de la découverte que j'y fis d'une nouvelle sorte de tendresse, celle qu'on ressent pour un enfant de son sang, l'autre bienfait que je tirai de mon séjour à Talcy lors des couches de Jacquette fut le départ de Marguerite loin de chez moi.

Quand je revins à Courtiras, la place était nette de toute présence indésirable. Lassée de m'attendre et rappelée à Pray par les travaux à effectuer sur des toitures endommagées par la grêle, la sœur de Jean s'en était allée.

En revanche, un poème m'attendait. Posé sur mon oreiller, un rouleau de parchemin noué d'un souple rameau de lierre feuillu contenait le plus délicat, le plus amoureux des sonnets.

Que dites-vous, que faites-vous, mignonne ?
Que songez-vous ? Pensez-vous point à moi ?
Avez-vous point souci de mon émoi,
Comme de vous le souci m'époinçonne ?

De votre amour tout le cœur me bouillonne,
Devant mes yeux sans cesse je vous vois,
Je vous entends absente, je vous ois,
Et mon penser d'autre amour ne résonne.

J'ai vos beautés, vos grâces et vos yeux
Gravés en moi, les places et les lieux,
Où je vous vis danser, parler et rire.

Je vous tiens mienne, et si je ne suis pas mien,
En vous je vis, je m'anime et respire,
Mon tout, mon cœur, mon sang et tout mon bien.

Y avait-il au monde une autre voix que celle de Pierre pour me parler ainsi ? Y avait-il un autre homme pour me vouer un tel amour au bout de tant d'années de vaines espérances ? Y aurait-il jamais un autre poète pour me chanter comme celui-là savait le faire ?

Je contemplai, songeuse, le lien de lierre. Son symbole n'était-il pas : « Je meurs où je m'attache » ? Je l'enroulai autour de mon poignet et m'assis sur mon lit pour réfléchir.

Avais-je assez lutté, m'étais-je assez débattue... Depuis deux ans que je vivais en Vendômois, j'avais tout tenté pour demeurer fidèle à mon devoir d'épouse : ruses, obstacles accumulés, dérobades, feintes colères... Si la Providence avait tenu à me voir observer jusqu'au bout mes engagements envers un mari volage, Jean serait-il parti à la guerre ? Je n'étais en rien responsable d'une séparation facilitant de manière si opportune le rapprochement amoureux souhaité avec tant d'ardeur par Ronsard... et par moi aussi, je devais bien me l'avouer.

Après des heures de fiévreuses insomnies, je finis par m'endormir pour faire un songe. Je rêvai du Loir. Un visage de bronze vert se détachait de l'eau, se soulevait au-dessus d'elle, se tournait vers moi. Sur la bouche du bel ondin glissait un sourire sensuel, enjôleur, complice, tentateur. Une promesse s'y lisait...

Le lendemain matin, je décidai de rendre visite à Pierre chez lui.

Je fis seller ma mule blanche, prétextai la nécessité d'aller porter à une parente de Jacquette qui habitait Vendôme des nouvelles de la mère et de l'enfant, puis me hissai sur ma monture. C'est ainsi que je m'en allai, résolue et anxieuse à la fois, vers l'unique aventure de ma vie de femme.

Tu ne t'attends pas, Guillemine, à ce que je te décrive dans le détail les heures passées rue Saint-Jacques. Tu as raison. Sache seulement que, de la fin avril au début du mois d'août, j'ai connu des moments plus intenses que durant le reste de mes jours.

Sous le soleil comme sous la pluie, dans la « chambrette heureuse » de Vendôme que Pierre a évoquée par la suite aussi bien qu'au milieu des bois où nous découvrions, à l'abri des branches, des alcôves de verdure et de mousse, sur l'herbe odorante et fraîche des rives du Loir, parmi le foin de nos greniers dont la forte senteur mêlée à la chaleur régnait, étale, partout où il nous était possible de nous abandonner aux bras l'un de l'autre, nous nous aimions librement.

Ne suppose pas pour autant que je vivais sans remords ni contrition. Apprends que je n'ai jamais consenti à faire entrer Pierre dans ma chambre aux damas fleuris afin de l'y recevoir dans mon lit à baldaquin. Il me paraissait capital d'épargner au toit conjugal toute compromission avec l'adultère. Une telle précaution peut paraître puérile, mais je respectais d'instinct cet interdit et me faisais une stricte obligation de m'y conformer... Il m'arrivait aussi de fermer ma porte durant plusieurs jours de suite à l'homme éperdu qui me suppliait de revenir à lui. A d'autres moments, je pleurais contre sa poitrine.

— Pourquoi ces larmes, ma Cassandre ? demandait-il sans comprendre.

— Le regret du temps perdu, Pierre, mais également la peine de savoir notre bonheur menacé à trop brève échéance... disais-je afin de ne pas faire mention devant lui des alarmes de ma conscience. J'ai toujours éprouvé une certaine nostalgie après avoir obtenu ce que j'avais pourtant appelé de tous mes vœux. Cette mélancolique impression d'avoir dépassé de façon irrémédiable le point le plus aigu de l'enchantement...

— Je crois savoir ce dont vous voulez parler : la tristesse des ceps vendangés, des champs moissonnés... Allons, viens, mon amour, viens, oublions tout cela...

En vérité, contrition et arrière-pensées s'effaçaient bien vite, emportées dans le tourbillon de mes découvertes. Mes sens répondaient enfin aux sollicitations de Pierre ! La gamme subtile des plaisirs charnels se révélait à moi. Si je ne me suis jamais transformée en bacchante, je n'en goûtais pas moins de tout mon être des sensations si longtemps inconnues...

Ronsard sut m'initier avec patience et habileté. Il parvint à vaincre mes appréhensions ainsi que mes dégoûts. Il m'apprit à rire après avoir déliré et glorifia mon corps jusque-là humilié !

Dieu ! Qu'il aimait la vie ! Qu'il aimait la faire chanter dans mes veines !

S'il fut pour moi l'unique, je crois pouvoir affirmer que je fus la première femme non servile, non rétribuée, qu'il eût connue. Quelques jeunes paysannes de la vallée du Loir, quelques petites Parisiennes légères étaient déjà passées dans son lit, bien sûr, mais elles avaient peu compté et laissé peu de traces.

Sans doute parce qu'il m'aimait non seulement par la chair, mais aussi par chaque fibre de son cœur, il éprouva en ma compagnie des ivresses jamais atteintes, une plénitude qu'il ne pouvait comparer à aucune autre. Du moins, il me l'a dit. Je l'ai cru. Je le crois encore car cet épanouissement reste

sensible à travers toute son œuvre où la progression du
bonheur est flagrante tout au long du premier recueil des
Amours. Certains de ses poèmes sont des hymnes à la découverte amoureuse, à la joie du triomphe enfin obtenu, à la
violente douceur des étreintes avant que ne viennent les
peines...

Si beaucoup s'y sont trompés c'est que Pierre a tout fait
par la suite pour brouiller les pistes, pour dissimuler sous des
masques d'emprunt une réalité offensante pour ma réputation,
s'il a si souvent remplacé mon nom par celui d'une autre,
c'est qu'il savait me complaire en agissant de la sorte. En
réalité, ces désaveux étaient une autre façon de me prouver son
amour, un amour redevenu impossible... je le sais à présent...

Seule ma santé, toujours fragile, interrompait parfois nos
ébats. En juin, je subis un accès de fièvre qui me tint alitée
plusieurs jours. Pierre s'en inquiéta plus qu'il n'était raisonnable. J'eus beaucoup de mal à l'empêcher de venir s'installer
à mon chevet pour me soigner.

Une autre fois, un malaise me prit alors que je me trouvais
chez lui. Ce fut entre ses draps que je me vis forcée de
m'allonger, non plus pour les joutes heureuses auxquelles
cette couche servait d'ordinaire, mais afin d'attendre que
passât le vertige dont je souffrais.

Deux personnes se trouvèrent mêlées bien malgré nous à
notre vie secrète.

En premier, Denisot, ce jeune peintre que Ronsard appréciait
et qui avait fait mon portrait l'année précédente. De retour à
Vendôme, il passa voir son ami un jour où j'étais venue moi-
même rue Saint-Jacques. Il eut l'air de juger tout naturel de
me voir en un tel lieu et partagea notre collation de la meilleure
grâce du monde. Il s'abstint pourtant de se montrer ensuite
pendant un certain temps, alors qu'il avait promis de nous
rendre sous peu une seconde visite. Je sais que Pierre et lui
se rencontrèrent ailleurs durant les rares moments où nous
n'étions pas ensemble. Je sais aussi qu'ils parlèrent de moi,
de nous, parce que Ronsard éprouvait le besoin de s'épancher
auprès d'un compagnon fidèle.

Malheureusement, le second témoin de nos amours manifesta une tout autre attitude à notre égard.

Etonnée de ne point recevoir de mes nouvelles, Marguerite,
une fois réglées ses affaires de toiture, résolut de venir à
Courtiras voir ce qui s'y passait.

Elle arriva à l'improviste, un matin où nous étions allés,
Pierre et moi, faire une promenade en barque sur le Loir.

Nous aimions ces randonnées matinales, l'odeur fade des plantes aquatiques, le bruit de soie de l'eau fendue par le bateau plat, les jeux de lumière sur la surface glauque de la rivière, les perles liquides glissant le long des rames, la vie furtive des animaux qui s'enfuyaient à notre approche, le vol des libellules dont le carrousel autour des joncs et des roseaux nous divertissait comme un spectacle.

Il faisait chaud. Juillet rayonnait sur la vallée. Nous nous étions attardés sous les branches accueillantes des saules et des trembles qui ombragent le courant tranquille et les prés qui le bordent. Nous revenions, des fleurs de nénuphars dans les cheveux, des brins d'herbe accrochés à nos légers vêtements d'été.

En nous approchant de la rive, nous aperçûmes Marguerite qui nous attendait, debout sur le ponton de bois. Elle portait un vertugade de taffetas mauve et se protégeait du soleil à l'aide d'un petit parasol de dame en même étoffe ouvert au-dessus de ses cheveux blonds crêpés et de sa bosse.

Si je me souviens si exactement de ces détails, c'est que ma belle-sœur m'apparut alors comme l'image redoutable et cependant un peu ridicule du destin.

Nos rires, notre connivence, notre lassitude heureuse étaient si faciles à interpréter que Marguerite ne put s'y tromper. Elle se garda pourtant de rien laisser deviner de ce qu'elle avait pu comprendre et m'accueillit par un compliment.

— Que vous êtes jolie, Cassandre, ainsi couronnée de fleurs ! s'écria-t-elle avec un enjouement fort bien imité. On dirait une naïade !

— N'est-elle pas la nymphe du Loir ? demanda Pierre tout en m'aidant à descendre de la barque. Belle comme Calypso et chantée comme elle...

— Il est vrai qu'elle a trouvé en vous un poète digne de ses charmes, convint la sœur de Jean avec le plus parfait naturel. Si je ne me trompe, elle est donc à la fois votre muse et la divinité de ces lieux.

Jusqu'à ce que nous parvenions en vue de la maison, la conversation conserva ce ton léger. Devant la porte, stationnait la litière de Marguerite que des valets vidaient de son contenu.

— J'espère que vous ne verrez pas d'inconvénient à ce que je m'installe ici un certain temps en attendant le retour de mon frère, dit alors ma visiteuse. N'était-ce pas ce dont nous étions convenues ? Il a fallu la naissance de votre nièce pour changer nos projets.

— En effet, murmurai-je du bout des lèvres. En effet. Votre chambre vous attend.

Que pouvais-je dire, que pouvais-je faire d'autre ?

Ronsard dîna avec nous et prétexta un sonnet à terminer pour nous quitter une fois dégustés les melons pompons de notre jardin.

Je l'accompagnai jusqu'à son cheval.

— Quand nous reverrons-nous ? s'enquit-il à mi-voix.

— J'inventerai des courses urgentes à faire dans votre quartier, soufflai-je. Désormais, les choses seront moins faciles, Pierre, il ne faut pas nous le dissimuler.

— Je viendrai la nuit dans le pavillon de musique, mon bel amour. A présent, rien ne pourra me tenir éloigné de toi !

Il avait raison de ne pas consentir à perdre la moindre miette des précieuses heures qui nous restaient. Elles furent si brèves...

Courte et victorieuse, la guerre des Trois Evêchés ne dépassa pas ce beau mois de juillet.

Je sais que je ne le devrais pas, mais je t'ai déjà avoué tant de choses aujourd'hui, Guillemine, que je peux me laisser aller à te confier maintenant mes pensées secrètes quand j'appris que le traité de Passau venait d'être signé. J'en fus navrée. Il peut paraître monstrueux de déplorer la fin des hostilités entre son pays et un pays ennemi, indigne de ne se réjouir ni de la paix ni de la victoire. Mais n'avais-je pas des excuses ? Mon bonheur s'éteignait avec les combats. Le retour des troupes entraînait celui de mon mari. Il mettait un terme aux seules heures véritablement heureuses qu'il m'eût été donné de connaître depuis mon mariage... Et j'ignorais encore combien ce terme serait définitif !

A la fin du mois de juillet le roi licencia son armée. Au début d'août, Jean revint à Courtiras.

Deux jours auparavant, Ronsard et moi nous étions séparés dans les larmes et le désespoir. Après ces mois émerveillés, nous quitter n'avait été que plus douloureux.

Dieu ! Que j'ai pleuré, que j'ai souffert, que j'ai regretté une union qui m'éloignait de façon si implacable de celui que je m'étais mise à tant aimer !

Une nouvelle fois, Pierre m'avait proposé de m'enfuir avec lui. Une nouvelle fois, j'avais refusé. Non pas qu'une telle solution ne m'eût tentée cette fois-ci, mais je savais que mon mari nous poursuivrait partout de sa haine vengeresse. Il n'aurait de cesse de prendre sa revanche, une revanche exemplaire, à la mesure de l'offense que nous lui aurions infligée.

Il se montrerait d'autant plus implacable qu'il était par nature soucieux de l'opinion d'autrui. Par respect humain, il serait sans pitié.

Seuls ma soumission et un repentir feint pourraient, peut-être, détourner de nous sa fureur.

La carrière de Ronsard, si prometteuse mais encore si fragile, ne survivrait pas à un scandale de cette envergure. Sa vie même pouvait se trouver en péril...

Notre dernière nuit s'écoula dans le pavillon de musique où nous avions connu de si douces heures... Mes doigts conservent le souvenir du satin de soie qui recouvrait les coussins où nous étions étendus... Jamais encore Pierre ne m'avait possédée avec un tel emportement. Jamais je ne m'étais donnée avec tant de violence désespérée. Des sanglots se mêlaient à nos plaintes amoureuses et nous gémissions de chagrin autant que de plaisir...

— Jean sera de retour demain ou après-demain, dis-je quand l'aube se leva sur la vallée. Il sera presque aussitôt averti par sa sœur de ce qui s'est passé ici en son absence. Garde-toi de revenir, mon amour. Ce serait inutile et dangereux pour nous deux.

— Que vais-je devenir loin de toi, me rongeant le cœur à imaginer ce qu'il va te falloir subir ? Je ne serai qu'angoisse.

— C'est pourtant l'unique manière d'agir si nous voulons voir se calmer la colère de Jean. Ta présence lui était déjà difficile à supporter avant cette guerre. Désormais, elle n'est même plus concevable.

— Je ne peux rester à Vendôme, si proche et si éloigné de toi, à me mordre les poings...

— Va donc à la Possonnière. Tu y es toujours bien reçu. Demeure chez ton frère jusqu'à ce que je puisse te donner de mes nouvelles. Ensuite, nous verrons...

C'est sur ces mots de fausse espérance que nous nous sommes arrachés l'un à l'autre...

En évoquant nos adieux, aujourd'hui encore, vois-tu, Guillemine, je me sens le cœur rompu comme en cet instant de malheur... Il est vrai que depuis deux jours, notre séparation est devenue éternelle...

Que te dirai-je que tu ne saches déjà du retour de mon mari ?

Durant l'été et l'automne qui suivirent, tu m'as vue pleurer et traîner ma pauvre existence d'heure en heure, de peine en peine...

Comme je m'y étais attendue, Jean n'avait pas tardé à être informé, peu importe par qui, des séjours effectués par Pierre à Courtiras, de mes visites à Vendôme, de nos rendez-vous dans la campagne, de nos errances à travers prés et bois...

Je n'avais rien renié. Sous les reproches les plus insultants, je me taisais. Je me suis tue durant des semaines. Les injures, les imprécations, les coups dont j'étais abreuvée n'y changèrent rien. Jean vociférait, me traitait de putain, me menaçait des pires sévices. Je restais muette. Mes larmes, mes fuites, étaient mes uniques réponses.

Ce qui me coûta le plus fut l'intérêt, aussi soudain que trouble, produit sur les sens de mon époux par ce qu'il imaginait de ma conduite. Dès le soir de son retour, alors que je venais d'essuyer la première et féroce scène de ce mari trompé, je vis une lueur équivoque s'allumer dans son regard au moment où je m'apprêtais à regagner ma chambre.

— Halte-là ! s'écria-t-il. Il serait trop commode d'avoir pris du bon temps pendant que j'étais au combat et de me planter là maintenant que je suis revenu ! J'entends exercer sur vous mon droit de prise, ma belle catin !

Je m'étais préparée à sa fureur, à son mépris, pas à sa concupiscence. Une peur panique me fouailla. Je m'élançai vers la porte. Il y fut avant moi, me saisit à bras-le-corps, me renversa sur un coffre qui se trouvait près de nous et me prit comme un soudard. Comme le soudard qu'il était sous ses apparences de courtisan !

Je ne souhaite à aucune femme, fût-elle ma pire ennemie, une humiliation pareille, une souillure pareille ! J'étais traitée par Jean comme une fille à soldats alors que mon être tout entier appartenait à un autre, alors que j'étais encore éperdue de reconnaissance et d'amour envers cet autre !

C'était là toucher le fond de l'abjection.

Durant la nuit qui suivit, j'eus l'impression d'avoir été précipitée dans un abîme de boue et de honte... Je crus que je ne pourrais plus retrouver le goût de vivre, que je n'oserais plus regarder Pierre en face...

L'occasion ne m'en fut pas offerte.

Attaqué avec virulence par les poètes de Cour qu'il avait traités dans sa préface aux *Odes* de « versificateurs » et de « vermine envieuse », sans parler d'autres qualificatifs méprisants ou railleurs, Ronsard fut rappelé à Paris par ses amis qui le réclamaient soudain à grands cris. S'il voulait défendre son œuvre, il était plus que temps qu'il revînt dans la capitale où son absence laissait le champ libre à ses adversaires.

Dévoré de chagrin, déchiré entre l'amour qu'il me portait et la nécessité de riposter aux arguments venimeux de Mellin de Saint-Gelais qui avait lancé contre lui une diatribe remplie d'animosité, Pierre se vit forcé de quitter le Vendômois. Il avait à combattre la malveillance, son avenir à sauvegarder, son honneur de poète à laver et il avait aussi le premier livre des *Amours* à publier.

Ne disposant pas de la possibilité de me voir pour me dire un dernier adieu, il composa un sonnet poignant que Denisot me remit furtivement quelques jours plus tard à la sortie de le messe solennelle dite en l'honneur de la Nativité de la Vierge, le huit septembre.

> *... Puisqu'au partir, rongé de soin et d'ire,*
> *A ce bel œil adieu je n'ai su dire,*
> *Qui près et loin me détient en émoi,*
>
> *Je vous supplie, ciel, air, vents, monts et plaines,*
> *Taillis, forêts, rivages et fontaines,*
> *Antres, prés, fleurs, dites-le-lui pour moi !*

Avec ces vers merveilleux qui me déchiraient le cœur, je me retrouvai seule dans notre vallée désertée...

Au bout du long tunnel où je me vis ensuite forcée de progresser durant les mois noirs de la séparation, une lueur cependant commença bientôt de briller.

J'étais enceinte.

Aucune autre considération n'aurait pu m'aider comme celle-là.

J'avais toujours entendu dire autour de moi que le caractère de l'enfant dépendait en grande partie de la manière dont sa mère l'avait attendu, porté, espéré. Je ne me sentais pas le droit de transmettre à mon petit la tristesse en premier héritage. Je le voulais serein. Il me fallait donc m'appliquer de toutes mes forces à œuvrer dans ce sens.

Dès lors, je rassemblai mon courage, je m'attachai avec ténacité à cette tâche immense qui devint mon constant souci : enfanter un être réussi, harmonieux, heureux de vivre, heureux que je lui aie fait don de l'existence... Je ne dis rien à personne. Je puisai dans ce silence à goût de secret une sorte d'exaltation intime qui me porta désormais. Tendue vers la réalisation la plus parfaite possible de cette merveille qu'était un humain tout neuf, né de moi, je m'imposai une discipline journalière stricte, je m'efforçai au calme, je décidai de tenir à distance le chagrin de mon amour sans avenir ainsi que la tristesse de ma vie conjugale dévastée. Je savais les retrouver plus tard sur mon chemin, quand je serais de nouveau seule pour les affronter.

En ces mois où je vivais pour deux, je me concentrais uniquement sur le mystère joyeux qui prenait forme en moi, je me confondais avec lui, je commençais à vivre pour et par l'enfant qui m'était envoyé.

Dégoûté par mon indifférence, ulcéré par le peu de cas que je faisais de ses colères comme de ses convoitises, mon mari repartit dès octobre pour Pray. Sa sœur l'y avait devancé et s'en était retournée depuis des semaines chez elle.

Je demeurai seule avec mes espérances informulées. Elles me suffisaient.

Par ailleurs, je n'étais pas sans autre sujet d'apaisement. Pierre m'écrivait. Il me tenait au courant de ses activités par le truchement de Denisot qui sut se montrer pendant tout ce temps le plus discret des messagers. Ayant gagné Paris au début du mois de septembre, Ronsard n'avait pas tardé à remettre le recueil de ses sonnets à son imprimeur.

L'ouvrage sortit des presses le trente septembre. Il s'intitulait : *Les Amours de Pierre de Ronsard Vendômois, Ensemble le cinquième de ses Odes.* Des partitions musicales y étaient jointes. Cette innovation permettait de chanter les vers écrits dans cette intention.

Grâce à l'entremise de certains de ses amis dont le chancelier Michel de l'Hospital, la querelle qui avait si malencontreusement envenimé les rapports de Pierre et du poète prisé par la Cour, Mellin de Saint-Gelais, s'apaisa peu à peu. Bien conseillé, Ronsard décida de faire amende honorable. Il s'engagea à supprimer de ses *Odes* les moqueries et invectives qui avaient déplu par leur outrance. Il accepta également de composer quelques nouvelles pièces de vers plus respectueuses envers son vieil adversaire et les amis de celui-ci.

Toutes ces chicanes furent d'ailleurs balayées par le vent de succès qui s'éleva soudain avec vigueur pour porter Pierre vers les cimes. Ses vers plurent. C'est peu de dire qu'ils plurent. Ils enchantèrent. Son talent fut reconnu d'un seul coup. La mode s'empara aussitôt de lui.

Les échos m'en parvinrent à Courtiras. Chacun voulait lire et chanter l'ouvrage tant vanté. Il n'était plus de réunion où on ne parlât du jeune poète si estimé à Paris, où on ne citât des passages entiers de son œuvre. Parfois, on m'associait à lui, on me faisait compliment de l'avoir si bellement inspiré...

J'appris que, dès le mois de décembre, il avait fallu procéder à un nouveau tirage des *Amours.* Le premier était déjà épuisé.

Je goûtais une joie aussi réservée que profonde à suivre cette ascension.

Dès la parution du recueil, Pierre m'en avait fait adresser un exemplaire. Une lettre y était jointe où il me disait que chaque ligne dont je prendrais connaissance avait été écrite avec le sang de son cœur, que l'ensemble composait un hymne en mon honneur, que ces *Amours* étaient nôtres, qu'à tout jamais il m'en faisait offrande comme à son unique inspiratrice et à sa seule passion. Il souhaitait y faire revivre la chronique amoureuse des mois que nous avions vécus à Courtiras. Il ajoutait que si certains passages me semblaient trop audacieux ou trop révélateurs, il m'en demandait pardon à l'avance mais que les retrancher de l'ensemble en aurait faussé le sens.

Je dus convenir qu'il avait su s'arrêter au bord des aveux les plus indiscrets, qu'il n'avait jamais décrit clairement ma possession non plus que nos ivresses, que les allusions que j'y relevais ne pouvaient être comprises que de nous. La mythologie, les rêveries, les songes masquaient sans cesse une réalité dont nous demeurions les seuls à connaître le véritable visage.

Je me persuadai que si Pierre était enfin parvenu à toucher tant de gens, c'était parce qu'il avait livré dans ses vers un peu de sa propre substance, qu'il s'était donné lui-même en pâture au public, qu'il n'avait pas hésité à mettre son âme à nu. Je savais que la popularité d'un artiste est à ce prix.

Je me serais donc laissée aller sans aucune arrière-pensée à la douceur de cette nouvelle forme de complicité, intime bien que révélée, dissimulée et pourtant proclamée, si Pierre n'avait pas jugé bon de faire mettre en frontispice de son ouvrage nos deux portraits face à face. J'y apparaissais de profil, les seins nus. Sans doute nos traits avaient-ils été un peu stylisés par l'auteur de ces dessins inspirés des peintures de Denisot, mais nous restions encore beaucoup trop reconnaissables selon moi.

C'est peu de dire que j'en fus horriblement gênée. J'en fus consternée. C'était comme d'être promenée parmi une foule goguenarde, la poitrine offerte ! Les remarques malicieuses, hypocrites, compatissantes, qu'on ne manqua pas de m'adresser à ce sujet parmi mes relations ne firent que renforcer mon embarras. Gabrielle de Cintré, que je rencontrais de temps à autre chez certains de mes voisins, s'écria, paraît-il, qu'on savait que les muses étaient d'ordinaire légèrement vêtues. Qu'il ne fallait donc pas s'étonner de me voir ainsi dénudée puisque Ronsard m'avait élue comme telle !

On me rapporta aussi certaines réflexions blessantes émises par ma belle-famille.

Un soir, Jean entra dans ma chambre gonflé de fureur.

— Madame, dit-il avec un rictus de mépris, par votre faute on se gausse un peu partout de nous ! Je saurai faire taire les bavards, mais je ne veux plus, pour un temps, vous voir demeurer ici ! Partez ! Allez passer les mois d'hiver à Blois.

Je partis. Cette fois, mes parents me reçurent avec affection. Mon état et l'obligation de faire taire les commérages les rapprochèrent de moi. Nous fîmes front ensemble. Ma mère me témoigna une sollicitude inhabituelle née de la satisfaction qu'elle éprouvait à me voir enfin grosse.

Je profitai de ce séjour pour aller rendre le plus souvent possible visite à Marie de Musset. Les remous provoqués par la renommée soudaine de Ronsard et par la reproduction de nos portraits joints inquiétaient son amitié. Je ne trouvai pas la force de lui cacher ce qui s'était passé entre Pierre et moi en l'absence de mon mari. J'éprouvai même un certain allégement à cette confession. Je lui décrivis également les agissements de Jean à son retour. Je n'eus pas à me repentir de la confiance que je lui témoignai. Marie se montra alors la plus compréhensive et la plus attentive des amies.

— Je suis d'avis d'éviter autant que faire se peut les occasions de pécher, me dit-elle quand je lui eus tout raconté. Mais, une fois le mal accompli, il n'est pas bon de s'appesantir sans fin sur ce qui a été. Votre amant est désormais loin de vous, occupé à se faire un nom, accaparé par sa réussite. Imitez-le. Tournez-vous vers l'avenir. L'enfant que vous attendez sera le meilleur des antidotes pour vous débarrasser des poisons du passé. Il sera votre œuvre. Consacrez-vous à lui comme Ronsard se consacre à la sienne.

Je l'approuvai entièrement. Pour sceller notre accord, je lui demandai d'être la marraine de mon premier-né.

— Avec joie, dit-elle en m'embrassant. Quand le moment de sa naissance approchera, faites-le-moi savoir. J'aimerais aussi être près de vous à l'heure où mon futur filleul fera son apparition dans le monde !

Comme les événements se plaisent le plus souvent à déjouer nos prévisions, les douleurs de l'enfantement me prirent plus tôt que prévu et je n'eus le temps de prévenir ni ma mère ni Marie.

J'étais en effet revenue dès le début du printemps à Courtiras où je tenais à faire mes couches. J'étais résolue à ce que mon petit vît le jour dans cette maison que j'aimais.

L'insistance conjuguée de ma famille et de mon amie n'était pas parvenue à me faire changer d'avis. J'avais donc quitté Blois au début de mars afin de me réinstaller tranquillement chez moi.

Le matin du samedi saint, à l'aube de ce jour d'attente suspendu entre la mort et la résurrection du Christ, dans le silence si déconcertant causé par le mutisme des cloches, je mis au monde l'enfant espéré. C'était une fille.

Tu assistais, Guillemine, à ma délivrance. Tu sais comme tout se passa aisément. Tu as vu éclater ma joie. Tu as aussi vu mon émotion. Je pleurais et je riais en même temps.

— Elle s'appellera Cassandre, comme moi, dis-je. Elle portera mon nom !

Depuis le début de ma grossesse, j'avais souhaité donner le jour à une fille. Je me disais qu'il me serait plus facile de la comprendre et de l'élever qu'un garçon. Je pourrais la garder près de moi, pour moi. Un fils aurait été revendiqué par Jean comme héritier. On m'en aurait séparée trop vite pour le confier à des maîtres d'armes, à des prêtres, à de savants professeurs. Je n'aurais pas pu le soigner lors de ses maladies d'enfant. Attaché à sa personne, un médecin s'en serait occupé. De nombreux domestiques se seraient disputé l'honneur de le servir. Dès l'âge de dix ans, il aurait été envoyé comme page à la Cour...

Dieu merci, rien de tel ne risquait de se produire avec une fille. Je savais que mon mari s'en désintéresserait. En toute liberté, je pourrais me consacrer à elle. Elle serait à moi. Rien qu'à moi.

— Je veux la nourrir au sein moi-même, sans engager, comme le font les autres jeunes femmes, comme l'a fait Jacquette, une nourrice pour l'allaiter, décidai-je.

Si j'avais voulu lui donner mon prénom, c'était pour signifier sans équivoque cette unique appartenance. Ma petite Cassandre ne relèverait de personne d'autre que de sa mère. Elle serait une autre moi-même.

— Votre fille vous ressemble de façon frappante, remarqua la sage-femme en déposant l'enfant emmailloté entre mes bras. A ce point-là, ce n'est pas courant.

En posant pour la première fois mes lèvres sur le doux et délicat petit visage aux yeux clos que je contemplais avec une émotion que je n'aurais jamais crue possible auparavant, je découvris un nouvel aspect du bonheur. D'un bonheur violent et possessif, mais mystérieux et débordant d'une jubilation clandestine, d'une connaissance informulée du lien secret qui nous unissait, cette enfant et moi.

Si elle me ressemblait tant, c'était que Dieu l'avait voulu ainsi, en signe de pardon pour mes fautes, mais également pour confondre les curieux et égarer les indiscrets... Je goûtais avec délice l'ambiguïté d'une telle similitude pour m'en repaître comme d'une communion...

Le jour même de la naissance, je fis prévenir mes parents, Marie de Musset et aussi Jean que je ne pouvais tenir dans l'ignorance d'un semblable événement.

Ma mère et Marie arrivèrent le plus vite possible et s'installèrent auprès de nous. Mon père vint saluer cette seconde petite-fille et repartit assez rapidement pour Blois. Il était désappointé. Toujours pas de garçon dans la nouvelle génération et aucun héritier en vue !

Soucieux de sauver les apparences, mon mari vint me rendre visite dans les délais exigés par les convenances.

Il demeura glacial, se pencha sur le berceau, interrogeant du regard les traits enfantins, puis s'écarta sans un mot. La petite ne ressemblait à personne d'autre qu'à moi. De toute évidence, cette constatation le déçut. Il n'était pas plus avancé qu'auparavant... et il me connaissait assez pour savoir que je ne parlerais jamais.

Il préféra alors s'en tenir aux banalités d'usage en m'interrogeant d'un air maussade sur ma santé et en excusant sa sœur qu'une rage de dents retenait au logis. Ma mère et mon amie alimentèrent seules la conversation. Jean et moi n'avions plus grand-chose à nous dire. En se retirant, il m'annonça cependant que je pouvais revenir à Pray.

— Plus tard, dis-je sans conviction. Plus tard... Nous nous reverrons bientôt pour le baptême.

Je savais qu'en dépit de sa mauvaise humeur, il tiendrait à assister à une cérémonie où son absence n'aurait pas manqué d'être remarquée et commentée par tout notre entourage.

Ce fut une fête simple et familiale à laquelle je ne participai que de loin. En attendant mes relevailles, je ne pouvais en effet ni sortir de la maison ni me rendre à l'église.

Avant de partir pour le bourg, Marie m'apporta Cassandrette afin de me la faire admirer dans sa robe de dentelle qui rivalisait de blancheur avec les pruniers et les cerisiers en fleurs du verger. Mon amie portait sa filleule avec un plaisir si manifeste que mon amitié s'en trouva encore renforcée.

Quant à ma mère, toujours aussi peu prodigue en manifestations, elle arborait un air satisfait qui, de sa part, valait tous les témoignages.

Elles demeurèrent toutes deux quelque temps auprès de moi, puis repartirent pour Blois à peu de jours de distance.

Je me retrouvai seule avec mon trésor, là où était mon cœur...

Notre vie commune commençait.

Je n'y aurais puisé que des joies si, par ailleurs, je n'avais pas souffert de plus en plus de la tournure prise par la carrière poétique de Ronsard. De ce côté, hélas, j'allais de déception en amertume.

En avril, alors que nous baptisions ma petite Cassandre, parut un certain *Livret de Folastries* qui fit scandale. C'était un recueil de pièces légères, si licencieuses que la société parisienne, pourtant d'ordinaire fort indulgente à l'égard de ce qui était grivois, s'en offusqua. Imitant Catulle, l'auteur s'y livrait à des descriptions obscènes que couronnaient à la fin du volume deux sonnets scabreux, véritables blasons des sexes, où aucun détail déshonnête n'était épargné. L'œuvre était anonyme, mais personne ne s'y trompa. Le ton, le style, la manière valaient une signature. Tout désignait Ronsard qui, d'ailleurs, ne s'en disculpa en aucune façon.

Pour moi, ce fut l'abomination. Notre histoire d'amour s'y trouvait étalée avec une impudeur, une provocation, qui me confondirent.

Pierre s'y exprimait clairement :

> *J'ai vécu deux mois, ou trois,*
> *Mieux fortuné que les Rois*
> *De la plus fertile Asie,*
> *Quand ma main tenait saisie*
> *Celle, qui tient dans ses yeux*
> *Je ne sais quoi, qui vaut mieux*
> *Que les perles Indiennes*
> *Ou les Masses Midiennes.*
>
> *Mais depuis que deux Guerriers,*
> *Deux soldats aventuriers,*
> *Par une trêve mauvaise,*
> *Sont venus corrompre l'aise*
> *De mon plaisir amoureux,*
> *J'ai vécu plus malheureux*
> *Qu'un Empereur de l'Asie*
> *De qui la terre est saisie...*

Notre amour était divulgué, étalé, livré aux regards de la foule... Une honte affreuse me submergea. Les railleries qui suivaient, dirigées contre mon mari, ne l'épargnaient pas et même le ridiculisaient de grossière façon. A travers l'injure faite à un homme dont je portais le nom, Pierre n'avait-il pas senti qu'il m'atteignait aussi ?

Un mois plus tard, en mai, parut la seconde édition des *Amours*.

Quel ne fut pas mon accablement quand je vis que Ronsard récidivait. Il avait en effet ajouté aux précédents une quarantaine de sonnets inédits et ces pièces rapportées étaient loin d'être innocentes ! Jamais à ma connaissance il n'avait rien écrit de si audacieux ! Enfin, pour parachever son pari insensé, il fit paraître en août, dans la seconde édition du *Cinquième Livre des Odes*, une « Ode à la Fontaine Belerie ». J'y découvris avec horreur un passage où mon corps était décrit avec une précision qui dévoilait son anatomie la plus secrète.

Tout s'écroulait autour de moi ! Je me vis perdue de réputation, non seulement auprès de ma famille, de mes amis, de notre province, mais encore aux yeux du royaume entier et aussi, sans doute, à ceux de nos descendants !

Que dirais-je à ma fille quand elle serait en âge de prendre connaissance de semblables indécences et qu'elle viendrait me demander compte de récits qui nous déshonoraient ?

Quelle défense opposer à mon époux s'il surgissait, ces livres à la main, pour me couvrir d'opprobre et tirer vengeance sur moi des folles déclarations qui me désignaient si clairement comme coupable ?

Je dois dire à la décharge de Jean qu'il évita de se manifester à la suite de la parution des textes insultants et révélateurs qui nous éclaboussaient tous deux. Ce silence me parut plus digne que les violences auxquelles il s'était livré à son retour de guerre ou que le mépris témoigné par la suite. Il choisit de se taire, de m'ignorer et s'arrangea pour demeurer presque toujours au loin. Sa charge lui servait de couverture. Lors de ses rares moments de présence, son regard passait à travers moi comme si j'avais été de verre.

L'offense était cependant d'autant plus cuisante qu'à la suite de ces parutions, la renommée de Ronsard ne cessa de s'affirmer de mois en mois. Elle devint triomphale. Réconciliés avec lui, ses anciens ennemis s'inclinaient à leur tour devant son génie. Longtemps récalcitrant, le roi lui-même saluait à présent Pierre comme le chef incontesté de la nouvelle Ecole poétique et lui commandait, sous la forme d'un poème épique, une grande fresque historique à la gloire de ses aïeux, les rois de France ! J'étais au courant d'un projet dont Ronsard m'avait entretenue maintes fois. Je savais qu'il songeait depuis des années à entreprendre un tel ouvrage dont il m'avait aussi confié le titre : *la Franciade*.

Etait-ce la fumée de ses triomphes qui avait fait perdre à Pierre le sens de la mesure ? Le prix de sa glorieuse ascension était-il le saccage de notre vie amoureuse, l'exhibition de notre plus précieuse intimité ?

Tu ne peux savoir, Guillemine, ce que je ressentis devant un si total mépris de la parole donnée, des serments les plus solennels. Ne m'avait-il pas écrit :

Las, si ma servitude et ma longue amitié
Méritaient à la fin de vous quelque pitié,
S'il vous plaisait, de grâce, alléger mon martyre,
Me donnant le guerdon que tout amant désire,
Je serais si discret recevant ce bonheur,
Je serais si fidèle à garder votre honneur,
Que nous deux seulement saurions ma jouissance,
Dont le seul souvenir me fait Dieu quand j'y pense.

Confiance trahie, pudeur foulée aux pieds, secrets dévoilés, réserve ridiculisée, tel m'apparaissait l'atroce bilan d'une année de divulgation effrénée et de promesses trahies.

J'ai songé à me tuer. La présence de ma chère fille m'en a, seule, dissuadée.

Je n'osais plus sortir de chez moi. Je me terrais entre les murs de Courtiras comme une recluse au fond de sa cellule. Je ne voulais plus voir personne...

Jour et nuit, je m'interrogeais sans trêve : comment Pierre, qui s'était toujours montré avec moi si tendre, si délicat, avait-il pu se comporter de la sorte ? Que s'était-il passé dans ce cœur que j'imaginais bien connaître ? Pourquoi avait-il, lui que je croyais fidèle, agi comme un renégat, un séducteur de bas étage, un goujat ?

Je ne lui écrivis pas. A quoi bon ? Qu'aurais-je pu lui dire sinon lui crier mon indignation et mon dégoût ?

Dépouillée de tous mes rêves, je vivais la mort de mon amour comme celle d'un autre moi-même et mon deuil était double.

Devinant mon tourment, Marie ne tarda pas à accourir. Elle délaissa mari et enfants, qui, affirmait-elle, avaient moins besoin d'elle que moi, s'installa à mon chevet comme à celui d'un mourant. Ainsi qu'une sœur, elle entreprit de m'arracher à la consternation qui me rongeait.

— Ronsard s'est laissé contaminer par les exemples qui lui sont donnés à la Cour, disait-elle doucement tout en m'aidant à broder un drap pour Cassandrette. Ne savez-vous pas combien, de nos jours, les jeunes seigneurs, désireux d'imiter les mœurs italiennes, se montrent cyniques, vantards, débauchés ? Leur immoralité aura déteint sur votre amant. Grisé par ses succès, par l'accueil des courtisans qu'il avait si longtemps espéré en vain, il aura tout bonnement perdu la tête. En devenant du jour au lendemain un homme célèbre, le petit poète vendômois que vous connaissiez, que vous aimiez, a cru préférable d'abandonner sa modeste dépouille pour s'envoler, brillant comme un papillon, vers une apothéose dont l'éclat lui a fait oublier toute retenue.

— De là à publier sur moi de telles révélations !

— Je ne l'excuse pas, Cassandre, je cherche à comprendre, voilà tout.

C'est Marie, c'est son infatigable dévouement, qui m'ont sauvée de la honte et de l'anéantissement. Je ne l'oublierai jamais. Durant ce fatal été, elle est restée près de moi. Elle m'a appris à dominer ma mortification, à faire fi des racontars qui me diffamaient, à pardonner les folies irresponsables d'un homme qui n'avait sans doute péché que par excès de joie, à m'en remettre à Celui qui efface les larmes des humiliés...

— Songez, mon amie, disait-elle, que, presque en même temps, Ronsard a triomphé de vous qui le faisiez languir depuis des années et de ses rivaux qu'il a soudain dépassés de cent coudées ! Il y a de quoi brouiller la cervelle de n'importe qui ! Plus j'y pense, plus je suis certaine qu'il a agi avec ingénuité, dans la plus parfaite bonne conscience. Son bonheur débordait. Il l'a répandu à flots dans son œuvre. En définitive, vous êtes victime de l'exaltation dont votre amant vous était redevable. Sous la pression d'un pareil enivrement, il a explosé comme un feu d'artifice, sans songer un instant que les débris de cette explosion retomberaient sur vous ainsi que des pierres et vous écraseraient.

Nous nous promenions au bras l'une de l'autre à travers mon jardin que les chaleurs de la canicule avaient éprouvé. Avec soin et précaution, nous vidions l'abcès qui me minait.

— Sans doute Ronsard n'avait-il non plus envisagé en aucune façon l'immense retentissement, si nouveau pour lui, de ses derniers ouvrages, m'expliquait Marie devenue par bonté d'âme l'avocate de Pierre. L'accueil réservé auquel il était accoutumé auparavant n'aurait nullement entraîné de telles conséquences. Quand il composait ses sonnets, il suivait, selon son habitude, ses impulsions du moment et ne pouvait prévoir le sort qui serait réservé plus tard à ce qui sortait ainsi en bouillonnant de son cœur et de son esprit échauffés.

J'émergeais lentement du gouffre de boue où j'avais craint de m'enliser.

Lorsque Marie s'en retourna à Blois, j'étais encore meurtrie, mais les effets de la commotion que je venais de subir commençaient à s'estomper.

Mes parents, qui étaient demeurés déplorablement discrets au plus fort de la tourmente, se manifestèrent enfin. Leur réserve ne me surprit pas mais me porta à me replier davantage sur ce qui était à présent mon univers : ma petite Cassandre et Courtiras.

Plus que jamais, je m'absorbai dans les soins et l'amour prodigués à ma fille. Son éveil à l'existence m'aidait à reprendre goût à la vie. Un à un ses sourires éclairèrent mon horizon.

J'avais cependant une nouvelle épreuve à subir.

Au printemps de 1554, soit deux ans après en être parti, Ronsard revint en Vendômois.

Apparemment à mille lieues d'imaginer les tourments infligés, il eut le front de se présenter presque aussitôt chez moi. Nimbé de gloire, paré de la faveur de la Cour, il devait se croire irrésistible.

Ce me fut un déchirement que de retrouver, après tout le mal qu'il m'avait fait, cet homme dont j'avais si souvent évoqué jadis le retour comme jour d'allégresse et de recommencement.

Je le reçus pourtant avec une froideur simulée qui me coûta plus que je ne saurais le dire. Mais je ne lui adressai aucun reproche. A quoi bon ? Tout n'était-il pas saccagé ?

Je me contentai de témoigner à Pierre une feinte indifférence plus significative qu'un chapelet de griefs. Abasourdi, il voulut m'embrasser. Je le repoussai. C'était fini.

Notre cœur est étrange. Malgré le supplice enduré par sa faute, malgré nos amours profanées et salies, malgré les justes récriminations que j'aurais été en droit de lui adresser, revoir Pierre dans de telles conditions me tortura. Dès qu'il m'eut quittée, désemparé et sans avoir compris les raisons de mon attitude envers lui, je décidai de ne plus m'exposer aux affres d'une seconde rencontre. C'était au-dessus de mes forces !

Je quittai le lendemain Courtiras avec ma fille pour me

rendre à Pray d'où mon mari m'avait fait savoir quelque temps auparavant qu'il serait souhaitable aux yeux du monde et donc aux siens que je vinsse de nouveau habiter en sa compagnie.

De ce jour, ma vie ne serait plus guidée que par les rigoureux jalons du devoir.

En dépit de ses cris, de ses appels, de son repentir, en dépit des innombrables corrections, suppressions, remaniements apportés par la suite à son œuvre afin d'en supprimer ce qui pouvait m'y désigner ou trahir mon identité, je me refusai à renouer avec Pierre des relations dont je redoutais l'emprise sur moi et les répercussions sur Cassandrette.

Pendant douze longues années, je me consacrai à ma fille et demeurai inflexible à l'égard de celui que j'avais tant aimé avant que le scandale ne vînt, par sa faute, m'écraser sous son poids de cauchemar.

29 décembre 1585

Dites maîtresse, é, que vous ai-je fait ?
Et, pourquoi las ! m'êtes-vous si cruelle ?
Continuation des Amours, 1555.

— Nous arrivons à Pray, ce me semble, dame, dit soudain Guillemine en profitant d'un moment de silence.

J'émerge avec difficulté d'un passé si cher et si douloureux que sa seule évocation suffit à me bouleverser de nouveau.

Pray ! J'écarte les rideaux de serge verte et aperçois en effet, par-delà les arbres noirs de décembre noyés dans la brume, les tours du château. M'y voici donc encore une fois revenue !

Ce domaine que je n'ai jamais beaucoup aimé mais où je me suis cependant réfugiée après ma rupture avec Ronsard, ce fief orgueilleux où je me sentais si peu chez moi, va m'accueillir à un autre moment crucial de ma vie !

Depuis que je l'ai laissé à ma fille et à son époux, j'y retourne, il est vrai, avec moins de déplaisir. Les séjours que j'y fais sont illuminés par la tendresse si active qui me relie à Cassandrette. Près d'elle, je me contenterais d'un taudis. Le noble castel de Pray se trouve bénéficier de cet éclairage maternel et, depuis peu, grand-maternel...

— Pourvu que notre petit François aille mieux...

L'angoisse m'assaille de plus belle. Si je suis parvenue, grâce aux mots dressés entre elle et moi comme des remparts, à tenir éloignée la peur qui m'étreint, elle ne s'est pas dissoute pour autant. La voici qui me point, tout aussi virulente.

— Nous aurons toujours échappé aux loups et aux huguenots, soupire avec soulagement Guillemine en rangeant dans un étui de cuir noir qu'elle porte suspendu à sa ceinture le chapelet dont elle ne se sépare jamais. Dieu soit loué !

Elle redoutait donc vraiment ce genre de rencontre alors que je laissais couler hors de moi, comme l'eau violente d'un torrent, ce flot de souvenirs dont il fallait que je me délivre ? Durant un trajet dont la durée s'est comme diluée dans mon récit, ma servante pas plus que moi ne semble avoir songé à entamer les provisions de bouche que nous avions emportées. L'heure de notre repas de la mi-journée est certainement passée depuis un bon moment... Invisible derrière les nuées bruineuses, le soleil ne peut nous servir de repère, mais notre voyage a bien duré de cinq à six heures.

Je m'aperçois que je ne me suis inquiétée de rien pendant que je me racontais à Guillemine. Ni du temps écoulé, ni de l'état des chemins, ni de nos estomacs vides...

Nous franchissons à présent le pont-levis et pénétrons enfin dans la cour carrée de Pray.

Je retire mon masque et me passe les mains sur le visage.

Que vais-je apprendre en descendant de litière ?

Dès que ma voiture s'immobilise, je me lève. Des douleurs aux genoux et dans les reins me rappellent sans pitié mon âge et mes rhumatismes.

La peste soit des maux de la vieillesse toute proche !

Après les traverses morales et sentimentales de la jeunesse et de la maturité, pourquoi nous faut-il subir ensuite la trahison du corps, de notre propre corps ? N'est-ce pas l'abandon de moi par moi-même que je commence à déceler dans mon organisme ? Je sais bien que cette épreuve-là, comme les autres, possède un sens et une raison. Il nous faut apprendre à nous affranchir peu à peu des attraits de la chair, si puissants, si dangereux. Notre lente dégradation physique nous est envoyée afin de nous enseigner le détachement nécessaire, afin de nous préparer insensiblement à la séparation finale d'avec cette pauvre enveloppe. L'exemple de Ronsard, de ses longs mois d'expiation par la souffrance et la maladie, m'obsède.

Je parviens tout de même à m'extraire de ma litière. Le froid et l'immobilité m'ont engourdi les membres. Il y a beau temps que les braises de ma chaufferette se sont éteintes et que j'ai rejeté la boule d'étain dont l'eau refroidissait entre mes doigts ! Heureusement une certaine tiédeur s'est attardée sous les couvertures fourrées de peaux de loups-cerviers.

Je me déplace avec difficulté. Il me faut faire quelques pas dans la cour pour retrouver un semblant de souplesse. Bien plus leste que moi, Turquet, mon petit chien, a sauté d'un bond sur le pavé où il court à présent comme un fou.

— Vous voici enfin !

Ma fille vient en courant à ma rencontre. Elle se jette dans mes bras.

— Oh ! Maman ! C'est horrible !

Je la serre de toutes mes forces contre moi, j'embrasse ses joues où les larmes ont laissé des traces humides, ses yeux rougis, son front ombragé par l'attifet de lingerie en forme de cœur qu'elle porte sur ses cheveux blonds, tout son pauvre visage griffé de fatigue et de chagrin.

Notre enfant serait-il mort ?

Je profite de ce que je ne vois pas ses yeux pour lui demander, mes lèvres contre son oreille :

— François ?

Un gémissement me répond, puis une voix entrecoupée de sanglots.

— Il brûle de fièvre, il est couvert de cloques... Après avoir hurlé un moment, il se plaint à présent d'une petite voix souffrante qui est pire que tout !

— S'il a survécu aux premières heures, dis-je d'un ton qui se veut rassurant, rien n'est sans doute perdu. Venez, allons près de lui.

Agrippées l'une à l'autre, nous tenant par la main, nous franchissons les hautes marches du perron menant au premier étage de l'ancienne demeure féodale transformée par le père de Jean en manoir ouvert sur l'extérieur.

Laissant la salle à notre droite, nous gagnons directement la chambre de ma fille et de son époux.

Là, près du large lit à baldaquin de velours, tout près, se trouve un berceau de bois sculpté qu'une servante anime d'un balancement régulier.

Au pied du berceau, mon gendre, Guillaume de Musset, se tient debout. Son visage est aussi meurtri que celui de sa femme. Je remarque les poches plus accentuées qu'il a sous les yeux, sa barbe me semble plus grisonnante que lors de notre précédente rencontre. Comme si cette nuit de malheur l'avait blanchie tout d'un coup.

Sans rien dire je lui serre les mains et m'approche du berceau. Sous le béguin de toile, le visage de l'enfant est intact mais boursouflé de fièvre. On ne voit rien du petit corps enveloppé dans un drap de fine toile faute d'avoir pu lui remettre ses vêtements. François garde les yeux clos. Il se plaint doucement et cette douceur même est plus affreuse que des cris.

— Comment l'a-t-on soigné ?

— Le médecin l'a saigné et m'a conseillé de lui faire un enveloppement de citrouille râpée.

Je fais la grimace.

— J'ai apporté avec moi de l'huile de millepertuis préparée par mes soins, dis-je. Je ne connais rien de meilleur pour traiter les brûlures. Si vous le voulez bien, nous pourrions en enduire votre fils sans plus attendre.

Cassandrette approuve et envoie un domestique quérir auprès de Guillemine le sac en maroquin où je range mes remèdes.

Pendant ce temps, la nourrice qui se tenait assise, l'air accablé, près de la haute cheminée où flambe un feu de bûches, se lève et prend son nourrisson entre ses mains attentives et douces. Deux rides profondes marquent au front son large visage de saindoux que le sentiment de sa faute a rendu tragique sous les larmes qui le mouillent. En dépit de l'attention qu'elle apporte à ses gestes, François se met à crier d'une voix cassée, comme brisée par la douleur.

Avec le plus grand soin, la nourrice dépose son léger fardeau sur le lit à baldaquin. Un molleton y a été étendu pour le recevoir. En procédant par étapes, Mathurine déroule le drap qui, en dépit de la finesse de sa toile, colle par endroits à l'épiderme échaudé.

Dieu ! Le corps minuscule, âgé de trois mois à peine, semble écorché vif tant il est rouge ! Des cloques le recouvrent d'où s'échappe, mêlée à la pulpe de citrouille écrasée, une sirosité visqueuse.

Il ne s'agit pas de me laisser aller à l'horreur qui me tord les entrailles. J'ouvre mon sac et en sors une fiole. Sur la peau brûlée, je verse goutte à goutte l'huile de millepertuis, cramoisie et onctueuse. A l'aide d'une fine compresse faite de charpie, j'effleure avec mille précautions les chairs souffrantes. Le dos et les jambes me semblent plus atteints que le ventre et les cuisses.

François pleure.

A part moi, je maudis la maladresse de Mathurine qui a laissé choir dans un cuveau où on venait de verser l'eau bouillante d'une lessive l'enfantelet confié à sa garde.

Comment cette solide paysanne, habituée à cette fonction, a-t-elle pu commettre pareille maladresse ?

Tout en me posant cette question, je lève les yeux vers la

nourrice. Le regard qui croise alors le mien est si contrit, si malheureux, si désespéré, que je comprends pourquoi Guillaume et Cassandrette l'ont conservée auprès d'eux. La pitié remplace en moi la réprobation.

Je finis d'oindre mon petit-fils puis on le recouche.

— Avez-vous dîné ? me demande mon gendre.

Il s'est exprimé à mi-voix. Seul le très fort sentiment de devoir qui l'anime toujours a pu l'arracher à la morne contemplation de son premier-né supplicié.

J'aime bien Guillaume. Cet homme mûr, fils de ma meilleure amie, a épousé ma fille sur le tard. Avec un tendre amour, il lui a apporté une sécurité et une protection dont je suis extrêmement heureuse qu'elle bénéficie. Grâce à lui, je partirai tranquille quand l'heure en sera venue. Cassandrette ne se retrouvera pas seule et sans affection après ma mort.

Fin, discret, ennemi des démonstrations et de toute exubérance, ce mari providentiel ne ressemble en rien au mien. Responsable, sûr, il n'attache pas grand prix à l'opinion d'autrui et mène sa barque avec sagesse. Physiquement et moralement, il tient de son père, Claude de Musset, mort prématurément voici déjà longtemps. De sa mère, ma chère Marie, il a peu de chose sinon les yeux marron veloutés et loyaux. Il se trouve des gens pour lui reprocher sa réserve, son peu de goût pour le risque, sa prudence. Ceux qui le connaissent bien, ils sont peu nombreux, apprécient la liberté de son jugement ainsi que la fidélité de ses amitiés.

Voici quelques années, il a reçu du roi une pension de quatre cents livres en récompense des services rendus à Sa Majesté tant en France qu'à l'étranger. Ses qualités de diplomate avaient en effet été fort estimées quand l'ambassadeur d'Espagne négociait la paix avec le roi de Navarre et le prince de Condé. Auparavant, il servait dans l'armée du comte de Maulévrier.

C'est un homme de cœur et non un homme de Cour. « Il ne se donne pas, il se prête seulement », murmure-t-on autour de lui. C'est sans doute vrai dans beaucoup de cas, mais je sais, moi, qu'il s'est donné sans retour à ma fille ! Elle qui répugnait à se marier, parce qu'elle m'avait vue malheureuse et aussi parce que notre entente était complète, a fini par accepter ce parti alors qu'elle allait sur ses vingt-sept ans. Ils se connaissaient tous deux depuis l'enfance, mais n'avaient encore jamais envisagé de s'unir. Durant les cinq années qu'ils viennent de vivre ensemble, je crois qu'ils ne s'en sont pas repentis un seul instant. Loin de leur peser, les quinze ans qui les séparent paraissent avoir établi entre eux des relations d'attention et d'égards mutuels tout à fait satisfaisantes.

La naissance de François, qu'on n'espérait plus, est venue parfaire une alliance à l'accomplissement de laquelle il ne manquait qu'un tel gage d'espérance.

Fasse le Ciel que ce témoignage de la bonté divine ne disparaisse pas prématurément, laissant derrière lui un vide si cruel que je ne puis l'envisager sans épouvante...

— Venez, ma mère, venez prendre un peu de nourriture. Il n'est pas bon de rester trop longtemps à jeun par une température comme celle-ci, dit Cassandrette avec un lamentable sourire.

Je frissonne. De froid ou de peine ?

Dans la salle, on a dressé une table devant la cheminée de pierre monumentale. Sous son vaste manteau, deux bancs, installés près du foyer pour se mieux chauffer, tiennent à l'aise. J'ai rarement vu une hotte aussi surchargée de blasons sculptés que celle-là ! N'ayant jamais aimé l'ostentation, j'ai toujours été agacée par l'étalage orgueilleux que faisait ainsi ma belle-famille de toute sa noble parenté. Du temps que je vivais à Pray, je ne regardais jamais une telle profusion d'écussons armoriés sans me sentir partagée entre la dérision et le blâme.

Aujourd'hui, je n'ai plus le cœur à railler.

— Je n'ai guère faim, dis-je en m'asseyant devant la table servie.

— Forcez-vous, ma très chère mère, je vous en prie.

Du bout des lèvres, je goûte un potage aux œufs, relevé de safran, je mange quelques bouchées d'une fricassée de fèves servie avec des pigeons rôtis et je termine par une ou deux cuillerées de riz cuit au lait d'amande.

Ma fille surveille mon repas d'un regard où les larmes affluent sans cesse.

— Retournons auprès de François, dis-je dès que j'en ai terminé. L'huile de millepertuis a peut-être commencé à le soulager.

Hélas, il n'en est rien. Mon petit-fils est toujours fiévreux et continue de se plaindre comme un chevreau qu'on saigne.

Je prends place à côté du berceau. Guillaume a quitté son poste de veille.

— Il n'y tenait plus, me confie Cassandrette. Il est parti chevaucher pour tenter de calmer son angoisse.

Dans le coin le plus obscur de la chambre qu'on est obligé d'éclairer aux chandelles en plein jour tant il fait sombre, la nourrice se tient assise, les mains abandonnées sur les genoux. La tête inclinée sur la poitrine, son bonnet de lingerie à bavolet pendant sur la nuque, elle demeure immobile, telle une image de la culpabilité.

Je vais vers elle et lui dis quelques mots, mais elle ne me répond pas. Ses épaules s'affaissent encore davantage. Je reste un moment près d'elle, impuissante à la consoler, avant de regagner ma place.

Ma fille attire un siège près du mien et se blottit contre moi. Je lui prends la main. Quand elle était enfant, si une petite maladie ou un mauvais rêve la tenait éveillée, je m'installais ainsi à son chevet. Elle me tendait la main. Je m'en emparais et, pendant des heures, je gardais ses doigts serrés entre les miens tout en lui racontant des histoires ou en la regardant dormir. C'était un échange indicible où santé et tendresse passaient de l'une à l'autre au rythme de nos pulsations mêlées et confondues...

Nous demeurons longtemps silencieuses, sans bouger, soudées une nouvelle fois par notre étreinte.

Les heures passent...

L'état de François ne s'améliore pas.

— Savez-vous si le médecin compte revenir ? finis-je par demander.

— Il a dit qu'il repasserait peut-être ce soir, si le temps le lui permettait.

— Je ne souhaite pas son retour. Il va encore saigner votre fils et l'affaiblir un peu plus.

— Que faire, Maman, que faire ?

— Il me semble que j'aurais davantage confiance en une guérisseuse qu'en un quelconque Cartereau pour une chose comme celle-là.

— En connaissez-vous ?

— Moi, non. Mais je sais que Marie a souvent été soignée par une femme dont elle vante les mérites.

Depuis qu'elle se trouve être la belle-mère de Cassandrette Marie n'a jamais cessé de me témoigner sa satisfaction d'une union qui nous rapprochait encore toutes deux. Devenue ma commère en plus de mon amie, elle occupe à ce double titre une place toute particulière dans ma vie.

Demeurée veuve en pleine maturité, elle a choisi de se remarier deux ans plus tard au gouverneur du château de Blois. Son second mari est un personnage. Ayant été dans sa jeunesse valet de chambre ordinaire de François Iᵉʳ, Claude de Bombelles s'est trouvé mêlé aux aventures italiennes et galantes du feu roi. Il s'est lui-même marié deux fois avant d'épouser Marie et possède une nombreuse descendance légitime et illégitime. J'ai toujours pensé qu'il ressemblait à Henri VIII, le roi d'Angleterre d'illustre mémoire. Comme ce souverain, il évoque pour moi l'ogre des fables enfantines. Grand, gros, pansu, le verbe impérieux, le rire tonitruant, il peut être féroce ou charmeur selon les circonstances. On cite à l'envi ses mots à l'emporte-pièce. Capable de folles colères, il est aussi connu pour sa générosité.

Il fallait une femme de la trempe de Marie pour se faire respecter d'une semblable force de la nature. Ses deux premières épouses se sont évaporées en leur jeune âge, usées, élimées, anéanties, par la vitalité sans merci de leur seigneur. Marie, elle, sourit. Son œil brille. En dépit des ans, elle ne renonce pas.

— Mon second Claude a mauvaise tête et bon cœur, dit-elle avec tranquillité. C'est un mélange bien connu. Je n'ai pas peur de lui. Il le sait et ne m'en estime que davantage. Nous nous entendons au mieux !

La charge de Claude de Bombelles amène le couple à vivre somptueusement à Blois. Cependant, Marie retourne de temps à autre à la Bonaventure où l'attendent ses souvenirs. Elle doit y résider ces jours-ci car elle y fête souvent la Noël.

Ma fille se penche davantage vers moi.

— Je ne serais pas étonnée que Guillaume se soit rendu auprès de sa mère, me confie-t-elle. A cheval, il n'en a pas pour bien longtemps. Il a toujours la plus grande confiance en elle... comme moi en vous !

D'un battement de cils, je lui témoigne ma reconnaissance.

Le temps se remet à couler. L'enfant gémit plus faiblement.

Autour de la chambre, tout semble suspendu à ce fragile indice, à ce souffle de vie. Les allées et venues des domestiques, feutrées, sont beaucoup moins bruyantes qu'à l'ordinaire. Seul le crépitement du feu qu'un valet entretient en y rajoutant régulièrement des bûches meuble le silence.

La courte journée de décembre a depuis longtemps fait place à la nuit lorsque le bruit d'un attelage nous parvient de la cour.

Nous ne nous étions pas trompées. Guillaume est allé chercher sa mère à la Bonaventure.

Mais elle n'arrive pas seule. Elle amène avec elle la guérisseuse dont elle nous a souvent parlé.

Elles entrent toutes deux pendant que mon gendre s'occupe

de faire remiser le coche et panser, abreuver, nourrir les chevaux des voyageuses.

Nous les accueillons avec empressement. Dès qu'elles en ont franchi le seuil, il me semble que quelque chose change dans la pièce. On dirait qu'elle contient soudain davantage de lumière...

— Nos médecins ne valent rien pour des cas comme celui-ci, assure Marie après nous avoir embrassées, ma fille et moi. Quand il s'agit de brûlures, ce sont des ânes ! Là où Cartereau a échoué, Madeleine réussira !

Penchées à leur tour sur le berceau, les deux arrivantes considèrent un moment notre petit François qui continue à gémir et à brûler de fièvre.

— Il est grand temps d'intervenir, constate la guérisseuse.

C'est une femme menue, au visage encore jeune et lisse, aux cheveux noirs hormis une mèche blanche comme neige qui part du front pour se perdre sous la coiffe de lin presque monacale. Elle est vêtue à la paysanne d'une jupe de drap froncée à la taille, d'une veste à basques courtes, qu'on découvre quand elle retire le gaban[1] de pluie à longs poils dans lequel elle était drapée en arrivant.

— Je dois rester seule avec l'enfant, dit-elle. Que tout le monde sorte.

— Même moi ? s'inquiète Cassandrette.

La femme jauge ma fille du regard.

— Restez si vous y tenez, concède-t-elle. Mais tenez-vous à distance et ne bougez pas.

Tout en parlant, elle extrait d'un paquet qu'elle avait sous le bras une nappe blanche brodée qu'elle déploie sur un coffre de chêne sculpté qui se trouve tout proche du berceau.

Marie, la nourrice, la berceuse et moi quittons la chambre. Nous retrouvons mon gendre dans la salle. Debout devant le feu il contemple les flammes.

— Comment va-t-elle procéder ? dis-je en prenant le bras de mon amie que j'entraîne sur un des bancs posés sous le manteau monumental de la cheminée. Savez-vous ce qu'elle va faire ?

— Je l'ai vue opérer une fois sur un de nos garçons d'écurie, me répond Marie en prenant place à mes côtés. Il s'était laissé tomber de l'huile bouillante sur le pied en préparant un liniment pour un cheval malade. Elle l'a fait étendre sur la nappe d'autel que vous avez vue. C'est une nappe sur

_____

1. Mot d'origine espagnole désignant une sorte de casaque pour la pluie.

laquelle la sainte messe a été dite. Elle a ensuite multiplié des signes de croix sur la plaie profonde et creuse qui n'était pas belle à voir, je vous prie de le croire ! Tout en signant avec une vélocité prodigieuse les chairs à vif, elle récitait dans une langue incompréhensible mêlée d'un peu de latin une sorte de litanie dont je n'ai pas retenu un seul mot.

— Quels furent les résultats ? demande Guillaume.

— Excellents. Dès le lendemain les traces de brûlure avaient disparu.

— Dieu veuille qu'il en soit de même cette fois-ci, dis-je en soupirant.

— Pourquoi en serait-il autrement, femme de peu de foi ? s'enquiert Marie. N'avez-vous pas confiance ?

Je serre les lèvres.

— Ces pratiques relèvent plus de la sorcellerie que de la religion, dis-je prudemment.

Marie sourit. Il se dégage d'elle une assurance qui m'ébranle malgré mes réserves.

— Il n'y a pas sorcellerie là où le démon n'est pas invoqué, reprend-elle tranquillement. Je puis vous assurer que Madeleine est bonne catholique. Elle met seulement au service de son prochain un don qui lui a été fait par le Seigneur. Je ne vois pas ce qu'il y a de mal là-dedans !

Elle pose une main apaisante sur mon bras.

— Notre petit-fils guérira, Cassandre. N'en doutez plus. Il guérira !

Je retrouve dans son regard ce reflet d'étoile qui y luit quand sa ferveur culmine en des hauteurs où la mienne n'atteint jamais. Je reprends espoir.

Un moment plus tard, ma fille, accompagnée de la guérisseuse, entre dans la salle.

— François dort à présent, annonce-t-elle en s'élançant vers son mari. Il est tout à fait calme et ne se plaint plus.

Sa jeunesse est de nouveau sensible.

— Je crois qu'il est sauvé, ajoute-t-elle, et, cette fois, elle sourit.

Guillaume la serre contre lui et l'embrasse très simplement devant nous.

— Soyez bénie, dit-il en se retournant vers la guérisseuse. Si notre enfant survit grâce à vous, nous vous en aurons une gratitude éternelle !

La femme referme avec soin le paquet contenant la nappe d'autel.

— Je ne suis qu'un instrument, dit-elle. Un petit outil dans une main toute-puissante.

— Vous coucherez ici, Madeleine, reprend ma fille. On vous reconduira chez vous demain matin. Auparavant, nous allons tous souper ensemble.

— Quand le docteur Cartereau viendra, il n'aura plus qu'à s'en retourner, remarque Marie d'un air amusé.

— Je vais envoyer un valet le prévenir pour qu'il ne se dérange pas en vain par un froid pareil, déclare mon gendre.

— Cette nuit, il serait bon de ne pas laisser l'enfant aux soins de sa nourrice, dit alors la guérisseuse. Cette femme a, elle aussi, besoin de sommeil. Or, il faudra veiller le petit. S'il a soif donnez-lui à boire du lait ou de l'eau.

— Son berceau est tout près de notre lit, avance Cassandrette.

— Ce n'est pas suffisant. Votre mari et vous êtes épuisés. Quoi que vous en ayez, vous vous endormirez. Je préférerais que deux personnes capables de rester éveillées se relaient auprès de votre fils.

Il se dégage de cette petite créature qui ressemble à une pie avec ses cheveux noirs et blancs une autorité surprenante.

— La berceuse est également à bout de forces, dit alors Marie. Je propose que Cassandre et moi assurions la garde à tour de rôle.

— Bien sûr, Marie, bien sûr. C'est là une excellente idée. Nous ferons porter le berceau dans notre chambre commune et nous veillerons François comme deux bonnes fées !

Ma fille et Guillaume protestent pour la forme, mais il est clair que les heures qu'ils viennent de vivre les ont exténués. Nous les faisons taire sans peine.

C'est ainsi que je me retrouve, au cœur de la nuit, assise devant l'âtre auprès du berceau où repose enfin d'un sommeil apaisé l'unique héritier de la famille de Musset.

A mes pieds, sur un coussin, Turquet dort, lui aussi, et ronfle de temps à autre.

Après un souper beaucoup moins pénible que le dîner, nous nous sommes retirés chacun chez nous pour que les parents éprouvés réparent leurs forces.

De Marie et de moi, nous avons tiré au sort qui commencerait la veille et Marie est allée se coucher. Je tisonne les bûches à demi consumées. Dans un coffre, une pile de bois est prête à être utilisée.

De toute mon âme, j'espère que la guérisseuse a réussi son entreprise et que le lendemain ne nous réservera pas une horrible déconvenue... Je me lève et me penche une fois de plus sur la couche oscillante. L'enfant semble en paix.

Je reviens m'asseoir devant le foyer où frémissent des cendres mauves. Un bruit m'alerte. Turquet lève la tête, grogne, reprend son somme. Je me retourne. Marie est derrière moi. Enveloppée dans un manteau de nuit en velours grenat, elle prend place de l'autre côté de la cheminée, face à mon haut fauteuil.

Couvrant ses cheveux presque tous blancs à présent, un bonnet de lingerie encadre son visage alourdi, accusant d'un coup son âge. Elle approche de soixante-dix ans et, en dépit de sa vitalité, ne peut échapper aux dégradations du temps.

— Je ne trouve pas le sommeil, constate-t-elle en s'asseyant avec pesanteur. Tant mieux. Nous pourrons causer.

Je la dévisage avec tendresse. Je sais de quoi, de qui, elle entend me parler cette nuit. Je connais la vigilance de ce cœur-là ! Même vieillie, fatiguée, déformée par les grossesses et les douleurs, elle conserve un reflet de ce rayonnement intime, de cette vivacité de l'âme qui me l'ont depuis si longtemps rendue chère.

— Juste avant l'arrivée de Guillaume, j'ai appris la mort de Ronsard, reprend-elle en m'observant avec la plus affectueuse attention. Bien entendu, vous en avez été informée.

— Oui, dis-je. Sur la demande de Pierre, son ami Jean Galland est venu m'avertir dès le lendemain matin.

Mon amie hoche la tête.

— On disait autrefois que l'amour c'était du miel sur des ronces. Je ne sais si son nom y aura été pour quelque chose, Cassandre, mais, pour vous, Ronsard aura été miel et ronces à la fois.

— Bonheur et tourment. Je n'aurai connu l'amour, ses délices et ses peines, qu'à travers lui... Il m'a tout enseigné. Bonheur et tourment...

Ainsi que Marie, j'ai parlé à mi-voix pour ne pas troubler le repos de François.

— S'il a été fort souvent infidèle, vous ne l'avez pas non plus épargné, reprend Marie. Je me souviens des longues années de disgrâce que vous lui avez imposées après la publication de ses premiers sonnets.

Je fixe mes mains croisées sur mes genoux. Seront-elles bientôt marquées de ces tristes taches brunes qui parsèment celles de mon amie ? Sans doute...

— Pendant douze ans, je me suis gardée de lui, il est vrai. Autant que pour moi, c'était pour ma fille que j'agissais.

A tout prix, je voulais la tenir éloignée des racontars qui empoisonnaient alors l'air autour de nous. Souvenez-vous de ces temps d'infamie ! Vous savez combien la célébrité avait délesté Pierre de tout scrupule, comme il s'était laissé aller à l'ivresse des mots et de leur contenu. Il me fallait élever Cassandrette loin de tout ce bruit qui offensait mon honneur, lui assurer une jeunesse paisible, consolider son avenir en protégeant notre présent. En un mot, je désirais sauvegarder sa réputation. La réputation d'une jeune fille n'est-elle pas son bien le plus précieux ?

— Si fait... J'ai toujours admiré la manière dont vous vous étiez sacrifiée pour cette enfant.

— Je l'ai aimée, je l'aime toujours plus que tout !

— Plus que Pierre de Ronsard ?

— On juge l'arbre aux fruits...

Un silence.

Ma pensée reprend le chemin du souvenir qu'elle a si longtemps hanté durant la matinée.

— Les années de séparation, que les événements issus des malheureuses proclamations de Pierre m'ont obligée à laisser s'écouler sans que nous nous revoyions, n'ont pas été désertiques pour lui, dis-je au bout d'un moment. Il a su les meubler de gloire et d'aventures. Même si ces dernières n'ont pas toujours été ce qu'il en a semblé...

Marie lève les sourcils.

— Jean Galland m'a appris beaucoup de choses, soupiré-je pour répondre à son interrogation muette. Beaucoup. Je croyais connaître avec précision le cours d'une vie qui m'a été si proche. Je me trompais... Mais tout ceci est fini à présent et je n'ai point envie de raviver d'anciennes blessures...

Je renverse la tête en arrière contre le dossier de mon siège et ferme les yeux.

Mon amie respecte mon désir de paix. Elle devine ma lassitude et la comprend. Ce soir, je ne souhaite pas me confesser à nouveau. Marie l'admet et se tait...

Soudain, je sursaute. J'ai dû m'assoupir un moment.

Allons ! Il me faut combattre l'envie de dormir. Ne sommes-nous pas ici pour veiller ?

Je jette un coup d'œil vers ma compagne. Un ronflement discret me renseigne. Fatiguée par les émotions de la journée et par le poids des ans, Marie, elle aussi, a déserté son poste. Elle s'est tassée dans son fauteuil. Abandonnée contre le cuir de Cordoue, sa tête s'est inclinée sur son épaule gauche. Sa

bouche entrouverte, aux lèvres épaisses, ressemble ô dérision !
à celle d'une carpe.

Dieu ! Quelle tristesse de voir ainsi l'âge nous déformer,
nous abîmer, nous flétrir !

De cette femme qui ne fut jamais, il est vrai, d'une beauté
éclatante, mais dont la fraîcheur et la vitalité suffisaient à
faire une créature appétissante, pleine de charme et de gaieté,
la vieillesse a réussi à ruiner les attraits. Elle l'a transformée
en vieillarde. Il ne demeure devant moi qu'une forme molle,
avachie, dont le double menton s'écrase sur le col de velours
d'un vêtement de nuit...

Voici donc ce qui m'attend ! Quinze années de moins que
mon amie me laissent encore l'illusion d'un certain répit.
Pour combien de temps ? Je songe aux vers écrits pour une
autre mais qui, demain, seront pour moi la plaie et le couteau :

> *Vous serez au foyer une vieille accroupie,*
> *Regrettant mon amour et votre fier dédain...*

Je me rapproche dangereusement du moment que Pierre
redoutait tant pour lui comme pour les femmes qu'il a aimées,
contre lequel il n'a cessé de les mettre en garde... Décrépitude,
abandon, esseulement, termes inexorables de nos existences,
fatalités dont il s'est voulu l'exorciseur par une mise en garde
incessante, par le rappel toujours repris de la brièveté de toute
chose. N'était-ce pas déjà cette menace dont il m'entretenait
alors que je n'étais qu'une enfant ?

A mon tour, je parviens aux marches de la vieillesse. Les
ronflements de Marie résonnent à mes oreilles comme le ferait
un glas. C'en est fini de ma vie de femme. Je ne suis plus
qu'une créature mûrissante qui se souvient d'avoir été, autrefois, une jolie fille.

Pierre s'en est allé, mes cheveux sont gris, les rides
commencent à déshonorer mon visage dont la fermeté
s'estompe, dont l'éclat s'éteint... ce visage qu'un homme, le
plus grand poète de ce temps, a tant aimé, tant chanté !

Je me redresse sur mon siège.

Allons ! En mémoire de cet amour comme par souci de
bien accomplir la garde qui m'a été confiée, je dois refuser
tout attendrissement suspect. Je n'ai le droit de me laisser
aller ni au sommeil ni au regret stérile de la jeunesse enfuie.
Je dois garder les yeux ouverts et le cœur sans défaillance...
cependant, il ne m'est pas défendu de me souvenir !

DEUXIÈME PARTIE

Été 1554 — Fin de l'année 1585

Je ne saurais aimer autre que vous,
Non, Dame, non, je ne saurais le faire...
Continuation des Amours, 1555.

Or j'aime bien, je le confesse,
Et plus j'irai vers la vieillesse
Et plus constant j'aimerai mieux :
Je n'oublierai, fussai-je en cendre
La douce amour de ma Cassandre
Qui loge mon cœur dans ses yeux.
Les Meslanges (Chanson), *1555.*

1

Si quelqu'un venait de la part de Cassandre
Ouvre-lui tôt la porte et ne le fais attendre.
Continuation des Amours, 1555.

Je me lève, vais me pencher sur le berceau où dort François. Sa respiration régulière m'encourage à espérer. Je reste un bon moment à observer le sommeil de mon petit-fils. Cette station est prière : « Sauvez-le ! Je Vous fais don de ce qui me reste à vivre. Faites-en ce que Vous voudrez ! »

Lentement, je reviens à ma place. M'assieds de nouveau.

Si l'enfant sort sain et sauf d'un accident qui aurait pu le tuer, je me consacrerai encore davantage à lui. Il donnera un sens à ma vie que la disparition de Pierre appauvrit si cruellement. Sans plus aucun partage, sa mère et lui rempliront mon existence.

Je regarde le feu...

C'est dans cette même cheminée que j'ai brûlé, après notre rupture, les lettres que Pierre continua longtemps à m'envoyer.

Marie me les apportait. Ronsard les lui faisait parvenir sans se décourager durant l'été et l'automne 1554. Pour ce faire, il avait recours à Nicolas Girard de Salmet, le propre père de mon amie. Malgré la différence d'âge qui séparait ces deux hommes, ils s'aimaient bien. J'ai toujours pensé que la raison d'une telle sympathie prenait sa source dans les sentiments déférents mais complices qu'ils portaient l'un et l'autre à notre duc, Antoine de Bourbon.

Il était arrivé à Pierre, je le savais, de participer aux réunions fort joyeuses organisées par le père de Marie à la Bonaventure en l'honneur de son suzerain. Une amitié était née de ce compagnonnage. C'était à elle que mon amie devait de se trouver détentrice de mes lettres d'amour... Je suis certaine que ce rôle d'intermédiaire entre celui qui avait été mon amant et moi posait à Marie un cas de conscience. Elle respectait trop les liens qui m'unissaient devant Dieu à mon mari, même si lui-même se parjurait de son côté, pour ne pas se faire scrupule de prolonger par un tel commerce une situation qu'elle ne pouvait pas approuver. En dépit de l'affection qu'elle avait pour moi ou peut-être à cause d'elle, elle souffrait de se voir réduite à cette sorte de compromission. « L'adultère est chose grave, me disait-elle. Il n'est pas question pour moi de remettre en cause les circonstances atténuantes dont vous bénéficiez pleinement dans mon esprit, Cassandre, mais quel emploi me faites-vous tenir en l'occurrence ? Celui d'entremetteuse ! »

Il me fallut l'assurer de ma détermination à ne jamais renouer de relations charnelles avec Ronsard pour qu'elle trouvât enfin le repos de l'âme... Elle acceptait donc de me remettre ces lettres pendant les visites qu'elle me rendait à Pray. Il lui est même arrivé de m'apporter un portrait, assez petit il est vrai, qu'elle avait eu la périlleuse mission de me donner en mains propres ! Ce qui n'était pas sans danger, Jean exerçant sur les très rares personnes admises à me voir une surveillance impitoyable et tracassière. Mais Pierre avait tant insisté... Sans doute pour m'impressionner, il s'était fait peindre le front ceint de laurier. Il ne parvint pas pour autant à ses fins et je n'accusai jamais réception du tableau, pas plus que je ne répondis à ses missives. Je les brûlais dans l'âtre qui est là devant moi, sans même vouloir les lire, au fur et à mesure que Marie me les remettait.

Ai-je eu raison d'agir avec tant de rigueur ? Je n'en suis plus aussi sûre qu'alors. A cette époque, j'étais encore écrasée sous la souffrance et la déception que m'avait infligées l'impardonnable légèreté de Ronsard. Partagée entre la révolte et la consternation, je me préservais d'instinct des coups que pouvait me porter un homme qui m'avait causé tant de peine.

Maintenant que le temps a fermé mes plaies, maintenant que je sais quelle fut la suite de mes amours, il m'arrive de regretter d'avoir fait disparaître les lettres de Pierre, ces lettres que je pourrais relire pour y puiser courage ou réconfort.

En ce temps-là, j'en jugeais différemment. Il est vrai que je n'avais guère la possibilité d'agir d'autre façon. La jalousie et la rancune de mon mari envers son cousin ne me laissaient pas le choix.

Je n'ai jamais vu un homme se comporter à ce point comme le chien du jardinier dont on dit qu'il ne peut manger sa pâtée mais n'en interdit pas moins à tous les affamés d'en approcher ! Nos rapports étaient exécrables. Ma répugnance à son égard avait décuplé depuis que Pierre m'avait révélé ce que pouvait être l'amour, aussi avais-je obtenu quand j'étais revenue à Pray une séparation de corps définitive. Je ne pouvais supporter l'idée de subir de la part de Jean des gestes qui m'en auraient rappelé d'autres à la façon d'une caricature reproduisant grossièrement les traits d'un être aimé. Le moindre contact entre nous deux m'était odieux. Il le savait et s'en vengeait en m'interdisant toute relation masculine. C'était là sa façon de prendre sa revanche sur une infidélité qui avait en réalité bien davantage outragé sa vanité de mâle que les sentiments qu'il était censé me porter. Au fond, il me haïssait ! Les années vécues à Pray à la suite de mon retour sous le toit conjugal, avant que nous nous décidions, Jean et moi, à loger chacun de notre côté, furent tissées de méfiance, d'acrimonie, de faux-semblants, de ressentiments, de basses représailles.

C'était en général au cours des repas pris en commun que mon tyran domestique exerçait sa hargne avec le plus d'éclat. Il est vrai que nous nous rencontrions bien peu en dehors de ces occasions-là. Tous les prétextes lui étaient alors bons. Ma mauvaise mine, un mot compris de travers, aussi bien que quelques gouttes de vin répandues sur la table ! La scène naissait, s'enflait, éclatait pour un rien, nous laissant ensuite, ma fille et moi, l'estomac serré et les yeux rougis. J'en étais venue à appréhender l'heure de chaque dîner, de chaque souper ! En dépit de l'application touchante qu'elle y apportait et de sa bonne volonté évidente, Cassandrette se trouvait fort souvent à l'origine de ces mauvaises querelles. Jean n'acceptait mon enfant sous son toit qu'avec la plus extrême réserve et ne cessait de lui faire la leçon et de la morigéner. Jamais, cependant, il ne l'avait ouvertement rejetée jusqu'à un certain soir dont le souvenir me demeure cuisant.

Nous soupions. Comme d'habitude, une bêtise déclencha l'affrontement qui devait dégénérer de si cruelle manière.

Jean, Marguerite, dont la bosse et la malignité me semblaient croître au fil des ans, ma fille et moi mangions en silence. On n'entendait que le vent qui sifflait sous les portes et livrait avec le feu un combat enfumé dans la cheminée armoriée. Ce devait être l'automne ou l'hiver car on nous avait servi, je ne l'ai pas oublié, des râbles de lièvre à la sauce d'enfer. La chasse, donc, battait son plein.

Soudain, Cassandrette laissa tomber par terre la fourchette avec laquelle elle s'escrimait à piquer la viande préalablement découpée en morceaux et servie dans l'écuelle qu'elle partageait avec moi.

L'utilisation courante de ces petites fourches, que seuls quelques rares souverains ont possédées par caprice jusqu'à nos jours, était encore des plus récentes. La reine Catherine en avait apporté d'Italie et en faisait grand cas. C'était suffisant pour en lancer la mode.

Âgée à cette époque de quatre ou cinq ans, ma fille les maniait avec une certaine difficulté. Elle n'était pas la seule. Si la Cour s'était jetée avec enthousiasme sur ce nouveau raffinement, bien des gens de nos villes et de nos campagnes répugnaient encore à s'en servir. Pourquoi changer un usage remontant aux temps les plus anciens ? Ne se sert-on pas des doigts depuis toujours pour porter à la bouche les aliments pris avec délicatesse dans l'écuelle ou sur le pain tranchoir ? Personne ne s'était jamais avisé de s'en trouver incommodé. Une fois de plus les façons venues d'Italie bouleversaient nos coutumes. Cet engouement ayant pris naissance à l'ombre du trône, mon mari s'était, bien entendu, entiché des fourchettes. Il exigeait qu'on s'en servît à sa table à chaque repas.

En tombant, le mince trident d'argent avait non seulement projeté de la sauce brune sur la nappe mais aussi éclaboussé une des manches en velours de soie grise de ma robe. Je fis signe au valet, qui se tenait prêt à nous servir à boire devant la desserte où étaient posées les coupes à vin, pour qu'il

essuie avec la serviette qu'il avait sur le bras le tissu maculé.
En attirant l'attention de Jean, mon geste déchaîna la tempête !

— Voici encore une nappe souillée et un vêtement gâté !
remarqua-t-il avec aigreur. Votre fille n'en fera jamais d'autre !

— Elle est encore bien jeune, répondis-je tout en tamponnant non sans précaution l'étoffe salie. Beaucoup d'adultes
ne se montrent pas plus adroits qu'elle.

— Est-ce une excuse ? En quoi la maladresse des autres
justifie-t-elle la sienne ? D'ailleurs, sa place n'est pas ici. J'ai
été trop bon d'admettre que vous nous en encombriez durant
les repas au lieu de la confier, ainsi qu'il se doit, à une gouvernante.

Je serrai les lèvres.

— Il m'arrive, à moi aussi, d'éprouver quelque difficulté
à employer ces nouveaux instruments, dis-je pour détourner
de Cassandrette le courroux de Jean.

— Mordieu, madame ! Vous voici encore en train de
soutenir votre pécore contre moi ! s'écria mon mari, dont le
regard devint dangereusement fixe. C'est toujours la même
chose avec vous ! Vous ne cessez de donner raison à cette
petite sotte sans vous soucier le moins du monde de ménager
mon autorité !

Ne sachant que trop combien les choses risquaient de mal
tourner, je baissai le nez après avoir lancé un coup d'œil
apaisant en direction de Cassandrette que je voulais rassurer.

Jean surprit mon manège qui l'enragea.

— Je constate une nouvelle fois la connivence inadmissible
qui règne entre vous deux ! gronda-t-il en frappant du poing
sur la table comme un furieux. Si je me laisse faire, je ne
serai bientôt plus maître chez moi ! Ne croyez pas que je le
supporterai plus longtemps ! Rien ne va à mon gré dans notre
maison depuis que vous nous avez ramené cette morveuse...
cette bâtarde !

Dans son désir de me briser, il venait de prononcer une
accusation jamais encore proférée.

— Vous n'avez pas le droit d'insulter mon enfant !
m'écriai-je à mon tour en oubliant mon souci de prudence.
En l'injuriant, c'est moi que vous injuriez !

Il ricana.

— Que m'importe ! Telle mère, telle fille ! Vous êtes aussi
méprisables l'une que l'autre ! Aussi flétries ! L'une par sa
conduite, l'autre par sa naissance !

Je suffoquais de douleur et d'humiliation.

La gorge serrée, le sang au visage, je me levai, pris ma fille par la main et quittai la salle.

Pour la première fois, Jean venait de se montrer sans masque. Il m'avait traitée comme une femme perdue ! Et cela devant sa sœur qui devait s'en réjouir, ce qui m'était indifférent, mais hélas aussi devant Cassandrette ! A cinq ans, pouvait-elle comprendre la portée des calomnies lancées contre moi ? Ses larmes témoignaient-elles peur ou honte ?

Epouvantée, malade de chagrin, je décidai de prendre durant une huitaine de jours mes repas dans ma chambre en compagnie de ma fille.

Il me fallut bien reparaître ensuite à table, lors d'un souper prié où je ne pouvais éviter, devant les convives de marque que nous recevions, de tenir mon rôle de maîtresse de maison.

Un pas de plus avait cependant été accompli vers la séparation qui nous attendait, Jean et moi. Notre couple ne survivait plus qu'en apparence.

Il était loin le temps des promesses ! Chacun dans notre coin, nous ressassions nos rancunes. Si mon mari me reprochait à l'égal d'un crime, lui qui m'avait si souvent trompée, ma courte liaison avec Pierre ; s'il ne me pardonnait pas non plus la façon dont je l'avais écarté de mon lit ni le mystère d'une naissance pour lui incertaine, je lui en voulais chaque jour davantage. Plus je songeais au triste mariage dont j'étais la victime, plus je me persuadais des torts de Jean. Qui se trouvait à la racine de notre mésentente ? Par son manque d'amour, ses façons de soudard, ses infidélités incessantes, qui m'avait, le premier, détournée de lui ? Il n'avait qu'à s'en prendre à lui-même, à lui seul ! Je ne l'aurais jamais trahi s'il avait su se montrer tendre et attentif, s'il avait consenti à se soucier de moi qui ne demandais qu'à m'attacher à l'époux choisi par mes parents. J'étais si jeune quand il m'avait épousée ! Malléable comme la cire, je n'attendais que la main ferme et douce qui saurait me façonner... Jean a été l'artisan de nos malheurs, de nos déboires, de ma faiblesse à l'égard d'un amant qui avait réussi, lui, à m'émouvoir !

Je me suis si longtemps débattue contre la tentation ! En dépit des déceptions conjugales dont je n'ai pas cessé d'être abreuvée, n'ai-je pas fait attendre Pierre durant sept longues années avant de lui céder ? Je pourrais même soutenir que par ma discrétion j'ai davantage contribué que mon mari à sauvegarder l'honneur du nom que nous portions tous deux.

Non, non, personne ne me fera repentir des pauvres mois de bonheur que j'ai soustraits au destin, personne ne me convaincra d'une véritable culpabilité envers l'individu dénué de qualités auquel je m'étais trouvée liée à seize ans !

Je croise les bras sur ma poitrine. Mon cœur bat comme si j'avais à me justifier devant un tribunal imaginaire ! Je reste si vulnérable quand j'aborde ce sujet-là !

Je ne puis évoquer sans un sentiment de gâchis les années passées à Pray. Alors qu'il me tenait à sa merci, enfermée dans une solitude inhumaine que seule la présence de ma fille ensoleillait, Jean n'a pas cessé de me poursuivre de ses insultes, de son mépris, de ses coups ! Il est parvenu à me faire regretter la fugace gratitude que j'avais éprouvée à son égard après qu'il m'eut recueillie alors que je fuyais Courtiras... Avoir accepté la reprise de notre vie commune lui paraissait témoigner d'une grandeur d'âme, d'une largeur de vues à ce point exceptionnelles qu'il en tirait à la fois des raisons de s'admirer, de s'apitoyer avec complaisance sur son infortune, de me rudoyer et de me traiter, à peu de chose près, comme une prisonnière !

Oui, une prisonnière ! Je peux l'affirmer en toute sincérité. La loi donnait à mon époux le droit de tirer de moi une réparation éclatante. Notre code n'est indulgent qu'aux écarts de conduite masculins. Il réserve toute sa sévérité pour les femmes. Jean aurait pu à son gré me faire enfermer dans un couvent, me séquestrer à domicile ainsi qu'il a choisi de me l'imposer, ou même me tuer. Qui s'en serait soucié ? Le cas s'est déjà vu. Personne n'a bronché. Qui, d'ailleurs, aurait pris ma défense ? Certes pas mes congénères, pauvres créatures dépouillées comme moi de tout pouvoir légal. Nous avons perdu, nous autres femmes, les acquis des siècles précédents et nous voici revenues au temps où triomphait la loi romaine. Loi virile et impitoyable envers notre sexe, que quelques très rares dames seulement (maîtresse adulée comme Diane de Poitiers ou reine amenée à gouverner par la faiblesse de ses fils comme Catherine de Médicis) ont pu fouler aux pieds !

Je contemple Marie endormie. Que de fois n'avons-nous pas abordé ensemble ces sujets douloureux qui nous révoltent l'une et l'autre ? Comme sur beaucoup d'autres points, nous sommes entièrement d'accord pour critiquer la reprise du droit romain qui nous frustre des avantages du droit coutumier cher à nos ancêtres. On parle à présent de nous retirer la possibilité de pratiquer les mêmes métiers que les hommes, ce qui était admis autrefois, et d'exercer quelque fonction que ce soit dans l'Etat. Que nous restera-t-il ? Notre amertume. Qu'y pouvons-nous ? Rien. En faisant de nous d'éternelles mineures, on nous a désarmées afin de mieux nous soumettre...

Pour apaiser mes nerfs, je me lève encore une fois et vais boire une tasse de lait miellé que contient un cruchon posé sur un des landiers remplis de braises.

Je retourne ensuite auprès du berceau et, avant de revenir m'asseoir, y demeure un moment plongée dans mes pensées...

Marie fut la seule de mes amies admises par Jean à me rendre visite à Pray. Elle était également une des rares personnes à ne pas m'avoir tourné le dos après l'affaire des sonnets. Un des singuliers avantages de l'adversité est de vous offrir l'occasion de compter vos fidèles... Je pense que Catherine de Cintré aurait agi de la même façon si l'opportunité lui en avait été fournie. Mais elle était entrée quelques mois auparavant au couvent des Franciscaines de Rome. Je ne l'ai jamais revue. Depuis mon mariage qu'elle avait tant blâmé, elle n'avait cessé de s'éloigner de moi. En un curieux mouvement de chassé-croisé, j'avais perdu avec elle l'amie de mon adolescence alors que je rencontrais en Marie celle de ma maturité.

Si Catherine s'était éloignée, ma mère, en revanche, s'était rapprochée de moi après que les remous soulevés par Ronsard se furent apaisés. A elle aussi Jean avait octroyé le droit de venir me visiter de temps à autre. L'attachement tardif qu'elle sut alors témoigner à Cassandrette m'incita à oublier les griefs que je pouvais conserver à son endroit pour m'avoir ignorée avec tant de rigueur aux pires heures de la diffamation. Mon père devait l'y avoir contrainte... Paix à leurs âmes...

J'éprouve maintenant une mélancolique douceur à songer que nous nous sommes réconciliées, elle et moi, vers la fin de sa vie et qu'elle s'est éteinte en le sachant.

Notre commune tendresse pour Diane, ma filleule, avait également contribué à nous raccommoder.

Jacquette, en effet, avait mis au monde un garçon après sa fille aînée. Tous les Salviati n'avaient d'yeux que pour lui. Mon père exultait. Il tenait enfin son héritier, ce fils de son fils qu'il avait si longtemps attendu pour lui transmettre son nom ! Le petit Forese était devenu le roi de Talcy. Fatalement, Diane avait eu à pâtir de cet engouement. On ne lui témoignait plus qu'une attention distraite. On la délaissait. Seule, ma mère avait continué à traiter sa petite-fille comme elle le faisait avant la naissance de Forese. Quand elle venait me voir à Pray, elle amenait souvent Diane avec elle. Cassandrette et sa cousine n'avaient guère plus d'un an de différence d'âge.

Très vite, ces quelques mois perdirent toute importance. Les deux enfants se sentaient l'une et l'autre isolées au sein de leur famille. Si les raisons de cet éloignement étaient dissemblables, les résultats étaient, eux, identiques. Souffrant d'une même défaveur, elles se rapprochèrent d'instinct. Leur affection fut d'autant plus solide qu'elles en manquaient par ailleurs. Elles s'aimèrent dès leurs premiers pas et ne cessèrent jamais de s'entendre à merveille. Il revenait à la mort de les séparer...

Je considère mes paumes ouvertes sur mes genoux.

La fin si injuste, si lamentable, de ma nièce fut pour moi comme pour ma fille un affreux déchirement.

Par la faute de l'intransigeance religieuse de mon frère, par la faute de la cruauté et de la bêtise de notre époque, Diane, cette enfant qui, la première, m'avait donné un avant-goût de ce que pouvait être l'amour maternel, cette créature ravissante, douce et tendre, fut conduite à se laisser mourir de chagrin parce qu'on lui refusait le droit d'épouser l'homme qu'elle aimait. Ce huguenot, cet ennemi, n'était autre qu'Agrippa d'Aubigné...

N'y a-t-il pas là une coïncidence étrange, bouleversante ? A vingt-cinq ans de distance, le plus illustre poète catholique et le plus prometteur des poètes réformés de ce siècle auront aimé deux femmes d'une même famille, la tante et la nièce, Diane et moi, du même amour fou et condamné, de la même passion dévastatrice et sans espoir...

Dans le silence de la nuit, François geint soudain d'une voix confuse, comme bâillonnée par la fatigue et le sommeil.

Marie soupire, remue la tête, ne parvient pourtant pas à se tirer de son lourd repos. Roulé en boule, Turquet, lui non plus, ne se lève pas.

Je me précipite vers le berceau. François se remet à pleurer. Il a peut-être soif ? La guérisseuse ne l'avait-elle pas prévu ?

Un petit pot de faïence, muni d'un bec à versoir auquel a été fixée une fine mousseline à travers laquelle doit couler le lait de chèvre qui le remplit, attend au bord des cendres chaudes du foyer. Je vais le chercher et le pose sur une table voisine. Je soulève ensuite avec douceur l'enfançon. Comme il est léger, ce corps menu qui recèle cependant de si grandes espérances et inspire tant d'amour ! De peur de le faire souffrir, je le manie comme je le ferais du plus fragile cristal.

La bouche minuscule continue à être déformée par le chagrin jusqu'à ce que la tétine que je lui présente frôle ses lèvres. Alors, d'un mouvement presque brutal, François la happe soudain pour se mettre à tirer sur le mince tissu avec une sorte d'avidité douloureuse dont je ne sais trop quoi penser.

Je constate avec soulagement qu'il boit sans difficulté. Brûlé sur tout le dos et les jambes, il est forcément altéré. Plus qu'une reprise de son mal, ce besoin est peut-être la cause de ses pleurs...

Le tenir ainsi contre moi, blessé et pitoyable, si pitoyable, me remue tout entière, m'inonde de douceur angoissée et d'espoir tremblant. Pendant qu'il boit, je demeure suspendue à ses mines. Lorsqu'il détourne la tête, je dépose le pot à demi vide sur le sol.

François ne pleure plus. Il a maintenant un petit hoquet qui ressemble au cri répété d'une souris. Je le berce un moment avant de me mettre à marcher de long en large en chantonnant à bouche fermée, très bas, une vieille berceuse que je fredonnais autrefois à ma fille pour l'endormir. L'enfant ferme les yeux. Son souffle redevient égal. En faisant bien attention à ne pas déranger ce précieux sommeil, je recouche mon petit, puis je relance le feu en le garnissant d'abondance.

Le calme s'installe à nouveau. Le crépitement des flammes apporte derechef à ma garde nocturne sa note de confort et de réconfort.

Je retrouve mon fauteuil. De l'autre côté de la cheminée, Marie continue son somme.

Elle a partagé et éclairé de sa présence fidèle les sombres années de ma demi-captivité à Pray. Je sais que cette expression aurait fait bondir mon mari mais tel était pourtant ce que je ressentais. En principe, j'étais libre d'aller et de venir à ma guise. Ce n'était qu'apparence. Mise à part Guillemine que j'avais obtenu de conserver à mon service comme chambrière, je savais que les autres serviteurs du domaine m'épiaient sans cesse afin de rapporter à leur maître mes moindres faits et gestes. De son côté, Marguerite, ma belle-sœur bossue, m'entourait d'un réseau fort serré de surveillance. Sous des paroles mielleuses, sa vigilance n'était presque jamais en défaut.

J'ai vécu là des années de plomb... Années de repliement et de mortification, mais, sans doute aussi, années salutaires. Qu'avais-je été jusque-là ? Une jeune fille sentimentale, puis une épouse déçue mais coquette, une amante adulée, courtisée par un homme d'exception qui la tenait pour sa muse et auquel, à ce titre, elle n'accordait que peu de chose, enfin, durant une saison, une femme heureuse mais qui savait son bonheur condamné à la brièveté... Rien de tout cela n'avait suffi à me mûrir. Telle la feuille sur la rivière, je me laissais porter par le courant, au fil des événements... Il était nécessaire à mon accomplissement que je fusse amenée à faire un retour sur moi-même. Si pénible qu'il pût être.

Ma retraite forcée m'y contraignit. J'appris à discipliner ma rêverie, à tirer la leçon de mes malheurs, à apprécier les menues joies de la vie quotidienne, à distinguer ce qui est important de ce qui ne l'est pas. En un mot, autour de la trentaine, je parvins à une plus juste appréciation des êtres et des choses. Je connus mes choix intimes et décidai de m'y tenir. Ma fille, Diane, Marie... et, dans le secret de mon cœur, l'amour désormais silencieux que je vouais à Pierre en dépit de tout, voilà quels seraient à l'avenir les pôles de mon existence, mes uniques joies, mes seuls recours.

Comme toujours, il s'agissait de dépasser les épreuves, de les surmonter afin d'en extraire la force permettant d'aller jusqu'au bout de soi-même... et même un peu au-delà, si possible...

Ce qui me parut le plus pénible cependant fut l'obligation où je me trouvais de donner le change à tout le monde, de dissimuler mes tourments, de jouer la comédie à chaque instant de ma vie. Ni à ma fille, que j'aimais trop pour l'assombrir par des plaintes, ni à ma mère qui m'aurait fait taire, ni à Marie elle-même, je ne pouvais parler de l'écheveau de sentiments contraires qui meurtrissaient mon âme... Mon mari, pour sa part, avait exigé que nous offrions à la province entière l'image d'un couple réconcilié en dépit des vantardises d'un poète en mal d'inspiration. Un moment déchaînées, les médisances en vinrent à tarir, faute d'aliments.

Jean attachait trop d'importance au respect humain et à l'opinion d'autrui pour ne pas donner l'exemple. Son apparente magnanimité à l'égard de l'épouse coupable que j'étais n'avait, je le compris plus tard, pas d'autre cause. S'il ne m'a pas contrainte après ma faute à m'enfermer dans un couvent, c'est pour ne pas perdre lui-même la face. Dans la mesure où il se forçait au silence, on pouvait penser qu'il avait de bonnes raisons de ne pas croire à mon infidélité et que Ronsard s'était à tort flatté de m'avoir séduite. Un homme de son importance donne le ton à son entourage. Il usa de ce privilège et entendit que j'en fisse autant.

Une telle quantité de gens mariés vivent de nos jours dans l'indifférence mutuelle la plus complète que notre détachement à l'égard l'un de l'autre n'étonna personne. Les frasques de Jean furent jugées avec indulgence par les gentilshommes des environs dont le plus grand nombre en faisaient autant, et avec fatalisme par leurs femmes. Au fond, nul ne songea à s'en offusquer. Que ne peut-on se permettre quand on fait partie du sexe fort !

Nous continuions à mener la vie mondaine que mon mari estimait indispensable à ses fonctions. C'était suffisant. Personne ne s'inquiétait de savoir ce qui se cachait sous mes sourires de commande. Parée comme il convenait à mon rang, je traversais ces réceptions qui étaient pour moi de subtils supplices au milieu des amabilités perfides de tout ce que la province comptait de plus brillant. Je rentrais ensuite à Pray où je quittais mes atours de parade pour me voir de nouveau enfermée dans la citadelle-prison...

Durant ce temps, et sans se laisser détourner de son but par mes amertumes, Jean conduisait la progression de son avancement dans les offices et les places qu'il convoitait. Il se poussait. Quoi qu'il pût advenir, je l'ai toujours vu poursuivre imperturbablement sa marche en avant. Il a fini par décrocher la timbale le jour où il est devenu maître d'hôtel de la jeune duchesse de Lorraine, Claude de France, la propre fille de notre roi ! Cette quête d'une situation aussi enviée nécessitait des déplacements continuels et il s'en allait souvent. Chacun de ses départs m'était délivrance.

Je me souviens des états successifs de gaieté et d'abattement dans lesquels je me trouvais plongée à Pray. Ils correspondaient toujours à la présence ou à l'absence de Jean.

Quand je le voyais préparer ses coffres de voyage, je respirais, je revivais !

Pendant ce même temps, Pierre publiait la suite de l'œuvre si fertile, si riche, si multiple, qui devait être la sienne. A travers ses différents recueils, je parvenais à suivre à la trace la démarche de son cœur et le cheminement de sa vie. Bien que loin de moi et grâce à ses écrits, il me semblait plus proche que beaucoup de ceux que je coudoyais chaque jour.

Après notre rupture, il avait traversé une crise de désespoir qui l'avait conduit à un morne retour sur lui-même. En novembre 1555 parut son premier livre d'*Hymnes*, genre qu'il n'avait jamais encore abordé. Il s'y montrait obsédé par l'idée de la mort.

La fin chrétienne n'avait certes jamais été absente de ses poèmes, mais pas de la même façon. Jusque-là, elle était pour lui thème à méditations religieuses ou philosophiques. Dans les *Hymnes*, elle est présentée comme seul et ultime recours contre le chagrin :

> *Je te salue, heureuse et profitable mort,*
> *Des extrêmes douleurs médecin et confort...*

N'était-ce pas là un ton nouveau dans une œuvre plus gaie que triste et plus préoccupée auparavant des biens de ce monde que de ceux de l'autre ?

Je serre les lèvres. Une fois encore, je me prends en défaut ! Comment puis-je, en secret, tirer vanité d'avoir conduit jusqu'à la désespérance un homme, un poète, dont bonheur ou souffrance dépendait de moi ?

Je tiens à être lucide et franche avec moi-même. Me suis-je jamais enorgueillie du changement de ton constaté dans les vers de Pierre ? Je ne le crois pas. Je me suis contentée de déduire d'un style nouveau une évolution à laquelle je ne pense pas avoir été étrangère. C'est tout. Y a-t-il trace de suffisance dans une semblable attitude ?

Je sais bien qu'on pourrait trouver d'autres raisons à une telle transformation : la guerre contre l'empereur avait repris, la peste sévissait par à-coups à Paris et dans les provinces. Pierre lui-même l'avait fuie. La mort de deux papes, à un mois d'intervalle, les troubles qui s'en étaient suivis, tous ces événements dramatiques avaient frappé les esprits. Pourquoi pas celui de Ronsard ? Par ailleurs, n'était-il pas également déçu en constatant que les promesses du roi à son égard n'avaient pas été respectées, que le projet auquel il tenait tant d'écrire sa fameuse *Franciade* demeurait sans écho, sans soutien ? Pour aggraver un peu plus les choses, Joachim du Bellay était parti pour Rome où il se morfondait. Son absence devait affecter Pierre. Un semblable faisceau de préoccupations publiques et privées pouvait certes justifier la tristesse des *Hymnes*.

Sans nier que ces différentes calamités aient pu influencer Pierre, je restais cependant persuadée que les douleurs évoquées dans ces poèmes-là étaient plus personnelles, plus intimes que les tragédies du siècle. Ne s'écriait-il pas dans son *Hymne à la Mort* :

> *C'est une grande déesse, et qui mérite bien*
> *Mes vers, puis qu'elle fait aux hommes tant de bien,*
> *Quand elle ne ferait que nous ôter des peines,*
> *Et hors de tant de maux dont nos vies sont pleines...*

Et ailleurs :

Eh, Dieu du ciel, je n'eusse pas pensé
Qu'un seul départ eût causé tant de peines !

Enfin, cette apostrophe à mon adresse :

Toi qui m'as fait vieillir, Cassandre.

Les explications de Jean Galland m'ont à présent donné raison. Mais en la circonstance, je n'avais pas besoin d'apaisement. Il en fut tout autrement au sujet des infidélités si variées, si étalées, si scandaleuses que Pierre ne tarda pas à multiplier comme à plaisir par la suite...

Peu après mon départ de Courtiras, et sans doute par défi autant que par lassitude, il suivit un de ses amis en Anjou. Il y rencontra Marie de Bourgueil... J'ai beaucoup pleuré à cause de cette petite villageoise angevine dont Pierre parla si bien. Elle était la première rivale qu'il m'opposait, la première d'une longue liste dont chaque nom fut pour moi comme une pierre reçue en plein cœur... Car c'était une chose que d'avoir renoncé à tout amour charnel avec lui, c'en fut une autre que de lire les descriptions suggestives de tant d'ébats.

Je me revois dans ma chambre, des larmes coulant sans que je fasse rien pour les retenir sur ce visage dont l'infidèle m'avait assuré qu'il serait à jamais la seule image de l'amour pour lui, et tombant sur les pages du livre où il détaillait avec complaisance les charmes d'une autre... Les mots que je lisais me déchiraient comme autant de coups de griffe...

Depuis la venue de Jean Galland, je sais que l'imagination de Pierre et le besoin d'exaltation sentimentale qui lui était nécessaire pour créer avaient considérablement embelli le tableau. En réalité, il n'y eut pas une, mais trois Marie !

Ce prénom, composé des lettres qui donnent « aimer » si on les intervertit, a beaucoup servi à Ronsard. Une telle anagramme lui paraissait commode. Sous son couvert, il a mélangé ses modèles. La petite Marie de Bourgueil a bel et bien existé, il ne me viendrait pas à l'idée de le nier. Mais ce ne fut pour Pierre qu'une passante parmi d'autres. Il a lui-même reconnu dans certains de ses sonnets qu'avant de jeter son dévolu sur elle, il avait hésité entre ses deux autres sœurs :

Je ne suis seulement amoureux de Marie,
Jeanne me tient aussi dans les liens de l'amour...

et ailleurs :

Aussi je ne dis pas que votre sœur Thoinon
Ne soit belle, mais quoi ? vous l'êtes davantage.
Je sais bien qu'après vous elle a le premier prix
De ce bourg, en beauté, et qu'on serait épris
D'elle facilement, si vous étiez absente...

Tout cela n'est guère sérieux et je me dis aujourd'hui que la jeune Angevine n'a sans doute servi qu'au divertissement passager d'un amant éconduit. Mais, à l'époque où je prenais connaissance de ces déclarations enflammées, elles me faisaient grand mal...

Il y eut encore deux autres Marie. La seconde était d'un tout autre parage ! Il s'agissait de Marie Cabrianne, demoiselle de la Guyonnière, fille d'honneur de notre reine et parisienne de haut lieu. Belle, intelligente, instruite dans les arts, cette jeune femme coquette était en réalité pour moi une rivale infiniment plus dangereuse que l'innocente petite paysanne des bords de Loire. J'ignorais alors son existence. Comme tout le monde, je croyais à la fable de l'unique Marie.

Pierre fut amoureux de la deuxième comme il l'avait été de la première... comme il le fut par la suite d'un grand nombre de belles créatures. Il était si facile de le séduire ! Il ne demandait pas autre chose et aimait tant l'amour qu'il lui était impossible d'éviter ses pièges...

Pour avoir été sa première passion véritable, pour être demeurée, durant des lustres et au-delà des multiples aventures qui jalonnèrent son existence, la seule durable, je détiens une science sans seconde d'un corps et d'un cœur aussi inflammables l'un que l'autre. Pierre tombait amoureux comme on s'enrhume ! Seulement, dans l'enthousiasme des débuts, il ne savait pas toujours discerner comme il l'aurait fallu amour et amourette !

En secret, comme à l'accoutumée, puisque dans ma vie ce qui importait a toujours été celé, tu, étouffé, j'ai éprouvé une peine profonde, je me suis souvent désespérée en constatant une telle évidence.

Puis, avec le temps, j'en suis parvenue au point où on admet la vulnérabilité et les faiblesses d'un être d'exception qu'il faut accepter d'aimer dans son intégralité et non en choisissant ce qui vous en convient.

Aucune de ces passades n'empêcha Pierre de continuer son œuvre. Au contraire. Là aussi, je dus reconnaître que chacune de ses conquêtes lui inspirait, comme du temps où j'occupais seule son cœur, de nouveaux poèmes et relançait sa Muse...

Sans désemparer, il publia durant les mois qui suivirent l'été de nos adieux les *Hymnes, Le Bocage*, la *Continuation des Amours, Les Meslanges*, la *Nouvelle Continuation*, et j'en oublie certainement !

S'il s'étourdissait au travail, s'il cherchait inspiration et oubli auprès de séduisantes nouvelles venues, il tenta hélas de trouver également dans la débauche une aide supplémentaire. Dès l'automne de 1554, après avoir quitté le Blésois où plus rien ne le retenait, il prit part aux parties fines données par Jean Brinon. Conseiller du roi, cet homme de plaisir se voulait protecteur des écrivains et des poètes. Il recevait de manière fastueuse, tantôt dans son hôtel parisien, tantôt dans ses propriétés de Villennes ou de Médan. Au cours de ces réunions, la licence prenait souvent le relais de l'esprit. J'en entendis parler. En beaucoup moins champêtre, en beaucoup moins sain, c'était le même genre d'agapes que celles organisées à la Bonaventure par le père de Marie. Dans des réunions de cette espèce, que cherchait Pierre ? Pour moi qui connaissais la délicatesse de ses sentiments, mais aussi les exigences de sa sensualité, il ne pouvait s'agir que d'une entreprise inconsidérée de défi et de provocation tournée contre lui-même mais aussi contre moi.

Si certains se sont étonnés que Pierre ait pu, dans les poèmes publiés durant cette période, passer de la mélancolie la plus sombre à des accès de gaieté dégénérant parfois en grivoiserie affichée, c'est parce qu'ils ne le connaissaient pas aussi complètement que moi. Il ne fallait voir dans ces ruptures de ton que les errances d'un homme écartelé entre des sentiments contraires, tiré à hue par son cœur et à dia par son corps.

Ronsard était double, triple... il était légion ! Ainsi qu'un navire dans la tempête, il tanguait, il roulait, d'un bord à l'autre, d'une extrémité à l'autre, d'une vague à la suivante !

Cependant, son désir de ne plus me déplaire ne cessait de se trahir par de petits détails. Je me souviens, par exemple, qu'en publiant *Le Bocage* et les *Quatre Premiers Livres des Odes*, il avait laissé son propre portrait figurer en frontispice alors qu'il en avait fait retirer le mien. Il savait combien j'avais été blessée de me voir représentée à demi nue sur son premier ouvrage et ne voulait pas risquer de me heurter de nouveau.

Quant aux trois Marie, ce ne furent qu'amours passagères et sans lendemain. D'après ce que je sais à présent, je crois pouvoir affirmer que Marie de Bourgueil fut courtisée par Pierre durant trois étés et Marie de Cabrianne pendant quatre hivers ! Il allait de l'une à l'autre, de l'Anjou à Paris, de la campagne à la ville, en suivant les saisons et l'humeur du moment :

> *D'une belle Marie en une autre Marie,*
> *Belleau, je suis tombé, et si dire ne puis*
> *De laquelle des deux plus l'amour je poursuis,*
> *Car j'aime bien l'une, et l'autre est bien m'amie.*

a-t-il écrit à un de ses amis, Rémy Belleau qui lui servait de confident. C'est assez clair.

En y songeant, je retrouve une fois encore l'étrange impression toujours ressentie à chacune des nouvelles amours de Pierre. Comme une rivière souterraine qui coule sous un sol lui-même irrigué de multiples ruisseaux, son attachement pour moi survivait et continuait son chemin sous la trame superficielle de ses divers emballements... A bien observer le parcours suivi par mon amant, je m'aperçois par ailleurs qu'aucune de ses belles n'a su lui répondre ainsi qu'il le souhaitait. Elles s'amusaient, les unes après les autres, à le faire languir, tout en tirant vanité de détenir une telle proie dans leurs filets, puis se détournaient de lui. En ces galanteries tant chantées, Pierre n'a récolté en somme qu'un grand nombre de déceptions pour quelques rares aboutissements...

Quant à la troisième Marie, ce n'est pas Ronsard mais notre souverain actuel, Henri III, qui fut follement épris de cette grande dame, Marie de Clèves, marquise d'Isle, devenue par son mariage princesse de Condé ! Epris au point d'en arriver aux pires extravagances à la suite de la mort de la jeune femme. On a même prétendu que le roi avait songé à l'épouser après avoir imaginé je ne sais quelle procédure de divorce. La disparition prématurée de madame de Condé, partie en la fleur de son âge, évita sans doute au royaume un nouveau scandale...

> *Ainsi en ta première et jeune nouveauté,*
> *Quand la terre et le ciel honoraient ta beauté,*
> *La Parque t'a tuée et cendre tu reposes...*

Ces vers admirables, ces vers poignants, s'adressaient en réalité à une tout autre créature qu'à la petite fille qui servait là de prête-nom. Pierre avait besoin d'argent et il fallait plaire au nouveau souverain. C'est à la demande de celui qui venait en effet de se voir sacré roi de France que Ronsard chanta la princesse défunte en composant une suite volontairement ambiguë sur *la Mort de Marie*. Il se trouve, d'ailleurs, que la fraîche Angevine s'en alla, elle aussi, plus tôt qu'il n'était naturel. L'amalgame n'en fut que plus aisé. Ce qui permit à Pierre de cultiver une équivoque qui n'était pas pour lui déplaire... Avant de rejoindre le pays des ombres, Marie de Bourgueil avait, il est vrai, trouvé le moyen de délaisser et de tromper Ronsard qui s'en montra fort chagrin dans ses poèmes...

Décidément, Pierre n'aura pas eu de chance avec les femmes. Parce qu'il avait trahi notre amour, bafoué la confiance que je mettais en lui, failli à la discrétion nécessaire aux amants, je l'ai tenu des années à l'écart de ma vie, Marie de Bourgueil s'est montrée infidèle après lui avoir fait attendre en vain ses faveurs, et Marie de Cabrianne s'est amusée à ses dépens.

Elle avait coutume, je l'ai su par la suite, de se jouer des hommes comme de marionnettes ! Spirituelle, volage, pleine d'un esprit vif et mordant, fantasque, égoïste, un rien perverse, elle appartenait au groupe de ces jeunes femmes que Catherine de Médicis n'a cessé de grouper autour d'elle. De nos jours, on les nomme l'escadron volant de la reine ! Elles lui servent à tenir sous sa coupe ses ennemis les plus redoutables, à espionner son entourage, à connaître les secrets des gentils-hommes de la Cour, dont beaucoup conspirent. Sous leur aspect ravissant, provocant, élégant et léger, ces demoiselles sont en fait les yeux et les oreilles de la souveraine. Rien ne leur échappe. Ce sont là les plus dangereux des enquêteurs, les plus adroits diplomates qu'on puisse rêver ! On s'oublie entre leurs bras et on leur confie des secrets d'Etat sur l'oreiller !

Ronsard, pour sa part, n'a pas dû accepter de livrer d'aveux vraiment compromettants à Marie de Cabrianne car son ascension triomphale ne fut en rien troublée par les péripéties de leur liaison. Après la disparition du vieux Mellin de Saint-Gelais, qui l'avait si violemment attaqué jadis avant de se résoudre à le louer, Pierre s'est vu nommé conseiller et aumônier ordinaire du roi. Cette nouvelle dignité fut pour lui la récompense des longues années de labeur, des sollicitations incessantes auxquelles il lui avait fallu plier son orgueil, des intrigues qu'il avait été contraint de mener pour suivre le train de la Cour et faire comme ceux qui s'y trouvaient.

Durant tout ce temps où il se soumettait bon gré mal gré aux façons courtisanes et contait fleurette aux belles du moment, sa pensée continuait à me demeurer proche. En le lisant, j'étais frappée par la constance des appels qu'il m'adressait, par l'incessant retour de mon nom parmi ceux des autres égéries, par la merveilleuse continuité avec laquelle ma présence passait d'ouvrage en ouvrage. Je constatais là une permanence qui me bouleversait.

> *Or j'aime bien, je le confesse,*
> *Et plus j'irai vers la vieillesse*
> *Et plus constant j'aimerai mieux :*
> *Je n'oublierai, fussai-je en cendre,*
> *La douce amour de ma Cassandre,*
> *Qui loge mon cœur dans ses yeux.*

Pouvais-je, au détour d'un feuillet, lire une telle déclaration sans en être remuée jusqu'à l'âme ?

En découvrant tant de poèmes comme celui-ci mêlés à ceux qu'il adressait à l'amante du moment, je me sentais divisée contre moi-même, partagée entre mon émotion et une silencieuse rancœur. Ces deux sentiments discordants m'ont longtemps tourmentée...

Pour me consoler, je me disais qu'il n'y avait sans doute de par le monde que peu d'hommes capables d'aimer une même femme par-delà une rupture imposée par elle comme par-delà tant d'autres inclinations. Si je puisais dans cette remarque un allègement certain à mes peines, j'y trouvais aussi matière à rêver. Il m'arrivait alors d'être tentée de lui écrire pour lui annoncer mon pardon, pour l'appeler au secours, pour renouer le fil de nos amours, brisé de mes propres mains...

Je suis parvenue chaque fois à repousser cette tentation en me répétant que mon attitude clémente ne suffirait pas à transformer Pierre. Il aimait l'amour et les femmes. Une seule aurait-elle jamais pu lui suffire ? D'autant plus que ce que je souhaitais lui proposer ne pouvait le satisfaire. Je restais sur mes positions : par respect envers ma fille, je me devais de renoncer à toute relation adultérine. Or, ce n'était pas de mon amitié que Pierre avait envie... Entre ces deux êtres qui réclamaient tous deux de moi un choix contradictoire, je me trouvais déchirée...

Aujourd'hui, je peux raisonner avec calme sur les mouvements d'un cœur à présent rendu hors du bruit des passions. Il n'en était pas ainsi au temps de ma trentaine. A la lecture de certains poèmes un grand trouble m'envahissait :

> *... si de fortune une belle Cassandre*
> *Vers moi se fût montrée un peu courtoise et tendre,*
> *Un peu douce et traitable, et soigneuse à guérir*
> *Le mal dont ses beaux yeux dix ans m'ont fait mourir...*
> *... je ne l'eusse laissée...*

Une fièvre s'emparait de moi. Je prenais une plume, je m'asseyais devant une table, prête à lui écrire... puis je me remémorais notre passé, nos luttes, mes combats, j'évoquais les traits des autres femmes dont il avait aussi parlé avec beaucoup de feu, et je reposais ma plume... Je savais trop bien ce que Pierre entendait par tendresse... Il n'était rien moins qu'un pur esprit ! Jamais il ne se serait contenté de soupirer à mes pieds. Quel homme épris, d'ailleurs, l'aurait accepté après ce que nous avons vécu ensemble ? Nous ne pouvions, hélas, que nous séparer. Un peu plus tôt, un peu plus tard, il nous aurait fallu en arriver à cette solution.

Je soupire et me lève afin de remettre deux grosses bûches dans la cheminée.

François dort avec application. Je reprends ma place.

Depuis trente ans et plus, j'ai eu le temps de réfléchir à ce qui nous est arrivé. J'en suis parvenue à la conclusion que les choses ne pouvaient pas se dérouler autrement qu'elles ne l'ont fait. Le soin scrupuleux que j'apportais à l'éducation de Cassandrette, mon désir de rester à ses yeux une mère exemplaire, la suspicion de mon mari, tout se conjuguait pour nous éloigner l'un de l'autre, Pierre et moi. Je n'ai pas été insensible et cruelle comme il lui est arrivé de le prétendre en des instants de rancune. Je suis seulement demeurée fidèle aux valeurs de l'amour maternel et du devoir qui comptaient tant pour moi.

Si Pierre s'est souvent plaint de ce que je l'avais mal traité, c'est là une réaction masculine. Avec l'inconsciente assurance des hommes, il n'a jamais voulu s'arrêter sérieusement aux souffrances qu'il m'avait lui-même infligées. Déception, tourment, humiliation, dégoût, causés d'abord par ses écrits, puis jalousie, angoisse, chagrin, provoqués ensuite par les tapageuses aventures qu'il proclamait et décrivait à chaque fois sans vergogne. Etait-ce rien ? En ne m'épargnant aucun détail de ses conquêtes, ne pensait-il pas à ma tristesse ? A-t-il seulement jamais pris garde au subtil supplice qu'il m'infligeait de la sorte ?

Ces reproches mutuels que nous formions chacun dans les replis de nos cœurs, nous n'en avons jamais parlé après nos retrouvailles. A quoi bon ? Nous avions mieux à faire. Nous avions à réparer les trous de nos manteaux...

Heureusement pour moi, je me défiais d'instinct des sentiments extrêmes et de leurs manifestations. A chaque nouvelle frasque de Pierre, je parvenais tant bien que mal, après des jours lancinants et des nuits d'insomnie, à recouvrer ma paix dévastée. Je me réfugiais auprès de ma fille et me rassasiais de simples joies maternelles. Elle était mon recours. Lorsque mon pauvre cœur, labouré par l'angoisse de la solitude, était trop lourd, je décidais de passer la soirée en compagnie de Cassandrette que j'autorisais pour la circonstance à veiller exceptionnellement.

Ces heures d'après le souper, égrenées en tête à tête avec celle qui représentait toute la douceur de ma vie, étaient la récompense de mes journées amères.

S'il faisait froid, nous nous installions toutes deux dans ma chambre, devant le feu. Nous buvions du lait d'amande, croquions des massepains, des confitures sèches, du fenouil ou de l'angélique confits, que l'enfant adorait. Je lui apprenais à jouer du luth, je lui lisais à haute voix des poèmes ou des contes, nous faisions des parties de dames, nous fabriquions des canivets dont la mode faisait fureur. Pourvue de doigts très fins d'une grande adresse, Cassandrette s'entendait à merveille à découper les enluminures que nous avions choisies auparavant, elle et moi, d'un commun accord. A l'aide d'un canif à manche de buis, elle confectionnait des dentelles de papier qu'elle appliquait ensuite sur des fonds de couleur vive. Les figures ou les motifs ainsi présentés se détachaient avec élégance au centre de cet entourage délicat que faisaient ressortir les chaudes nuances des feuilles colorées. Nous décorions nos murs de ces canivets dont certains pouvaient être considérés comme de petits chefs-d'œuvre.

S'il faisait beau, nous accomplissions de lentes promenades dans le jardin pour respirer l'odeur de la campagne nocturne. L'arôme du thym se mêlait à celui des œillets poivrés ou du réséda dont j'enseignais au passage les noms à ma fille.

Je lui apprenais aussi à distinguer les constellations les unes des autres, à reconnaître les principales étoiles de notre hémisphère, à jalonner en esprit les immensités célestes à l'aide des astres comme points de repère.

Le nez en l'air, nous nous échappions loin des contraintes quotidiennes, afin de parcourir en imagination les prairies bleues du ciel.

Jappant à nos chausses, mon petit chien nous rappelait bien

vite aux réalités et nous faisait revenir sur terre où il entendait
bien que nous nous intéressions à lui.

— Ma mère, j'aimerais demeurer cette nuit avec vous, me
disait parfois Cassandrette. J'aime tant dormir près de vous !

— Moi aussi, ma chérie, assurais-je, moi aussi.

Pourquoi nous aurais-je privées de cet innocent plaisir ?

Une fois couchées, les courtines tirées, Guillemine installée
comme de coutume au pied de mon lit, doucement éclairées
par la cire blanche de ma veilleuse-mortier, nous nous sentions
à l'abri de tout. Enfouies entre nos draps de toile fine qui
avaient été bassinés avec soin si c'était l'hiver, nous nous
blottissions dans les bras l'une de l'autre et je racontais à ma
fille des histoires. Je sentais contre le mien le corps gracile
de mon enfant et je me retrouvais reportée au temps de ma
grossesse, temps béni où nous partagions la même enveloppe
de chair. Son souffle caressait mon cou, ses mèches légères
frôlaient mes joues qu'elles chatouillaient... Nous nous endor-
mions sans nous en apercevoir pendant que je contais de
folles aventures imaginaires où s'affrontaient géants et fées
dans un univers où la tendresse l'emportait toujours sur la
haine...

Dieu sait, pourtant, que les temps présents ne sont pas
tendres ! Les jeunes années de Cassandrette furent environnées
de conflits avec l'étranger, de guerres civiles, de meurtres,
de morts violentes, de crimes de toutes sortes.

Fasse le Ciel que mon petit-fils ne connaisse jamais de
jours aussi troublés, que jamais il ne voie pareille tourmente,
pareille horreur ! Le sang et la haine, la haine et le sang,
partout, durant de si nombreuses années ! Les chrétiens
divisés, les familles brisées, des frères, des enfants, des parents
qui se maudissent et s'entre-tuent ! Les efforts de notre pauvre
reine anéantis, les traités dénoncés, les accords reniés... Quand
donc cette abomination prendra-t-elle fin ?

La mort prématurée d'Henri II a ouvert les portes à la
fureur et à la dissension. Il a été donné aux gens de notre
époque d'assister à un événement terrible : l'écroulement de
la chrétienté dans le feu de l'exécration mutuelle des catholiques et des réformés. Nous avons vu naître et se développer
les divisions irréparables qui ont mis en lambeaux la tunique
sans couture du Christ !

Les guerres italiennes ou les combats contre l'empereur
qu'avait connus ma jeunesse étaient peu de chose en comparaison de la rage homicide qui devait par la suite ravager
notre malheureux pays en le livrant à l'ennemi étranger et

aux factieux de l'intérieur, en le conduisant au fil des ans à deux doigts de sa perte... Ne sommes-nous pas encore plongés en pleine tragédie ? Voyons-nous poindre la plus mince lueur à l'horizon ?

J'avais connu de tristes années après ma rupture avec Pierre, mais qu'étaient mes détresses personnelles à côté de celles que nous avons côtoyées, auxquelles nous avons été forcés de participer, qui ont traversé nos existences comme des tornades, qui, bien souvent, ont failli nous emporter ainsi que des fétus ?

Je considère de loin le berceau où dort mon petit François. Ai-je le droit de gémir sur les malheurs du temps alors qu'aucun des miens, non plus que moi-même, n'en a souffert directement ? Quand on a eu la chance de traverser un siècle comme le nôtre sans avoir été roué, écartelé, arquebusé, noyé, défenestré, pestiféré, ou pendu, on devrait passer le reste de sa vie à genoux à en remercier Dieu ! Avoir échappé à tant d'occasions de disparaître dans le déchaînement général relève du miracle !

Pourtant, les survivants que nous sommes n'ont pas l'air d'y penser. La guerre intestine, la peste, le choléra, n'ont jamais empêché la majorité de nos contemporains de vaquer à leurs occupations au milieu des appels des mourants et des ruines encore fumantes. On s'attendrit un instant, on enterre les morts, on éteint le feu, puis on retourne à ses affaires. Quant à la Cour, on ne s'y est sans doute jamais plus follement diverti, sans se soucier le moins du monde du lamentable exemple que cette frénésie d'indécentes débauches peut donner au reste de la population. « Carnaval et carnage » pourrait être la devise des deux derniers règnes. On y passa allègrement du massacre au bal et des tueries aux festins comme si c'était tout naturel. Et cela continue...

Une seconde fois, je vais boire un peu de lait chaud. Pour dissiper mes sombres réflexions, je m'approche de la fenêtre. A travers les petits carreaux enchâssés dans le plomb, je contemple le paysage de décembre. La campagne qui entoure notre forteresse est vide, nue, raidie sous l'hiver comme un défunt sous son drap. Seule, l'admirable géométrie des arbres dépouillés témoigne de la beauté d'une création dont la mauvaise saison a détruit les charmes sans parvenir à altérer la pureté des formes...

Soudain, un étonnant spectacle m'est offert. Les nuages noirs et cotonneux qui obscurcissent le ciel se déchirent. Ainsi qu'un long rectangle étiré, une ouverture en forme d'œil troue la nuit. La lune, pleine et ronde comme une prunelle, occupe pendant quelques instants le centre de cette orbite ouverte sur l'infini... Puis le vent bouscule les nuées. Le regard céleste se voile de crêpes échevelés, se déforme, se rétrécit, disparaît...

Je reste un moment derrière les vitres étroites à guetter le retour de l'étrange phénomène. Mais c'en est fini. La lourde paupière nébuleuse s'est refermée sur son mystère.

Y aurait-il là un signe ? Je suis persuadée que nous sommes environnés d'avertissements, d'indices, que nous ignorons le plus souvent ou que nous déchiffrons de travers. La lune ne me regarde-t-elle pas chaque fois que je suis en train de traverser un moment capital de mon existence ?

Au château de Blois, lors de ma première rencontre avec Ronsard, elle s'offrait comme une perle géante à mes quinze ans éblouis. Elle marbrait de veines bleutées le visage renversé que Pierre embrassait comme un fou la nuit de nos adieux, près du colombier de Talcy. A l'heure de la naissance de Diane, elle fut la première à baigner de sa clarté froide l'enfant qui devait m'apprendre ce que peut être l'amour voué aux fruits de nos entrailles. Cette nuit, enfin, alors que Pierre n'est plus, alors que je veille sur le fragile sommeil de mon unique petit-fils, pourquoi me poursuit-elle de sa prunelle opalescente ?

2

Sois-moi plus douce et prends de moi pitié...

RONSARD.

Faute de trouver une réponse satisfaisante aux questions que je me pose, je m'assure une fois encore du repos de l'enfant qui m'a été confié avant de me retourner vers les souvenirs enfouis dans ma mémoire... là où Pierre est encore vivant.

Mon frère aîné et mon mari se trouvent tous deux à l'origine de la première rencontre que j'eus avec lui au terme de cinq années de rupture complète. La vie a de ces ironies... Mais rencontre n'est pas réconciliation. Dès que je sus la date de la confrontation qui m'attendait, je m'entraînai à affirmer mon cœur. Je connaissais trop la séduction que Ronsard exerçait sur moi pour ne pas craindre des retrouvailles qui raviveraient mon trouble en même temps que mes meurtrissures. Le temps du pardon n'était pas encore venu. Les circonstances ne s'y prêtaient pas non plus...

A partir du moment où Pierre devint un homme célèbre, son destin et, par conséquent, le mien se trouvèrent étroitement mêlés aux événements politiques de notre siècle. Cette fois-ci, il s'agissait d'un mariage princier.

La guerre qui opposait la France aux Impériaux et aux Anglais venait d'être interrompue. Le royaume connaissait alors une courte trêve, le roi décida de procéder aux noces de sa fille Claude avec le duc Charles de Lorraine. Cette alliance de la famille royale avec la branche aînée de la maison de Guise fit beaucoup de bruit. Non sans raison. Elle devait entraîner de lourdes conséquences. Mais on était décidé à ne voir que le bon côté de ces épousailles.

Les enfants de notre souverain étaient en pleine période matrimoniale. Déjà des fêtes fastueuses s'étaient déroulées à l'occasion de l'union, survenue après de longues fiançailles, du dauphin François avec la jeune reine d'Ecosse, Marie Stuart, à laquelle l'avenir réservait tant de tribulations et une si pénible destinée... Qui aurait pu le dire au moment de son triomphe nuptial ? Après la victoire que le duc de Guise venait de remporter sur l'ennemi en lui reprenant Calais, la liesse était générale. On se sentait vengé de la cruelle défaite de Saint-Quentin. La belle revanche comportait également, hélas, des aspects fort inquiétants. Ce fut à sa suite, pour remercier le clergé qui avait largement contribué à l'effort financier demandé au pays, qu'Henri II favorisa la poursuite des délits d'opinions religieuses dans le royaume, afin d'extirper les hérésies et fausses doctrines des Réformés.

Dès lors, l'intolérance s'installa en chacun de nos foyers, en chacune de nos villes, dans chaque province... Elle ne les a pas quittés depuis ! A l'intérieur des frontières, on s'adonnait à la chasse aux huguenots ; à l'extérieur, on se battait à la fois contre les Anglais, sur mer, et contre l'empereur, sur terre ! Victoires et défaites étaient notre pain quotidien.

Ce fut durant la trêve nécessitée par des négociations faites en vue de la future paix de Cateau-Cambrésis, d'heureuse mémoire, qu'eurent lieu les fameuses noces qui m'amenèrent à revoir Pierre. Mon frère Jean avait été nommé peu de temps plus tôt surintendant de la maison ducale. Grâce à son appui, mon mari était parvenu à obtenir la charge qu'il convoitait :

maître d'hôtel de la nouvelle duchesse de Lorraine. A ce titre, nous avions été conviés aux fêtes du mariage pour être présentés à leurs altesses.

De son côté, Ronsard avait été chargé de composer textes et divertissements poétiques proposés à la Cour, en son château de Meudon, par le cardinal de Lorraine, oncle de la mariée. Il avait également écrit un envoi pour le tournoi qui devait suivre. Revenu de Rome où il s'était tant ennuyé, du Bellay avait, lui aussi, été appelé à participer à l'organisation des festivités.

Je savais tout cela et m'étais donc préparée à des rencontres inévitables. Fatalement, nous nous verrions, nous nous croiserions, nous serions même peut-être amenés à nous saluer... Je croyais m'être cuirassée contre les surprises des chassés-croisés de la vie de Cour... Je m'étais trompée. En revoyant Pierre pour la première fois, lors de la présentation à la duchesse et au duc, une émotion violente comme un raz de marée me submergea. Il se tenait assez loin de nous et s'entretenait avec deux évêques. La maturité et le succès lui allaient bien. Je me sentis frissonner et mon cœur me fit mal comme si des doigts de fer le pressaient soudain.

Raidie, cramponnée au bras de mon mari en compagnie duquel je saluai, suivant la coutume, le couple ducal, je me sentais défaillir. Il me fallait cependant sauver les apparences, ne rien laisser paraître de mon émoi. Je parvins à faire bonne contenance... mais fus seule à en connaître le prix !

Pierre, je le sais à présent, s'interrogeait sur la conduite à tenir à mon égard. Il estimait sans doute que j'avais attaché trop d'importance aux dégâts causés par ses poèmes et redoutait d'autant plus des réactions pour lui imprévisibles. Joachim, qui faisait cause commune avec lui, l'imita. Ils calquèrent donc leur façon d'être sur la mienne et firent mine de m'ignorer. Par chance, il y avait foule autour de nous... de nous qui rêvions à des rapprochements impossibles dont nous nous préservions pourtant avec le plus grand soin !

Il est vrai que notre situation se révélait des plus délicates. Mon époux, qui avait juré de ne plus jamais adresser la parole à son cousin, arborait un mauvais sourire en m'imposant une surveillance draconienne. D'autre part, beaucoup de nos relations se divertissaient sous cape de la partie de cache-cache à laquelle le sort nous contraignait tous trois. Prêts à tirer les pires conclusions du moindre regard, du moindre signe de reconnaissance entre le conseiller du roi et une femme dont on avait déjà tant médit, les mauvaises langues s'aiguisaient...

Au même titre que l'avenir de ma fille que j'entendais préserver, la nouvelle charge de Pierre exigeait de nous une tenue irréprochable. Nous ne pouvions nous permettre nul faux pas. Tant que durèrent les réjouissances, je vécus dans l'angoisse. Ce me fut beaucoup plus dur que je ne l'avais imaginé.

Les fêtes furent longues et superbes. Triomphante et soudain portée au pinacle, la maison de Lorraine ne lésina pas sur les frais. Si, en raison de la conjoncture, bien des gens jugèrent de mauvais goût un tel faste, les partisans des Guise, eux, pavoisèrent. Je conserve de ces journées le souvenir fasciné et anxieux d'une succession de festins, de bals, de concerts, de joutes, noyés à mes yeux dans la buée tremblante d'une fièvre aussi inavouable aux autres qu'à moi-même.

En quoi le choc éprouvé aurait-il changé quoi que ce fût à mes résolutions ? Je ne pouvais toujours pas pardonner à Pierre les erreurs aberrantes qui nous avaient conduits là où nous en étions. Ce n'était pas les affres endurées sur place à cause de lui et par lui qui avaient la moindre chance de m'incliner à plus de mansuétude...

Nulle part Ronsard n'a jamais fait allusion à ces heures confuses. Il en a souffert comme moi. Peut-être même davantage. N'était-il pas le fauteur de troubles, alors que j'en demeurais la victime ?

Cependant, dans le divertissement composé en l'honneur des jeunes époux, il avait imaginé deux bergers s'entretenant de leurs amours. L'un parlait en son nom propre, l'autre en celui de du Bellay. Or, le premier soupirait :

> ... hier, ma Cassandrette,
> Que j'aime plus que moi...

et dans l'envoi du tournoi, le pastoureau Ronsard enviait le chevalier que sa dame avait vêtu et armé avant les joutes, selon la tradition. Il s'en montrait ouvertement jaloux. Cette dame, c'était moi...

Je ne sortis pas indemne de ces journées de fête. Ce fut l'âme en déroute que je rentrai au logis... Je venais de découvrir que je n'en avais pas fini avec Pierre !

Comment aurait-il pu ne pas m'obséder ? On parlait de lui partout !

L'année 1559, si douloureuse pour la France qui y perdit

son roi tué dans la force de l'âge lors d'un tournoi fatal, fut pour Ronsard une des plus fécondes et des plus fructueuses de sa carrière.

Après un silence de deux ans qui avait suivi le trépas de Claude de Ronsard, son frère aîné, dont la succession nécessitait son entremise et tous ses soins, il s'était remis au travail, tout en préparant l'édition collective de son œuvre. Il attachait la plus grande importance à cette entreprise que certains autour de moi jugèrent prématurée. Il l'acheva en 1560, peu après la fin tragique d'Henri II.

A travers ses poèmes, je le sentais violemment affecté par les disparitions si proches de son frère, de son souverain, puis de son meilleur ami, notre cher du Bellay, parti en pleine jeunesse.

Ce fut un temps de deuil et d'affliction pour tous les habitants du royaume, mais tout spécialement pour Pierre qui, en plus de la mort du roi, sensible à chacun de nous, perdit les deux hommes auxquels il tenait le plus. S'il travailla tant pendant cette période, ce fut sans doute pour échapper à ses fantômes.

A distance, je partageais toutes les peines qui le frappaient, je priais pour lui, je lisais ses vers avec mon cœur et ses déplorations m'arrachaient des larmes que je dissimulais ainsi que des trésors. Il me fut très difficile à ces moments-là de ne pas aller me jeter dans ses bras. Je l'aurais fait si je n'avais pas connu la force torrentueuse de ses désirs, ma propre faiblesse, et si je n'avais pas songé d'abord à ma fille.

Cassandrette s'épanouissait sous mes yeux et je ne me lassais pas d'assister à son éclosion. Le chant de la joie maternelle fusait en moi comme à l'aube celui de l'alouette. Son rire, sa confiance, ses élans, son intelligence, son charme, me comblaient.

Comment aurais-je pu mettre en péril le bel équilibre de mon enfant ? Notre mutuelle affection était mon bien le plus précieux. Pierre n'arrivait qu'ensuite. Il l'a su plus tard et s'en est plaint. Je n'ai jamais voulu le lui cacher. Je ne l'aurais d'ailleurs pas pu. C'était une évidence. Une évidence ne se discute pas plus qu'elle ne se dissimule.

Mais si ma fille détenait la première place, il arrivait, lui, tout de suite après. Aussi fus-je bouleversée quand je découvris, dans chacun des volumes regroupés par ses soins en vue de la première édition complète de ses vers, qu'à travers ces quatre recueils, il poursuivait sans se lasser son œuvre de substitution, d'effacement, de travestissement de ma personnalité. Suivant en cela la mode, il posait sur mon visage un masque afin de mieux le dérober aux regards curieux. Mon nom était retiré des pièces les plus révélatrices ou les plus licencieuses, celles qui m'avaient si durement blessée. Par ailleurs, d'adroites variantes en transformaient les passages trop audacieux à mon goût. Elles tendaient à éloigner de moi tout soupçon. Parfois, Pierre en arrivait à renier de précédentes affirmations, souvent parmi les plus flamboyantes. Enfin, sur sa demande, dans le commentaire placé au début du deuxième livre par son ami Rémy Belleau, se trouvait un véritable mea culpa de l'auteur qui examinait sa conscience et se reconnaissait fautif à l'égard de sa Dame...

La gratitude que j'en éprouvai dès ma lecture terminée m'orienta aussitôt vers l'idée d'un pardon définitif. Ce qui en retarda l'exécution fut une autre aventure dont Pierre ne tarda pas à parler. Une récente conquête l'enflammait. Il s'agissait d'une femme qu'il a nommée Genèvre...

De nouveau, son tempérament impétueux l'avait entraîné sur une piste toute chaude. Il a lui-même raconté avec cette tranquille impudeur qui le caractérisait qu'un soir d'été, alors qu'il se baignait dans la Seine du côté du Pré-aux-Clercs, il avait aperçu sur la rive, dansant et chantant, une jeune femme qu'il avait jugée charmante. Il s'était alors précipité à ses genoux, s'en était fait reconnaître et n'avait pas tardé à lui adresser un poème où il évoquait pêle-mêle son amour pour moi, son aventure avec Marie, et concluait d'une façon qui me sembla maladroite et même ostentatoire :

Maintenant je poursuis toute amour vagabonde,
Ores j'aime la noire, ores j'aime la blonde...

Sur le moment, cette déclaration me choqua. J'en ressentis peine et mortification. J'ajournai à plus tard le pardon si près d'être accordé...

A présent que cette péripétie sentimentale est bien loin, il me semble que j'aurais dû admettre qu'il était légitime pour Pierre de se divertir à sa guise. A travers ce qu'il en a dit par la suite, je serais tentée de croire qu'il a été heureux, du moins de façon passagère, avec cette Genèvre. Il le fut si rarement au cours de sa vie que je ne me sens plus le droit d'en prendre ombrage. Dans son avertissement préliminaire que faisait-il d'autre que d'exposer loyalement à sa nouvelle amie l'état qui était le sien ? Celui d'un homme dépourvu de chances en amour, alors même qu'il ne pouvait s'en passer...

celui d'un homme qui, à défaut d'une passion toujours espérée, jamais obtenue, se contentait de papillonner de belle en belle, de fleur en fleur...

Maintenant que Pierre n'est plus ici pour raviver par ses frasques incessantes mon indignation amoureuse, j'éprouve une sorte de complaisance envers ses brèves aventures. En n'offrant à Genèvre qu'une liaison sans lendemain, il reconnaissait implicitement qu'il n'avait plus rien d'autre à donner que de brefs instants d'agrément. Il ne lui promettait pas l'amour. N'étais-je pas cause de cette carence affective ? Comment ai-je pu considérer comme une rivale une femme à qui Pierre proposait si peu ?

S'il faut d'ailleurs en croire ce qu'il a écrit sur cette histoire, Genèvre, elle non plus, ne souhaitait rien d'autre. Elle avait perdu quelques mois auparavant un amant qu'elle aimait de tout son cœur et répugnait à se lier de façon durable si peu de temps après. Tous deux cherchaient en réalité un peu de plaisir joint à un peu d'oubli...

Pendant que Pierre se distrayait ainsi, les événements extérieurs prenaient le pas sur nos minces tribulations personnelles.

Des signes nous avaient prévenus que des temps difficiles s'annonçaient. La grande comète étincelante, dont la chevelure de feu ondoyait si dangereusement derrière elle durant tout le temps qu'elle occupa le ciel en mars 1557, était pourtant un sérieux avertissement. La folle suffisance humaine refusa d'en tenir compte...

Inutile d'évoquer la succession de maux qui a suivi la mort d'Henri II depuis ce tournoi maudit. J'y ai baigné. J'en ai tremblé comme tout un chacun. J'ai pu croire certains jours que ma fin était proche... si j'acceptais pour moi sans trop de mal la perspective d'une brutale interruption de mon existence, en revanche, je ne l'ai jamais admis pour ma fille dont la jeunesse avait droit à l'espérance...

Dès le règne informe de François II, pauvre enfant malade, roi adolescent dont j'ai croisé un instant, à la Cour de Blois, le regard traqué, il fut aisé de prévoir l'éminence du malheur. Même lorsque ses lèvres souriaient, les yeux noirs qu'il tenait des Valois demeuraient emplis d'angoisse et de fébrilité. Autour de lui tout le monde savait qu'il était condamné. Les efforts pathétiques de sa mère pour se persuader du contraire n'y changeaient rien. Quand il s'éteignit, sans être parvenu à atteindre ses dix-huit ans, il laissait un royaume divisé, fanatisé, prêt à exploser comme un baril de poudre !

Parvenue au sommet du pouvoir en de si tragiques circonstances, notre cousine, Catherine de Médicis, désormais régente d'un pays où elle n'était guère aimée, fut nommée gouvernante de France pendant la durée de la minorité de Charles IX, âgé d'un peu plus de dix ans seulement. Quelle ascension pour la fille des Médicis mais aussi quel fardeau ! Depuis qu'on avait brûlé vif le conseiller du Bourg converti à la Religion réformée, les choses allaient de mal en pis. Les doctrines de Luther et de Calvin rencontraient toujours davantage d'assentiment. Les adeptes de la nouvelle foi se multipliaient, prenaient de l'audace. L'agonie de François II ne les avait même pas arrêtés. A Amboise, des conjurés aveuglés par la passion partisane n'avaient-ils pas projeté de s'emparer du souverain moribond ? Dans quel but ? Le rallier *in extremis* à leur cause ? Le convertir de force ? Le garder en otage ? Quoi qu'il en ait été, leur coup manqué s'était soldé par un horrible massacre. On avait pendu les factieux aux potences, aux arbres, aux créneaux et jusqu'aux fenêtres du château !

La haine entre les deux camps n'en avait flambé que plus haut ! La maison des Guise, qui convoitait ouvertement le pouvoir, en profita pour avancer ses pions. En de telles conditions, la paix publique se vit compromise pour longtemps. L'unité morale du royaume était en lambeaux...

C'est alors que Ronsard a lancé son premier cri d'alarme : l'*Elégie à Guillaume des Autels*. Elle traduisait exactement ce que je ressentais, ce que des millions de chrétiens ressentaient. Il aurait fallu être aveugle pour ne pas voir que l'Eglise catholique s'enfonçait chaque jour un peu plus dans la boue. Un immense nettoyage s'imposait. Les abus de toute espèce étaient devenus si courants que bien des croyants sincères se trouvaient ébranlés. Le Christ était trahi par une partie de ses prêtres. Les papes donnaient en premier l'exemple de la débauche, de la prévarication, de l'imposture... Il était urgent d'interrompre cette marche à l'abîme. A ses débuts, la Réforme n'avait pas d'autres intentions.

J'ai connu bien des personnes qui pensaient alors de la sorte. Marie, mon amie à la foi si ardente, si zélée, y avait elle-même songé... Ne disait-on pas à cette époque que la reine mère n'était pas ennemie de la Religion réformée, qu'elle lisait la Bible, aimait à chanter les psaumes et voyait sans déplaisir de grandes dames de sa Cour comme Jeanne d'Albret, reine de Navarre, Marguerite de Savoie, la princesse de Condé, la duchesse de Montpensier et combien d'autres, qui s'étaient converties aux idées nouvelles ?

Ronsard, de son côté, a reconnu par la suite s'être senti

tenté, au commencement tout au moins, par une doctrine qui critiquait si utilement les erreurs commises par le clergé. Mais il s'est vite repris pour devenir sans tarder le soutien privilégié de la catholicité. Les outrances sacrilèges des tenants du nouveau culte lui parurent impies et profanatoires. Ce fut lui qui répondit avec le plus de mordant aux pamphlets et libelles huguenots qui inondaient le pays. Ses *Discours des Misères de ce Temps*, suivis bientôt de la glorieuse et magnifique *Remontrance au peuple de France*, m'éblouirent. Il s'y exprimait en défenseur d'une Eglise, dont il ne niait pas les erréments, jugés par lui des plus graves, sans pour autant accepter de la renier ni de la détruire.

Je suivais ces débats avec la plus extrême attention. Comme tant d'autres, je ne cessais pas d'être épouvantée par le déferlement de haine qui submergeait irrésistiblement le royaume. J'assistais avec horreur aux luttes abominables où l'exécration l'emportait au plus grand profit du Mal sur l'Esprit d'Amour. Si notre Eglise avait, de toute évidence, besoin d'être dépouillée des tristes oripeaux dont les siècles avaient fini par l'affubler, elle n'en restait pas moins la première dépositaire de la Révélation. De ce fait, elle méritait qu'on la révère à l'image d'une mère qui demeure sacrée en dépit de ses fautes. C'est ce que les Réformés se sont toujours refusés à admettre. L'aversion qu'ils vouent à cette malade me semble parricide.

Pierre et les amis qu'il avait rassemblés autour de lui, sous le nom de Brigade, défendaient les mêmes opinions, les mêmes choix que les miens. D'où l'intérêt passionné que je portais à leur action.

En regroupant écrivains et philosophes dans un mouvement d'idées auquel il avait donné cette appellation aux consonances guerrières, bien qu'elle se voulût uniquement littéraire, Ronsard avait eu une admirable idée. Devenue le fer de lance de l'opinion catholique, sa Brigade eut pour mission de répondre par la plume aux attaques de ses adversaires. Elle n'y a jamais manqué. Elle a contribué en grande partie à redonner confiance aux nôtres, que les terribles diatribes huguenotes avaient un moment déconcertés et divisés. Pierre et ses compagnons ont démontré de façon éclatante combien la lutte écrite pouvait avoir de poids dans un conflit religieux ou politique, et qu'en définitive les armes de l'esprit surpassent le fer et le feu.

De mon côté, je participais autant que je le pouvais à ces assauts. Je lisais chacun des écrits de Pierre et tirais fierté de sa vaillance, de son esprit de repartie, de son éloquence.

Nos entrevues demeurèrent finalement liées aux troubles qu'il nous était donné de vivre du même côté du fossé.

Célèbre par son art, Ronsard l'était devenu encore davantage par ses prises de position à l'égard des Réformés. Non seulement il se battait contre eux par la plume, mais il avait été amené également à le faire par l'épée. Les violences, en effet, avaient gagné nos provinces. Le Mans, Tours, Blois où je tremblais pour les miens, étaient tombés aux mains des huguenots. Jeanne d'Albret, ardente luthérienne s'il en fut, mais aussi duchesse de Vendôme, avait introduit dans notre cité des lansquenets à sa solde. Ils avaient dévasté la collégiale Saint-Georges, profané les tombes, sans même respecter celles des ancêtres du duc, mari de la reine de Navarre, qui laissa faire tant d'abominations sans lever le petit doigt ! Dans les campagnes, ce n'étaient que pillages, incendies, viols, massacres. J'avais été obligée de quitter Courtiras, où j'aimais tant séjourner aux beaux jours en compagnie de ma fille qui grandissait, pour regagner Pray, mieux défendu.

Indignés, des gentilshommes de la vallée du Loir, les Ronsard, les du Bellay, beaucoup d'autres, se réunirent en formation défensive. Pierre adhéra à cette troupe armée et résolue. Les convictions qu'il soutenait déjà par le verbe, les menaces planant sur plusieurs de ses cures, l'y incitèrent doublement. Il prit donc les armes.

Comme je ne tardai pas à être mise au fait de son engagement, il me fallut bientôt trembler pour sa vie... C'est ainsi que j'appris qu'il avait failli être tué dans une embuscade où il avait essuyé cinq coups d'arquebuse. Cette arquebusade, qui me jeta dans les angoisses les plus vives, provoqua par ailleurs une grande effervescence dans notre région. Tout le monde en parlait et chacun se félicitait qu'un tel poète, un tel polémiste eût échappé à une fin si injuste.

Quelle que pût être l'émotion des autres Vendômois, elle ne fut rien comparée à la mienne.

En mesurant à quel point la perte de Pierre aurait été pour moi irréparable, je fus bien obligée d'admettre qu'en dépit de tout je l'aimais toujours d'un amour sans seconde. La peur de sa mort et la fierté de le voir combattre avec tant de hardiesse sur tous les fronts à la fois, m'incitèrent à une plongée au tréfonds de mon cœur. J'aimais toujours, je n'avais en réalité jamais cessé d'aimer Pierre... La blessure qu'il m'avait infligée par mégarde et légèreté s'étant cicatrisée, l'idée d'un rapprochement, et donc d'un pardon préalable, s'imposa à moi.

Une nouvelle complication surgit alors, qui vint se mettre en travers de l'élan qui me jetait vers mon amant.

Combien de fois me serai-je vue ainsi éloignée du but alors que je me croyais sur le point de l'atteindre ? Mes relations avec Pierre n'auront été qu'une succession d'occasions manquées, repoussées, avortées... si on s'en tient aux apparences. En réalité, nous n'avons jamais été séparés que de façon visible. L'essentiel était préservé puisque nos âmes demeuraient unies...

Cette fois-ci, ce fut la reine mère en personne qui intervint pour infléchir le cours de nos destins. En demandant à Pierre de composer des poèmes en l'honneur de la plus jolie, de la plus séduisante de ses dames d'honneur, elle joua le rôle de la fatalité pourvoyeuse de romans.

Ce n'était pourtant nullement dans ses intentions. Elle souhaitait simplement inciter le prince de Condé, son prisonnier du moment, à s'éprendre d'Isabeau de Limeuil. Pour parvenir à ses fins, elle imagina de faire briller les attraits de sa suivante en priant Ronsard de les célébrer. Cette intrigue répondait à son désir de composer avec les huguenots pour ne pas avoir à les affronter. La situation était critique. Les Réformés avaient fait appel aux Anglais. Trop contents de reprendre pied sur le continent, ceux-ci s'étaient rapidement emparés du Havre, puis s'étaient vu livrer Rouen et Dieppe. Grâce au duc de Guise, on avait pu reconquérir Rouen, mais non sans pertes. Durant l'opération, notre duc, Antoine de Bourbon, avait été mortellement blessé. Profitant de la confusion, les Réformés avaient investi Paris. Dieu merci, nous les avions vaincus à Dreux ! C'est alors que le prince de Condé, devenu par la mort de son aîné chef incontesté et combien bouillant des assaillants, était lui-même tombé entre les mains des défenseurs de la capitale.

Sa capture fut un événement ! Certains l'admiraient, d'autres le haïssaient. Il ne laissait personne indifférent.

Dans l'ébullition générale, tout le monde s'entendit cependant pour critiquer les tentatives de conciliation faites par Catherine de Médicis. Notre famille s'y était d'ailleurs trouvée mêlée puisque la reine mère avait choisi Talcy en juin 1562 pour y rencontrer les chefs huguenots...

Mon Talcy devenu lieu de négociations politiques ! Ce site béni de mon éveil à l'amour transformé en siège de si grands pourparlers !

La tentative royale avait beaucoup fait jaser car personne n'ignorait que notre souveraine espérait parvenir à une entente avec les Réformés après la tuerie de Wassy, perpétrée à notre grande consternation par le duc de Guise et ses soldats. L'assassinat à Orléans de ce même François de Guise fit échouer la stratégie si péniblement élaborée et força la pauvre reine à signer une nouvelle paix à Amboise et à faire appliquer l'édit de Tolérance, promulgué en faveur des Réformés.

L'édit étant fort mal considéré, la paix restait des plus précaires. C'est alors, en désespoir de cause, que Catherine jeta Isabeau de Limeuil dans les bras de Condé ! En agissant de la sorte, elle utilisait sa méthode favorite de séduction par personne interposée. Si j'avais su à ce moment-là ce que j'ai appris depuis, je n'aurais pas éprouvé le moindre dépit à la lecture des vers extasiés que Pierre adressa à cette belle enfant. Mais j'ignorais l'intrigue et le rôle qu'y jouait Ronsard en prétendant être amoureux fou d'Isabeau... Il n'est d'ailleurs pas impossible qu'il s'en fût réellement amouraché tant il était vulnérable quand il s'agissait d'une nouvelle conquête à accomplir... N'a-t-il pas reconnu lui-même qu'il lui arrivait de se laisser prendre à son propre jeu ?

> *J'aime à faire l'amour, j'aime à parler aux femmes,*
> *A mettre par écrit mes amoureuses flammes...*

Il avait un cœur enflammable comme l'étoupe ! Je l'ai très vite su et me suis cependant décidée à renouer de tendres liens avec cet homme inconstant auquel le premier vertugade venu tournait la tête ! Fallait-il qu'il me fût cher !

... Je l'ai revu une seconde fois à Fontainebleau, en février 1564, puis à Bar-le-Duc, en mai.

Entre-temps, j'avais perdu coup sur coup mon père et ma mère. Malgré le peu d'intimité que nous avions conservé, leur mort m'ébranla. Ils emportaient avec eux une part de mon enfance, une part qui n'appartenait qu'à eux et dont moi-même ne conservais que des miettes. Mes jeunes années disparues se trouvaient désormais à jamais enfouies avec mes parents dans leur tombe. Mes protecteurs naturels n'étaient plus. Malgré le peu de secours qu'ils m'avaient apporté aux moments les plus critiques de mon existence, je pleurai leur disparition en oubliant leur défaillance pour ne plus me souvenir que de la solidarité familiale qui m'était si sensible durant mon enfance...

Je me retrouvais aux premières lignes, exposée sans intercesseur aux périls qui nous guettent jusqu'à notre propre fin. Ces deuils m'amenèrent à considérer d'un autre œil nos querelles humaines. Ils contribuèrent à me rendre plus indulgente envers mon prochain, donc, en premier lieu, envers Pierre, mon plus proche prochain...

Dans le silence de la chambre, un léger cri se fait entendre. Une nouvelle fois, je me penche sur le sommeil de mon petit-fils. Il pousse encore deux ou trois vagissements sans cesser pour autant de dormir. Je guette son souffle qui reste paisible. Il a dû faire un mauvais rêve.

J'attends un moment avant de regagner ma place auprès du feu.

La reine mère avait décidé de donner à Fontainebleau de grandes fêtes à l'occasion d'une nouvelle tentative de rapprochement entre réformés et catholiques. Elle en offrit d'autres, peu après, à Bar-le-Duc en l'honneur du traité de paix qu'elle était parvenue à conclure avec la nouvelle reine d'Angleterre.

Sur la demande de notre souveraine dont il était devenu un familier, Pierre dédia en cette seconde occasion un recueil d'*Elégies, Mascarades et Bergeries* à Elisabeth Ire.

Je me trouvais participer par force à tous les divertissements et réceptions que mon mari se devait de fréquenter pour accomplir son devoir de maître d'hôtel de la duchesse de Lorraine.

Pierre, qui ne s'était pas départi à Fontainebleau de la réserve dont je continuais à lui donner l'exemple, changea brusquement d'attitude. Il ne supportait plus le silence qui nous séparait. Aussi décida-t-il de tenter sa chance. Il me fit parvenir ses derniers poèmes par Guillemine. Il y avait souligné deux cartels où s'exprimaient tour à tour un chevalier content et un chevalier malcontent. Deux conceptions s'y opposaient : le bonheur d'un homme heureux en amour, l'accablement de celui qui se lamente « d'un espoir qui est désespéré ». Ce dernier s'écriait :

> *Pourquoi m'as-tu, dès jeunesse, donné*
> *Pour me tuer, une dame si belle ?*
> *Elle sait bien que je languis pour elle,*
> *Que je l'adore, et que je l'aime mieux*
> *Cent mille fois que je ne fais mes yeux,*
> *Mon cœur, mon sang : car je n'aime ma vie,*
> *Sinon d'autant qu'elle en sera servie.*

Je ne pouvais pas ne pas retrouver là l'écho d'autres déclarations qu'il m'avait jadis adressées. Il y disait la même chose en des termes presque identiques. N'était-ce pas l'hommage de sa fidélité infidèle qu'il me rendait une fois de plus ? Il n'y avait pas à s'y tromper. Comment y demeurer insensible ?

Par l'entremise de ma dévouée Guillemine qui connaissait le secrétaire de Pierre, je lui envoyai à mon tour un billet de remerciement. C'était le premier échange de lettres entre nous depuis dix ans...

Mon message demeurait cependant réservé et prudent. Tant de choses s'étaient passées depuis ces dix années ! Et puis notre mutuelle situation demeurait toujours aussi délicate...

La reine mère ne s'attarda pas en Lorraine. Elle avait décidé d'entreprendre un long voyage à travers la France en compagnie du jeune roi son fils. Elle entraîna à sa suite une partie de la Cour que l'on vit alors processionner sur les routes en une vaste cohorte colorée, tapageuse et désordonnée... Cet intermède permettait à Catherine de Médicis de présenter au petit souverain les plus reculées de ses provinces tout en tâchant d'apaiser les esprits échauffés au-delà de ce qui était supportable.

En fait, cette pérégrination qui dura deux pleines années était le dernier moyen qu'elle avait imaginé pour tenter de pacifier le pays déchiré tout en profitant pour inspecter le royaume. Quand je pense qu'on a si longtemps prétendu que cette princesse était timide et dénuée de volonté ! Il n'y a pas plus tenace qu'elle, plus obstiné ! Elle fait preuve de beaucoup plus de caractère que n'en eut jamais son mari. Quant à ses fils, je préfère ne pas en faire mention. Ce serait trop navrant.

En cette occasion, notre reine fit preuve, une fois encore, de diplomatie et d'adresse. Elle s'appliqua à visiter chaque province, chaque contrée, chaque recoin de ce grand corps malade qu'est la France, sans reculer devant aucune difficulté, ni aucune opposition. Ni la peste, ni la haine, ni les ruines ne parvinrent à entamer sa résolution... Je ne sais si cette patiente et méthodique tournée fut réellement utile, mais il est certain que Charles IX y apprit à mieux connaître la terre sur laquelle il devait régner.

Au retour, en passant par Tours, la reine mère et le roi allèrent visiter Ronsard en son prieuré de Saint-Cosme.

Pierre ne s'était pas attardé lui non plus à Bar-le-Duc. L'échange de lettres auquel nous avions procédé n'avait pas été assez décisif pour le retenir sur place alors que mon mari continuait à exercer sur moi un contrôle de chaque instant. Il s'en était donc retourné vers la Touraine où il détenait depuis peu le bénéfice du prieuré de Saint-Cosme-lès-Tours. Il désirait s'y installer sans plus attendre. Son engouement pour Isabeau de Limeuil s'était évanoui et son état de santé le tourmentait de plus en plus au fil des ans. Je crois qu'il commençait à souffrir des rhumatismes qui devaient si gravement détériorer plus tard sa constitution déjà malmenée par la maladie dont il avait failli mourir durant sa jeunesse au cours de son voyage en Allemagne.

Selon l'habitude qu'il avait toujours eue lorsqu'il se sentait blessé dans son corps ou dans son cœur, il s'était réfugié au pays de ses ancêtres, ou sur les bords de la Loire qu'il aimait.

Devenu quelques mois plus tard prieur de Croixval en Vendômois, non loin de Couture, il y emménagea avec une satisfaction que je n'ai aucun mal à imaginer. Saint-Cosme et Croixval devinrent alors ses résidences préférées, ses domaines d'élection. Il s'y rendait aussi souvent que sa charge auprès du jeune roi, qui s'était entiché de lui, ne le retenait pas à la Cour.

Avant de mourir, ce sont encore ces deux prieurés-là qu'il a habités avec le plus de constance. Les allées et venues douloureuses, pathétiques, qu'il n'a cessé de faire de l'un à l'autre, alors qu'il se savait condamné, prouvent assez combien ces lieux lui étaient chers...

Un ronflement semblable à un râle me fait sursauter.

Tassée, abandonnée comme un vêtement inutilisable, Marie n'a plus d'âge. C'est une vieille femme terrassée par les ans qui a glissé en face de moi dans le gouffre d'un engourdissement qui ressemble tragiquement à une agonie...

Cette vision m'est insupportable. J'hésite à réveiller mon amie. Seule la pensée du besoin qu'elle ressent d'un repos durable m'empêche de la secouer pour tenter de lui redonner vie...

Quand nous nous sommes retrouvés à Montoire, Pierre et moi, en cet autre printemps de 1566, puisque le renouveau présidait avec une invariable régularité à nos rencontres amoureuses, quand nous nous sommes réconciliés, j'étais toujours une belle femme et l'avenir tenait encore pour nous sa porte entrebâillée...

3

Sans vivre auprès de vous, Maîtresse, et sans vous voir,
Le Ciel me semblerait un grand désert sauvage...

RONSARD.

Pierre avait près de quarante-deux ans quand je l'ai revu
à Montoire. Sa santé n'était pas bonne. De nombreux accès
de fièvre quarte et les douleurs dans les os qui l'ont tant fait
souffrir par la suite avaient marqué ses traits. Ce n'était
plus l'impétueux écuyer à l'esprit bouillonnant de projets
grandioses que j'avais connu à Blois.
Déjà grison, comme il le disait lui-même, il avait maigri.
Sur son visage d'homme habitué aux chevauchées et aimant
séjourner aux champs, des rides plus claires que la peau
traçaient des sillons étoilés.
Sa renommée ainsi que le prestige qu'il devait à la bienveillance de la famille royale étaient assez considérables pour
entraîner par ailleurs une subtile transformation de son
comportement. Il me parut moins gai mais plus serein, moins
provocant, parce qu'apaisé par la certitude d'une gloire que
personne ne lui disputait plus. Son passé garantissant son
avenir, du moins dans la mesure où le goût de la Cour et
celui du public lui resteraient fidèles, il pouvait se contenter
de gérer son présent.
Je jugeai de nouveau qu'en dépit de ses tempes grises la
quarantaine lui seyait. En me faisant cette remarque, je
compris que le moment était venu de lui faire savoir que je lui
avais pardonné. Ce ne serait pas chose aisée. Jean continuait à
assumer un rôle de geôlier conjugal qui devait compenser à
ses yeux l'humiliation de ne plus être que mon chaperon.
Nos rapports demeuraient de pure forme. Nous savions l'un
et l'autre qu'il en serait désormais ainsi jusqu'à notre
dernier souffle.
Je ne m'occupais que de ma fille. Elle était mon horizon.
Son enfance m'avait tout appris de la tendresse humaine. Je
l'en voyais sortir avec mélancolie. Elle venait d'avoir treize
ans. Je savais cependant que l'affection qui nous liait était si

forte que les difficultés de l'adolescence n'y changeraient
rien. Si je dois quelque reconnaissance à mon mari, c'est bien
de nous avoir poussées, Cassandrette et moi, à former un
front uni contre son despotisme et la sécheresse de son cœur.
Cette complicité fut ma meilleure aide. Elle coula entre nous
deux un mortier à l'épreuve de tous les ébranlements, de
toutes les secousses.

J'éprouvais à l'égard de mon enfant une fierté maternelle
qui recelait pour moi des douceurs secrètes.

Jolie sans fadeur en dépit d'une blondeur qui était naturelle
chez elle, gaie sans vulgarité, douce bien que de caractère
très ferme, tendre et fine, elle continuait à ressembler en plus
accompli à celle que j'avais été jadis. Mais son esprit se
révélait plus délié que le mien, son jugement moins timide,
ses talents plus divers. Musicienne experte, elle jouait de
plusieurs instruments, peignait avec talent, écrivait des contes
où se déployait une étourdissante ingéniosité. Ses défauts
eux-mêmes me paraissaient excusables. Si elle se montrait
susceptible, c'était que sa vive sensibilité décuplait le besoin
qu'elle ressentait d'être aimée ; si elle était capable de colères,
rares mais violentes, c'était uniquement quand on l'avait
poussée à bout. Une confiance absolue régnait entre nous qui
ne nous étions jamais quittées. Nous connaissions nos goûts,
nos qualités, nos travers, nous riions des mêmes choses et
nous nous comprenions à demi-mot.

Pour aborder Pierre avec le plus de naturel possible, je
décidai donc de prendre prétexte de la présentation de ma
fille au nouveau duc de Vendôme, le prince Henri de Navarre,
dont le séjour dans notre région suscitait effervescence et
controverses. Sa mère, Jeanne d'Albret, et lui avaient en effet
décidé de passer quelque temps dans leurs terres vendômoises
après le voyage politique que ce prince s'était vu obligé de
faire à travers la France à la suite de la famille royale qui
avait souhaité sa présence durant le périple accompli dans
les provinces.

Le jeune duc et sa mère s'étaient installés à Montoire, ville
convertie à la Réforme, plutôt qu'à Vendôme que les troubles
des années précédentes n'avaient pas épargné.

Des plus affables, Henri de Navarre appréciait divertissements et fêtes tout autant que son père s'y était lui-même
complu avant de disparaître. Il aimait comme lui à recevoir
ses vassaux et les traitait avec une cordialité qui demeure
encore de nos jours un des atouts maîtres de sa nature.

Je convainquis donc mon mari de me laisser emmener

Cassandrette à une soirée de présentation durant laquelle plusieurs autres adolescentes devaient venir saluer notre nouveau seigneur qui avait à peu près le même âge qu'elles.

Le château de Montoire est beaucoup moins grandiose que celui de Blois. Il a pourtant tenu dans ma vie une place tout aussi importante. C'était à l'ombre de ses tours que j'avais revu Pierre pour la première fois après mon mariage ; ce fut entre ses murs que je retrouvai celui avec lequel j'étais bien décidée cette fois à me réconcilier.

En montant au château, j'étais portée par une excitation joyeuse bien qu'inexprimée. J'allais faire la paix avec Pierre ! J'ignorais encore comment m'y prendre pour aborder après des années de brouille celui dont je savais qu'il serait présent mais dont j'ignorais les dispositions du moment. Tant pis ! J'aviserais ! La véritable difficulté résidait ailleurs.

Si j'étais déterminée à accorder un pardon qu'il eût été inutilement cruel de différer davantage, je n'en restais pas moins résolue à demeurer inébranlable sur des principes de sagesse dont dépendait encore plus qu'auparavant, à cause de l'âge où elle abordait et qui serait bientôt celui du mariage, le bonheur de Cassandrette.

En la regardant franchir à mes côtés le seuil de la grande salle décorée et illuminée, je constatai ce que l'habitude parvenait en partie à me cacher d'ordinaire : ma fille avait déjà un corps et un maintien de femme. Au-dessus d'un vertugade de satin pervenche, sa taille mince et souple se balançait de façon prometteuse. Allons, son enfance était bien finie ! Dans deux ans, je pourrais songer à son établissement. Angoissante perspective, mais perspective à laquelle je n'avais pas le droit de me dérober. Je ne serais pas de ces mères possessives qui brident leur enfant afin de le conserver dans leur giron. Je voulais de toutes mes forces que ma fille connût une sérénité heureuse tout au long de ses jours. Il me fallait donc la laisser libre de me quitter pour suivre, dès qu'elle le désirerait, l'époux qu'elle aurait choisi.

Toutes ces pensées se bousculaient en moi tandis que je suivais mon mari qui fendait la cohue bruyante pour conduire Cassandrette jusqu'à la reine de Navarre et à son fils. Installés sur deux sièges de bois sculpté et armorié garnis de coussins rouges à glands d'or, ils accueillaient avec bienveillance les jeunes filles et leurs familles. Chacun les abordait fort simplement. Il y avait beaucoup moins de cérémonie à Montoire qu'à la Cour de France !

Quand notre tour arriva, et en dépit des fonctions que Jean

assumait auprès de la duchesse de Lorraine, on nous traita avec la plus grande amabilité. Nous restâmes un moment auprès du prince à échanger des propos anodins. Le long nez et les lèvres gourmandes d'Henri de Navarre révélaient clairement son épicurisme. Jeanne d'Albret, vêtue de noir à l'imitation de notre reine Catherine qui avait renoncé au deuil en blanc des souveraines pour porter uniquement la triste couleur des veuves, faisait montre de plus d'austérité mais ne s'en comportait pas moins avec affabilité.

On loua ma fille pour sa grâce et sa beauté, on évoqua l'amitié qui avait toujours uni nos familles à leurs suzerains puis nous nous écartâmes pour laisser d'autres personnes de l'assistance rendre leurs devoirs.

Sous la lumière des flambeaux de cire blanche qui éclairaient à profusion la salle, catholiques et réformés se coudoyaient. Il était étrange de songer aux explosions d'animosité, aux proclamations vengeresses, au sang versé, à la sauvagerie qui avaient présidé de part et d'autre aux expéditions fratricides dont nous sortions à peine, et de constater à quel point, en ce début de printemps, les ennemis d'hier se comportaient comme si rien ne s'était passé. Hypocrisie, futilité, mots d'ordre, bravade se conjuguaient pour donner la comédie et masquer les sentiments véritables sous des dehors falsifiés. Nous savions tous pourtant que la moindre étincelle suffirait à embraser de nouveau le théâtre où se jouait cette inquiétante pantomime.

J'en étais là de mes réflexions, en participant comme les autres au leurre de l'entente retrouvée, quand j'avisai Pierre qui s'entretenait non loin de nous avec certains gentilshommes vendômois de sa connaissance.

Le moment auquel je me préparais depuis des mois, ce moment que je souhaitais voir arriver tout en ne sachant comment il me serait donné de le vivre, était donc venu !

Je m'efforçai de respirer avec calme malgré les battements sourds de mon cœur et la petite sueur qui perlait à la racine de mes cheveux crêpés, relevés sous l'attifet brodé de perles. Je recommandai mes intentions à Dieu et pris ma fille par la main.

Mon mari nous avait quittées pour aller coqueter avec Gabrielle de Cintré que je ne saluais plus depuis qu'on m'avait rapporté les horribles ragots colportés par elle à mon sujet à la publication des *Folastreries*. Apparemment cette volonté de me porter préjudice n'avait en rien entamé l'intimité qui existait toujours entre Jean et sa vieille maîtresse. A présent qu'elle était veuve, libre et bien décidée à profiter avec frénésie des quelques années qui lui restaient pour se donner du bon temps, les deux complices de mes malheurs conjugaux se fréquentaient à la face du monde, sans même chercher à dissimuler tant soit peu leur liaison. Enduite de fards comme une prostituée, vêtue de soieries brochées d'or aux teintes extravagantes, Gabrielle flamboyait de ses derniers feux sous une perruque rousse qui symbolisait assez justement les ultimes rutilements d'un automne talonné par l'hiver...

Pour que Jean m'eût laissée sans surveillance, il fallait qu'il eût un grand désir de rejoindre une femme dont l'âge et les appas croulants ne semblaient en rien le rebuter. Il fallait aussi qu'il comptât sur l'attention que je portais à ma fille car il savait que je ne me séparerais d'elle sous aucun prétexte. Ce qu'il n'avait pas prévu, c'est que Cassandrette était incluse dans la partie que j'étais bien déterminée à entreprendre.

Suivant l'inspiration du moment, je laissai tomber à mes pieds l'éventail plié que je tenais à la place de l'ancien plumail à présent démodé. Mon manège réussit.

Pierre, qui devait m'observer du coin de l'œil sans en avoir l'air, se précipita aussitôt afin de ramasser l'éventail aux montants d'ivoire sculpté.

Je lui souris.

— Grand merci, dis-je d'une voix moins ferme qu'il ne l'aurait fallu. Je suis heureuse de vous rencontrer. Il y a si longtemps que nous n'avons pas eu l'occasion de bavarder ensemble...

— Trop longtemps, dit-il. Une éternité. Cependant, pour moi, rien n'a changé. Rien n'est effacé. Vous me revoyez, Cassandre, dans les mêmes dispositions où je me trouvais la dernière fois que vous m'avez adressé la parole. Les mêmes, absolument !

Je faillis lui nommer Marie l'Angevine, Genèvre et quelques autres, mais j'eus la sagesse de me taire. Ne savais-je pas ce qu'il m'aurait répondu ?

— Je n'ai jamais cessé de vous lire, dis-je tout de même, et grâce à votre œuvre, j'ai pu suivre le cours de votre existence et ses péripéties.

Je serrai la main de Cassandrette qui suivait notre conversation sans en comprendre le sens caché et la poussai vers Ronsard.

— Pierre, vous ne connaissez pas encore ma fille, dis-je avec le sentiment de vivre un instant inouï. Elle aime la musique et la poésie autant que moi.

Le regard qui se posa sur l'enfant ainsi présentée contenait un monde d'interrogations. A lui non plus, mes yeux ne confièrent aucun message, n'apportèrent aucune réponse. Après cette confrontation muette, je baissai les paupières.

Nous restâmes un court instant ainsi, tous trois, figés dans nos riches vêtements d'apparat, comme de somptueux pantins dont personne n'aurait été chargé de tirer les ficelles, puis, en même temps, Pierre et moi nous mîmes à parler.

— J'admire vos poèmes, monsieur de Ronsard, dit ensuite Cassandrette, dont le trouble était beaucoup moins profond que le nôtre, quand nous nous interrompîmes aussi brusquement que nous nous étions lancés dans un échange de propos décousus. J'en connais certains par cœur.

— Vous m'en voyez flatté, demoiselle, murmura Pierre. Flatté et ravi.

Je remarquai que ses lèvres tremblaient.

— En dépit de votre blondeur, vous ressemblez tant à votre mère, reprit-il comme malgré lui, qu'à vous voir devant moi vous et elle, ensemble, j'éprouve l'impression singulière de m'adresser à une personne unique, à deux âges de sa vie !

— Vous n'êtes pas le seul à être surpris par notre ressemblance, assura ma fille. Pour tout arranger, je m'appelle Cassandre moi aussi !

Elle riait, la chère innocente, et s'amusait de voir un illustre poète pris au dépourvu comme le premier venu par une similitude qui en avait étonné plus d'un.

— Je viens d'arriver à Montoire, me précisa Pierre. Je résidais dans mon prieuré de Croixval lorsque j'ai été informé de l'arrivée ici de notre jeune duc. Je me devais d'accourir pour le saluer. Son noble père était de mes amis.

— Je sais, dis-je, je sais. Marie m'a souvent parlé de vos réunions à la Bonaventure...

A peine avais-je parlé que je m'empourprai. Ne laissais-je pas entendre à Ronsard que je n'avais cessé de me soucier de lui, de ses faits et gestes, depuis la rupture que je lui avais imposée ?

Mais il ne le prit pas ainsi.

— Il fallait bien que je tente d'oublier, soupira-t-il en détournant les yeux.

Deux jeunes femmes rieuses, fort jolies dans de larges robes de soie, l'une cramoisie, l'autre mordorée, se dirigeaient vers notre trio. Leur intention de s'entretenir un moment avec le grand homme de la soirée était évidente.

— Je résiderai quelque temps à Vendôme, lança Pierre avec précipitation. Accepteriez-vous de venir m'y rendre visite ?

— Pourquoi pas ? dis-je à l'étourdi. Du moins, je tâcherai, ajoutai-je en retrouvant ma prudence.

— Je vous attendrai, Cassandre !

Sur un dernier échange de regards, je m'éloignai en entraînant ma fille sur mes pas.

Ma confusion était immense. Je ne m'étais pas comportée comme je me l'étais promis. Je m'étais laissé déborder par un bouleversement beaucoup plus intense que je ne l'avais imaginé.

— Pour un poète aussi fameux, je le trouve tout à fait simple, remarqua Cassandrette comme nous nous fondions dans la foule bruissante. Si vous le connaissez si bien, ma mère, pourquoi ne jamais l'avoir reçu à Pray ou à Courtiras ?

— Parce que nous avons longtemps été fâchés avec lui pour des histoires qui ont précédé votre naissance, répondis-je. Des histoires dont il est préférable de ne pas encore parler chez nous, ma fille. Sachez que depuis lors, Pierre de Ronsard est assez mal vu dans notre famille. Nous ne pouvions pas le recevoir.

Cassandrette allait sans doute continuer à m'interroger avec cette implacable logique des enfants, parfois si embarrassante pour leurs proches, quand elle aperçut une de ses amies qui arrivait avec ses parents. Il fallut sans plus attendre aller vers les nouveaux venus, ce qui me dispensa d'avoir à répondre plus longuement.

Une fois rentrée à Courtiras où nous résidions quand les événements nous le permettaient, je tentai de retrouver mon calme.

A trente-six ans, je devais pouvoir faire preuve de maîtrise et ne plus me montrer émotive comme une donzelle. Si j'étais heureuse d'avoir pu laisser entendre à Pierre que je lui avais pardonné, il ne pouvait cependant être question pour moi d'envisager une nouvelle intrigue amoureuse avec lui. Les sentiments que je lui vouais maintenant étaient nourris d'absence et de renoncement. Ils avaient survécu à douze années de séparation, de scandales, puis d'isolement, d'infidélités de sa part, mais aussi de découvertes maternelles pour moi, de maturation pour nous deux. Je savais à présent qu'un amour durable mais silencieux comme celui-là, vainqueur d'épreuves aussi diverses, était capable d'occuper mon cœur jusqu'à la fin de ma vie. La nécessité de sauvegarder la jeunesse de ma fille et son avenir, ma propre sécurité, la célébrité de Ronsard nous imposaient par ailleurs la sagesse.

Il me semblait que Pierre pourrait comprendre et admettre un tel raisonnement. Pour cela, il ne fallait pas le laisser s'enflammer de nouveau. Il ne convenait pas d'apporter à son imagination si vive des aliments capables de l'exciter. Je devais lui parler, lui exposer mes arguments, me faire clairement entendre de cet homme auquel je promettrais un amour sans faille mais aussi sans œuvres...

Pour parvenir à mes fins, je ne pouvais faire autrement que de me rendre chez lui ainsi qu'il m'y avait invitée. L'entrée de Courtiras lui demeurait interdite tant que Jean y résiderait ou risquerait d'y revenir à l'improviste. La présence de Cassandrette rendait en plus tout rendez-vous impossible dans le voisinage. Je me vis donc obligée, alors que mes intentions étaient pures, de rechercher un moyen détourné de me rendre à Vendôme sans éveiller les soupçons de mon entourage, tout comme si je m'étais trouvée coupable !

J'eus alors une idée. La mode des gants de peau commençait à faire fureur. Si on en portait depuis toujours, on n'avait jamais encore éprouvé un tel engouement pour cet accessoire vestimentaire. Sans avoir atteint le degré de folie qui conduit de nos jours Henri III à en enfiler dans la journée deux paires l'une sur l'autre, dont une ointe de parfum à la violette ou au muguet et doublée de satin incarnadin ainsi qu'à mettre pour dormir des gants cosmétiques imprégnés d'un mélange de cire vierge et de saindoux, les élégants du temps de Charles IX ne sortaient néanmoins jamais les mains nues. De ce fait, des fabriques gantières s'étaient installées dans plusieurs provinces. Blois et Vendôme rivalisaient justement d'ingéniosité dans la confection de ces parures. J'avais donc été amenée à me rendre fort souvent chez une marchande de Vendôme spécialisée dans la vente des plus beaux spécimens de gants, mitaines, gantelets, maniques qu'on pût imaginer. C'était une bonne personne, obligeante et joviale.

Elle se nommait Antoinette Marteau et ne semblait pas être pourvue d'une vertu bien farouche. Participer à une intrigue ne devait pas la gêner le moins du monde.

Je lui fis donc porter par Guillemine un billet où je lui demandais de m'écrire en prétextant la nécessité de venir essayer des gants de chevreau dont le cuir, travaillé selon un secret connu de peu de fabricants, était rendu si fin et si souple qu'on pouvait en enfermer une paire dans une coquille de noix ! Bien entendu, on ne les confectionnait que sur mesure.

Comme je m'y attendais, Guillemine me rapporta une lettre tout à fait vraisemblable. Je la montrai à mon mari qui ne fit pas de difficulté pour me laisser partir en compagnie de ma servante.

Dès le lendemain, je pris la route pour gagner Vendôme. Enveloppée dans une ample cape de velours, masquée de satin noir, je ne risquais guère d'être reconnue.

Averti en même temps que la gantière par un autre message, Pierre m'attendait. Il avait gardé en location la maison que je lui avais jadis procurée et y revenait parfois.

Quand je soulevai le marteau de cuivre qui allait m'annoncer, je me voulais ferme et tranquille. Mes jambes défaillaient pourtant sous mon vertugade de taffetas vert.

La porte s'ouvrit.

— Vous êtes toute pâle, Cassandre, remarqua Pierre.

Comme il le faisait autrefois, il avait dû se tenir derrière le vantail afin de m'ouvrir lui-même pour ne laisser à personne d'autre le soin de m'accueillir.

— Vous l'êtes tout autant, dis-je en m'efforçant de prendre un ton léger.

Je ne devais pas me laisser troubler par le charme insidieux des souvenirs. Je n'étais pas venue pour remettre mes pas dans mes pas. Je me trouvais rue Saint-Jacques dans le but de faire admettre au seul être qui m'eût jamais séduite, à un homme dont la sensualité était impérieuse que je l'aimais toujours mais qu'il nous faudrait désormais vivre cet amour ainsi qu'une amitié...

Laissant Guillemine à l'intérieur du logis, Pierre m'entraîna dans le jardin feuillu situé derrière sa maison, en bordure d'un bras du Loir. Nous nous assîmes sur un banc, à l'abri d'un sureau aux ombelles blanches, au bord de l'eau.

Il faisait doux sous un ciel où glissaient paisiblement de beaux nuages semblables à des édredons de duvet ; l'air sentait l'eau tiédie, l'aubépine et la fade odeur du sureau épanoui.

— Fasse l'amour que ce nouvel avril m'apporte enfin le bonheur dont je n'ai pas cessé de garder la nostalgie, commença Pierre en s'emparant d'une de mes mains qu'il baisa. J'ai tant langui de vous durant ces années d'exil où vous m'avez tenu implacablement à l'écart !

— Je vous en ai beaucoup voulu, mon ami, beaucoup. Mais ces temps sont révolus. Vous vous doutez bien que si je suis ici à présent c'est que je vous ai pardonné ?

— A travers mes poèmes, j'ai exprimé mon repentir, Cassandre, vous le savez. Vous avez également pu constater que je ne cessais d'œuvrer à dissimuler votre nom et nos joies sous mille et un artifices.

— Je vous en sais gré, Pierre, soyez-en persuadé. Le mal qu'avaient causé vos écrits s'en est trouvé en partie réparé.

Il n'avait pas lâché ma main qu'il serrait dans la sienne.

Une question me taraudait : se comportait-il de la même façon avec les autres femmes qu'il avait eu l'occasion de courtiser ?

— Ne revenons pas sur le passé, dis-je. Non plus que sur les nombreuses présences féminines qui vous ont aidé à supporter notre séparation.

— Vous vous moquez de moi !

— Non point. Je crois avoir compris les causes qui vous poussaient à chercher ailleurs ce que je ne pouvais plus vous accorder. Tout cela est loin... Je suis venue afin que les choses soient tout à fait claires entre nous.

Pierre soupira.

— J'espérais que votre présence chez moi signifierait la reprise de nos amours. Le mien est sorti bien vivant de la longue épreuve que vous avez jugé bon de lui imposer. Je ressens pour vous les élans, les attirances, les émerveillements mais aussi les angoisses de nos jeunes années...

Je secouai ma tête couverte d'un escoffion de soie verte brodé de couleurs dont Pierre a parlé plus tard dans un sonnet.

— Soyez raisonnable, ami. Tout a changé depuis douze ans. Nous aussi. Je ne suis plus une jeune femme...

> — Si l'âge qui rompt et murs et forteresses,
> En coulant a perdu un peu de nos jeunesses,
> Cassandre, c'est tout un ! Car je n'ai pas égard
> A ce qui est présent, mais au premier regard,
> Au trait qui me navra de ta grâce enfantine
> Qu'encore tout sanglant je sens en la poitrine...

— Je ne connais pas ces vers...

— Je les ai composés après vous avoir quittée, l'autre soir, à Montoire... tout de suite après t'avoir revue...

— Vous êtes incorrigible !

— Je le suis !

Il souriait. Je remarquai combien la nuance violette de son pourpoint de velours mettait en valeur le teint hâlé de sa peau, combien il conservait pour moi d'attrait en dépit des rides et des mèches argentées de sa chevelure.

— Si j'ai tenu à venir vous rejoindre sans plus attendre, Pierre, ce n'est pas pour recommencer l'existence instable et menacée que nous avons connue voici douze ans. C'est pour vous dire que si je ne vous en veux plus le moins du monde, c'est en partie parce que je n'ai jamais cessé de vous aimer...

— Cassandre !

— Non, Pierre, non ! Ecoutez-moi. Je vous aimerai jusqu'à mon dernier souffle, il est vrai, mais à distance. Vous fréquentez la Cour. Notre jeune roi vous nomme son conseiller intime et même, à ce qu'on m'a dit, vous appelle parfois son père. C'est très bien ainsi. En plus de mon inaltérable tendresse, sachez, ami, que vous possédez aussi mon admiration. L'admiration d'une femme qui goûte davantage sa solitude provinciale que les mondanités proches du pouvoir, d'une femme qui a décidé de renoncer à la vie de Cour pour se consacrer au seul objet qui remplit sa vie : son enfant ! Mais qui n'en est pas moins sensible à l'éclat de vos triomphes, à la grandeur de votre gloire !

— Ce n'est pas de votre admiration que je ressens le besoin, ma chère âme, c'est de vous... c'est de toi !

Il posa ses mains sur mes épaules et me considéra un instant avec au fond des yeux une lueur que je retrouvais non sans une surprise émerveillée après douze années où j'étais restée si complètement sevrée d'hommages. Il m'était donc encore donné d'éveiller le désir... de susciter un regain de passion chez un homme que son génie et sa position à la Cour mettaient à même de choisir parmi les plus courtisées !

Une onde de joie brûlante me monta au visage.

Pierre m'attira contre lui, m'embrassa longuement, savamment... trop savamment. Que de bouches avaient dû lui être offertes avant de lui transmettre une telle science ! Je ne goûtais plus sur ses lèvres la fraîcheur violente et neuve de nos baisers d'antan...

Je savourai pourtant celui-ci comme le dernier présent de l'amour, puis me dégageai, repoussai Pierre, me levai.

— Voilà, dis-je. C'est fini. Je ne reviendrai plus chez vous. C'est beaucoup trop dangereux ! Ma décision est irrévocable. Ce sera mieux pour nous deux, Pierre, croyez-moi.

— Pour nous deux ou pour nous trois ? demanda-t-il en esquissant un mouvement afin de se mettre debout.

Je secouai la tête en serrant les lèvres. Il ne me ferait pas dire ce que je ne voulais pas !

— Ecoutez-moi, Pierre, écoutez-moi ! suppliai-je en appuyant à mon tour mes mains sur ses épaules dans l'intention de le maintenir assis. Je vous offre une occasion de dompter vos passions, de les soumettre, de vous imposer à vous-même comme votre propre maître, de dépasser les bornes ordinaires des attachements humains pour atteindre à la fusion éternelle de nos âmes !

Je relâchai mon étreinte et me redressai.

— J'ai connu une petite Cassandre de quinze ans qui ne parlait guère autrement, soupira Pierre en se relevant du banc où je l'avais contraint à rester. Décidément, mon cher amour, vous tenez à me rendre meilleur que je ne suis !

— Non pas ! Je veux seulement vous aider à extraire le fragment le plus précieux de votre être pour le mettre en lumière. N'arrache-t-on pas à sa lourde gangue un diamant de prix pour le faire étinceler au soleil ?

— Ne craignez-vous pas de tailler ainsi dans le vif ?

— Le vif n'est pas notre chair mortelle, non plus que nos sentiments communs ! Le véritable vif c'est ce qui ne peut pas mourir, c'est notre part de divin !

— Vous me souhaitez parfait.

— Par votre art, vous êtes déjà un être d'exception. Pourquoi ne le deviendriez-vous pas aussi par votre quête spirituelle ?

— C'est une conversion à l'amour désincarné que vous me proposez là, Cassandre !

— Et si c'était la plus grande preuve d'amour que je puisse vous demander ?

Touché, Pierre se troubla. Il resta un moment silencieux, les yeux baissés, puis, en soupirant, il mit un genou en terre devant moi.

— Bénissez-moi, dit-il d'une voix rauque, bénissez-moi ! Si je parviens jamais à être sauvé, c'est à vous que je le devrai. Vous m'aurez fait gagner malgré moi mon salut éternel.

Je me penchai et le baisai au front.

— Nous parviendrons peut-être à nous rencontrer de temps à autre, dis-je en manière d'adieu, mais ce ne sera pas facile. Cependant, où que nous soyons et quoi qu'il puisse advenir, nous saurons tous deux que nos vies demeureront liées à jamais. Cela seul importe !

Quand je me retrouvai dans la rue avec Guillemine avant de passer chez la gantière, je marchai d'un pas affermi. Il me semblait être déchargée d'un lourd fardeau. Je me sentais triste, mais aussi en paix avec moi, avec les autres, avec l'univers, comme après une confession. Je venais enfin de parvenir au but que je m'étais fixé au temps de ma jeunesse et vers lequel les circonstances m'avaient ramenée de force.

Clerc et tonsuré, Pierre n'avait pas voulu renoncer à l'unique source de revenus qui lui restait accessible depuis qu'il avait dû abandonner tout espoir de carrière militaire. Il ne le pouvait pas. Mon mariage était venu ajouter une nouvelle entrave à la première. Les trois mois d'amour fou que nous avions connus par la suite n'avaient rien changé. Que concevoir de durable, de stable en de telles conditions ? A présent comme jadis, il n'y avait qu'une façon de faire : bâtir sur la fidélité à une affection pure, sur la certitude que cet attachement durerait, une union intemporelle, protégée par son caractère même des périls inhérents à tout ce qui est périssable.

J'avais réussi à convaincre de cette évidence un homme sensuel et toujours tenté par le désir. J'étais parvenue à me faire un ami de cœur de celui qui ne pensait un moment plus tôt qu'à me posséder charnellement. Je ne pouvais rien espérer de mieux.

Je n'avais plus à trembler pour l'avenir de ma fille. Je le savais assuré. Aucune menace, aucun nouvel accroc ne risquait désormais de compromettre ou de briser un destin dont j'aurais contribué par mon attitude à rendre possible l'épanouissement. Il était en effet clair que, cette fois-ci, rien ne viendrait remettre en question l'engagement pris par Ronsard. Son acquiescement final aussi bien que sa gloire l'entraîneraient toujours davantage vers des chemins fort divergents des miens.

Je venais de livrer mon dernier combat...

Cette assurance m'apporta une sérénité qui ne cessa d'éclairer ensuite les années qui nous restaient à vivre, Pierre et moi, sous le même ciel, séparés mais cependant unis...

4

Pour n'être plus que deux corps en une âme...
RONSARD.

Comme je l'avais prévu, nous n'eûmes pas l'occasion de nous revoir seule à seul dans les semaines qui suivirent le rendez-vous de Vendôme.

Mon mari resta à Courtiras et continua à m'accabler de sa suspicion.

Je vis Ronsard de loin, durant la messe. Je le croisai deux ou trois fois dans les rues marchandes de notre ville. Il m'envoya des fleurs que la gantière s'arrangea pour me remettre. Ce fut tout.

Lassé d'une attente vaine, il repartit vers ses prieurés de Saint-Cosme ou de Croixval...

Durant l'été suivant, je le retrouvai à Paris.

Profitant de la venue dans la capitale de la princesse Claude et de son époux le duc de Lorraine, la reine mère donna une fête à la mi-juillet.

Il s'agissait aussi d'inaugurer un des corps de bâtiment de ce palais des Tuileries que Catherine de Médicis faisait élever dans les jardins du Louvre. Une fois encore, les fonctions de mon mari et le rôle de poète officiel tenu par Ronsard auprès de la famille royale contribuèrent à nous rapprocher.

Pierre avait été chargé de composer deux cartels où il opposait les amours de passage et l'amour constant. Il en profita pour brocarder la légèreté des premières alors qu'il exalta la beauté du second.

Je découvris avec ravissement que mon ami reprenait à son compte certains de mes propres arguments.

Qui voudra donc soi-même se dompter,
Et jusqu'au Ciel par louage monter,
Et qui voudra son cœur faire paraître,
Grand sur tous, de soi-même le Maître,
Soit amoureux d'une dame qui sait
Rendre l'Amant vertueux et parfait.

En entendant ces affirmations, au sein de la brillante assemblée qui m'entourait, je goûtai une joie sans pareille. Ainsi donc, mes exhortations n'avaient pas été sans écho dans le cœur de celui que j'aimais ! Il avait extrait le suc de mes propos pour en faire son miel.

Ces deux cartels m'apparurent comme un mélange troublant de confession, de repentir pour les fautes passées, et d'une exaltation, pour moi infiniment émouvante, de l'amour pur. J'y découvris des accents dignes de la meilleure époque de notre poésie courtoise. Constante, vertueuse, méritant tous les respects, la femme y était donnée en exemple :

Les Dames sont des hommes les écoles,
Les châtiant de leurs jeunesses folles...
On voit toujours la femme de moitié
Surpasser l'homme en parfaite amitié...
Car toujours règne au monde le malheur,
Quand on n'y voit les Dames en honneur.

A la face du monde, Pierre reconnaissait le bien-fondé de mon comportement envers lui, s'en félicitait, et m'offrait en hommage l'assurance d'un attachement éternel en affirmant « *Que bien aimer est une chose sainte* ».

Pouvais-je espérer plus belle déclaration ? Conversion plus totale ?

Je me souviens avoir fermé les paupières sur mon bonheur intime, être demeurée, au milieu de cette Cour où tant d'intrigues et d'intérêts contraires se conjuguaient, comme isolée dans un bloc de cristal. Rien ni personne ne pourrait désormais me retirer cet ultime don que Pierre venait de me faire : la douceur de savoir que j'avais concouru à la transfiguration de son âme, que j'avais réussi une gageure jugée par tous impossible, que j'avais conduit l'homme que j'aimais à ne plus se laisser aveugler par ce qui était seulement visible...

Le reste dépendrait de la bonne ou de la mauvaise fortune et suivrait le cours des choses...

Ce reste devait durer dix-huit ans ! Dix-huit années qui forment dans ma mémoire un chaos, un étrange enchevêtrement de guerres civiles, sans cesse dénouées, sans cesse reprises, toujours menaçantes, de disettes récurrentes, de massacres, de tueries. La folie meurtrière triomphait. Au milieu de ce flot de malheurs, des édits de pacification, des paix boiteuses apportaient, avec le calme passagèrement revenu, une frénésie de jouissances exacerbée. Bals, fêtes, débauches inouïes, désordres de toute espèce, se succédaient. L'odeur du sang répandu devenait inséparable de celle de l'amour. Stupre et carnage cohabitaient dans tout le royaume.

Notre jeune roi, Charles IX, épousa un beau jour Elisabeth d'Autriche, fille de l'empereur Maximilien.

Chantre officiel et adulé du règne, Pierre fut chargé d'établir le programme des festivités données en l'honneur de l'entrée solennelle du roi et de la reine à Paris.

Une fois de plus, nous nous revîmes au milieu des réjouissances et des rivalités farouches qu'offrait la Cour. Transportée ensuite à Blois, cette Cour étala devant nos provinciaux une dépravation dont l'impudeur frappa les esprits. Orgies, mascarades, dévergondages éhontés voisinaient avec de cruelles expéditions punitives ou des exécutions en place publique qui semblaient affreusement contribuer au plaisir des spectateurs. Dans un climat de haine jalouse et de soupçon, le Roi et son frère, le duc d'Anjou, donnaient l'exemple de la discorde.

Vint ensuite l'union de la princesse Marguerite, sœur de Charles IX, avec notre duc de Vendôme, Henri de Bourbon, roi de Navarre. Mariage d'une catholique avec un réformé qui aurait dû apporter avec lui apaisement et tolérance mais qui ne précéda que de six jours la Saint-Barthélemy !

Commencée à l'aube, la tuerie continua bien après que le soir fut tombé sur la ville ensanglantée !

Affamé et fanatisé, le peuple transforma en boucherie ce qui n'avait été au départ qu'un règlement de comptes entre factieux. La famine sévissait en effet depuis longtemps chez les pauvres gens, la haine du huguenot sans cesse attisée s'y ajoutant, ce fut la curée... Pendant trois jours, on égorgea, pendit, éventra, noya tous ceux qui avaient le malheur de se trouver sur la route de la coulée démente qui tenait le pavé. Saccages et pillages allaient de pair avec l'assassinat...

Jean, Cassandrette et moi n'eûmes que le temps de nous enfuir de la capitale où nous étions venus participer aux fêtes nuptiales qui avaient de si peu devancé l'hécatombe. Mais on n'échappait pas aisément à cette folie. La province s'embrasa à son tour. Comme une tache de sang sur un linge blanc, la démence meurtrière s'étendit, s'élargit peu à peu, s'étala, et finit par souiller le tissu entier de notre pauvre pays...

Retranchée entre les murailles de Pray, je tremblais pour Pierre, pour Marie, pour mes frères et sœurs, pour tous les miens. Quant à ma fille, j'étais déterminée à assurer son salut, quoi qu'il advînt !

En novembre de cette fatale année 1572, un nouvel astre,

étincelant comme la plus brillante des étoiles, apparut dans le ciel. Chacun en fut frappé. On rappela l'étoile qui, à la naissance du Christ, avait conduit les mages jusqu'à Bethléem. Dans les deux camps, on en tira des conclusions contradictoires... Ce signe céleste se manifesta pendant dix-sept mois. Sa clarté néfaste échauffa encore un peu plus nos pauvres cervelles qui n'avaient pourtant nul besoin d'incitation !

Peu après, le duc d'Anjou, frère haï de Charles IX, fut proclamé roi de Pologne et s'en alla sans enthousiasme vers son royaume du nord... Il ne devait pas y rester bien longtemps ! La mort de notre roi, à peine âgé de vingt-cinq ans, précipita son retour...

Dieu ! Quand j'y songe, quel siècle est le nôtre ! Quelle époque de fureur et de confusion ! Mais aussi combien déconcertante... Elle vit s'élever des constructions admirables, enfanta de grands artistes, assista à la découverte de mondes nouveaux, mais ne cessa de mêler le bruit des batailles, les cris des victimes, les hurlements des meurtriers à tant de beauté et de grâce ! Jamais le raffinement et le luxe ne furent aussi prisés, jamais les dissensions et le mépris de la vie d'autrui ne furent poussés à ce point... Pour nos contemporains, chefs-d'œuvre de l'art et de la violence vont de pair...

Ronsard vécut, éprouva, traduisit chacun de ces fléaux, chacune de ces détresses. Sa grande voix avertit, éclata, tonna...

Charles IX, qui l'aimait et le révérait tant, aurait peut-être fini par l'entendre. Sa fin prématurée ne lui en laissa pas le loisir...

Lors des noces, à Reims, au cœur de l'hiver, du nouveau roi Henri, troisième du nom, avec Louise de Vaudémont, cousine des Guise, qui appartenait à la maison de Lorraine, j'eus, comme de coutume quand il s'agissait d'unions royales, l'occasion de rencontrer Pierre.

En dépit de la surveillance maniaque de mon mari, je parvins à donner rendez-vous à mon ami en prétextant une visite à une abbaye des environs. Nous nous retrouvâmes à mi-chemin de la ville et du lieu saint, dans une métairie dont une de mes femmes connaissait le propriétaire.

Je nous revois, dans la lumière blafarde et humide d'un matin de février, assis tous deux devant la cheminée noircie de la salle où on nous avait laissés seuls pour un court moment. Enveloppés dans nos manteaux fourrés, les pieds sur les chenets, nous nous tenions la main en parlant des événements qui déchiraient la France, d'Henri III qui ne semblait pas apprécier les œuvres de Pierre autant que son frère défunt, des derniers poèmes publiés, de notre amour aussi durable que discret...

Entraînés par le dégel, de lourds paquets de neige glissaient du toit pentu de la bâtisse rustique qui nous abritait. Avec un bruit mou, ils tombaient sur le sol de la cour où ils s'écrasaient comme de blanches bouses hivernales.

En dépit de la cruauté des temps que nous vivions, nous nous sentions presque heureux parce qu'en paix avec nous-mêmes.

Peu de temps après son mariage, Henri III réorganisa l'Académie de poésie et de musique déjà existante depuis le règne de Charles IX. Il donna à cette docte assemblée le nom d'Académie du Palais.

Ronsard en fut tout de suite le plus beau fleuron. Il y rencontra Agrippa d'Aubigné dont la passion pour Diane, ma nièce si chère, devait se terminer tragiquement.

Antoine de Baïf, Amadis Jamyn, secrétaire de Pierre, Ponthus de Thiard, Pibrac et Desportes en faisaient également partie. Bénéficiant encore de la tradition établie par les anciennes cours d'amour, certaines grandes dames s'y virent admises.

Je ne suivis que d'assez loin ces événements mondains. J'avais d'autres préoccupations. La duchesse de Lorraine, protectrice de mon époux, était morte dans les semaines qui avaient suivi le sacre de son frère. Sa disparition entraîna pour mon mari la perte de sa charge sans que se dessinât la possibilité d'en obtenir une autre.

Revenu à Pray où je résidais avec Cassandrette, Jean se montra de plus en plus difficile à vivre. Désœuvré, aigri, toujours aussi méfiant et agressif à mon égard, aussi froid et distant envers ma fille, il parvint à me rendre odieuse toute promiscuité avec lui. Mon existence était tissée de reproches, de criailleries, de scènes, qui me laissaient meurtrie et remplie de dégoût. Saturée de rebuffades et décidée à soustraire Cassandrette à une malveillance dont je craignais pour elle les effets destructeurs, je résolus enfin de me retirer à Courtiras de façon définitive. En prévision de l'insécurité toujours menaçante, j'achetai alors à Blois une demeure où nous réfugier toutes deux en cas de danger grave. Cette maison est demeurée la mienne jusqu'à aujourd'hui.

Un événement domestique m'aida à réaliser mes intentions. Jean s'amouracha sur le tard d'une jeune veuve des environs. Délaissant enfin ses autres maîtresses, dont Gabrielle de

Cintré, qui se vit réduite après cet abandon à payer des jouvenceaux désargentés pour apaiser ses derniers feux, mon mari se désintéressa de tout ce qui n'était pas sa nouvelle passion. On racontait dans la province que cette personne menait une vie fort libre sous le couvert d'une fidélité scrupuleuse à la mémoire d'un conjoint tué durant la dernière guerre civile. Je ne sais si c'était vrai. Ce qui est certain c'est qu'elle tourna la tête de mon sot époux. Cette folie dernière l'éloigna de moi à tel point qu'il me vit préparer mon départ sans rien tenter pour m'obliger à rester à Pray.

Libérée d'un servage détesté, je pus m'en aller avec mon enfant loin de la forteresse où j'avais si longtemps été traitée en prisonnière. Je laissais derrière moi avec soulagement une belle-sœur toujours aussi hypocrite et un conjoint de marbre.

Ce fut donc comme une esclave affranchie éprouvant la griserie d'une liberté toute neuve que je me réinstallai à Courtiras dans l'espoir de n'en plus bouger. J'y retrouvai la souvenance des plus douces heures de ma vie.

Quand je me promenais au bord du Loir, quand je m'inclinais sur les eaux vertes de la fontaine miraculeuse, quand je jouais du luth dans le pavillon de musique, le passé se penchait sur mon épaule et me parlait tout bas d'un certain printemps où le bonheur avait nom Pierre... La belle saison était loin, il est vrai, et nous nous trouvions au début de l'automne. Je n'en profitais pas moins de mon jardin, de mes prés, de mes bois retrouvés pour herboriser avec ma fille, pour lui transmettre ce que je savais, ce qu'un certain poète vendômois m'avait appris, des ressources et des dons de la nature.

Il faisait beau. Un air léger baignait la vallée du Loir. Le ciel lumineux tendait une toile de soie bleue au-dessus de nos arbres qui commençaient à blondir. Un panier au bras, nous allions cueillir des champignons, ramasser des mûres, des noisettes, des faines, gauler les noix et composer d'immenses bouquets de fleurs et de feuillage dont nous remplissions la maison.

Nous invitions quelques amis triés sur le volet, nous faisions de la musique, nous lisions, nous apprenions par cœur des poèmes de Ronsard et de quelques autres... bref, nous cherchions à oublier les malheurs du temps.

Hélas, plusieurs deuils vinrent rompre le cours de ces jours innocents dérobés à une époque sans pitié.

Mon frère Jean fut emporté par la peste en 1574, lors d'un voyage qu'il accomplissait dans le nord de la France. Devenue veuve, Jacquette se révéla une redoutable procédurière qui ne cessa de nous chicaner, mes frères, mes sœurs et moi, pour le règlement d'une succession plus épineuse que nous ne l'avions imaginé.

Mais ce fut surtout la mort de Diane, survenue un peu avant celle de son père, qui nous éprouva ma fille et moi.

J'avais toujours ressenti une grande tendresse pour l'enfant que j'avais vue naître puis pour l'adolescente douce et rêveuse qu'elle devint par la suite. De son côté, Cassandrette aimait sa cousine de tout son cœur. Sa nature plus vive, plus ardente, en avait fait la meneuse d'un jeu fraternel qui les avait conduites à une intimité de cœur sans aucune ombre. Les malheureuses amours de Diane et d'Agrippa d'Aubigné, ce jeune poète de génie dont ma nièce s'était éprise avec toute la sincérité et la fidélité d'une nature mal faite pour la lutte, plongèrent ma fille dans l'affliction. Elle plaida leur cause devant mon frère qui resta intraitable et refusa de marier sa fille à un huguenot.

Après une rupture qui blessa Diane beaucoup plus profondément que nous ne l'avions imaginé, il nous fallut assister, impuissantes, au lent mais irrémédiable étiolement de celle qu'Agrippa ne tarda d'ailleurs pas à remplacer. Sans que notre affection ni nos soins y pussent rien, elle agonisa sous nos yeux comme un oiseau en cage dont le compagnon s'est envolé. La mort la prit entre nos bras et nous laissa vidées d'une tendresse qui n'avait plus d'objet.

Pour joindre sans doute l'angoisse au chagrin, les troubles reprirent un peu partout dans le royaume. Selon une pratique qui semblait, hélas, spontanée chez les fils de France au point de leur devenir habituelle, le plus jeune frère du roi et dernier enfant de Catherine de Médicis complotait à son tour contre le souverain. Il allait jusqu'à armer les réformés contre lui.

La famine, la misère, les épidémies, faisaient un lamentable cortège à ces divisions intestines. On mourait de faim dans les campagnes et je recommençai, accompagnée de Cassandrette, encadrée par de solides valets, à parcourir la vallée du Loir pour soigner et alimenter ceux qui n'avaient plus rien.

Pendant ce temps, Henri III, habillé en femme, couvert de poudre et de mouches, décolleté comme une catin, portant trois collets de dentelle sur un autre de brocart, dix rangs de perles au cou et d'énormes diamants enchâssés dans une toque de velours, présidait à des bals masqués.

Sur un fond de guerres civiles et de calamités, et à la suite d'une série de victoires sur les réformés, la reine mère, qui ne savait rien refuser au fils qu'elle avait toujours préféré à ses autres enfants, organisa à Chenonceaux, jadis repris à Diane de Poitiers, une fête scandaleuse, sommet de débauche et de dépravation.

A la fin d'un des plus atroces printemps jamais vécus par ses sujets, on vit la reine offrir dans ses jardins un banquet qui se termina en orgie. Cent jeunes femmes, demi-nues, les cheveux épars sur les épaules, servaient les convives parmi lesquels le roi, vêtu d'une robe de damas, couvert de pierreries, se distinguait également par ses fards et ses cheveux enduits d'une épaisse couche de poudre violette...

Ronsard assistait lui aussi avec horreur à la décomposition du royaume qu'il vénérait. Il en souffrait et le disait. Je retrouvais dans ses vers l'écho de mes propres tourments. Pour échapper à l'air maléfique que nous respirions, il tenta, une dernière fois, d'échapper par la galanterie à tout ce qui l'oppressait.

Il avait rencontré quelques années auparavant, lors d'une réception à la Cour, une jeune fille appartenant à une très ancienne et noble famille de Saintonge. Elle était alors fiancée à un autre et n'avait pas retenu outre mesure l'attention de Pierre. Il la revit à Amboise plusieurs années après. Tué au siège de Mussidan, le fiancé laissait Hélène de Surgères libre d'elle-même et de son cœur.

Devenue fille de chambre de la reine, elle faisait partie du fameux escadron volant qui n'était composé que de femmes dont l'esprit ou la beauté s'imposait à l'attention. Ronsard raconta par la suite qu'il fut intéressé lors de cette deuxième entrevue par la manière dont cette jeune personne parlait de poésie. Cultivée, brillante, elle commença à attirer sa curiosité.

Catherine de Médicis, qui aimait et admirait en Pierre l'illustre poète qu'avait tant recherché son fils défunt, intervint en personne pour l'inciter à chanter un nouvel amour sur un mode également rajeuni. Après trois mois de tergiversations, d'hésitations et de doutes, Ronsard accepta. Il sentait la nécessité impérieuse de renouveler son style, son inspiration, de changer de muse, de proposer à ses lecteurs des œuvres qui leur fourniraient l'impression de ne pas relire sans cesse les mêmes poèmes dédiés aux mêmes élues. Il savait être parvenu à ce moment dangereux et délicat d'une carrière où un homme célèbre doit veiller à donner de son propre personnage l'image inhabituelle dont ses admirateurs souhaitent sans trop le dire l'apparition. On commençait à lui reprocher son manque d'invention créatrice.

Devant moi, certains beaux esprits s'étaient, plusieurs fois, avoués lassés des redites, des reprises, des ressassements qu'ils avaient relevés dans les derniers livres de Pierre. Bien entendu, je l'avais défendu de mon mieux, mais je n'étais pas sans comprendre le bien-fondé de ces critiques, ni redouter pour mon ami les effets de l'âge ainsi que ceux de l'accoutumance à une gloire si bien établie désormais qu'elle ne pouvait que le conduire à l'engourdissement.

On parlait beaucoup — trop à mon avis — d'un jeune poète, Philippe Desportes, qui avait une vingtaine d'années de moins que Ronsard et dont la Cour s'était engouée depuis quelque temps. Il m'apparaissait comme un dangereux rival pour Pierre qui ne pouvait se permettre de le laisser s'affirmer à ses dépens.

Grâce à de fraîches amours, à une muse récemment découverte, à des chants inaccoutumés, ses écrits, reverdis, l'imposeraient derechef à tous comme le premier, comme l'unique !

Ces différentes raisons conduisirent Ronsard à se lancer en une aventure tardive qui devait, en fin de compte, lui laisser un goût amer.

Au début, cependant, il parvint à se persuader que tout était encore possible. Avec cette fougue et cette crédulité que son penchant pour les femmes préservait, quoi qu'il advînt, des expériences passées, il joua le jeu. Aucun de ses déboires précédents ne semblait jamais parvenir à entamer sa foi en l'avenir éblouissant des successives aventures amoureuses qui avaient jalonné sa vie.

Toujours sur l'instigation de la reine mère, il consentit même à se lier par un simulacre de mariage mystique à Hélène de Surgères. C'est ainsi que j'appris par la rumeur publique que Pierre avait juré à cette jeune femme un amour éternel, que des rites d'envoûtement avaient suivi ce serment et que l'étrange cérémonie s'était terminée par une promenade en coche dans le jardin royal, sous l'œil bienveillant de la souveraine.

Pour se livrer ainsi ouvertement à des rites magiques, fallait-il que celle-ci fût désireuse de distraire la Cour encore bouleversée par les déchaînements sanglants de la Saint-Barthélemy ! Fallait-il, aussi, que Pierre eût senti le besoin d'attirer l'attention de son public pour se laisser entraîner à une manifestation dont l'exhibitionnisme devait pourtant lui paraître humiliant...

Hélène est mon Parnasse : ayant telle Maîtresse,
Le Laurier est à moi, je ne saurais faillir...

proclama-t-il alors dans un sonnet, comme pour se justifier à ses propres yeux d'une mascarade dont seul le résultat lui importait.

Pour moi aussi, ces vers furent utiles. Ils m'éclairèrent sur la réalité d'un entraînement dont l'expression était tellement parfaite, à cause de l'art consommé acquis avec l'âge par son auteur, que cette beauté même aurait pu me faire douter de la survie de notre pacte secret. La caricature des liens si précieux qui nous unissaient tous deux me blessait et me fut très difficile à supporter. En dépit des assurances écrites d'une fidélité de principe que mon ami multipliait à mon égard, je traversai encore bien des moments de détresse durant la période des amours de Ronsard et d'Hélène...

Pendant près de sept ans, il accepta de connaître les affres d'un homme sur le retour aux prises avec une femme jeune, froide, donneuse de leçons et plus portée sur les doctes discussions que sur les simples joies de la chair.

> *En choisissant l'esprit vous êtes mal aprise,*
> *Qui refusez le corps, à mon gré le meilleur...*
> *Vous aimez l'intellect, et moins je vous en prise :*
> *...*
> *Aimer l'esprit, Madame, est aimer la sottise.*

lui dit-il avec sévérité dans un sonnet. Cette demi-lucidité ne suffisait cependant pas à le tirer de son aveuglement volontaire. Comment l'aurait-il pu ? Ne tenait-il pas à se persuader à n'importe quel prix que le temps d'aimer n'était pas encore clos pour lui ?

Je sentais pourtant le découragement, la lassitude, s'infiltrer peu à peu dans ce cœur dont je n'ignorais aucun des ressorts. Quand je tombais sur de tels aveux, j'étais partagée entre une tendre compassion pour la lutte d'arrière-garde à laquelle se livrait ainsi un homme dont je suivais depuis des années le poignant combat contre le vieillissement, et l'irritation de le trouver toujours aussi déraisonnable.

> *Je m'enfuis du combat, ma bataille est défaite,*
> *J'ai perdu contre Amour la force et la raison :*
> *Ja dix lustres passés, et ja le poil grison*
> *M'appellent au logis et sonnent la retraite.*

assurait-il en un moment de clairvoyance, mais, très vite, de nouveaux espoirs l'en éloignaient.

Il suffisait d'un sourire, d'une lettre, d'une pression de main, pour le livrer sans défense aux chimères qui lui permettaient de poursuivre son rêve...

La cour quasi officielle que Pierre continuait contre toute sagesse à faire à cette Hélène dotait la jeune femme d'un prestige qui lui valait les hommages de tous les poètes à la mode.

Comme il l'avait voulu, Pierre donnait toujours le ton. Pourtant, il s'en irritait :

« *Votre plus grande gloire un temps fut de m'aimer !* » lui lancera-t-il un jour avec rancune.

Mécontent de lui et des autres, il repartait alors pour Croixval ou pour Saint-Cosme, y résidait un temps, s'occupait de ses jardins, de ses fruits, de ses salades, puis revenait à Paris où la Cour l'appelait.

Vint le moment où il se lassa de relations comparables aux giboulées de mars. L'indifférence, le manque de tendresse, la pédanterie de son Hélène achevèrent de décourager Ronsard.

Il lui fallut enfin se rendre à l'évidence : c'en était fini pour lui de l'amour. Du moins tel qu'il l'entendait, tel qu'il l'avait en vain poursuivi tout au long de ses jours.

> *Amour, je prends congé de ta menteuse école*
> *Où j'ai perdu l'esprit, la raison et le sens,*
> *Où je me suis trompé, où j'ai gâté mes ans,*
> *Où j'ai mal employé ma jeunesse trop folle...*

Déçu, blessé, écœuré, il décida de se délivrer de l'envoûtement qui avait présidé à son mariage mystique avec une personne dont il ne voulait plus. Il procéda donc, sur le mont Valérien, à des incantations destinées à l'en délivrer. Partant du principe qu'on ne peut défaire la magie que par la magie, il brûla du soufre et de l'encens, versa de l'eau d'une aiguière sur la pente de l'éminence afin que son ensorcellement s'écoulât loin de lui comme l'onde sur la terre, délivra des oiseaux captifs pour être libéré comme eux, et incinéra finalement tout ce qu'il tenait d'Hélène : mèches de cheveux, gants, portrait, lettres...

J'appris la réalité de ces pratiques par une ode intitulée *Magie ou Délivrance d'Amour*, insérée dans l'édition suivante des *Œuvres*.

Tout en sachant combien notre époque est superstitieuse, dans l'exacte mesure où la foi s'est affaiblie en ces temps où l'on se massacre au nom de la religion, je fus consternée de constater à quel point Pierre était contaminé par cette peste de l'âme... Pour être tout à fait sincère, je dois avouer que je fus aussi navrée de découvrir dans ces écrits la preuve d'un attachement assez puissant à l'égard d'une autre pour avoir nécessité pareilles manœuvres. Même en portant au compte de sortilèges imposés les sentiments de Ronsard envers Hélène, il ne lui en avait pas moins fallu recourir à des opérations magiques avant d'en être débarrassé !

En dépit de ce nouveau désappointement, je fus surtout sensible au cri déchirant qui terminait son poème :

> *Adieu Amour, adieu tes flammes,*
> *Adieu ta douceur, ta rigueur,*
> *Et bref adieu toutes les dames*
> *Qui m'ont jadis brûlé le cœur.*

Dans ma belle chambre soyeuse de Courtiras, au fond du grand lit où je dormais solitaire depuis des lustres, entre ces draps blancs où je n'avais jamais reçu Pierre, je pleurai longtemps sur le gâchis irrémédiable de nos vies...

Contraint et forcé, mon pauvre amour avait donc renoncé une fois pour toutes aux délices amoureuses dont il avait tant espéré et qui l'avaient si durement déçu !

S'il conserva jusqu'à la fin une forte rancune envers Hélène qui n'avait pas pu ou pas voulu répondre à son désir, c'est sans doute parce qu'étant la dernière, elle incarnait à ses yeux toutes les autres figures féminines qui avaient traversé son existence sans jamais apporter de réponse à l'attente émerveillée de sa jeunesse...

Grâce aux confidences de Jean Galland, je sais maintenant que Pierre n'éprouva en réalité pour Hélène de Surgères que le suprême sursaut d'un cœur lassé, semblable au dernier reflet d'un soleil déclinant. Il me faut néanmoins admettre que cette passion sur commande ne lui déplut pas. Elle lui permit une ultime fois de jouer le jeu d'amour avec une femme, même si elle le dépouilla des quelques pauvres illusions qui lui restaient.

Au dire de son ami, il ressentit une sorte de soulagement après avoir quitté le service d'une belle qui lui avait si peu accordé, mais ce soulagement devait se doubler d'une immense nostalgie...

Nostalgie comparable à celle que j'éprouve à présent. Ne suis-je pas à l'origine de tant de désillusions ? Si Pierre a fini par abandonner la course, par renoncer avec une telle amertume à poursuivre la quête qui était à ses yeux le plus désirable des biens, n'est-ce pas en majeure partie à cause de moi ? De moi qui fus la première, de moi dont il avait tant attendu, tant espéré !

Je n'ai pas été capable de lui faire le don total, le don sans réserve de mon être. J'ai toujours mesuré mes offrandes.

Un sanglot me monte à la gorge.

Pierre ! Je n'ai pas su t'aimer ! Par timidité, par pusillanimité, je suis passée au large de tes bras ouverts !

En revivant depuis ce matin chaque étape de notre long parcours, de ton pèlerinage éperdu vers l'Amour, j'en suis parvenue à une vision plus exacte de mon propre cheminement : j'ai tout gâché, tout perdu ! Je n'étais pas celle que tu aurais dû aimer. J'étais bien trop raisonnable, bien trop prudente, bien trop peureuse !

Je renverse la tête sur le dossier de mon siège et laisse les larmes affluer.

Seule avec moi-même, je me trouve confrontée à une évidence qui me tord le cœur : j'ai manqué ma vie et fait manquer à Pierre la sienne !

Il m'aura fallu sa mort pour comprendre que cet amour qu'il m'a voué tout au long de son existence, que cette passion fougueuse, repentante, puis, enfin, si attentive, l'aura empêché de trouver ailleurs la femme qui aurait partagé bravement sa destinée, la femme qui n'aurait pas craint, en vivant avec un tonsuré, d'affronter réprobation et anathème...

Voici un moment, je me félicitais d'avoir amené Pierre à se dépasser lui-même en renonçant à tout commerce charnel entre nous. Je me croyais justifiée parce qu'il m'avait rendu hommage en reconnaissant la suprématie de l'esprit sur le corps... Mais ai-je seulement songé un instant à m'oublier, moi aussi, en m'élançant à sa suite vers les cimes qu'il me désignait ? Ai-je jamais pensé à rejeter mes peurs pour prendre la main qu'il me tendait dans l'espoir que je le suive là où il entendait me conduire ?

N'ai-je pas péché par égoïsme autant que par tiédeur ?

J'essuie mes larmes et ferme les yeux afin de mieux réfléchir. Allons, il faut aller maintenant jusqu'au bout de cette exploration douloureuse de moi-même, il faut sonder mes abîmes ! A présent qu'il s'en est allé, je n'ai plus le droit de me payer de mots comme je le faisais du temps où Pierre était proche, facile à joindre, bien vivant !

Lui ai-je été néfaste ?

Aussitôt formulé, le mot est rejeté. Je ne le supporte pas.

Il me révolte. Il me blesse de façon intolérable. Si j'ai fait souffrir Ronsard, ce ne fut jamais par cruauté mais parce que les circonstances ne nous étaient pas favorables. Non seulement il n'y eut jamais en moi volonté de lui nuire, mais désir sincère, aimant, de le seconder. Je sais bien qu'on peut faire du mal sans l'avoir voulu. Il ne me semble pas que les choses se soient ainsi passées entre Pierre et moi. Mon tort, mon unique tort est de ne pas avoir su forcer le destin, de ne pas avoir eu le courage de mes sentiments...

Devant les difficultés qui se dressaient contre nous, je ne me suis montrée ni mauvaise ni traîtresse mais faible, incertaine, influençable.

Il lui aurait fallu une compagne bien différente de moi, différente aussi de toutes celles qu'il s'est acharné à courtiser. Je comprends soudain que Pierre s'est trompé d'inspiratrices tout au long de ses jours. Il aimait les adolescentes graciles, sentant encore leur enfance, alors que c'était d'une femme faite, un peu maternelle, sensuelle aussi, bien entendu, mais protectrice et vigilante qu'il avait besoin. D'une femme qui l'aurait aimé non pas comme l'homme fort dont son aspect imposait bien à tort l'image rayonnante, mais comme l'être fragile et trop sensible qui se dissimulait sous son masque altier.

Aurait-il accepté de se voir traité de la sorte ? Ce n'est pas sûr. Son orgueil se serait cabré. Il aurait secoué ainsi qu'un carcan les bras tendrement noués à son cou...

En réalité, Pierre pouvait-il connaître le bonheur ? Etait-il créé pour être simplement heureux ?

En admettant qu'il y eût jamais réussi, lui aurait-il été possible de devenir un aussi grand poète ? La quiétude journalière n'assoupit-elle pas le génie ?

Il demeure que je n'ai pas eu l'audace nécessaire quand il aurait fallu franchir l'obstacle de la cléricature, mais était-il nécessaire que je le franchisse ? Qu'une autre y parvînt ?

Sans lutte et sans déchirement, peut-on concevoir une œuvre comme la sienne ? En définitive, Pierre n'a-t-il pas puisé le meilleur de son inspiration dans le désespoir qui n'a jamais cessé de succéder en lui à des bouffées d'espoir ?

La satiété n'aurait-elle pas tari la source jaillissante qui s'élançait de son âme exigeante, toujours plus exigeante parce que toujours insatisfaite ?

... Un apaisement meurtri fait place à la très affreuse découverte de ma culpabilité que j'ai cru faire tout à l'heure. Pierre n'était pas né pour connaître un sort paisible. Son génie l'entraînait loin de nos petits bonheurs, en des régions où soufflent les grands vents de l'inspiration et de la gloire... Avec moi ou sans moi, il se serait heurté aux limites étroites de nos pauvres joies. Elles n'étaient pas à sa taille. Seule, la démesure lui convenait.

Je respire à fond, comme pour chasser loin de moi le doute et le sentiment de ma faute.

Si Pierre m'a reproché parfois ma prudence, une sagesse qu'il lui est arrivé de qualifier d'inexorable, il n'a cessé par ailleurs de louer la tendre attention que je lui portais, d'exalter le rôle que j'avais tenu dans sa vie, de vanter les bienfaits de l'influence exercée sur son esprit et sur son cœur.

Non, non, je n'ai pas été coupable envers lui !

Nous n'étions pas faits pour couler ensemble des jours de soie et de miel, je l'ai compris depuis longtemps, mais nous avions besoin l'un de l'autre et je n'ai pas failli à ma tâche.

Dans le comportement de Ronsard, tout témoigne qu'il m'a conservé jusqu'au bout foi et respect. Il m'écrivait, m'envoyait ses derniers poèmes, m'adressait les éditions successives de ses œuvres... remaniées, retouchées, transformées inlassablement afin de brouiller les pistes, d'éloigner de moi calomnie ou malveillance. Infatigable ouvrier occupé à réparer les accrocs faits jadis à mon honneur, il effaça, modifia, supprima, fit disparaître mon image, changea de dédicataire, remodela jusqu'aux portes de la mort ces vers qui m'avaient exposée aux injures des envieux.

N'est-ce pas là la meilleure des preuves qu'il pouvait m'offrir de son amoureuse estime, de sa confiance en rien trahie ?

Sans y avoir jamais réfléchi aussi durablement qu'aujourd'hui, j'ai toujours pensé que j'étais restée digne de ce premier amour fait d'entraînement et de déraison, tombé sur moi comme la foudre. Les jours ont pu couler, les événements nous séparer, j'étais marquée par le feu du ciel et je le suis restée...

Voici trois ans, mon mari est mort à la suite d'une chute dans un trou d'eau gelée alors qu'il chassait le canard en plein mois de janvier. On le retrouva raidi sous la croûte de glace qui commençait à se reformer... Je fus troublée par la pénible et étrange fin d'un homme auquel j'étais restée unie pendant trente-six longues années sans partager avec lui autre chose que reproches, tracasseries et infidélités.

Dieu réchauffe en Son sein une âme aussi froide que l'eau qui l'a engloutie !

Peut-être ai-je tort de le reconnaître, et plus encore de l'éprouver, mais, depuis mon veuvage, j'ai connu la paix.

Je suis revenue à Blois. Près de mes sœurs et de Marie, à l'abri des solides murailles de la ville ! En effet, une fois Cassandrette mariée à Guillaume de Musset, il y a cinq ans, j'ai cessé de me sentir en sécurité à Courtiras. La solitude m'inclinait aux alarmes. Sans doute est-ce l'âge. Autrefois, je ne craignais rien pour moi, je ne tremblais que pour ma fille. A présent, je me sens fragile. La peur s'est insinuée entre les murs, au bord des eaux, sous les ombrages que j'avais tant aimés... Les convulsions qui n'en finissent pas de secouer notre malheureux pays et certaines difficultés financières survenues à la suite de la mort de Jean m'ont poussée à me défaire de ma chère maison. Je me suis refusé à m'attendrir sur cette séparation.... De nos jours, il est de plus grands malheurs !

Par ailleurs, l'affection de mes enfants et la tendre sollicitude que Pierre n'a jamais manqué de me témoigner depuis la fin de ses tumultueuses aventures, m'ont apporté assez de joies pour compenser la perte d'un logis...

Je frissonne. Il est grand temps de remettre du bois dans la cheminée où ne rougeoient plus que quelques braises. Plongée dans mes souvenirs, j'ai failli oublier d'entretenir le feu !

Marie dort sans trêve. La tête inclinée sur l'épaule. Elle ne ronfle plus mais ses lèvres, entrouvertes et à demi collées par le sommeil, laissent échapper avec régularité un bruit de bulle éclatée qui retentit dans le calme de la pièce ainsi que le martèlement monotone d'une goutte d'eau... et qui résonne soudain à mes oreilles comme l'écoulement sonore ponctuant la fuite du temps...

La porte de la chambre s'ouvre sans bruit. Cassandrette entre avec précaution. Elle s'est enveloppée à la diable dans une cape de laine fourrée qui appartient à son époux.

— Je me suis réveillée en sursaut. Il me semblait que François m'appelait, dit-elle d'une voix blanche. Comment va-t-il ? Comment se passe la nuit ?

29 décembre 1585

Le temps s'en va, le temps s'en va, ma Dame,
Las ! Le temps non, mais nous nous en allons...
Continuation des Amours, 1555.

Au petit matin, la guérisseuse pénètre dans la chambre.
C'est au tour de Marie d'assurer la veille. Après avoir insisté
pour que ma fille retourne prendre un reste de repos auprès
de son mari, je me suis allongée sur le lit.

L'arrivée de Madeleine, accompagnée de Cassandrette et
de mon gendre, me tire d'un sommeil aussi pesant que tardif.

Aucun d'entre nous n'a le courage de parler pendant que
la petite femme noir et blanc s'approche du berceau, prend
l'enfant endormi, le pose sur un gros oreiller qu'elle a placé
au préalable sur la table de chêne tirée devant la fenêtre.

La gorge nouée, suspendus à ses gestes, nous l'entourons.

Avec des mouvements précis, assurés, elle déplie le drap
qu'on a choisi usagé pour sa douceur, l'écarte, dénude
François.

Ma fille pousse un cri. La chair de son petit est fraîche,
nette de toute cicatrice. Aucune croûte, aucune trace sur la
peau si fragile.

— Il y a là-dedans quelque chose de miraculeux...
murmure Guillaume.

— J'en suis moi-même chaque fois émerveillée, reconnaît
la guérisseuse. C'est un pouvoir qui m'a été confié et qui me
dépasse. Je n'en suis que la détentrice provisoire...

— Il est guéri, guéri, guéri ! répète comme une antienne
Cassandrette penchée sur le nourrisson qui l'observe gravement.

Trop longtemps angoissée pour se réjouir du premier coup,

encore sous l'emprise d'une anxiété qui ne l'a pas quittée depuis l'accident, il lui faut un certain temps pour parvenir à se convaincre d'une réalité qu'elle n'ose pas admettre.

Peu à peu, comme un lever de soleil, je vois la joie monter en elle, s'installer d'abord avec réserve, puis éclater, rayonner.

Ma fille pleure enfin de bonheur en embrassant comme une folle les épaules, le torse, le ventre intacts de son enfant.

— Il est sauvé, bien sauvé, redit Guillaume, lui aussi partagé entre l'incrédulité et le ravissement.

Mains jointes, tête inclinée sur la poitrine, yeux clos, Marie est absorbée dans une action de grâce.

— Vous pouvez l'habiller comme d'habitude et appeler sa nourrice pour qu'elle l'allaite, reprend la guérisseuse que je vois sourire pour la première fois. Il doit être affamé après une telle aventure !

Cassandrette se redresse, se jette dans les bras de son époux. Ils s'embrassent tous deux comme on communie, puis ma fille se retourne vers moi. Elle m'attire, me serre contre son cœur, appuie son front au creux de mon épaule et demeure un moment ainsi, abandonnée, en signe de tendresse, afin de m'associer le plus étroitement possible à sa félicité.

Pendant qu'elle s'occupe ensuite de l'enfant que notre agitation semble amuser, Guillaume va quérir la nourrice.

Je m'approche à nouveau de la table sur laquelle est posé mon petit-fils et me penche vers lui.

Qui sera cet enfant ? Devant un nouveau-né, je me suis toujours sentie prise de vertige. Tout est possible en une créature si neuve. Il peut être saint François d'Assise ou Gilles de Rays. Il peut être Ronsard...

Là-bas, à Saint-Cosme, étendu et rigide, Pierre doit recevoir les derniers honneurs funéraires. On va ensevelir à jamais sous un drap ce visage que j'ai connu tour à tour animé, gai, ardent, ému, malheureux, amer, pacifié et qui, à présent n'exprime plus rien. Personne ne reverra ses traits. Jamais. On le déposera ensuite dans son cercueil et l'on clouera les planches...

Si j'avais consenti à vivre avec lui après mon veuvage ainsi qu'il m'en avait priée :

> *Vous êtes déjà vieille et je le suis aussi.*
> *Joignons notre vieillesse et l'accolons ensemble,*
> *Et faisons d'un hiver qui de froidure tremble,*
> *Autant que nous pourrons un printemps adouci.*

si j'avais accepté cette dernière proposition (mais il était trop tard, je ne pouvais aller le rejoindre dans ses prieurés !) j'entendrais réellement les coups de marteau retentir sur le bois qui l'enferme. En dépit de mon éloignement, chacun des coups frappés pourtant à des lieues de moi heurte mon cœur, résonne dans ma tête...

— Qu'avez-vous, ma mère ? Vous voici toute pâle !

Je me redresse avec lenteur.

— Ce n'est rien. Un peu de fatigue.

La nourrice arrive alors. Elle a encore le visage meurtri par les larmes versées et un air fautif qui me fait peine.

— Allons, allons, dis-je. Ce n'est plus le moment de gémir. François est guéri.

— Faisons comme si rien ne s'était passé, Mathurine, propose Cassandrette. Je ne veux pas voir de tristesse sous mon toit aujourd'hui !

J'approuve de la tête et me détourne pour caresser mon petit chien que notre agitation déconcerte et qui s'est réfugié contre mes jambes. Marie me prend alors par le bras.

— Venez, Cassandre, dit-elle avec fermeté. Venez. Vous avez besoin de vous restaurer. Moi aussi. Faisons comme notre petit-fils : mangeons !

Elle m'entraîne hors de la chambre. Turquet emboîte le pas.

— Je me suis endormie alors que vous vous apprêtiez à me conter vos dernières entrevues avec Ronsard, continue-t-elle comme nous nous rendons vers la salle. Il faudra que vous acheviez une autre fois votre récit.

— Il tient en peu de mots. Du vivant de mon mari, Pierre et moi nous sommes assez rarement vus. Après sa disparition, bien davantage. Durant les trois années qui viennent de s'écouler, nous nous écrivions, nous nous retrouvions chaque fois que c'était possible, soit à Blois, soit dans un des prieurés qu'il aimait. Une amitié sans faille nous rapprochait. Elle nous apportait réconfort et tendresse. Nous parlions bien tous deux. Les temps troublés qu'il nous est donné de vivre, nos fins dernières, ses poèmes, remplissaient nos conversations. Il attachait une extrême importance à la publication de ses œuvres complètes. Jusqu'à la veille de sa mort, il a veillé au perfectionnement de ses ouvrages. L'an dernier encore, pour la nouvelle et dernière édition de l'ensemble de ses *Œuvres*, il n'a pas cessé de travailler au remaniement de ses poèmes.

— Avouez que vous étiez le principal sujet de ses préoccupations et qu'une fort importante partie de son labeur a consisté à effacer vos traces à travers sonnets et élégies.

— Sans doute, mais il avait une autre matière à réflexion. Il voulait se préparer à une bonne mort. Vers la fin de sa vie, sa foi s'est dégagée de tout un fatras de superstitions et de réminiscences mythologiques qui l'avaient encombrée jusque-là. J'ai assisté à cette évolution d'aussi près que notre situation à tous deux le permettait. Par souci de sa renommée, mais aussi, pour être franche, par crainte des commérages, puis par besoin de tranquillité, je me suis tenue à distance. J'ai préféré demeurer en retrait. Pierre a admis et compris mon attitude.

— Quoi qu'il puisse vous advenir désormais, Cassandre, vous puiserez, me semble-t-il, une immense consolation dans la certitude que Ronsard vous aura bien aimée !

Je prends Turquet dans mes bras pour pénétrer dans la salle où flotte une bonne odeur de pain frais, de rôties, de miel et de lait chaud.

Pierre ne humera plus jamais ces simples exhalaisons familières...

Lui qui goûtait les humbles plaisirs d'un bon repas, d'un grand cru, d'un logis propre et net, d'un jardin ordonné, s'en est allé au royaume où ces agréments ont perdu toute importance. Il a poussé les portes mystérieuses d'un autre pays...

Quel souvenir a-t-il pu enclore en son âme insatisfaite pour l'emporter comme viatique durant le voyage qu'il vient d'entreprendre ?

Un vers me remonte du cœur à la mémoire :

« *Votre affection m'a servi de bonheur...* »

Le Platane.
Le 8 janvier 1987

Remerciements

Longtemps Cassandre Salviati est restée inconnue et elle n'était même qu'une figure légendaire pour certains. Peu à peu sa personnalité se précisa. Des recherches lui furent consacrées. En particulier par Pierre Champion et Gustave Cohen, plus récemment par le docteur Lesueur et Louis Bodin *(Nouveaux Documents sur la Cassandre de Ronsard)* et par Roger Sorgue *(Cassandre ou le secret de Ronsard)*.

En 1985, pour le quatrième centenaire de la mort de Ronsard, François Hallopeau, propriétaire du château de La Possonnière où naquit le poète, nous donna, après dix années de labeur, la première véritable biographie de Cassandre *(A la recherche de Ronsard[1])* en s'appuyant sur les travaux érudits, mais laissés inachevés, d'Henri Longnon.

Sans tous ces ouvrages, je n'aurais pu suivre Cassandre pas à pas dans ce roman, et je tiens à rendre ici hommage à la mémoire de leurs auteurs.

Je veux aussi témoigner ma gratitude à René Lepallec et à Jean-Marie Berbain, dont les conseils, les informations et l'aide constante m'ont été fort précieux, ainsi que leur étude encore inédite *(Le Miroir de Ronsard)*. Qu'ils en soient tous deux vivement remerciés.

Les ouvrages de Michel Dassonville *(Ronsard, étude historique et littéraire[2])* m'ont également apporté de nombreuses lumières sur la psychologie et la carrière du poète.

Enfin l'œuvre d'Ivan Cloulas, grand spécialiste du seizième siècle, et notamment ses deux biographies de *Henri II* et de

---

1. Libraidisque (Vendôme).
2. Champion-Slatkine.

Catherine de Médicis[1], ainsi que sa *Vie quotidienne dans les châteaux de la Loire au temps de la Renaissance*[2] m'ont fourni maints détails et une information d'une minutie parfaite sur l'époque évoquée dans mon roman. Qu'il trouve ici le témoignage de ma reconnaissance et de mon amitié.

J. B.

1. Fayard.
2. Hachette-Littérature.

Œuvres de Jeanne Bourin

Le bonheur est une femme (Les Amants de Talcy), Casterman, 1963 (épuisé).

Très Sage Héloïse, Hachette, 1966 ; La Table Ronde, 1980 ; Le Livre de Poche, 1987. *Ouvrage couronné par l'Académie française.*

La Dame de Beauté (Agnès Sorel), Presses de la Cité, 1970 ; La Table Ronde, 1982 ; Le Livre de Poche, 1987.

La Chambre des dames (préface de Régine Pernoud), La Table Ronde, 1979 ; Le Livre de Poche, 1986. *Prix des Maisons de la Presse 1979. Grand Prix des lectrices de* Elle *1979.*

Le Jeu de la tentation (tome II de *La Chambre des dames*), La Table Ronde, 1981 ; Le Livre de Poche, 1986. *Prix Renaissance 1982.*

Les Recettes de Mathilde Brunel, Flammarion, 1983. Réédité sous le titre : *Cuisine médiévale pour tables d'aujourd'hui,* Flammarion, 1991. *Prix de la Poêle de fer. Prix Charles-Monselet.*

Le Grand Feu, La Table Ronde, 1985 ; Folio, 1988. *Grand Prix catholique de littérature 1986.*

Le Sanglier blanc (conte pour enfants), Grasset 1987.

Les Amours blessées, La Table Ronde, 1987 ; Folio, 1989.

Les Pérégrines, Editions François Bourin, 1989 ; Folio, 1992.

La Rose et la Mandragore, plantes et jardins médiévaux (album), Editions François Bourin, 1990.

Les Compagnons d'éternité, Editions François Bourin, 1992 ; Folio, 1994.

L'Ami Séraphin (conte pour enfants), Editions Bourin/Julliard, 1993.

La Garenne, Editions Julliard, 1994 ; Pocket, 1996.

Le Sourire de l'ange, Editions Julliard, 1996.

Chroniques médiévales

Le Grand Feu
Très Sage Héloïse
La Chambre des dames
Le Jeu de la tentation

Jeanne Bourin a découvert il y a plus de trente ans maintenant un monde méconnu nommé Moyen Age. Et au cœur de
cette période de mille ans, trois siècles lumineux, positifs,
dynamiques, les XIᵉ, XIIᵉ et XIIIᵉ siècles. « Alors nos ancêtres
bâtissaient ou rebâtissaient villes, villages, hôpitaux, châteaux,
ponts, églises ou cathédrales ; ils créaient des circuits de foires
qui fixèrent la vie économique de bien des régions ; surtout
ils inventaient la civilisation courtoise, véritable révolution
des mœurs qui changea les rapports hommes-femmes durant
plusieurs siècles. »
Dans le cadre rigoureusement observé à travers les archives
et minutieusement reconstitué, elle a placé les quatre histoires
rassemblées ici : celle, légendaire et véridique d'Héloïse, « la
femme qui inventa l'amour », celle d'Isambour, la brodeuse
de toile, et de Bernold, le maître-verrier de Blois, et la longue
chronique de la famille de Mathilde Brunel que constituent
La Chambre des dames et *Le Jeu de la tentation*, les deux
romans qui assurèrent sa renommée.
Tout au long de ces mille deux cents pages perce sa fascination pour un temps qui inventa un art de vivre, dont la gaieté
résistait à toutes les épreuves et qui ne doutait jamais de
l'aide de Dieu.